野間宏

作家の戦中日記

一九三二―四五

〔編集委員〕
尾末奎司
加藤亮三
紅野謙介
寺田博

藤原書店

◆ノート1

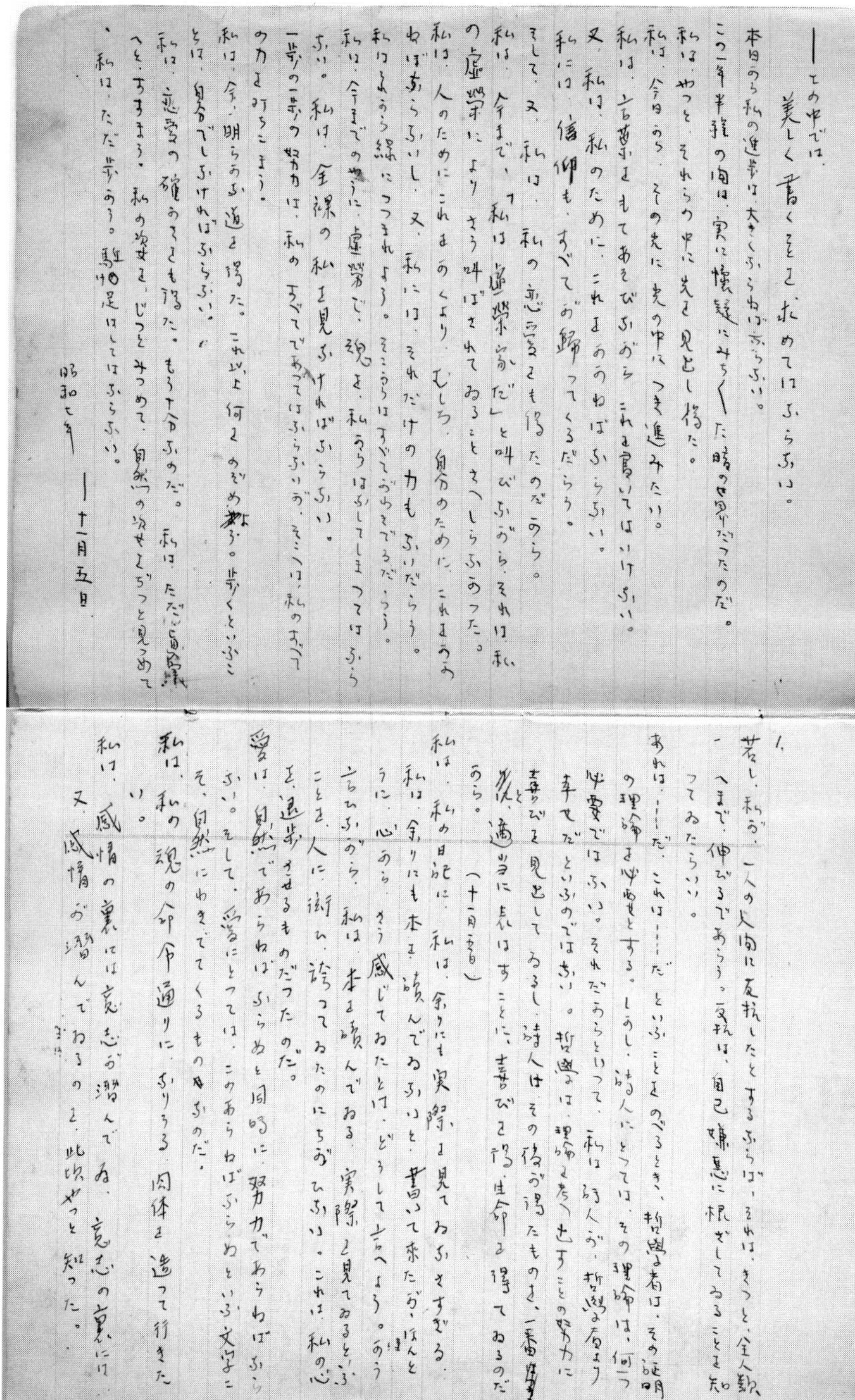
——その中では、
美しく書くことを求めてはならない。

本日から私の進歩は大きくならねばならない。

この一年半程の間は、実に懐疑にみちくた暗の世界だったのだ。

私は、やっと、それらの中に光を見出し得た。

私は、今日から、その光に光の中につき進みたい。

私は、言葉をもてあそびながら、これを書いてはいけない。

又、私は、私のために、これをかかねばならない。

私には、信仰も、すべてが帰ってくるだらう。

そして、又、私は、私の恋愛をも得たのだらう。

私は、今まで、「私は虚栄家だ」と叫びながら、それは私の虚栄によりさう叫ばされてゐることさへしらなかった。

私は、人のためにこれをかくより、むしろ、自分のために、これをかかねばならない。又、私には、それだけの力もないだらう。

私はかかる線につづけよう。そこからはすべてがわきでるだらう。

私は、今までのやうに、虚栄で、魂を、私からはなしてしまってはならない。私は、全裸の私を見なければならない。

一歩の一歩の努力は、私のすべてであってはならないが、そこへは、私のすべての力を打ちこまう。

私は、今、明らかな道を得た。これ以上何をのぞめよう。歩くといふことは、自分でしなければならない。が
私は、恋愛の確かさをも得た。もう十分なのだ。私は、ただ自己の陶酔へとどまらう。私の姿を、じっとみつめて、自然の欲せるがまゝにじっと見つめて
、私は、ただ歩かう。駐足はしてはならない。

昭和七年　——十一月五日

1.
若し、私が、一人の人間に反抗したとするならば、それは、きっと、全人類へまで伸びるであらう。反抗は、自己嫌悪に根ざしてゐることを知ってゐたらいい。
あれは……だ、これは……だといふことをのべるとき、哲学者は、その証明の理論を必要とする。しかし、詩人にとっては、その理論は、何つ必要ではない。それだからといって、私は詩人が、哲学者より幸せだといふのではない。哲学は、理論を考へ出すことの努力に喜びを見出してゐるし、詩人は、その後が得たものを、一番卒直に、適当に表はすことに、喜びを得、生命を得てゐるのだから。（十一月五日）
私は、私の日記に、私は、余りにも実際を見てゐなさすぎる
私は、余りにも本を読んでゐないと、書いて来たが、なんとうに心からさう感じてゐたとは、どうして言へようか。あう言ひながら、私は本を読んでゐる。実際を見てゐると言ふことを人に衒ひ、誇ってゐたのにちがひない。これは私の心を退歩させるものだったのだ。
愛は、自然であらねばならぬと同時に、努力であらねばならない。そして、愛にとっては、このあらねばならぬといふ文字こそ、自然にわきでてくるものなのだ。
私は、私の魂の命令通りにかりうる肉体を造って行きたい。
私は、感情の裏には意志が潜んでゐる。又、感情が潜んでゐるのを、此頃やっと知った。

＊この写真版では、本書「第二部　資料篇」に収録したすべてのノート、手帳の、原本そのままの姿を見ることができる。原本の性質上、活字におこすことにどうしても無理のある部分は割愛せざるを得なかったので、読者に資料の全貌が分かるよう、この写真版を附してある。但し、量が多く、また比較的原稿の整っている「学生時代」に関しては、数頁を選定した。

8.

書くといふことは、いのちのために、いのちでなされねばならない。考へる、思ふ、感じる――

私は、宗教以外に於ては、自分でそれをなせねば、私は、それを信じてはならない。

懐疑の世界、それが、最も、求められるものなのだ。そして、最も求められてはならない世界なのだ。

私は、生命のよろこび、生命の求むるところにしたがひ、行ひたい。――そして、これはただちに意志でなければならない。

自惚が生じたならば、その自惚は、それより一段、高い、先の見通える、自信に、変へられないならば、うぬぼれは、決して、よくならない。

人は、嵐を文字に表はして、それが嵐を表はし得たとよく思つてゐる。しかし、大抵それは、山風でなく、その文字が、その紙面の中で、いたづらに、あれてゐるにすぎず、山風のもつ、大きな力の勢は、少しも感じられない。

私は、信ずる以外に真理はないといふ懐疑主義の中へなど、入りたくない。そして又、それに入りたいのだ。

仕方がないといふ言葉は、いつまでもつきないだらう。しかし、一体これは誰が、はじめて、吐いた言葉なのだらうか。

恋愛は、肉の上に、何か加へられた魂の結合がなくてはならない。あふれてゐるものを、両方から感じあへるものでなくてはならない。その原因が、性慾にあるといふことは、当然のことであつて、問題ではなく、問題にするのは、[illegible]は、その加へられた魂の結合があるかないかといふことなのだ。

9.

自分を知つてゐるものは、自分のみにちがいない。しかしながら、この、自分を知るものは、自分のみだといふ言葉は、ひどい、勢をもつて人に、自惚の心を、起させる。これほど、人に、自分はもう自分といふものを知つてゐると、自惚れさせたものはない。この言葉は、人は、余りにも早く、知りすぎたといふべきだ。

反感、反抗といふものは、ほんの一時的なやうに思へるが、それは、くりかへし、行はれようとするものだが、……

むつかしいことを、いひたがる性質の人を、衒学と、むやみにいふことはできない。

気取るといふことほど、私に、いやな、みても、きいても、どうしてもゐられないやうな感じを起させるものはない。

文学に、面白さだけを求めようとするのは、たしかに、むりだ。

自分を掘り下げてゆくといふ言葉は、大変よく用ひられ、それを、やつてゐるやうに、いふが、果して、何れの人が、自分をほりさげえたらうか。大抵は、自分で、先づ自分といふ像をつくつてしまつて、その像を、ほつて行くのである。それ故、その中からは、自分が、先づ、作つておいたものしか表はれてこない。ほんとうの自己は影に、かくされてしまつてゐるのだ。

グルモンといふ詩人程、また、あの、シモオンといふ女ほど、私によくひびいたものはない位だ。

抽象が、心に、力強くせまつてきたり、具象が、心に力強くせまつてきたりすることがある。しかし、具象は、その体、全体で、せまつてくるのだ。

20.

私は、人を殺すことも出来なくてはならない。
文學程、冷酷なものは、このせにないであらう。私は、私の冷酷さをもっては、決して、これにつき行って行けないであらう。私は、私の体にある熱い、冷酷さ(健康さ)をもって近づいて行かねばならぬ。しかし、私は、こんな意識をしながら、やって行っては、いけない。私は、私の冷酷を感じない程冷酷でなければならない。

私は、まだ、生活を知ってしまってはならない。私は、今迄、生活を知ってしまへる筈がないし、知ってしまったりしてはいけない。(こんな馬鹿な考へ方はない。生活を知らうとするな、生活は、お前の体の中に、お前の体の外にもえてゐる。
私にとっては私の夢の世界も、私の実在の世界なのだ。
そこには、何の疑ひもはさめないのだ。
性慾といふものが、生活のある方面で、根本的な力をもってゐる気がしだし。方だ。

私は文學論のやうな、ぜいたくなものは、もちたくないのだ。

私は、知性を打ちくだかうとする。しかし、私に於て、私が、官能に、のびればのびる程、文學性にのびればのびる程、私は、私の知性が、それについてくるのをみとめねばならないのだ。

21.

私は以前、恋愛の確かさを得たかった。私は、今迄その確さのために苦しんでゐる。其れと確かさを得たと思ったことから苦しんでゐる。恋愛は、人を苦しめるものにも、たっとい、とも言へる。(逆説をいふ奴を、私は、嘲笑はう。)

私は青の空の下に、寝ころんでゐると、全く、私と私の女以外にこの、この世にすんでゐないやうな處へまで、進んで行った。この世界にだれも、私達以外にゐないと思ったのだ。

私は、しまひには、藝術にふくまれた世界をのみ、信ずるやうになるだらう。そして、それは、少しも私の家族と、矛盾してゐない。

地の底をつきやぶった感じがした。(言ひ方が概念的だが)
以外に、生き方はない。
行為
↓以外に藝術はない。すべてが藝術だ。

感めいといふことと、感めいをうけうる情熱をもつといふこと、これこそ、私達のわすれてはならないことなのだ。

22.

美は、生活以外の何物でもない。又生活以外の何物にもあり得ない。

馬鹿は、常に智慧から生れてくる。俺のばかさ・かげんを打破れ。

(音・)感覚と言葉、これは、全く一つのものでなければならない。これが、「表現」といふものの、或る点で極点であると思ふ。感覚を呼ぶものは、或るものの言葉が上に完全に表現され、てこそ、言葉にむすびつき、人全体に作用してくるのだ。

生きるといふこと、これは創作であり、創作といふもの、これが、すべての奥のものだ。

知識と知慧を混同してはいけない。知慧は、それ自らの発展をもつてゐる。しかし、知慧も、結局捨てられねばならない。理論が、すべてではない。理論、(論理といつてもいい)を、動かしてゐる、根がなければならない。

重味こそ女の美徳でなければならない。

断歸は、俺の言葉だ。行為の業がすべてだ。

23.

暁の太陽は、荘厳きわまりないものだ。あかくへを山をひびかし、海をひるがへし、森やマンをならしつゝしかし、この動は、結局、静に、燃えて行く動である。其の奥底には、絶対の静止が打つてゐるのである。

これに反し、正午の太陽は、海と空を重ならせ、全く動かぬ静のやうに見える。しかし、これこそ絶対の動であるのだ。無限の回転は、音もなく、にほひもなく、行はれてゐる。絶対の動の極点に正午は立つてゐる。

私は絶対の動を求めやう。絶対の動は絶対の静に重なり、すべてを打ち破りつつすべてを統一してゐるものだ。

人と人とのはげしい対立、恋愛。対立だけではない。対立と解するのは表面的である。入りこみ・とけ・統一して進むのを考へねばならぬ。

自己を甘やかす者の道が落ち行く道は、自己嫌悪の陥り行く道よりは、はるかにいたい目が少ないやうにみえる。しかし、それは、外面だけだらう。(私にとつて)

自分の気持の動きを、はつきりととらへることは、私のやうな人間にとつては、もつとも、必要なことであらう。

混乱そのものが、清明にすんで澄みきって在るといふいひ方はない。もはや、混乱は其処にはない。奥底にあるものは、常に澄み切ったものだ。それが、常識を衝突する場合、常に混乱が見出される。

「物があるままに無である。」私が、創作しているとき、私は常に、この無の中に生きているのだろう。生きさせているのだ。

近頃、独断的なもの以外に余り興味がもてなくなってきた。独断は、大きな力をもっている。

すべてが、自身自身の体だ。すべてが自身自身の体であるせかい、私の世界だ。私には、私の体でないものはない。

明朗は、厳密の奥底から生れて来る。厳密の中には、何もない。何もあり得ない。

自己否定は、自覚のもっとも深いものであることを感じよ。自己否定は、単なる否定ではない。より高いものに上する、より積極的な肯定にすぎない。

「大閑さの片脚が生れた。」

「大遊さの片脚が」

「光どこに。」

「大閑さ。」

「鋼鐵め。」

「ふーーいー、落ちみた、ゆふ、はーー」

私は、大聲でわらった。

私の言はうとする意味の、断りにしろ、詩にしろ結局「形」に落ちるのが当然な位だ。

言葉は、それ自身力をもってくる。言葉は、何等外部から力を与へられるものではない。

言葉は光明である。言葉を建築する創作の行為が光明であると同時に、光明は、厳密でなくてはならない、あがめやがない。光明は絶対の響であるのは勿論だ。

創りの一つ一つの細な問題にしていくことは勿論だが、それは、言葉を全くしめるに見ることはできない。

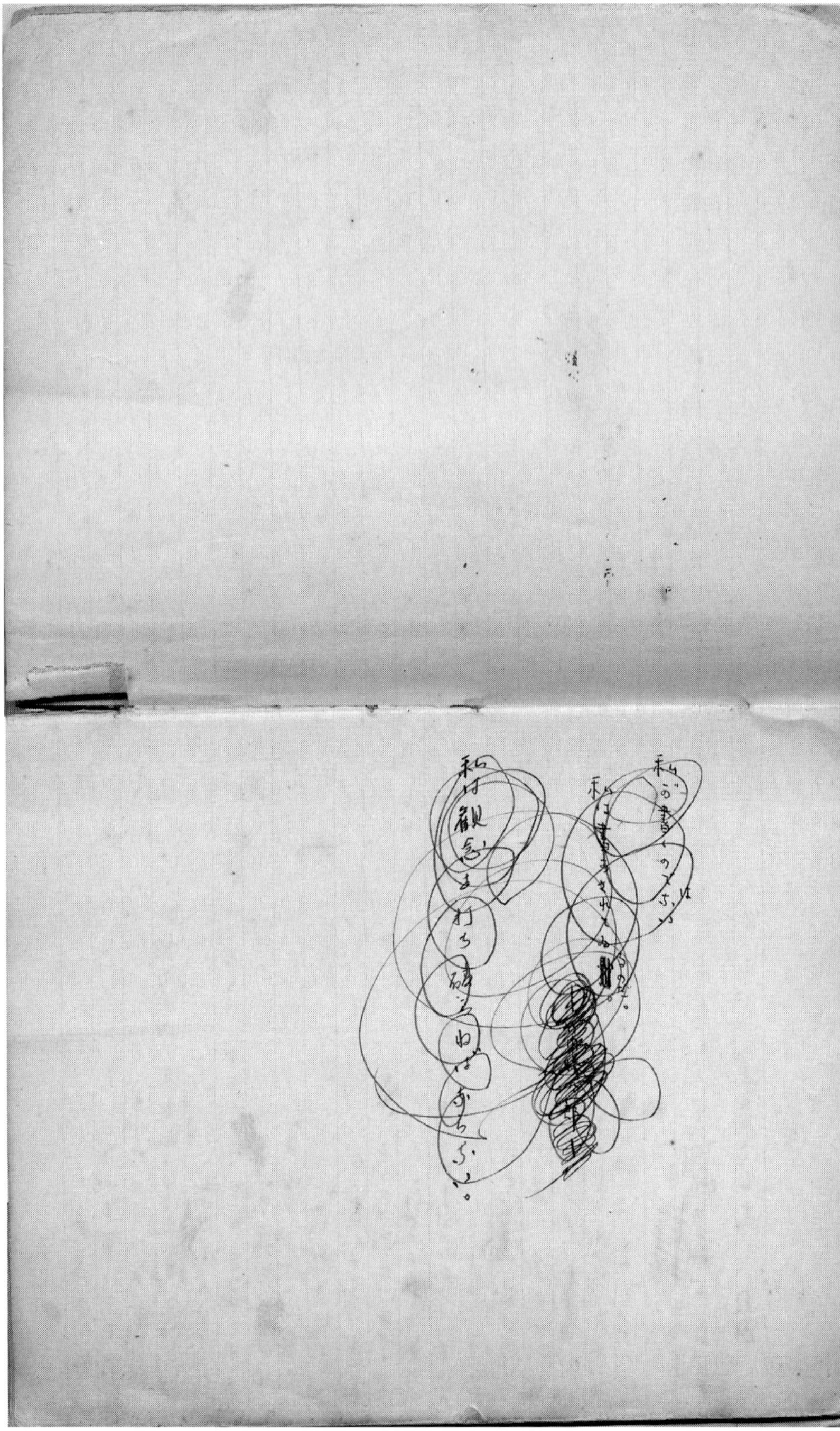
私は観念を打ち破らねばならぬ。

十月二十七日（七年前の今日 父は死んだ）（十月二十七日）

暁の日をつらぬいて
紫白の煙、浄らかな国。
父よあなたは尊い。清水のやうに。
私は、ひざまづく。あなたの力。
響いてくる神代の音楽。
いつまでも絶えない聖水の焔。
白菊は、穏かに、水をふくみ、
蝶は、さんさん粉をふりそそぐ。
あなたの思想の大いなる石層。
あなたのゆるぎない 限りつくせない意志。
佛達は、あたりに 天の花をまきちらし
あなたは上る紫の国土。
聞えくる佛陀の言葉。
大らかにふく風のうなり。

朝―乳をのむ（十一月一日。）

朝―
乳をのむ、あかるい光。
冬はその[illegible]にかくされた。
冬の強い意志が、
落ちて行く木の葉に[illegible]脱がせ、
荒々しい無言の言葉が、
夜の黒い沈黙から闇の流れ入る。
×
朝―
乳をのむ、ゆたかな湯気、
猫は、私の膝の上、眠りに目を細める。
この生物から来る暁の味は處女。
×
冬の引きしまった肉体が
[illegible]のろのろしい足ぶみをもって。
溢れてくる、私の体[illegible]。
朝―
乳をのむ、コスモスの影。
木木の生命は地面にかくされ、
みの虫のマントはもう厚っぽい。
×
寺の鐘は、地に落ちるすべてを吸ひ込み。
長い休息を祝ふ蛇の目。
穴はあたたかい夢にまとはれた。

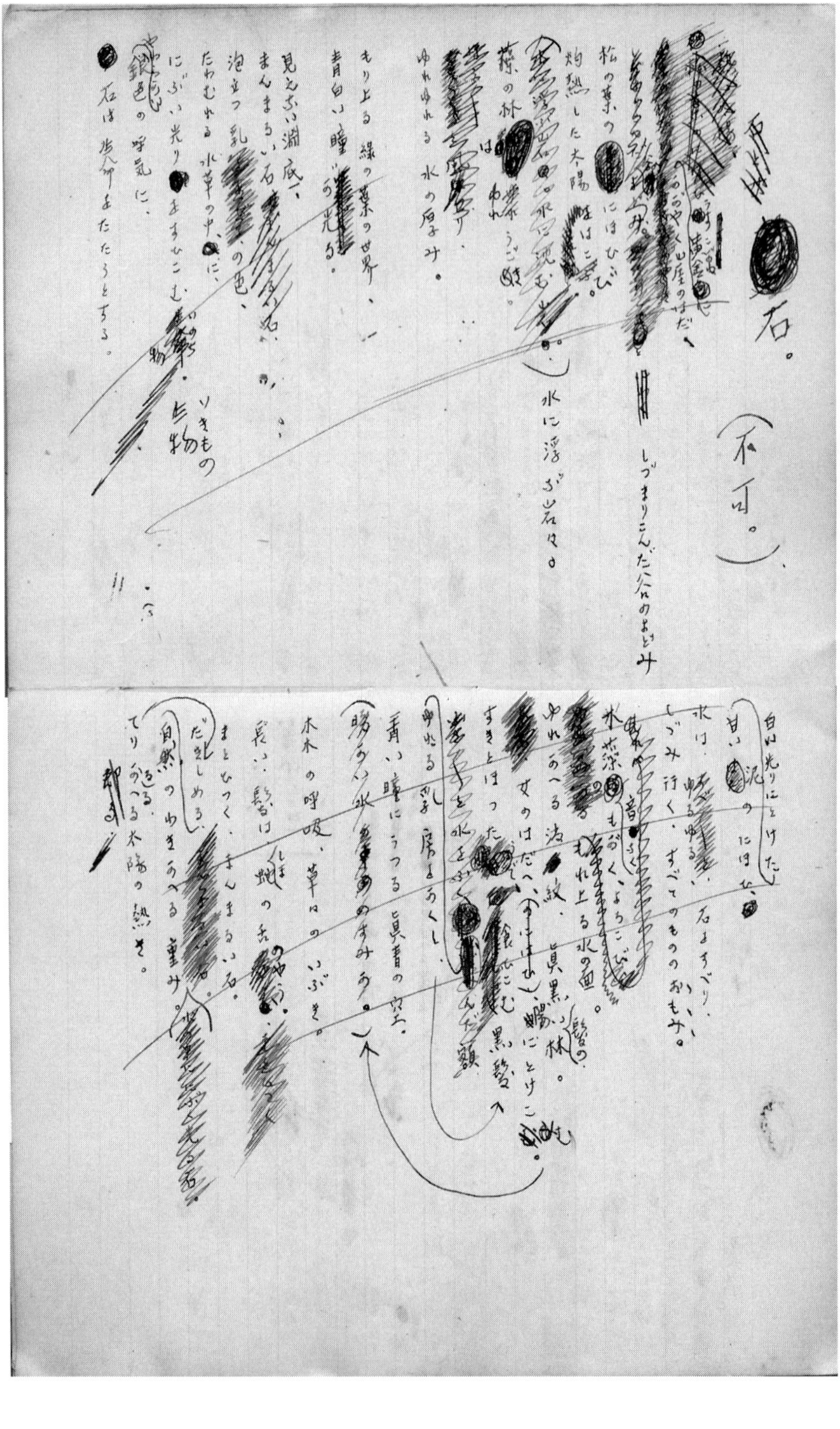
石。
（不可。）
しづまりこんだ谷のよどみ
水に浮ぶ岩々。
灼熱した太陽
藻の林は
ゆれゆれる水の厚み。
もり上る緑の葉の世界、
青白い瞳
見えない淵底、
まんまるい石
泡立つ乳
たわむれる水草の中に、
にぶい光り
鉄色の呼気に、
石は歩みをまたたうとする。
白い光りにとけた
甘い泥のにほひ、
水はゆるゆる、石をすべり、
しづみ行く、すべてのもののおもみ。
もり上る水の面。
ゆれかへる波紋、真黒い林。
女のはだへ、
ゆれる乳房をかくし
青い瞳にうつる真青の空。
木木の呼吸、草々のいぶき。
長い髪は
まとひつく、まんまるい石。
だきしめる、
自然のゆきかへる重み。
てりかへる太陽の熱さ。

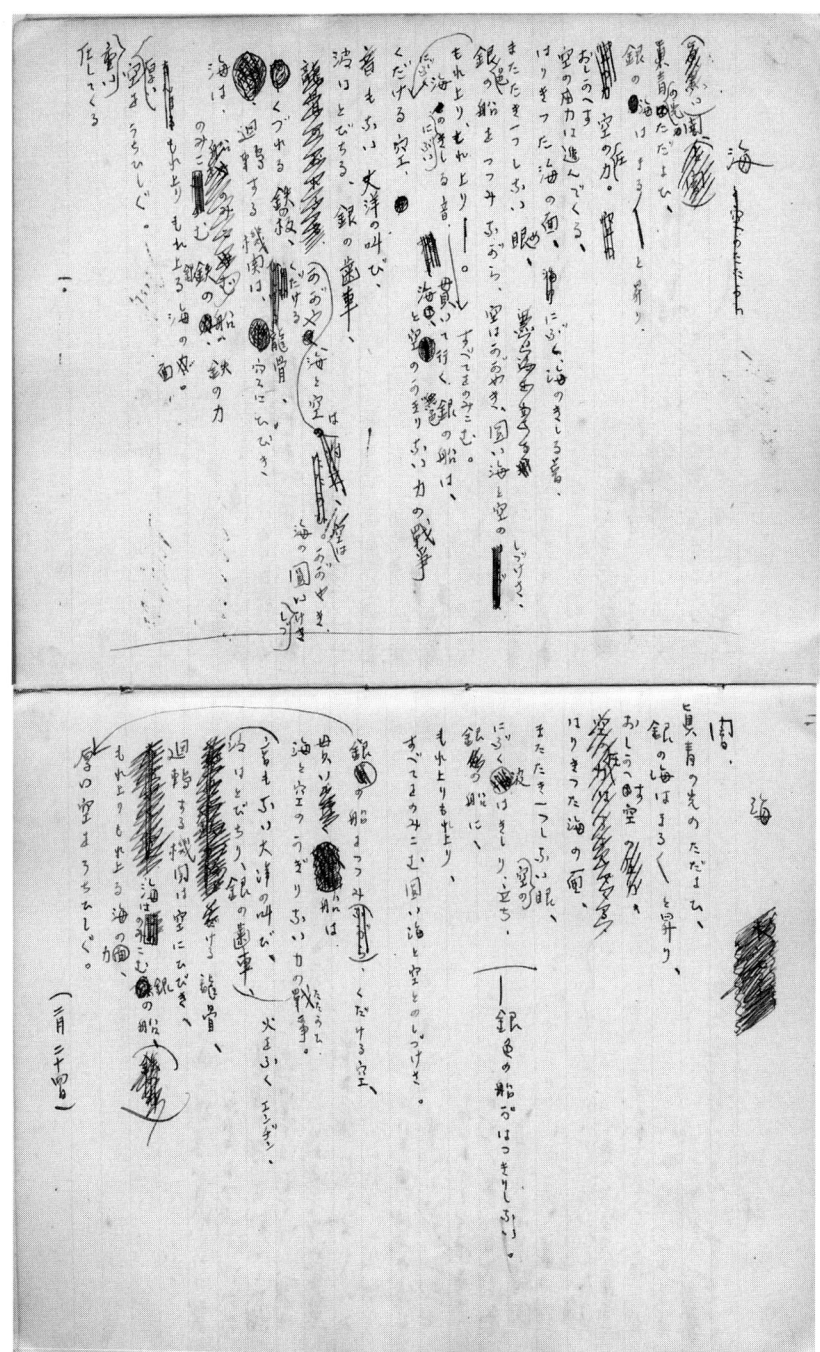
海
闇、
真青の光のただよひ、
銀の海はまるく／＼と昇り、
はりきつた海の面、
またたき一つしない眼、
銀の船に、
もれ上りもれ上り、
すべてをのみこむ圓い海と空とのしづけさ。
銀色の船がはつきりしない。
くだける空、
海と空のうぎりない力の戦争。
火をふくエンヂン、
音もない大洋の叫び、
波はとびちり、銀の歯車、
龍骨、
廻轉する機関は空にひびき、
もれ上りもれ上る海の力、
空をうちひしぐ。
（二月二十四日）

9　ノート2

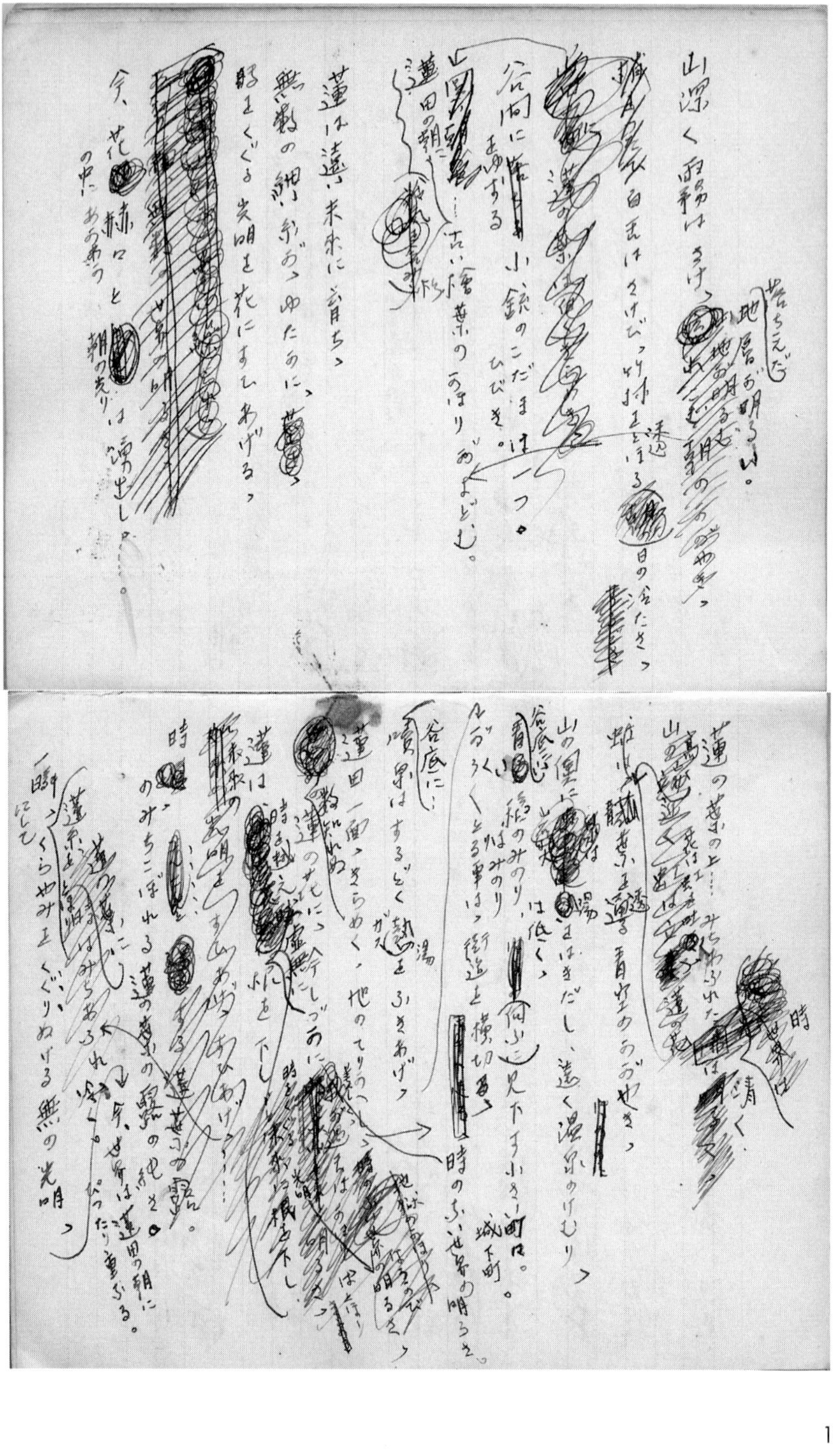

山深く霧は さけ、地層が明るい。
谷間に 小鉄のこだまは一つ。ひびき。古い陰葉のかほりがよどむ。
蓮田の朝に
蓮は遠い未来に育ち、
無数の細がゆたかに、
時をくぐる光明を花にすいあげる。
今、花 と 朝の光りは
蓮の葉の上……
清く
山の里に 湯をはきだし、遠く温泉のけむり
青空のかがやき、
見下す小さい町は。城下町。
時のない世界の明るさ。
谷底に
噴泉はするどく 熱湯をふきあげ、
蓮田一面にきらめく、地のてりかえし
蓮は
時
のみちこぼれる蓮の葉の露の純さ。
今、世界は蓮田の朝にぴったり重なる。
一瞬に くらやみをくぐりぬける無の光明。

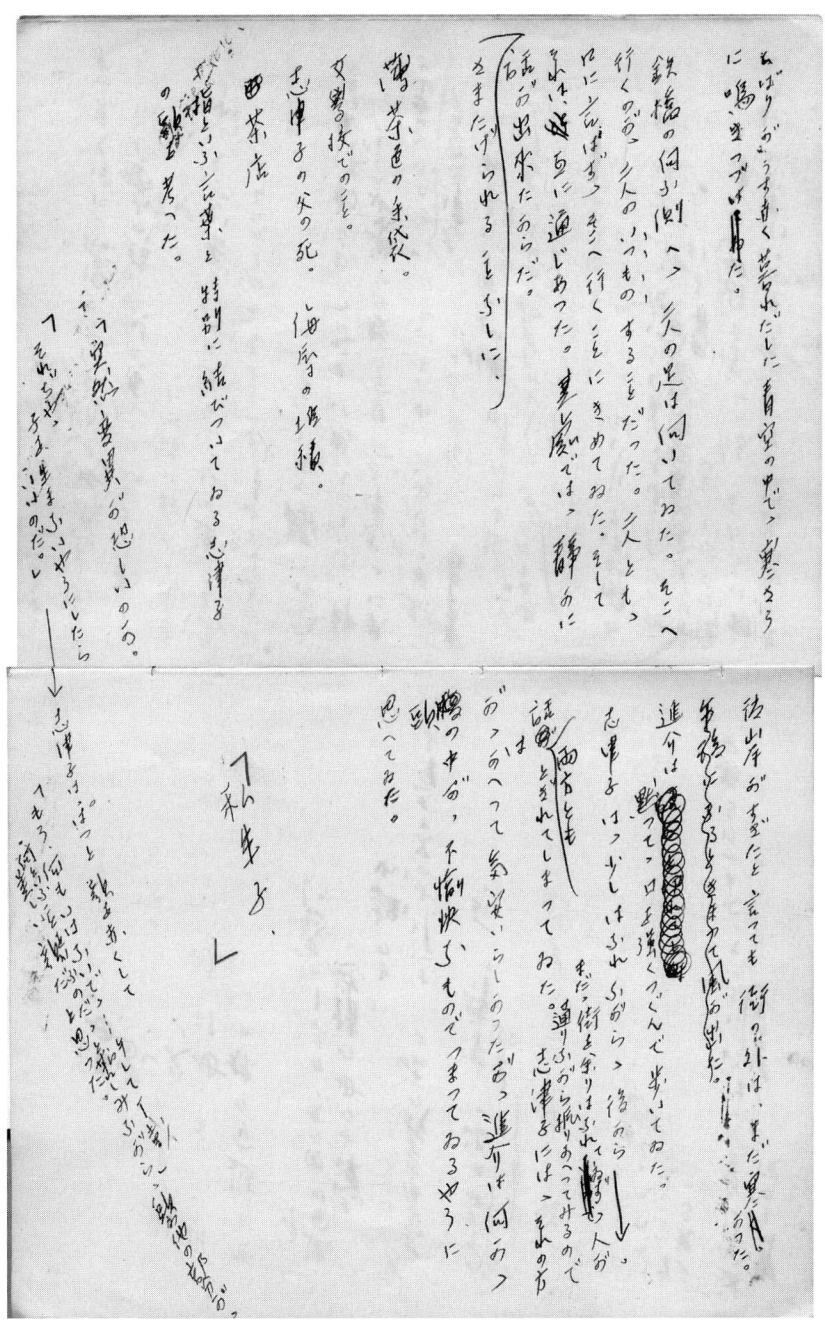

ねばりがうす青く暮れだした青空の中で、寒さうに鳴きつづけた。

鉄橋の向う側へ、二人の足は向いてゐた。そこへ行くのが、二人のいつものすることだった。二人とも、口に言はずに、そこへ行くことにきめてゐた。そして、それは、互に通じあった。其処では、静かに話が出来たからだ。

「さまたげられることなしに、」

薄茶色の手袋。

女學校でのこと。

志津子の父の死。伯母の遺積。

西茶店

「指」といふ言葉を特別に結びつけてゐる志津子の顔を考へた。

「突然、要異が恐しいの句。」

「それぢゃ、手を離さないやうにしたらいいのだ」

→志津子はぽっと顔を赤くして、「もう、何も言はずに」[illegible]

結山岸がすぎたと言っても、街の外は、まだ寒かった。

[illegible]

進介は[illegible]黙って、口を強くつぐんで歩いてゐた。

志津子は少しはなれながら、後から、まだ、街を余りはなれてゐないので、通りながら振りかへってみる人があるので。

志津子には、[illegible]

話が両方ともとぎれてしまってゐた。

は、かへって気安いらしかったが、進介は何かつ

頭の中が、不愉快なものでつまってゐるやうに思へてゐた。

「私生子」

[illegible]その夜

進介は、自分が、志津子の兄にふって、火をつける夢を見る。

「へへへーーー」

バイ毒の話。 女子潔癖。 乱。

共産主義の話。 志津子の兄と志津子との離れ

志津子の母の情慾。

進介の他の女。カフェーの女給。

進介の妹。

父、母、祖母、家。

[illegible]で春ぼこりといふのが、白くほこりが、道にうづまき、田には、緑、麦や、赤紫、緑の斑にふったいちごの芽が、よくみると、小さくゆれてゐた。

「俺はあの六本の指のみを愛してゐるのかも知れないぞ」そんな思ひが浮んだ。そして、

志津子の指を、もっと深く心のおくに款を、ぐだぐだに思ひながら、ぶらぶら、憮然とした。

俺は、志津子の六本の指をもってゐるといふことを愛してゐるのかもしれない。

五本の指をもってゐたら、きっと、何の興味も、何も「引かれなかったかもしれない。

自己をいとしむといふ事を愛してゐるのかもしれない。

それとも、六本の指の子供を生んでみる、そんなことに

[illegible]肉体的な執着を持った狂人かもしれない。

進行中は、すべて理解できない、
というものはなかったが何か
そんな理性的なもの以外に積極的な
感じがあった。
彼の傲慢と勝利が彼を
孤立させ、人からさけられ
又人をさけるやうにもなった。
ヘンシツ狂、センネ病質、
ハイネ病的。
セイ欲。
彼はその女の性格をまうたがひ、
出来るだけ離婚できるやうにしんでた。

それだのに或るときには
きまぐれを起して、遊園へ行ったり
した。文郎にキスしたり、
ザックも[illegible]をまたずに行ったり
した。

イワン、ラスコリニコフ、
ラゴージン、スタフローギン
がすきなのだ。こんな男の血が
流れてゐるのかもしれない。

日本人にはふれないのだ。
逆に日本人にはふれない。何が
日本人に云ってきかれないのが日本人。
いかし日本人て何だ。

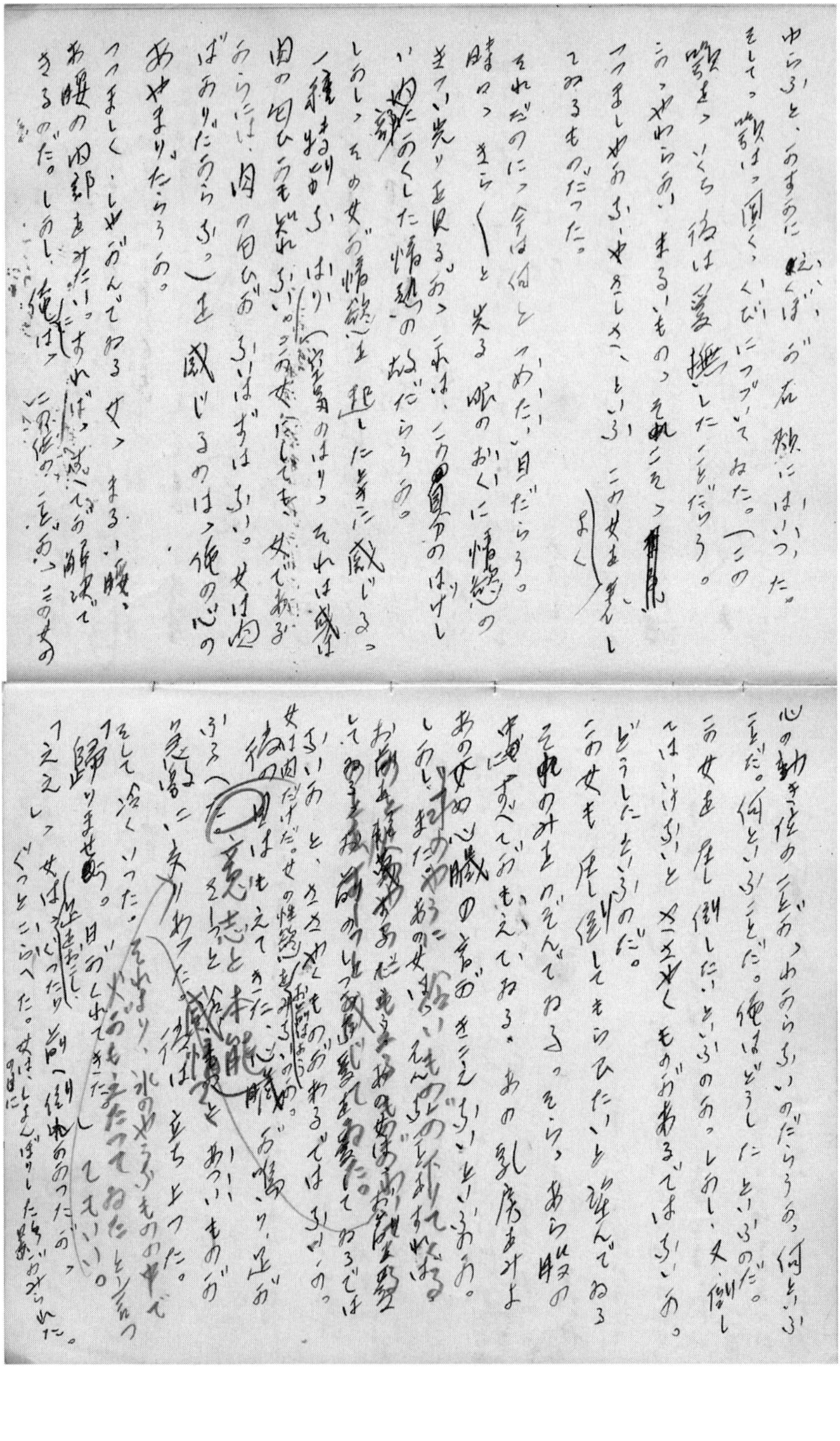
ゆらりと、かすかに蛇くばが右頬にはいつた。
そして、顎は、固く、くびにつづいてゐた。（この
顎を、いくら彼は愛撫したことだらう。
このやはらかい、まるいもの、それこそ、この女を（よく）美しくし
つつましやかな、やさしさ、といふ
てゐるものだつた。
それだのに、今は何とつめたい目だらう。
時々、きらきらと光る眼のおくに情慾の
まつ白い光りを見るが、それは、この自分のはげし
い[illegible]をかくした情熱のあだだらうか。
しかし、その女が情慾を起したときに感じる、
一種特有なはり[illegible]それは感
肉の匂ひも感じられない。女であるが
あらたは、肉の匂ひがあるはずはない。女は肉
ばかりだからだ。（[illegible]）を感じるのは、俺の心の
あやまりだらうか。
つつましく、しやがんでゐる女、まる腰、
お腰の内部をみたいすれば、[illegible]で解決で
きるのだ。しかし、俺は、二十年の[illegible]この女の

心の動き位のことが、わからないのだらうか、何といふ
ことだ。何といふことだ。俺はどうしたといふのだ。
この女を征し倒したいといふのか。しかし、又、倒し
てはいけないと、ささやくものがあるではないか。
どうしたといふのだ。
この女も征し倒して貰ひたいと望んでゐる
それのみをのぞんでゐるやうだ。あらゆる肢の
中に、すべてがもえてゐる。あの乳房をみよ
あの女の心臓の音がきこえないといふのか。
しかし、まだわからない。あの女は[illegible]
[illegible]
[illegible]
[illegible]ゐるでは
ないかと、ささやくものがあるではないか。
女は肉だけだ。女の性慾[illegible]
彼の[illegible]は燃えてきた。心臓が[illegible]
ふうつと意志と本能と感情とをあつい[illegible]ものが
意識に、変りはてた彼は立ち上つた。
そして冷く言つた。それより、氷のやうなものの中で
帰りませう。日がくれてきた。ともいつた。
「ええ」女は[illegible]ぐつたりと[illegible]
ぐつとこらへた。女は、しよんぼりした姿がみられた。

「いや、さうですがね」主人は若い人のやうにいつた。
「へつへつへつ、犬をやつておるんですよ。接吻もするんで
せう、犬の涎いのを、口にくはへこんで、だきしめながら
らメメーーー」
女は顔を真赤にして、ゐたが、
「バカネ」と半信さうに言つた。
実際 鉄郎が或る夜に此の室へ紹介されたとき、
女が犬を（しかも大きな奴を）飼つておるのを見て
（彼は遠くから話をきいた。）ピーンと、「へへへ」と
笑つたのだ。
女とナイセツした後で此の女の美しい裸体が犬の上へ
のしかかつておるのを想像した。

女の顔のキンニクの動揺 向ふから女がくる。
すましておる、近づいた途端急にキンニクの緊れて
頬（目の下）のキンニクがぐらぐらとゆるむ。目がぼーつと
なる。即ち、頬はじーんと麻しさを感じる。
気いたもので、

「身も世もあられぬといふ気がする。とほりすぎし、
何じやと思ひ、気をとり返しゆきすぎる。
すして、ふりかへる。向ふもふりかへる」。「何だ」と
二人がおもふ。二人とも、「イイ、いける」と思ふ。
「――キキ。」思想。
○○○
意識―男根。

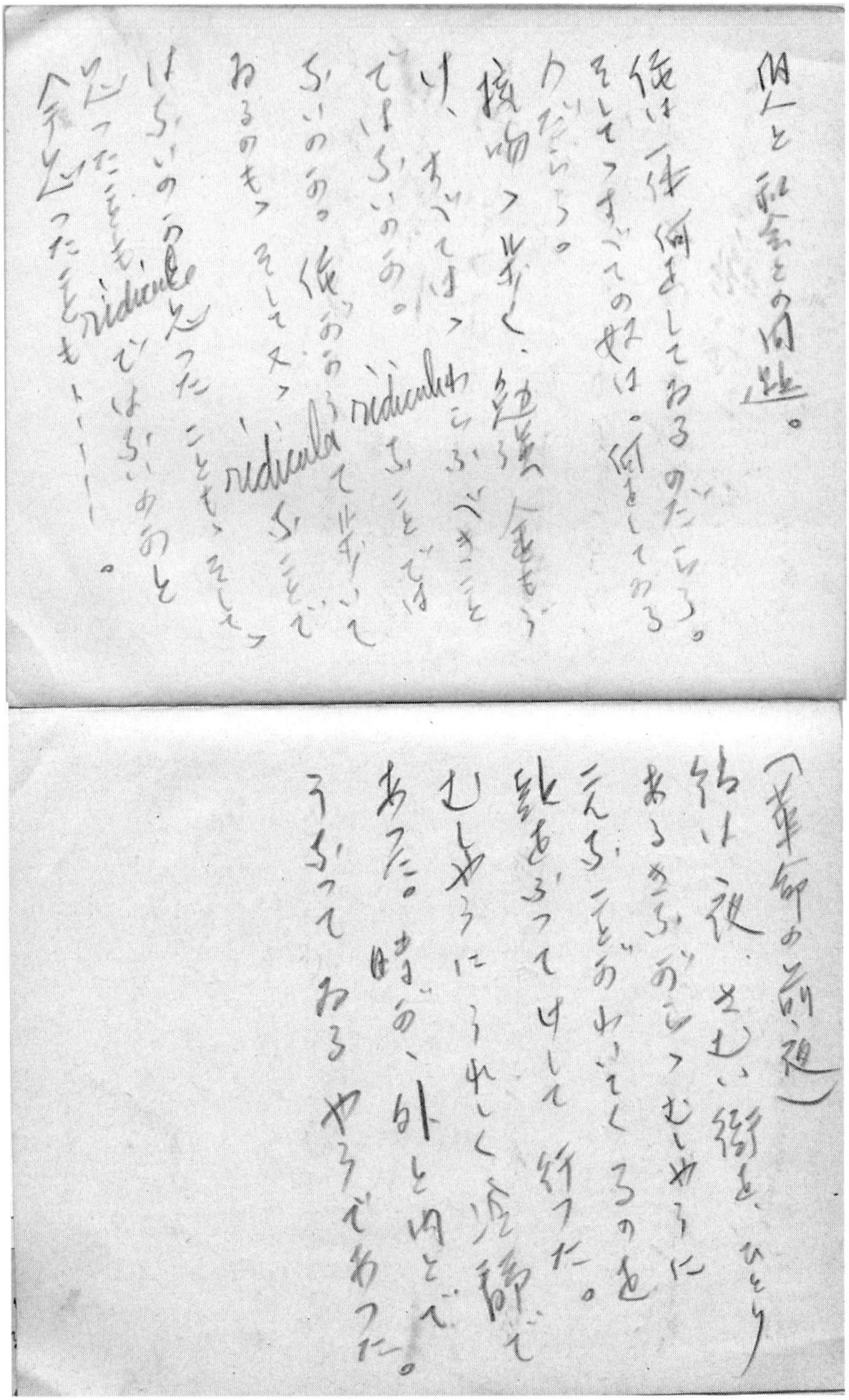

個人と社会との問題。
俺は一体何をしてゐるのだらう。
そしてすべての奴は、何をしてゐる
のだらう。
接吻すること、結婚すること
は、すべては、ridiculeなことではないのか。
ではないのか。ridiculeなことでは
ないのか。俺があるのも、ridiculaなことで
あるのも、そして又、ridiculaなことで
はないのか。言ったことも、そして
言ったことも、ridiculeではないのかと
言ったことも——————。

（革命の前夜）
俺は夜、さむい街を、ひとり
あるきながら、むしやうに
こんなことを考へてゐるのを
誰もふつてけして行つた。
むしやうにうれしく冷静で
あつた。時が、外と内とで
ちがつてゐるやうであつた。

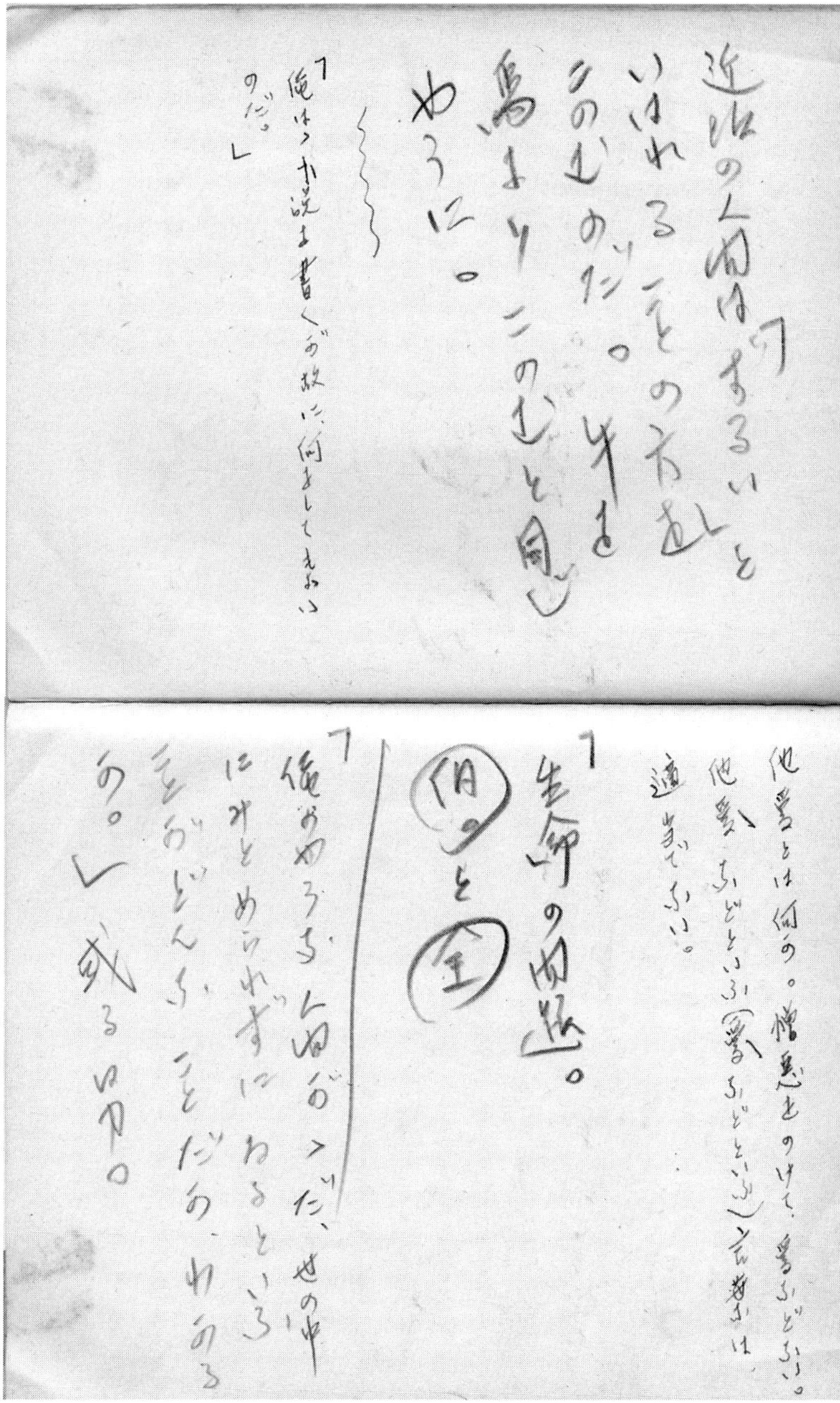
近代の人間は何するいと
いはれることの方が
この方のだ。生き
事よりこの方と同じ
やうに。

「俺は小説を書くが故に何をしてもよいのだ。」

他者とは何か。憎悪をのけて、争ふだらう。
他者、などといふ（争ふなどといふ）言葉は
適当でない。

「生命の間隔。
個と全

「俺がめざす人間がつだ、世の中
にみとめられずにゐるといふ
ことがどんなことだかわかる
か。」
成るのか。

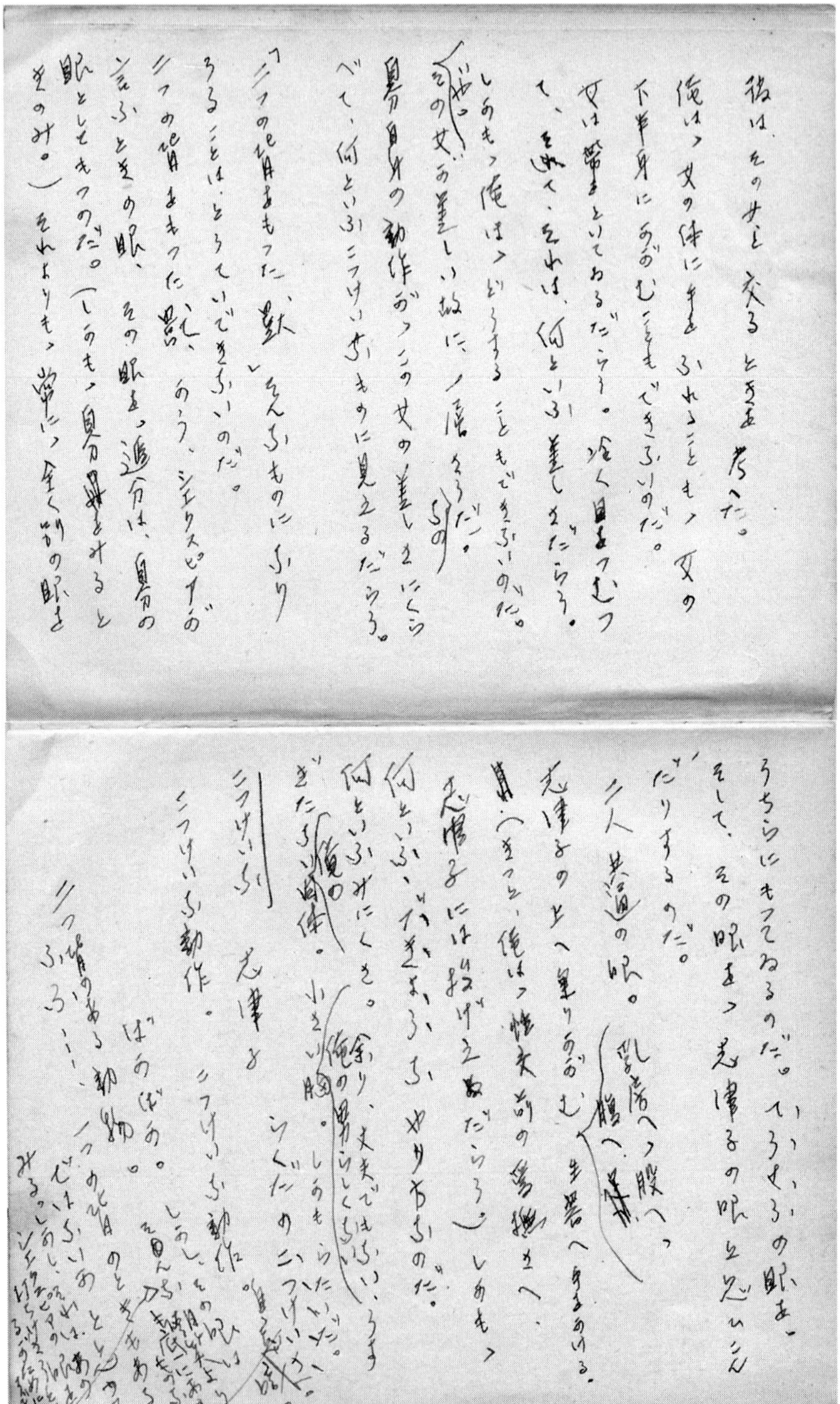
後は その女と交るときを考へた。
俺は、女の体に手をふれることも、女の
下半身にあびむこともできないのだ。
女は常をとじてゐるだらう。冷く目をつむつ
て、黙って。それは、何といふ美しさだらう。
しかも、俺は、どうすることもできないのだ。
その女が美しい故に、（いや）倍なるだらう。
自分自身の動作が、この女の美しさにくら
べて、何といふこつけいなものに見えるだらう。
「二つの背をもった獣」といふものになり
うることは、とうていできないのだ。
二つの背をもった獣、あゝ、シェクスピアの
言ふときの眼、その眼を、自分は、自分の
眼としてもつのだ。（しかも、自分を見る
ときのみ。）それよりも、常に、全く別の眼を

うちらにもってゐるのだ。てらさらの眼を、
そして、その眼を、志津子の眼と思ひこん
だりするのだ。
二人共通の眼。（乳房へ、腹へ、臍へ、生器へ 手をかける。）
志津子の上へ乗りかかる。
（まつと、俺は、性交前の愛撫を、へ）しかも、
志津子には投げ出すだらう）
何といふ、ぶざまなやりかたなのだ。
何といふみにくさ。（俺は余り、丈夫ではない。うす
ぎたない肉体。小さい胸の男らしくない。）しかもらくだのこつけいさだ。
「こつけいな」 志津子
こつけいな動作。こつけいな動作
ばかばかしい。
二つ背のある動物 ……

「車輪」

小説へ挿入の部

① 鉄橋、をみた頃、海岸で一[illegible]の中からふいきびしきの上から結をおきった。

② 見[illegible]つふれた
次郎は、ぶらぶらとおらった。おたし
のぞいてみた。
くさつた顔からの描で。
犬にふめさせる。
心理描写をふくする。
③ 志[illegible]自分の[illegible]の記まで[illegible]の見るの見る
④ 便訓 母との対話 日記 鉄と針の音 紙
鉄郎
印刷のくも事の様子。
一人はただす鉄郎のむとんぢゃくにいらくしてゐた。

「何でもよい利用するのだ。」

「そうだ、俺は負けてゐるのだ。」とばく然。

革命に俺の体を、

「君ならば、どんなにふったらどうする。」

「俺はどうもするものか。俺は黙してゐる。」やるのだ。

これも、新しくはいつてきたまれい人
がこうふんしてゐた。
④ くにには めがねおるのだった。
にはペンの人生観。不定。どうでもよい。
志津子のもみじと、
きつさ悲惨にて。

創作とは発見にすぎない。

背徳者を中心として。

「背徳者(インモラリスト)」はジイドの自画背徳讃美ではない。

「インモラリスト」を、フロイドにより解釈することは出来るであらう。併し、ジイドは決して、かかるもののみを目ざしてゐるのではないことは明かだ。

「背徳者」は、一つの問題は、一つの問題への入口にすぎないことを示してゐるのだ。人間が、時間的に、即ち、悲劇的に見た小説だ。たしかに、これは、悲劇だ。ここには、ニイチエが、もつとも、大きく影を投げてゐる。時間を超克しようとして、超克したと自分では信じてゐながら、どうしても、超克しえなかつたニイチエ。時間の上にある人間が、時間の流へ向ふことによつて時間をこえることをせず、即ち、時間に離することによつて、時をこえることをせず、即ち永劫回帰の時の円い流れから、そのままとびだす如き超人的なこころみをもとめては、決して許されぬにちがひない。

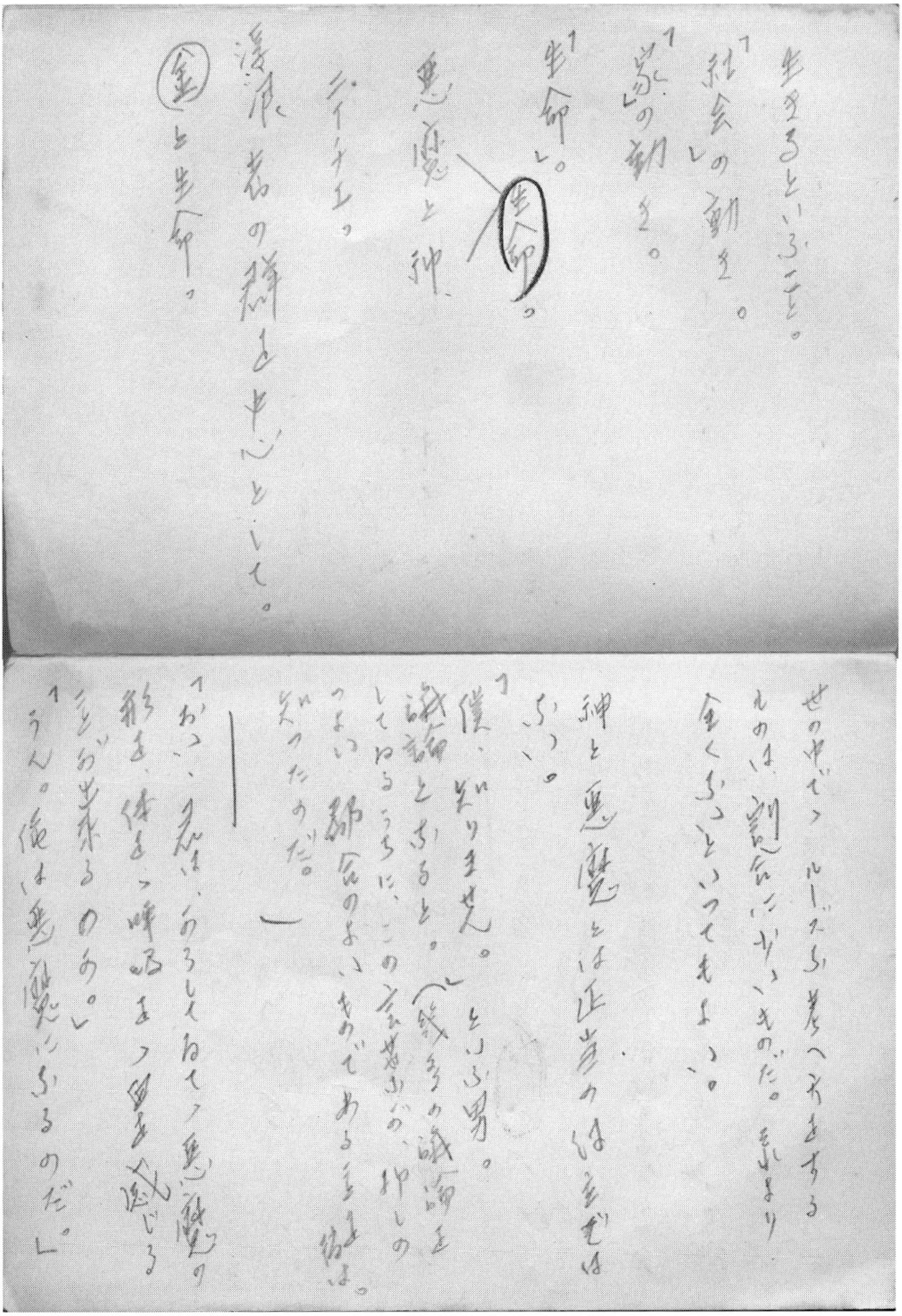

生きるといふこと。
「社会」の動き。
「家」の動き。
「生命」。
悪魔と神（生命）。
ニイチエの
浪漫者の群を中心として。
（金）と生命の

世の中でブルヂヨア共へ反抗する
ものは割合に少いものだ。それより
全くないといつてもよい。
神と悪魔とは正当の仕業では
ない。
「僕、知りません。」といふ男。
議論をすると。（鉄）多の議論を
してゐるうちに、この矛盾が、抑しの
つかない錯誤のよいものであることを
知つたのだ。

——

「おい、君は、何しておいて悪魔の
形を、体を、呼吸をして意識を感じる
ことが出来るのか。」
「うん。俺は悪魔になるのだ。」

彼は、自分の心をいつわつてゐた。

しかも、彼は、自分の気持ちを、多、人に言つたりしたことにさへ、恐れを感じてゐた。（それは、地獄行きのねうちがあるのだ。）

地獄が、彼を底へてゐた。

身動きも出来ぬ程。


「マルキシスト達の中には もつとく、あつさりした人間がゐることを。」


転向者の、不転向者的に対するしつと。

超意識の下での虐殺。

石灰層の中への埋殺。

行つてもらつたかハバ
まりなも大事れもつて
ゐる。それがはりつめしい。
しあもすてられぬ。
「私は決して死るんなり
しない」

俺は、おーいんじん
にしつしょする
皆の生れ代りの
たい。

すると、諸君は自分が
今年十九の青年
も初めて生きてゐたこの
あるゆるふ気もをもつた
そして、それを自分が信
じこみ、それこそ本当
で、あり、それのあたり
まへにふるやうに努力
する。

俺は、あらゆる／すしたに
個人雑誌さへも／には絶つ
しなければ、あらゆる
ものの自分の道のやうに進
んでゐた。

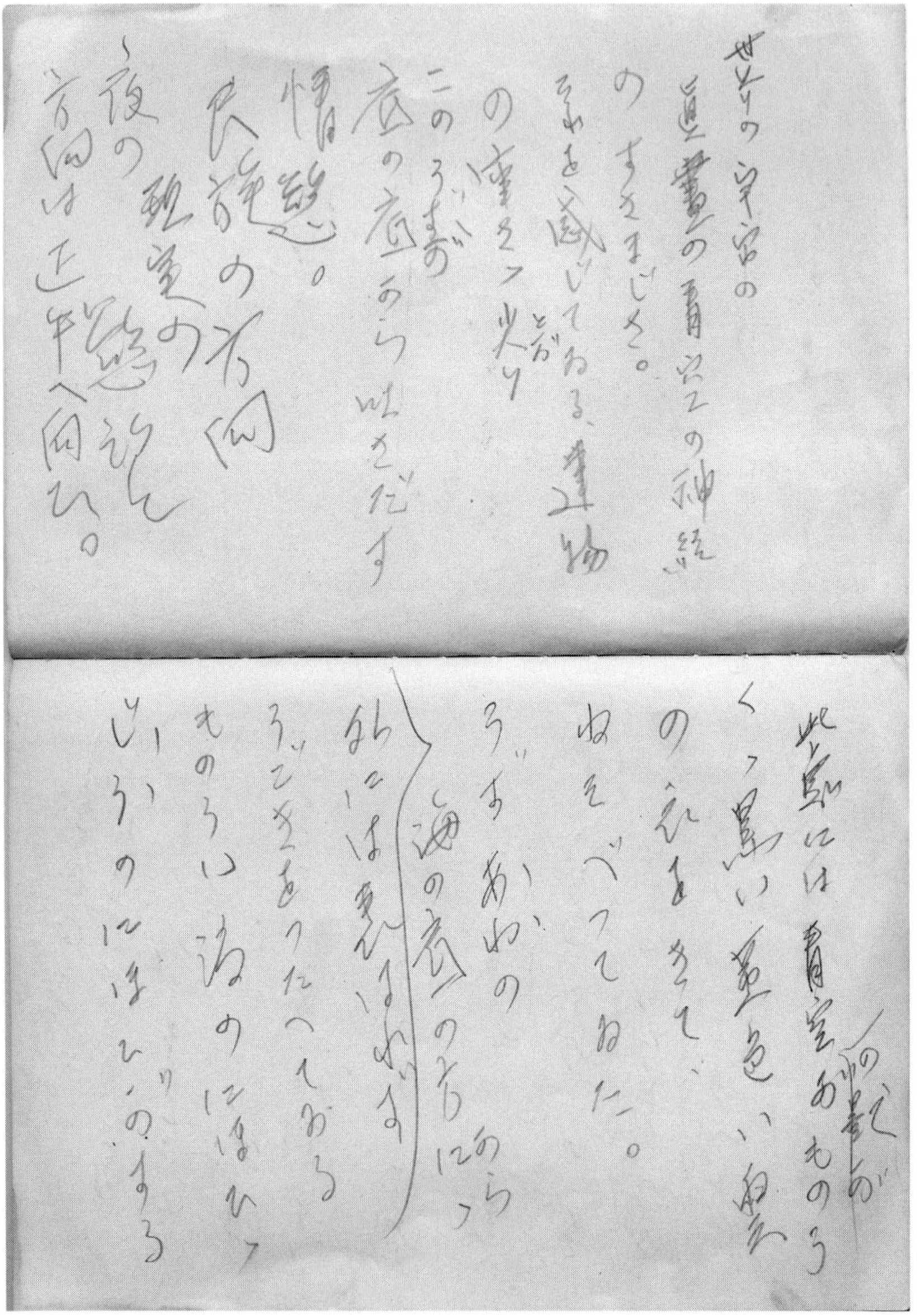
世界の宇宙の
透畫の青空の神経
のすさまじさ。
それを感じてゐる。建物
の壁をつ尖り
このうづまきが
底の底から吐き出す
情熱。
良識の方向
夜の頽廃の誘惑して
方向は正午へ向ひ。
地球には青空がものう
く、黒い草色、白い
の衣をきて、
ねそべつてゐた。
うすあかいの
海の底の方にから
私には見えはせぬ
うつとりまつたへてゐる
ものういねのにほひ、
じいうのにほひのする

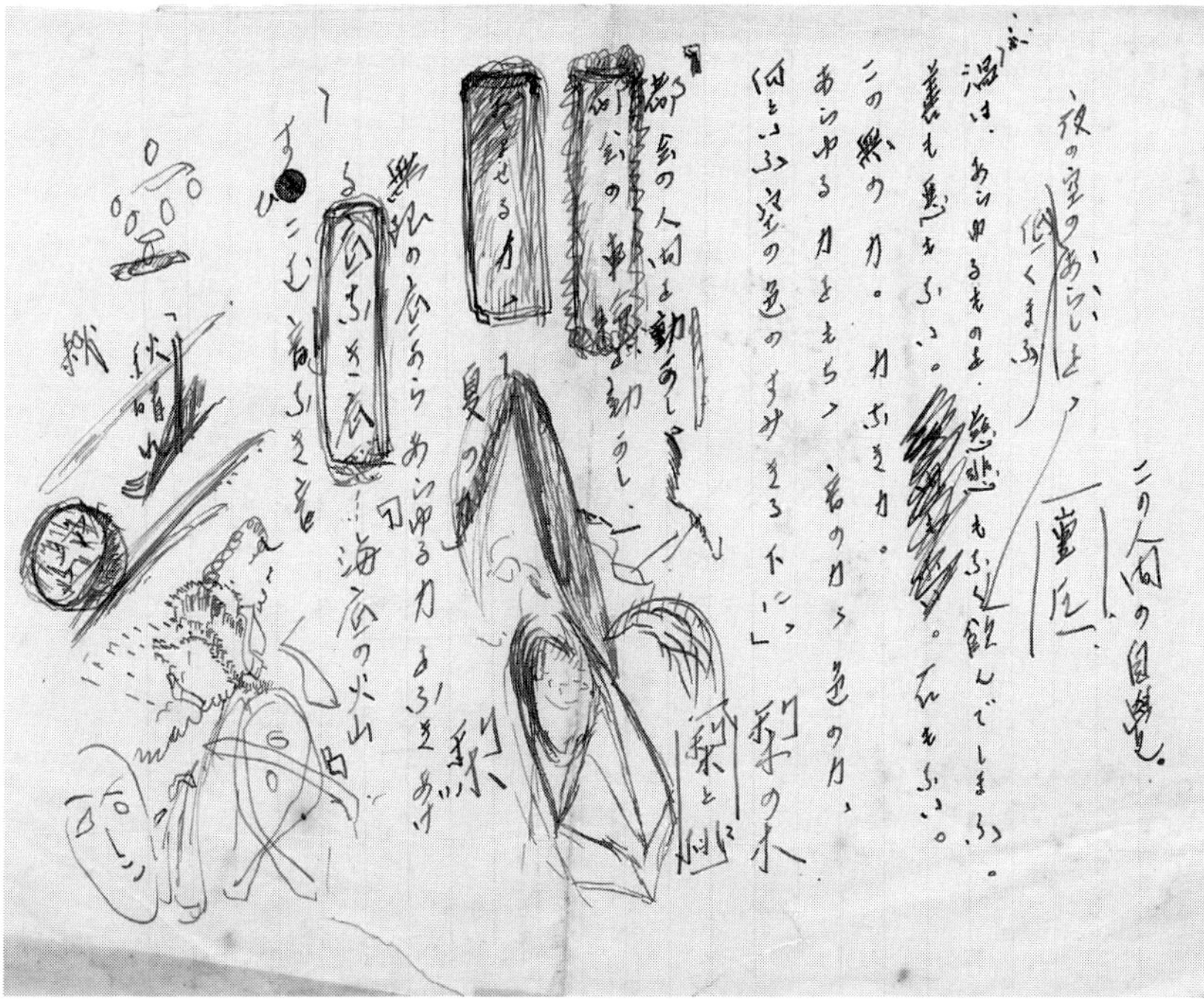

25　ノート5

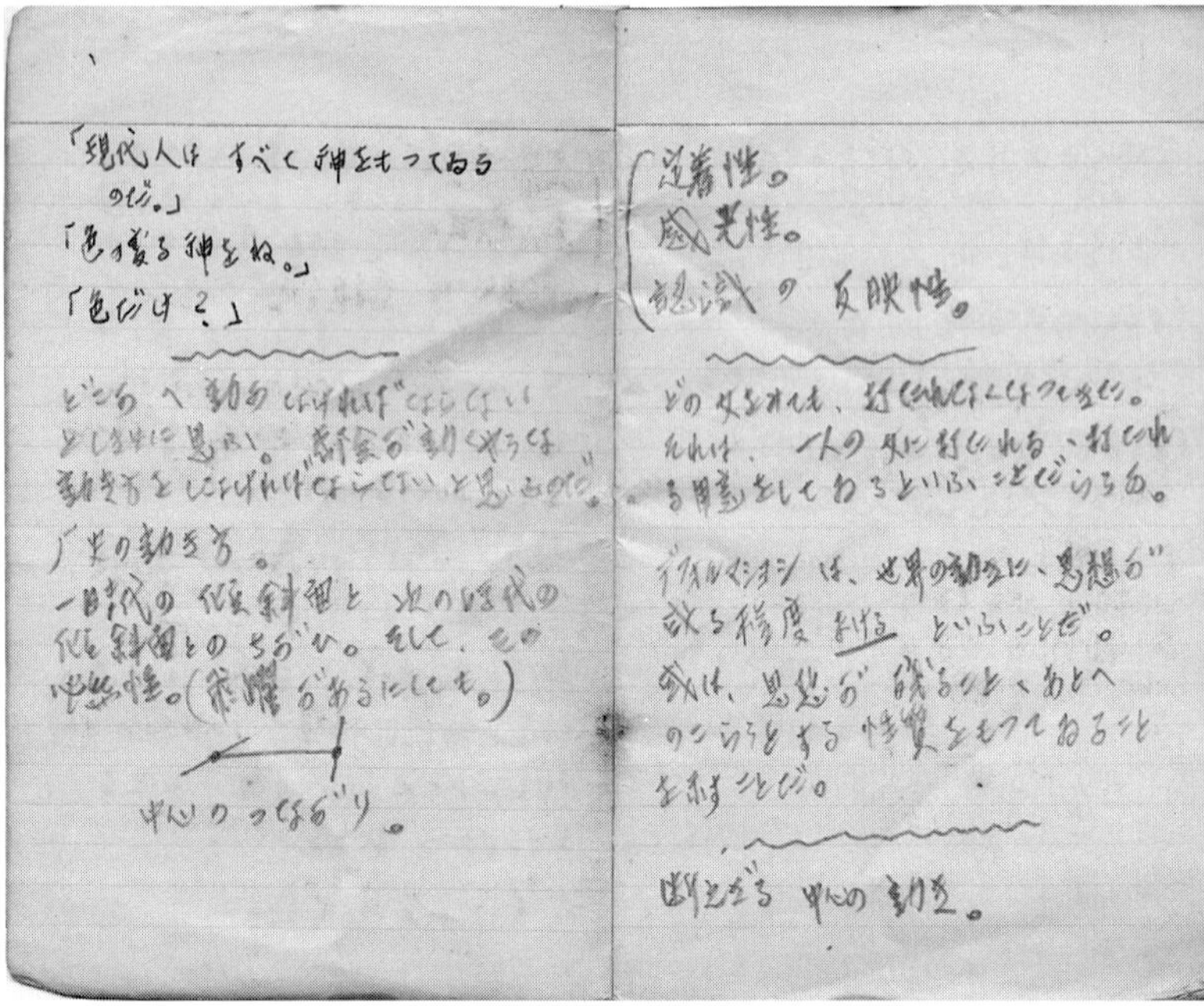
「現代人は すべく神をもってゐるのだ。」
「色の違ふ神をね。」
「色だけ？」

どこかへ 動かなければならない ような気に思はれる。新しい時代が動くやうな動きかたをしなければならないと思ふのだ。
歴史の動き方。
一時代の経済組織と 次の時代の経済組織とのちがひ。そして、その必然性。（飛躍があるにしても。）

中心のつながり。

流動性。
感覚性。
認識の反映性。

どの男を見ても、好きになれなくなってきた。それは、一人の男に好かれる、好かれる用意をしてゐるといふことだらうか。
ディアレクティクは、世界の動きに、思想が或る程度おくれる といふことだ。
或は、思想が残るといふ、あとへのこらうとする性質をもってゐることを示すことだ。

断えざる 中心の 動き。

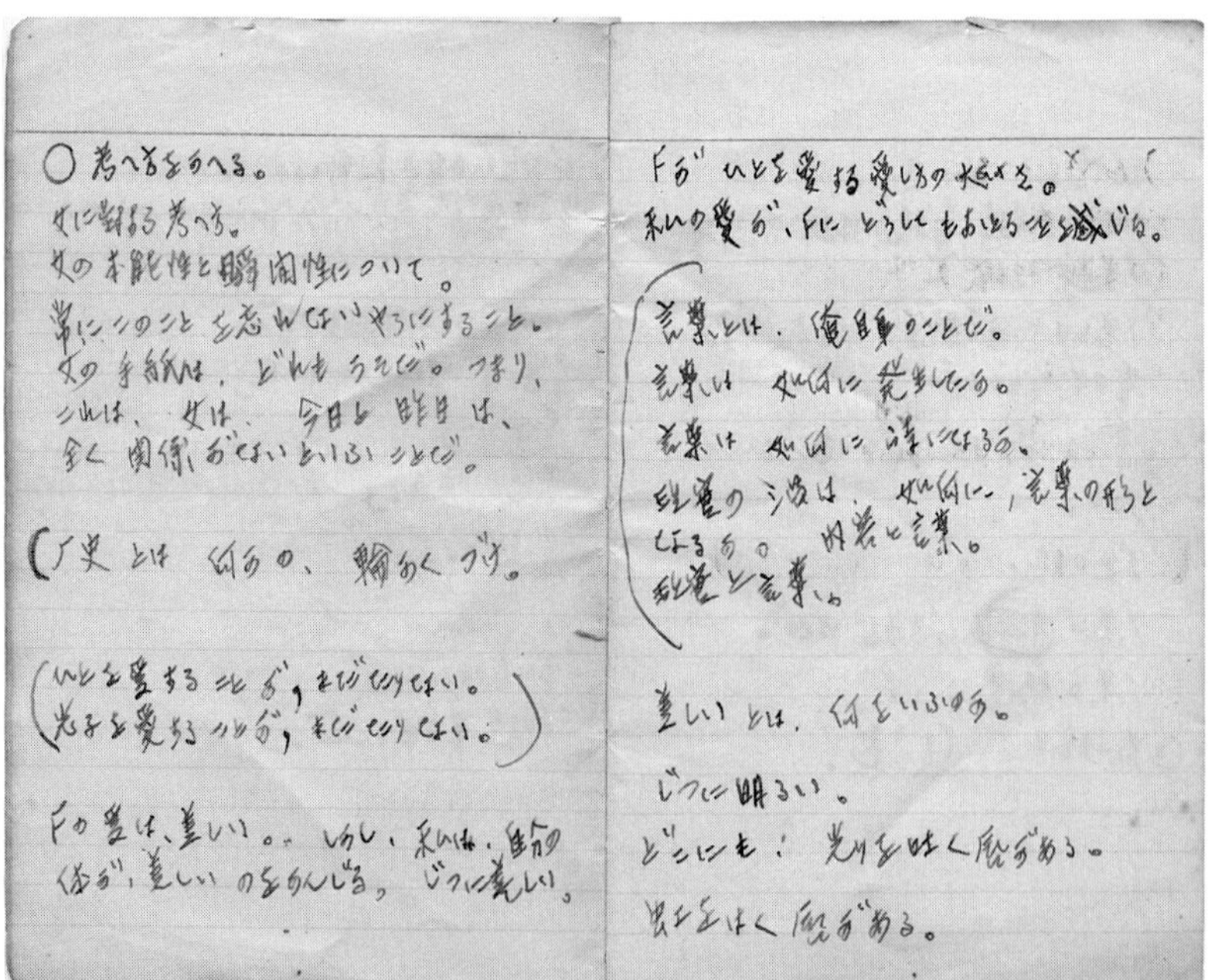
○考へ方を考へる。
女に対する考へ方。
女の本能性と瞬間性について。
常にこのことを忘れないやうにすること。
女の手紙は、どれもうそだ。つまり、これは、女は、今日と昨日は、全く関係がないといふことだ。

（歴史とは 自分の、輪かくづけ。

（ひとを愛することが、まだ出来ない。
光子を愛することが、まだ出来ない。）

Fの愛は、美しい。。 しかし、私は、自分の体が、美しいのを感じる、じつに美しい。

Fが ひとを愛する愛しかたの 大きさ。
私の愛が、Fに どうしても劣るのは当然だ。

言葉とは、体臭のことだ。
言葉は 如何に 発生したか。
言葉は 如何に 豊になるか。
経験の 流は、如何にし、言葉の形となるか。 内容と言葉。
経験と言葉。

美しい とは、何をいふのか。
じつに明るい。
どこにも： 光りを吐く所がある。
黒さをはく所がある。

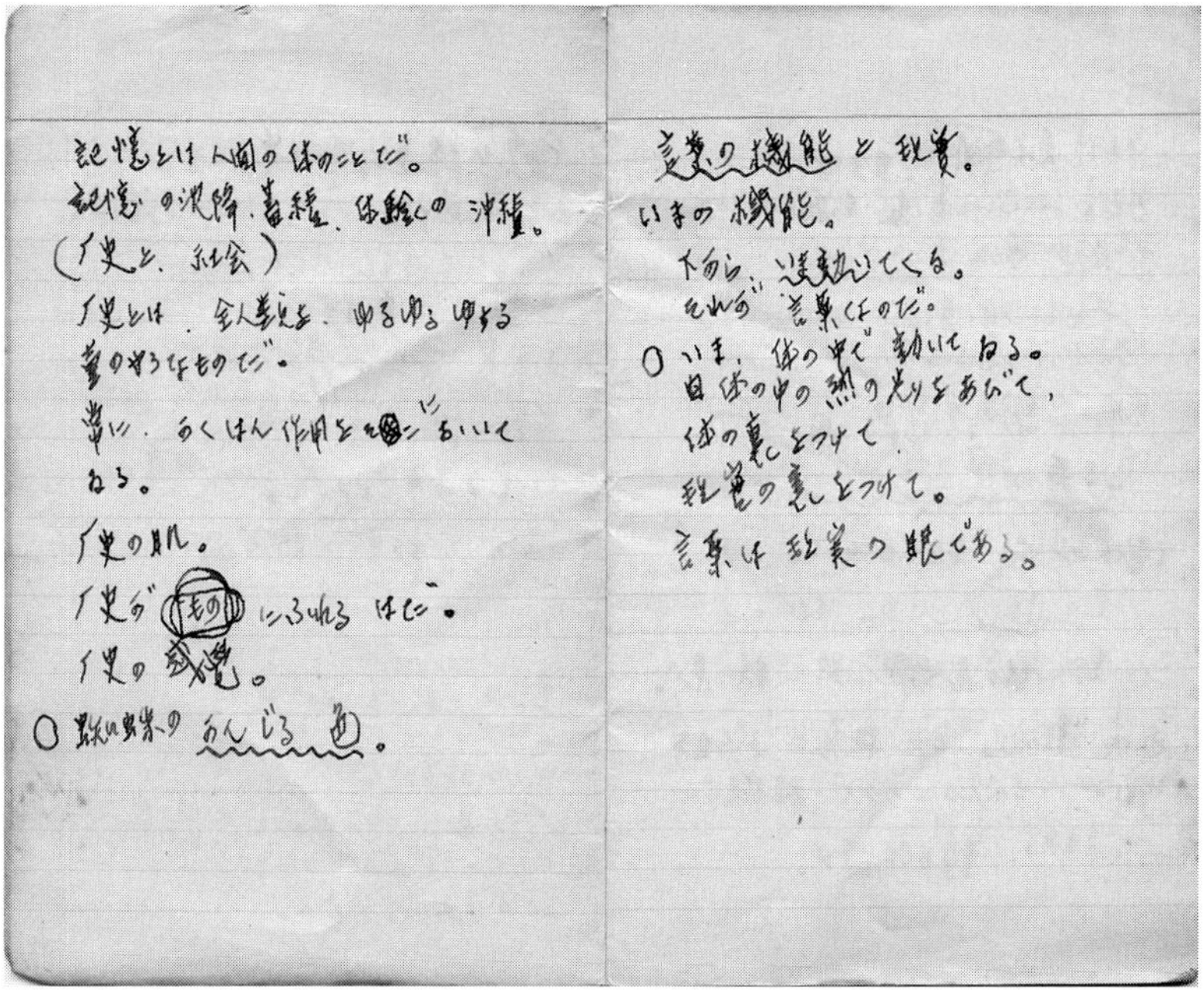
記憶とは人間の体のことだ。
記憶の沈降、蓄積、体験の沖積。
（歴史と、社会）
歴史とは、全人類を、ゆるゆるゆする
籃のようなものだ。
常に、ちくはん作用を[illegible]においてゐる。
歴史の肌。
歴史が（もの）にふれるはだ。
歴史の感覚。
○黙示録のかんじる色。

言葉の機能と性質。
いまの機能。
下から、運動してくる。
それが言葉なのだ。
○いま、体の中で動いてゐる。
自体の中の熱の光りをあびて、
体の熱をつけて
性質の熱をつけて。
言葉は性質の眼である。

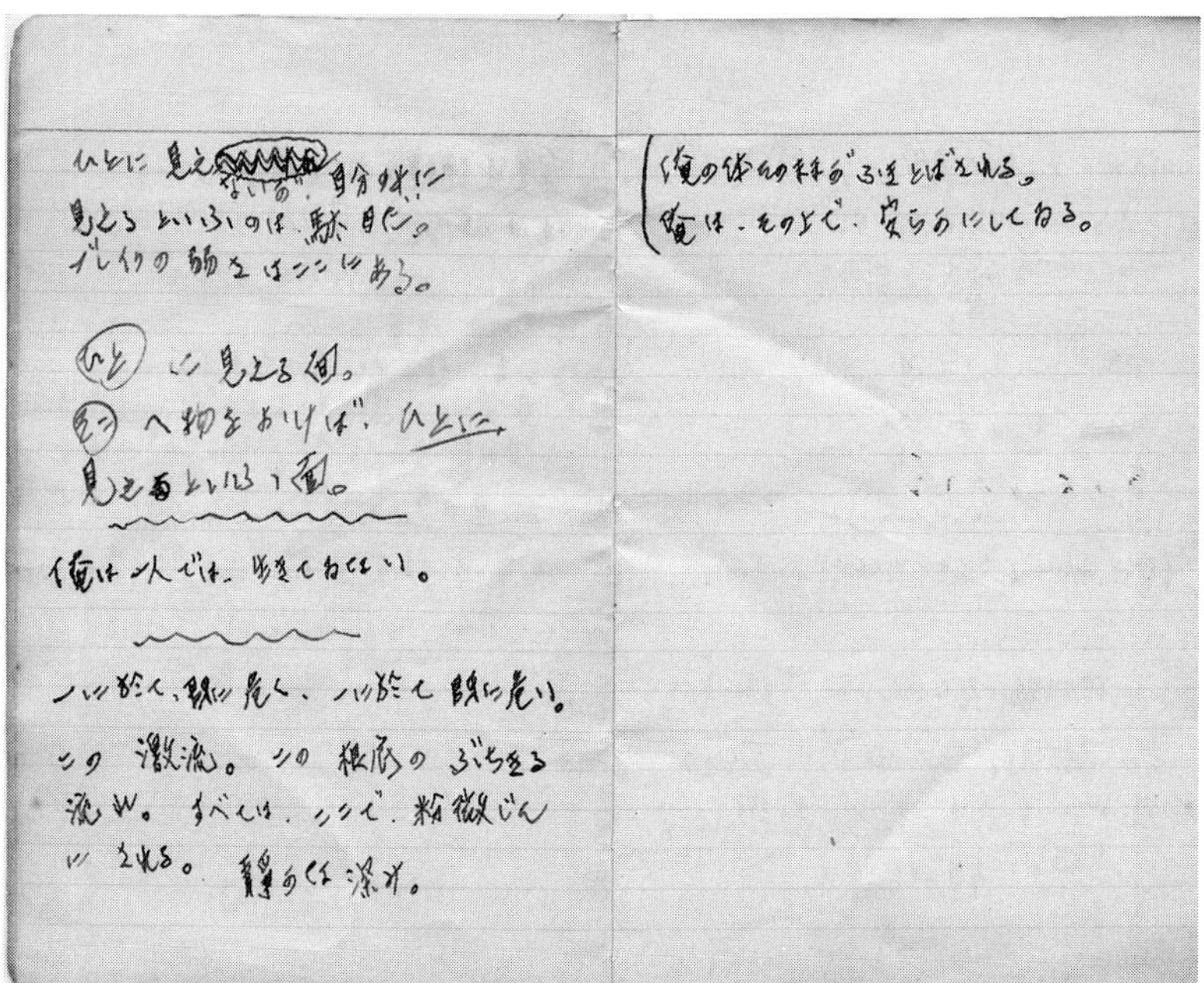
ひとに見え（ないが）、自分だけに
見えるというのは、駄目だ。
ブレイクの弱さはここにある。

（ひと）に見える面。
（ここ）へ物をおけば、ひとに
見える面というやつ面。

俺は一人では、生きてゐない。

一に於て、既に老く、一に於て既に老い。
この激流。この根底のぶちきる
流れ。すべては、ここで、粉微じん
にされる。静かな深み。

俺の体の熱がふきとばされる。
俺は、そのとで、安らかにしてゐる。

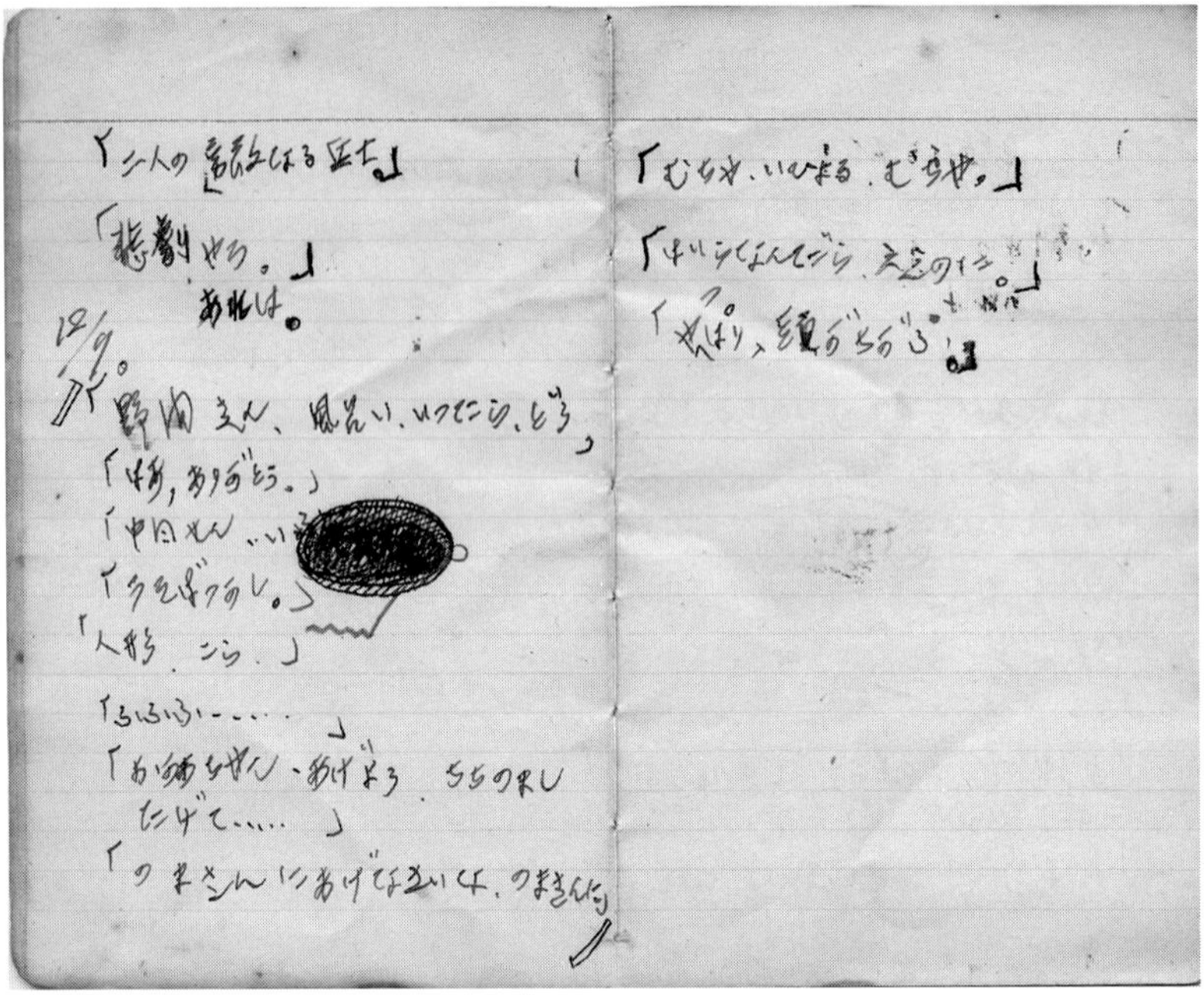
「悲劇やろ。」

あれは。

12/9。

「野間さん、風呂いっていこう、どう」

「はあ、ありがとう。」

「人形、これ。」

「ふふふ……」

「のまさんにあげてなさいよ、のまさんに」

「むちゃ、いいよる、むちゃや。」

「やっぱり、顔がちがう。」

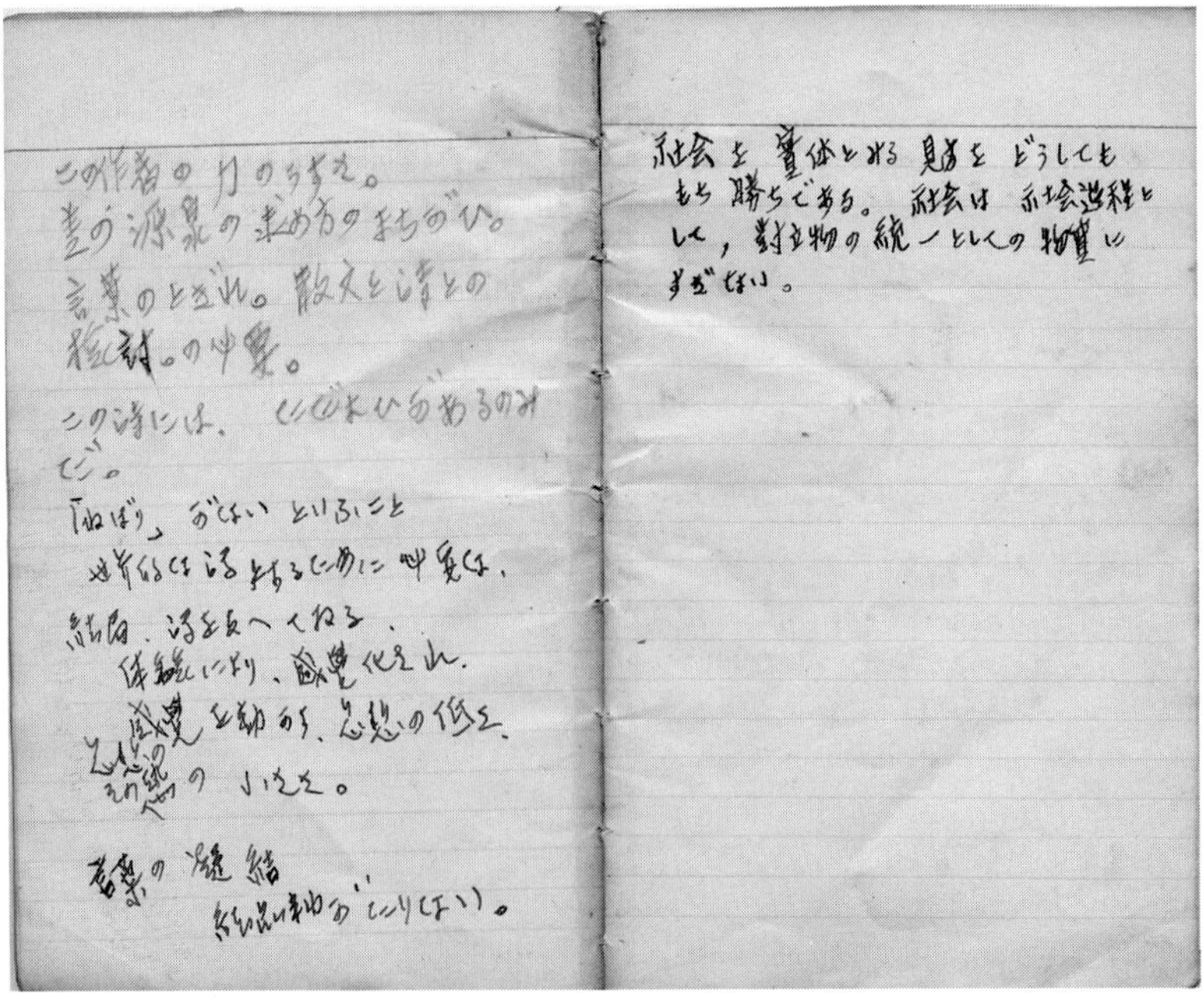
この作者の力の弱さ。
美の源泉の求め方のまちがひ。
言葉のとぎれ。散文と詩との
「ねばり」がないということ
体験により、感覚化され。
言葉の凝結
社会を実体とみる見方をどうしても
もち勝ちである。社会は社会過程として、対立物の統一としての物質に
すぎない。

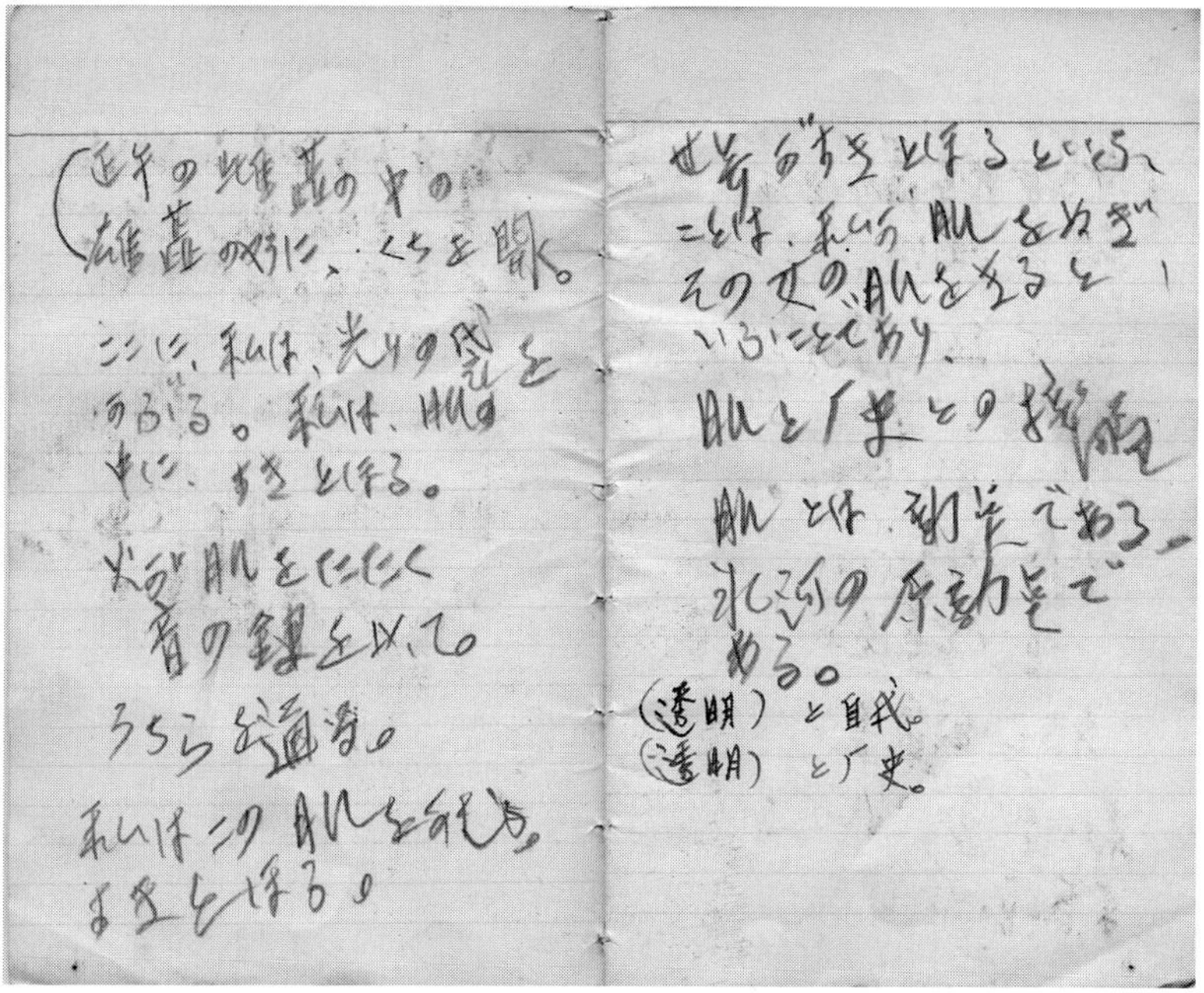

近年の[illegible]の中の
雄蕊のように、くちを開く。

ここに、私は、光りの[illegible]を
あびる。私は、肌の
中に、すきとほる。

光が肌をたたく
音の[illegible]を以て。

うちら[illegible]。

私はこの肌をもち
すきとほる。

世界がすきとほるといふ
ことは、私が肌を持ち
その女の肌を見ることで
あり。

肌と[illegible]との[illegible]

肌とは 到達点である。
氷河の原動点で
ある。

(透明)と自我。
(透明)と[illegible]。

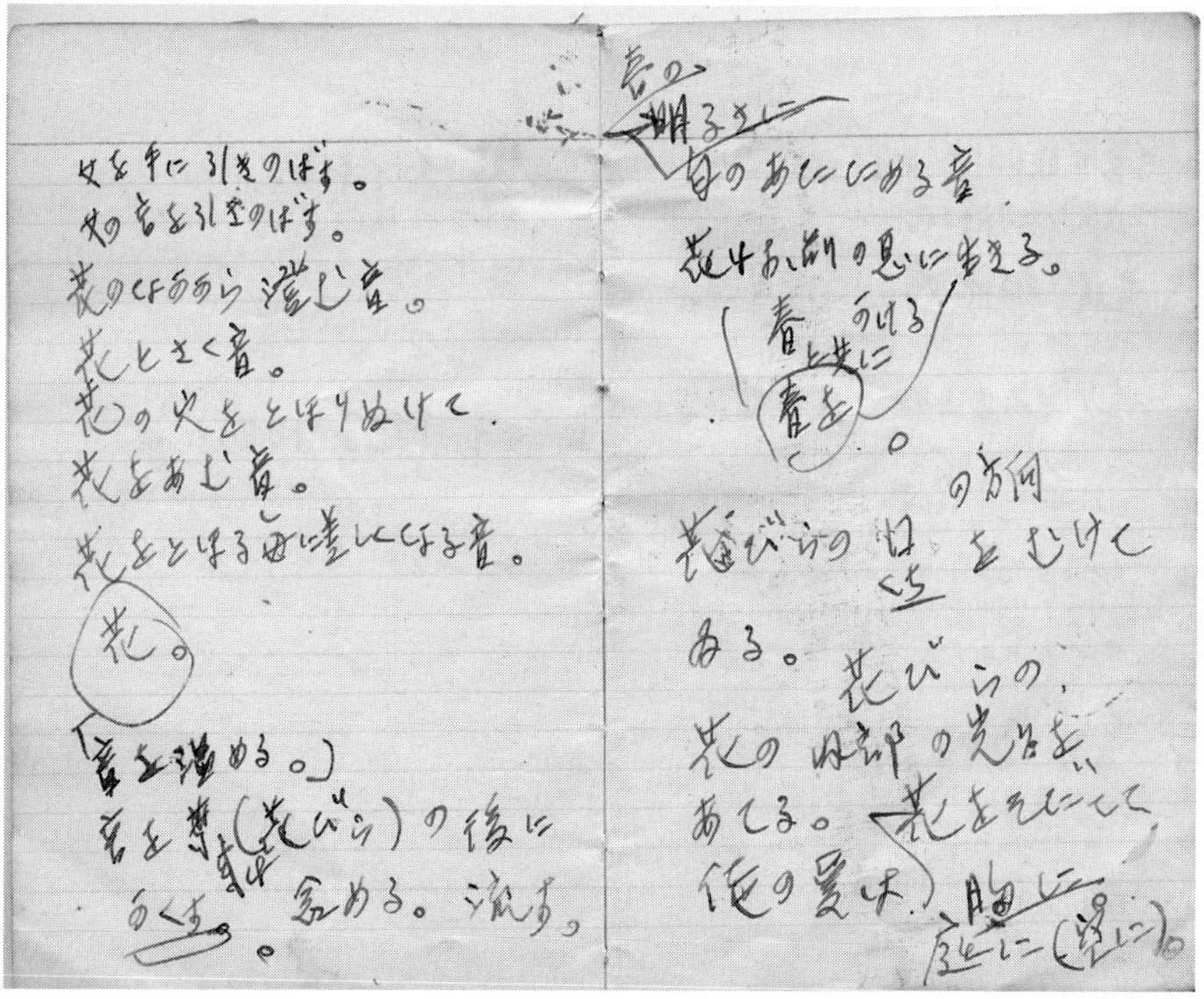

女を手に引きのばす。
女の音を引きのばす。
花のくちびるから漏れる音。
花とさく音。
花の穴をとほりぬけて、
花をあむ音。
花をとほる透明になる音。

花。

「音を溜める。」
音を葉(花びら)の後に
かくす　溜める。流す。

春の
明るさに
耳のあとにのこる音

花はお前の息に生きる。

春
香

花びらの口をむけて
ある。花びらの、
花の内部の光を
あてる。花をそだてて
俺の息は、胸に
庭に(窓に)。

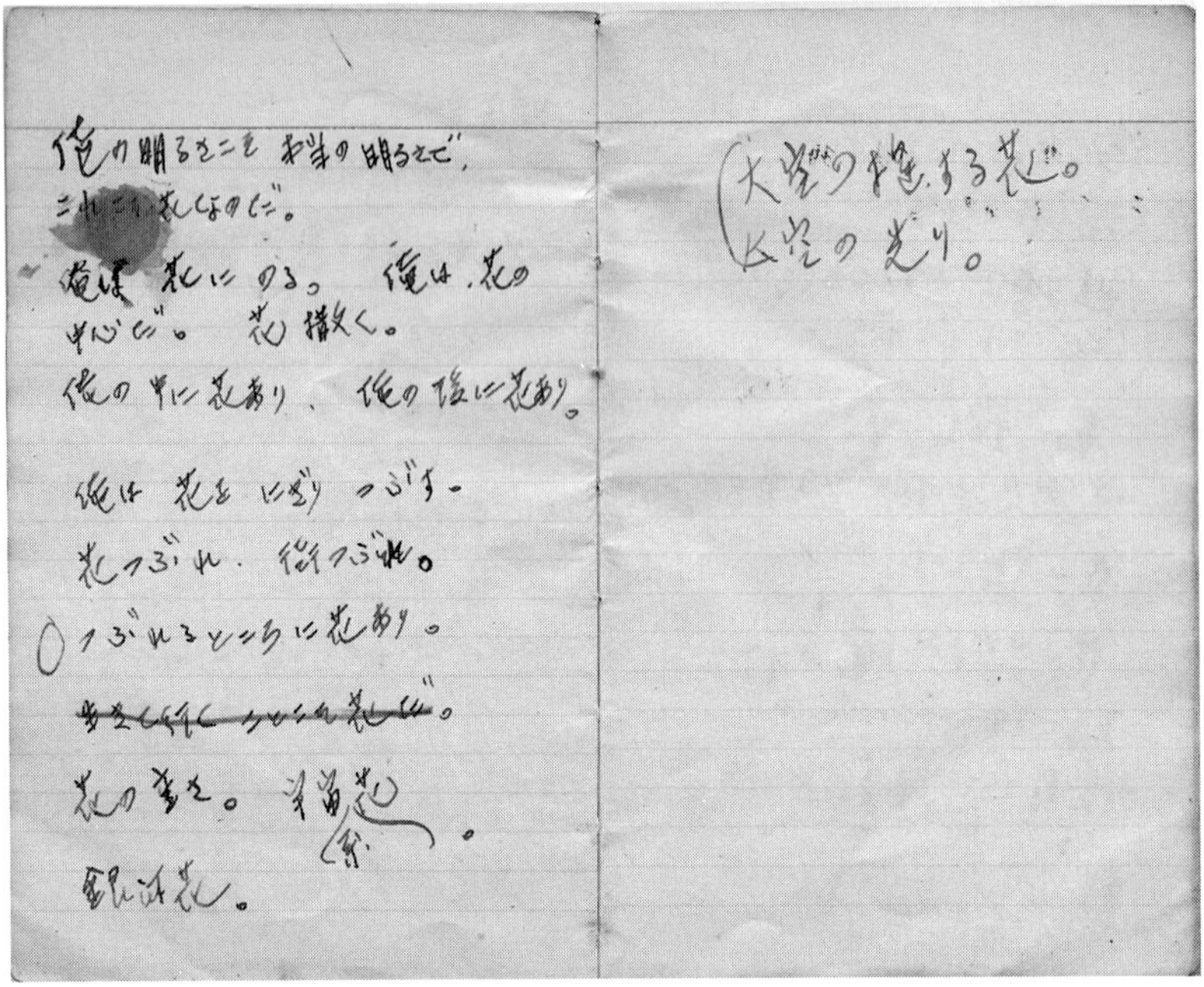
俺の明るさこそ お前の明るさで、
これこそ花なのだ。
俺は 花になる。 俺は、花の
中心だ。 花 撒く。
俺の中に花あり、 俺の後に花あり。
俺は 花を にぎり つぶす。
花つぶれ、 俺つぶれ。
○つぶれるところに花あり。
~~[illegible]花だ。~~
花の重さ。 [illegible]。
[illegible]花。
大空の擁する花だ。
大空の光り。

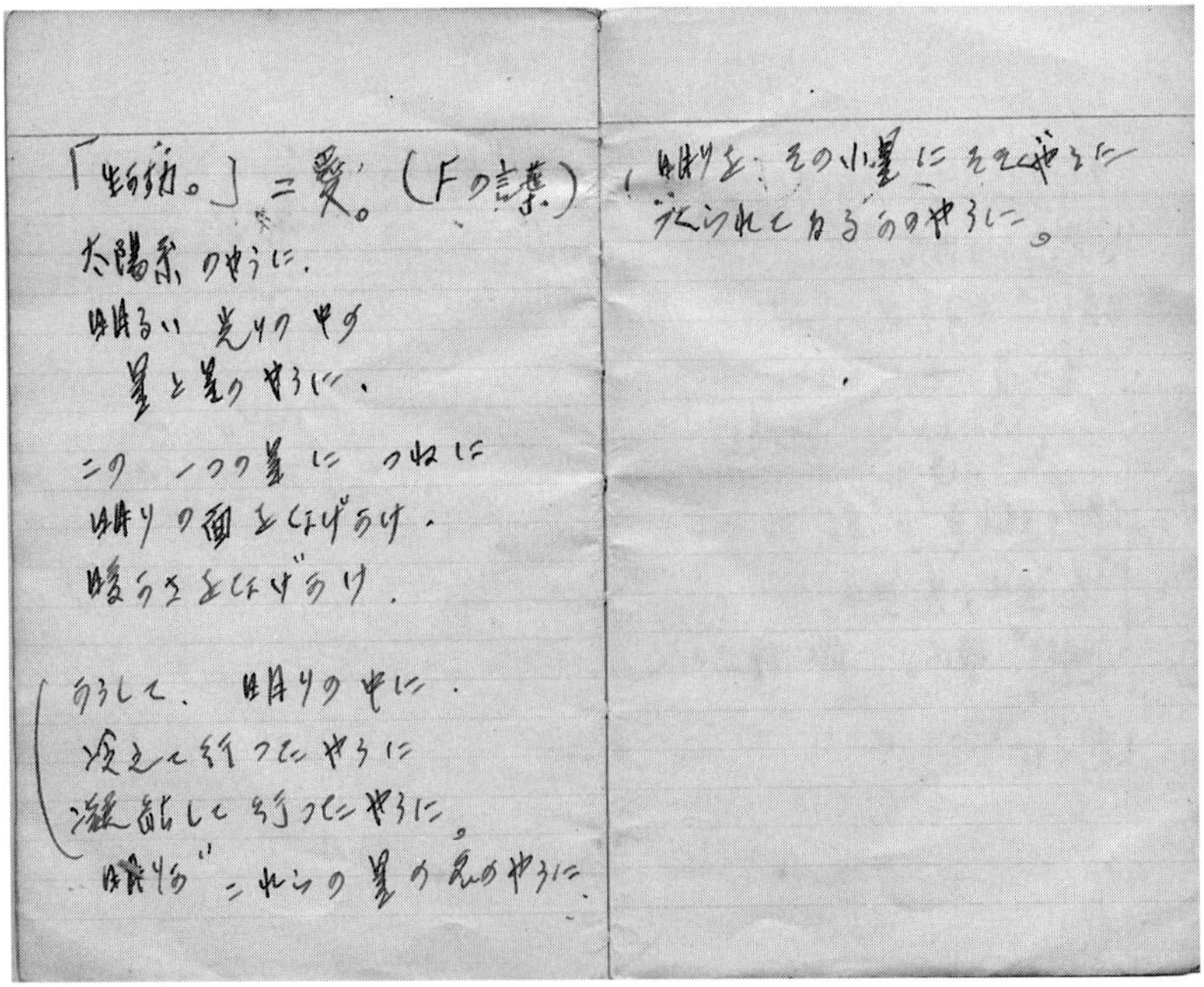
「生命力。」＝愛。（Fの言葉）
太陽系のやうに、
明るい光りの中の
星と星のやうに、
この一つの星に つねに
明りの面をなげかけ、
暖かさをなげかけ、
そうして、明りの中に、
没えて行ったやうに
凝結して行ったやうに。
[illegible] これらの星の光のやうに、
明りを、その小星にそそぐやうに
注がれてゐるもののやうに。

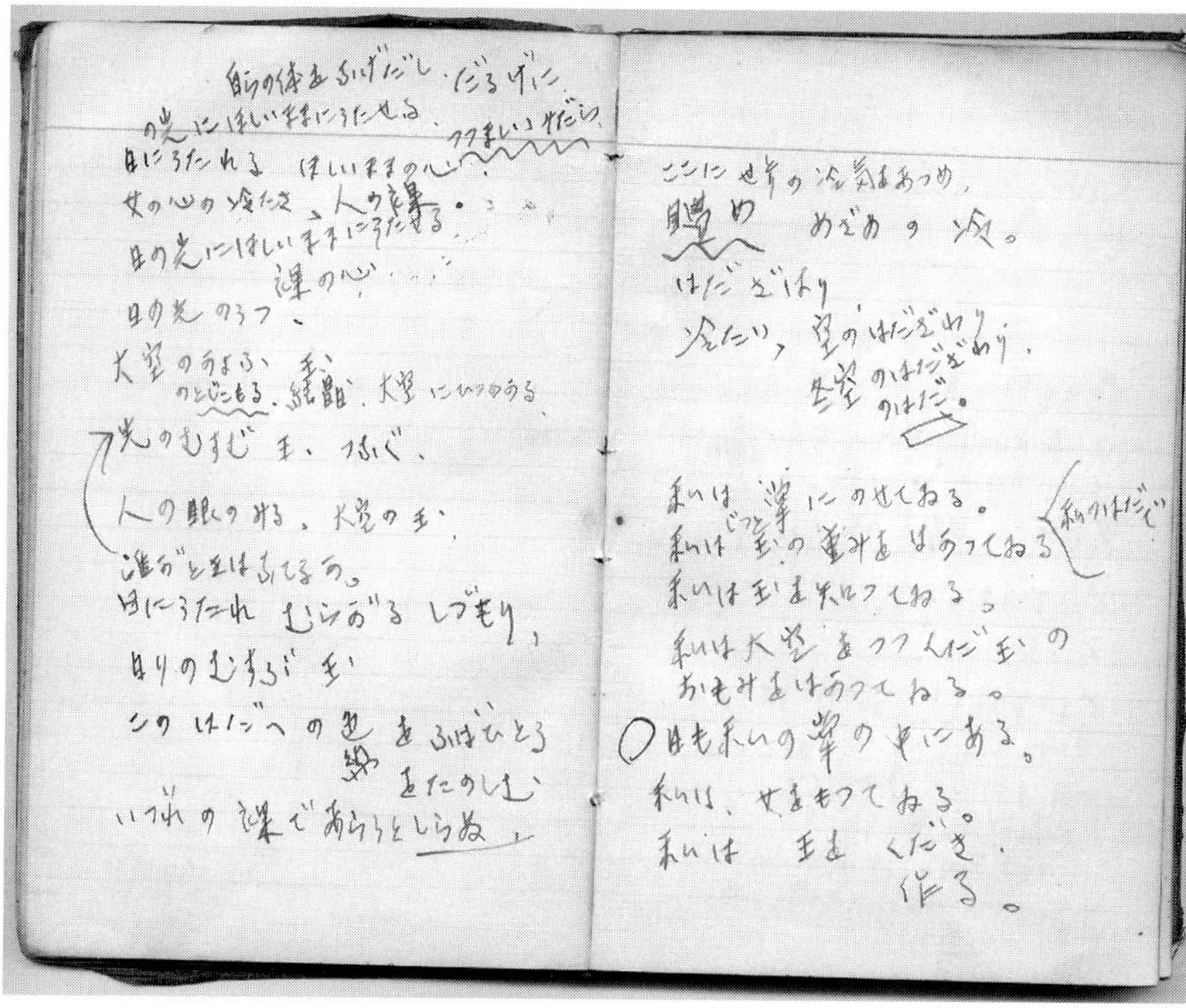

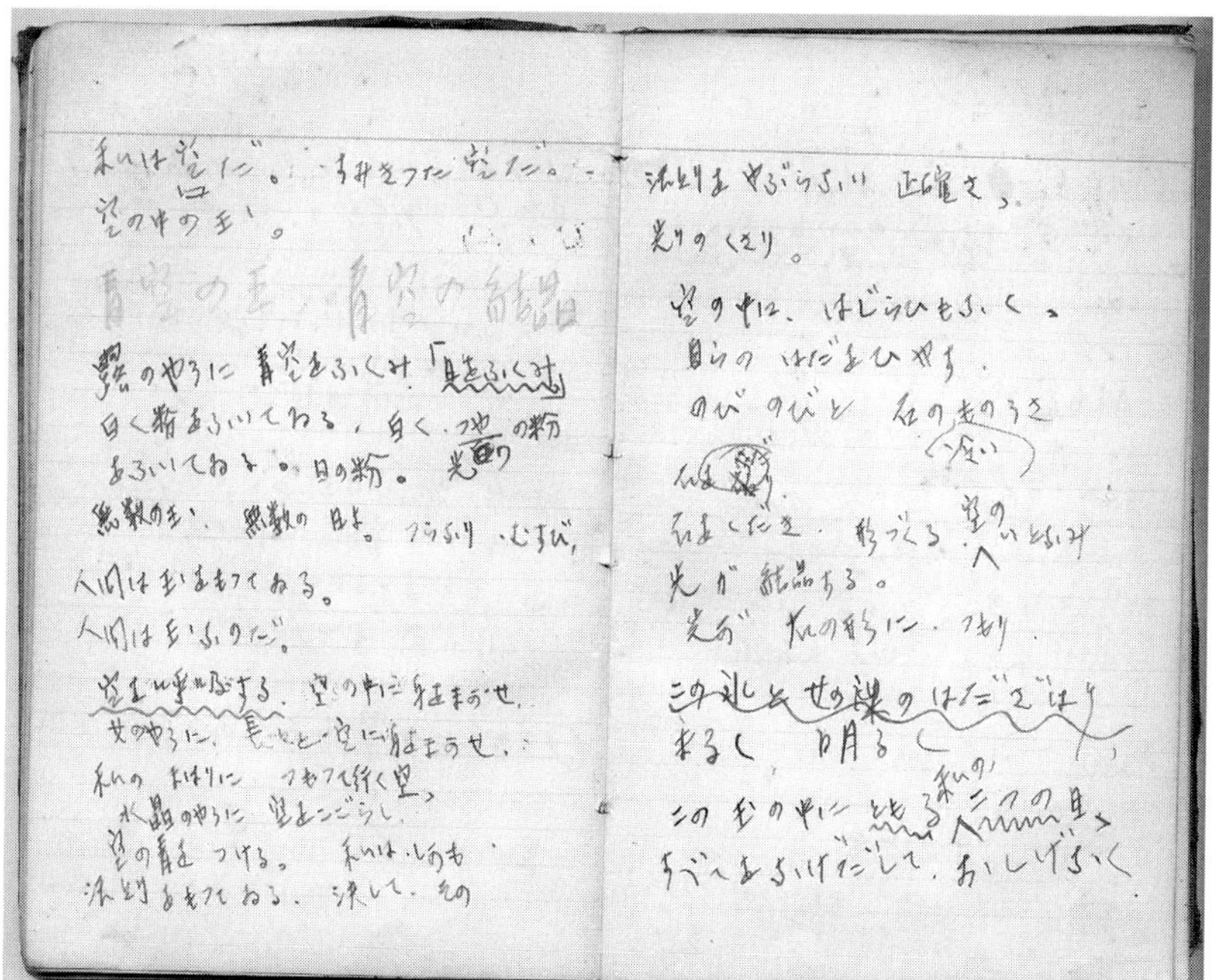

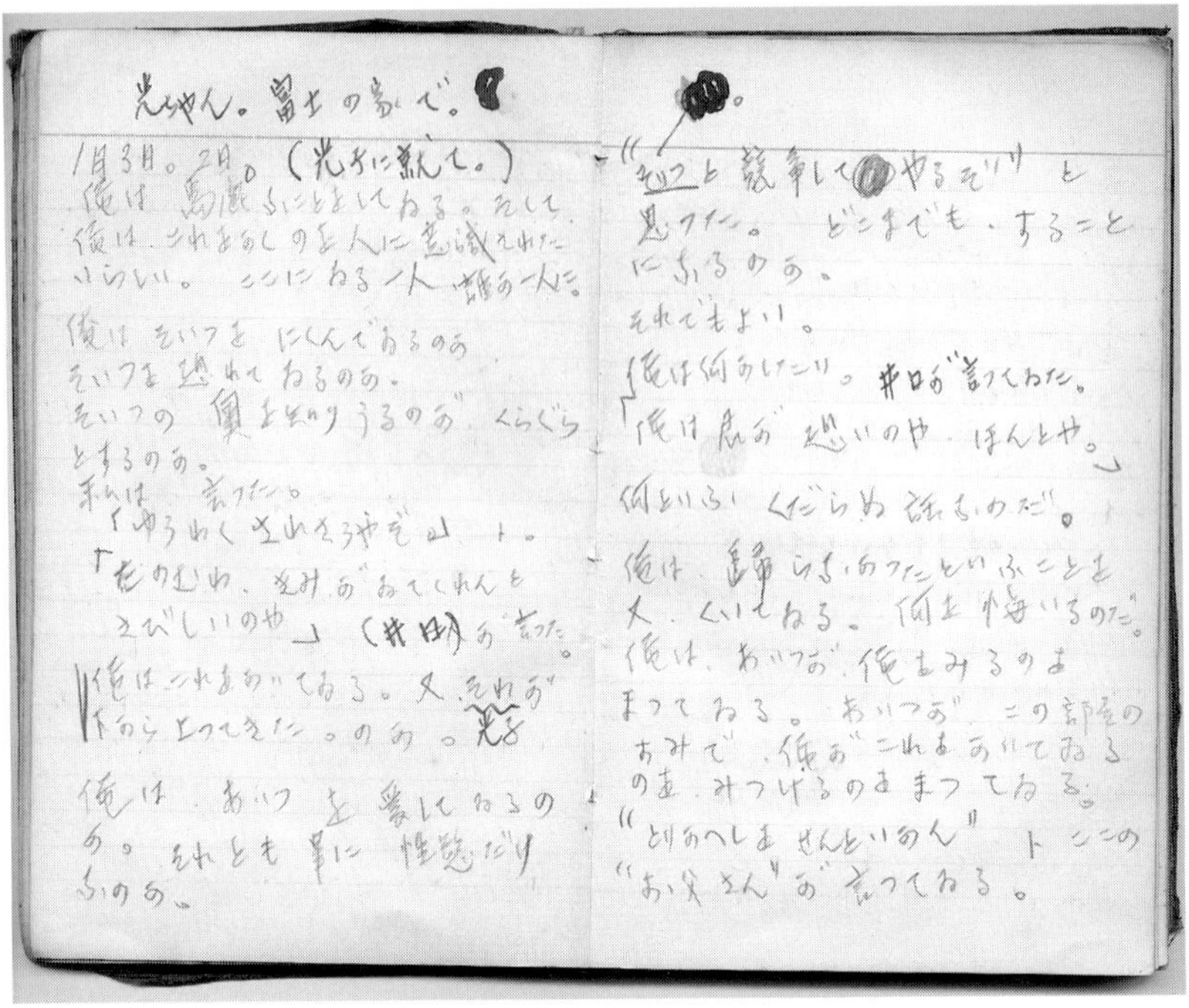

光ちゃん。富士の家で。

1月3日。2日。（光子に就て。）
俺は 馬鹿なことをしてゐる。そして
俺は これまでこの女人に意識された
らしい。ここにゐる一人 誰か一人に。

俺は そいつを にくんでゐるのか
そいつを恐れてゐるのか。
そいつの 顔を知りうるのが くらくら
とするのか。
私は 言つた。
「ゆるやかく生れそうやぞね」ト。
「お前のむね、きみがおてくれんと
さびしいのや」（井口）が言つた。
俺はこれをおいてゐる。又それが
下から上つてきた。のか。光子

俺は あいつを愛してゐるの
か。それとも単に 性慾だけ
なのか。

「あいつと競争してやるぞ」と
思つた。 どこまでも、すること
になるのか。
それでもよい。
俺は何かしたい。井口が言つてゐた。
「俺は君が恐いのや ほんとや。」

何という くだらぬ話しかただ。
俺は 帰らなかつたといふことを
又 くいてゐる。何を悔いるのだ。
俺は、あいつが 俺をみるのを
まつてゐる。あいつが この部屋の
なかで、俺がこれをかいてゐる
のを、みつけるのをまつてゐる。
"とりかへしのつかんことがおこるんか" ト この
"お父さん"が言つてゐる。

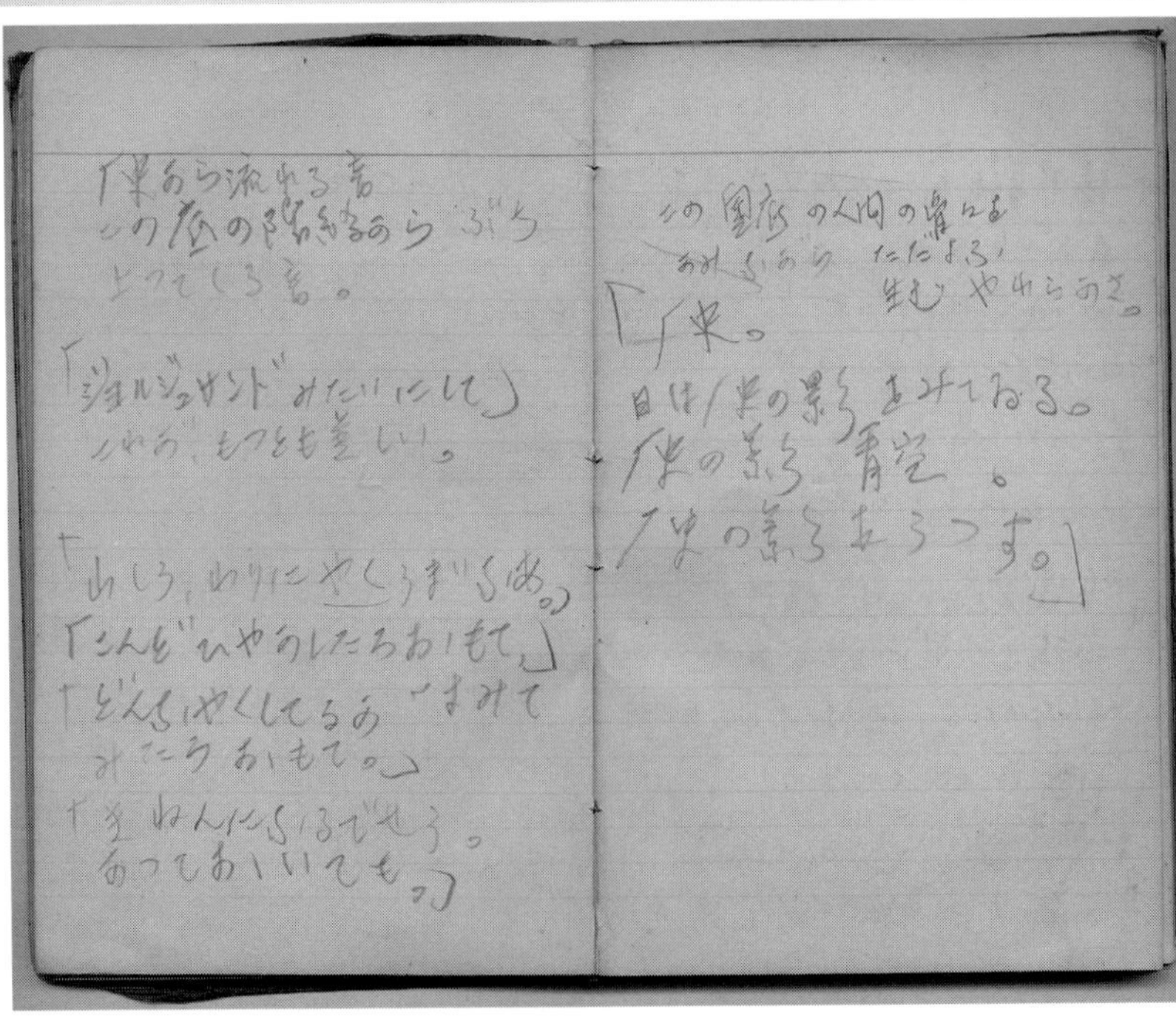

「光から流れる音
この夜の階段から ぶら
上つてくる音。

「ジョルジュサンドみたいにして」
これが、もつとも美しい。

「わしら、わりにやくうまいなあ。」
「こんなひやかしたろおもて」
「どんなにやくしてるか」をみて
みたろおもて。」
「そねんになるでせう。
あつてもおいいても。」

この風呂の人間の背中を
あみふおり ただよう
生む やわらかさ。
「光。
目は光の影をみてゐる。
光の影 青空。
光の影をうつす。」

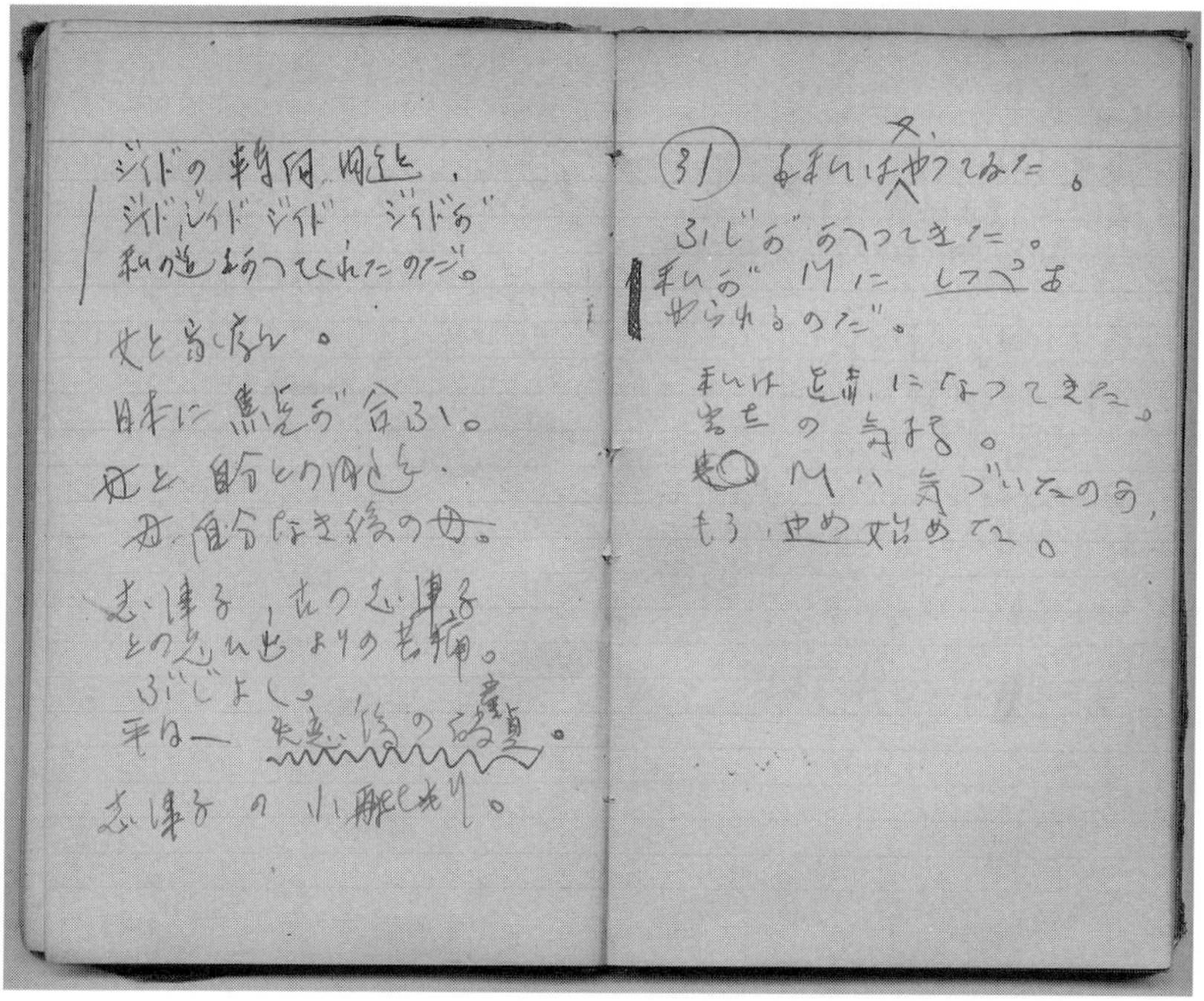

ジイドの精神内容、
ジイド、ジイド ジイド ジイドが
私の道を開いてくれたのだ。

日本に無色が合ふ。

女と自分との内容。
母、自分なき後の母。

志津子、もう志津子との思ひ出よりの苦痛。
ふじよし。

志津子の小説化。

(31) 私は知ってゐた。
ふじが帰ってきた。
私は意地になってきた。
M は気づいたのか、
もう、責め始めた。

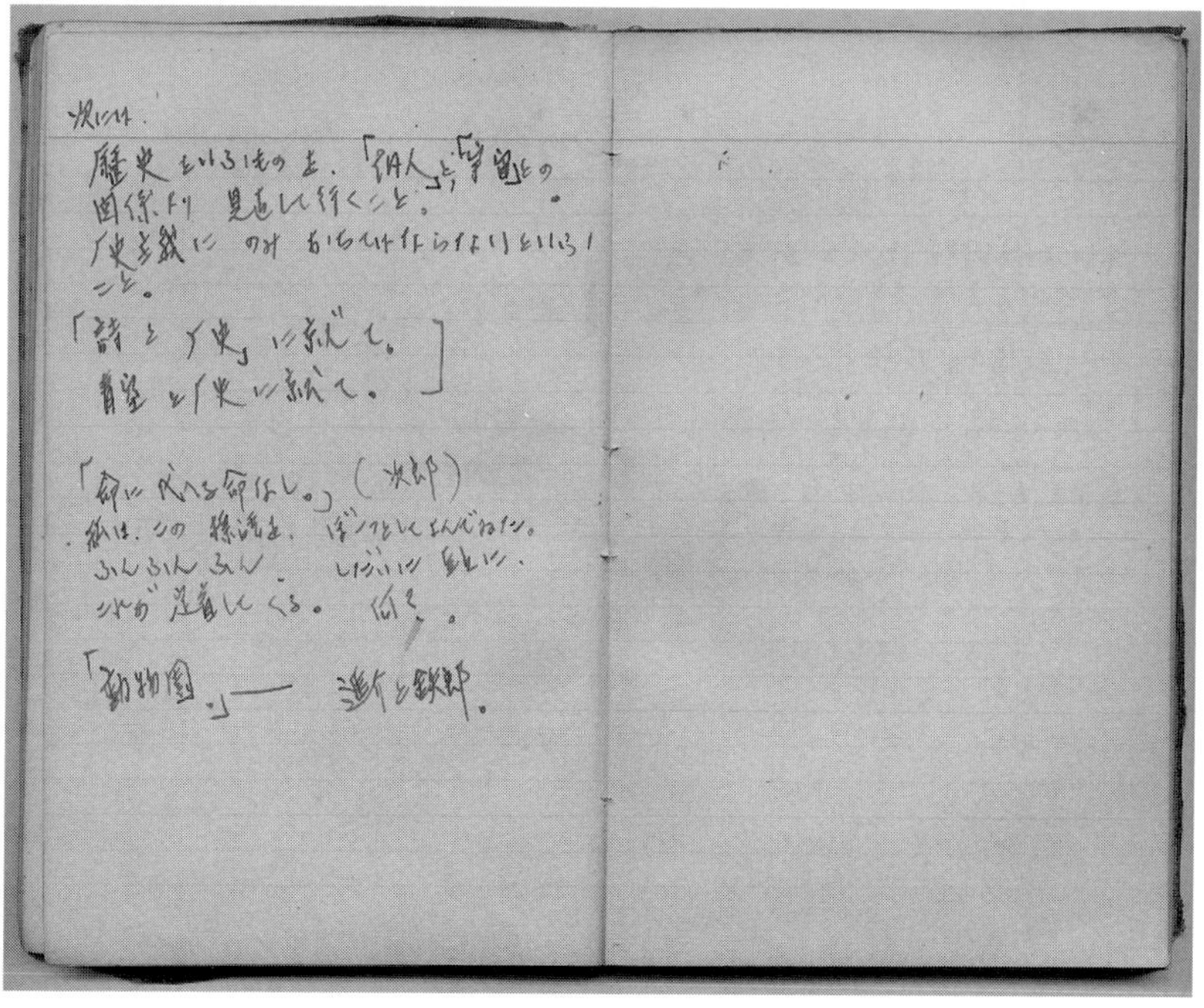

次には.
歴史といふものを「個人」と「宇宙」との関係より見直して行くこと。
「詩と歴史」に就て。
音楽と歴史に就て。

「命に代へる命なし。」(次郎)
ふんふんふん しだいに
次郎が注意してくる。

「動物園」——

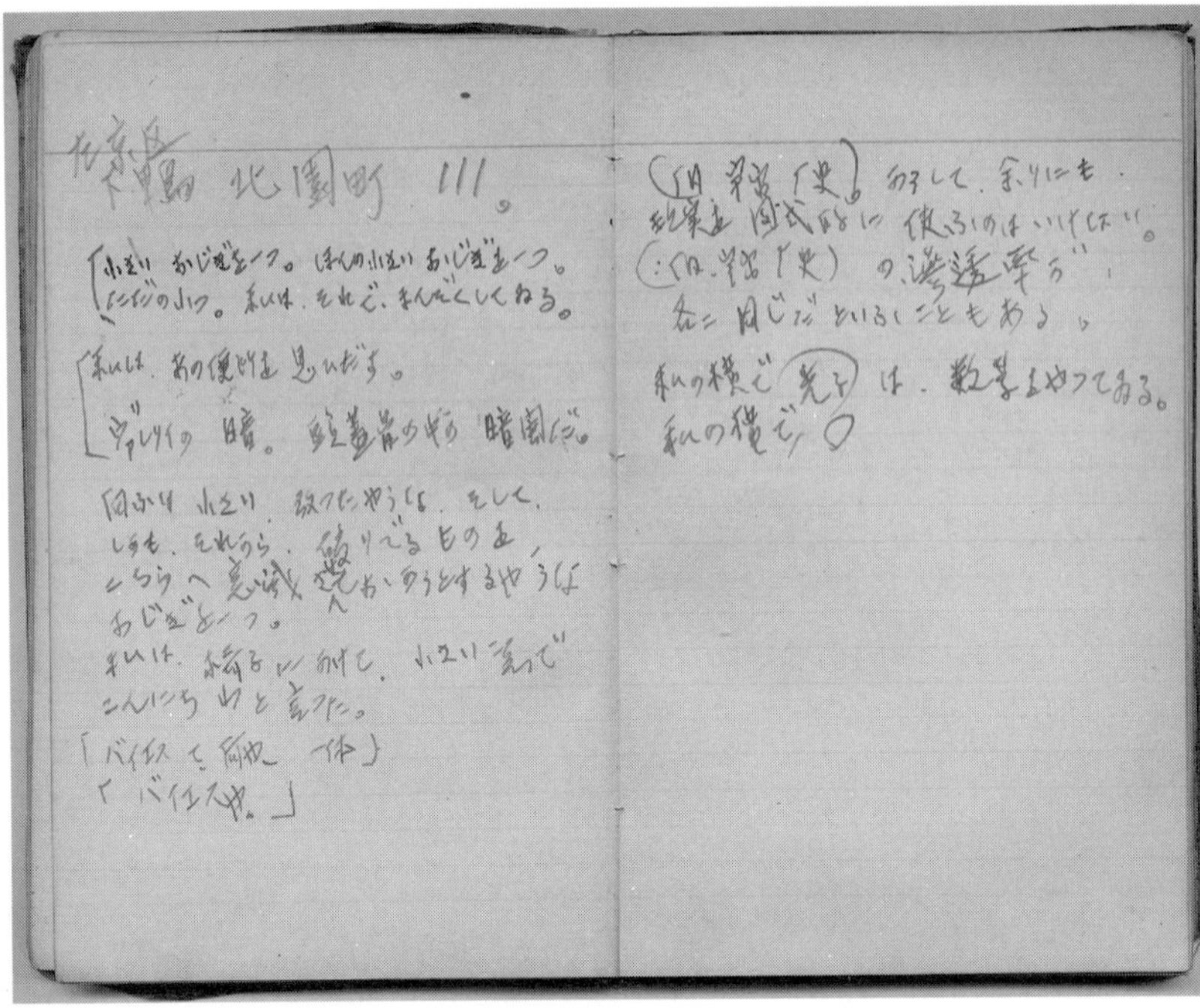
下鴨 北園町 111。
小さい おじぎを一つ。ほんの小さい おじぎを一つ。
私は、それで、まんぞくしてゐる。
ヴァレリイの 暗。 頭蓋骨の中の 暗闇だ。
こんにちはと言つた。
私の横で 光子は、数学をやつてゐる。
私の横で、

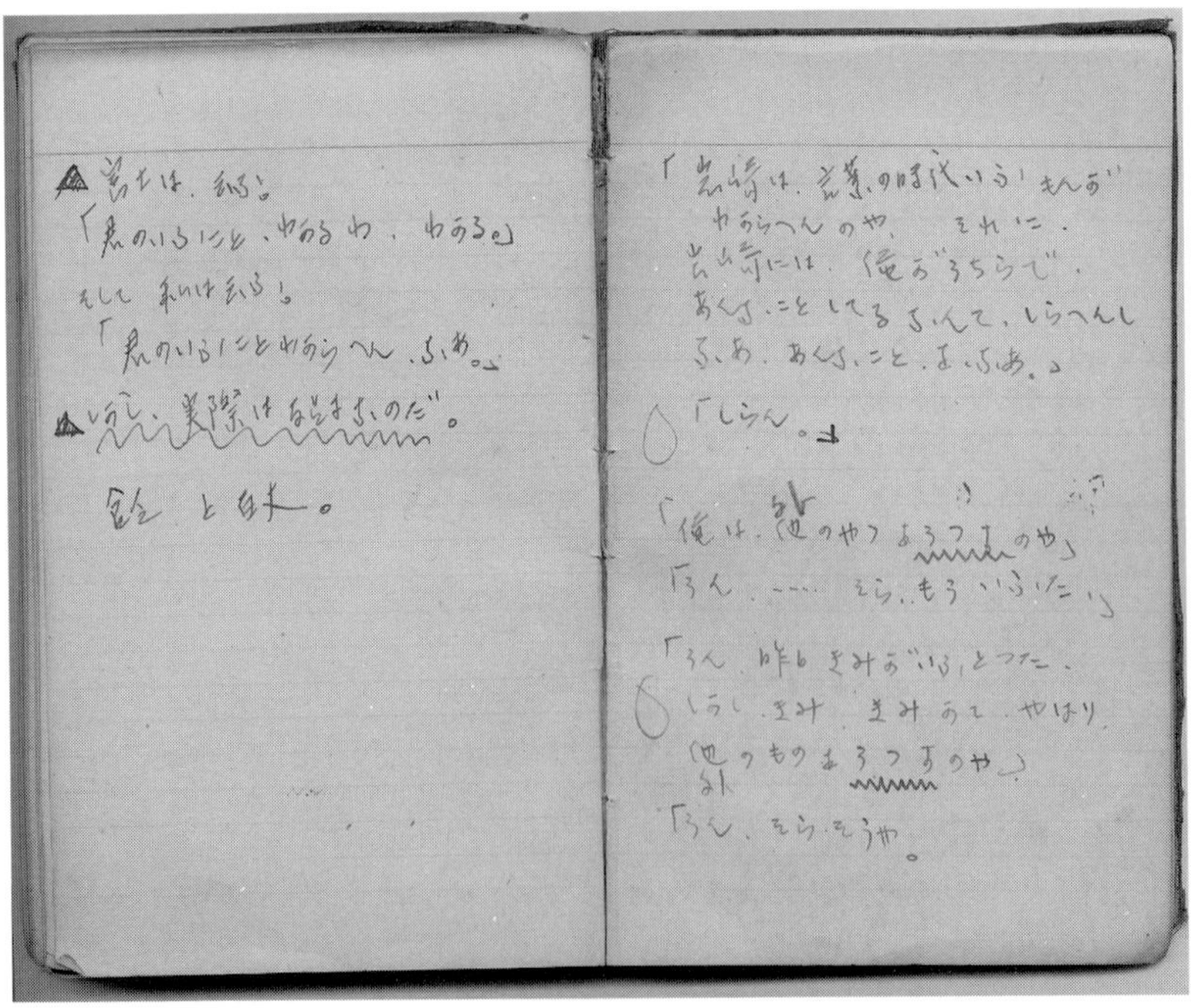
「君のいふこと、わかるわ、わかる。」

そして 私は云ふ。

「君のいふことわからへん、ふふ。」

それに、

「しらん。」

「うん、……そら、もう いふた。」

「うん、そら、そうや。」

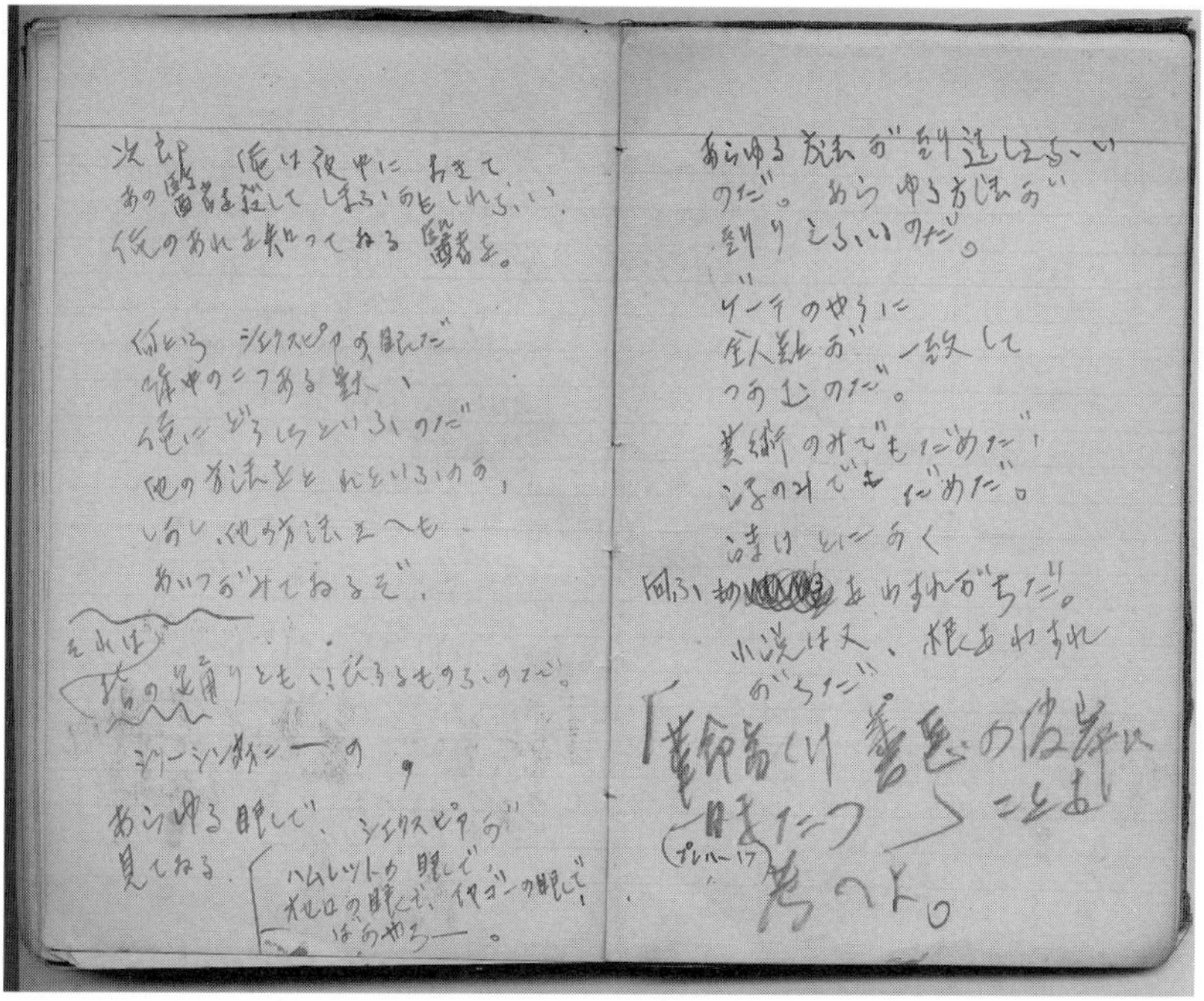
次郎　俺は夜中におきて
あの醫者を殺してしまふかもしれない。
俺のあれを知つてゐる醫者を。

何といふシェクスピアの眼だ
作中の二つある眼、
俺にどうしろといふのだ
他の方法をとれといふのか、
しかし、他の方法をへも
あいつが見てゐるぞ。

それは
皆の足跡をもいじるものなのだ。

シーン[illegible]の

あらゆる眼で、シェクスピアが
見てゐる。
ハムレットの眼で、
オセロの眼で、イヤゴーの眼で、
はあやう――。

あらゆる方法が創造しえない
のだ。あらゆる方法が
創りえないのだ。

ゲーテのやうに
全人類が一致して
つかむのだ。
美術のみでもだめだ
詩のみでもだめだ。
詩はともかく
同じ[illegible]をわすれがちだ。
小説は又、[illegible]をわすれ
がちだ

「革命者は善悪の彼岸に
時たつ　ことを
（プレハーノフ）
考へよ。

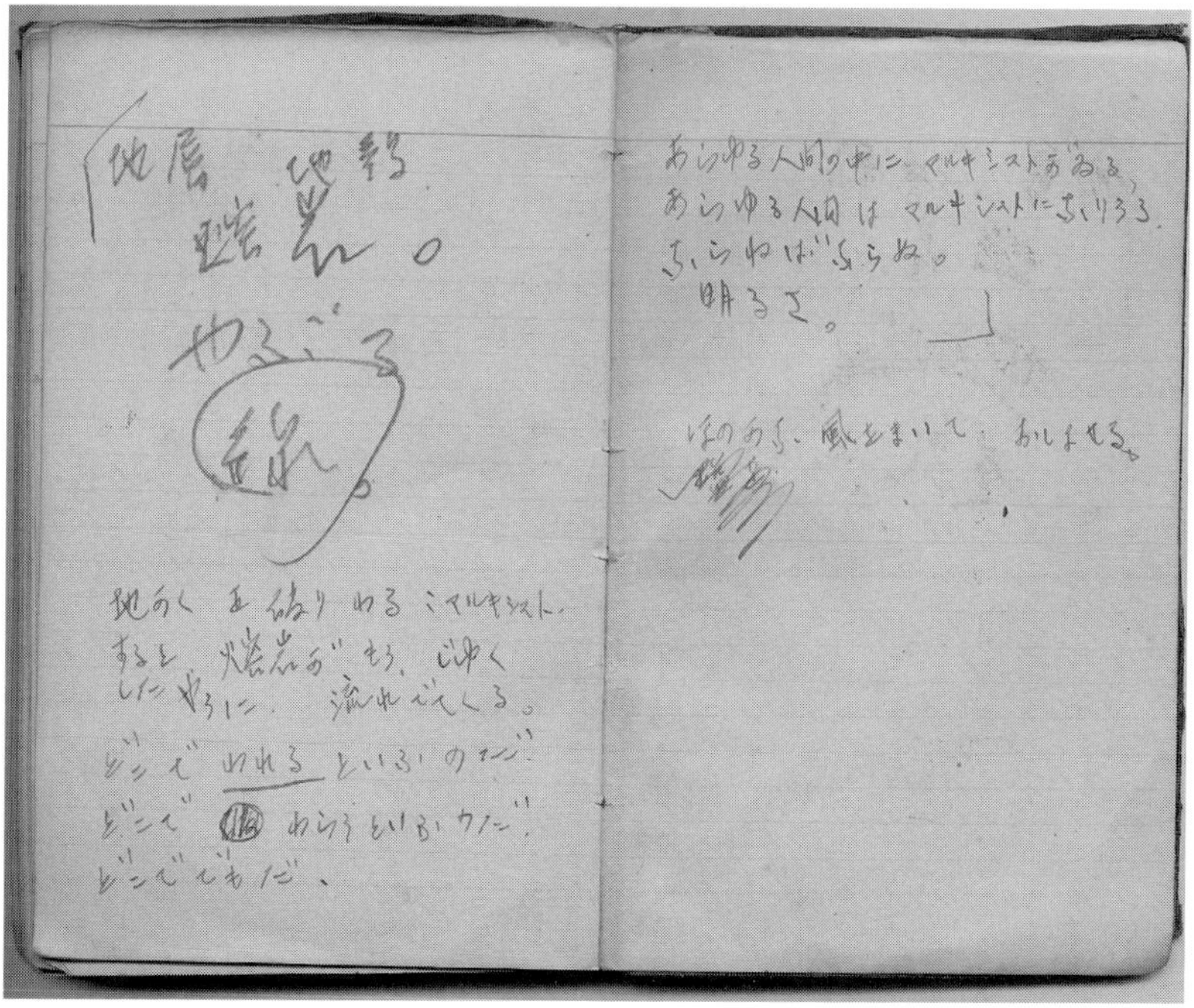
「地層　地層
熔岩。
ゆるがる
[illegible]

地かくを[illegible]めるマルキスト。
すると熔岩がもう、じゆく
したやうに　流れてくる。
どこでゆれるといふのだ。
どこで[illegible]あらうといふのだ。
どこでもだ、

あらゆる人間の中にマルキストがゐる、
あらゆる人間はマルキストになりうる。
ならねばならぬ。
明るさ。」

[illegible]の[illegible]、風をまいて、おしよせる。

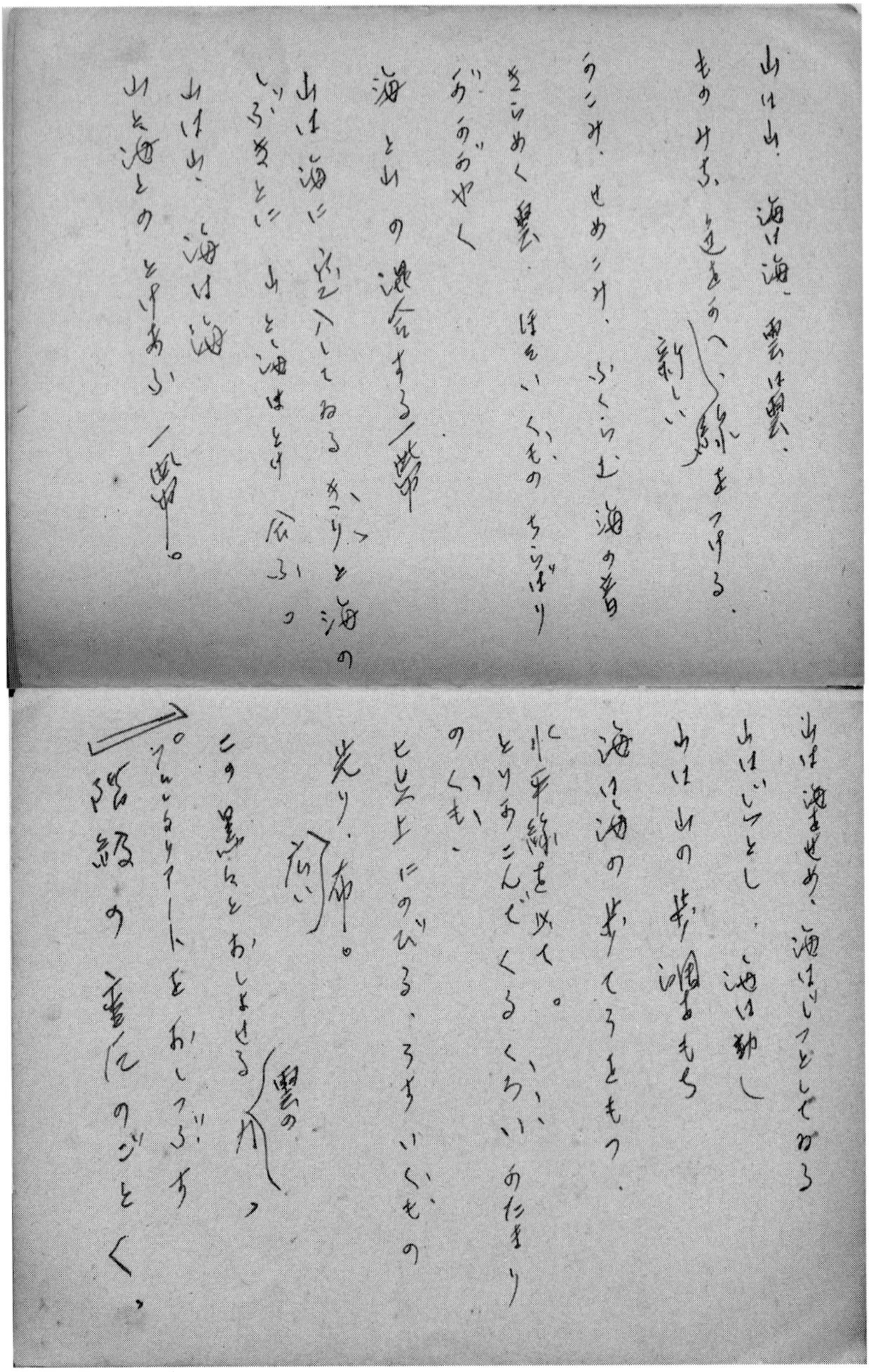
山は山、海は海、雲は雲、
ものみな、遠きへ、新しい線をつける。
うごみ、せめごみ、ふくらむ海の音
きらめく雲、ほそいくもの ちぢぼり
ぢおおやく
海と山の混合する一點
山は海に這入してゐる かたりと海の
いつきとに 山と海はとけ合ふ。
山は山、海は海
山と海との とけあふ 一點。
山は海をせめ、海はじつとしてゐる
山はじつとし、海は動し
山は山の歩調をもち
海は海の歩てうをもつ。
水平線を以て。
とりかこんでくるくらいのくものたまり
のくもい、
上にのびる、うすいくもの
光り、広い布。
この黒点をおしよせる雲の力、
プロレタリアートをおしつぶす
階級の重圧のごとく、

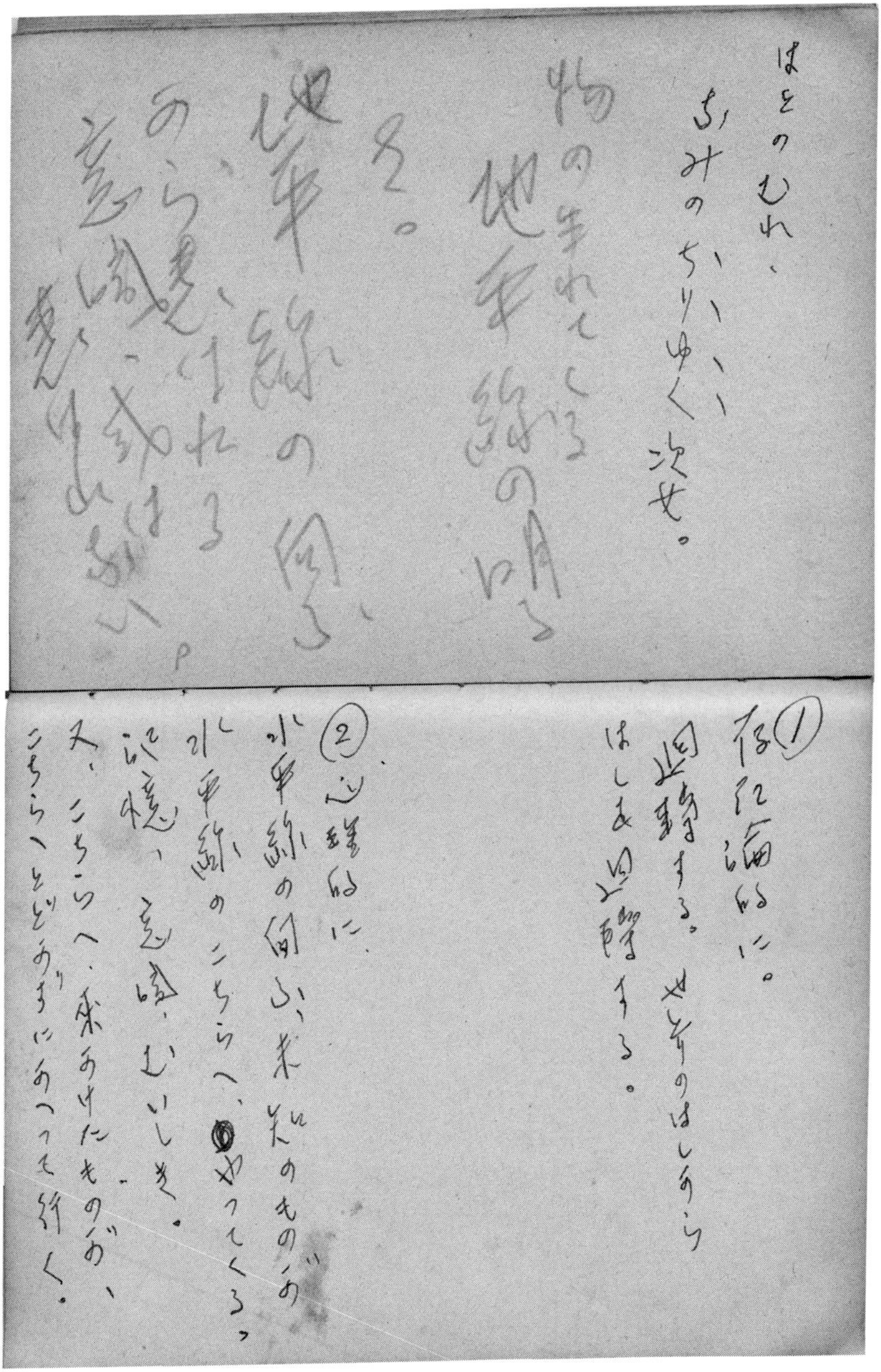
はとのむれ、
ふみのちりゆく、、、次せ。
物の生れてくる
地平線の明るい
冬。
地平線の向う、
のらえ忘れる
意識、意識は
書いた

①存在論的に。
周辺する。世界のはじめから
はじめ周辺する。
②心理的に
地平線の向う、未知のものが
地平線のこちらへ、やってくる。
記憶、意識、むいしき。
又、こちらへ、来かけたものが、
こちらへともどって行く。

37　ノート7

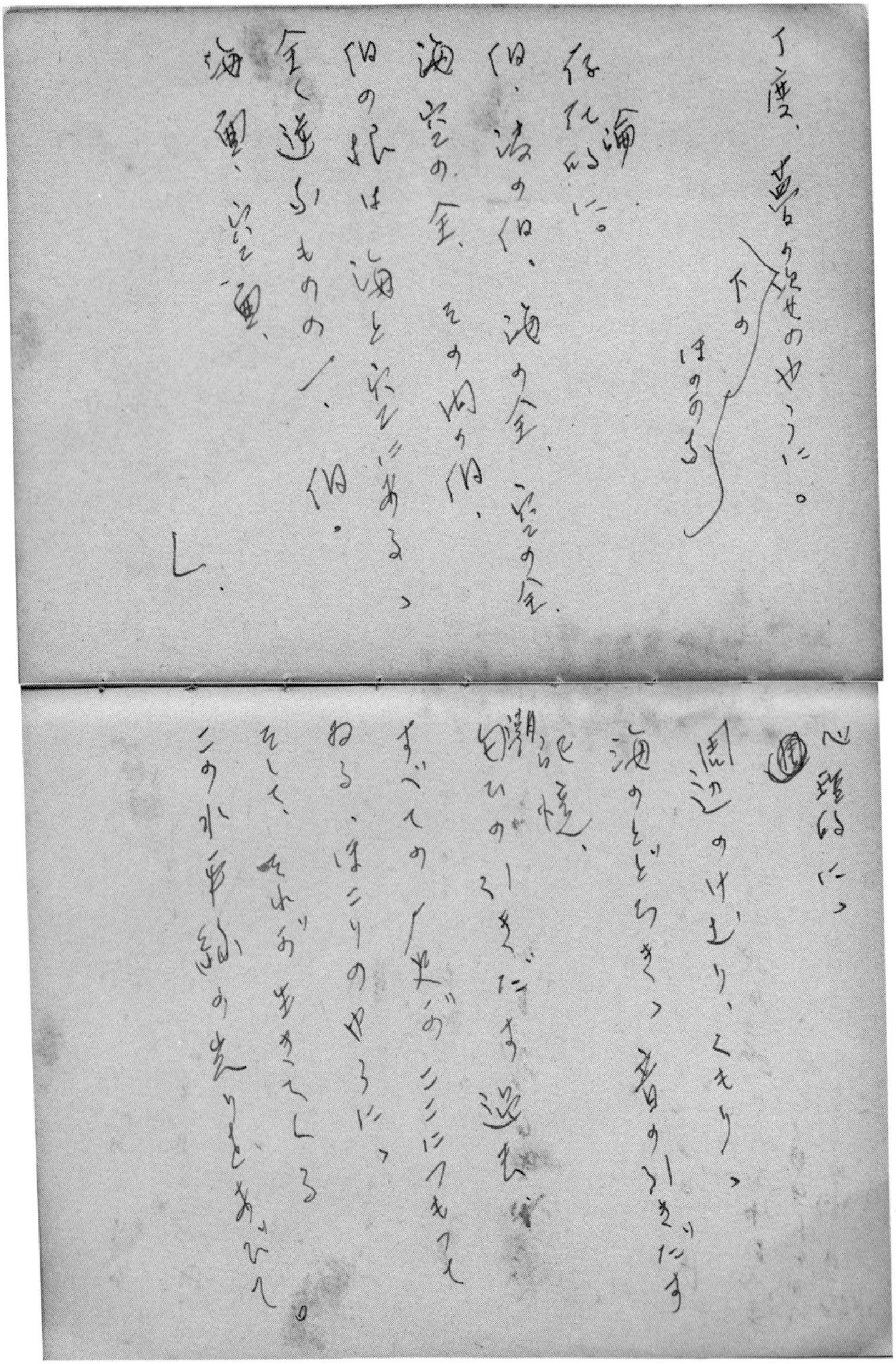

丁度、薔薇の花のやうに。

下の ほののる

論

存在的に。

個、海の個、海の全、空の全。

海空の全、その内の個、

個の抵は海と空にある、

全く違ふものの個。

海面、空面、

し。

心理的に、

周辺のけぶり、くもり、

海のとどろき、音の引きだす

記憶、

潮ひの引きだす逆

すべての歴史がここにつもつて

ねる、ほこりのやうに、

そして、それが生きてくる

この水平線の光りをあびて。

空は無限にひろがる　ゆれる

日の輪のいの汁が噴射しておる

のりだ。海の面が空の輪

まわいておるのだ、、、　海と

やみと光のちんり、　しみ二

・大らかにすむ

ニジる遊ぶん。

木木がの遊ぶ木の花

まぬ、、ぐるぐるハ、、でる。

海は回ひっくりかへる。

海の一つ一つのきらめき

が空を思き空

を抱きます、

そして、遠端の

輪をはる

ゆきをひるがへす。

雲る

辰の空いの空

すべてをゆする階級。それは、こえんと
する個。こえる個。個はそれを
うみ、つぶす。
この階級の地下に／鉄／鉄／鉄、
鉄を入れる、
地球を地層をめぐるその
音、そのさけめ、割目
プロレタリアートの／動／動は
世界的であり、もっとも個的である。
その個には常に自由があり、すべては
そのあとからついてくる。
芸術家はプロレタリアートでなければ
ならない。

地層をゆり、掘りおこす。大地
へ／くい、／くい、鉄を入れる、
空をめぐるいぶつき。せまりへ
つたへるひびき結性。
／打／打、うちやぶる、打撃の
地層
はがして行く。新しい地殻、
未知の広野の光り、
朝
あかつきの

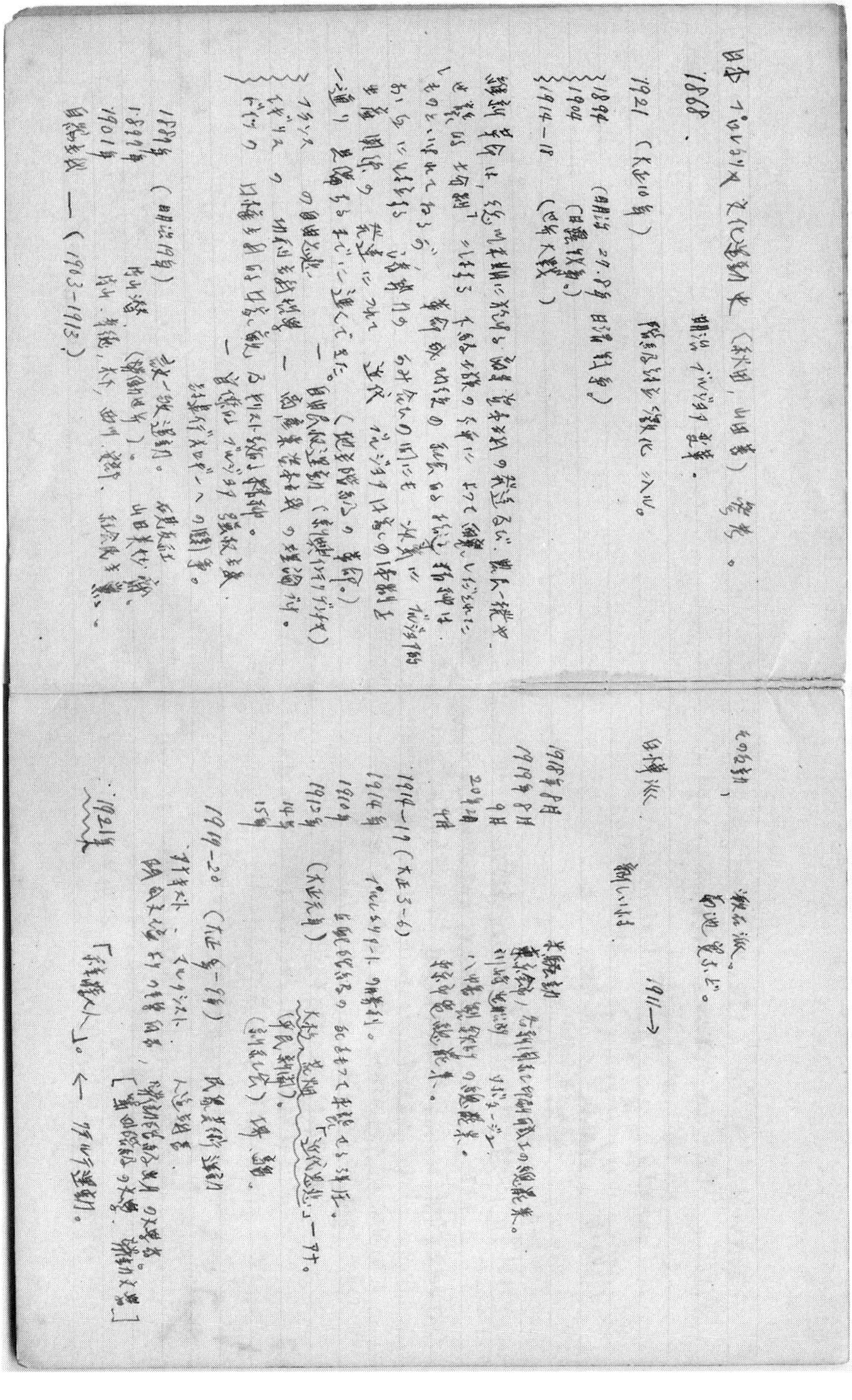
日本プロレタリア文化運動史（秋田，山田著）参考。
1868． 明治ブルジョア変革。
1921（大正10年） 階級対立激化ニ入ル。
1894 （明治27.8年日清戦争。）
1904 （日露戦争。）
1914－18 （世界大戦）
維新革命は，徳川末期に於ける商業資本主義の発達及び農民一揆や「世襲的士分制」に対する下級士族の不平によつて醸しだされたものといはれてゐるが，革命成功後の社会的指導精神は，お互に対立する諸勢力のかみ合ひの間にも次第にブルジョア的生産関係の発達につれて近代ブルジョア国家の体制を一通り具備するまでに進んできた。（地主階級の革命。）
フランス の自由思想 ― 自由民権運動（急進インテリゲンチャ）
イギリス の功利主義哲学 ― 商工業資本主義の理論づけ。
ドイツ の国権主義的国家観 ビスマルク的精神。
― 官僚的ブルジョア強権主義
封建イデオロギーへの闘争。
1887年（明治19年） 言文一致運動。 硯友社
1897年 片山潜．（労働世界）。 山田美妙
1901年 片山，幸徳，木下，西川，安部，社会民主党。
自然主義 ―（1903－1913）
その反動， 漱石派。
菊池寛など。
白樺派． 1911→
新しい村。
1918年8月 米騒動
1919年8月 東京全市，各新聞社印刷職工の総罷業。
9月 川崎造船所 サボタージュ
20年2月 八幡製鉄所の総罷業。
4月 東京市電総罷業。
1914－17（大正3－6）
1914年 プロレタリアートの勝利。
1910年 支配階級のもつて来襲せる弾圧。
1912年（大正元年） 大杉、荒畑「近代思想」― アナ。
14年 （平民新聞）。
15年 （新社会）堺、高畠。
1919－20（大正8－9年） 民衆芸術運動
アナキスト、マルクシスト、人道主義。
労働階級出身の文学者。
［第四階級の文学、労働文学］
1921年 「種蒔く人」。← クラルテ運動。

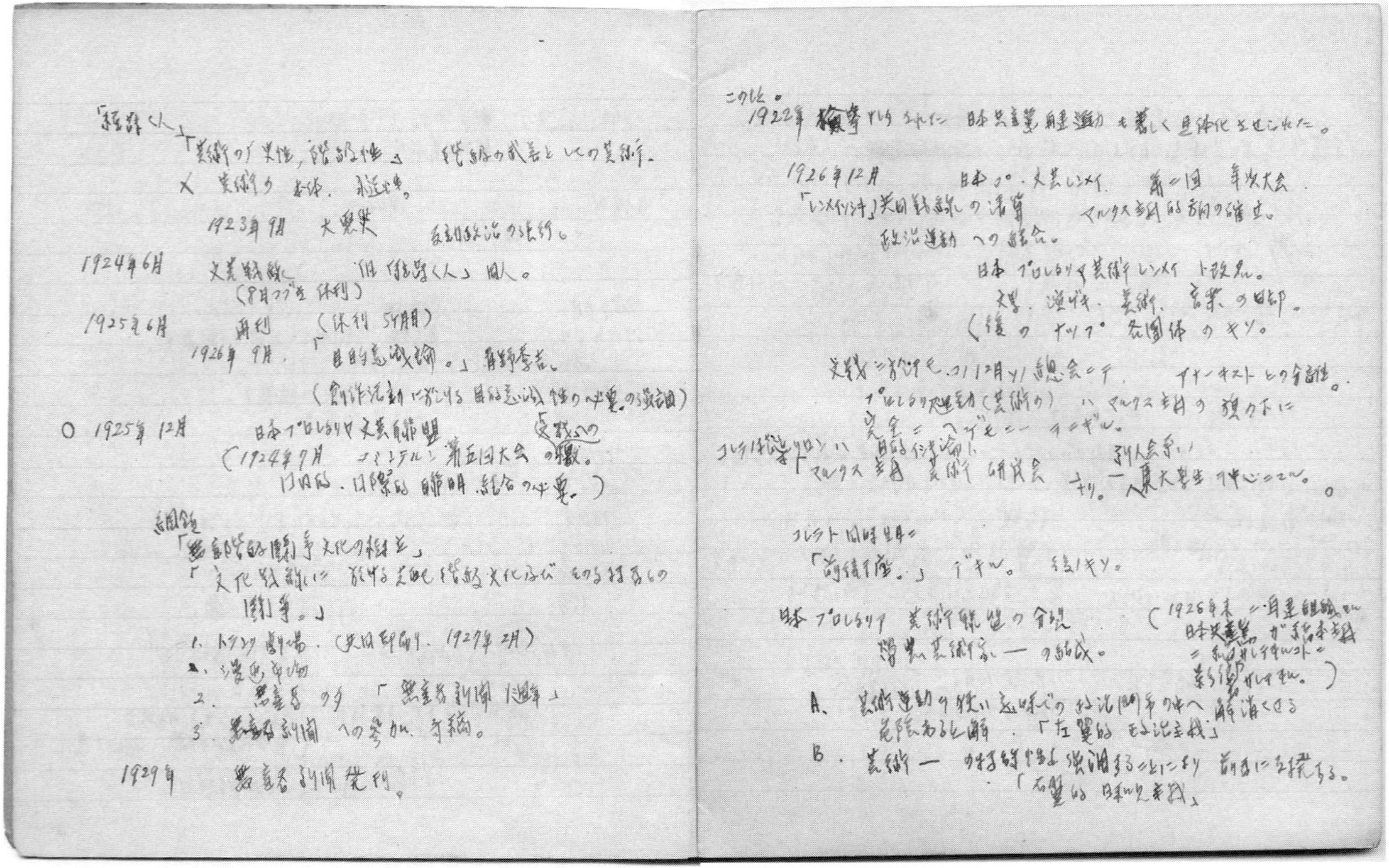
「種蒔く人」
「芸術の大衆性、階級性」　階級の武器としての芸術。
×芸術の本体、永遠性。
1923年9月　大震災　反動政治の強行。
1924年6月　文芸戦線　旧「種蒔く人」同人。
（8月フブキ 休刊）
1925年6月　再刊（休刊 5ヶ月）
1926年9月、「目的意識論。」青野季吉。
（創作活動に於ける目的意識性の必要の強調）
○ 1925年12月　日本プロレタリア文芸聯盟
（1924年7月　コミンテルン第五回大会の決議。

国内的、国際的聯盟結合の必要。）

綱領
「無産階級闘争文化の樹立」

「文化戦線に於ける支配階級文化及びその追随者との闘争。」
1. トランク劇場。（共同印刷、1927年2月）
2. 無産者の夕「無産者新聞1週年」
3. 無産者新聞への参加、寄稿。
1929年　無産者新聞発刊。

このように。
1922年結成された日本共産党再建運動を著しく具体化させられた。
1926年12月　日本プロ。文芸レンメイ　第二回年次大会
「レンメイ」共同戦線の清算　マルクス主義的方向の確立。
政治運動への結合。
日本プロレタリア芸術レンメイと改名。
文学、演劇、美術、音楽の四部。
（後のナップ各団体のキソ。
文戦に於ても、11月の総会にて、アナーキストとの分離。
プロレタリア運動（芸術の）はマルクス主義の旗の下に完全にヘゲモニーを持った。
「マルクス主義芸術研究会」なり。東大学生中心にて。
コレト同時期に
「前衛座。」デキル。
日本プロレタリア芸術聯盟の分裂
（1926年末に再建組織された日本共産党が福本主義に影響された。）
A、芸術運動を狭い意味での政治闘争の中へ解消させる危険ある見解。「左翼的政治主義」
B. 芸術―特殊性を強調することにより前者に反撥する。「右翼的日和見主義」

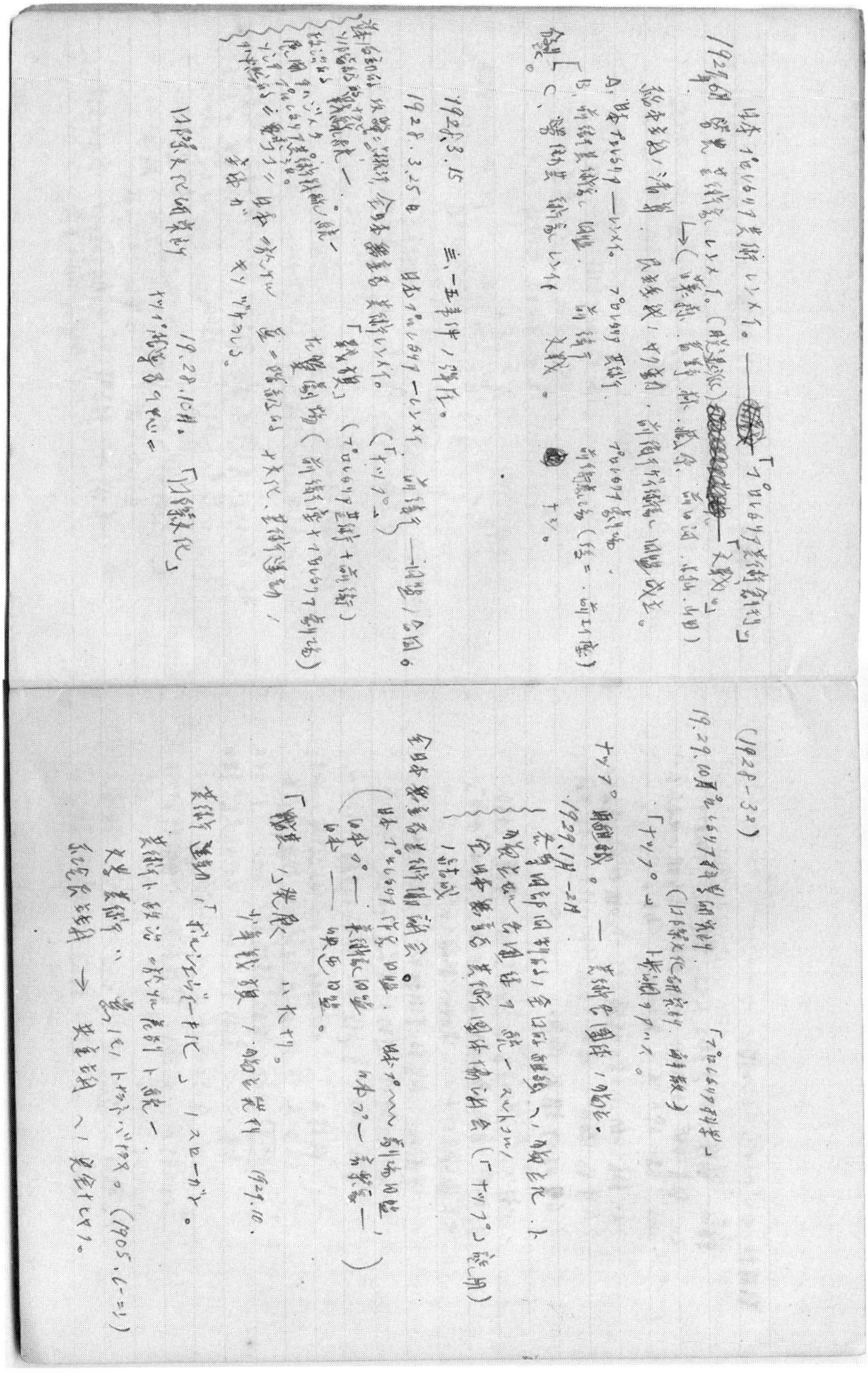
日本プロレタリア美術レンメイ。——「プロレタリア美術（創刊）」
1927年6月 労農芸術家レンメイ。（脱退派）——「文戦」
→（藤森、葉山、林、蔵原、山田）
福本主義ノ清算。民主主義ノ勢力。前衛芸術家同盟成立。
A. 日本プロレタリア—レンメイ。プロレタリア芸術。プロレタリア劇場。
B. 前衛芸術家同盟。前衛。前衛座（後ニ、前衛座）
合同。C. 労働芸術家レンメイ 文戦。ナシ。
1928.3.15 三、一五事件ノ弾圧。
1928.3.25日 日本プロレタリア—レンメイ、前衛—同盟ノ合同。
全日本無産者芸術レンメイ。（「ナップ」）
「戦旗」（プロレタリア芸術＋前衛）
左翼劇場（前衛座＋プロレタリア劇場）
[illegible]
日本ニ於ケル真ニ階級的ナ文化、芸術運動ノ基礎ガキヅケラレル。
国際文化研究所 1928.10月。「国際文化」
ナップ指導ノ中心ニ
（1928-32）
1929.10月プロレタリア科学研究所 「プロレタリア科学」
（国際文化研究所解散シ）
「ナップ」ト協同ヲアハス。
ナップ再組織。— 芸術各団体ノ独立。
1929.1月-2月
各専門部門別的ノ全国的組織ヘノ独立化ト
独立セル各団体ヲ統一スルトコロノ
全日本無産者芸術団体協議会（「ナップ」転用）
ノ結成
全日本無産者芸術団体協議会。
（日本プロレタリア作家同盟、日本プ～劇場同盟、
日本プ—美術家同盟、日本プ—音楽家—、
日本—映画同盟。）
「戦旗」ノ発展ハ大ナリ。
少年戦旗ノ独立発刊 1929.10.
芸術運動ノ「ボルシェビキ化」ノスローガン。
芸術ト政治ニ於ケル差別ト統一。
文学芸術ハ党ノ文化トナラナケレバナラヌ。（1905、レーニン）
[illegible]→共産主義ヘノ発展ナセヤ。

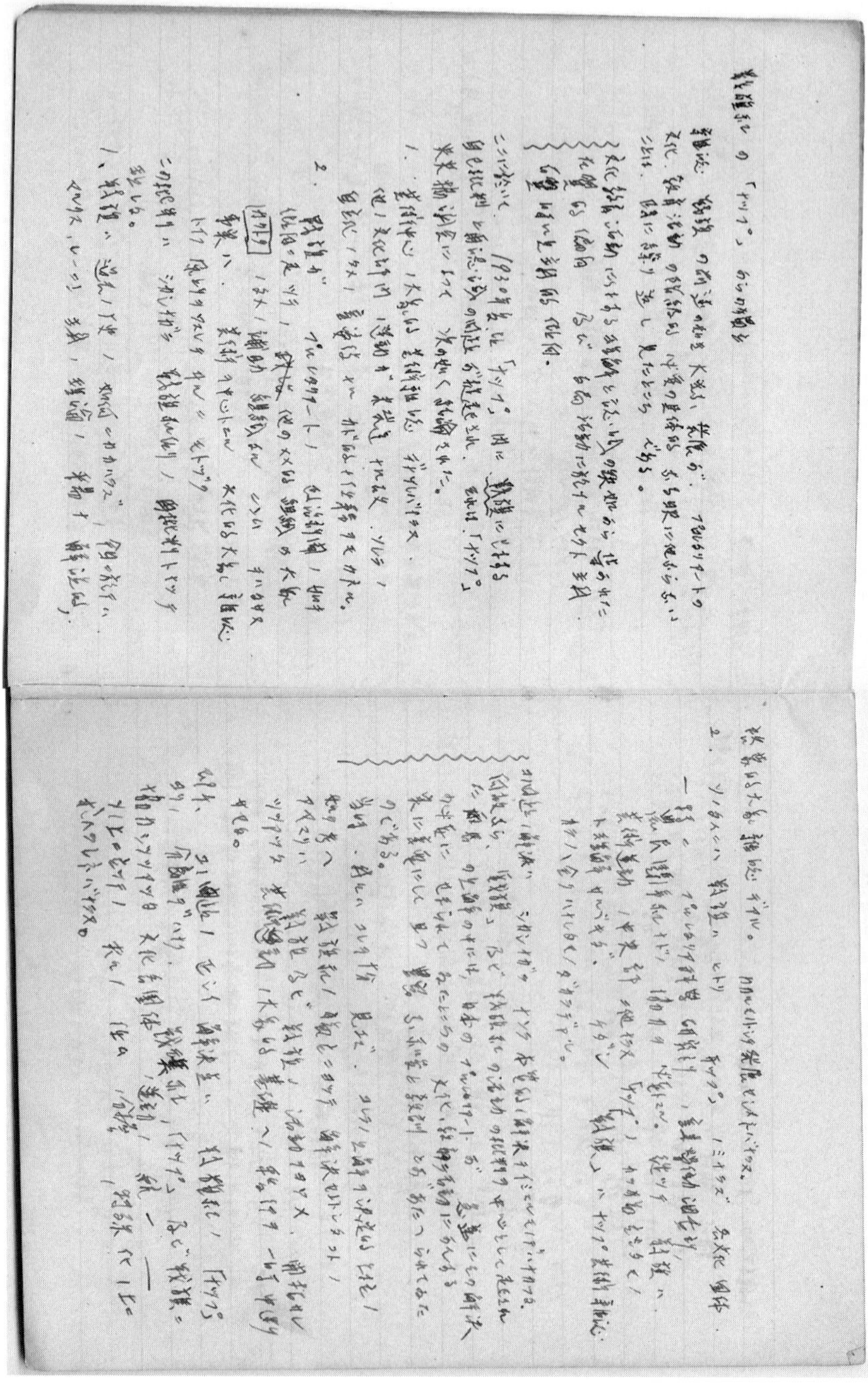

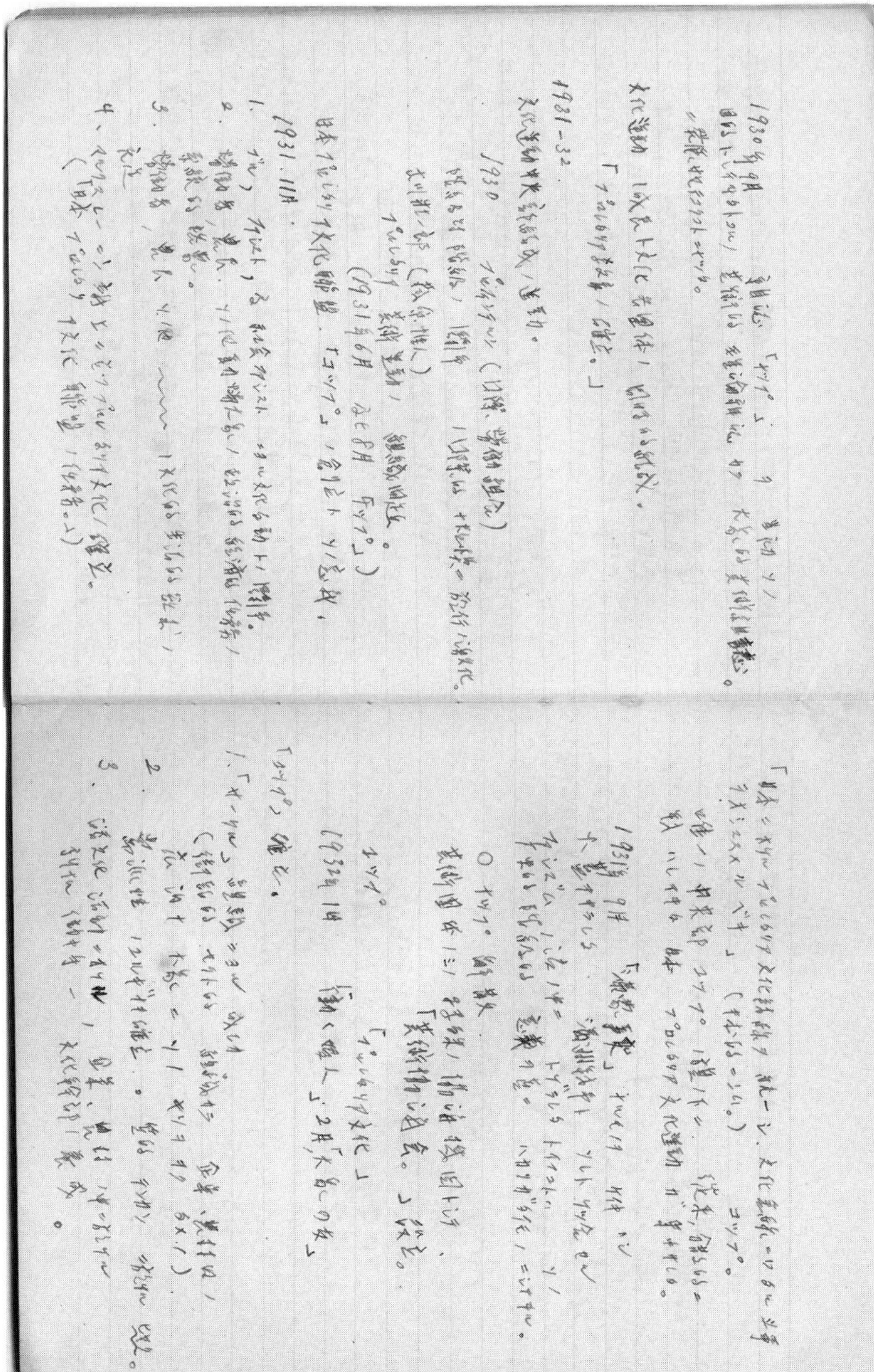

45　ノート8

4. 「コップ」、「コップ加盟各団体」ノ定期刊行物ノ数ニ於テ増大。

全文化運動ノ国際的統一連繋へ。

コップガ盟約ヲ結ンダ。

1931年 日本プロレタリア演劇同盟ハ国際労働者エンゲキ同盟(I.A.T.B)ノ傘下ニ加盟シ、モルプ(国際革命作家同盟)ノ日本支部タルコトヲ正式ニ確認サレルコトトナッタ。

プロレタリアート ハゲモニー。

1931年 日本プロレタリア劇場同盟ハ、コップノ加盟団体トナリ、プロットト略称サル。

豪傑
長傑 — 長尻。
ながじり。

—日本精神。日本。国体。

「曲線美でどこが曲線美がしてはるか。」

「判るところとちがいますか。」

「日本女性美について。」

「坪井さんは日本女性美をしらん(はらへんのと)ちがいますか。」

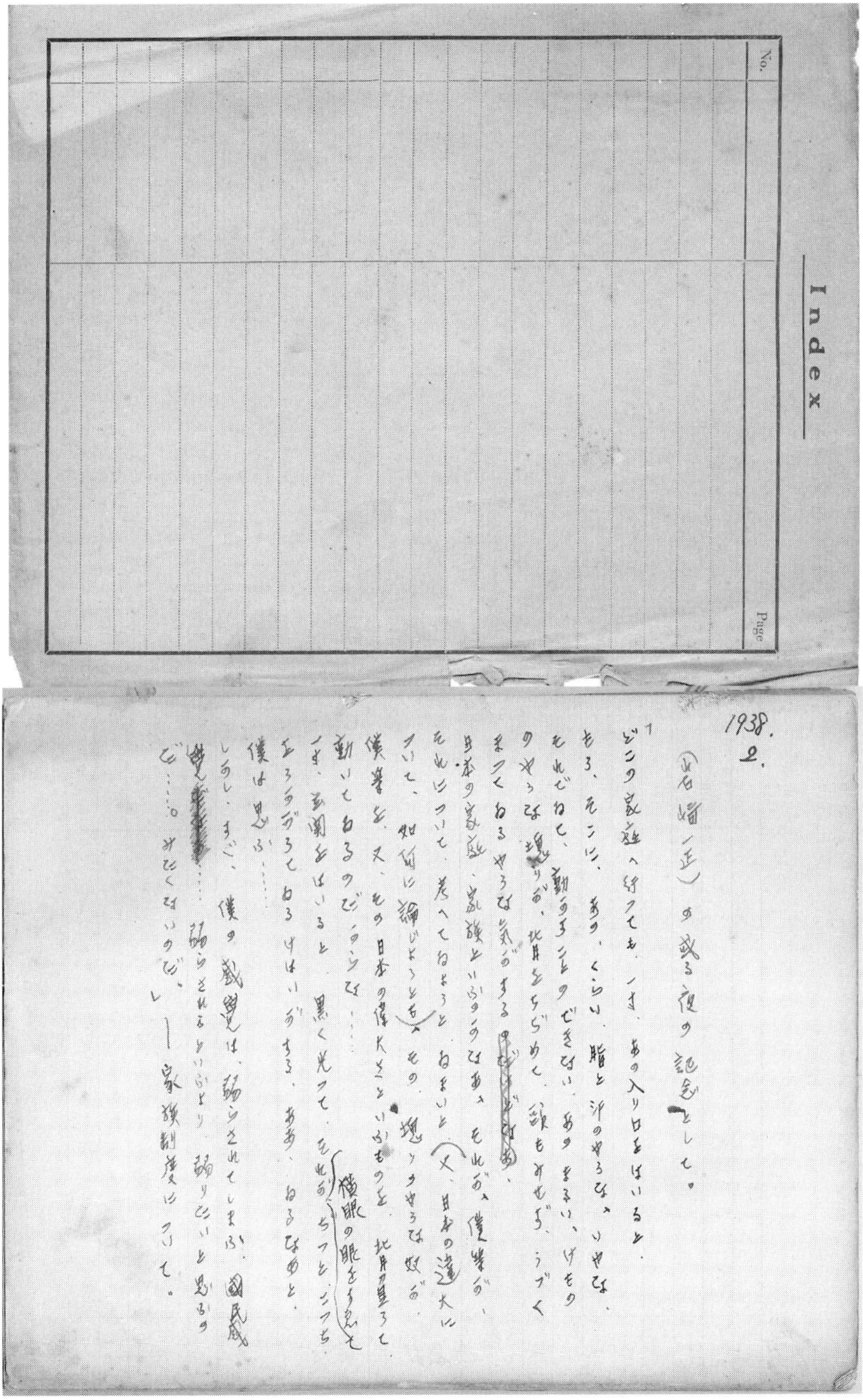

No.

Index

Page

1938. 2.

(右翼ノ正)の或る夜の記念として。

どこの家庭へ行つても、ノオ、あの入り口をはいると
もう、そこに、あの、くらい、脂と汗のやうな、いやな
それでゐて、動かすことのできない、あのまるい、けもの
のやうな塊りが、此等をちぢめて、頭もおもず、うづく
まつてゐるやうな気のする[illegible]ある、
日本の家庭、家族といふのはあゝ それが、僕等が、
それについて考へてゐようとゐまいと、(又、日本の遠大に
ついて、如何に論じようとも) その塊りのやうな奴が
僕等を、又、その日本の偉大さといふものを、此等を曇らせて
動いてゐるのであるから……… 横眼の眼をきらせて
ノオ、玄関をはいると 黒く光つて それがちつとこつち
をうかがつてゐるけはいがする。ああ、ゐるなあと
僕は思ふ……
しかし、まぁ、僕の感覚は、麻らされてしまふ。国民感
覚[redacted]……麻らされるといふより麻りないと思ふの
で……。みたくないので。 ―家族制度について。

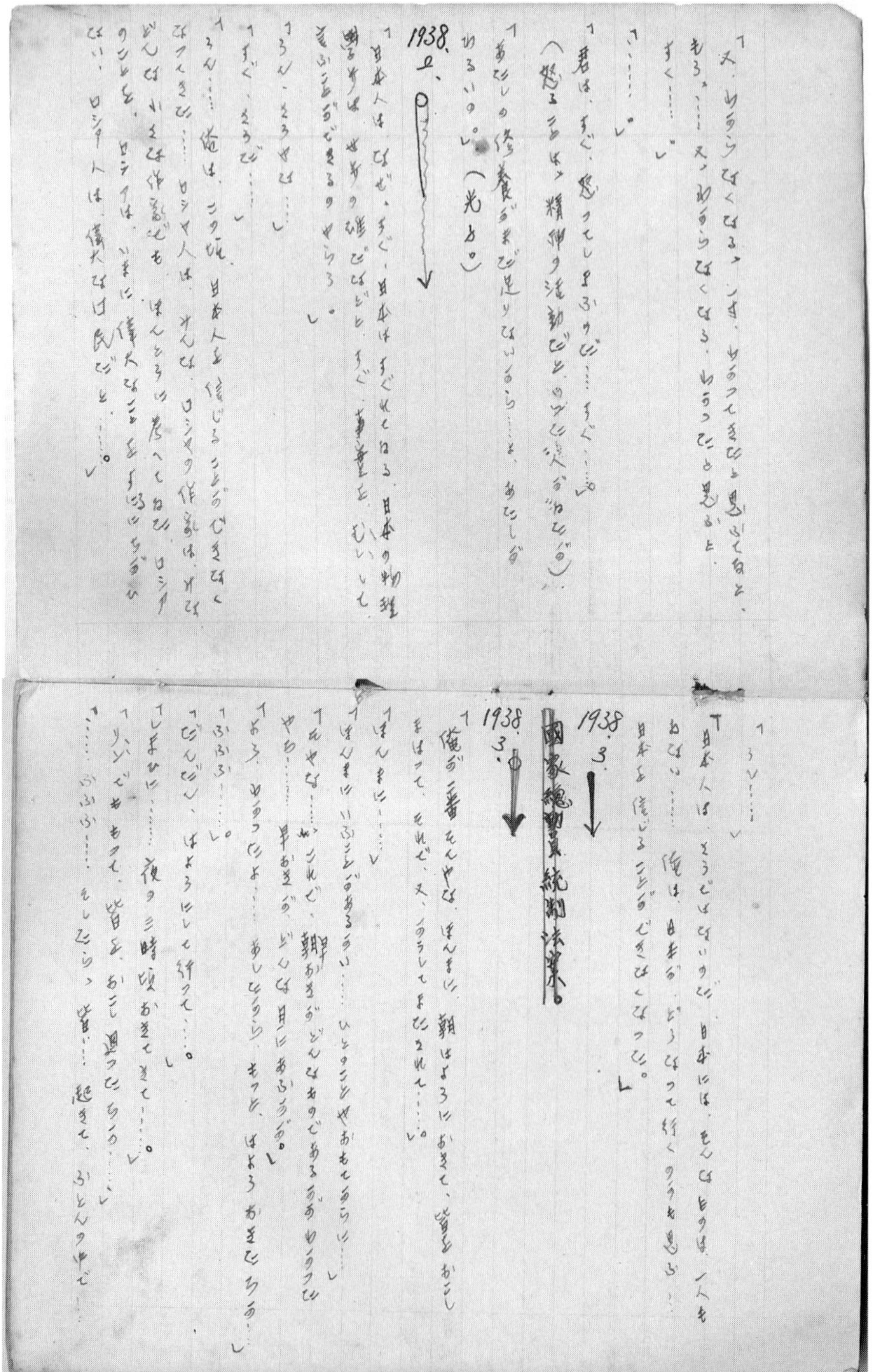

「又、ゆううつになるンす、ゆううつでたまらないと思ふと、
もう……又、ゆううつになる。ゆううつだと思ふと
すぐ……」

「……」

「君は、すぐ、怒ってしまふんだ……すぐ……。」
（怒ることは精神の活動だといふが人が[illegible]）。

「あたしの修養がまだ足りないから……と、あたしが
わるいの。」（光子。）

1938.2.

「日本人はなぜ、すぐ、日本はすぐれてゐる、日本の物理
学者は世界の[illegible]だと、すぐ、事変を、むいて
言ふことができるのやらう。」

「うん、そうやな……」

「すぐ、そうだ……」

「うん……俺は、この頃、日本人を信じることができなく
なってきた……ロシヤ人は、みんな、ロシヤの作家は、みな
どんないい作家でも、ほんとうに考へてゐた。ロシア
のことを、ロシアは、いまに偉大なことをするにちがひ
ない、ロシア人は偉大な民だと……。」

「うん……」

「日本人は、そうではないんだ、日本には、そんなものは、一人も
ゐない……俺は、日本が、どうなって行くのかと思ふ……
日本を信じることができなくなった。」

1938.3.
國家總動員統制法案。

1938.3.

「俺が一番そんやな、ほんまに、朝はよろにおきて、皆をおこし
まはって、それで、又、[illegible]てまたされて……。」

「ほんまに……」

「ほんまにいふことがあるかい……ひとのことやおもてからに……」

「そやな……これで、朝早おきがどんなものであるかわかった
やら……早おきが、どんな目にあふが。」

「よろ、ゆうたよ……あしたから、もっと、はよろおきたろか……」

「ふふふ……。」

「でんでん、はよろにして行って……。」

「しまひに……夜の三時頃おきてきて……。」

「リンでもって、皆を、おこし廻ったらどうか……」

「……ふふふ……そしたら、皆……起きて、ふとんの中で……」

「あれのまやぞ、イモヤとちがふぞ……いふて……。」

「……。」

「……。」

「社会の法則をやぶると罰せられるんぢやあ、そうして……。」

「ミヤ……自殺決心やさういな、……。」

「くそ。」

1938. 7. 29.

「君どこぐたん。」

「国文学。」

「ふん、似合はへんなあ。君には……。」

「どうして、そしたら、あたしっ何が似合ふと。」

「アメリカ文学。」

〜〜〜

トルストイのアンナ、カレーニナのもつてゐる豊かな重さをやうやく発見してきた。そのおもさといふことの美しさ。

その言葉のトル、トルストイの絶望の大きさが、巨大な岩のやうな絶望の大いさが、生活となり、思想を動かせてゐるのを感じた。

「車輪。　。

輪の軸として自分の肉体をきたへる。」

「資本家が資本を自由にするやうな意味ではなしに、資本を自分のものとする力、資本のくぐり出る途をとほつて↓頭を出す。」

……

顔。――この顔。

F子の左側の肩から胸へかけての肌の荒さ、女に対する慾望（女を美しいとするために決定的に必要なもの）が、退くのをかんじた。

偽り―芝居。

うそ泣き。

乱打。

意志の高い烈しさを求めて行く道は、どうした風景をとほつて行く道によつてあらはされるであらうか。

自分がMと繰りかへす闘ひの度びごとに、私は、一歩一歩すすんで行くのを感じる。しかし、そうした闘ひが、二人の間の

もの、ただ、男と女のもつ決定的な闘ひとみること
はあやまりだ。
個人の中へ流れ入る、社会のさかしまの流れが……。

「私は金をとめるのだ。」

homme, maître
かう言つて彼は皮肉にわらふ。
mais, ma femme veut
「もし、私だけならこんなもの
はきないのだが」
妻がいふのだ、好むのだ、
仕方がない。

女は浪費するばかものだ、

chère, chère : trop chère
//

さうしただ高いものが、自分の背すじ（のあたり）にないなれば、すべし
のことは、大空へ達するやうなはげしさをもたない。

極度の活動。
憂鬱のもつ苦さ。知性の憂鬱。
「人生」の烈しい否定。否定そのものとしてのあの動き。
否定、根こそぎの否定。
その時は、削で、俺を侮蔑した。女は侮蔑
である。肉体は。
ジェリイと自分（その男）との区別は政治と詩との合一への努
力による。自己の分割が私（その男）であるとすれば、自己の
統一による詩の政治よりの分割が、ジェリイである
とも言へる。
人間のダイヤモンド。
女は俺の愛情を受取る資格をもたない。
完了主義＝官僚主義。
陶器、遠き昔より騰貴してゐる。

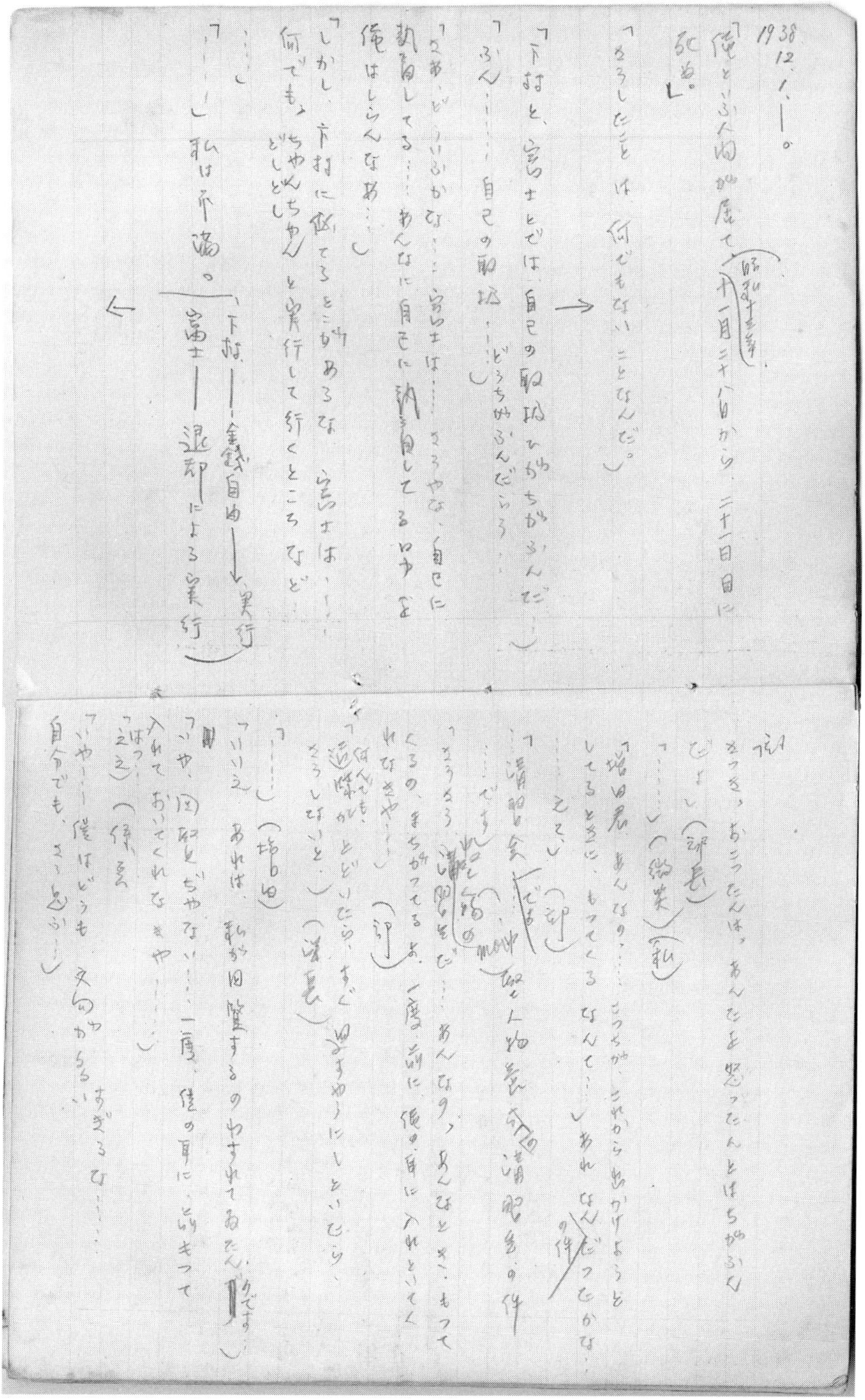

1938 12, 1 ―。

「俺といふ人間が居て（昭和十三年）十一月二十八日から二十一日目に死ぬ。」

「そうしたことは何でもないことなんだ。」

「下村と、富士とでは、自己の取扱ひがちがふんだ……」

「ふん……自己の取扱……どっちがふんだらう……」

「さあ、どういふかな……富士は……ささやかな、自己に執着してる……あんなに自己に執着してるのかな」

「俺はしらんなあ……」

「しかし、下村に似てるとこがあるな 富士は……何でも、どしどし ちゃんちゃんと実行して行くところなど」

「……」

「……」私は不論。（下村――金銭自由――実行 富士――退却による実行）

さっき、おこったんは、あんたを怒ったんとはちがふんだよ」（課長）

「……」（微笑）（私）

「増田君、あんなの、こっちが、これから出かけようとしてるときに、もってくるなんて……」あれなんだったかな……の件

「……えゝ」（部）

「……清智会、ですか」郵便人物展、清智会の件

「そうそう、清智会の郵便物をどんなのを、あんなとき、もってくるの、まちがってるよ。一度、前に俺の耳に入れといてくれなきゃ……」（部）

「何んでも、退院がとどいたら、すぐ返事をすかっにしといたら、さうしないと……」（課長）

「……」（増田）

「いいえ、あれは、私が回覧するのわすれてゐたんです」

「いや、回覧じゃない……一度、僕の耳に、ちょきって入れておいてくれなきゃ……」

「はっ、えゝ」（係長）

「いや……僕はどうも文句がうるさすぎるな 自分でも、さう思ふ……」

「いえ、言っていただいた方がよくわかり、よろしいです」

「もう余り言ふので耳がたこになってるでせうけど、」

「いえいえ……」

「どうぞ、どうぞ」↓手で先へかつてくれといふ振。

「失礼します。」

淋し微笑。

——

「のまくん、おこられたら——」。

「うん。」

「ふん……、部長にしてみたら、決裁とりに行って判くれいふの、決裁つきつけて判くれと命令されてるみたいなもんやからな……ゆっくり
みたいにちがひない……」

「さうですね、いつも持ちまわりばっかりで……」

「のまくん……余りいそいで、つきつけたさかい、」

「ええ……」

係長、沈黙。


「下なは、ほんとうに、ええら、人間やな……俺はいつでも、あいつの
前で、はづかしいといふ気がする。はじる。自分にはじる
気持がある……」

「自分にて」

「うん……」

「どうして……」

「どうしてか……あいつは、ほんとうに、きれいな、（清い……）

そんな感じで……」

「さう、清潔な感じがする……ほんとうに清潔で……」

「君は生れつき、そのる奴とちがふのか
「そんなこと……清潔でなかつたら芸術なんかできるもんか」

「いや……芸術とかそんなことでなくて……」

「人間はとか……」

「うん……」

「さうでもない……」

憂鬱の中に思想形成的な感じ。（その男にるものは、何事
に於ても、いべ（思想形成的な生活以外には堪へられなかつた）
と見ることのできるひとと、できないひととがある。

脳髄に於ける穴。（月の表面の穴、性病による
局部の穴。） etc.

「辛抱
いんぽろ、たまりやん。」 ―これも、一つの世界。

生命とか論理とか、「史とかいふやうな高尚な話題。

「源―起源、」。に置く作用。

「性慾」による思想の錯綜。

人生の整理。 戦争（革命）による解放。

モチーフ
「建設的アトモスフエールの創造」―尖端
創造的環境の形成とそれに取り巻かれ
つつそれに参加して行く青年の群の
モラルの樹立。

神戸消費組合 野中虎男氏
賀川豊彦氏
消費組合ト統制経済
統制経済ノ三ツノ型
1. オーストリア型
商業組合ノ中ヘ消費組合ガ合ナシ、商組ノ下ヘ消組ガツカザルヲ得ヌ。
(土産商人。)

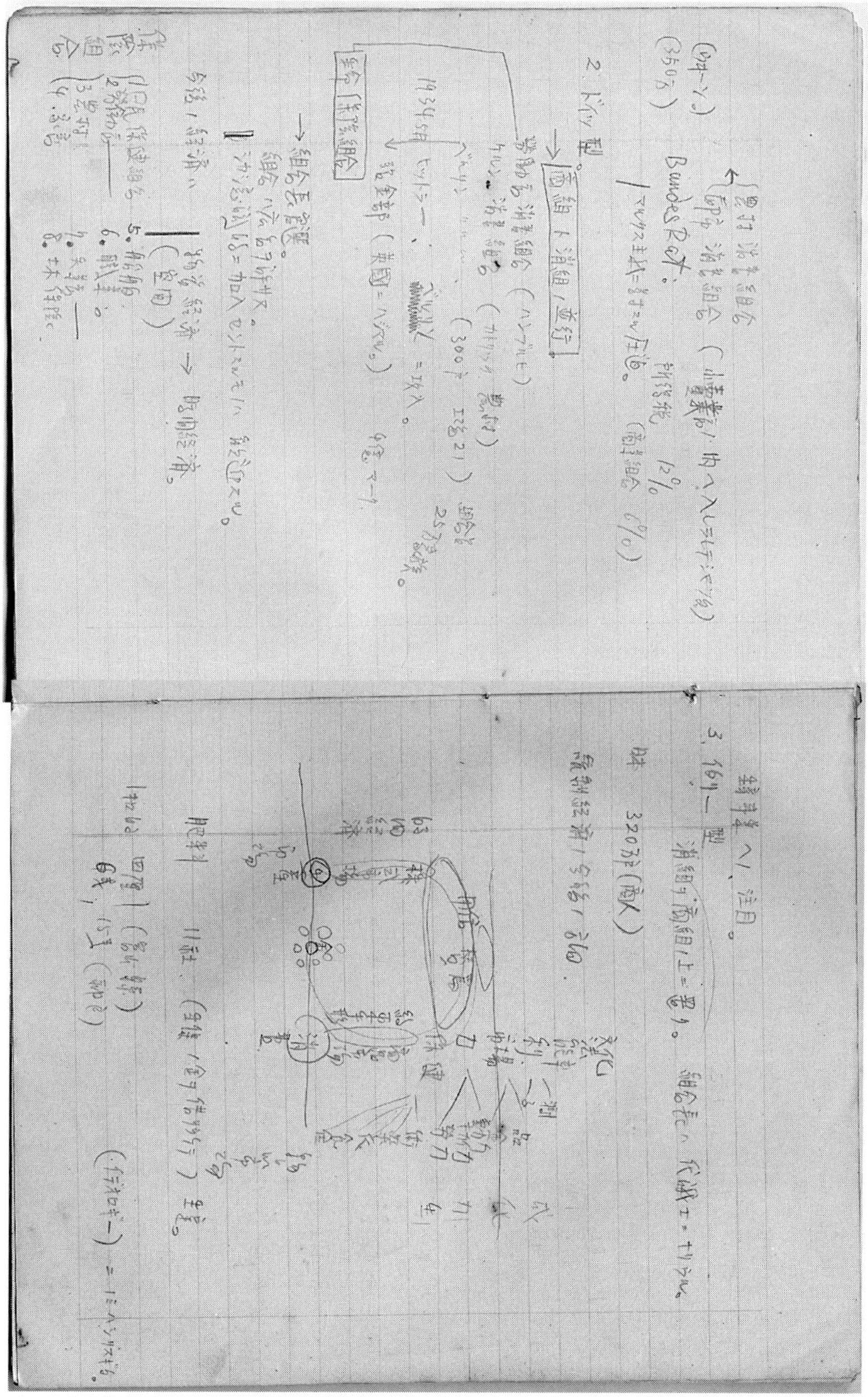

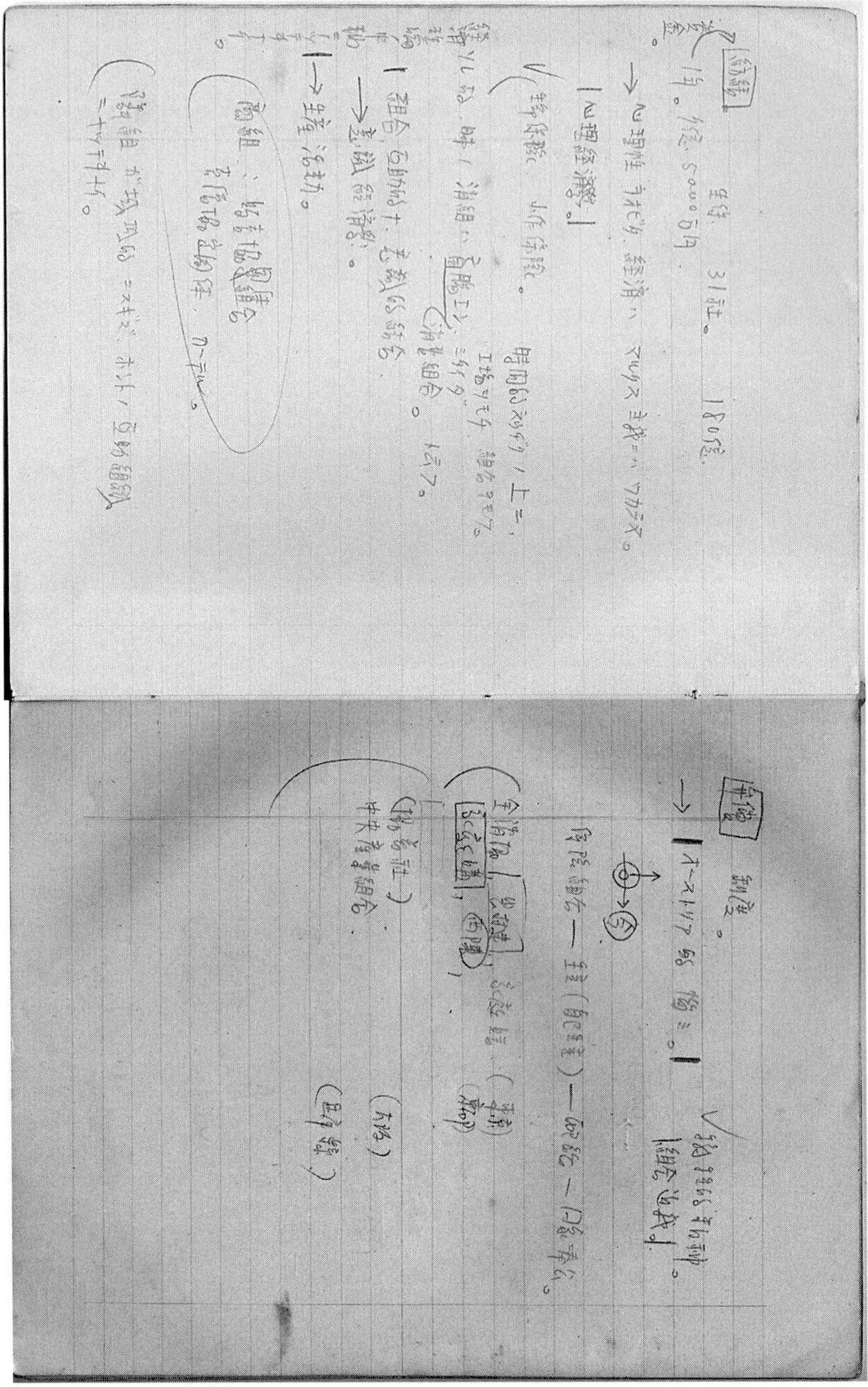

→ 心理性 ヲオビタ、経済ハ マルクス主義ニハ ワカラズ。
心理経済学。
→ 生産活動。
→ オーストリア的 悩ミ。
中央産業組合

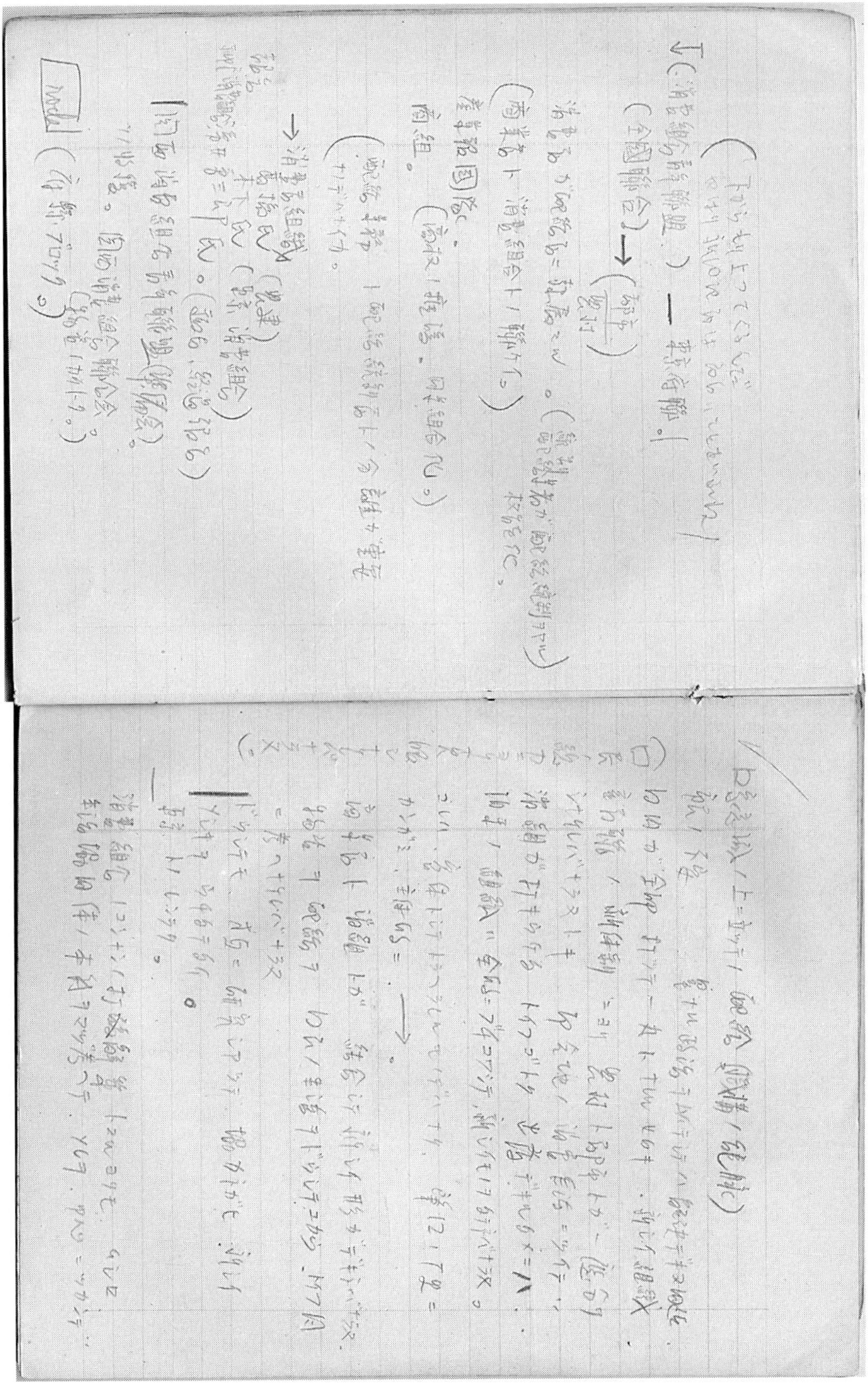

57　ノート9

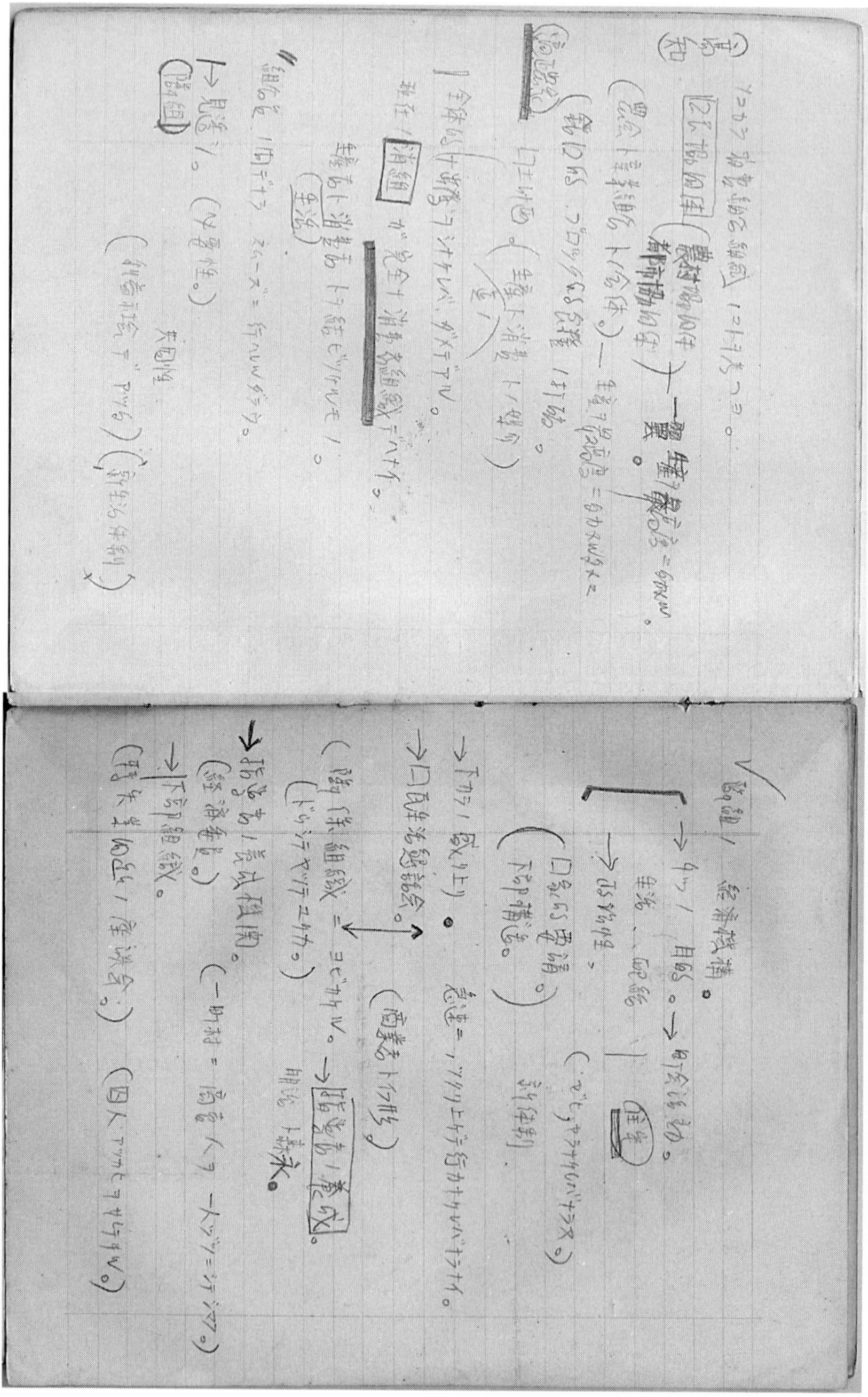
(高知) ソコカラ消費組合組織ノコトヲ考ヘヨ。
[区民協同体] (農村協同体 都市協同体) 一翼。生産ヲ最高度ニ日カスルタメニ。
(町会ト産業組合トノ合体。)— 生産ヲ最高度ニ日カスルタメニ
(統制的ブロック的食糧ノ打破。
(配給研究) 口ニ計画。(生産ト消費トノ媒介) 逆ノ
ノ全体的ナ形態ヲシナケレバ、ダメデアル。
現在ノ[消組]ガ完全ナ消費者組織デハナイ。
生産者ト消費者トヲ結ビツケルモノ。(生活)
〃組合員ノ肉デナラ スムーズニ行ハレルダラウ。
→見透シ。(必要性。)
(隣組)
共同性
(利益社会デアッタ)(新生活体制)
√隣組ノ 経済機構。
→4ツノ 目的。→町会活動。
生活、配給 (住宅)
→政治性。
(:ゼヒ、ヤラナケレバナラヌ。)
(国家的要請。下部構造。)
新体制
→下カラノ盛リ上リ。 急速ニ、ツクリ上ゲテ行カナケレバナラナイ。
→国民生活懇話会。
(商業者トイフ形。)
(隣保組織ニヨビカケル。→[指導者ノ養成]。
(ドウシテヤッテユクカ。)
明治ト森永。
→指導者ノ養成機関。
(経済委員。) (一町村ニ商店人ヲ一人ヅツニシテシマフ。)
→下部組織。
(特定業団体ノ座談会。) (四人アツカヒヲサセテヰル。)

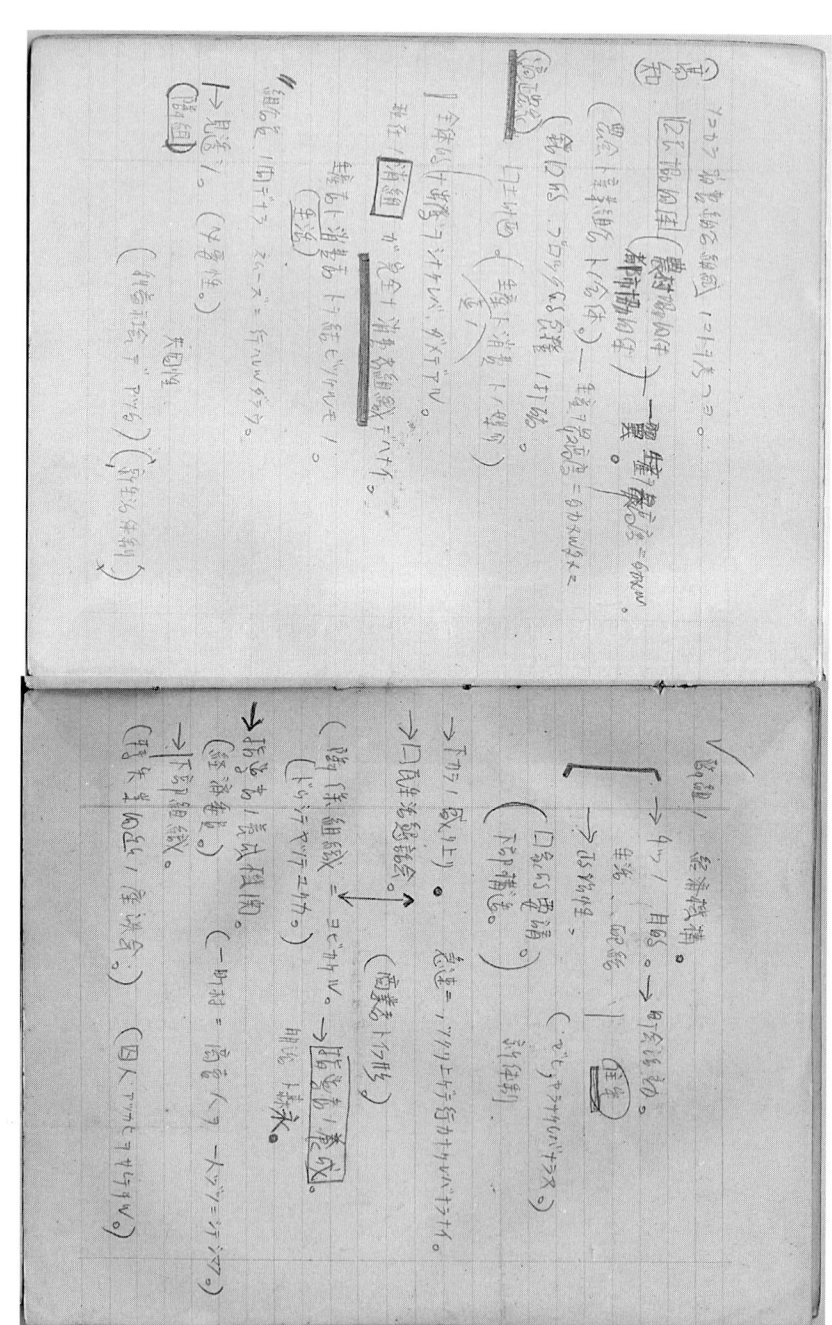

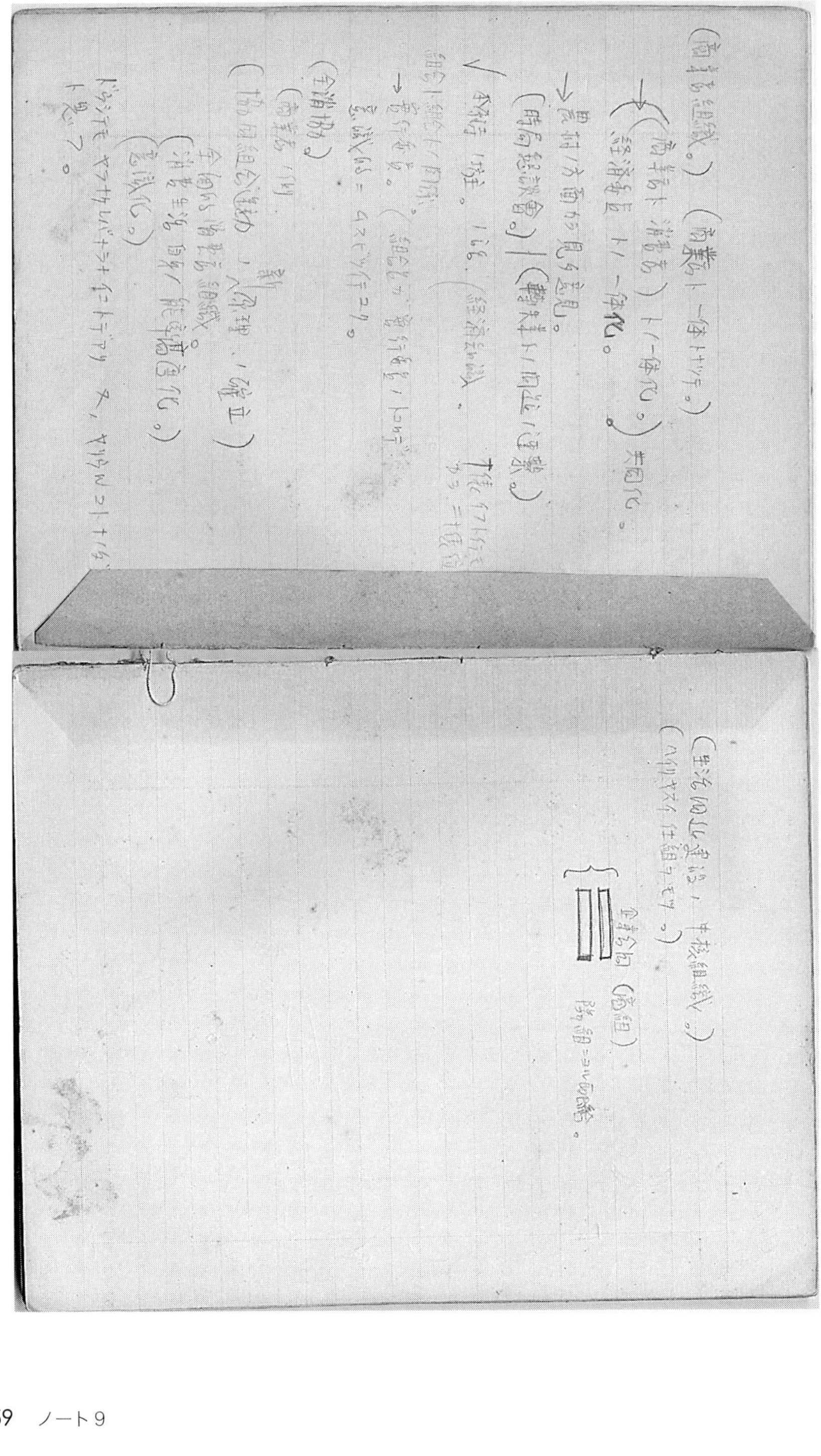

59　ノート9

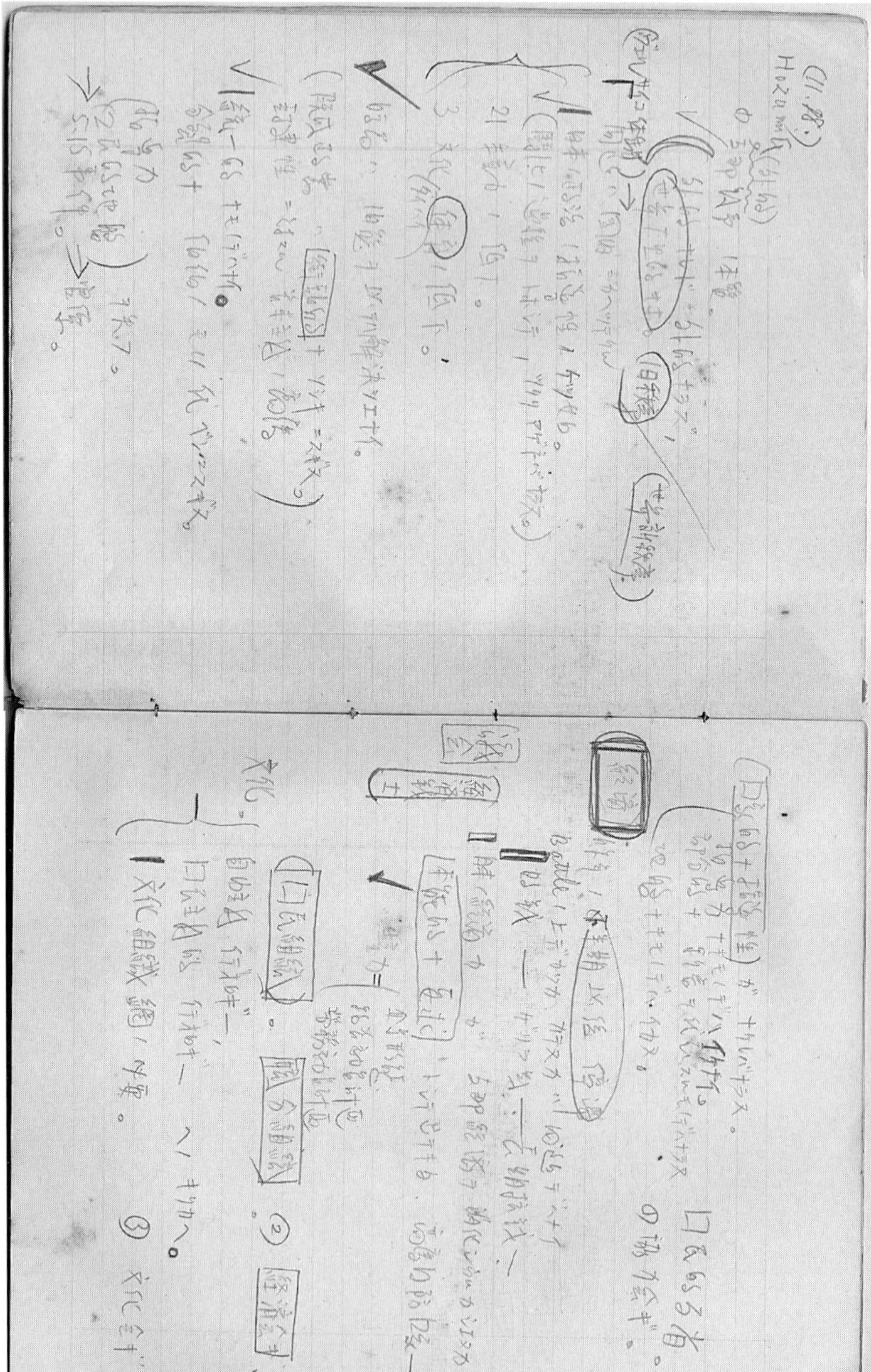

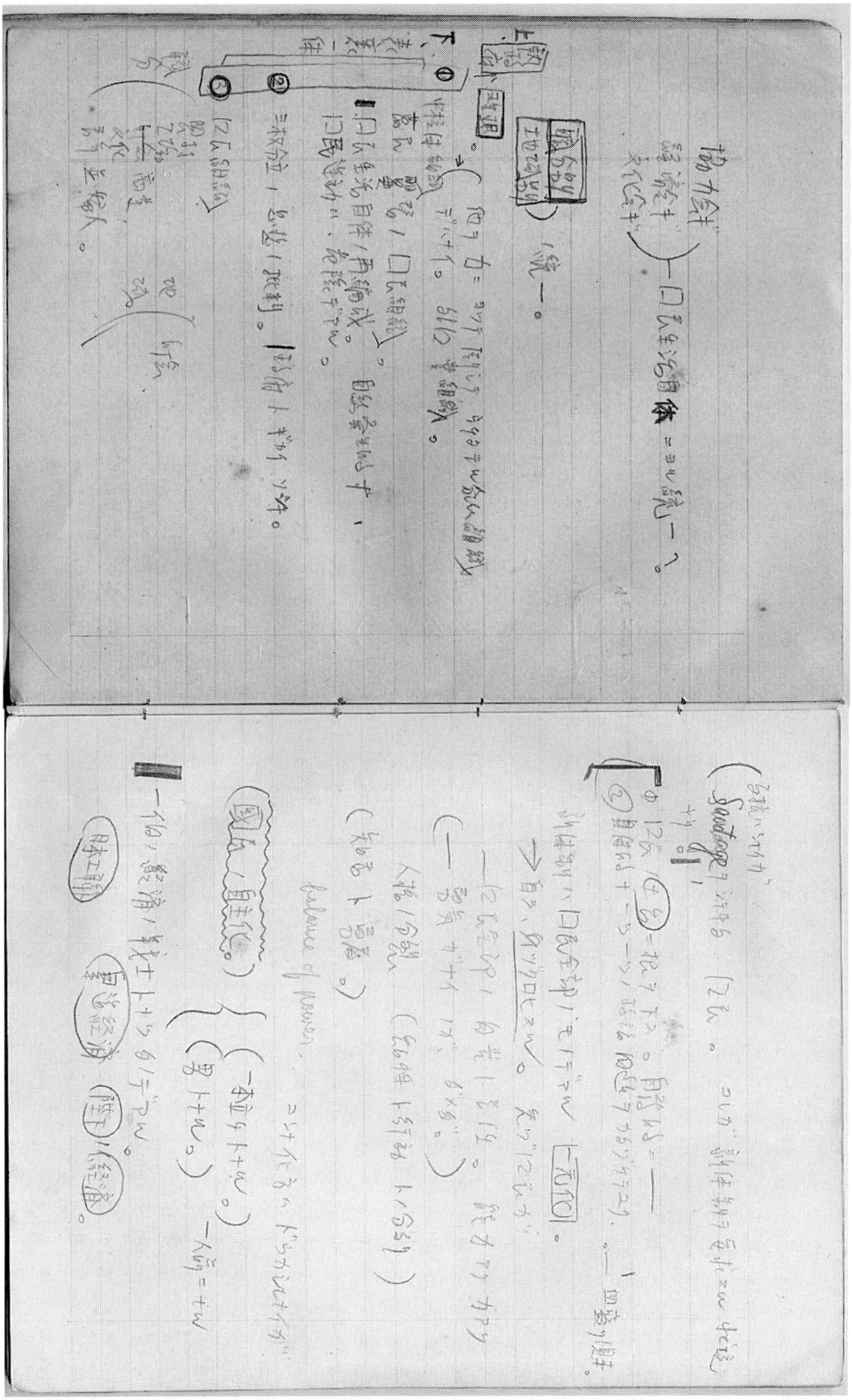

61　ノート9

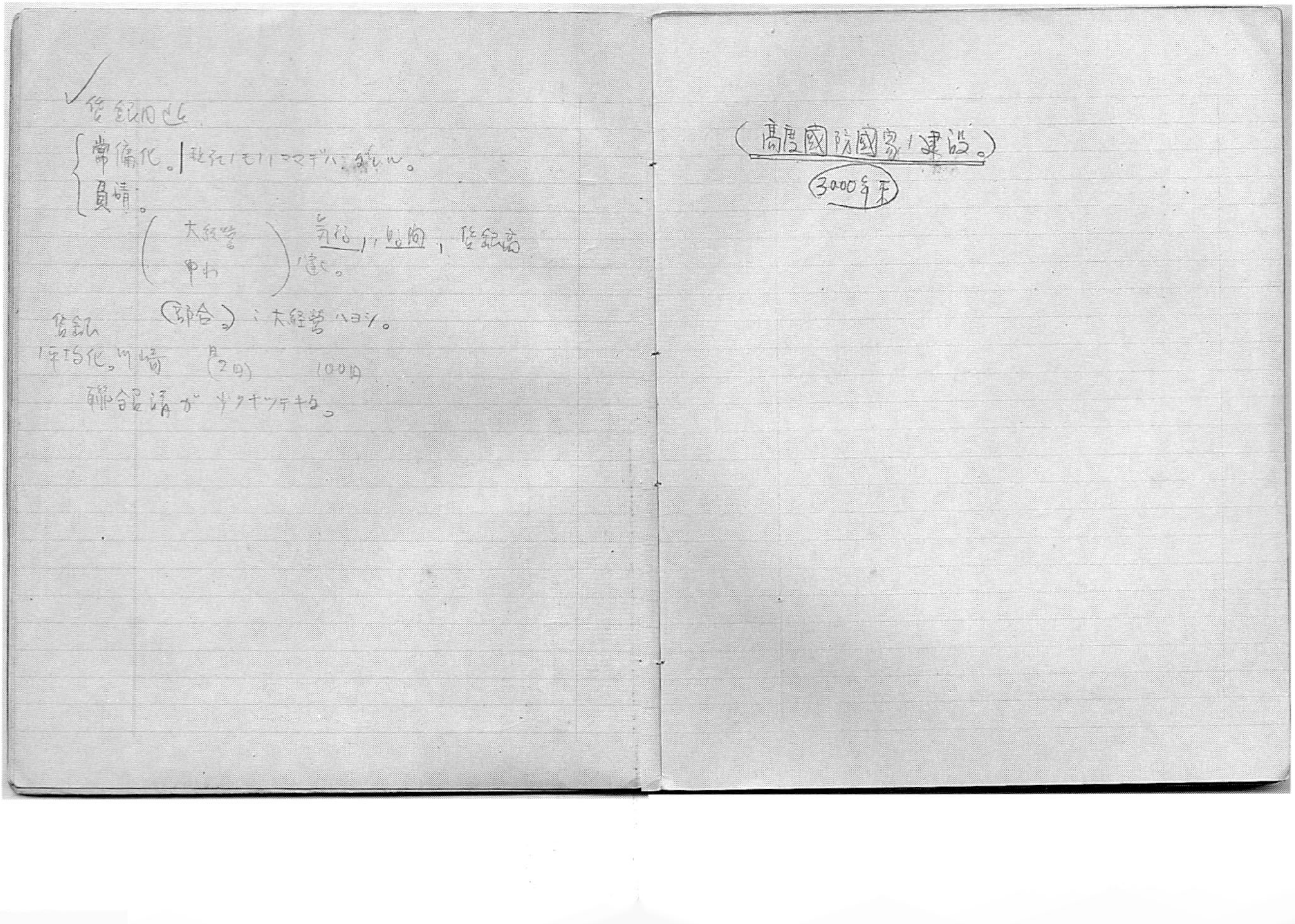
常備化。
負債。
大経営
中小
大経営ハヨシ。
平均化
(2回)
100円
高度國防國家ノ建設。
3000年来

63　ノート9

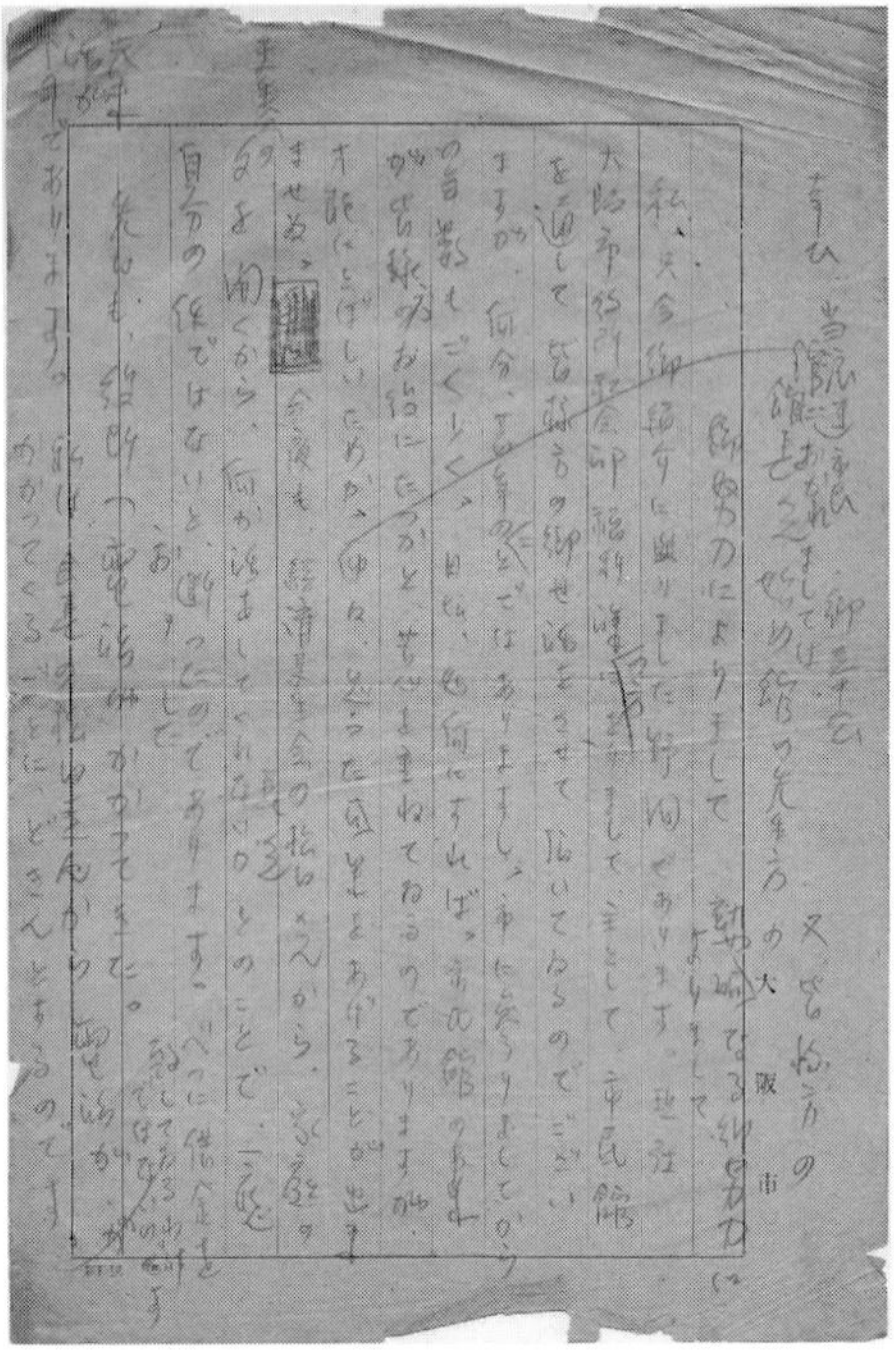
大阪市

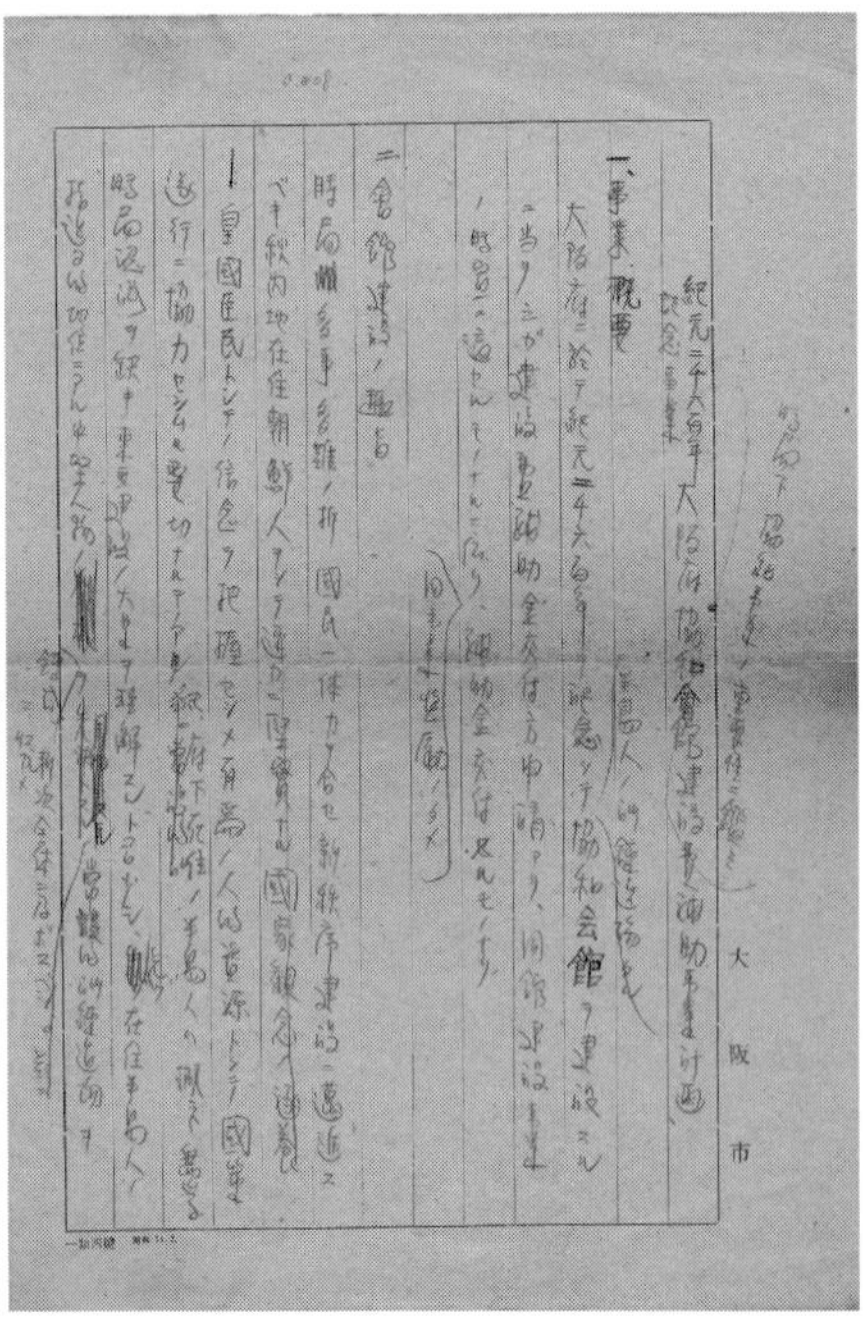
大阪市

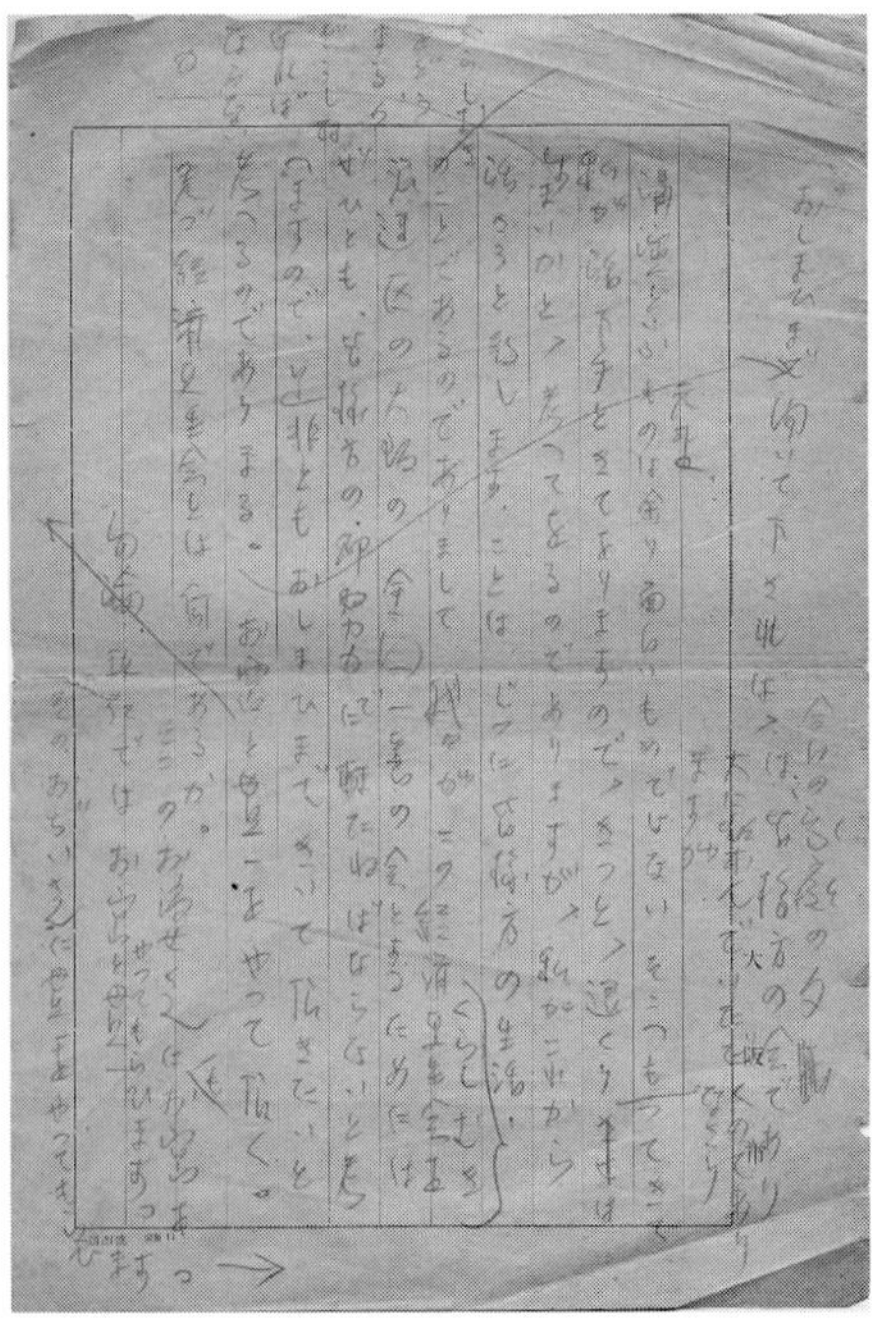

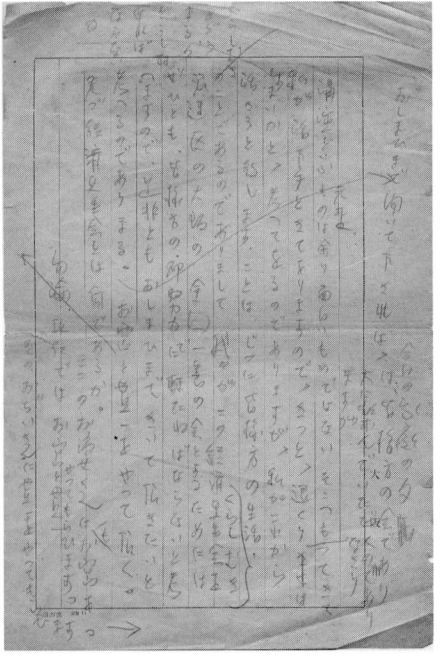

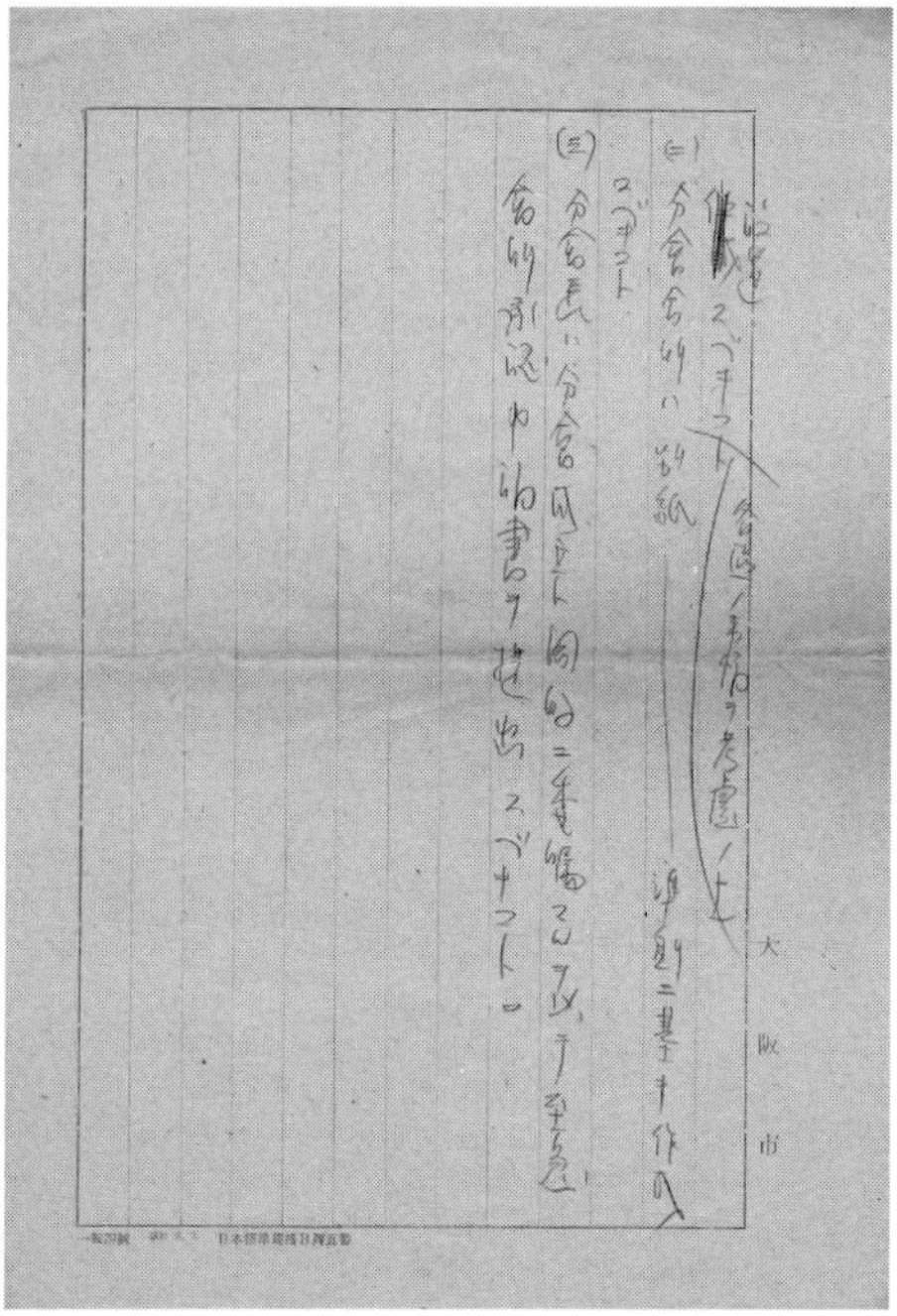

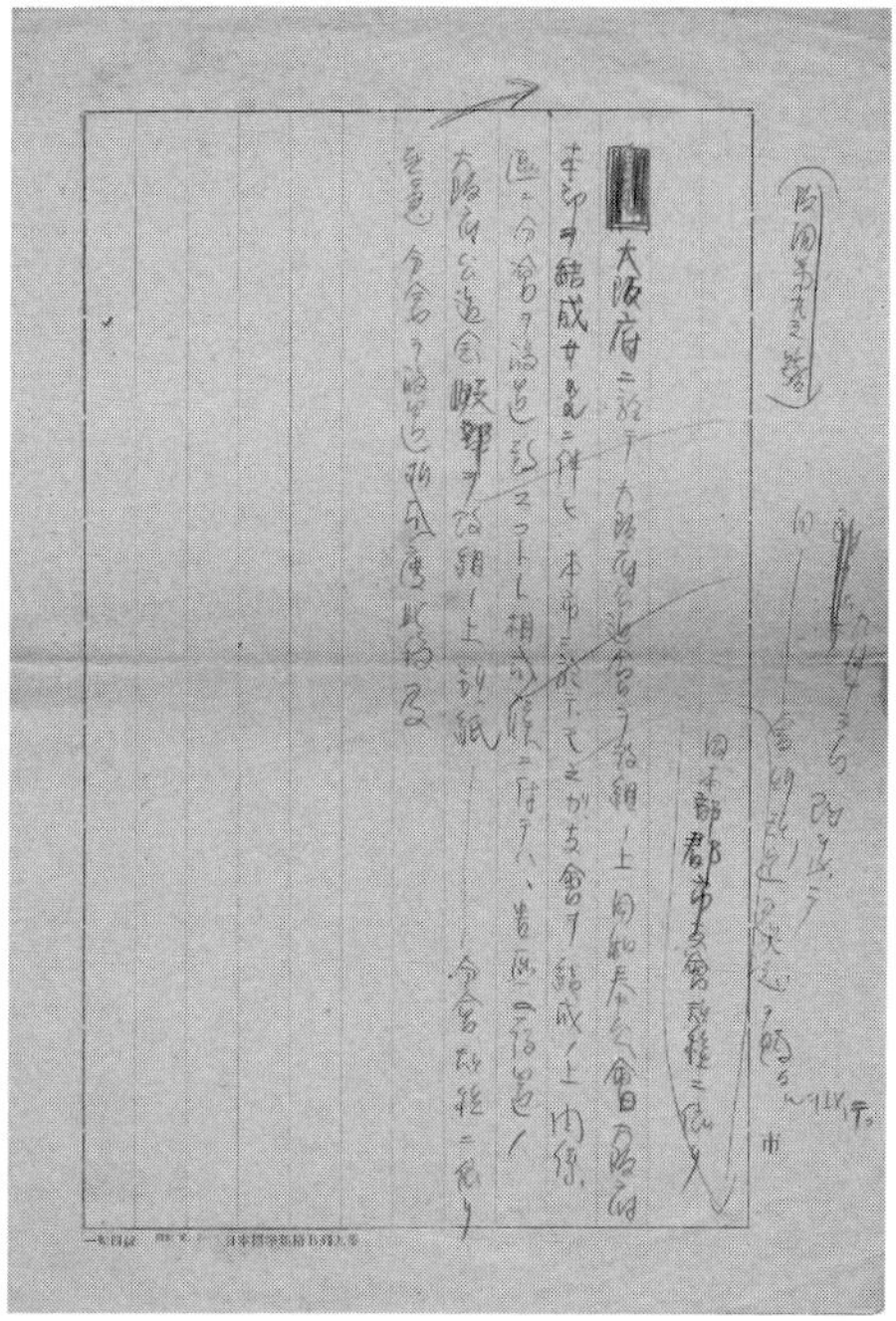

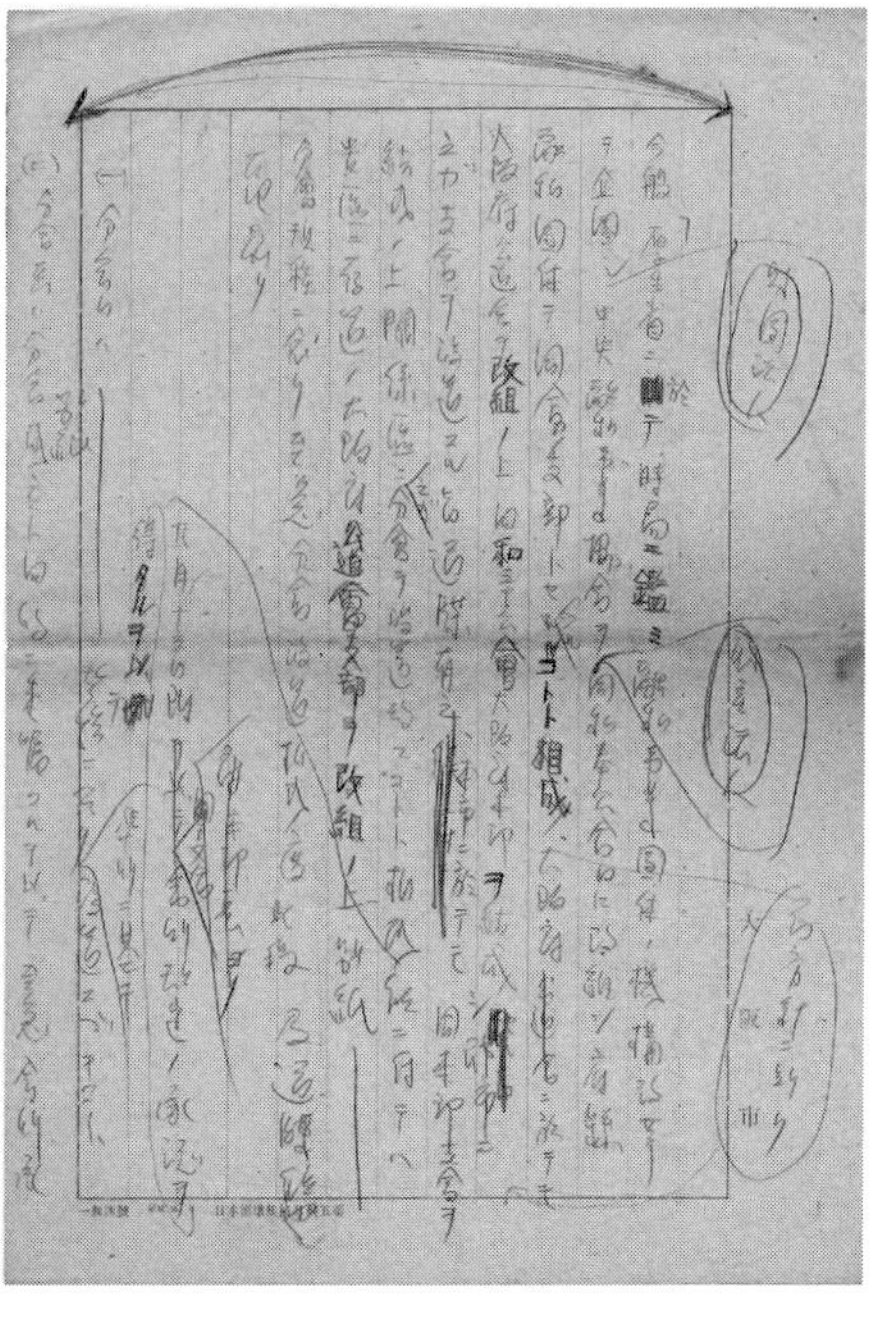

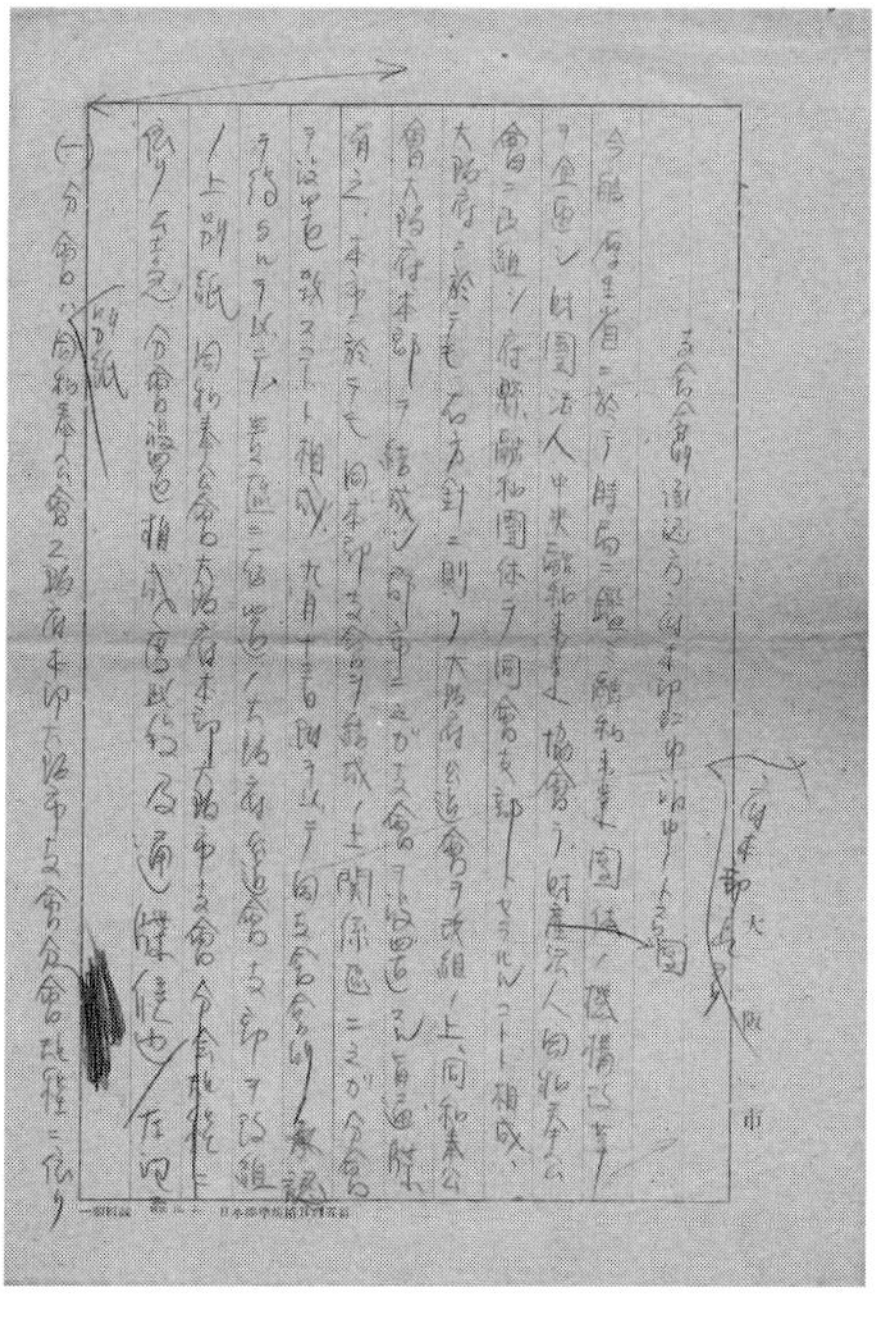

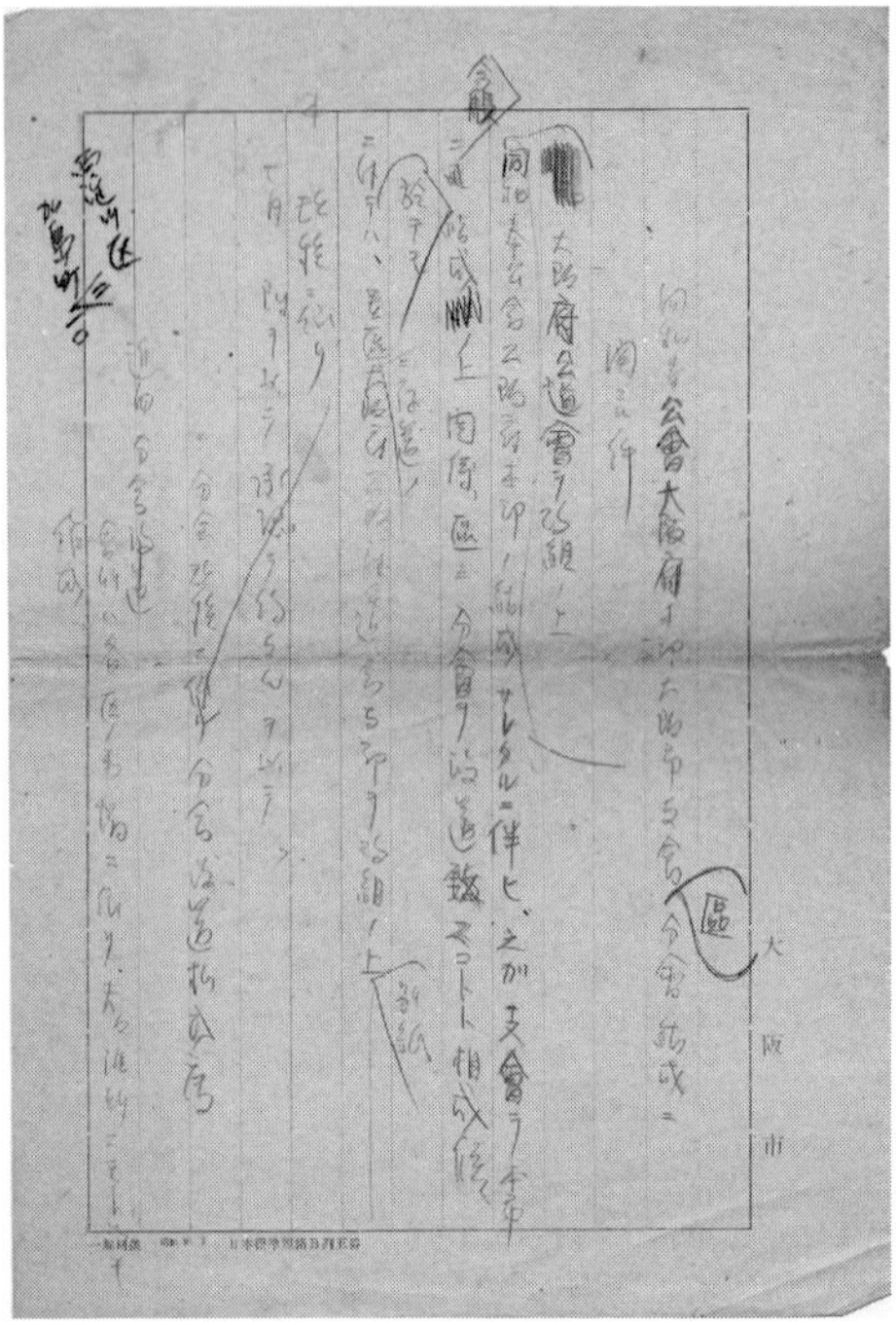

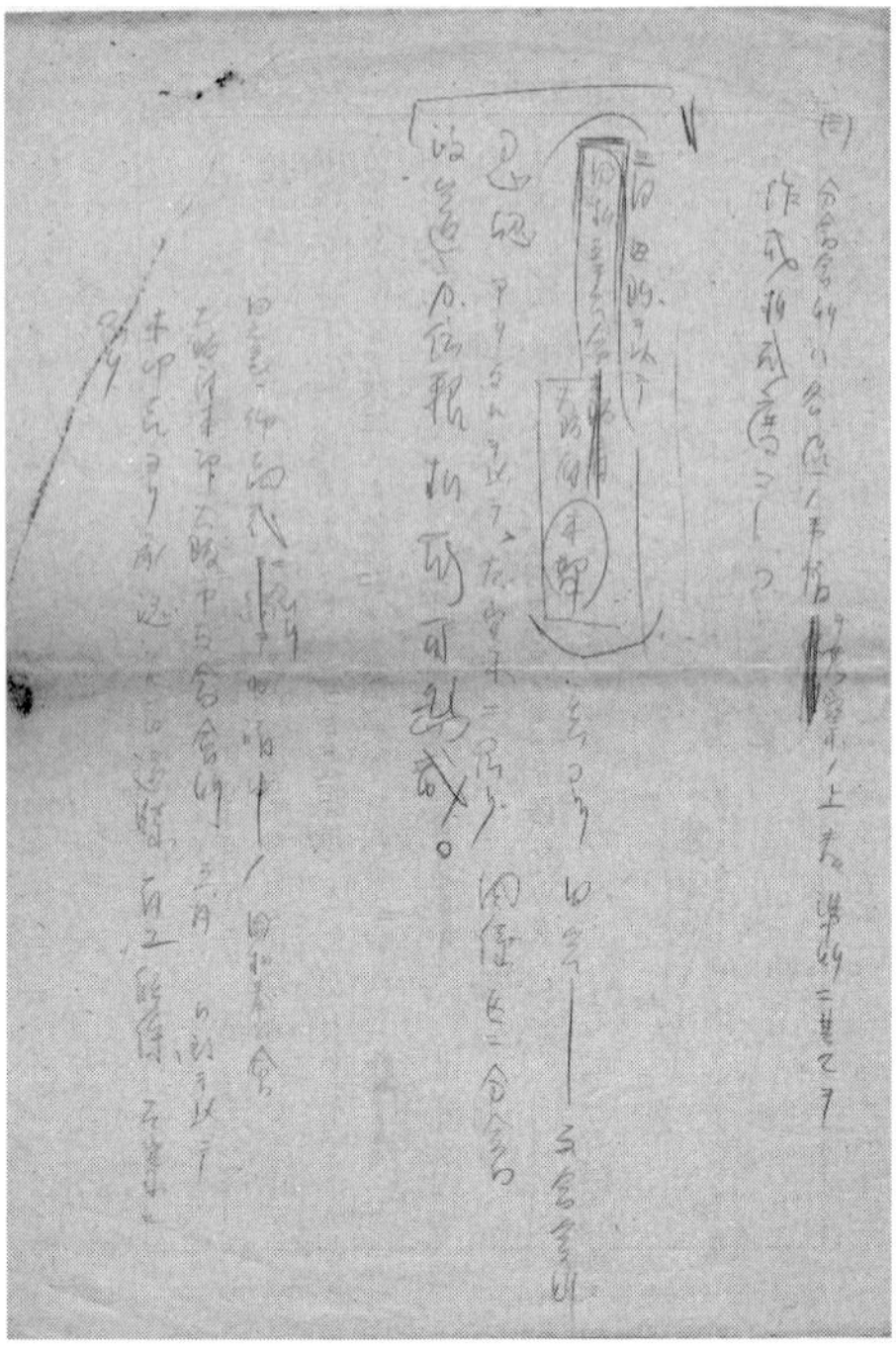

大阪市歌
一、高津の宮の 昔より
代々の栄を 重ね来て
民のかまどに 立つ煙
賑ひまさる 大阪市
三、東洋一の 商工地
咲くや木の花 魁けて
四方にかをりを おくるべき
勢ぞ強き 大阪市
戦時市民の歌
愛市手帖
昭和16年
大阪市

大阪市役所 へとろ作 17836.
1月
市政の特色
(昭和信用)
(116.)
明治二十二年本市に市政が實施されて以來、今日まで五十三年、その間、市民が進取の氣象に富み公共の負擔に任ずること厚きと、市政に於ける先覺者の獻身的運營とは、著しい市政の發展を促すとともに、事業第一主義の傳統を培ひ、あらゆる困難を克服して幾多の大事業を着々遂行し、市民の福祉厚生を圖り來つたことは、わが國都市行政の模範とされてゐる、中でも明治三十年の大阪港築造着手、同三十六年の電車市營主義の確立、大正十年以來の綜合的大都市計畫事業による道路、橋梁、公園、上下水道の完備、同十二年の電燈買收、同十四年の市域大擴張、昭和二年の學區廢止、同六年の中央卸賣市場の開設、同八年の地下鐵經營、同九年の風水害自力復興、同十三年の町會結成、青バス買收同十五年の市會議場一致による坂間市長の再選等はその好範例である
◎今月の市政回顧
町會の整備結成始る(昭一三)
【一月の行事】

1 月
1 (水)
【四方拜】
2 (木)
3 (金)
【元始祭】
4 (土)
新体制一億民に役がつき
5 (日)
【新年宴會】
6 (月)
7 (火)
8 (水)

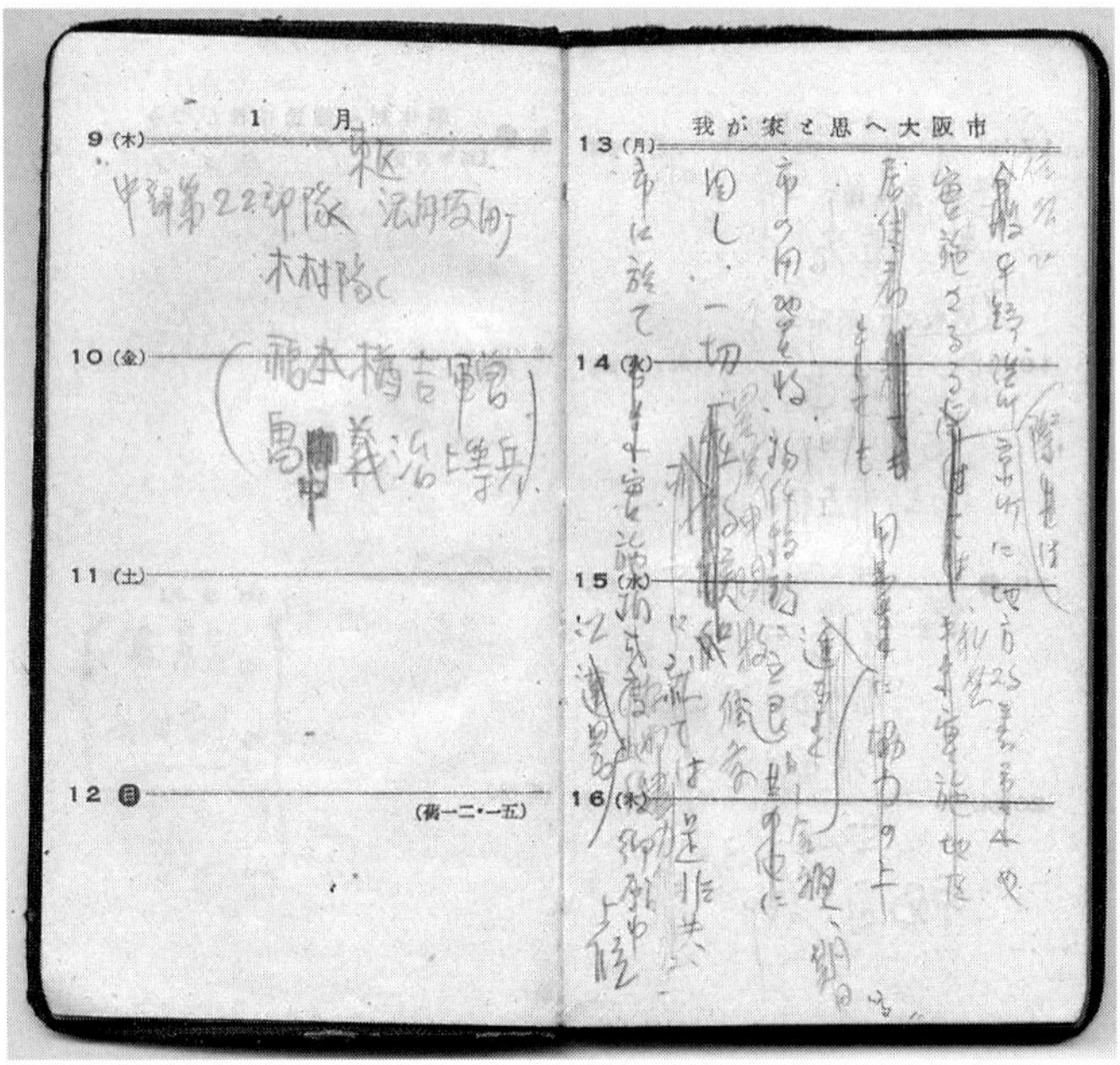
1 月
9 (木)
10 (金)
11 (土)
12 (日)
(衛一二・一五)
我が家と思へ大阪市
13 (月)
14 (水)
15 (水)
16 (木)

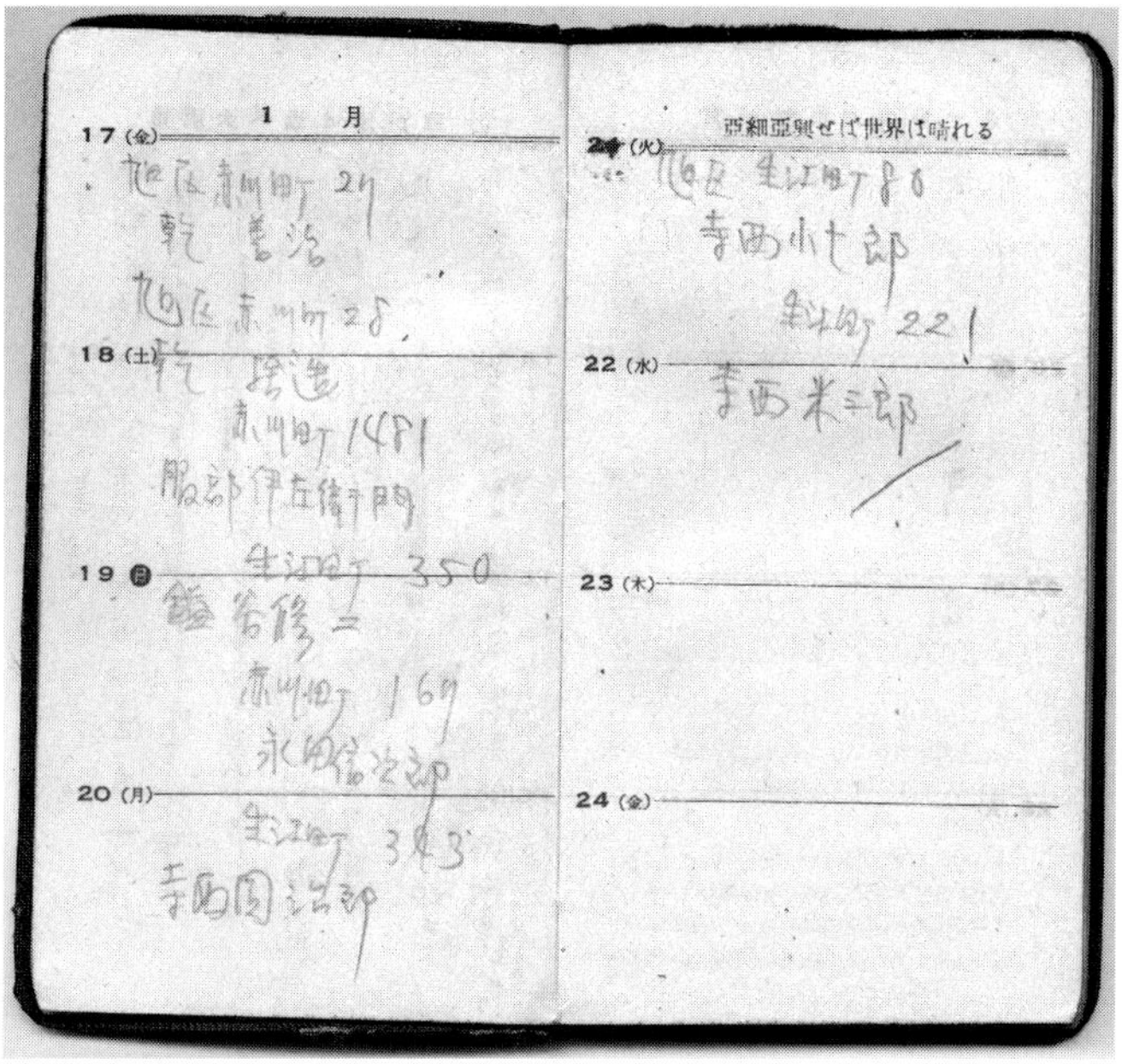
1 月
17 (金)
18 (土)
19 (日)
20 (月)
亜細亜興せば世界は晴れる
21 (火)
22 (水)
23 (木)
24 (金)

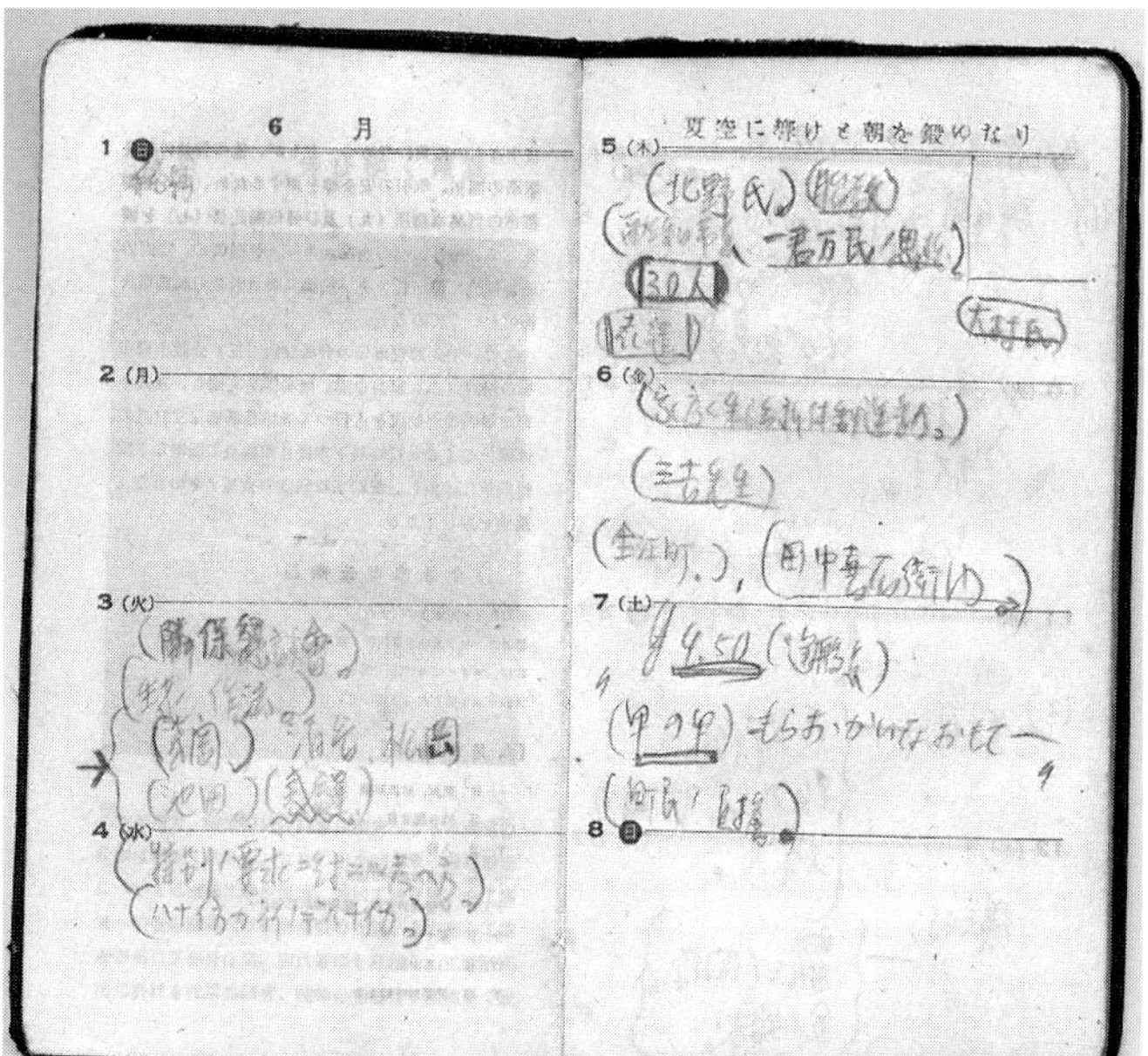
6 月
1 (日)
2 (月)
3 (火)
4 (水)
5 (木)
6 (金)
7 (土)
8 (日)

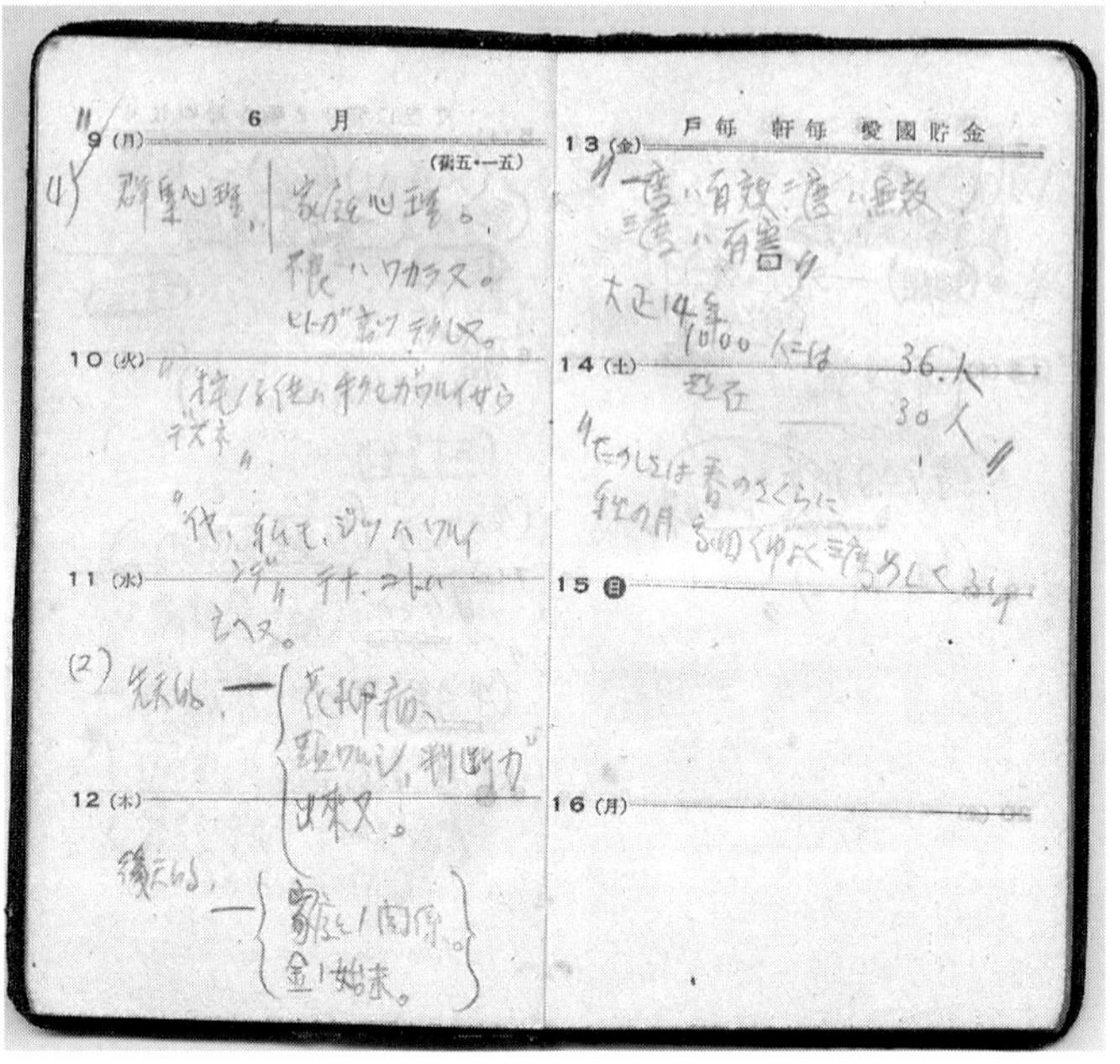
6 月
9 (月)
(衛五・一五)
10 (火)
11 (水)
12 (木)
戸毎 軒毎 愛國貯金
13 (金)
14 (土)
15 日
16 (月)

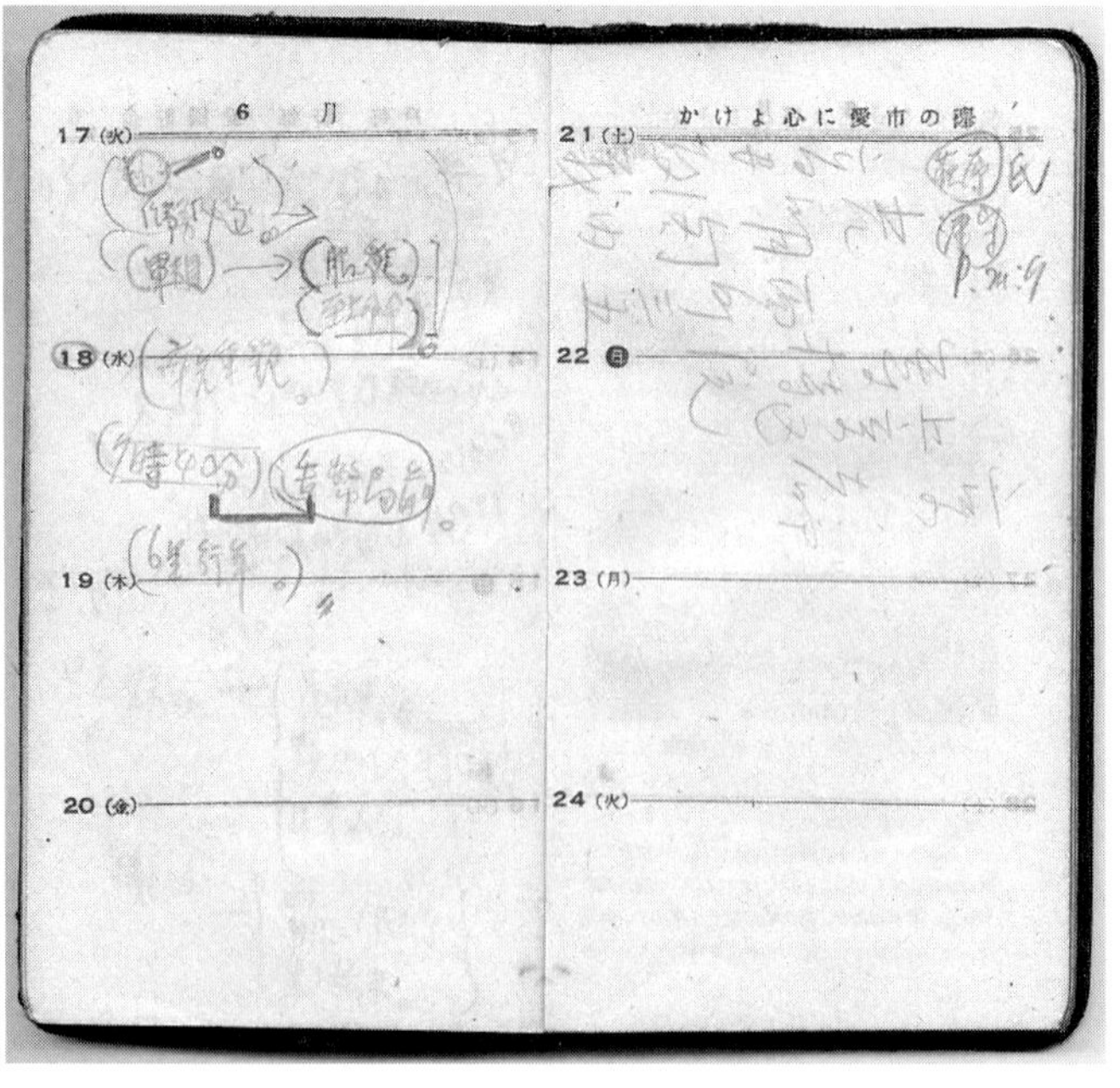
6 月
17 (火)
18 (水)
19 (木)
20 (金)
かけよ心に愛市の襷
21 (土)
22 日
23 (月)
24 (火)

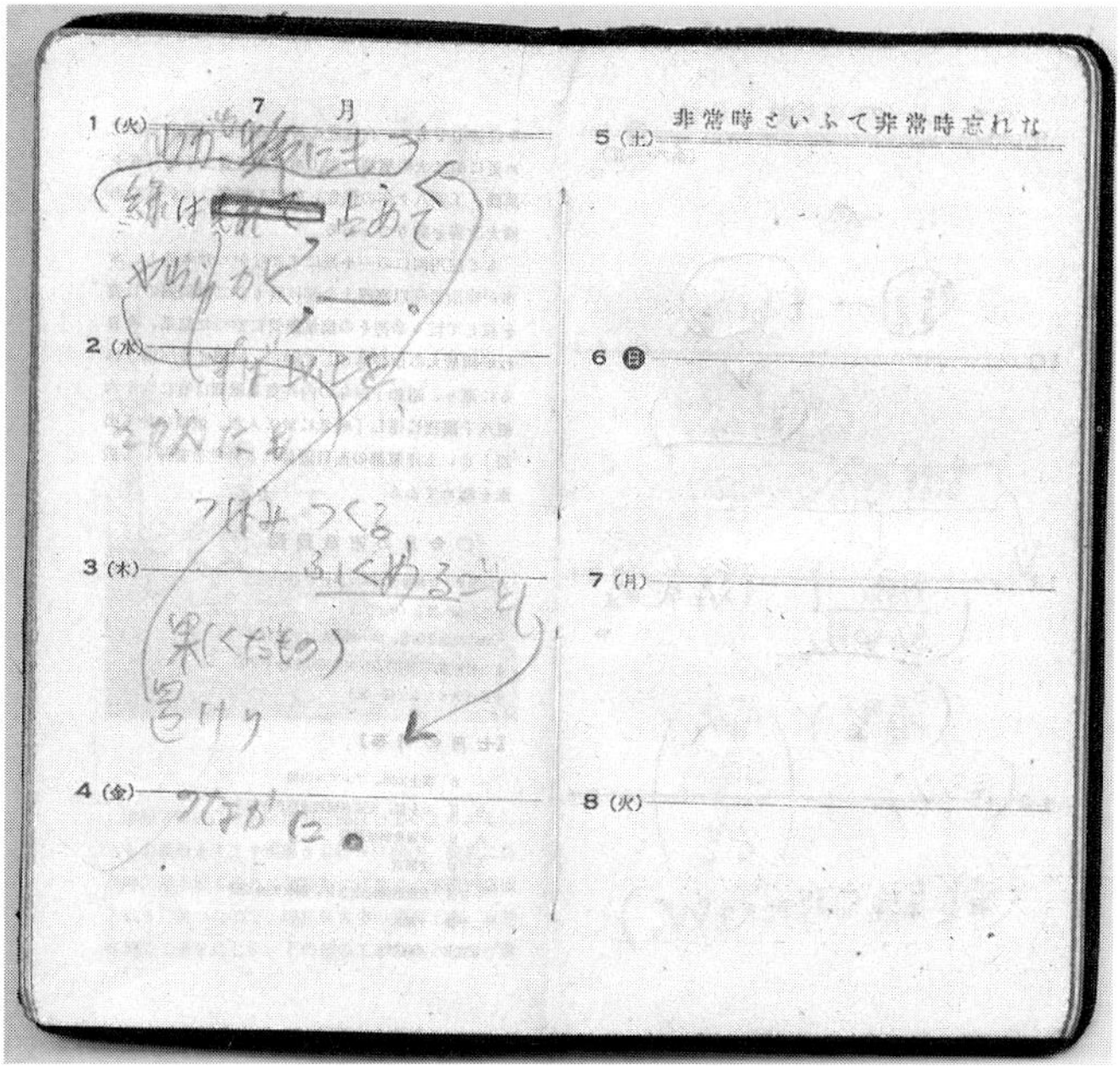

7 月
1 (火)
2 (水)
3 (木)
4 (金)
5 (土)
6 日
7 (月)
8 (火)

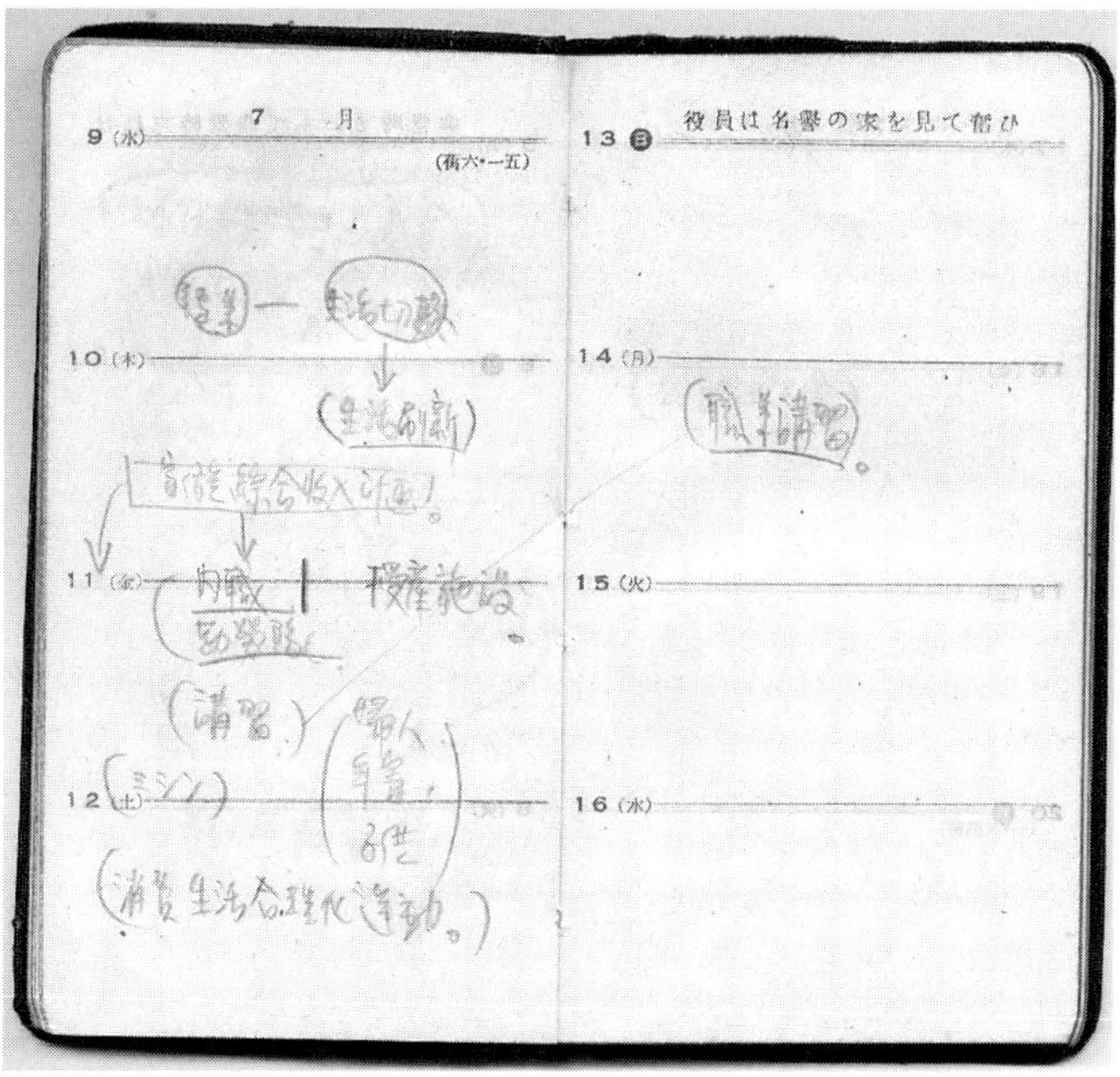

7 月
9 (水)
10 (木)
11 (金)
12 (土)
13 日
14 (月)
15 (火)
16 (水)
(生活刷新)
授産施設
(講習)
(ミシン)
(消費生活合理化運動。)
(職業講習)

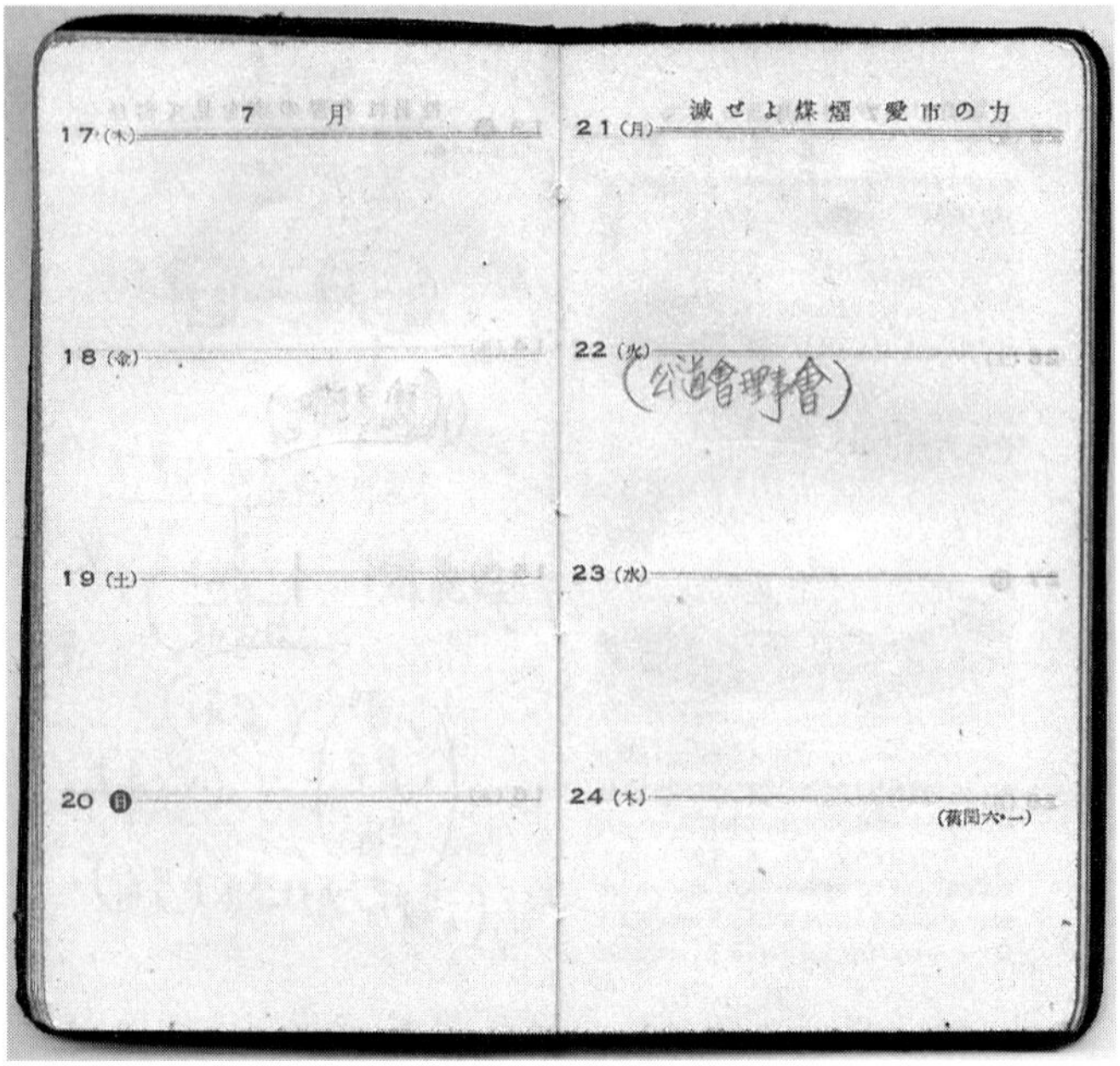
7 月
17 (木)
18 (金)
19 (土)
20 (日)
21 (月)
減せよ煤煙 愛市の力
22 (火)
(公道會理事會)
23 (水)
24 (木)

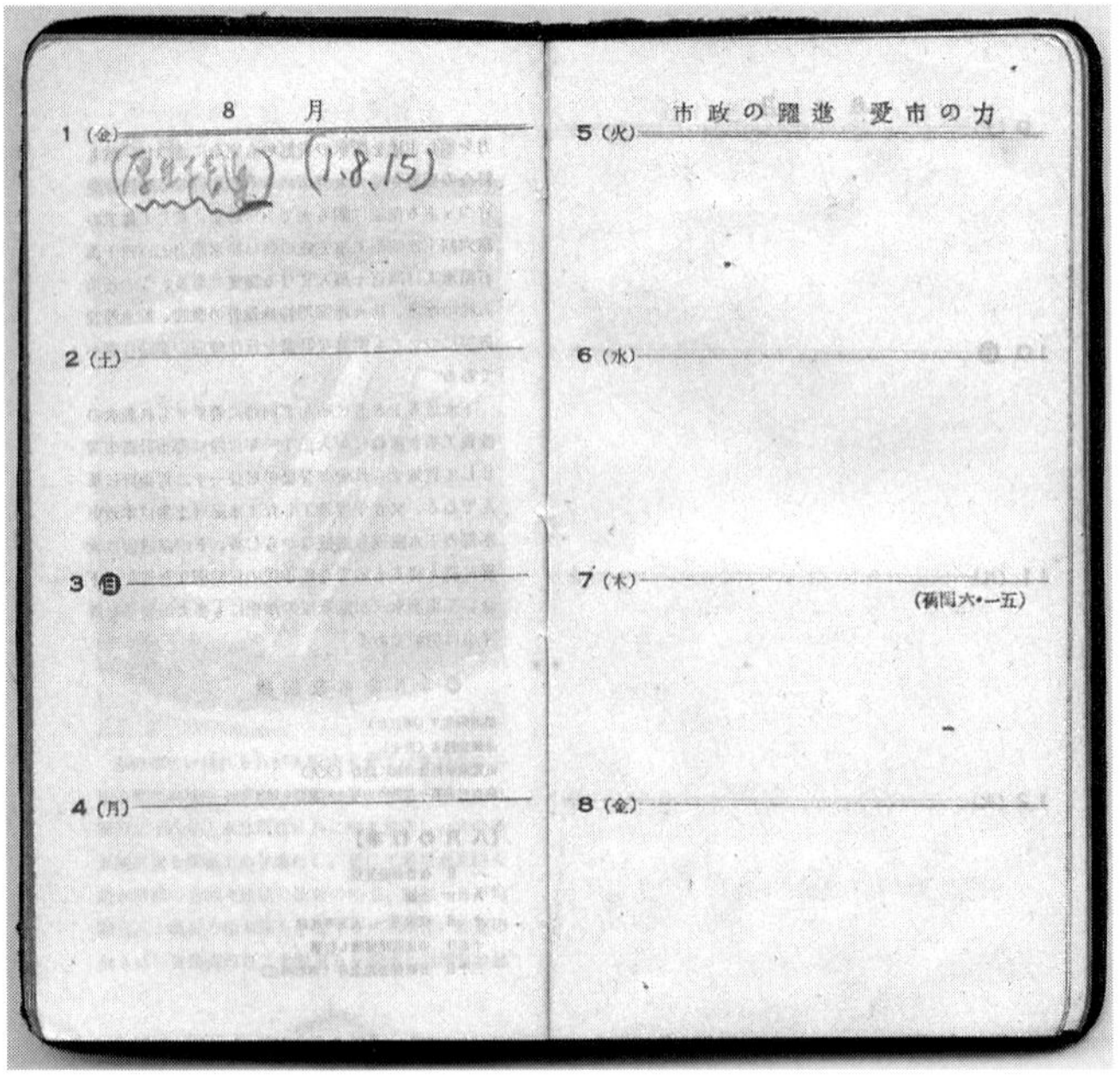
8 月
1 (金)
(1.8.15)
2 (土)
3 (日)
4 (月)
5 (火)
市政の躍進 愛市の力
6 (水)
7 (木)
8 (金)

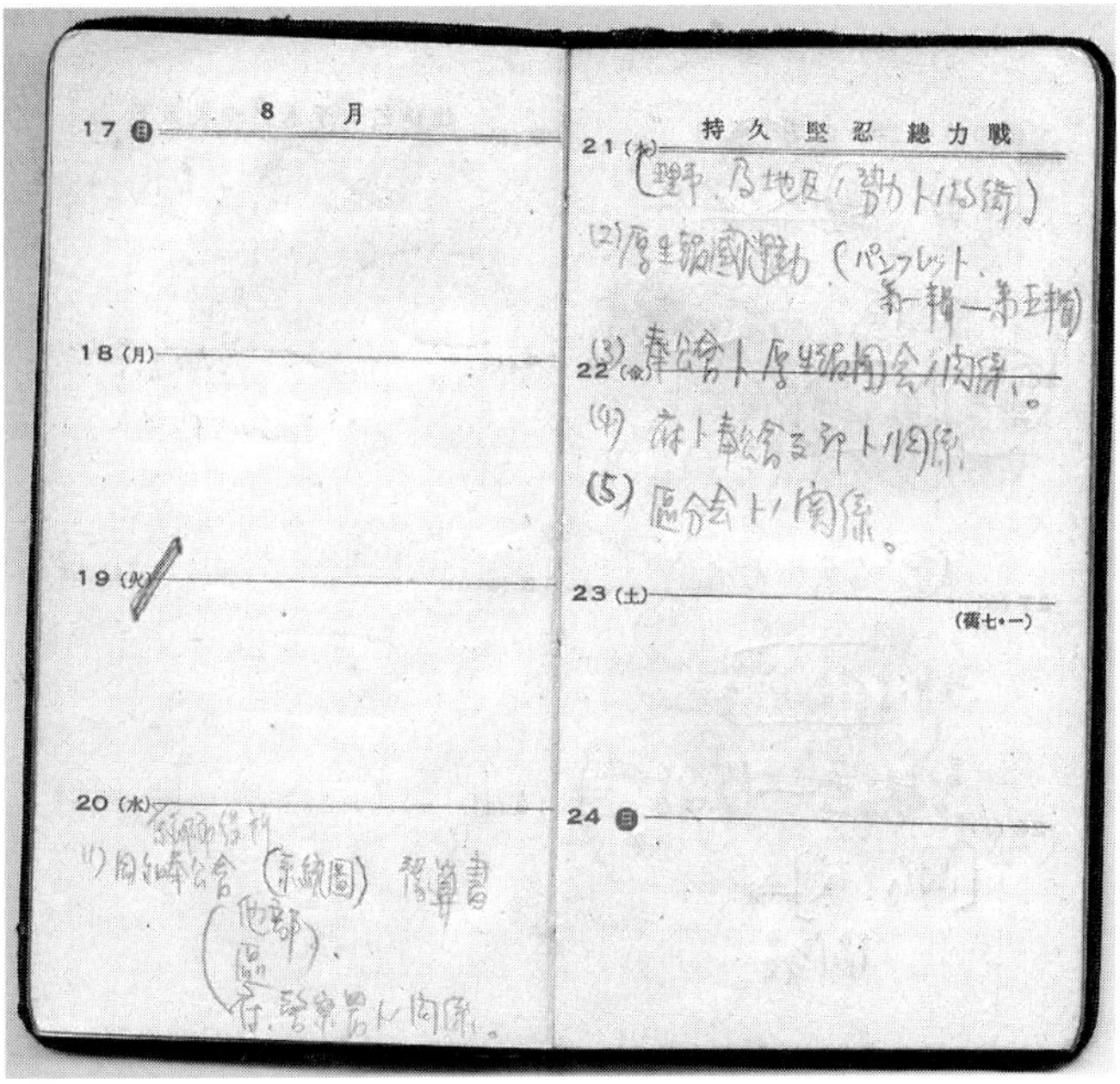
8 月
17 日
18 (月)
19 (火)
20 (水)
持久堅忍總力戰
21 (木)
22 (金)
23 (土)
24 日
(5) 區分会トノ関係。

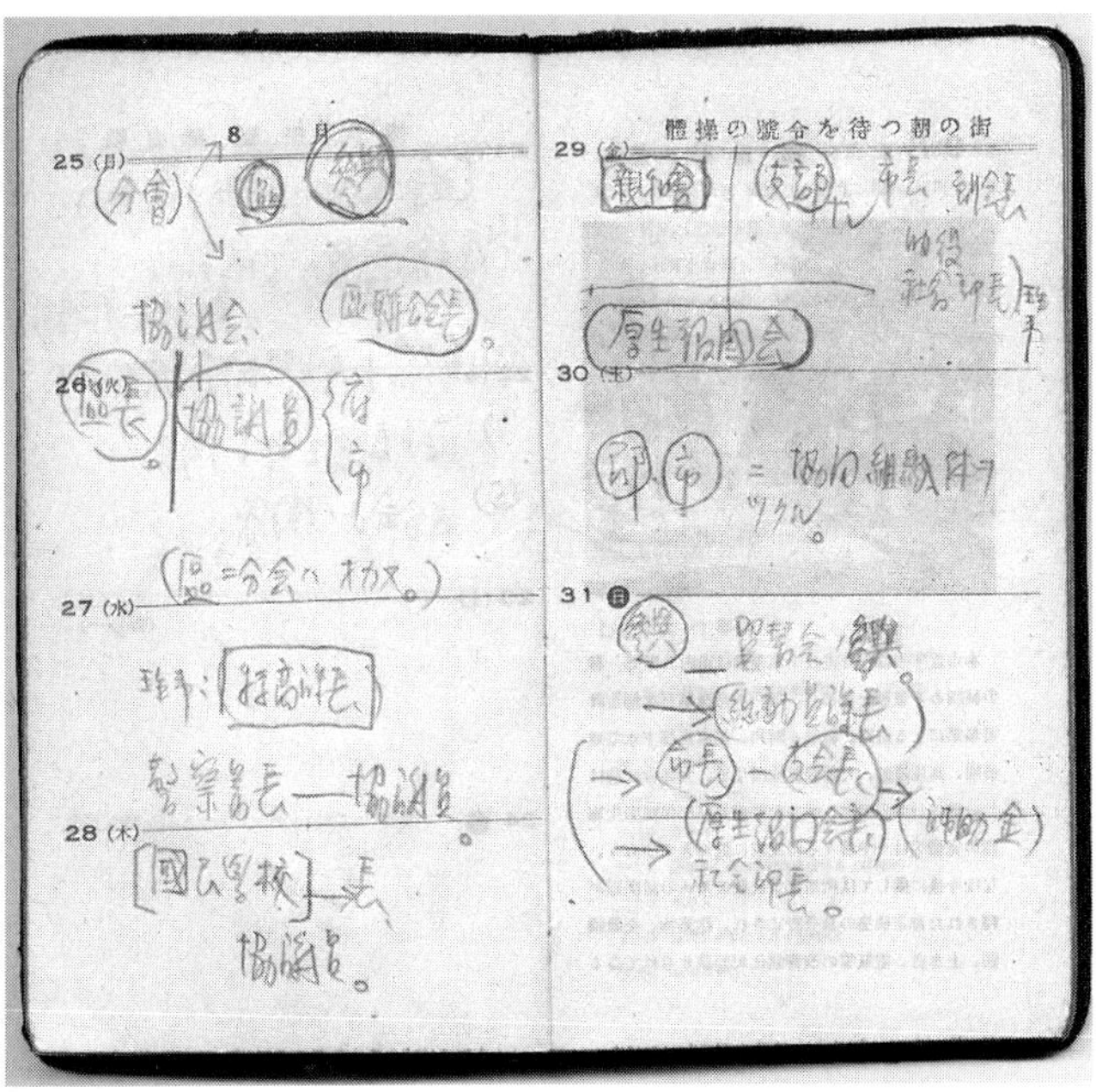
8 月
25 (月)
26 (火)
27 (水)
28 (木)
體操の號令を待つ朝の街
29 (金)
30 (土)
31 日
協議会
協議員
警察署長—協議員
國民學校
厚生部会
親和会

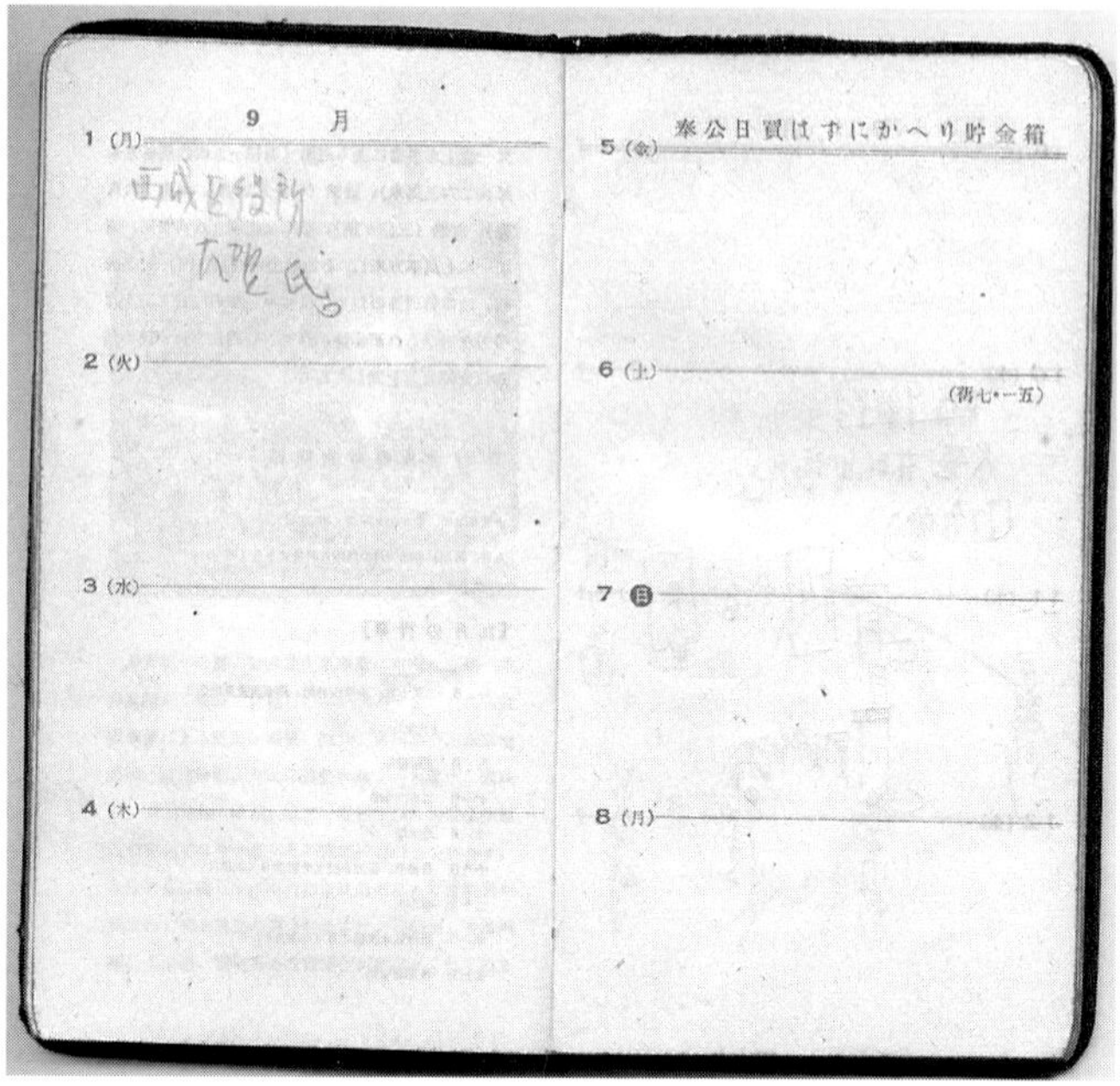
9 月
1 (月)
2 (火)
3 (水)
4 (木)
5 (金) 奉公日買はずにかへり貯金箱
6 (土)
7 日
8 (月)

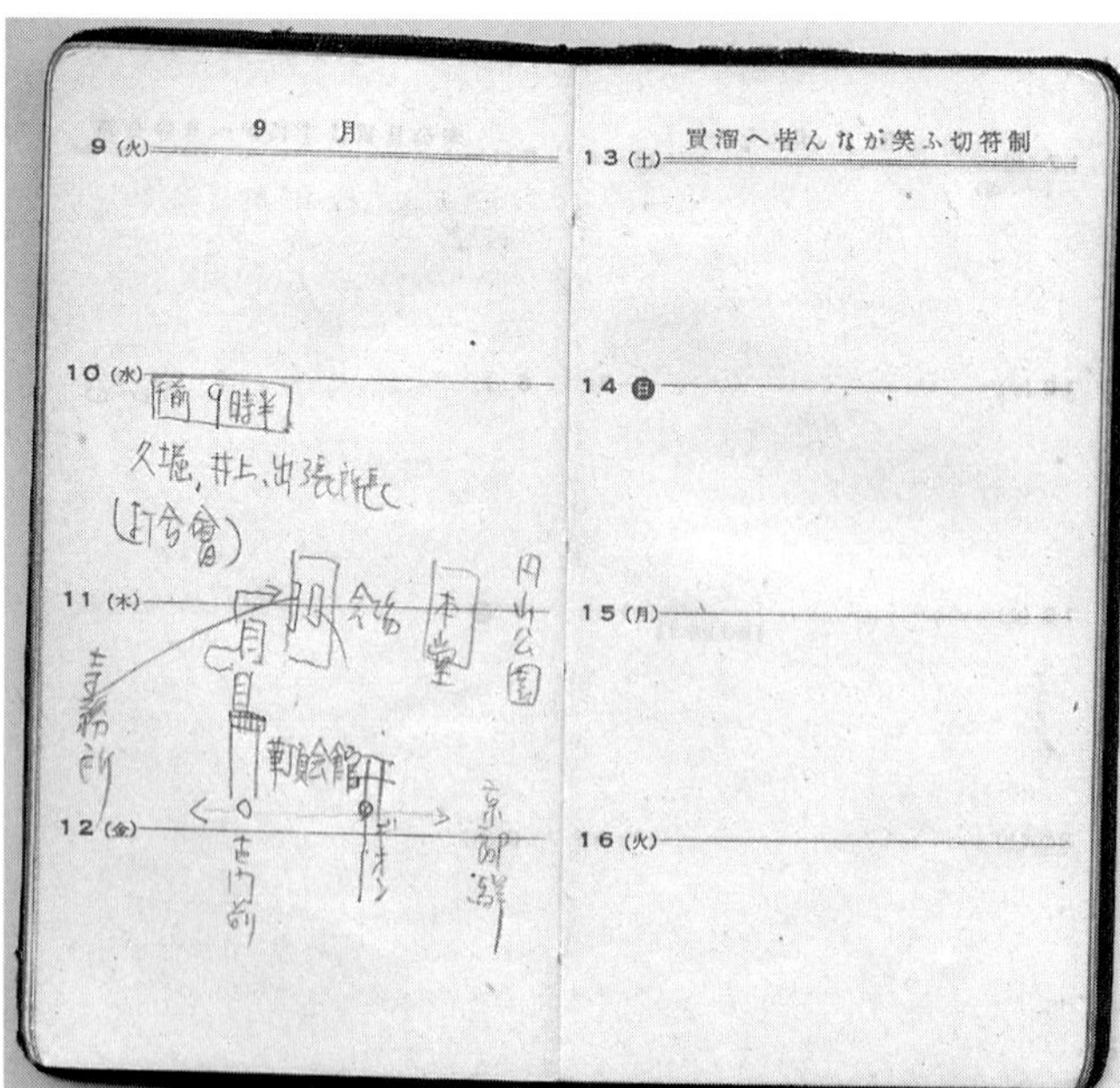
9 月
9 (火)
10 (水)
午前9時半
久堀、井上、出張所へ
(町会會)
11 (木)
本堂
円山公園
事務所
12 (金)
13 (土) 買溜へ皆んなが笑ふ切符制
14 日
15 (月)
16 (火)

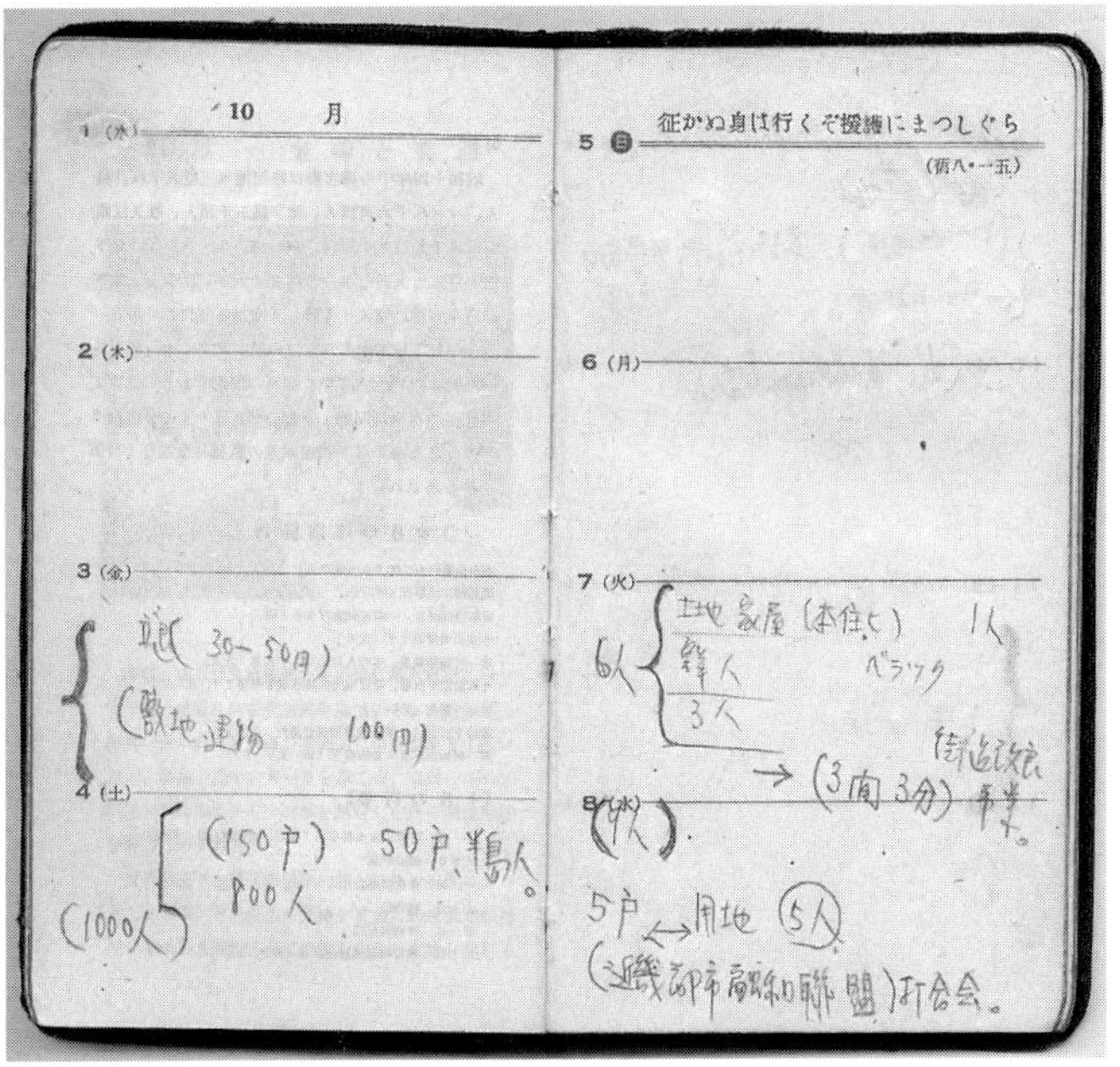
10 月
1 (水)
2 (木)
3 (金)
(30~50円)
(敷地 100円)
4 (土)
(150戸) 50戸、鮮人。
800人
(1000人)
5 (日) 征かぬ身は行くぞ援護にまつしぐら
(街八・一五)
6 (月)
7 (火)
6人
土地 家屋 (本住も) 1人
鮮人 バラック
3人
→ (3間 3分)
8 (水)
5戸 ↔ 用地 5人
(近畿都市融和聯盟)打合会。

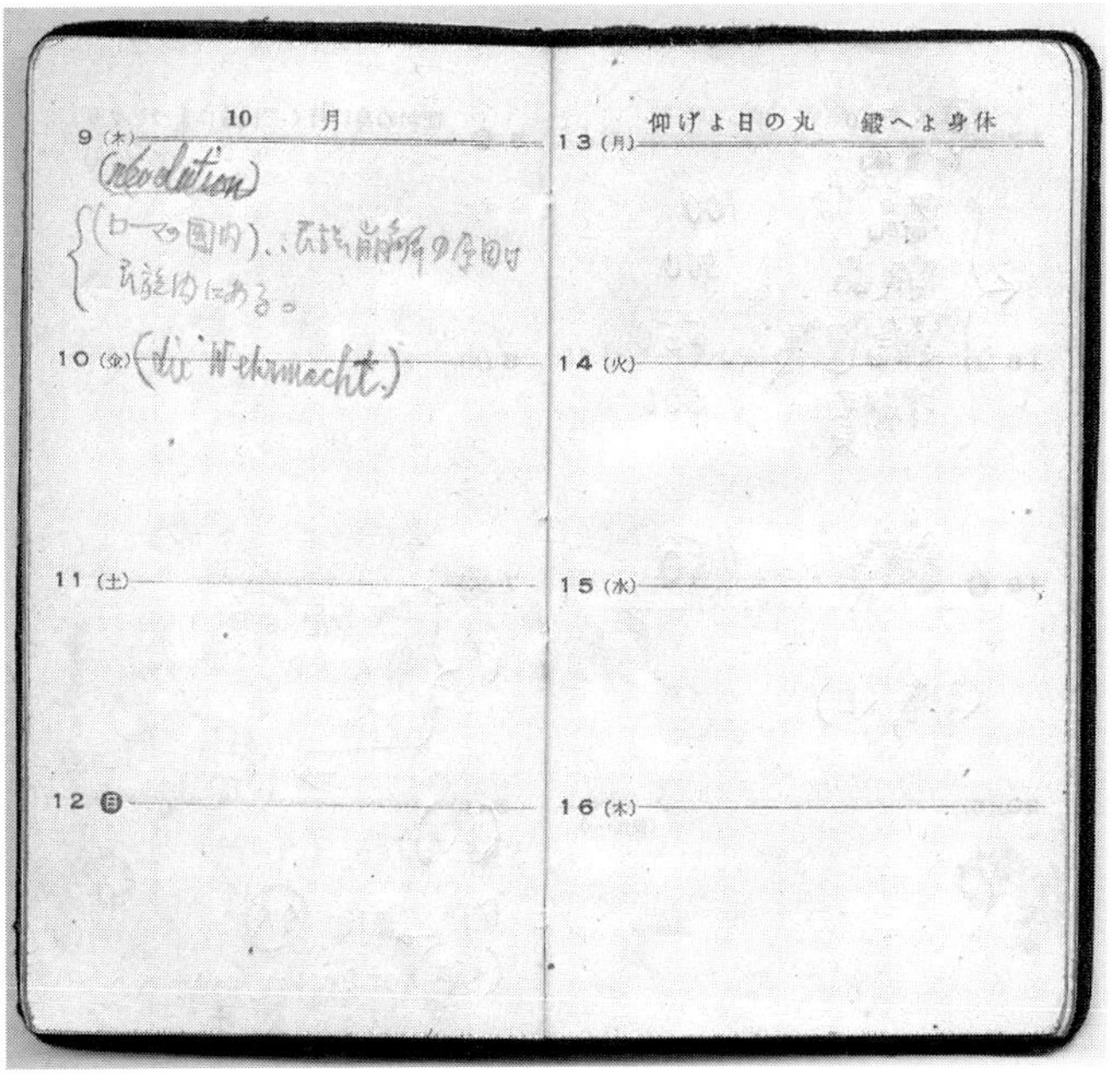
10 月
9 (木)
(revolution)
(ローマの國内)、民族崩壊の原因は
民族内にある。
10 (金) (die Wehrmacht.)
11 (土)
12 (日)
13 (月) 仰げよ日の丸 鍛へよ身体
14 (火)
15 (水)
16 (木)

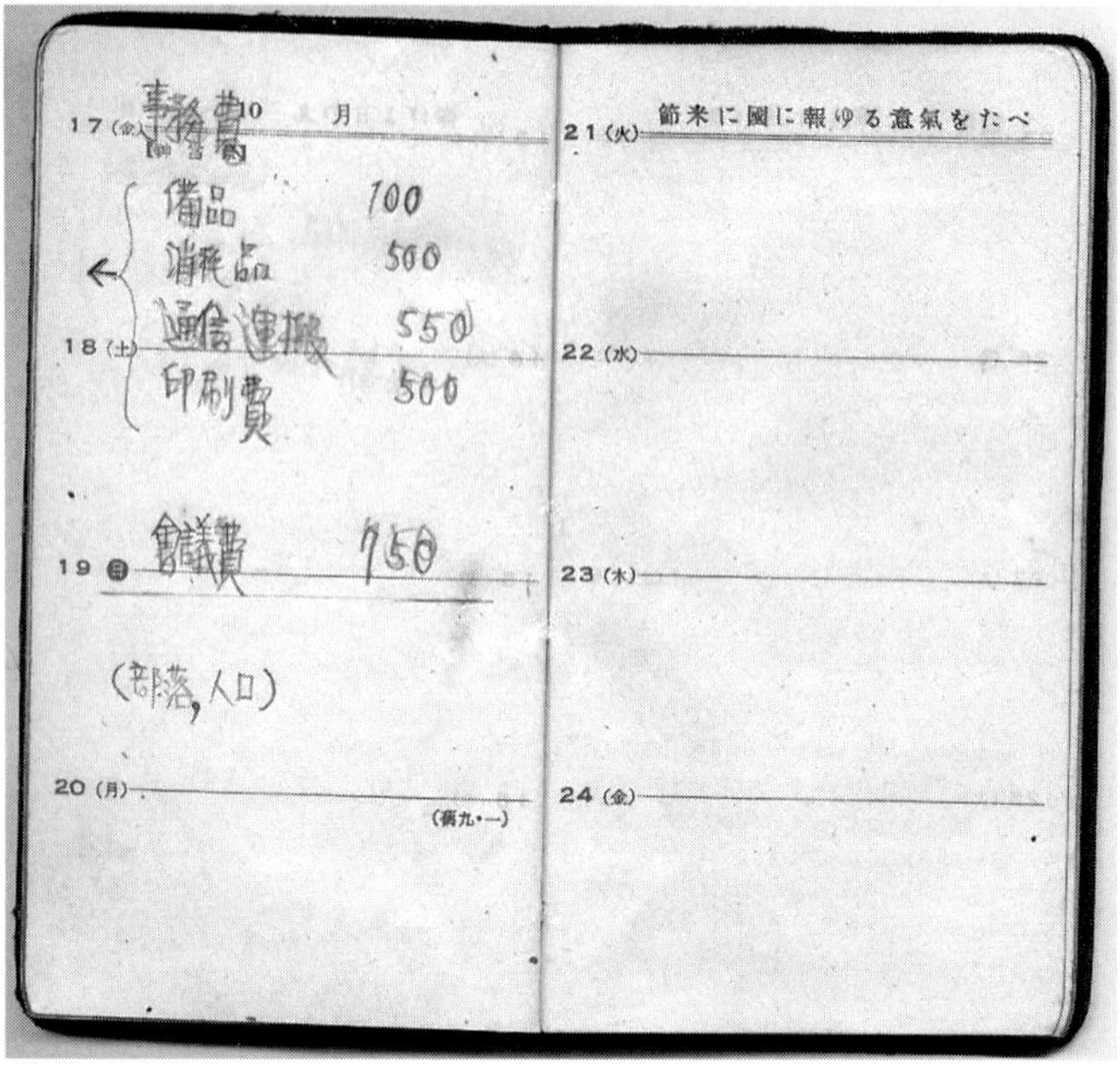

17(金)
10 月
事務費
備品 100
消耗品 500
通信連搬 550
18(土)
印刷費 500
會議費 750
19(日)
(部落, 人口)
20(月)
21(火)
節米に國に報ゆる意氣をたべ
22(水)
23(木)
24(金)

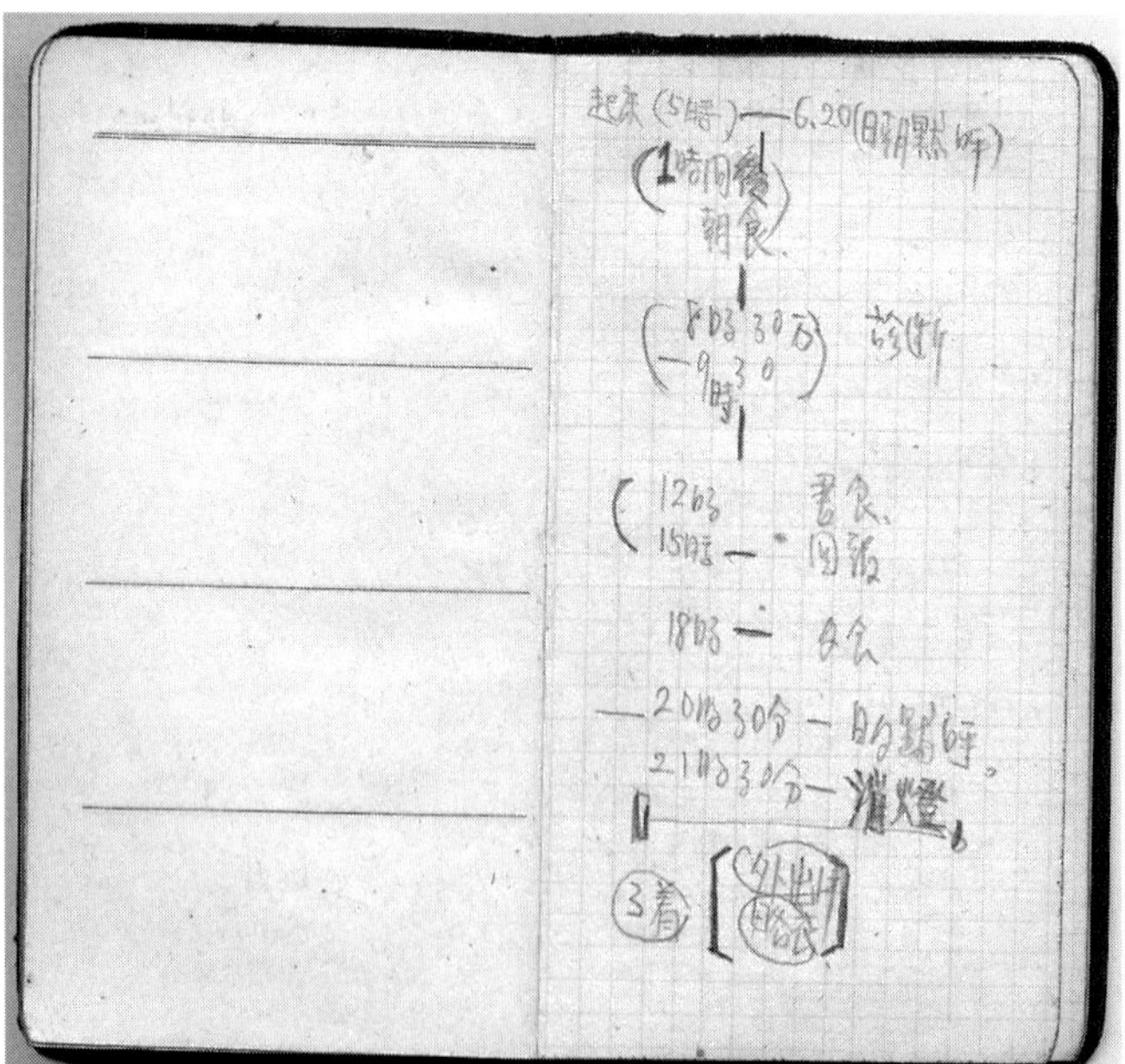

起床(5時)
朝食
夕食
消燈

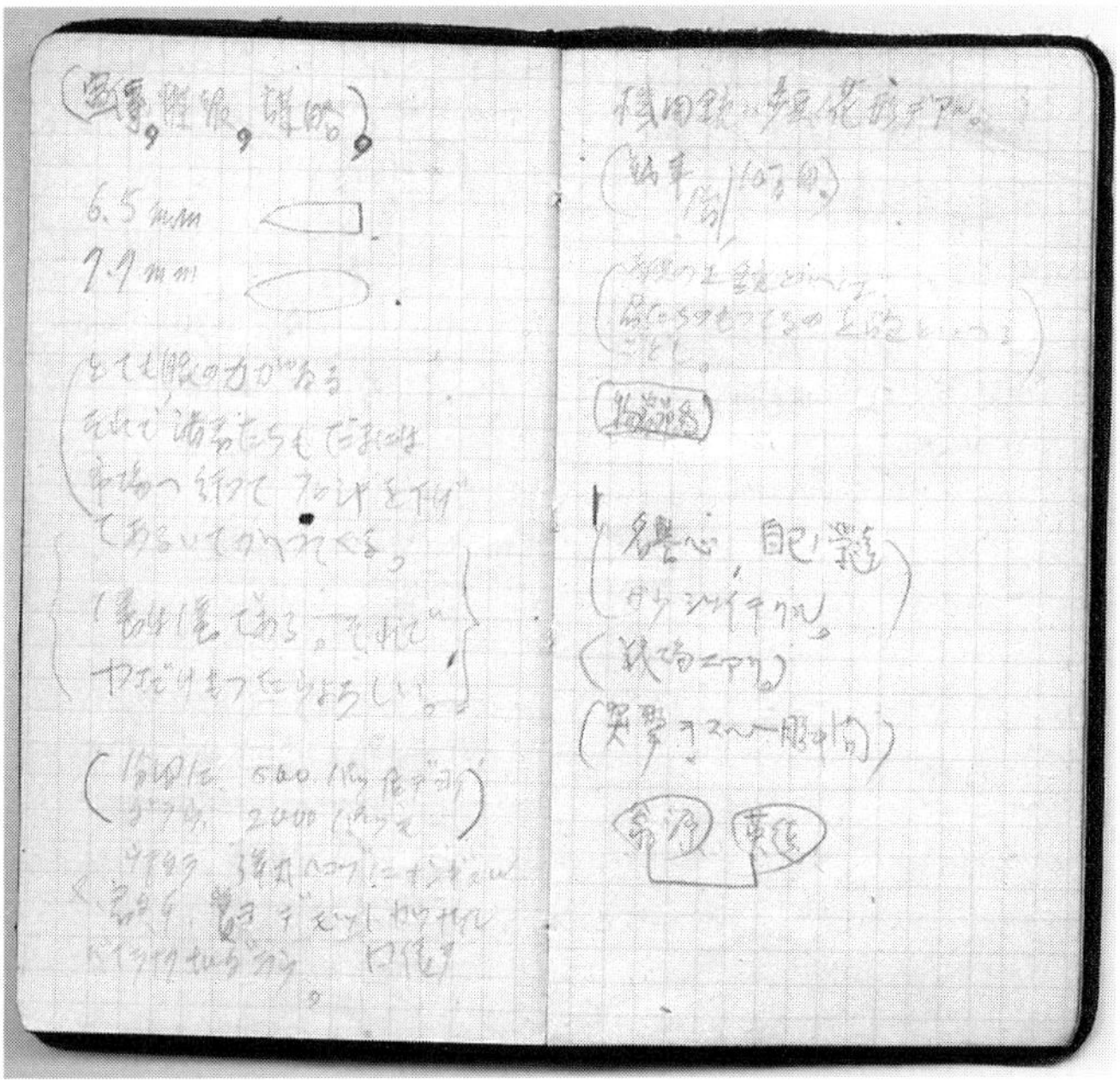
6.5 mm
7.7 mm

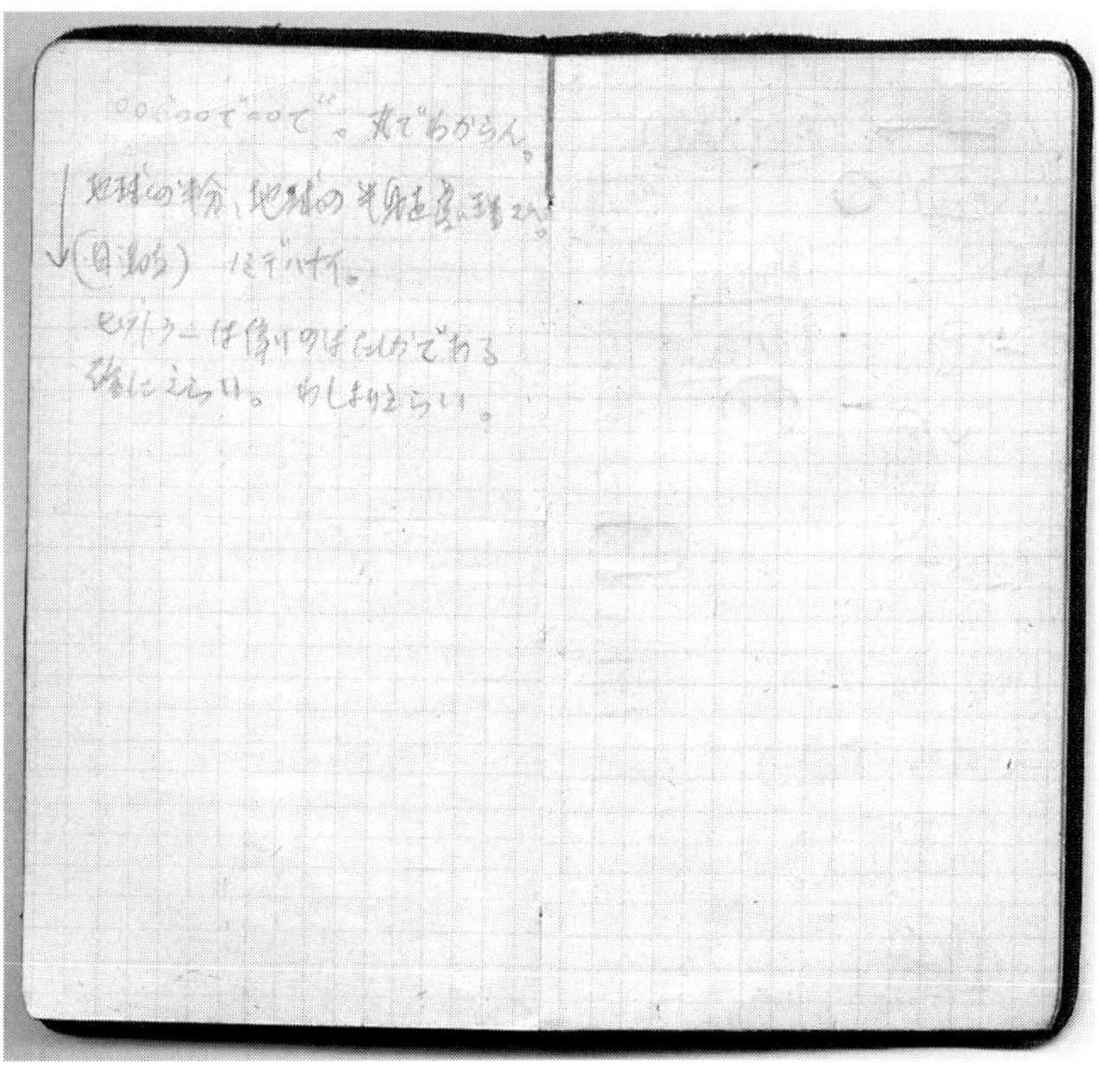

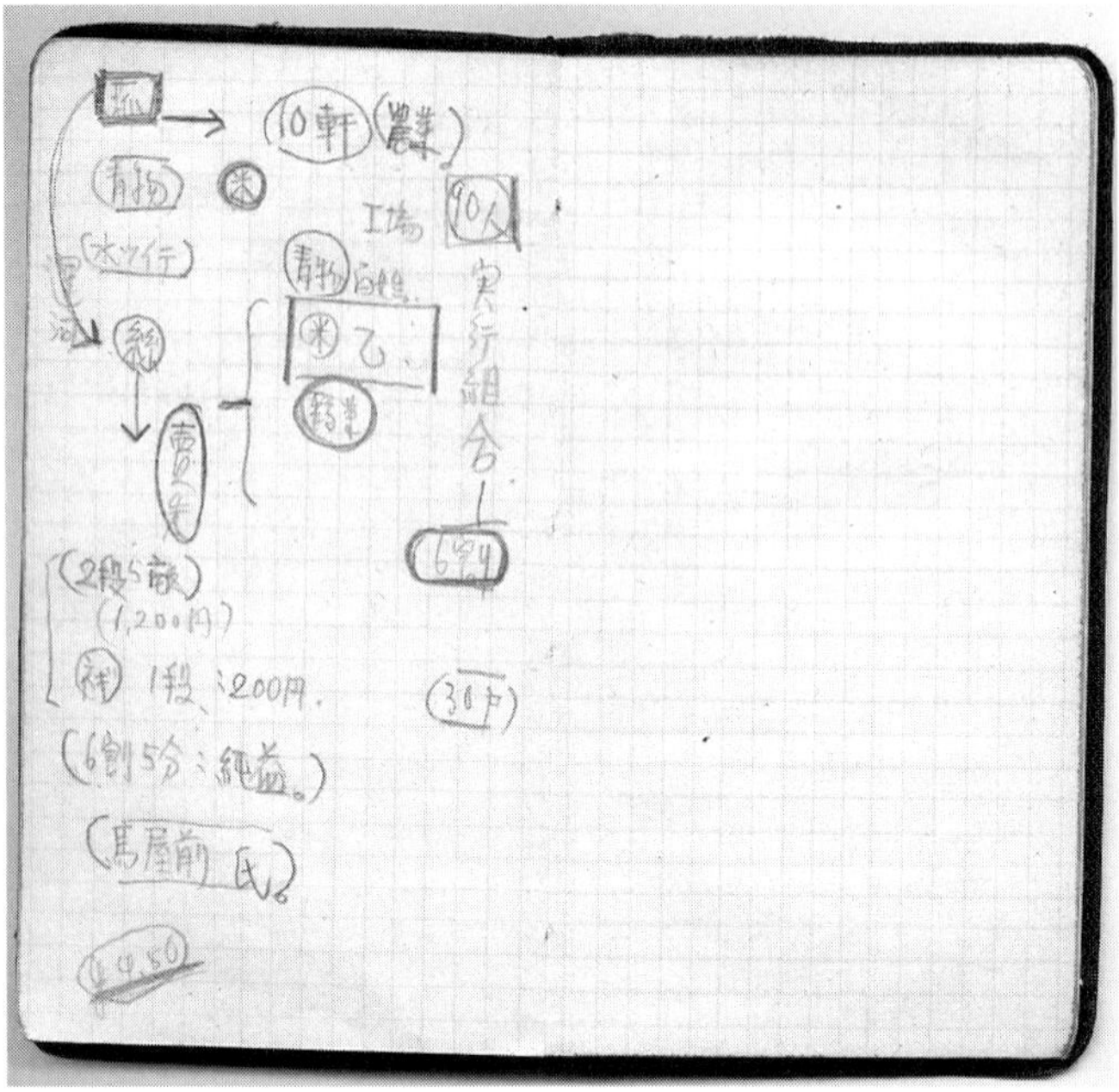
10軒
農業
工場
90人
実行組合
(6割5分：純益。)
(馬屋前氏。)
30戸

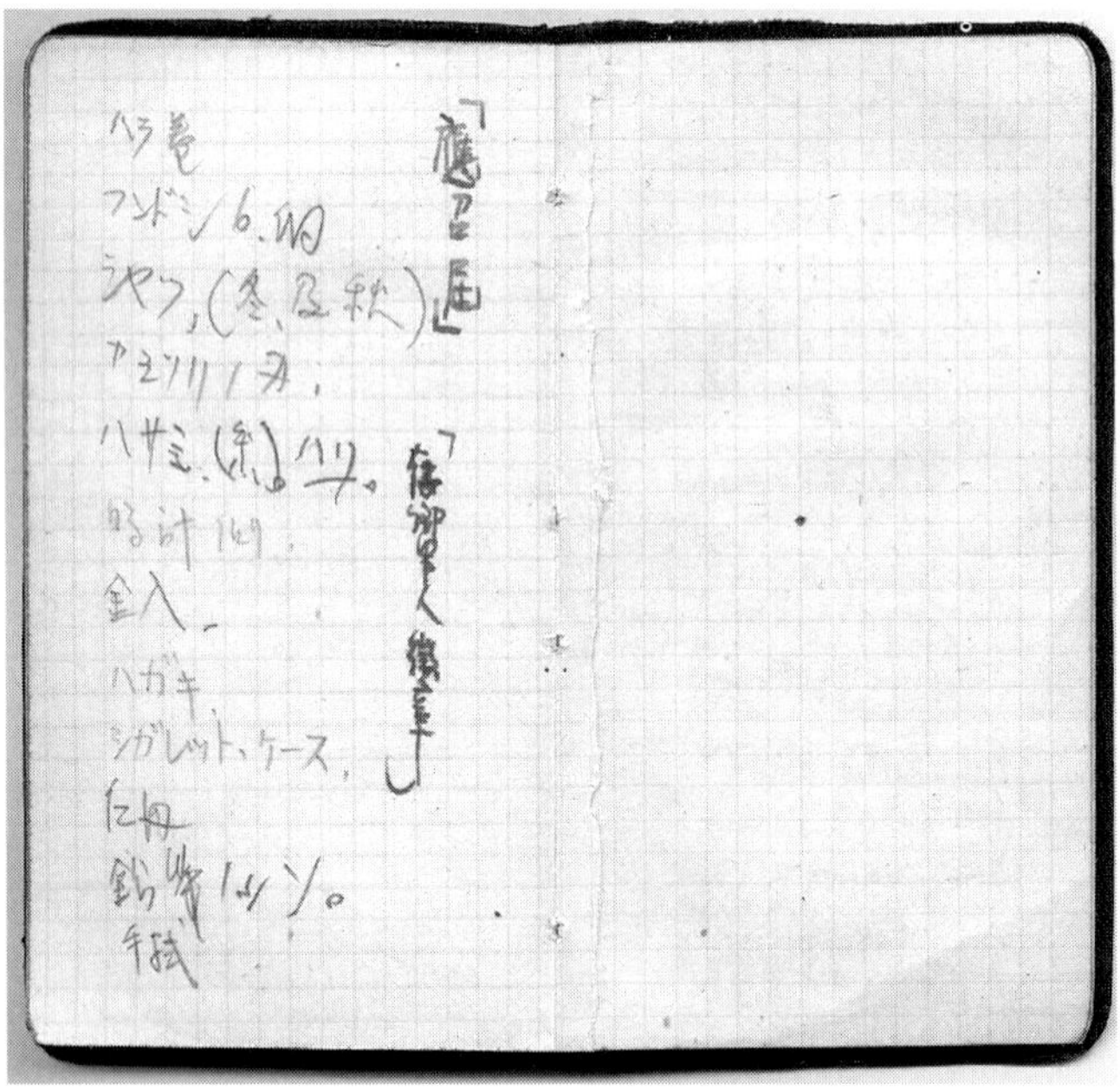
ハラ巻
シャツ
ハサミ
時計
金入
ハガキ
シガレット、ケース
手拭

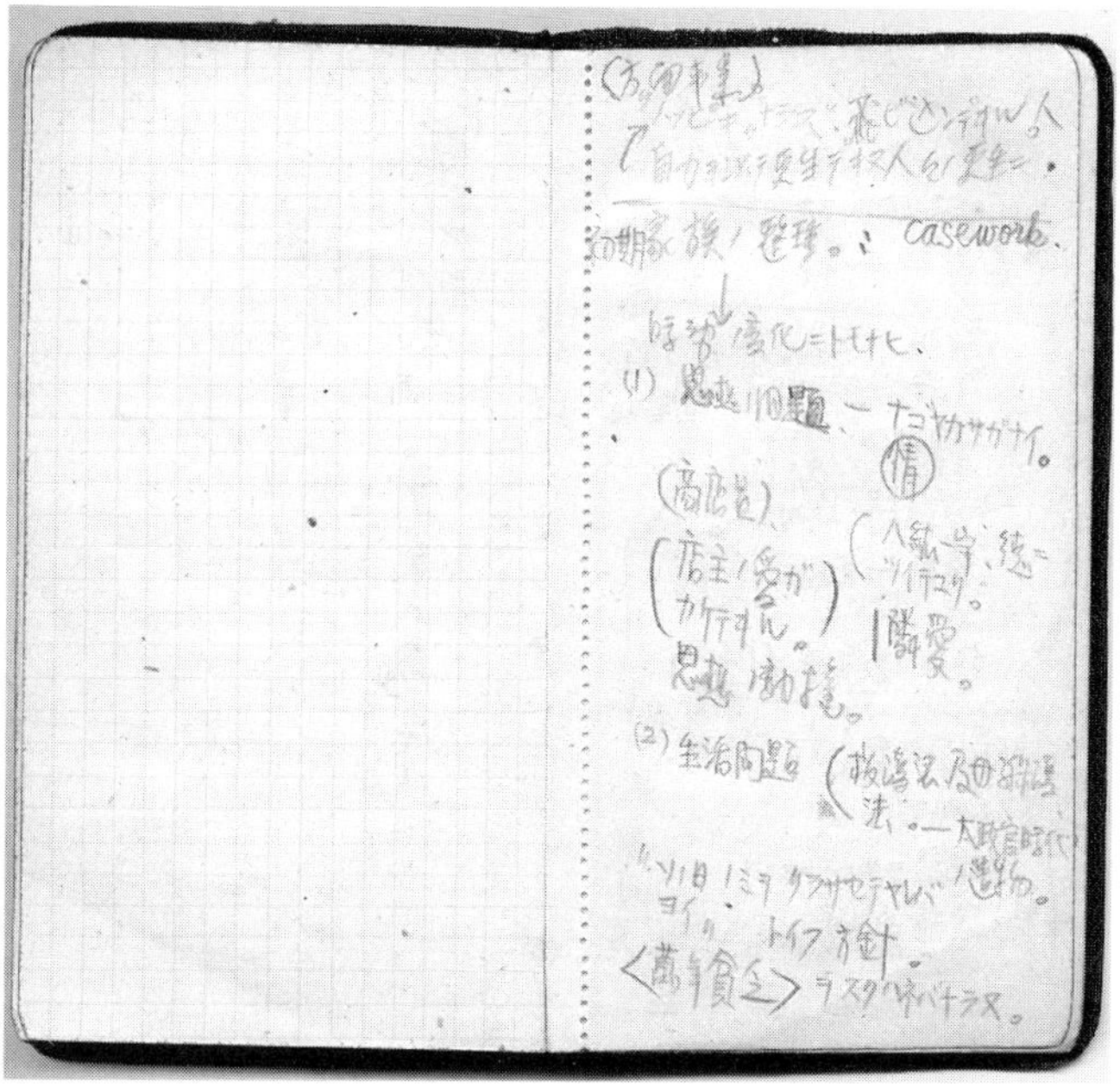

〈方面事業〉
初期家族ノ整理。：casework.
(1) 思想問題 ― ナゴヤカサガナイ。
(商店員)
(店主ノ愛ガカケテヰル。)
(2) 生活問題
〈高年貧乏〉ヲスクハネバナラヌ。

〈学校ヲスクハネバナラヌ〉
Case work ヲヤツテキタ。
意識的ニヤル
(1) 団体ヲ組ム
(2) 目的ヲ定メル。
(3) 施設ヲ中心ニスル。
(4) 成績ヲ発表スル。
2126
10日前後
映画
…ニユース。

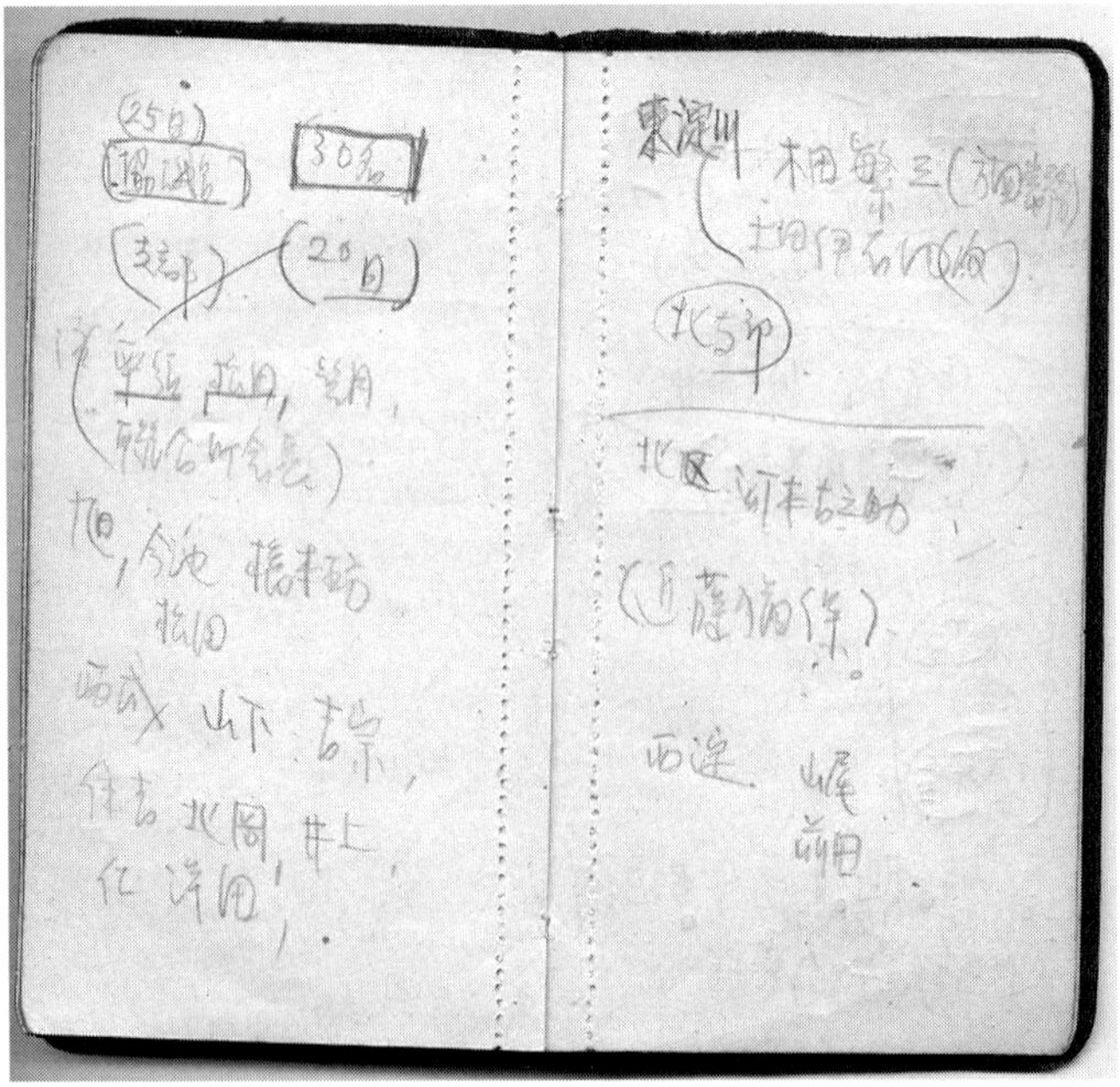
(25日)
30名
(20日)
東淀川
北支部
北区
西淀

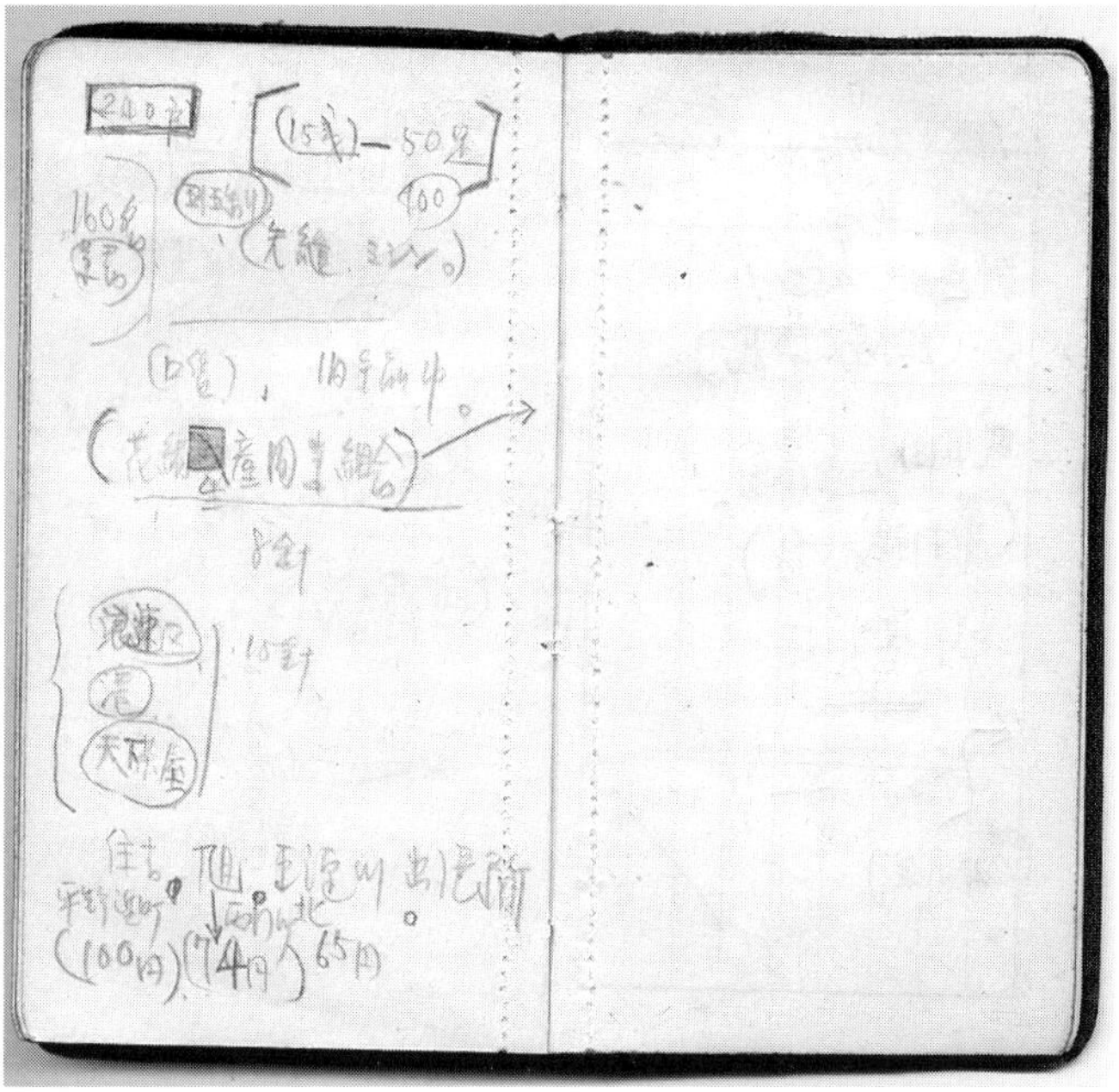

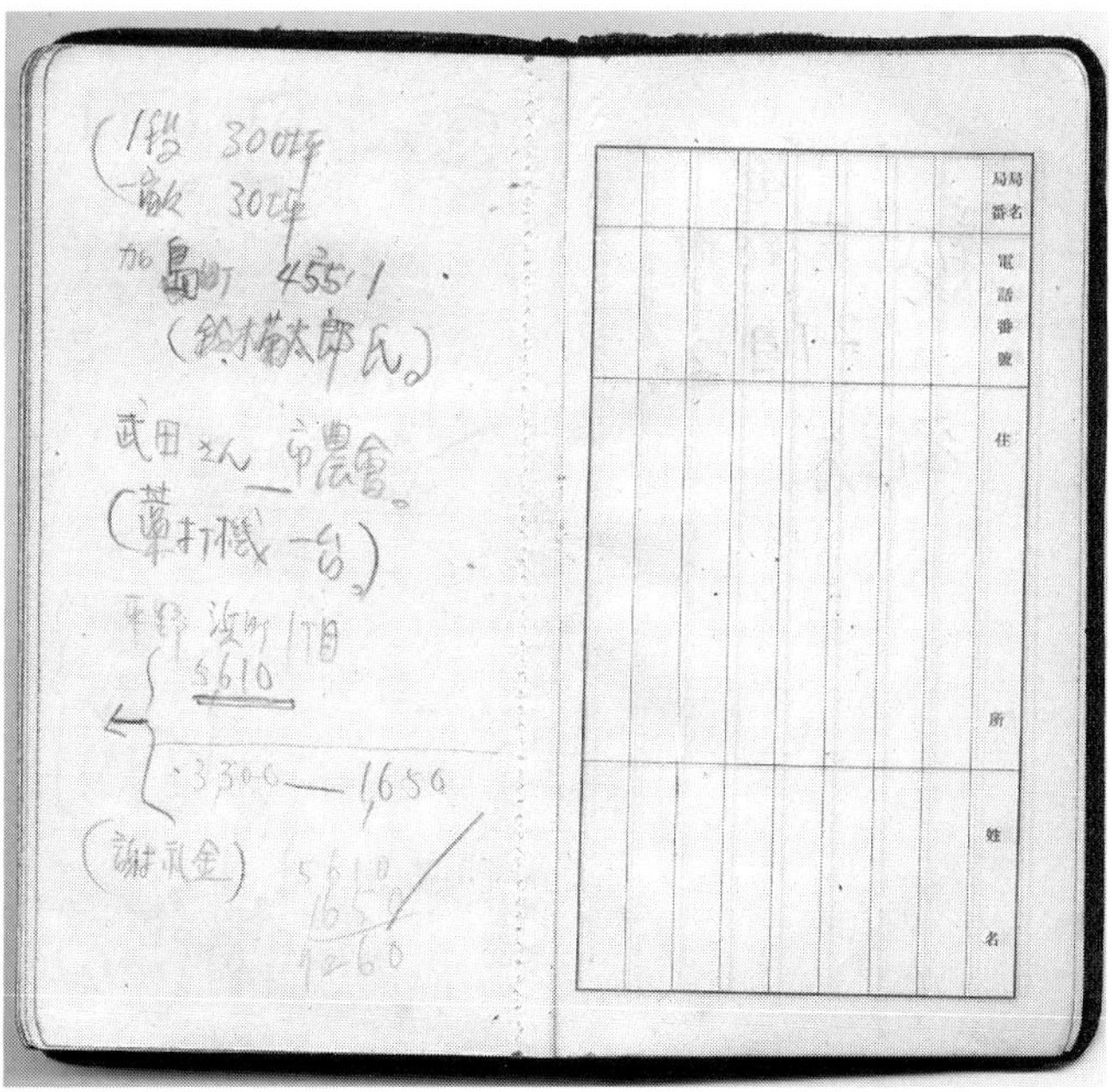
武田さん　市農會
(草打機　一台)
5610
3300 — 1650
(謝礼金)
局番
局名
電話番號
住所
姓名

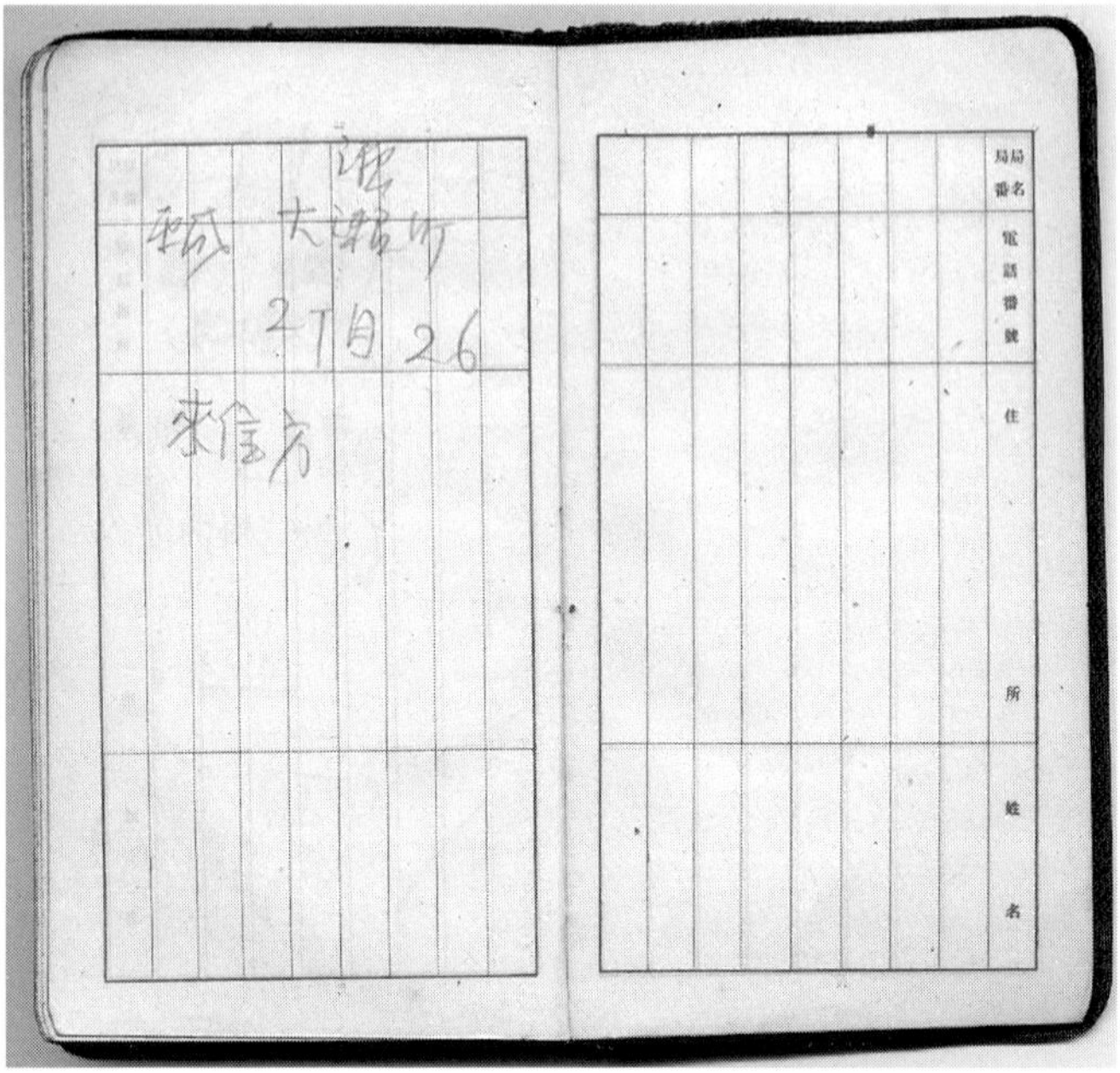
局名 局番
電話番號
住所
姓名
2丁目 26

局名 局番
電話番號
住所
姓名
三七二
井上 靖
住吉区旭町三丁目五八

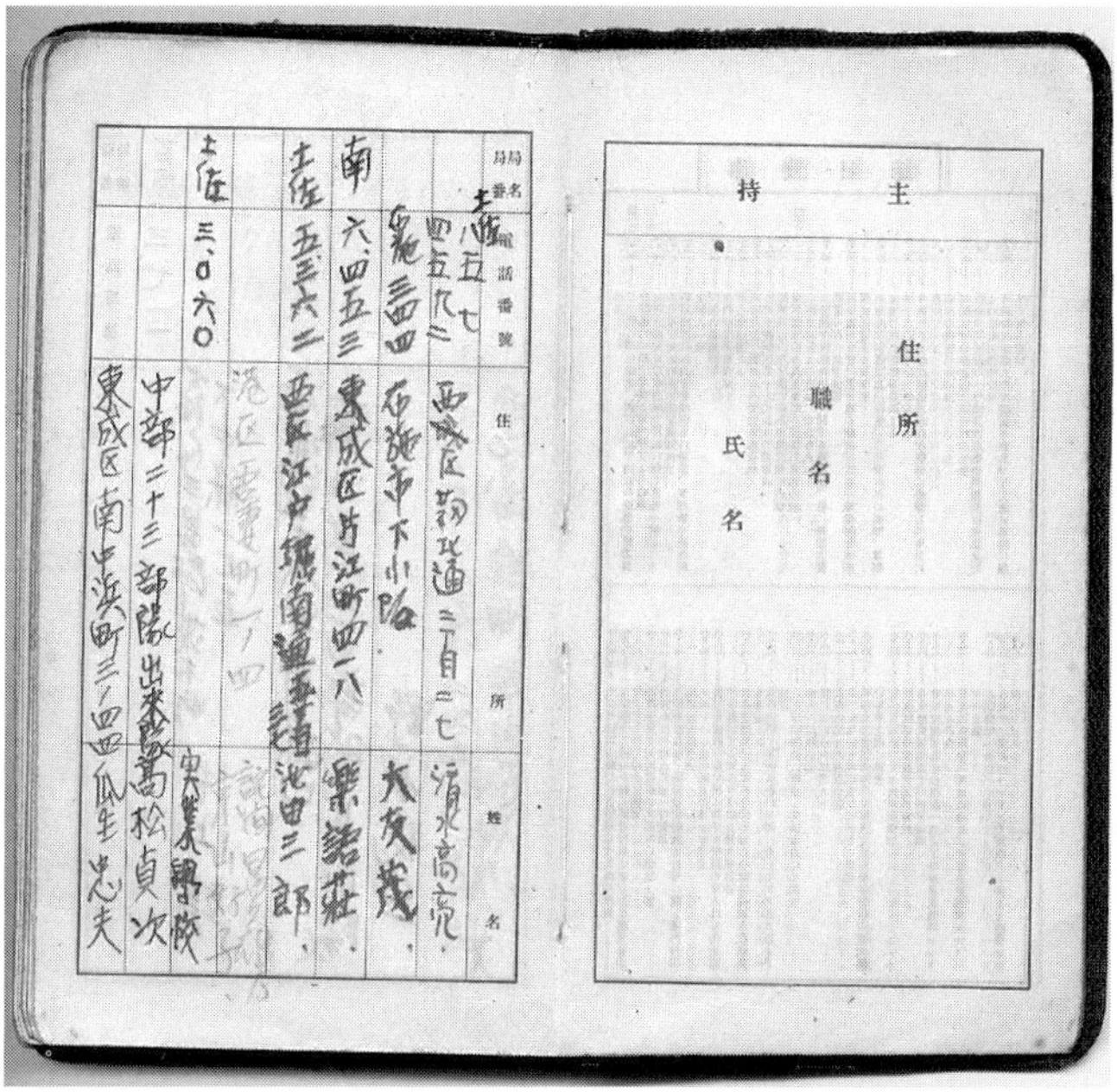

83　手帳2

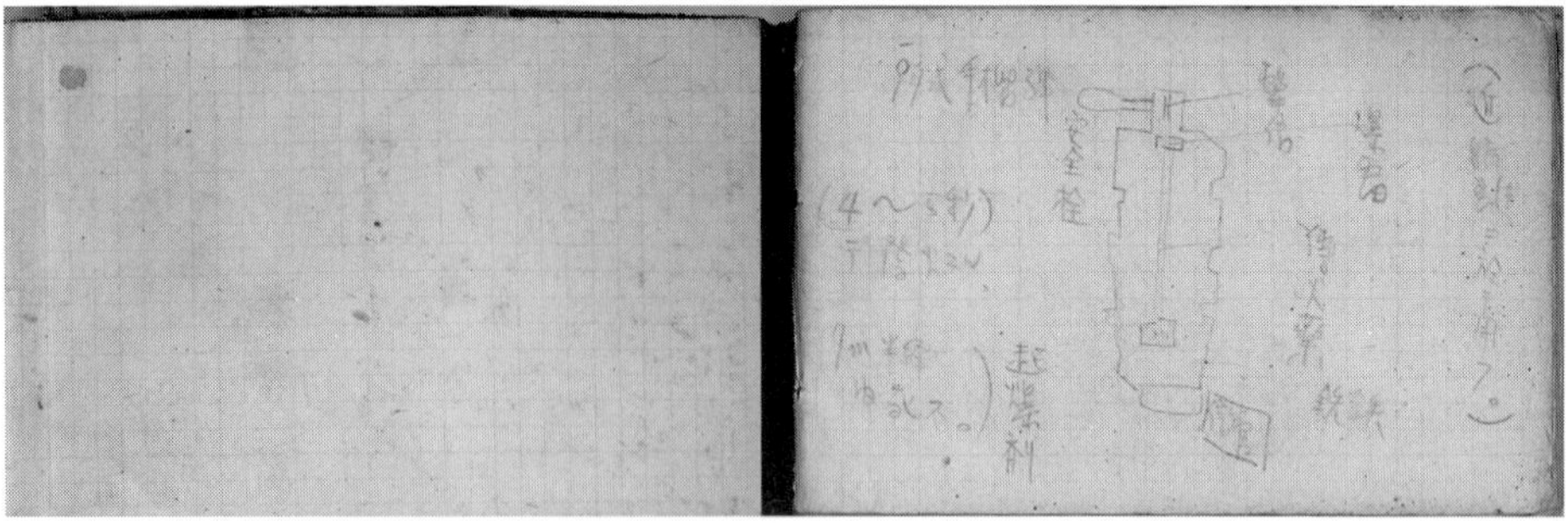

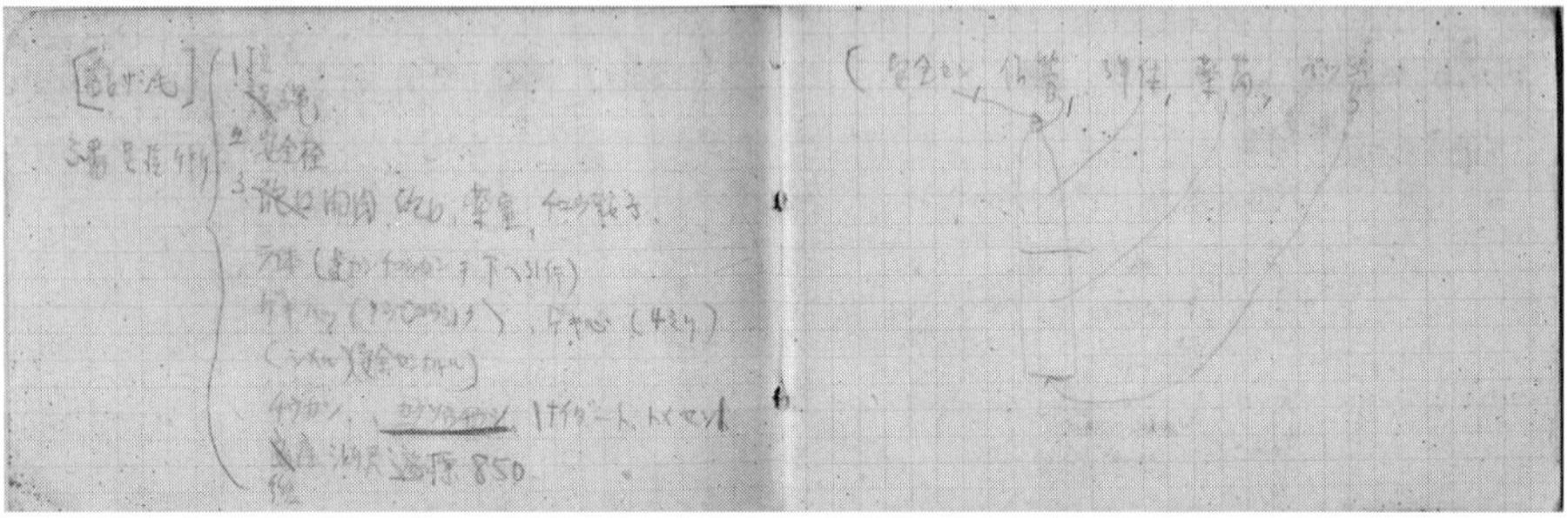

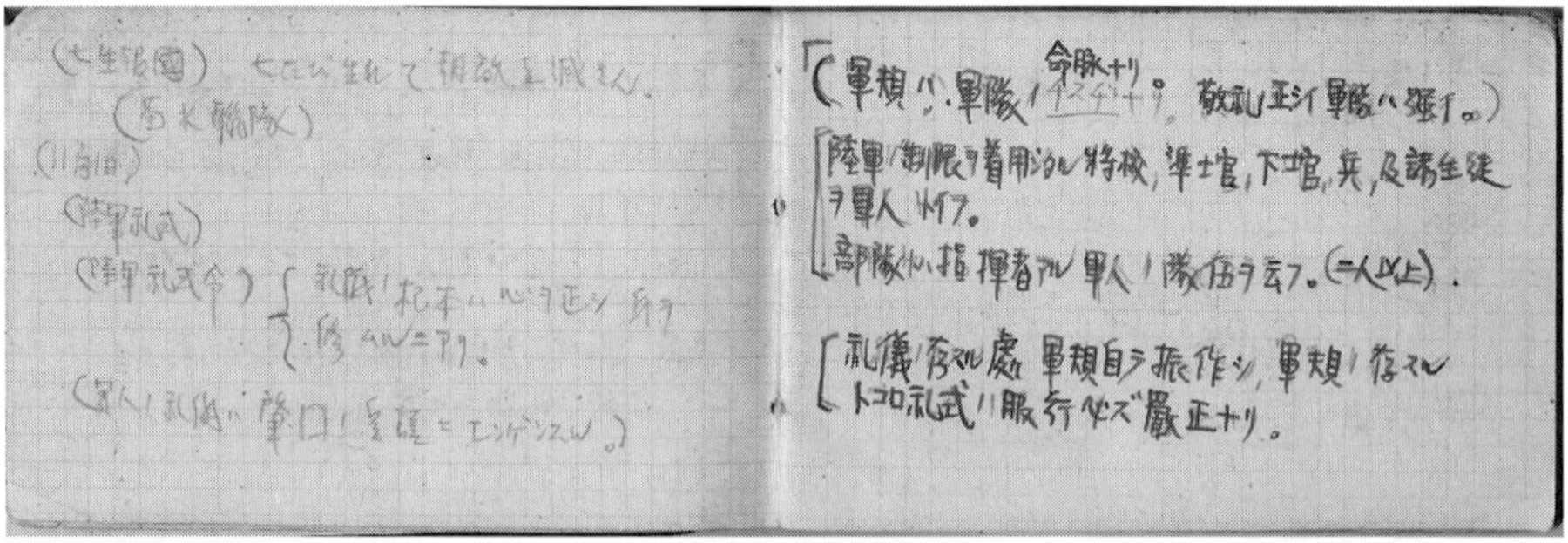
（軍規ハ、軍隊ノ命脈ナリ。敬礼正シイ軍隊ハ強イ。）
陸軍ノ制服ヲ着用シタル将校、準士官、下士官、兵、及諸生徒ヲ軍人ト云フ。
部隊トハ指揮者アル軍人ノ隊伍ヲ云フ。（二人以上）。
礼儀ノ存スル處軍規自ラ振作シ、軍規ノ存スル
トコロ礼式ノ服行必ズ厳正ナリ。

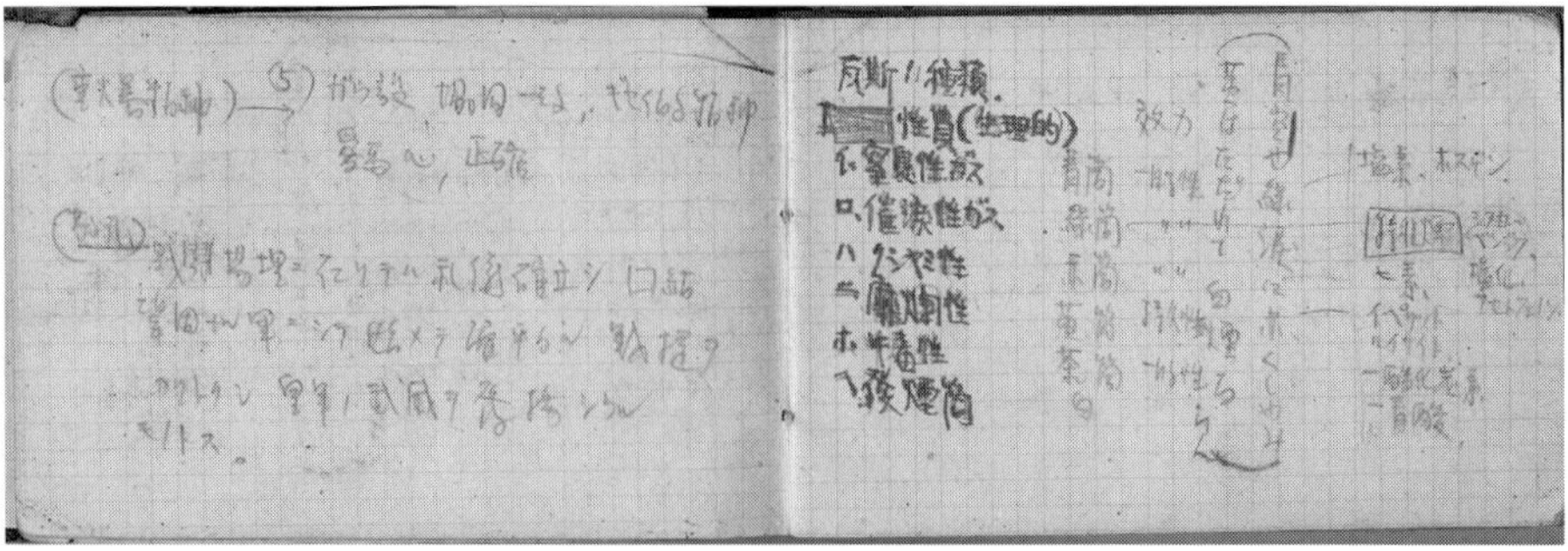

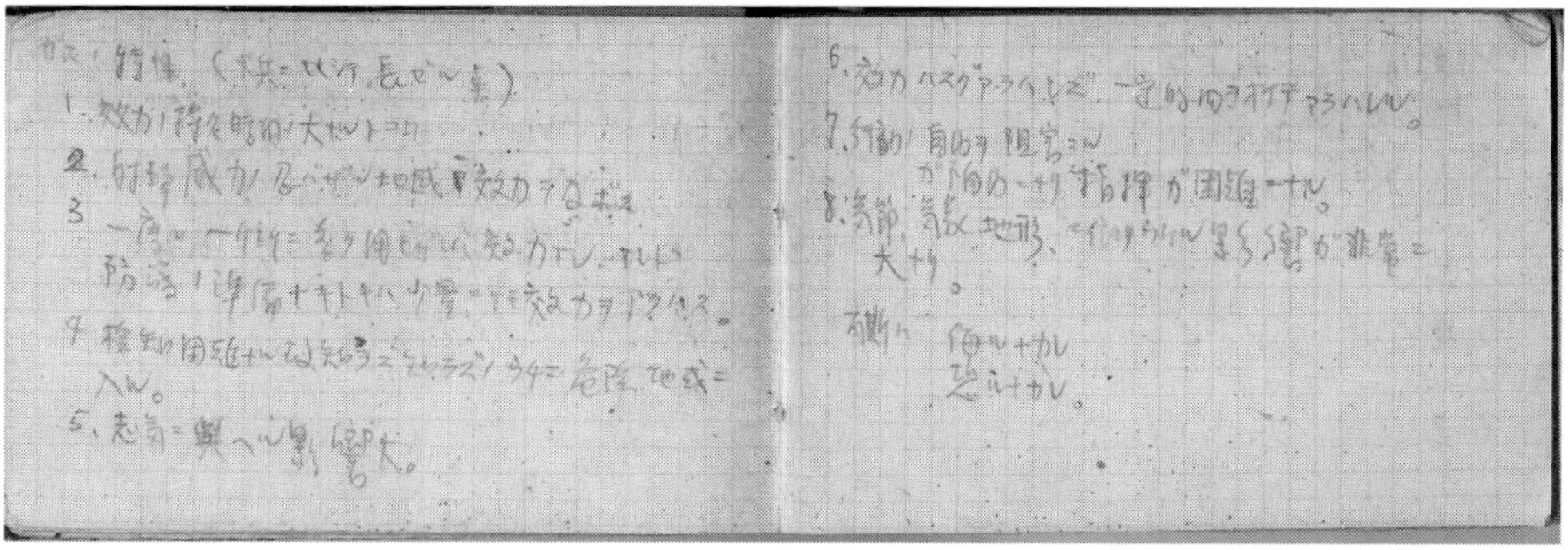

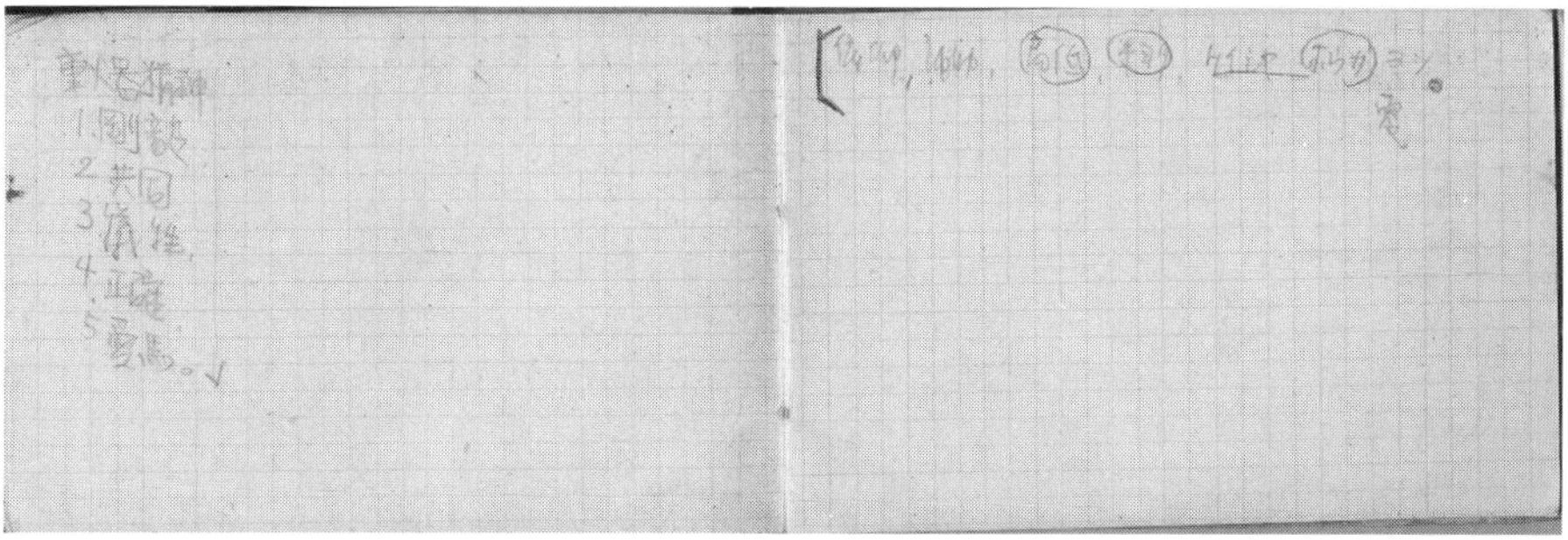

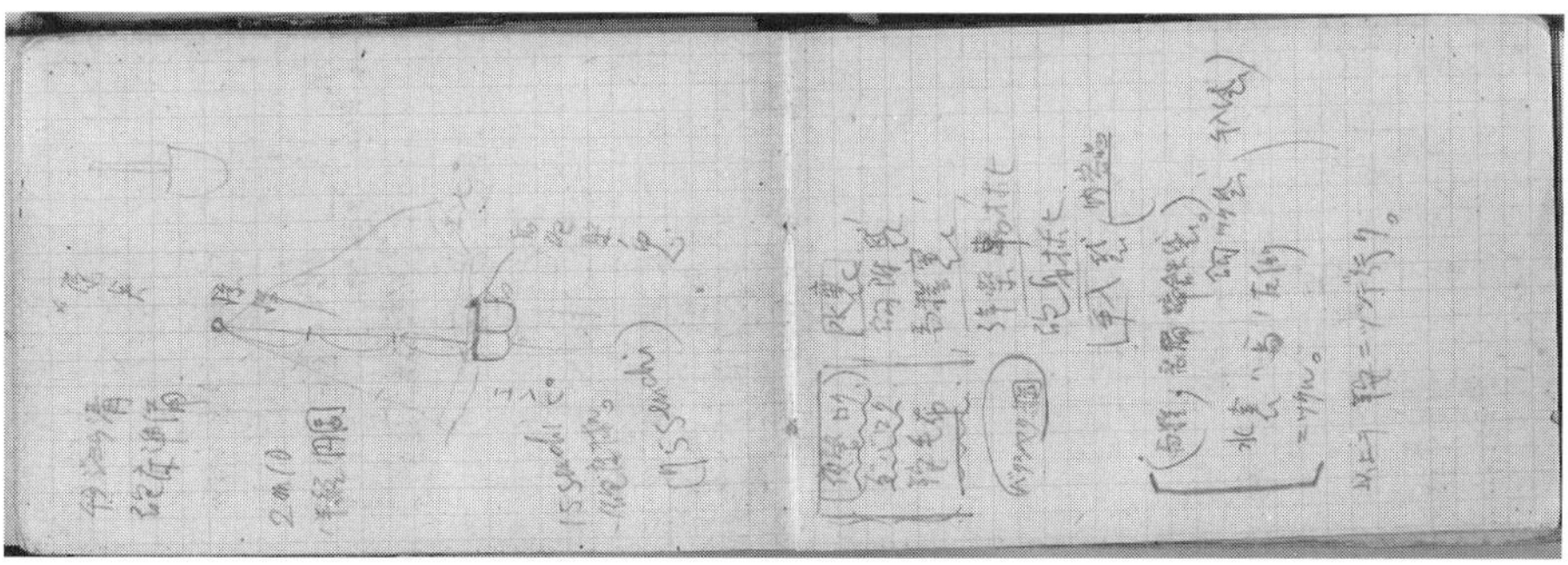

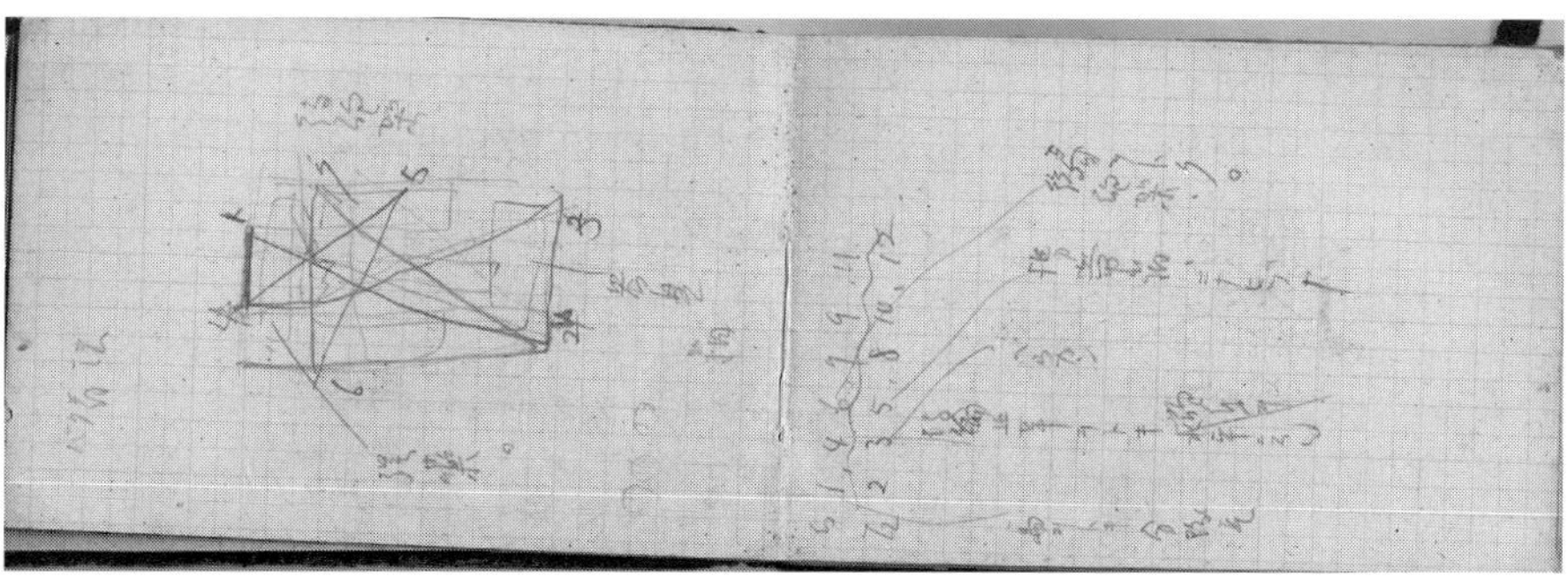

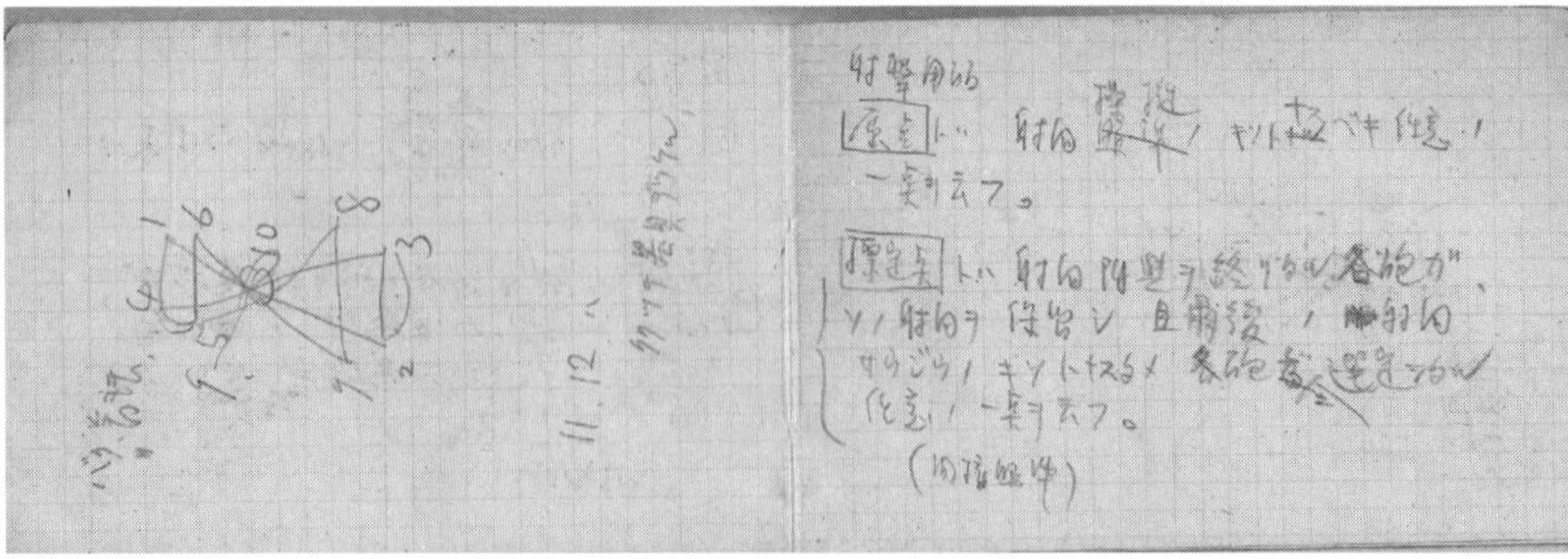
射撃用語
原点トハ射向標定ノキソトナスベキ位置ノ一点ヲ云フ。
標定点トハ

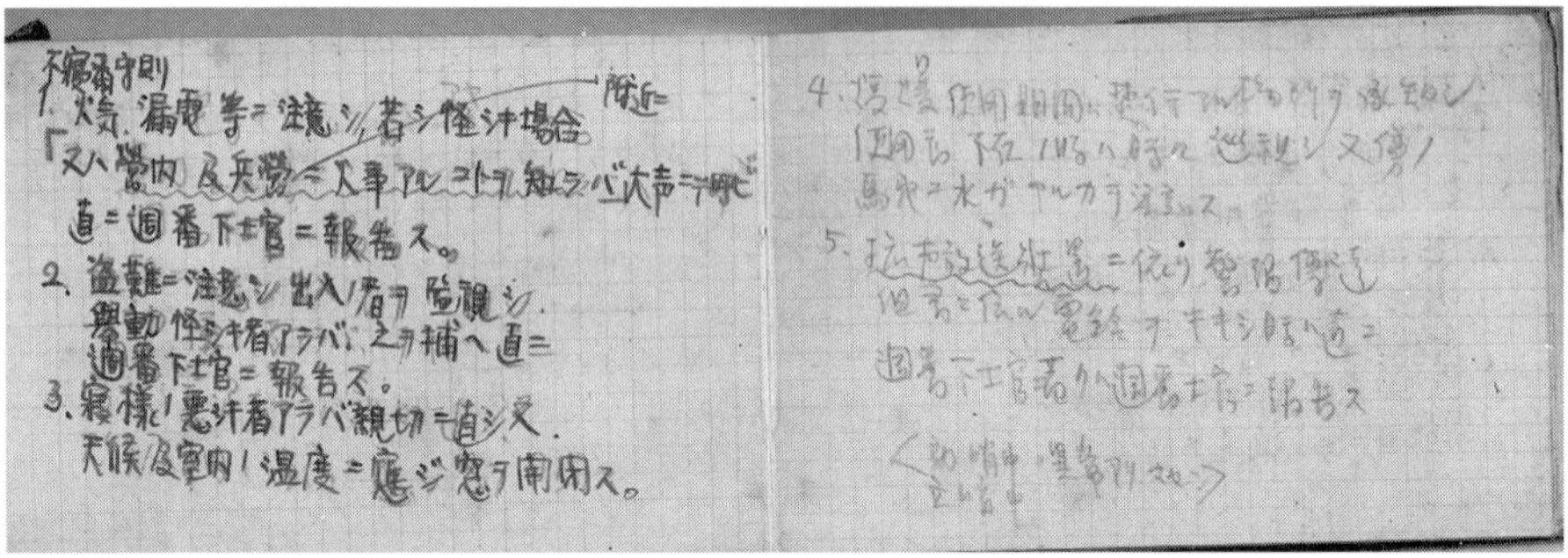
不寝番守則
1. 火気、漏電等ニ注意シ若シ怪シキ場合又ハ営内及兵営附近ニ火事アルコトヲ知ラバ大声ニテ呼ビ直ニ週番下士官ニ報告ス。
2. 盗難ニ注意シ出入ノ者ヲ監視シ挙動怪シキ者アラバ之ヲ捕ヘ直ニ週番下士官ニ報告ス。
3. 寝様ノ悪シキ者アラバ親切ニ直シ又天候及室内ノ温度ニ応ジ窓ヲ開閉ス。

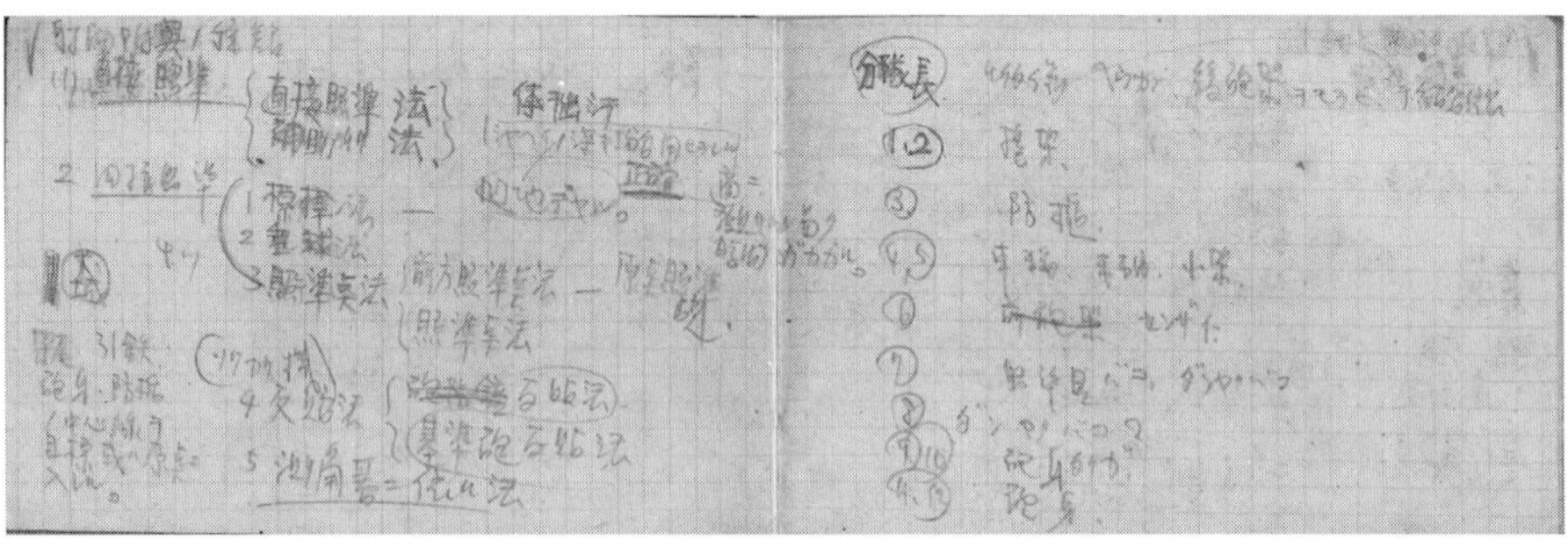
分隊長

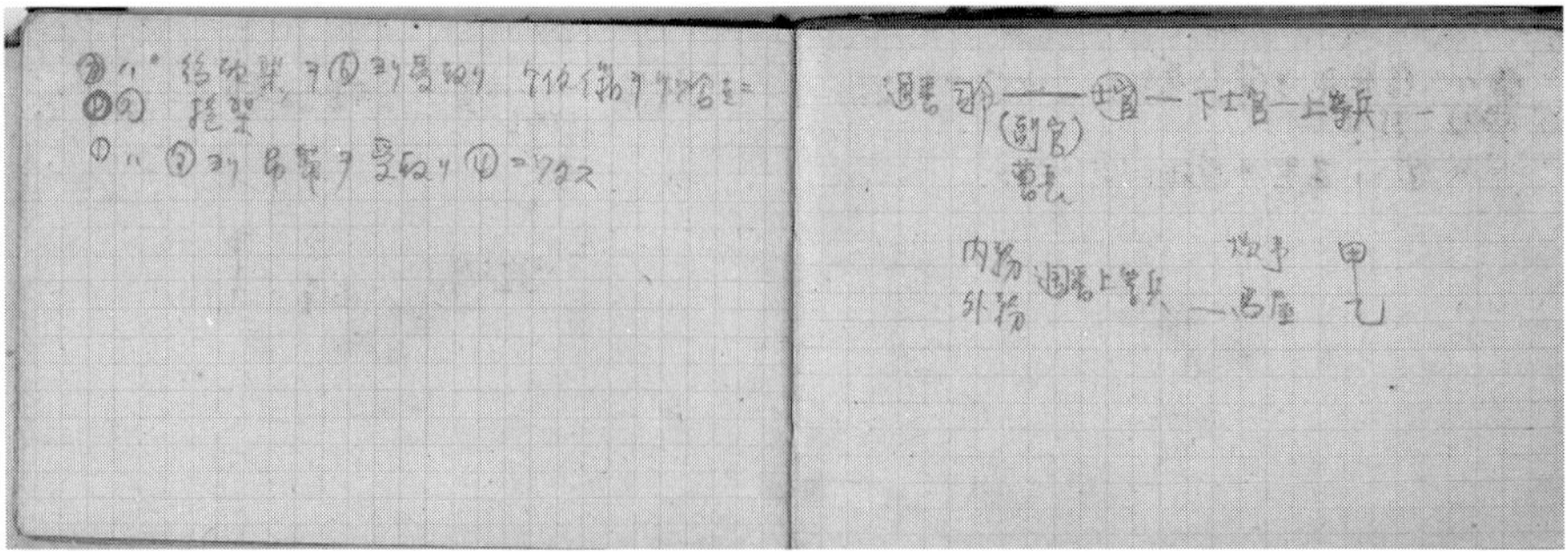
週番司令
士官
下士官
上等兵
(副官)
内務
外務
週番上等兵
炊事
馬屋
甲
乙

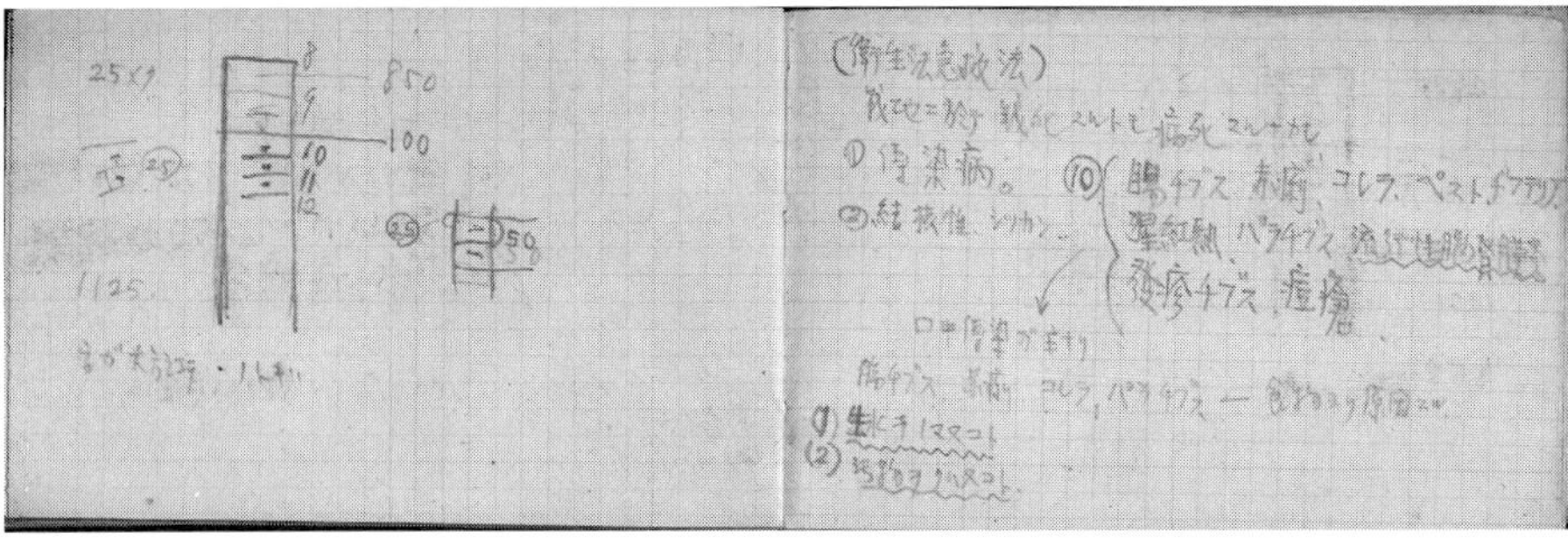
(衛生法急救法)
①傳染病。
腸チフス 赤痢 コレラ ペスト ヂフテリア

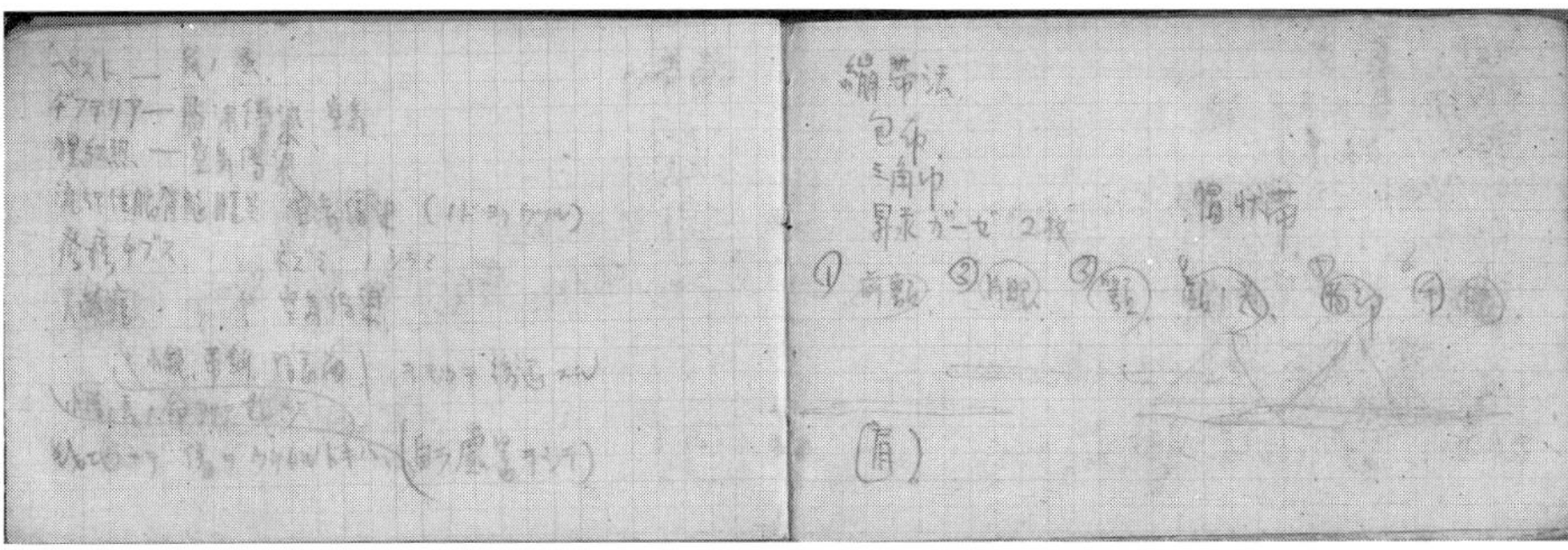
編帯法
包布
三角巾
昇汞ガーゼ 2枚

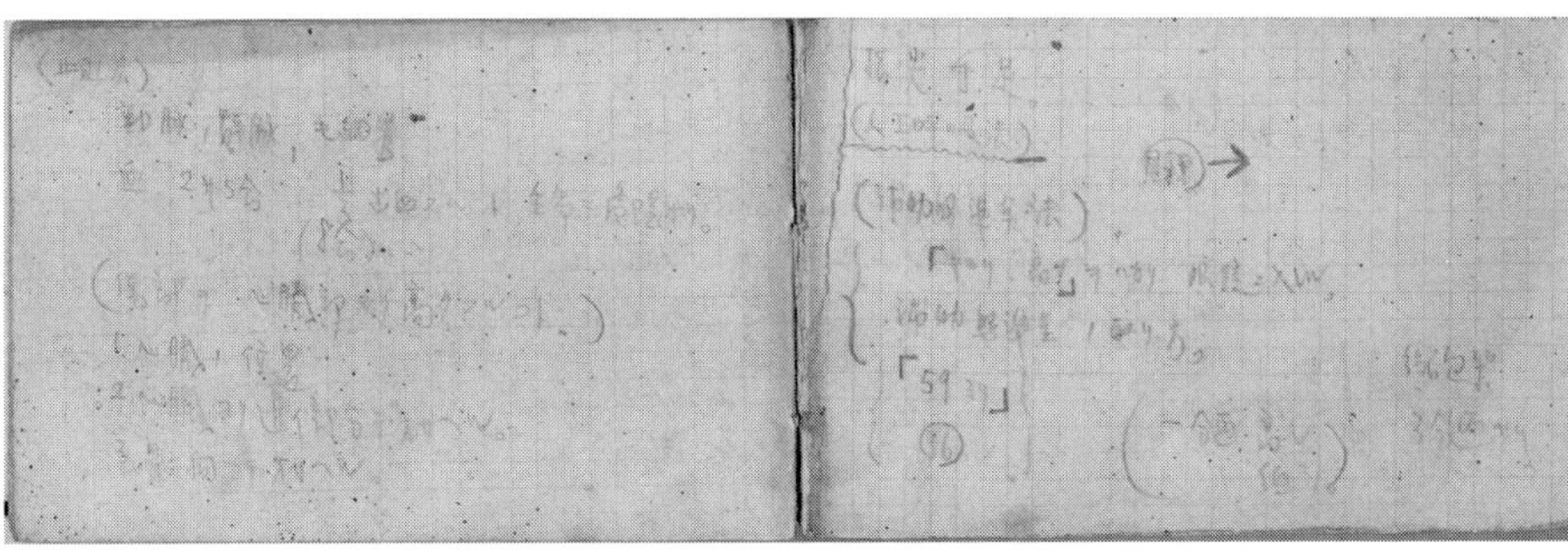

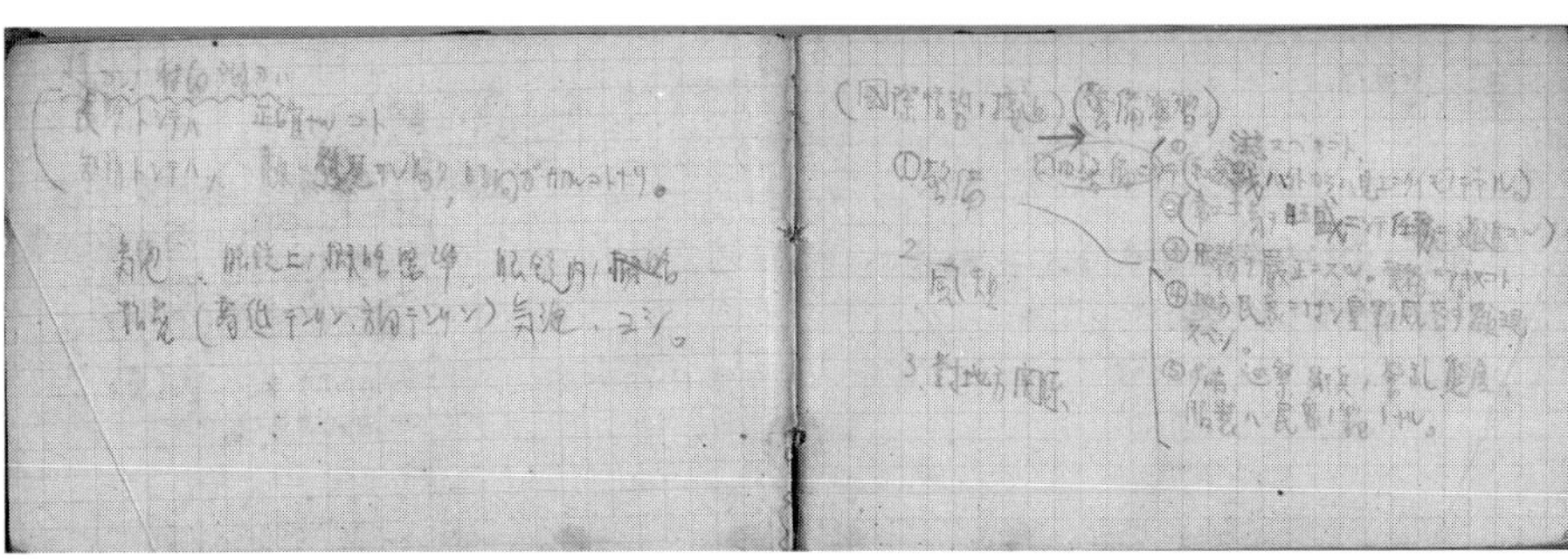

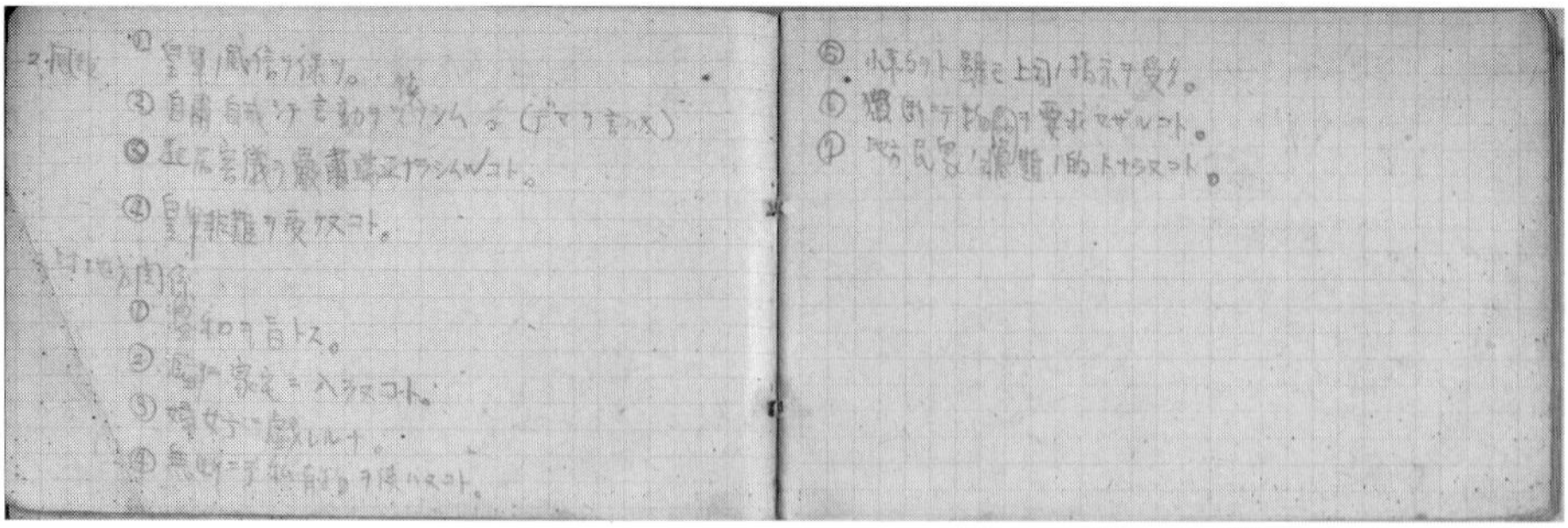

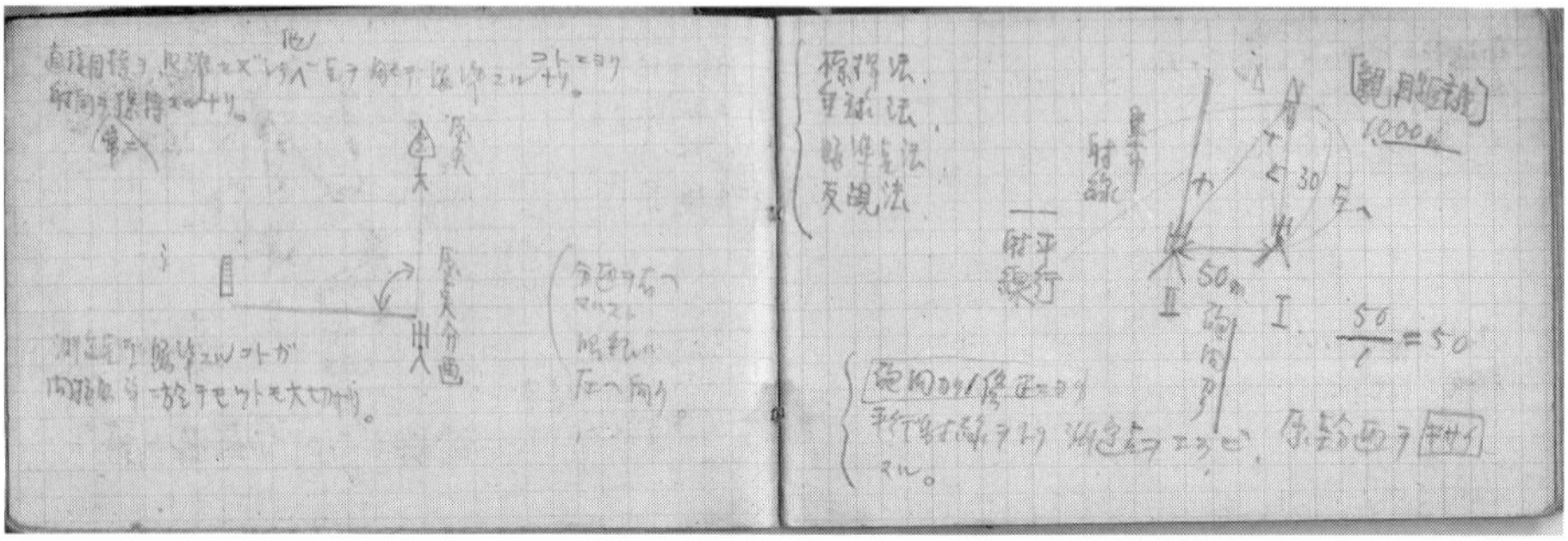

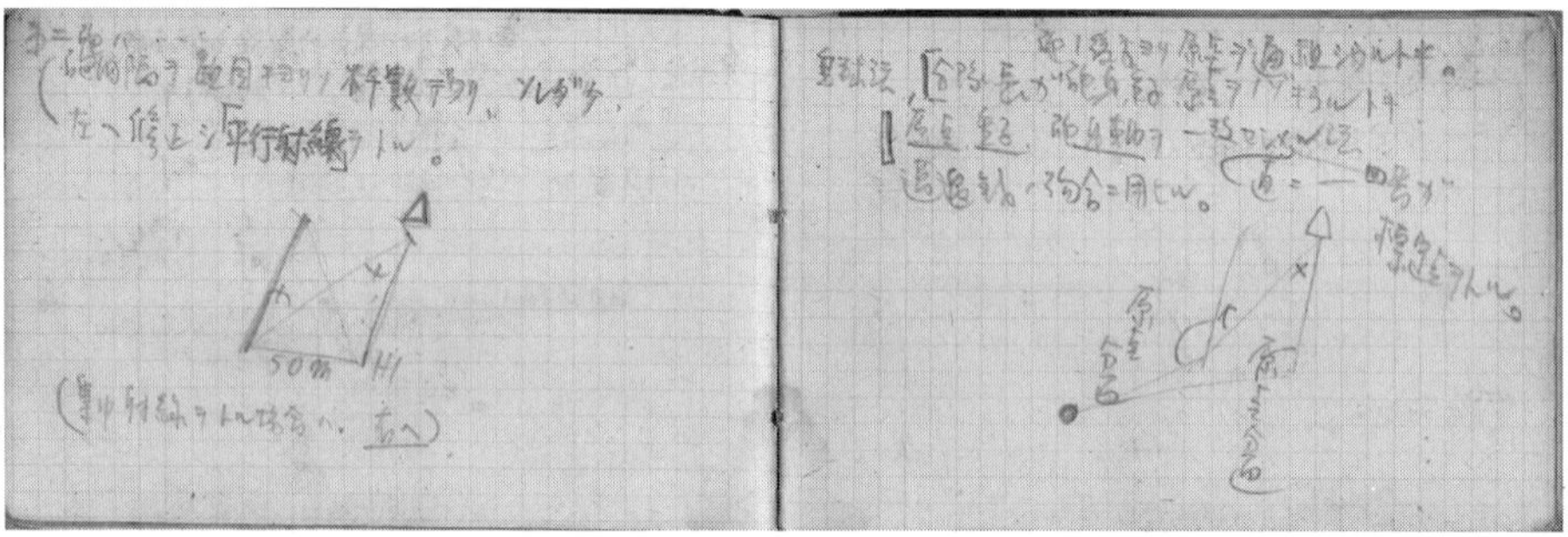

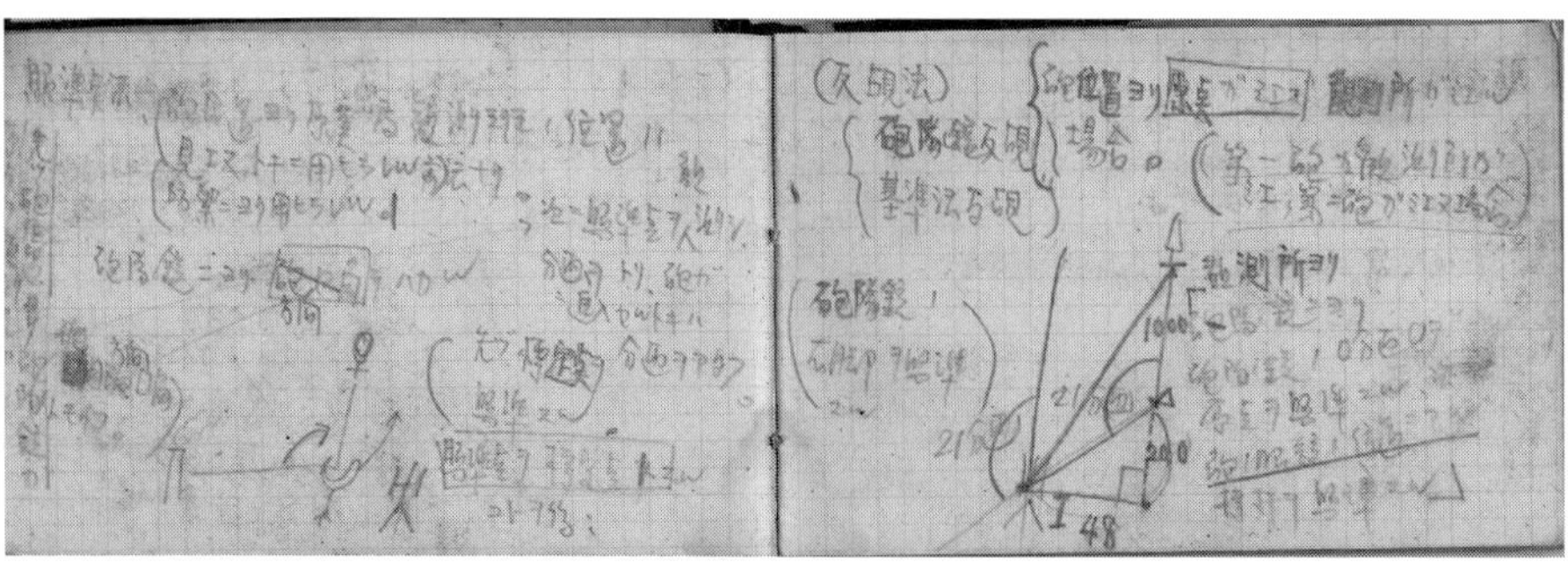

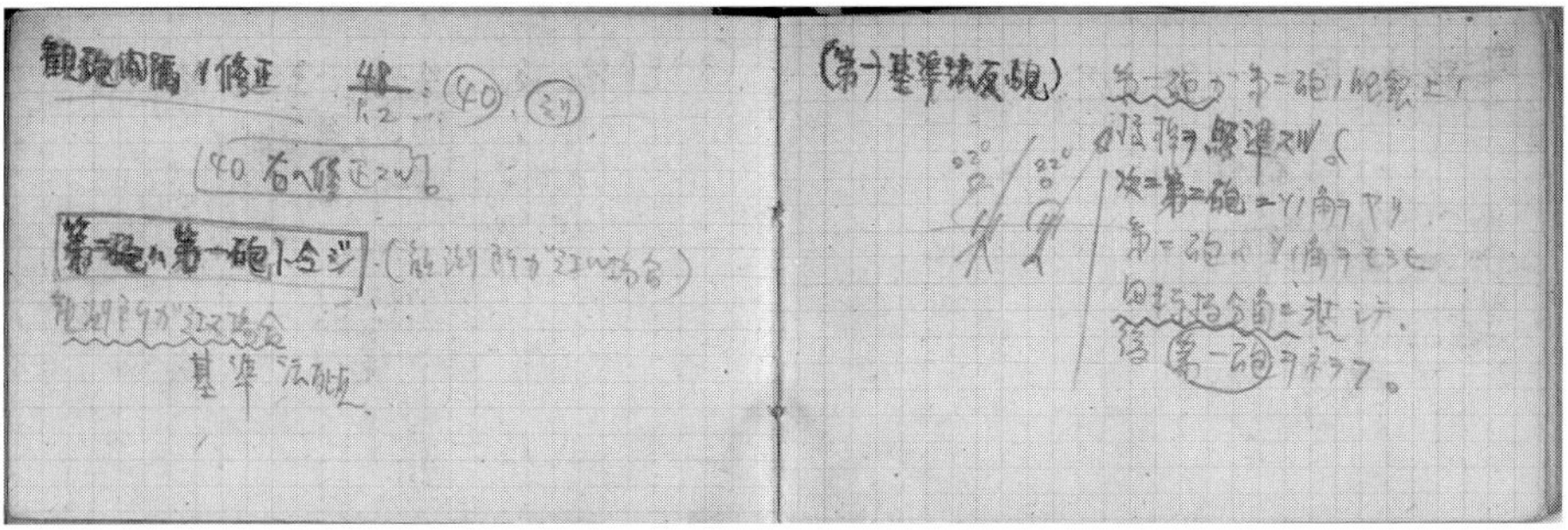

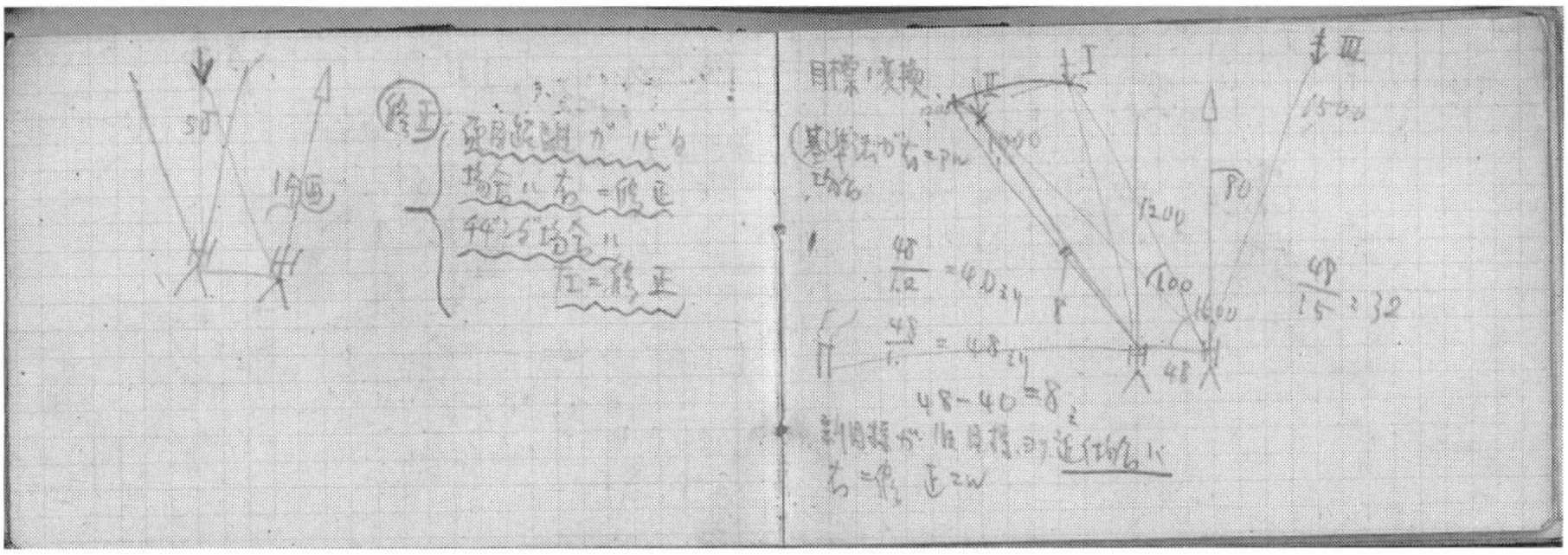

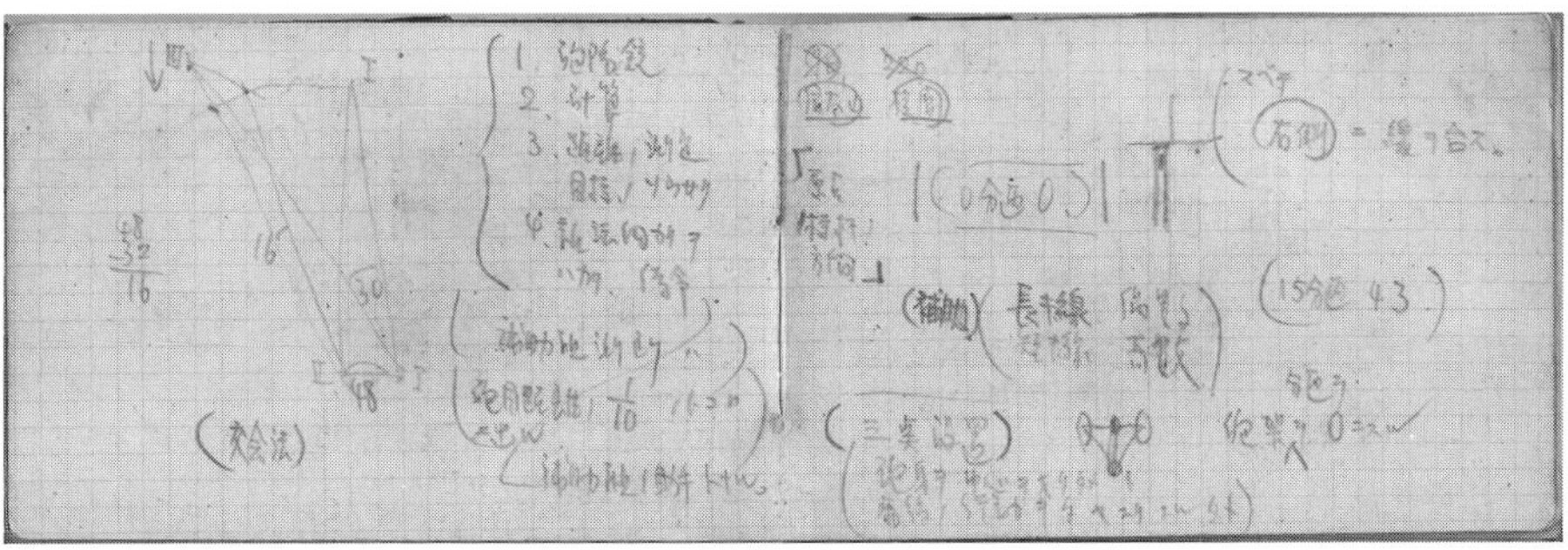

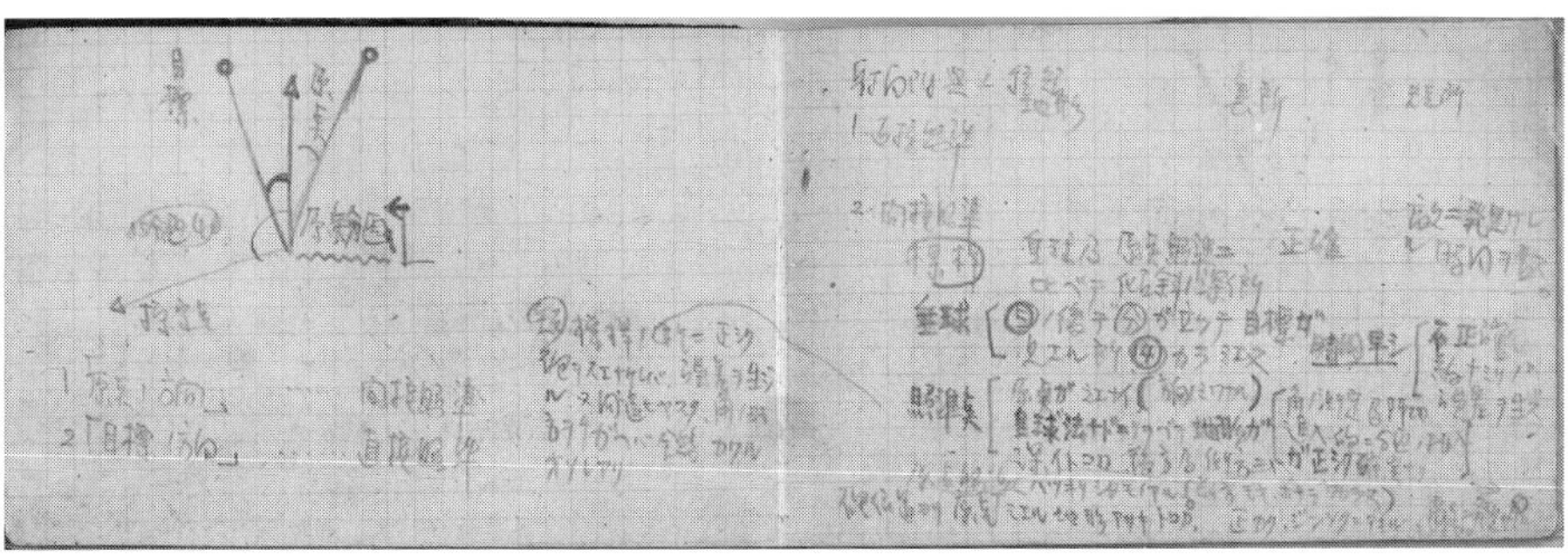

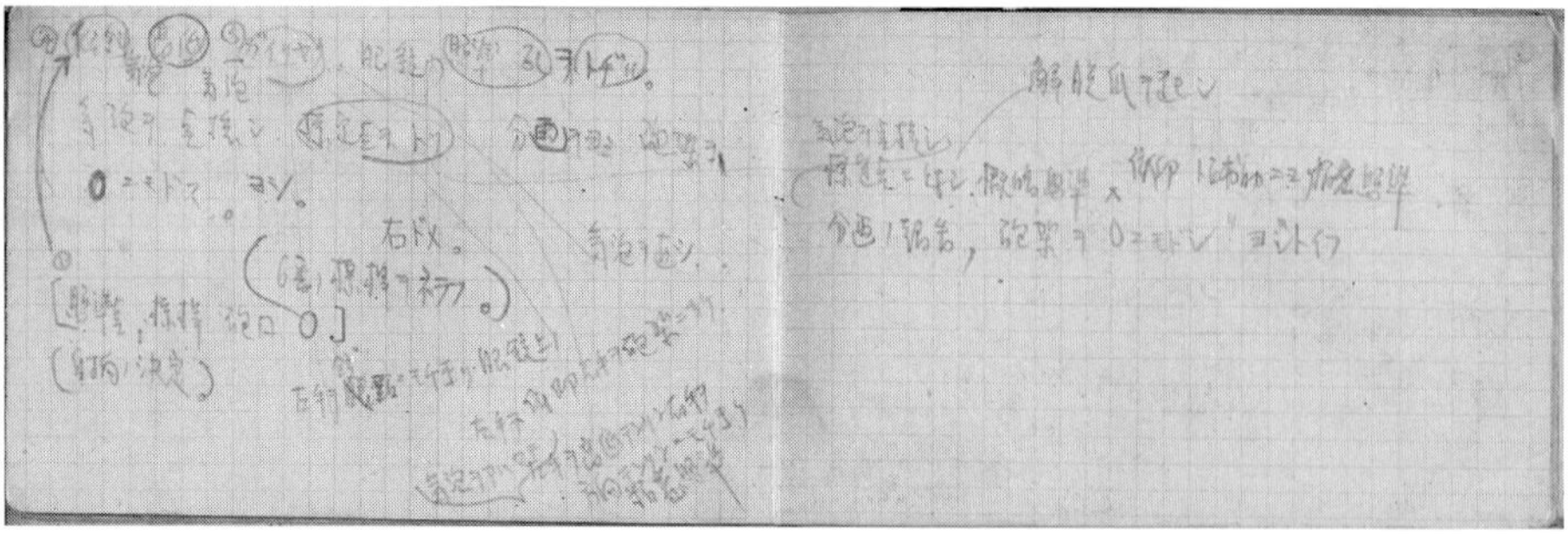

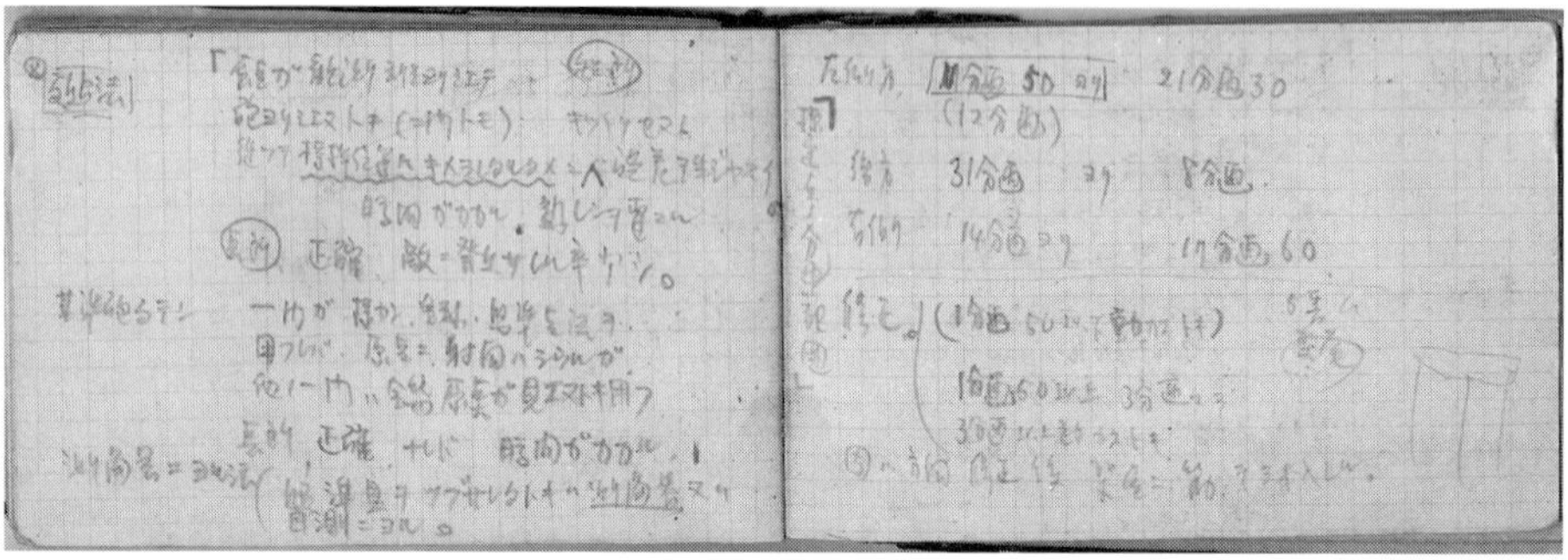

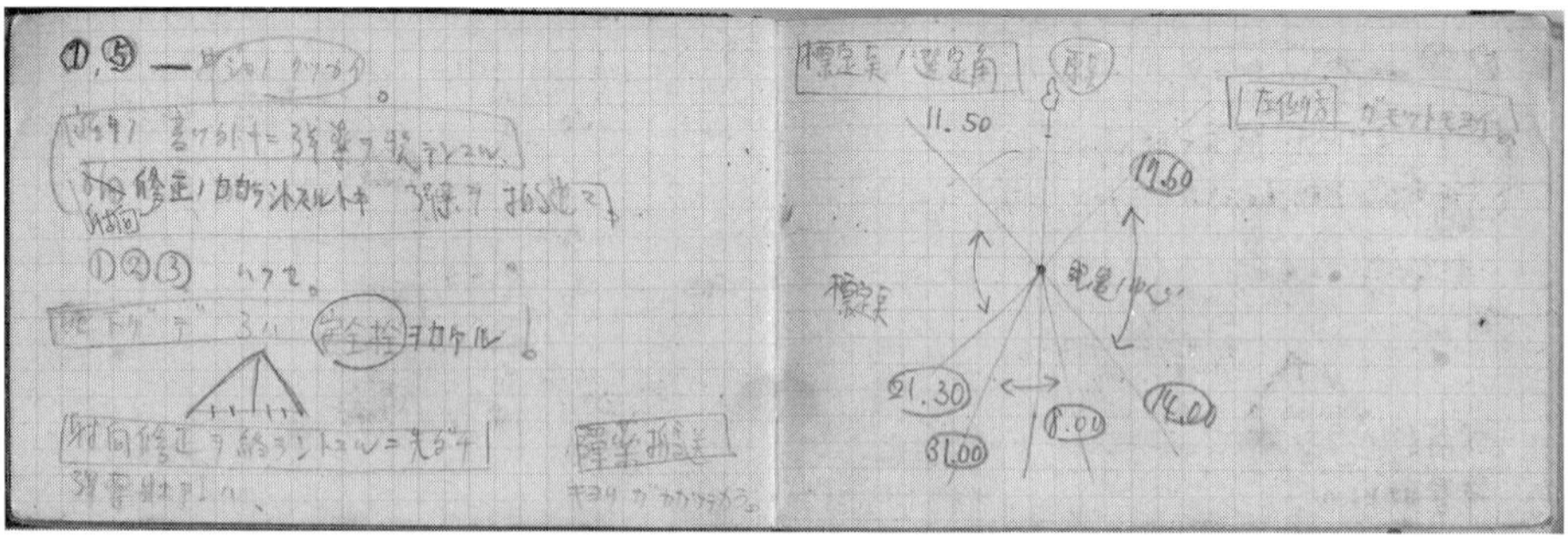
11.50
17.60
21.30
31.00
8.00
14.00

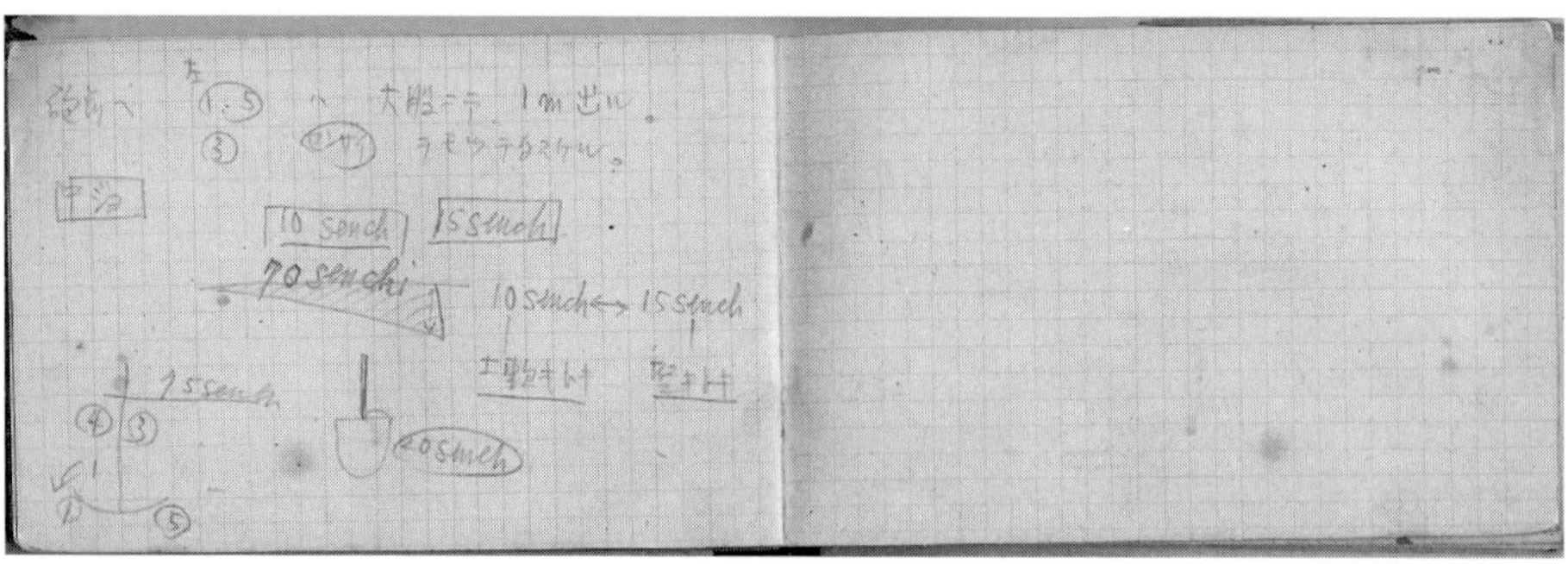
10 senchi
15 senchi
70 senchi

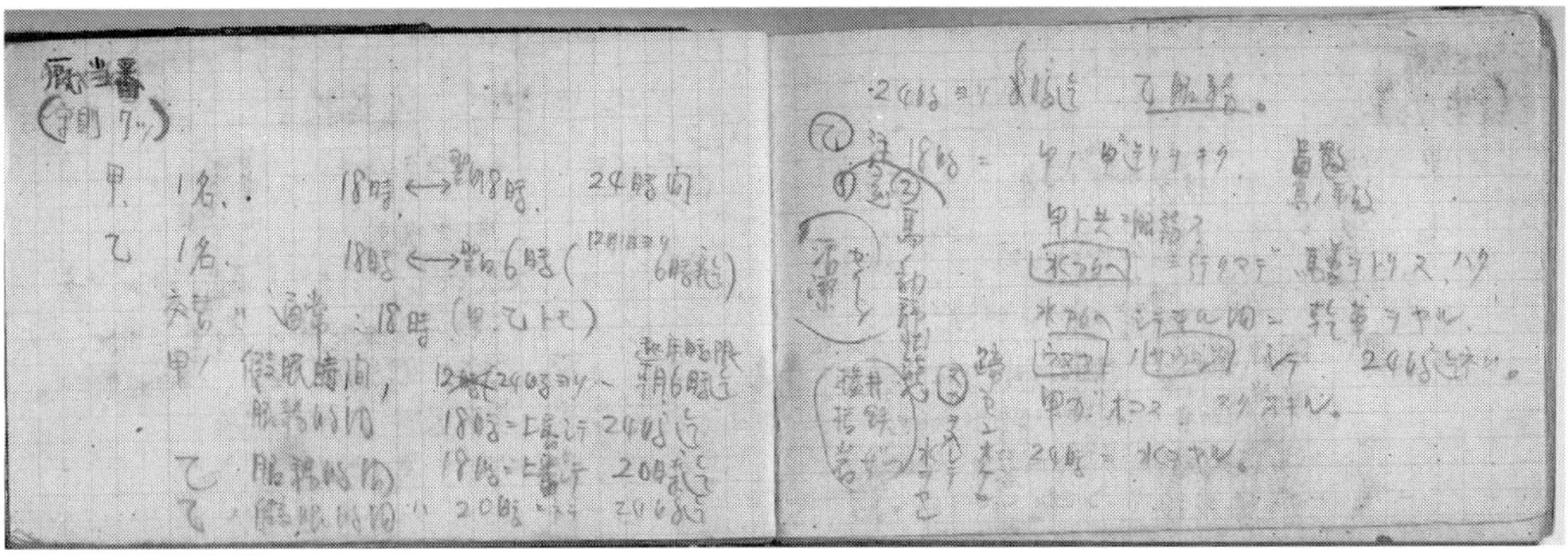

厩当番

甲　1名　18時←→翌朝8時　24時間

乙　1名　18時←→翌朝6時

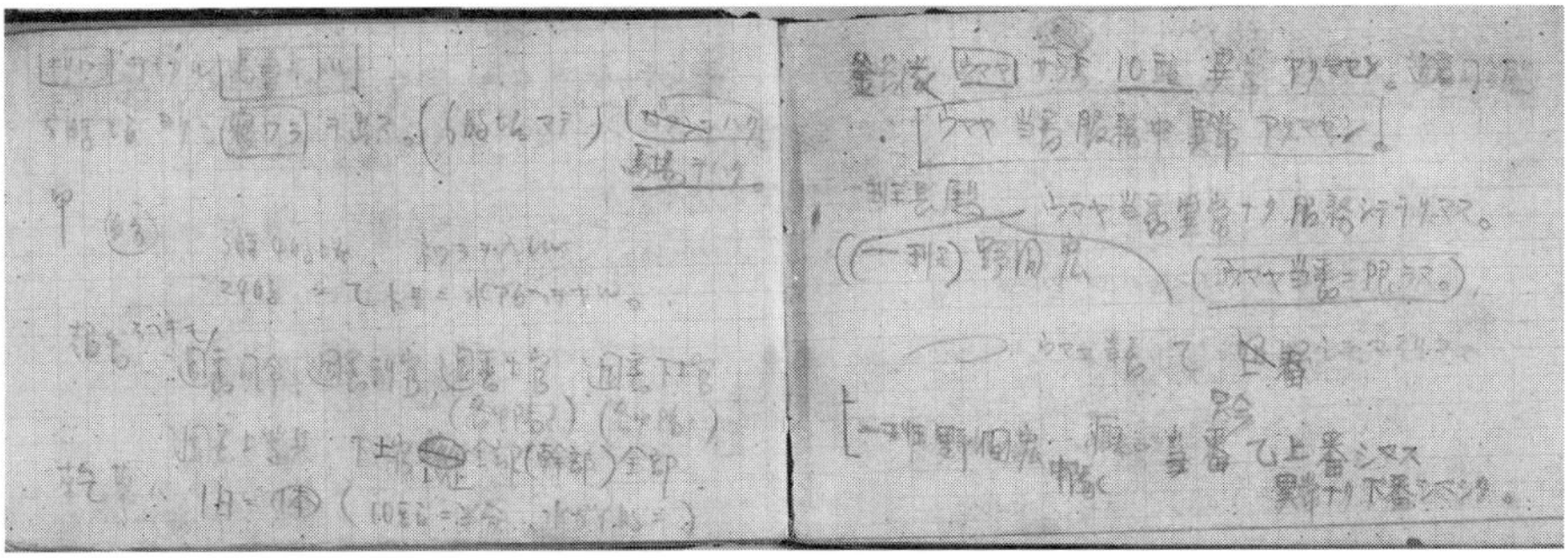

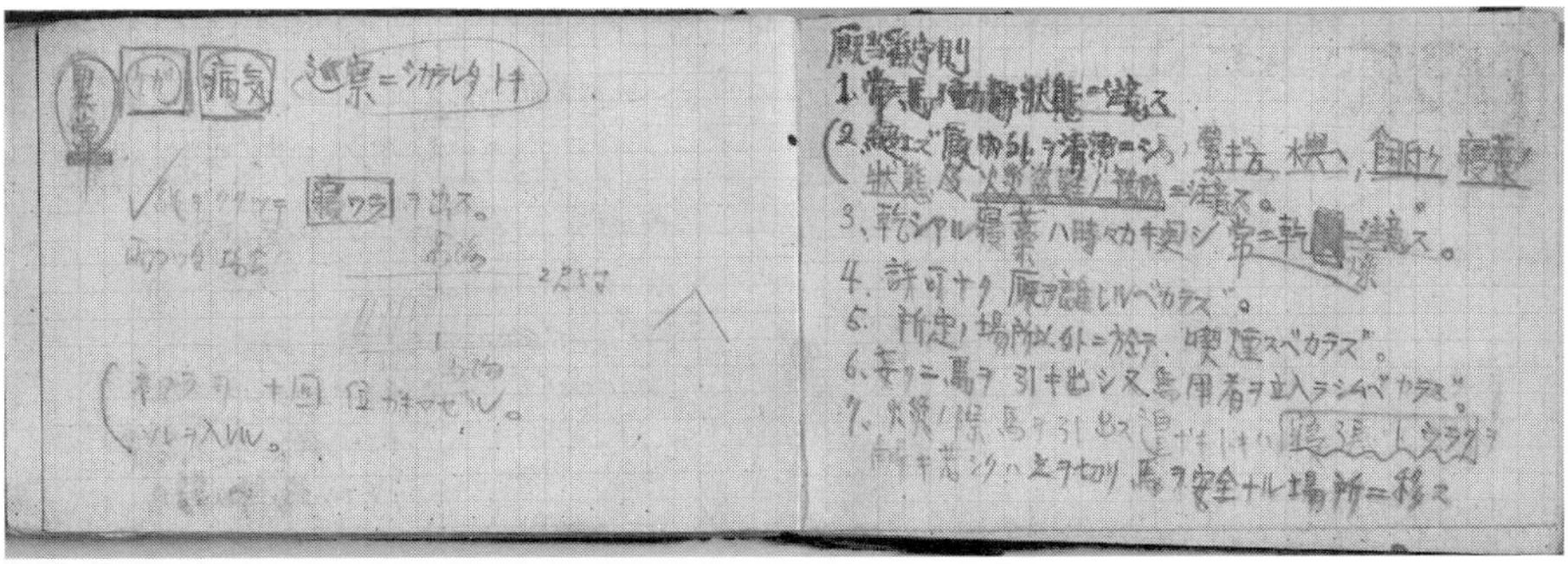

厩当番守則

1. 常ニ馬ノ動静状態ニ注意ス

2. 絶エズ厩内外ヲ清潔ニシ、繋ギ方、横木、飼附ケ、寝藁ノ状態及火災盗難ノ予防ニ注意ス。

3. 乾シアル寝藁ハ時々カキ廻シ常ニ乾燥ニ注意ス。

4. 許可ナク厩ヲ離レルベカラズ。

5. 所定ノ場所以外ニ於テ、喫煙スベカラズ。

6. 妄リニ馬ヲ引キ出シ又馬用者ヲ立入ラシムベカラズ。

7. 火災ノ場合馬ヲ引キ出ス…解キ難シクハ之ヲ切リ馬ヲ安全ナル場所ニ移ス

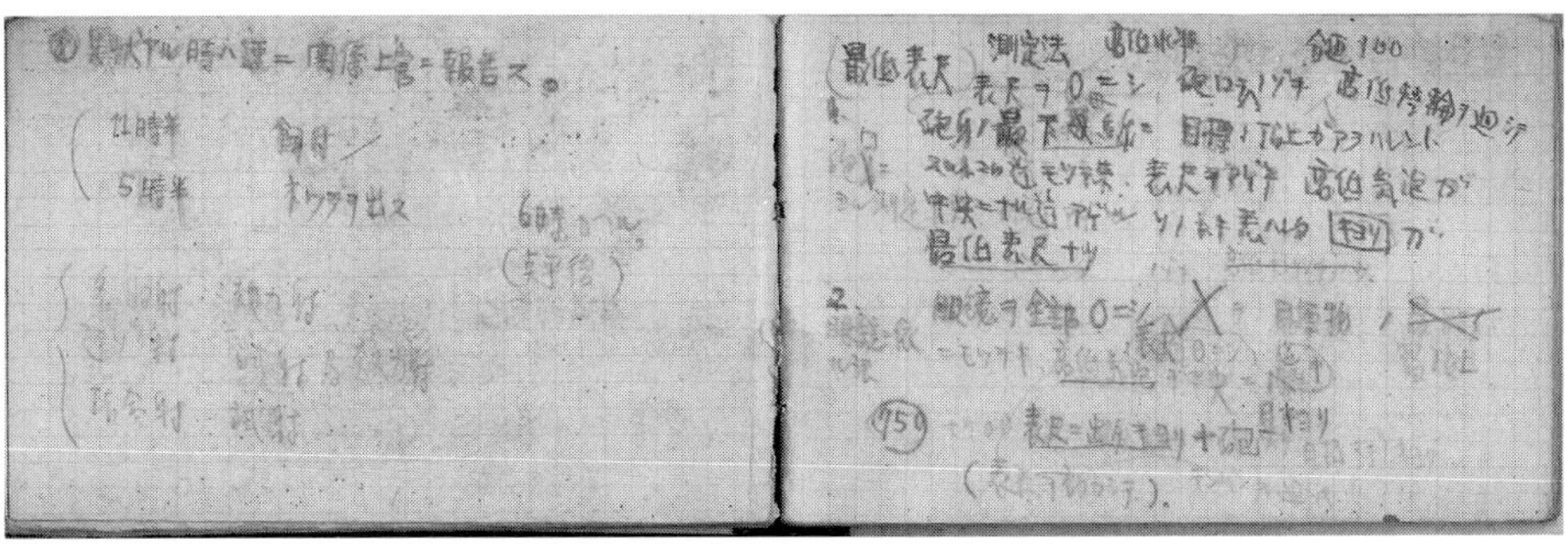

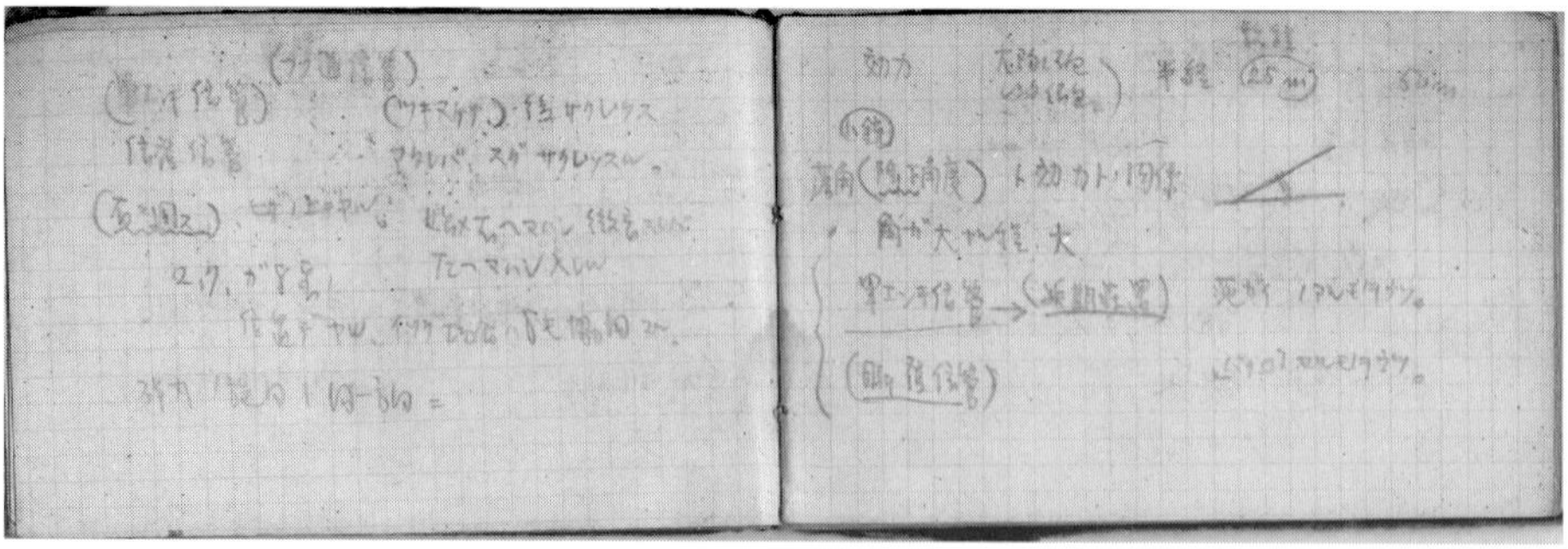

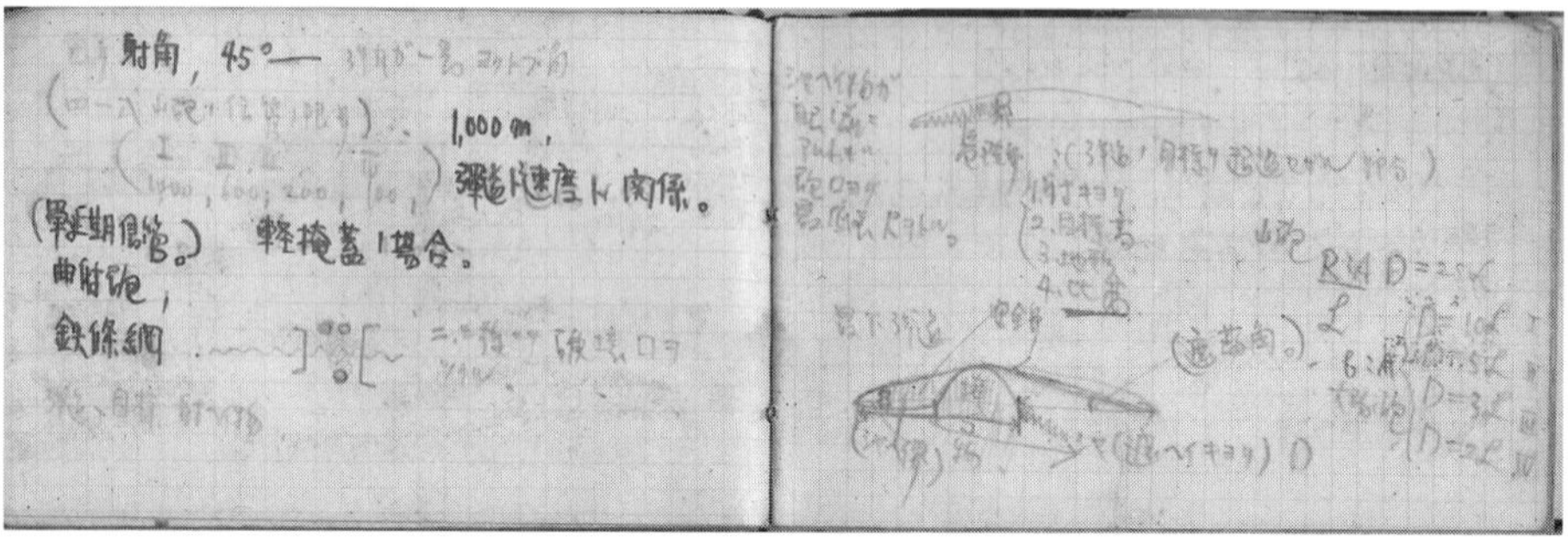
射角，45°
1,000 m，
弾道ト速度ノ関係。
軽掩蓋ノ場合。
曲射砲，
鉄條網

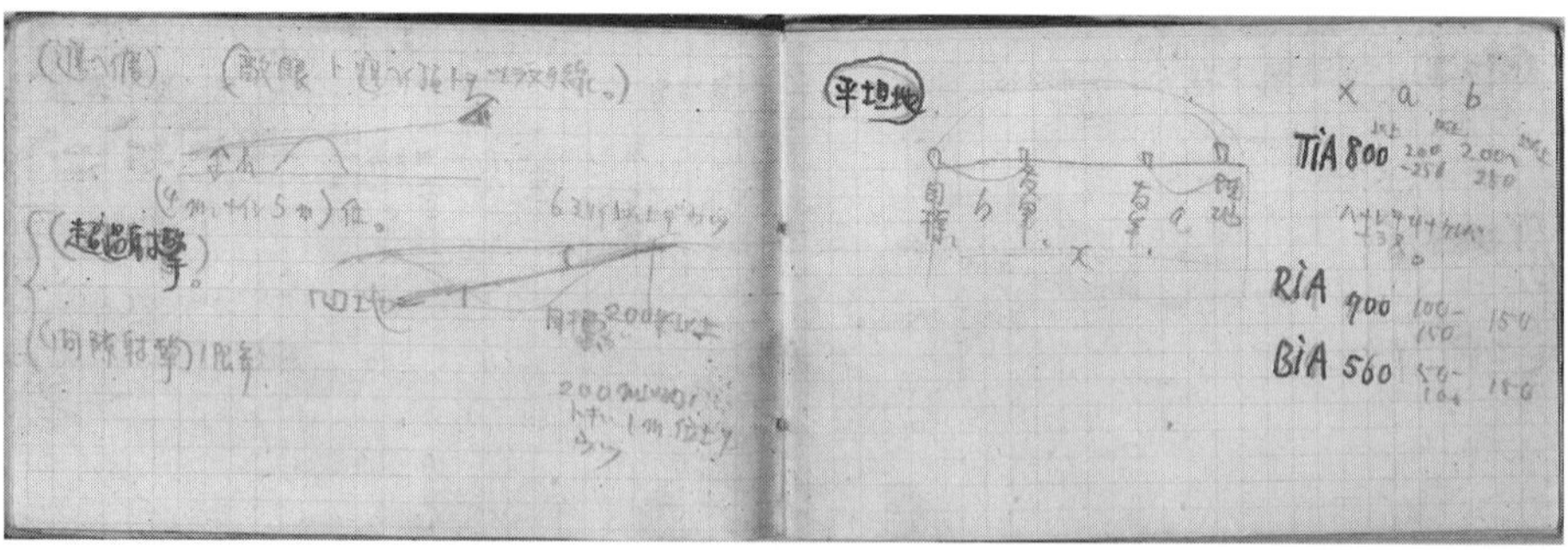
平坦地
TiA 800
RiA 900
BiA 560

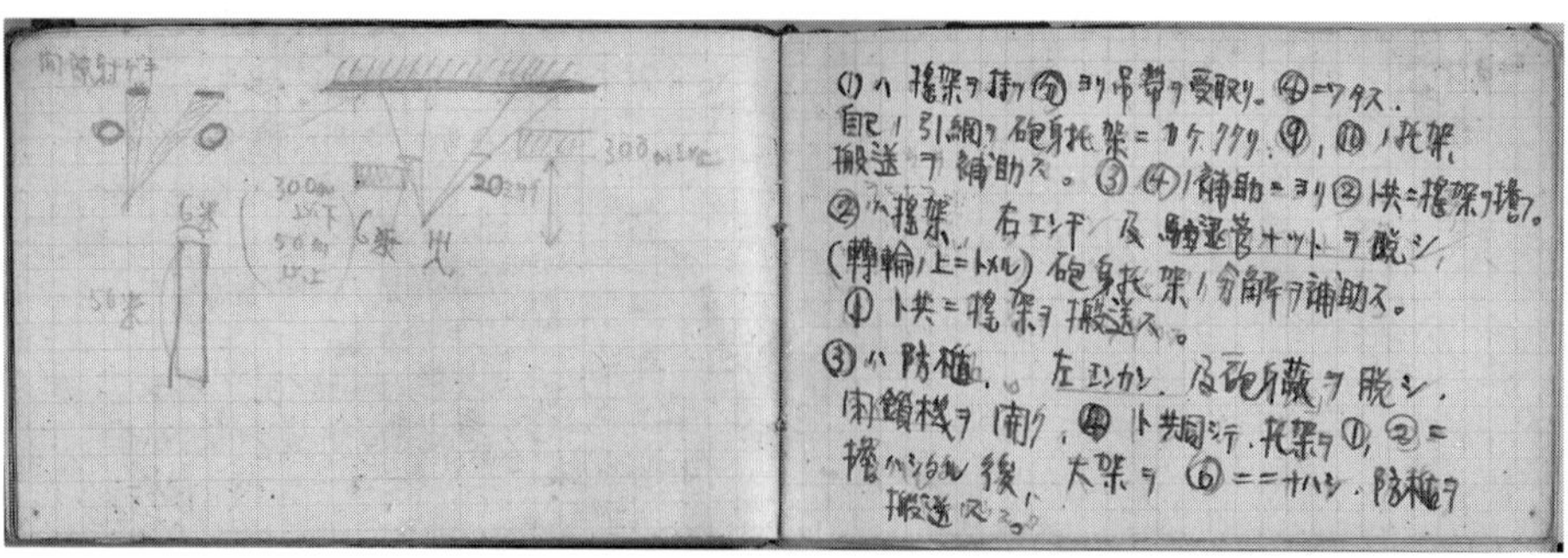

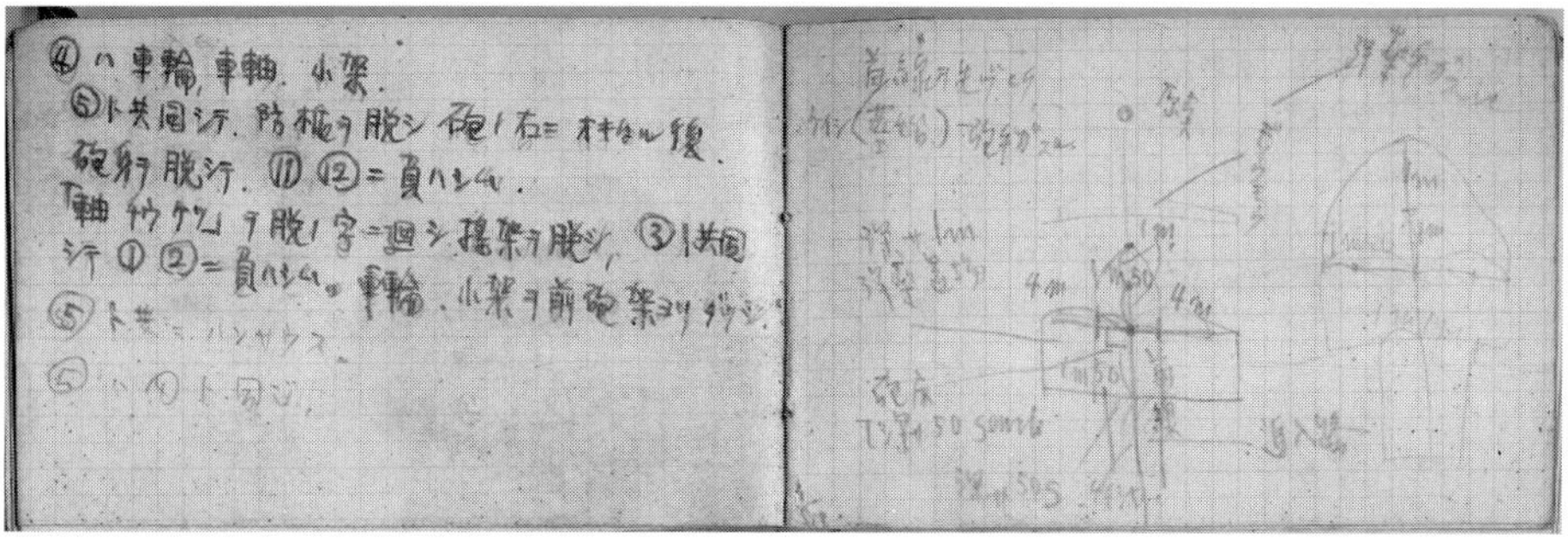

④ハ車輪、車軸、小架。
⑤ト共同シテ、防楯ヲ脱シ砲ノ右ニオキナル後。
砲身脱シテ、⑪⑫ニ負ハシム。

「軸サウケ」ヲ脱ノ穿ニ廻シ揺架ヲ脱シ、③ノ共同シテ①②ニ負ハシム。車輪、小架ヲ前砲架ヨリ
⑤ト共ニハンサウス。
⑤ハ④ト同ジ。

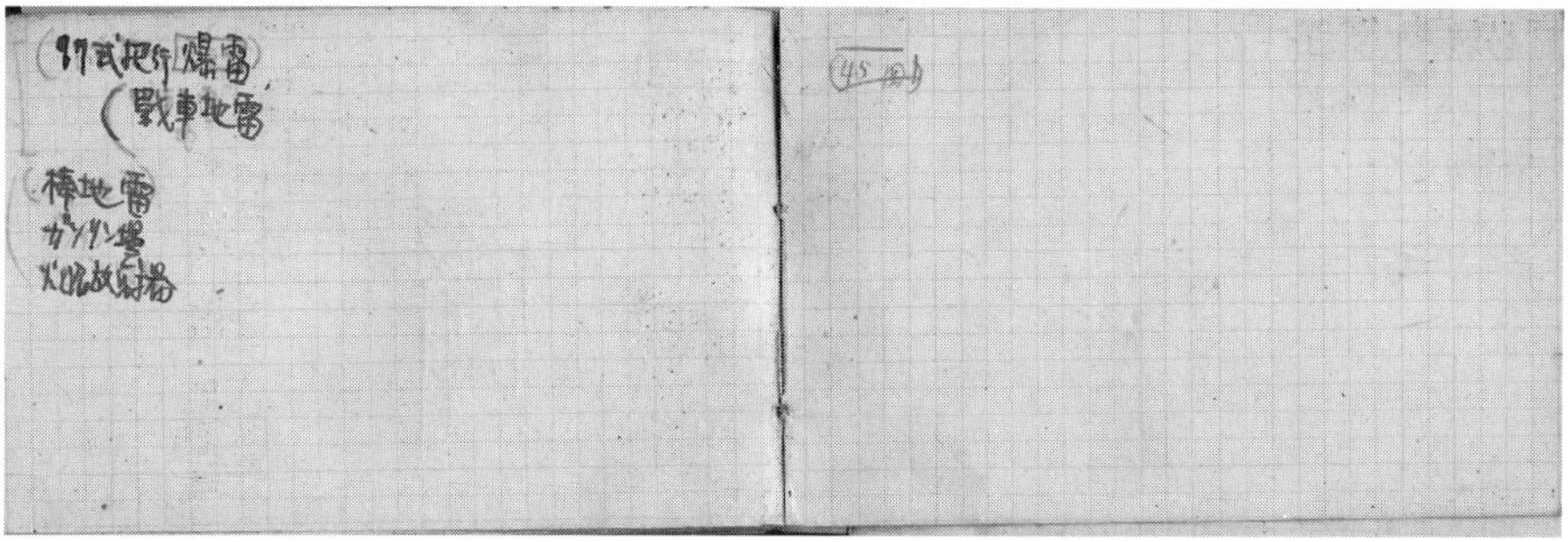

97式抛擲爆雷
戦車地雷
棒地雷
火焔放射器

45

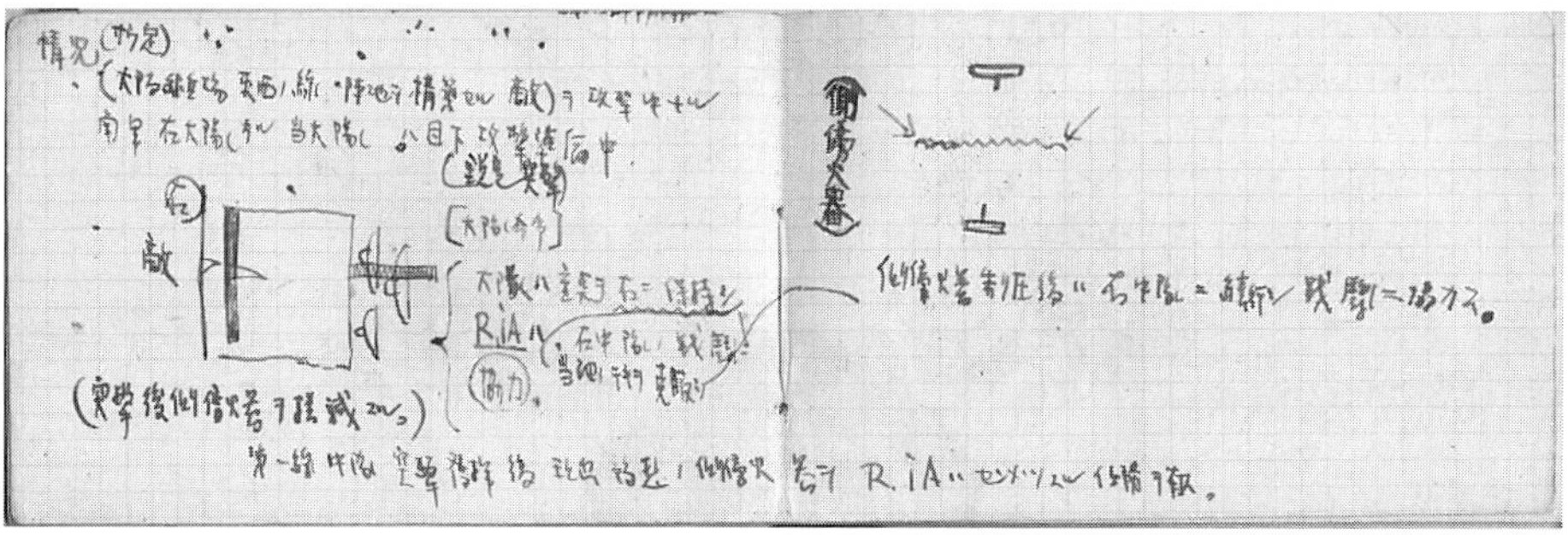

情況（想定）

敵

側防火器

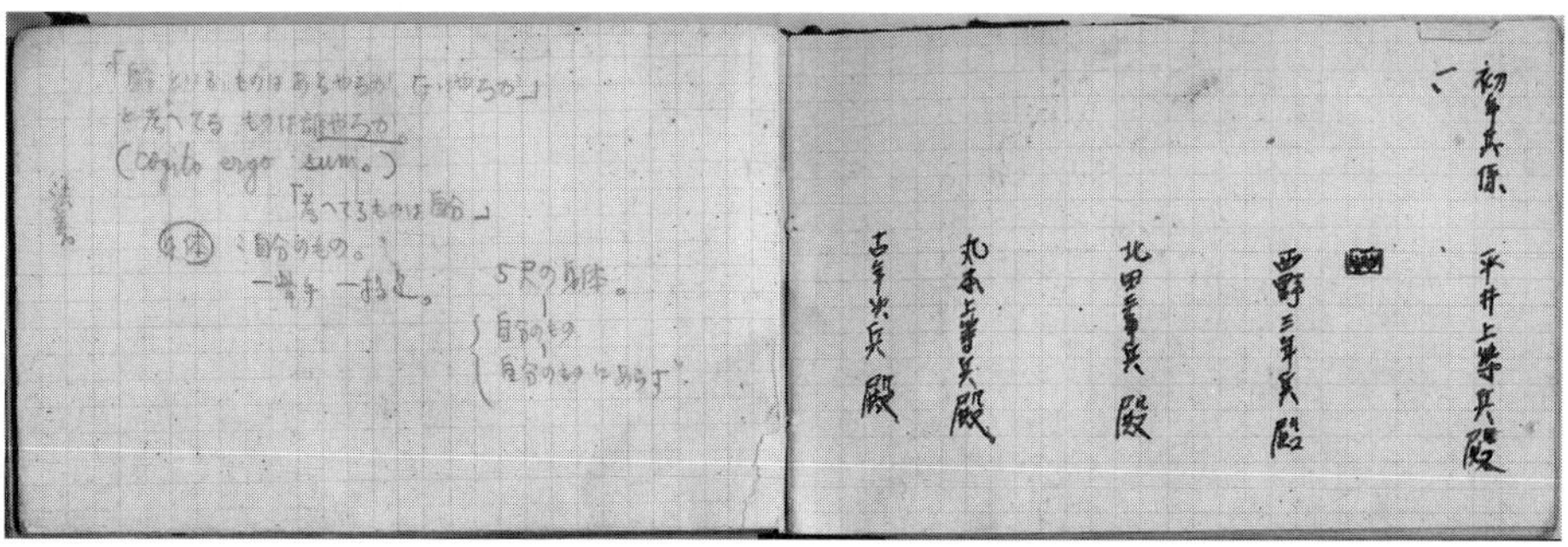

「考へてるものは誰やろか」

(cogito ergo sum.)

「考へてるものは自分」

自分のもの。

一挙手一投足。

5尺の身体。

自分のもの
自分のものに非らず」

一、初年兵係
平井上等兵殿
西野三年兵殿
北田一等兵殿
丸本上等兵殿
古年次兵殿

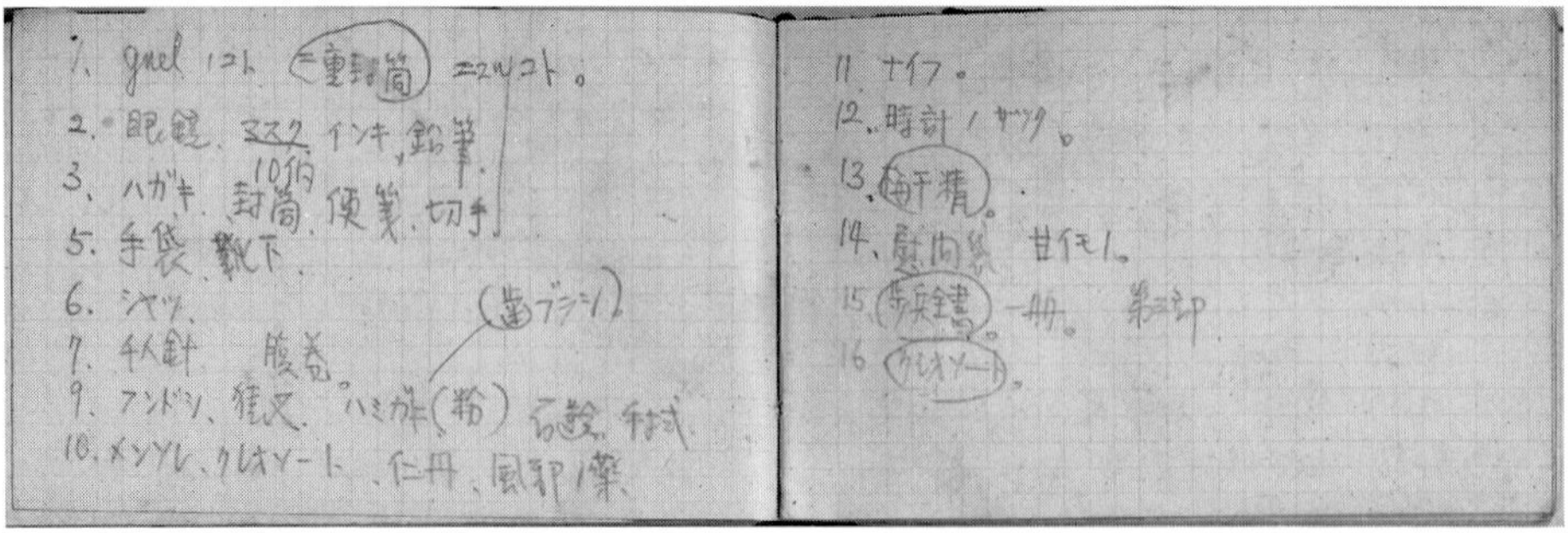
1. gnel 1コト 二重封筒 ニフツコト。
2. 眼鏡、マスク、インキ、鉛筆。
3. ハガキ、10枚 封筒、便箋、切手
5. 手袋 靴下
6. シヤツ、
7. 千人針 腹巻
9. フンドシ、猿又 ハミガキ(粉)(歯ブラシ) 石鹸、手拭
10. メンソレ、クレオソート、仁丹、風邪ノ薬

11. ナイフ。
12. 時計1ヶ ザック。
13. 梅干精。
14. 慰問袋 甘イモノ。
15. 歩兵全書 一冊。 第三部
16. クレオソート。

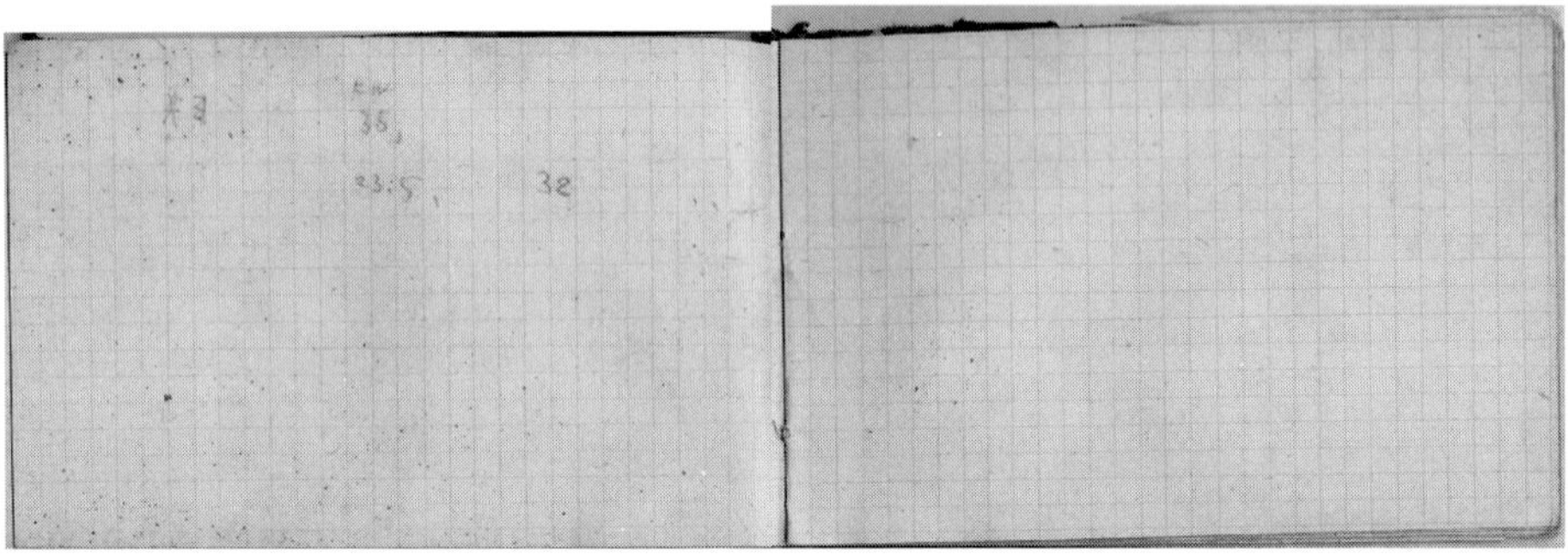
36
23.5 32

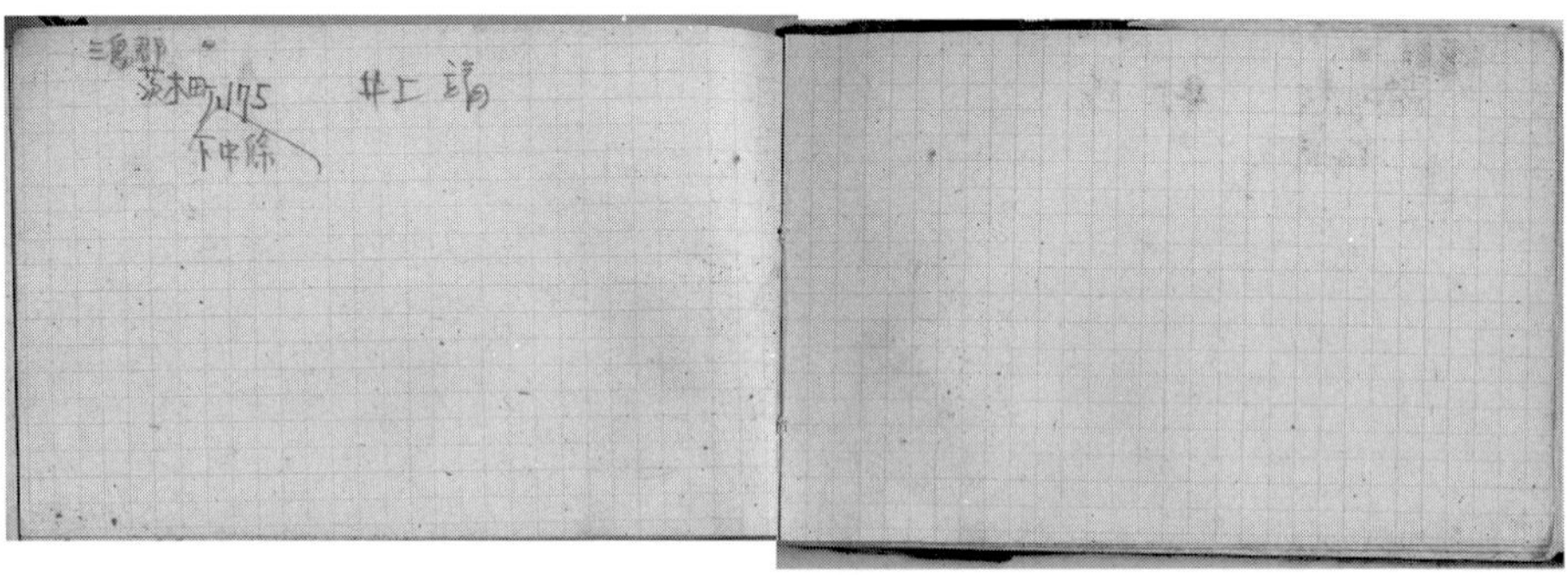
三島郡
茨木町1175
下中條

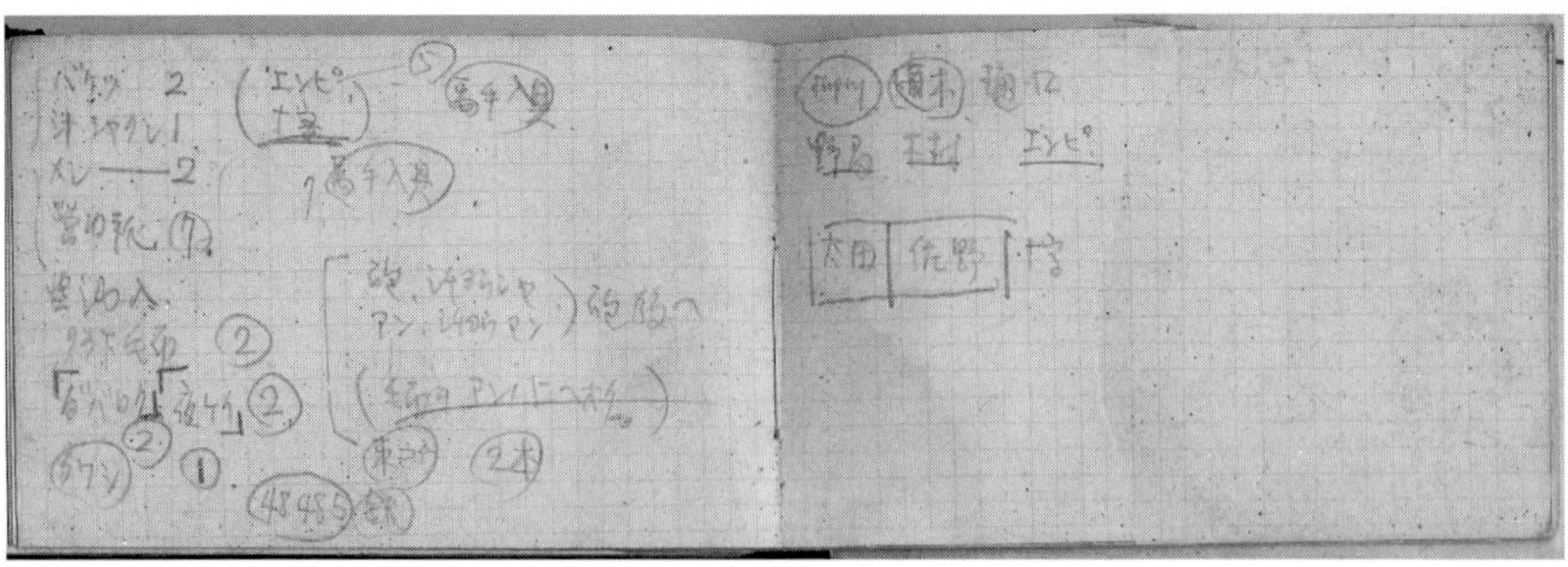
バケツ 2
洋シヤクシ 1
メシ —— 2
エンピ 十字 (5)

エンピ

太田 佐野 十字

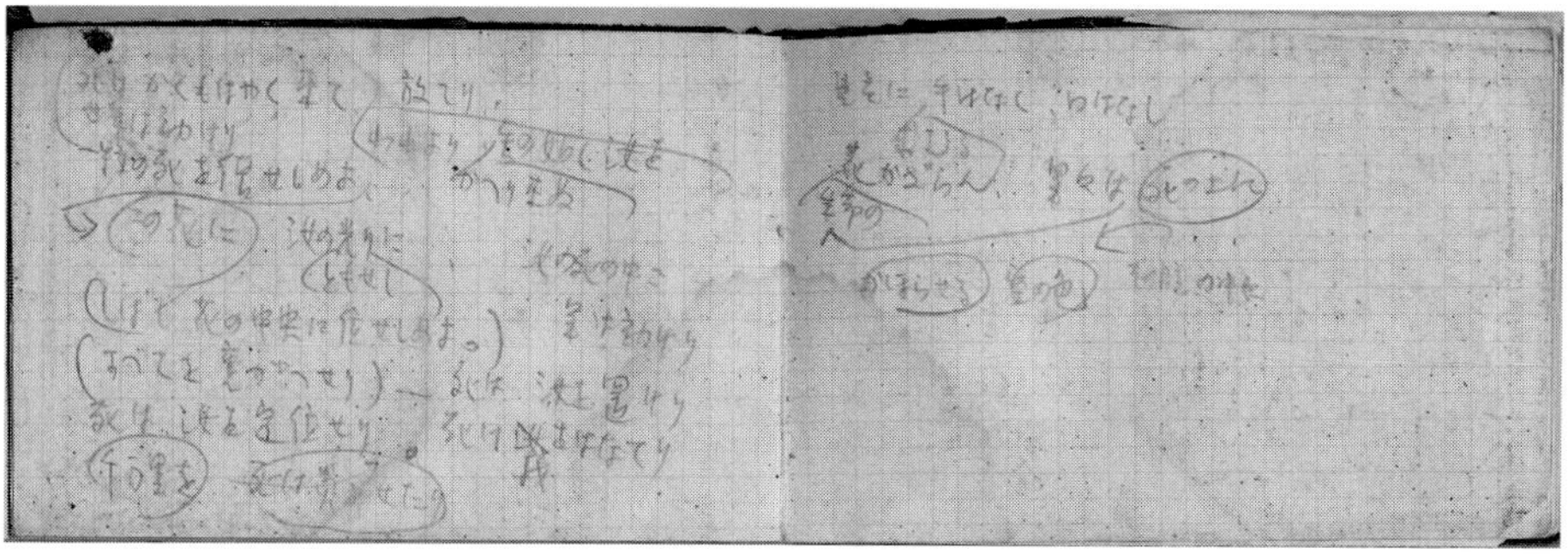

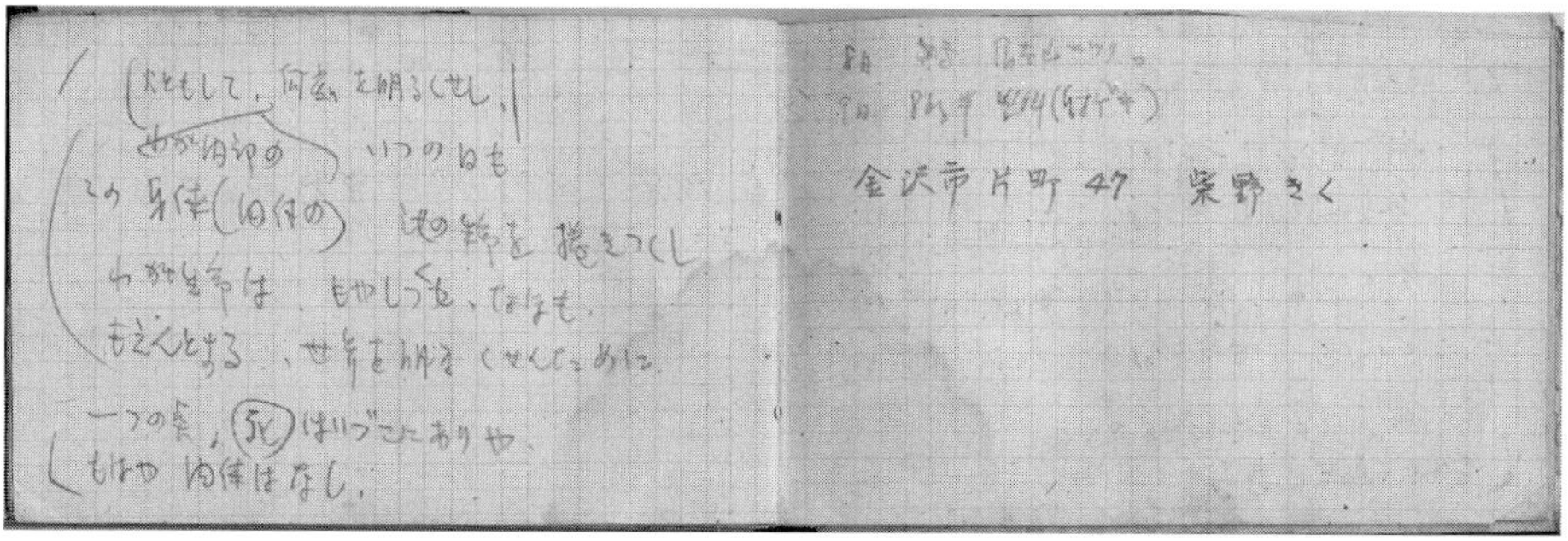
火ともして、何ものを明るくせし
いつの日も

金沢市片町47　宗野きく

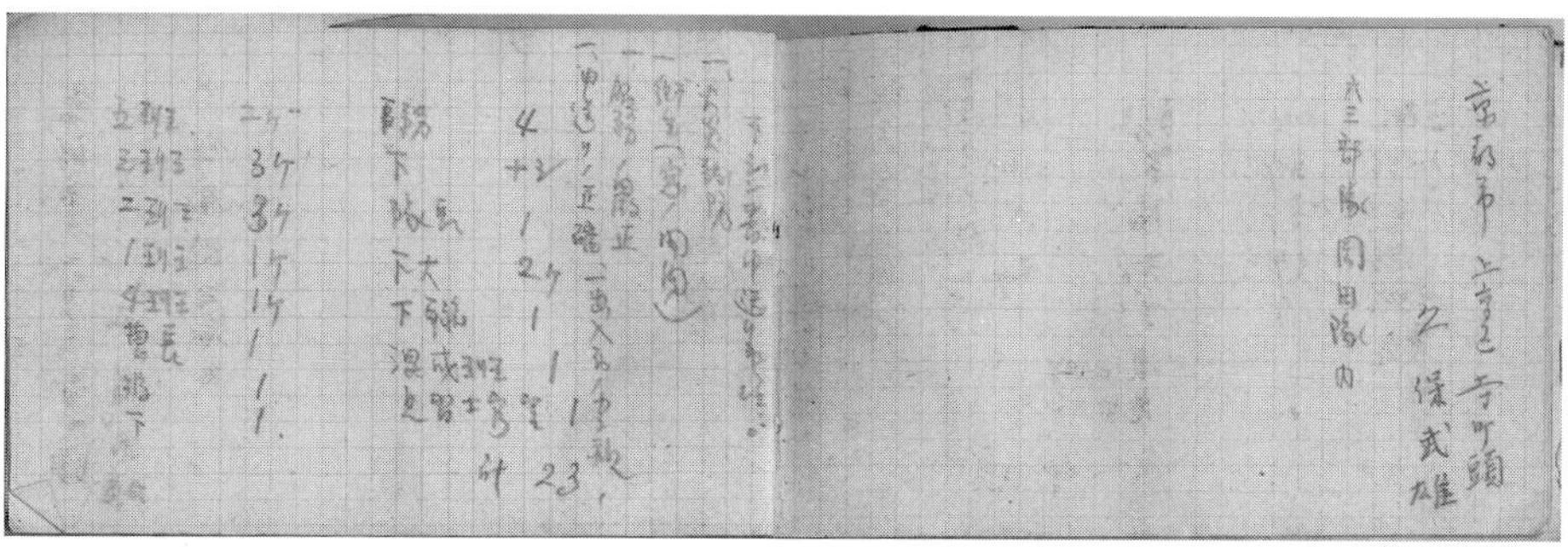
計 23

京都市上京区寺町頭
久保武雄
第三部隊岡田隊内

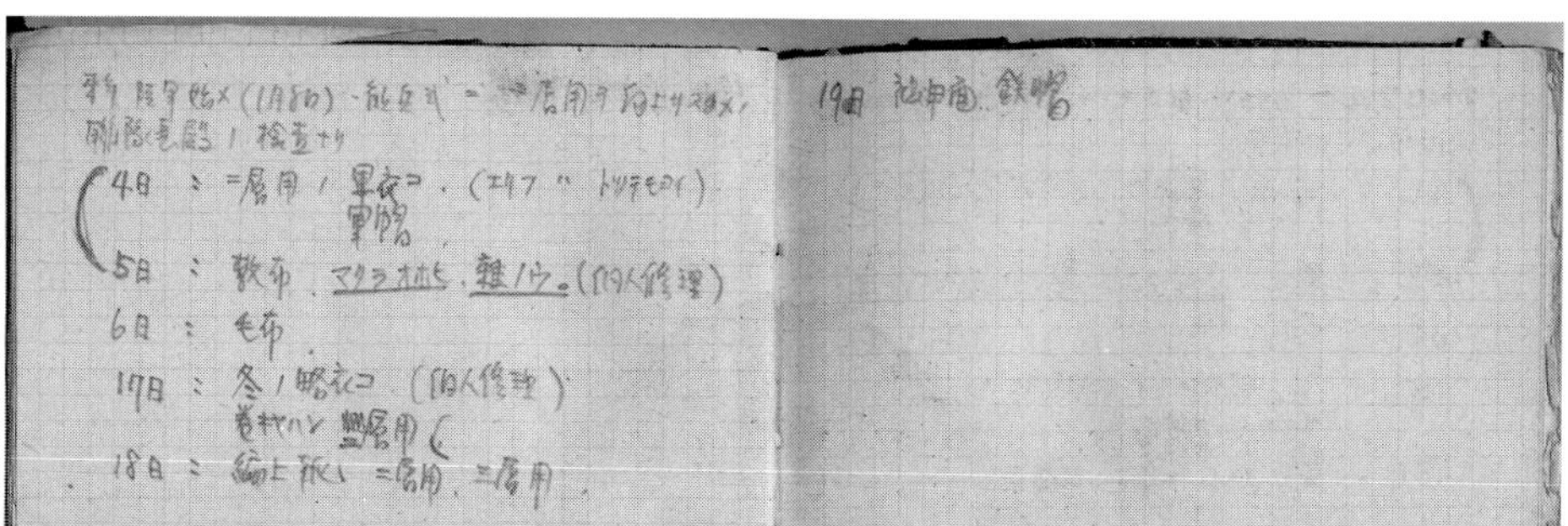
4日：二届用ノ軍衣コ
5日：敷布、マクラオホヒ、雑ノウ。(個人修理)
6日：毛布
17日：冬ノ略衣コ（個人修理）
18日：編上靴　二届用、三届用

19日　被甲面、鉄帽

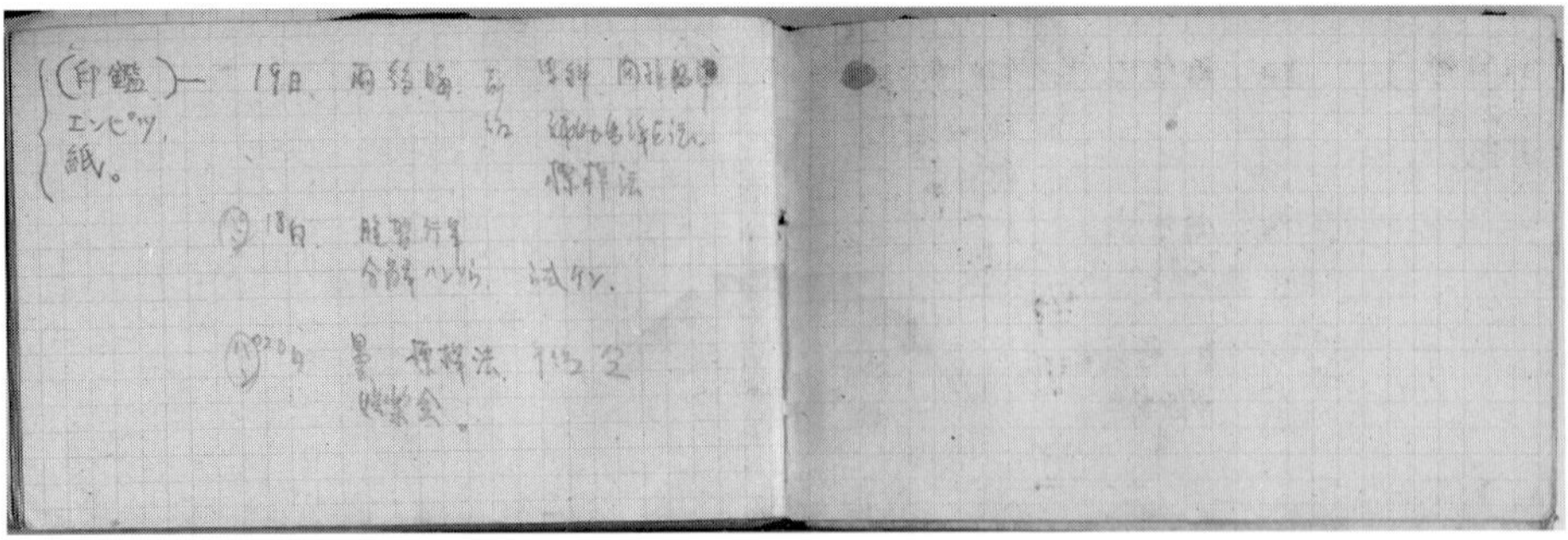
(印鑑)
エンピツ,
紙。

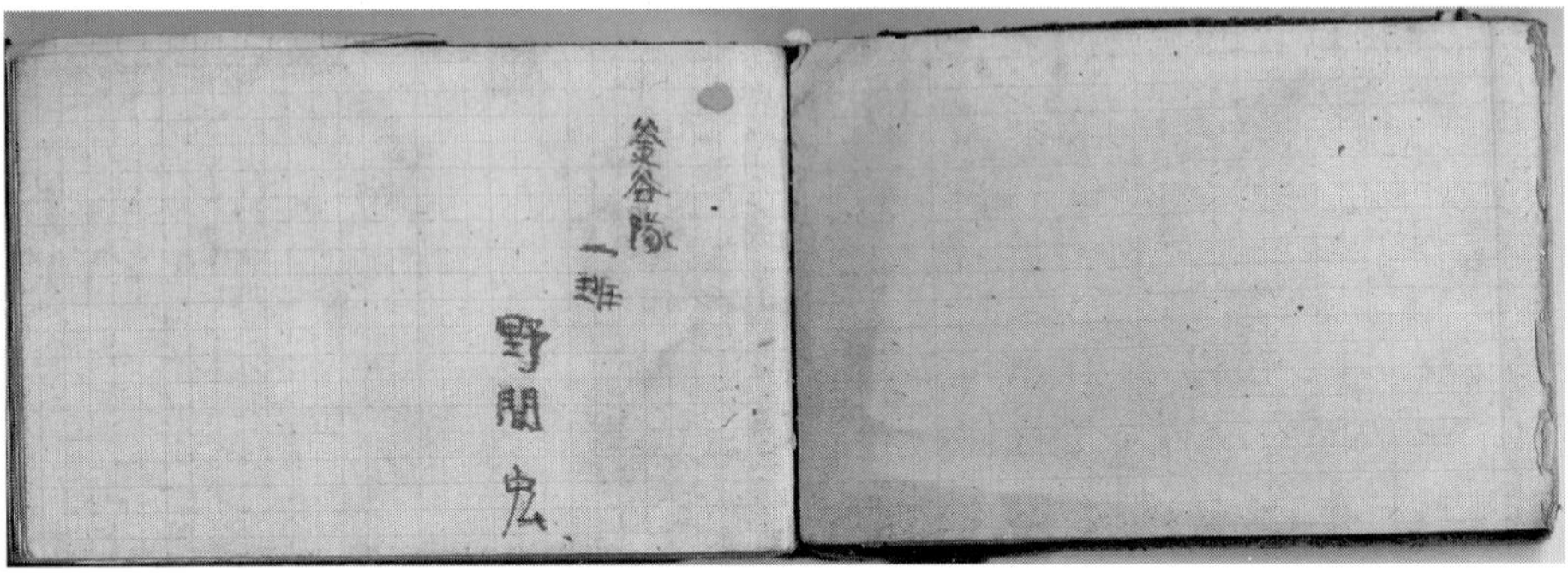
一班
野間宏

(下村への手紙の一節)

今日は久しぶりで、今後、自分が生きて行かうとする道を考へた。そして君の顔にぶつかつた。じつに懐しいあの顔、だと僕は思つた。僕はどうかして何か聲に立ててこの顔のことを言ひたくなつた。(こんなことを君への手紙に直接にかくことは君を恥しい思ひにさせるだらうが、今日は辛抱してほしい。)ほんとうに今日、僕の生きる生き方を考へ始めたとき、やはり、又、君のこの顔の形が浮んで来る、浮んでくるといふよりも、僕の心や身体の奥底から、一つの思想が出てくるやうに(それよりも、もつと、ぢかに、君と僕との地獄的なつながりがそこにあつて、その層を通つて、僕の生命の動きが君を呼びよせるのだ。)僕の胸の上に載つて来るといふことが僕をうれしくさせた。僕は又、君がやつてきて、僕を正しい方へ向けてくれると感じた。それから、僕は京都のあのおばあさんの下宿(君のゐた)の集りや、苦樂園の楽しかつた集りなどを思ひ出した。そして君へ手紙を書かなくてはならない、そして、この手紙を僕の一歩前進の鍵にしなければならないと考へた。

僕はいま自分が全く子供のやうに何ももたず、世の中に生れてきたと考へねばならないやうに思ふ。自分は、いま生れたばかりのものであり、今こそほんとうの新な自分の道をさぐりあてねばならないところに自分が放り出されてゐるやうに思ふ。

長い間制限された場にあつて、全く反省といふものを持て得なかつた僕も、やうやく余裕をもつことができる身となつた。これは兵隊としては誠に残念な身であるが、できる限りこの余裕は生かされねばならないと考へる。そして僕はやうやく大東亜戦争について考へ、又考へをまとめるきつかけをもつことができた。僕は大東亜戦争を考へ、支那事変が大東亜戦争に発展する筋道を考へ、支那事変の段階に於て生きてゐた自分の視野が余りにも狭く、又余りにも偏つたものであつたことを知つた。僕は對米戦勃発当時の自分の戦争理解の低さを感じた。そして自分の深部で一つの抵抗を感じた。(あの意識での抵抗感

である。そして身がそこから一歩でようとする感じを持つまでには、二、三月かかつた。それは戦争の形態・規模・質・量(地域)などを考へ、この戦争の巨大な底部にまで降りることができたときやつと感じることができたのである。戦争の底部を考へ、大東亜戦争の大東亜を考へ、自分がこれまで生きてきた生き方が、この大東亜に根をとどかせてゐないといふことを考へたとき、やうやく、自分は新しい生き方を考へる緒を得たのである。(マニラ、平田病院)

Tut Avenue

自然の歩みをわが裏側に。(裏側にもつ土民民族)

自然へ出なければならない、そして庶民へ。

八月二十一日

高雄着午後六時二十分。台湾ジャンク(驟雨)後の日照りの中に明るく、すずしい。数知れぬ帆船が箇そこのみ暮れ切らぬ海に面した空の下に、悠々として動かない。港の街の灯がきらきらし始め、夜は涼しい。

八月二十二日

六時半起床。さわやかな身体のしんのしつかり立て直るやうな感じ。

日本人はやはりかうした気候の下でないと、日本人にかへれぬ。

風土が人間の中に生きてゐることを強く感じる。

メキシコ山中で灯を書いたロレンスのことを考へ、「俺はロウレンスではない」と繰返し思つた。

俺はロレンスではない、そして芙美子のことを思ふ。如何なる言葉でこのとき魂に物言へばいいのか。自分の全身を一つの祈りの言葉とし、宇宙の眼へ(その言葉を)求めねばならぬ。

言葉と肉体。

言葉を塗れる肉体。美しき言葉を塗れる肉体。

美しき魂。銀の(銀のピカピカ)空の魂。

便通なし。脈76。血沈12。 結核反應 1×1

高雄市 台南陸軍病院高雄第二分院 内科第二病棟 五号室

御葉書、御手紙有難うございました。ほんとうに御手紙など頂けると空想もしてゐなかった上に、あのやうな心の籠った御便りを頂き、心にしみとほるものを感じます。その上、僕自身、新な出発を考へ直してゐるとき、先生のこの御手紙が、僕の体内の動きを一歩前へつき出して、どうしてもあともどりできぬやうにしてしまったやうに感じます。先生が確乎として、体全体を乗り出して行かれる有様が、如何にも明るく、どうかして、その姿に踊らなければならないと思ひ始めます。何か大道の明りが（眞直く立つ）僕にもさしてくるやうです。

戦斗はじつに烈しいものであり、自分の身の底まで、それがきましたが、いまはそれも去り、雨期に入った比島は、雨の中で涼しくそれがすぎると、むし暑さがつづき、少しぼんやりした頭のままにすごしてゐます。夜は蛍、蛙、とかげが鳴きつづけます。椰子の葉の真上に南十字星が静かに動いてゐます。既に新聞で御存知のことと思ひますが、物資問題、作物転換問題等の経済上の二つの大きな問題、人心の平安のための慰楽工作、言語を中心とする教育問題等の文化上の二つの大きな問題解決に、すべての力が集中されて、それぞれの部署に異常な努力を要求してゐます。（大きな動作をもつやうに）

（於 マニラ平国病院、八月）

八月二十三日

自分は魂といふ考へ方を全然知らなかったやうに思ふ。それ故自分の肉体の考へ方も抽象的（悪い意味での）である。魂とは肉体と精神の一致の上に於ける一つの高度な人間的全体とでも言はなければならないのではないかと思ふ。

ロレンスも中途であり、トルストイ又中途である。英米人の心の輝きが、――それは肉体から直接放射されるのではなく、一度肉体の光を消されて媒介的に放たれる。しかも、その場合は、心の奥底の哀しめるやうな微笑めるやうな、かすかに動くところに、深い深度をもった動きがあるやうに思へる。そこであるが――いま、ひそやかくそれを自分に知らせてくれる。この女の哀切な心の限りなさが、自分を、いままでは、自分の心をつつむやうにする。この心の（言はば）が、朝の天をまねく（ふるはす）、哀しくする（そめる）。

それは「あび」でもなく、「もののあはれ」でもなく、哀切なふるへる心である。にじみとほる心と肉体である。世界が哀切であり、人間が哀切であるといふふる、へ、である。

小さくなることを用心せよ。

自然に戴る心。戴り行く自然。

夜蛙が一面に泣く。

朝、換便。

血圧 124、70

八月二十四日

萬葉以前の裸の歌。自分等が、青年時代この裸を持たなかったことを考へなければならない。日本武尊の歌心。

自分の生活観が変ってきてゐるのを感じ、しかもその変化がまだ確然とした形をもってきてゐないと考へると、それがどう変って行くか、しばらく放って置かなければならないと思ふ。それと共に、自分の詩の心も又変ってきてゐるやうである。その方向

・肉体的宇宙

ゲーテ、リルケ、ゲオルゲ、ダンヌンチオ。

哀切、魂の追求。内容の

魂の年代。

しかし、自分はまだ、ゲーテ的宇宙観を通りつくしたとは言へず、今後せけてゲーテ的拡大を通りつつ、ゲーテ族の非ヨーロッパ的ヨーロッパを自分のものと

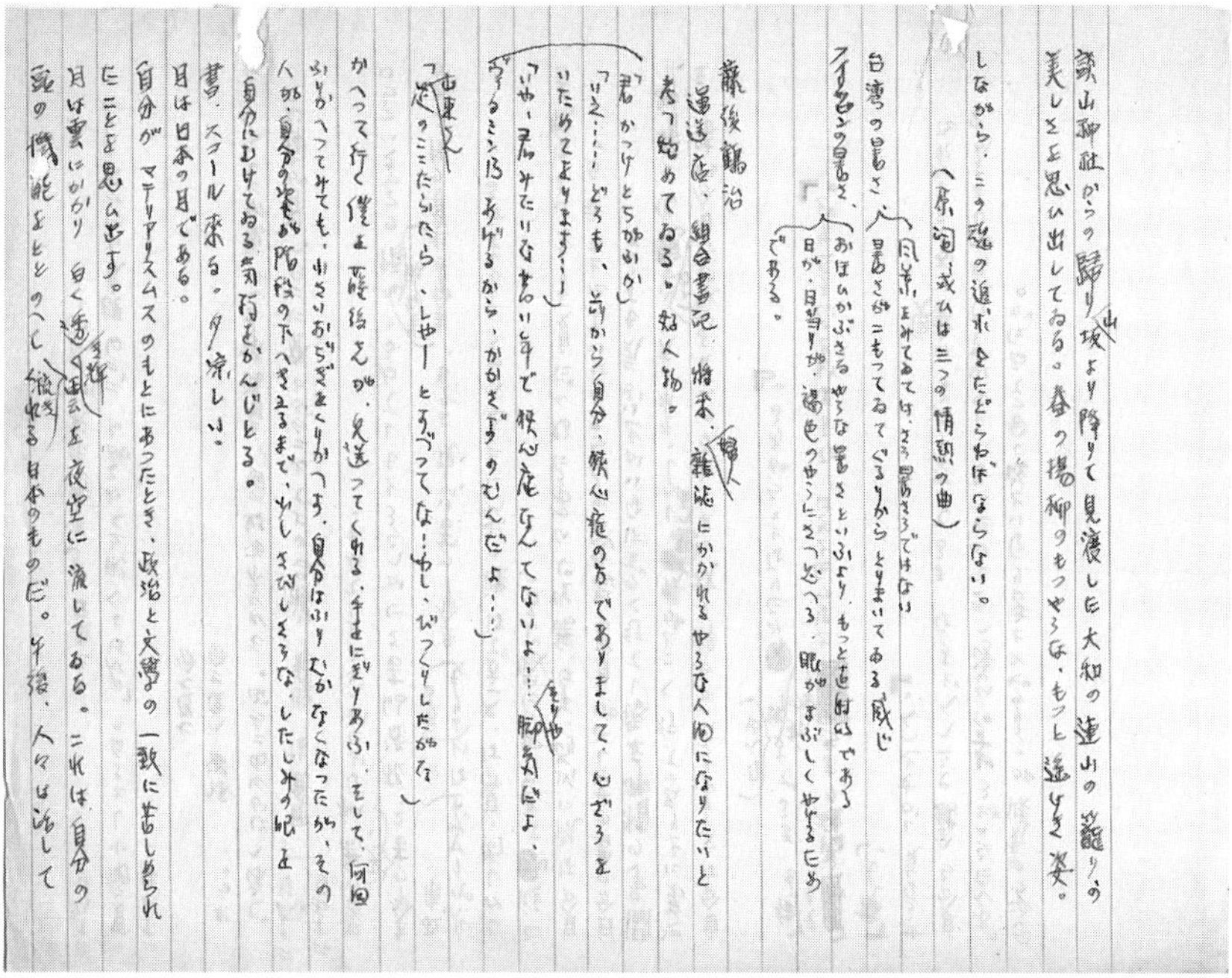

剣山神社からの帰り坂より降りて見渡した大和の連山の麗りの美しさを思ひ出してゐる。春の楊柳のもつやうな、もつと遥けき姿。

しながら、この魂の追求をたどらねばならない。

（原詞或ひは二つの情熱の曲）

台湾の暑さ、凡ゆるものを煮てゐるけ、さう暑さではない　暑さがこもつてゐてぐるりからとりまいてゐる感じ

フィリピンの暑さ、おほひかぶさるやうな暑さといふより、もつと直射的である　日が、日当りが、褐色の中にきつく迫つてくる、眼がまぶしくなるためである。

甑後鶴治

運送店、組合書記、将来、雑誌にかかれるやうな人間になりたいと考へ始めてゐる。好人物。

「君かつけとらがいか」

「いえ……どうも、前から自分、狭心症の方でありまして、心ぞうをいためてをります……」

「いや、君みたいな若い年で狭心症なんてないよ……脚気だよ、

ずるさん乃あげるから、かわいそうなもんだよ……」

「ここにたらたら、しゃーとすづつてな……わし、びつくりしたがな」

かへつて行く僕を藤後君が、見送つてくれる。手すりによりかかつて、そして、何回ふりかへつてみても、小さいおじぎをくりかへす。自分はふりむかなくなつたが、その人が、自分の姿が階段の下へきえるまで、わびしさうな、したしみの眼を自分にむけてゐる気配をかんじとる。

書、スコール来る。夕涼しい。

月は日本の月である。

自分がマテリアリズムのもとにあつたとき、政治と文学の一致に苦しめられたことを思ひ出す。

月は雲にかかり白く透る輝を夜空に流してゐる。これは自分の琴の機能をととのへし、織れる日本のものだ。午後、人々は流して

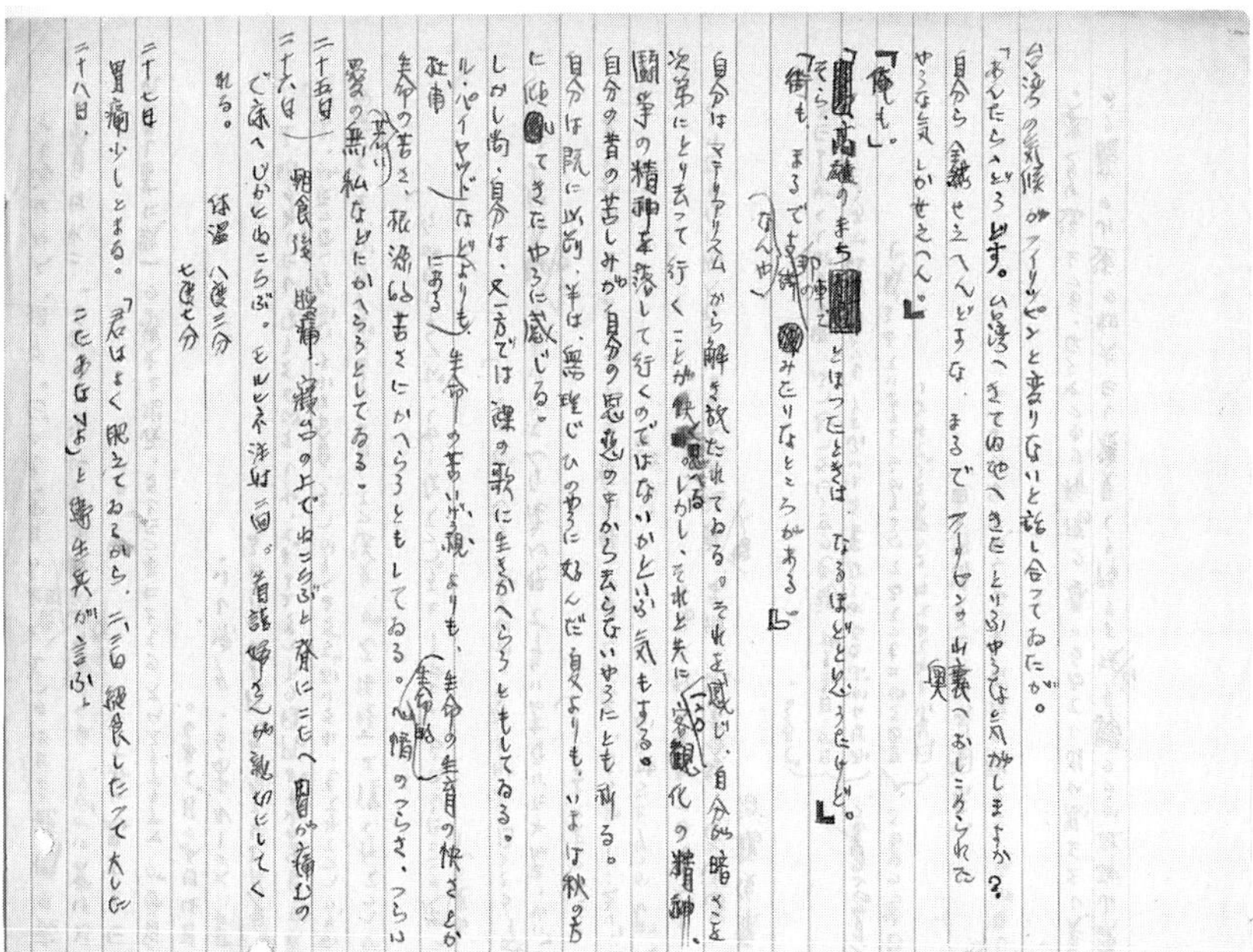

台湾の気候がフィリッピンと変りないと話し合つてゐたが。

「あんたらもさうどす。台湾へきて内地へきたとりふやうな気がしますか？

自分ら全然せえへんどすな。まるでフィリピンの山裏へおしこめられたやうな気しかせえへん」

「俺も」

「[redacted]高雄のまち[redacted]とはつたときは、なるほどと思うたけど」

「そら、街も、まるで支那の田舎みたいなところがある（なんせ）」

自分はマテリアリズムから解き放たれてゐる。それを感じ、自分が暗さを次第にとり去つて行くことが、鉄のごとく思へる。しかし、それと先に一つの客観化の精神、闘争の精神を落して行くのではないかといふ気もする。

自分の昔の苦しみが自分の思想の中から去らないやうだとも祈る。

自分は既に以前、半は無理じひのやうに好んだ夏よりも、いまは秋の方に順応してきたやうに感じる。

しかし尚、自分は、又一方では課の歌に生きかへらうともしてゐる。ル・パイヤッドなどよりも、生命の苦しい魂よりも、生命の生育の快さとか、生命の苦さ、根源的苦さにかへらうともしてゐる。心情のつらさ、つらい愛の無私などにかへらうとしてゐる。

二十五日

二十六日　朝食後、腹痛。寝台の上でねころぶと背にこたへ、胃が痛むのでベッドへじかにねころぶ。モルヒネ注射二回。看護婦さんが親切にしてくれる。

体温　八度三分
七度七分

二十七日

胃痛少しとまる。「君はよく眠えてゐるから、二、三日経過したつて大したことはないよ」と衛生兵が言ふ。

二十八日、

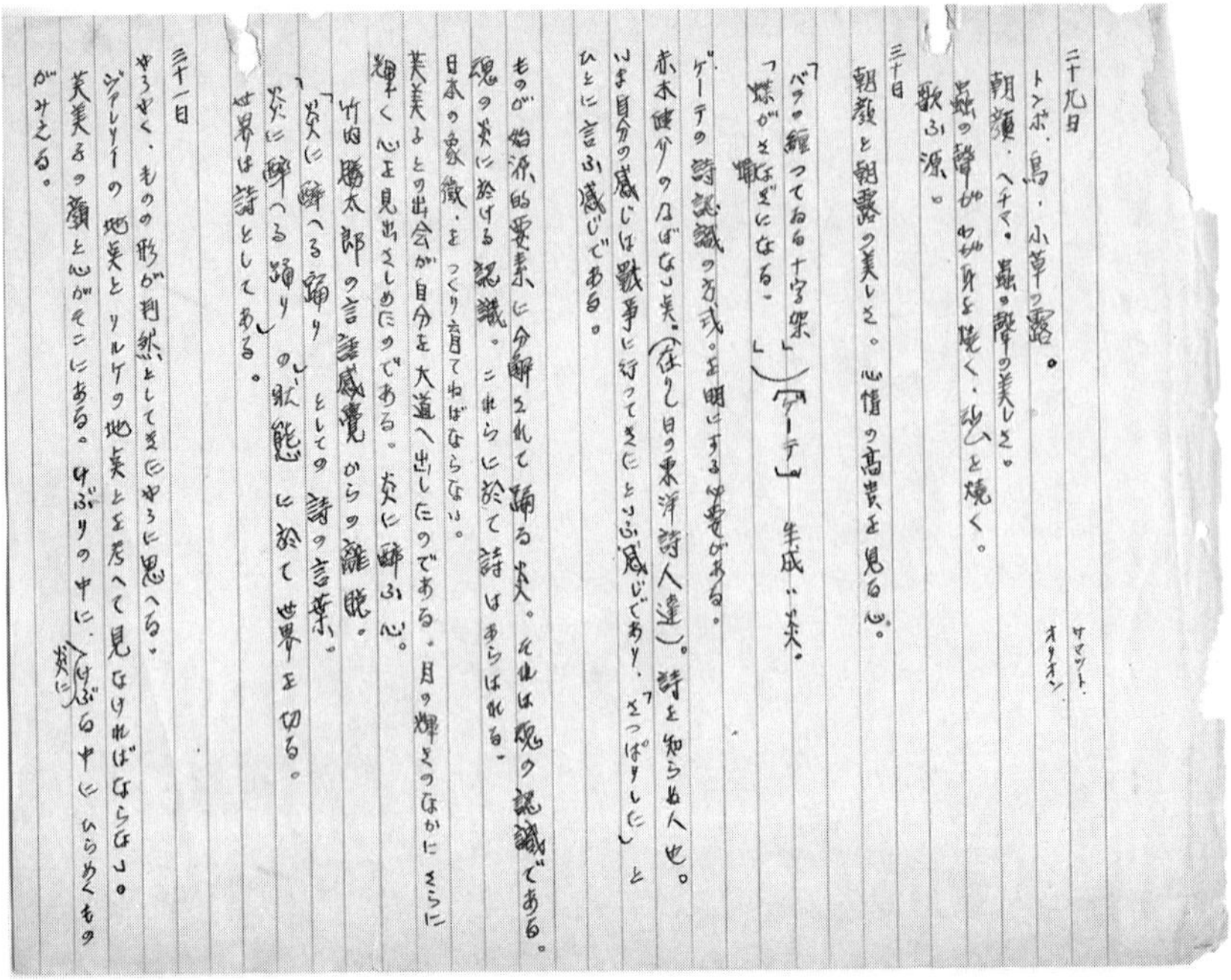

二十九日
トンボ・鳥・小草の露。
朝顔・ヘチマ・蟲の聲の美しさ。
蟲の聲が吾が身を焼く・心を焼く。
歌ふ源。
サマセット．
オリオン
三十日
朝顔と朝露の美しさ。心情の高貴を見る心。
「バラの纏つてゐる十字架」「ゲーテ」 生成い美。
「蝶がさまざまになる。」
ゲーテの詩認識の方式。を明にする必要がある。
赤木健介の及ばない美。（往りし日の東洋詩人達）。詩を知らぬ人也。
いま自分の感じは戦争に行つてきたといふ感じであり、さつぱりした
ひとに言ふ感じである。
ものが始源的要素に分解されて踊る美。それは魂の認識である。
魂の美に於ける認識。これらに於て詩はあらはれる。
日本の象徴。をつくり育てねばならない。
芙美子との出会が自分を大道へ出したのである。月の輝きのなかにさらに
輝く心を見出さしめたのである。炎に酔ふ心。
竹内勝太郎の言葉感覚からの離脱。
「炎に酔へる踊り」としての詩の言葉。
「炎に酔へる踊り」の状態に於て世界を切る。
世界は詩としてある。
三十一日
ゆるやく、ものの形が判然としてきたやうに思へる。
ジァムメの地美とリルケの地美とを考へて見なければならない。
芙美子の顔と心がそこにある。けぶりの中に、炎に けぶる中に ひらめくもの
がみえる。

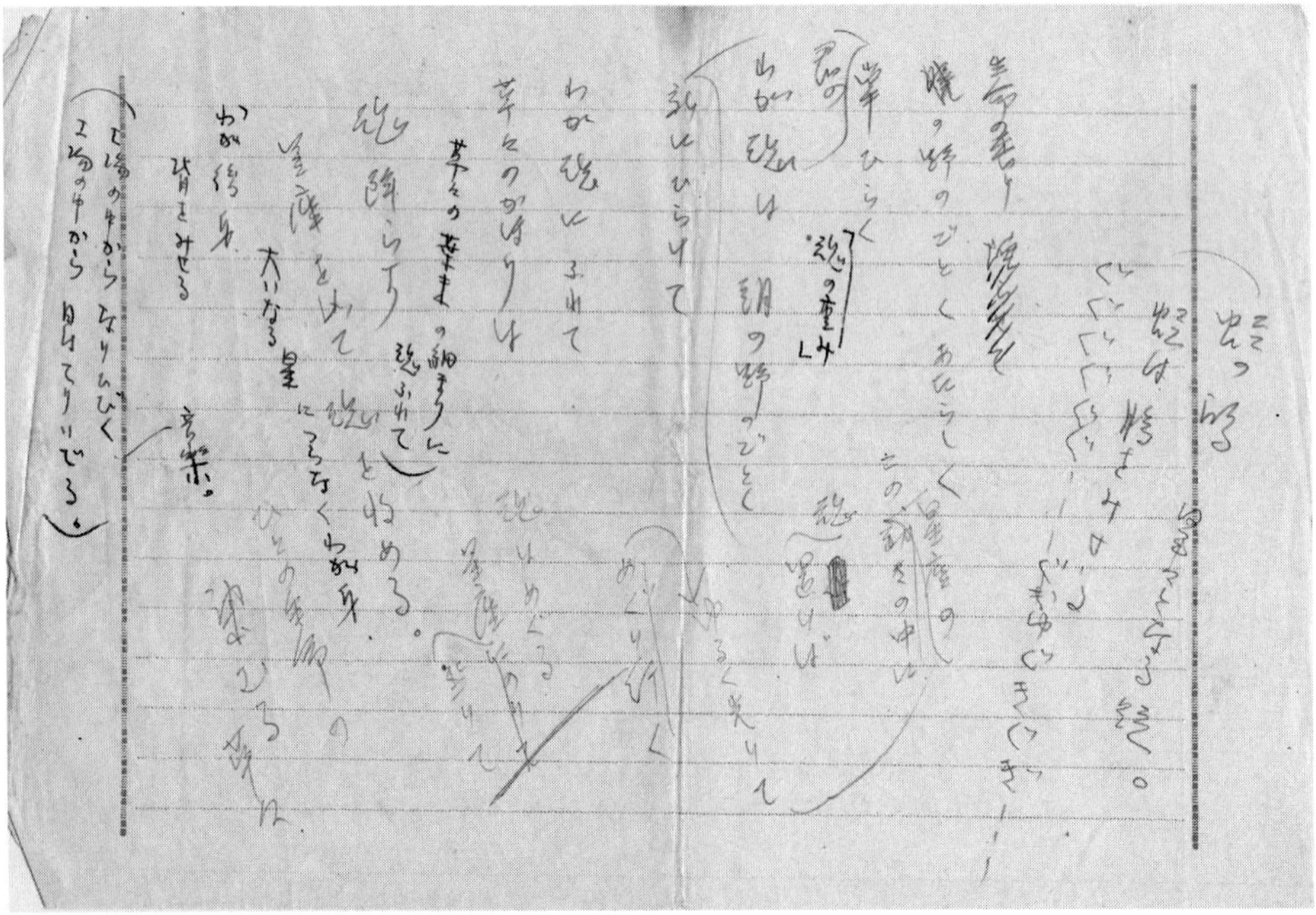

蟲の詩
蟲は 鳴きみな しづかなる聲。
じじじじじじ——— きりきりきり———
生命の音を 焼き
蠟の炬のごとく あからしく 星座の 此の調べの中に
魂ひらく 魂の重み
我の魂 思へば
わが魂は 朝の炬のごとし
魂ひらけて
わが魂に ふれて
草々のかをりよ
草々の葉末の細まりに 魂ふれて
魂降らし 星座を出て 魂を 収める。
大いなる星に ころがく わが身。
わが身 背をみせる
音楽。
土壌の中から なりひびく
土壌の中から 聞えてくる。

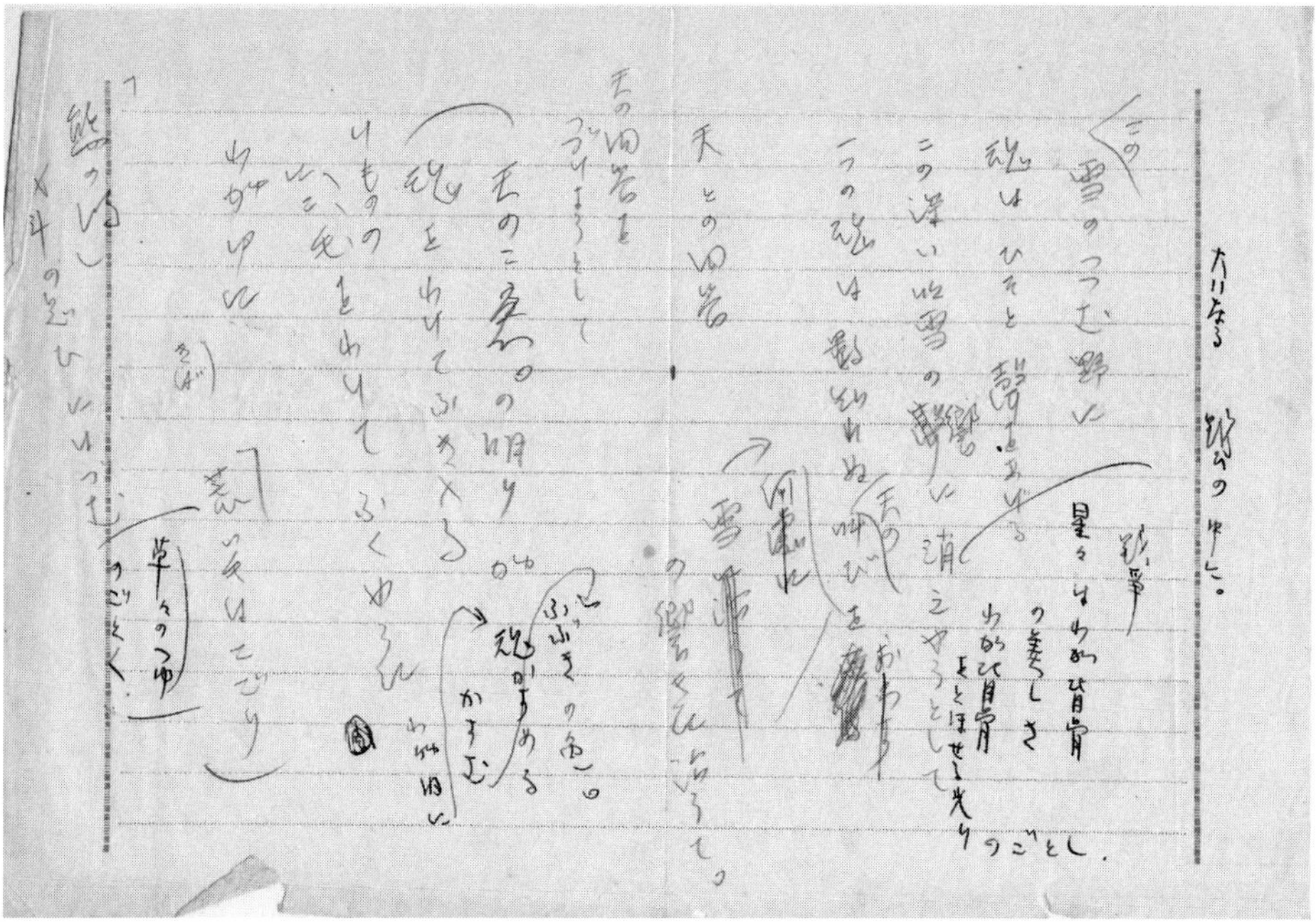
大いなる 静謐の中に。
この雪のつむ野に
天との問答
星々はわが背骨の美しさ

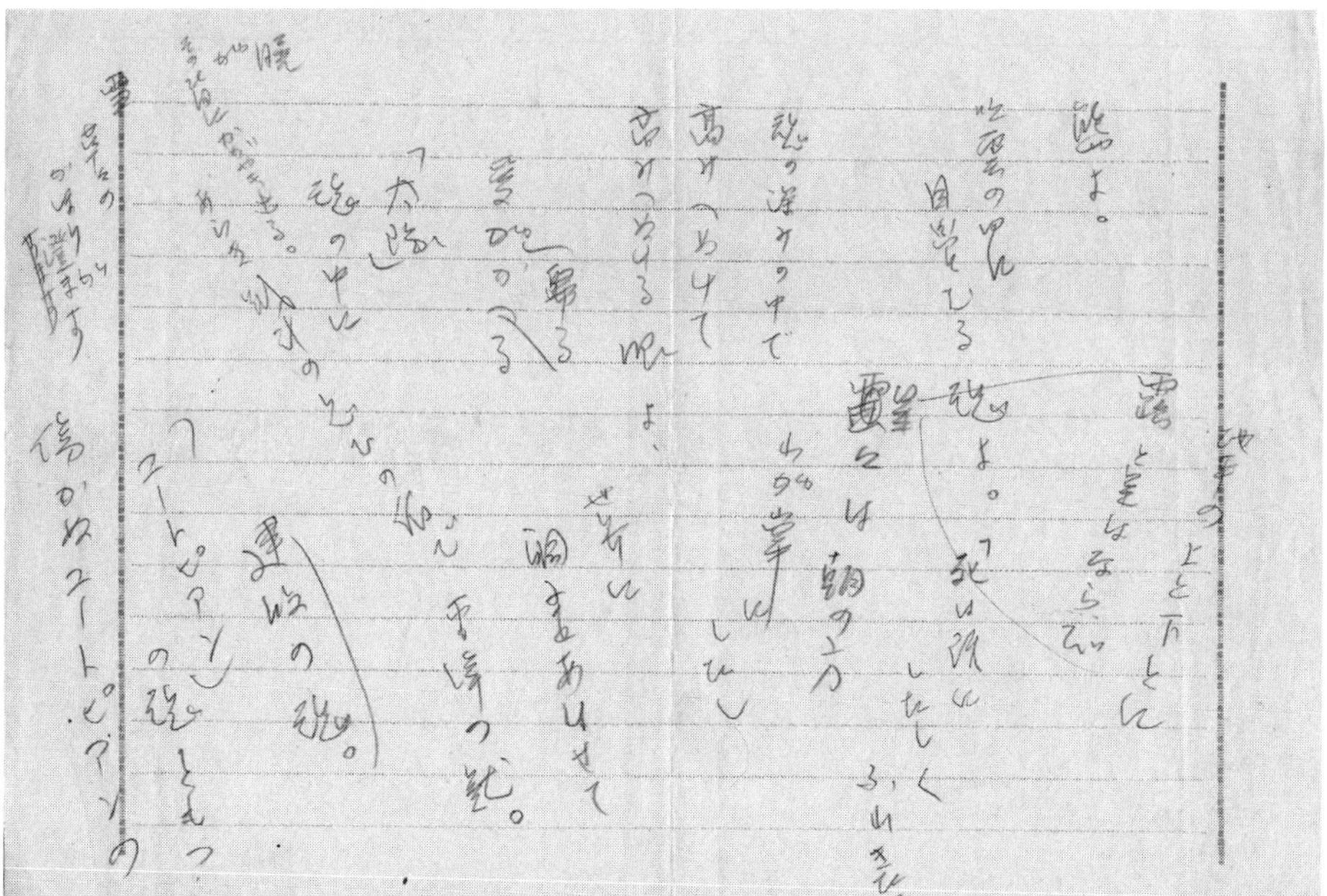

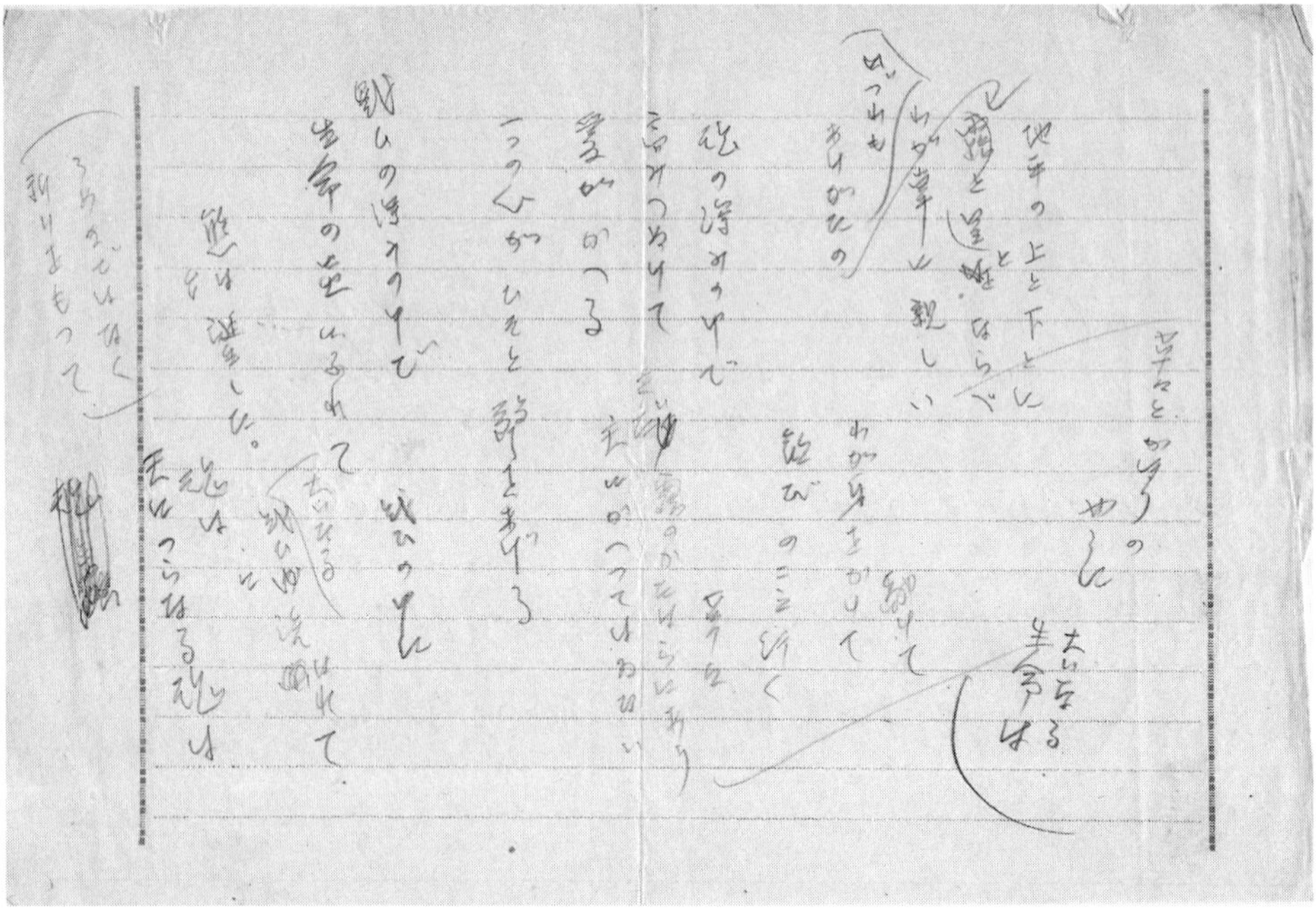

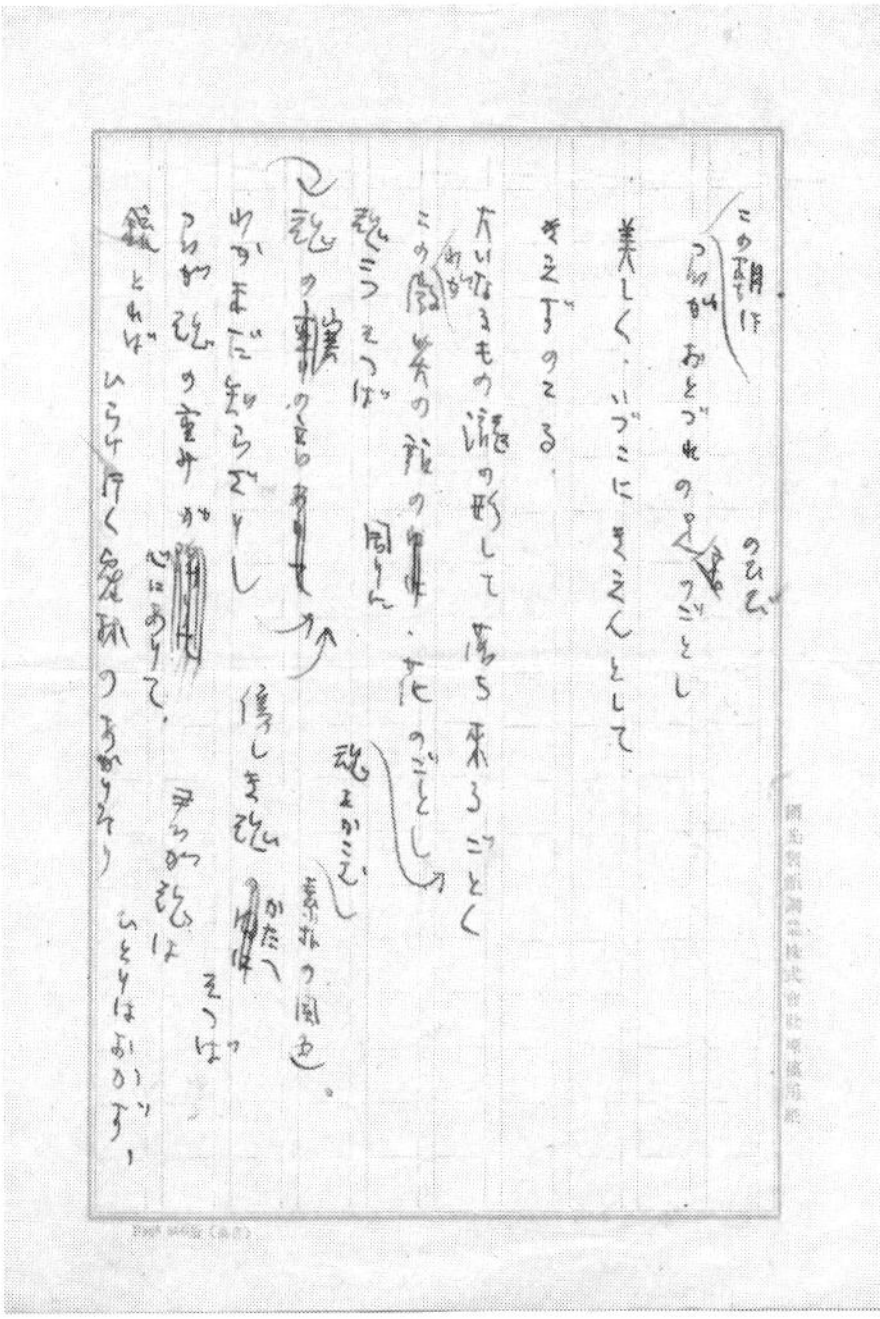

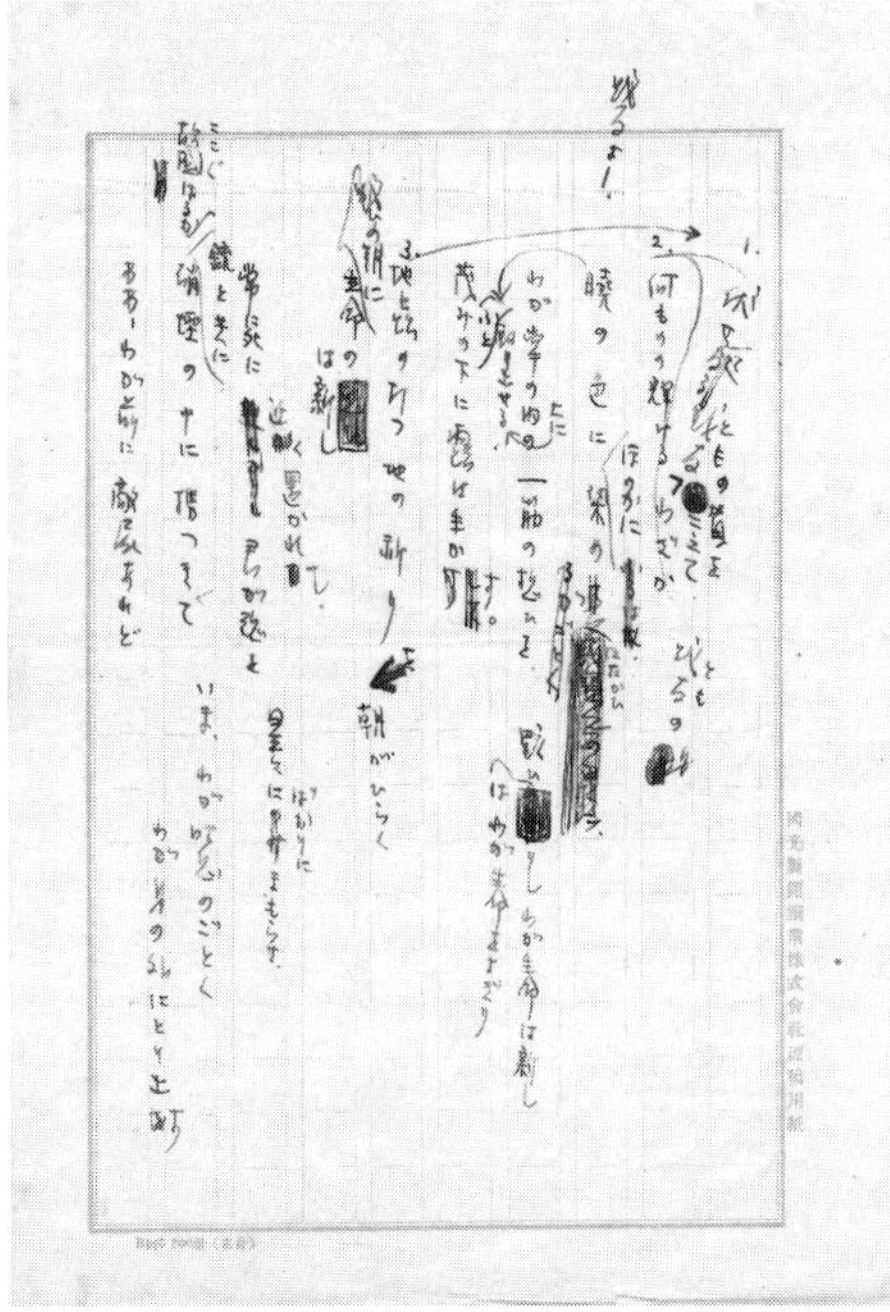

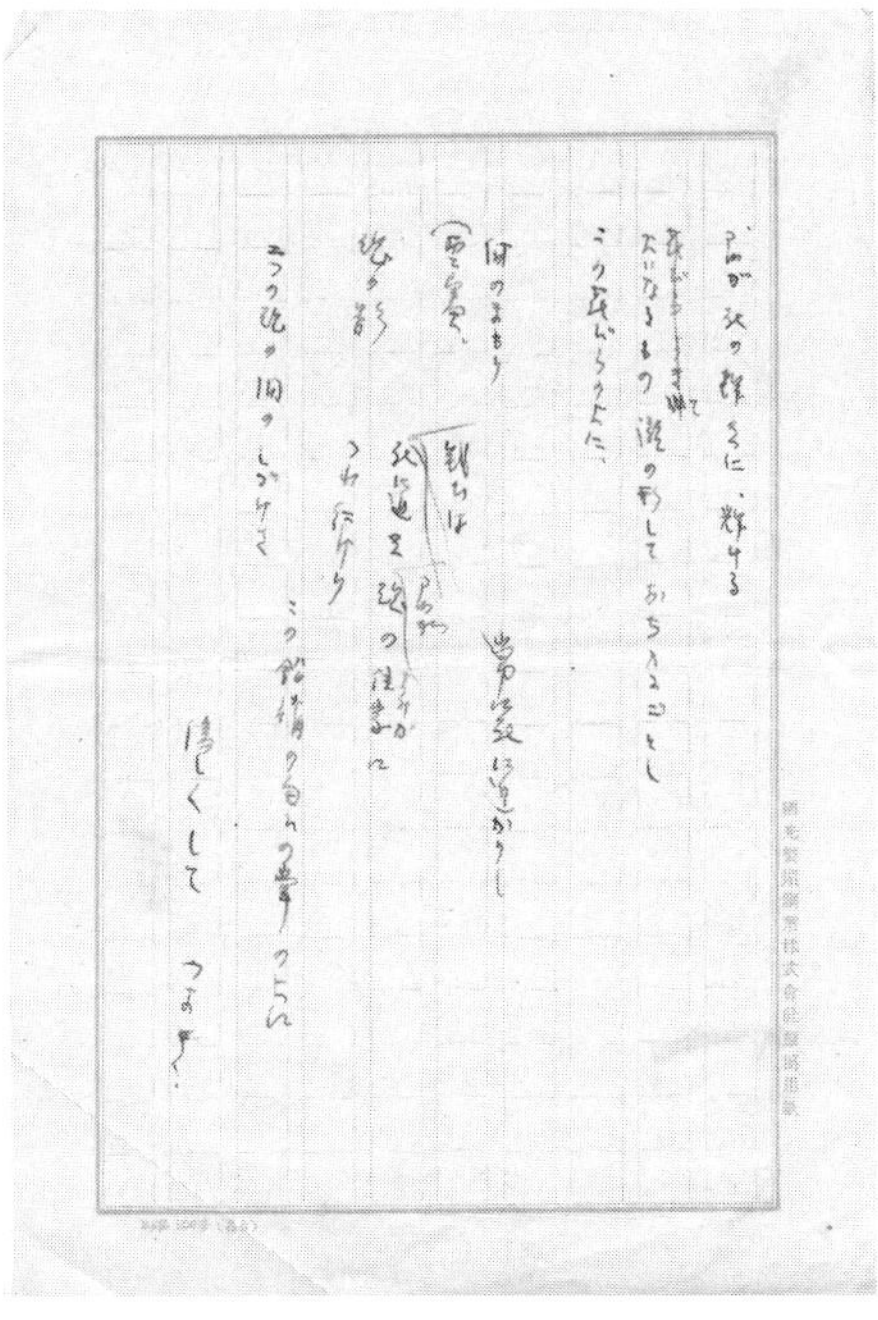

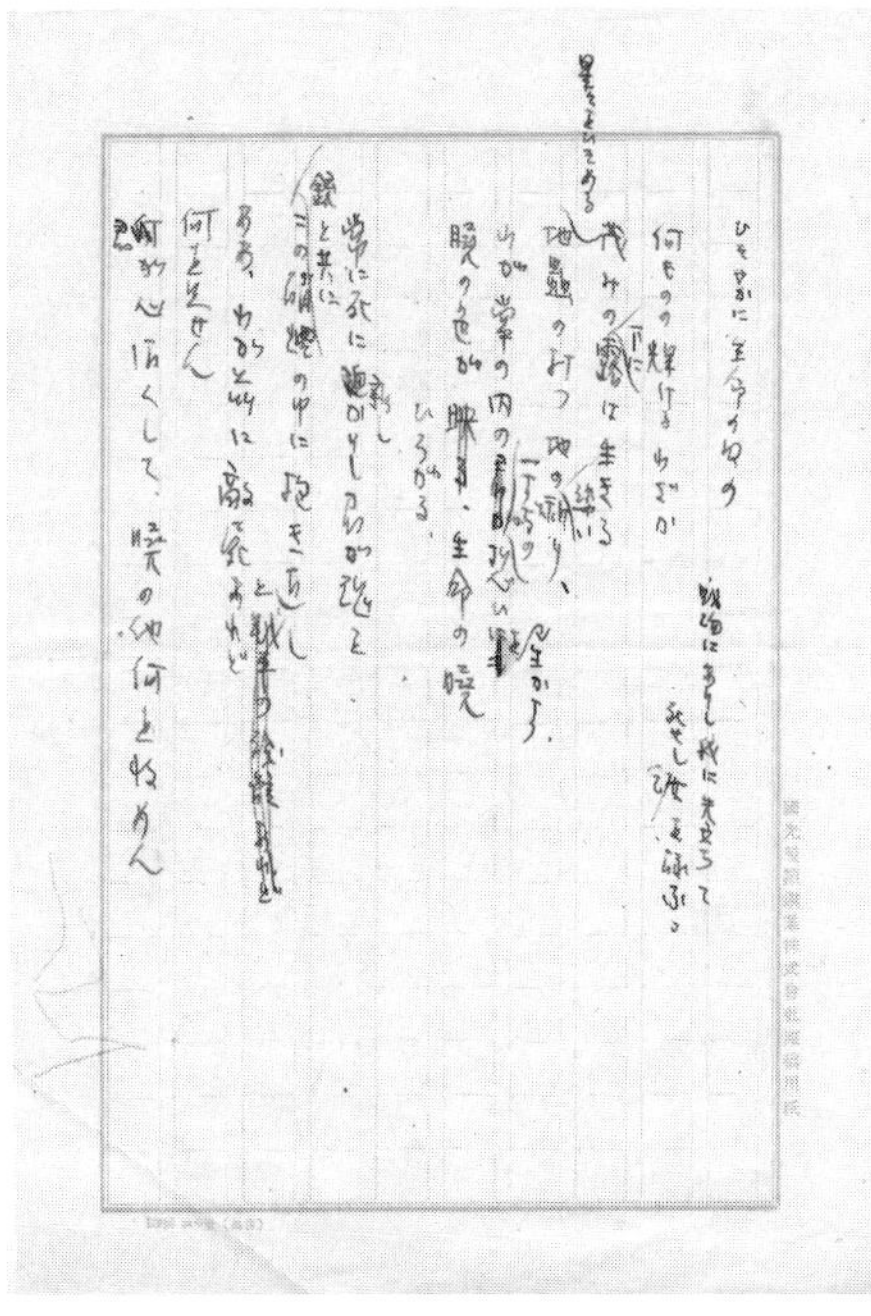

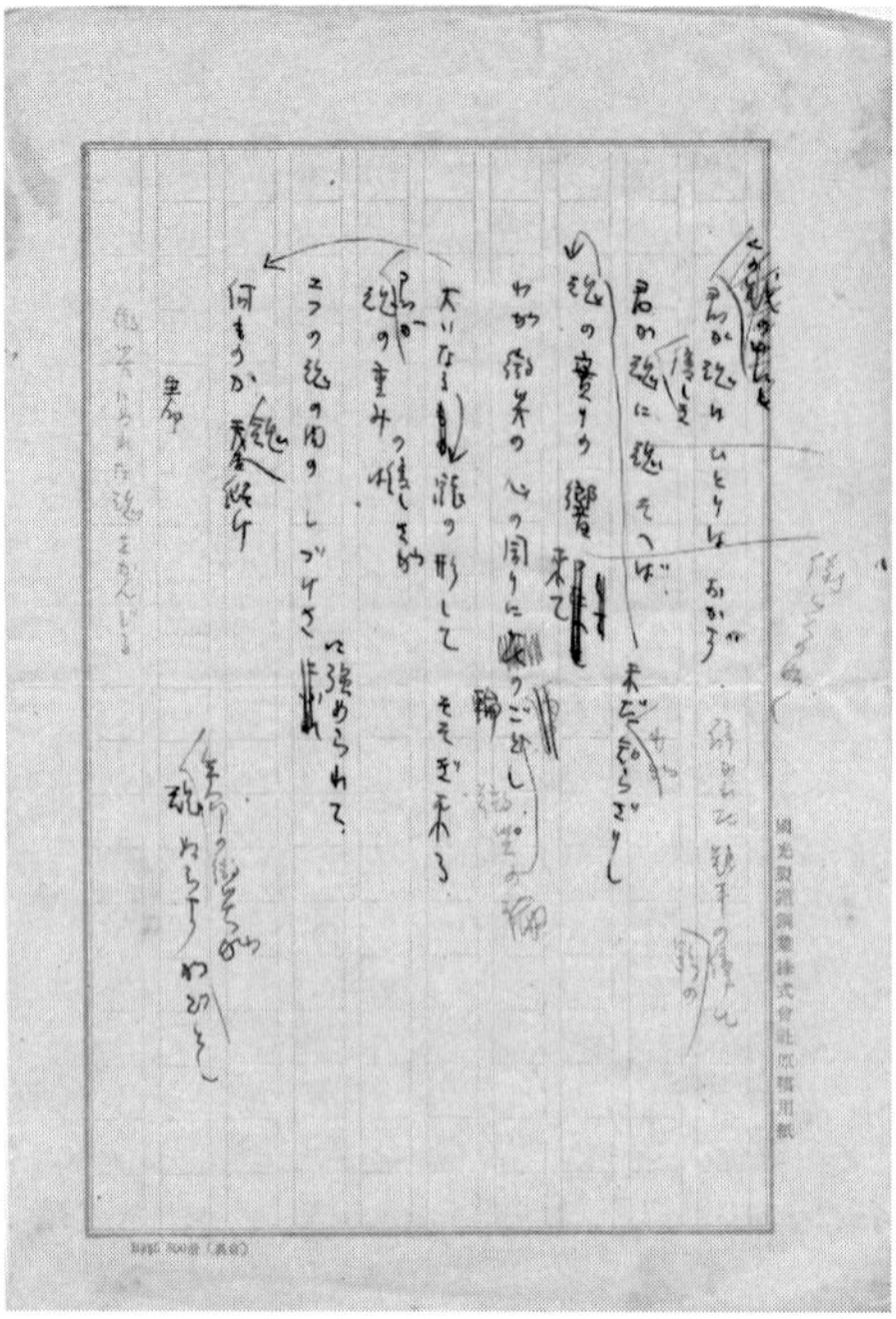

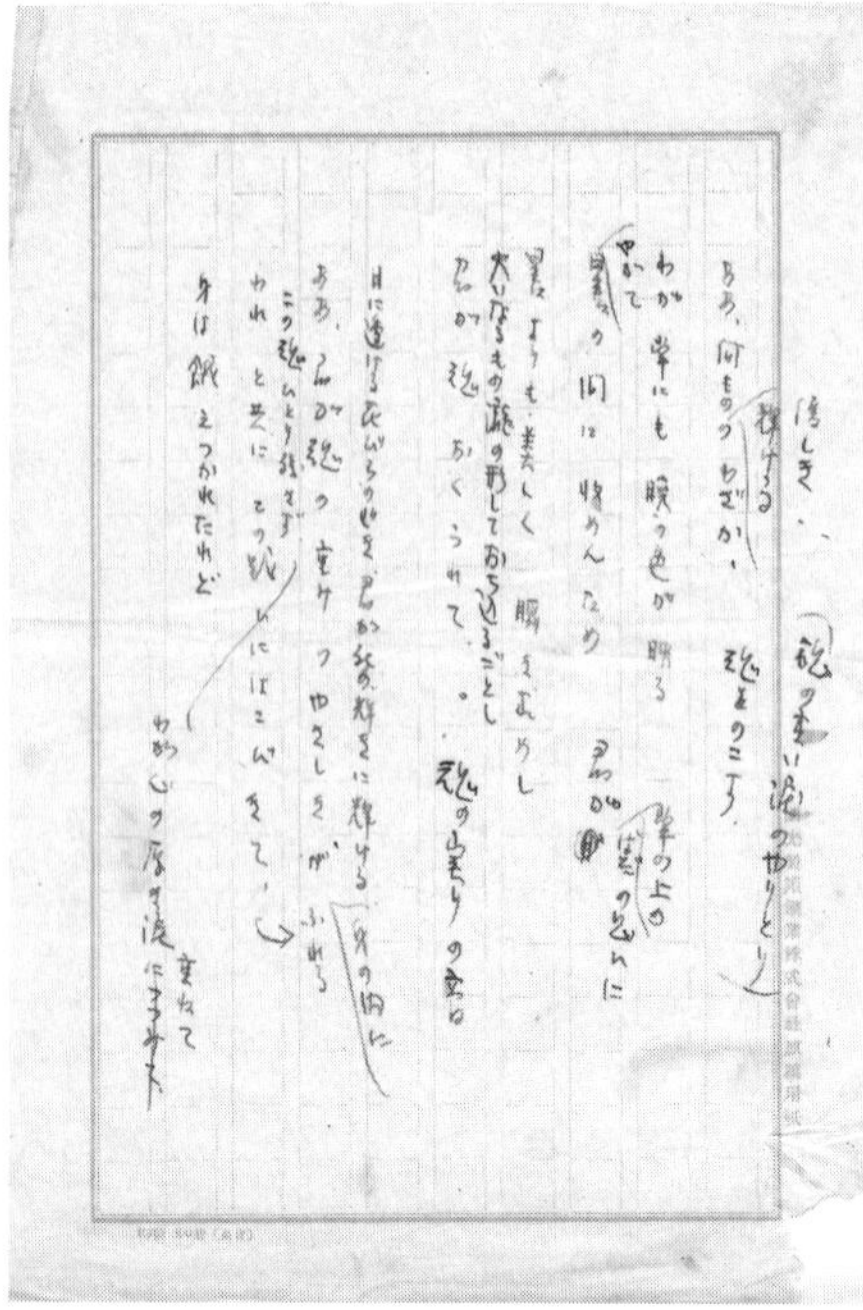

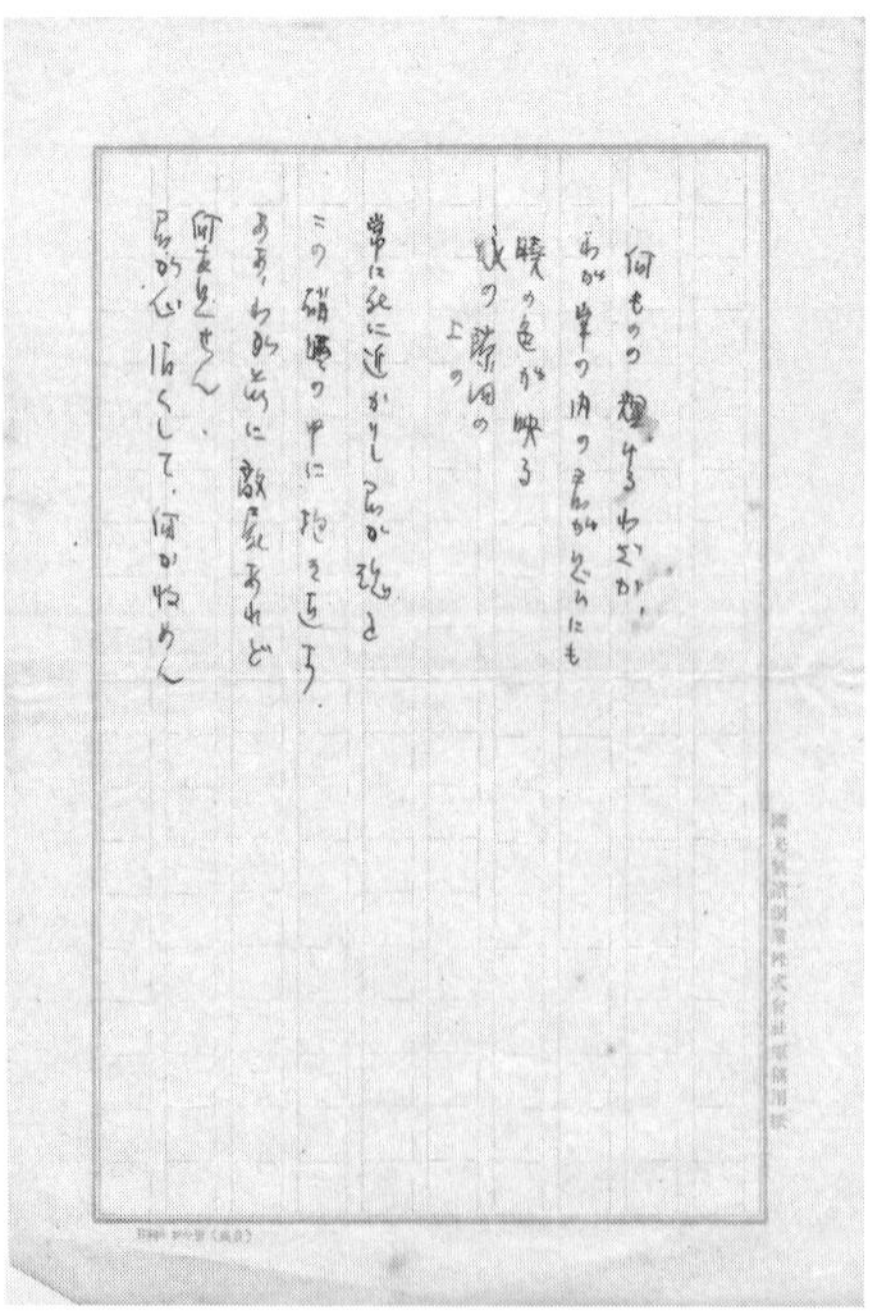

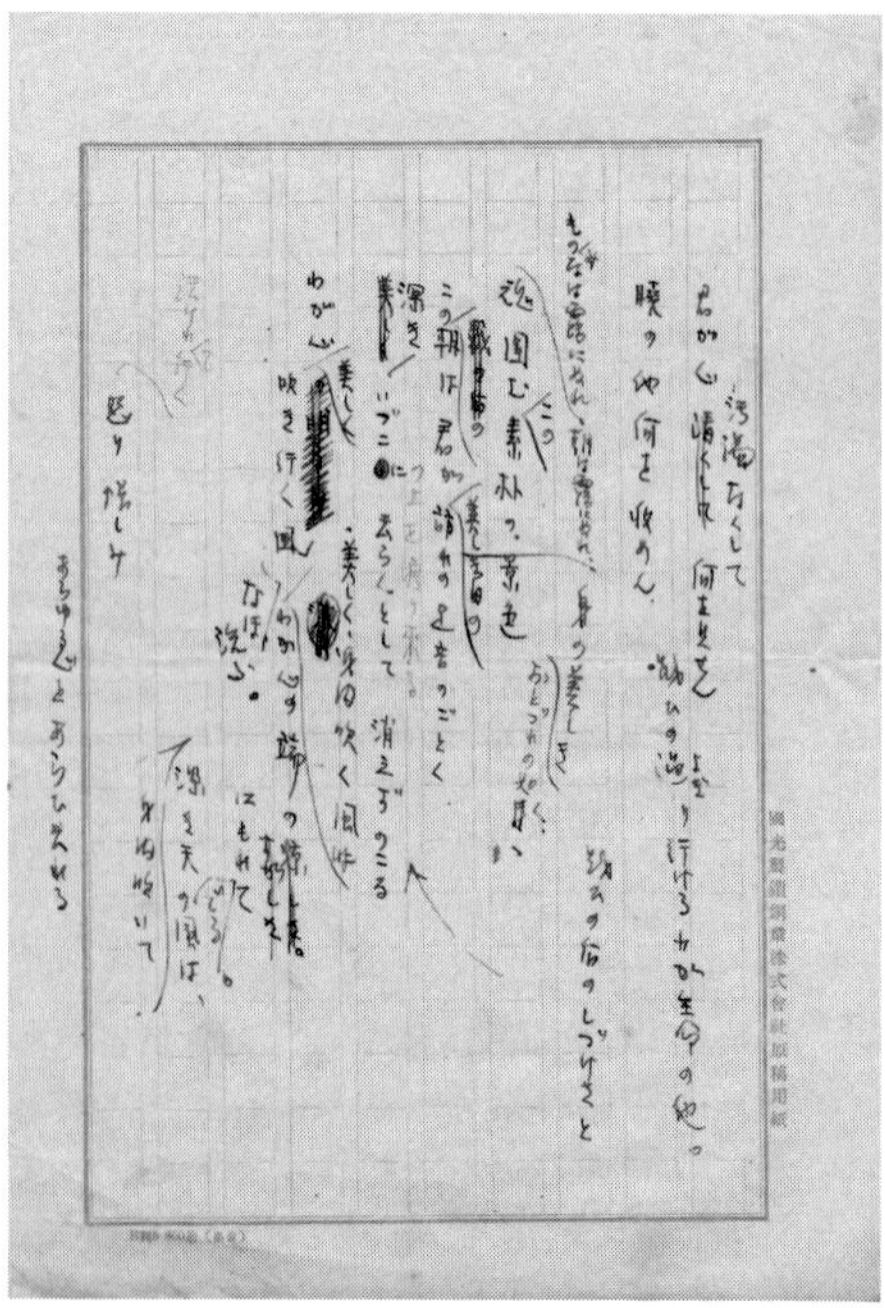

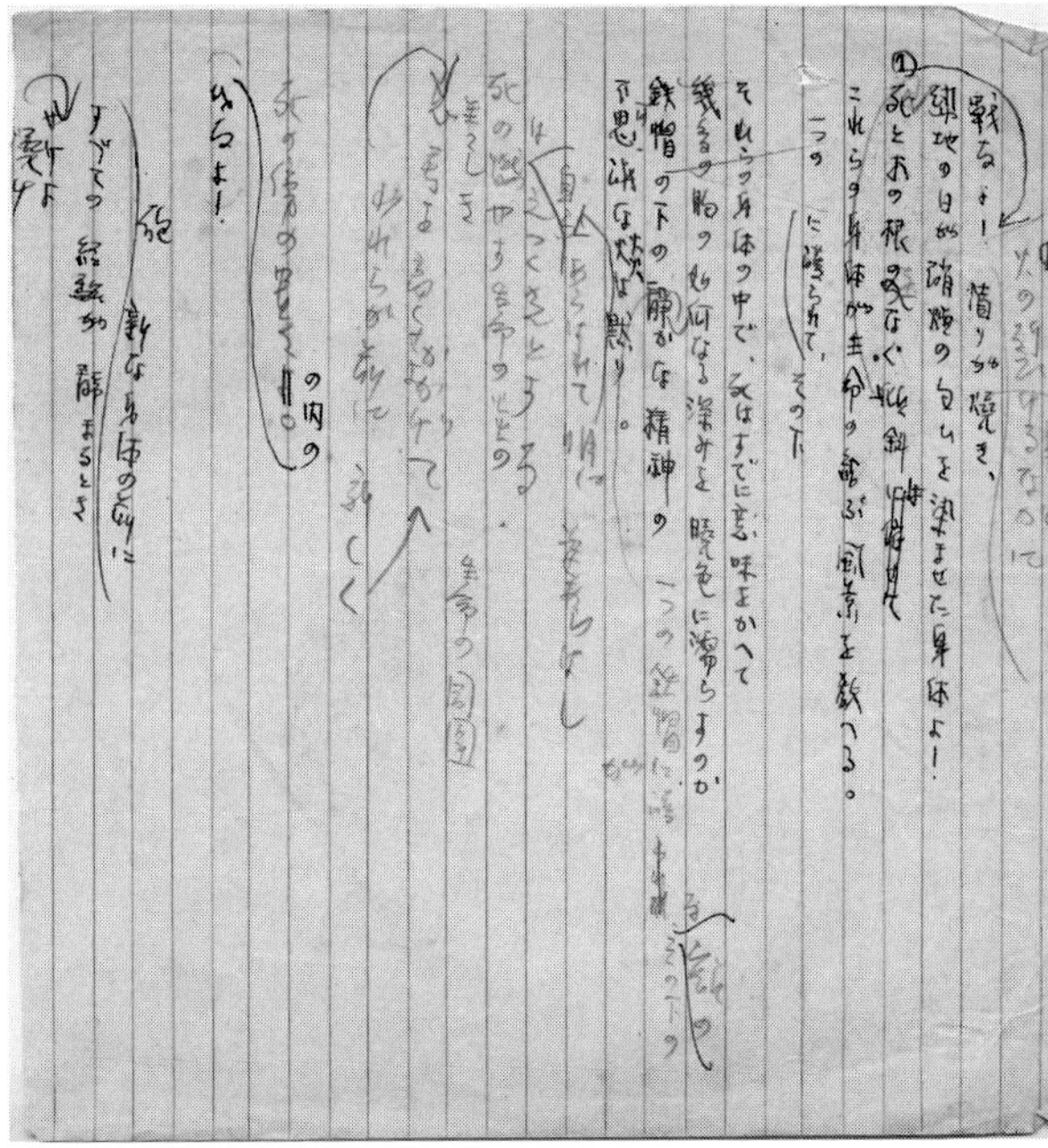

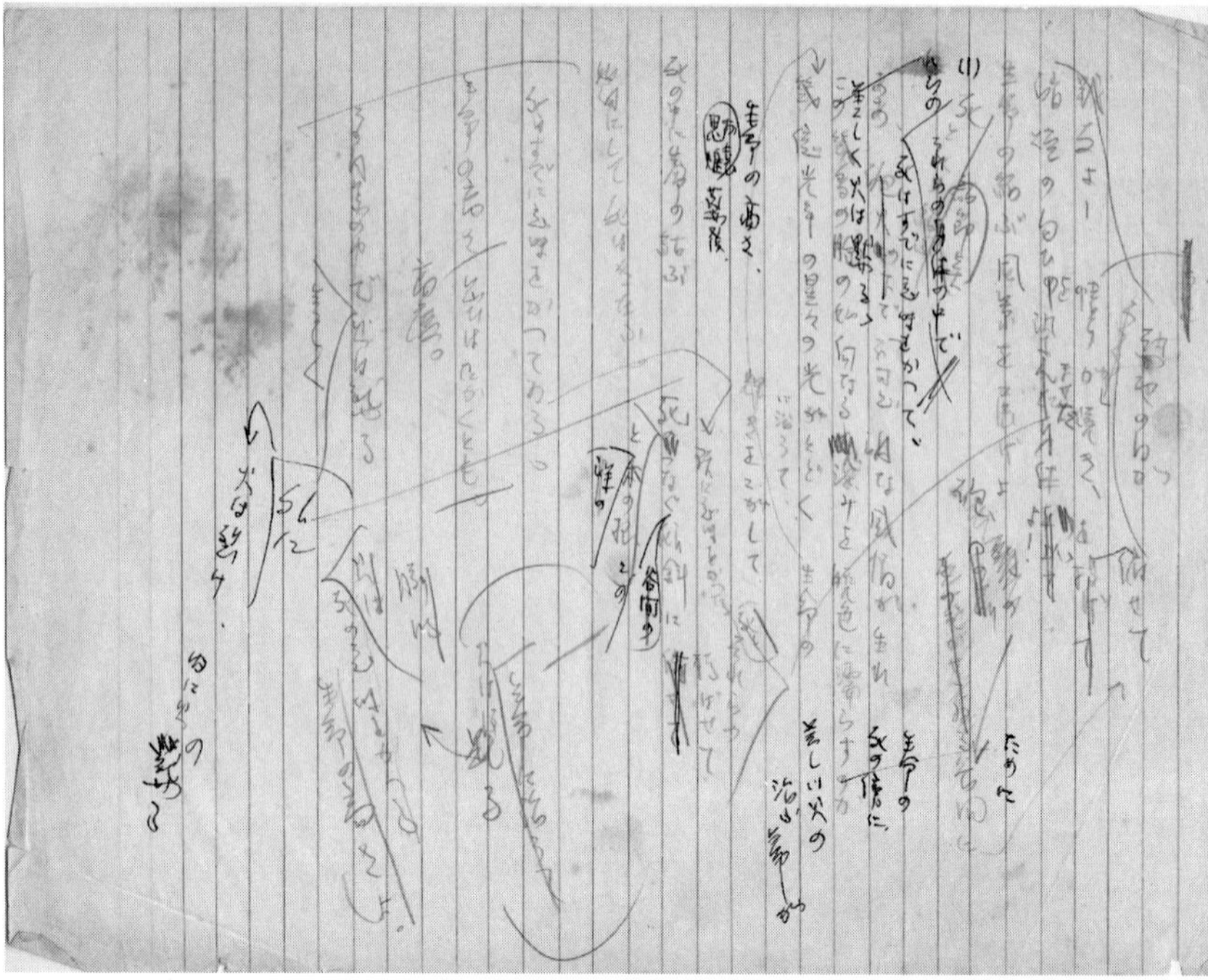

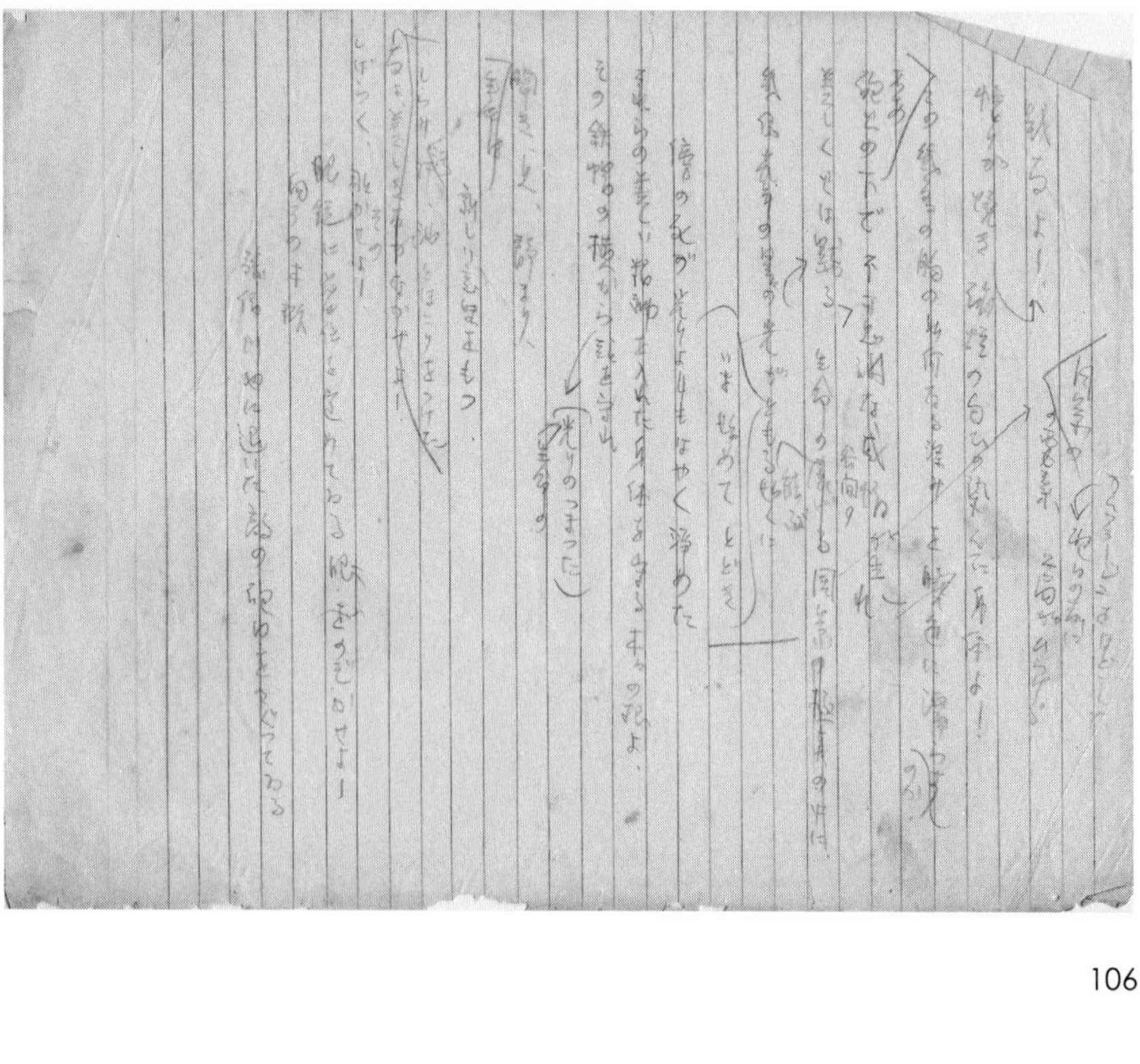

天のとどろきを
怒濤にかへす。
すべてをばらばらにし、
原始元素にかへし、元素は光を放つ塊り。

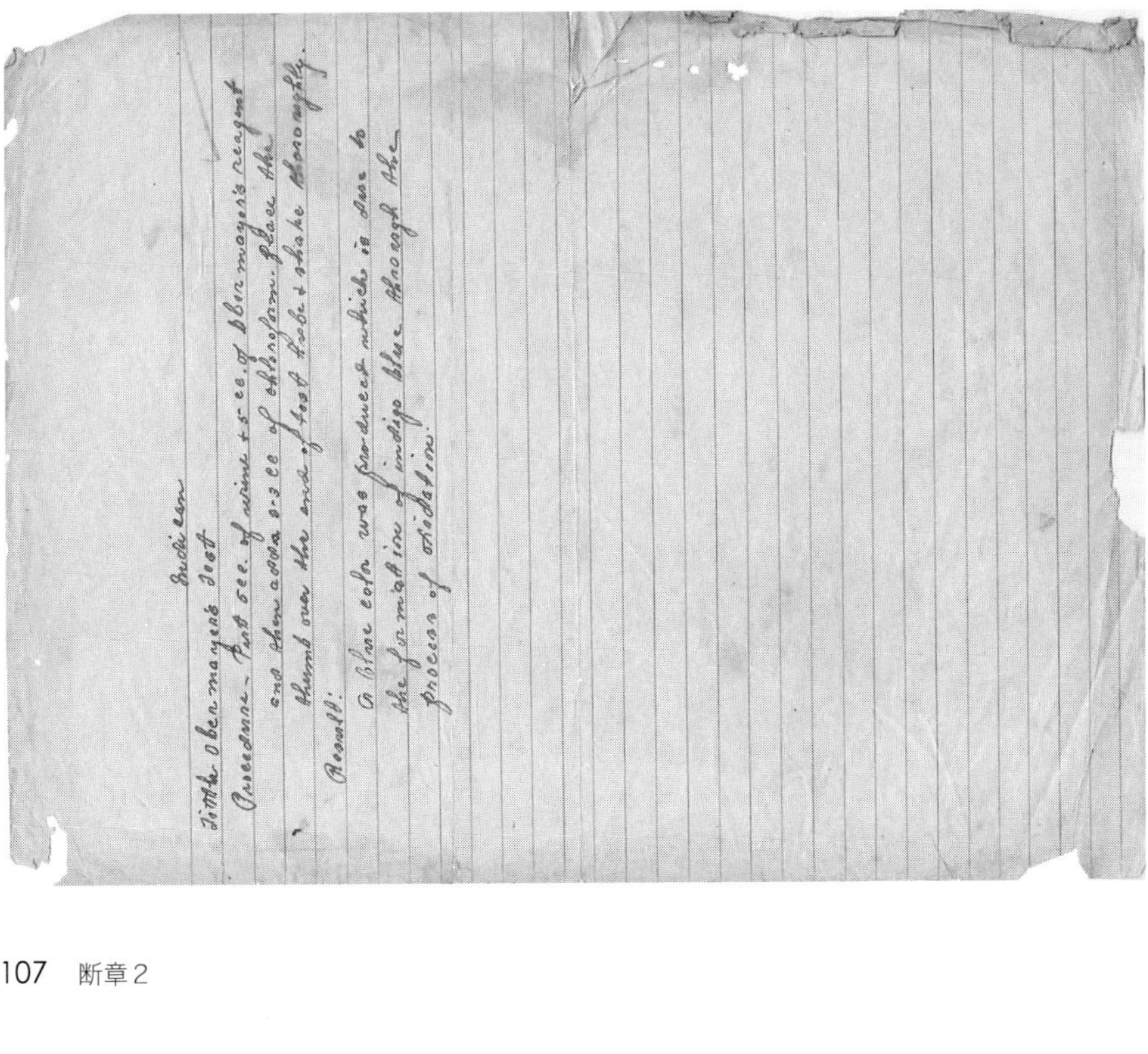
Indican
Test to Obermayer's Test
Procedure - Put 5 cc. of urine + 5 cc. of Obermayer's reagent and then add 2-3 cc of chloroform. Place the thumb over the end of test tube + shake thoroughly.
Result:
A blue color was produced which is due to the formation of indigo blue through the process of oxidation.

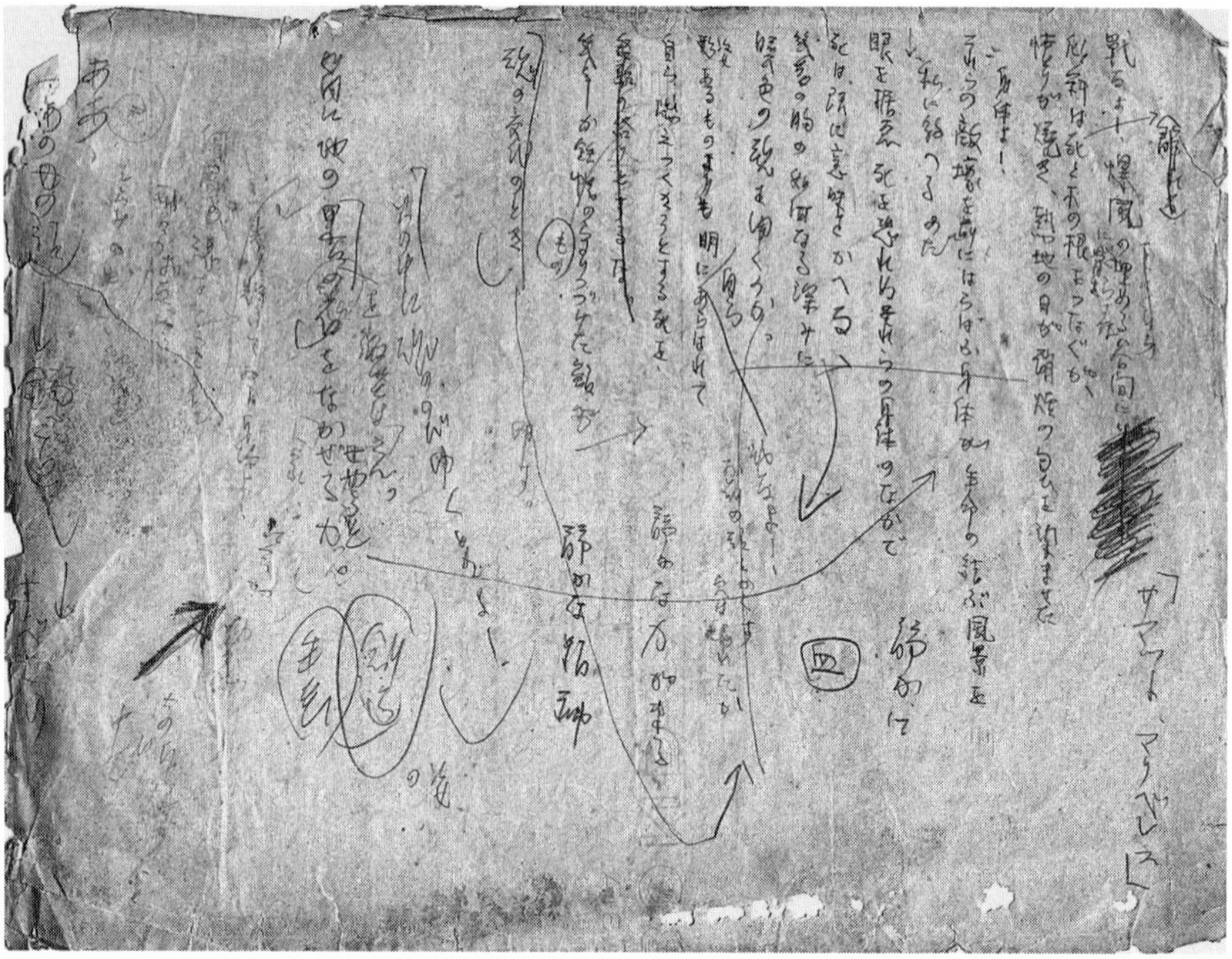

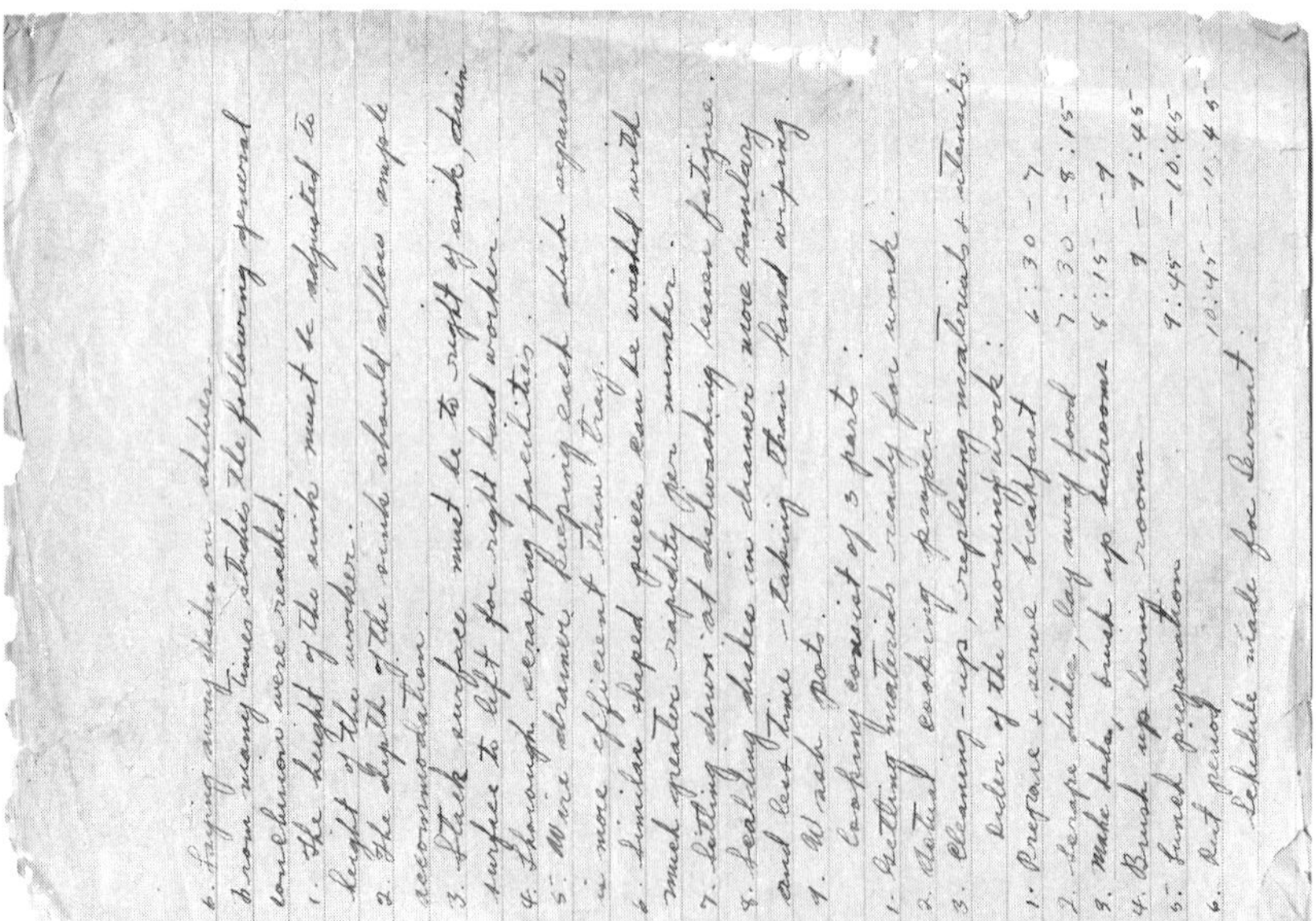

6. Laying away dishes on shelves.
From many times studies the following general conclusions were reached:
1. The height of the sink must be adjusted to height of the worker.
2. The depth of the sink should allow ample accommodation.
3. Stack surface must be to right of sink, drain surface to left for right hand worker.
4. Thorough scraping facilities.
5. Wire drainer, keeping each dish separate is more efficient than tray.
6. Similar shaped pieces can be washed with much greater rapidity per minute.
7. Setting down at dishwashing lessen fatigue.
8. Scalding dishes in drainer more sanitary and less time taking than hand wiping.
1. Wash pots.
Cooking consist of 3 part.
1. Getting materials ready for work.
2. Actual cooking proper.
3. Cleaning-ups, replacing materials + utensils.
Order of the morning work:
1. Prepare + serve breakfast 6:30 – 7
2. Scrape dishes, lay away food 7:30 – 8:15
3. Make beds, brush up bedrooms 8:15 – 9
4. Brush up living rooms 9 – 9:45
5. Lunch preparation 9:45 – 10:45
6. Rest period 10:45 – 11:45
Schedule made for Servant.

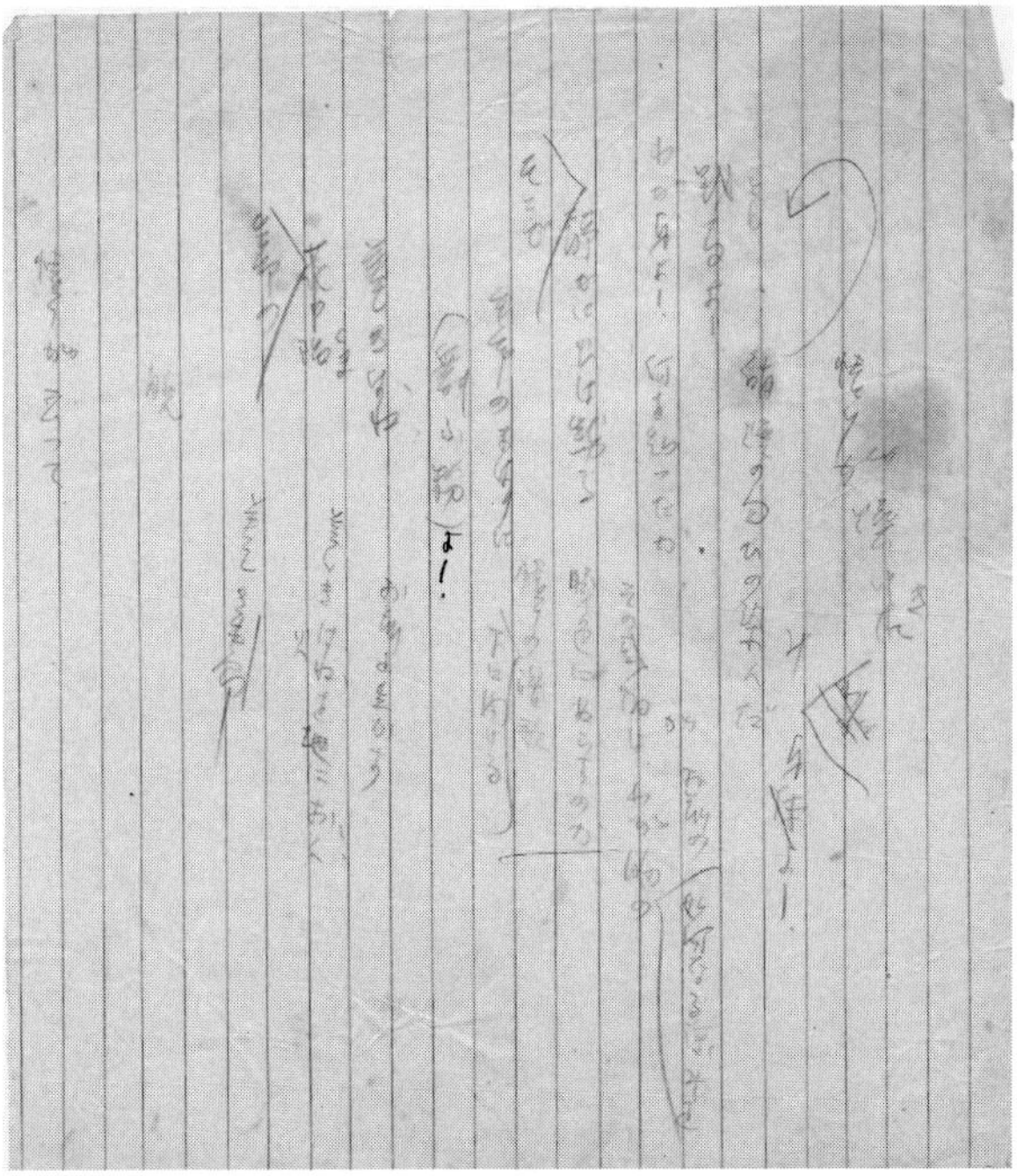

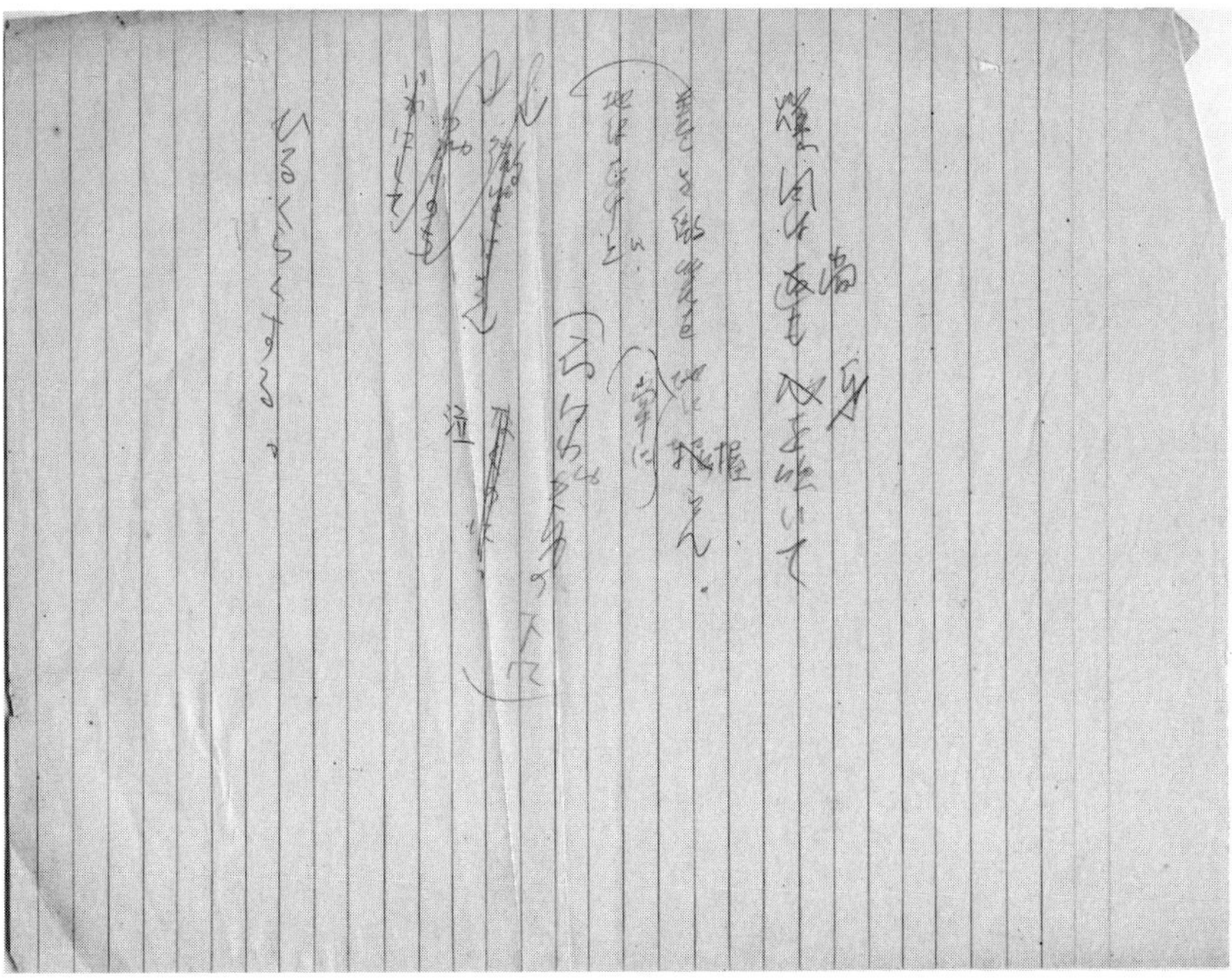

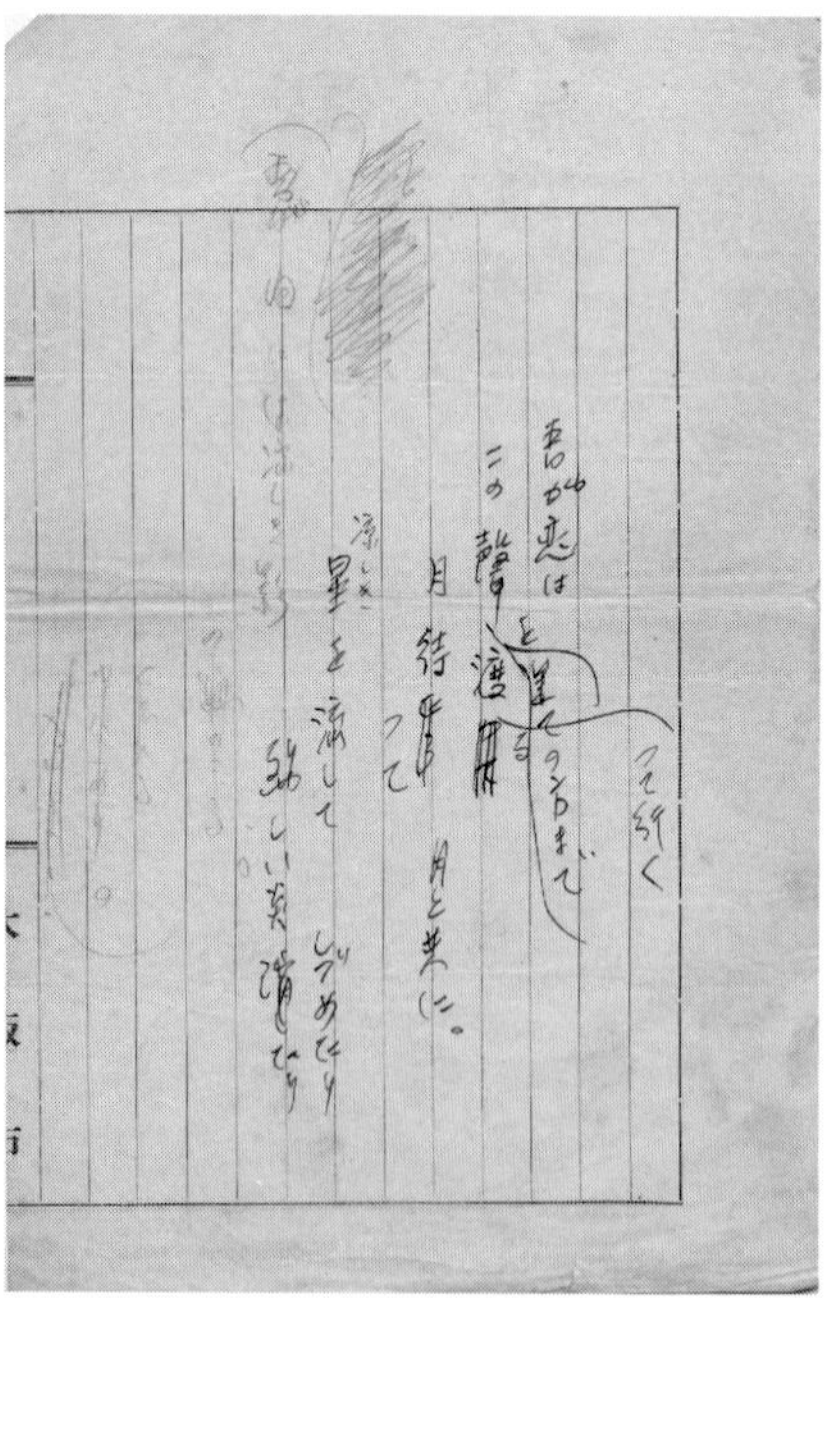

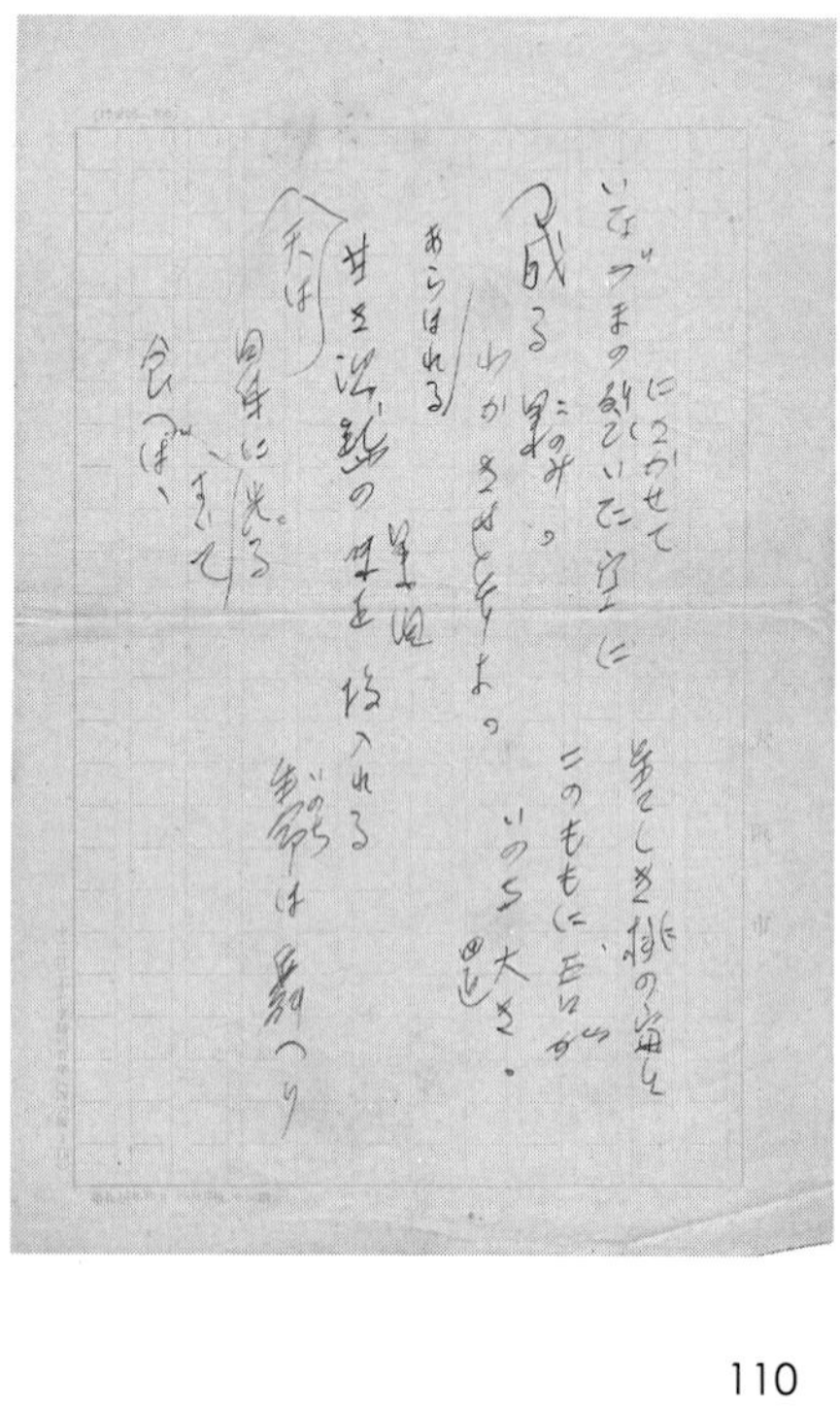

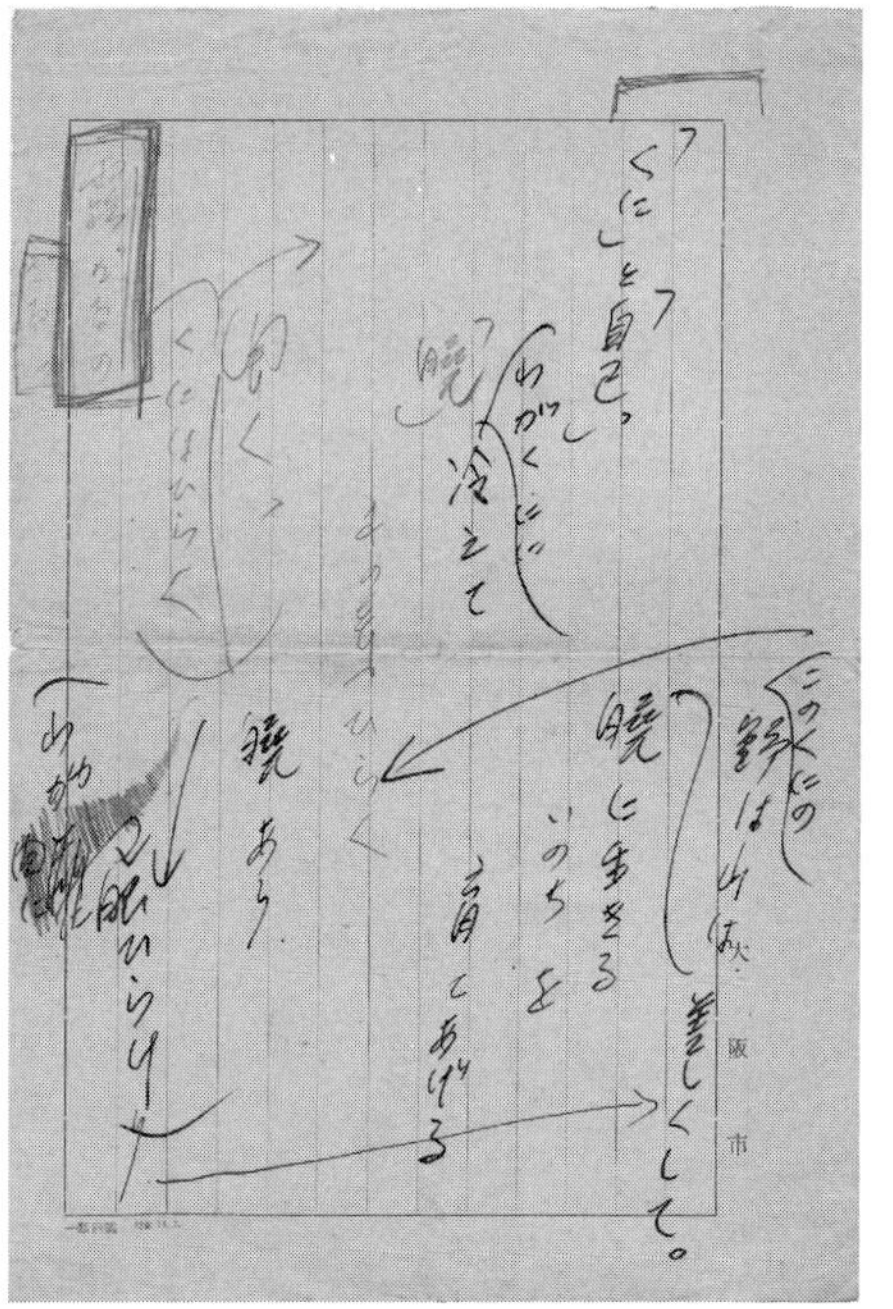

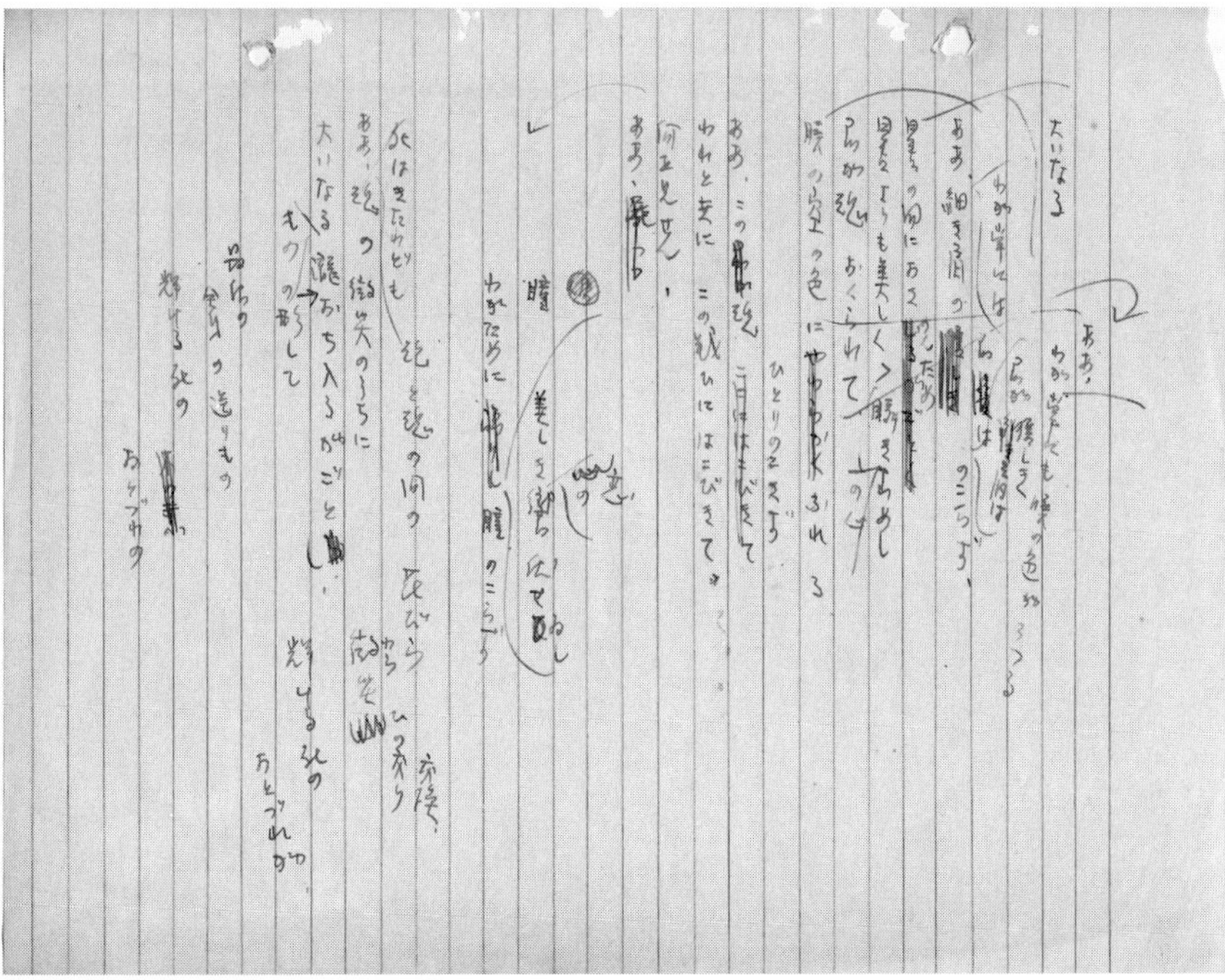

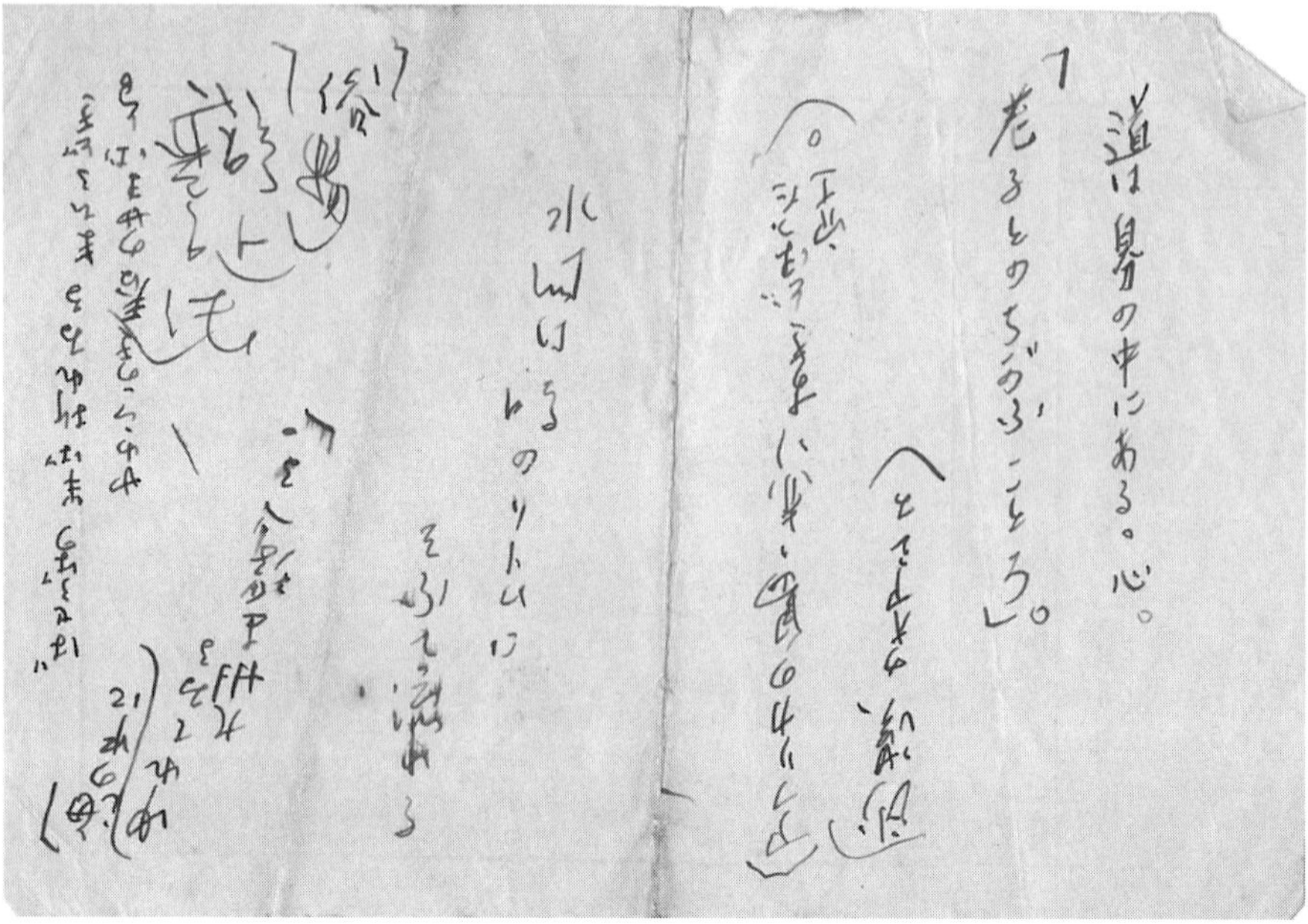

道は身の中にある。心。

「老子とのちがふところ。」

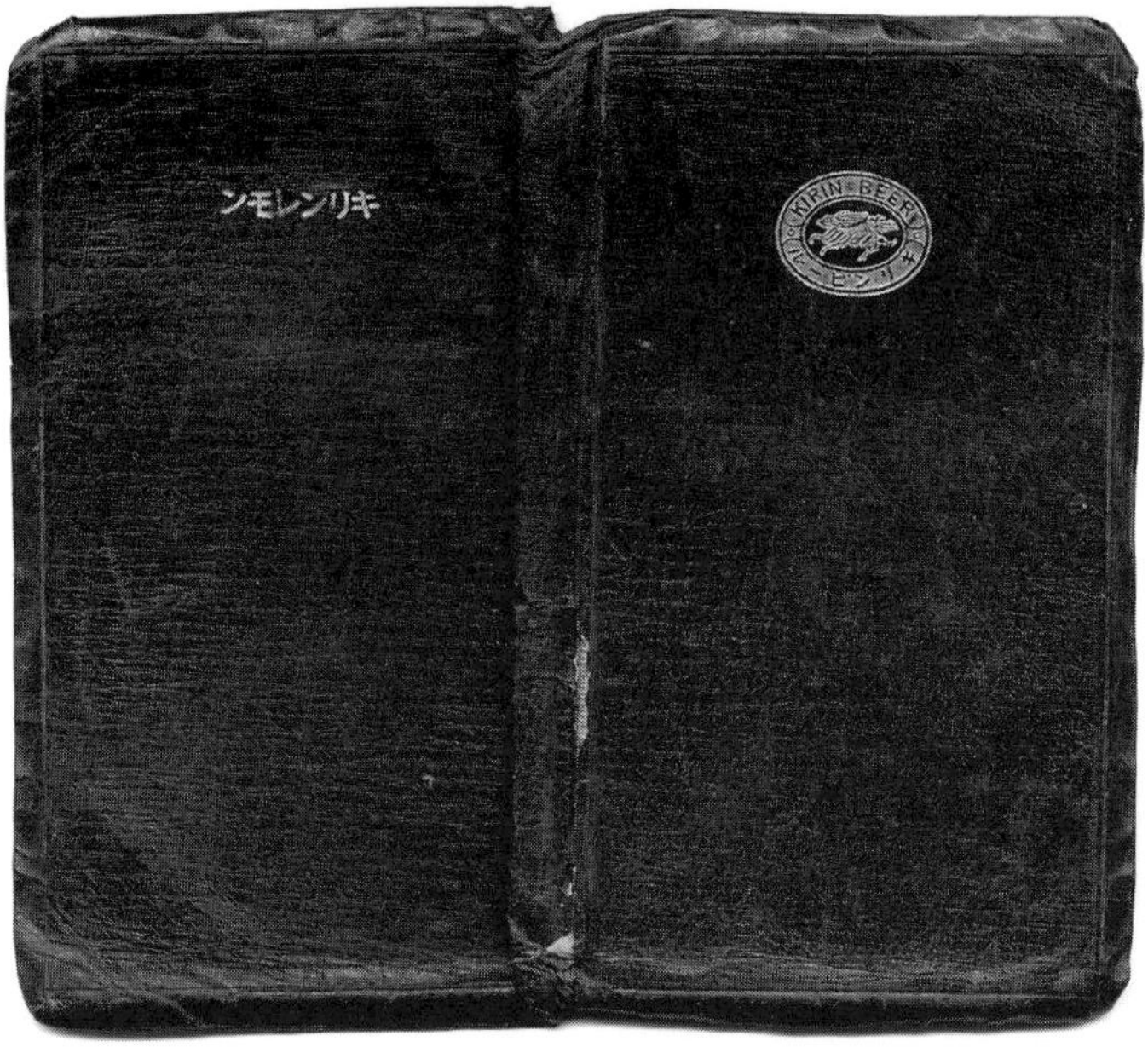
キリンレモン
KIRIN BEER
キリンビール

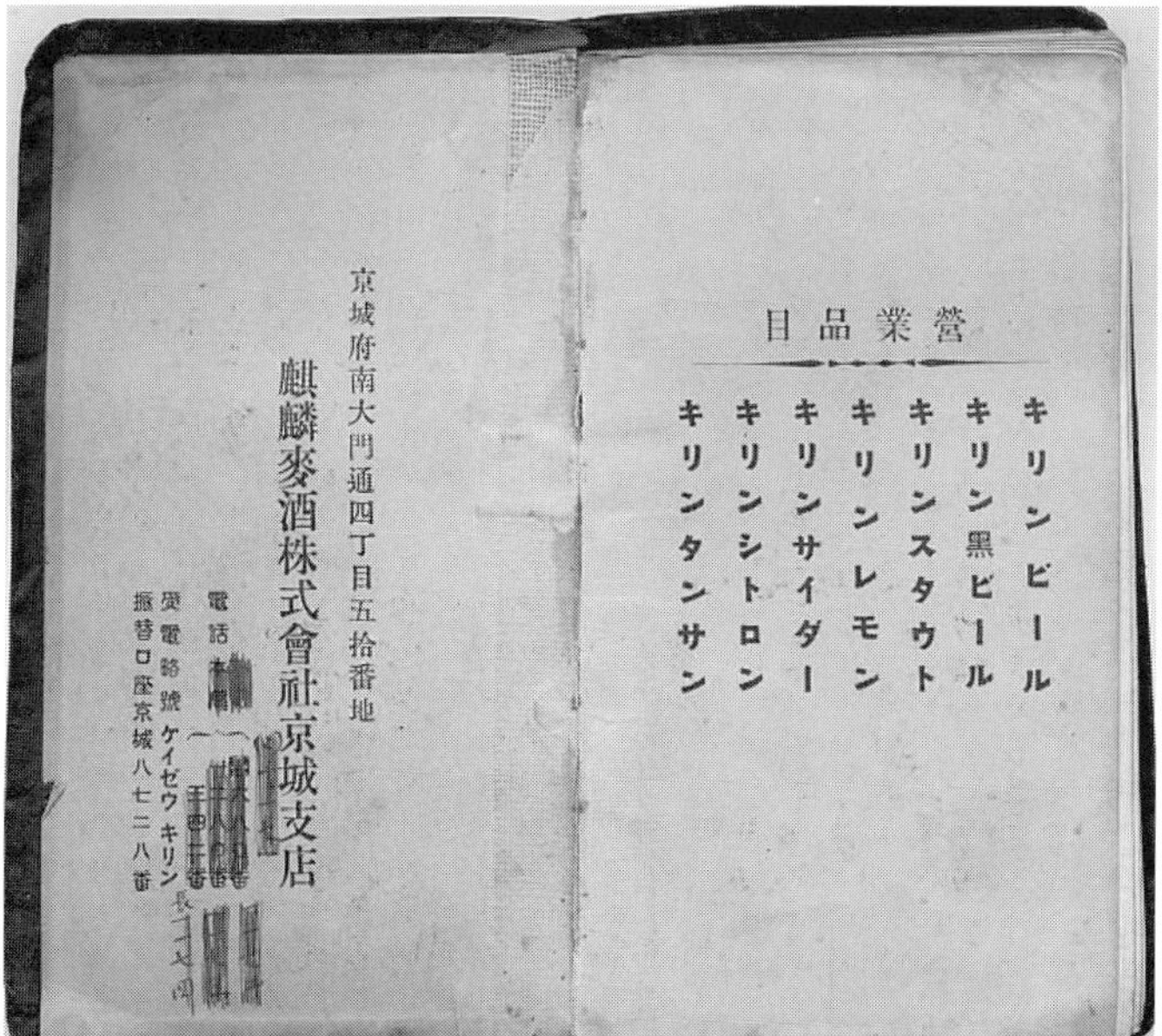
京城府南大門通四丁目五拾番地
麒麟麥酒株式會社京城支店
電話 [redacted]
電略號 ケイゼウ キリン
振替口座京城八七二八番
營業品目
キリンビール
キリン黒ビール
キリンスタウト
キリンレモン
キリンサイダー
キリンシトロン
キリンタンサン

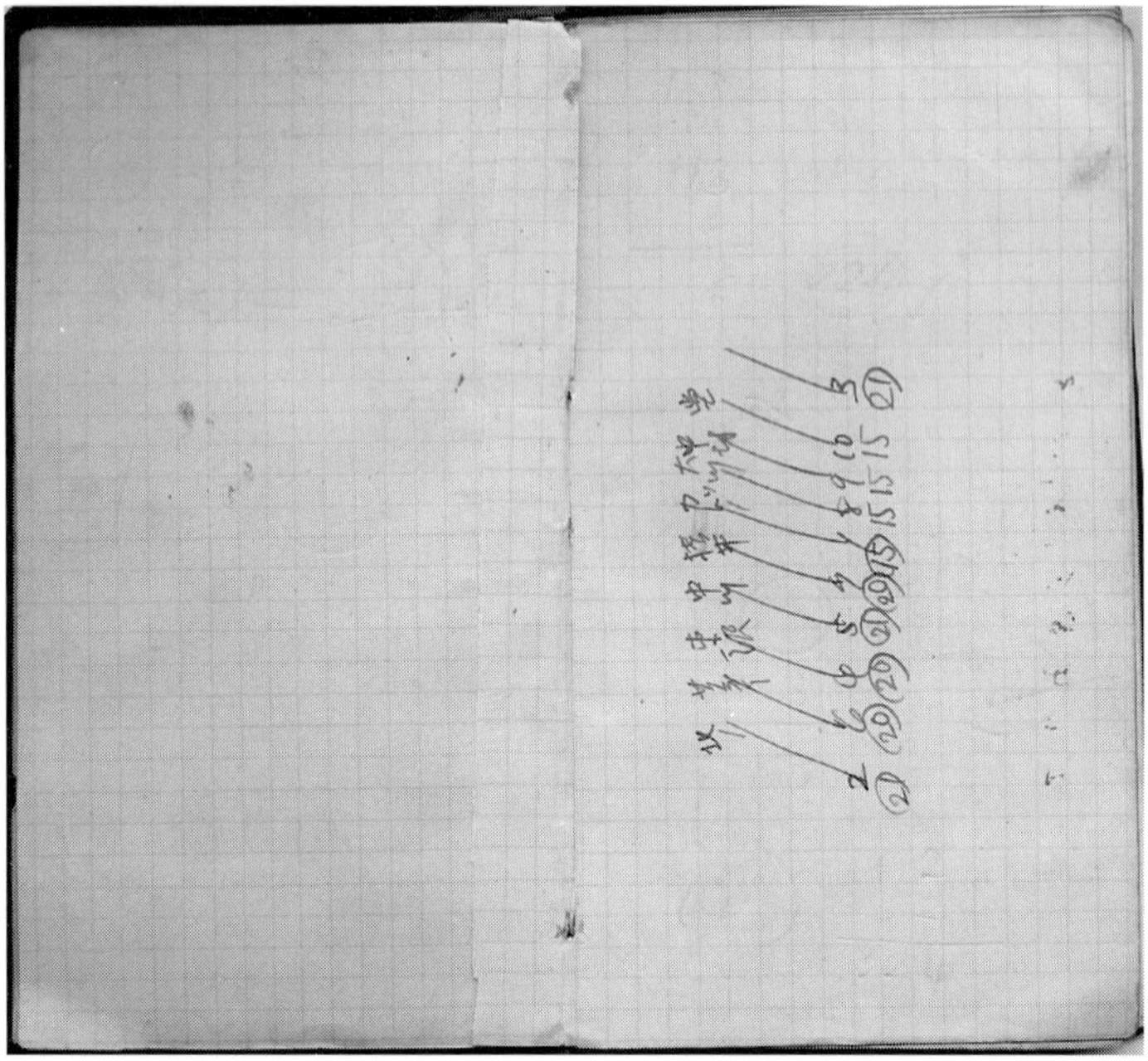

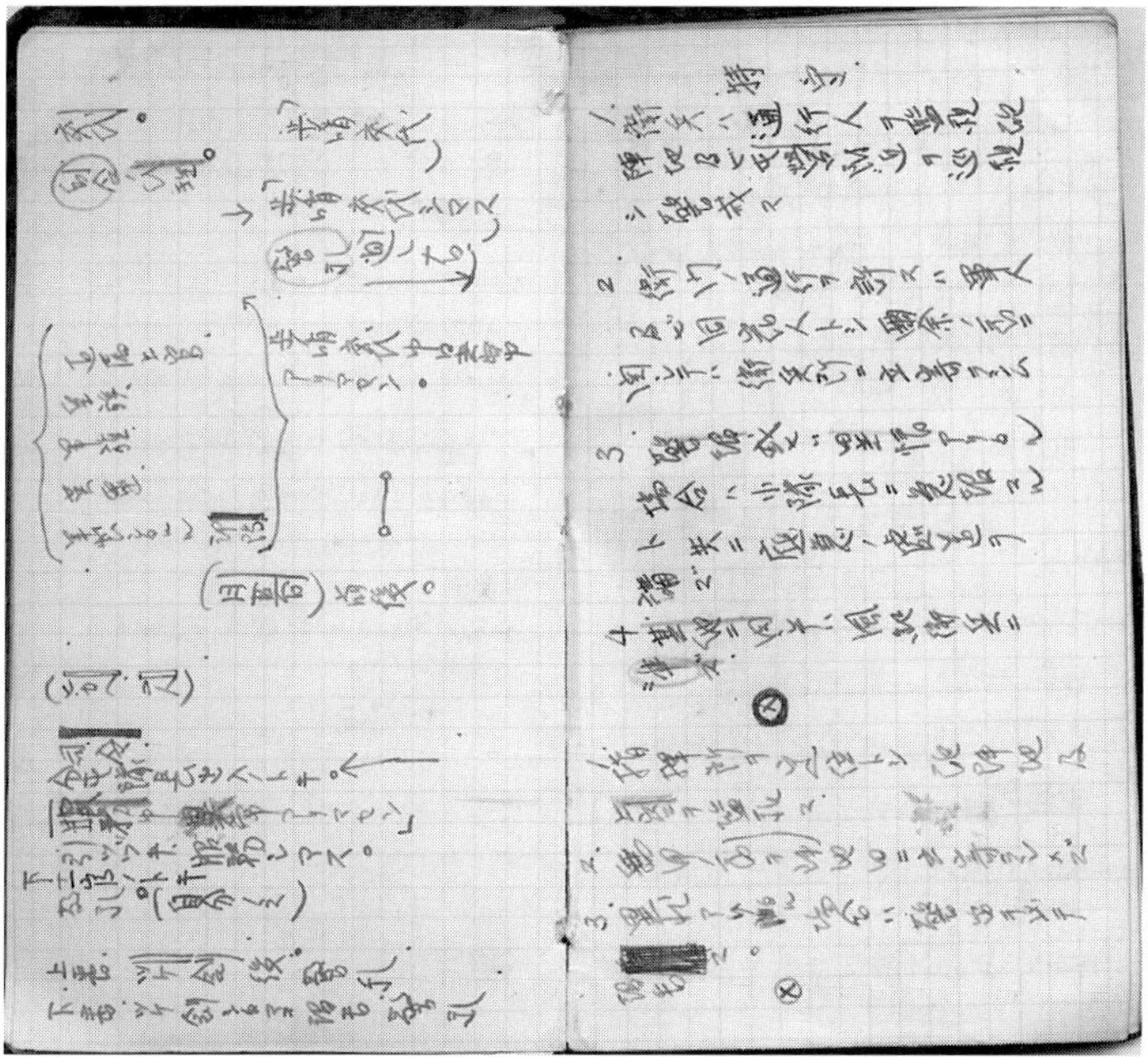

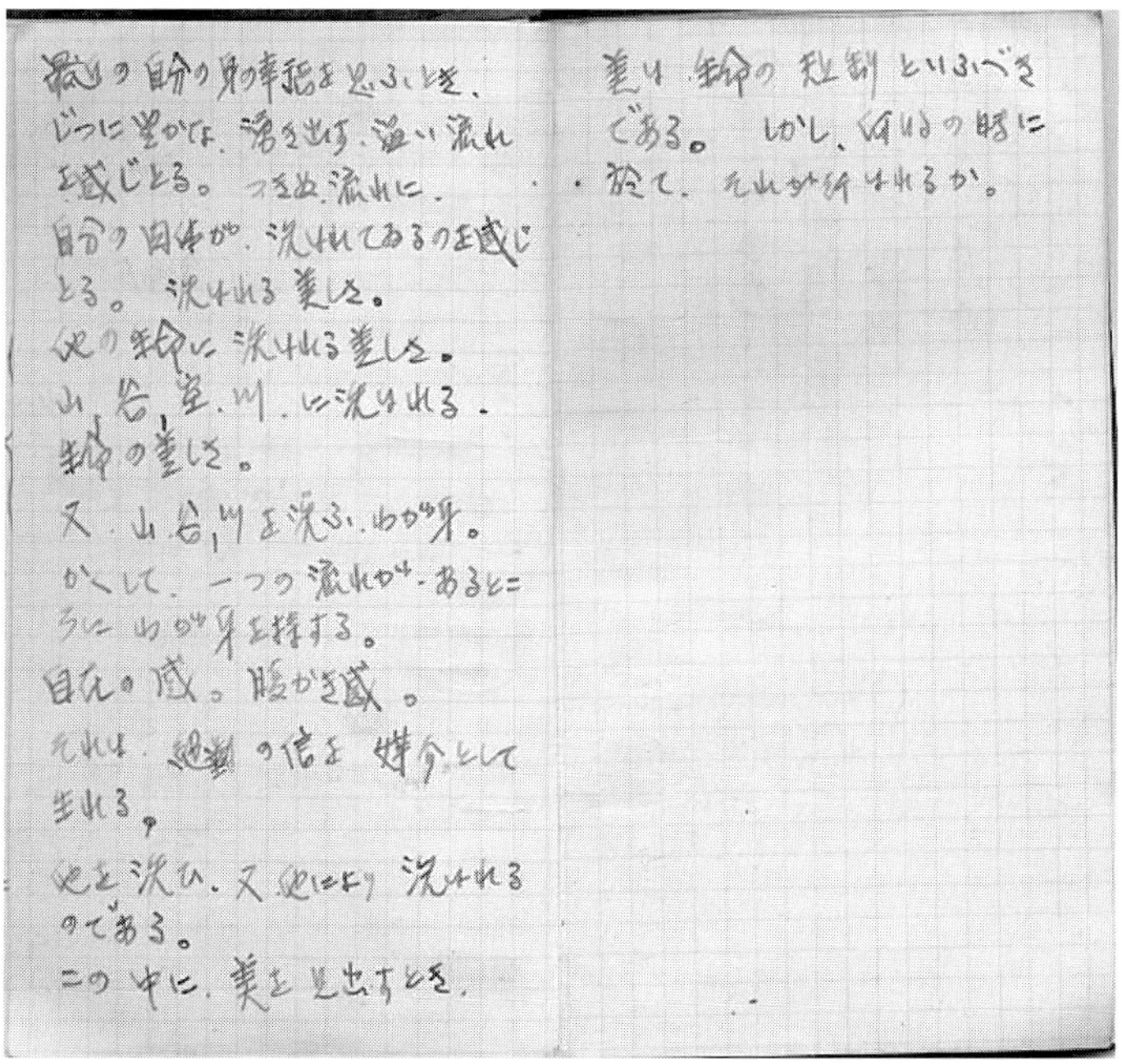

最近の自分の身の幸福を思ふとき、
じつに豊かな、湧き出す、強い流れ
を感じとる。つきぬ流れに。
自分の肉体が、洗はれてあるのを感じ
とる。洗はれる美しさ。
他の生命に洗はれる美しさ。
山、谷、空、川、に洗はれる、
生命の美しさ。
又、山、谷、川を洗ふ、わが身。
かくして、一つの流れが、あるところに わが身を持する。
自在の感。暖かき感。
それは、絶対の信を媒介として
生れる。
他を洗ひ、又他により洗はれる
のである。
この中に、美を見出すとき、

美は 生命の 秩割 といふべき
である。しかし、何時の時に
於て、それが行はれるか。

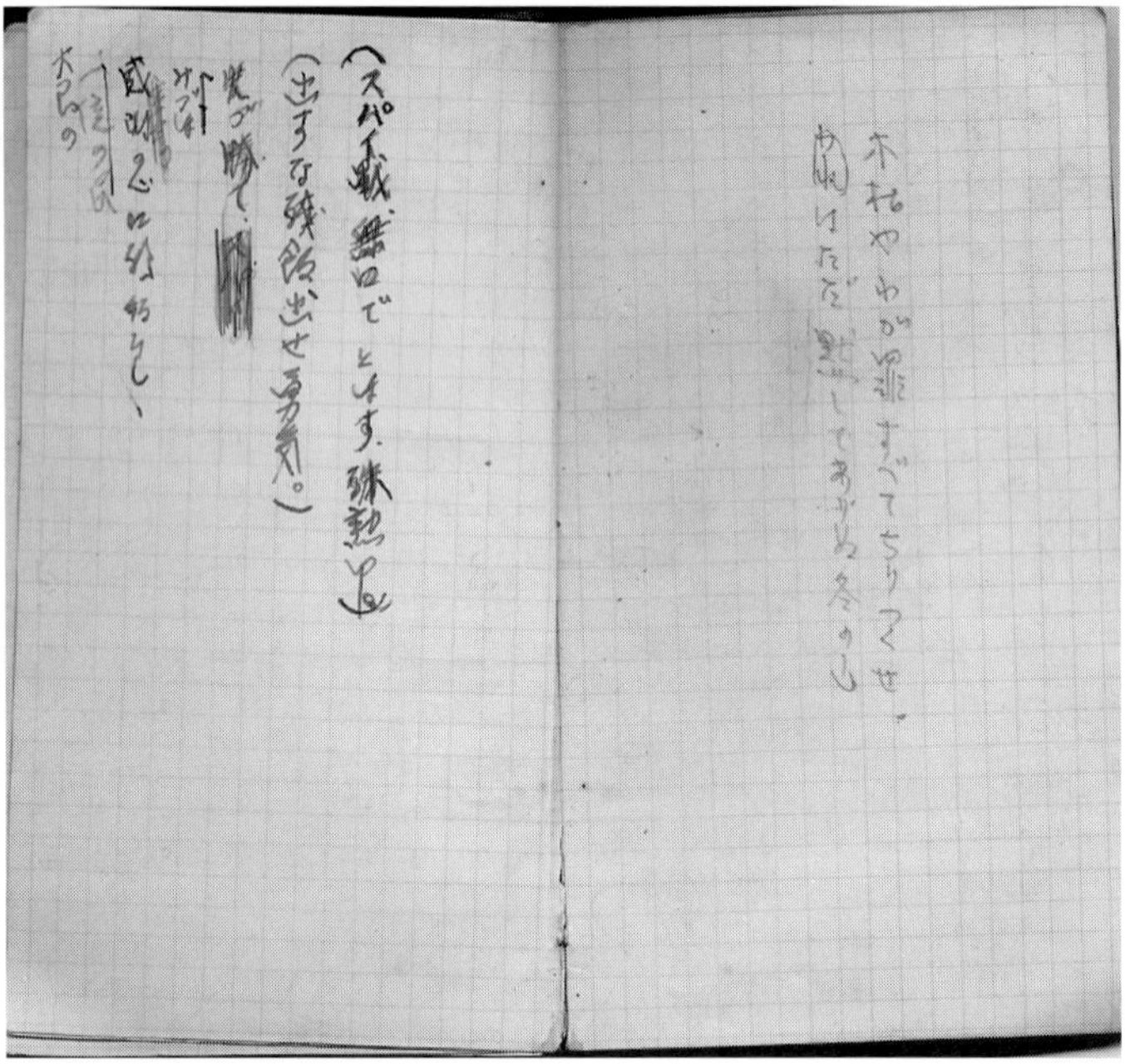
木枯や如が罪すべてちりつくせ。
わけもなく黙してありぬ冬の山
（スパイ戦、無口でとほす殊勲よ）
（出すな残飯、出せ勇気。）

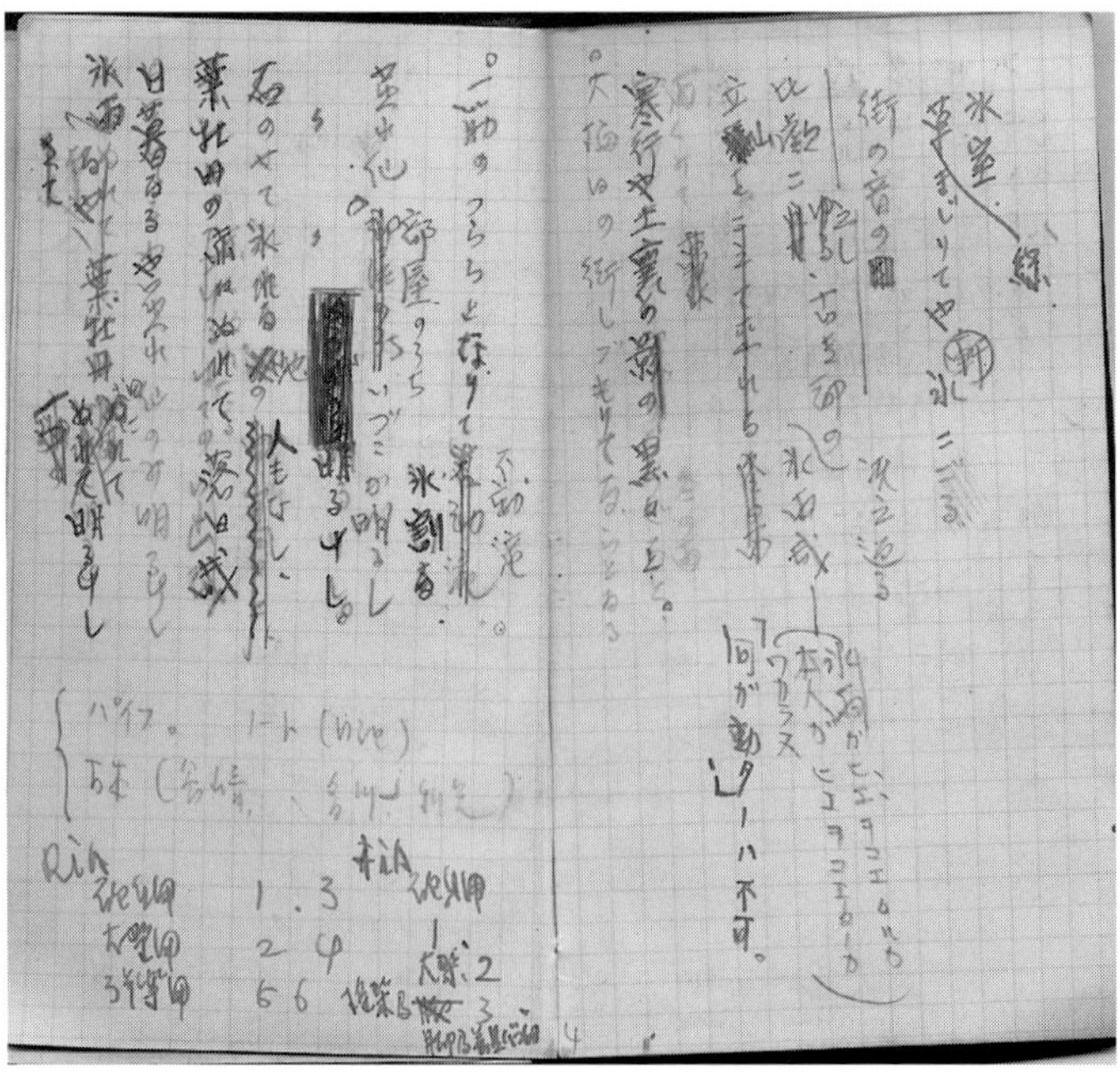
氷室
一筋のつららとなりて不動滝。
氷割る
部屋のうちいづこか明るし
人もなし
何が動く
ハ不可。
パイプ。
ノート
1 . 3
2 4
6 6

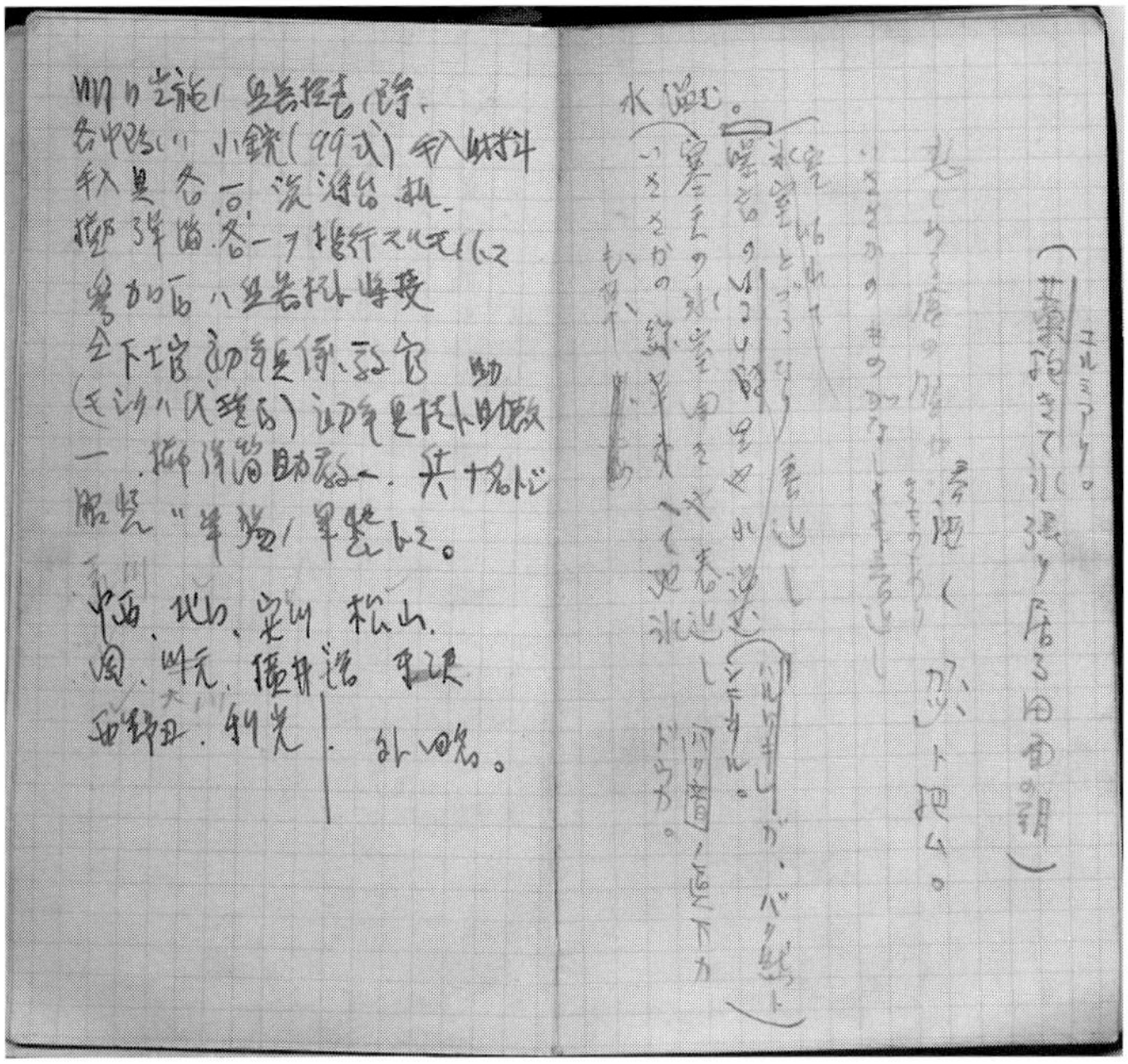

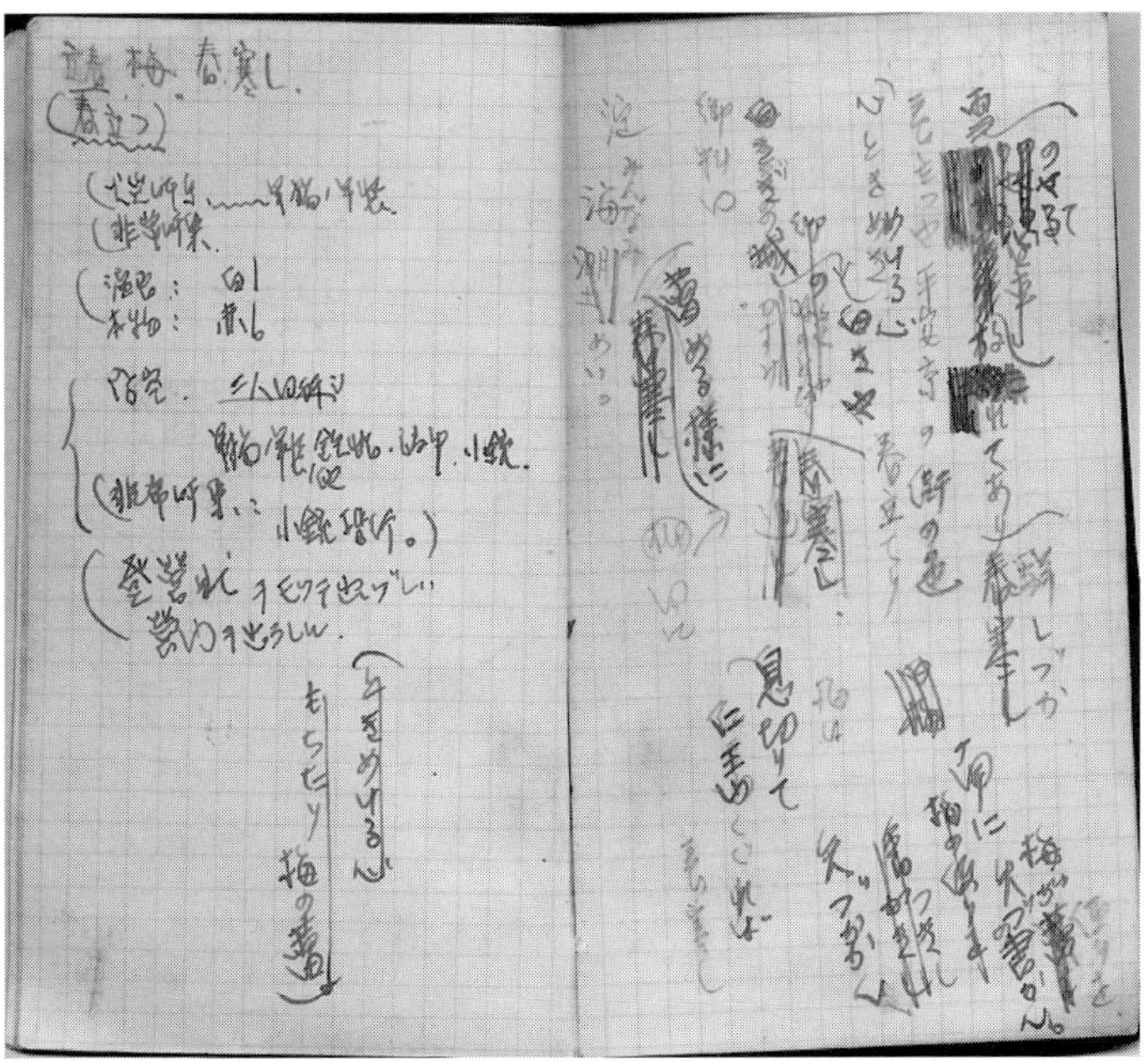

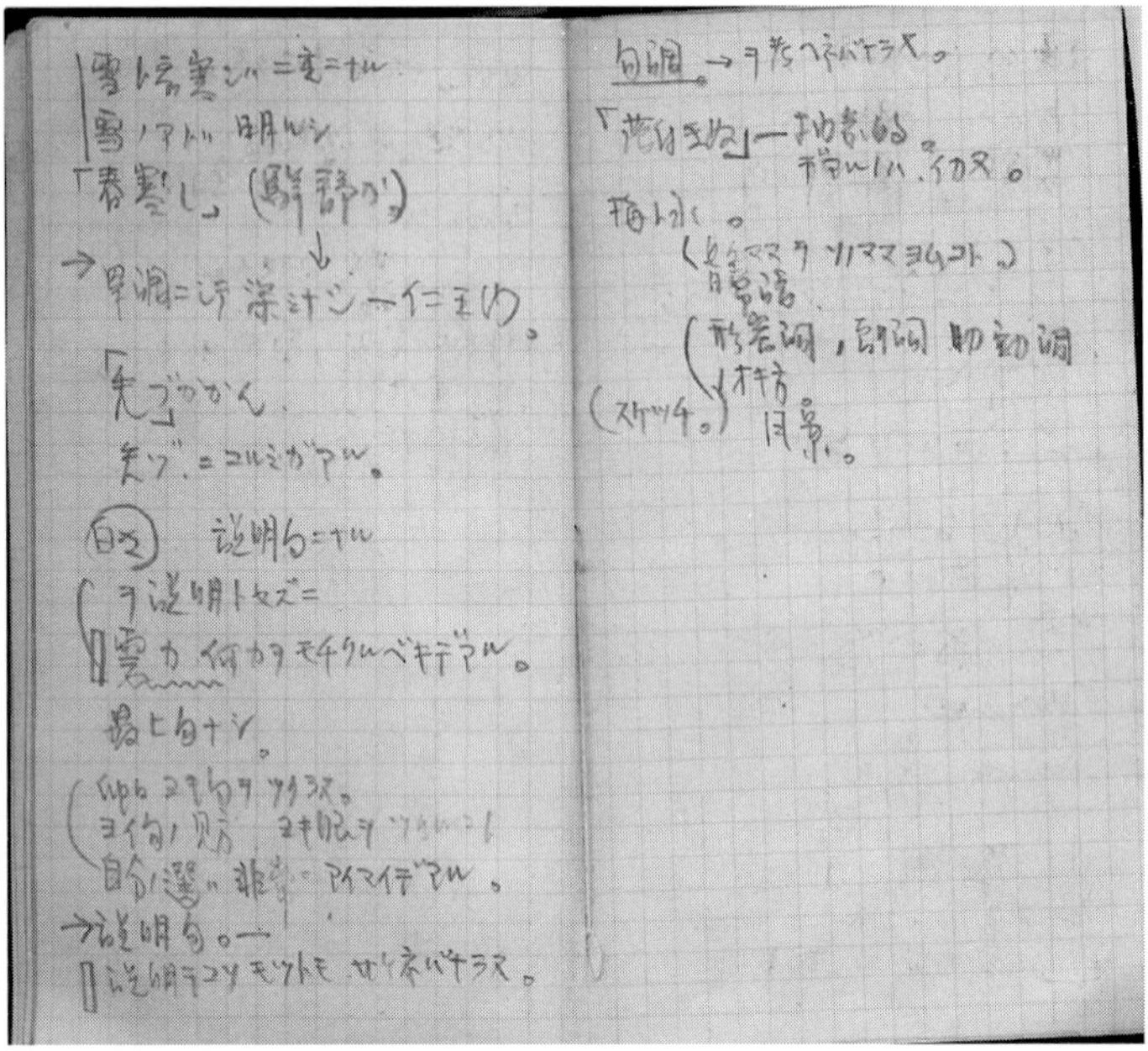

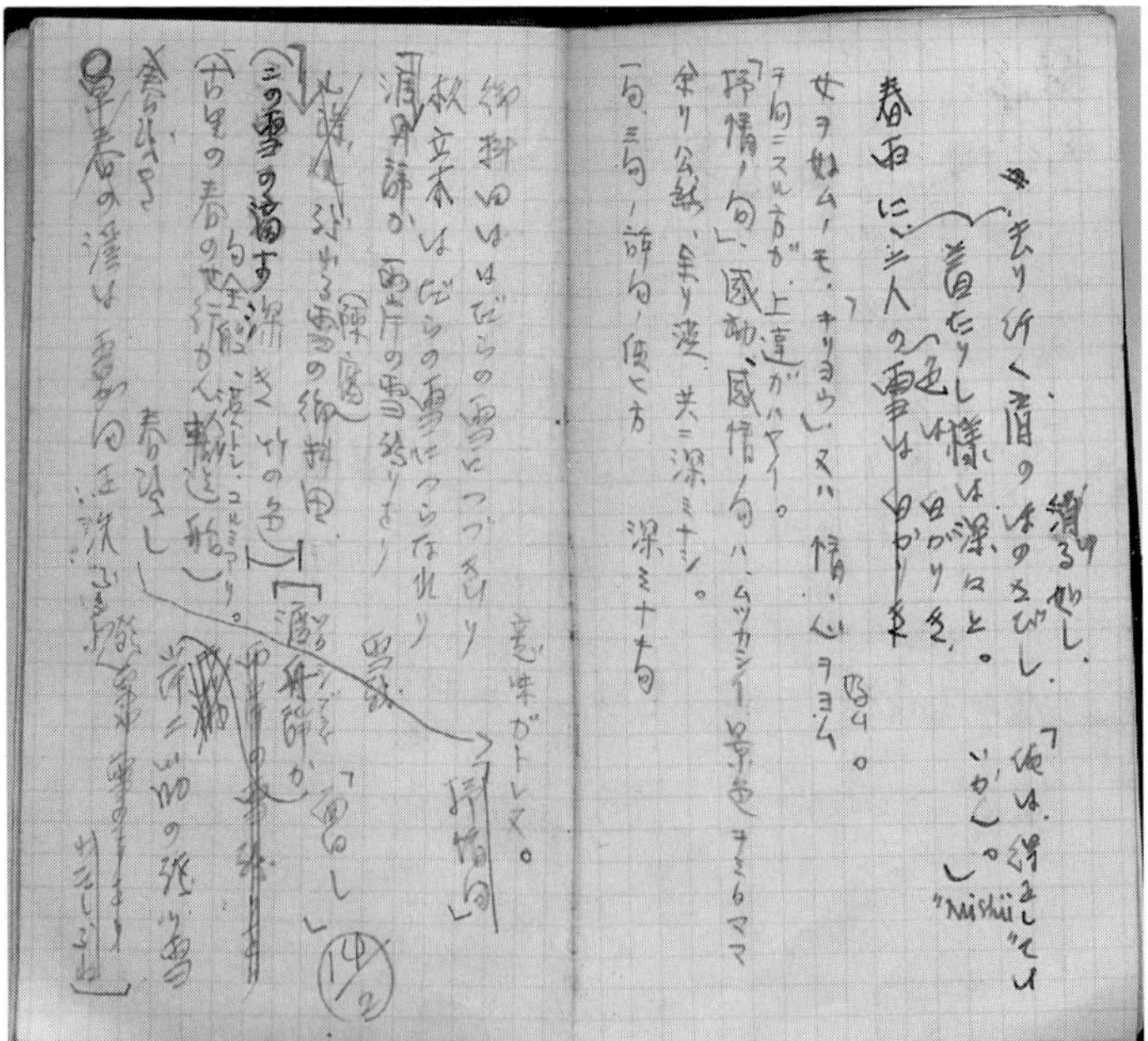

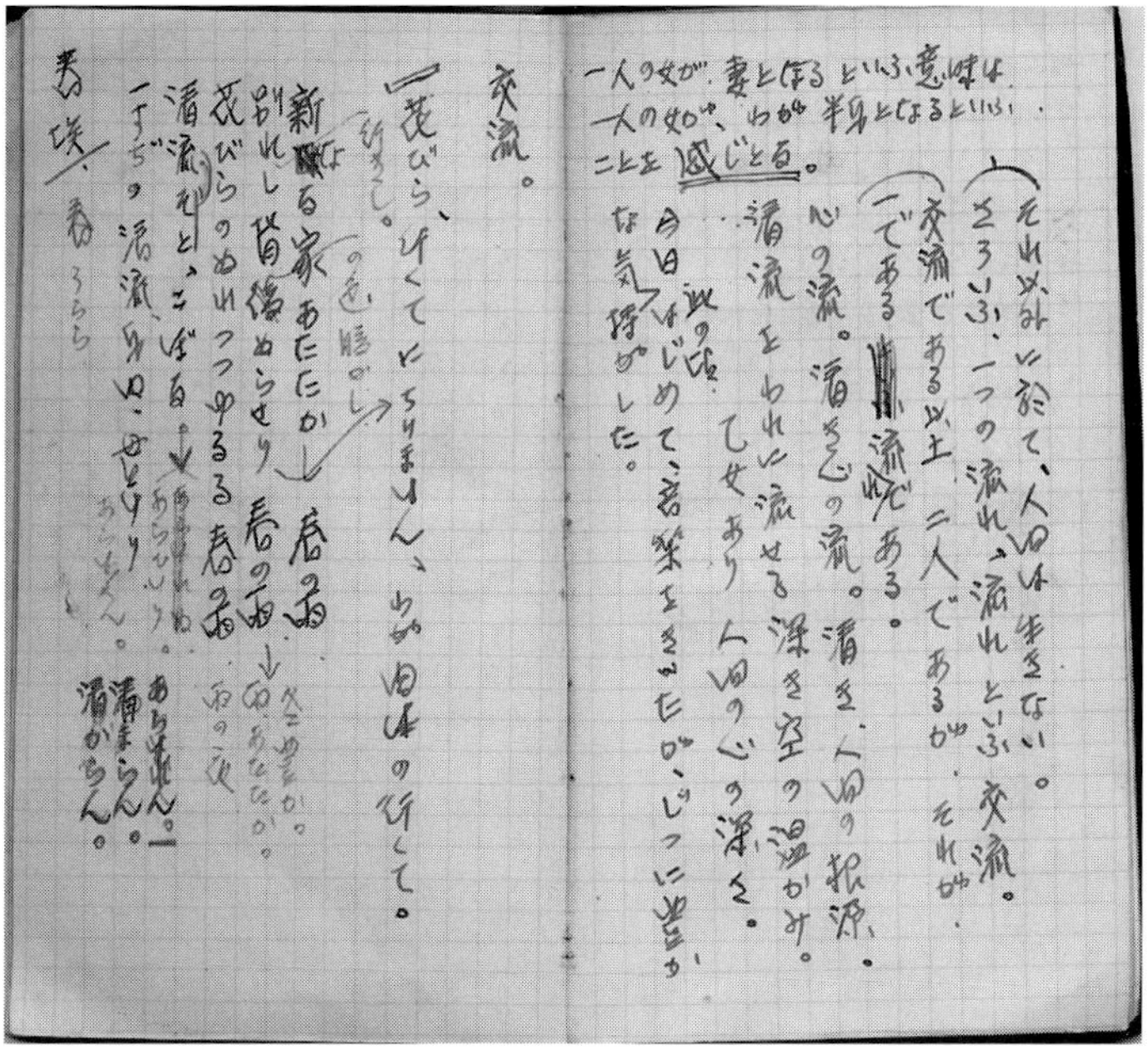

一人の女が、妻となるといふ意味は、一人の女が、わが半身となるといふことを感じとる。

それ以外に於て、人間は生きない。

さういふ、一つの流れ、流れといふ交流。

交流である以上二人であるが、それが一である流である。

心の流。清き心の流。清き、人間の根源。

清流をわれに流せる深き空の温かみ。

乙女あり人間の心の深さ。

今日はじめて、音楽をきいたが、じつに豊かな気持がした。

交流。

花びら、ひらくてにちりません、わが肉体の行くて。

新たなる家あたたかき春の雨

別れし背濡らせり春の雨

花びらのぬれつつゆるる春の雨

早咲。春うらら

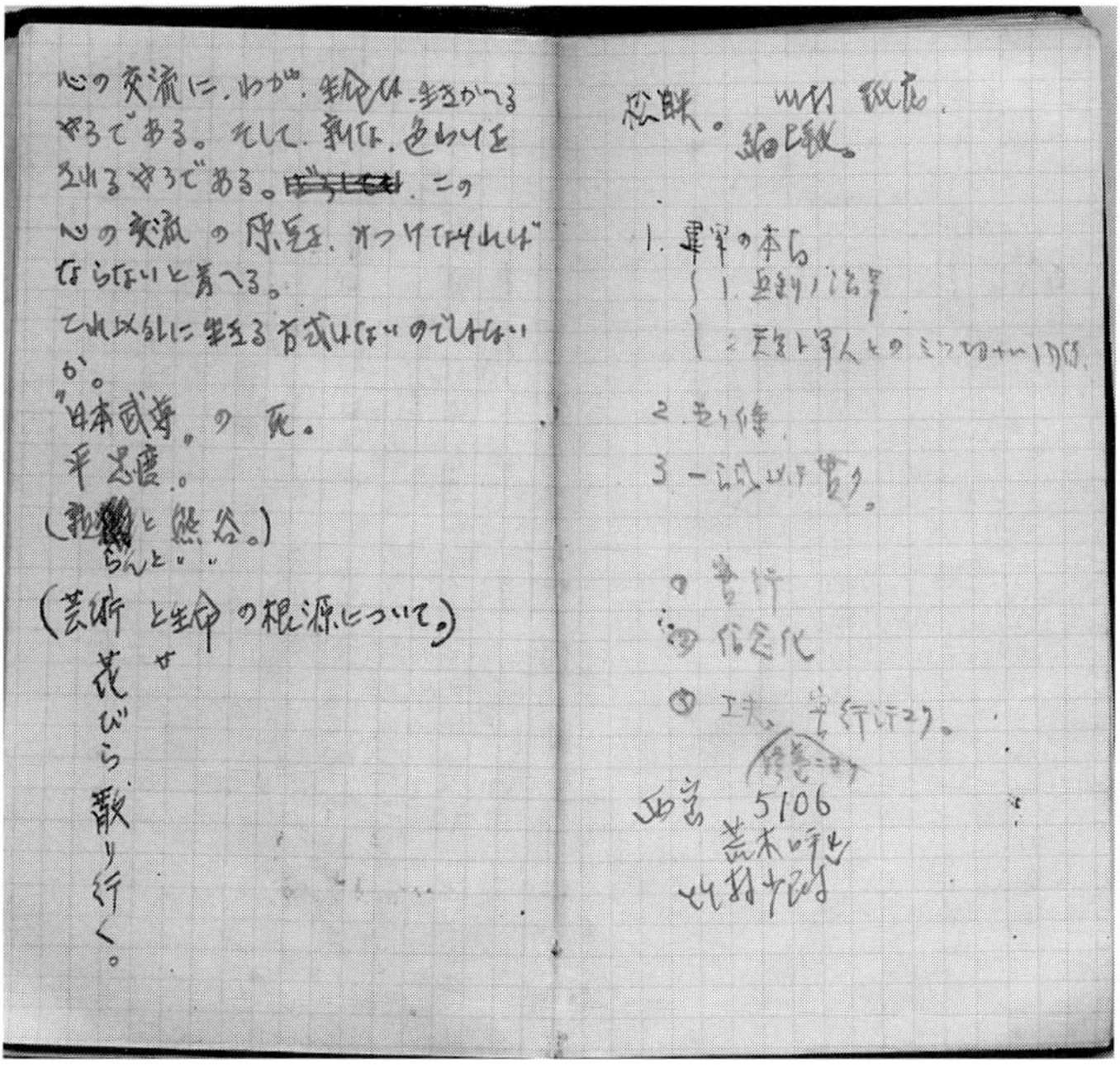

心の交流に、わが、生命は、生きかへるやうである。そして、新たな、色わいを入れるやうである。この心の交流の原点を、みつけなければならないと考へる。

これ以外に生きる方式はないのではないか。

「日本武尊」の死。

平忠度。

（[illegible]と熊谷。）

（芸術と生命の根源について。）

花びら散り行く。

1. 軍事の本質

① 実行

② 信念化

③ 工夫、実行行コソ。

西宮 5106

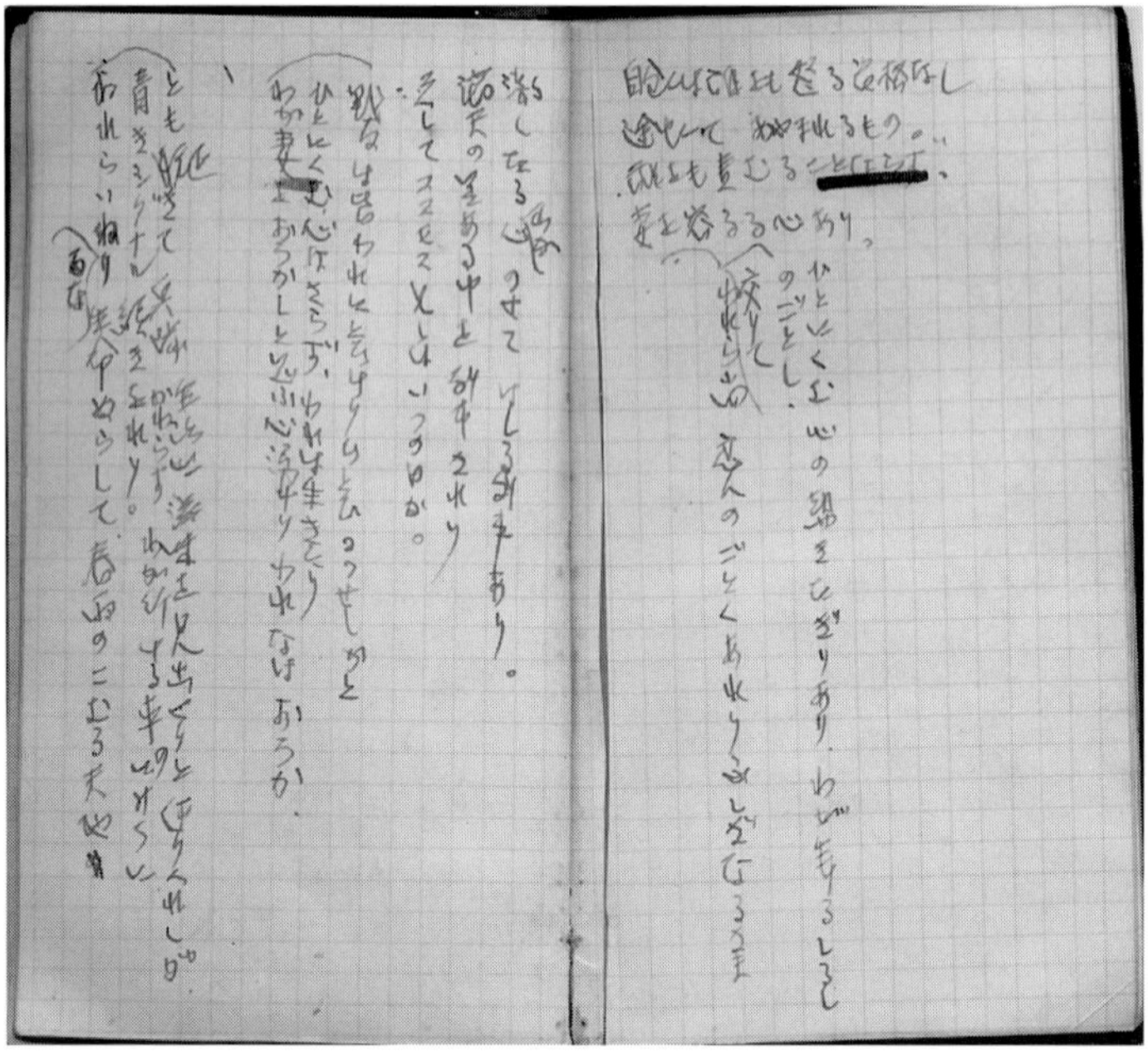

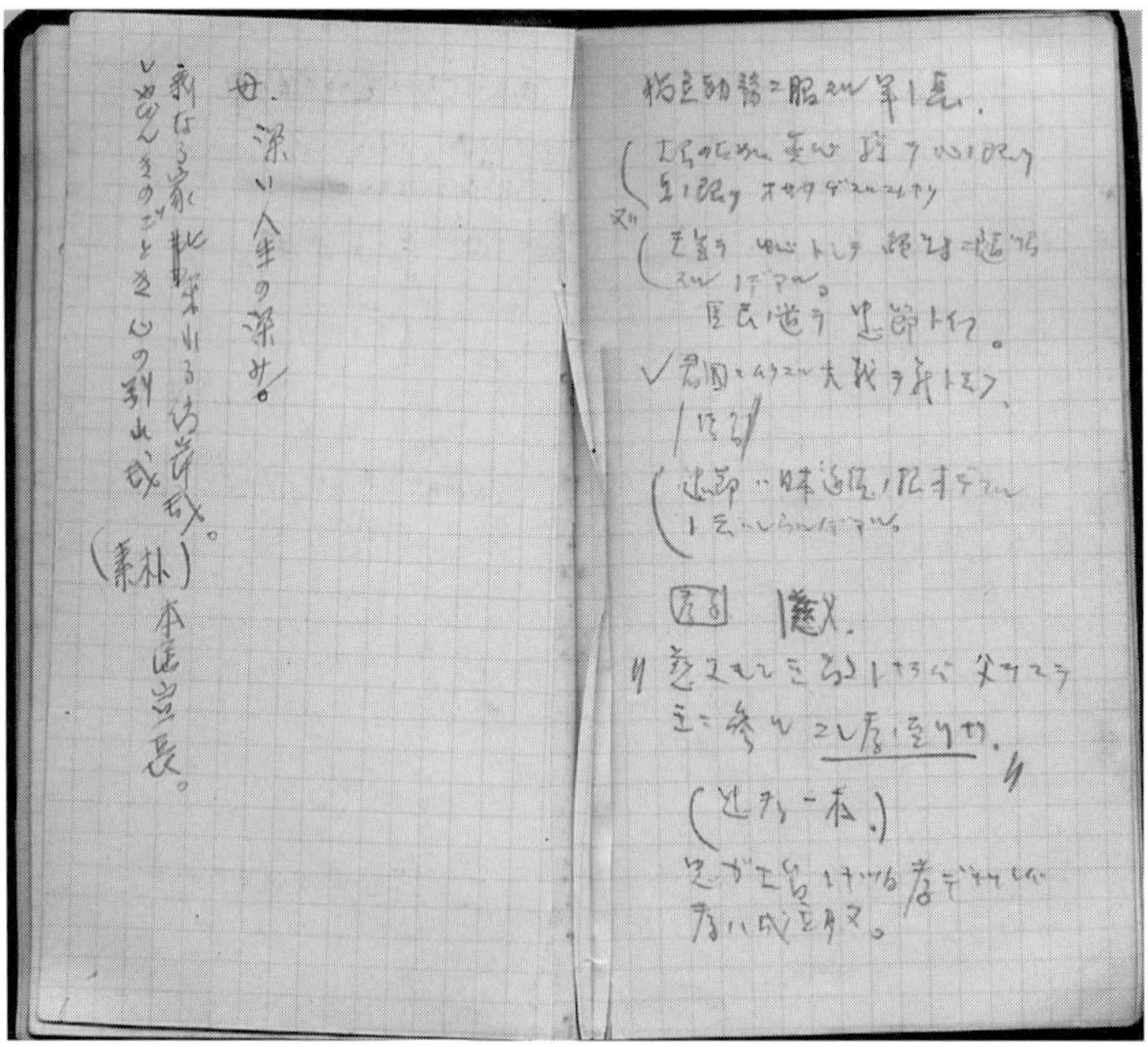
母。
深い人生の深み。

（素朴）本居宣長。

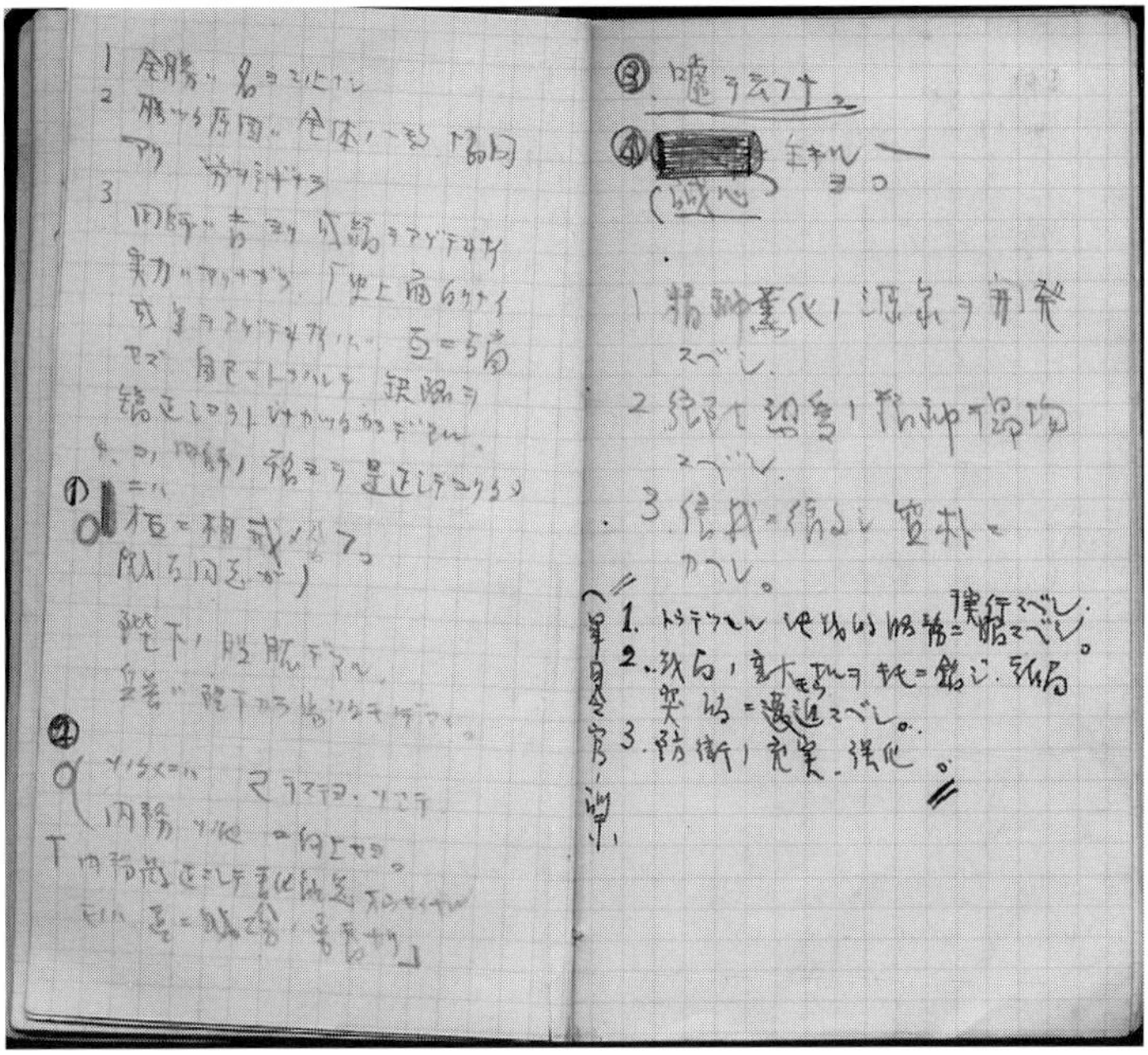

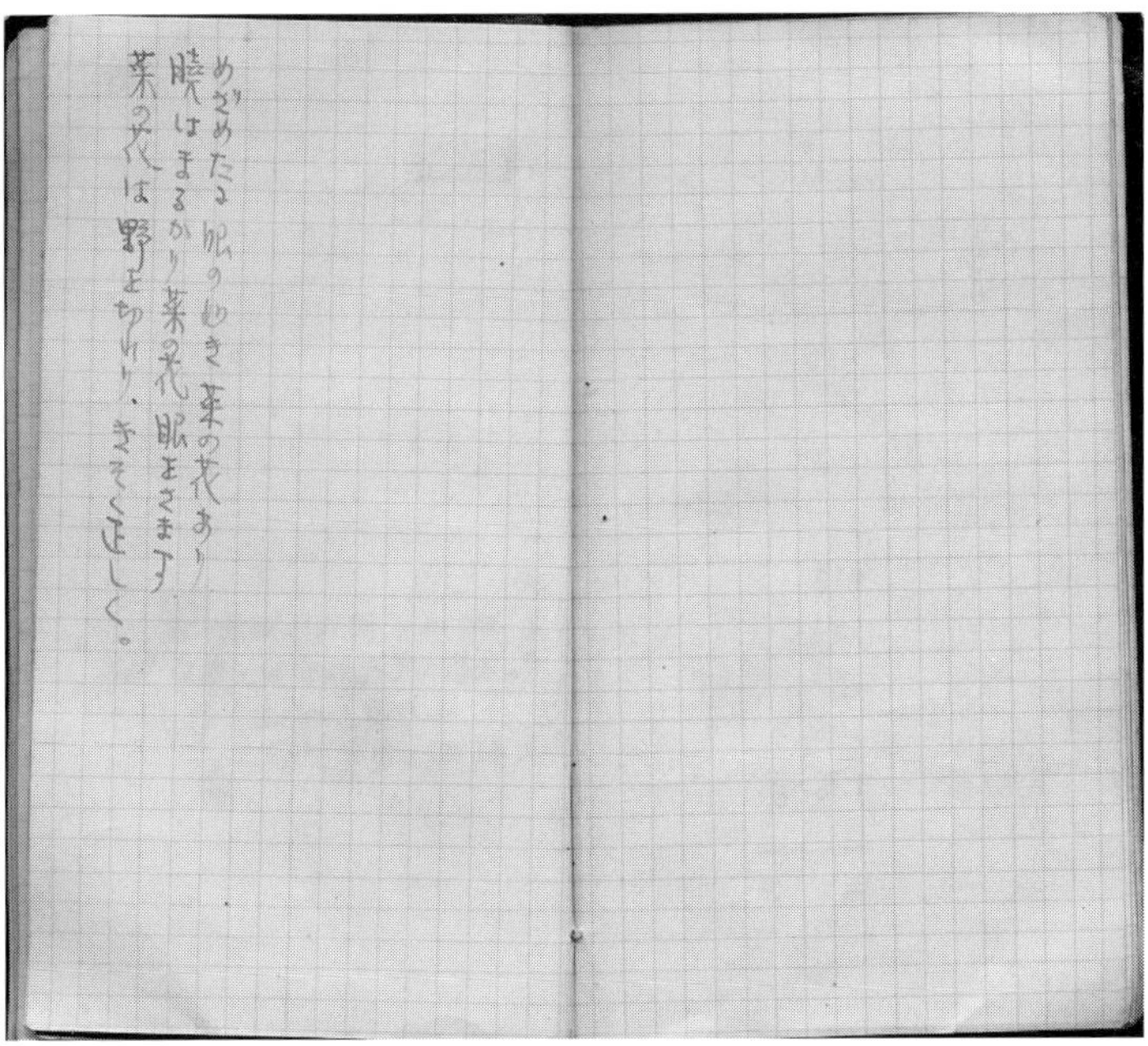
めざめたる眼の如き菜の花あり
瞳はまるかり菜の花眼をさます
菜の花は野をかけり、きそく正しく。

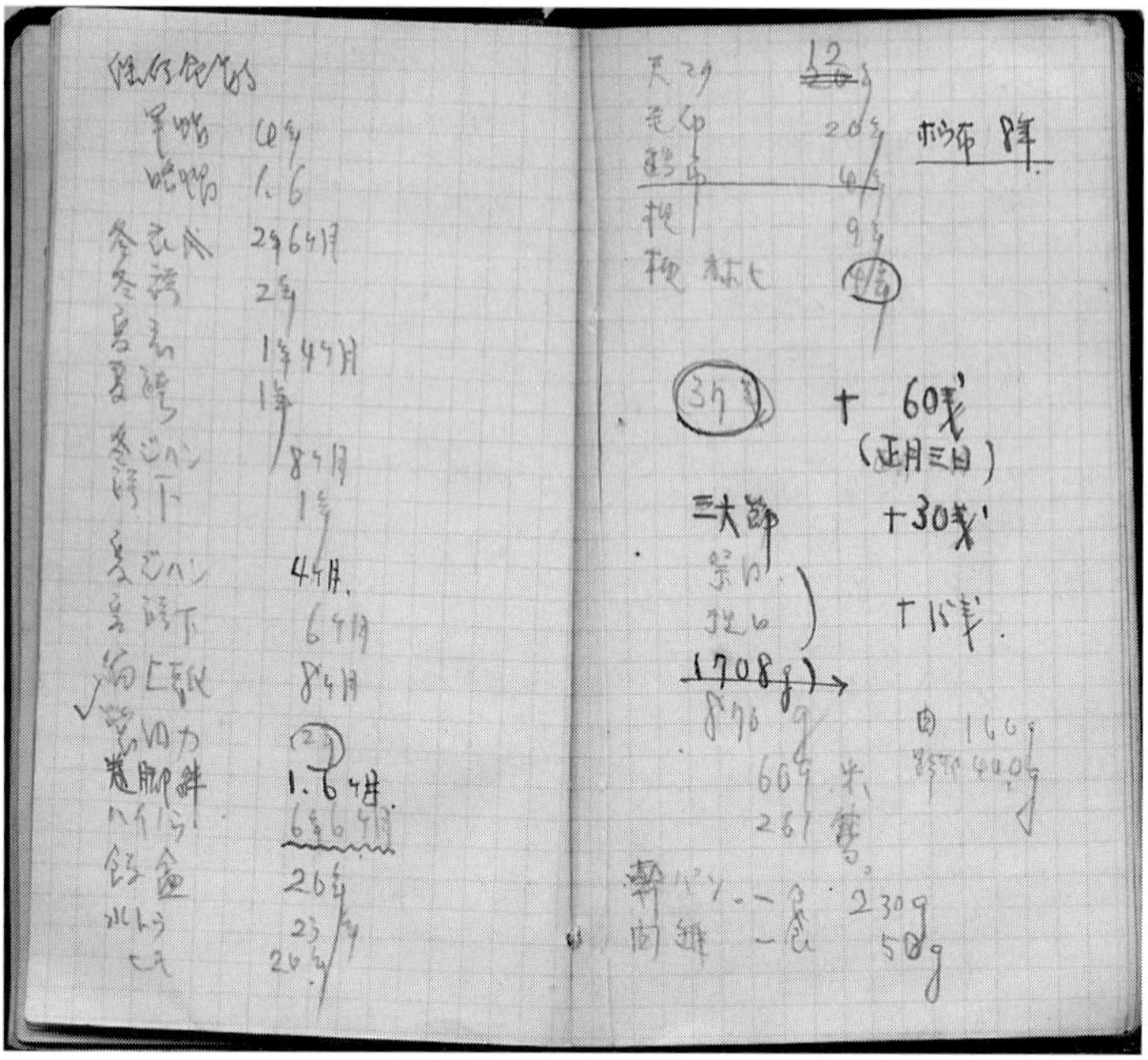
+ 60銭
(正月三日)
三大節
+30銭
(1708g)

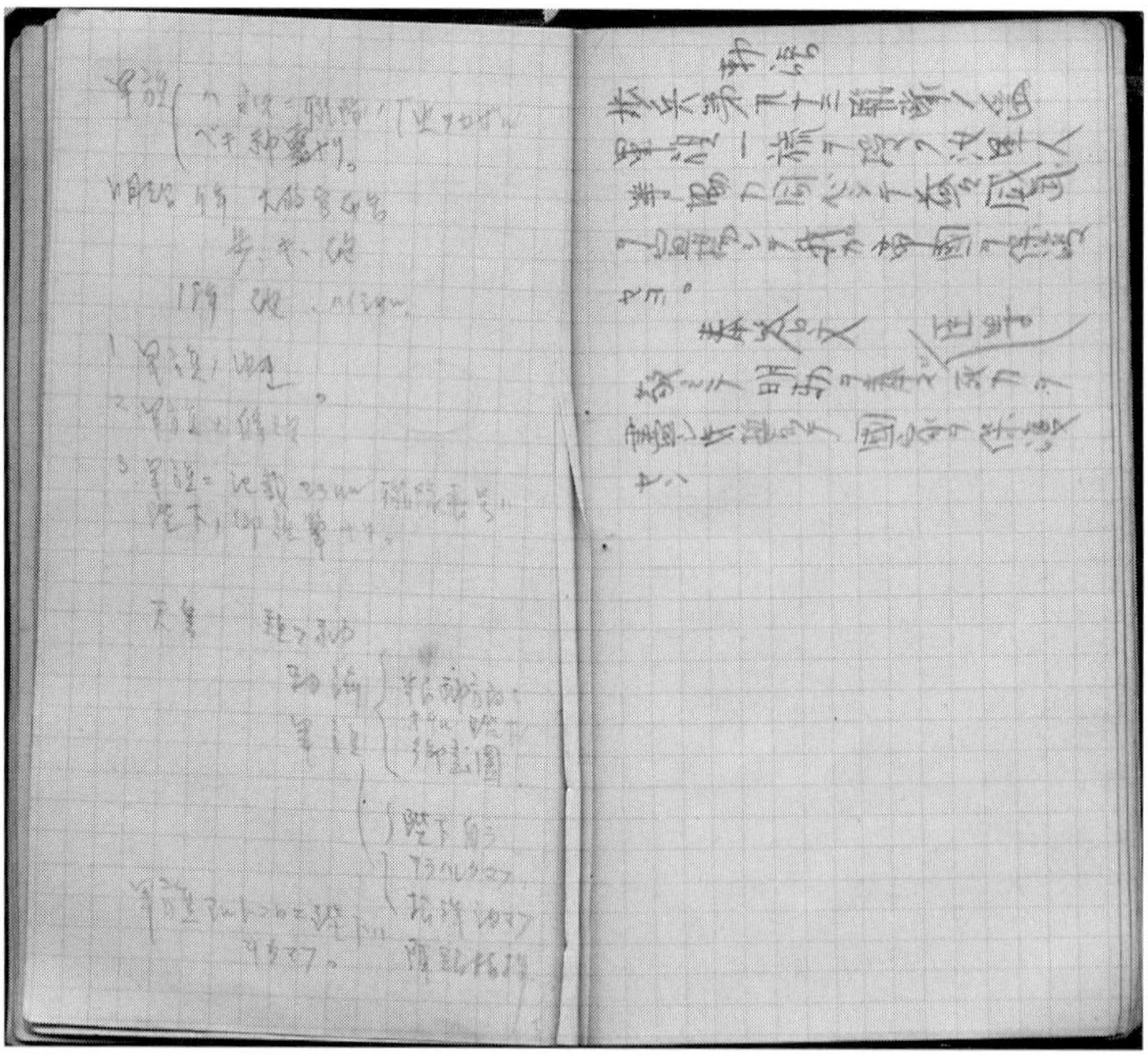

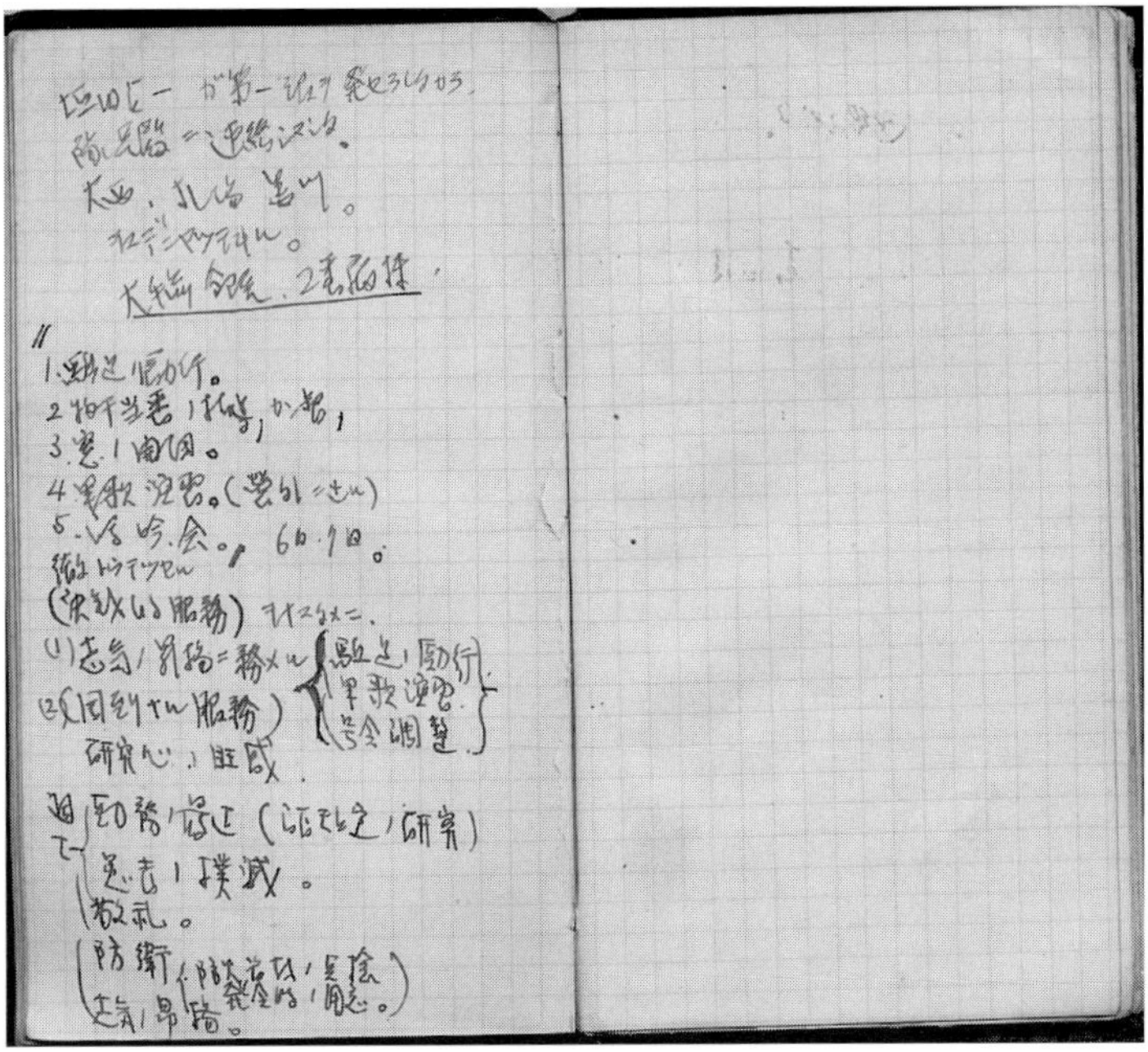

大西、北浦、吉川。

1.縦走励行。
3.寝ノ周囲。
4.軍歌演習。
5.詩吟会。 6日・7日。
(1)志気ノ昂揚ニ務メル
駆足ノ励行
軍歌演習
号令調整
(2)周到ナル服務
研究心ノ旺盛。
勤務ノ厳正(諸規定ノ研究)
敬礼。
防衛
志気ノ昂揚。

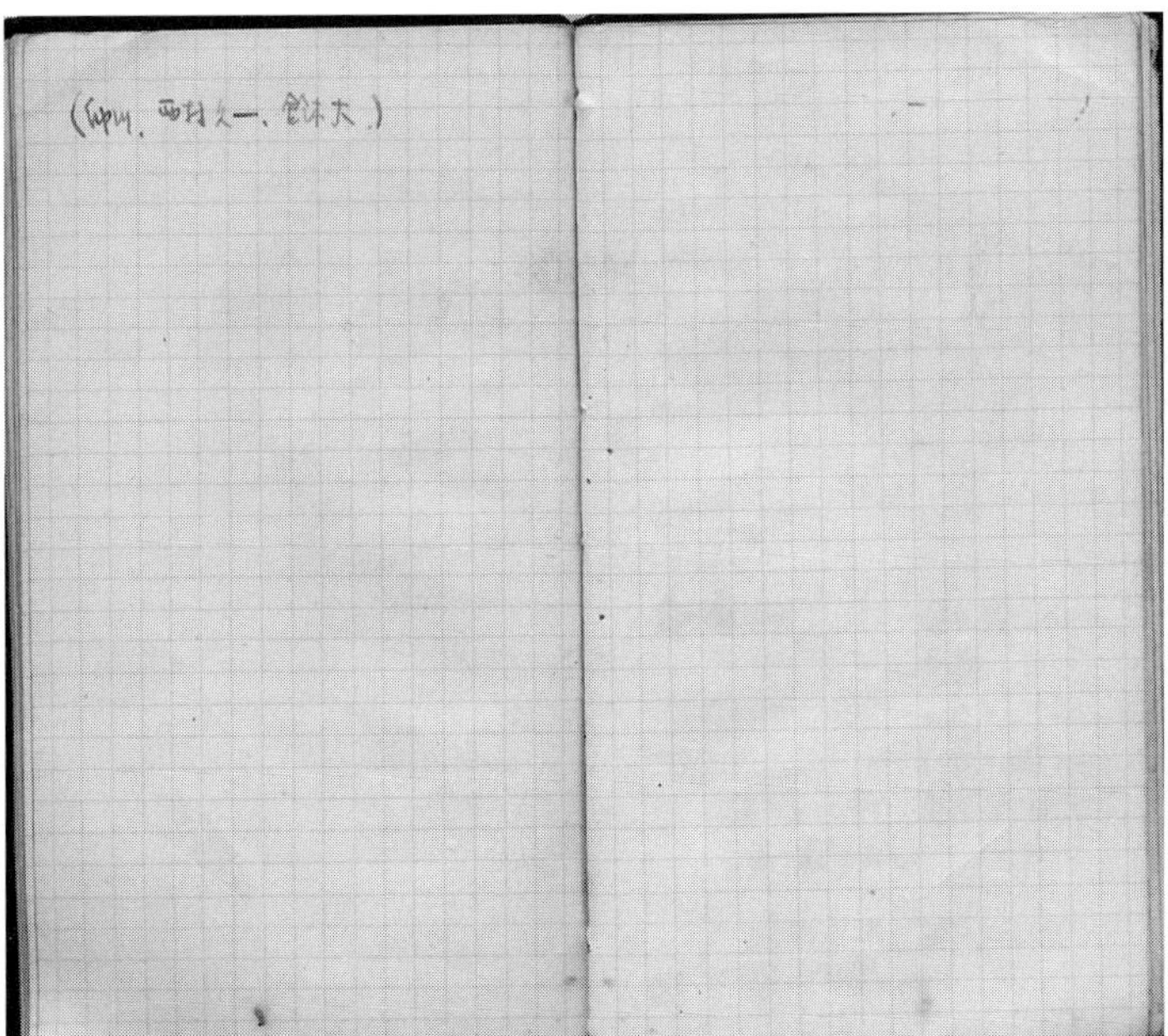

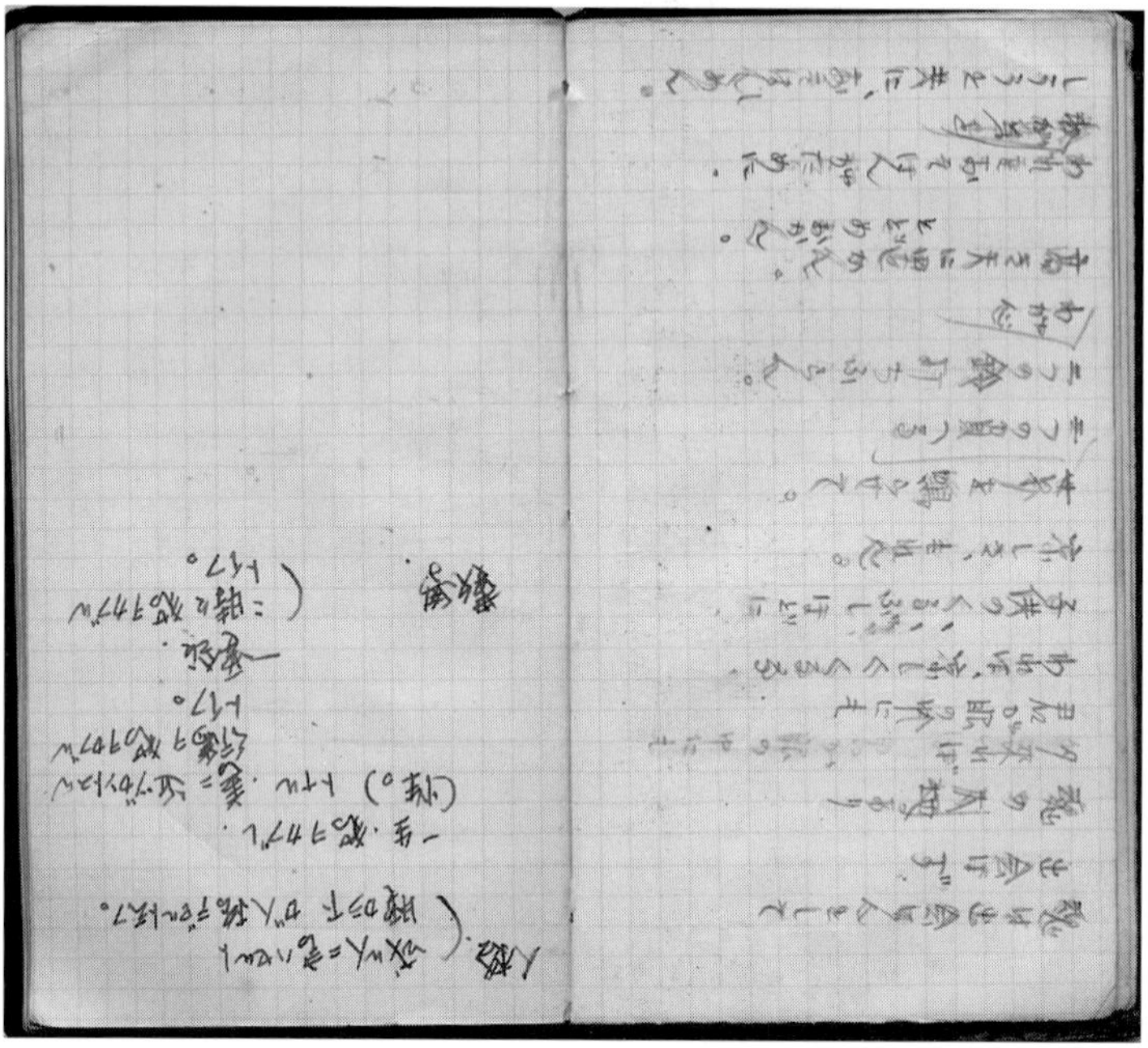

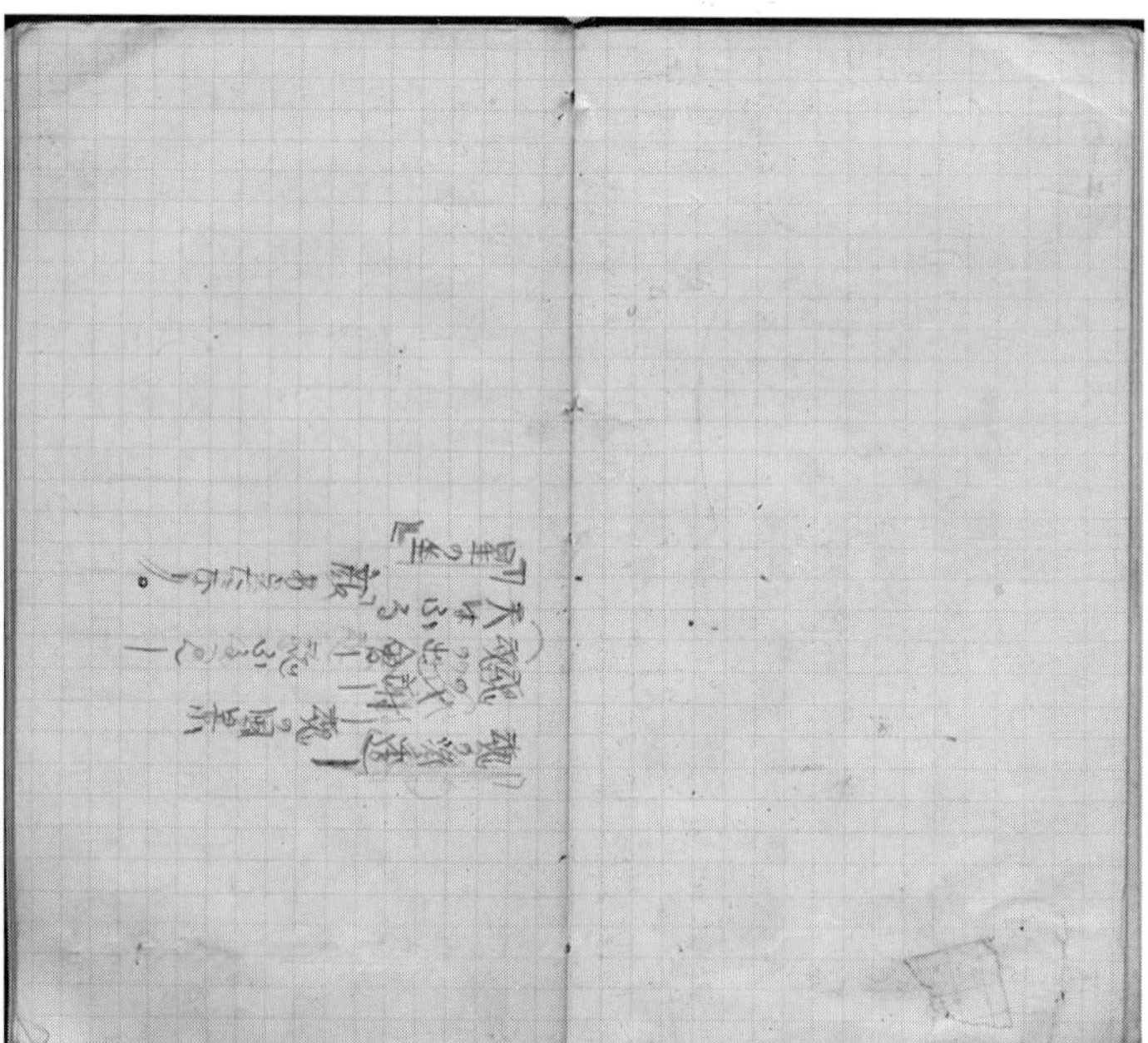

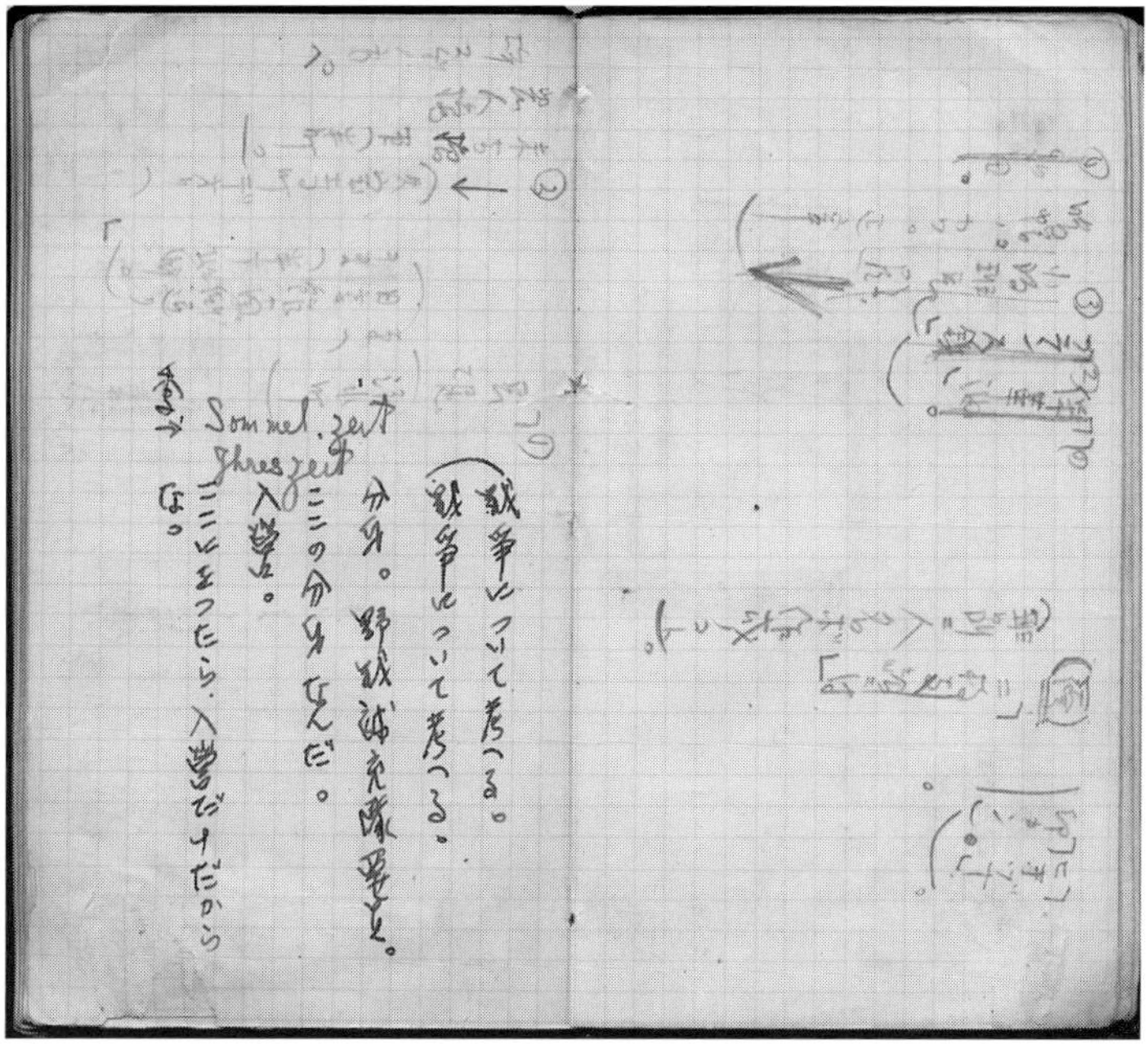

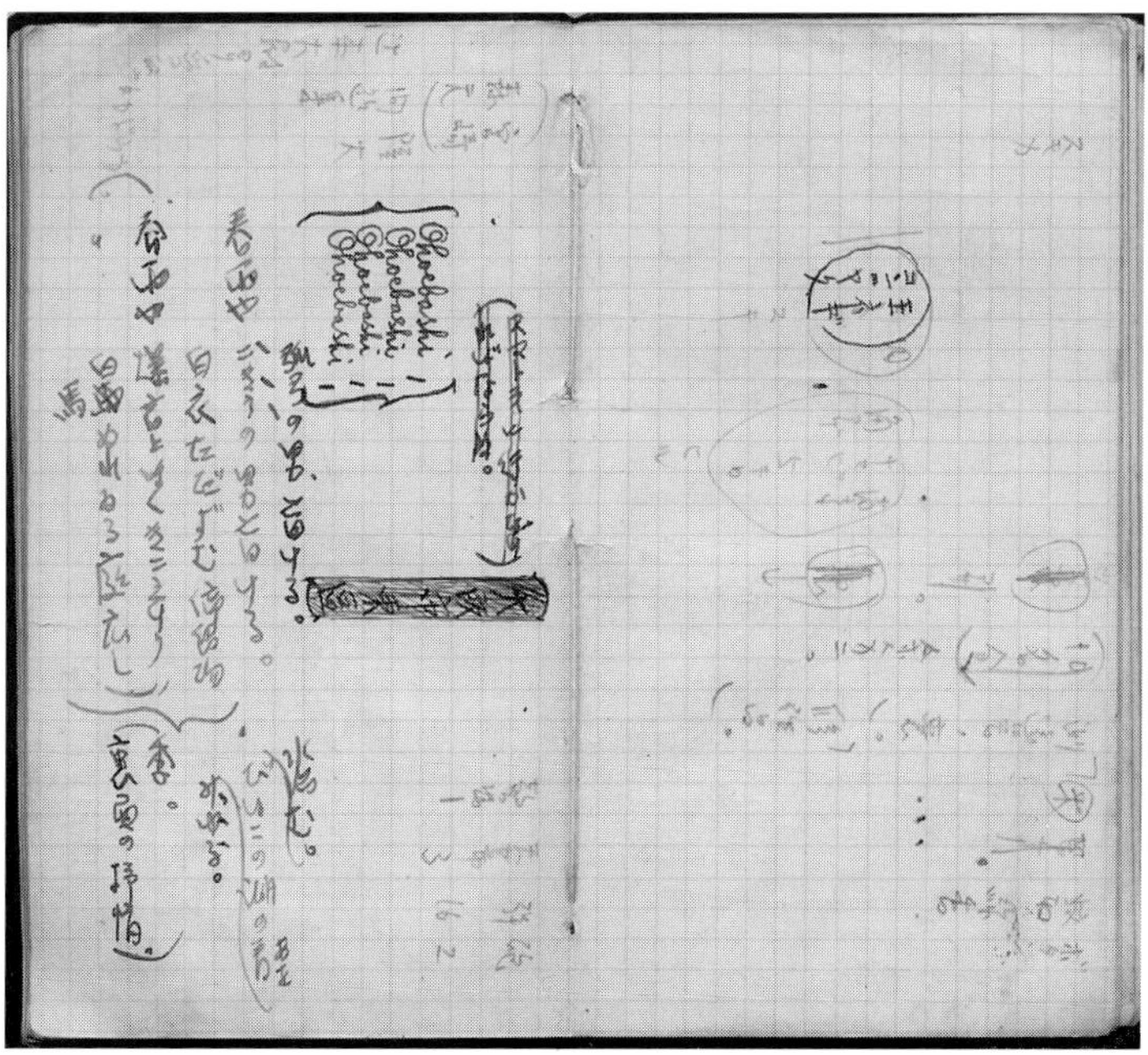

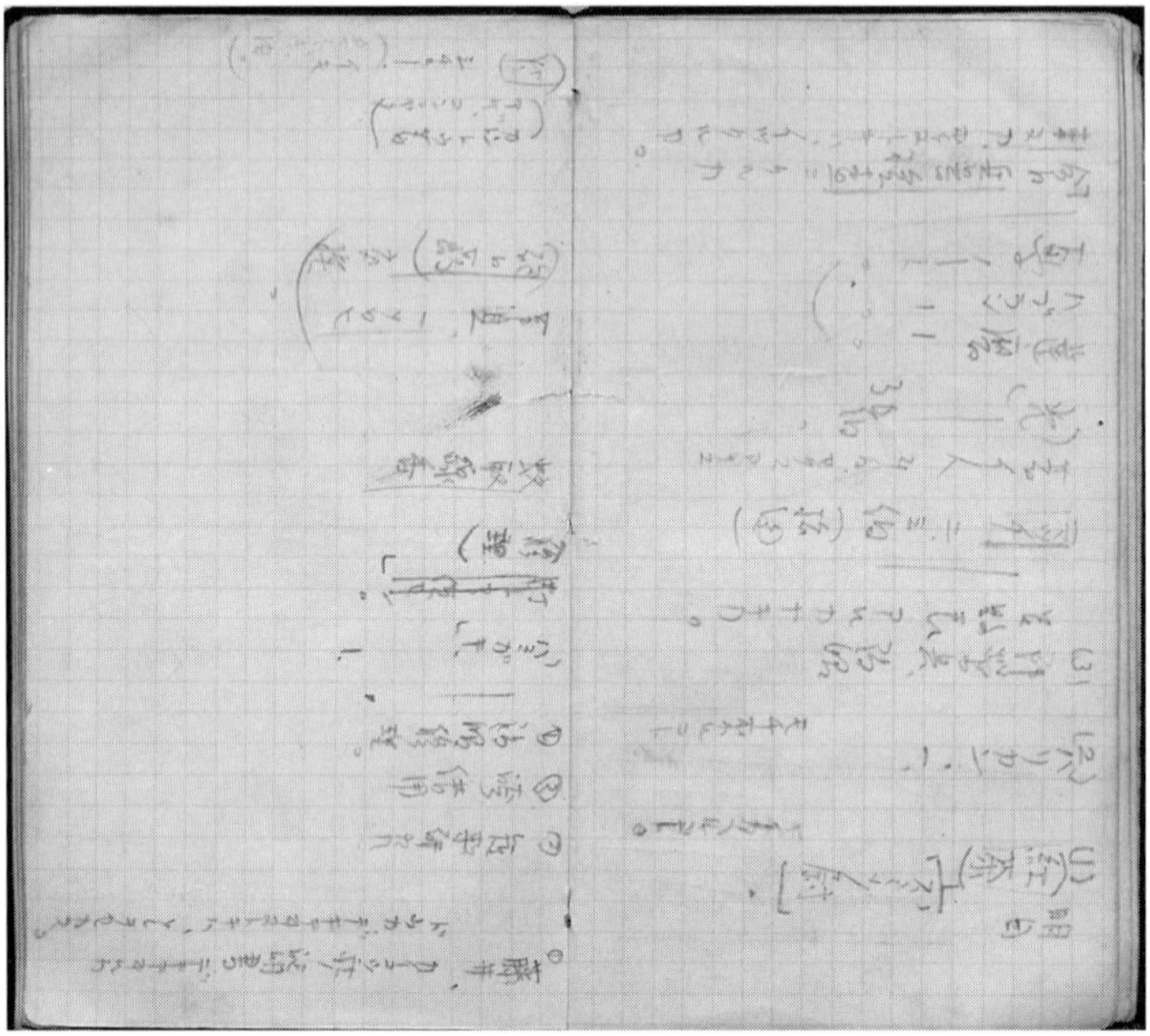

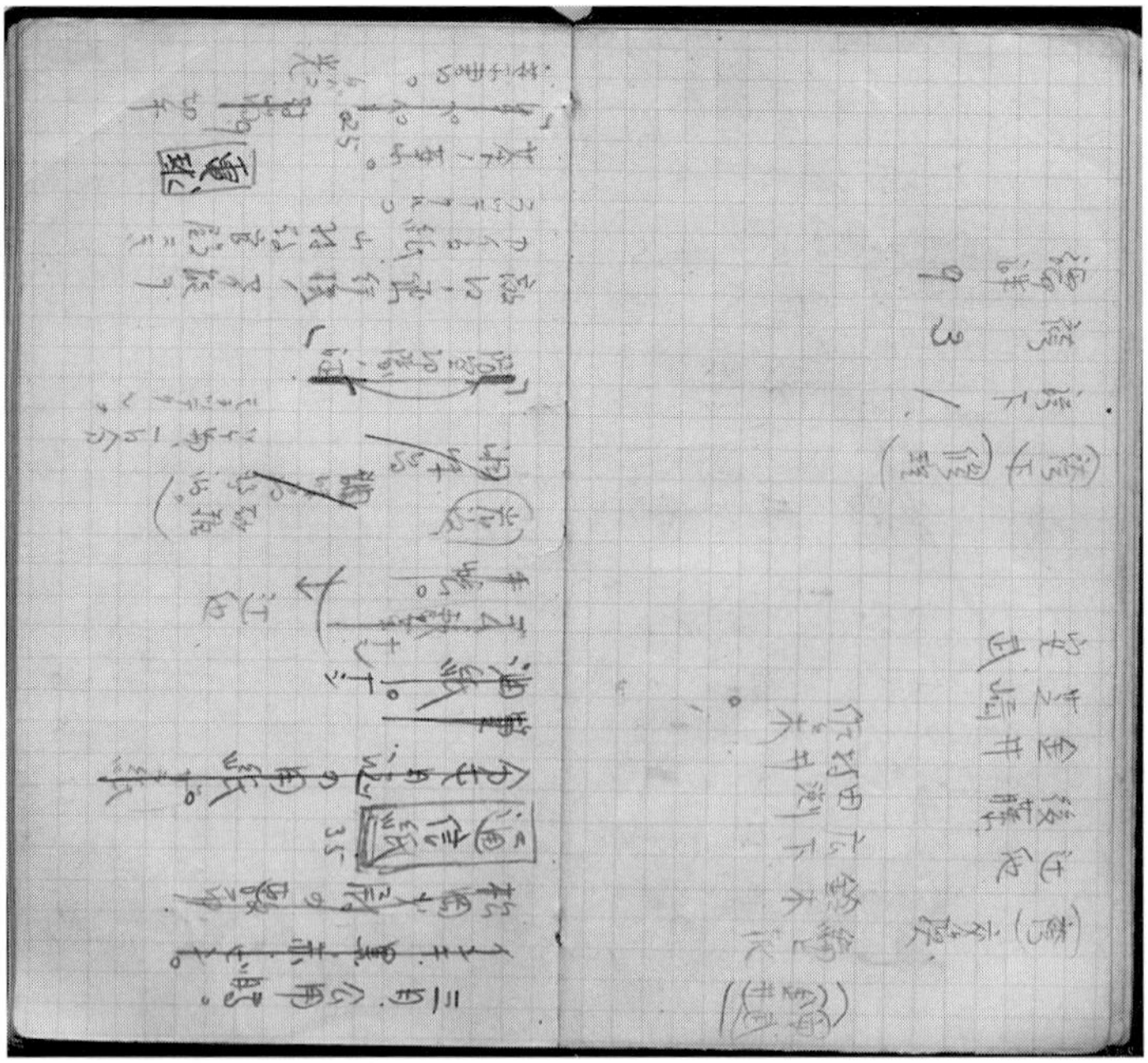

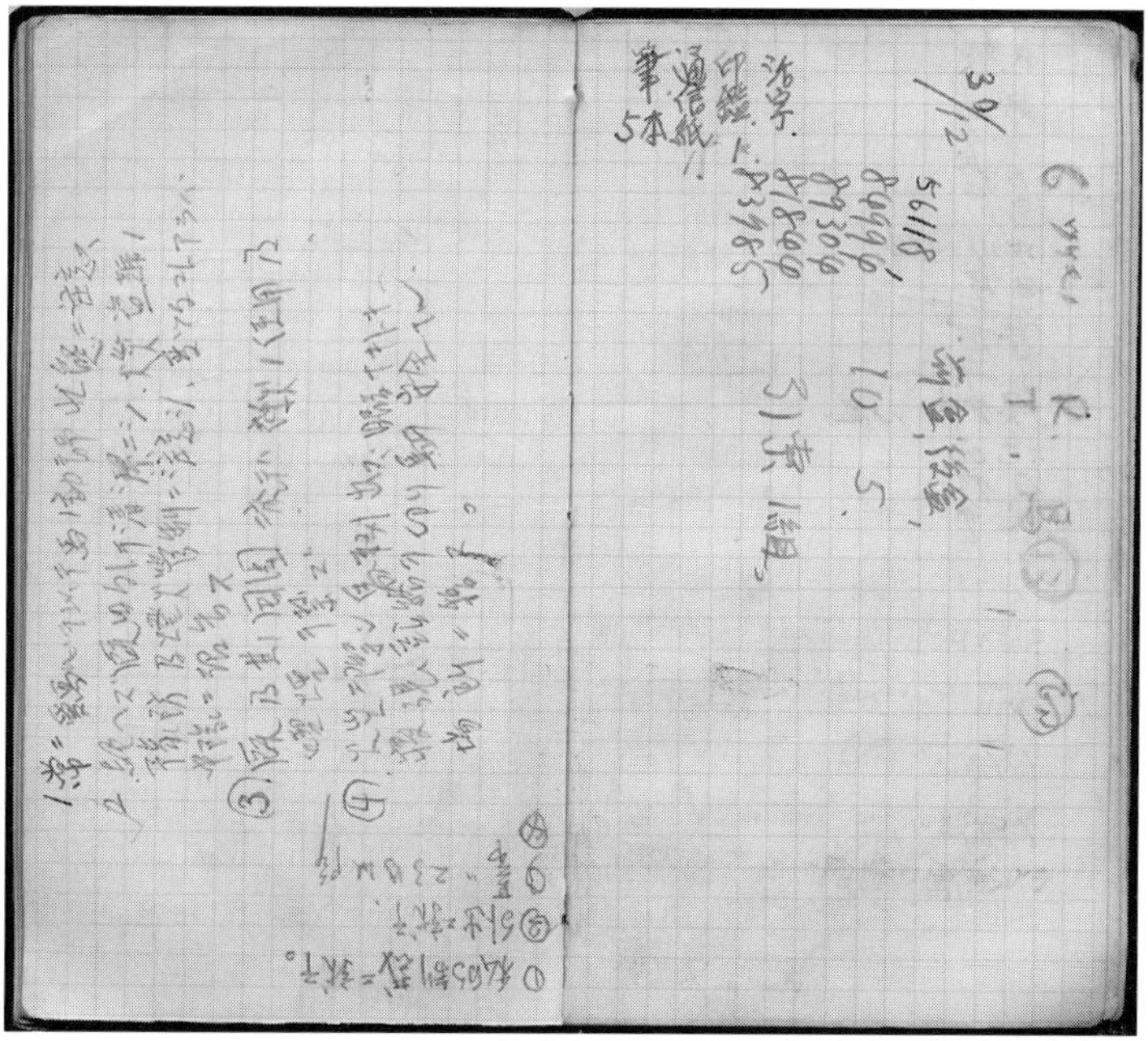

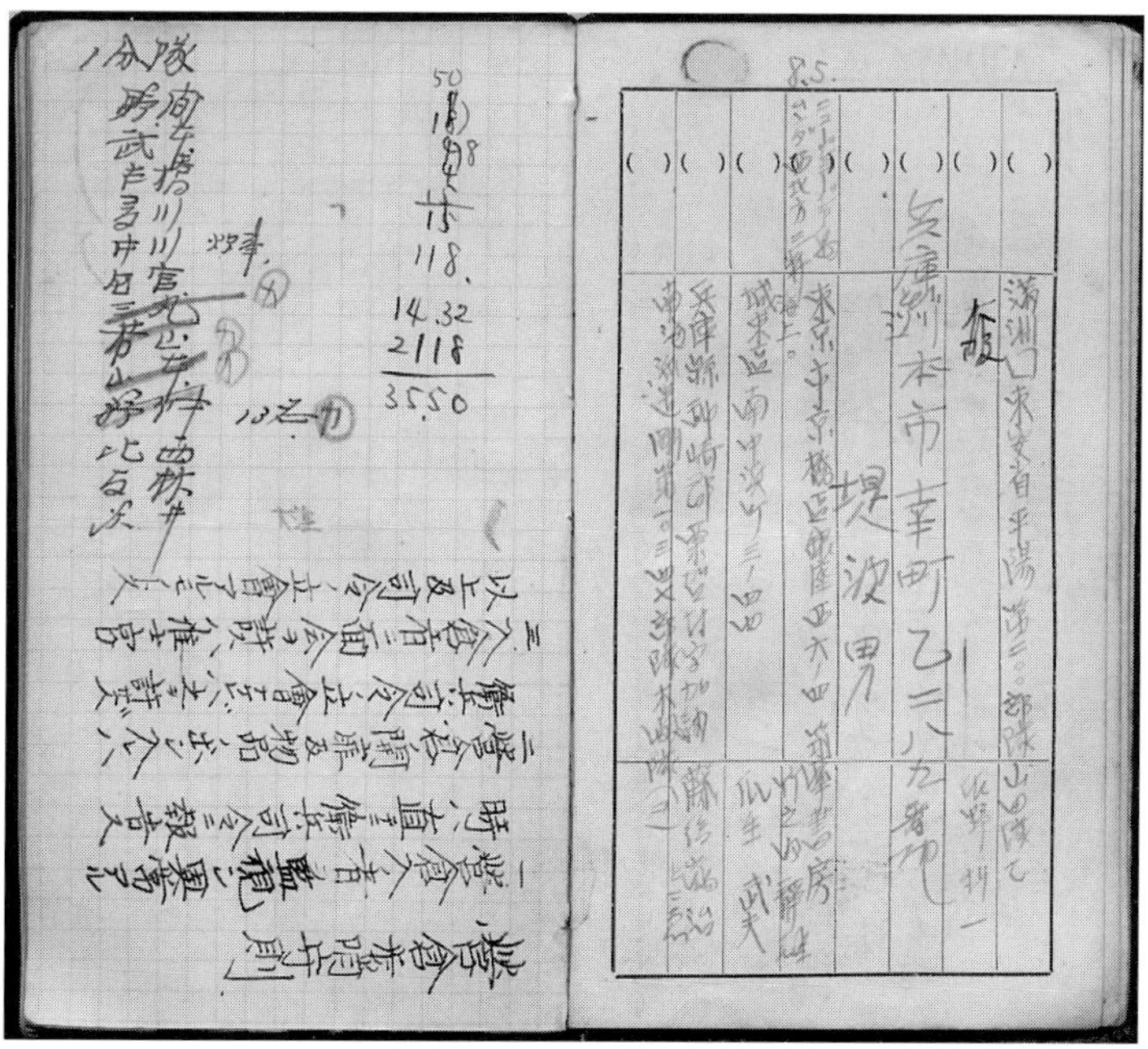

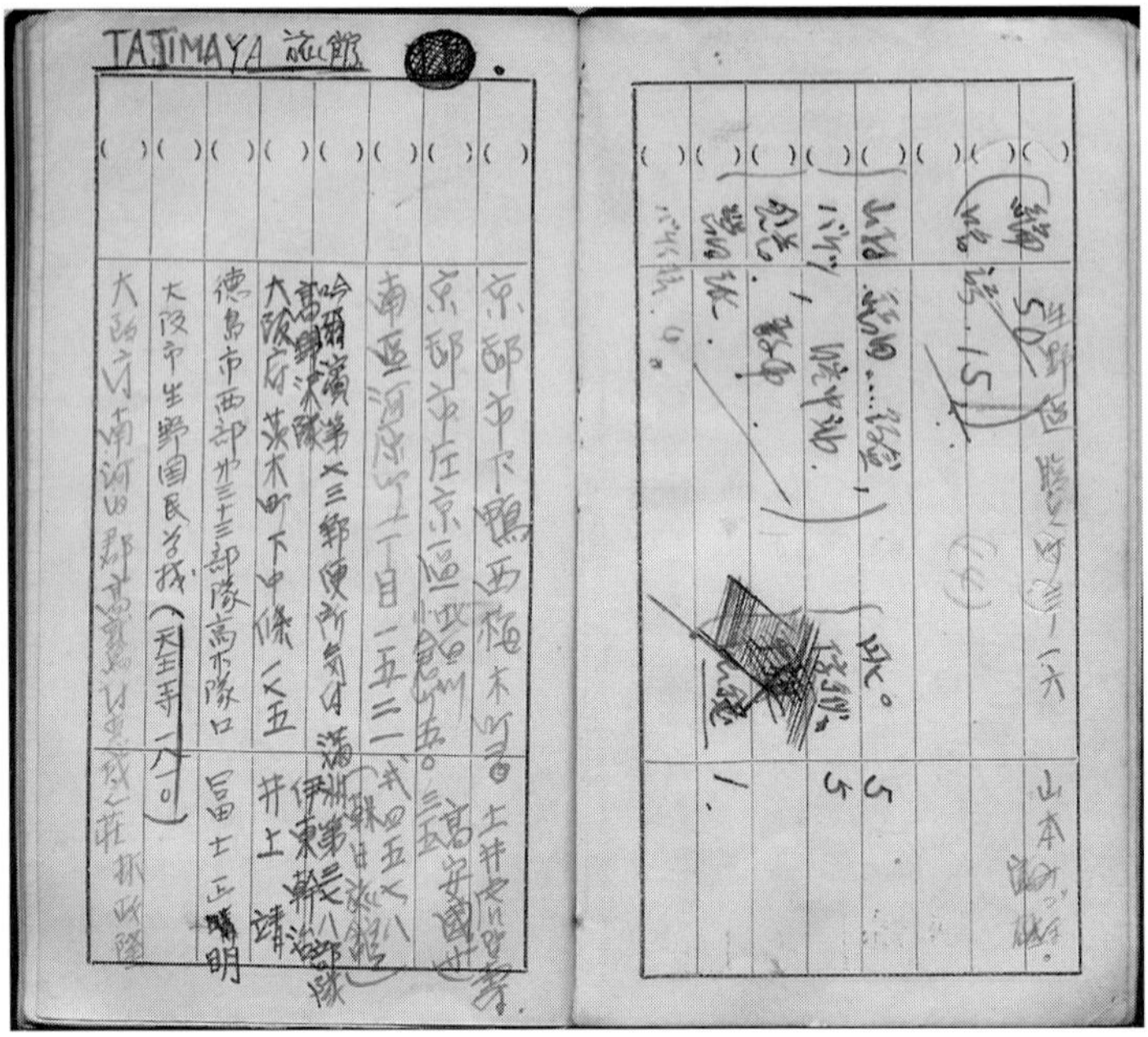
TAJIMAYA 旅館

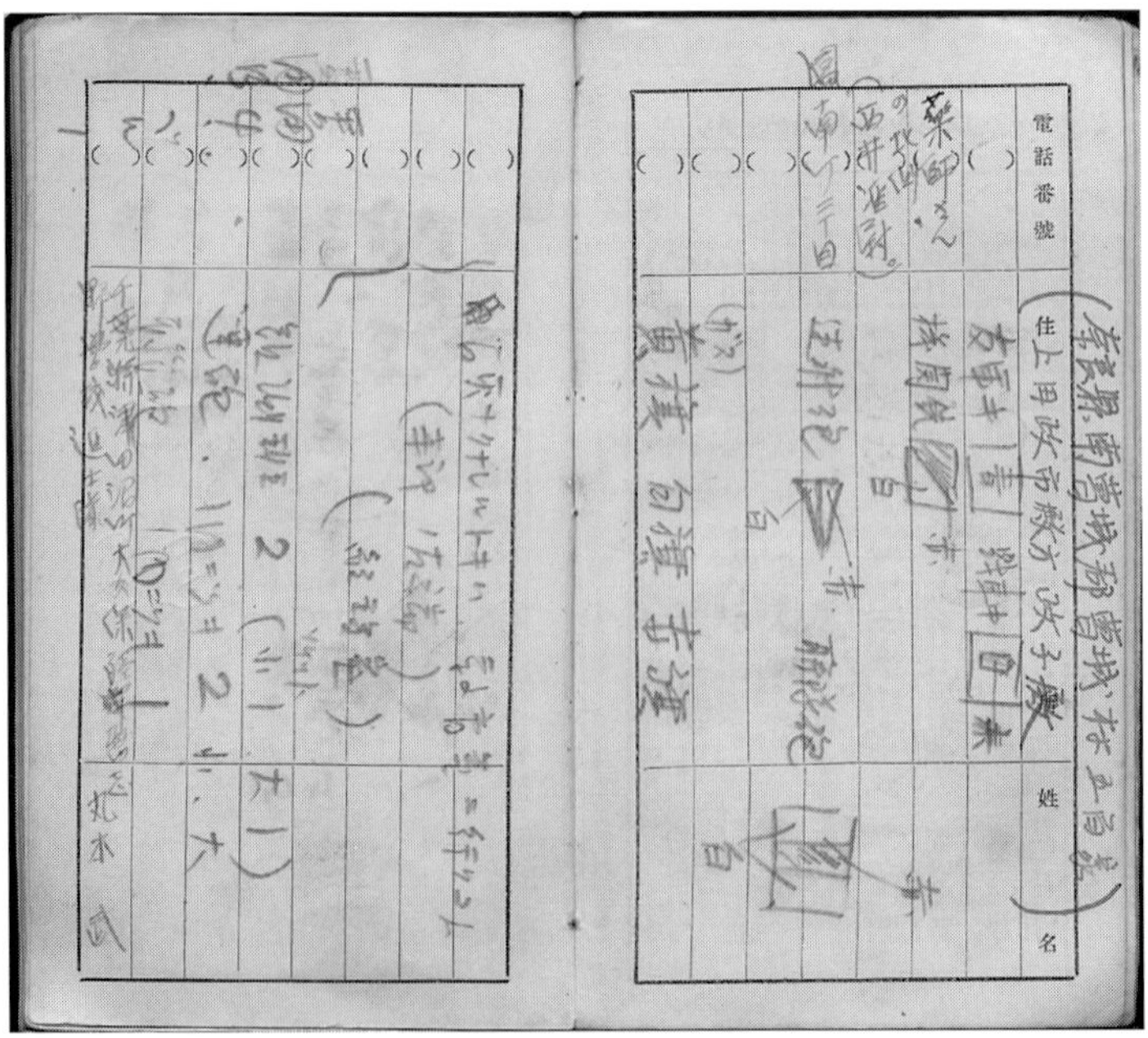
電話番號
住
姓
名

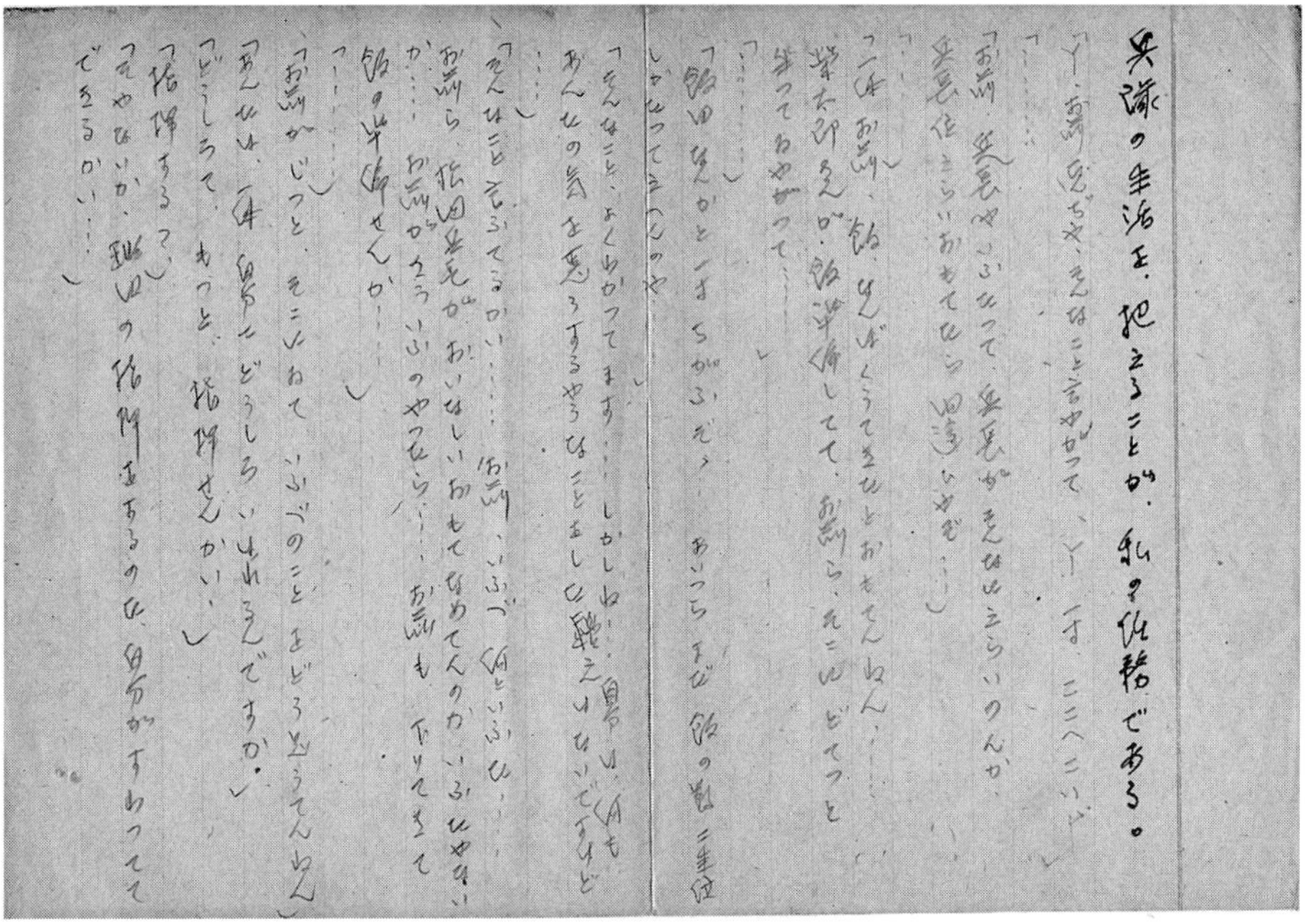

兵隊の生活を、把へることが、私の任務である。

「Y、お前見ぢや、えなこと言やがつて、Y一寸ここへこい」

「……」

「お前、兵長やいふたつて、兵長がそんなにえらいのんか、兵長位えらいおもてたら間違ひやぞ……」

「……」

「一体お前、飯上げぐらいできんとおもてんねん……柴太郎見ろ、飯準備してて、お前ら、それはどてつと坐つておやがつて……」

「……」

「飯は[illegible]と一寸ちがふぞ、あいつらすぐ飯の数二三位しかもつてきへんのや」

「そんなこと、よくわかつてます……しかしね、自分は、何もあんたの気を悪ろするやうなことをした覚えはないですけど……」

「そんなこと言ふてるかい……お前、いふて何といふた……お前ら、指図兵長がおいなしいおもてなめてんのかいふたやないか……お前がさういふのやつたら……お前も下りてきて飯の準備せんか」

「……」

「お前がじつと、そこにねて、ふつうのこともどうようてんねん」

「あんたは、一体自分にどうしろいはれるんですか。」

「どうしろて、もつと、指揮せんかい」

「指揮するつて、」

「そやないか、班の指揮をするのは、自分がすわつててできるかい……」

それから、飯の数の多いもんが、なんでもしてて、それを[illegible]りていらん顔してやがつたら、どつくぞ……いふとけどみんなきいとけば、どつきたおしたるさかい」

Yは

今日は[illegible]で私に会つたとき、かういふ。

「柴太郎よつぽど[illegible]がつやつたらかおもたけど、じつとしておきや何もかここへんでもここの[illegible]してるんやろ、さうとちがふか」

「うん」私。

班長は私に云ふ。

「いきあんなこといふ者ないよ、自分で何もしやがらんと、いふのなら、ちやんと自分がしよ。」何一も言はずとも

[illegible]ないけどな」

班長は入浴でいかつかへつてきたあとに言ふ

今日、Y、バッチ入れられてたあ――」

兵隊達の生活はかうして一じつとは[illegible]の生活である。許し忘れ、許し忘れ、生活である。

「はいふ、おい、のまへ、これから、班長のこともかういふことにしたら[illegible]んやぞ。第三班目、半鐘[illegible]なつてる なつてる、半鐘、が」

しようもないのは兵隊や、将校がきつうあたりまつ[illegible]ないで、下士官は兵隊のとこつかつてきよる。兵隊は[illegible]

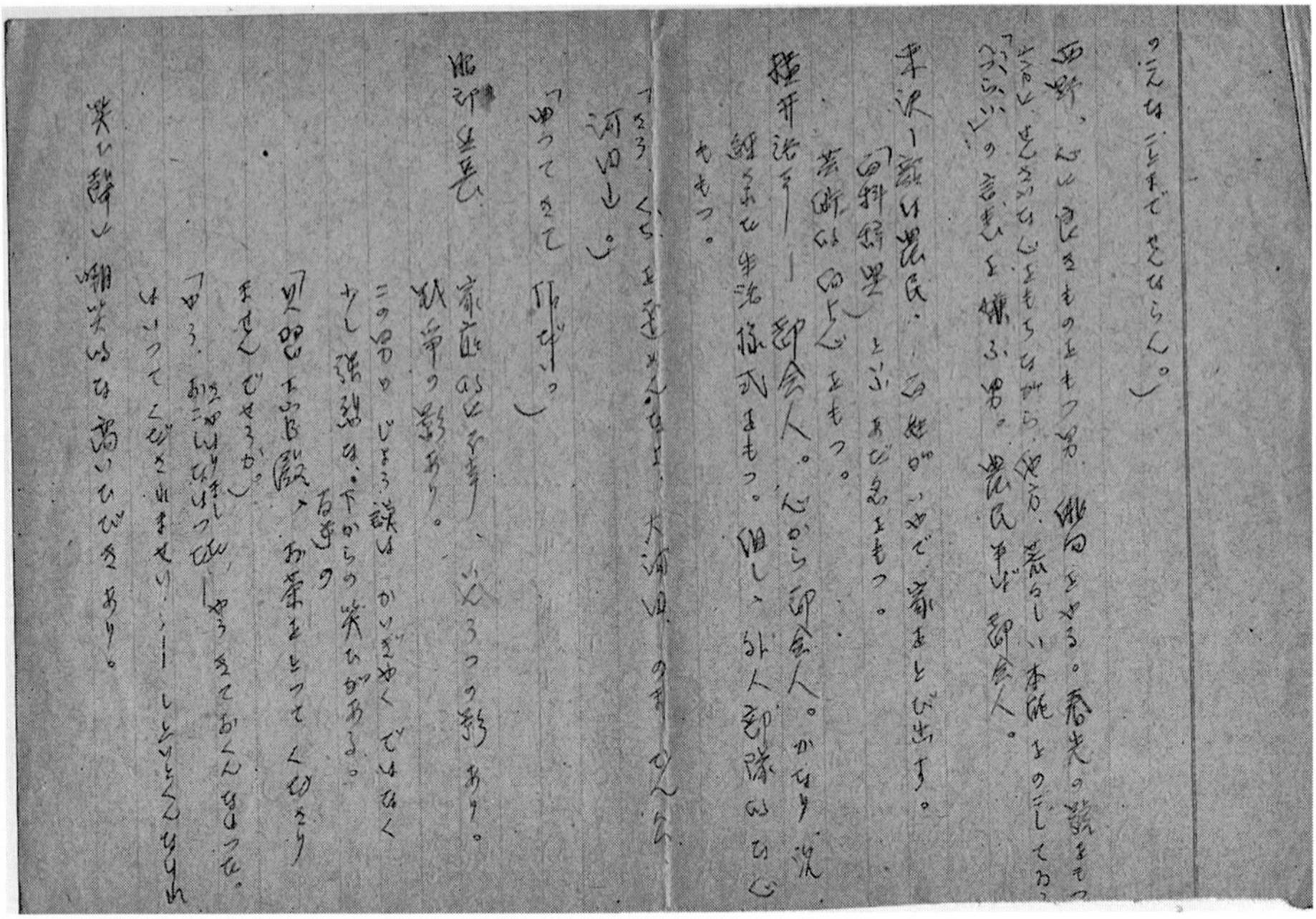

[illegible]はここまでせねばならん。」

西野、心は良きものをもつ男。纖細をもつ（？）。春光の詩をもつ
「言はず語らぬ心をもちながら、地方、荒らしい本能をのこしてお
「おらが」の言葉を嫌ふ男。農民半ば都会人。

米沢一族は農民。百姓がいやで家をとび出す。
「百科辞典」とふあだ名をもつ。
芸術的な心をもつ。

桜井治平——都会人。心から都会人。かなり洗
練された生活様式をもつ。但し外人部隊的な心
をもつ。

「[illegible]、くちをきいてくれよ、大河田[illegible]」
河田よ。」
「帰ってきて下さい。」

[illegible]兵長　家庭的な幸、不幸の影あり。
戦争の影あり。
この男のじょう談はかいぎゃくではなく
少し諧謔的。下からの笑ひがある。
「兵隊さんの[illegible]殿へお茶をとってください
ませんでせうか。」
「ねえ、お茶はいりましたけれど[illegible]やうきておくんなった。
はいつてくださいませ。——しとしと[illegible]
笑ひ声は嘲笑的な高いひびきあり。

功績書類処理規定

歩兵第三十[illegible]功績事務処理規定

第一條　十六年陸亜密第一八八七號大東亜戦争支那事変（第二次）従軍功績調査上申規定及陸亜密二〇五號[illegible]功績上申規定ニ則リ部隊内ニ於ケル事務処理規定ス

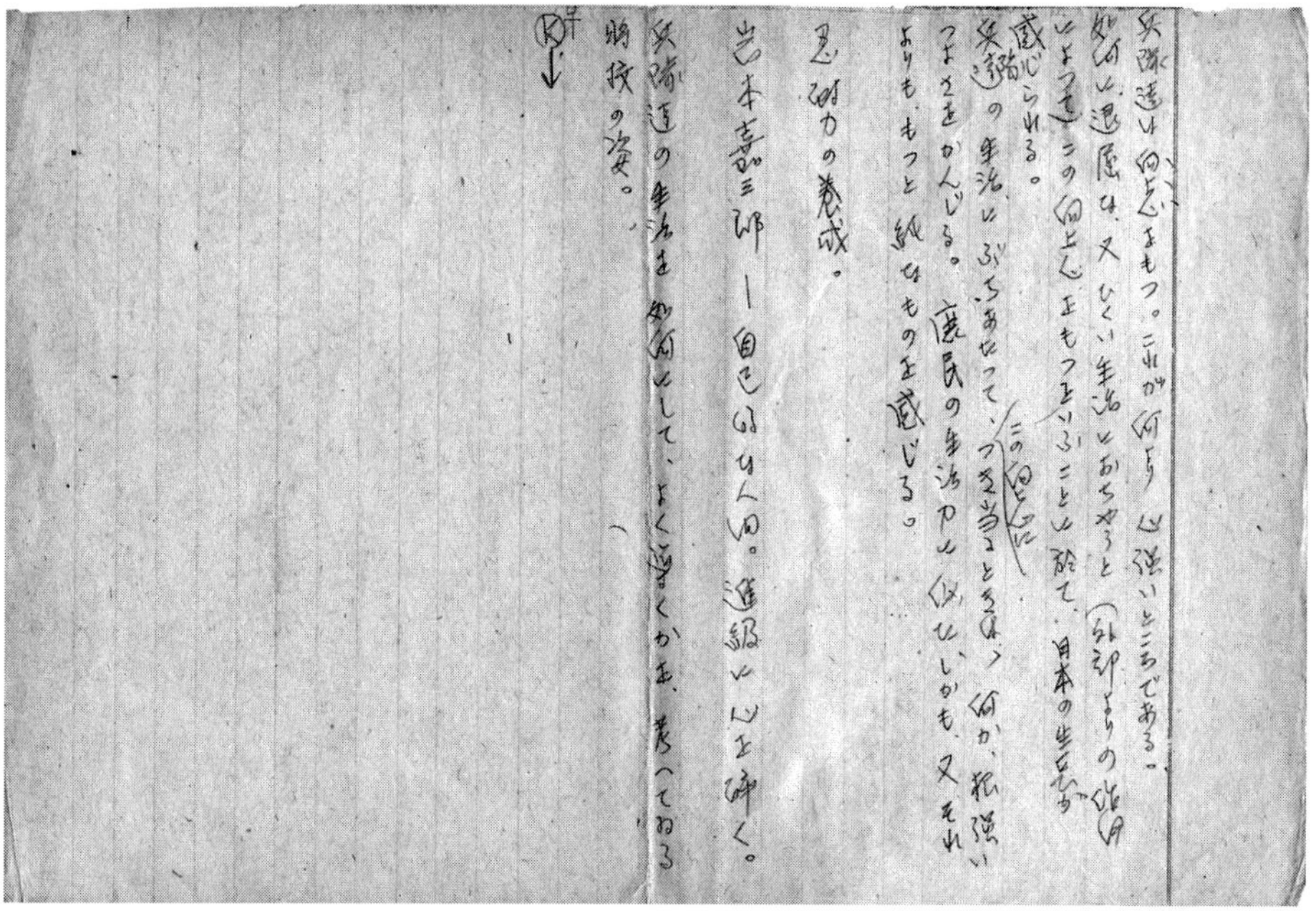

兵隊達は向上心をもつ。これが何より心強いところである。
如何に退屈な、又ひくい生活におちやうと（外部よりの低目によって）この向上心をもつといふことに於て、日本の生長が
感じられる。
兵隊の生活にぶちあたって、つき当ることは（この生活に）、何か、根強い
つよさをかんじる。庶民の生活力に似ている。しかも、又それ
よりも、もっと純なものを感じる。
忍耐力の養成。
岩本嘉三郎 ― 自己的な人間。進級に心を砕く。
兵隊達の生活を如何にして、よく導くかを、考へておる
将校の姿。
附 ↓

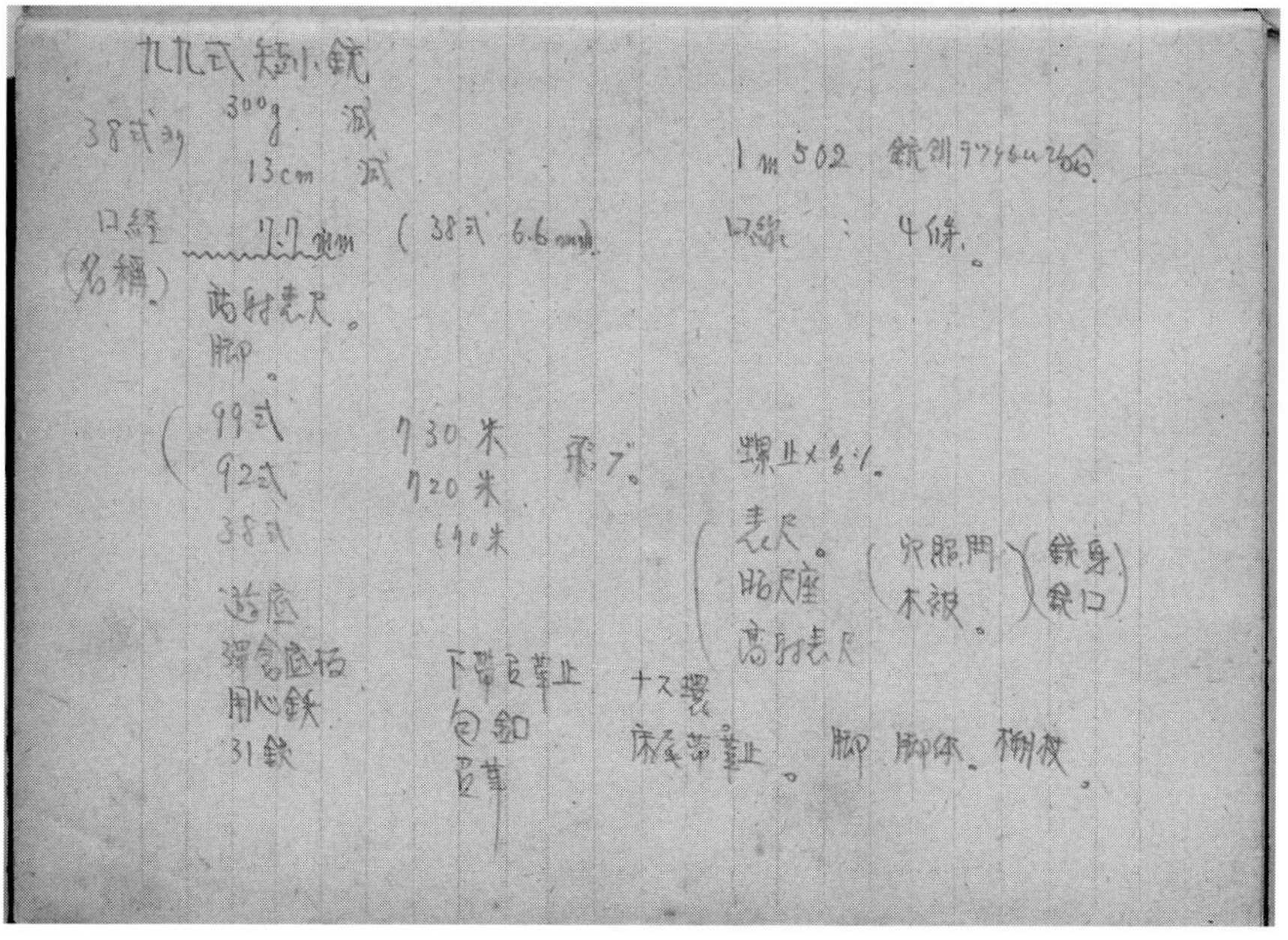

九九式短小銃
38式より 300g 減
13cm 減
1m 502 銃剣ヲツケルト1m66。
口径 7.7粍 （38式 6.6mm）
口綫 ： 4條。
（名稱）
高射表尺。
脚。
99式 730米
92式 720米 飛ブ。
38式 640米
螺止メ多シ。
表尺。
照尺座
高射表尺
穴照門
木被。
銃身
銃口
遊底
弾倉底板
用心鉄
31鉄
下帯革止
負釦
負革
十ス環
床尾帯革止。脚 脚体。槓杆。

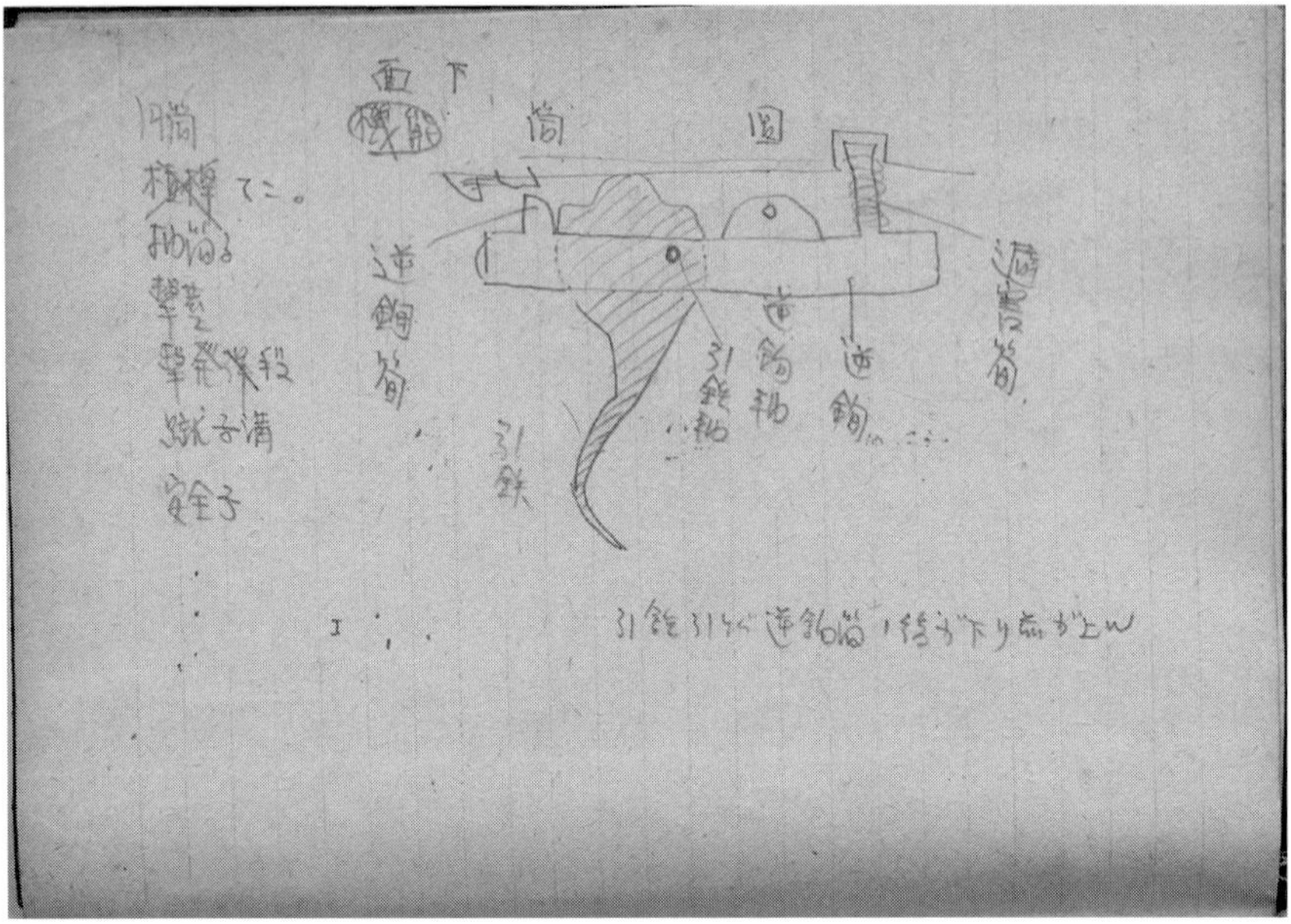

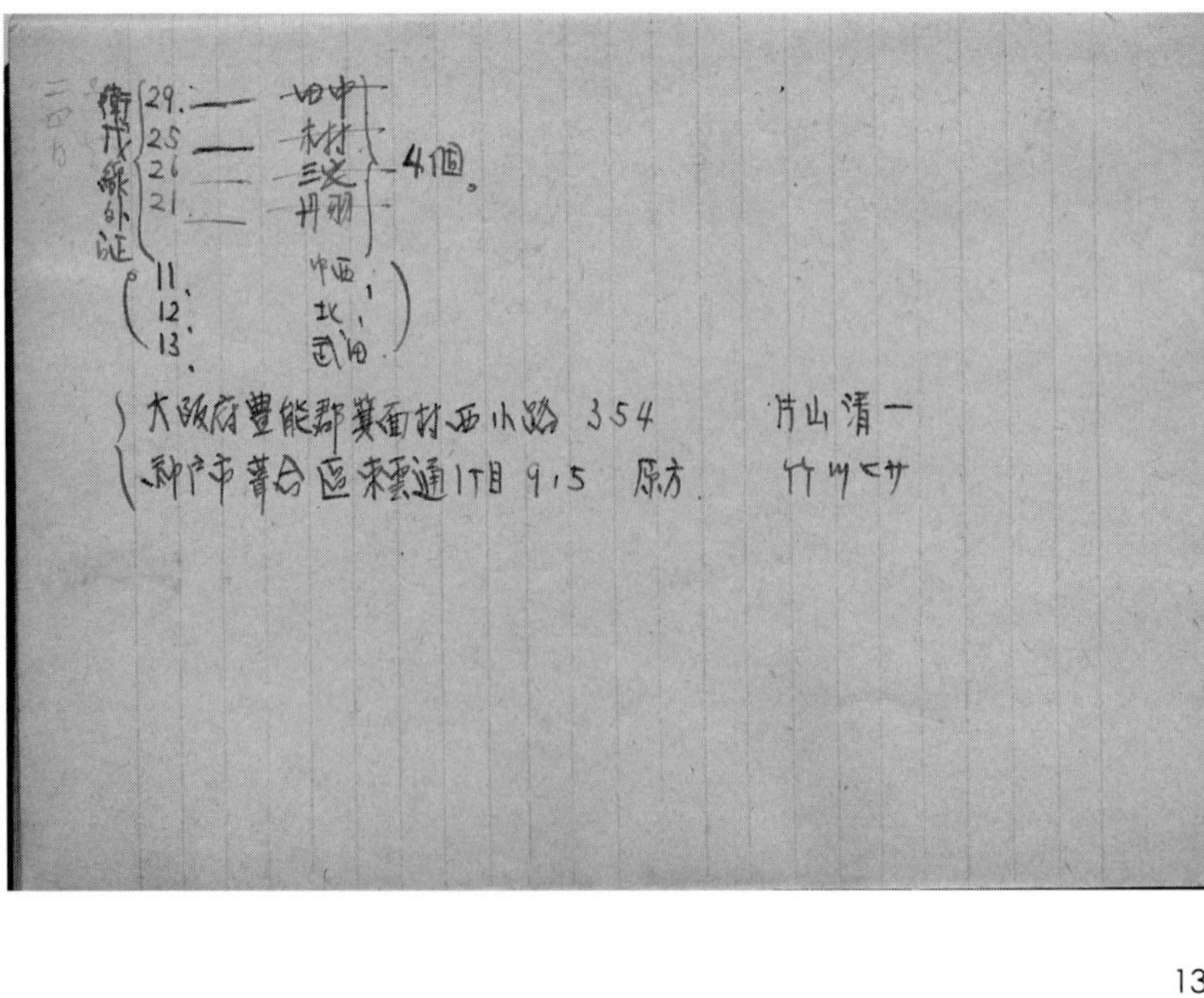
29. — 田中
25 — 木村
26 — 三宅
21 — 丹羽
4個。
11、中西
12、北
13、武田
大阪府豊能郡箕面村西小路 354 片山清一
神戸市葺合区東雲通1丁目 9.5 原方 竹内ヒサ

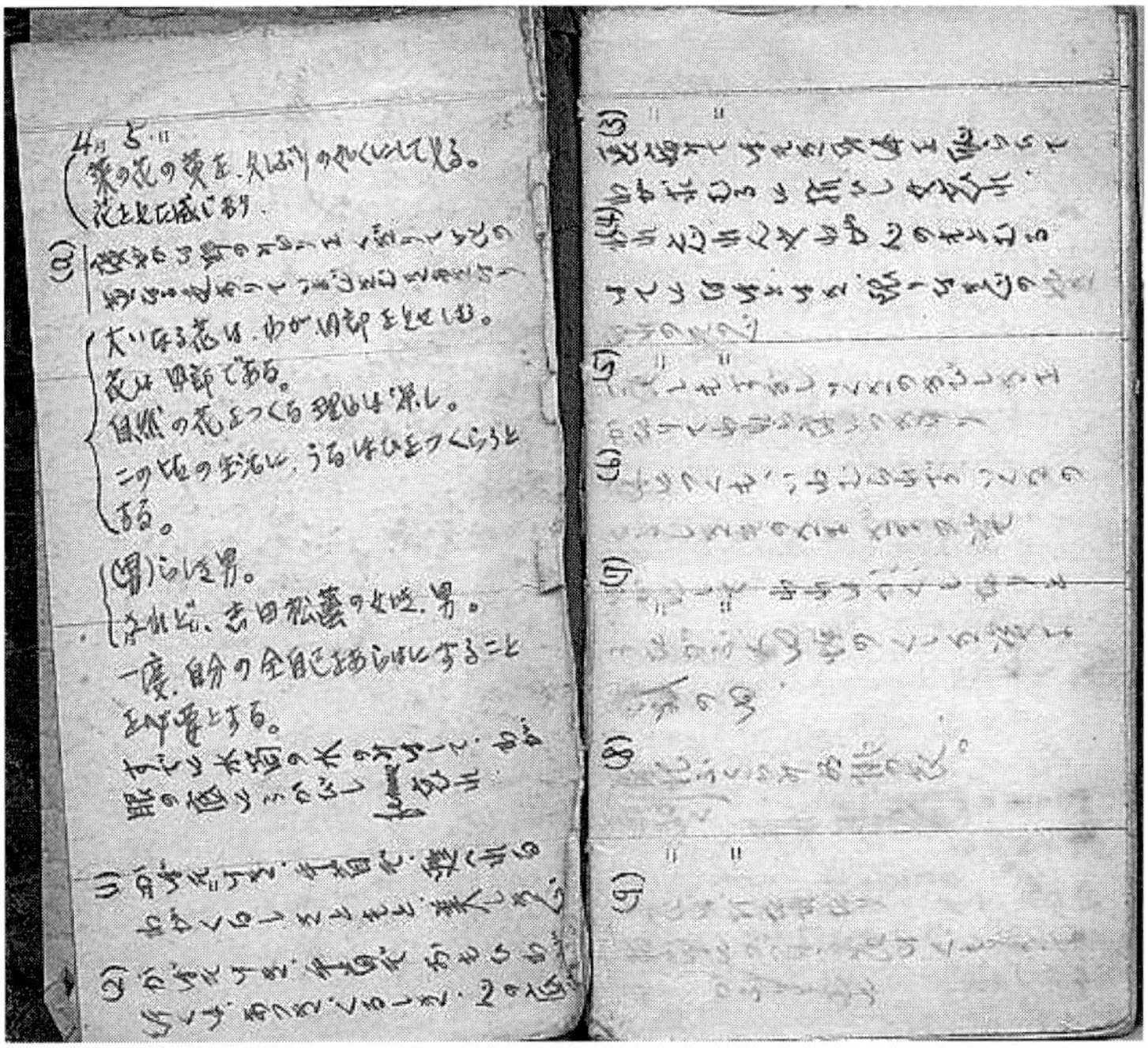

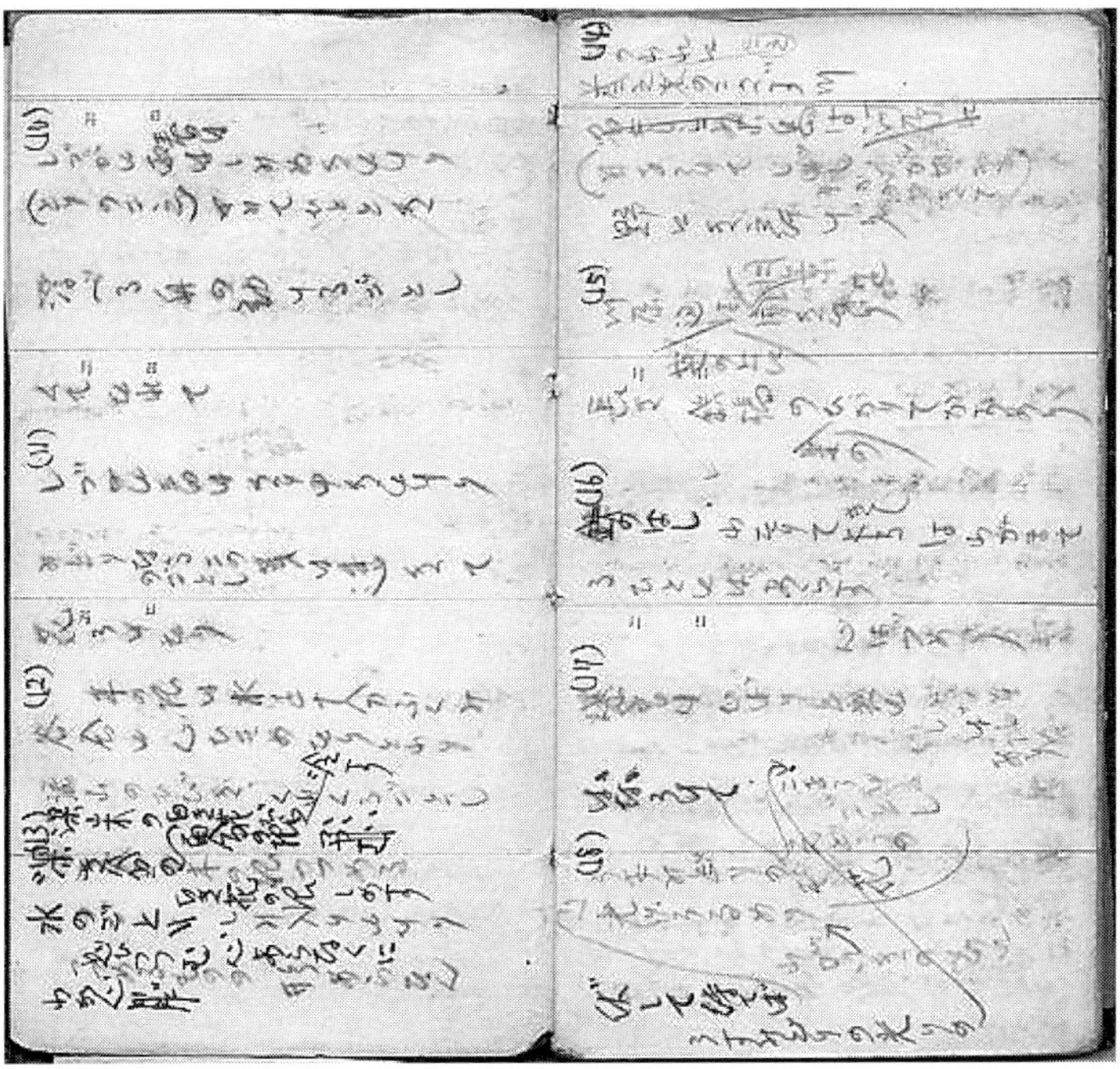

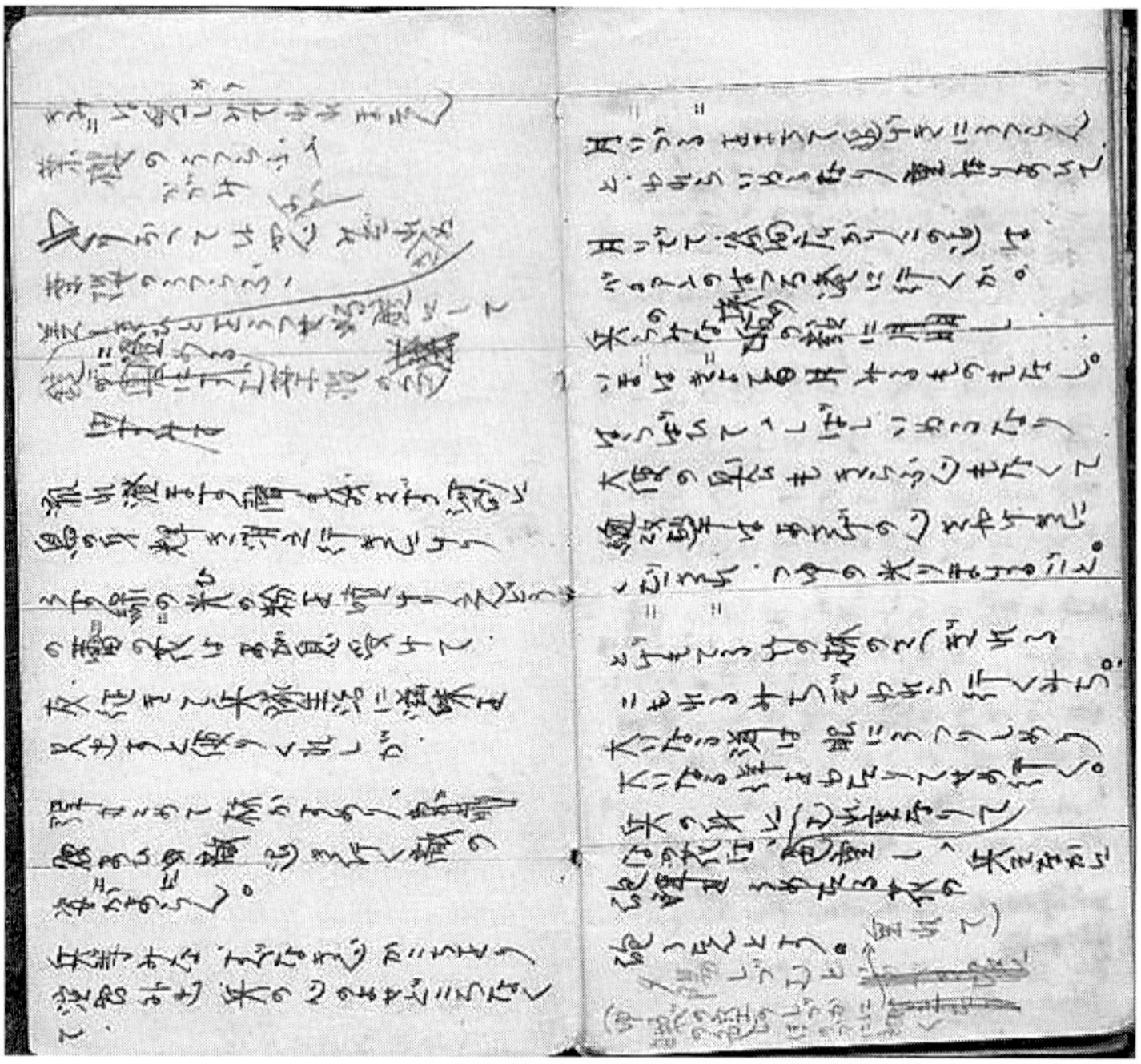

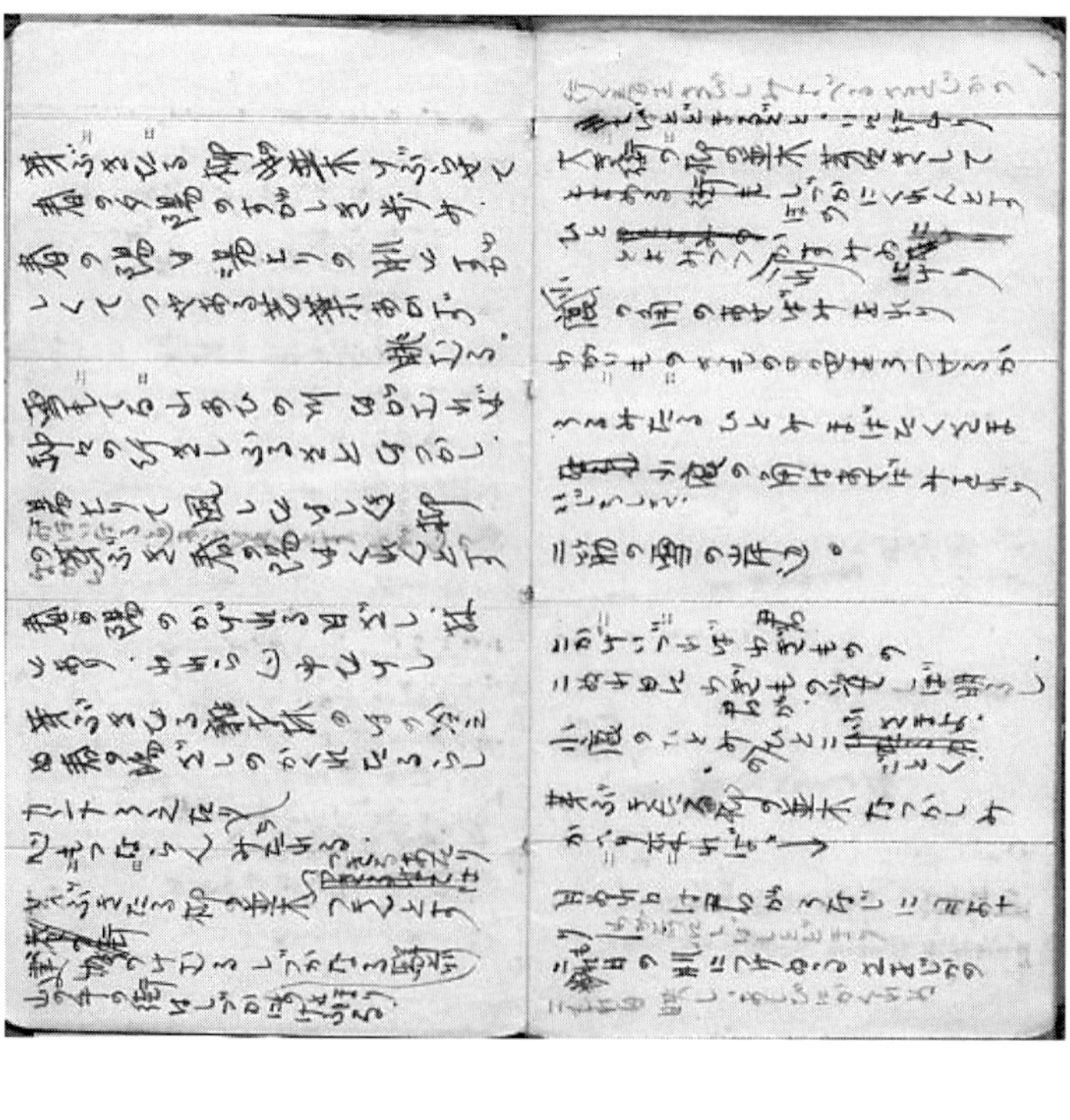

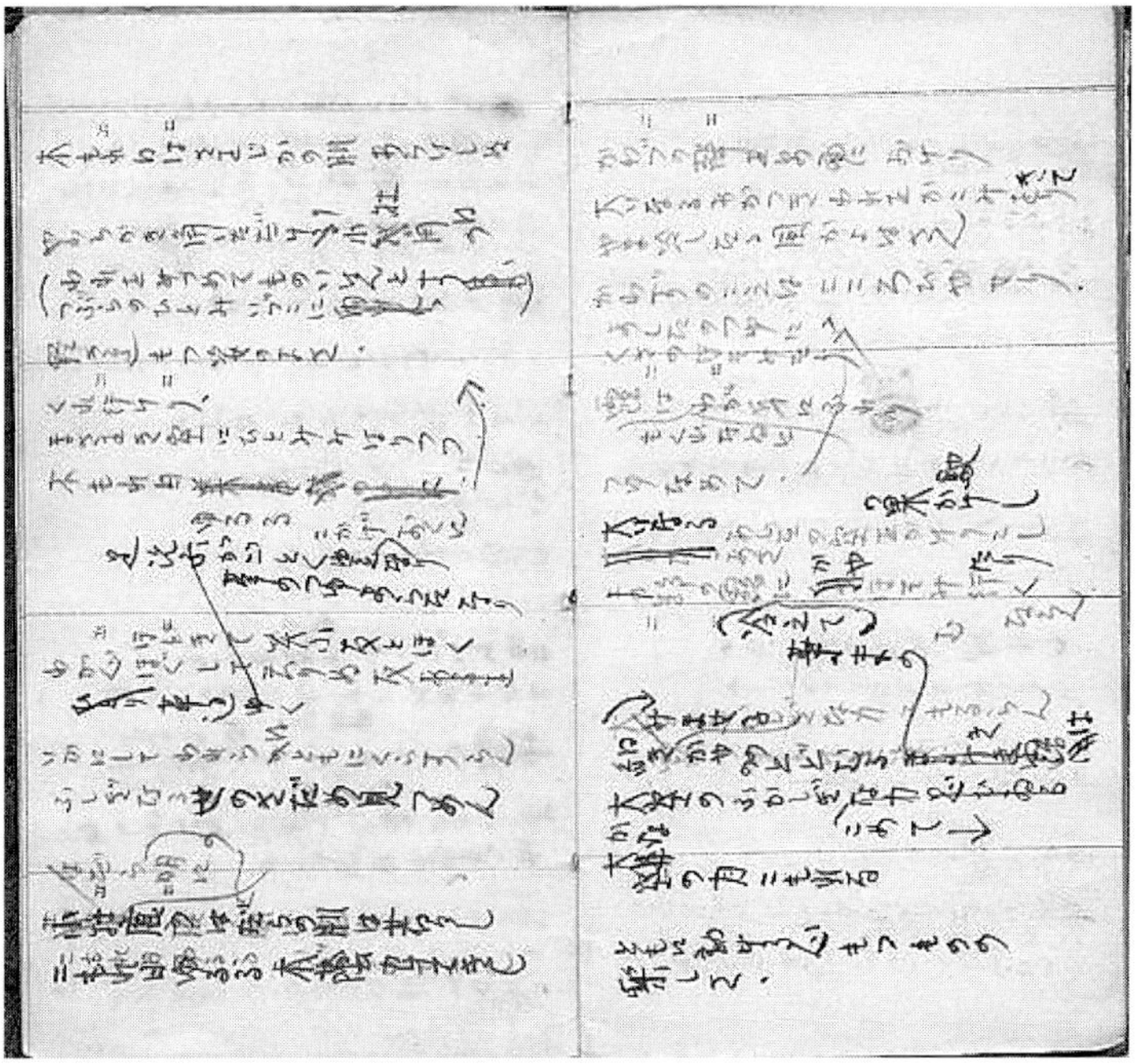

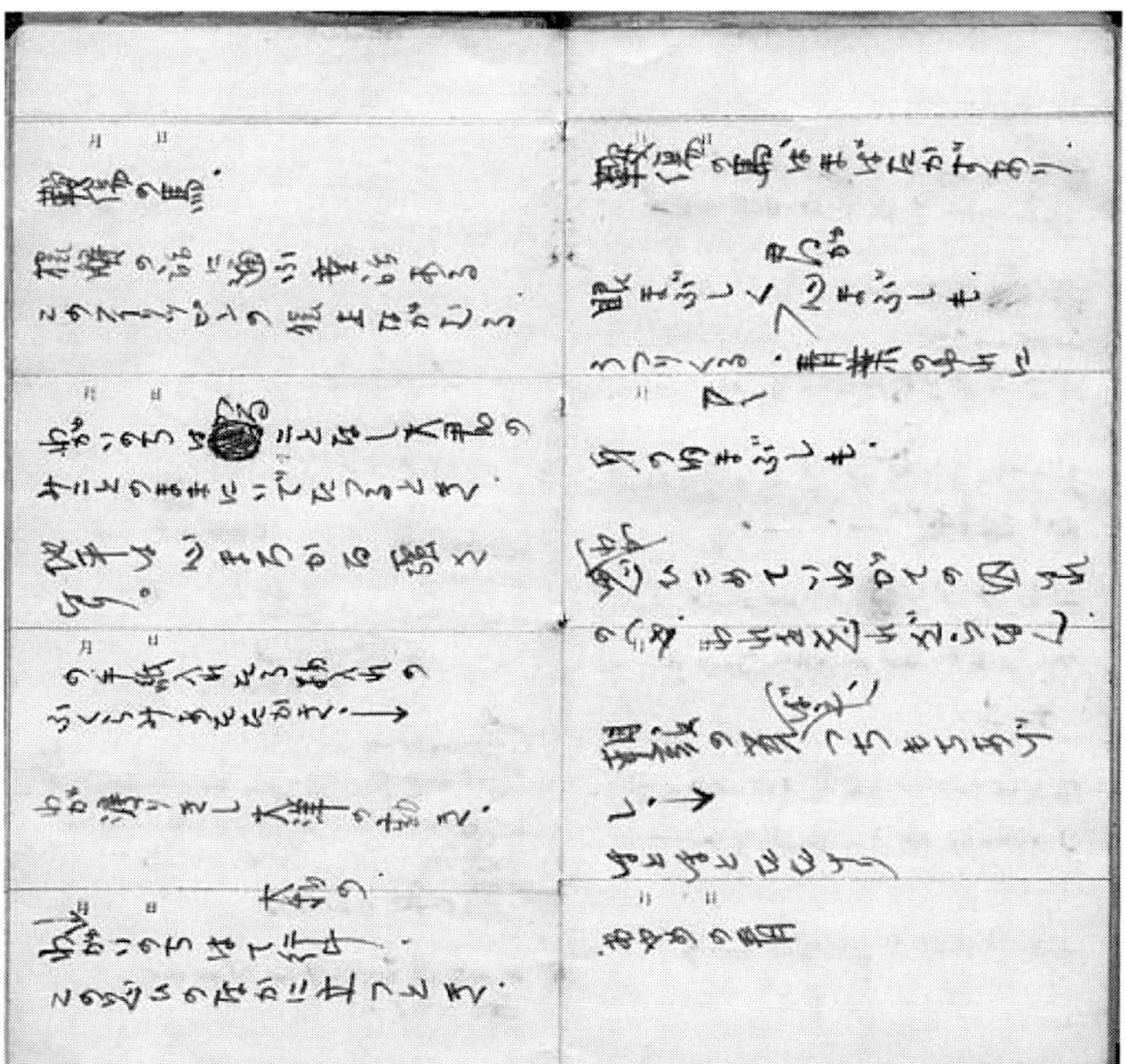

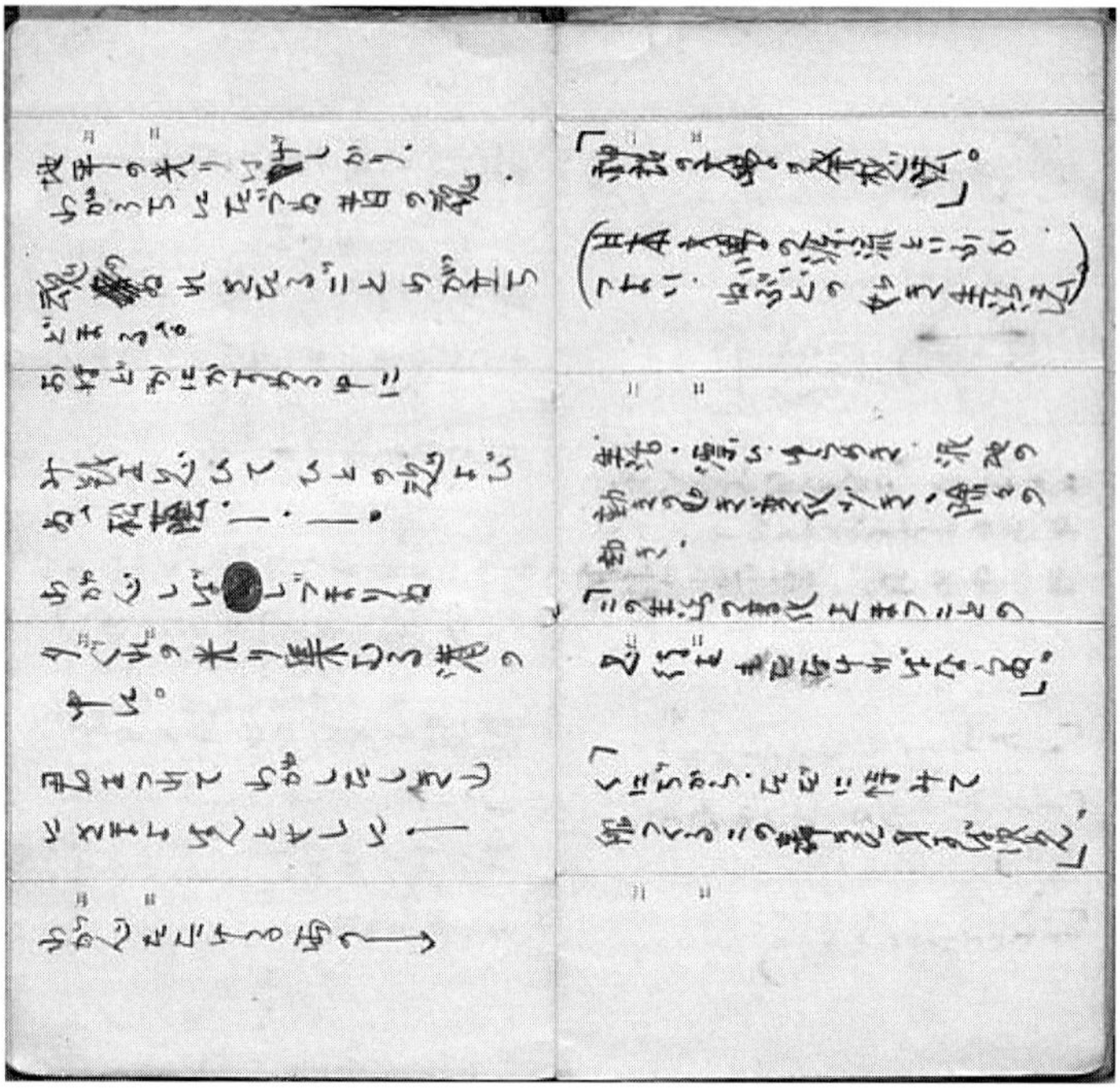

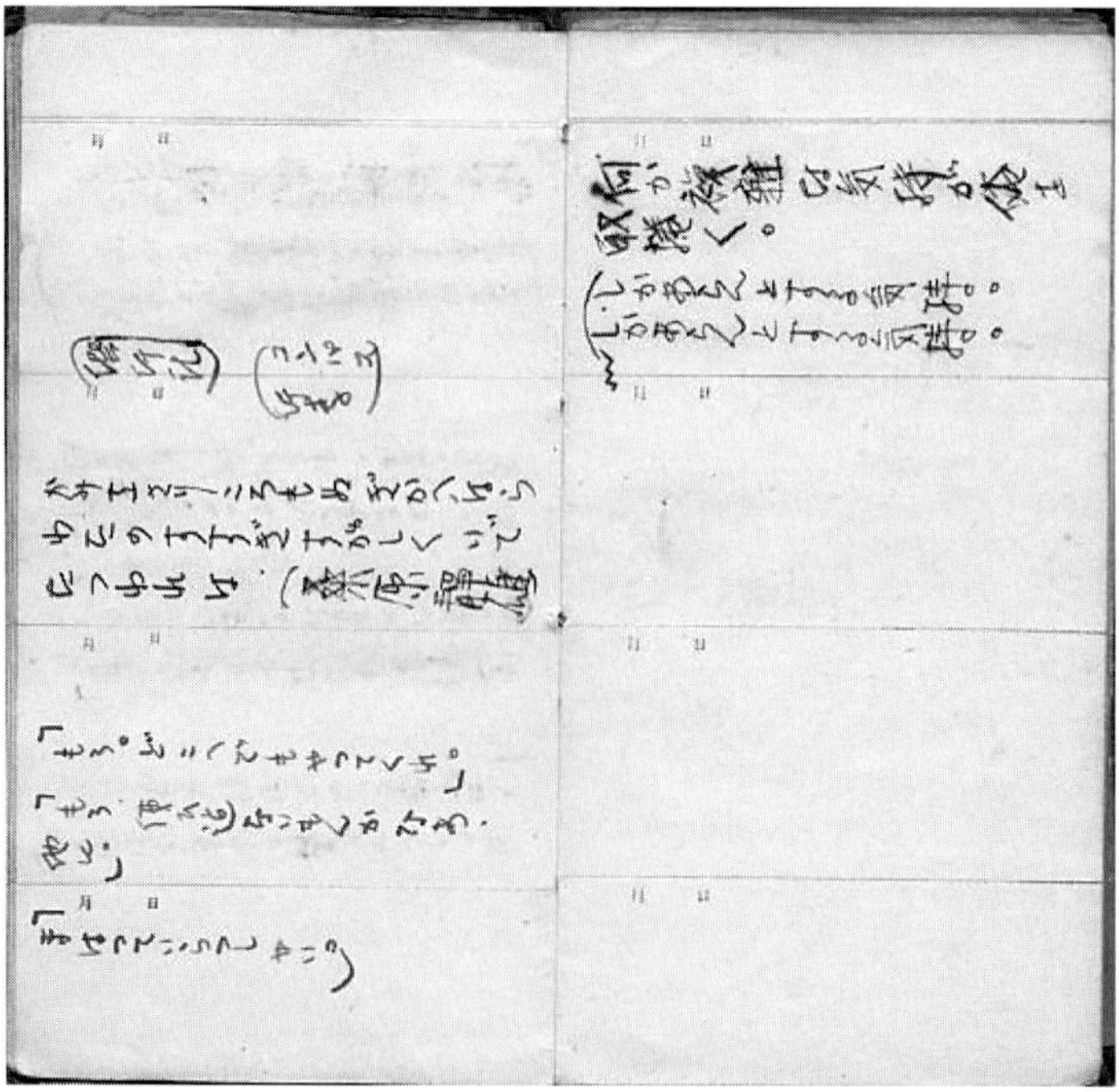

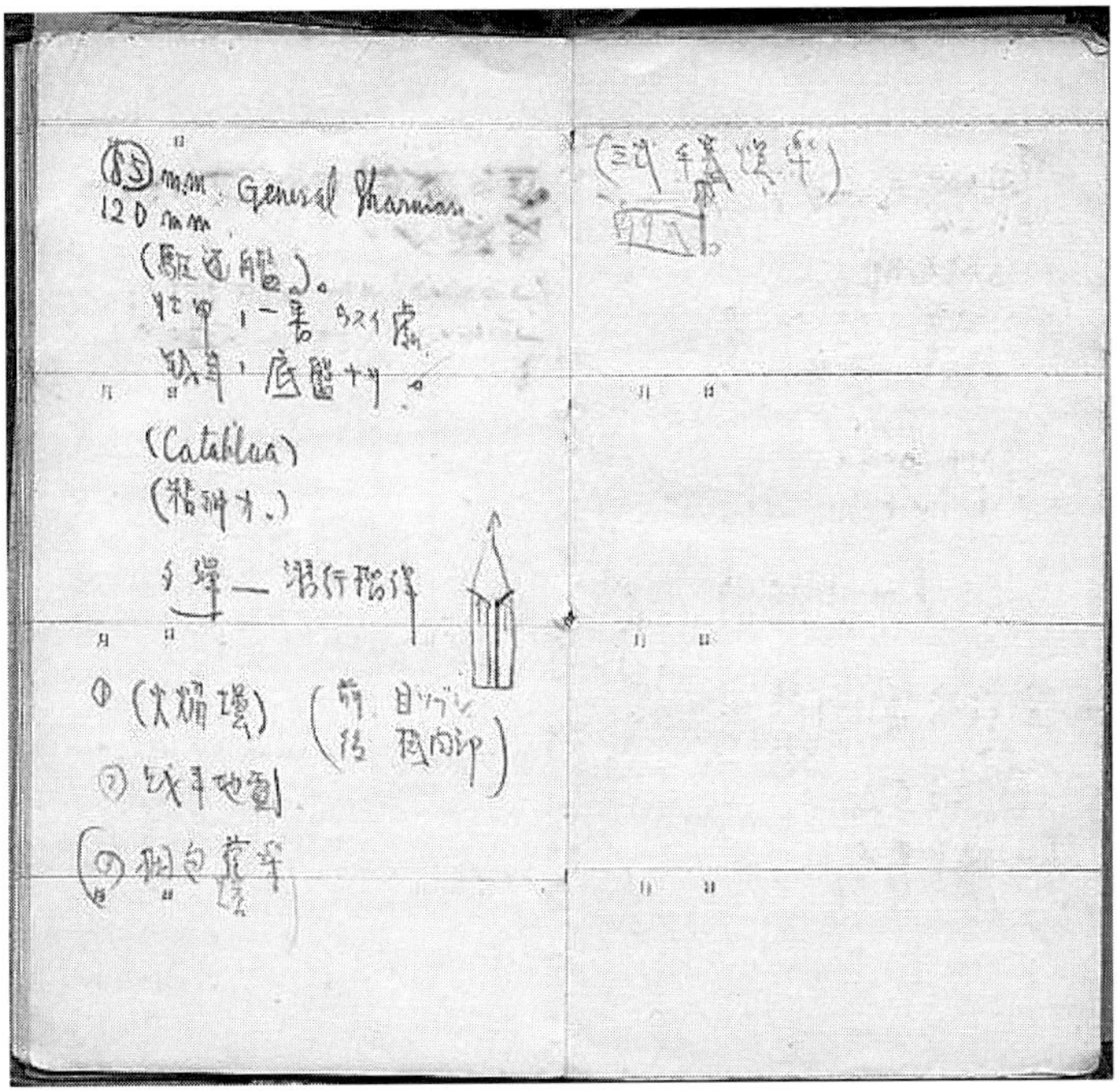

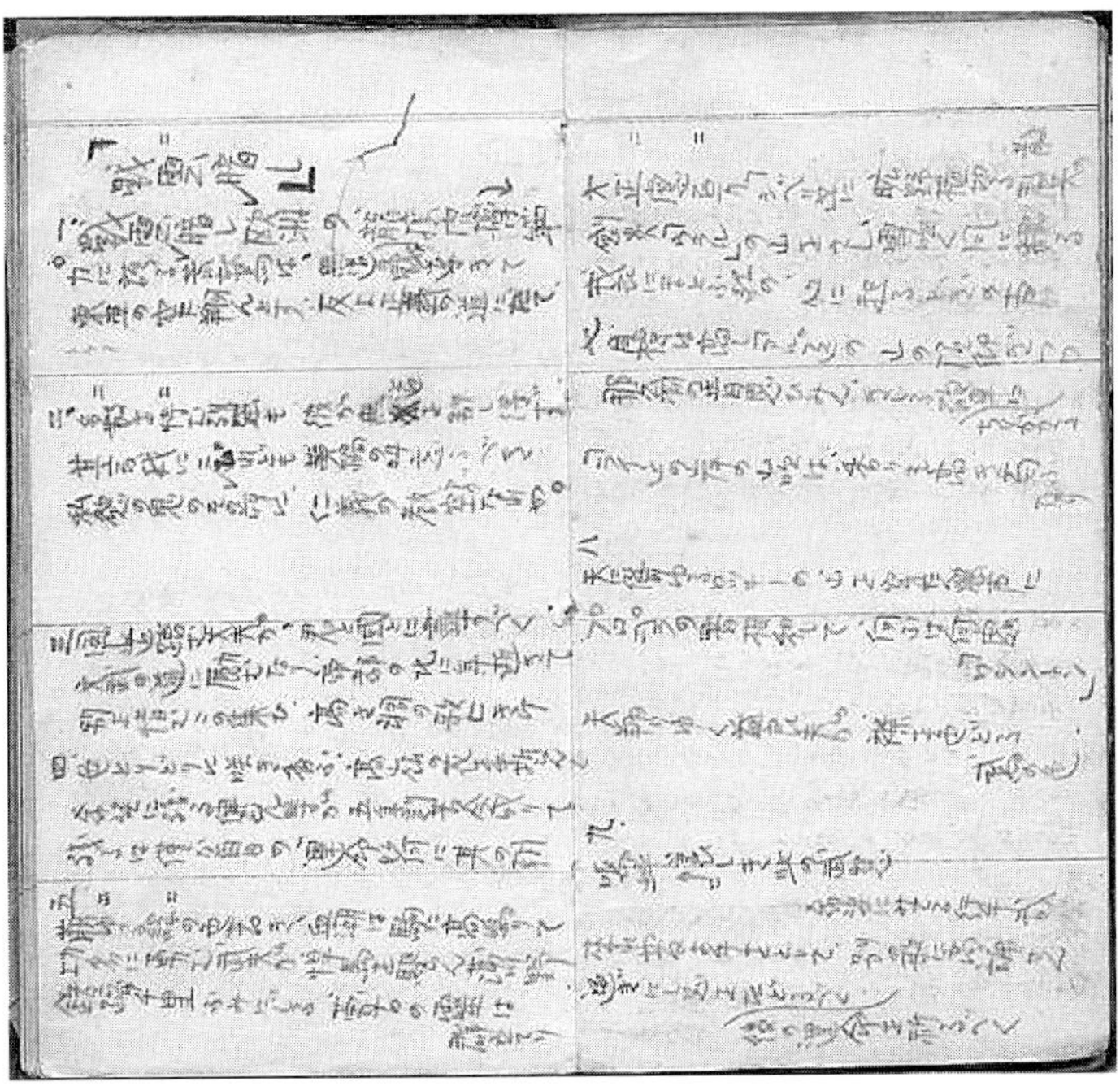

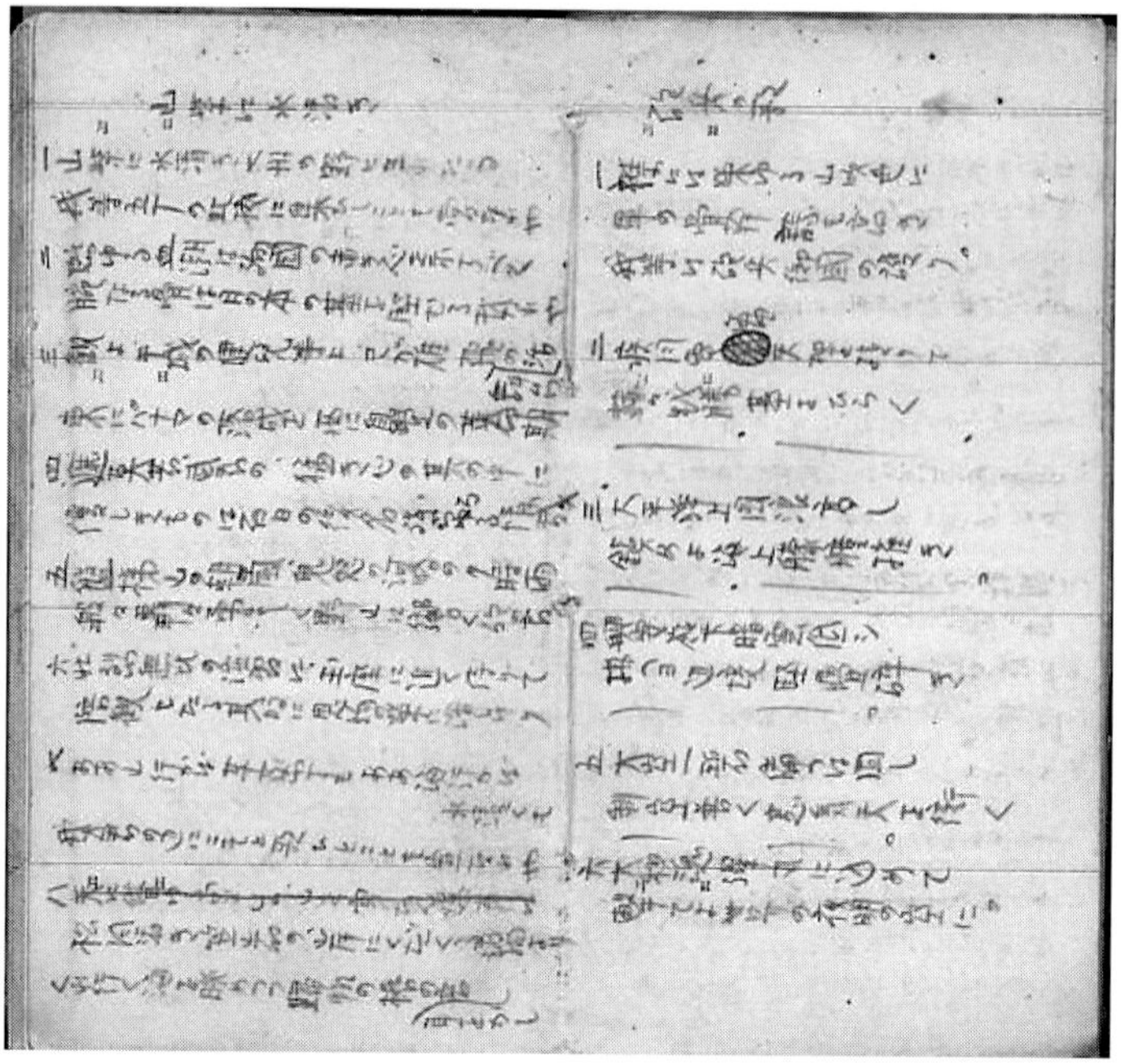

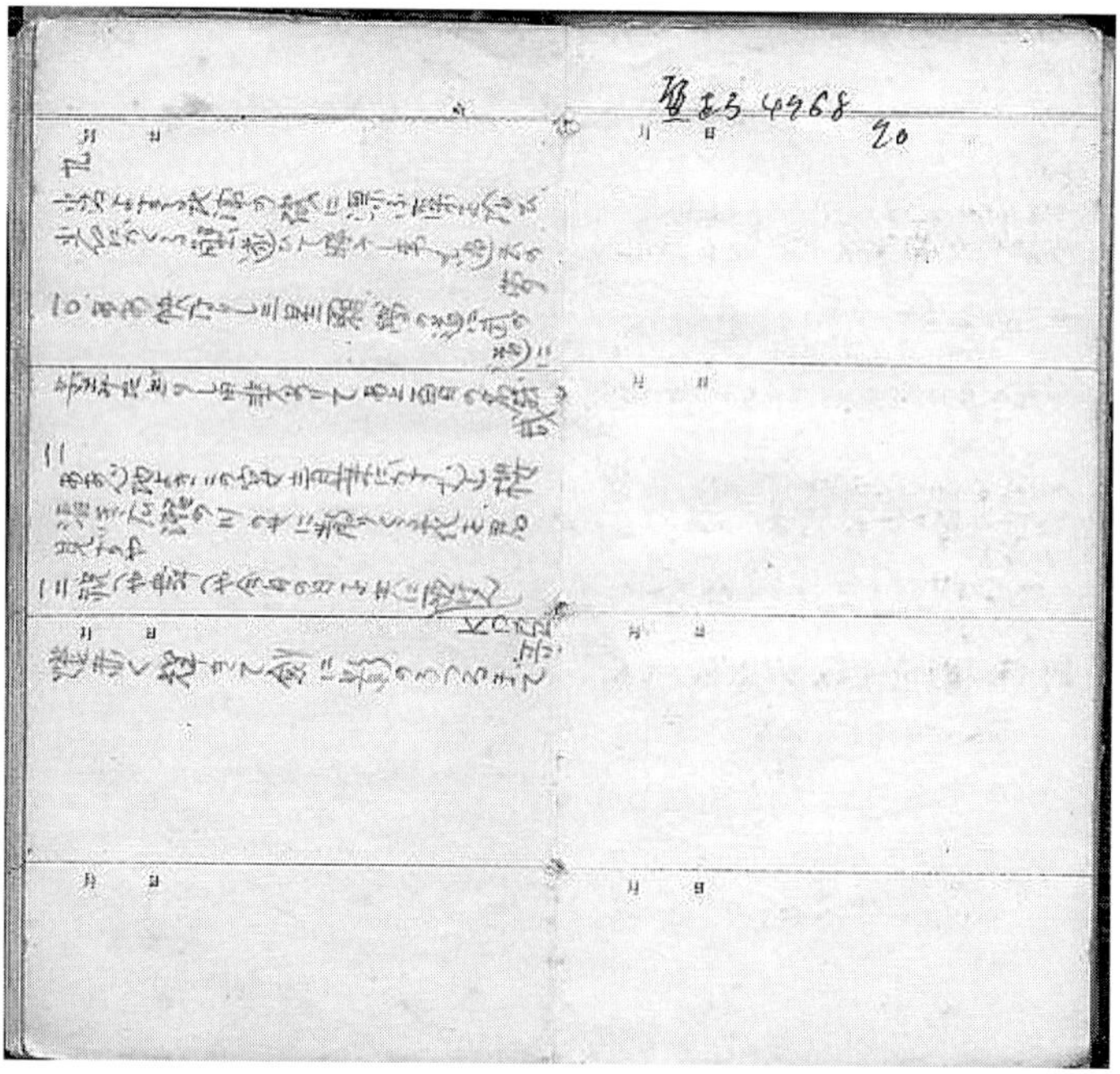

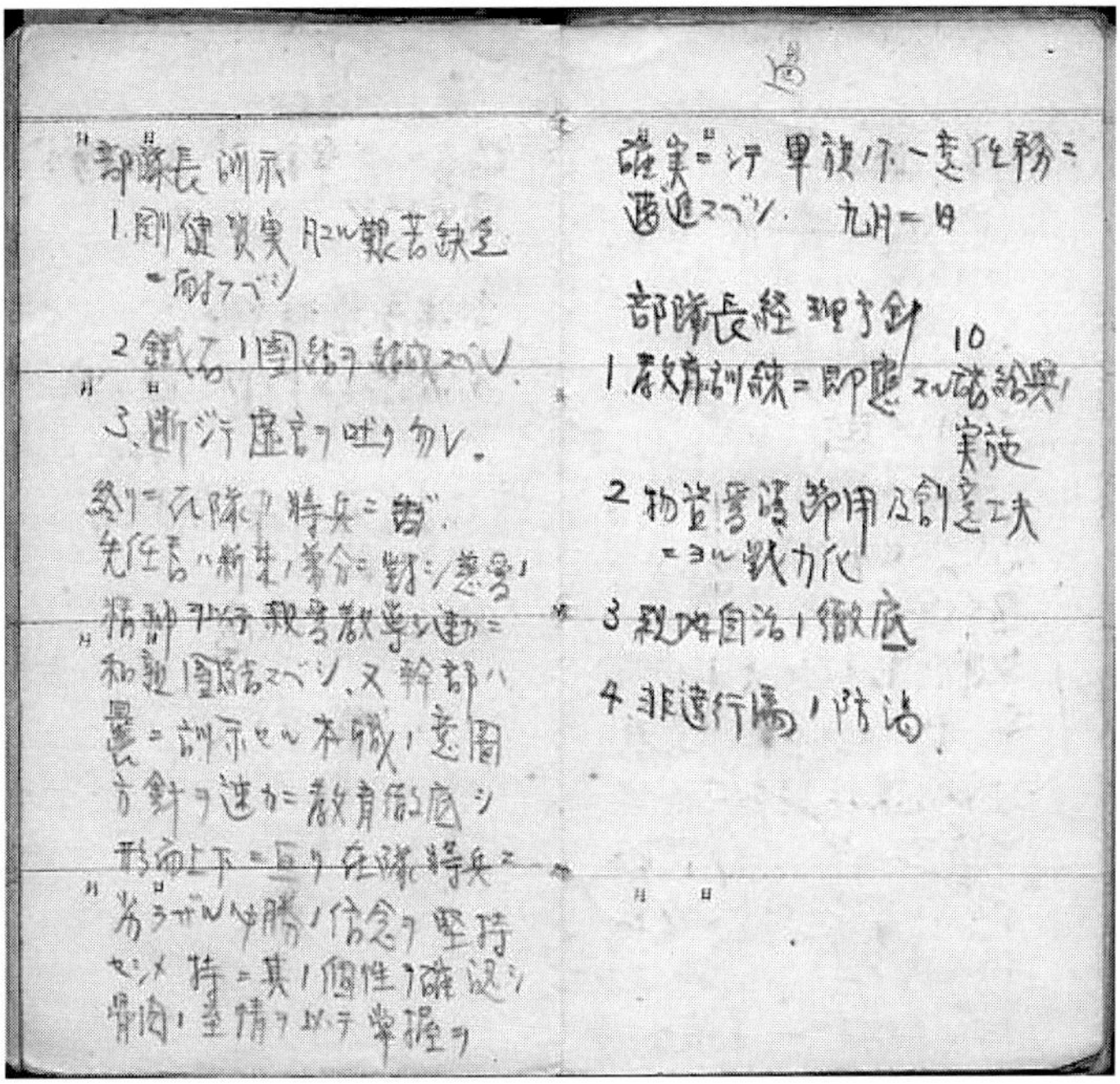
部隊長訓示
1.剛健質実ナル艱苦缺乏ニ耐フベシ
2 鐵石ノ團結ヲ鞏固スベシ
3.断ジテ虚言ヲ吐クナカレ。
終リニ兵隊ト将兵ニ告グ
先任者ハ新来ノ者ニ對シ[illegible]ノ精神ヲ以テ教育教導シ速カニ和親團結スベシ、又幹部ハ曩ニ訓示セル本職ノ意図方針ヲ速カニ教育徹底シ形而上下ニ亘リ在隊将兵ニ劣ラザル必勝ノ信念ヲ堅持セシメ特ニ其ノ個性ヲ確認シ骨肉ノ愛情ヲ以テ掌握シ

確実ニシテ軍務ノ下ヘ[illegible]任務ニ邁進スベシ。 九月二日

部隊長経理方針 10
1 教育訓練ニ即應スル諸給與ノ実施
2 物資愛護節用及創意工夫ニヨル戦力化
3 経理自治ノ徹底
4 非違行為ノ防遏

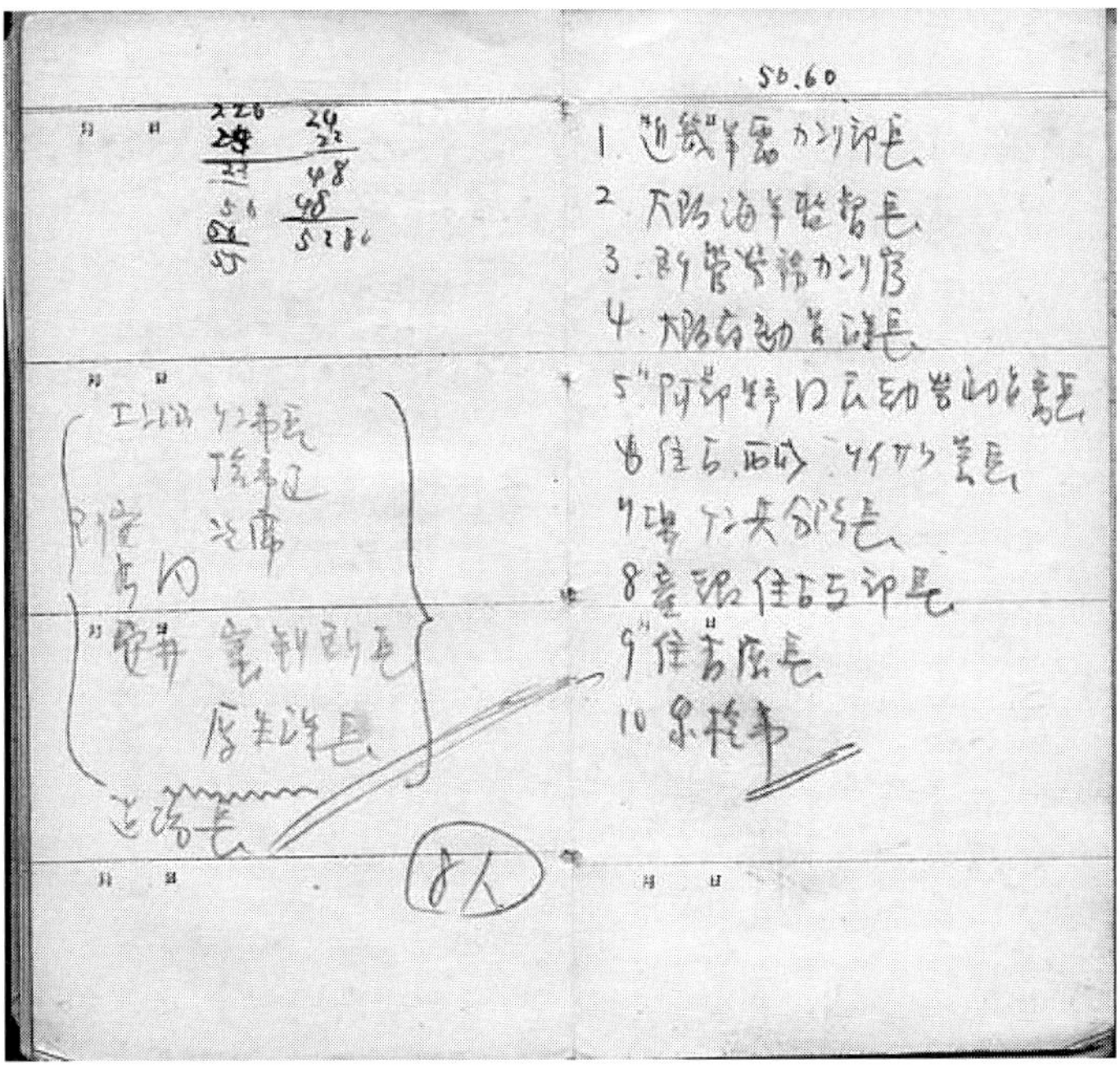
50.60
1. 近畿軍需カンリ部長
2. 大阪陸軍監督長
3. [illegible]カンリ官
4. 大阪府勤労課長
5 [illegible]部長
6 住友[illegible]ケイカン課長
7 [illegible]兵器部長
8 [illegible]部長
9 住吉区長
10 [illegible]

[illegible] ケン事長
[illegible]
[illegible]
[illegible]部長
[illegible]課長
[illegible]長
8人

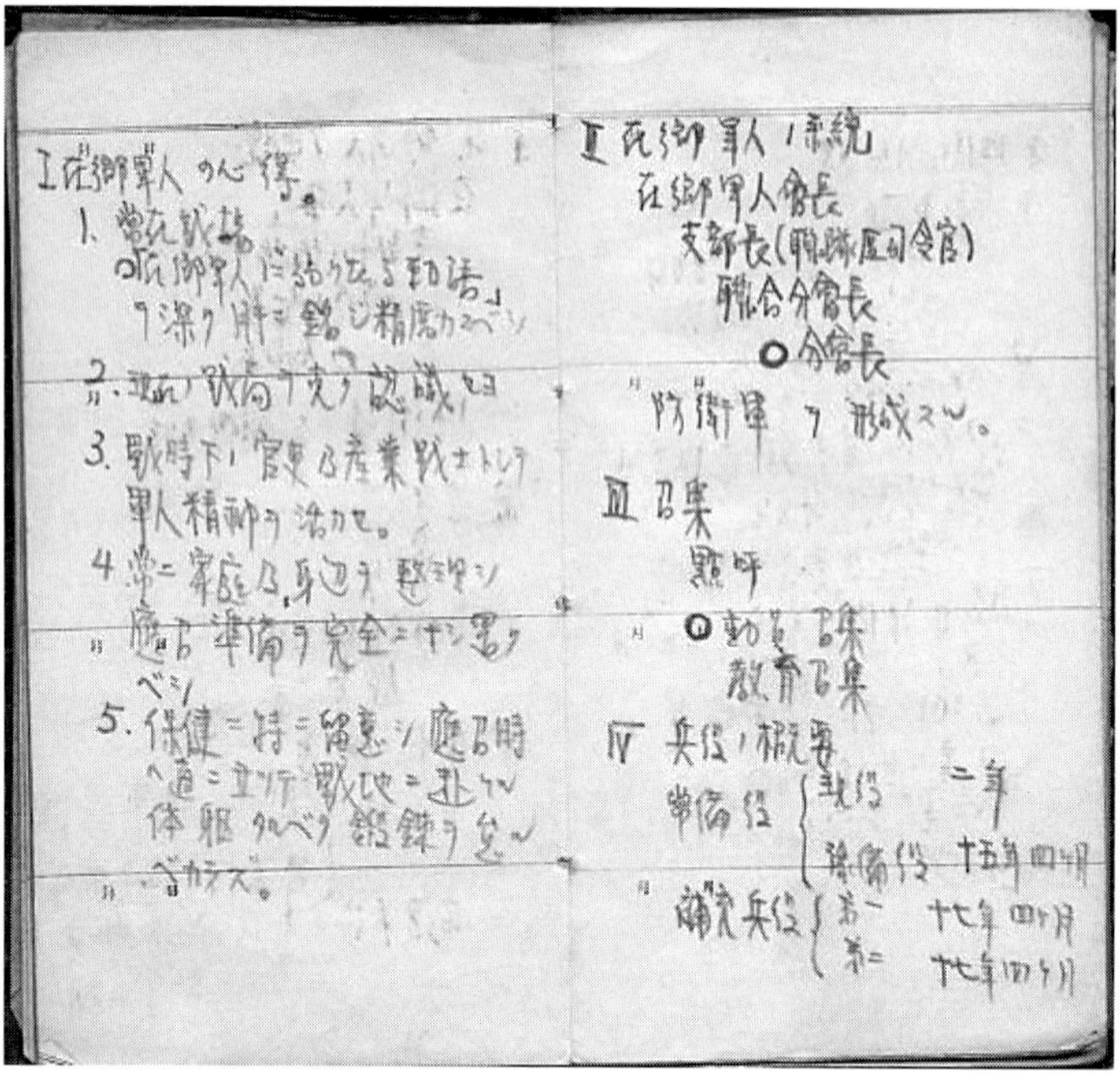

I 在郷軍人ノ心得。

1. 常在戦場
「在郷軍人ニ賜ハリタル勅語」ヲ深ク肝ニ銘シ精励スベシ
2. 現在ノ戦局ヲ克ク認識セヨ
3. 戦時下ノ官吏及産業戦士トシテ軍人精神ヲ活カセ。
4. 常ニ家庭及身辺ヲ整理シ應召準備ヲ完全ニナシ置クベシ
5. 保健ニ特ニ留意シ應召時ハ直ニ立派ニ戦地ニ赴ケル体躯タルベク鍛錬ヲ怠ルベカラズ。

II 在郷軍人ノ系統
在郷軍人会長
支部長（聯隊区司令官）
聯合分会長
○分会長
"防衛軍ヲ形成ス"。

III 召集
点呼
○動員召集
教育召集

IV 兵役ノ概要
常備役 { 現役 二年 / 予備役 十五年四ヶ月
補充兵役 { 第一 十七年四ヶ月 / 第二 十七年四ヶ月

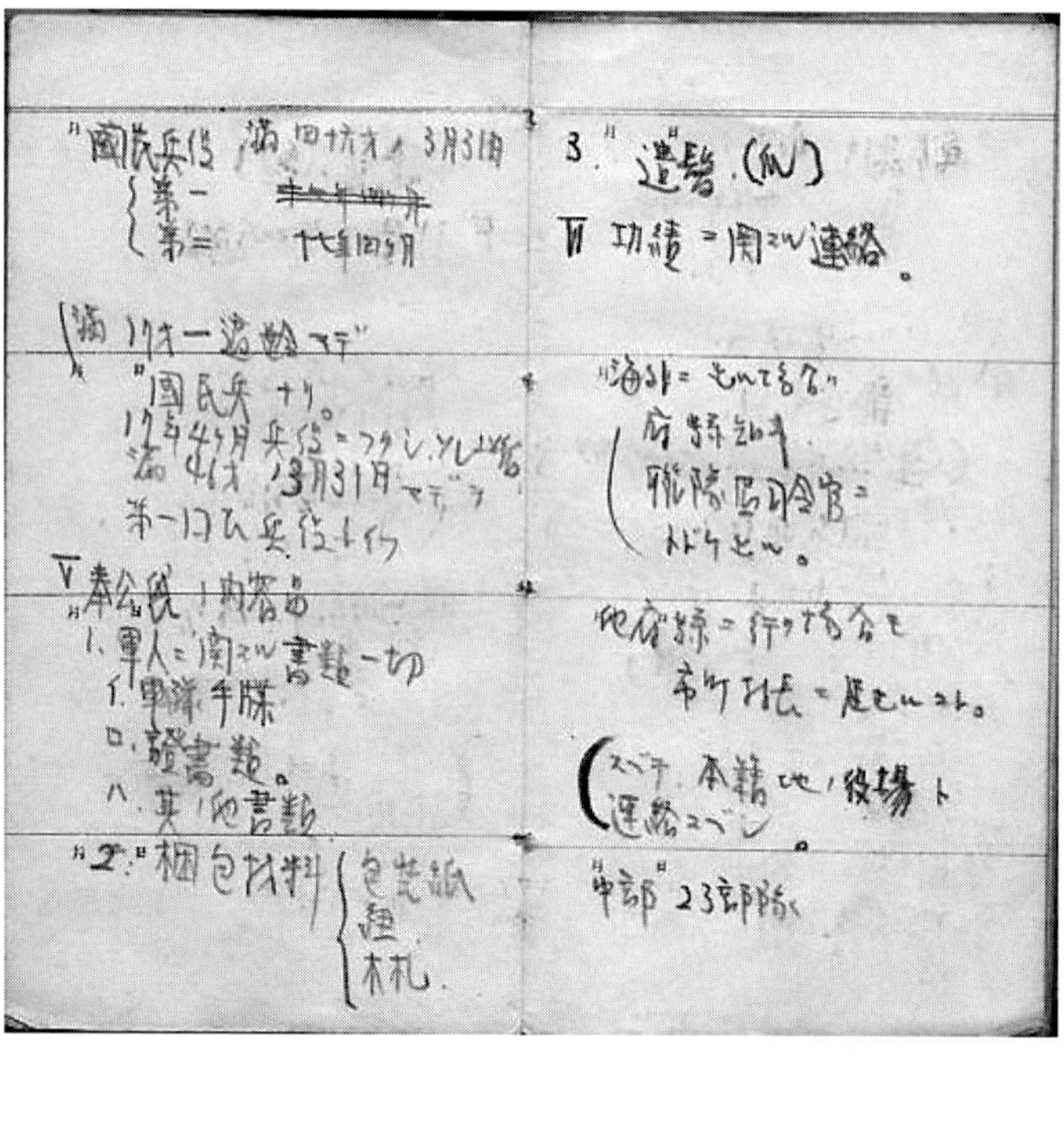

国民兵役 満四十五才ノ3月31日
{ 第一 ~~十七年四ヶ月~~ / 第二 十七年四ヶ月

（満17才ー適齢マデ
国民兵ナリ。
17年4ヶ月兵役ニ服シ、ソレ以後満45才ノ3月31日マデヲ第一国民兵役トイフ

V 本分会ノ内容品
1. 軍人ニ関スル書類一切
イ. 軍隊手帳
ロ. 諸書類。
ハ. 其ノ他書類
2. 梱包材料 { 包装紙 / 紐 / 木札.
3. 遺髪.（爪）

VI 功績ニ関スル連絡。
海外ニ出テヰル場合
（府県知事
聯隊区司令官ニ
知ラセル。
他府県ニ行ク場合モ
市町村長ニ届セルコト。
（スベテ本籍地ノ役場ト連絡スベシ。
中部23部隊

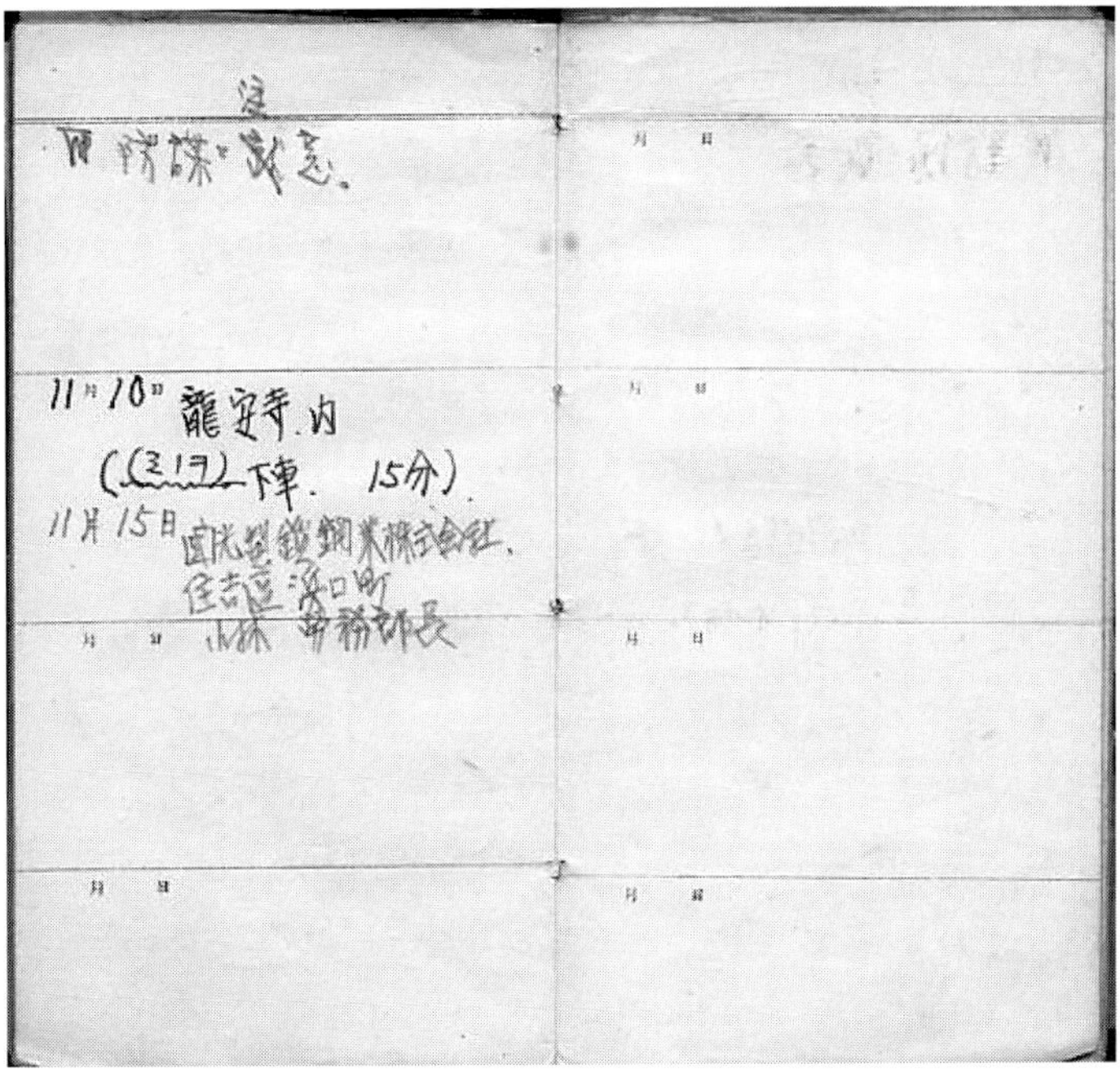
11月10日 龍安寺 内
((319) 下車 15分)
11月15日 国光製鎖鋼業株式会社
住吉区浜口町
小林 常務部長

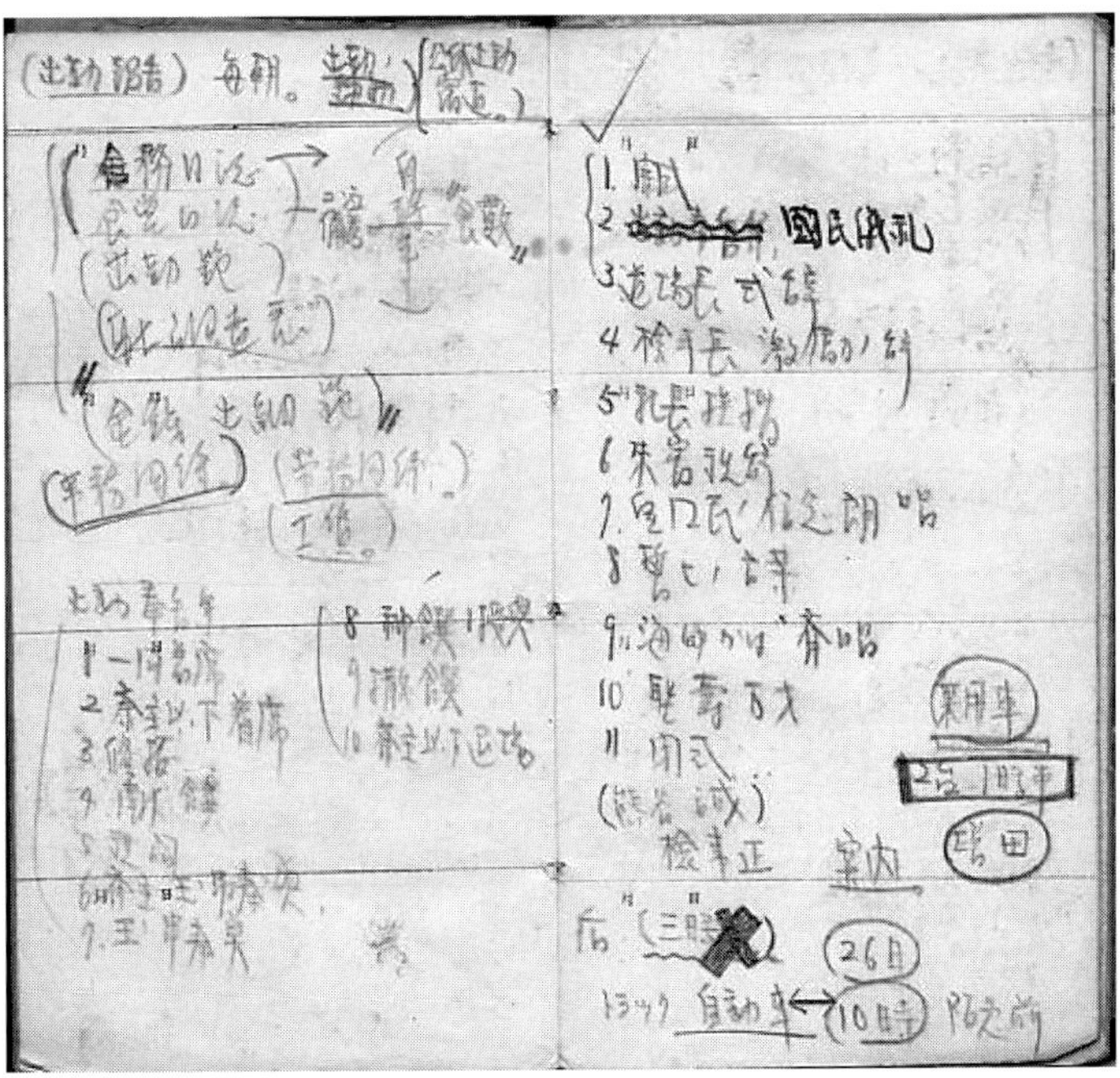
(出勤報告) 毎朝。
1. 開式
2. 国民儀礼
3. 道場長式辞
4. 検事長 激励ノ辞
5. 来賓挨拶
6. 朱書披露
7. 皇国民ノ信念朗唱
8. 誓ヒノ言葉
9. 海ゆかば 奉唱
10. 聖寿万歳
11. 閉式
(熊谷 誠)
検事正 案内
乗用車
2台 1時半
岡田
26日
トラック 自動車 10時

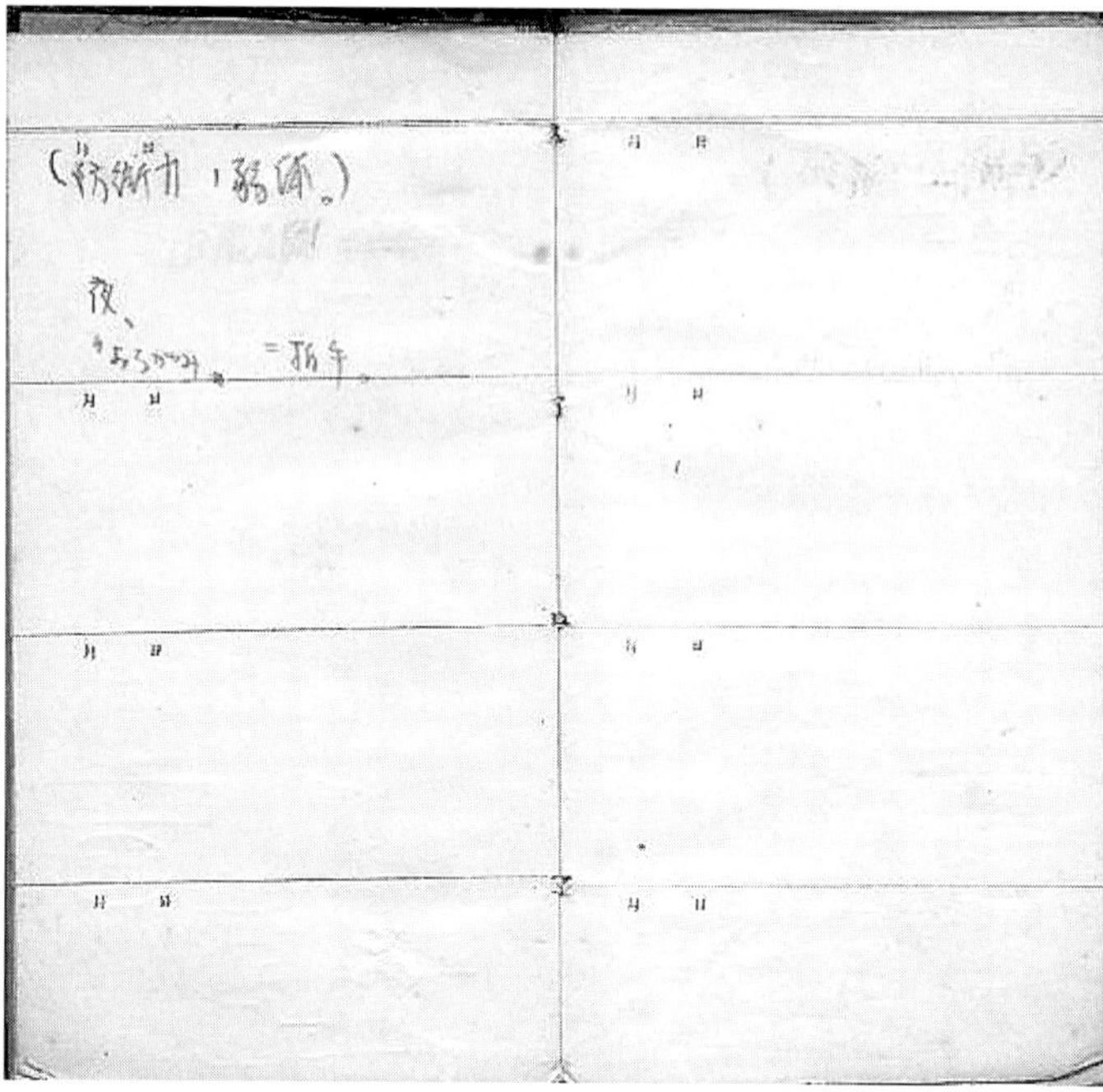
（防衛力ノ弱体。）
夜、
＝指摘。

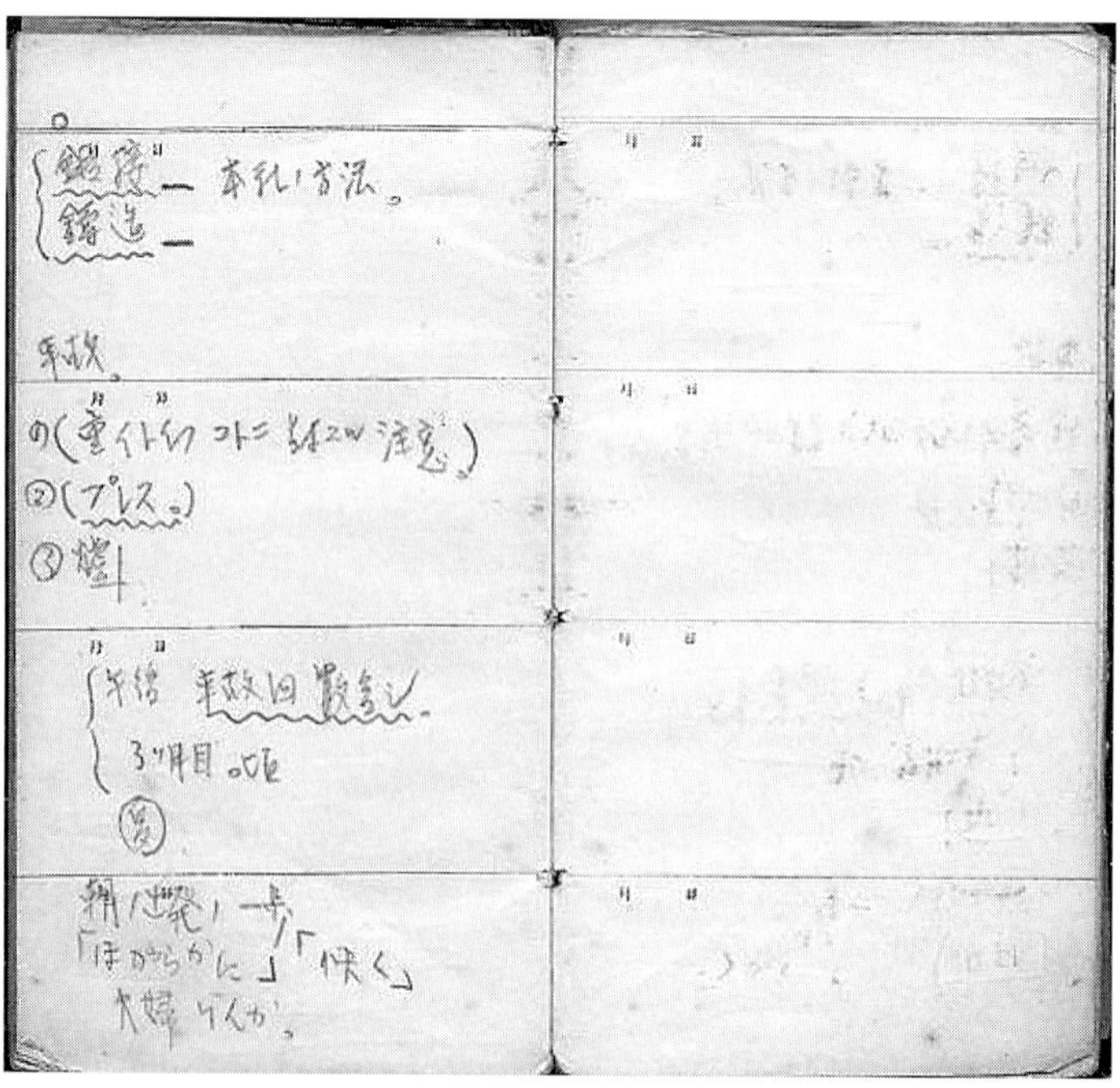
錯覚— 本能ノ方法。
錯誤—
①（重イトイフコトニ就イテノ注意。）
②（プレス。）
3ケ月目
「ほがらかに」「快く」

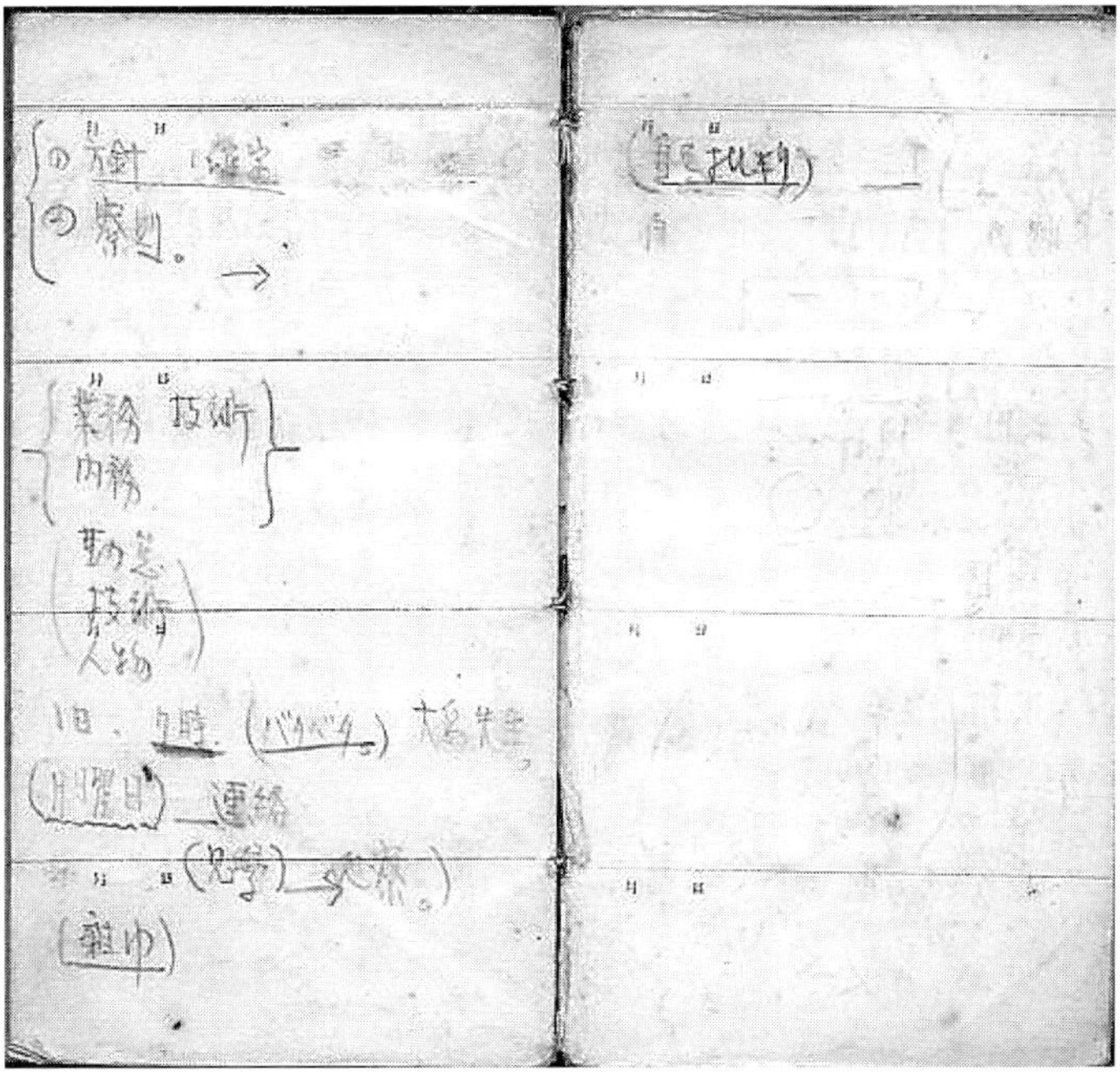

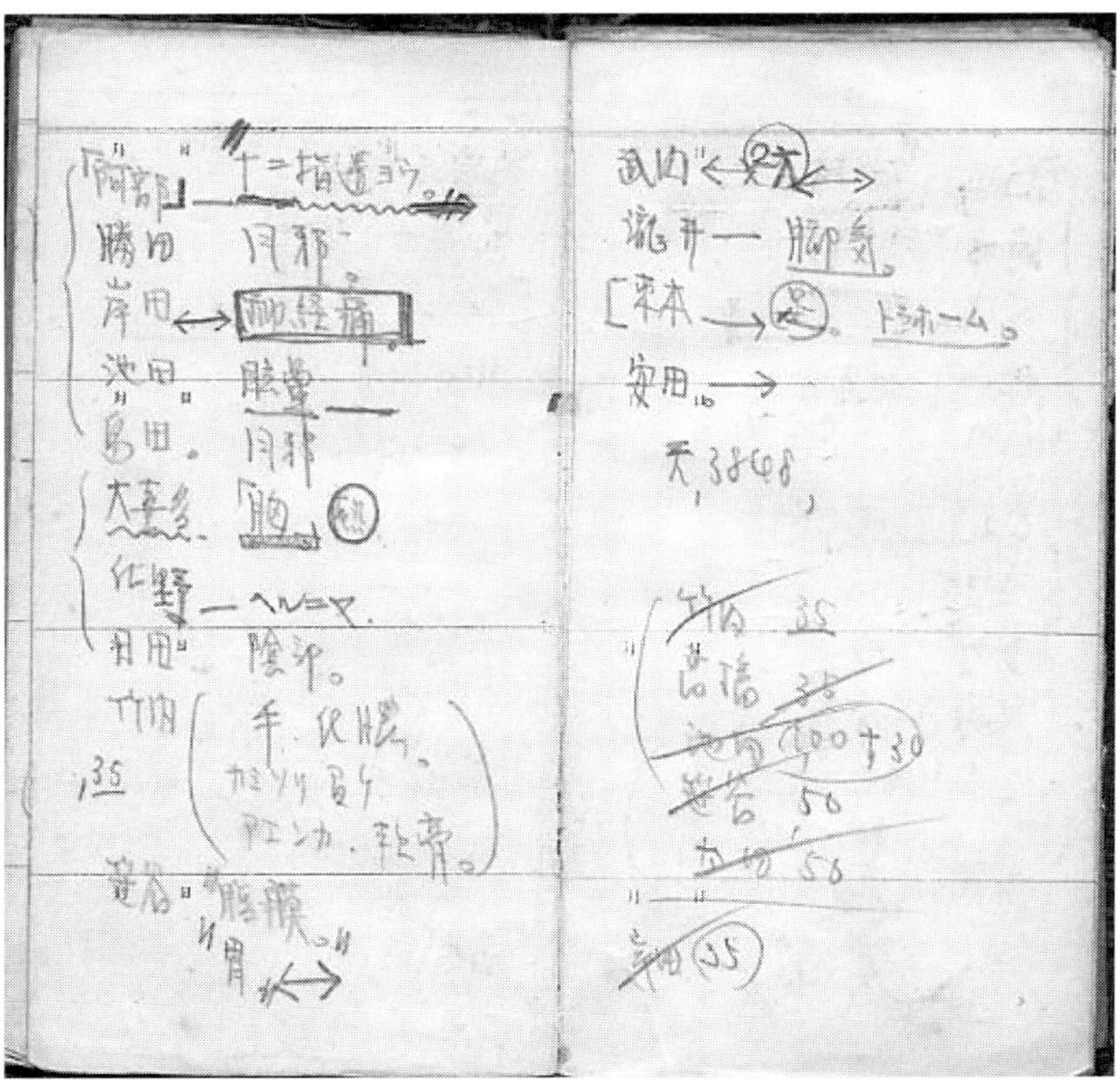

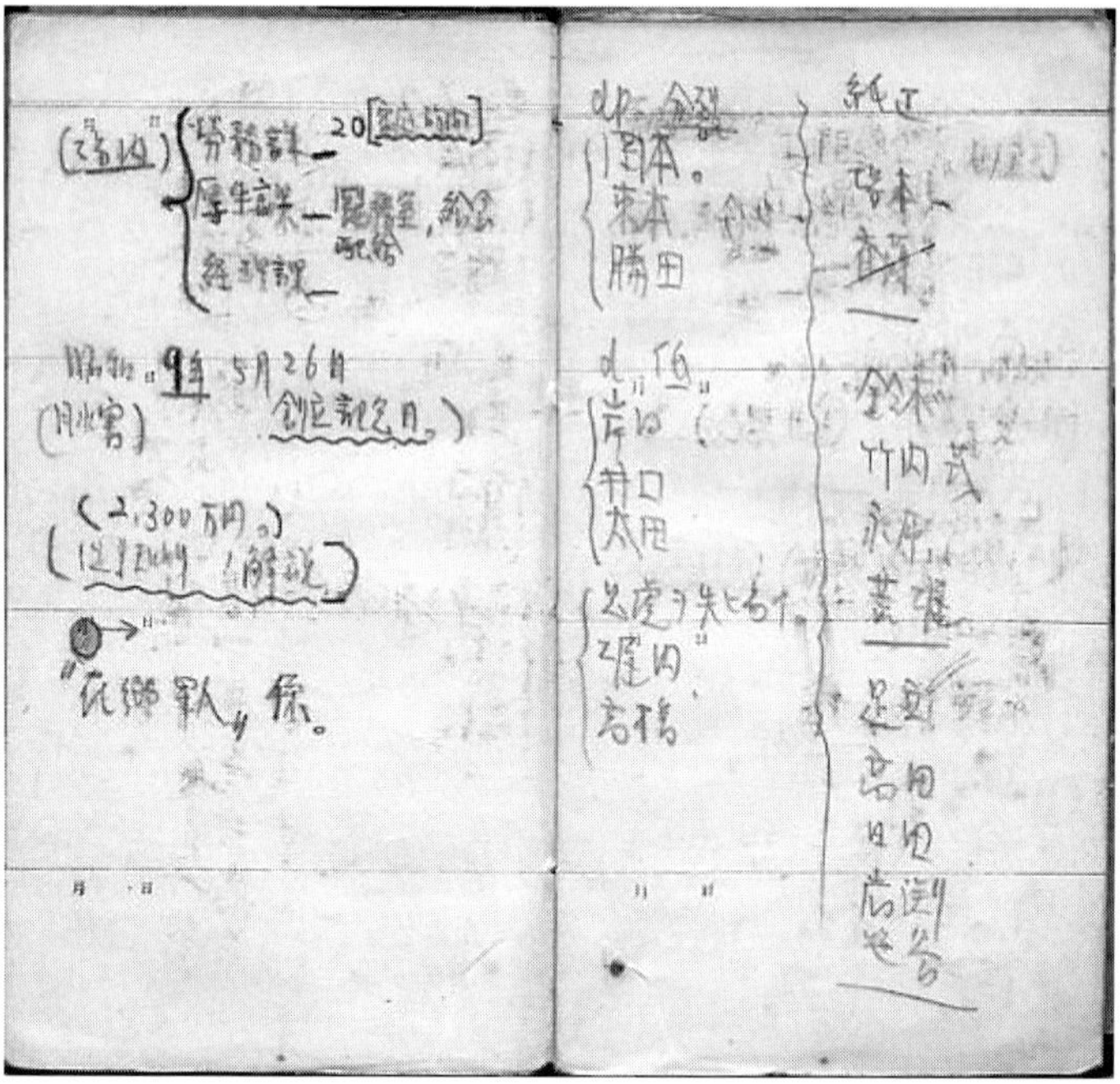

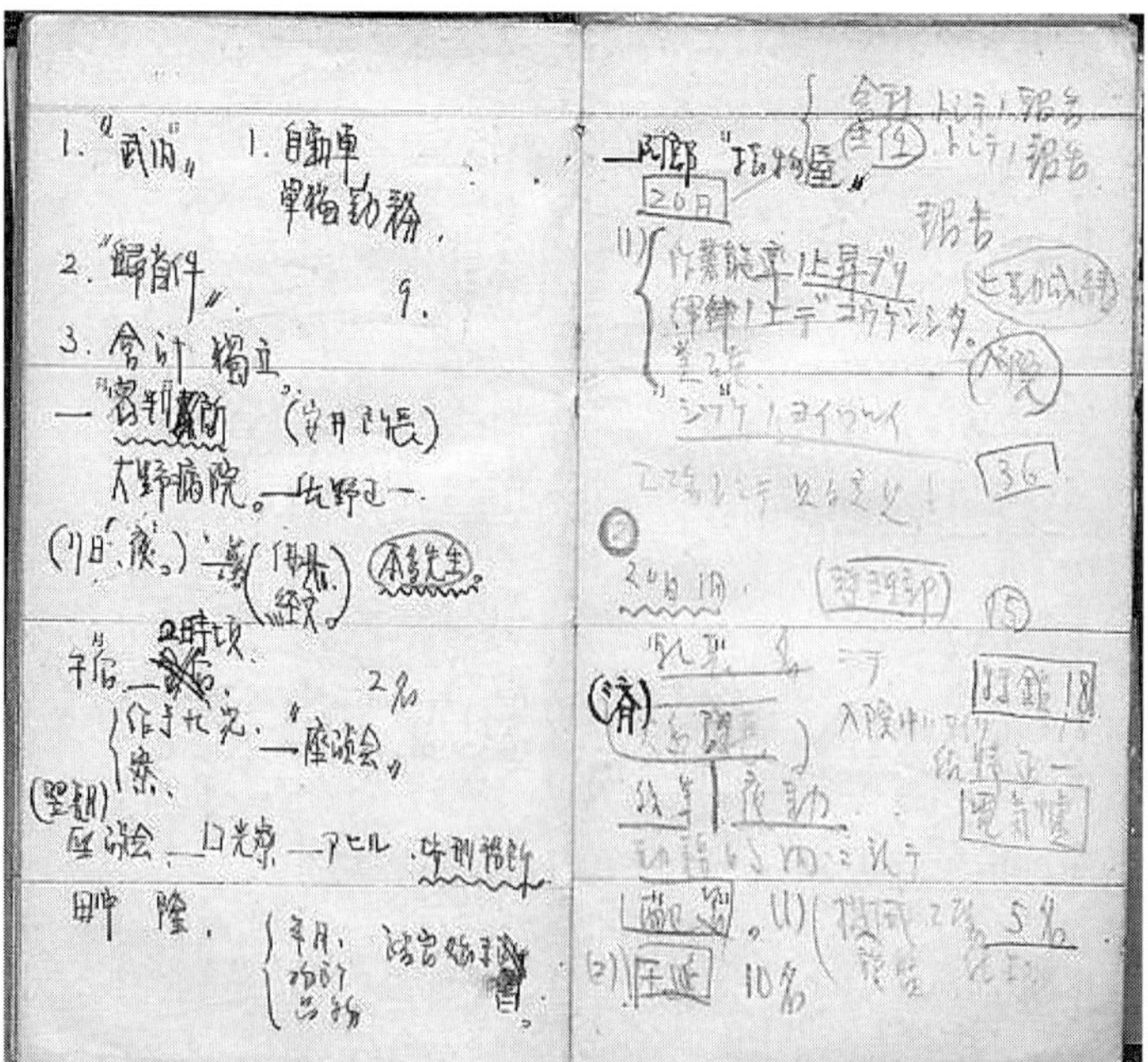

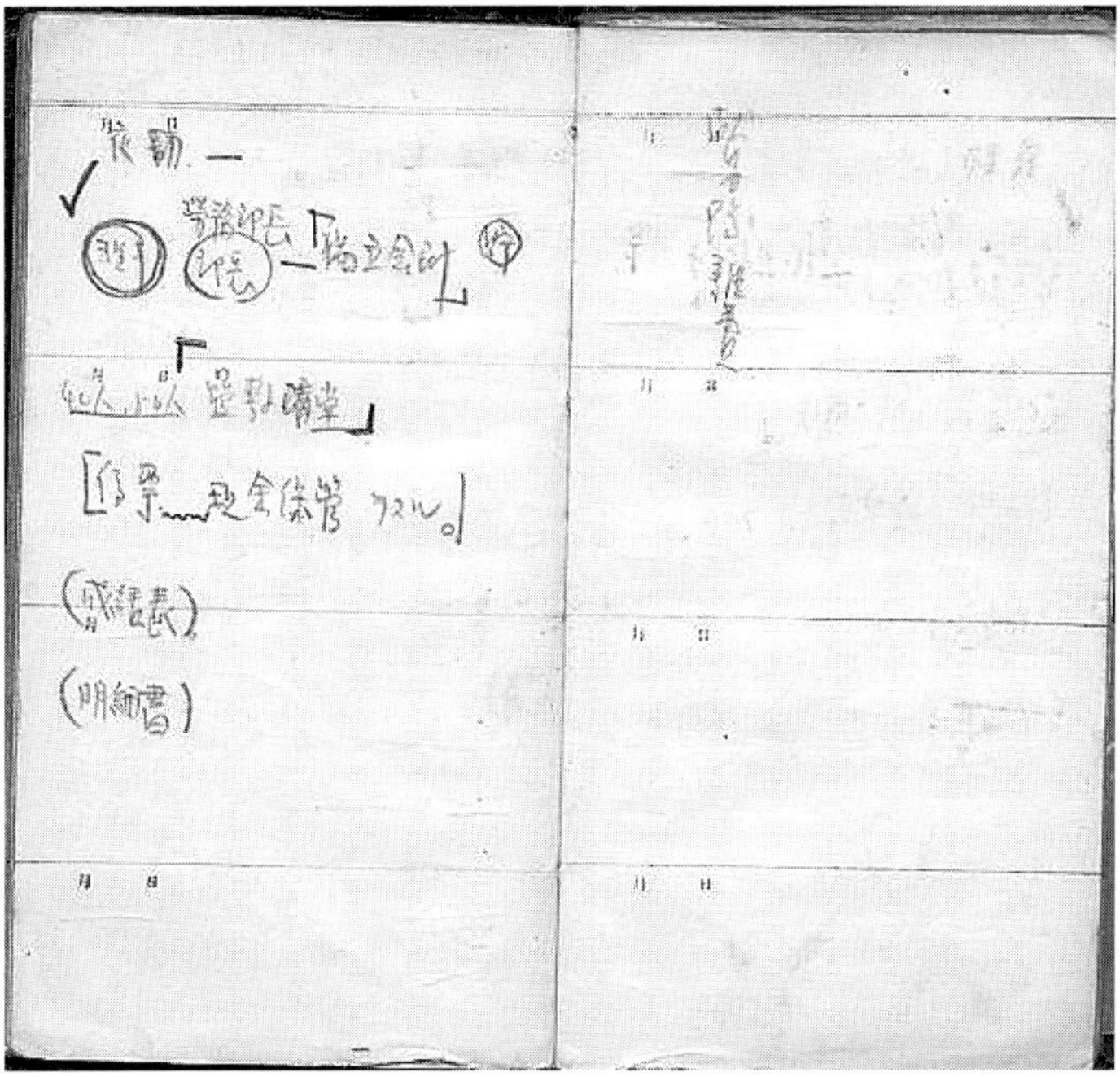
夜勤 —

学務部長 —「独立会計」

「現金保管ヲスル。」

(成績表)

(明細書)

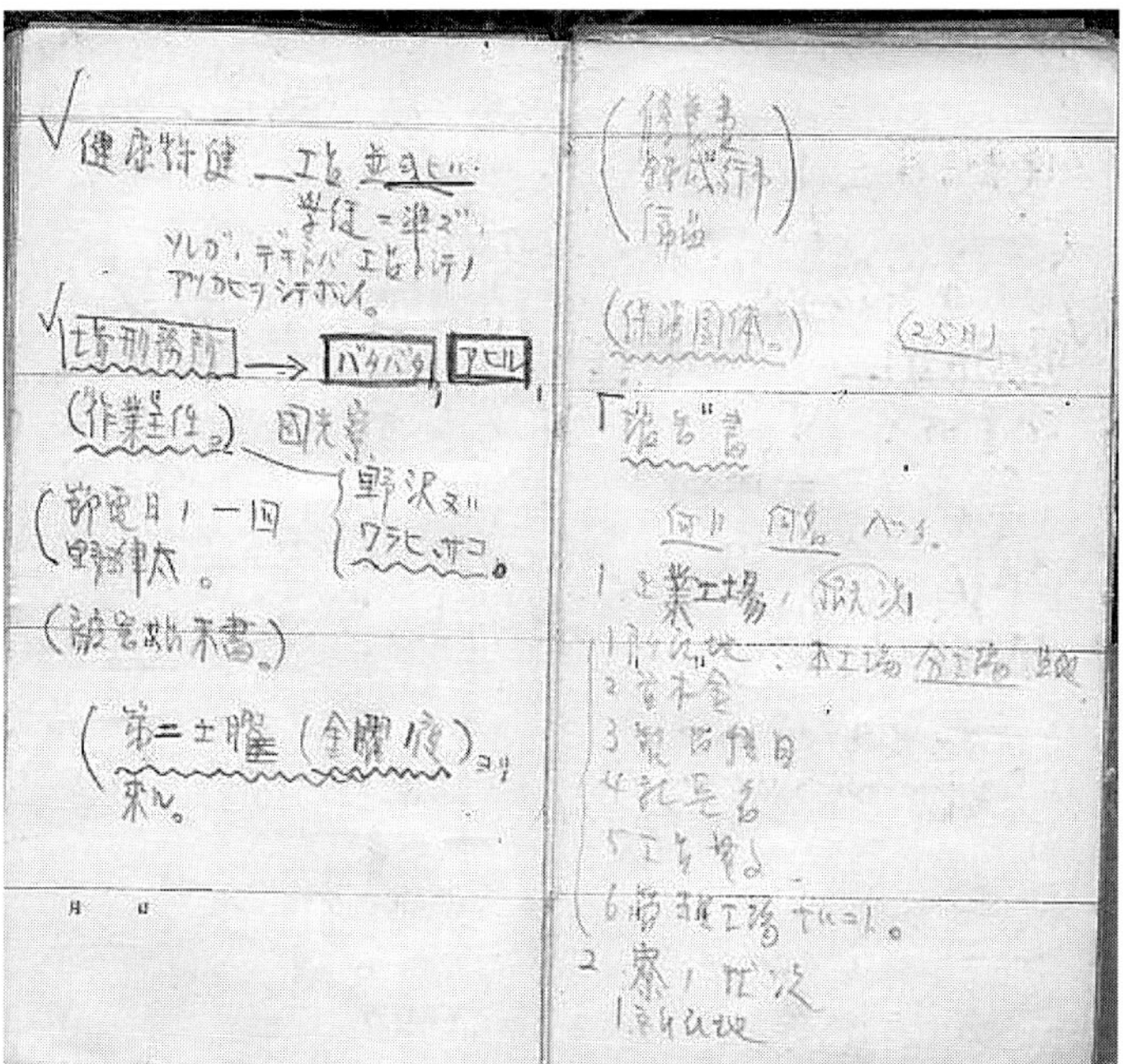
健康保健 — 工員並ミトハ
学徒＝準ズ
ソレガ、デキナバ 工員トシテ
アツカヒヲシテホシイ。
→ バタバタ アヒル
(作業主任)

(被害始末書。)

(保護団体。)

「報告書」

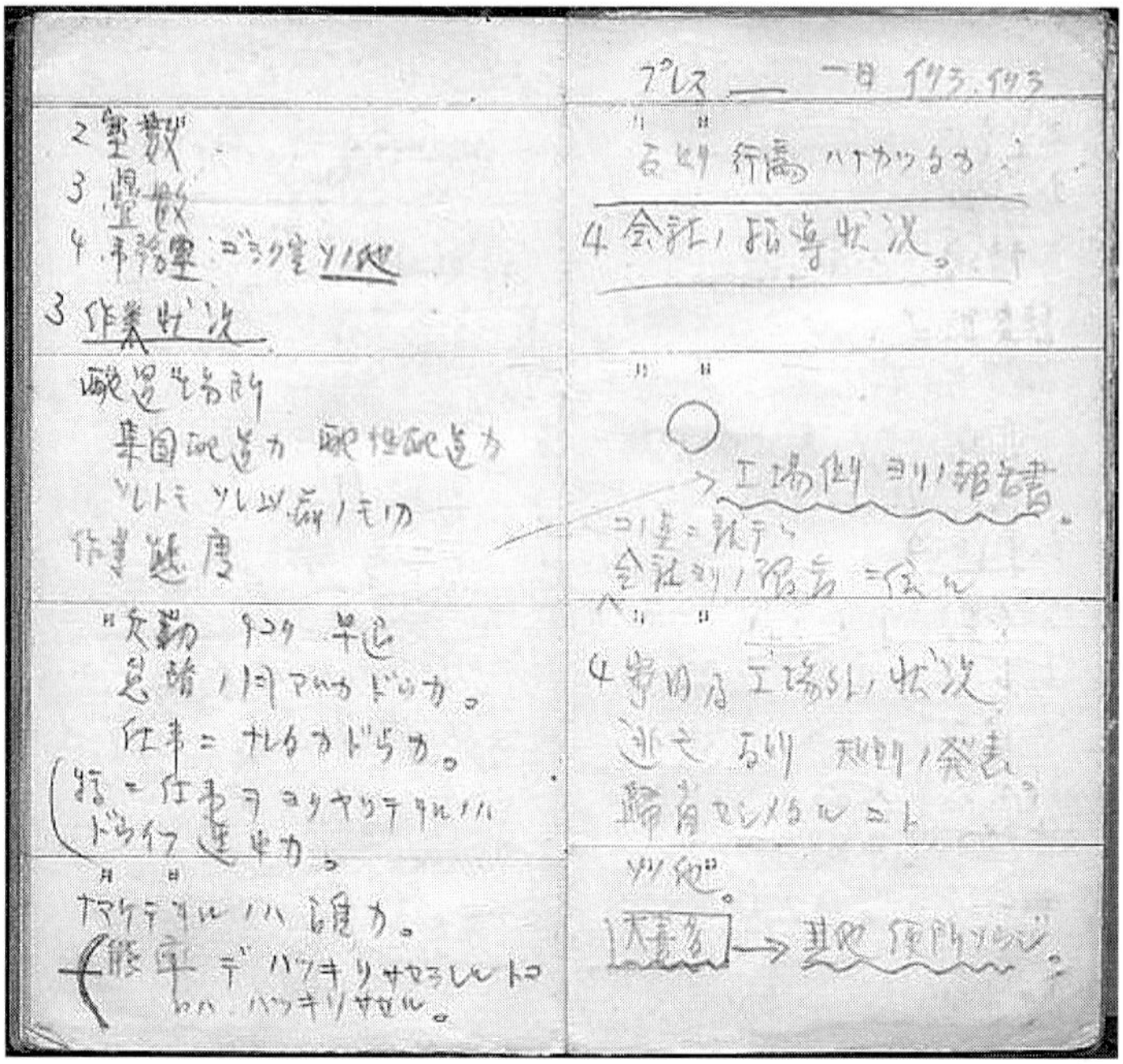
3 作業状況
作業態度
仕事ニナレタカドウカ。
プレス — 一日 イクラ、イクラ
4 会社ノ指導状況。
工場側ヨリノ報告書

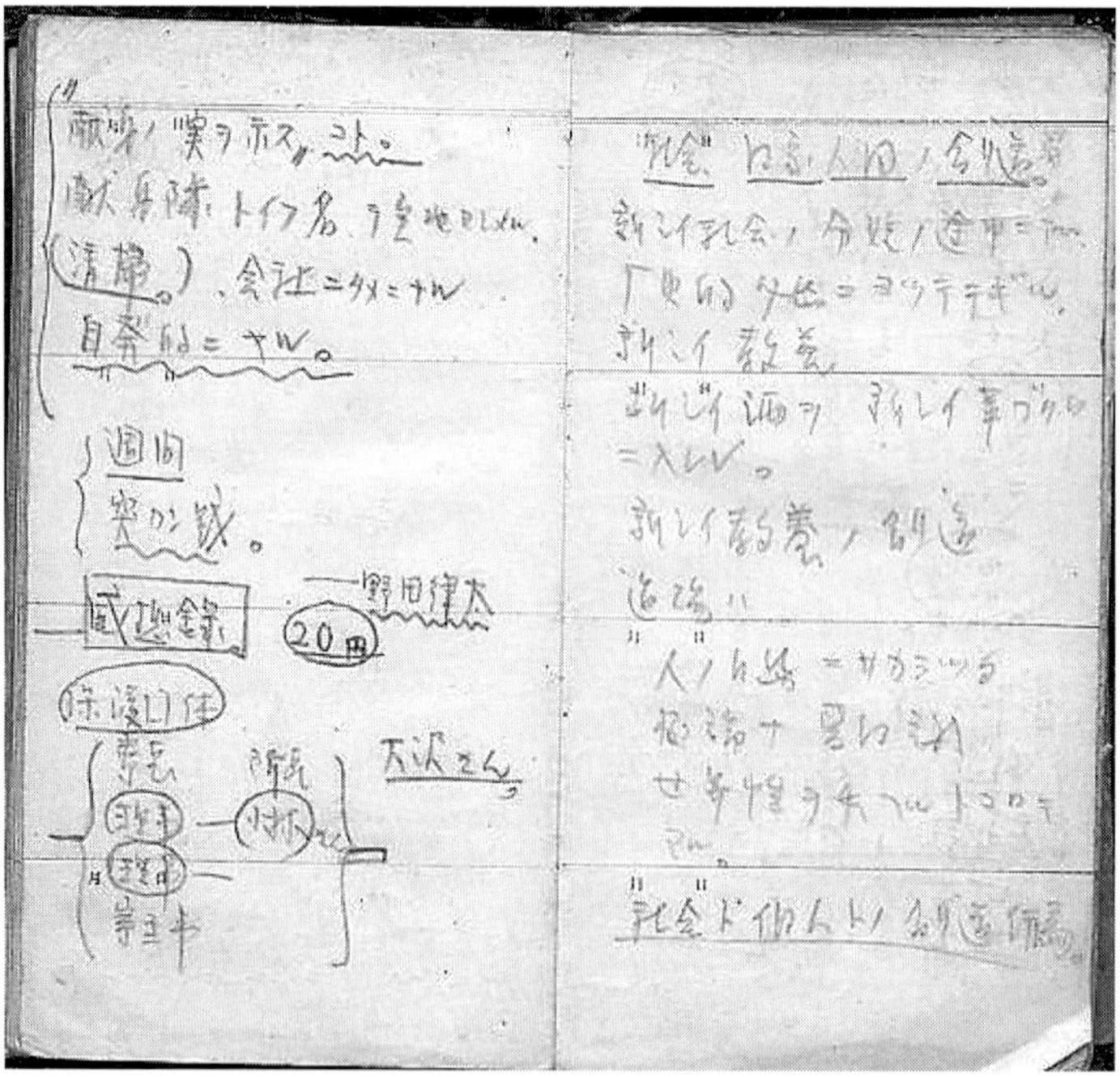
清掃
会社ニタメニナル
自発的ニナル。
週間
感想録
20冊
野田律太
保護団体
大沢さん
新シイ教養

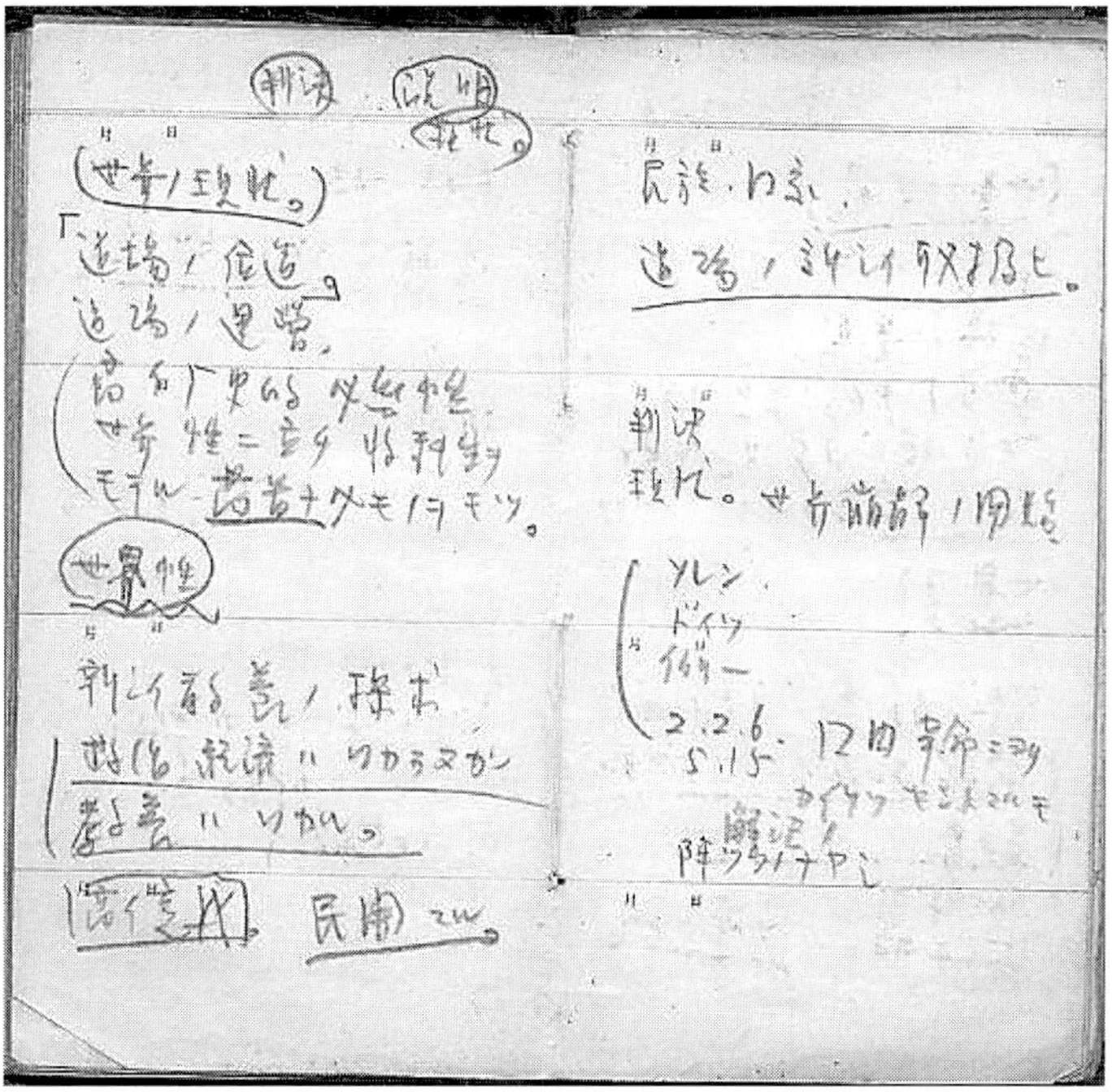

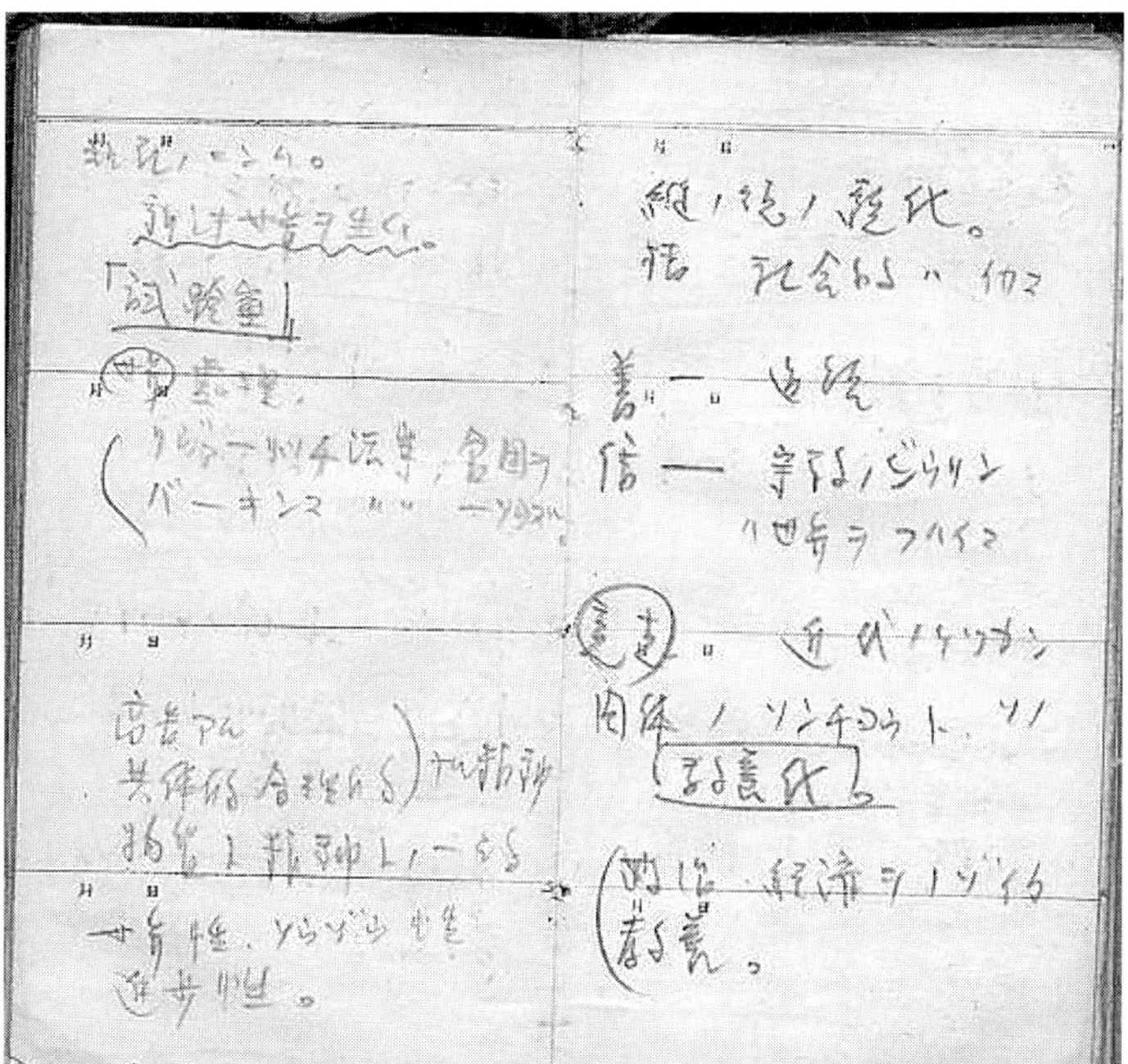

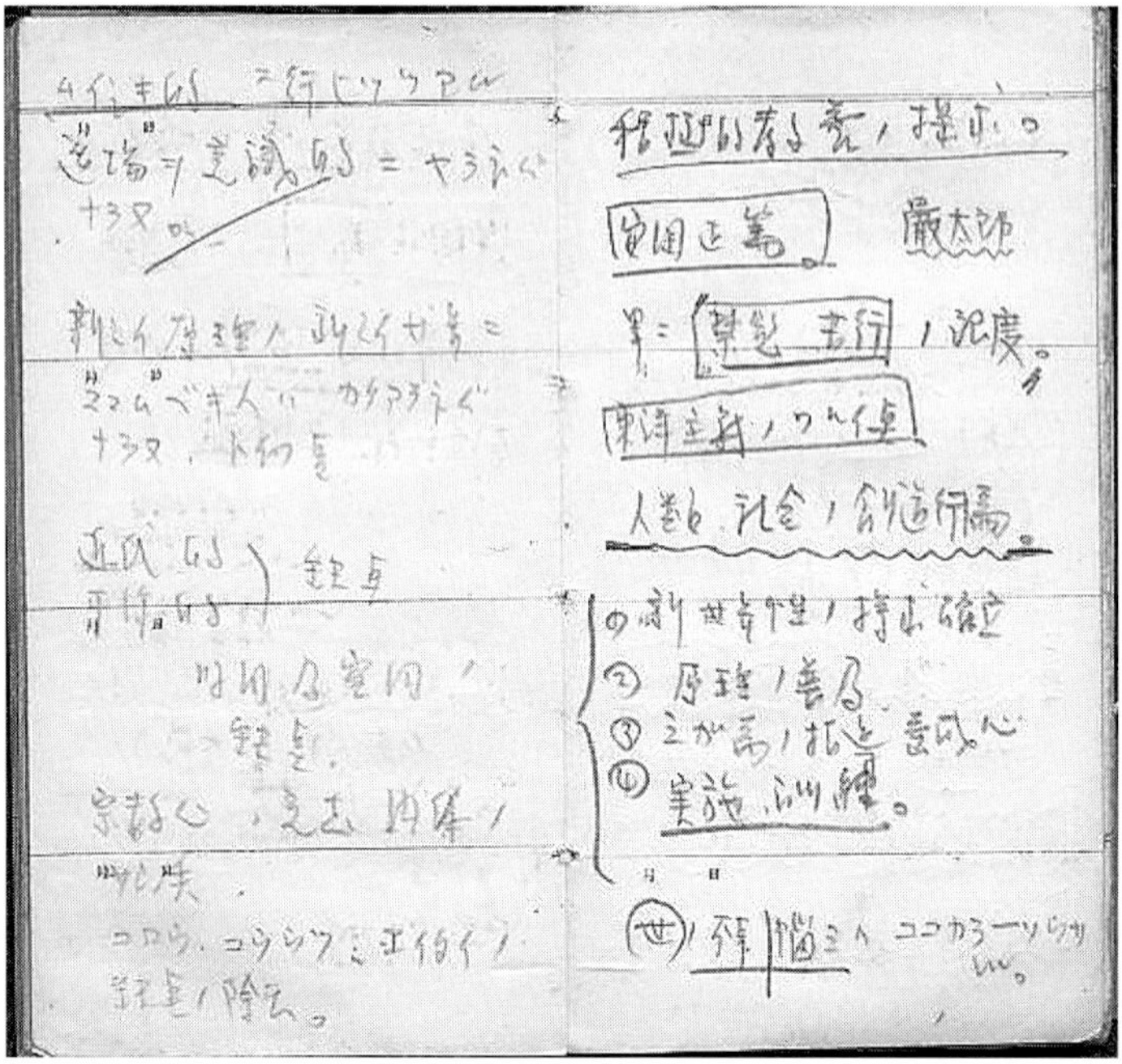

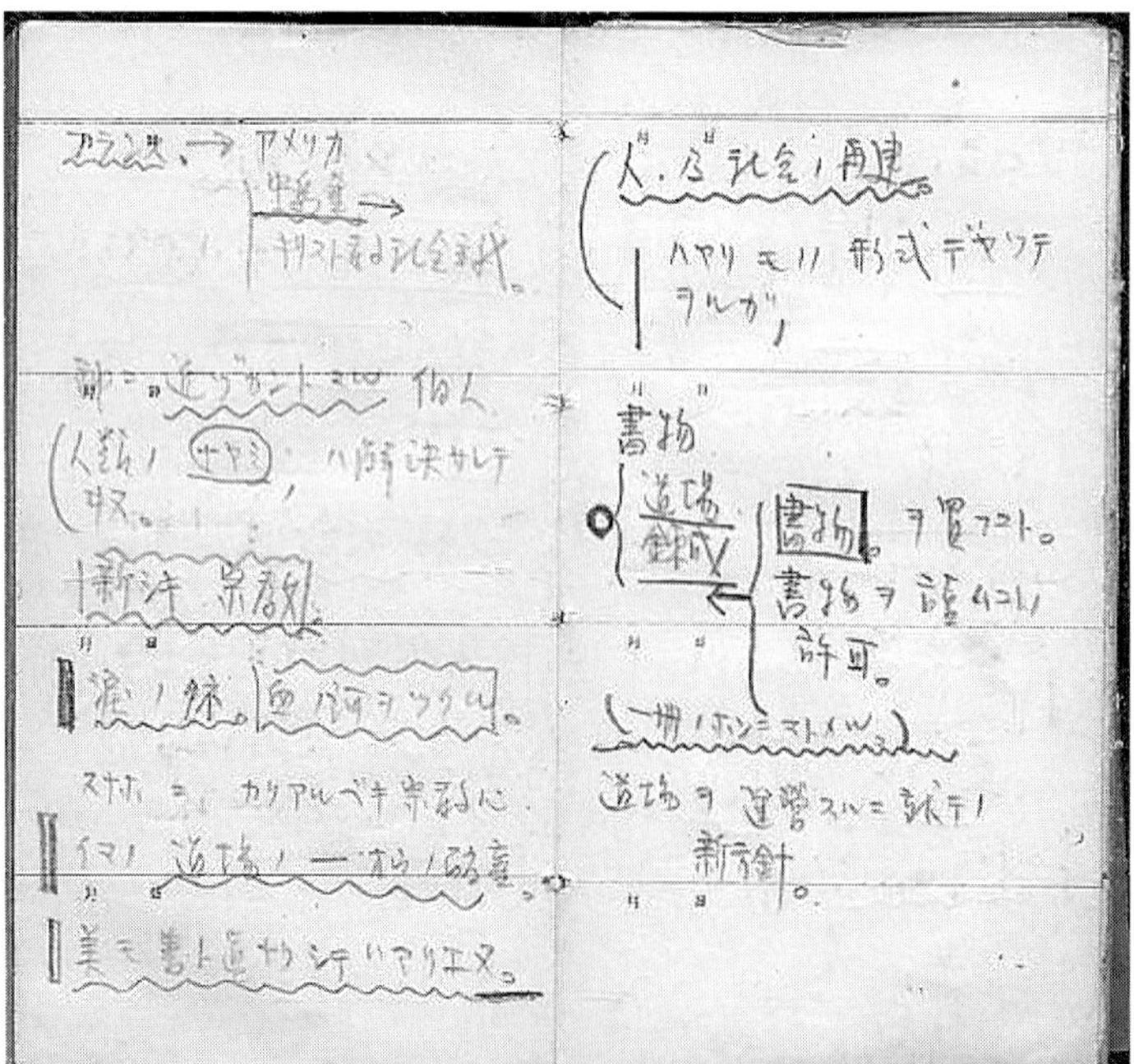

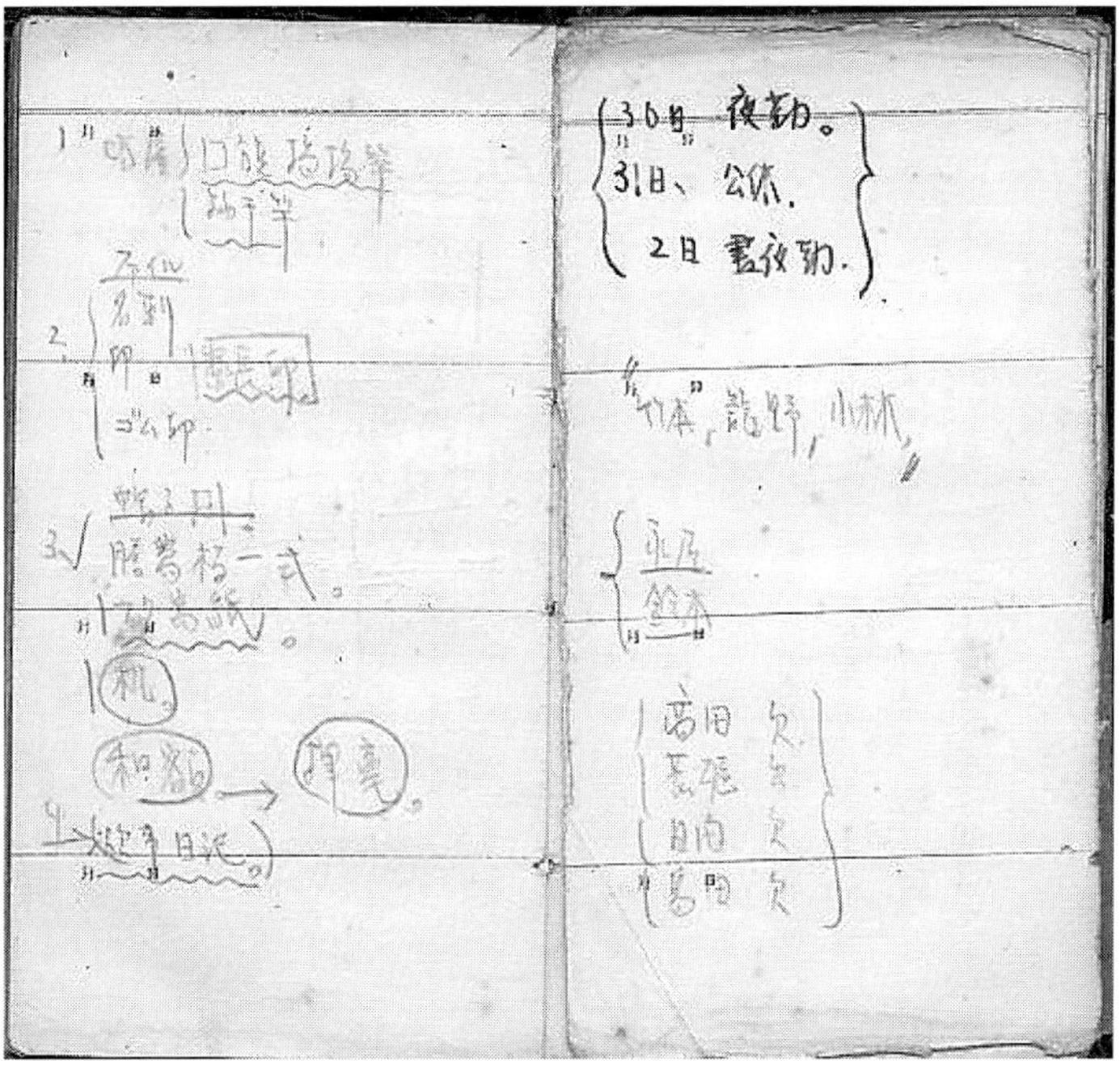
30日 夜勤。
31日、公休。
2日 昼夜勤。
竹本、龍野、小林

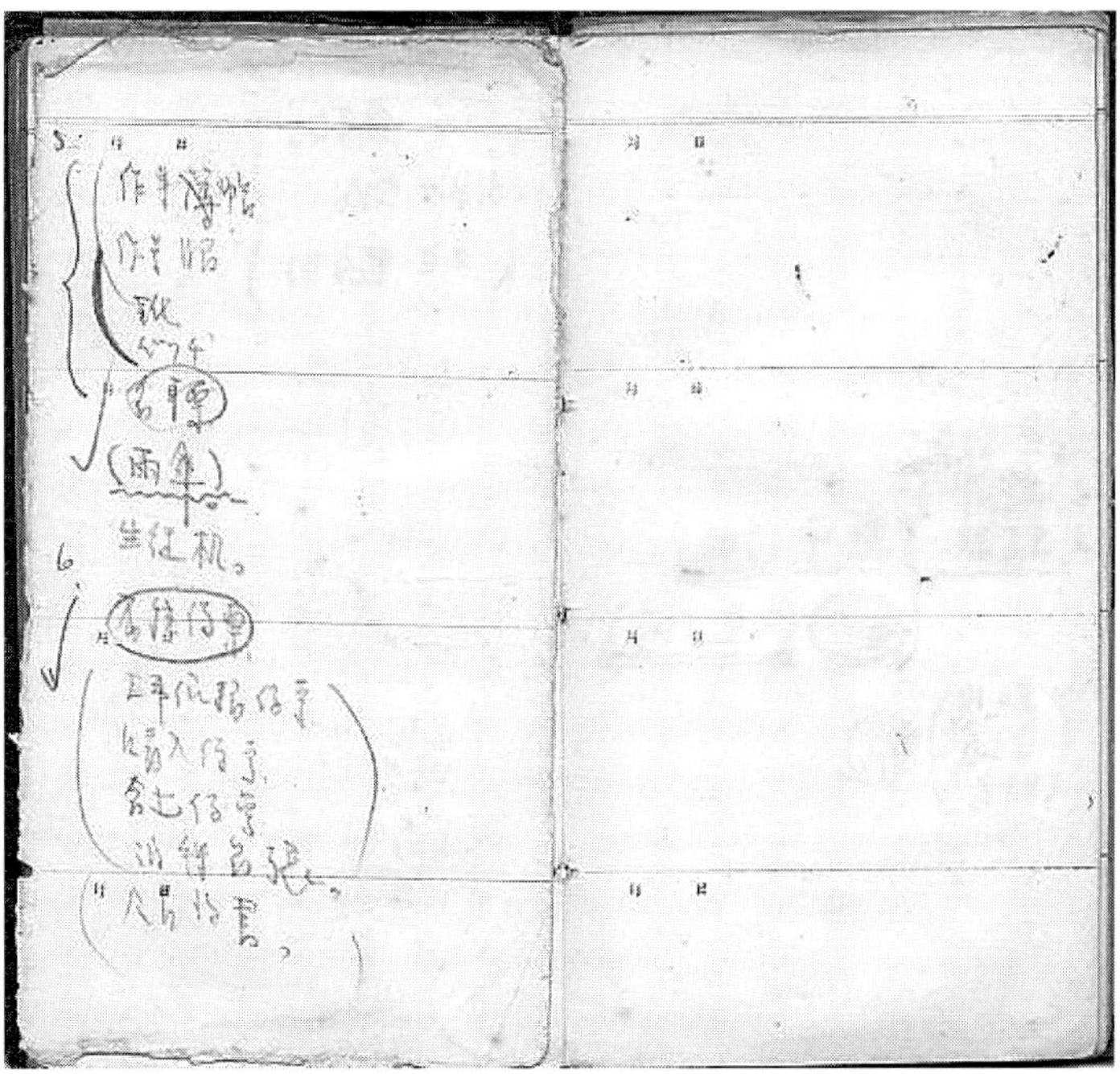

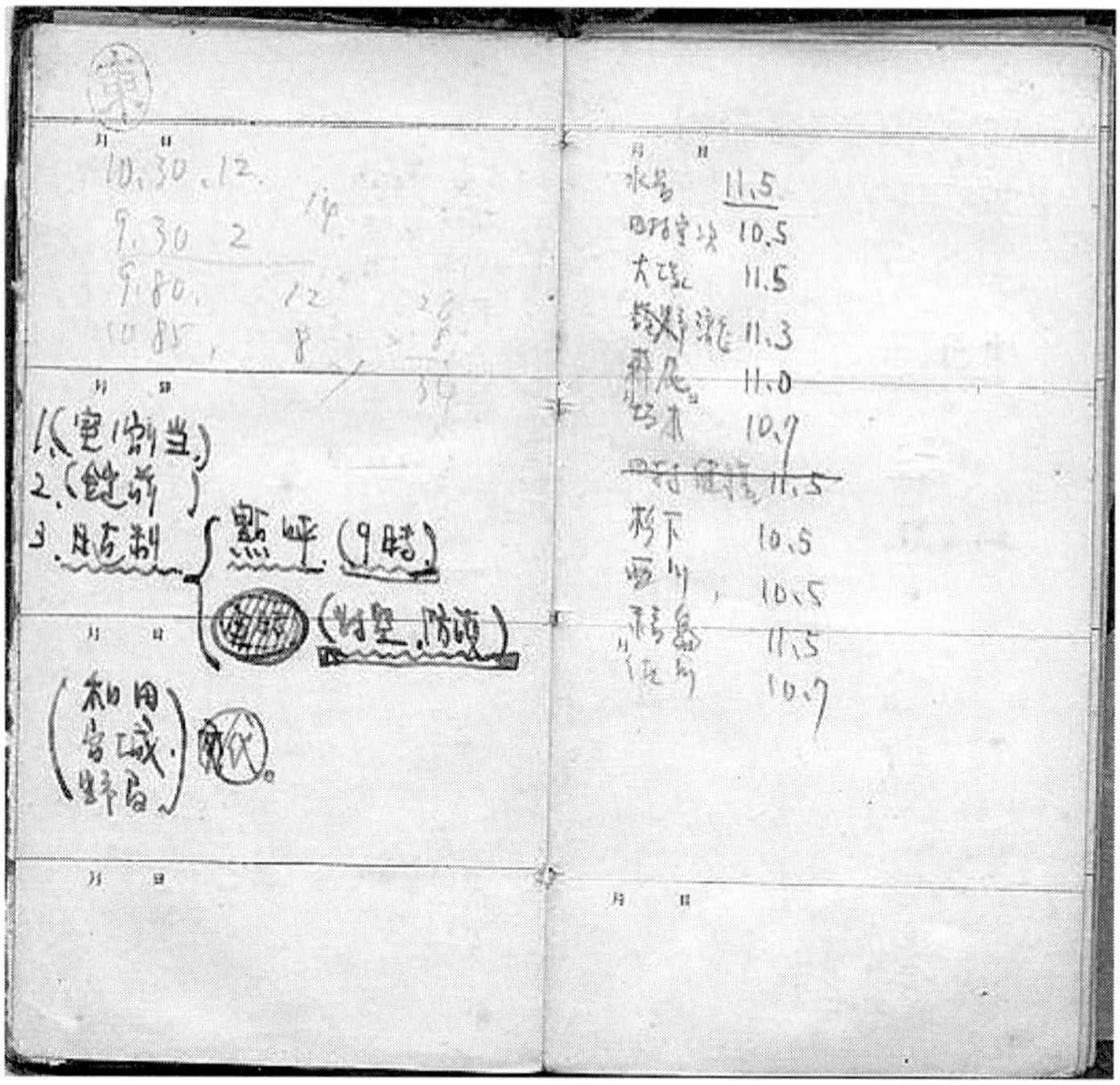

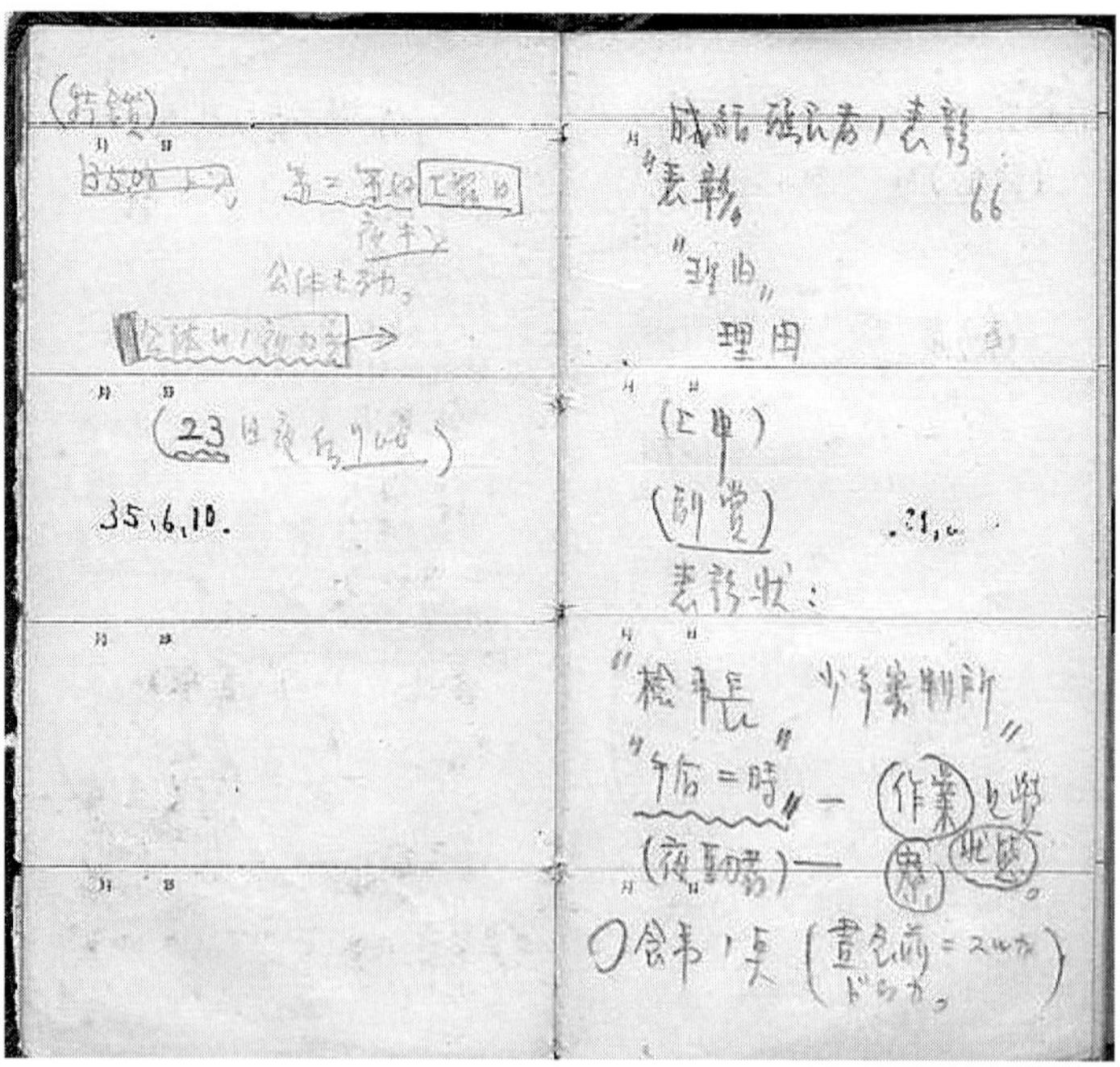

理由
35.6.10.

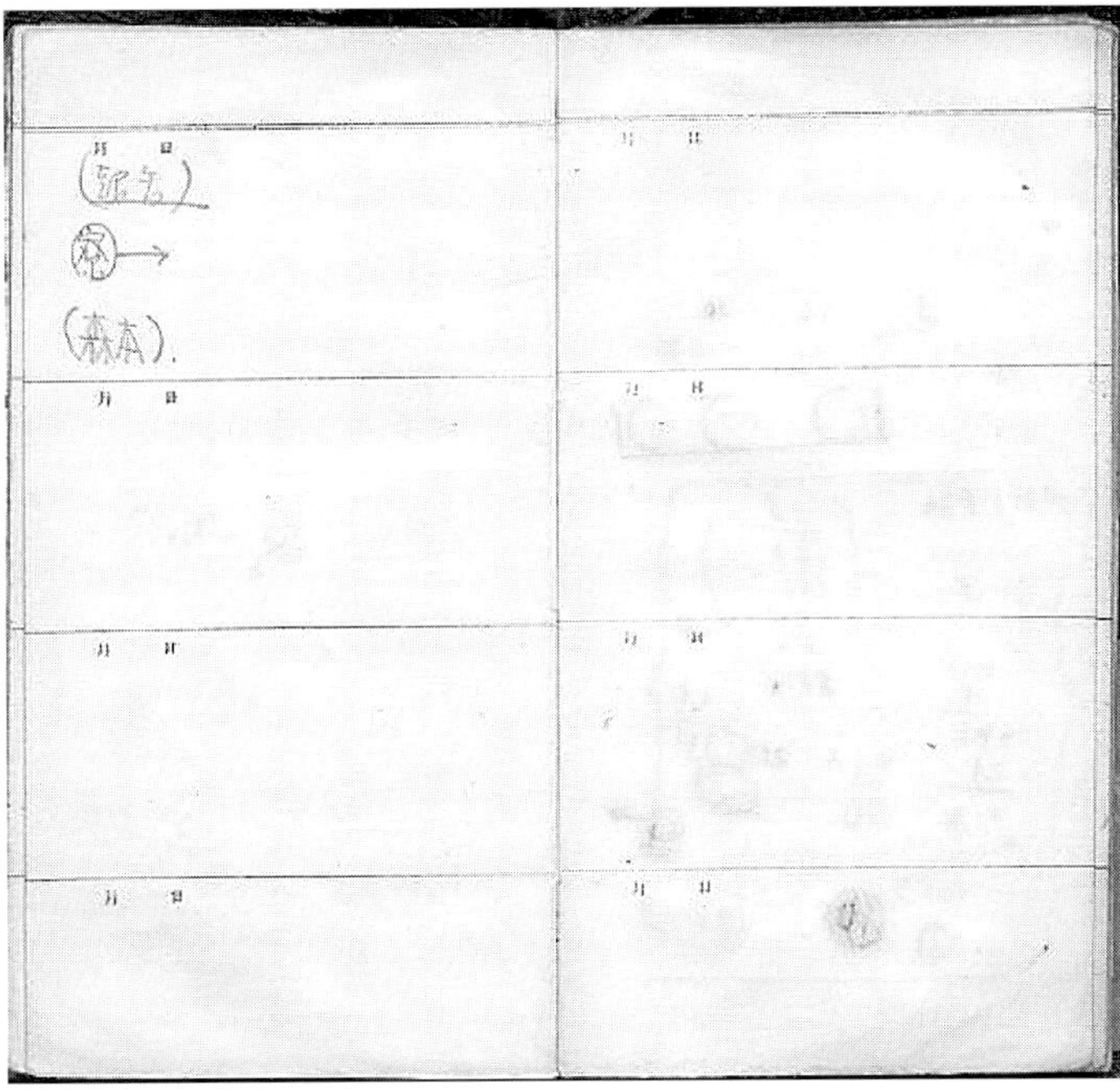

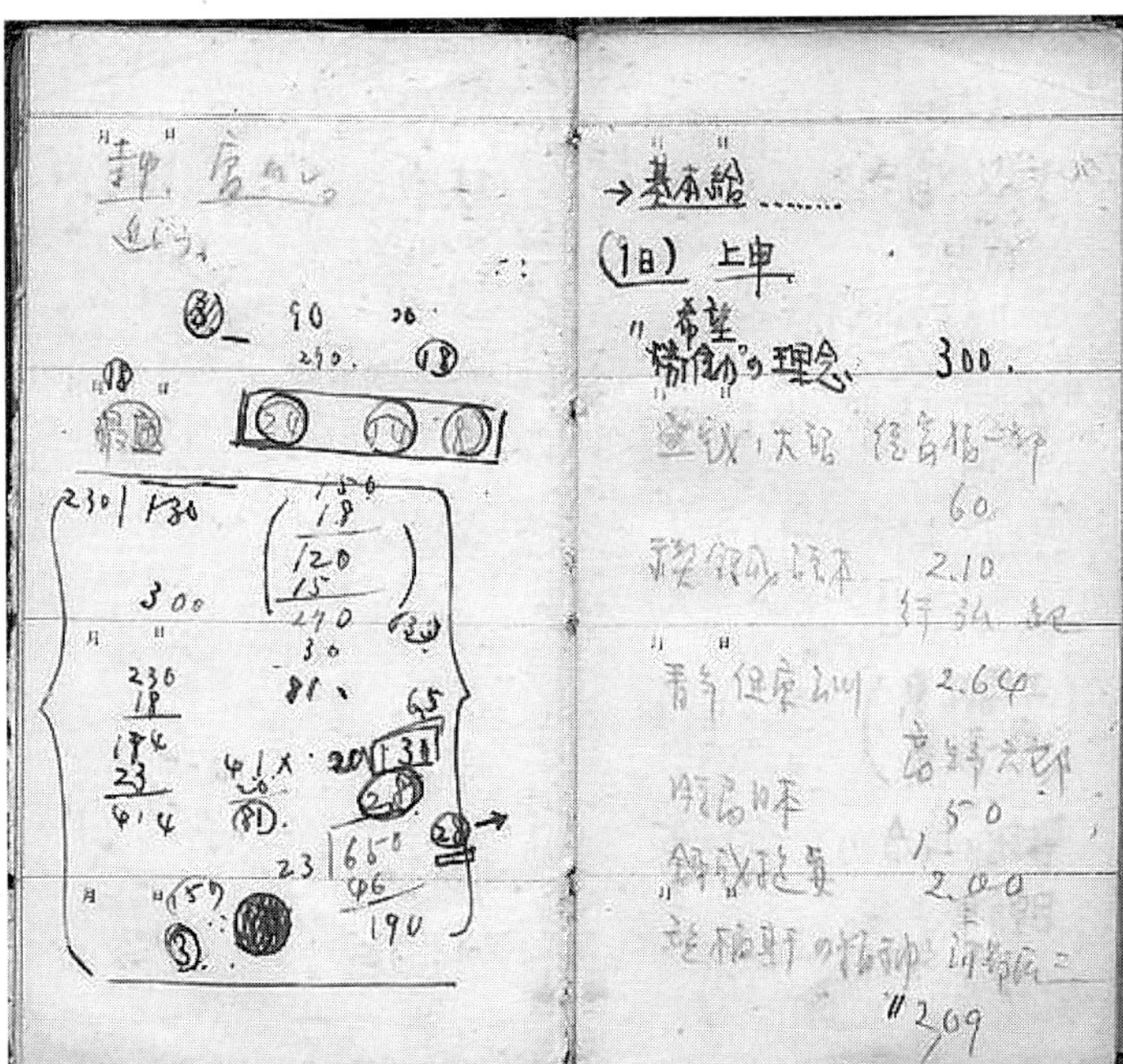
→基本給
(1日) 上申
300.
60.
2.10
2.64
50
2.00

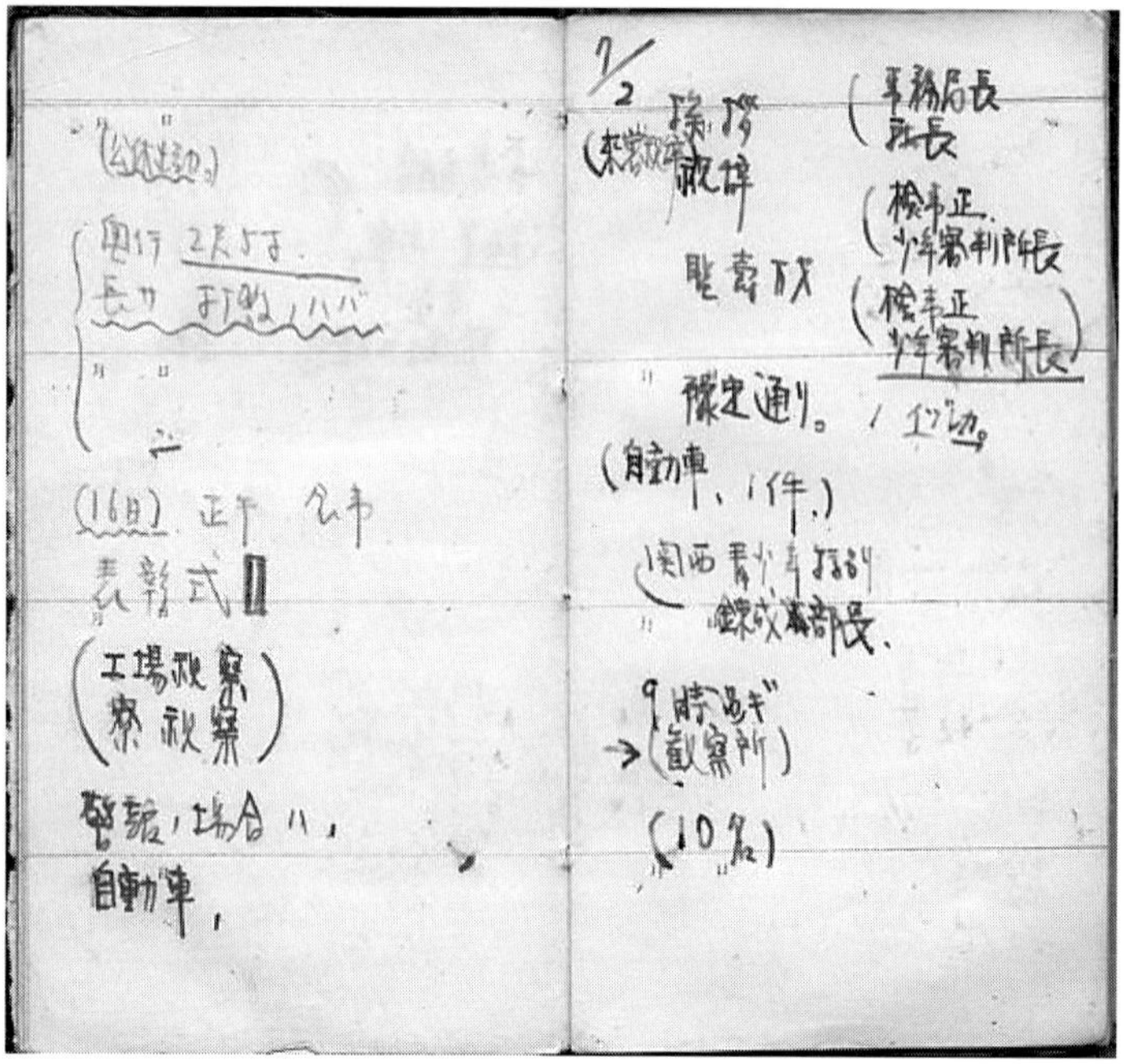
(公休出勤)
患行 2氏5才
長ケ 打撲 ハバ
二
(16日) 正午 公市
表彰式 [redacted]
(工場視察
察 視察)
警察ノ場合ハ、
自動車、
7/2
除隊 (来賓祝辞)祝辞
感謝状
(事務局長
社長
(検事正、
少年審判所長
(検事正
少年審判所長
慣例通り。/ イソグ。
(自動車、1件。)
関西青少年指導
錬成本部長、
9時過ギ
→ 観察所)
(10名)

カラー 勝山氏へ
賃銀 1件、
午后、会金 アンカリ1件、

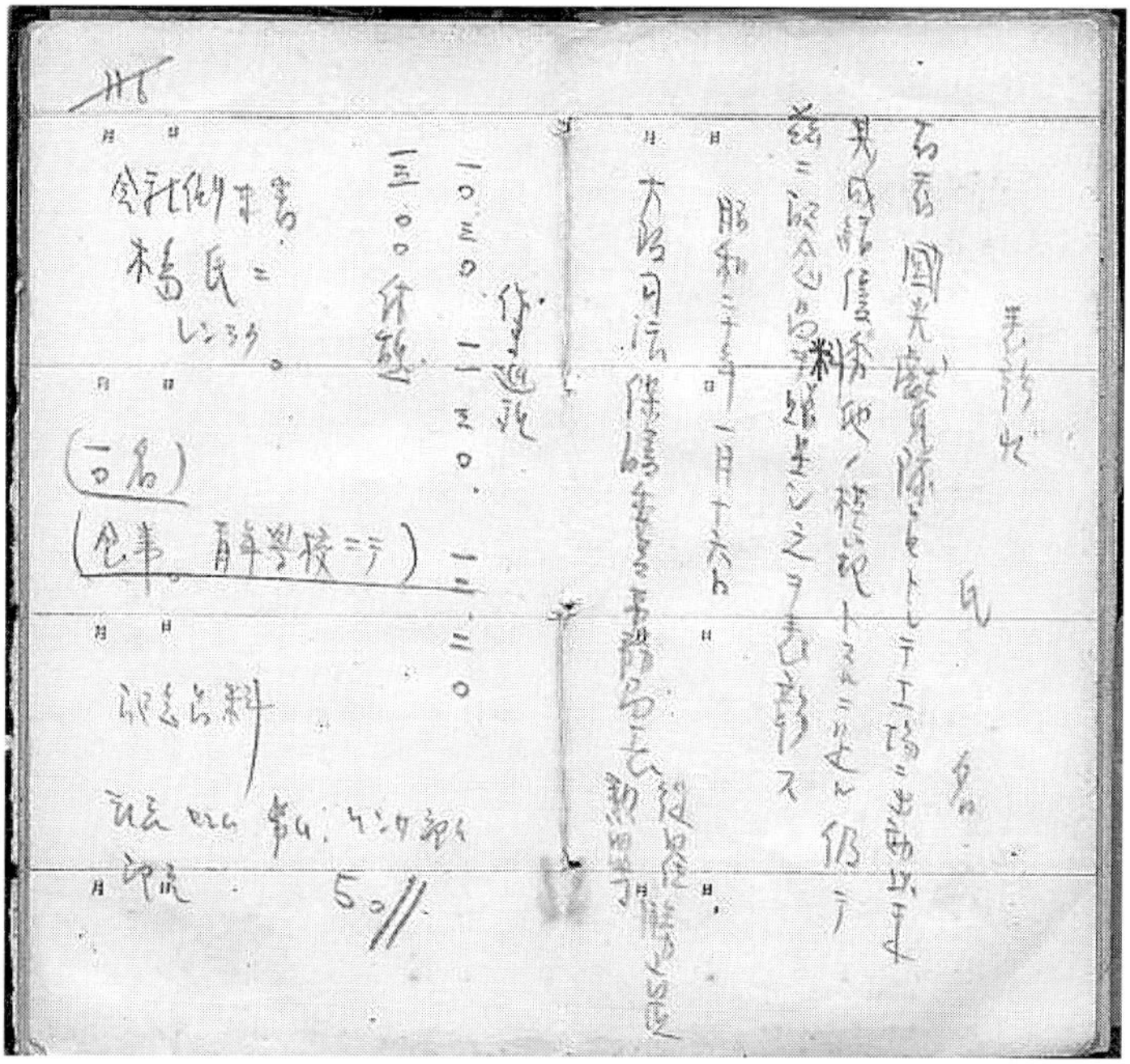

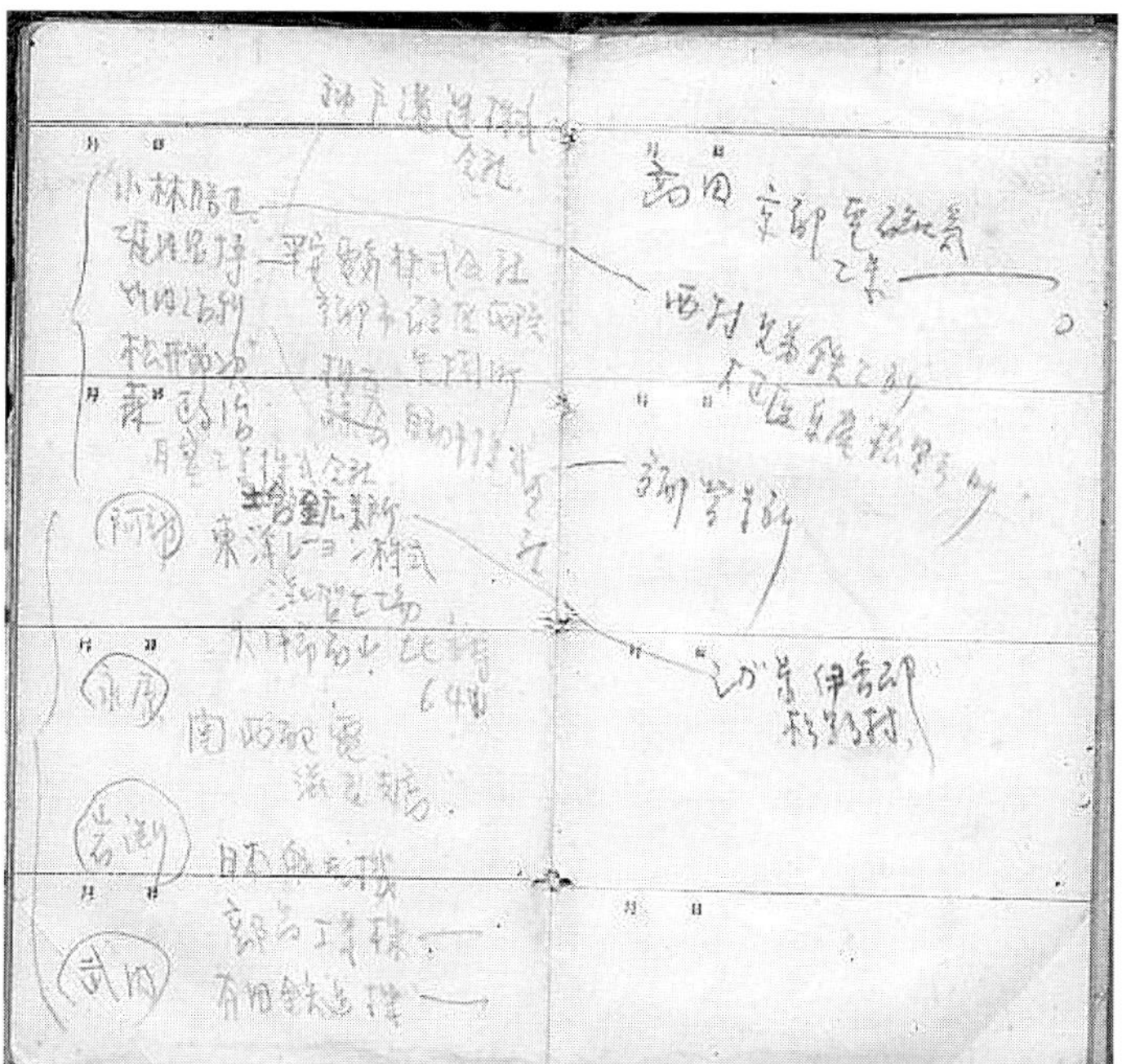

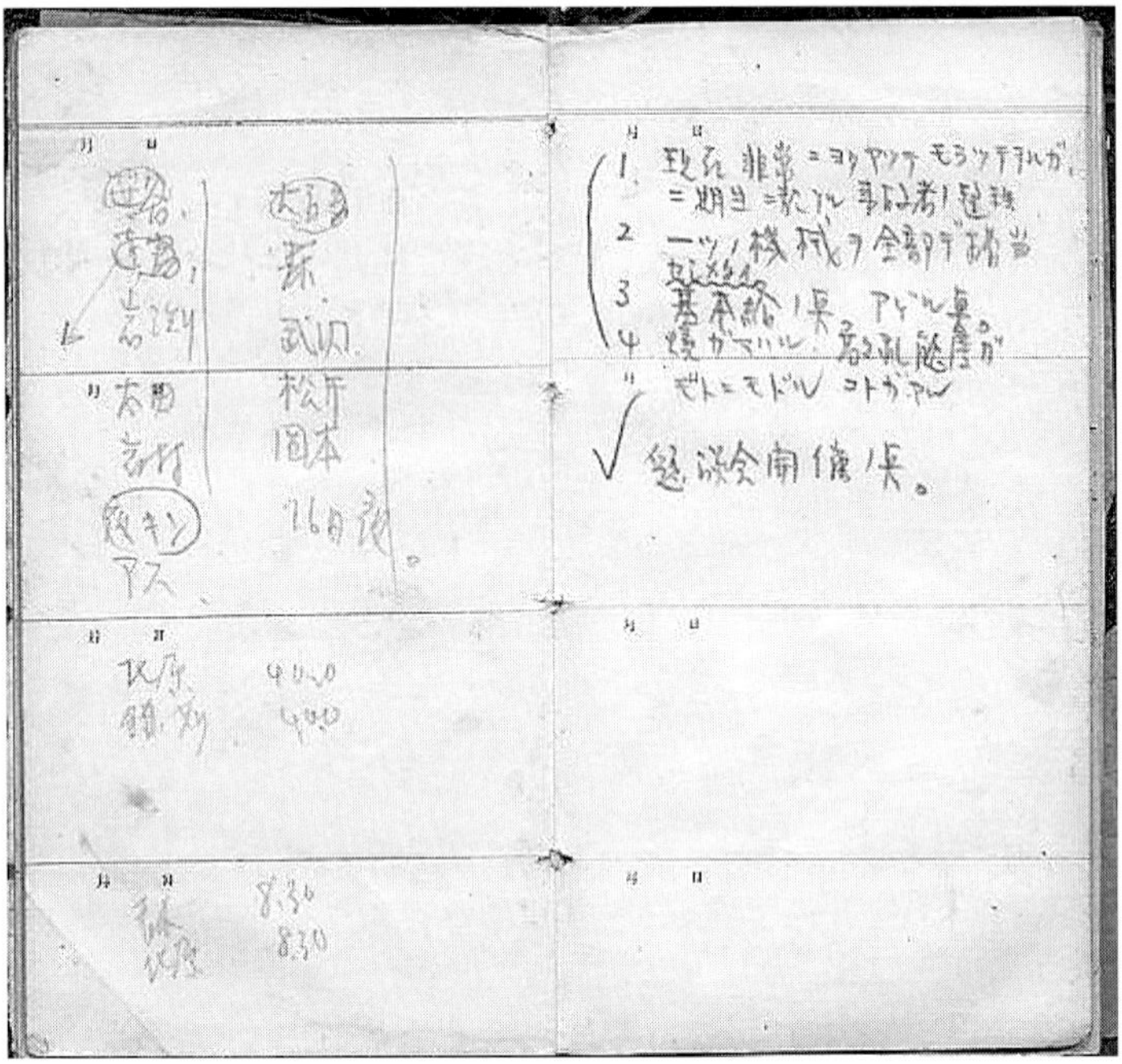
太田　松井
岡本
26日夜
1 現在非常ニヨクヤッテモラッテオルが、
2 一ツノ機械ヲ全部デ擔当
3 基本給ノ件、アゲル事。
√ 懇談会開催ノ件。

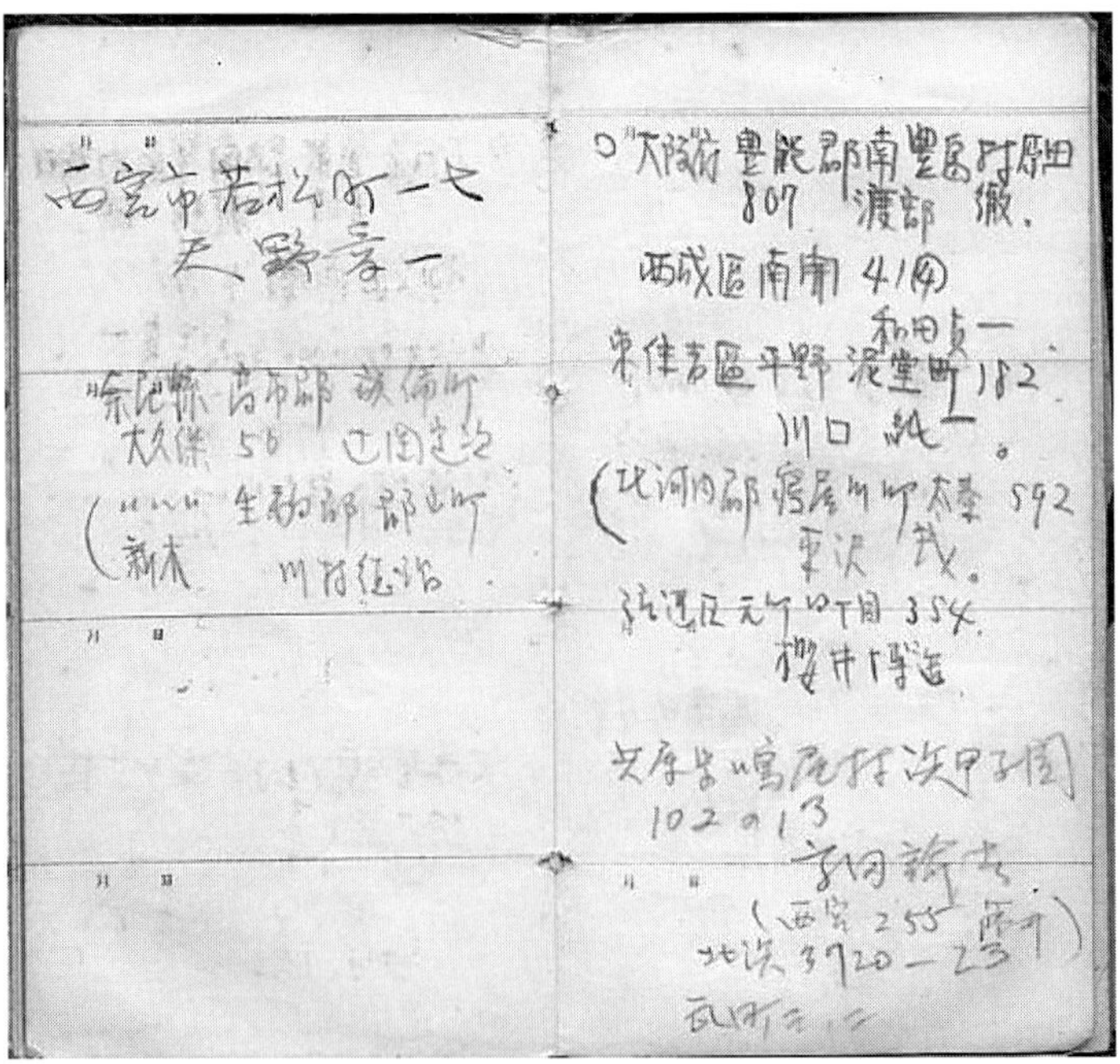
西宮市若松町一七
天野彦一
大久保 50
大阪府豊能郡南豊島村原田
807 渡部 徹.
西成区南開 41
和田貞一
東住吉区平野 182
川口 純
北河内郡寝屋川町太秦 592
東沢 茂。
浪速区元町四丁目 354
櫻井博造
兵庫県鳴尾村浜甲子園
102の13
(西宮 255 呼)
北浜 3720−23

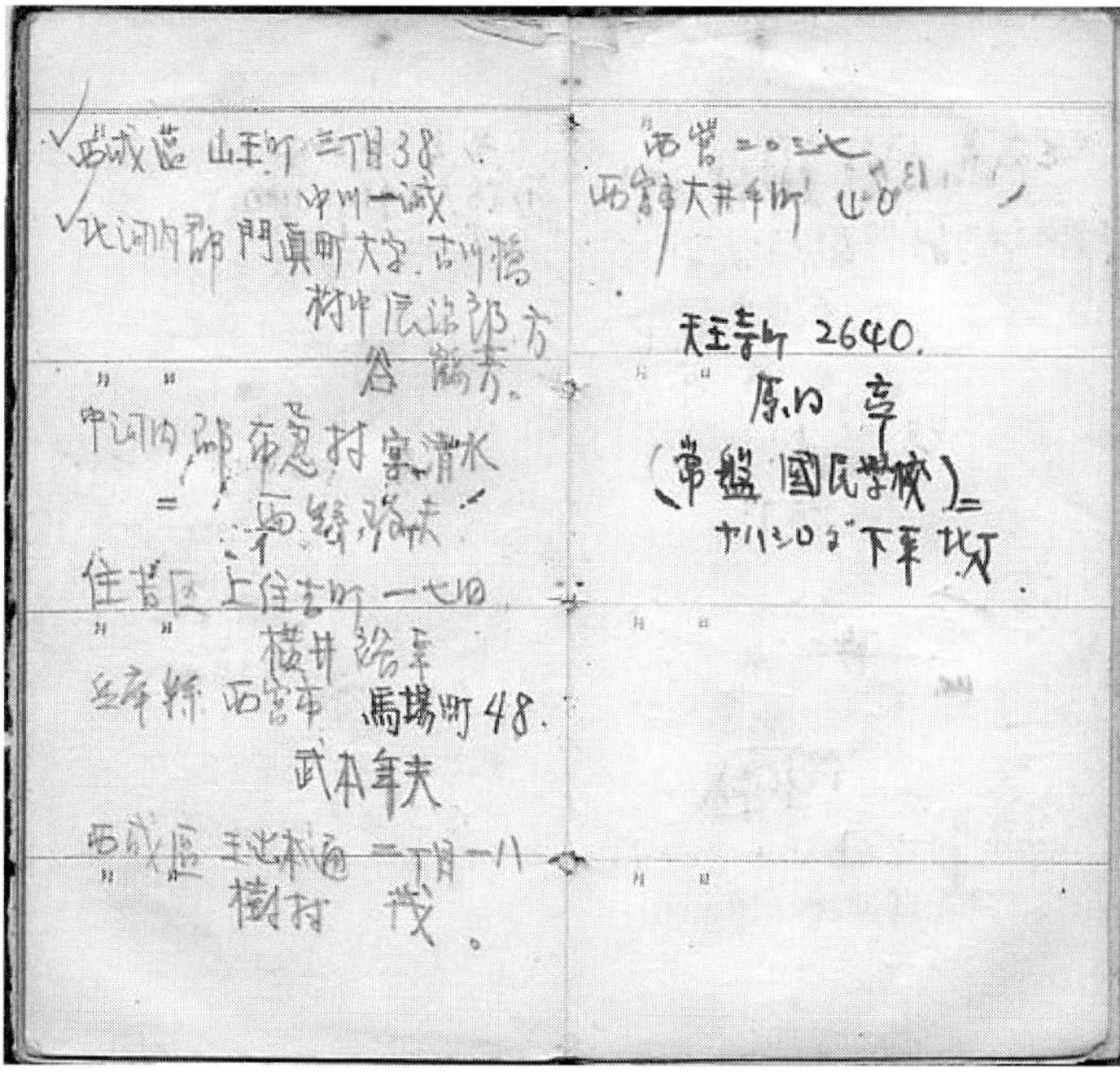
西成區 山王町 三丁目38
中川一誠
天王寺町 2640.
原田 亨
(常盤國民學校)
兵庫縣 西宮市 馬場町48.
武本年夫

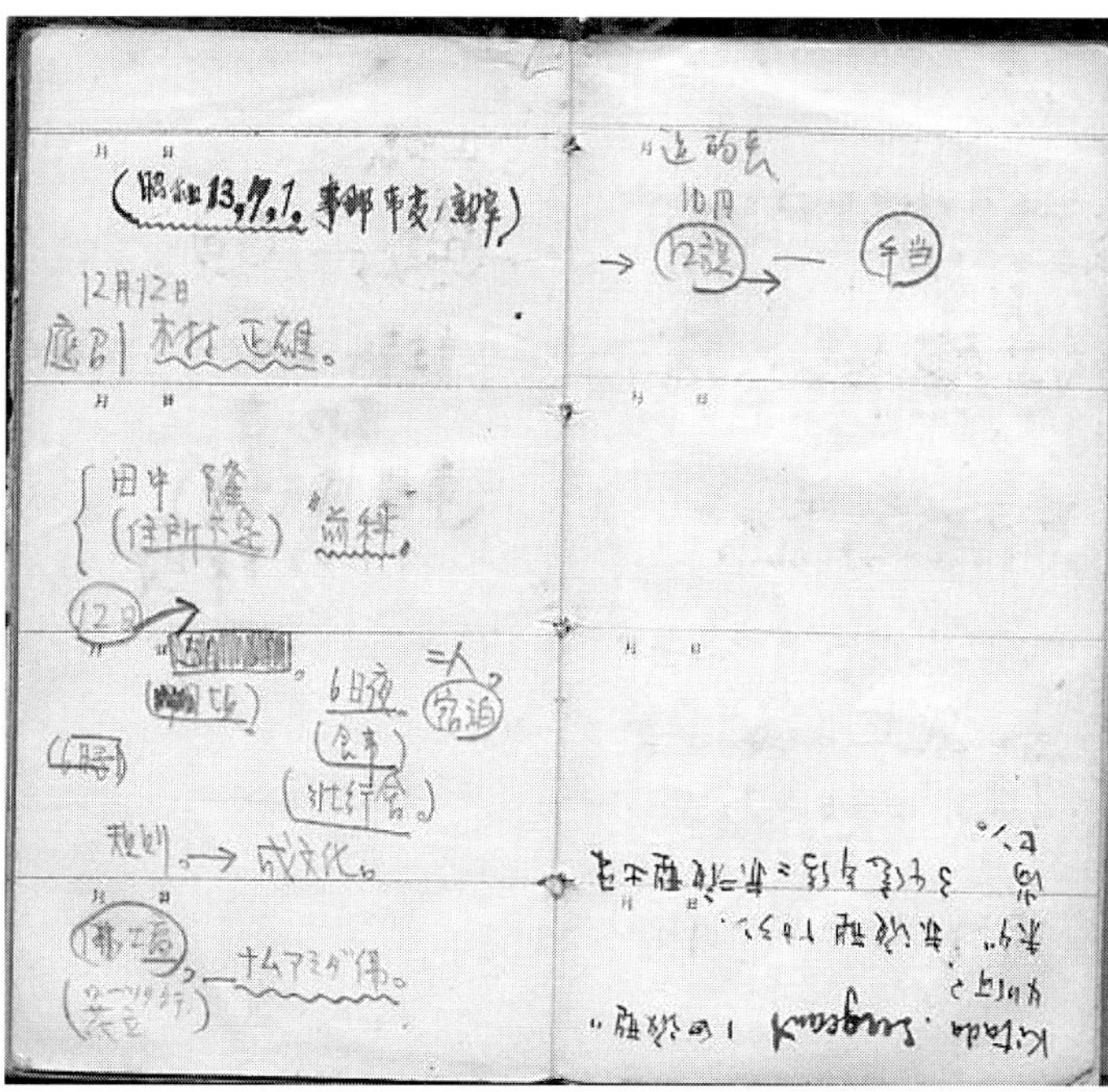
12月12日
ナムアミダ佛。

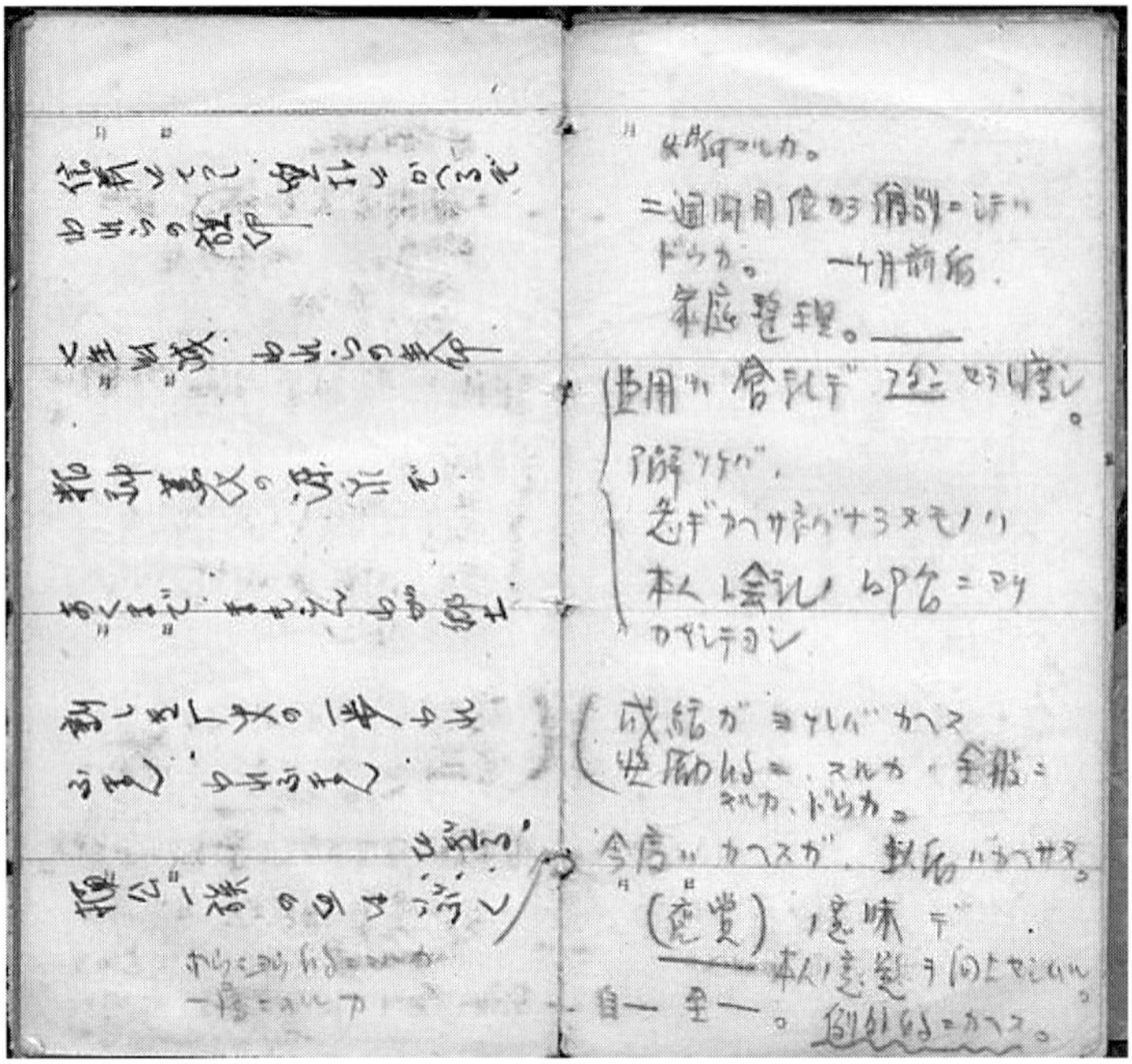

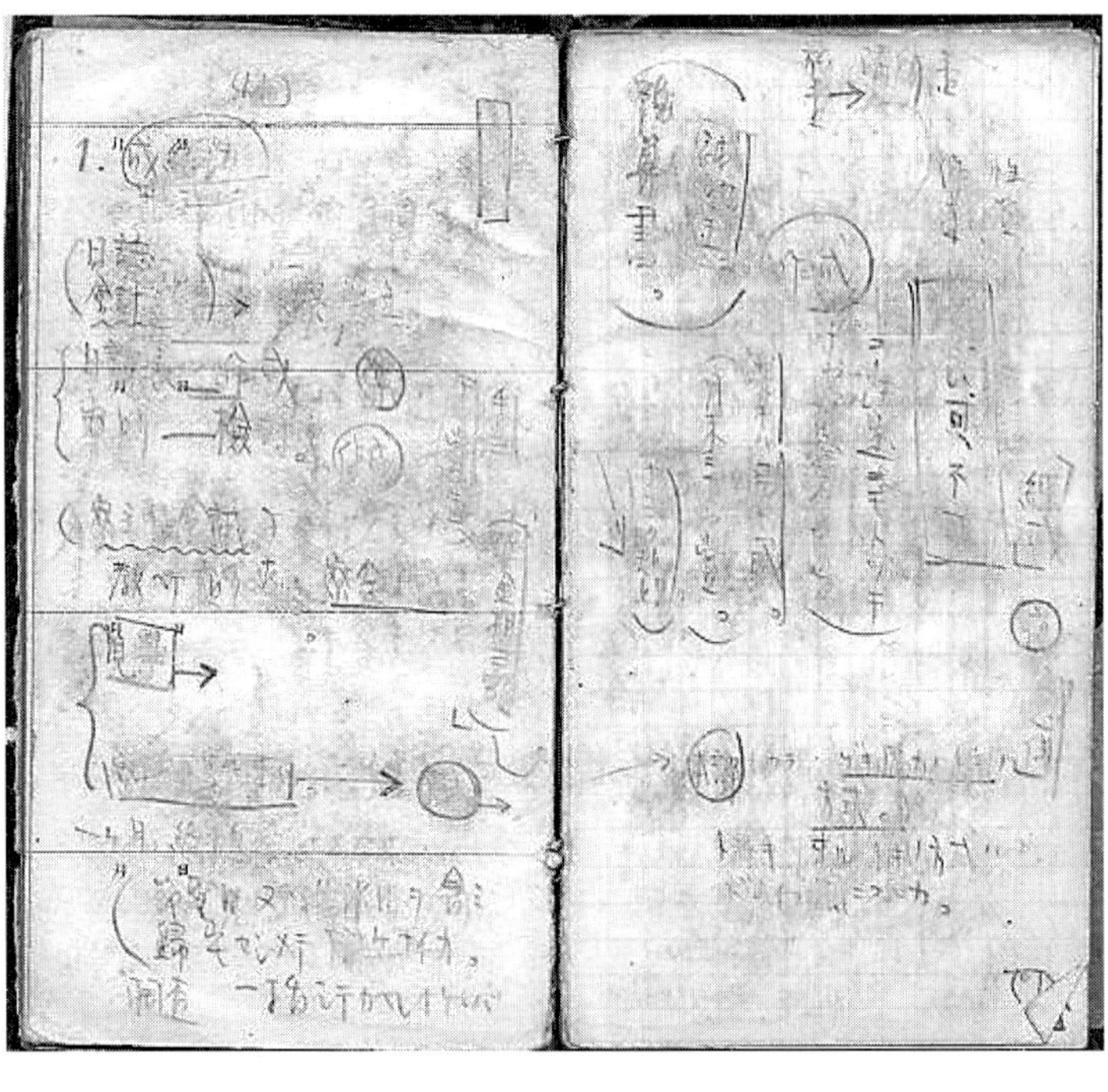

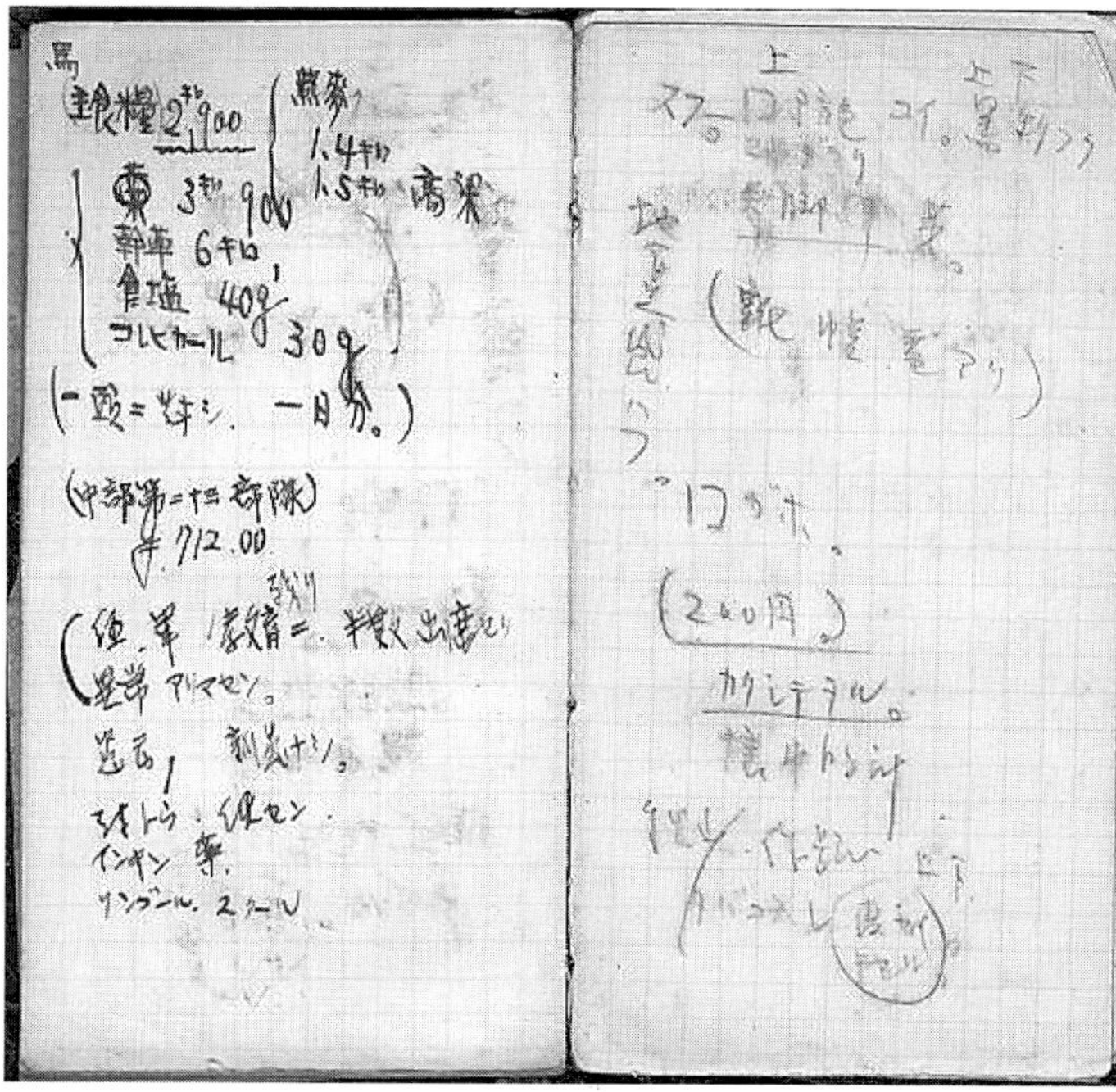

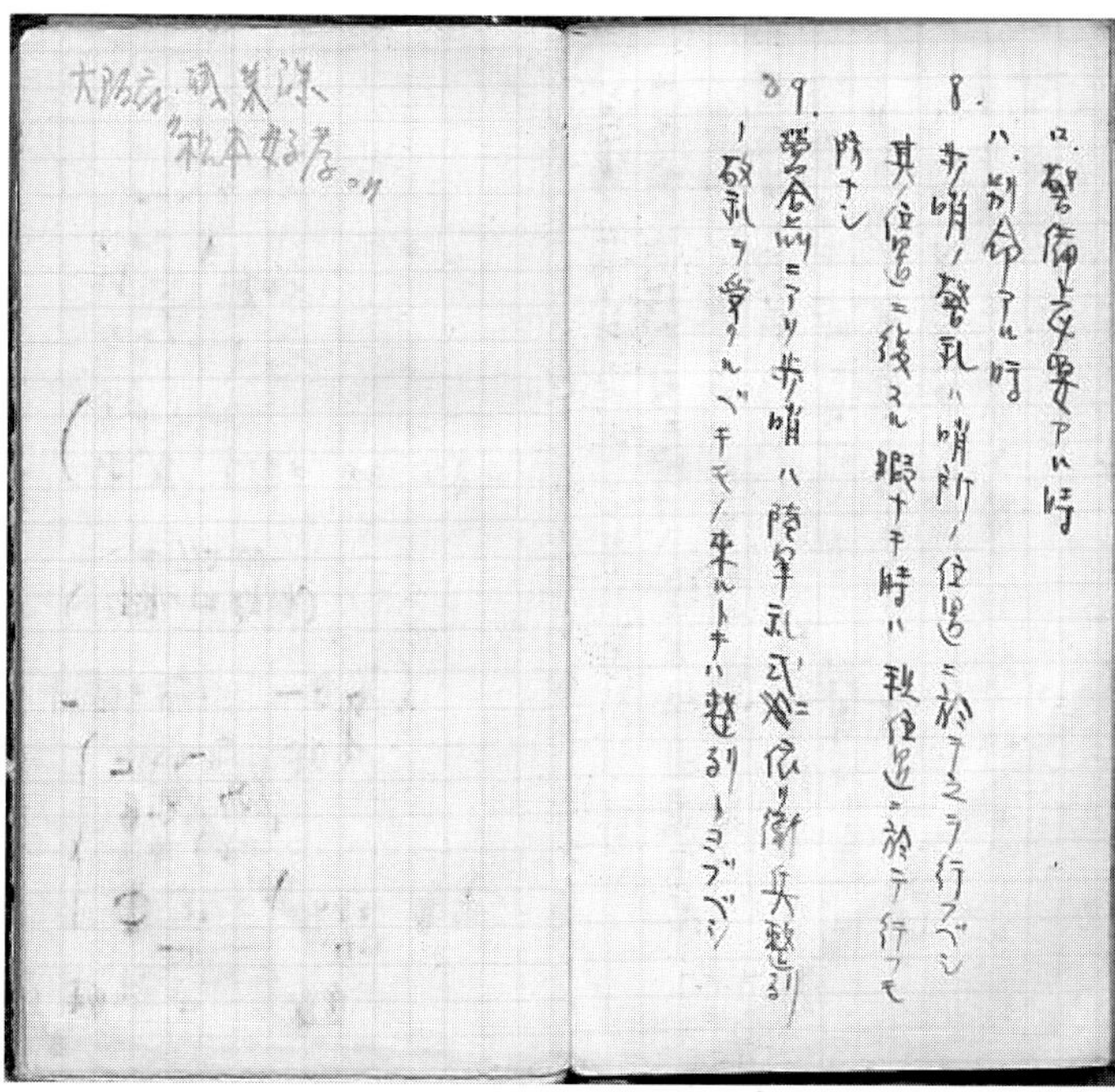

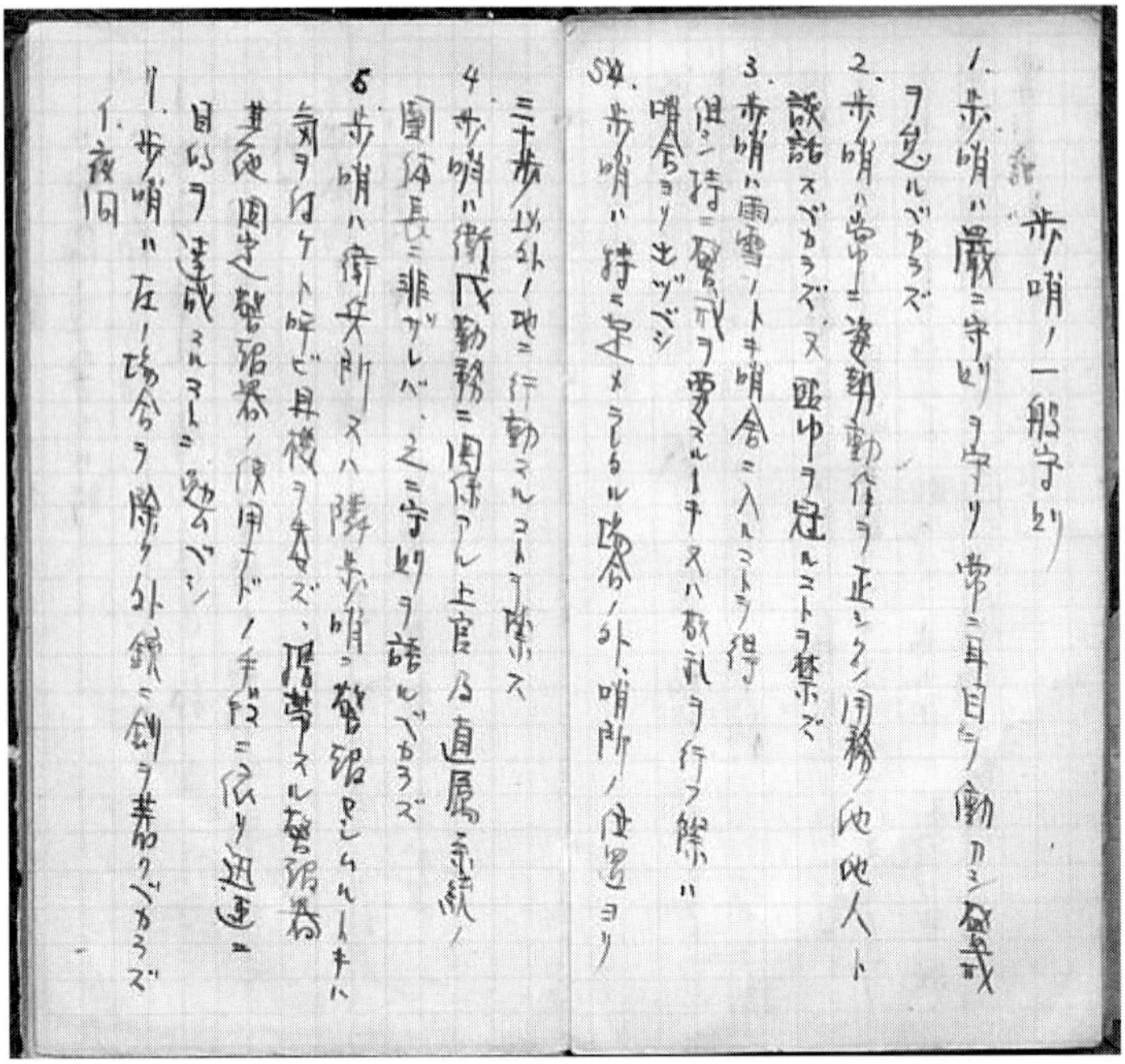

歩哨ノ一般守則

1. 歩哨ハ厳ニ守則ヲ守リ常ニ耳目ヲ働カシ警戒ヲ怠ルベカラズ

2. 歩哨ハ哨中ニ姿勢動作ヲ正シクシ用務外他人ト談話スベカラズ又臥坐ヲ[illegible]ルコトヲ禁ズ

3. 歩哨ハ雨雪ノトキ哨舎ニ入ルコトヲ得 但シ特ニ警戒ヲ要スルトキ又ハ敬礼ヲ行フ際ハ哨舎ヨリ出ヅベシ

5. 歩哨ハ特ニ定メラレタル場合ノ外、哨所ノ位置ヨリ三十歩以外ノ地ニ行動スルコトヲ禁ズ

4 歩哨ハ衛兵勤務ニ関係アル上官及直属系統ノ団体長ニ非ザレバ、之ニ守則ヲ語ルベカラズ

6 歩哨ハ衛兵所又ハ隣歩哨ニ警報ヲ送ラントスルトキハ気ヲ付ケト呼ビ其後ヲ春ズ、携帯スル警報器其他固定警報器ノ使用ナドノ手段ニ依リ迅速ニ目的ヲ達成スルコトニ努ムベシ

7. 歩哨ハ左ノ場合ヲ除ク外銃ニ剣ヲ着クベカラズ

1. 夜間

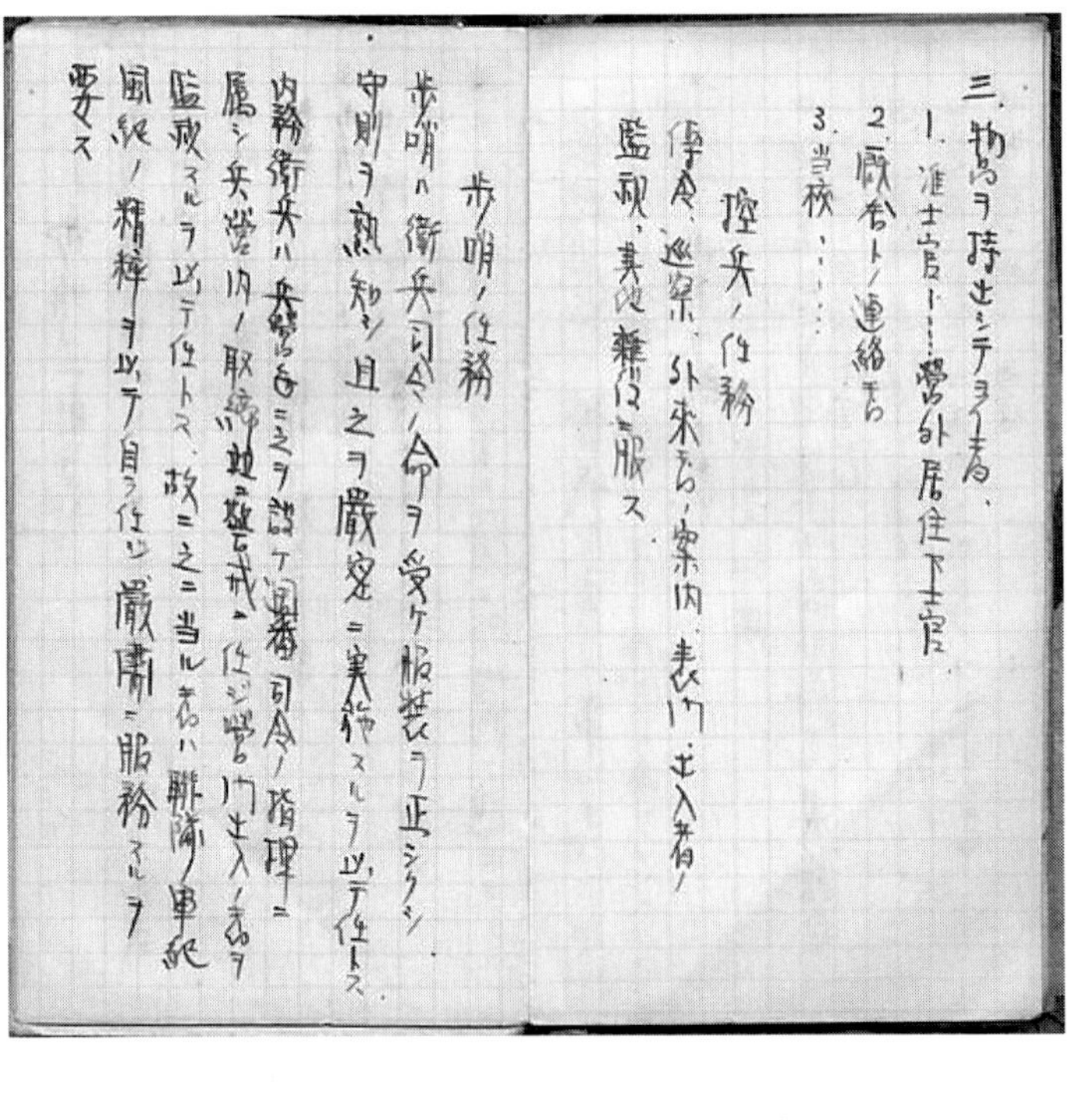

三. 拳銃ヲ持出シテヨイ者、

1. 准士官ト……営外居住下士官

2. 職員ト連絡者

3. 当……

控兵ノ任務

傳令、巡察、外来者ノ案内、表門ノ出入者ノ監視、其他雑役ニ服ス

歩哨ノ任務

歩哨ハ衛兵司令ノ命ヲ受ケ服装ヲ正シクシ守則ヲ熟知シ且之ヲ厳守ニ実行スルヲ以テ任トス

内務衛兵ハ兵営内ニ之ヲ設ケ週番司令ノ指揮ニ属シ兵営内ノ取締並ニ警戒ニ任ジ営門出入ノ者ヲ監視スルヲ以テ任トス、故ニ之ニ当ル者ハ聯隊ノ軍紀風紀ノ精粋ヲ以テ自ラ任ジ厳粛ニ服務スルヲ要ス

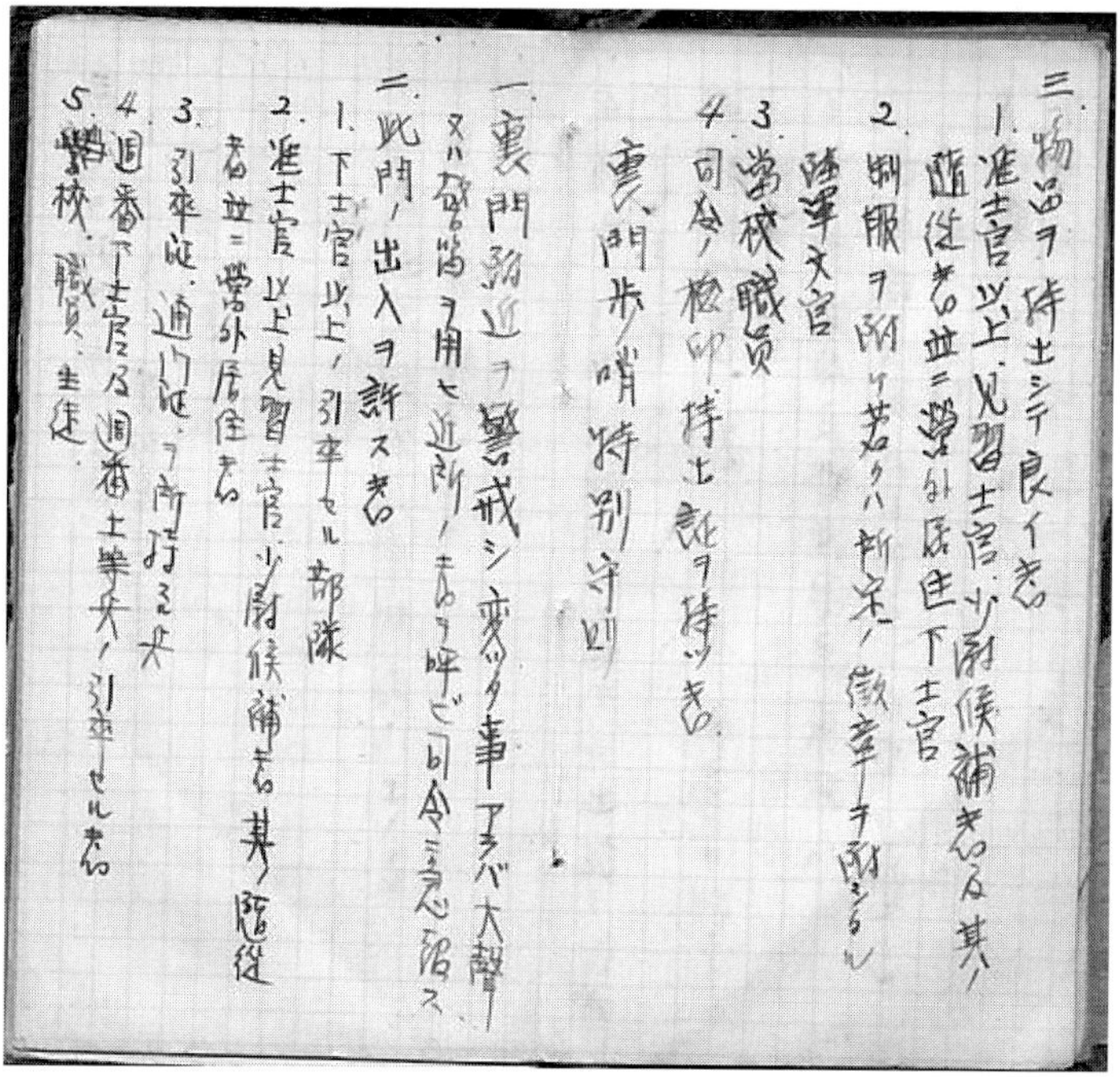

三．物品ヲ持出シテ良イ者
1．准士官以上、見習士官、少尉候補者及其ノ随従者並ニ営外居住下士官
2．制服ヲ附ケ若クハ所定ノ徽章ヲ附シタル陸軍文官
3．学校職員
4．司令ノ検印ヲ持出証ヲ持ツ者

裏門歩哨特別守則

一．裏門附近ヲ警戒シ変ツタ事アラバ大聲又ハ警笛ヲ用ヒ近所ノ者ヲ呼ビ司令ニ急報ス
二．此門ノ出入ヲ許ス者
1．下士官以上ノ引率セル部隊
2．准士官以上見習士官少尉候補者其ノ随従者並ニ営外居住者
3．引率証、通門証ヲ所持スル兵
4．週番下士官及週番上等兵ノ引率セル者
5．学校職員、生徒

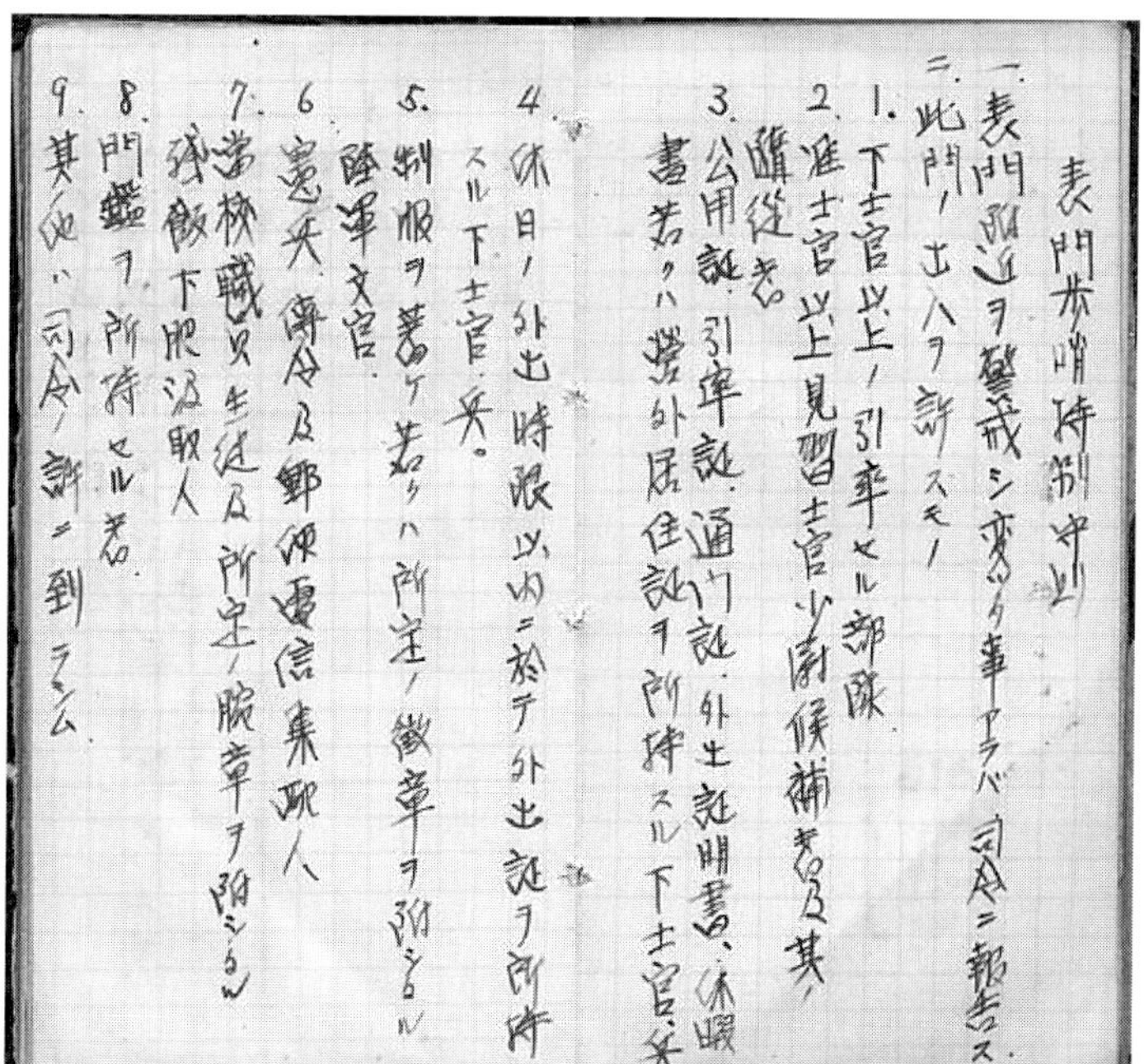

表門歩哨特別守則

一．表門附近ヲ警戒シ変ツタ事アラバ司令ニ報告ス．
二．此門ノ出入ヲ許スモノ
1．下士官以上ノ引率セル部隊
2．准士官以上見習士官少尉候補者及其ノ随従者
3．公用証、引率証、通門証、外出証明書、休暇書若クハ営外居住証ヲ所持スル下士官兵。
4．休日ノ外出時限以内ニ於テ外出証ヲ所持スル下士官兵。
5．制服ヲ着ケ若クハ所定ノ徽章ヲ附シタル陸軍文官
6．憲兵、傳令及郵便電信集配人
7．学校職員生徒及所定ノ腕章ヲ附シタル残飯下肥汲取人
8．門鑑ヲ所持セル者
9．其他ハ司令ノ許ニ到ラシム

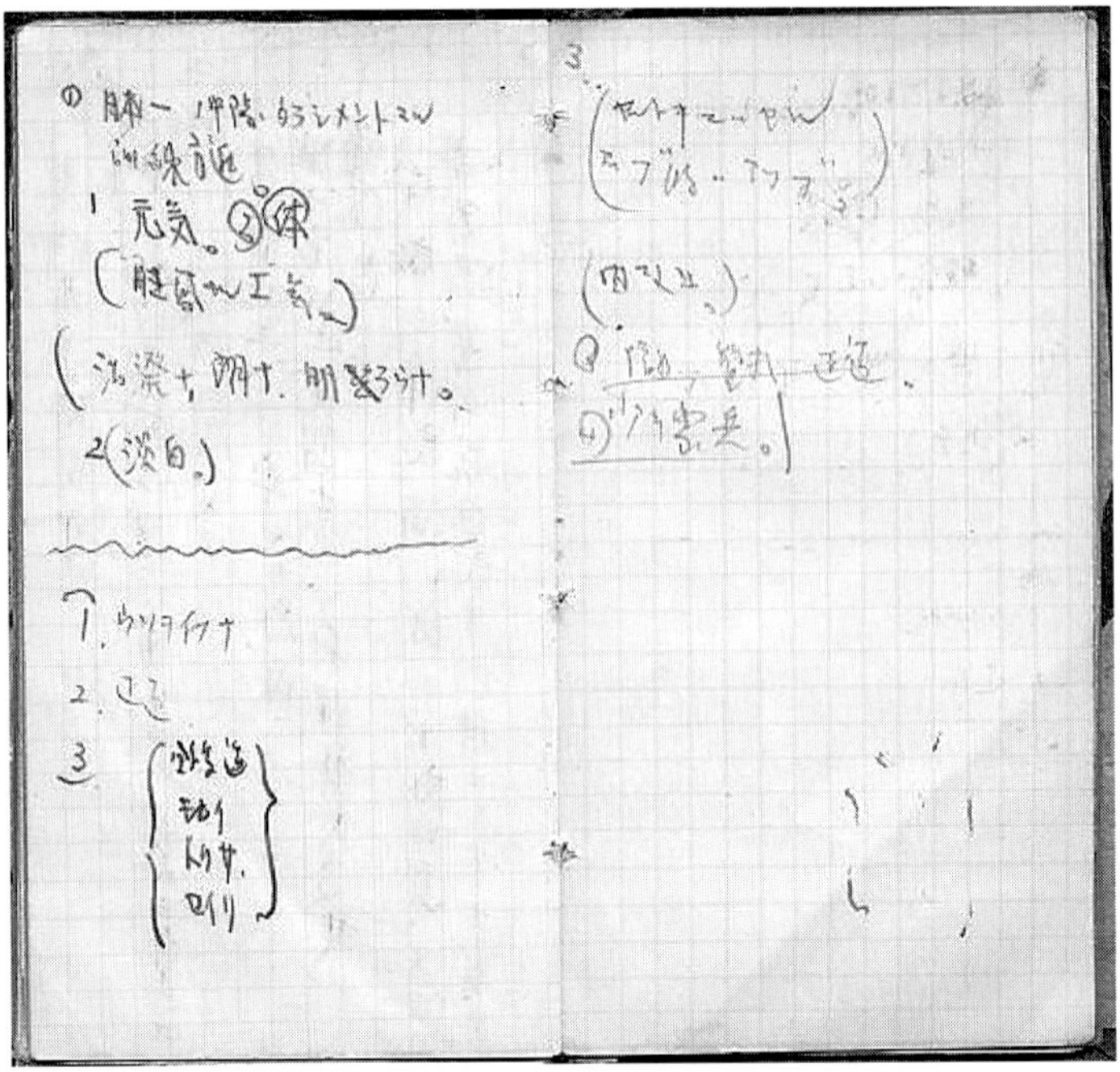

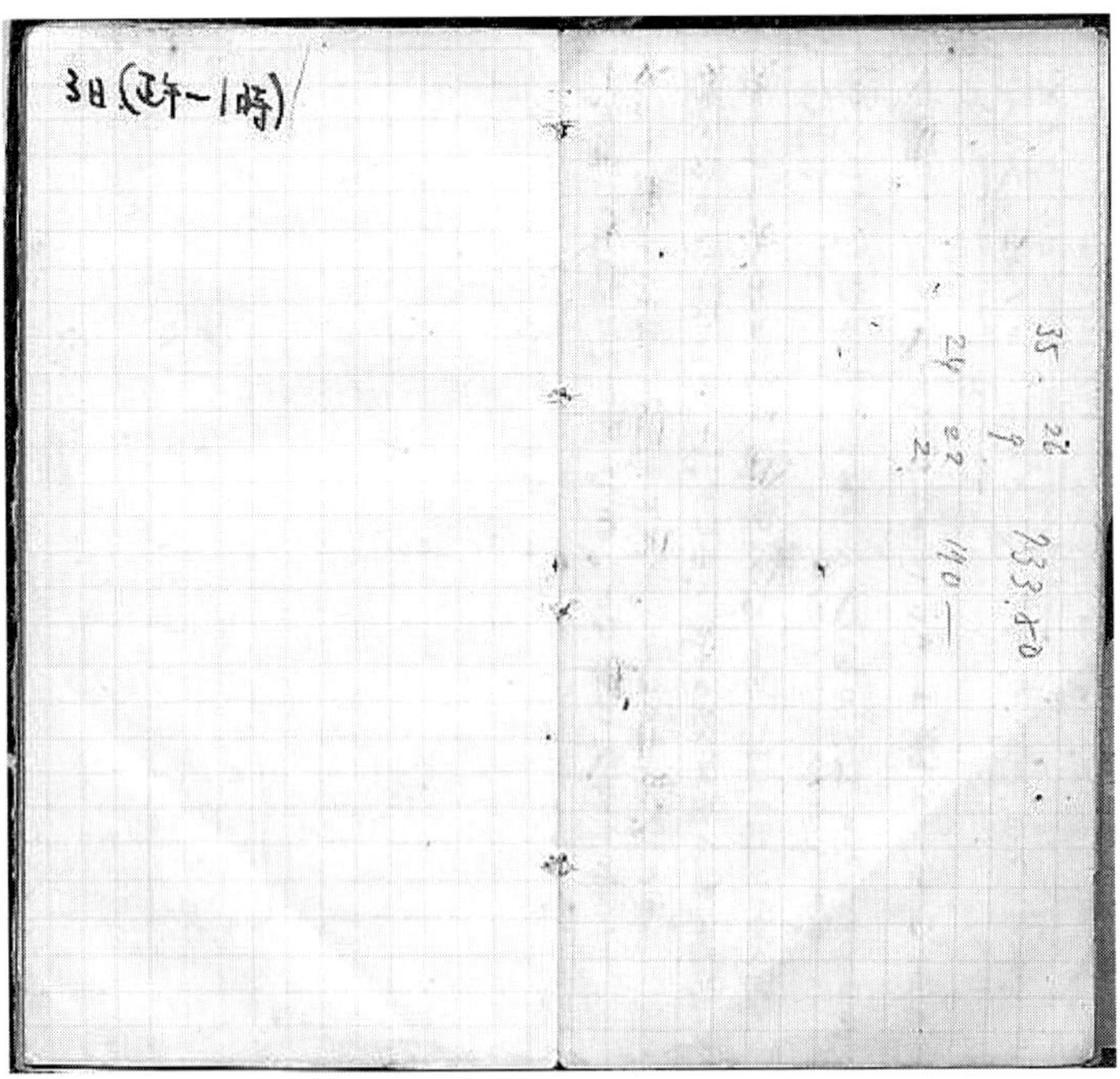
3日（正午一1時）

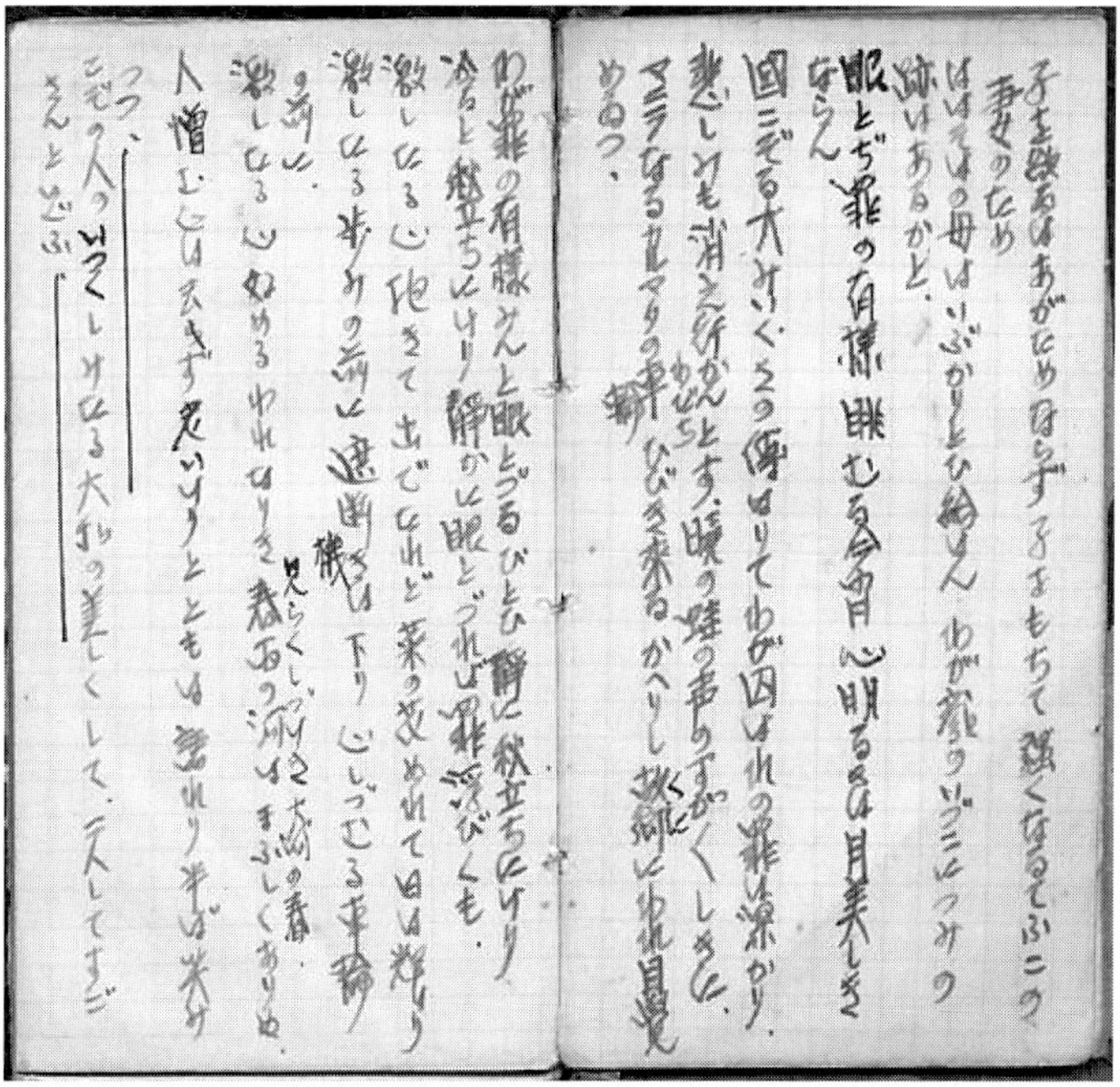
子等強あはあがためならず子までもちて強くなるてふこの
妻々のため
ははそばの母はいぶかりとひ給はん わが顔のやつれにつみの
跡はあるかと、
眼とぢ罪の有様眺むる今宵 心明るくは月美しき
ならん
国こぞる大みいくさの傷はりて わが囚はれの罪は深かり、
悲しみも消え行かんとす 暁の蛙の声のすがすがしきに
めつつ、
わが罪の有様みんと眼とづる ひとひ静に秋立ちにけり
冷と秋立ちにけり 静かに眼とづれば罪深びくも
激しける心抱きて出でぬれど 菜の花めでて日は輝けり
つつ、
こぞの人のいつくしみける大和の美しくして 二人してすご
さんとぞふ

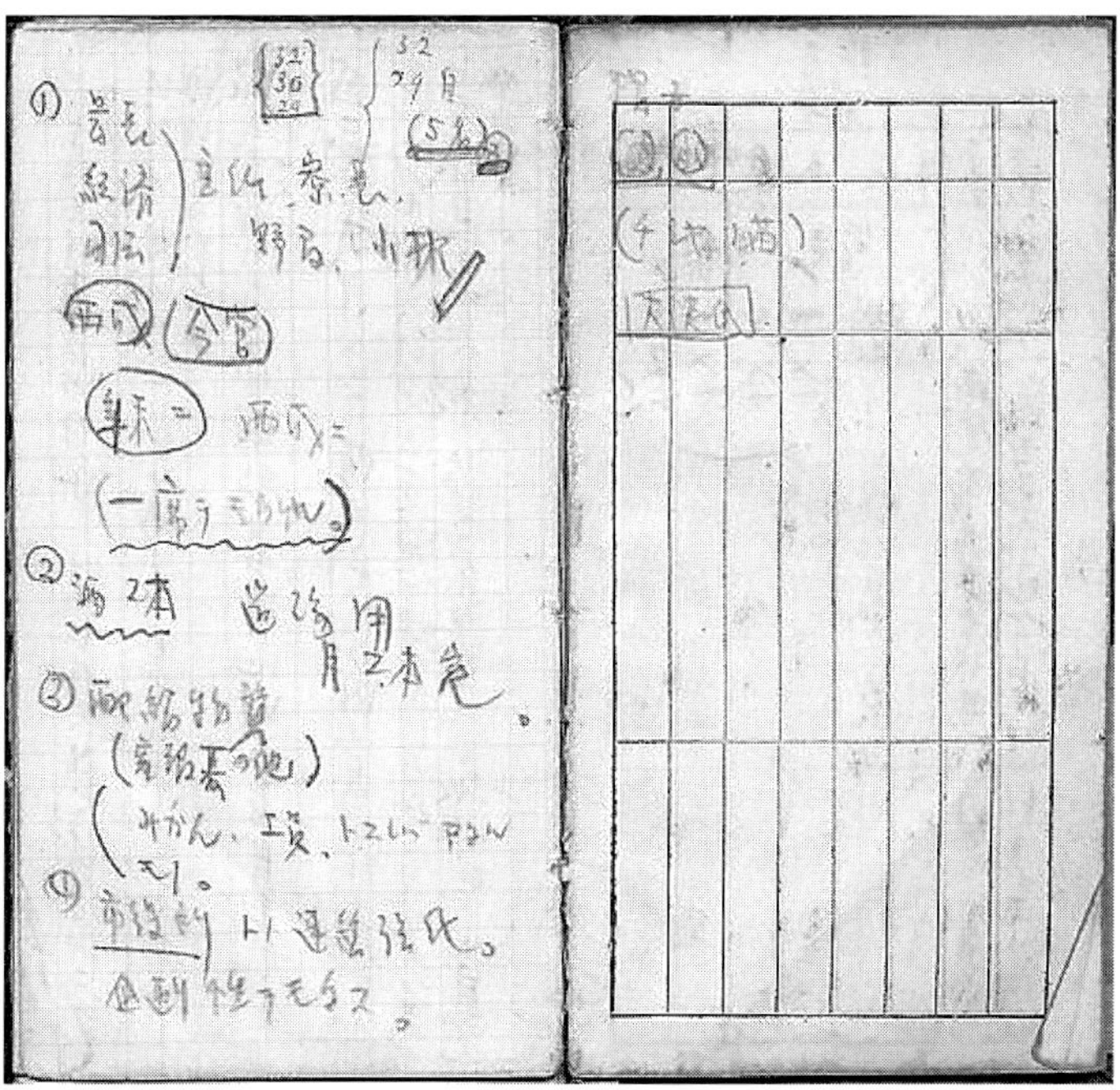

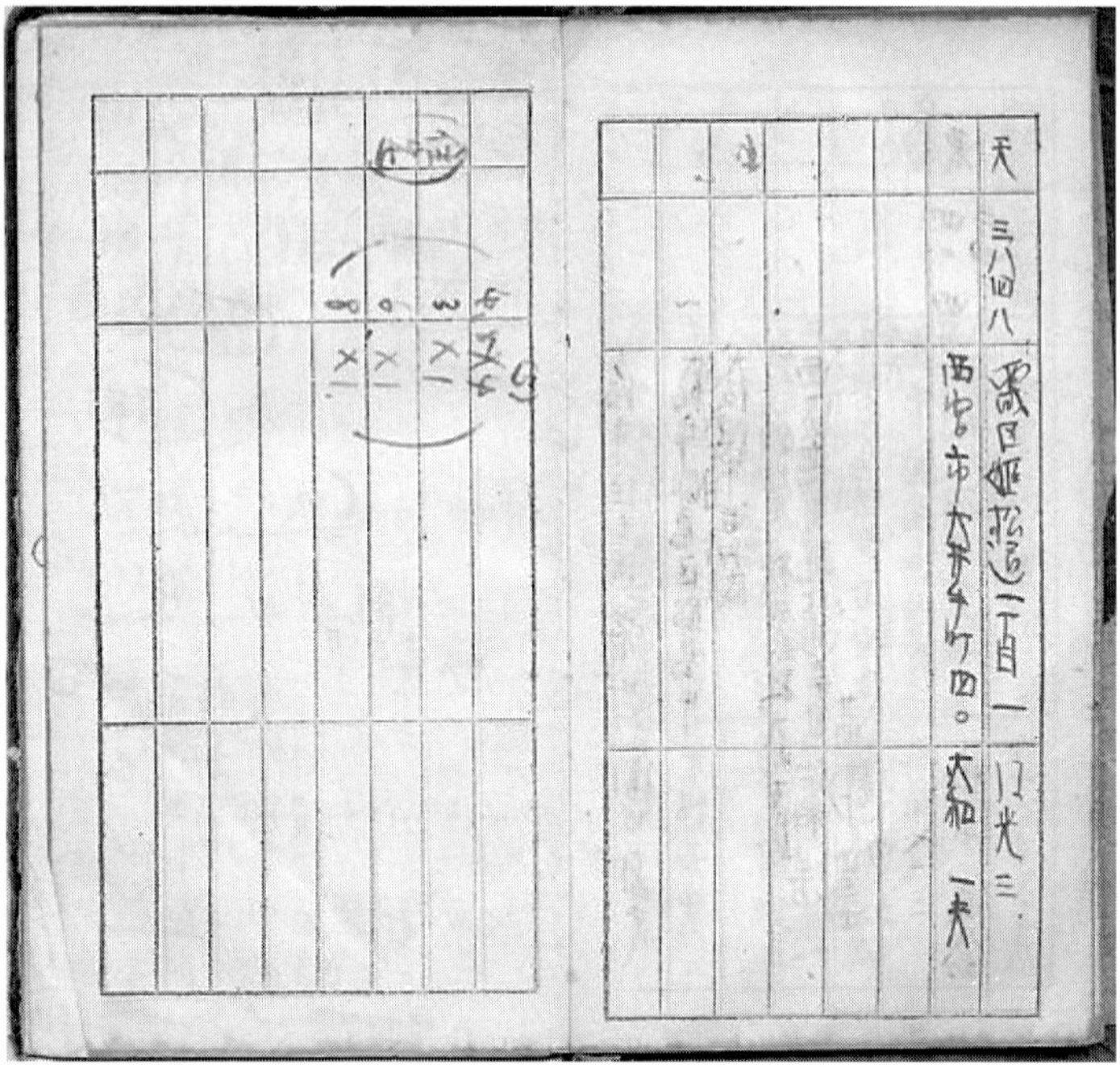

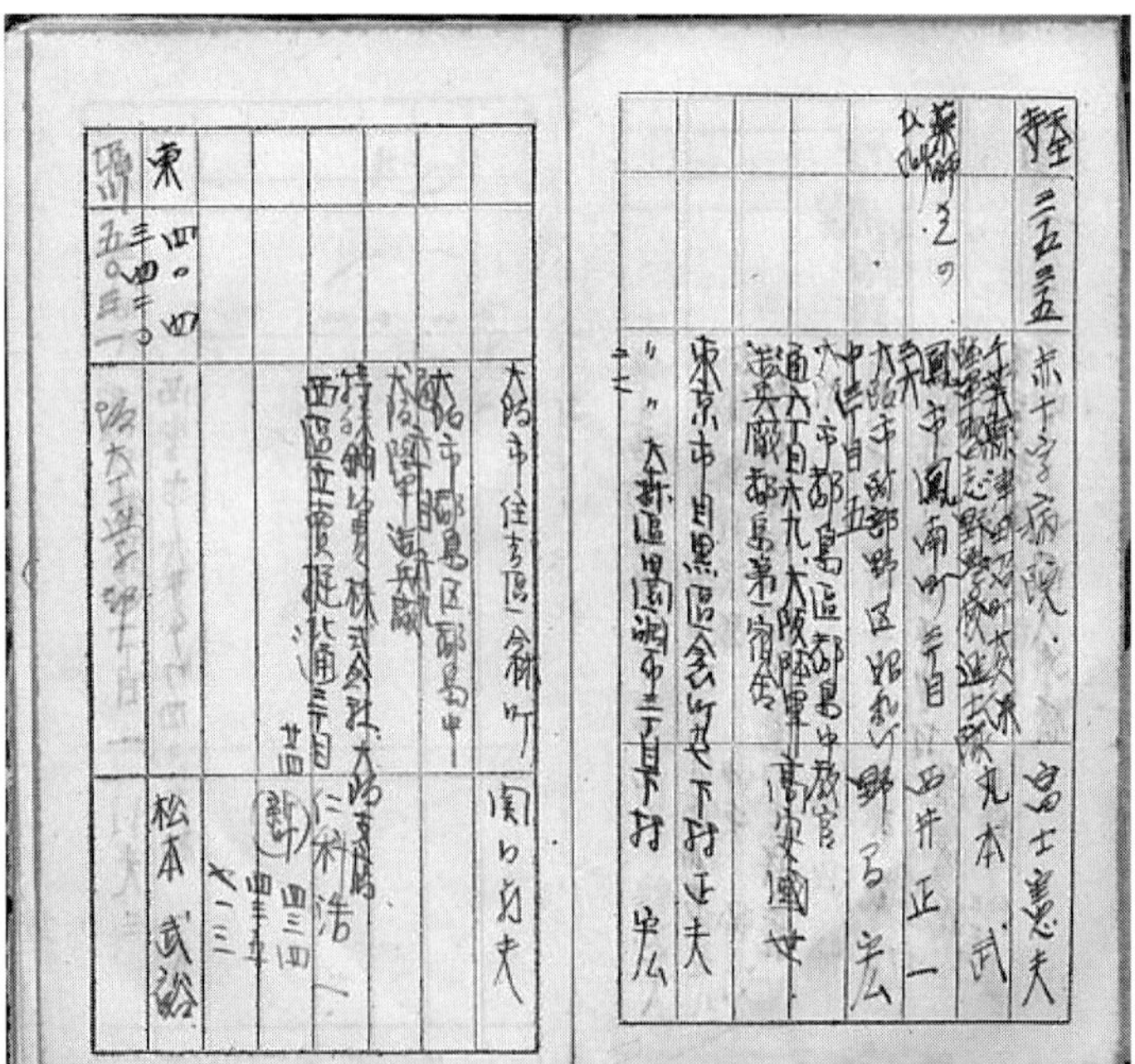

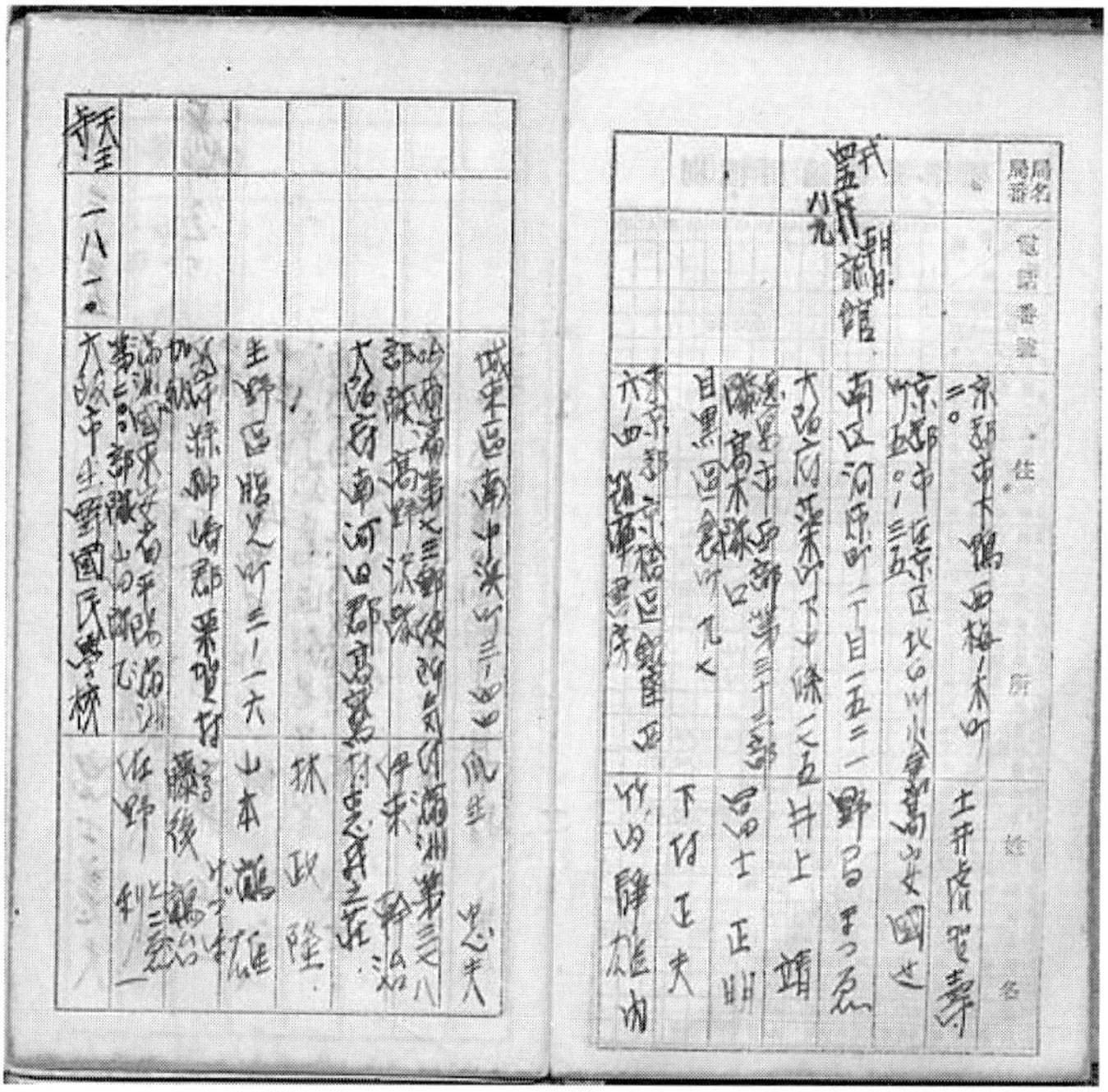

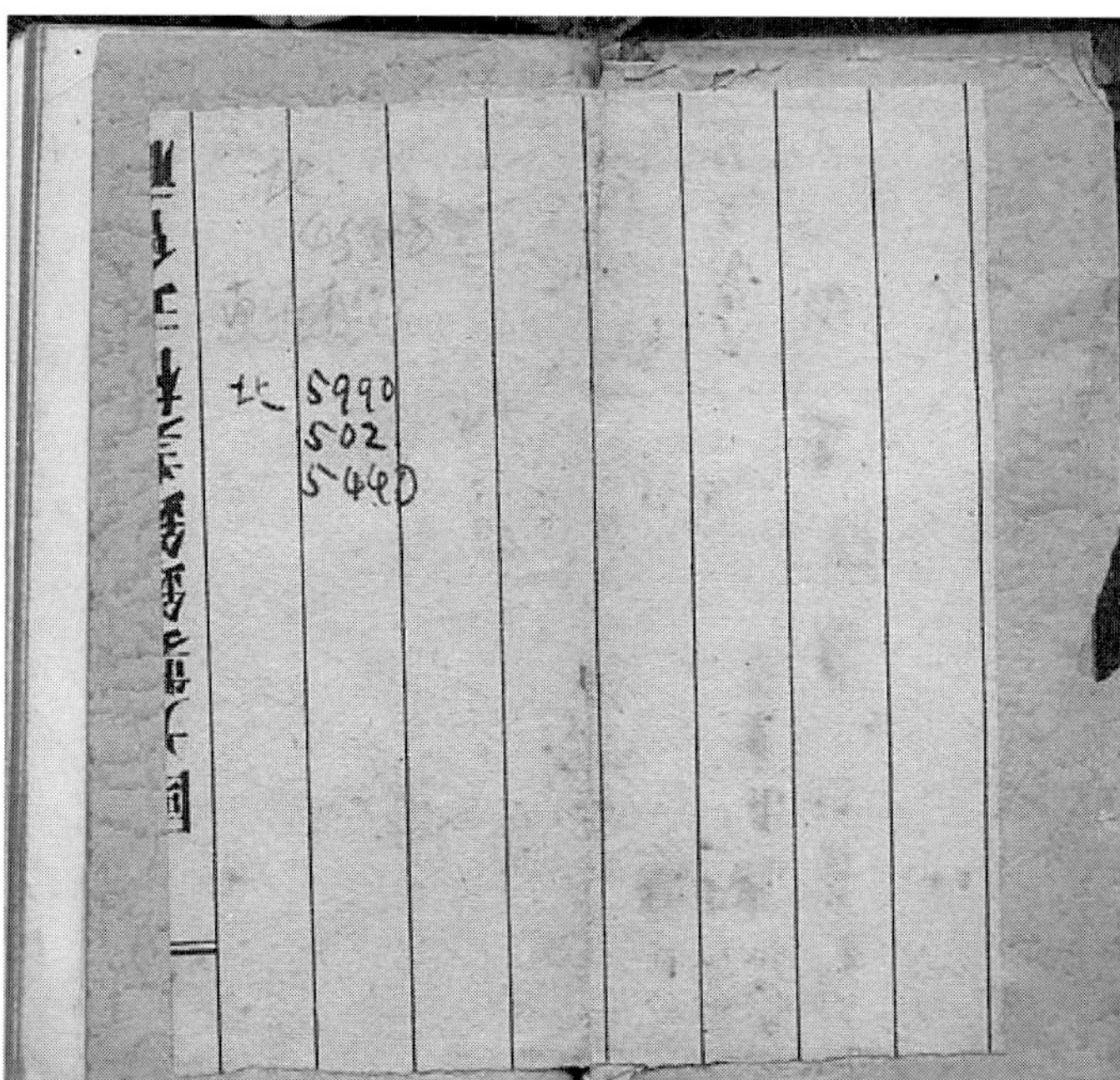
北
5990
502
5440

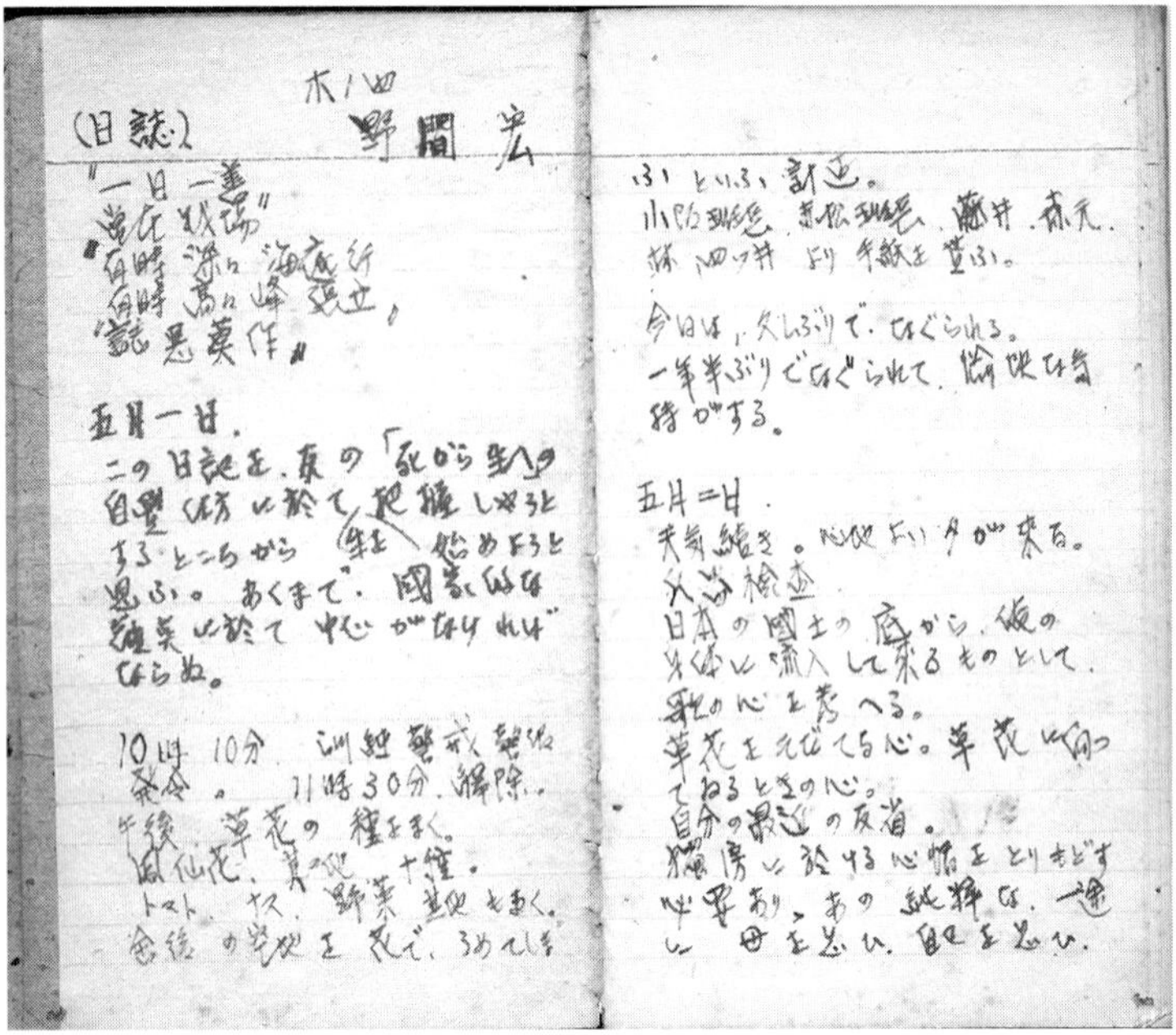
ホ１四
（日誌）　野間宏
〝一日一善〟
〝常在戦場〟
〝有時深々海底行
有時高々峰頭立〟
〝読思英作〟
五月一日。
この日記を、友の「死から生への」
自覚的方に於て把握しやうと
するところから筆を始めようと
思ふ。あくまで、國家的な
建築に於て中心がなければ
ならぬ。
10時　10分　訓練警戒警報
発令。11時30分、解除。
午後　草花の種をまく。
鳳仙花、[illegible]十種。
トマト、ナス、野菜類もまく。
[illegible]の[illegible]を花で、うめてしま
ふといふ、訂正。
小路班長、東松班長、藤井、赤元、
林、四ツ井より手紙を貰ふ。
今日は、久しぶりで、なぐられる。
一年半ぶりでなぐられて、愉快な気
持がする。
五月二日。
天気続き。心地よい夕が来る。
入浴検査
日本の國土の底から、彼の
身体に流入して来るものとして、
私の心を考へる。
草花をそだてる心。草花に向っ
てゐるときの心。
自分の最近の反省。
獄房に於ける心情をとりもどす
必要あり、あの純粋な、一途
に　母を思ひ、自己を思ひ、

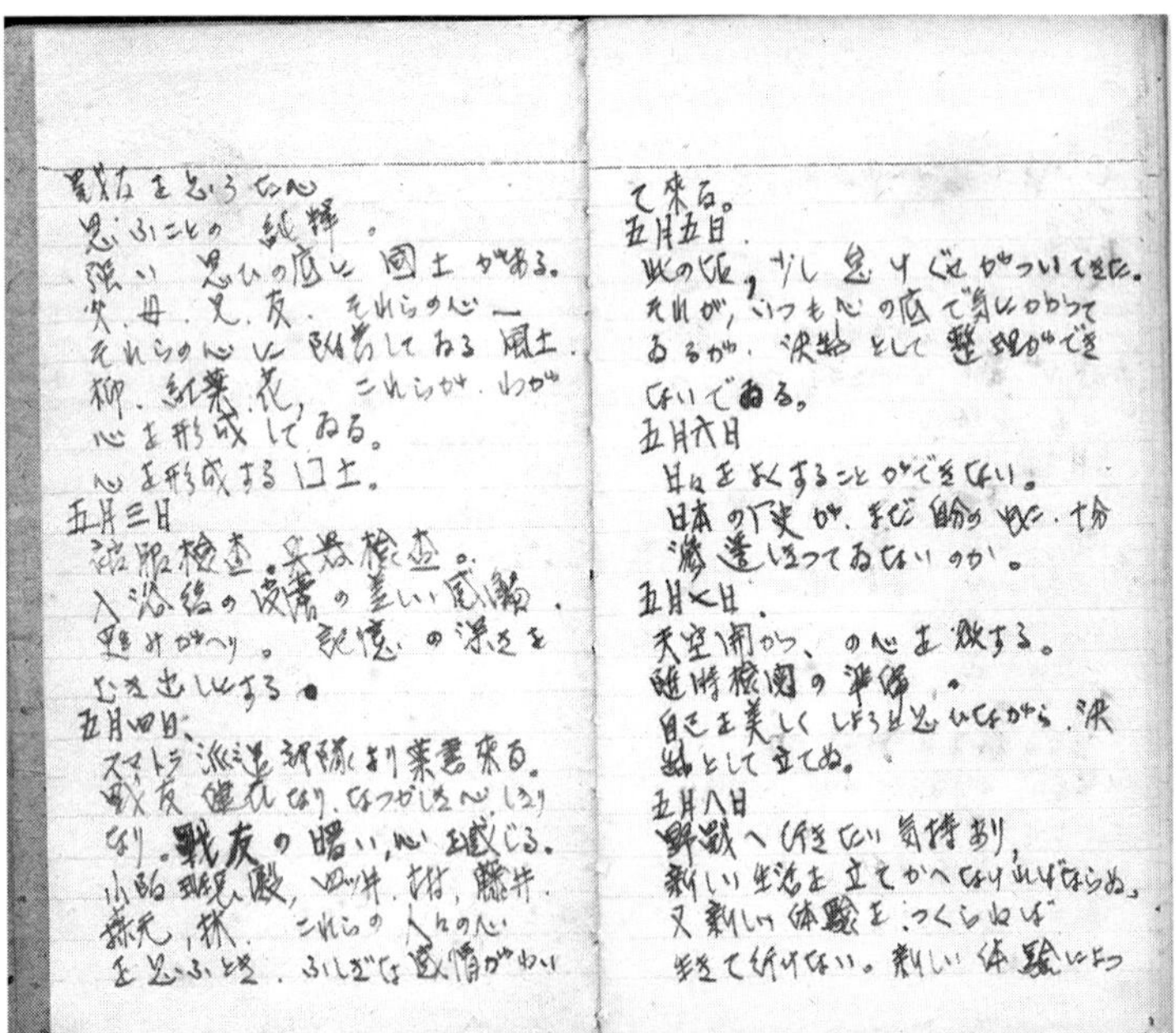
戦友を思ふ心
思ふことの純粋。
強い思ひの底に国土がある。
父、母、兄、友、それらの心―
それらの心に附着してゐる風土。
柳、紅葉、花、これらが、わが
心を形成してゐる。
心を形成する国土。
五月三日
被服検査、兵器検査。
入浴後の読書の美しい感触、
甦みがへり。記憶の深さを
むき出しにする。
五月四日。
スマトラ派遣部隊より葉書来る。
戦友健在なり。なつかしさへしきり
なり。戦友の暖い心を感じる。
小路班長殿、四ツ井、杉村、藤井、
赤元、林、これらの人々の心
を思ふとき、ふしぎな感情がわい
て来る。
五月五日。
此の頃、少し怠けぐせがついてきた。
それが、いつも心の底で気にかかって
ゐるが、決断として整理ができ
ないでゐる。
五月六日
日々をよくすることができない。
日本の[illegible]が、まだ自分の心に、十分
滲透してゐないのか。
五月七日。
天空側から、の心を[illegible]する。
臨時検閲の準備。
自己を美しくしようと思ひながら、決
断として立てぬ。
五月八日
野戦へ行きたい気持あり、
新しい生活を立てかへなければならぬ。
又新しい体験をつくらねば
生きて行けない。新しい体験によっ

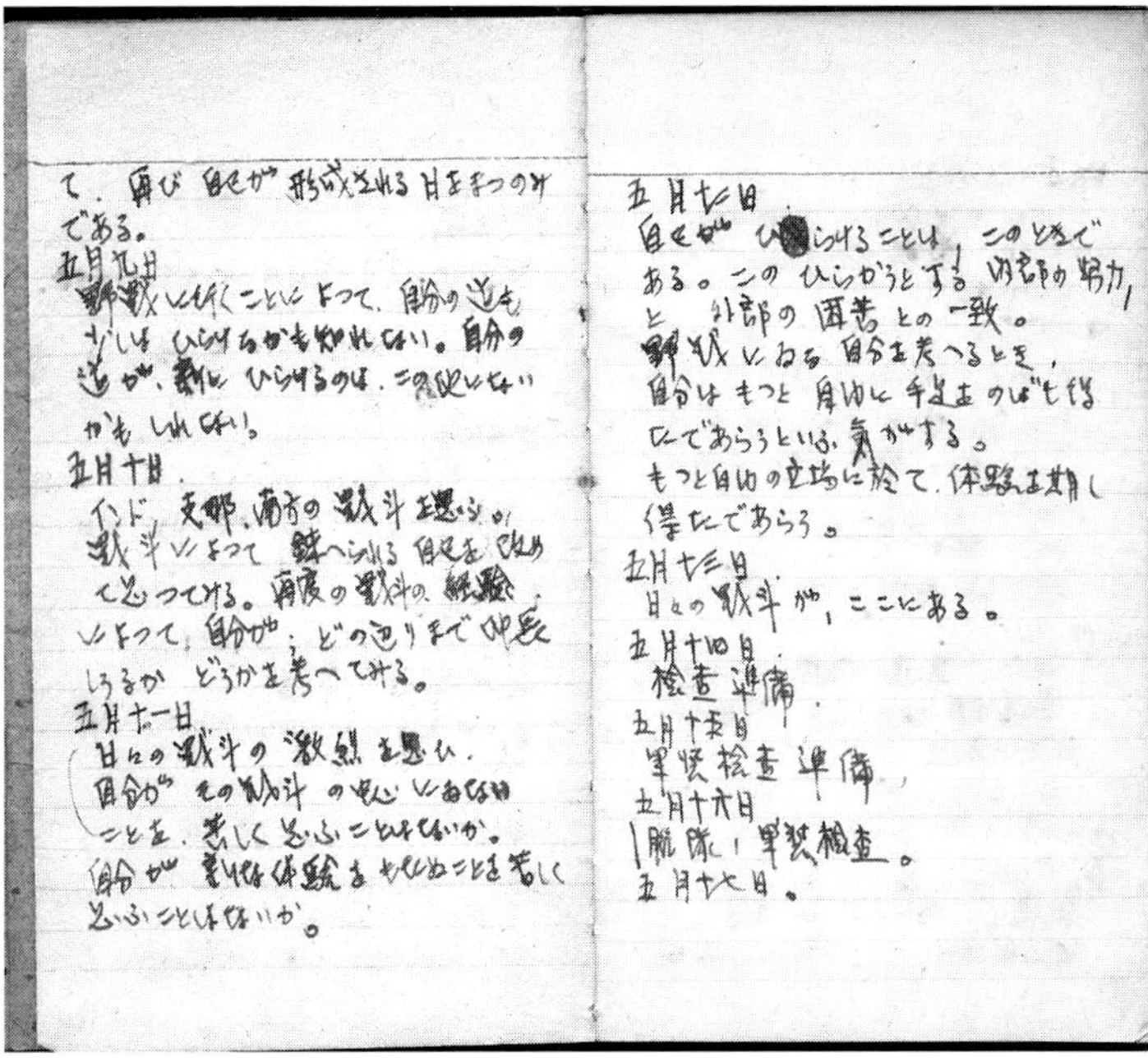

て、再び自己が形成される日をまつのみである。

五月九日

野戦に行くことによつて、自分の道もがいは ひらけるかも知れない。自分の道が、新に ひらけるのは、二度とないかもしれない。

五月十日

インド、支那、南方の戦斗を思ふ。戦斗によつて鍛へられる自己を求めて思つてみる。南方の戦斗の経験によつて、自分が、どの辺りまで伸長しうるかどうかを考へてみる。

五月十一日

日々の戦斗の激烈を思ひ、自分がその戦斗の中心にあない ことを、悲しく思ふことはないか。自分が 貴重な体験をもたぬことを悲しく思ふことはないか。

五月十二日

自己が ひ[illegible]らけることは、このときである。このひらかうとする内部の努力と 外部の困苦との一致。

野戦にある自分を考へるとき、自分はもつと自由に手足をのばし得たであらうといふ気がする。もつと自由の立場に於て、体験を期し得たであらう。

五月十三日

日々の戦斗が、ここにある。

五月十四日

検査準備。

五月十五日

軍装検査準備。

五月十六日

脱帽 軍装検査。

五月十七日。

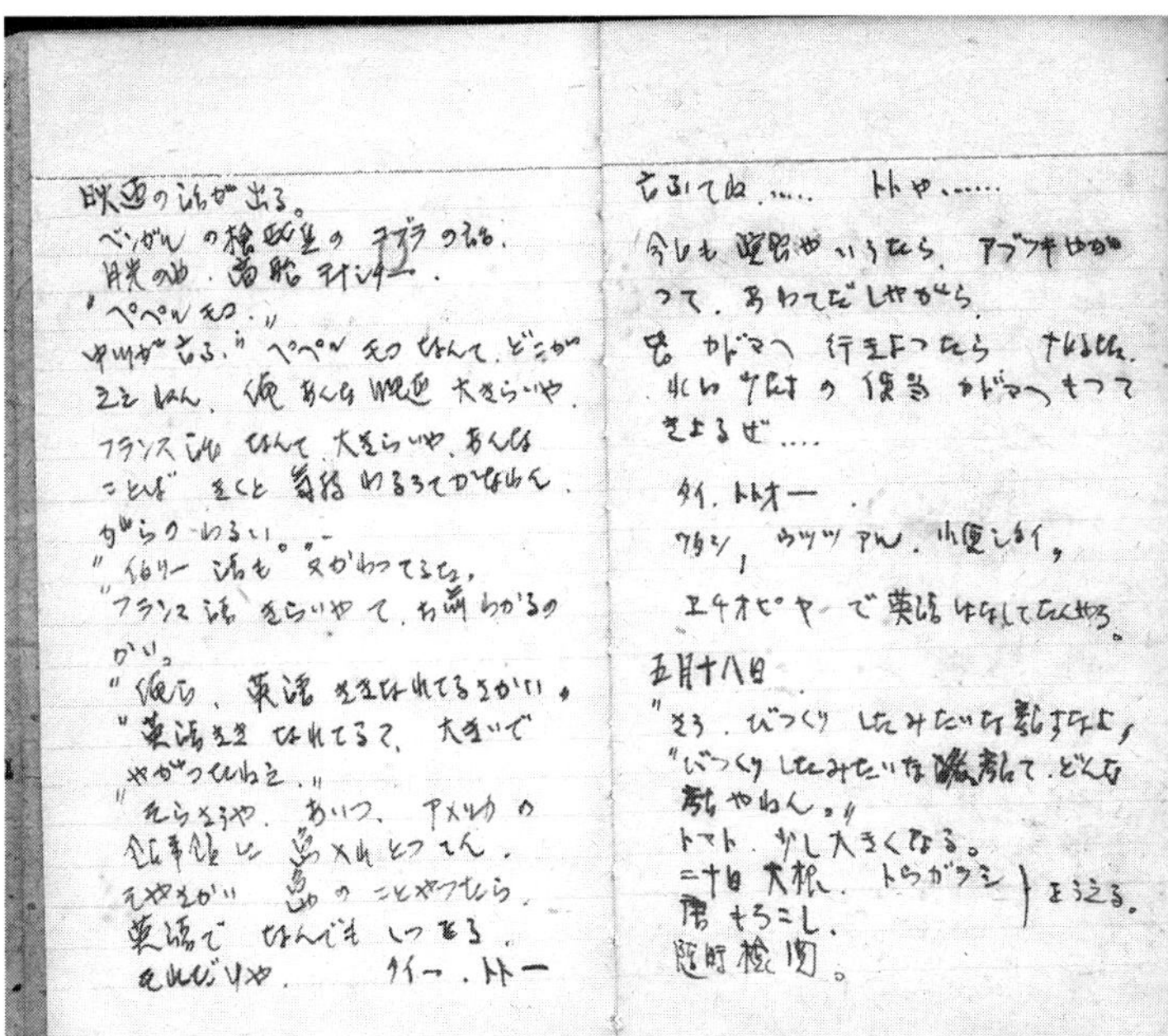

映画の話が出る。

ベンガルの槍騎兵の ラブラの話。月光の曲、商船テイセンター。

"ペペルモコ。"

中川が言ふ。"ペペル モコ なんて、どこが ええねん。俺 あんな映画 大きらいや。フランス語 なんて 大きらいや。あんな ことば きくと 背筋 がわるうてかなわん。がらくーわるい。……"

"伊太リー語も 父がわつてるな。

"フランス語 きらいやて、お前 わかるのかい。

"俺ら、英語 きまなれてるさかい。

"英語きき なれてるて、大きいで やがつてんねえ。"

"そらさうや。あいつ、アメリカの 領事館に 出入れとつてん。そやさかい 外国のことやつたら 英語で なんでも しつてる。それだけや。 タイー、トトー

言ふてね…… トトや……

今にも 腕組や いうなら、アブナキ[illegible]がつて、あわてだしやがら。

早 カドマへ 行きよつたら ナんなん。北の ツ附の 停留 カドマへ もつて きよるぜ……

タイ、トトオー。

ワタシ、ウツツ アル。小便しタイ、

エチオピヤ で 英語 はなしてなんやろ。

五月十八日

"さう、びつくり したみたいな 顔すなよ。

"びつくり したみたいな 顔て、どんな 顔やねん。"

トマト、少し大きくなる。

二十日大根、トラガラシ、唐もろこし ― まうえる。

臨時検閲。

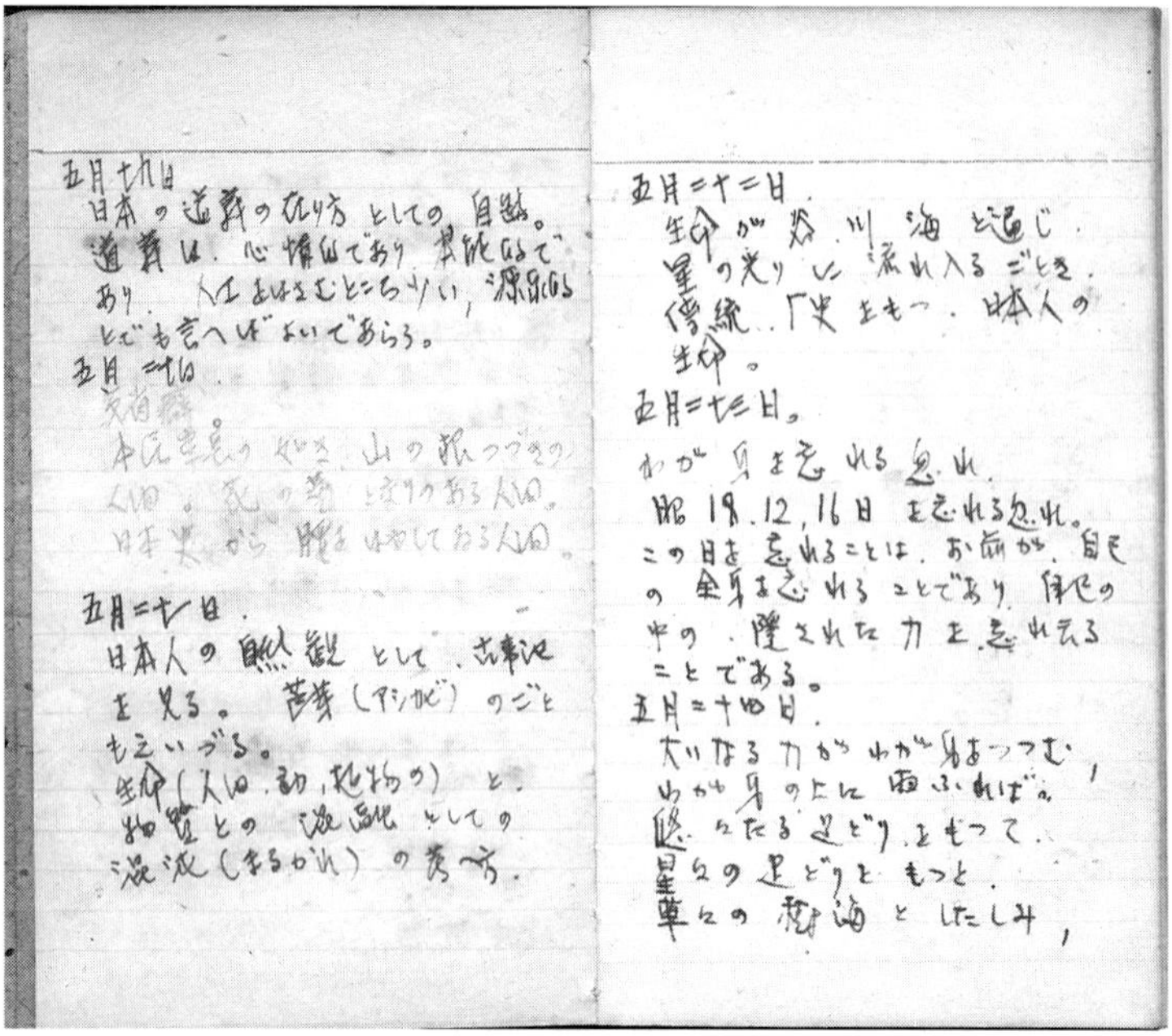
五月十九日
日本の道義の在り方としての自然。
道義は、心情的であり、本能的で
あり、人工をはさむところない、源泉的
とでも言へばよいであらう。
五月二十一日。
日本人の自然観として、古事記
を見る。葦芽（アシカビ）のごと
もえいづる。
生命（人間、動、植物の）と、
物質との渾融としての
混沌（まるがれ）の考へ方。
五月二十二日。
生命が谷、川、海と通じ、
星の光りに流れ入るごとき、
傳統、歴史をもつ、日本人の
生命。
五月二十三日。
わが身を忘れる忘れ。
昭19.12.16日を忘れる忘れ。
この日を忘れることは、お前が、自己
の全身を忘れることであり、自己の
中の、隠された力を忘れ去る
ことである。
五月二十四日。
大いなる力がわが身をつつむ、
わが身の上に雨ふれば。
悠々たる足どりをもつて、
星々の足どりともつと、
草々の繁茂とたしみ、

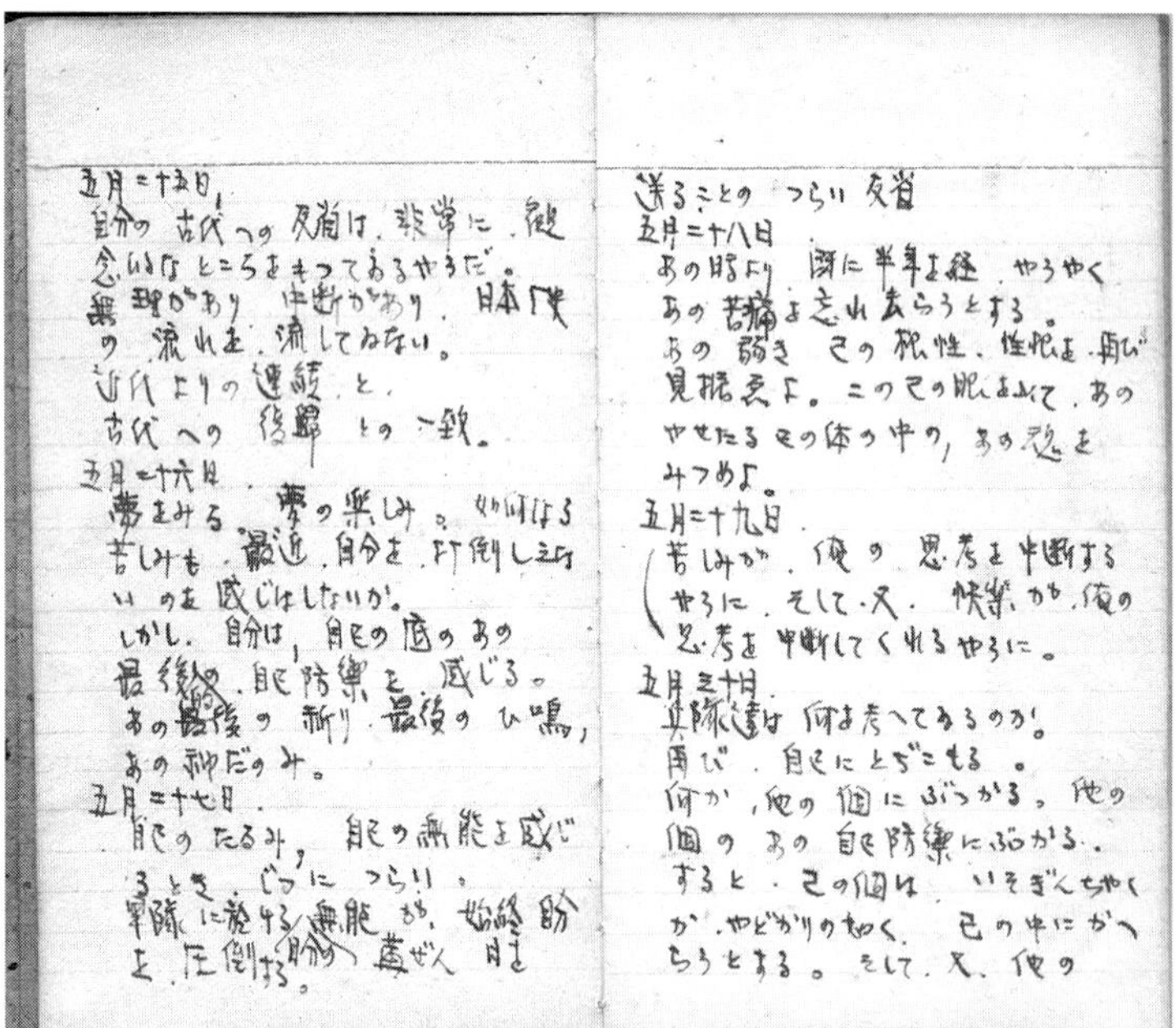
五月二十五日、
自分の古代への反省は、非常に、観
念的なところをもつてゐるやうだ。
無理があり、中断があり、日本歴史
の流れを、流してゐない。
近代よりの連続と、
古代への復帰との一致。
五月二十六日
夢をみる。夢の楽しみ。如何なる
苦しみも、最近、自分を、打倒しえな
いのを感じはしないか。
しかし、自分は、自己の底のあの
最後の、自己防衛を、感じる。
あの最後の祈り、最後の叫び、
あの神だのみ。
五月二十七日。
自己のたるみ、自己の無能を感じ
るとき、じつにつらい。
軍隊に於ける無能者、始終自分
を、圧倒する。
送ることのつらい反省
五月二十八日
あの時より既に半年を経、やうやく
あの苦痛を忘れ去らうとする。
あの弱き己の根性、性根を、再び
見据えよ。この己の眼をみひらいて、あの
やせたる己の体の中の、あの魂を
みつめよ。
五月二十九日。
苦しみが、俺の思考を中断する
やうに、そして、又、快楽が、俺の
思考を中断してくれるやうに。
五月三十日。
兵隊達は何を考へてゐるのか。
再び、自己にとぢこもる。
何か、他の個にぶつかる。他の
個のあの自己防衛にぶつかる。
すると、己の個は、いそぎんちやく
か、やどかりの如く、己の中にかへ
らうとする。そして、又、他の

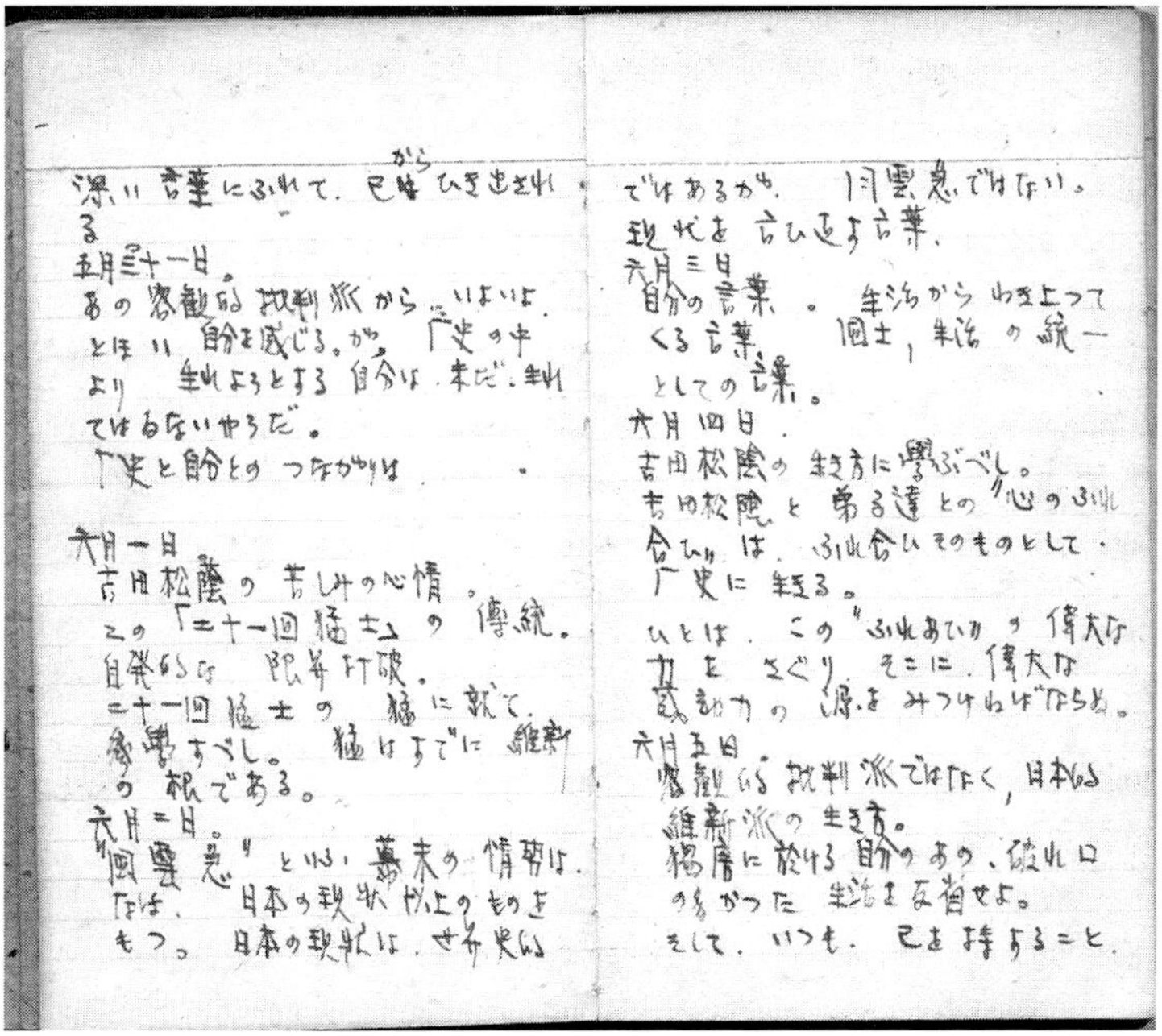
深い言葉にふれて、己から ひき出される
五月三十一日。
あの客観的批判派から、いよいよとほい自分を感じる。が、歴史の中より生れようとする自分は、未だ、生れてはゐないやうだ。
歴史と自分とのつながりは

六月一日
吉田松陰の苦しみの心情。

この「二十一回猛士」の傳統。

自発的な限界打破。

二十一回猛士の猛に就て参學すべし。猛はすでに維新の根である。

六月二日
"風雲急"といふ幕末の情勢は、なほ、日本の現状以上のものをもつ。日本の現状は、世界史的ではあるが、風雲急ではない。

現状を言ひ直す言葉。

六月三日
自分の言葉。生活からわき上つてくる言葉。個人、生活の統一としての言葉。

六月四日
吉田松陰の生き方に學ぶべし。

吉田松陰と弟子達との"心のふれ合ひ"は、ふれ合ひそのものとして、歴史に生きる。

ひとは、この"ふれあひ"の偉大な力をさぐり、そこに、偉大な感動力の源をみつけねばならぬ。

六月五日
客観的批判派ではなく、日本的維新派の生き方。

獨房に於ける自分のあの、破れ口の多かつた生活を反省せよ。

そして、いつも、己を持することと

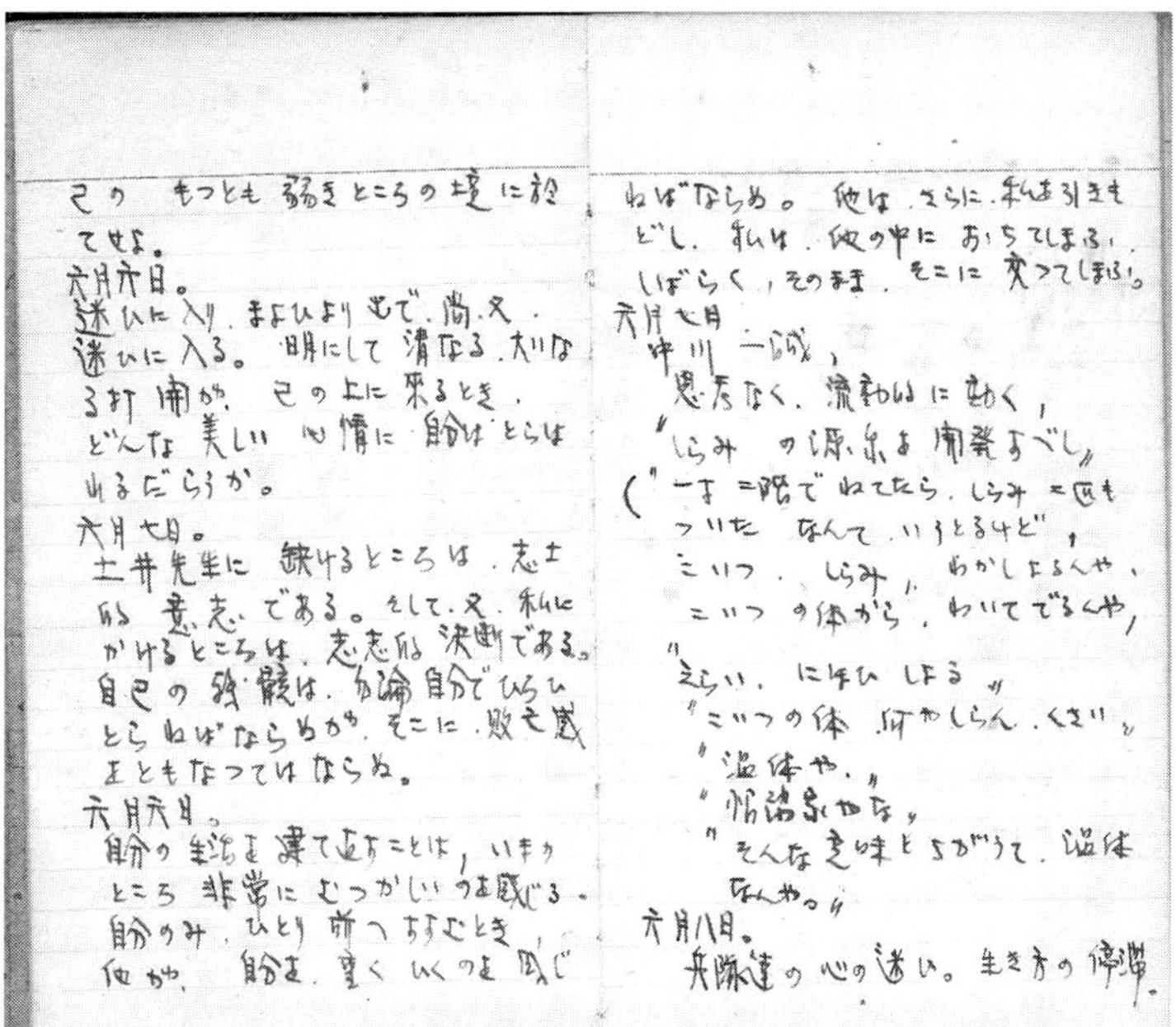
己のもつとも弱きところの境に於てせよ。
六月六日。
迷ひに入り、まよひより出で、尚、又、迷ひに入る。明にして清なる、大いなる打開が、己の上に来るとき、どんな美しい心情に自分はとらはれるだらうか。
六月七日。
土井先生に缺けるところは、志士的意志である。そして、又、私にかけるところは、意志的決断である。
自己の殻は、勿論自分でひらひとらねばならぬが、そこに、敗北感をともなつてはならぬ。
六月六日。
自分の生活を建て直すことは、いまのところ非常にむつかしいと感じる。
自分のみ、ひとり前へすすむとき、他が、自分を置くいくのを感じねばならぬ。他は、さらに、私を引きもどし、私は、他の中におちてしまふ。しばらく、そのまま、そこに突つてしまふ。
六月七日
中川一誠、
思考なく、流動的に動く、
"しらみの源泉を開発すべし"
("一寸二階でねてたら、しらみ二匹もついた なんていうとるけど、
こいつ、しらみ、わかしよるんや、
こいつの体から、わいてでるんや、
"えらい、にほひしよる"
"こいつの体何やしらん、くさい"
"温体や、"
"俳諧味かな"
"そんな意味とちがうて、温体なんや"
六月八日。
兵隊達の心の迷ひ。生き方の停滞。

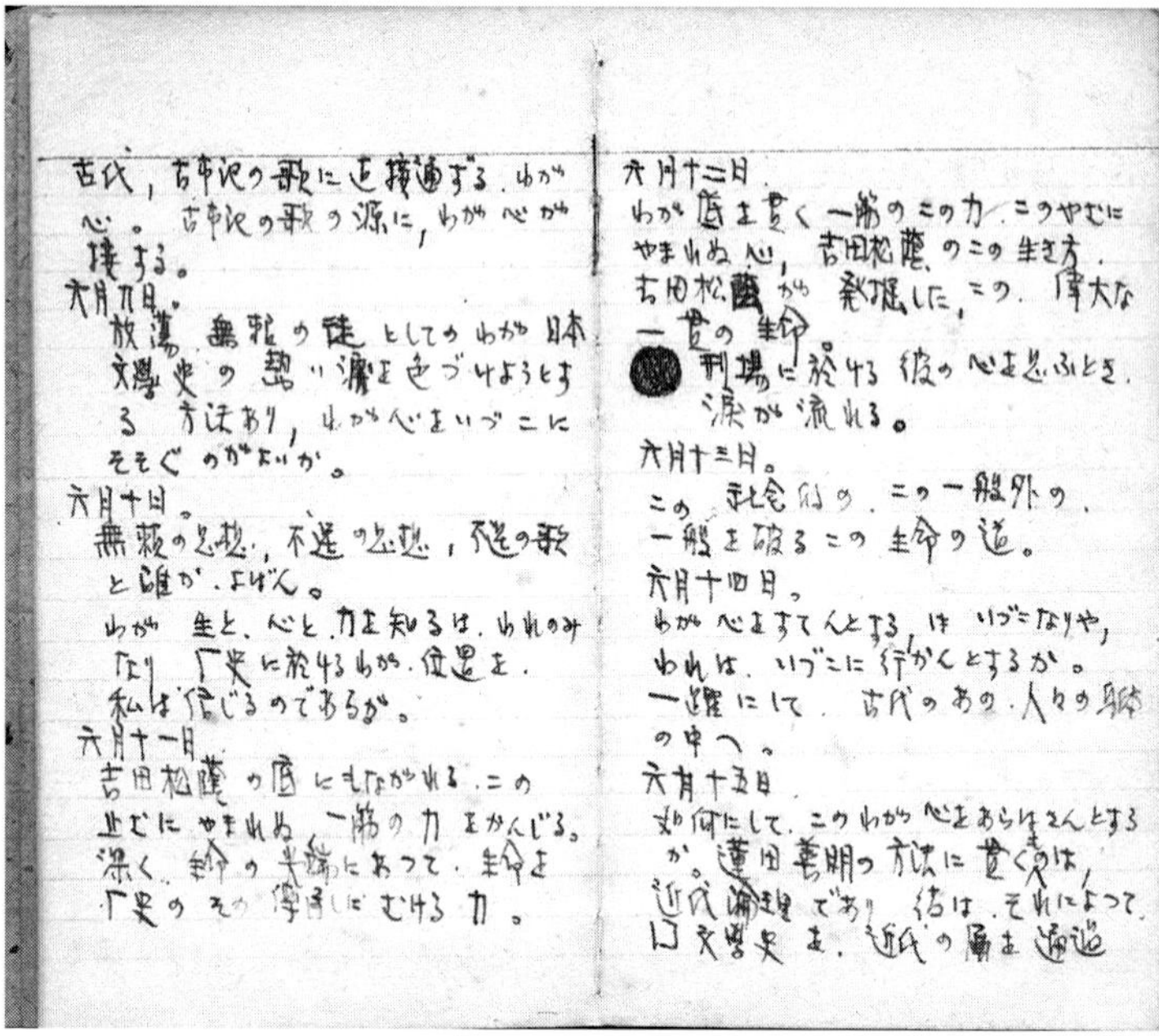

古代、古事記の歌に直接通ずる、わが
心。古事記の歌の源に、わが心が
接する。
六月九日。
放蕩無頼の徒としてのわが日本
文學史の契り瀝を色づけようとす
る方法あり、わが心はいづこに
そそぐのがよいか。
六月十日。
無頼の思想、不逞の思想、不逞の歌
と誰が、よばん。
わが生と、心と、力を知るは、われのみ
なり。歴史に於けるわが、位置を、
私は信じるのであるが。
六月十一日
吉田松蔭の底にもながれる、この
止むにやまれぬ、一筋の力をかんじる。
深く、生命の尖端にあつて、生命を
歴史のその深淵にむける力。

六月十二日。
わが底を貫く一筋のこの力、このやむに
やまれぬ心、吉田松蔭のこの生き方。
吉田松蔭が、発掘した、この、偉大な
一貫の生命。
刑場に於ける彼の心を思ふとき、
涙が流れる。
六月十三日。
この、社会的の、この一般外の、
一般を破るこの生命の道。
六月十四日。
わが心をすてんとする、は、いづこなりや、
われは、いづこに行かんとするか。
一躍にして、古代のあの、人々の魂
の中へ。
六月十五日
如何にして、このわが心をあらはさんとする
か。蓮田善明の方法に貫くものは、
近代論理であり、彼は、それによつて
日文學史を、近代の側を通過

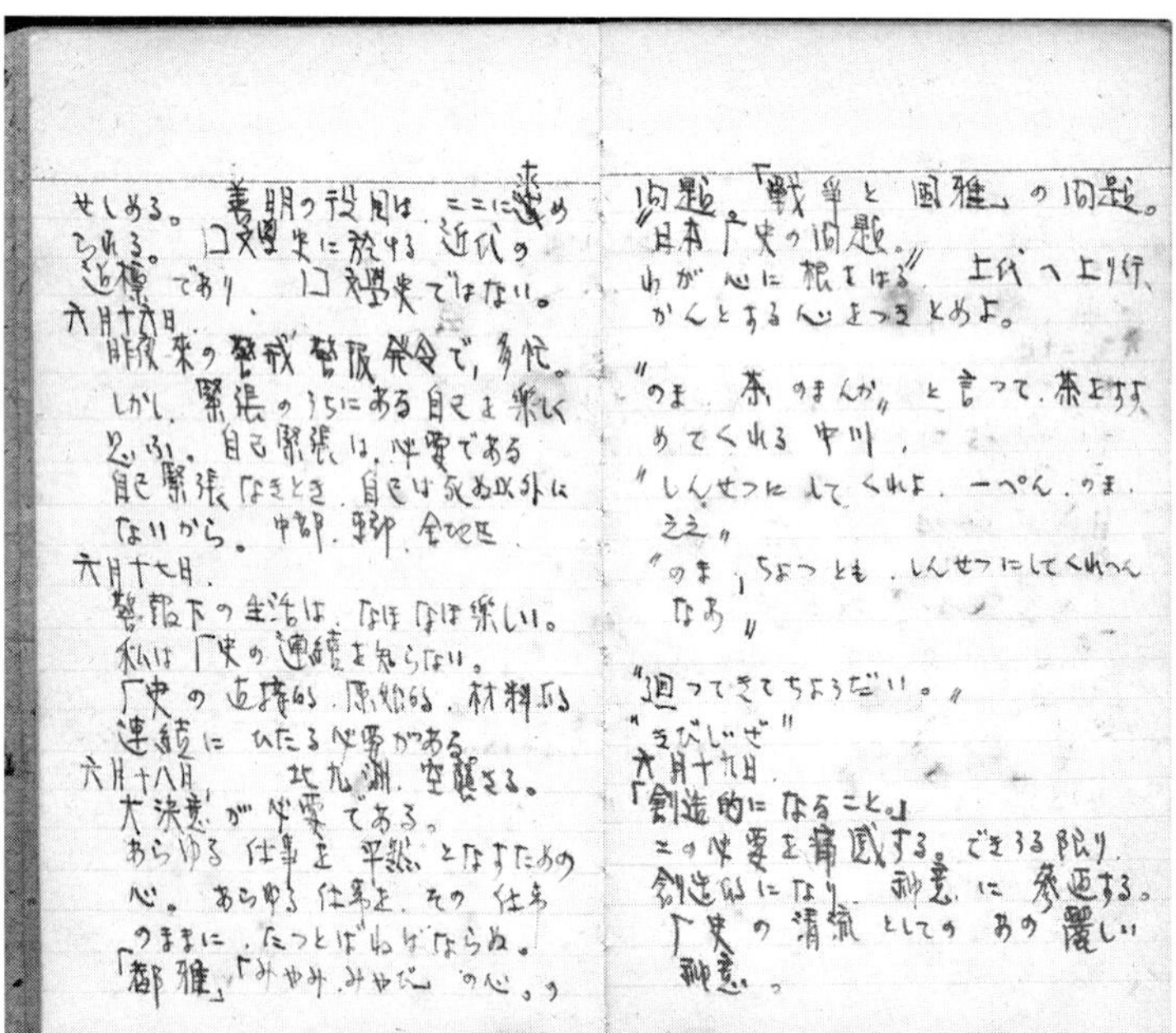

せしめる。善明の役目は、ここに求め
られる。日文學史に於ける近代の
通過であり、日文學史ではない。
六月十六日
昨夜来の警戒警報発令で、多忙。
しかし、緊張のうちにある自己を楽しく
思ふ。自己緊張は、必要である
自己緊張なきとき、自己は死ぬ以外に
ないから。中部、東部、全地区
六月十七日。
警報下の生活は、なほなほ楽しい。
私は歴史の連續を知らない。
歴史の直接的、原始的、材料的
連續にひたる必要がある
六月十八日　北九州、空襲さる。
大決意が必要である。
あらゆる仕事を平然となすための
心。あらゆる仕事を、その仕事
のままに、たつとばねばならぬ。
「都雅」「みやみ、みやび」の心。

問題。「戦争と風雅」の問題。
「日本歴史の問題。
わが心に根をはる」上代へ上り行
かんとする心をつきとめよ。

"のま、茶のまんか" と言って、茶をすす
めてくれる中川、
"しんせつにしてくれよ、一ぺん、のま、
ええ"
"のま、ちよつとも、しんせつにしてくれへん
なあ"

"廻つてきてちようだい。"
"きびしいぜ"
六月十九日
「創造的になること。」
この必要を痛感する。できうる限り、
創造的になり、神意に参通する。
歴史の清流としてのあの麗しい
神意。

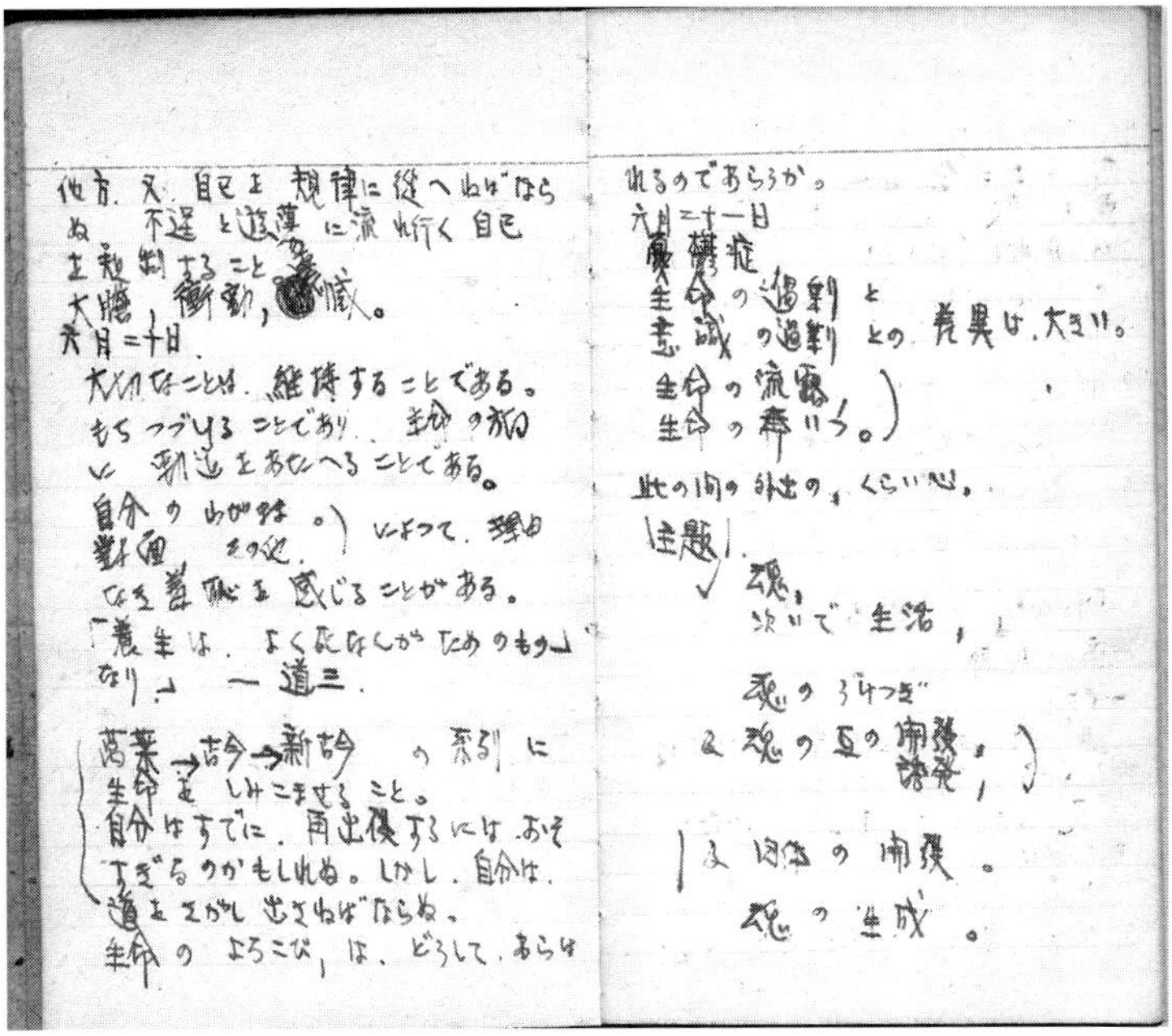
他方、又、自己を規律に従へねばならぬ。不逞と遊蕩に流れ行く自己を規制すること。
大膽、衝動、敢。
六月二十日。
大切なことは、維持することである。もちつづけることであり、生命の流れに創造をあたへることである。
自分のいがみ。）によつて、理由
斟酌　その他
なき羞恥を感じることがある。
「農業は、よく死なんが為めのもの」なり。」　一道三。
萬葉→古今→新古今　の系列に生命をしみこませること。
自分はすでに、再出發するにはおそすぎるのかもしれぬ。しかし、自分は、道をさがし出さねばならぬ。
生命のよろこび、は、どうしてあらはれるのであらうか。
六月二十一日
構造
生命の論理と
意識の論理との差異は大きい。
生命の流露、
生命の奔りつ。）
此の所の私法の、くらい心。
［主題］
魂、
次いで生活、
魂のうけつぎ
又魂の五の開發、啓発、）
又肉体の開發。
魂の生成。

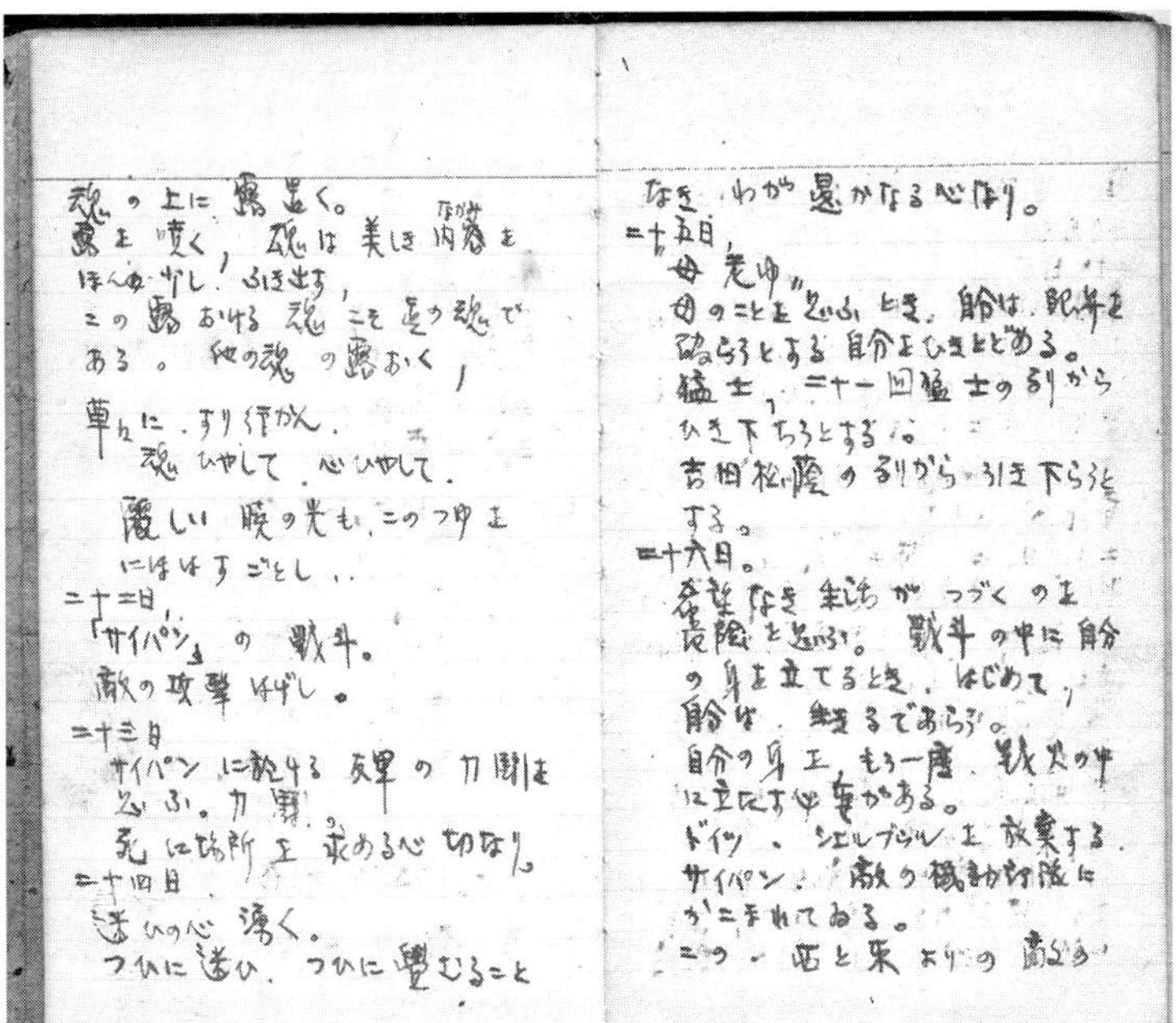
魂の上に露置く。

露を噴く、魂は美しき内容（ながめ）をほんのりし、ふき出す、
この露おける魂こそ美の魂である。他の魂の露おく、
草々に、すり行かん。

魂ひやして、心ひやして。

麗しい暁の光も、このつゆをにほはすごとし。。

二十二日。

「サイパン」の戰斗。

敵の攻撃はげし。

二十三日
サイパンに於ける友軍の力闘を思ふ。力闘。

死に場所を求める心切なり。

二十四日
迷ひの心湧く。

つひに迷ひ、つひに變むることなき、わが愚かなる心なり。

二十五日、
母危篤。

母のことを思ふとき、自分は、現実を破らうとする自分をひきとどめる。

猛士、二十一回猛士の列からひき下らうとするな。

吉田松陰の列から引き下らうとする。

二十六日。

希望なき生活がつづくのを危険と思ふ。戰斗の中に自分の身を立てるとき、はじめて、自分は、生きるであらう。

自分の身を、もう一度、戰火の中に立たす必要がある。

ドイツ、シェルブールを放棄する
サイパン、敵の機動部隊にかこまれてゐる。

ニつ、西と東よりの敵

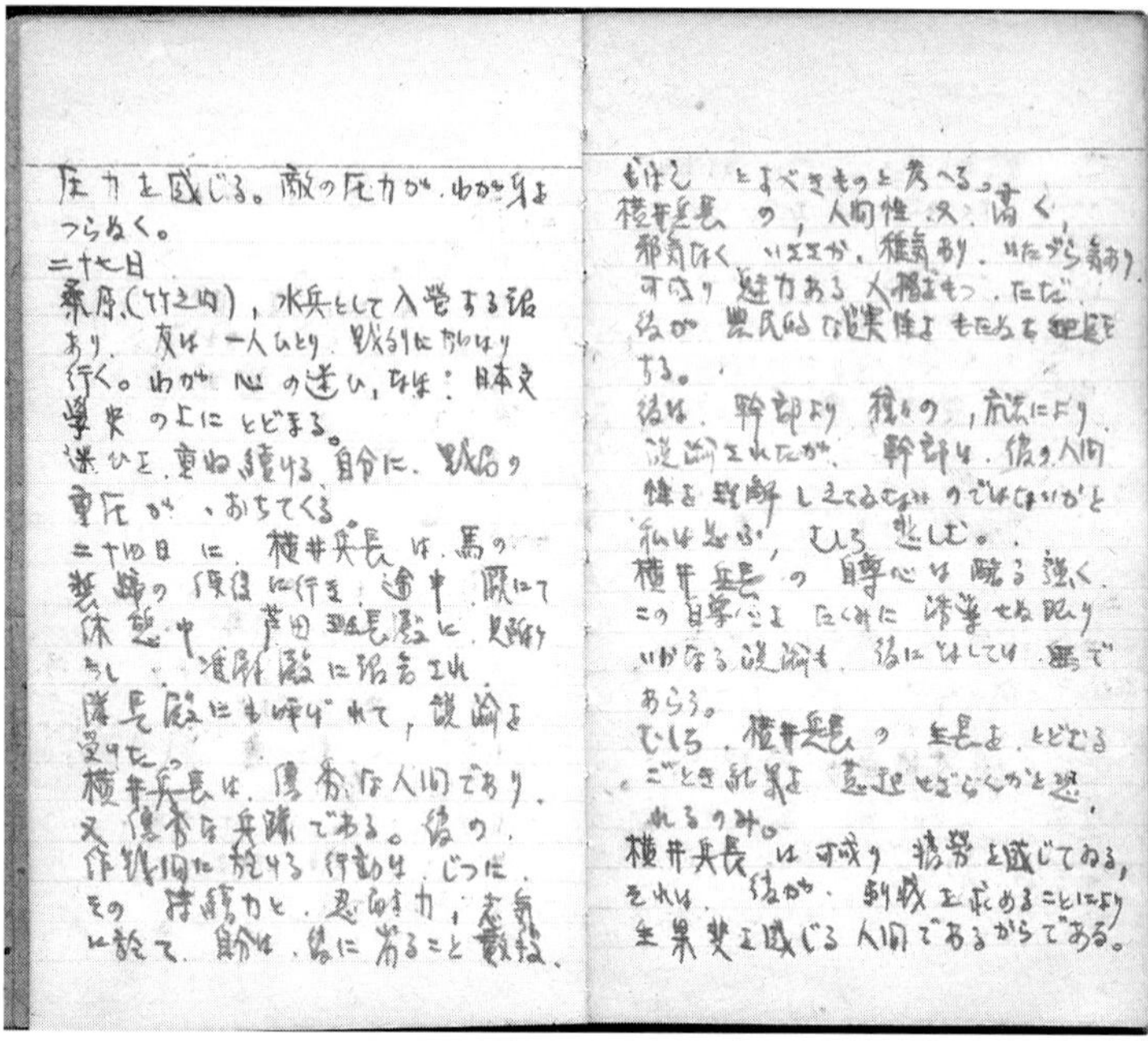

圧力を感じる。敵の圧力が、わが身をつらぬく。
二十七日
桑原(竹之内)、水兵として入営する話あり。友は一人ひとり戦列に加はり行く。わが心の迷ひ、なほ、日本文学史の上にとどまる。
迷ひを重ね続ける自分に、戦局の重圧が、おちてくる
二十四日に横井兵長は馬の蹄鉄の修理に行き、途中厩にて休憩中、芦田班長殿に見つかり、週番士官殿に報告され、隊長殿にも呼ばれて、説諭を受けた。
横井兵長は、優秀な人間であり、又優秀な兵隊である。彼の作戦間に於ける行動は、じつに、その持続力と、忍耐力、志気に於て、自分は、彼に劣ること数段。

もはるか [illegible] とすべきものと考へる。

横井兵長の、人間性、又、高く、邪気なく、いささか、稚気あり、いたずら気あり、可成り魅力ある人格をもつ。ただ、彼が農民的な質実性をもたぬを残念とする。

彼は、幹部より種々の、方法により説諭されたが、幹部は、彼の人間性を理解しえてゐないのではないかと私は思ふ、むしろ悲しむ。

横井兵長の自尊心は頗る強く、この自尊心をたくみに誘導せぬ限り、いかなる説諭も、彼にとつては無駄であらう。

むしろ、横井兵長の兵長をとどむるごとき結果を惹起せざらんかと恐れるのみ。

横井兵長は可成り精労を感じてゐる、それは、彼が、刺戟を求めることにより生甲斐を感じる人間であるからである。

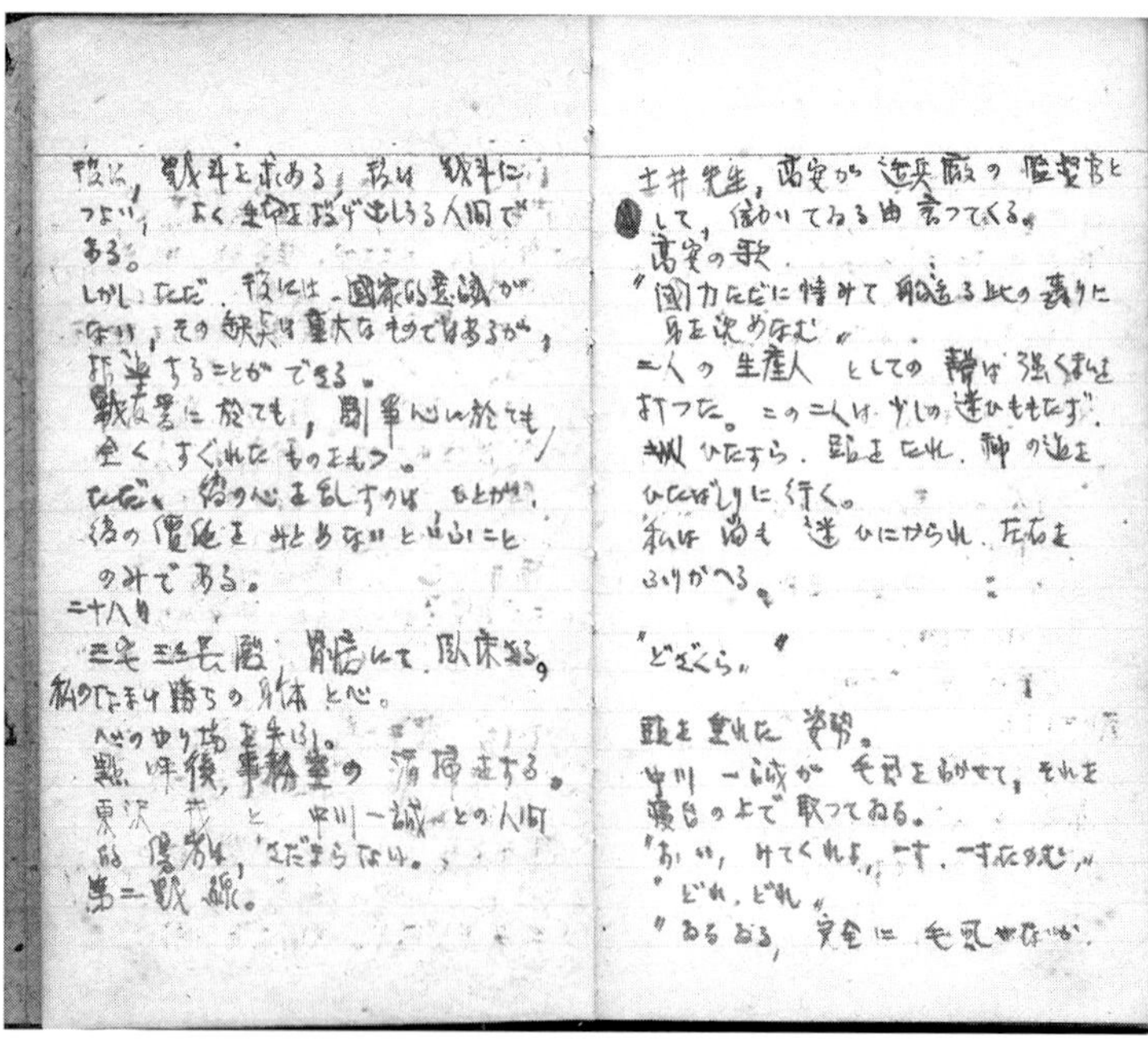

彼に、戦斗を求める。彼は戦斗につよい、よく生命をなげ出しうる人間である。

しかし、ただ、彼には国家的意識が無い、その欠点は重大なものではあるが、指導することができる。

戦友愛に於ても、責任心に於ても、全くすぐれたものをもつ。

ただ、彼の心を乱すのは、ひとが、彼の優秀をみとめないということのみである。

二十八日
三宅班長殿、胃腸にて臥床せる。私のたまり勝ちの身体と心。

[illegible]のゆり場を失ふ。

點呼後、事務室の清掃をする。

東沢[illegible]と中川一誠との人間的優劣は、さだまらない。

第二戦線。

土井先生、高安が造兵廠の監督官として、働いてゐる由言つてくる。
高安の歌
〃国力ただに恃みて船造る此の喜びに身を決めなむ〃
二人の生産人としての静けさが強く私を打つた。この二人は少しの迷ひももたず、ひたすら、路をたれ、神の道をひたばしりに行く。
私は尚も迷ひにかられ、左右をふりかへる。

〃どさくら〃

頭を垂れた姿勢。
中川一誠が毛虱をわかせて、それを寝台の上で取つてゐる。
〃おい、みてくれよ、一寸、一寸たのむ、〃
〃どれ、どれ〃
〃あるある、完全に毛虱が[illegible]。

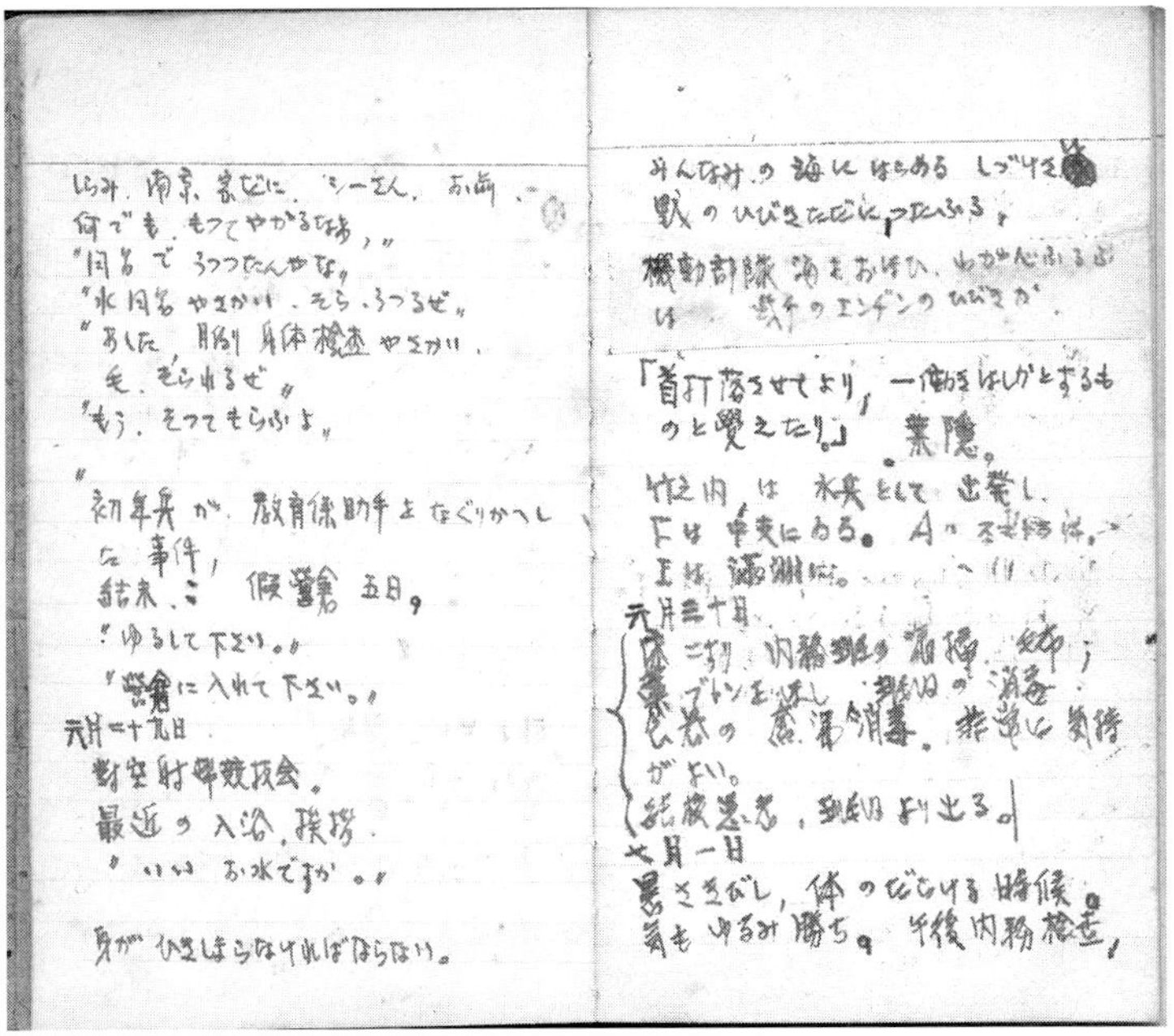

しらみ、南京虫などに、シーさん、お前、
何でも、もってやがるなあ、」
「内名で うつったんやな」
「水内名やさかい、そら、うつるぜ」
「あした、朝から身体検査やさかい、
毛、そられるぜ」
「もう、そってもらふよ」

「初年兵が、教育係助手をなぐりかへした事件、
結果、[illegible] 重営倉 五日。
「ゆるして下さい。」
「営倉に入れて下さい。」
六月二十九日
対空射撃競技会。
最近の入浴、挨拶
「いい お水ですか。」
身がひきしまらなければならない。

みんなみの海に [illegible] しづけさを
戦のひびきただにつたふる、
機動部隊 [illegible]
は [illegible] のエンヂンのひびきか。
「首打落させてより、一働きはしかとするものと覚えたり」 葉隠。
竹之内は 水兵として 出発し、
下は 中支にある。A [illegible]
[illegible]
六月三十日
[illegible] 内務班の 掃除、[illegible]
毛布ブトンを干し 班内の 消毒、
[illegible] 消毒。非常に気持がよい。
結核患者、班内より出る。
七月一日
暑さきびし、体のだらける時候。
気もゆるみ勝ち。午後内務検査。

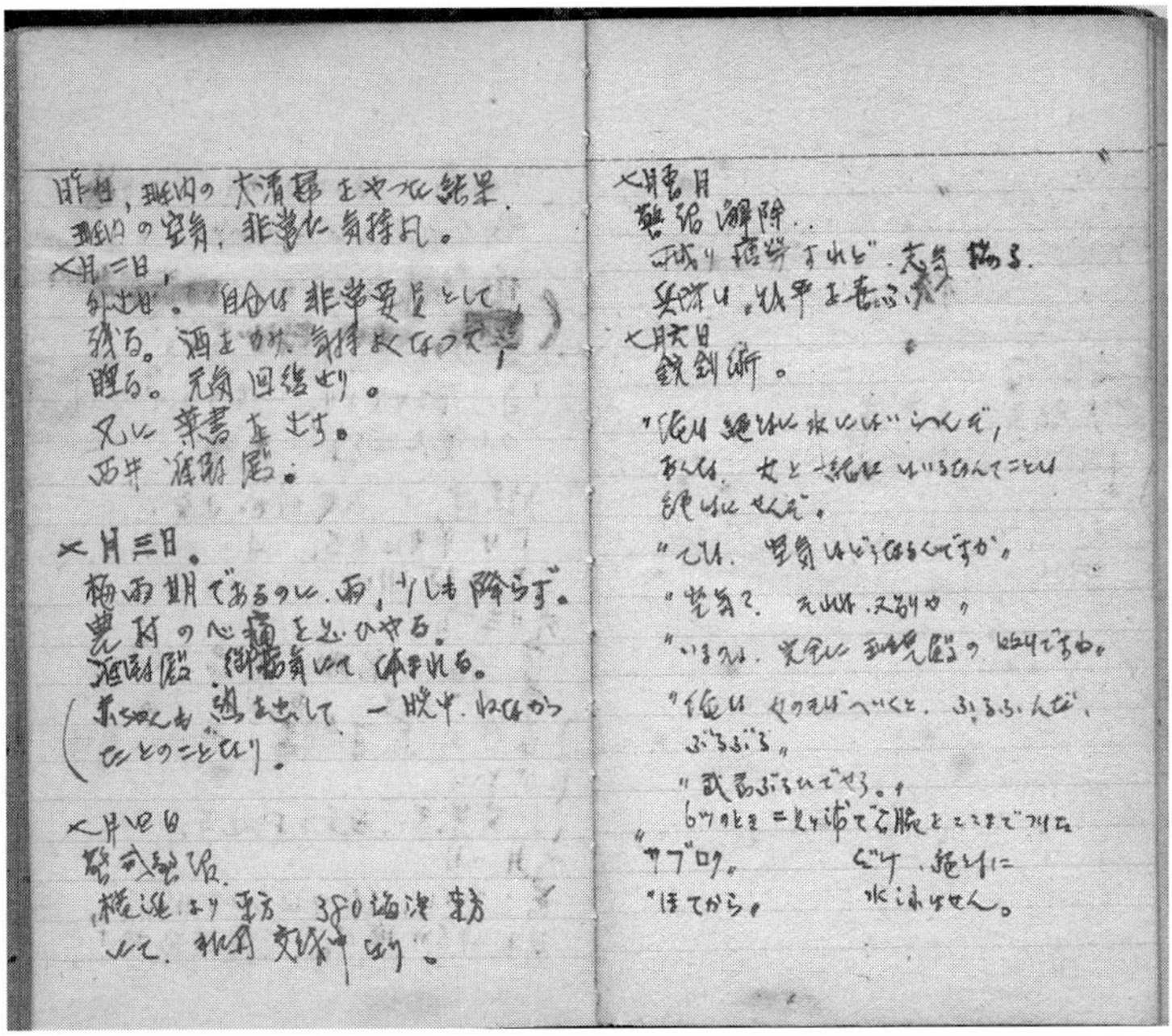

昨日、班内の大清掃をやった結果、
班内の空気、非常に気持よし。
七月二日
外出日。自分は非常要員として
残る。酒を [illegible] 気持よくなって
眠る。元気回復せり。
兄に葉書を出す。
西井 [illegible]。

七月三日。
梅雨期であるのに、雨、少しも降らず。
農村の心痛を思ひやる。
[illegible]
[illegible] 酒を出して 一晩中 ねなかったとのことなり。

七月四日
[illegible]
横須賀より [illegible] 380海里 [illegible]
にて、[illegible] 交戦中なり。

七月 [illegible] 日
[illegible] 解除。
[illegible]
[illegible]
七月六日
銃剣術。
「俺は 絶対に 水には [illegible] らんぞ、
あんな 女と 一緒に はいるなんてことは
絶対にせんぞ。」
「それ、[illegible] はどうなるんですか。」
「[illegible]? それは又別や」
「いまのは、[illegible]」
「俺は [illegible] ぶるぶるんだ、
ぶるぶる」
「武器ぶらさげてやろ。」
[illegible]
「サブロク。 [illegible]、絶対に
「ほてから。 水浴せん。」

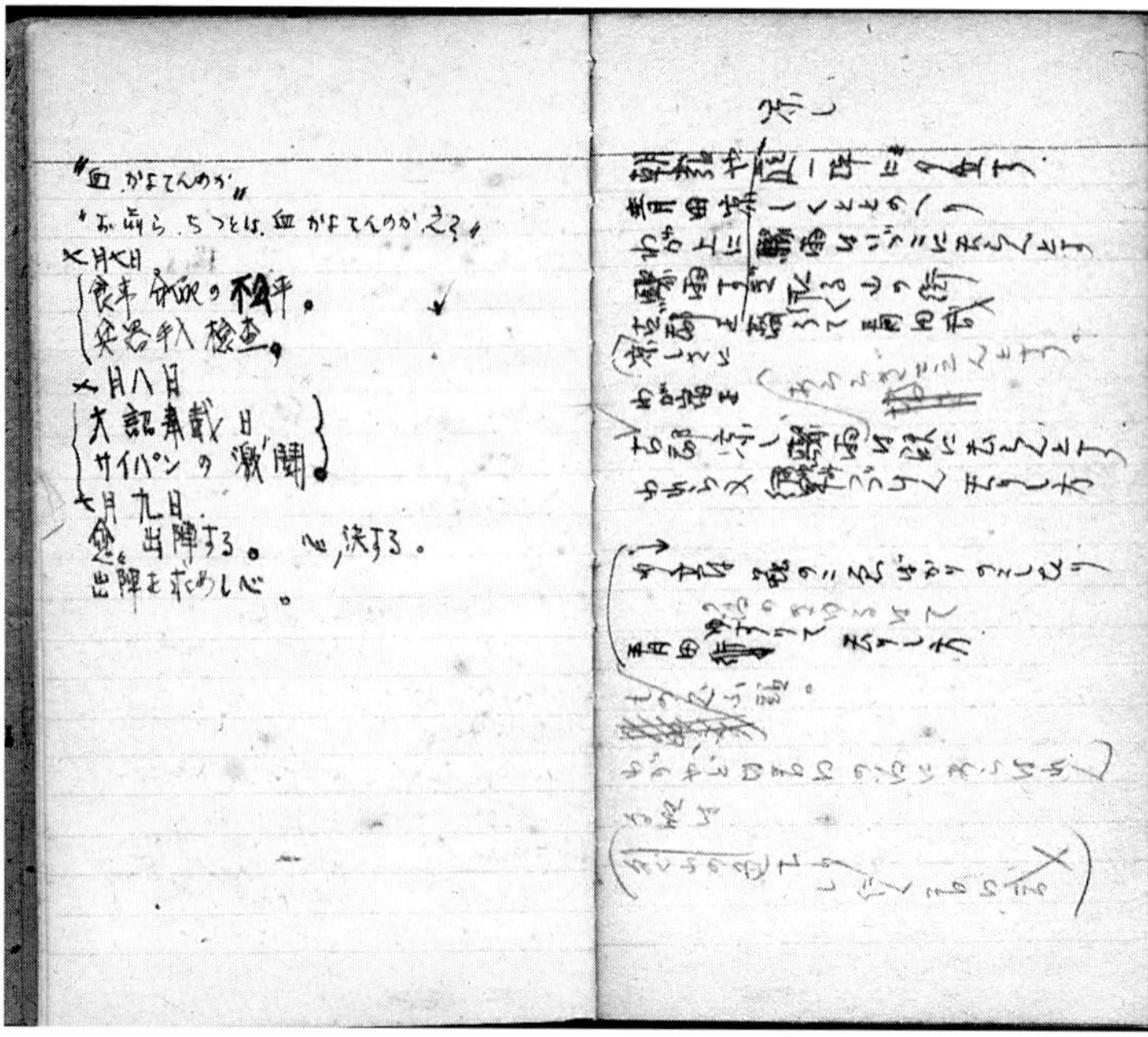
"血かよてんのか"
"お前ら、ちつとは血かよてんのか、え？"
七月七日
兵器手入検査。
七月八日
大詔奉戴日
サイパンの激闘
七月九日
出陣する。心決する。
出陣を求めし心。

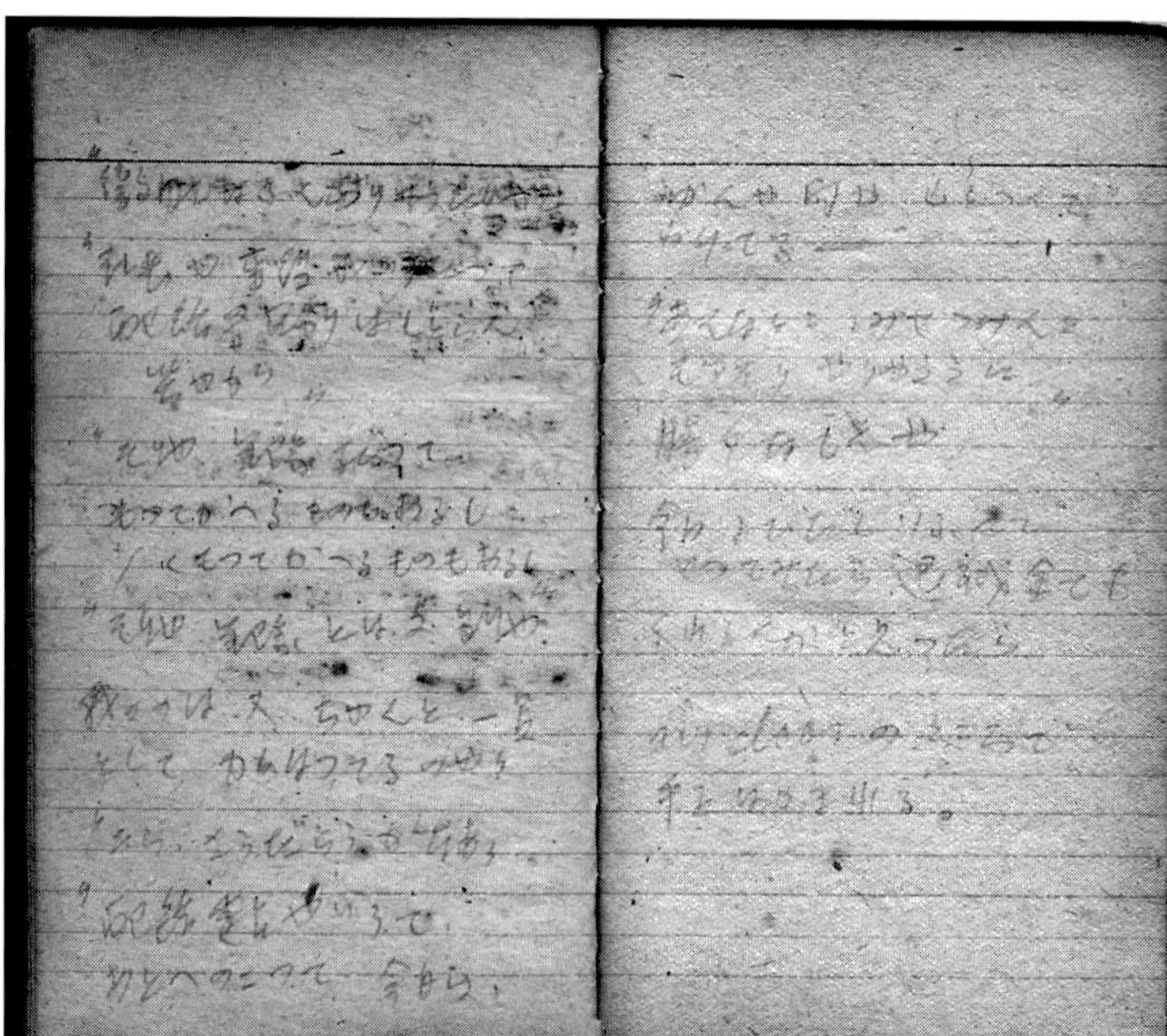

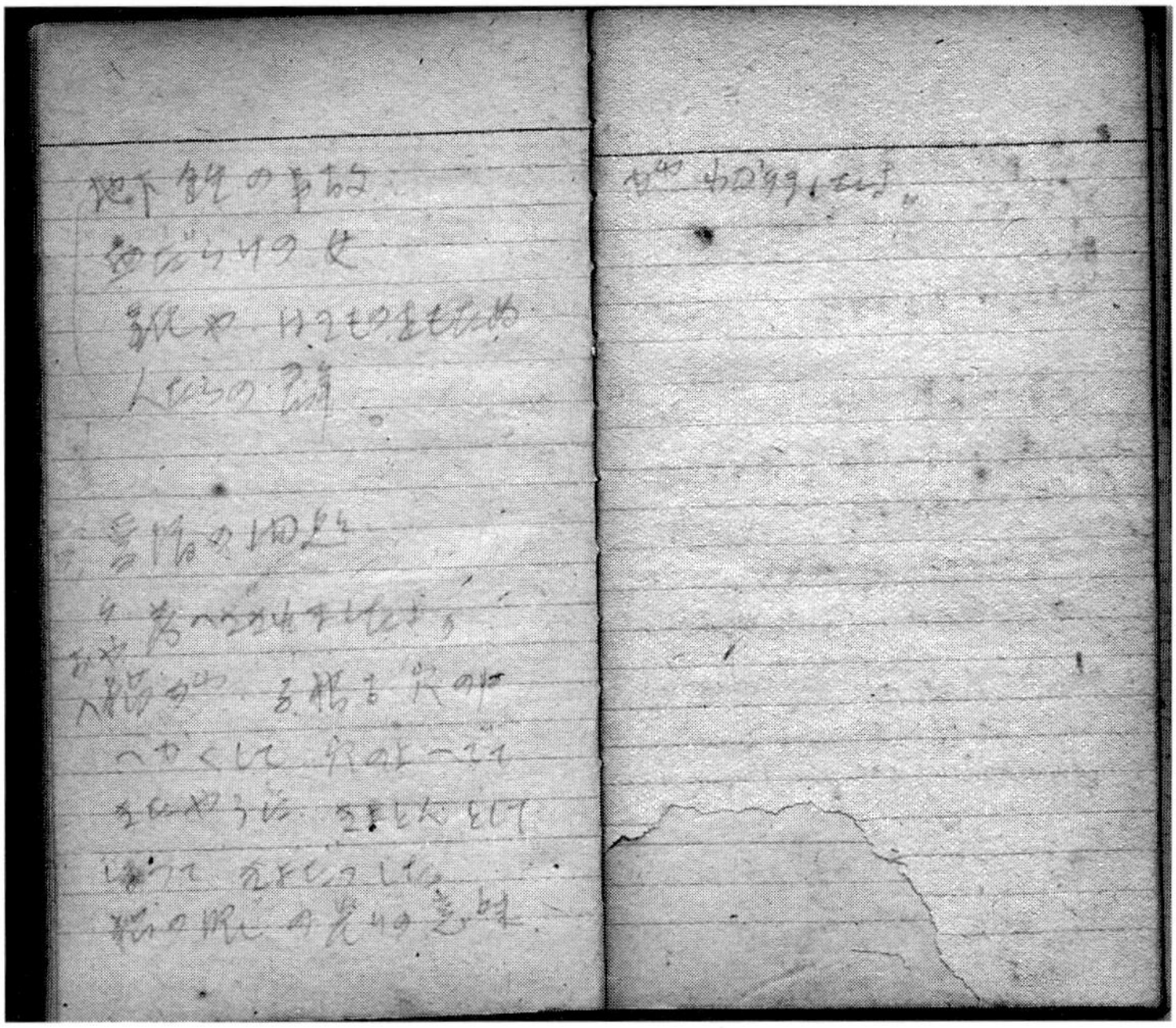

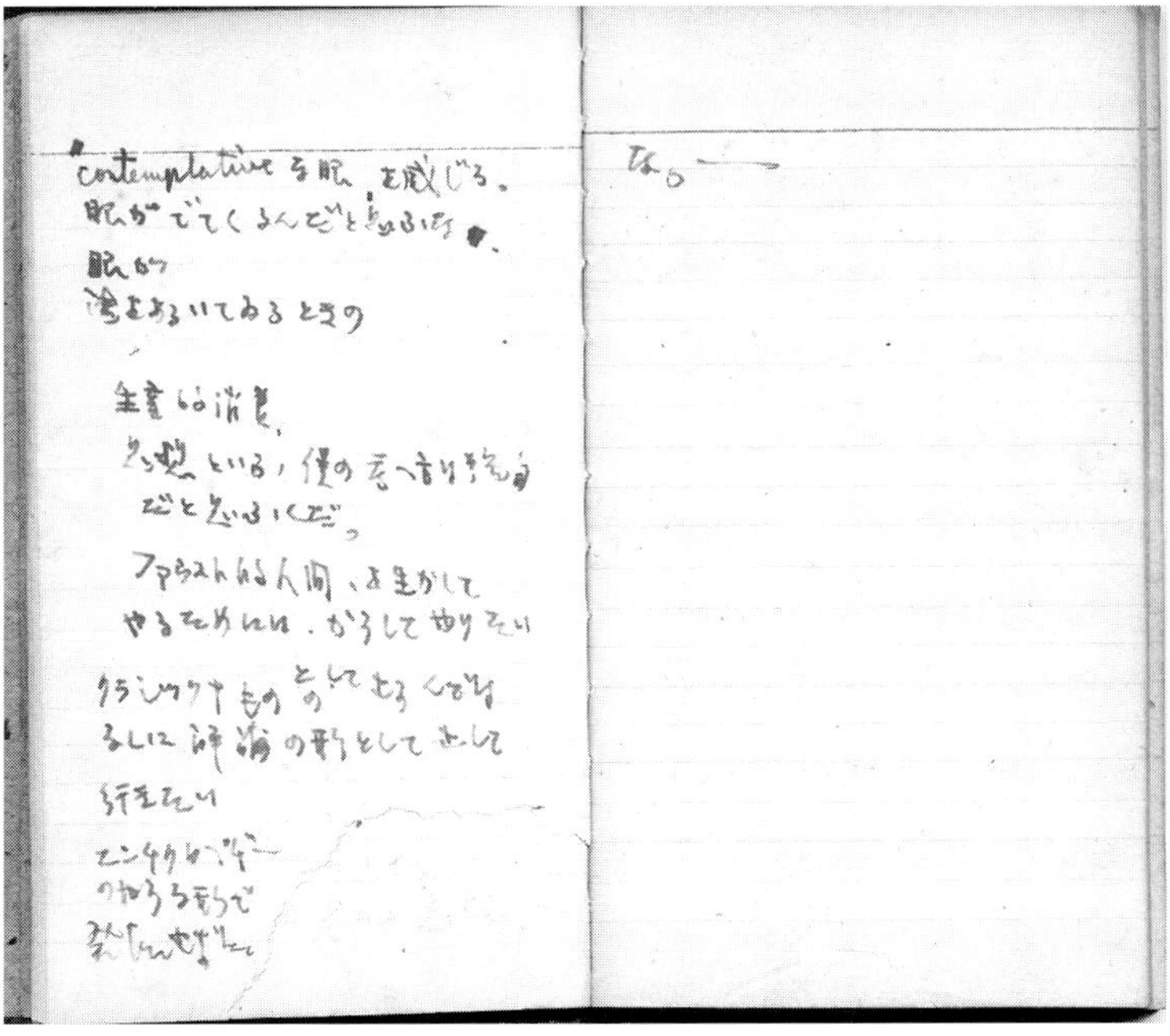

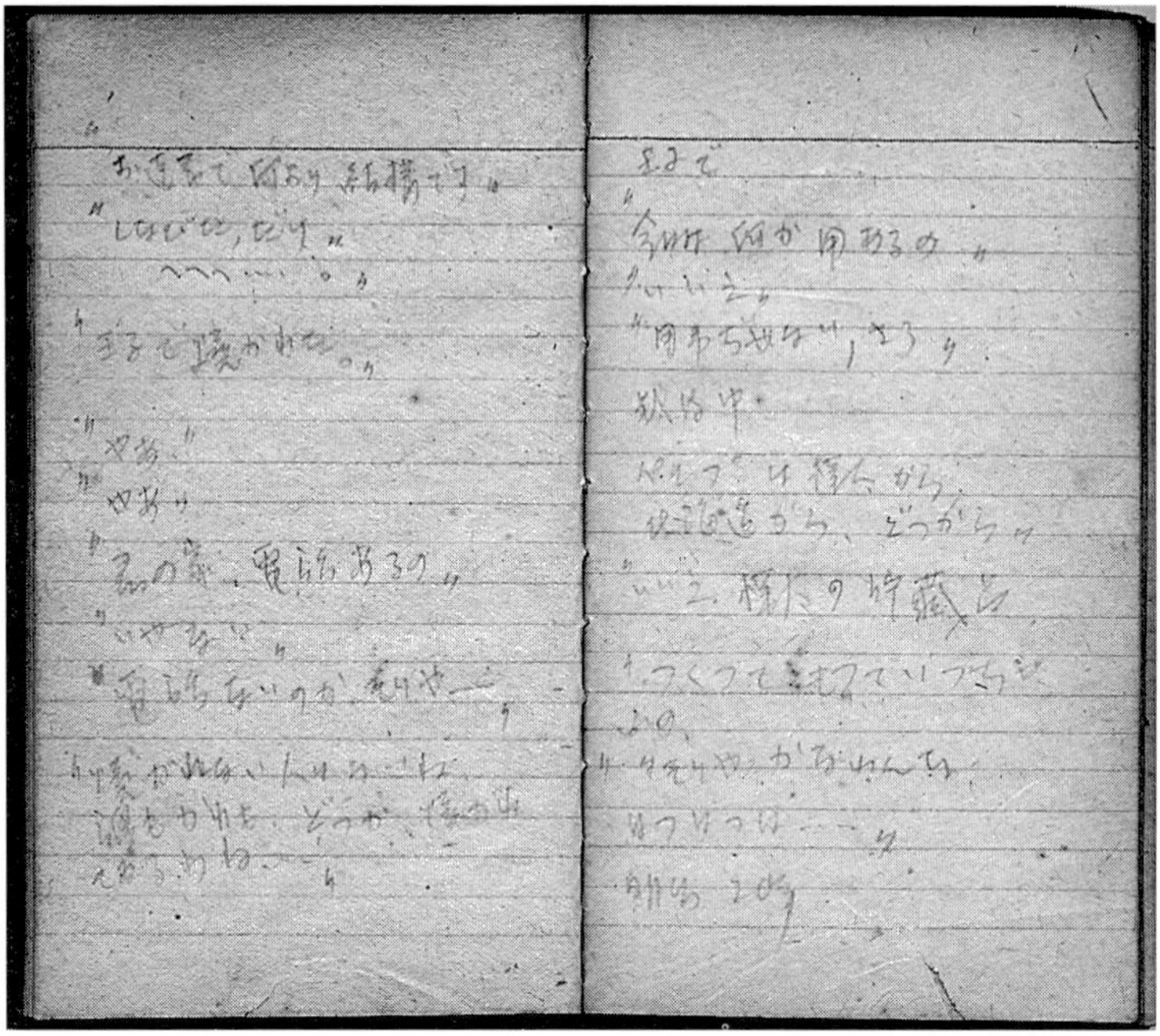

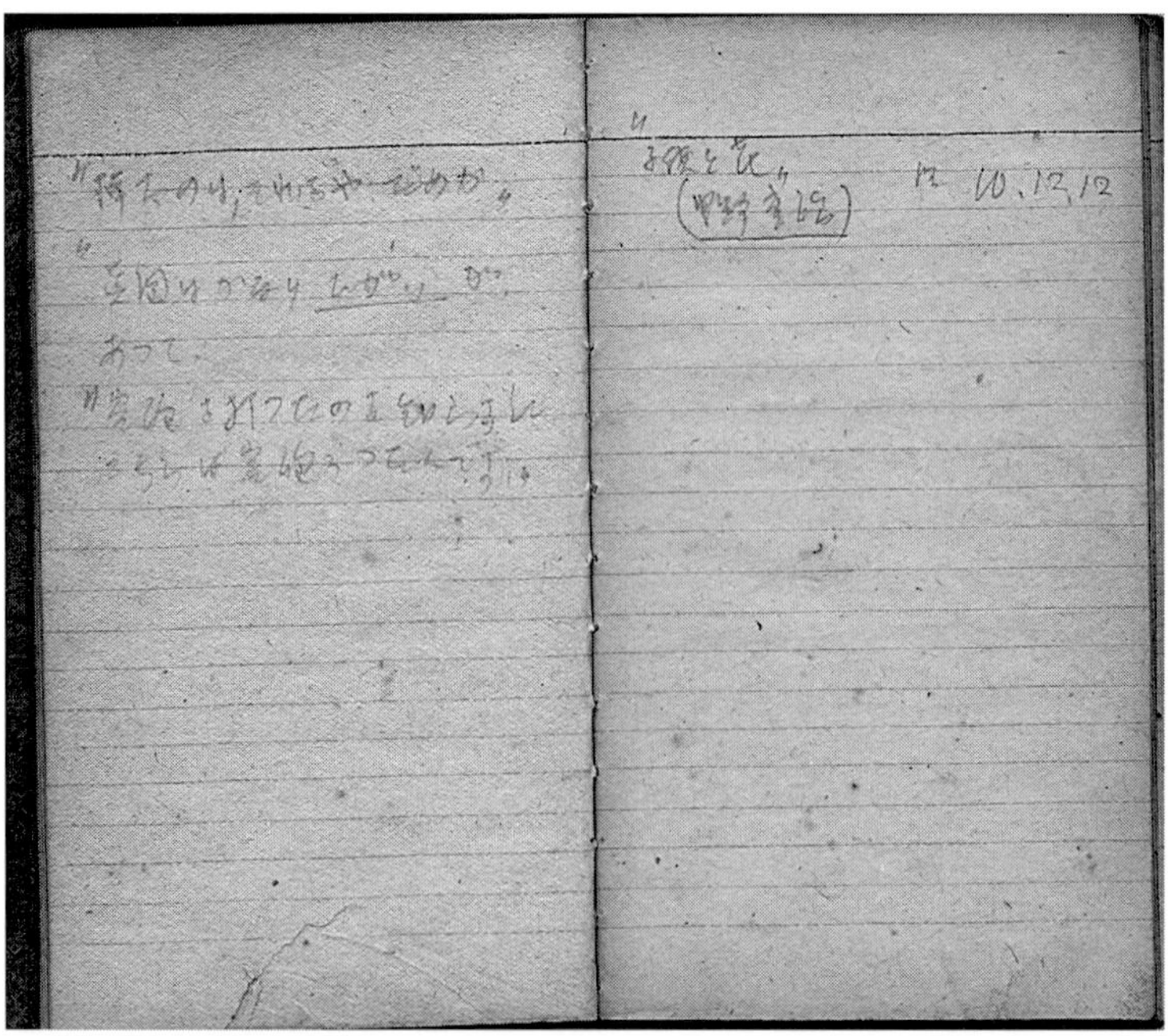

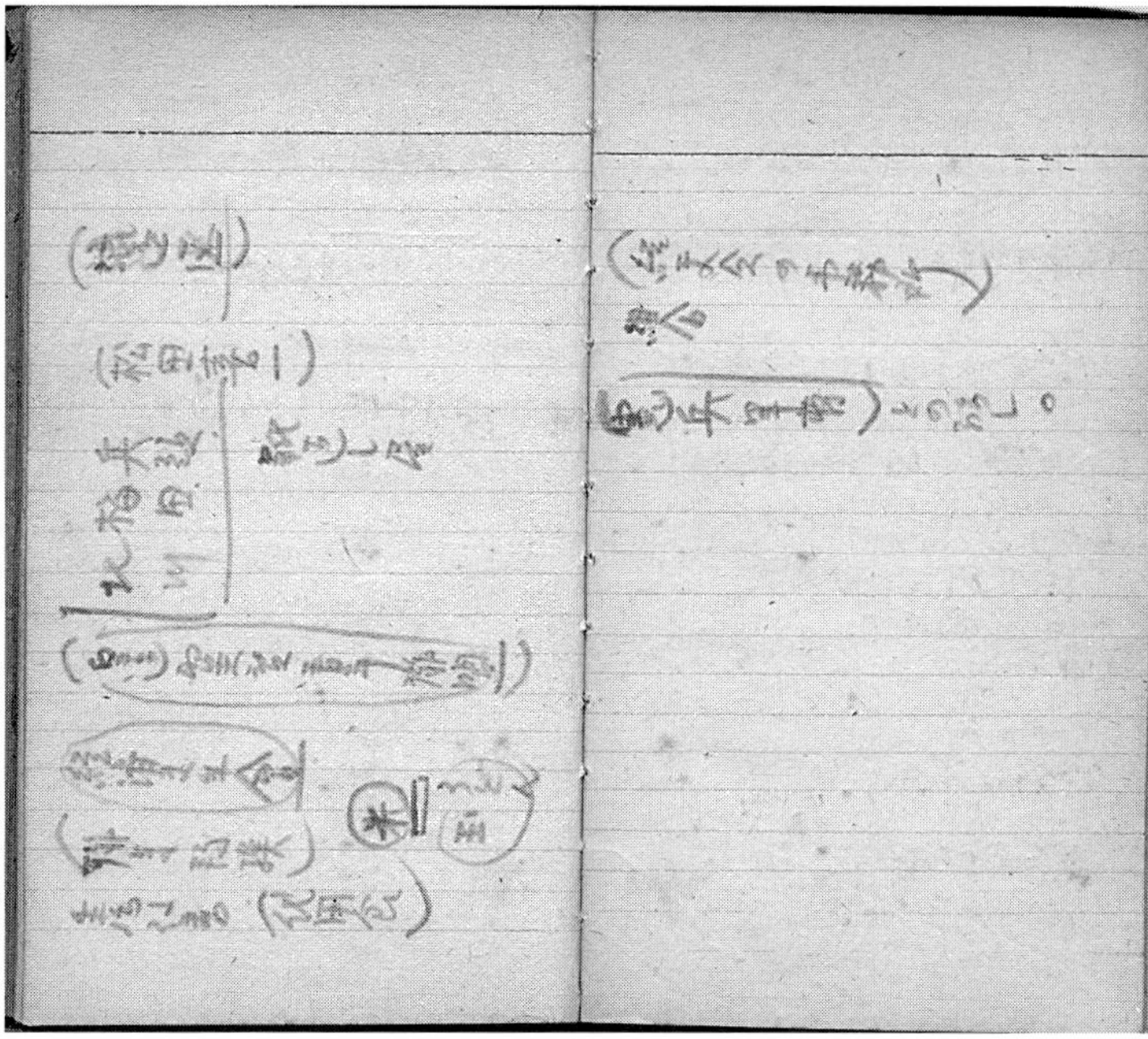

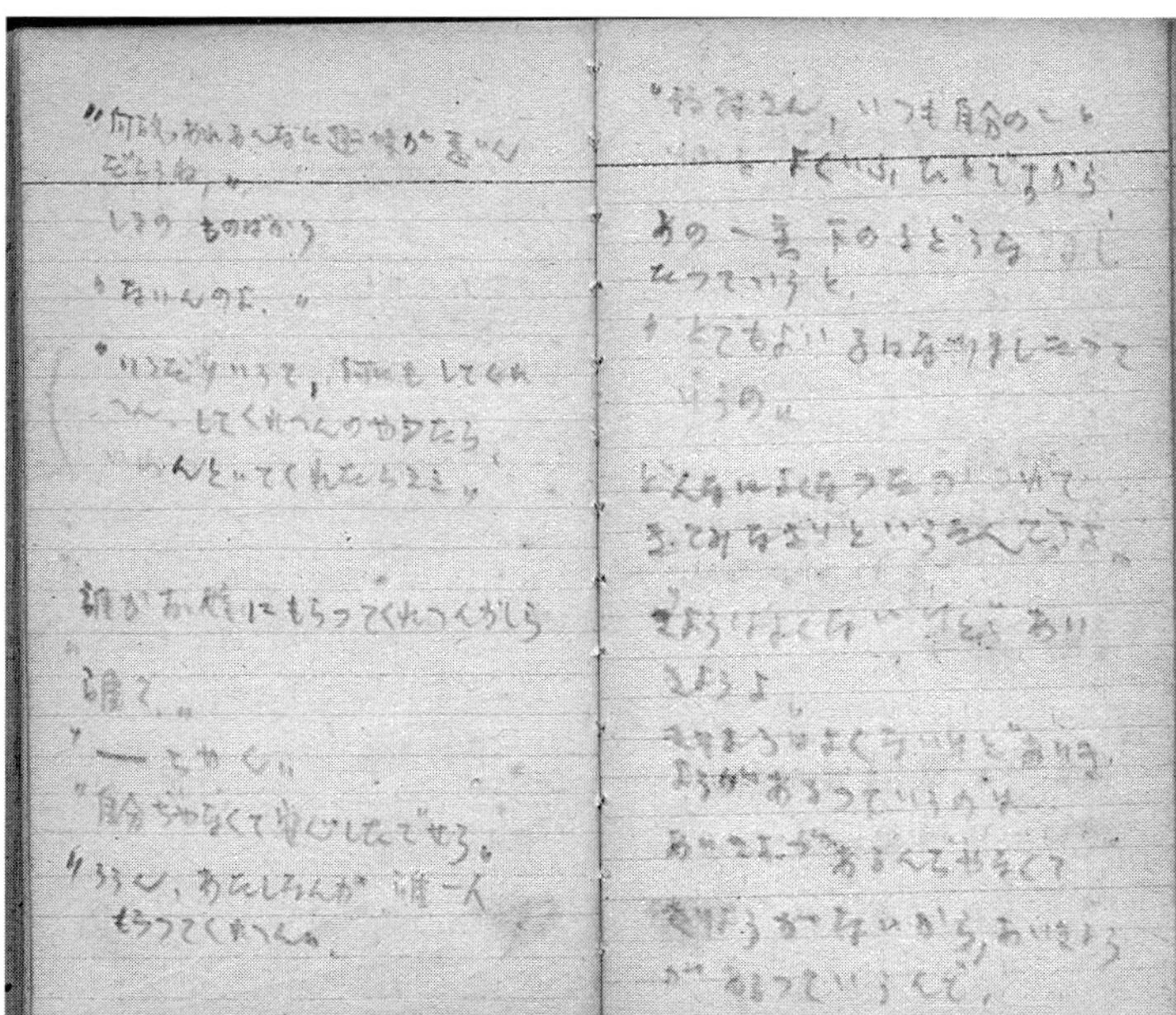

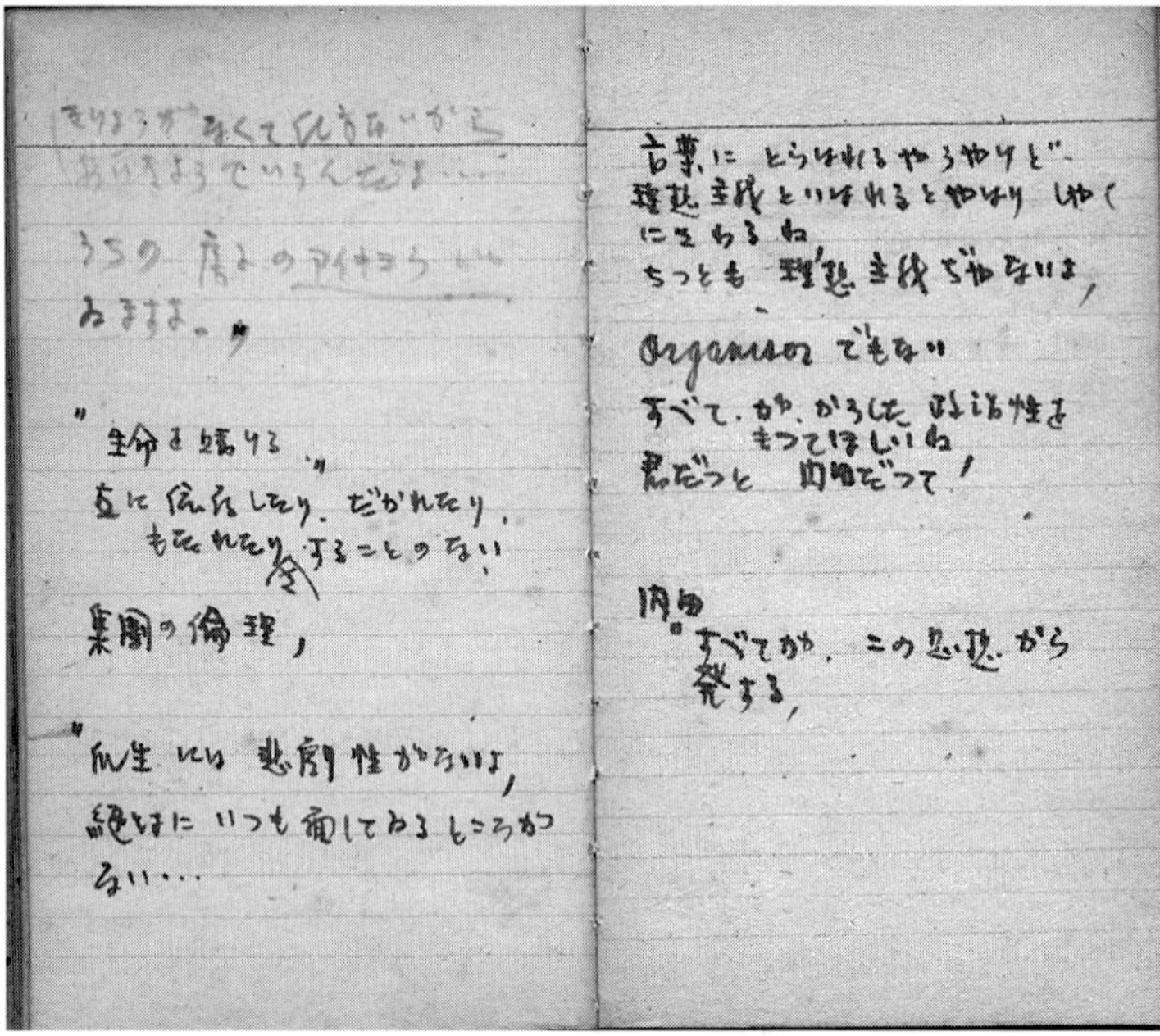
うちの店のアイドル
おますな。"

"生命を語る"
互に依存したり、だかれたり、もたれたり 会することのない
集団の倫理，

"人生には悲劇性がないよ，
絶対にいつも面しているところがない…

言葉にとらはれるやうやけど、
理想主義といはれるとやはりしゃくにさわるね
ちっとも理想主義ぢゃないよ，
Organiser でもない
すべて、が、かうした対話性をもってほしいね
君だって肉体だって！

肉体
すべてが、この思想から発する，

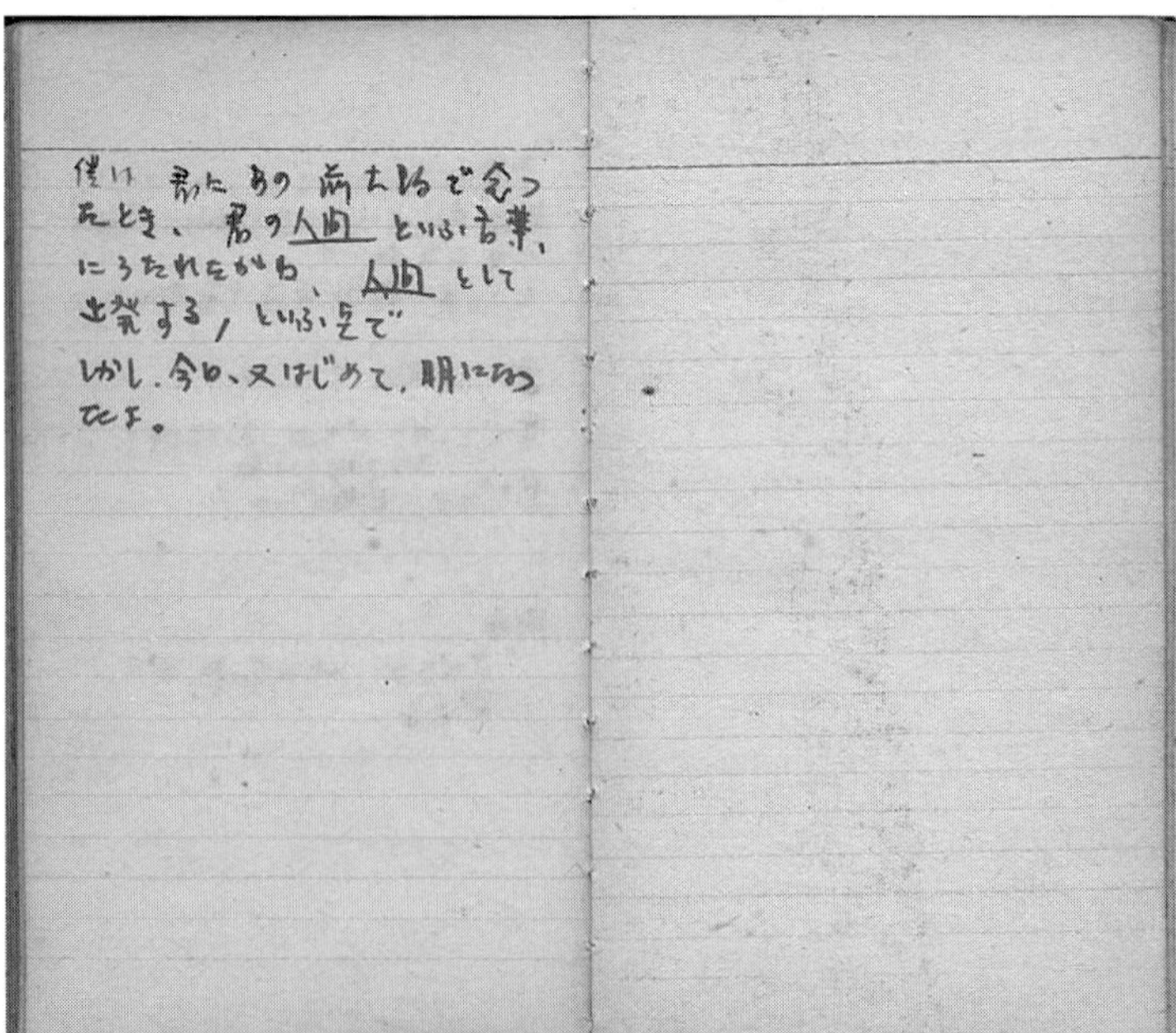
僕は君とあの前大路で会ったとき、君の人間といふ言葉、にうたれたがね、人間として出発する，といふ点で
しかし、今日、又はじめて、明になったよ。

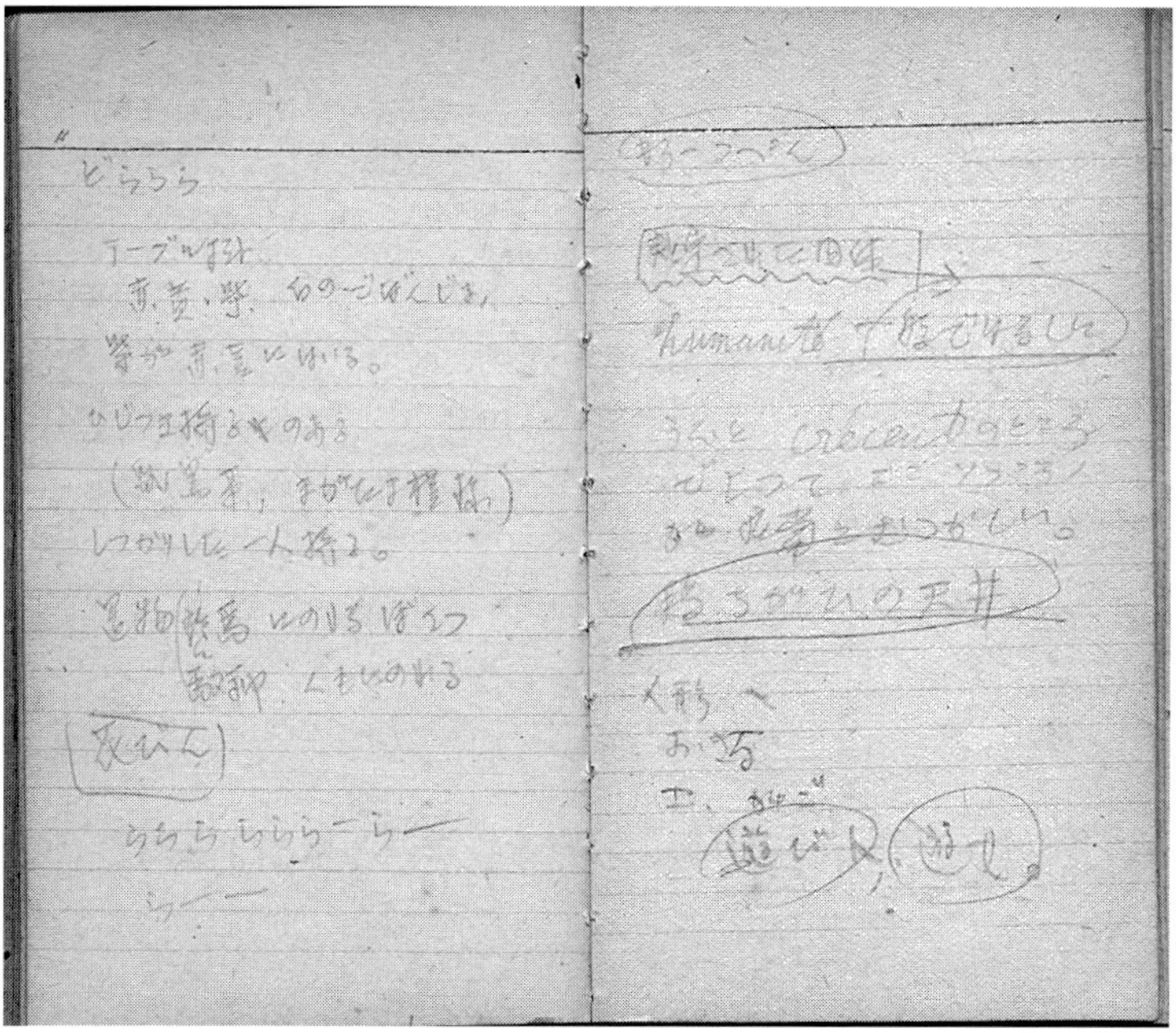

どららら
humanité
人形へ

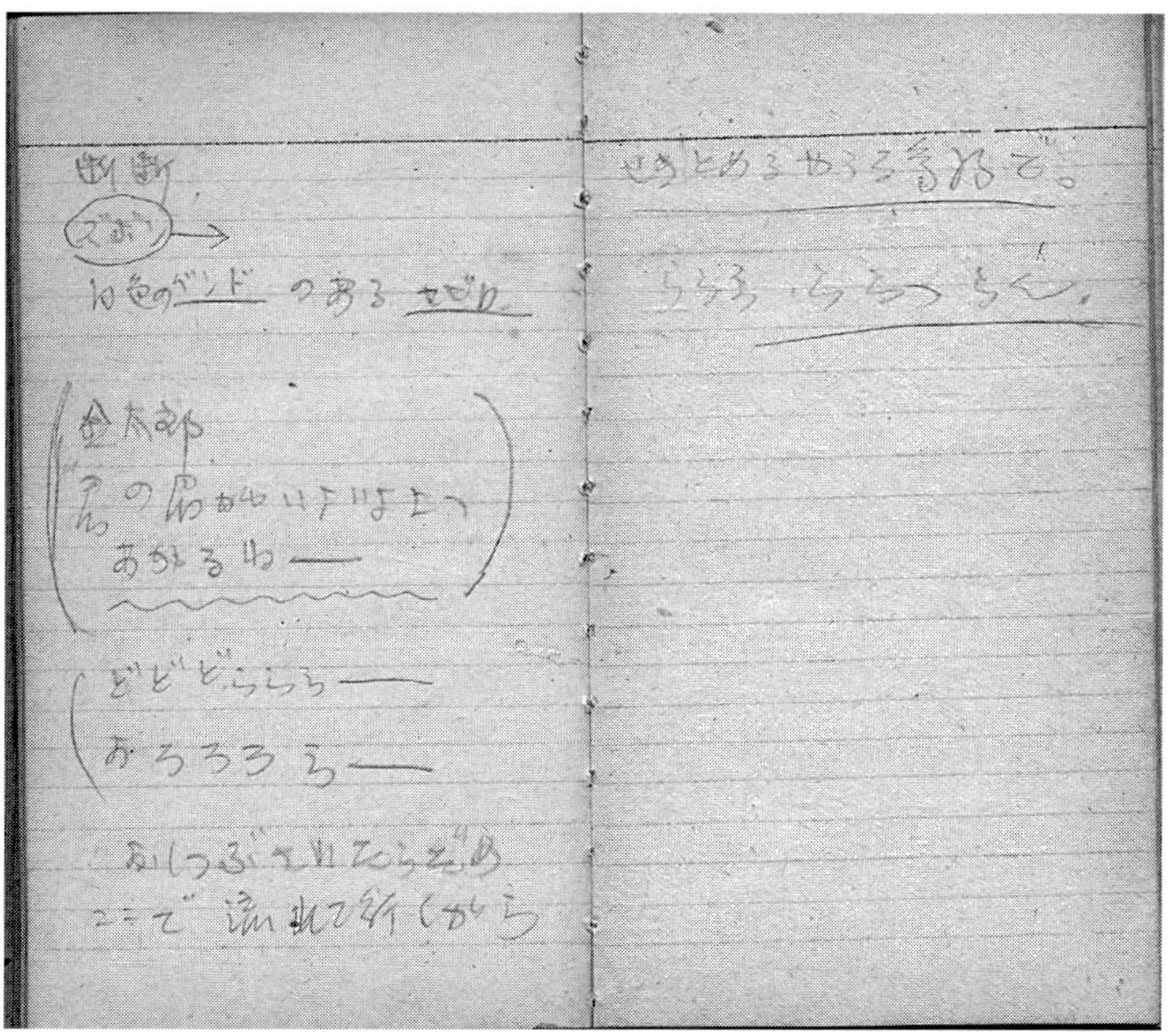

金太郎
どどどららら——
おろろろ ろ——
ここで 流れて行くから

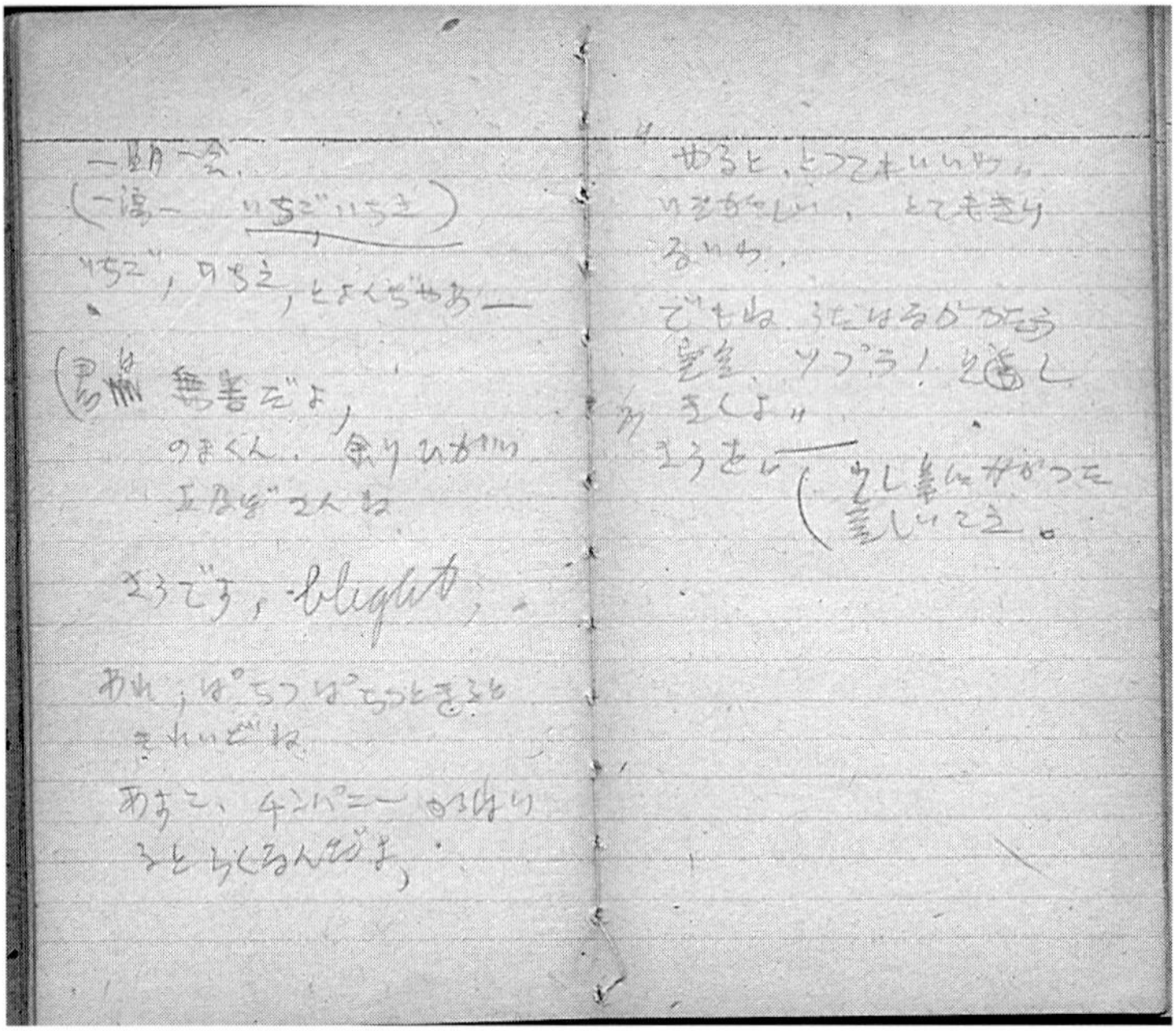

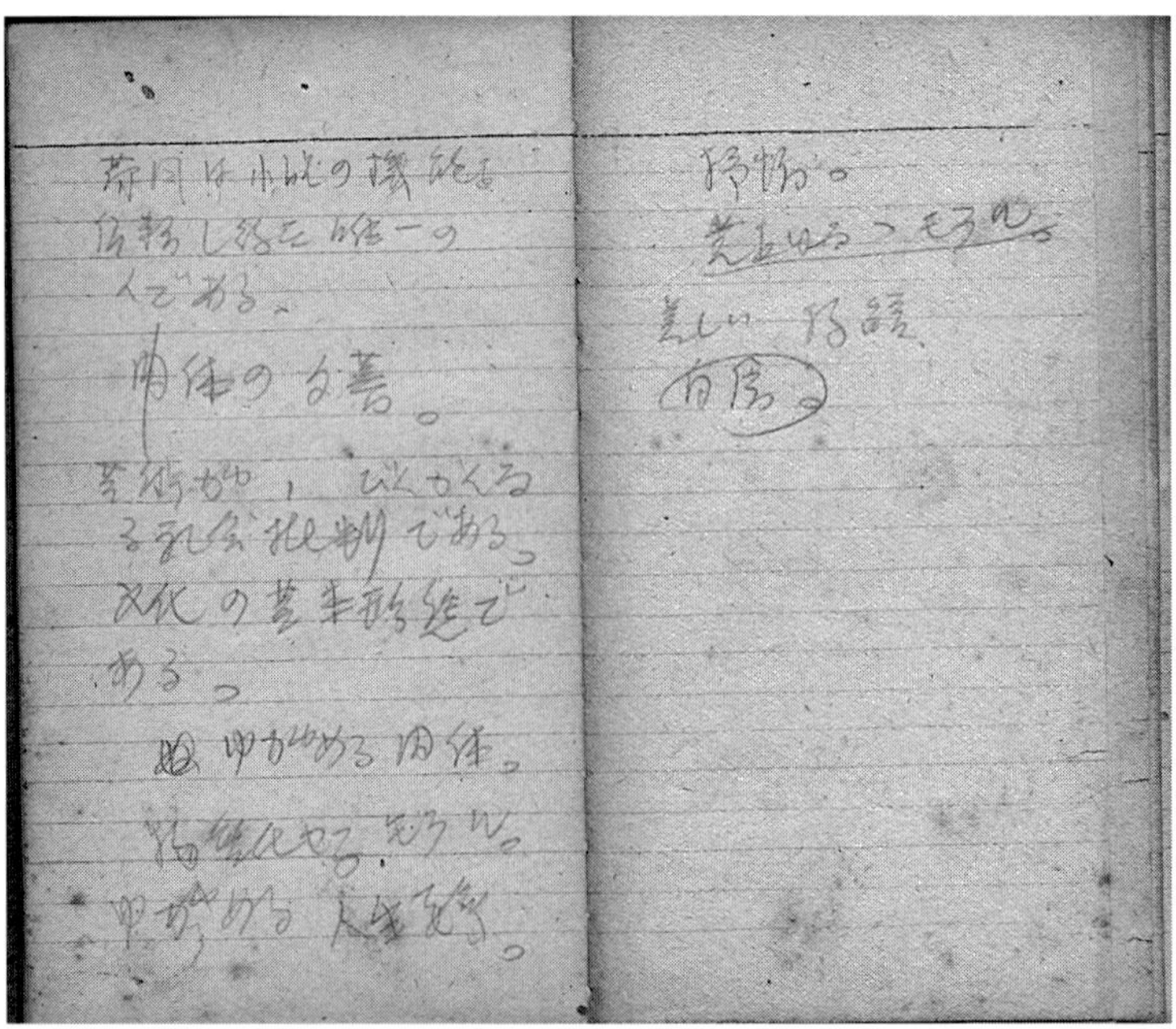

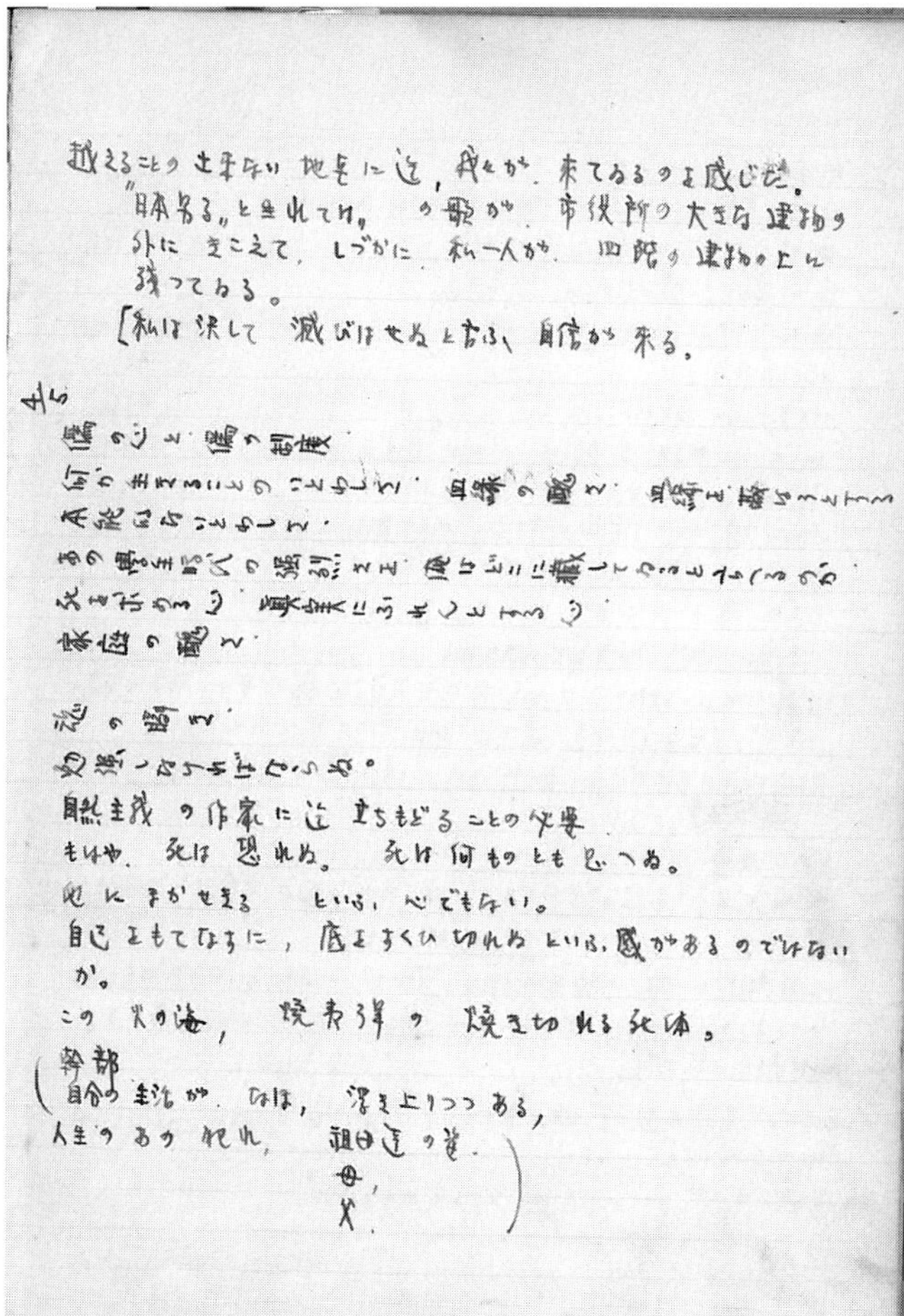

越えることの出来ない地点に迄，我々が，来てゐるのを感じた。
"日本男子"と生れては，の歌が，市役所の大きな建物の外にきこえて，しづかに，私一人が，四階の建物の上に残つてゐる。
［私は決して滅びはせぬと言ふ，自信が来る。

4.5
[illegible]
[illegible]
[illegible]
[illegible]
[illegible]
[illegible]

[illegible]
[illegible]
自然主義の作家に迄立ちもどることの必要
もはや，死は恐れぬ。死は何ものとも思へぬ。
天にまかせきる という，心でもない。
自己をもてなすに，底をすくひ切れぬ という，感があるのではないか。
この火の海，焼夷弾の焼き切れる死体。
（幹部
自分の生活が，なほ，浮き上りつつある，
人生のあわれ，祖母達の死，
母，
父，）

13/5 母と姉を秋田へ送る。
母が草餅をつくってくれる，母と共にする生活の美しさ，
母が来て．私の寮経営がみだされるとの不満があるが，
母に対する愛によって消される，
母は．手を振り．"もう，待ってゐることはいらぬと相図をする。"
その母の手。
朋の生活の感謝，
マルテの手記を読み．この"愛する，ひとを求める心の
強い姿を．自分の中に創り出さうと決心する。
深い霧が．草々の上に　とまり出る，露のふき上げ，
天がこの草々の上にふきあげられる
この霧の中心から　つゆを含んだ，人間の詣り．それ
がな．快い呼気が出される，
自分は，このほぼ　150人の収容力を有する寮の中の生命の支え
として．自己を埋める，自己の生命をこの寮の内に埋める，
如何にしても．自己の美がさらに高く高く昇るために，。

自分の生命にかかづらふ心はない。
一個の生命を投げうつとき．はじめて一個の生命が，救ひうる
のであるといふことをさとる，心からさとる。
あの深い底，自己の深みの底で．自己をくつがへして．
一の別の場所に出でる，—自己の魂をつつむ．愛のある
場所に出でる。
27/6 母から．荷物を送ってくれと言って来てゐるが．母のために．何もできない。
母のために何もできない心と，
何か．母の弱みが，いらいらさせる心がある。

痛み．烈しい自己の痛み．自己の汚れの中からの痛み，
汚れの中から．汚れざる自己が噴き出すごとき感じ．
あの．泣きいさちる．泣きこらへる烈しい感じ，底からの流れが
身体をよぎる．　許してくれよ．許してくれよ，この俺を許してくれよ。
俺は汚れてるよ．俺は汚れてほふよ，どうかして，流れまいよ．
どうか．とどまらしてほしいよ，

こかならぬひとの身の儚くして散めゆくものとてなき日頃なり
ひとりして身の消きゆくをもと知るぶと．深き濁回をもとめあゆめり
うはつらに身かくして物こころすぞおぼえ返り数年まへて

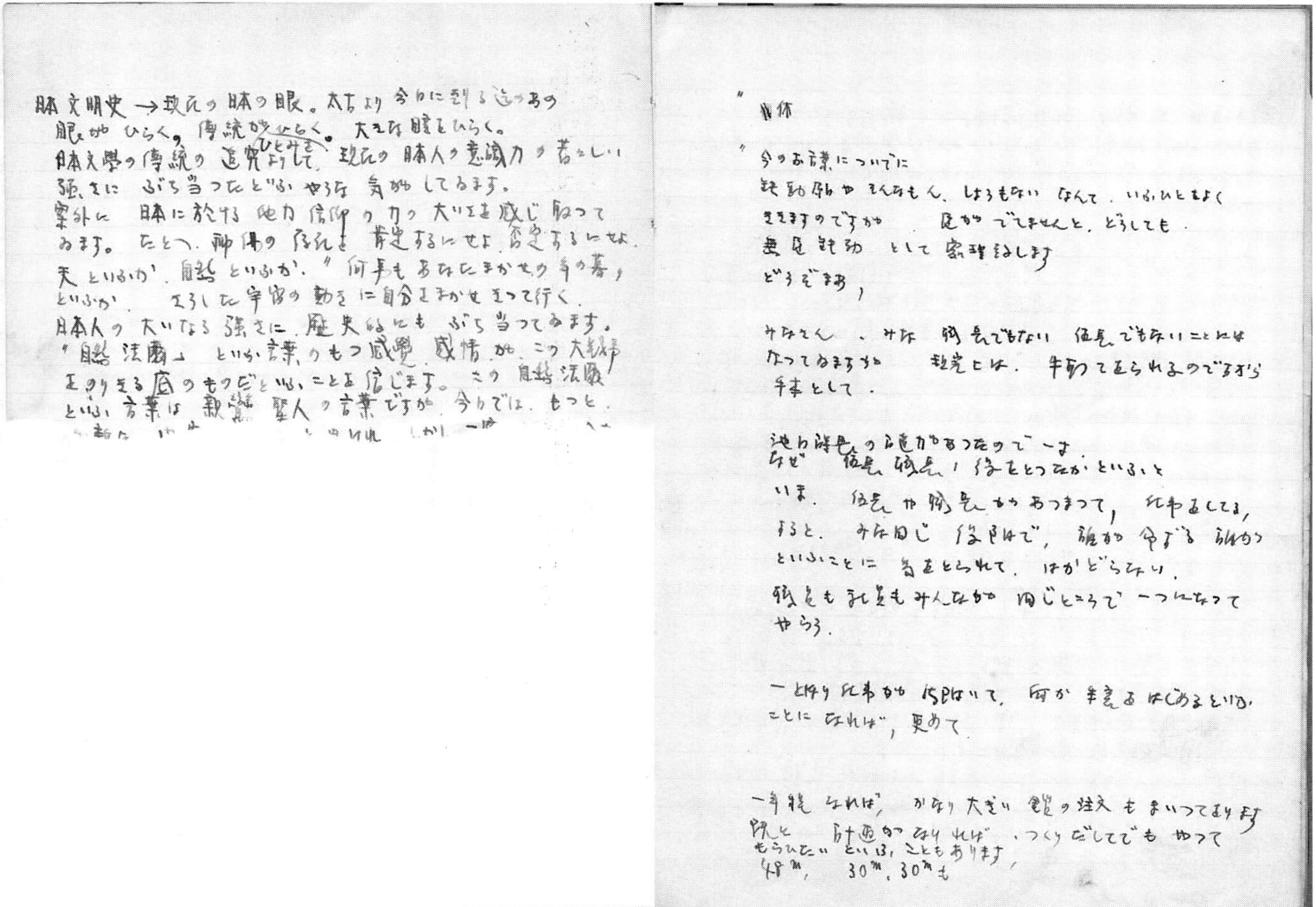
日本文明史→現在の日本の眼。太古より今日に到る迄の私の
眼がひらく。傳統がひらく。大きな瞳をひらく。
日本文學の傳統の追究をして、現在の日本人の意識力の著しい
強さにぶち当つたとでもいふやうな気がしてゐます。
案外に日本に於ける他力信仰の力の大いさを感じ始めて
ゐます。たとへ、神佛の存在を肯定するにせよ否定するにせよ、
天といふか、自然といふか、"何事もあなたまかせの年の暮"
といふか、さうした宇宙の動きに自分をまかせきつて行く、
日本人の大いなる強さに、歴史的にもぶち当つてゐます。
"自然法爾"といふ言葉のもつ感覚感情が、この大[?]
をのりきる底のものだといふことを信じます。この自然法爾
といふ言葉は親鸞聖人の言葉ですが、今日では、もつと、
[illegible]
"体
"今のお話についでに
運動部がそんなもん、しようもないなんて、いふひとをよく
ききますのですが　足がでてませんと、どうしても
無足運動として處理致します
どうぞよろしく
みなさん、みな部長でもない係長でもないことには
なつてゐますが　趣意とは、率先してゐられるのであるから
手本として。
池内部長の示唆があつたので一寸
なぜ　係長、部長ノ役をとつたかといふと
いま、係長や部長があつまつて、仕事をしてる、
すると、みな同じ役目で、誰が命ずる誰がつ
といふことに気をとられて、はかどらない、
部長も社員もみんなが同じところで一つになって
やらう。
一と作り仕事が始まつて、何か手をはじめるといふ
ことになれば、更めて
一年続くなれば、かなり大きい額の注文もまいつてをります
後と計画がなければ、つくりだしてでもやつて
もらひたいといふこともあります
48m、30m、30mも

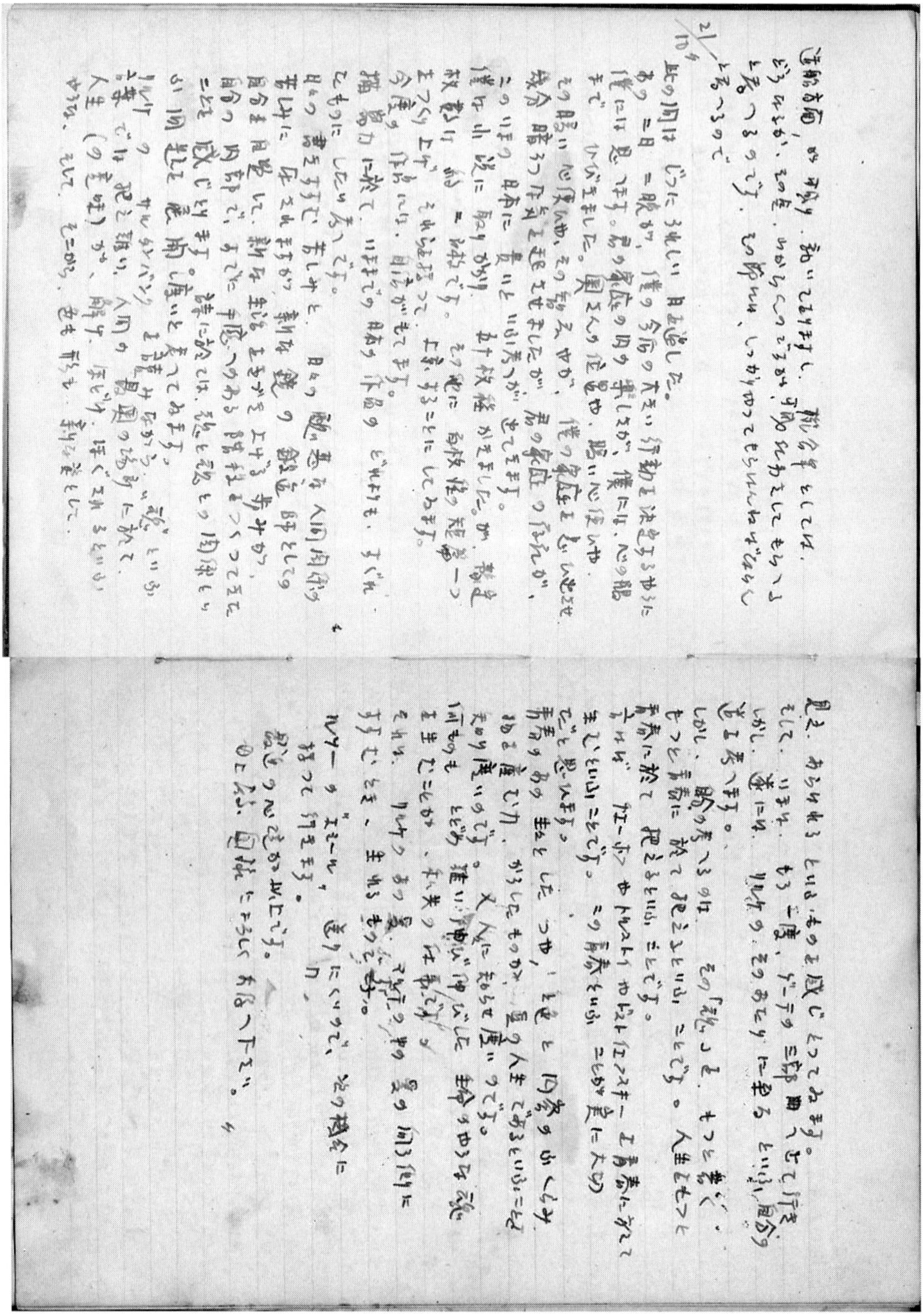
運転方面が手取り読んでおりますし。総合的としては、
どうなるか、その点、わからんのですが、見てもらへると
と考へるのです。その節には、しっかりやってもらはんねばならん
と考へるので

21/10
此の間は じつにうれしい日を過した。
あの二日二晩が、僕の今后の大きい行動を決定するやうに
僕には思へます。君の家庭の内の楽しさが、僕には、心の髄
まで ひびきました。奥さんの位置や、暗い心使ひや、
その暗い心使ひや、その智慧やが、僕の家庭を思ひ出させ
幾分暗うつな気を起させましたが、君の家庭の存在が、
このいまの日本に貴いといふ考へが出てきます。
僕は小説に取りかかり 五十枚程かきました。が、予定
枚数は約二百枚です。その他に百枚程の短篇一つ
をつくり上げ、それらを揃って上京することにしてゐます。
今度の作品には、自信がもてます。
描写力に於て、いままでの日本の作品の どれよりも、すぐれ
たものにしたい考へです。
日々の書をすすむ苦しみと、日々の醜悪な人間関係の
苦しみに圧されますが、新な鏡の鍛冶師としての
自分を自覚して、新な生活を上げる歩みが、
自分の内部で、すでに手応へのある階程をつくってきた
ことを感じとります。詩に於ては、詩と魂との関係とい
ふ問題を展開し度いと考へてゐます。
リルケの サルタンバンク を読みながら、"魂"といふ
言葉では把え難い、人間の最奥の場所に於て、
人生(の意味)が、解け、ほどけ、ほぐされるといふ
やうな、そして、そこから、色も形も新な姿として、

見え、あらはれるといふものを感じとってゐます。
そして、いまは、もう一度、ゲーテの三部曲へ出て行き
しかし、遂には、リルケの、そのあたりに来る といふ、自分の
道を考へます。
しかし、自分の考へるのは、その「魂」を、もっと豊かく
もっと青春に於て把えるといふことです。人生をもっと
青春に於て把えるといふことです。
言はば チェーホフやトルストイやドストエフスキーを青春に於て
生むといふことです。この青春といふことが実に大切
だと思ひます。
青春のあの生々としたつや、色と内容のふくらみ
ある度な力、かうしたものが、真の人生であるといふことを
知り度いのです。又人に知らせ度いのです。
何ものも とどめ難い伸び伸びした生命のやうな魂
を生むことが、私共の仕事です。
それは、リルケのあの星、マルテの中の星の向う側に
すすむとき、生れるものです。
ルソーの"エミール"送りにくいので、次の機会に
持って行きます。
君達の心遣ひが以上です。
皆さん、奥様によろしくお伝へ下さい。

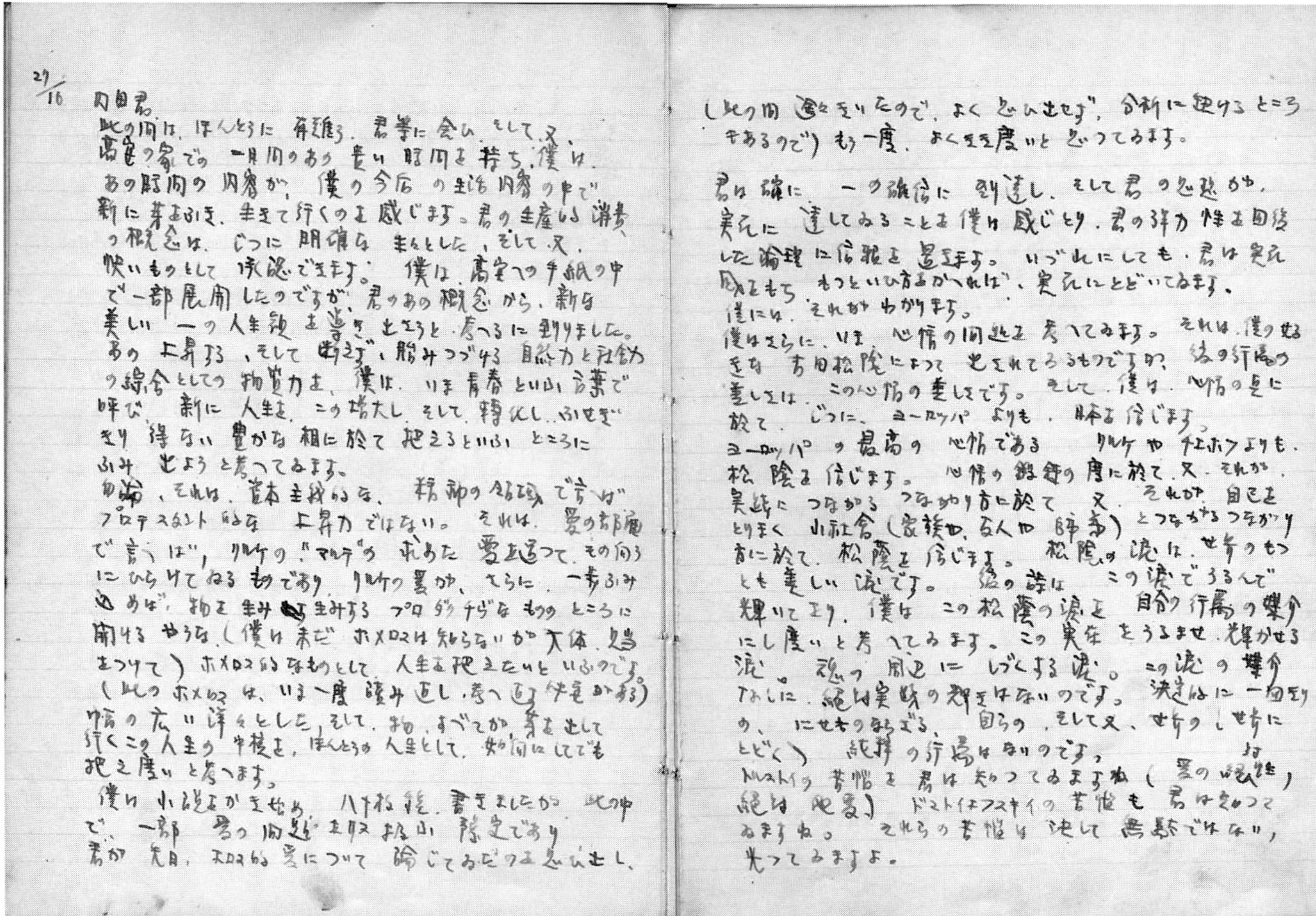
27/10
内田君、
此の間は、ほんとうに有難う。君等に会ひ、そして又、
高宮の家での一日間のあの長い時間を持ち、僕は
あの時間の内容が、僕の今后の生活内容の中で
新に芽をふき、生きて行くのを感じます。君の生産的消費
の概念は、じつに明確なまとまとした、そして又、
快いものとして承認できます。僕は、高宮への手紙の中
で一部展開したのですが、君のあの概念から、新な
美しい一つの人生観を導き出そうと考へるに到りました。
あの上昇する、そして断えず、勝みつづける自然力と社会力
の綜合としての物質力を、僕は、いま青春といふ言葉で
呼び、新に人生を、この増大し、そして転化し、ふせぎ
きり得ない豊かな相に於て把えるといふところに
ふみ出ようと考へてゐます。
勿論、それは、資本主義的な、精神の領域で言へば
プロテスタント的な上昇力ではない。それは、愛の部面
で言へば、リルケの〃マルテ〃の求めた愛を通つて、その向う
にひらけてゐるものであり、リルケの裏から、さらに、一歩ふみ
こめば、物を生み生みするプロダクチブなもののところに
開けるやうな。(僕はまだホメロスは知らないが大体見当
をつけて)ホメロス的なものとして人生を把えたいといふのです。
(此のホメロスは、いま一度読み直し、考へ直す必要がある)
巾の広い洋々とした、そして、物、すべてが芽を出して
行くこの人生の中枝を、ほんとうの人生として、如何にしてでも
把え度いと考へます。
僕は小説を書き始め、八十枚程、書きましたが此の中
で、一部君の問題を取扱ふ予定であり
君が先日、トルストイ的な愛について論じてゐたのを思ひ出し、
(此の間酒をのみたので、よく思ひ出せず、分析に欠けるところ
があるので)もう一度、よく聞き度いと思つてゐます。
君は確に、一つの確信に到達し、そして君の思想が、
実現に達してゐることを僕は感じとり、君の弾力性ある回復
した論理に信頼を置きます。いづれにしても、君は実現
へ向をもち もつといひ方をかへれば、実現にとどいてゐます。
僕には、それがわかります。
僕はさらに、いま、心情の問題を考へてゐます。それは、僕の此る
道な吉田松陰によつて出されてゐるものですが、彼の行為の
美しさは、この心情の美しさです。そして、僕は、心情の点に
於て、じつに、ヨーロッパよりも、日本を信じます。
ヨーロッパの最高の心情であるリルケやチエホフよりも、
松陰を信じます。心情の鍛錬の度に於て、又、それが、
実践につながるつながり方に於て、又、それが、自己を
とりまく小社会(家族や友人や師弟)とつながるつながり
方に於て、松陰を信じます。松陰の涙は、世界のもつ
とも美しい涙です。彼の詩は、この涙であるんで
輝いてをり、僕は、この松陰の涙を、自分の行為の媒介
にし度いと考へてゐます。この実存をうるませ、光輝かせる
涙。魂の周辺にしぶくする涙。この涙の媒介
なしに、絶対実践の輝きはないのです。決定的に一回限り
の、にせものならざる、自己の、そして又、世界の世界に
とどく)純粋の行為はないのです。
トルストイの苦悩を君は知つてゐますね(愛の必然性
絶対必要)ドストイエフスキイの苦悩も君は知つて
ゐますね。それらの苦悩は決して無駄ではない、
光つてゐますよ。

「未成年」(ドストエフスキー)の「踏履」という、モラル概念(もろん
という言葉では把え得ないのですが、しばし、これをモラル概念と
しておきませう。」は、罪と罰のソーニャ=ラスコリニコフの人間
関係に於て録録された絶対者の心情が、さらに高度に
肯定的に絶対創造的に磨かれ、しかし途中の分別はぬかします
文献が手元にないので、つまり「悪霊」も「白痴」もないので」
ドミトリー=カラマーゾフ=マカール、イワーノヴィチ、ドルゴルーキイ=私の人間関係
に上昇し、そこで録録され、さらに、「カラマーゾフ」のアリョーシャ=
イヴン=イヴンの兄(名前は忘れた)の人間関係に上昇し、録録
されて行きます。かうした人間の心情の無限の階層をみとめて
松蔭の流は、ぶつつり、ヨーロッパの流の層を、ぶちぬく
様のものだと私は言ひ度いのです。
一寸筆がおちないで書きとばしたので判読をお願ひしますか、
東京へ行けば、かうした話も再び度いと考へてゐます。
それから再生育論表式の説明もお願ひします。
今日はこれでよします。

7/12 5日、23,15 東京へ出発.
出発に際し Mさんに 応援をたのむよ と一言いはなかつたことが、繰返し後悔される。
俺を信ぜよと言はねばならぬ。
今日より 僕の生活に青春が立ち返ってくるのである。
この東京に出てきた意義が、俺の全生涯を決定するごとき様のものにならしめねばならない。
録録、修行、坐禅の時代が始まる。
あの20才より24才迄の自分の苦しい時代か。
今度は もつと 正しい方法と 正しい規律をもつて、

(支えられて) 始められるのである。
1. ノートを始めること。
① 小説ノート
②. 詩ノート.
2. 苦行に遭ること、但し、愉快なる苦行たること。
そして、美しい涙と美しい血と美しい相互関係をつくり上げること。
3。

野呂がそらんと.
僕ちよつと、言葉がむちやつたもんだから、へんることになつてね、、
前 大和をとめるかつえんで君がとまつてると
いかんと妻にこだわつてりしたもんだから。

似実は下品な文章の弱点が、生活の 強 どうあまに
当つてゐない点に、問題があるといふ。

あたし
4 ビールあるが、のむかね、一本ほかあるいが、それかつたあとで
あげるからね。
日詩してきましたねえつていうんですよ、せそくに。
おばさんは、まついつているけどね、

"あたしら あっさりしたものよ、 はあ、いってらっしゃい、失敬、
って 通りです。"

先生、

ずっと、
"うちは、自由主義で とほって来てますから、余り心配してやしませんよ"

"下村 は 信ずるんだったら いい 寛大な ところをもってるんですから。
今度 強く出て、一家の責任を もつやうになると、
ちがってくると思ふんです。"

"生活がちくるんかなあ、 僕には、まだ、はっきりわからんけど
どね。"

僕は 充実した 体力をつかいはたす あの 情熱の、修業を求める、
あの（精神の高度な微笑、
無限への追求、憧憬、
そして 苦悩の形づけ、
"クローチェの"感情の軽視"には反対である。
"感情、衝動" が 現実の深みにしずみ入る 停滞
と信じる。

"いゝ心配だよ" なんて いってるの お祖母さんになって
あんな えらい 人が。
"僕みたいだって わらってるの
前の人に言ってる

お父さん、いつも、わたしたち きりとち。そんなおどく
きいことをしる、いつだまってだまって。何もいわなくとせして、
自分たちは 子供がいることの 将来どうしたらどうしろと
きりてるくせに
"やかましいですわ"
こっちは それでから しかられなって、ずっと黙ってて、わるいと思ってたら あやまるけど まる思ってるけれども、だまって
わるの、 つくすだけのことは つくして、 やるけりゃ
あるかもしれないけど、 でるかな、 女だって 人間だから
みとめて もらいたいわ"
奥さんでね、 わが家の 民主革命の 本格でね——"

風呂さん だって いつも 自分の どっか ひっかかってるの

出める 出めるって いって やっぱり のこるんでせう
よっぽど いってやろうと思ったけど、
又、内田さん じゃあるまいけど しんらつだと言われると
思って、 そこまで 口に出しそこしたわ、

"正夫さん、 あんたは こがしろかな ですよ、
大丈夫だよ"

"民主何とか しらないけど、 わたしは前から思ってる
んだよ、 おばあさんぶりあるいけど、おしな。
何もせずに くっついて るいなんて いけずに、
百姓でも何でもして 働けばいいじゃあないの、

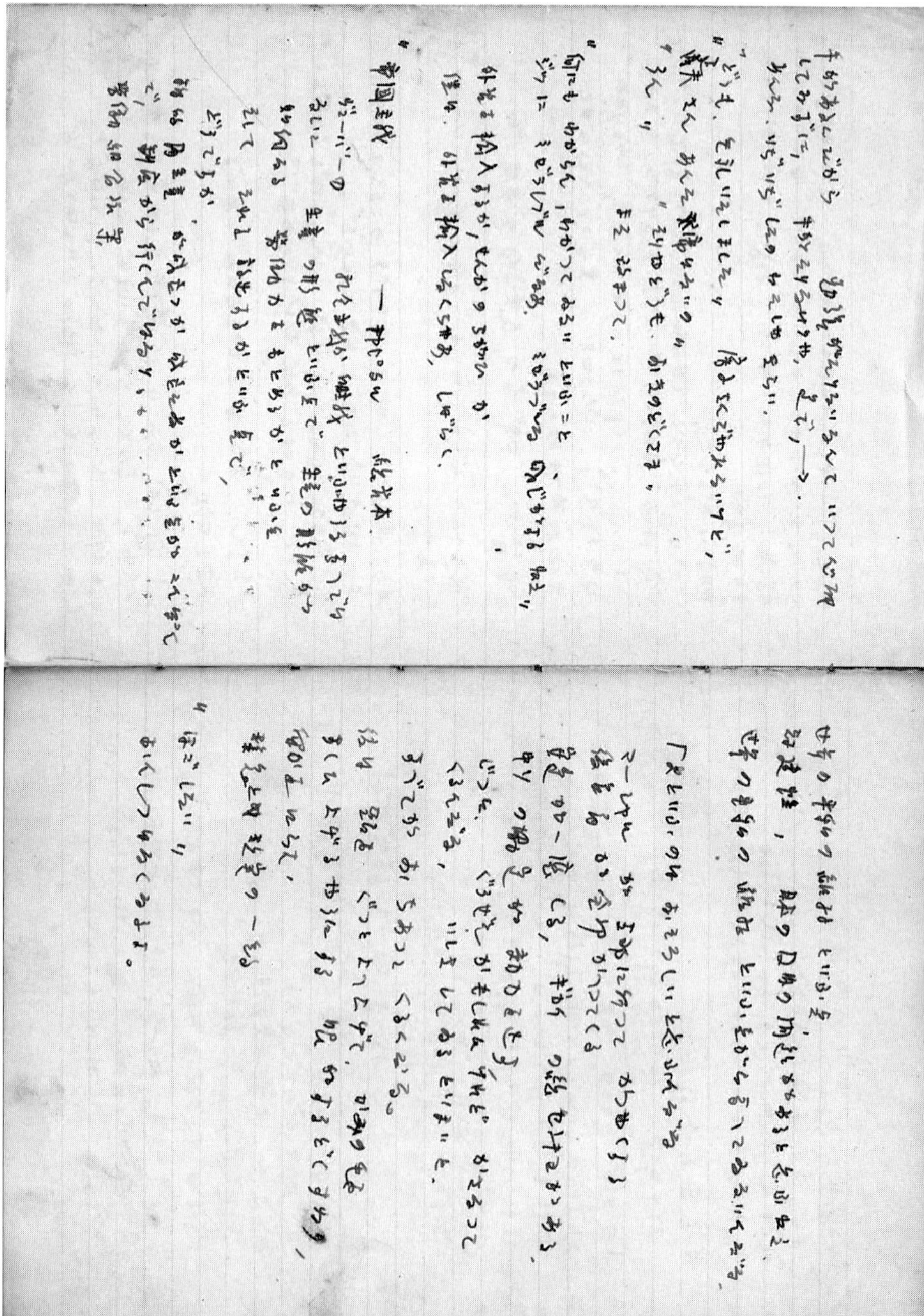
手があるんだから　勉強がんばらないるんでいって心配
してみずに、　手をとりるけりゃ、足で、→。
あんろ、りぢりぢしての わえしや それい。

"どうも、お礼いたしました"　席はとくるわれるけど、
清夫さん あんた欠席なさいの"
"うん"　"それはどうも、おきのどくさま"
まる 詰まって。

"何にも わからん、わかってるということ
ジツに ミゼラブル じゃあ、ミゼラブルな 感じがする [illegible]"

外貨を輸入するか、せんかの ちがいか
僕は、外貨を輸入しなくちゃあ、しばらく。

"帝国主義　― [illegible]　総資本。
ヴェーバーの　それまでが継続 というわけるまでな
るいに　生産の形態 というまで 生産の形態から
如何なる　労働力をもとめるかというを
そして それを 評価するか という点で、
どうでちが、
[illegible] 資本主義 が成立つか 成立たないか という [illegible]
で、[illegible]から 行くんではなる り、、、
労働組合 [illegible]

世界の平和の維持 という点、
封建性、　日本の [illegible] の [illegible] があると思います。
世界の平和の維持 というをから言ってる [illegible]

「よ」というのは おそろしいと思いますだる

マーシャル が [illegible] に行って から [illegible]
総資本 が 金が かかってくる
[illegible] が一度くる、[illegible] の [illegible] するかある。
中心の 問題が 動力を出す
じつは、ぐうぜんかもしれんけれど かさるって
くるんだる、　いしまして るるといまいと。
すべてが おちあって くるんだる。
僕は 頭を ぐっと上ってあげて、かみの毛を
まくし上げるようにする 眼をするどくすがり、
顔が [illegible]、
[illegible] の一 [illegible]

"ほざいろ"
あんしつ するくるまよ。

"話はとぶけどね。" はっきりした語調，
これは 僕の 試論になるけどね
歌舞伎は、徳川時代の あの 武士階級
と 町民 当時の ゆうかん階級 のものだがね—

久保田と 行ったとき
かぶきるんが つまらんと言ってたがね。

永井荷風 のものは、余り よんでないので、わからんがね、
下谷 情話といふのをかいて 上演したがね
作者も 見に 行きましたよ。 しかし、うけんのだね
僕も うけんだろうと思ってたけど、
はたして うけんのだよ
プリマドンナが 酒井侍るで やってたかね。
演技 （ 作者が、座付でなく
演者し
自分の劇団をもってるということ
が 必要だと思ふね、
現代では かいしゃく が 必ずないと 古典
は、やはり だめだと思ふね。
演技の 独自 の重要性，
仁木書店 、 清水金吾、
富士は よまだったけど ぼくもまだですよ。
大学のときは、よく、かなものかうけたがったね
"演劇先生にかまれた足、 ひどい生活を
やってるね、 いんがいもあるし、

それでも、ブライのために でんない 言えるんだね。
やっぱり ブライが はなれられんのだね。

宮上喉一には 経験がないね
経験があるように、せんといかんのよ みたいか。
中野さら どう。
ちがふね、中野さら、

へたへたになる迄 やるよ、
ひきうける決意だね。
ロートね、 船川まかん、 つかつる。

工夫して、やった 先生は 年齢のいいもんだよ。
残念に 近づけるね、 えらい、 わらふ、

先るに、 父、母の前で、言はうと思ふことは、
"おれはどうも、余り きれいもんは にあはんのだよ、一番きれいもんでないと、
お前の顔がでてるだよ、一番きれいもんでるのか"

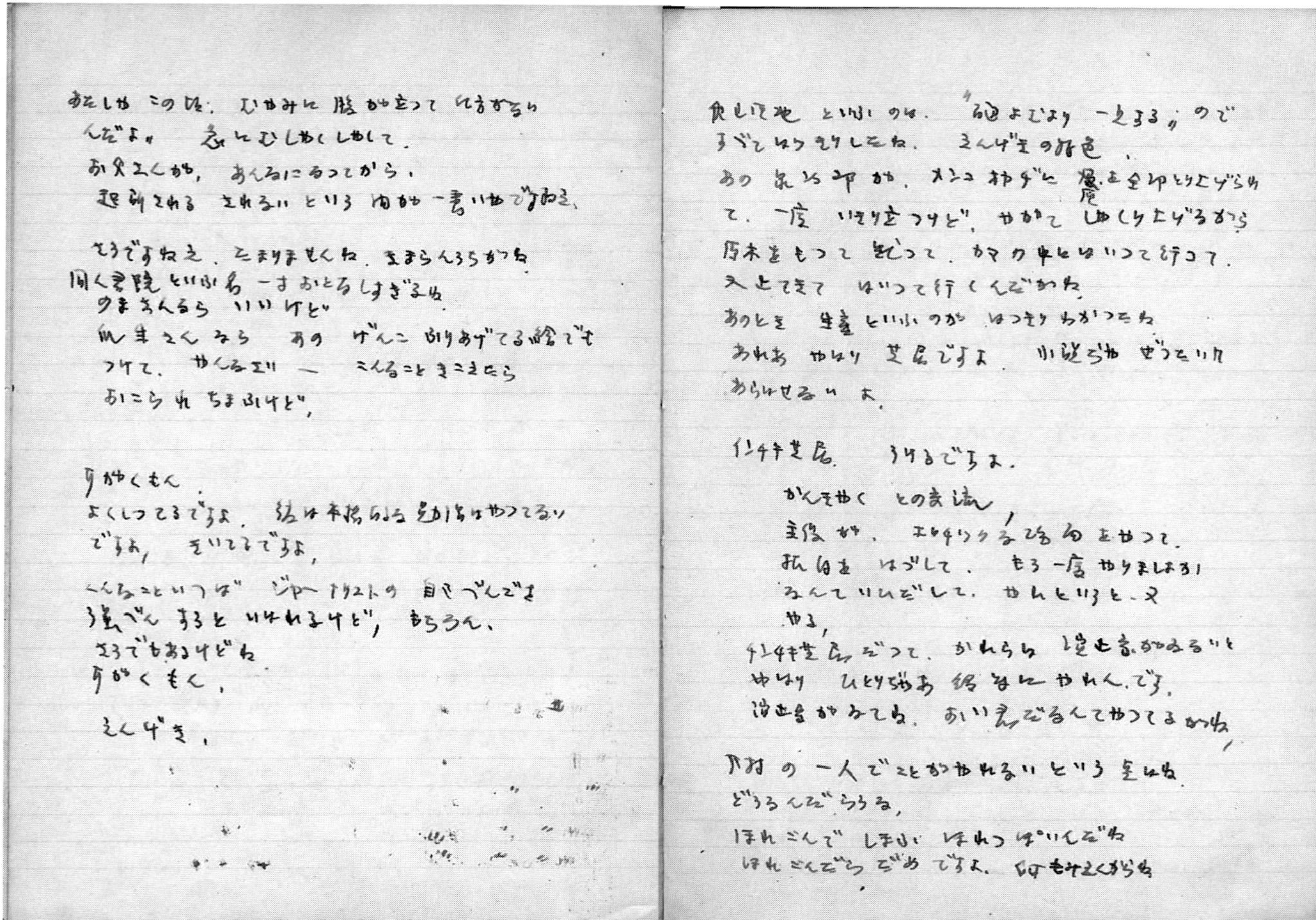

あたしは この頃、むかみに腹が立って仕方がない
んだよ。 急にむしゃくしゃして。
お父さんが、あんなになってから、
起訴される されない という ことが 一番いやですねえ。

そうですねえ。たまりませんね。 たまらんうちがね
同人書院というのが 一寸 おとなしすぎるね
つまらんなら いいけど
私まえ くなら あの げんこ ぶりあげてる絵でも
つけて。 かんるエ ― こんなこと きこえたら
おこられちまうけど、

学問もん。
よくしってるですよ。 後は本格的な勉強はやってるい
ですよ、 きいてるですよ、
こんなこというが ジャーナリストの 自己弁護でき
弁護 すると いわれるけど、 もちろん、
そうでもあるけどね
学問もん、

えんげき、

良心的 というのは、"紅はよごれ 一定する"ので
すでに はっきりしたね。 えんげきの 配色、
あの 気持ち が、 オシコ オサぶに 屋上全部とりあげられ
て、一度 いきり立つけど、やがて しゃくりあげるから
角木をもって 乾って、カマの中にはいって行って。
入ってきて はいって行くんですね。
あのとき 生産というのが はっきりわかったね
あれが やはり 芝居ですよ。 小説では ぜったい
あらわせない よ。

仁科芝居。 うけるですよ。
かんそかく との表情、
主役が、 エキゾックな役 をやって。
私自身 はずして、 もう一度やりましょう!
なんていいだして、 やれというと、又
やる、
仁科芝居だって、かれらは 混乱しかねないと
やはり ひとりぢゃあ 役者に かれんです。
演出者が みてね。 おい みえてるんでやってるかね、

人材 の 一人でことがかかれるいという 気がね
どうなんでしょうか、
ほれこんで しまい ほれっぽいんでね
ほれこんでるですよ。 何もみえなくなるね

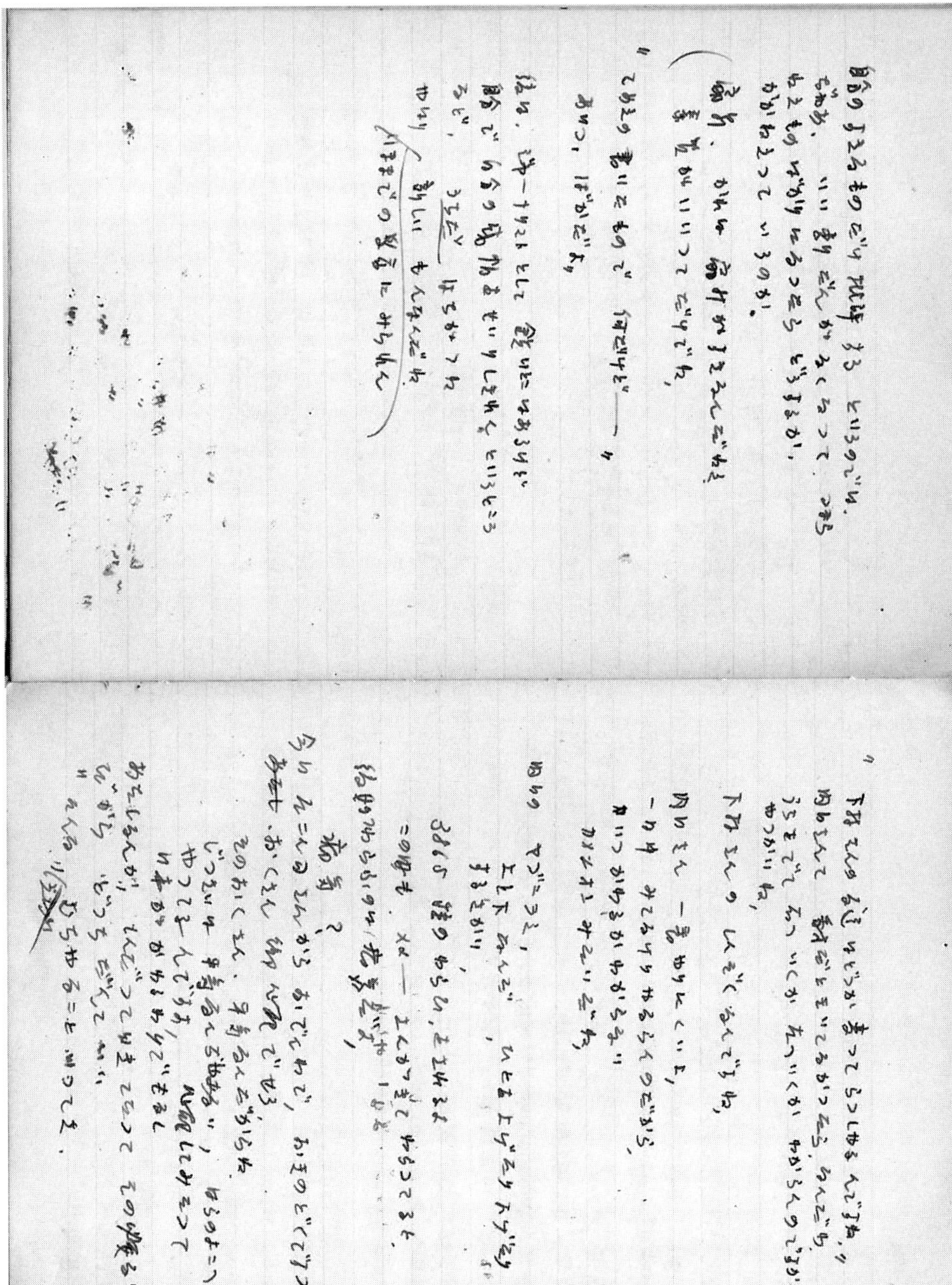
自分のすきなものだけ批評する というのでは。
ちがう、いい割りだんがなくなって、つまら
ねえものばかりになったら どうするか、
がかねえっているのか！
（高貴、かれは 高いがすきなんだねえ
素質がいいってだけでね、
" てめえの書いたもので 何だけど——"
あいつ、ばかだよ"
結局、ジャーナリストとして 能力はあるけど
自分で自分の好物をせいりしきれない というところ
など、うちだ はちがってね
やはり 新しい もんなんだね
いままでの学者にみられん

" 下村さんの会社はどうか書ってらっしゃるんですか。"
内田さんて 香才だともいってるかっていう、るんだ
うちをでて 右っいくか 左っいくか わからんのですから
やっかいね、
下村さんの しんぞくるんでちね、
内田さん 一言ゆりにくいよ、
一ケ月 みてるけりゃならくのですから、
いつかわるかわからない
カメレオン みたいだね、
内田のヤブニラミ、
上と下 なんで、ひとを上げたり下げたり
するきかい、
3865 種のわらい、をとれるよ
この頃も メメ——さんがきてわらってると
結局わらわれるのは 老人だよ、
病気？
今日 そこんちさんから おでんわで、おきのどくですって
~~あなた~~、おくさん御心配でせう、
そのおくさん、平気なんだからね
じつさいは 平気なんですよ、はらのなかで
やってるんですよ、心配してみせて
日本中が がわるわりでもなし
あそこるんが、なんだって生きてなって その嬉る"
だから どっちだって わい
" そんな むちゃをことかってる。

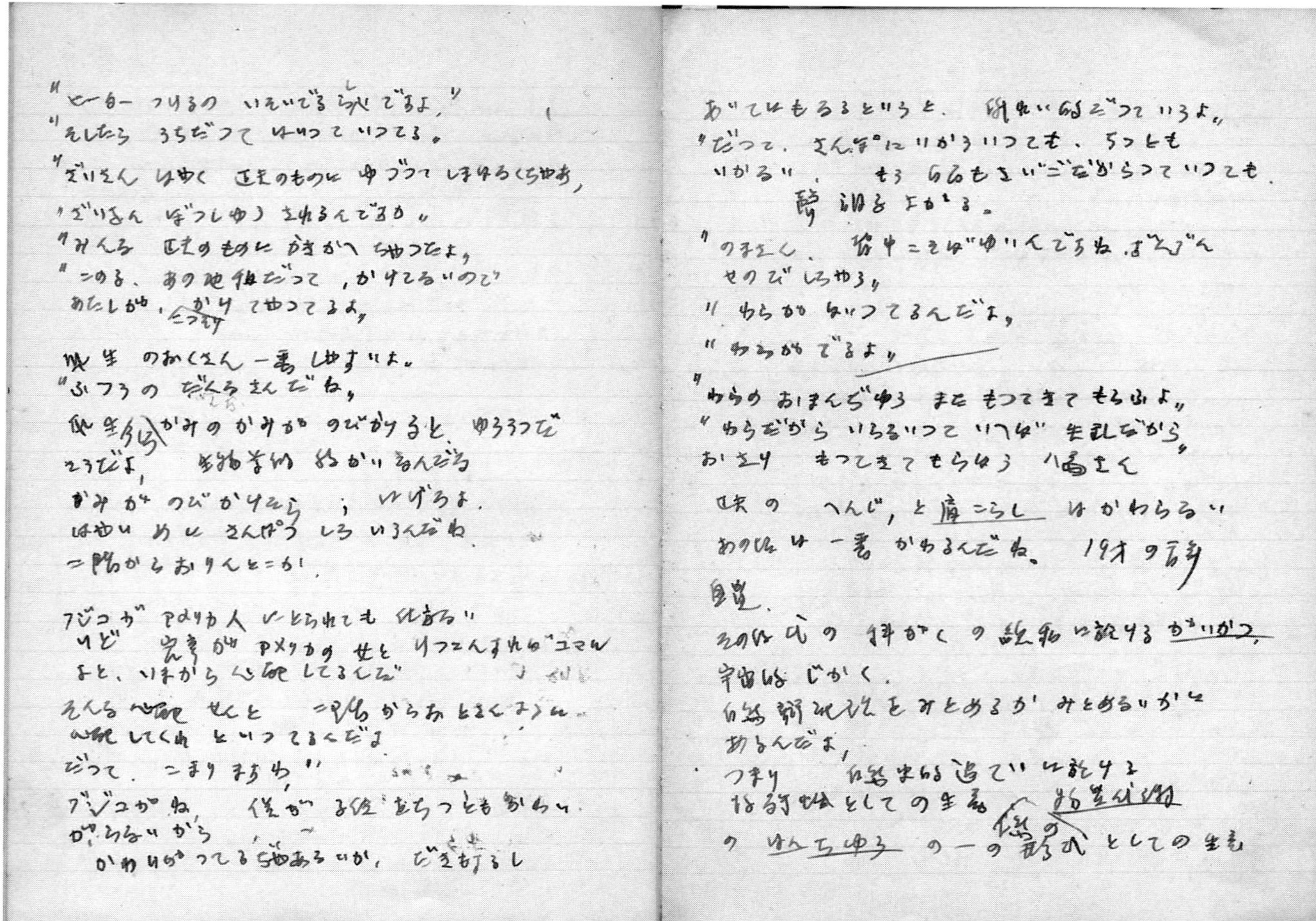
"せーター つりるの いそいでるらしいですよ。"
"そしたら うちだって はいっていってる。
"ぜいさん はやく 正式のものに ゆづって しまわなくちゃあ、
"ぜいさん ぼつしゅう されるんですか。"
"みんな 正式のものに かきかへ ちゃったよ。
"このね、あの地価だって、かけているので
あたしが、かり(こっそり) てやってるよ。

先生 のおくさん 一番 しやすいよ。
"ふつうの だんなさんだね。
先生(分かる) かみのかみが のびかけると ゆううつで
そうだよ、 [illegible] わかいるんだ
かみが のびかけたら ; いげるよ.
はやい めに さんぱつ しろ いうんだね.
二階からおりんとこかい.

フジコが アメリカ人 にとられても 仕方ない
けど 宏幸が アメリカの 女と けっこんすればコマル
よと、いまから 心配してるんだ
そんな 心配 せんと 二階から [illegible]
心配してくれ といってるんだよ
だって. こまりますわ、"
フジコがね、 僕が 子供 [illegible] かわらない
[illegible] から
かわいがってる [illegible]、 [illegible]

あいては [illegible]。 [illegible] いるよ。"
"だって. さんぽにいかういっても、 ちっとも
いかない". もう [illegible] っていっても.
時間 [illegible]。
"のまさく. 夜中こそばゆいんですね. ぜんぜん
そのびしろやる。"
" わらが ないってるんだよ。
" わらが でるよ。"
"わらの おまんぢゅう また もってきて もらふよ。"
"わらだから いちいちって いつか 生むながら、"
おにぎり もってきてもらおう 八面まく
正夫の へんじ、と 庸こらし はかわらない
あの頃は 一番 かわるんだね。 19才の [illegible]
自覚.
その [illegible] の [illegible] の [illegible] に 於ける がいがつ、
宇宙は じかく.
自然 [illegible] を みとめるか みとめないかに
あるんだよ、
つまり 自然史的過程に 於ける
[illegible] としての 生命 [illegible]
の ぜんちゆう の 一つの 形式 としての 生命

はんむゆう がフクレル といういみで、
ロンリがく と べンショウホウ と にんしきろん
の一致 という、 レーニンの 経路 が.
わからんのだ
にんしきろんとしての べんしょうほうが
わからん。 ということは、唯りん の
あやまりでね、

ブリウ が (地がく) からでてきたという
発想には やはり、 パンテイスムがある。
経験論的なる 目的論的なるもの として
のあやまりがある
小宇宙 の ぐうぜんから 生命が生れる
のではなく 大宇宙の いくつもの ぐうぜん
の重なりと考へれば 必然性が出てくる

自然史 は 進化 としての 人間社会 という
ことを みとめて。その上で 主体 意識
ということになれば、 明日はなにが主体
を決定するんだからね
社会の時代認識、 物質の自己運動
というところには 論理自体の客観性 という
(個々の主体から独立に)
ものがあり、 そこで、 もしや、ということも、
いわれる ということでなくちゃあるまい
宇宙は自然 ということは、いまの

社会は 人間の ある「歴史的段階」に 位置していて
すすめていくべき ものとして いっているんだね、
君が、明日は 結局 目的として とらえたんだからね、
その時代の あらゆる 知識 の 総和 がっつの上に という
すべての宇宙的自然 、という ものとして、
のろずいは 地がく の のろずいだという のであれば;
目的論になる

西は 哲学 の スコラ性、
地や 西は 哲学 の 化石 よりも、 はるかに、
鋭く 論理 である マルキスム。

進化は 死にまで ひきゆうだね、
しかし、 けっきょく、 死んだ方がいいんだ
やっぱ。
しかし、 宗教が 結局のみから くつてある「史の
進化」が きえるということは、こまるよ、

放送協会 としてあったということが 理性で
と結びつたんだ、
ところが、 人の前で そんなこといはなくても
いいと おもった
が、僕は そこは おしきるんだ

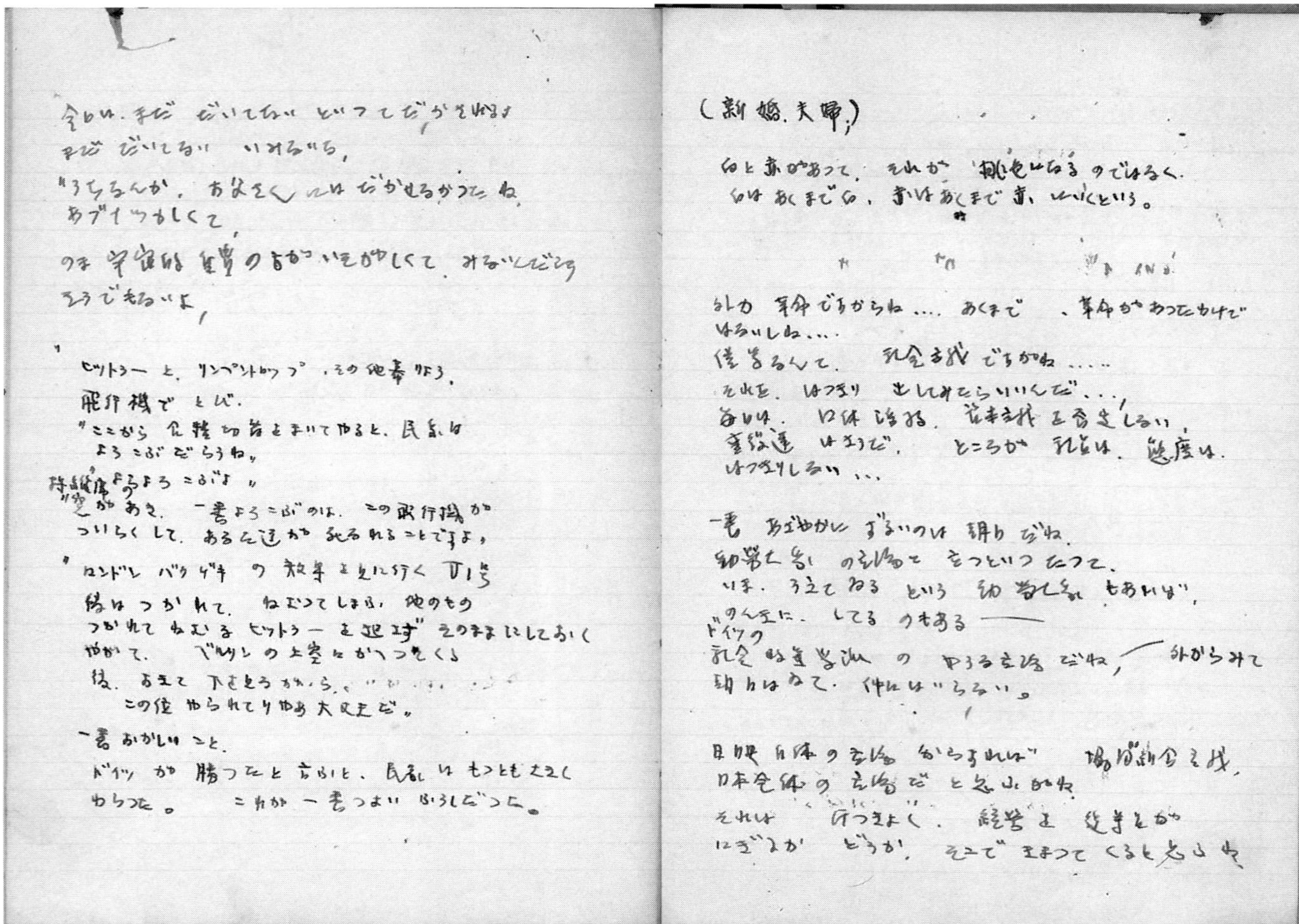

今日は まだ だいてない どうしてだかを知るまでだいてない いわるから、
"ろちるんが、おなかくには だかせるかったね、
あブイツもしくて、
つまり 学校的 自覚の 旨がいそがしくて みるくどころ
そうでもないよ、

"ヒットラーと、リッベントロップ、その他幕僚、
飛行機でとぶ。
"ここから食糧物資をまいてやると、民衆は
よろこぶだろうね。"
操縦席"よろよろこぶよ"
"空があき、一番よろこぶのは、この飛行機が
ついらくして、あなた達が死なれることですよ。"
"ロンドン バクゲキの被害を見に行くV1号
緒はつかれて、ねむってしまふ、他のもの
つかれてねむる ヒットラーを起さずそのままにしておく
やがて、ベルリンの上空にかへってくる
後、あまて下を見るから、
この位やられてりゃあ大丈夫だ。"
一番おかしいこと。
ドイツが勝ったと言ふと、民衆はもっとも大きく
わらった。これが一番つよいぶじょくだった。

(新婚夫婦)
白と赤があって、それが桃色になるのではなく
白はあくまで白、赤はあくまで赤、というという。

外が革命ですからね……あくまで、革命があったわけで
はないしね……
信ずるんて、社会主義ですかね……
それを、はっきり出してみたらいいんで……
今日は、日本語る、資本主義を否定しない、
重役達はまうで、ところが社員は、態度は、
はっきりしない……

一番あざやかに するいのは 親分だね。
幼稚な会の会場を こっといつたって、
いま、うまくある という 幼稚な会 もあれば、
のんきに、してる のもある——
ドイツの
社会的道学派のやる会議だね、—— 外からみて
助けはなく、仲にはいらない。

日曜日本の会議からすれば 協同組合主義、
日本全体の会議でと思いかね。
それは 片つきよく、経営と従業とか
にぎるか どうか、そこできまってくると思ふ。

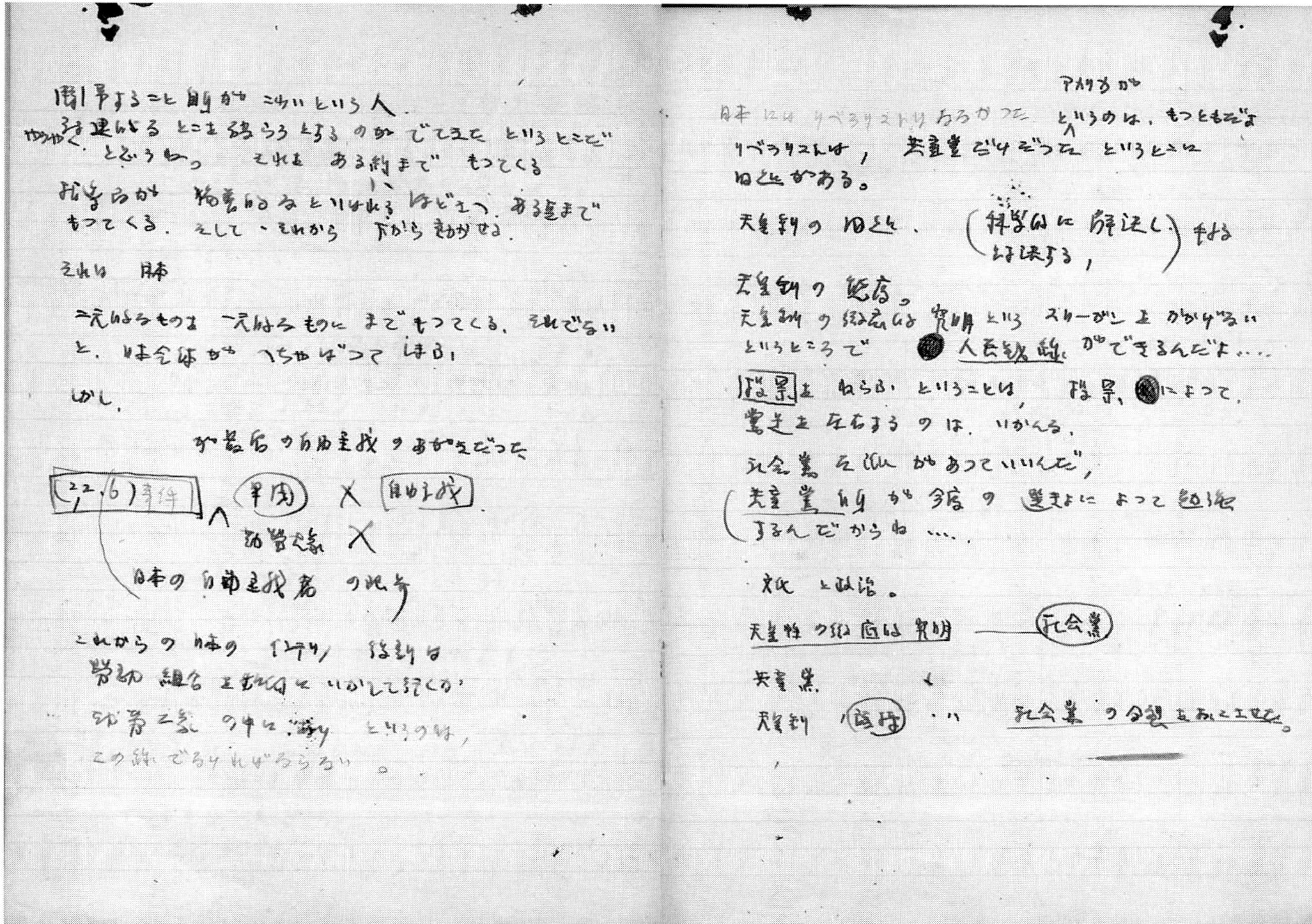
闘争することは自分がこわいという人。
ゆっくり建設するところまでうつろうとするのがでてきたというところで
とぶうねっ それはある所までもってくる
指導者が 精密的なというような ほどこして ある道まで
もってくる。そして、それから下から動かせる。

それは 日本

二元的なものを 一元的なものにまでもってくる。それでないと、日本全体がバラバラになってしまう。

しかし、

が指導者の自由主義のあやまちだった

(2.26)事件 へ 軍閥 × 自由主義
労働者 ×
日本の自由主義者の批判

これからの日本の インテリ 指針は
労働組合を如何にいかして行くか
労働者の中に潜り というのは、
この線でなければならない。

アカ[illegible]が
日本にはリベラリストはあるかった というのは、もっともだよ
リベラリストは、共産党だけだったということに
問題がある。

天皇制の問題。 (科学的に解決し 解決する、) する

天皇制の起源。
天皇制の根底は究明というスローガンをかかげない
というところで 人民戦線ができるんだよ....
階級をねらい ということは、階級によって、
党派を左右するのは、いかんよ。
社会党を批判があっていいんだ、
(共産党自身が今后の運動によって勉強するんだからね....

文化と政治。

天皇制の根底は究明 —— 社会党
共産党 <
天皇制 (論争)・・ 社会党の分裂をおこさせる。

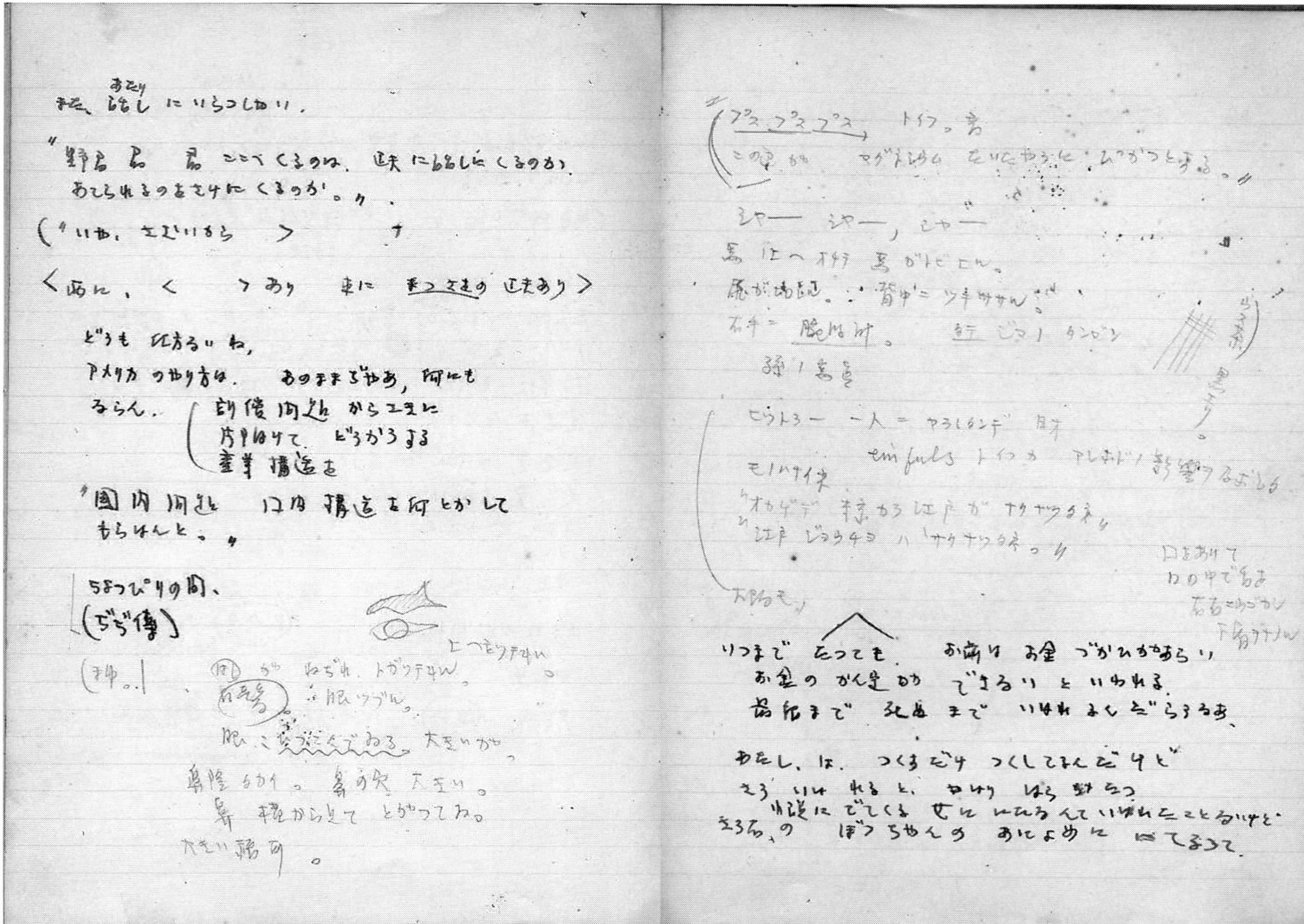

また、話しにいらっしゃい。

〃野呂君 君 ここへくるのは、正夫に話しにくるのか、あてられるのをさけにくるのか。〃

（〃いや、またいいから　〉　〃

〈西に、〈　〉あり　東に　まつさきの　正夫あり〉

どうも　仕方ないね、
アメリカのやり方は。　あのままぢゃあ、何にもならん。（財閥問題から主に片附けて、どうかうする　産業構造を
〃国内問題　日本構造を何とかして　もらはんと。〃

ちよっぴりの間、
（ちぢ傳）

（挿。）

[illegible] ねぢれ、トガッテキル。
[illegible] 眼ツブル。
眼　こぼつたくぼねる、大きいか。
鼻隆高イ。　鼻の穴　大きい。
鼻　横から見て　とがってね。
大きい[illegible]。

上へとがってキル。

〃（プスプスプス　トイフ音
この[illegible]　マグネシウム　[illegible]〃

シャー　シャー、シャー
[illegible]
[illegible]。[illegible]
右手ニ　[illegible]。[illegible]
[illegible]

ヒラトラ一　一人＝ヤスレタンデ　[illegible]
　　em fuls　トイフ[illegible]
モノハナイ[illegible]
〃オカゲデ　[illegible]ガ　ナクナッタネ〃
〃江戸[illegible]ハ　ナクナッタネ。〃
[illegible]、

日があいて
口の中で[illegible]
[illegible]
下向テキル

いつまで　たっても　お前は　お金　ばかりだらう
お金の　かん定　ばかり　できるい　と　いはれる。
[illegible]まで　死ぬまで　いはれ　[illegible]。

あたし、は、つくすだけ　つくしてるんだけど
さう　いはれると、やはり　はら　[illegible]
小説に　でてくる　女に　いたるんて　いはれたことあるけど
まるで、の　ぼっちゃんの　おによめに　[illegible]てるって。

自分で 自分が どんなですか。ちっとも わからないのよ。"

正夫さん、おこるのは、こう なるのは、まだ [illegible]が
せまいからだ と いわれるんだけど。

もう、"けっこう" けっこう いうと なんですけど、

"正夫さん よく おこるのよ。このごろ、"
何かいうと おこってる。

わたしなんか。いまだって じゃまになるばかり

"はたらかんと いけないらしい"
"おくさま なんか、お勤めになることないですよ。"

つまんないわ。
"あっちでも、こっちでも 筆で たのしんでるけど。"

もう、いいですよ。[illegible]（ふる）とは いいませんから。
一日に 一度で いいですよ。

おばあさんが 言ったら。お母さんだって。
気をわるくする でしょう。同じですよ。

だって おばあさんの 言い方は あっさりしない。

"[illegible]長二郎 えらい人気ね。"
"ふん……"
"[illegible]長二郎？ わからんなあ。"
"そうかねえ。"
"どこで？"
"この間 [illegible] 大路で みてきて、言ってるんですが、"たまらない"って。"
"ほう"
"あれ、現代劇 のときは まだいいが、
かつら・かぶって でてきた ときは ほんとに [illegible]
って、かんじだね……"
"ふふふ、…… そうね、つまらん つまらん と
思いながら、どうか、いいのねえ……
"そうかねえ…… え、病気 もらうよ。
この前 [illegible]行ったとき、[illegible]、体の[illegible]がわるかったんだね…… 具合わるい わるいっていたけど。
"そう―" のどんとこが つんで、つんでつんでと
おばさんと
そっちに 気とられて きてたんだけど。"
"あのときは、[illegible]…… おばさんと、[illegible]の
[illegible]と……
"そう それから 高輪の一 さん……"
"そうですかねえ……"
"あなたが しわ五十銭 が いいと おっしゃるのと
同じよ……"
行きましょうよ。みんなそろって。一度、行きたいわ。
あなただって、しわ五十銭 が でるから いい
でしょう……"

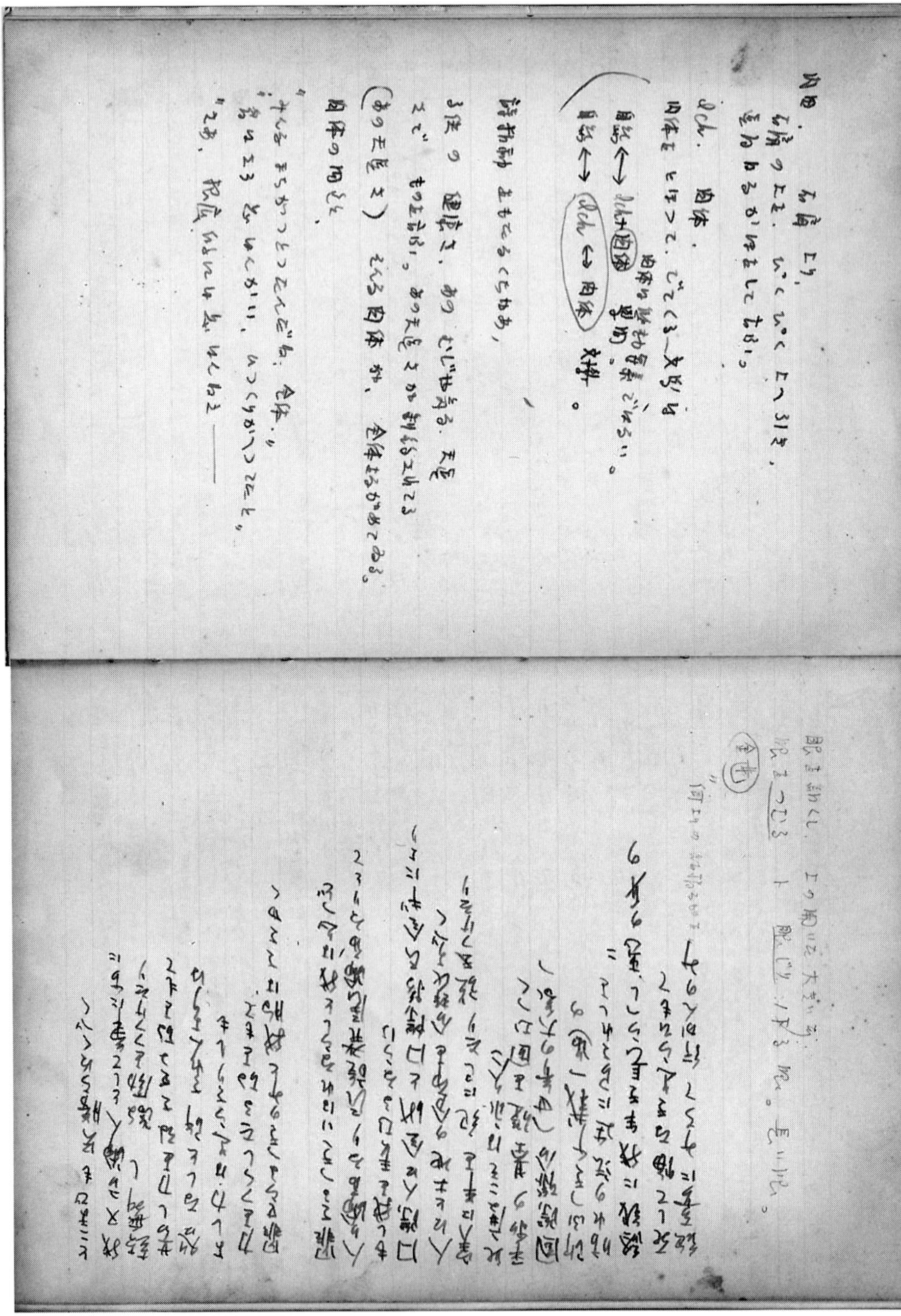

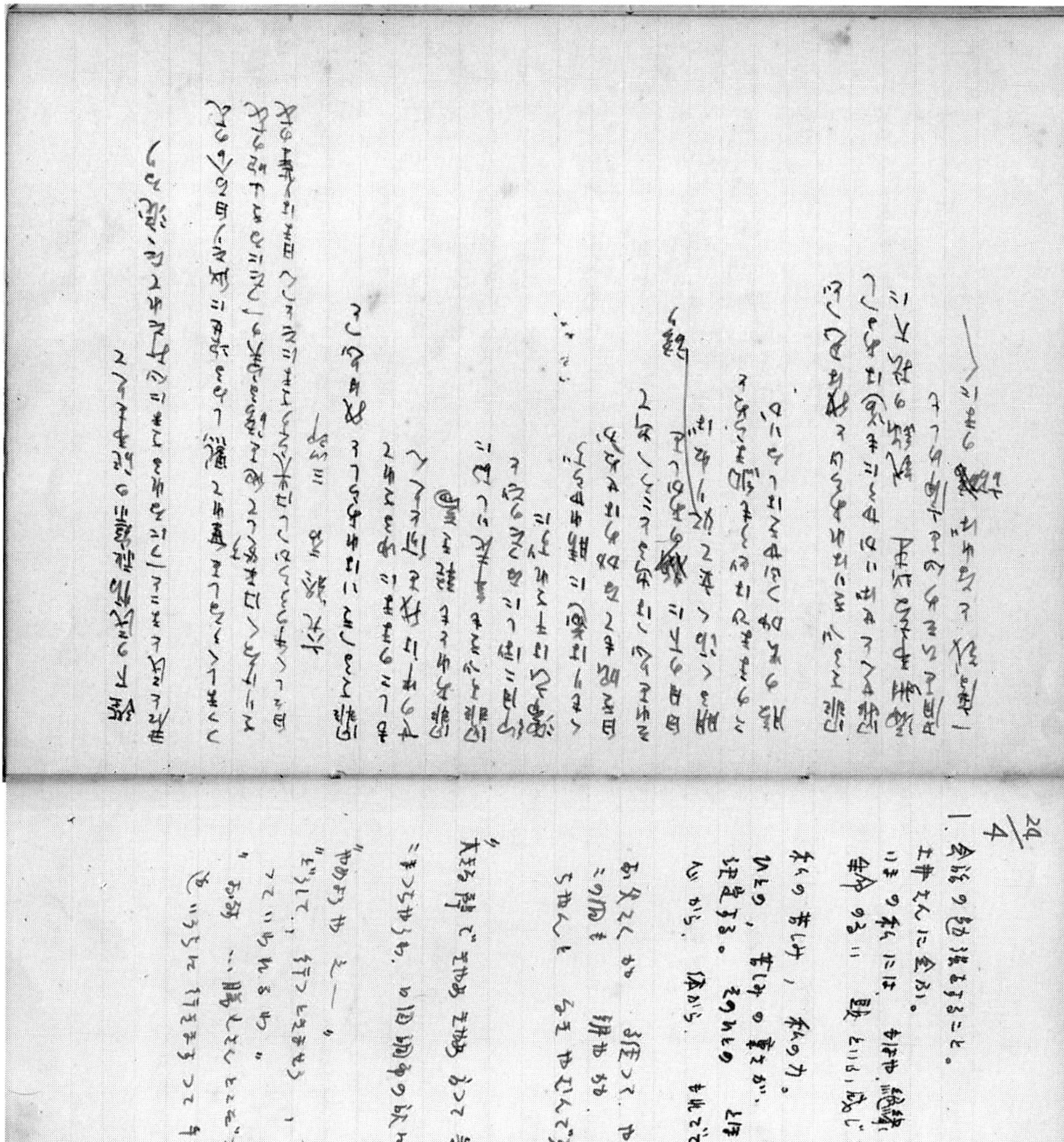
24/4
1. 会話の勉強をすること。
土井さんに会ふ。
いまの私には、もはや、絶縁された一個のひとであるとかんじる。
生命のない顔といふ感じである。

私の苦しみ，私の力。
ひとの，苦しみの量が，それのみが，そのひとの価値を決定する。そのひとの ともつてきた苦しみが，そのひとの心から，体から，もれでてゐる。（しかし，苦しみとしてではなく）

お父さんが 怒つて，やつぱり こわいのね。
この雨も 朝からね。お父さまって いふと
ちやんと なきやむんですものね。

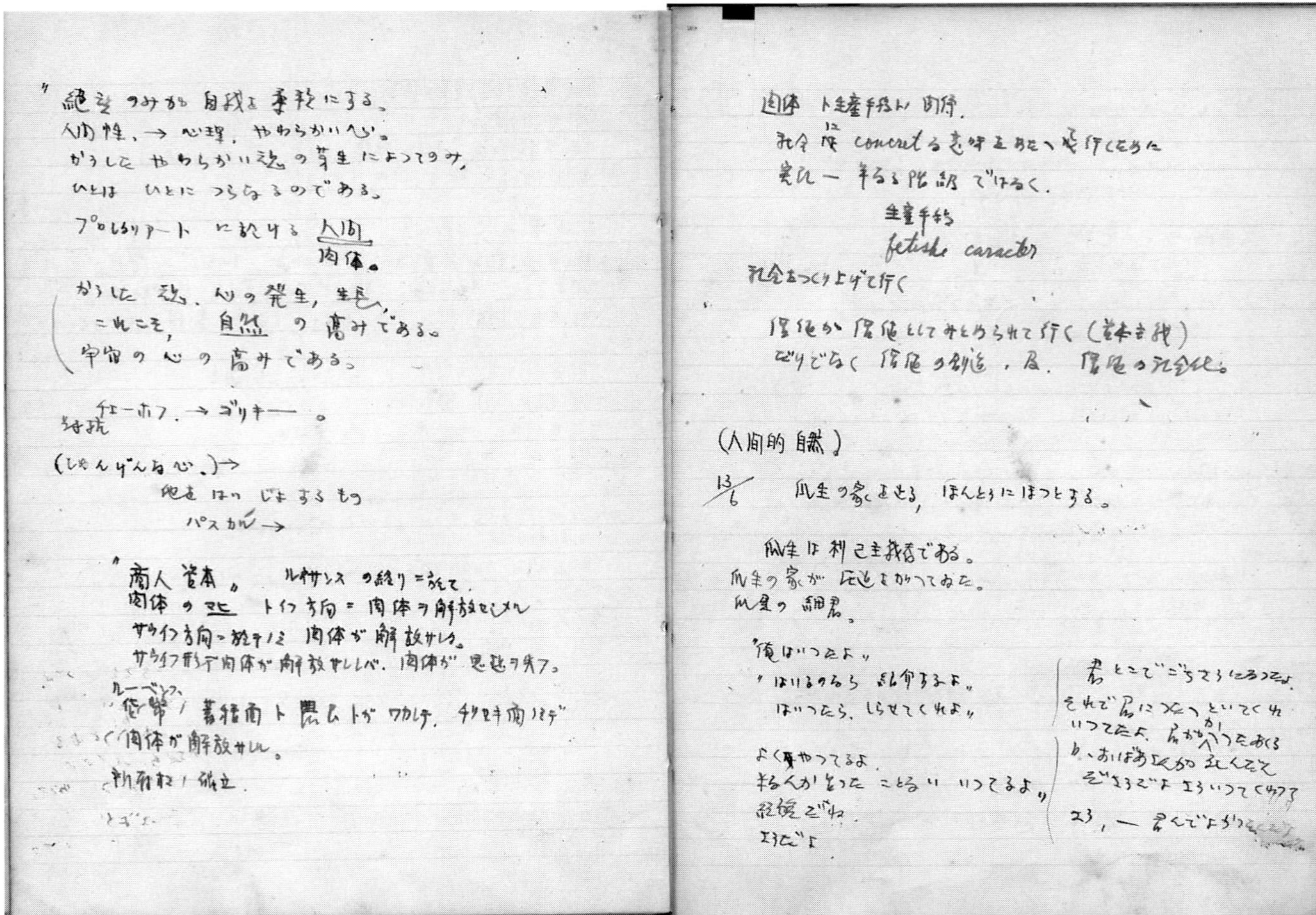

"絶望のみが自我を支配にする。
人間性、→ 心理、やわらかい心。
かうした やわらかい魂の芽生 によってのみ、
ひとは ひとに つらなるのである。
プロレタリアート に於ける 人間
肉体。

かうした魂、心の発生、生長、
これこそ、自然 の高みである。
宇宙の 心 の 高みである。

チェーホフ. → ゴリキー ―― 。
対抗

(じゅんげんな心。)→
絶えはっじょうするもの
パスカル →

"商人資本。ルネサンスの終りに於て、
肉体のマヒ トイフ方向＝肉体ヲ解放セシメル
サウイフ方向ニ於テノミ 肉体が解放サレル。
サウイフ形デ肉体が解放サレレバ、肉体が思想ヲ生ム。
ルーベンス
従来ノ 貴族的ト農民トガ ワカレテ、ナリキン的ナモノデ
肉体が解放サレル。
新興ノ成立。

肉体 ト生産手段ノ関係。
社会ノ concret な意味をもたへ行くための
実践 ― 年をとる階級 ではなく。
生産手段
fetishe caracter
社会をつくり上げて行く

信仰が 信仰としてみとめられて行く (資本主義)
ではなく 信仰の創造、及、信仰の社会化。

(人間的自然)

13/6 父母の家を去る、ほんとうにほっとする。

父母は利己主義者である。
父母の家が圧迫をかけてゐた。
父母の細君。

"俺はいったよ"
"はいるなら 結婚するよ。
はいったら、しらせてくれよ"

よく尋ねてるよ。
来る人が言った ことをいいってるよ、
結婚でね。
そうだよ

君とこでごちそうになったよ。
それで君についといてくれ
いってたよ。君がかへったあくる
日、おばあさんが来てくれて
ごちそうでよ といってくれ
そう、―― 君んでよかった

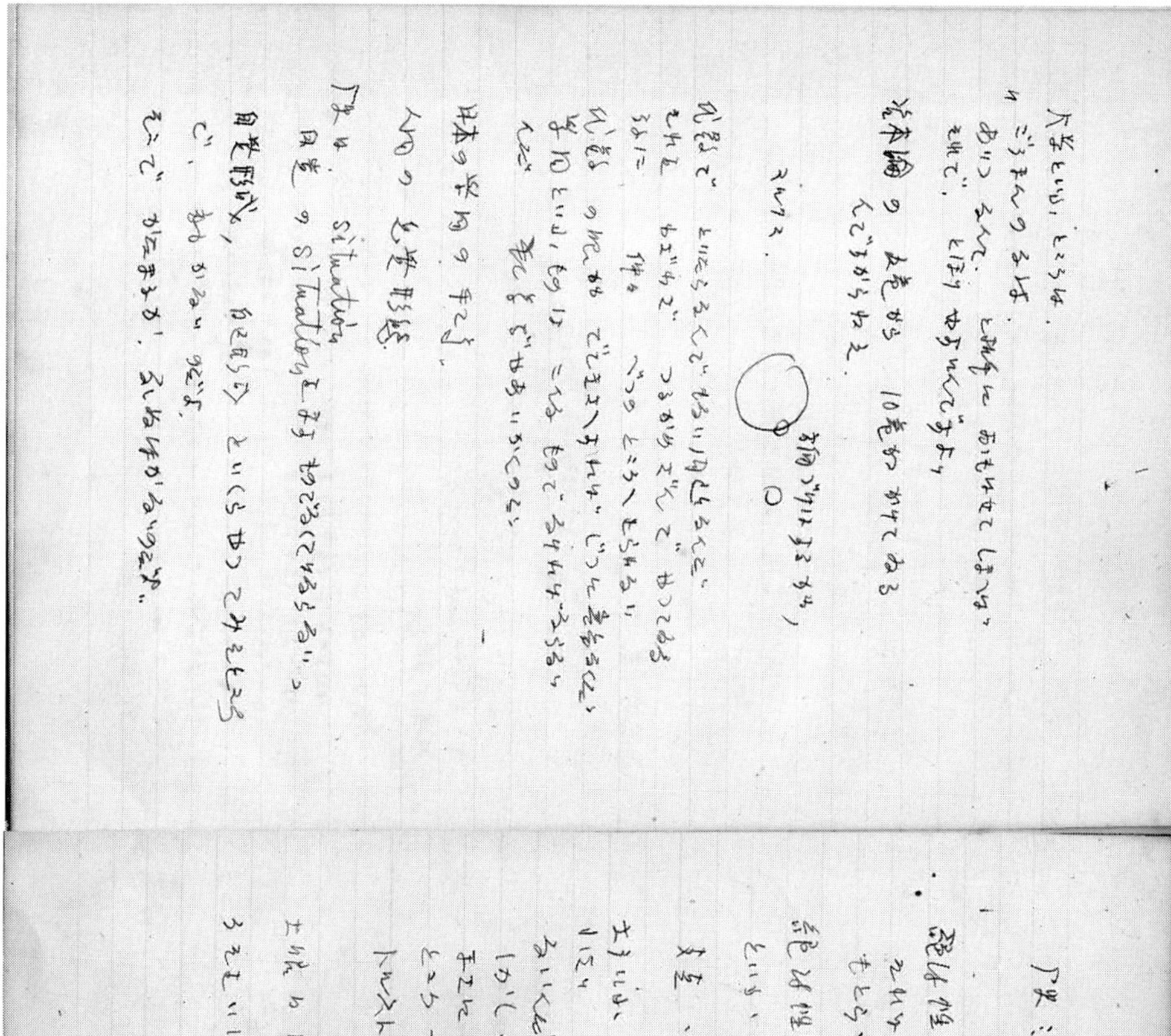
大学という、ところは、
ごうまんの 巣は、
あいつ ら… と勝手に おもわせてしまうが
それで、とほりやすいんですよ
資本論の 五巻から 10巻が かけてる
んですからねぇ。
マルクス。
補づけはするが、
代数で とけたらるんでもない問題るんで
それを かぶかで つるかめざんで やってるる
ように 仲々 べつの ところへ もられない
代数 の 原則 でてきてすれば じつに 喜ぶるくに
学問というものは こんな もので あるけれども
んで 私も ぜひ あいかくのに
日本の学問の 手てよ。
人間の 自覚形成。
学生は、situation
自覚の situationをます ものであるくてならない。
自覚形成、自己形成 といくらやってみたところ
で、わからないのだよ。
そこで かたまるが、ふしぎはないのだよ。
学生: 実践的 理論的であるい
創造的な論であるい……
絶対性: やはり 理解はするものはあるよ。
それが、そんな形式とか そういうものではどうして
もとらえられないもんだよ。
絶対性は、そのものが、また 父親だって、
というそこのところにあるので……
文学 … 私達が 動いてくる。
大学というので ぼくらだって じつに
いろいろ 動きがいいが ちっぽけで、動きが
ないんだよ。
しかし、そのぎりぎりのところで、
また 人が 解決を 求める という、
ところで 問題を 見つけ…
トルストイの 芸術 芸術が 生まれてくるんだよ。
大学はまだいいよ……
うそはいけないから…… いいえ。

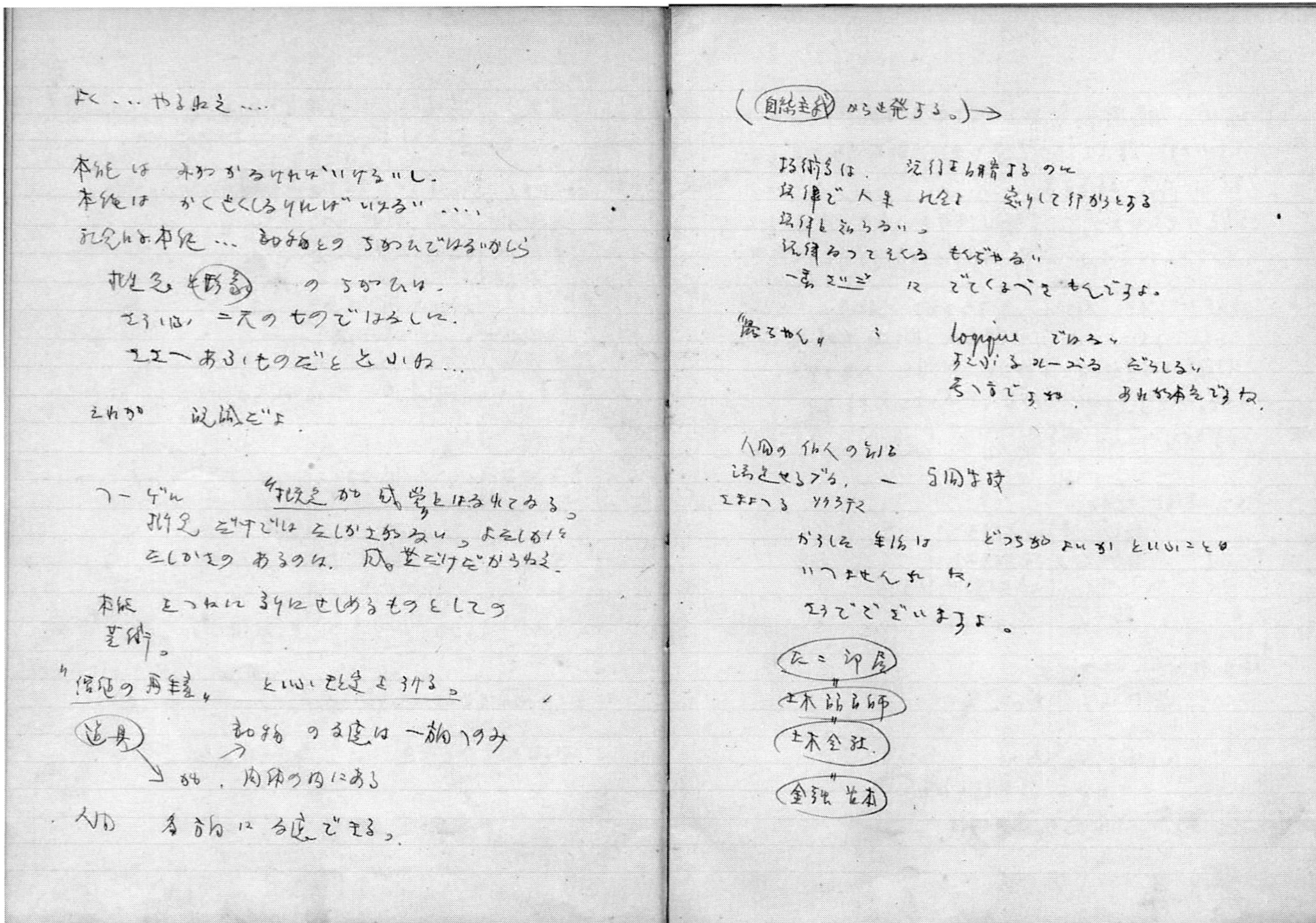
よく…やるねえ…

本能は わかるければいけないし。
本能は かくされていなければいけない…
記念の本能… 動物との ちがいではないから
推理と野蛮 の ちがいは。
それは、二つのものではないし。
そこへあるものだといいね…

これが 説論だよ

ヘーゲル 純粋が 感覚とはなれてなる。
推理 だけでは たしかさがない、よそしかたを
としかたの あるのは、感覚だけだからねえ。

本能 をつねに 新たにせしめるものとしての
芸術。

"信仰の再建" という課題をうける。

道具 → 動物 の道具は 一個のみ
→ それ、肉体の内にある

人間 多面に 道具である。

(自然主義 から出発する。) →

技術者は 流行を排するのに
法律で 人生 社会を 規制して行かうとする
法律を知らない。
法律なってくる ものである
一番さいごに でてくるべき ものですよ。

"露わかく" : logique である、
すべり ある…
実いさですね。 あれが本当ですね。

人間の 個人の 気は
誰がするのか、― 学問学校
とまよってる ソクラテス
かえって 生活は どっちがよいか ということは
いえませんね、
そうでございますよ。

左＝印度
〃
土木請負師
〃
土木会社
〃
金鉄芸術

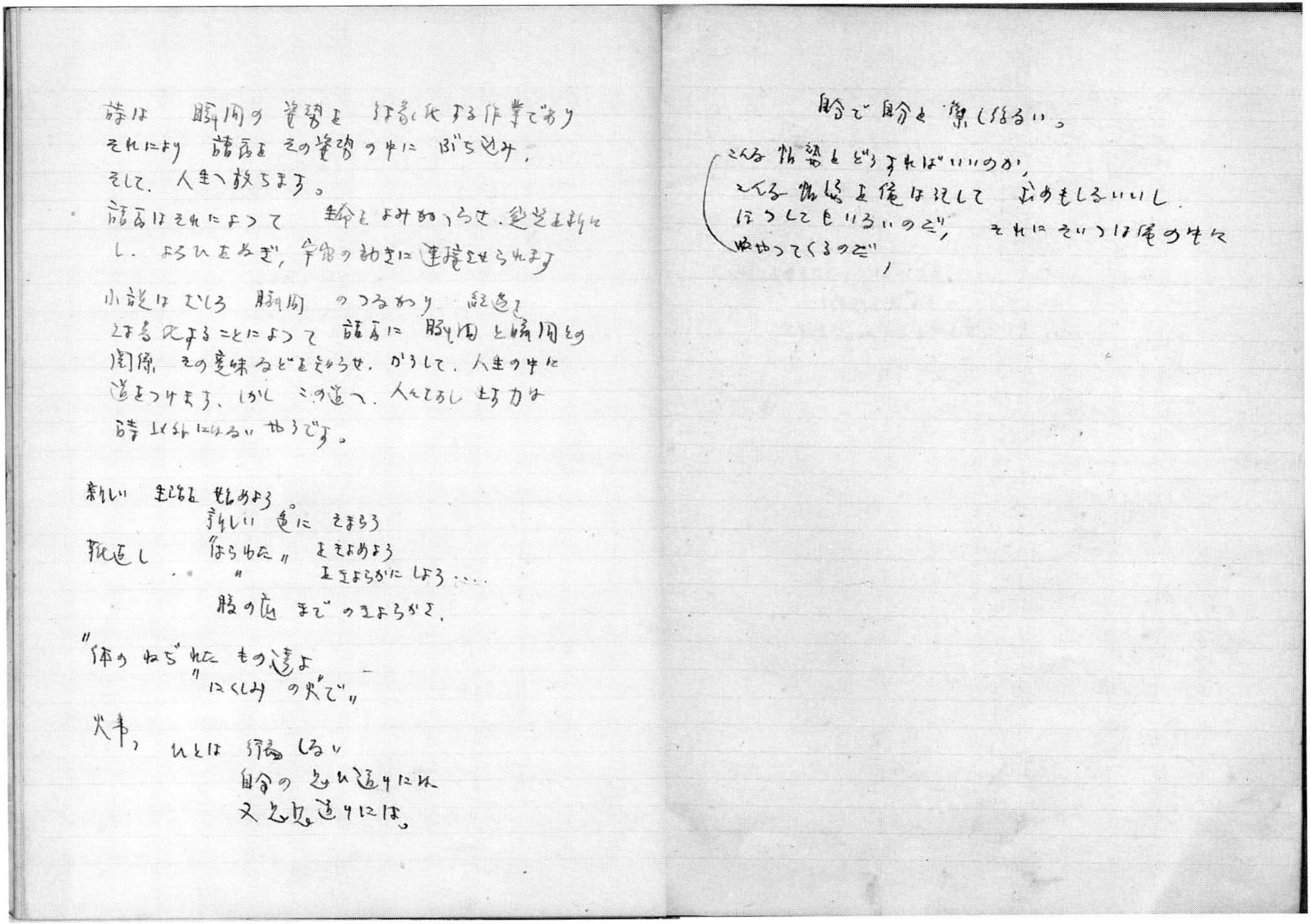
詩は　瞬間の姿勢を　結晶化する作業であり
それにより　読者を　その姿勢の中に　ぶち込み、
そして、人生へ放ちます。
読者はそれによって　生命をよみがえらせ、絶望を新たにし、よろこびをえ、宇宙の動きに連繋させられます

小説はむしろ　瞬間　のつらなり　記述を
とまる化することによって　読者に　瞬間と瞬間との
関係　その意味などをさとらせ、かうして、人生の中に
道をつけます、しかし　この道へ　人をおし出す力は
詩よりはるかにないのです。

新しい生活を始めよう
　新しい色にそまろう
繰返し　"はらわた" をきよめよう
　"　をきよらかにしよう……
　腹の底までのきよらかさ、

"体のねぢれたもの達よ
　"にくしみの火で"

火事、それとは行為しない
　自分の思ひ通りには
　又思ひ通りには。

自分で自分を楽しませない。

こんな情勢をどうすればいいのか、
こんな情緒を俺は汲して　おもしろいいし
ほっとしてもいいのだ、　それにそいつは俺の生へ
向ってくるのだ、

（掌の線の向うに
息はかかり）

何處にでもある
この途のただよう
わがものを途は[illegible]

絶びに　つつまれるために
しづめるために。
苦しみをしづめるために
雪をうけて

（"婦人公論"
"文學"　10
"人間"　10
晩　20
"新文學"　25、
婦人

闘ひのなかで、

この汚れた手よ、

雲の[illegible]がするよ、
空のにほひがするよ、
途を切る、光りがさとほるよ、

未かい

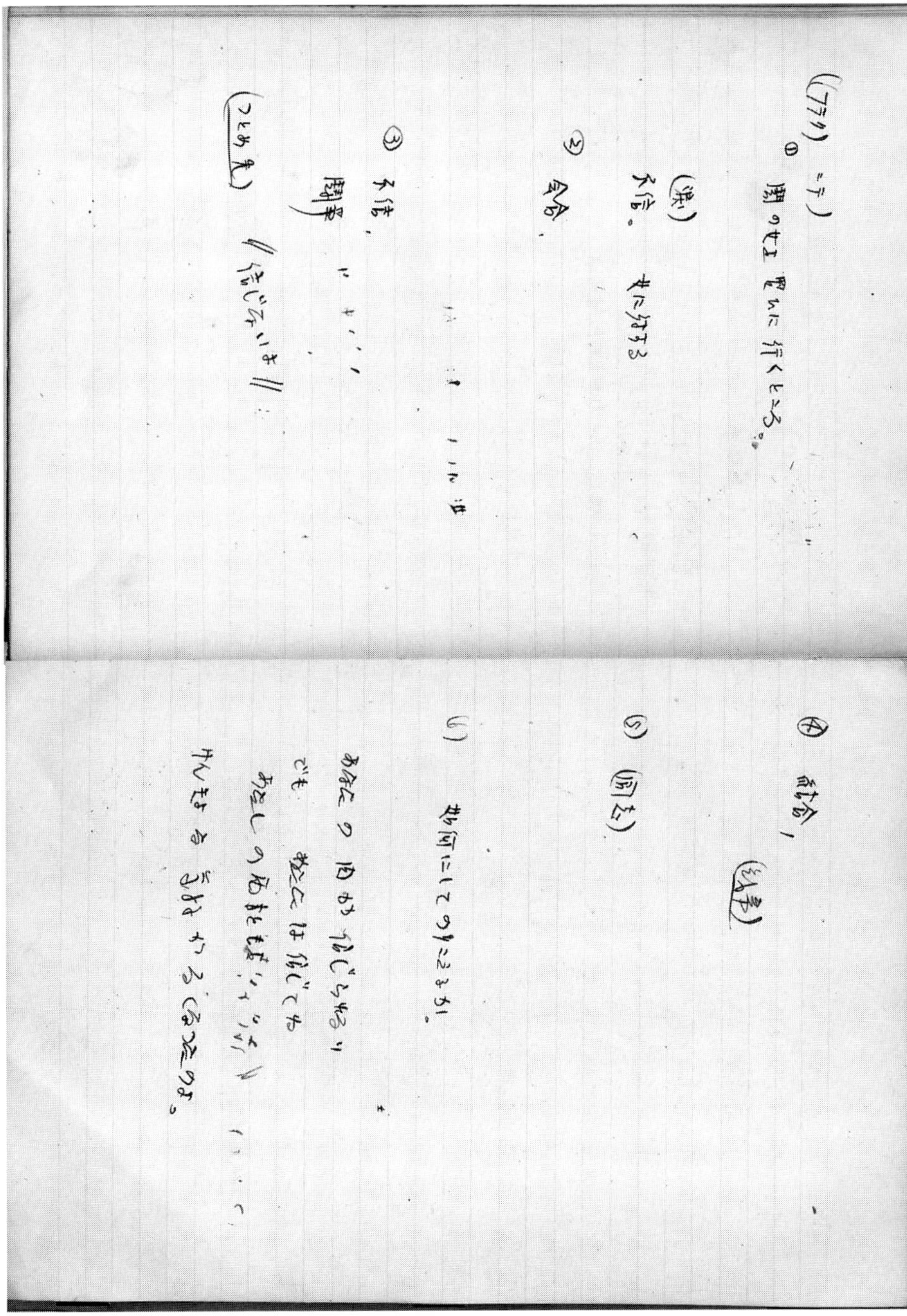

((ブラク) ニテ)

① 闇の女よ 買いに 行くところ。

(涙)

不信。 女に対する

② 会合。

③ 不信。

闘争 〃 〃

(つとめ先) 〃信じないよ〃

④ 結合。

(結婚)

⑤ (同志)

⑥ 如何にしてのりこえるか。

あなたの 肉が 信じられるッ

でも あなたは 信じてね

あたしの 肉だけは〃

けんめいな 気持から くるのよ。

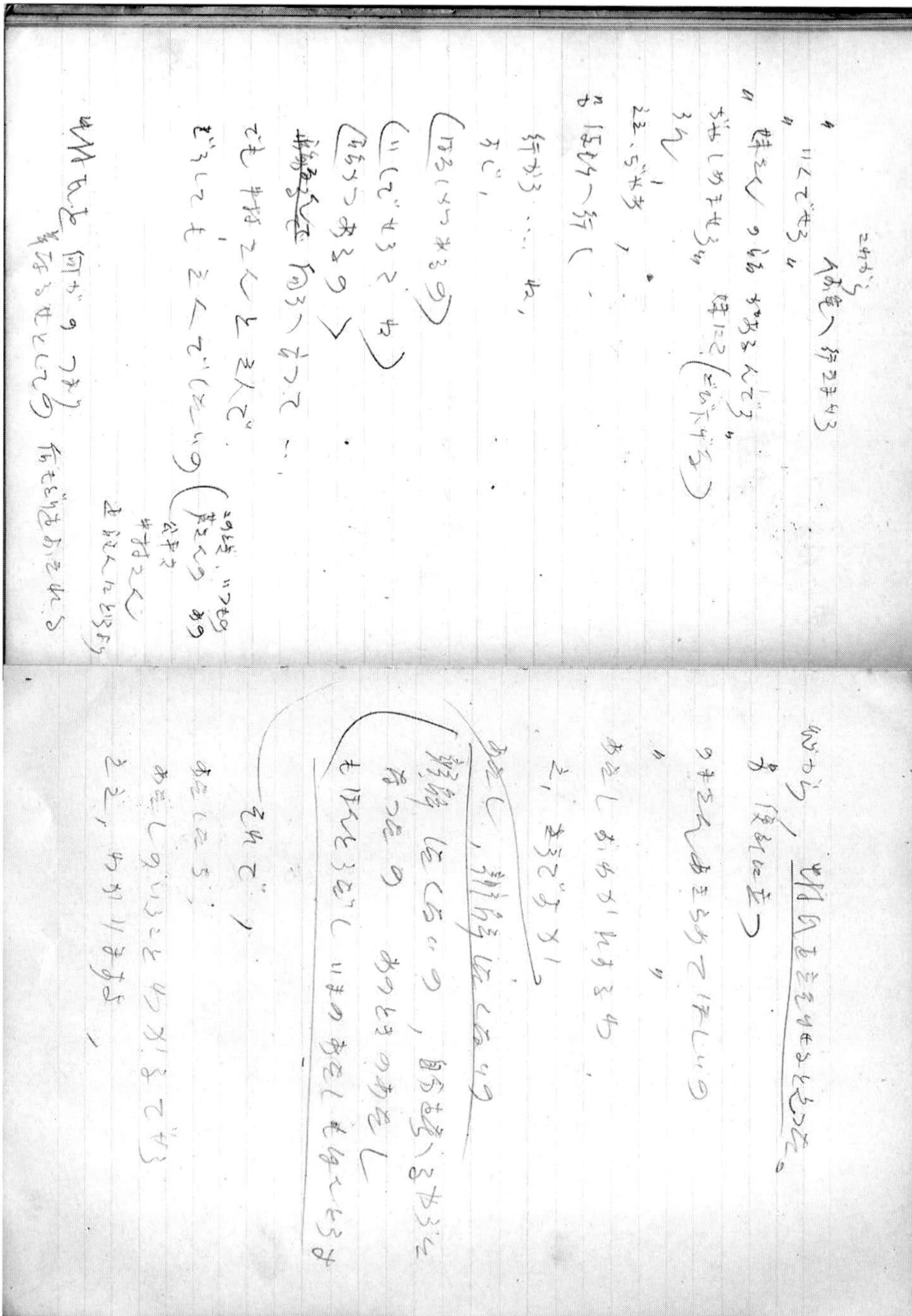

あたし言つたのよ……

|

こんな方法でやるのは へんですよ、
[illegible]

みんな死ぬでせう そのときああしなくて
よかつた とおもう [illegible]でせうか

どうです [illegible] 心に[illegible]つて
るんですよ）

（どうです）

（それは、本気にきいて下さい）

あたし 言つたのよ

信じませんよ /

でも言つたのよ /

あなたが言つたら 世の中がつらくなりますよ
彼女の話に 涙ぐむ（少しく） 彼女を[illegible]

彼は そのびんによつて、彼女の心を
動かしたのをかんじる

こんな 三人でやるのは いけないのと
同じですよ……

どうして、さうかしら

あたし 結婚というのがいいのよ

彼は 一寸 黙

さうかはうとと
言いかかつたのだ と言はうとする

いきませう

あたし待ってるわ　ぜったい待ってるわ

そうでしたか

あなたはえらいよ

いいえ

あたし二人愛してるのよ
あなたの他にもう一人

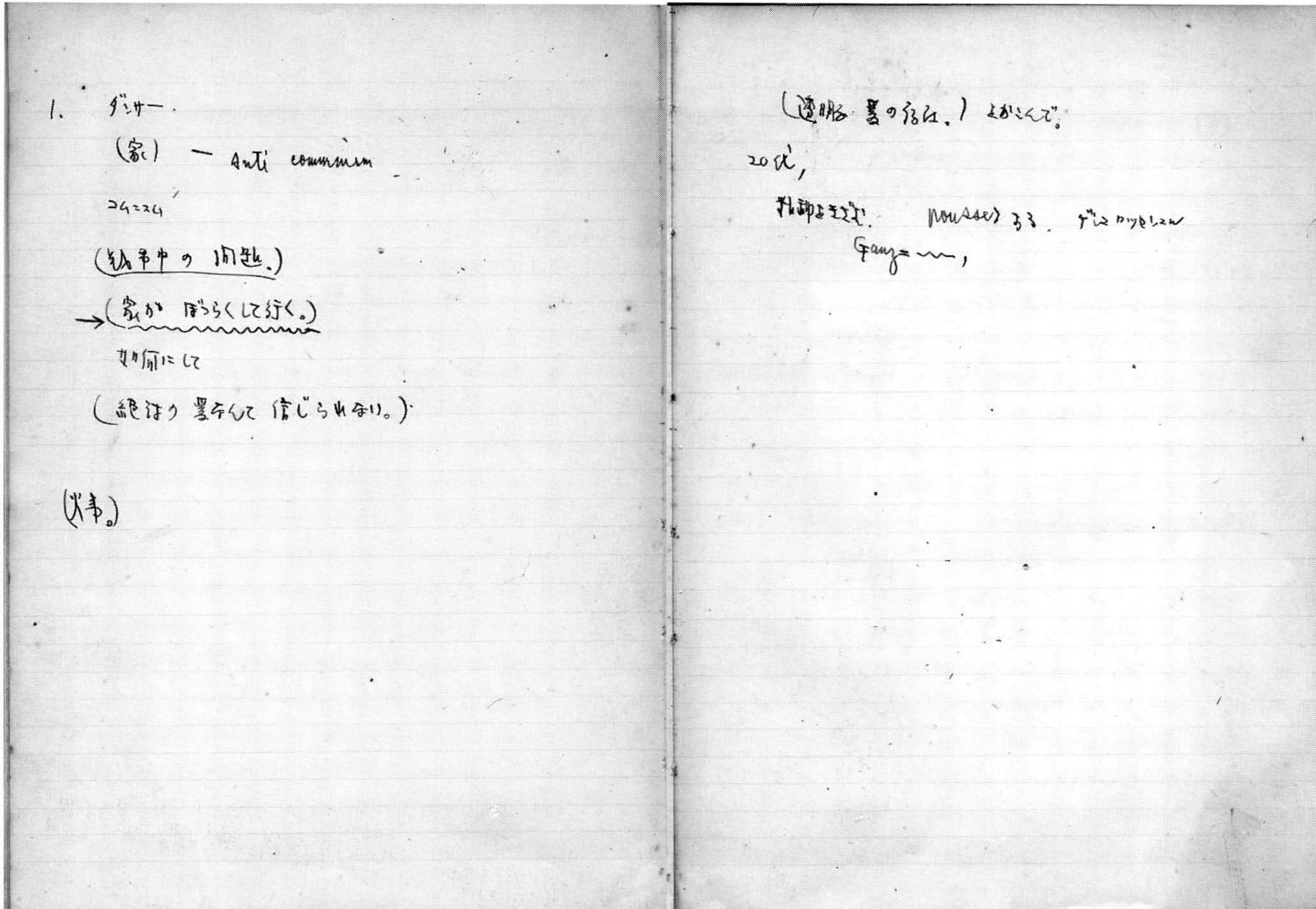
1. ダンサー。
（家） ― Anti communism
コムニスム
（戦争中の　閉鎖。）
→（家が　ぼうらくして行く。）
如何にして
（絶体の　暑かんして　信じられない。）
（火事。）

（透明な　書の行は。）よかこんで。
20代，
牧師まで。　nousses ある。ダンス ロッセリスン
Ganz = ～，

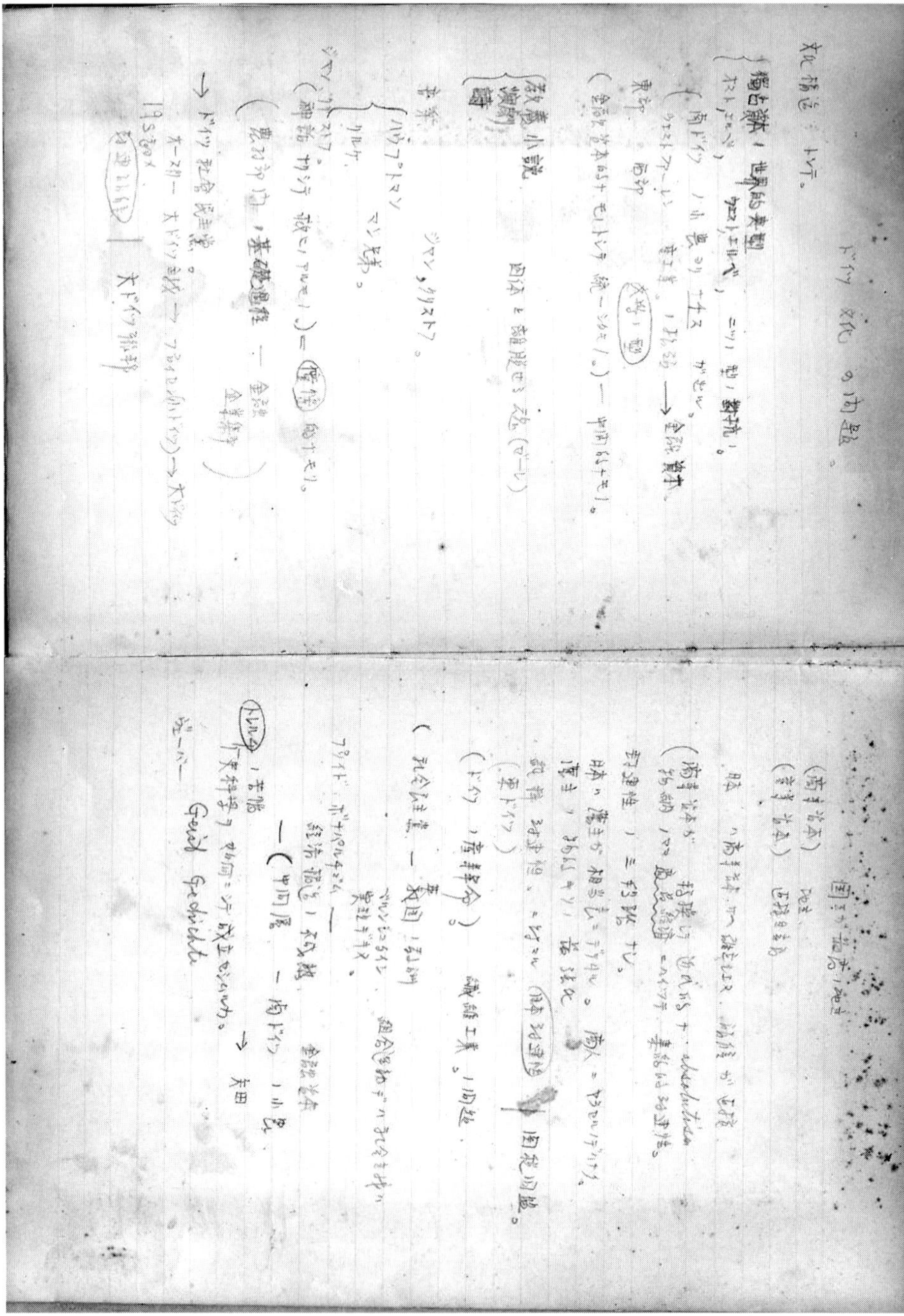
ドイツ文化の問題。
文化構造トシテ。
独占資本ノ世界的典型
オスト、エルベ、ウエスト、エルベ、ニツノ型ノ對抗。
南ドイツノ小農ヨリナチスガ出ル。
ウエストファーレンノ重工業ノ独占 → 金融資本。
東部 西部
（金融資本的ナモノトシテ統一シタモノ。）— 中間的ナモノ。
教養小説
演劇
詩
肉体ト離脱セる魂（ゲーテ）
音楽 ジャン、クリストフ。
ハウプトマン
リルケ
マン兄弟。
ジャン、クリストフ。
（神話ナクシテ救ヒノアルモノ。）＝憧憬的ナモノ。
（農村部門ノ基礎過程 — 金融 企業集中）
→ ドイツ社会民主党。
オーストリー 大ドイツ主義 → プロイセン（小ドイツ）→ 大ドイツ
19 S 初メ
封建主義 ｜ 大ドイツ聯邦
国王が諸侯ノ地主
（商業資本） 地主
（産業資本） 近接地主
日本ハ商業資本ガ強クナラズ、諸侯ガ近接
（商業資本ガ転換シテ近代的ナ absolutism
物納ノママ農民経済ニハイツテ、集約的封建性。
封建性ノ三段階ナシ。
日本ハ藩主ガ相当長クデテ居ル。商人ニヤラセルノデアル。
藩主ノ封建的ナノ諸強化
純粋封建性、ニ対スル日本封建性 ｜ 国民問題。
（東ドイツ）
（ドイツノ産業革命） 繊維工業ノ問題。
（社会民主党 — 英国ノ影響
ベルンシュタイン、組合運動デハ社会主義ハ実現デキヌ。
ブライド、ボナパルチズム —
経済構造ノ不成熟 金融資本
—（中間層 — 南ドイツノ小農
トレルチノ苦悩
「史科学ヲ如何ニシテ成立セシメルカ。 → 矢田
Geist Gechichte
ヴェーバー

第二部　資料篇（詩、創作ノート、手帳、断章）

1　学生時代

（1932 年 4 月～ 38 年 3 月）

野間宏の三高・京大時代は、竹内勝太郎によって文学や芸術に目をひらかされながら、それをどのように自身のものにしていいのか分からず、さまよい、苦悩し、われとわが身で試し刻みつけていた時代であった。ボードレール、マラルメ、ヴァレリー、ドストエフスキー、ジイドや小林秀雄、横光利一などから、マルクス、レーニンを読みふけり、来るべき文学のかたちについて模索しつづけた。詩や散文、小説の膨大な量の草稿には、同じような言葉のくりかえしが見られるが、それはそれまでの文学を越えるというかたちなきものへの挑戦によってもたらされた試練の痕跡でもある。「書くこと」の持続と反復、それはまぎれもなくのちの野間宏を予言している。

（紅野）

ノート1「緑集―緑―」

一九三二（昭和七）年十一月
〜三三年十月

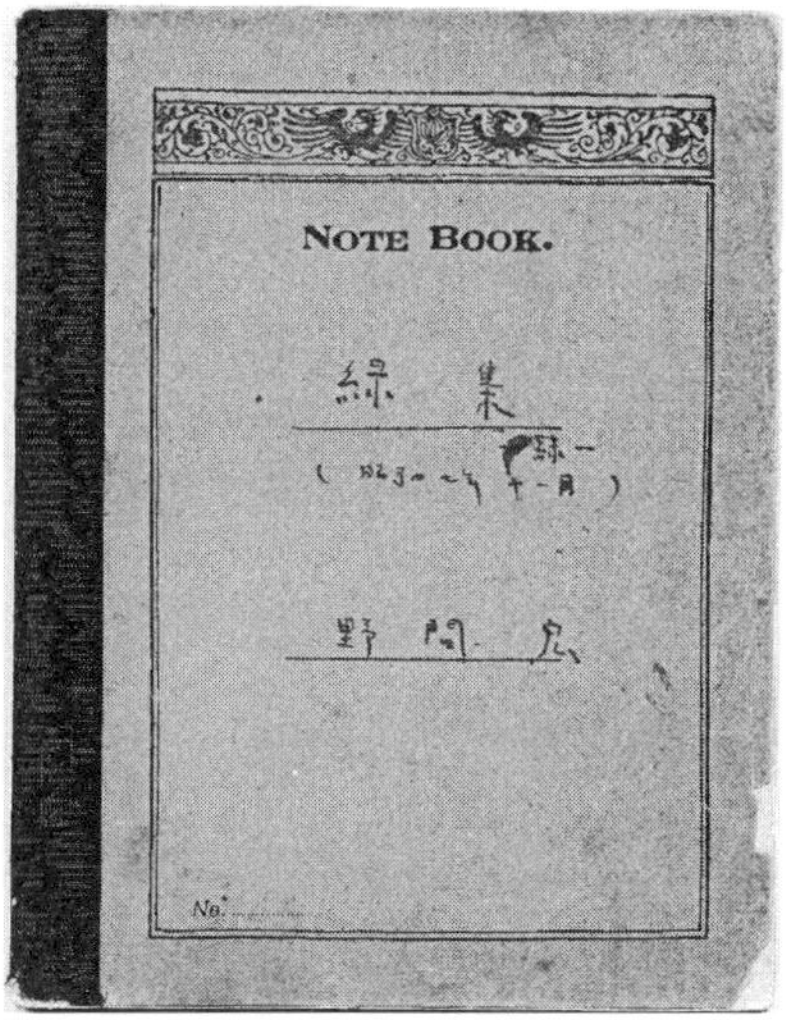

――この中では、

美しく書くことを求めてはならない。

本日から私の進歩は、大きくならねばならない。

この一年半程の間は、実に懐疑にみちみちた暗の世界だったのだ。

私は、やっと、それらの中に光を見出し得た。

私は、今日から、その光に、光の中につき進みたい。

私は、言葉をもてあそびながらこれを書いてはいけない。

又、私は、私のために、これをかかねばならない。

私には、信仰も、すべてが帰ってくるだろう。

そして、又、私は、私の恋愛をも得たのだから。

私は、今まで、「私は虚栄家だ」と叫びながら、それは、私の虚栄によりそう叫ばされていることさえしらなかった。

私は、人のためにこれをかくより、むしろ、自分のために、これをかかねばならないし、又、私には、それだけの力もないだろう。

私はこれから緑につつまれよう。そこからはすべてがわきでるだろう。

私は、今までのように、虚栄で、魂を、私からはなしてしまってはならない。私は、全裸の私を見なければならない。

一歩一歩の努力は、私のすべてであってはならないが、そこへは、私のすべての力を打ちこもう。

私は、今、明らかな道を得た。これ以上何をのぞめよう。歩くということは、自分でしなければならない。

私は、恋愛の確かさをも得た。もう十分なのだ。私は、ただ、真実へと、すすもう。私の姿を、じっとみつめて、自然の姿をじっと見つめて、私は、ただ歩こう。駈け足はしてはならない。

昭和七年十一月五日

若し、私が、一人の人間に反抗したとするならば、それは、きっと、全人類へまで、伸びるであろう。反抗は、自己嫌悪に根ざしていることを知っていたらいい。

あれは……だ、これは……だということをのべるとき、哲学者は、その証明の理論を必要とする。しかし、詩人にとっては、その理論は、何一つ必要ではない。それだからといって、私は詩人が、哲学者より幸せだというのではない。哲学は、理論を考え出すことの努力に喜びを見出しているし、詩人はその彼が得たものを、一番適当に表わすことに、喜びを得、生命を得ているのだから。（十一月五日）

私は、私の日記に、私は、余りにも実際を見ていなさすぎる、私は、余りにも本を読んでいないと、書いて来たが、ほんとうに、心から、そう感じていたとは、どうして言えよう。こう言いながら、私は、本を読んでいる、実際を見ているということを、人に、衒い、誇っていたのにちがいない。これは、私の心を、退歩させるものだったのだ。

愛は、自然であらねばならぬと同時に、努力であらねばならない。そして、愛にとっては、このあらねばならぬという文字こそ、自然にわきでてくるものなのだ。

私は、私の魂の命令通りに、なりうる、肉体を造って行きたい。

私は、感情の裏には意志が潜んでい、意志の裏には、又、感情が潜んでいるのを、此頃やっと知った。

本能というものは、しばしば、人に、その人が、本能を、自由自在にあやつっているように思わせるものだ。その実、その人は、かえって、本能にあやつられているのだ。

自分自身を甘やかすことが、積り積れば、もう、どうにも、仕方のない自分、残骸ばかりの自分を、見るだけだ。

私は、私自身をあざむいている、ほんとうの私をあざむいていることが、よくあったものだ。

物を書いている、制作しているということこそ、私にとっては、真の生活でなくてはならない。

それが、いいとか悪とか、価値あるものとか、価値のないものであるとか言うためには、それを、全部知ってからでなくては、いけないだろう。

自分が、感情が、そうしたいということを、すぐ行ってもいい人は、天才だけである。普通の人は、そうすることによって、益々、自己を歪ませるにすぎない。

幸福というものが、人類の最大の目的であるかどうかは、私には、大変うたがわしい。

或るものは、信仰ということを、信仰が発する陶酔と誤解している。そして、その陶酔にひたっていることが信仰だとし、信仰とは、容易に、入りこめるものだとしている。しかし、又、或る人にとっては、その陶酔に入ることさえが、既にむずかしいのである。

反抗というものは、人間に最も起りやすい感情であって、この、一寸した力しかないものが、時には、すべてを支配するようになるものだ。

言葉は、所詮、あやつられるものにすぎないという考は、間違っている。言葉は、生きているのだ。言葉はそれ自身の、眠りを、さまされるもの、生かされるものでなくてはならない。

人が、何かしたり、又、何かへ、進んで行くのに、あらかじめ型を造って置いて、その型に、自分をはめこんで行くようにするということは、これは、悪魔のわなにかかったと同じことだ。

例えば、『狭き門』のアリサが、犠牲というものの型を、自分の頭の中でこしらえて置いて、その型に自分をはめこんで置いて、自分は、犠牲をなし得たと思っているが如きである。(しかし、アリサの場合に於ては、あてはまらないかもしれない、それは、キリストという存在が、アリサの頭の全部をしめていたといっても、いいから。)

さて、愛は、自然であり、愛は、努力でなくてはならないというのは、一つの型ではなくて、これは、全体なのである。

愛と信仰とは、絶対に離れられないものだ。

美というものは、人間をみがくとか、人間というものを見つめるとかの為め――手段として――に有るのではなくて、一つの目的、全きものとしての存在であらねばならない。

私は、私が、余りにも物を見ていないことに、此頃、ようやく気がついたのである。

文芸は、言葉をもてあそぶものでは、少しもない。生きた、もの、呼吸をもったものの永久の存在なのだ。

私は、余りにも数学を遍嫌遍悪して来た。しかし、数学は、そう、片隅に置かれるべきものではない。

小説に、テーマが必要であるとは思えない、テーマは、表現の微妙さをさえ、失う種かもしれない。

限られた目的から、限られた範囲からは、限られたものしか出ない、全的なものは、出る筈がない。(限られたものが、価値がないというのではないが。)

真の感情には、――美とか、自然とかに流れる――、どこまでも、従ってよい。しかし、所謂感情に支配されるということは、人間性を失って行っているということにすぎない。

私は、余り議論し、むつかしくいいたくないのだ。

上っつらの愛情は、肉体のひろうとか、病いとか、肉体の変化によって、すぐ嫌悪の情に変りやすいものだ。

私には、反省のある愛と、反省のない愛(つきすすんでゆく)と、どちらが、本当なのか、わかりにくい。

シウル・レアリズムは、全く感情をなくした――むしろ、感情に反抗した、イズムだが、私は、このイズムの存在は、一つの次の時代の橋渡しにすぎないと思う。――このイズムの後には、きっと、感情を高潮したものが表われるだろうと思う。

平凡ということは、奇異でないということとは、大変ちがう。

感情の流れは、どこまでも、つきてはならない。又、つきないであろう。

芸術家は、自己の作品をもっとも、強く愛する。

自己を甘やかすということは、自己を甘やかしている中に、真直な自己を、曲げてしまうか、歪めてしまうが故に、いけないのであって、自己を甘やかすことによって、自己を、どこまでも、真直に、のばしうる人(そんな人は、余りない)にとっては、いいことかもしれない。

私は、私のわからないことでさえも、解ってしまったような顔をしたがるし、私の虚栄によって、私がわかってしまったように思わされたりする。

私は、私の肉体がわかっているのか。

私は、私の感覚をも重んじなければならない。でも私の感覚を重んじるということはどうすることか。私を甘やかすことでないような、私の感覚を重んじなければならない。

芸術は、矛盾を含んでいてもいいだろうか。矛盾をふくませられていることは、いいかもしれないが。

芸術は、意識されて生れたものでなければならない。しかし、これは、芸術が、ある一つの流れのように、人の体に入りこんで行く、意識しなくとも入りこんで行くのとは別問題である。

愛の中には、躊躇がふくまれてはならない。愛する人に、自分の愛している、自分がどんなに君のことを考えているかということを、もし、言ったなら、愛する人は、自分のことを、どう思うだろう。余りにも、あんなことを言って、恩にきせるのだと思いはしまいか、となど思ってはいけない。

卑怯と、おく病とは、全く別物である。卑怯には理性がともなうし、おく病には、感情がともなう。

自己嫌悪は、感傷の世界から、一歩も出ていない。

物を書くのに、解るためにかく人があり、解らすためにかく人がある。が、どちらも同じことだ。（どちらもだめだ。）

余りにもうわすべりのした作品は、うわすべった心には、すぐ入れられる。岩のような作品は、この岩を上りうる人［上る努力をする人］（だれでものぼりうるのだが、努力をしない）に入れられる。

自分はこの上もなく幸福だと思いうる人は、ないといっていい。

幸福だと思いうる人さえ、そうだ。［幸福だと思っていないのだ。］

自分は幸福だと、叫ぶ人は、かしこき、獣人。叫び得ない人はわからない。恋愛は、人を苦しめながら幸福にし、幸福にしながら、人を苦しめる。

私は、何かについて、すぐ、私の心で、こうだろうと思いたがる。そして、それを、どこまでも、つきとめようとしたがらない。私は、この点に気をつけていよう。自分の心の中で、こうだろうときめてしまったことは、遂には、それが、真理のように思えだしてくるものだ。そして、なにも、わからなくなってしまうものだ。

私は、ひとのうぬぼれを見せつけられて、私の、以前ひどかったうぬぼれ（自信ではない）に、ぞっとした。人のものを見ないと、自分自身のものは、余りにも、わかりにくいものだ。

私達は、私達の過去に余りにも気をついやしてはならない。又、私達は、私達の過去に、もっともっと気をついやさねばならない。

死というものは、感傷にとっては、余りにも、魅力のある、力強いものだ。

感傷の中に、割引されない事実が含まれていることは、ないといっていい位に、稀である。

幸福とは何かということを、抽象的に言う必要はないであろう。

幸福の抽象化は余りにも、力弱いものだ。

自惚というものが、自己の心を駆って、何かの作品を作りだして、その作品が、いいものだったとき、その自惚が、悪いものだとは、決していえない。それは自信だといわれるだろう。

小さい時は、うぬぼれの力が、きわめて大きい。そして、それが、うぬぼれなのだということさえ、わからないでいる。

芸術というものは、人間を、知るためにあるのでないことは勿論のことだと思う。そのような手段化されたものは芸術でないと思う。

芸術は、芸術のためにあるという他仕方がないのか。そして、これは、悲鳴ではないのか。

私は、すぐ、解ったというような気になりたがる。いけないことだ。

私には、自分さえ、わからない。人間がわかれよう筈がない。もっと、うがったもの、もっと、恐しいもの、そんなのが、平な、ゆったりとした甘さの中に得られたい。又、恐しさの中に、得られたい。又、もっと、平なものが、平な中に、もっと、恐しいものの中に得られたい。

私は、どうしても、書くという誘惑をさけ得ない。

書くということは、単に、忘れないためになされてはいけない［なされるのでないことは勿論のことだ］。

書くということは、いのちのために、いのちでなされねばならない［るものだ］。

私は、宗教以外に於ては、自分でそれをなす、考える、思う、感じる……かせねば、私は、それを信じてはならない。

懐疑の世界、それが、最も、求められる［べき］ものなのだ。そして、最も求められてはならない世界なのだ。

私は、生命のよろこび、生命の求むるところにしたがい、行いたい。

そして、これはただちに意志でなければならない。

一旦、自惚が生じたならば、その自惚は、それより、一段、高い先の見える、自信に、変えられないならば、うぬぼれは、決して、なくならない。

人は、嵐を文字に表わして、それが嵐を表わし得たとよく思っている。しかし、大抵それは、嵐でなく、その文字が、その紙面の中で、いたずらに、あれているにすぎず、嵐のもつ、大きな力の勢は、少しも感じられない。

私は、信ずる以外に真理はないという懐疑主義の中へなど、入りたくない。そして又、それに入りたいのだ。

仕方がないという言葉は、いつまでもつきないだろう。しかし、一体これは、誰が、はじめて、吐いた言葉なのだろうか。

恋愛は、肉の上に、何か加えられた、魂の結合がなくてはならない。あふれているものを、両方から感じあえるものでなくてはならない。その原因が、性慾にあるということは当然のことであって、問題ではなく、問題になるのは、De quoi s'agit-il〔何が問題なのか〕は、その加えられた魂の結合があるかないかということなのだ。

自分を知っているものは、自分のみにちがいない。しかしながら、この、自分を知るものは、自分のみだという言葉は、ひどい、勢をもって、人に、自惚の心を、起させた。これほど、人に、自分は、もう自分というものを知っていると、自惚れさせたものはない。この言葉を、人は、余りにも早く、知りすぎたというべきだ。

反感、反抗というものは、ほんの一時的のように思えるが、それは、くりかえし、行われようとするものだ。

むつかしいことを、いいたがる性質の人を、衒学と、むやみにいうことはできない。

気取るということほど、私に、いやな、みても、きいても、どうしても、いられないような感じを起させるものはない。

文学に、面白さだけを求めようとするのは、たしかに、むりだ。

自分を掘り下げてゆくという言葉は、大変よく用いられ、それを、やっているように、言うが、果して、何れの人が、自分をほりさげただろうか。大抵は、自分で、先ず自分という像をつくってしまって、その像を、ほって行くのである。それ故、その中からは、自分が、先ず、作っておいたものしか表われてこない。ほんとの自己は影に、かくされてしまっているのだ。

グールモンという詩人程、また、あの、シモオンという女ほど、私によくひびいたものはない位だ。

抽象が、心に、力強くやってきたり、具象が、心に力強くやってきたりすることがある。しかし、具象は、その体、全体で、やってくるのだ。

私は、私の聖書を作ろうと思ったり、聖書を作ったりしたが、私は、もうそれをしたくない。それは、私が、卑怯になってしまったからでもなく、私が、馬鹿々々しさを感じだしたからでもない。

私は、本当の私でなくなることを恐れる。

私は、性のエクスタシイを、否定しない。そして、これは、[こう考えるのは]本能に支配されているからでは、ない。

真の虚無などはない。それをつかみだすともうそれは、虚無ではないのだから。ニヒリズムをニヒリズムがみとめる以上、それは存在している。即ち、ニヒリストは、虚無をもっているのでなく、一つの存在をもっていることになる。即ち、私は、ニヒリズムを、所謂、ニヒルをみとめる、とよばねばならない。なんにもないという人はなんにもないということを、みとめることになっている。(しかし、みとめるということは存在することではないが。)

美というものは、手段としての存在でないことはたしかだ。人間は、美を、追うて、苦しんでいるのではない。美は人間を、駄目にするようなものではない。

何か、書いたなら、その人の心は、きっと、その中から、明に知られる。たとえ、そのかいたことが、その人の心と、正反対なことであっても。

恋愛というものを、人は、余りにも概念化したがる。

自分の心をなまけさすということは、悪いか、わるくないか、わからないが、したくないことだ。

恋愛に理由などはいらない。なぜ愛したか、愛するかの理由は、どうせ、愛して後に人間が勝手につくるものにすぎない。

それは、本当の理由ではない。

道徳をかいた小説は、最後の目的の小説とはいえない。道徳などより、もっと、以上のかくべきものがあるはずだ。

(性慾)——道徳に対する考え方がいけない。

食慾と性慾とは、たしかに、にている。

信仰の最後の問題に於て、なぜこうなるのだという問をはっすれば、それは、もう信仰でなくなっている。

人間の最後の目的がハン明したときは、世界は、混乱におちいるだろう。人間は、そのときこそ、相食み合うであろう。

人間の滅亡となるだろう。

何か、一つの物に、定義などを下すとき、は、そのものはもう概念化されてしまって、力を弱められてしまっている。

恋愛というものに於ても、それに、どんなものという、ことを、いっては、いけないかもしれない。言葉でいったならきっと、その恋愛は、よわめられてしまっている。知る以外ないのである。体でうる以外。それだからといって、私は、言葉を、死んだものというのではない。私は、生きた言葉をとる、もとめるのを努めているのだ。

人を、信じてしまっていい性質の人と、人を信じてしまってはわるい性質の人がある。私のお母さんは、余り、早く人を信じては、いけない人である。

人は、愛しているものの言葉にもっともよく従うものだ。

人間には、何等断定を許されていないのだろうか。

私は、一つの型にはまりたくないと思っていた。しかし、そう思うことが、もう、一つの型なのかもしれない。

言葉の後には、必ず、意識の反映がある。

私等人間には、もう、無というものは考えられなくなっている、無というものを考えることが出来なくなっているのだ。

考えにくくなっているのだ。

私は、自己をみとめることと、信仰の世界とは何も、相反するとは思わない。

知るということは頭の上で知るのでないことは勿論のことだ。

人間を作るということは、人間らしくなるということではないだろう。生活がすべてなのだ。

私は、私の言葉を失いたくない。

「人間には、断定をゆるされていない。」とはいえない。この言葉自身が、すでに、矛盾に落ちているからだ。

私は、事実を、余りにも、みとめない。(いけないことだ。)

私は、事実が、血を通しているのを見なければならない。

単に生きていることが生活であってはならない。生活は、充実した、大きな力でみたされたものなのだ。

人間は、幸福を求めているのだろうか。そうすれば、その幸福の中で、どの幸福がいいのだろうか。幸福というようなものは、概念化されてしまうと、全く、つまらないものに、なってしまいはしないか。


芸術とは統制されたる生命の表現。(竹内氏)

私は、詩を、上手に書こうなどと思ってはいけない。

私は、まだ、性慾というものがわからない。私は、これをつきとめて行きたい。

私達は、結局、理論をかくべきではないだろう。理論の中に、私達は、少しも生きていない。私がいきているのは、事実なのだ。又、理論の中に、私達は、生きたくないと、心から思っているのだ。

私は、衒うまい衒うまいとしている。しかし、これも一種の衒いかもしれない。

歴史が、芸術を批評するとはどんなことなのか。


あらゆる方面からながめるということは、大変、失われ、忘れられやすいことだ。私としても、よく、これを忘れている。

概念化ということは、近代人の陥りやすい、わなであるといってもいい。

平凡ということは、ほんとうだということをも、ふくんでいることがよくあるものだ。

肉体をわかろうとしてもだめだ。肉体は、感じなければならないだろう。

私達は、芸術と宗教とが、一致するのを見るであろう。

私が、数学が嫌いであるのは、結局、私が、数学というものを、よくよく見ていないから、起ることなのだ。


如何なる物へでも、私は、体全体で、ぶつかって行こう。頭だけを、又胸だけを、ふりたてていては、いけない。

私は心に、お前はもっと、悲しめということがある、それでも、私の心は仲々、悲しもうとはしない。

自己を放棄するということは、死ぬということではない。そして、私は、自己を放棄する前には、自己を知る必要があるかどうかを知りたいのだ。

私は、今まで、ないて、小説を書いたりしたことがあったろうか。

私は、実に、アイマイな心で、物を書いていたのではなかろうか。

余りにも、動かされやすい心をもっていたのではなかろうか。

この間、松本高校の雑誌に、感情ばかりで生きて行こうとしている人間のことが書いてあったが、私の中学五年のときと余りにも、似ているので、ガク然とした。

私は、最近、（頭で生活するのでなく、）体で生活するということがわかってきた。わかってきたというよりも、そう、感じるのだ。そう、出来るのである。

黒の反対は、白だとはかぎらないと思う。

人は、物を書くということと、生活ということをどう考えているのだろうか。私は、生活そのものとして、やって行きたいのだ。

何か、物をよみ終って、頁から目をはなし、外の景色をながめたとき、その本にきずかれた概念は、その外の景色に打ち消されてしまう。そして、その景色の、すみずみまで、好ましいうごきとなってくるのだ。


私は、事実に力強さを感ずる。

私は、頭で、物をかかないようにしないといけない。私にとっては、これこそ、もっとも、注意せねばならぬことだ。

私の生活が、頭でつくられた気分に、引きずられて行くことは、いけないことだ。私は、すぐ、頭で、気分をつくりだして、それが、ほんとうなのだと、肉体へ思わせたがる——私の恋愛が、これから、脱したということは、大変うれしいことだ。恋愛というものを、こんな方向から、とやかく言うのはいけないことであろうが。

所謂善を知るには、所謂悪をも知らねばならない。即ち、悪を知るということは、善を知ることに外ならず、善を知ることは悪を知ることなのだろう。

直観は、弁証法的思考の結果と同一物を得るであろう。

春枝さんに出した手紙で、私が、春枝さんについて、どんなに感じているかを、書いたのであるが、その返事に、春枝さんは、「私は、あなたの思っていられると同じようにいつも思っているのですから、あなたの心の中は、私の心の中です。私は、あなたが思っていられることを、思っているのだとお考え下さい。」とあったが、これ程の言が、又とあろうか。

男というものは、自分の愛人を対象とせずとも性慾が起るが、女は、どうだろうか。

私は、体、全体で物を書かねばならない。


私は、性慾が起ってくると、すぐ私の女を概念化したがる。

しかし、これは、結婚したら、直るだろう。

本能を打消すことは、人間を打消すことだろう。この本能ということは、広いいみのものである。

か。

私には又私がわからなくなってきた。私はどうしたらいいのか。

私がこんらんして考えているとき、こんらんしてしまっているとき、なおも、私の頭の中には、こんらんしている私を、冷やかに見ているものがあるのだ。私はそれを取りのぞきたいのだ。しかし、取りのぞいたら私は死ぬにきまっているのだ。私は、快楽を求めて死ぬにきまっているのだ。それをのぞいたら、私は、私の（本当の私かどうかわからないもの）いうままに、私の慾望のうごくままに、私を動かすだろう。私は、社会というものも、何も考えないだろう。私は、私というものだけを信ずるかもしれない。

私は、すべてをうたがうだろう。私をも、又、うたがうということをも疑い、又その疑いを疑い、それを疑い、……私は、どうしたらいいのだ。

私は、この冷たいものを殺したい。そして、又殺したくない。

私は、位置というものだけの世界（世界とはよべないもの）、面積のない位置というものだけになったら、どうなるのだろうか。

私は、その冷やかなものを、理性とはよべない。理性ではない。この冷やかなものが私の姿なのか。この冷やかなものをのぞいた獣のような――感情ばかりの、理性に反抗した――一時は私はそうしたこともあったのだが、私には、理性に反抗するということがわからなくなった。――ものが、ほんとうの私、なのか。

それとも、この二つを合した他のものが、私の本当であるのか。――しかし、この他のものは、今懐疑にみちている。――

私は、私の仏を信じているのだ。

私を許して下さい。どうしたら、いいのか。――しかし、学問が私には、ジャマになる。

しかし、私は、本当の私から発した意識に於て、私を、知ることがどうしてできるのか。私の意識に上るものは、かならず、私の過去のものにちがいない。私を本とした、意識がどうして私を知りうるか。私を知りえたと思っても、その私は、その意識が私だと思っているのにすぎないのではないのか。

たとえば、意識というものは物を知ることは出来るが、どうして、意識がその時の意識それ自体を知り得ようか。それと同じく、意識が、私を。ちがうのか。

意識の奥にあるものが、私なのか。意志というものがある以上、意志を作るものがあらねばならない。それが私というものなのか。しかし、因果律というものは、何故に信じねばならないのか。

しかし、こんな概念的なことを考えるのが間違っているのか。間違っていると考えるのも間違っているのか。

私は、こんな恥を言いたくないのだ。しかし、君にでもいわないと、辛抱ができない。こんなことを聞く君は不幸だろうな、許して下さい。

日本は勿論のこと、今では、日本には、いい人はいないと思っている。

私は、現在のこの世の中にいる、文学をやっている人を、軽蔑している。

(私の自惚を笑ってくれてもいい。) しかし、私がそう軽蔑しているのを、私の他の部分が、又、嘲笑するのだ。私は、苦の中だ。

私は、信じているときが幸福だ。詩をかいているときが、君のことを思っているときが。

しかし、行きづまりかけると、もう、こんなやつがすぐくるのだ。

懐疑は、何故、懐疑をうたがうところまで行かないのだろうか。

概念的ということが、私達にあたえるものは、何だろうか。——ほんのその形さえもあたえていないのではないだろうか。

フローベルは、自分はすべてをうたがう。うたがっているということまでうたがうといっているが、これは、人間であるということを示しているのではなかろうか。

事実と真実とは勿論ちがう。しかし、どうしたらわかるのだ。

事実を見なくて、真実が、この人間にどうしてわかるのだ。

私は、頭で物をやる、人間を軽蔑する。

理性に反抗するということは理性を取りのぞくことではないだろう。

ゾルレンを意識するということは、詩人にとって、不可能なことではない。意識といっても、最も、純粋なる経験に於てであるが。

言葉は約束せられた石［据石］ではないのだ。

ソコへ置くように。

私は、物をわざわざむつかしく考えようとする人を、よく見る。

大変、かなしむべきことだ。

純粋感情を、経験しうるもの。私。詩。

芸術に理論はなくてもいいのだ。

恋愛で、私は、私をすてる処へまで行きたい。私をすてることは、私にとって、むつかしいことかどうかしりたい。しかし、私をすてるということは、知るということを行うものよりもっと、奥のものなのだ。

私は、私の女を、見間ちがったとは、思わない。私はすべてを体験として、とり入れなければならない。

詩は具体的でなくてはならないということは、定義ではない。一つの自明の世界なのだ。（詩とは生きた芸術をさして言う。）

恋愛に於て、女の肉体が感じられないのは、それは恋愛ではない。

肉体と肉体との相ふれる、ものが感じられねばならない。

苦しむことが、人を、だんだん大きくして行くこと、を、私は知ってきた。

歴史では、徳川家康は生きて、いたという。しかし、生きていたということは、誰が、知っているのだ。誰が証明しうるのだ。

証明の価値の何等自由発展をもっていないことをいうのだ。

私は生涯「女」という字からはなれない。にちがいない。

私が、私の自惚に鼻がつきだしたら、もう、おしまいであろうか。それとも、私は、その向う側に、一層の自惚を見出しているだろうか。私の自惚は、つき［尽き］ないのだ。

私は、人を殺すことも出来なくてはならない。

文学程、冷酷なものは、この世にないであろう。私は、私の冷酷さをもっては、決して、これにつき行って行けないであろう。私は、私の体にある熱い、冷酷さ（健康さ）をもって近づいて行かねばならぬ。しかし、私は、こんな意識をしながら、やって行ってはいけない。私は、私の冷酷を感じない程冷酷でなければならない。

私は、まだ、生活を知ってしまってはならない。私は、今頃、生活を知ってしまえる筈がないし、知ってしまったりしてはいけない。（こんな馬鹿な考え方はない。生活を知ろうとするな、生活は、お前の体の中に、お前の体の外にもえている。）

私にとっては、私の夢の世界も、私の実在の世界なのだ。そこには、何の疑いもはさめないのだ。

性慾というものが、生活のある方面で、根本的な力をもっていることはたしかだ。

私は、文学論のような、ぜいたくなものは、もちたくないのだ。

私は、知性を打ちくだこうとする。しかし、私に於て、私が、官能に、のびればのびる程、又、野獣性にのびればのびる程、私は、私の知性が、それについてくるのを、みとめねばならないのだ。

私は、以前、恋愛の確かさを得たとかいた。私は、今、その確かさのために苦しんでいる。確かさを得たと思ったことから苦しんでいる。恋愛は、人を苦しめる故にも、たっとい、とも言える。(逆説をいう奴を、私は、嘲笑おう。)

私は四月の空の下に、ねころんでいると、全く、私と、私の女以外しか、この世にすんでいないような処へまで、進んで行った。この世界にだれも、私達以外にいないと思ったのだ。

私は、しまいには、芸術にふくまれた世界をのみ、信ずるようになるだろう。そして、これは、少しも、私の宗教と、矛盾していない。

地の底をつきやぶった感じかた、(言い方が概念的だが)以外に、生き方はない。
行為→以外に芸術はない。すべてが芸術だ。

感めいということ、感めいをうけうる情熱をもつということ。これこそ、私達の、わすれてはならないことなのだ。

美は、生活以外の何物でもない。又生活以外の何物にも、あり得ない。

馬鹿は、常に智慧から生れてくる。俺のばかさかげんを打破れ。

音、――感覚と言葉、これは、全く一つのものでなければならない。これが、「表現」、というものの、或るムゲンの極点であると思う。感覚というものは、或る一つの言葉上に完全に表現されてこそ、言葉にむすびつき、人全体に作用してくるのだ。

「生きる」ということ、これは、創作であり、創作というもの、これが、すべての奥のものだ。

知識と知慧を混同してはいけない。知慧は、それ自らの発展を、もっている。しかし、知慧も、結局捨てられねばならない。理論がすべてではない。理論、(論理といってもいい)を、動かしている、根がなければならない。

重味こそ女の美徳でなければならない。
舞踊は、体の音楽だ。行為の世界がすべてだ。

暁の太陽は、変幻きわまりないものだ。こうこうと山をひびかし、海をひるがえし、ディヤマンをならし、しかし、この動は、結局、静に落ちて行く動である。其の奥底には絶対の静止が打っているのである。

これに反し、正午の太陽は、海と空を重ならせ、全く動かぬ静のように見える。しかし、これこそ、絶対の動であるのだ。

無限の回転は、音もなく、においもなく、行われている。絶対の動の極点に正午は立っている。私は絶対の動を、求めよう。絶対の動は絶対の静に重なり、すべてを打ち破りつつすべてを統一しているものだ。

人と人とのはげしい対立、恋愛。対立だけではない。対立と解するのは表面的である。入りこみ、とけ、統一して進むのを考えねばならぬ。

自己を甘やかすことの道が落ち行く道は、自己嫌悪の陥り行く道よりは、はなはだ、いたい目が少いようにみえる。しかし、それは、外面だけだろう。（私にとって）
自分の気持の動きを、はっきりととらえることは、私のような人間にとっては、もっとも、必要なことであろう。

相手がどうであろうと、自分は待っていようという気持は、そういうことを一度経験したことでなければ、同情も、さそいも感じない感傷である。そして、感傷というよりは、体から、はげしい形を外に表わさずに、上りわいてくる心の明るい一定の方向への動きである。

私は空想の世界へ入りこもう。空想の中に脈打つ現実の故に。

失恋は、にがい酒などと決していってはならない。もし、そういう人がありとすれば、私は、その人の体験を嘲笑おう。
失恋は、恋愛と同じく（同じ形に於てではないが）、人の生命を鞭打ち、飛躍せしめるものだ。——俺は本当にこう感じたのか。

「おっさん、おっさん！　氷屋のおっさん。」子供ははげしく、わめいた。きつい声だったが、びーんと絃のうなりのようなものがあって、すきな声だった。
「おっさん！　おっさん。——氷屋の」
氷屋がやってきた。
「おっさんら、何べん、い［言］わしやがんねん。」子供は、少し声をひくめて言った。又も私のすきな声であった。

私は、官能の世界が、どの方面へつづいているのか知らない。官能の世界とても、それだけで独立している筈がない。
野獣性……私の特長だ。と先生がいった。
私は、女と（性）交っているときも、冷静になし得るのだ。
具象のわすれさせようとしながら、具象にやぶられてしまう概念。

フォルムは常に新しくなくてはならない。（内容が新しいからには。）

エラン・ヴィタールそのものこそ、道徳生活だといった方がいい。

そして、それは、又、芸術生活でなければならない。

エラン・ヴィタールを、私は生活とよぶのがすきだ。

エラン・ヴィタールは、もっとも根原的な、創造作用だ。

そして、それは最早作用ではない。行為の中に作用はない。

作用の作用の作用の世界を打ちつけているものだ。

すべてに煩わされないように努力するということは、悪いこと、いやなことにも思える。そんな処に、努力が働いてはいけない。

努力を否定しているのではなく、根原の世界にもどって行く、そのときなのだと思う。

幸福の形が、一人一人によって違っているのは、勿論のことだ。幸福を求めることを恥ずかしく思う人が多い。

私が私でなくなる筈などない。私は、ただ、私の無発展を恐れねばならないのだ。

発展しないということは、止っていることではない。退歩していることだ。

永遠の現在をつかんでいるという意味に於て、生きて行きたい。

私は自己嫌悪を通ってこない自惚を嘲笑う。自己嫌悪を含んでいない自惚を。自惚は自己嫌悪の背後のものたりえたらいい。

内気な人間は、内面の生活活動を多くやって来るわけなのであろうか。恥羞というものは、たしかに内面の活動を多くするにちがいない。

嘗て、混乱というものを知らない、清明を愛することのできぬ人がある。

混乱そのものが清明になって行くという言い方は、わかりそうで、わからない。

神経質ということを誇りにおもう年頃がある。

海のもつ大きな重さ、は女の胸、腹の重さだ。海の中にはあらゆる、においが感じられる、海は、常に渦巻く現実である。

無限の完成への追求、生活はすべてこの上にたっている。その故に生活は、常に未完成であり、また、完成でなければならない。常に深い深みへ、はいって行くものだ。

自分の持っていないものを表わそうとする愚かさ。若い時は、常にこの興奮になやまされる。

私は、恋愛によって私の理性を呼びもどされた。

悲惨な失恋の方が、悲惨でない失恋よりも、いいような気がするとき、センチメンタルなものが、自分の中にあるのだろう。

自分をはかるのには自分の尺度があり、人をはかるのには、又、人に対する自分の尺度がある。(そして、これは決して人の尺度ではない。)

途中、胸の鼓動をはかってみる。春枝のことを思いだす。バットを出す。女の顔を見ている。心が静まる。女を美しいと思う。(いつもよりずっと美しい。)

「君の名前、何という名前?」「え、」「君の名前?」

「なんで、そんなことおっしゃいます[きさなさるの?]」

「え……(笑う、膝だけで体をたてている。)(美しい顔、)」

「君がすきだからきいているのやが。」少し上をむき表札を見る、森下とある。

「名前などきいて……どうなさいます……なぜ……」

「どうもしやへん。」親父の膝が奥の方に見えている。親父がでてくるのかと思う。女が少しうつむく。

女の顔が電灯にともされて、桃色、赤、白、美しい。それを見ている。しばらく……

「失礼しました。」後を見ずにかえる。

山道(真如堂の横)をかえる。(だめかなあ、もう煙草を買いに行けないかなあ、今度行ったとき、親父と一処にいるかもしれない。もう、今頃、親父にしゃべっているか、親父が自分の声をきいていて、どうしたのだと女にきいているかもしれない。)こんなことを思いながら帰ってくる。(十月三日)

詩は「気の実」である。(高村光太郎)

この言葉は、創作されてしまった詩(詩が創作と、作品と二つに分ちうるとするなら)を表わしているように思える。しかしながら、気という字は、それ以前を打ち切っているとは思えない。

「おじゃまします。」

「ありがとう。」

ボードレールに於ては、一つ一つの感覚は、一度、はっきりと、知性をくぐってきて表わされているように私には思える。ボードレールをトラエルポエジーが、感覚［感情］の後に知性を動かせているのだ。↓そういう感覚が彼にある。

混乱そのものが、清明に澄みきって在る、というい方はない。もはや、混乱は其処にはない。奥底にあるものは、常に澄み切ったものだ。それが、常識と衝突する場合、常に混乱が見出される。

「物があるままに無である。」私が、創作しているとき、私は常に、この無の中に生きているのだろう。生きさされているのだ。

近頃、独断的なもの以外に余り興味がもてなくなってきた。

独断は、大きな力をもっている。

すべてが、自分自身の体だ。すべてが自分自身の体である世界が、私の世界だ。私には、私の体でないものはない。

明朗は、厳密の奥底から生れて来る。厳密の中には、何もない。何もあり得ない。

自己否定は、自覚のもっとも深いものであることを感じよ。

自己否定は、単なる否定ではない。より高いものに対する、より積極的な肯定にすぎない。

先「大閣さんの片腕がとれた。」

才「大遊（たゆう）さんの片腕が、」

光「どこに。」

先「大閣さん。」

先「銅像や。」

才「ふ……ほ……、落語みたいやな、ほ……」

私は、大声でわらった。

私の言おうとする処が、舞り（ママ）にしろ詩にしろ結局「形」に落ちるのが当然な位だ。

言葉は、それ自身力をもってくる。それは、何等外部から力をあたえられるものではない。

言葉は光明である。言葉を建築する創作の行為が光明であると同様に、光明は、厳密をくぐらねば、かがやかない。光明は絶対の愛であるのは勿論だ。舞り〔ママ〕の一つ一つのformを問題にしていいことは勿論だが、それは、言葉と同じように見ることはできない。

言葉は常に新しくつくられ、新しい形をもつ、詩人は、言葉の建築をするが、その言葉は常に新しくつくられたものだ。それが古い言葉であったところで、それは、新しい言葉となるのだ。

一つの世界、一つの新しい世界の中で生き、働く言葉。ポエジイが、それを、もちこたえる。ポエジイは、形をはなれて存在しない。

〔以下は、ノートにはさまれていたものである〕

今、昼、
　音も無く無数に
　　さわぐ虹の声

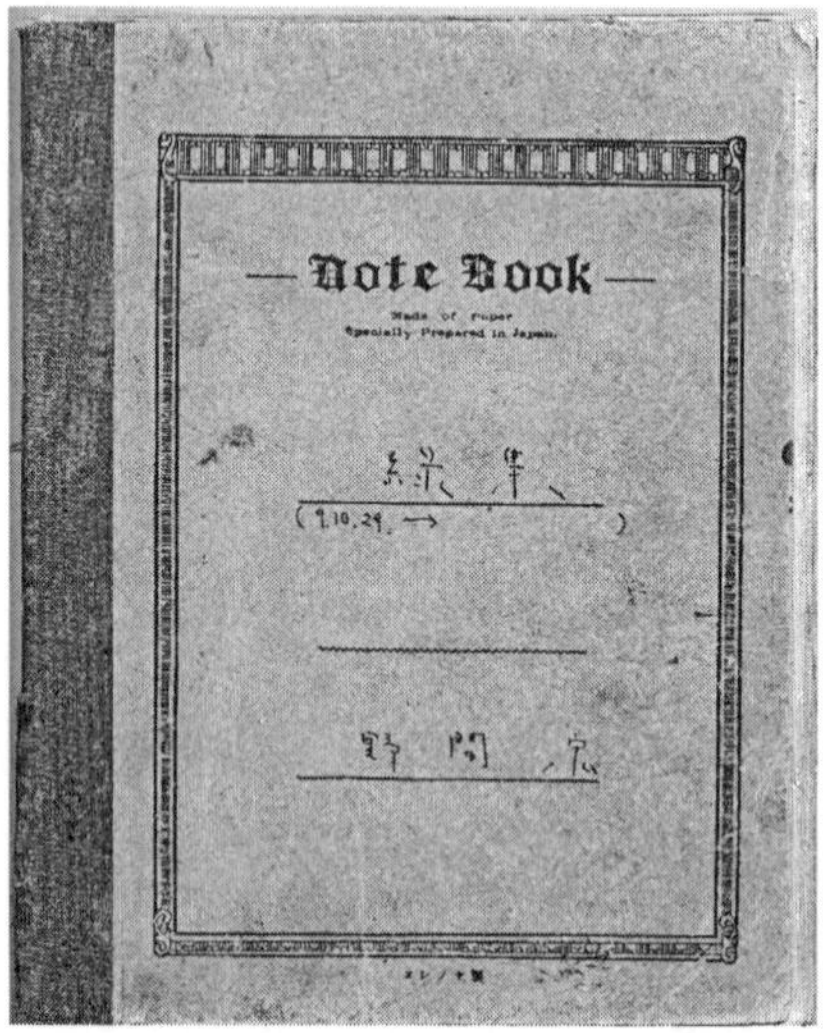

ノート2「緑集」（詩の草稿）

一九三二（昭和七）年十月
〜三三年六月

雨後の秋

黒い明るい影が、
しめつた落葉に食ひ込み、
浄められた石段を歩一歩上つて行く　雨上り。
残つた葉から出る静かさは、
私の体を透して、
古びた門と林の影をくぐる。

落ちついた地面から、
無数の小さい呼吸が聞え、
青ざめた石垣が動かない。
うすぎたなく蝕まれた私の肉体（からだ）……、
一枚一枚と音なく皮をぬぎ、
束の間の浄化を木木と共にする。

上り切つた石段。
ゆらゆれる紫の線香の煙。
くすぶつた石塔。
「南無阿弥陀仏」のしめつた六字。
動かない体と心。

大地は、このまま、すべてをのせ、
すべてを蔽ひ、すべてを開く。

斜に明るい影を、
古ぼけた顔にうけて、石は静に目を覚し、
一段一段下つて行く、雨の後。
鏤りこまれた静けさ。
いつまでもなくならない地面の呼吸。
一つ一つ下りて行く、私の体。

（十月三十日）

道

病んだ体を、
少しづつ、緑の楽土に運んで行く道。
落葉樹の影の、
じいーつと眠りをむさぼつて、
広やかな額は、
入らうとする落日に明るい。

道はとほい、楽土は遥か見えない。
家々の楽しげな並びは、
私の背に幸福の印をきざみ、
プラターヌの葉に、
ちらちらする光。

恋人よ！
私は、まだ君を見たことがない。
君の額は、この秋の空。
君の手は、この空の雲。
私の心を、君の緑の言葉が、
君の緑の心臓が、とらへてしまふ。
一枚の桜の葉――乱される私の心。
道は長い。白く、長い。
かるがるしい静けさ、
すべてに蔽ひかかる落日の静穏。
楽土はとほい。明るくとほい。
最後の努力は、
夕陽を道に見出し、
暗い光りが、
病後の体にとんで来る。
草はぼう〳〵とのび、枯れて、
ここにもみる生命のよろこび。
営みが家々の煙突から出され、
煙は、秋のこまかな喜び、

かすかに画いて見せる。
ゆるゆる帰り行く牛と人。
私の心を祝つてゐる田畑に、
血は脈打つてしづまる。
恋人よ！
私は、まだ君を見たことがない。
君の心は、道に光るエメラルド。
君の唇(くち)は、燃える火花。
秋の空は、おほらかに落日をおほひ、
私の胸から病をかくし、
木木はその笑をしづめる。
緑の楽土はまだとほい。
いつまでもいつまでも
私の体をはこんで行く道。

（十月三十日）

十月二十七日（七年前の今日　父は死んだ。）

暖かい日をつらぬいて、
紫白の煙、浄らかな国。
父よ、あなたは尊い。清水のやうに。
私は、ひざまづく。あなたの力。
響いてくる神代の音楽。
いつまでも絶えない　聖火の焔。
白い菊は、穏かに、水をふくみ、
光は、さんさん粉をふりそそぐ。
あなたの思想。大いなる岩層。
かぎりなく、ほりつくせない意志。
仏達は、あたりに、天の花をまきちらし
あなたは上る　紫の国土
聞えくる仏陀の言葉。
大らかにふく風のうなり。

（十月三十一日）

朝――乳をのむ

朝――
乳をのむ、かすかな光。

冬はその、裏にかくされた。

冬の強い意志が、
落ちて行く木木の葉に顔を覗かせ、
荒々しい無言の言葉が、
夜の黒い沈黙（しじま）から聞かれる。

朝――
乳をのむ、ゆたかな湯気。
猫は私の膝の上、眠りに目を細める。
この生物から来る暖か味は女。

冬の引きしまつた肉体が、
のろのろしい足ぶみをもつて、
触れてくる、私の体。

朝――
乳をのむ、コスモスの影。
木木の生命は地面にかくされ、
みの虫のマントはもう厚つぽい。

寺の鐘は、地に落ちるすべてを吸ひ込み、
長い休息（いこひ）を祝ふ蛇の目。
穴は、ほのあたたかい夢にまとはれ、
古い墓の傍。

朝――
乳をのむ、老婆の語らひ、
山鳩は、あたたかい朝餉をつたへ、
垣根はすひこむ、旭の光。

子等の口笛、
かちかちした岩々をやはらげ、
心にはいつてくる花園。
もはや、若いものは、死に絶えた。

朝――
乳をのむ、母上の下、
いつまでも甘〔ママ〕へて、冬をすごさう。
沈んでは、はためく窓の外、
池の水はうす暗い。

物々の絶えだえの声、
力強い冬の腕。

机上にあらはれる、暖さの中、
彼の全裸の姿、ちらちらする。

朝――
乳をのむ、白い埋火。
衰へた鶏の声は、
動きださうとする世界の重みに、
くろぐろしい重みを加へる。

「静まる、死ぬ。」すべては、この石塔へ。
四十年の歓喜（よろこび）にむせんだ、女も、石の中。
落葉を破る、風の渦巻。

朝――
乳をのむ、唇の甘味。
すみきつた霧の来る谷間［塵箱］は、暗い光。
山々は見えぬ話の世界。
しのびよる、猫の跫音。

近づいてくる、
岩のやうな人、
銀の鈴をぶらさげて、山の道。

沈まりかへる、万物の眠り。
朝――乳をのむ、冬のにほひ、冬のひびき。

（十一月一日）

夜の空想

少しづつ湧いてくる豊かな力。
夜の花弁から生れる香気に、
重いベールをかきわけて、
たどつてゆく山の道。

温味をふくんだ風が、雑木林をぬけて行く、
すきとほつた闇に見える。
生きてゐるものの眠り。
木木の囁きは、
落葉にねむる山の女の裸体にひびき、
甘々しい神話をきかせる。
羊とたはむれたニンフは、
昼のかるいつかれに、
すべすべしたふくらはぎを、
あたたかな流れから落し、
やわらかい、眠りの谷間。

（十一月二日）

山

幕を越えて一連(つら)につづいた嶺は、大きく微笑みながら、
山は　私に　動け　といふのだ。
土をもぐつて行くやうな力で、
もり上るやうな力で、
山はかすかに動いて来る。

朝は顔をのぞかせてゐる、私。
やさしい愛撫の手は、山と私を結び合せ、
まだ眠りこんでゐる街々。
私の瞳は、冷々した巷をこえて、
すひ込むやうな青い山の瞳。
私自身の映像を、
私は、山の黒い眼に見出す。

緑の髪は後にたれ、
はちきれさうな筋肉。
山は、笑みながら、手をのべて来る。
ほがらかな空の声。
山はじつときき入る。
ふかぶかした眠りは小鳥の中。
私の中に見出す山の瞳——山の瞳。

（十一月四日）

病的

秋の日はくれ、
暗い寒い影。
軒に病んだ親雀のかすかな叫び。
夕陽はもはや影もなく沈み、
ほの暗さをとほして、
白いコスモスが、来る夜の空虚をふるはせ、
すべてが、かぎりない青さにとらはれる。
病床に起き直る私の心。
しづかに秋の夜をうけ入れる。
私の心は、力弱い寒さに打ち負されて、
夜の心のすべてを認めやうとする。
冷淡な反抗は、
しづまり行く庭に、
しづまり行く家々に、
しづまり行くそれらの裏に、
ひそかにかくされやうとする。

私の体が、目に見えない虫に、
一つ一つ、その大きさを奪はれて行かうとするほの暗さ。

（十一月五日）

光

突き進むへさきは
ゆさぶつて行く、海をこえて
ゆれてゐる波だ。
すべてをしめつける月の光り、
黒々しい鉄のへさきの前に
無限に青黒く光つてゐる海よ。
月は、くだかれる海の水に、くだけ、
青い光りを吸ひこみ、吐きだす海面。
（私の荒々しい呼吸は、
光をすひこむ海の呼吸と合ひ、
冷い夜気をすひこむ。）
ぶつかる波は、
白々と、吸ひこんだ光りをはきだし、
遠く黒い海底に落ちこむ。
青と黒との光を、呼吸してゐる海。
突きすすみ、突きすすんで行く
鉄のへさきだ。

（十二月十日）

池

雲はかすかにかかり、
曲りくねつた道は、池に続く。
てりはえる太陽。
ゆれかかる紅葉の影。
池の面は、しづかにうごき、
大きやかに、ひらけた空気は、
ここちよい掌をまるめ、
池の中、
青空にとけこむ紅葉。
大いさに息をつまらせつまらせ
動かうとする。

（十二月二十七日）

先生——
（立場小なり。牛乳の詩の如きに行きつかねばならない。）

元旦に

恋人よ！
みんな明るいねむりにねむつたやうだ。
山から下りる淡い霧は、お前の体もとりまいて、
明るいねむりにねむつたやうだ。

星はかがやいてゐることだらう。
みんなの寝入つたこの夜、
ひとり、灯（とも）してゐる私。

風のないこの夜に、
時は動いてゐるのだらうか。
小川のかすかな流れも、
お前への手紙の上に、動いてゐるだけだ。
ひつそりかんとした中に、
お前の寝息がきかれるのだ。

凍えてゐる手。
ほのあたたかい灯（ひ）の光。
冷たい霧を通して、
鐘がなつてゐるやうだ。
除夜の鐘といふのか、
遠のく心を、近よせる。

（八年一月二日）

屋根

押しよせる光りの波、
おどつてゐる屋根の群。
一列、二列、三列、
柿の実は真赤にゆれる。

空気を圧へ、
打ちこんでくる茶色の光り
屋根は、溶鉱炉の鉄のやうだ、
真黒にゆれながら、
雲のゆさぶるやうな笑ひ。

松の黒、樫の黒。
光は狂つた肉体（からだ）をかくし、
おしのけ、抱きあふ屋根と屋根。
黒と赤の光りは、

あらそひとけ合ひ、
屋根はかぎりないおどり。

（一月十日）

雪

雪は無花果の枝につもり、
かるさうにねむる。
木木のうすいかげに星が光り、
土は、暖かい息を出す。

うすい光りの、一面にただよつてゐる庭園の畝。
冷々と流れた黒い溝。
庭はすき通つた夜の明るさ。

真白に拡がる原に、
青い空は、真二つにきられ、
星はうごく。
うすい光りに、空全体が、動いてゐる。
斜に下つたオリオンの星座、大犬、小犬、
天は雪に映えながら、
天と地とは動き、
すひこまれる心の沈黙。

野良犬のほえる声、
八時を打ち出す大時計、
遠くの寺の鐘、
うす白く光り、流れてゐる雲に、
湧きでる泉、
雪の光りにとけこむ。

ポプラの細い姿、
つらなる山山の影。
家家の壁は斜に光り、
大きく入りこむ山辺の星。
足下にしづまる真白の野原。
暖かい雪につつまれる。

東の雲〔ママ〕は、白白とゆれながら、
うす赤く輝いてゐる時計台。
煙突は真黒い光りをだし、
ゆたかな雪とのふれあひをつたへ、
ちらちらする家家の電灯。
野原のうねり。

雪はかるがるとふりつむ、
靴の底は、暖かい心、
うす白い原をあるく。

（一月二十日）

とんび

土手は、枯れた草の根をつつみ、
足の下に、長々とつづく。
灰色の池の辺(ほと)りに、
ざくろは、うす黒い姿を、すぼませ、
裂けた果実をくさらせた。

沼の面(も)は、ものうくすさび、
かり取られた葦の影。
ほこりをかぶつた川柳。
畑の菜つ葉は、赤黒く輝く。
雲は動かず動き、
遥かに光る堤の道に、
とんびが三つ円をゑがき、
ぼつぼつ歩む老婆の眼(まなこ)。

（一月二十六日）

暁

すみきつた空気を、
つらぬいて行く銀色の風、
林をつきぬけ、つきぬけ、竹藪、
雀の声、雀の羽音。

真白い光り、真白い土蔵。
小笹のゆれる風に、
晴れ返る池の波、
暁の色は、拡がりすすむ。

空の青、空の白。
黒い松は黄色く光り、
田の氷は、黄牛(あめうし)の足をうづめ、
空の雲をうつしだす。

（一月三十日）

橋

遠く拡がる街の明(あか)り、
白白と、響きながら、
橋は、さむざむとひそむ。

動いてゐる岸〔約二字分抹消〕、低くたれた夜の空。
橋の影はやすらかに落ち、
つつみこむ水のうねり。
トルコの平原、
大きやかにはつた青い空。

（二月）

手紙のなか

お前のまなこは大きい。
すきとほつた昼の月のやう。
ひきしまつた頬に、
すみきつた蜜柑のにほひ。

透明な体。
明るい光りの部屋だ。
黄色い猫がねむり、
赤いテーブル、白い陶器、
みんな、光りの湖(うみ)だ。

島はやすらかに目をさまし、
三時の太陽が影をおとす。
うねつてゐる田と畑、
小鳥は、初春をうたひ、
小川の光るひびき。

（二月）

海

闇。
真青の光のただよひ、
銀の海はまるまると昇り、
おしかへす空、
はりきつた海の面、
またたき一つしない空の眼、
にぶく波はきしり立ち、
銀の船に、

もれ上りもれ上り、
すべてをのみこむ円い海と空とのしづけさ。
貫いて行く船は、
海と空のかぎりない力の戦争（たたかひ）。
音もない大洋の叫び、
波はとびちり、銀の歯車、火をふくエンヂン、
くだける竜骨、
廻転する機関は空にひびき、
海はのみこむ銀の船、
もれ上りもれ上る海の力、
銀の船をつつみ、くだける空。
厚い空をうちひしぐ。

（二月二十四日）

銀の船

闇、
船は貫く。
鋼鉄のしぶきをあげて、
つきやぶる、しぶきの山。
凍結した海の黒、落日。
氷海は、裂けくづれ、
力ない最後のさけび。

ぐんぐん上つてくる船の先端、
真黒い光りの分裂、
白熊の吠えるするどい声、
船はうち破る、銀の歯車、
波は舷側になきさけび、
甲板には、はげしい荒風の牙。

光りは渦を巻いてすすんでくる、せん風。
つきすすむ銀の船、
船尾は烈風に破壊され、
くづれる鉄板、くだける竜骨。
音もない大洋の呼び声。
かぎりなく光る真黒い進路に、
またたき一つしない空の眼。

銀の海はまるまると昇り、
真黒い光のただよひ、
おしかへす空、はりきつた海の面。
にぶく波はきしり立ち、
銀の船にもれ上りもれ上り、

すべてをのみこむ海と空とのしづけさ。
貫く船は、海と空とのかぎりない力の戦争、
大洋の叫び、廻転するエンヂンの音、
銀の船をつつみ、くだける空。
空の圧力はすすみ、
もれ上りもれ上る海の力。

（三月十三日）

夏

墓地には大きな太陽がのしかかり、
鈍い空気のせんりつ〔うごき〕、
黒い樫の木は真直に立ち、
たれさがつたユーカリの枝、
松の葉の、重々しいかがやき、
こげた墓石の上に、
鳥が一羽、ねむりをむさぼる。

ひめぎくは、ぼろぼろとくすぶり、
絶えた風は、もえ上る煙。
草草の息吹、しま蛇のはふ音、
立ちならぶ墓石の列〔重み〕。
てりかへる太陽。
自然のわきかへる重み。

大きく見開いた墓の眼、
すさび切つた膚。
墓よ、蔽ひかぶさる死の快楽に、
なにもかもわすれきつてゐるのか。
花のない椿の群が、にげた蜜蜂を、
よびかへす、しわがれた風の音。

かわいた土に食ひ入つてゐる墓石、
死んだ男女のうごめきがする。
もつれあつた手、足、
落ちこんだ目の玉、
情熱は全身にみなぎり、
はてしない肉体のふるへ。

墓は静かだ、みんな静かだ、
皮膚はずるずるとむけ、
どろどろした液体、
茶色の髪の毛は、体にくひ入り、

甘いこやしをしやぶり、太る。
空には、ぶんぶんうなる一匹の熊蜂。

黒い太陽よ、赤い太陽よ。
お前のよろこびをもつて、墓穴をてらせ。
其処には、立ちのぼる甘い腐りきつた空気。
やわらかい鼻の孔から、
流れでる、重々しいよろこびの声。
限りない青空へと、びまんする。

にぶい蜜蜂の音がする。
広い荒野だ。
はちきつた臓腑［皮］をやぶり、
重りあふ蛆虫、
まるまるした白い腹をやきながら、
太陽は、重い空気をかがやかす。

「蛆よ、蛆よ、
お前は女がすきか、女の肉がすきか。」

真赤な光りのうごき、真黒な光りのうごき、
蔽ひかぶさる、太陽、
木木は呼吸をわすれ、
墓は生長する、光りをうけて。
よどみきつた空気のにぶさ。
「墓よ、
すべてを吸ひこみ、すべての人間を腐らせよ。」

（三月十四日）

白梅

明るいかほりだ。
遠くくもつた空、
じつとりしめつた地面、
春のあたたかさがする。
松の葉先には、すきとほつた露の群、
歩くごとに枯れた小笹が足をぬらす。

昨夜の雨に、白い梅がさいてゐる。
ごつとん、ごつとん水車が廻り、
かすかにふるへる花弁。
私は、お前の浄い接吻により
私の唇をきよめやう。
空は明るい、明るく遠い。

私の足音、梅の林の中を、
ひそかにぬけて行く。

しめつて、ぬくぬくした空気。
私は、私の顔を、松の露にうつしてみる。
つゆをとほして、ほの白い空がうごき、
とほくの山が、ほんのり紫色だ。
近くの小屋で、
大工ののみの音がする。

ひそ〴〵とした松の林、
しづかな空気のうごき、
松の林をこえて、白い梅の林。
緑のあざやかな露をふくんだ葉の間に、
白い梅と、とほい空がうごき、
おだやかな香りがながれてくる。

門はぴつたりとざされ、
番人は小屋にねむつてゐるのか、
水のふえた小川の、小笹を折る音がきこえる。

（三月十六日）

接吻

はげしい、いきれがする。
真黒い土の下から、
もんもんもえ上る火のにほひ、
つきない平原、
今にも動きださうとする樹木、
まとひつくつる草、
もれ上りすき間もない青葉、
生きた女のにほひがする。

いくら行つても緑の谷間だ。
日は、さんさんと、ふりかがやき、
厚い雲が、もえ上り、
草原の上に、黒い斑点をうごかす。
真青の空のかがやき、
真青の草原のいぶき、
無限に上り、せまり行く、情熱と情熱、
地の奥底をつきやぶる意志と意志。

つきない熱帯の林、草原。

おどり上る大きな太陽、
はてしない緑草の寝床に、
牙をかくした二匹の虎、
立ちならび、重りあひ、
ぶち上る、怒りの土塊。
わきかへる愛撫の力。
おしつぶされた草木は、
かぎりない酔ひをはなち、
高まり、狂ふ慾望の嵐。

真赤な太陽は、姿をかくした。
無限の青空の崩壊、
宇宙のすべての力は口にあつまり、
もつれ合つた舌と舌に、
力強い草原の、くづれ、
ころがりあふ二匹の斑虎。

すべては死めつし、生きている二つの口、
心臓は唇に、鼓動し、
激情は舌に、分裂し、分裂し、
太陽のうごき、
白雲のうごき、
波うつ草原のいきづき。
雄は豊かに目を開いた。
嵐を包含した静かさだ。
草はやわらかいかほりを放ち、
向ふの高原には、かもしかのなく声、
二匹のとらは、尾をまき、
うすく見開いた眼に、
広い空と、広い草原が、どうようする、
あまい、女のにほひ。

奥には、すべての色の火がもえ、
みちあふれた快いわらひ、まるい目のうち。
胸にわく、清い泉。

（三月二十四日）

泉に、一杯にうつる［光る］空と地、
風はさうさうと、四つの耳を通りすぎる。

（三月二十五日）

春

白い光りは、
ぬれきつた空気にひたり、

すきとほつた水面にかがやく。
世界には、清い水がみち、
つやつやしい緑の芝生が、
底のない淵の上にはえてゐる。
芝生をとほし、
あらゆる色彩の世界を、
この世になげながら、
白い光がかがやく。

世界はぬれた空気でみたされ、
水と空気との仲のよい融合。
うす白い泡は、底もない下方から、
いくつも、上り、
はるかに明るい空へ、
ゆれながらきえて行く。

真白い女の膚の群。
豊沃な体。
かすかに、空気をゆれ動かし、
いつまでも、下りてくる。
ゆうゆうと、水と空気とのさかひ、
明るいはだが光り、
生毛が、水と空気とをとほして
きん色にかがやく。

手、足、すべての尖端は、ぼーっとかくされ［ぼかされ］、
新しい芽をふいた芝生が、
腰にまとひつく。
何千としれない女の膚、
あとから、あとから、下りてくる。
処女のきよらかな色、
そこもない淵の明るさ。

世界は、ぬれた膚で一杯だ。
無くな〔ママ〕、なめらかな歩みだ。
明るい女達の心だ。
泡は無限の底から軽やかに上り、
幾千ともしれない女の膚が、
緑の芝生にそまりながら、
底のない淵を下りて行く。

（三月二十七日）

青空（四月）

青い四月の空よ、
どこまでも、青くしてくれ。
きんの粉を、お前の肩にふらせながら、
暖い墓石、ぬくもつてゐる大虻（あぶ）、
しづまつた影、鶯は、ほのかにさえづり、
椿の葉をとほして、桃の花が明るい。
あの、深い杉の森の上に、塔の先が光つてゐるよ。
お前！
軽い足どりで、つくしの頭をふみながら、
池の堤をあるいてくれ。

お前の美しい髪も、
お前の円い手も、
お宮の赤い鳥居と同じやうに、
黄金粉（きんぷん）に青くすきとほる、
池は、ふり輝く日光を、体一ぱいすひ、
お前の体を、うつすだらう、
歌つてくれ、明るい小鳥達よ、
私達の、はるか行く手に、
かすかに、にほひながら、
桜の花がちつてゐる。

歩かうよ、お前。
手を、汗ににじませて、
浮雲は、まんまるく、かがやき、
雲雀の姿はみえない。
石段は、若葉にかくされ、
落葉をあつめる尼僧達、
お前！
お前の子供の時のやうに、
清水の音のする、柔かい土手の上をあるいてくれ。
青葉をとほし、打ちだしてくる鐘の音。

竹林は、しつとりと澄み、
いちぢくの木は、ほこほこと立ちならぶ。
青い麦畑、ひくい百姓家、牛の声がする。
お休み——お前、
この、赤い椿の下に、
お前の姿をかざりながら、
青い空よ、四月の空よ、
どこまでも青くしてくれ、

お前の体を、青くすきとほしてくれ。

（四月十八日）

牧場

はるか明るい空に、土を打つ軽い足音が、する、
草原に拡がる風は、
空ひくくたれた雲を、ひびかし、
夕映の光りは、切りたつ崖を越え、
しづかに、波にゆれうごく。
明るい回転、
高原一ぱいの太陽よ、
海は、ゆつたり羊の鳴声をはらみ、
軽い、草をふむ音、海面を走つて行く。
緑草と砂のにほひ、緑草と砂の炎、
大きくゆれる太陽、海と、大地と、空のとける明るい泡沫。
泉にわきでる黄金のしたたりのやうに、
さうさうと、毛をひるがへして、風がふく。
羊達は、向ふにかがやく日光を、眼に光らせながら、
やわらかい甘い草をかむ音、
ゆるく開いた幾多の口から、たち上る草の緑、
草の緑のにほひは、子羊達の思ひをのせて、
海のとほくへ走りさる。
海のうごき、土のうごき、明るく空は昇り、
光りをふくむ風の愛撫に、
むくれた羊達の足は、広い芝生にもつれ、
ゆるい眠りは、沈みに近づく太陽より、
しづかに、光りを放ちながら、羊達の頭上に撒かれる。
おだやかな葬列、金色に光る頭の列よ、
羊達の体は、力強くうごく緑草の間に、
海の波をひびかし、うねらす。

草原をすべり、波をわたつて行く日光、
潮は、海に、まるい姿をたたへ、
空一ぱいにうつる明るい海の影、
はるかに、見えない海、とほく波の音を引きよせ、
羊達のかるく乳房をゆさぶる音、波の音、
波は無限の彼方にうちあひ、
空には、夕陽のひびきに応じながら、
無数の星が、黄金色の光りを、海にゆらめかす。
海と、空、しつとりかさなりあふ二つの体。
何の思ひもない羊達の心に、
とほく、海と空との夕映のゆれうごき。
草原一面にすきかへされる羊達、

冷え冷えと土の冷気が、
重い乳房に快く、牝羊達は、子羊をよびならす、暖い抱擁、
立派に発育［達］した腿（ふともも）の力よ、
子羊は、張り切つた乳をもみ、
口一ぱい、胸いつぱい、甘い親のはだへ
子羊の、起すうめきは、広く草原にみちみちる。

羊達の頭をこえて、しづかに、沈む太陽、
高原の向ふに、黒い夕映の雲の影、
雲をとほし、ゆらめく日光、
海面にぼうばくと、ひるがへるきんの羊毛、
海の風は、高く草原にまひ、
光りにひびく海は、群をなす羊達の心の上へひろがり［る］、
高原の太陽［草原にきえて行く太陽］、海の夕映、打ちつづく緑草のにほひ、
草の上にかるい足音、子羊は親をよび、
海と空にうちかへす、波の音。

（四月二十一—二十四日）

海

はれわたりすきまもない青空。
透明な蜜のしたたる響がする。
山辺の空気はゆるくふるへ、
むれかへる小鳥の眼（まなこ）、
暖い太陽、今日も、ゆたかに黄金粉をふらし、
ゆつたりと、打ちかへす海の呼吸。
砂浜は静かに明るい唇をぬらし、
其処には、日光を湧かす泉がある。

しろじろとしづみかへる波の音。
おだやかに太古の時を刻み、
いつまでも暖い未来の姿、
甘い塩をふくんだ風にのつて、
未来は、ゆるい力でつきすすんでくる、
拡がりわたる風の音、波の音……
しづかにうねりかへす海の肉体。

死人のすきとほつたにほひがする。
あらゆる光りのにほひがする。
はてしもない海の奥底に、
蜜となつて行く魚、海草、
ひそみかへつた歓びのいとなみ、
どんよりと光りかへつた蜜のにほひ、

限りないよろこびの無言の声。

遠くかすむ島々のゆれ、
昨夜のみちあふれた収穫に、
この上ない漁夫達の眠りは、
ひろびろと波の上に拡がり沈む。
毎日、暖い光りの酒によひ、
今、しづかに光りをはいてゐる海、
女達はでて、浄い膚をゆあみし、
親しみある海の肉体（からだ）は、
女達の光りにもえる体をきよめつづける。

はるかに、はてしない海、
ぼうぼうと広がるま正午（ひる）の空、
燃えたつ真白い太陽の中に、
しづかに、形なき、時計が、海の時をきざむ。
たえることのない海のいとなみ、
黄金粉は、ゆるゆるおちてくる……。

（四月二十六日）

幼な子

静々と打ちひびかす白銀の鈴（すず）、
快い風にたわむれる闊葉樹林、
白雲はゆつたり遠山に拡がり、
菜種は、大らかに開けた空気にほのめく。
一面にまきちらされた暖い日光。
大地はほのかにゆれ動き、
はるかにかすみ込む野原のはて。

竹藪影には、赤い椿、つやつやしい葉、
阪は、ゆるい、だらだら阪、
燕は、もはや、とび交はし、
青い水面［流れ］に影を落す、
遠くくもる桃の花、桜の花、
山には、ゆるやかな若葉の波、
谷川は静かに石につきあたる。

一面の麦畑だ、黄蝶、白蝶、
雲雀は、暖い巣をつくり、
波打つ麦葉のかほり、
幼な子が三人、畑の中を進んでくる、
やわらかい鈴の音、
ひばりは、やがて、空にとびたち、
幼な子の心はうたふ、ひばりの声。

さらさら流れる谷間の音、
木木の青い影、山は、もう深い。
くぬぎは、それぞれ芽をふき、
杉の林をくぐつてくる、冷たい風に、
赤椿の蜜をのみほしながら、
目白は、つぶらな目を空にひらき、
風は軽く羽毛をゆるがす。

阪は、きつい、林の中、
岩々は、暖い日光に輝き、
るり鳥が、谷間の葉をくぐる、
つきすすむ幼な子の心、
ひばりは、たえまなく、のどをひびかせ、
幼な子の心は、どこまでも、
白銀の鈴を、ふりつづける。

（四月二十七日）

激流

1

白日と宝石をとびちらす風の音、
青空は、石の門をもち上げる、
山道は、若葉をつらぬきとほり、
山の奥まですきとほる木の葉の鳴り、
空の中に打ちくだける日光の砕片、
暗闇は、かがやく白雲にうばはれ、
太陽は、はてしなく、紺碧の空［玉］をうちみがく。

2

谷川に勢もつてふき起る風、
水は岩岩にぶちあたり、
宝玉のくづれ、真青の水の真白い解体、
岩々のさけぶ声に、正午のくろぐろしい山鳴り、
激流は山をならし山一ぱいに流れ行き、
流れにみちみちる青い空のしたたり。

3

女の寝息をもつた青空の風音、
白雲は、しづかに、遠くへおくられ、
青空一ぱいに敷かれる豹（ひやう）の目、
どこまでも青い彼方に、玉石のかすかにもつれあひ、
青空の流れはゆるやかにうずをまき、
白く激する光りと風との衝突。

4

山を落ちくだける青い真空のうごき、

激しい水流は空の流れをのみ、
広々と拡がる野原のゆれ、
地面のゆれ、昆虫達のうちふる羽のゆれ、
どうどうと青空は激流に混流し、
乱れる日光と風とは、
空の動かすあらゆる機能を光り泡立つ奔流にそそぎこむ。

5

勢こんだ空の運動、
水は、青空の流れをのみこみ、のみこみ、
色もない空の真中へすひこまれる。
山と、野原にわきかへる野獣の静止。
蜜蜂と、（山蜂と）虻の羽の無限の静止の回転。
青空に、流れをほとばしらせ、いつまでもやまない激流、
見えない彼方に、水と空のふれあふひびき。
みちあふれた日光は、はげしく宝石と宝石をうちならす。

（五月九日）

闇

低く空に浮きだす真黒の山巓、
赤黒い月は、大いなる雲にかくれ、
悲しい過去の物語を、
ためらひ語る暗黒の巷、
つきたつ冷い森影を蔽ひ、
墓石をけつて、声をしめらすふくろう、
蛇の目は、空しく赤い月光を求め、
きらきらと、鱗と土とのふれあひ、
重く肩に下りてくる春風、
ぬるくゆれ上る蒸気のにほひ、
獣達は、血を求める唇をぬらし、
打ちだす焦躁の鼓動は、
小枝をつたひ森に拡がる。

そのとき、高らかに、酒宴は開かれ、
もろもろと語り合ふ地下の人人、
あれはてた死衣は、過去の冷たい光をひらめかし、
はらはらと、黒い大地に歯はこぼれ、
腐肉にもえ上るぬるいゆらめき、
交りあつた肋骨のひびき。

しづかにぬれる椿のむれに、
さるすべりの根は、むづと入りこむ。
よろこびのかたらひ、うつろなわらひ。
闇はおののく森影をすひ、

ゆれかへる木の葉のしづまり、
肉体なき人人、ぼろぼろとくされた話し声、
草々のはきだすためいきの音。

（五月二十二日）

北国

ふりつむ雪に、
白鳥よ、はだをかくした衣をぬげ、
向ふの山から拡がる雪の香り、
馴鹿は赤い燈をゆり、渡り、
雪の下にきこえる木木の声、
恋人よ、明るい暖炉に、
いつしよに、暖いコーヒーを飲まう。

（五月二十五日）

舟

ああ、海一ぱいに拡がる舟、
くらやみが海を見えなくしやうと、
明るいひる［昼］が波を黄金にしようと、
ゆつたりと、その体を水にたたへる。

私の故郷……、海よ、舟の故郷、海よ、
力一ぱい、海の白い体をいだき、
するすると、黄金の帆を、朝日に下す。

きりの中に、すみきつた工場の汽笛は、
進み行くへさきの立てるさざなみに、すひとられ、
帆柱の間を、かもめ達の踊りが走る。
すつかり霧をやぶる朝日、
夜の眠りは、はるか明るい半島にきえ、
船べりを打つ［にあたる］波の一打ちごとに、
海は、明るい紫色の眼を開く。

高く昇つて行く朝の空に、
鳴りわたるろの音は、緑の藻の香をまきちらし、
かなしい思ひ出の鞭もつて、舟子等の心を打つ。
風は、海の波打つ体と、波打つ心の絃をふるわせ、
わきあがる朝日は、はるかに情熱の足をバラ色の海にひたしに来る。
しづかにゆれる海の体、きらきらとかがやく膚の色。
立派にうねりかへる眉の線、
朝日にかがやく白い腹は、なめらかなすべりから、

夜の情熱にいきづく虹色のひびきを、ふくらませ、
ああ、船は、帆をあげる。昨夜の情熱を胸にかくし、
男々しく、海の体を抱擁しながら、
港の人人の生活をわすれ、姿をわすれ……
朝日につつまれた過去をわすれ、
浄々しい性慾の交換に、
かさなり合つた海と舟。

太陽は、わるがしこい猿の如く
苦い思ひ出に、取り入れのかまを光らせる、
希望の風をはらみ、
私の小舟、私の故郷、私の海は、
光り泡立つ無限静止［純粋無限の静止］の世界へ、
緑色にかがやく後方の連山、
港の繁栄をふくんだ陸土、
前は、つきない光りの波頭。

夏はみるみるうちに、船に生きかへる。
真白い海と真青な空との世界、
赫々と昇つて行く太陽は、
ほとばしる光りをもつて、いつまでも、
二つの世界を打ちみがき、

舟は、海と空に、融入し、融流し、
どこまでも真白にすきとほる意志と感情。

感情は意志に融合し、
海と空との後方目がけて走り行く。
すみきつた太陽、すみきつた白雲、
海の膚をやさしく愛撫する微風、
乳房は、うちゆれる波にゆたかにたるみ、
塩を交へた風にふるへる。
ああ、海一ぱいに拡がる小舟、
私の心は、舟の上にゆれ、海にゆれ、空にゆれ、
空の故郷、海よ、海の故郷、空よ、
小舟は、帆一ぱいに、あこがれの力をはり、
無限の静止めざして、すべつて行く。

開墾

太陽よ、青空のひとみ、
真白い土に鍬を打て、
広々とひびきわたる石英のうね、
柄一ぱいにとびちる土の重さ、
鋤は、黄金の光りを、左右に、まき。

光りと光りのふれあひ、空高くかくれさる小鳥の羽、
明るい風は鋭く青空を突き、
すきとほつた玉と玉とを透ほす空気のにほひ、
日光はゆたかに、鋤をうごかし、
鋤にしづまる、うねとうね。

青空を動かす機能よ、
鋼鉄の幹に斧を打て、
光りをみだす真白い風の音、
透明な光りをはねかへす土の固さ、
松の葉はきらきらと風に立ち、
青空にかがやく無数の針。

青空やわらかく、流れる兎のねむり、
兎の足に、快くふれるディヤマンの光り、
青空の底一ぱい光りをすひこみ無数の宝玉は、
きらきら光りをゆらめかす灌木、
太陽の打ちだす鼓動の静止、
青空は、大きく野にひるがへり、ひるがへり――。

日光よ、太陽よ、
鋼玉の意志を土に打て、
空には、ひばりの羽のきらめく回転、
宝石をとばす蜜蜂のうなり、
向ふの山巓(てん)に残る雪のすずしさ、
野原のはてにはゆるやかに白雲が下りてくる［の下りてくる
影」。

太陽は、空のはてから、はてまで、鍬を打ち、
はるかなりわたる山山の峰、
小鳥はゆるくディヤマンを打ちあは(ママ)し、
光りの鋤は、輝く野原をすきかへす。
朗々と宝石をひたす小川の流れ、
青空をきる、黄金色の山のはだ。

（五月三十一日――六月二日）

燕

空高く、はるかにひびく残雪のかがやき、
底もなく冷えかへる青空にすむ山の巓、
あたたかい緑草は、ゆるくはきだす息にゆれ、
かるくとぢた眼に、みちあふれる日光、
燕は、はてしない野原をきりひらき、

海一ぱいに白いはらをひるがへす、まひるの空。

（六月七日―十日）

湖

円い平原［高原］の中の谷間に泉はわき出で、
湖ははてしなく回転する一つの滴。
木木の影は明るくすみ、
小道はまるく茂みをつらぬく。
はるか拡がる湖（みづうみ）の静けさ、
青い夜空の下……つめたく林をくぐるふくろふの声、
遠く湖の後に山山のかすかな連なり。

空は明るく、一面の湖（うみ）のてりかへし、
空高く白雲は湖（みづうみ）を渡り
淡い光りをはなつ湖の回転、
高く空をゆるがし、水蒸気は立ちこめる、真白いかがやき、
だうだうと湖に落ちる瀑布のうねり。

声もなく瀑布の音をすひこむ林の透間、
渦をまき深く沈む月光の谷間に、
一羽の梟は、羽ばたきを奪はれ、
此処、湖面は、もり上る一つの滴（したたり）、
その一つに、無数の水滴は光りかがやき、
青い空の下、湖は、音もなく、無限の速さに回転する。

湖辺の小屋に幼な子はひとりねむりに入る、
交りあふ、波の音、夜鳥の声、
しづかに揺籠は幼な子の心を、
かるい吐く息はまるまると青空をつつむ。
星は、ほのかに空の底よりもれ、
林間には灌木［草々］をゆるがす小川の沈黙［流れ］。

瀑布の音はゆるやかに湖面を流れ、
湖の底深くゆれる月光に見えぬ目を開く魚達、
底知れぬ深みは、ゆらめく光りをすひ、
まるい湖は、今、一双の汽船をうかべる。
遠く瀑布は、汽船を動かし、
空の中に真白のへさきはするどく、青空の渦を切る。

遠く夜空を圧しあげる瀑布の音、
幼な子はヤウランの中にゆたかに目をさまし、
船はかがやく湖の頂点より姿を消す。
瀑布の水に、一刻一々もり上る湖の廻転。

空の渦巻は洋々と広がる光り、
かがやく光りは、はげしく渦をまきしづかに湖へ下りて行く。

遠く涯しない高原の中……湖（みづうみ）は一つの円い水滴（したたり）となる。
青空をつつみ、空一杯に輝く水滴の廻転、
山をはなれ湖（うみ）はまるまる、もり上る一つの世界、
湖（みづうみ）は、空の中に一つの建築をくみ立てる。

夜空は、湖（うみ）の中に幾重にも渦を巻き、
空はかぎりない向ふに青くすきとほる。
木立の中、木木の影は明るくすみ、
谷底に泉は冷たくわきいでる。
小道はまるく茂みをつらぬき、
はるか拡がる湖（みづうみ）の静けさ、
青い夜空の下、つめたく林をくぐるふくろふの声、
遠く湖の後に長い山山のかすかな連なり。

若葉ゆらめき、林間に光りがゆれる。
月は林の上にでる……空は明るく一面の湖（うみ）のてりかへし、
空高く白雲は湖を渡り
月光の白くすみわたる青空の渦巻、
高く空をゆるがし、水蒸気は立ちこめる真白いかがやき、
だうだうと湖に落ちる瀑布のうねり。

黄櫨

白白と砂は流れる海辺の小川、
正午の川に人一人とほらない。
（はぜの林よ、空高く大雲をよべ）
立ちこめるほのあたたかい、熱のゆらめき、
川岸に、なまぬるく灰色のはぜの林はつづき、
うすざむく、せみの声はほのくらい。

海近く、すきとほつた雲は川を渡る、
わき起る情熱のしぶき、
ゆるく、二つの体をゆさぶる波の音、
太陽は二人の体をすみきらす。
ばうばくと広がる［くすぶる］空の中に、
二人の男女のはげしい営み、目をつむつてゐるらしい。
波は、はげしく空をあらひ、
快いうごめきは、下りてくる。
おだやかに雲はとける
此処、はぜの林、
はぜの実は、しづかに蠟をしたたらせる。

太陽はやわらかく情熱をふりそそぎ、
うごめく男女を赤くもやす。
あらゆる山河をばつせうした支那の道士は、
あらゆるものをとかす、はぜの林に、
不しぎな魔術をぬすまうとし、
遠く海鳴りは、はぜの葉をゆるがし、
男女のうめきは去つて行く
あたたかい太陽の光りは、黄色く葉をひるがへす。

雲よ、
空よ、空高く大雲をとかせよ、
はぜの林よ、空高く大雲をよべ。
すべてをすひこむはぜの林、
風は、此の上、幾千尺、はるかにまきおこり、
此処、低圧の人をのむしづかさ。

白昼、青空の奥深く流星はもえつくし、
めらめらと空気はやかれる。
しづかにかげをゆさぶるはぜの木、
ゆさぶりゆさぶり、空高く音もなく、雲をとかす。

ノート3「L'exercice」

（小説『車輪』創作ノート）

一九三四（昭和九）年二月〜三月

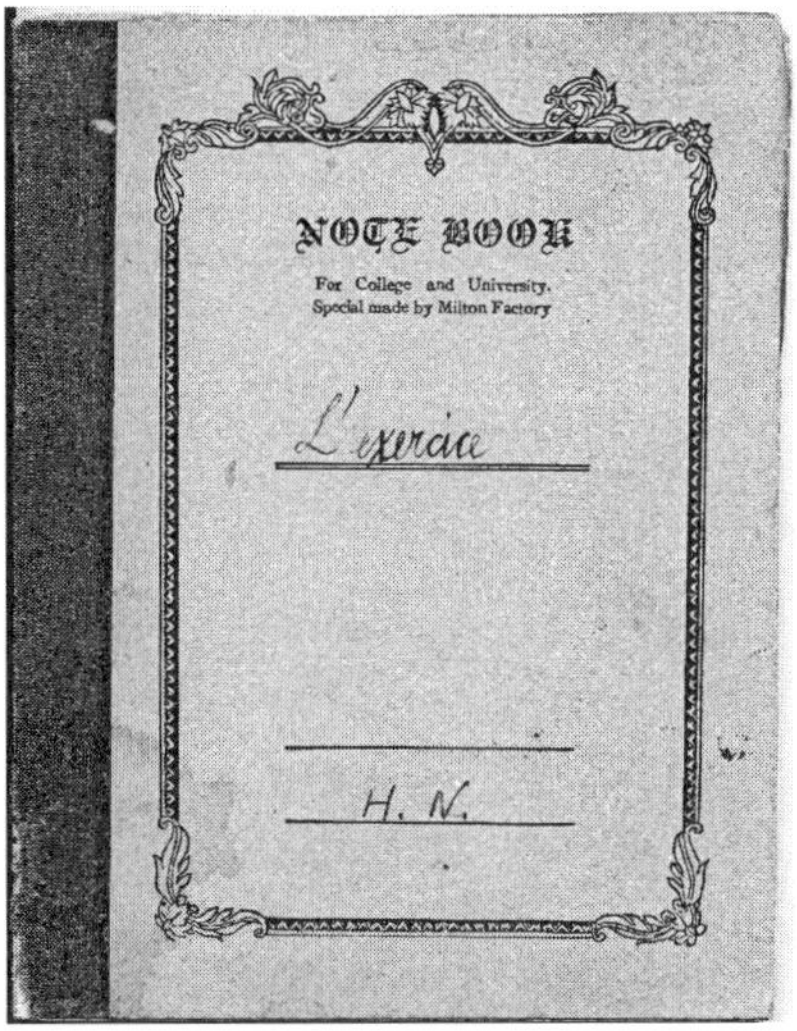

生死の中に涅槃あり、涅槃の中に生死あり、生死是涅槃、涅槃是生死として、しかも、これに住する勿れ。不住に住するなかれ。

（一九三四年二月二十三日）

「その澄んだ眼はいつも、雨後の海を浮ばせた。静かな波打ちがある。しかし、それは、軽い塩の匂いを乗せた風と共に身体全体をゆさぶって来る。」

志津子は自分であんだらしい薄紫の毛糸のショールに少し顎をうずめるようにしていた。緑色の裾がひらひらした。彼岸が経ぎたといっても、まだ午後はきまって風が出た。

進介も黙って歩いていた。小さい町の外は静かだった。

「家もだんだん駄目になって行きますの。」

先刻こういって眼をふせた志津子の姿が浮んできた。「兄も……。」で言葉を切ってしまったが、そんなことはどうでもいい、どうでもいいと思った。こんなことをいう筈の女ではなかった。進介の前へ向けている眼の左下の方で、緑色の着物がゆらゆらし、白い足袋をはいた小さい足が、小きざみに、動いている。後から来る風で、志津子の使っている香水が鼻を打った。それは、すぐ古い記憶の中の感覚に働いた。ゆらゆらと、着物がゆれて、志津子のゆれていた体が近よった。固い胸と肩をだきしめた。夜だった。それも、星もない夜、川原は、何故か風がばさばさした。

「駄目、いけないの。わたしなんか」。志津子の言ったこんな言葉と共に、志津子が自分の腕から逃れようとした。静かな、しかし暖い手応えのある動作が体の底に、帰ってきた。

「わたしなんか。」――手のことを言っているのだろう。そのとき進介は、この女の心に一番むごくふれる手のことを頭に浮べた。一、二、三、四、五、六、こう数をよんだ。それが何だ。指が六ツ。そんなこと、そんな意識が、強い熱した体の何処かに冷く見られた。それも思いだした。ひばりがうす赤く暮れだした青空の中で、寒そうに鳴きつづけた。

鉄橋の向う側へ、二人の足は向いていた。そこへ行くのが、二人のいつものすることだった。二人とも、口に言わず、そこへ行くことにきめていた。そしてそれは、互に通じあった。其処では、静かにさまたげられることなしに、話が出来たからだ。

薄茶色の手袋。

女学校でのこと。

志津子の父の死。侮辱の堆積。

茶店。

指という言葉と特別に結びついている志津子の頭を考えた。彼岸がすぎたと言っても街の外は、まだ寒かった。進介は黙って、口を強くつぐんで歩いていた。

志津子は、少しはなれながら、後から「突然変異が恐しいのか。」「それじゃ、子を生まないようにしたらいいのだ。」まだ、街を余りはなれていず、人が通りながら振りかえってみるので話は両方ともとぎれてしまっていた。志津子には、それの方が、かえって気安いらしかったが、進介は何か、頭の中が、不愉快なものでつまっているように思えていた。

「私生子」

志津子は、ぱっと顔を赤くして「もう、何もいわないで、……許して頂戴。」

何ということをいうのだ、と苦しみながら、頭の他の部分が、美しい顔だと思った。

その夜進介は、自分が、「志津子の兄」になって、火をつける夢を見る。

「へへへ……。」

――――

バイ毒の話。変な潔癖。死。

共産主義の話。志津子の兄と志津子との離れ。
志津子の母の情慾。
進介の他の女、カフェーの女給。
　進介の妹
　　母
　　父
　　家
　　祖母

俳句で春ほこりというのか、白くほこりが道にかぶさり、田には緑の〔一字不明〕や、赤紫、緑の斑になったいちごの葉が、よくみると、小さくゆれていた。


「俺はあの六本の指のみを愛しているのかも知れないぞ。」こんな思いが頭のおくに浮んだ。そして、もっともっと深く志津子の指と顔を、ぐたぐたに思いうかべながら、慄然とした。俺は、志津子が六本の指をもっているということを愛しているのかもしれない。

五本の指をもっていたらきっと、何の興味も、目も引かれなかったかもしれない。

「自己ギセイ」という言葉を愛しているのかもしれない。

それとも、六本の指の子供を生んでみる、そんなことに変態的な執着をもった狂人かもしれない。

――すると、志津子が指をぴくぴく慄わすにもかかわらず、手袋をとり、志津子の六本の指にその六本目の指に荒々しく接吻した時のことが頭に上ってきた。


志津子が結婚してから、俺のギセイに対して苦しむだろう、その苦しみを愛しているのかもしれない。今まで苦しんできた志津子を、――丁度もう一きわいためたら、むごたらしい、呼吸をしだす状態にある猫を、見ると、いつも、一きわいためて、苦しみに落してみたくなるような心が、この志津子に対しても働いているのかもしれないぞ。

――苦しんできた志津子を結婚ということで一呼吸つかせ、一層くるしめてやろう、と思うのかもしれない。

一度救いにはいったものが、又その状態におとされたとき、一そうその状態を苦しいものに思うにちがいないが、そのように苦しめてやろうとしているのではないのか。

それでいて、あの志津子をだきしめたい。あわれんでやりたい、という気持もある。

優しい言葉を（会社からかえってきて、すぐ接吻してやりながら）かけてやる、こんなことも想像する。

可愛くてだきしめて、猫をだきしめて殺してしまいたくなるように（半ばにくしみ的な愛）。

愛する半ば、そういうにくしみがあるのかもしれない。——しかし、これは理性的な解しゃくで、俺の心の中には、もっともっとみにくい狂的なものがあるのかもしれない。

志津子の母は、志津子の兄に対して、「不義」の子、志津子を生んだことで、いつも、おずおず［びくびく］としている。ヒステリー。

志津子に、泣きながら、お前を片わに生んだことを許してくれといい、畳に頭をすりつける。私がわるかったのだ、病人の夫をすてて他人に走ったりして、そしてすてられて、生まれたお前がこんな身だし、バチがあたったのだ。

——そうかと思うと。

自分自身、志津子に頭を下げたことに、腹をたてて、

「へん、私がどうしたとおいいだえ、お前は、私がわるいわるいように思ってで、おいでやが、私に何がわるいとこがあるのだえ、私をうらんだりして、……私のしらないことだ、しらないことだ、そんな身になったのも、私のせいに思ってるのだろう。……」

志津子も指のことにふれられるのが一番つらかったがしまいに、慣れてくると、母を一人、居間に残して外に出ることにした。すると、帰って来ると、きまって、きげんがよく、「不二」をきせるにつめながら、今日は、魚を買っておいた、と言って、それでもやはり、何か、間がわるいのか、一寸頰を赤らめながら、何か、天気のことなど話しだすのだった。

兄に対しては、いつも、他人のように、こびをふくんで、許しをこうような目付をした。

兄はそれが一層いやで、だまってしまい、（むりに）しらん顔して新聞をよんでいる。

志津子は、自分自身にそれが向けられているのだと取って、泣くということは、もう娘時代に余りにも泣いて、泣いている自分に憎みさえ感じるようにはなっていたが、いやな兄を殺してやりたいという感情と、又、兄を救ってやりたいという感情をいだく。

自分を、指六本の故に、いけないもの、と考えることに満足し、近頃、その満足に腹が立ち、腹が立ったことに腹が立ち、

……

「自分を侮辱すること」に満足すること、それへの反抗、その中和。

何故、指が六本だと、自分を侮辱せねばならないか。

進介に対して、進介は、この女を「自分をギセイ」にしてたすけるという気持を好んで、この女、自分を愛しているのではないという風にとったり、又、愛してくれるが故に、自分

は、彼と結婚しないと考えたり、又、彼との甘い性交の場面を半分えがいて、けがらわしいと打けしたり、かきいだいて、接吻してもらいたい、昔の甘い、からい男の唇を、よく思いうかべた。

——

進介はちらっと接吻しようという感情が起るのを感じたが、すぐそれが他のおしづまった感情に圧しけされてしまうのを感じた。

大きい空をみていると、小さい自分が変にいらだたしくなったり、した。

過去の接吻のまねというのに気がかかった。

接吻という気分にはいれない。二人の気分が、きっと、ぴったり合わなかったのだろう。

——

女の恋は性慾を上品にかざる一つの感情にすぎないかもしれないぞ。

——

志津子の一家の、暗い場面ばかり想像していたが、あの家だって、そう一日中泣いたりしずんだりしている筈がないし、志津子にしたって、指ということを常に頭で意識しているにしても、それが習慣になってしまえば、その常に意識しているということを更に意識するということなしでは苦痛が起らないに違いない。

そして、ふだんは、もっと、何かつまらぬことで笑ったり、甘えたりしているかもしれないのだ。じょうだんを言ったり。そして、又、本をよんだり、ぼーっとしたり湯へ入ったり、夜ねたり、髪を洗ったり白粉をぬったりして、それが大部分にちがいない。

泣いたり苦しんだりは、ほんの一部にすぎないのだ。それに自分は、それが全部だと思ったりしていたと冷たい気になることもあるし、しかし、一つの苦痛は、全部の苦痛だとも思ったりするのだった。

——

志津子は、指という意識をもつが故に同輩と少しも打とけない。向うから打ちとけて来るものを、自分に同情していると見、同情にうえているくせに、それが自分と同じ女の同情だという点で自分のひけ目、同情なんていって、きっと、うぬぼれのようなものだと思い、又、同情するなんて、あつかましいとか、同情していい気になっているのだろうと思って、うちとけない。

それでも一人だけ気持のいい女の友達をつくったが、その一人の信じていた同輩に裏切られる。

それで一層気性が強くなる。

しかし、男の前（進介の前）へ出ると急に固くなったり、又、感情にもえたり、冷えたりした。

進介は、燃えながらも、頭に冷たいものが働く自分をよく知っていた。


———


女って、友達でも、「やはり、人を利用することしかしないの。」

「女に友情はない。」———ニーチェ
「人の欠点を。」

進介は、この女と自分との関係は、少しも志津子は知らない。志津子の世界には、この女はいないと思ったりしたが、不意に、この女と関係がある自分と関係のある志津子に、たとい志津子がこの女について知らなくとも、志津子にはこの女が働きかけるにちがいない、自分という男を間接に通してでも、この女の明るいすべてに安心しきった性格が志津子の常におびえた、それでいて、傲慢な性格に——又生活にしみ入るにちがいない。

志津子の世界には、自分がこの女を知るようになってから、この女も存在しているのだということを、進介は強く感じたりした。

（する
される）　両方共

「同情という形さえきらいになったような生活は苦しいだろうなあ。」

「ふふふ。そらあなあ。」

「同情するのをいやになるという方がずっと、苦しいと思うがどうだろう。」

「そんなことは、妹にでもきいてみろ、俺は、苦痛なんてことは知らん。苦痛がなかったら、どうして生きられるのだ。」


———


無のハキチガえ、ニヒルと無。

仏教、キリスト教。

道教、老子。ニイチェの愛。

人が何か過去の追憶におそわれるとき、あたりのすべてのものが過去に通じ、過去が今へ落ちこんでくるものである。電柱とか野原とか太陽とかが、少しも追憶のじゃまをせずに、かえって、追憶を生々しく救ける傾向がある。


———

「死ぬって、俺なら、バイ毒にでもならないと死なないな。」
進介
「へへへ。」ぎくっと、しながらも、兄が言った。そして、お前のそんな言葉にまけるものか、と言ったように、挑戦的に「俺は、バイ毒だから死ぬのだ。近日中［い内］に、へへへ。」
死の原因がわからないと思いながら空を見ていると、空にコーヒ茶ワンが見え、あのときの言葉がさーっと浮んできた。

ケッペキの彼が俺に、自分がバイ毒になっていることを言うなど、余程あのとき、俺に怒りを感じ敵意をもったにちがいない。

バイ毒の体を火事で焼いてあとに何も残らないようにし、誰にも、何にも言わず死のうとしていた彼が、俺にあのときあんなことを言うなんて。

あとで、言ったことを思いだして、自分に腹をたてたにちがいない。そして、俺があのことを知っていると思うと、きっと死ぬのが苦しかったにちがいない。

それにしてもあんな思想をもった男がバイ毒一つで死ぬというのも変だと思ったが、彼の思想と感覚との変なつながりもみとめた。

若いものにしっとしている母の心がわかった。

時々、まだ残ったはげしい性慾におそわれるらしい母のことが、いたましく、又はずかしかった。

――――

志津子は自分の父や母に対しても、ちゃんと志津子が自分と結婚した場合のことを一度考えてみたにちがいない。そして、それらの圧迫が決して、ひどいものではないが、じくじくと、志津子の上に落ちかかって来、しまいにはどうすることも出来なくなるようになるのを、知ったにちがいない。――進介

進介の父。

志津子の伯父。

母の不義によって遺産を奪えり。親族会議を開いて、腹の黒いその弟の妻君（主人は人のいい人）とくんで。

志津子の母は、その二人の冷たい意志が自分の上に意地わるく氷のように乗って来るのを、はらいのけることも出来なかった。

それは夫の病中の不義とそのむくいに指六本の女の子を生んだということが、弱い、しかも特殊な神経をもったこの女のはずかしさをかきたてたからでもあった。

夫の病中、突然のひどい性慾になやむ一方、夫と全く別な、さっぱりした、テンタンな男が表われ、その外ボウのテンタンサのみに目をうばわれ、信じこみ、その男のひどい悪らつさを見なかった。その男は、時々今も来て、金をもって帰る。

アクラツナ男――金による意志と冷コクな残にんさをもって、表面をテンタンとかその裏に情熱をかくしているつつましさとか、そんな風にかざるのが上手。相場師。

進介の父――相場師

そのアクラツな相場師の古の友。今は手を切る。父に志津子の母との関係をすっかり話したり、進介にキゲンを取ったりする男。

進介は父を軽蔑する。

ドストエフスキーがすき、「へへへ」と、「チイト麦打ちに」とに〔ママ〕偏執狂的な執着をもっていたので、又、じっと自分の目の中を見入るので、突然こいつ気狂いではないのか、それとも、今、急に狂い出すのではないのか、と思うこともあった。

鉄郎が少し年上。

鍛冶のセン板工。

自分から無理になる。

共産党の「親方」党員。

進介は、すべて理解できないというものはなかったが、何かそんな理性的な以外に病的な処があった。

彼の傲慢と虚栄が彼を孤立させ、人からさけられ、又人をさけるようにもなった。

ヘンシツ狂、セン病質

ハイ病的

セイ慾

彼はその女の性病をうたがい、出来るだけ予防できるようにしていた。

それだのに或るときにはきまぐれを起して、遊閣〔ママ〕へ行ったりした。女郎にキスしたり、サックも予防薬をもたずに行ったりした。

イヴァン、ラスコリニコフ、

ラゴージン、スタブローギンがすきなのだ。こんな男の血が流れているのかもしれない。

日本人になれないのだ。

近頃日本人になれない人間がふえてきた。

日本人になれないのが近頃の日本人かも知れぬ。(しかし、日本人て何や)

日本語さえよう作らない。

ハデな――

洋服とか流行色を用いるのがいやに恥かしい。

優しくて残忍。

「やさしい人間は残忍だ。」

対話には突然の妙。

必然の関係がほしい。

発展、停止。飛躍など。

「僕は中学の時のことをよく思いだすが、君はもう一寸も思いだないのか。」

「俺もよく浮べるぜ。」と彼も率直にいった。

しかし、彼から圧迫を受けていたなどとは、言わなかった。――それはお互によくそのことを知ってもいたし、それにふれたくなかったので自然と、そうなったともいえた。

ちぢれたような猫のようなどう孔が開いている眼。

性交中にでも冷せいな俺はどうすればいいのだろう。

――

中学五年頃からドストエフスキーを読みニーチェを読み、へへ……のくせがつく。

「キリスト教の愛。ニーチェのはにかむ愛。」

いやですわ。いけなくってよ。

「いけないわ」。

そんな、お兄さんみたいな。

「へへへ」

――

夜の会合

――

六本目の指は切っても切ってものびて来る。

手袋、ホータイ。

その夜、夢を見る。

彼が切っても切っても、にょこにょこと切った指が立ち上り、元の志津子の手にひっつくのである。彼は絶望のような気持と明るいこっけいな笑いとを同時に感じた。すると不意に鉄郎が表われて、

「へへへ」と笑っている。志津子はすぐきえていなくなった。

「何だ。」

「へへへ」

「やめないか。」

「へへへ」

「やめろ。」

「へへへ」

彼は大変あせって汗を出していたが、彼も「へへへ」と言った。心の底ではどうしても、言うまいとしながら。

「へへへ」

二人が、「へへへ」

彼は、ぐっとくいとめようとした。

すると目がさめて、目の上の電灯がぱっとした。

彼は電灯もけさず寝入っていたのだった。

――

中学の時はよく夢を見た。

そして夢をたのしみにしていたが、これ程彼を圧迫〔するよう〕に感じた夢などみたことがなかった。

――

彼は又近頃、夢ではきっと、いい夢をみなかった。夢をむしろ恐れたりした。夢の重苦しさが後まで残るのがいやだった。翌日は頭もはっきりしない。

「それがお前が皆［夫］にする技巧かい。」

「まあひどいわ、ひどいわ。あんなこと、こんなことといわれるのも、元々、私がわるいのだけど。」しおれる。

「は……。」

――――

「もう、ねようか。」

「今夜、とまって行く？」

「そんなにびくびくしなければならんのか。」

「金がないのだ。」金を取って行く。

――――

鉄郎は誰からも金を取らない。

「そんなことばっかり言って、せっかく、まっていたのに。」

「しかし、今夜はとまれないぜ。」

智的な対話なし、進介は気が楽になる。

城田という令嬢との対話。

結婚の話。

父との対話。

母との対話。

祖母との対話。

志津子の体。

「温泉へ行ってくれ。」

一夜どまり。

温泉で交る。

――――

子供が腹にあることを志津子がつげる。

進介は、ダタイしようとする。

成功する。或る医者にたのむ。

ドヴュッシイの「牧神の午後」について、野原を歩いていて、突然それを思いだす。

それと同時に空一面に、無数にうかびあがる一人の女の顔、無限の大さ。赤、うす黄。

思想は刻々生きるのだ。

一刻一刻の思想の相違。雨の日と天気の日と。

雨後（朝から雨ふりて一言も物いわずウッセキせる後）に急に快活になり、しゃべりだすこと。

朝と夜との感情の相違。

無頓着という名のきょ栄心のこと。

この指という言葉は……。

「指々」とくりかえし、頭の中へ落ちて来ると、かえって平然となって、何もないように思えてくることもあったが、そうかと思うと突然、ぐっと、彼を興奮させ、いたましくさせ、その反対に満足にひたらせることがあった。

本能を消すという［そうとする］ことが、不幸におちた（小さい時から）女の一つの本能かもしれぬ。

それとも、そうでないとしても、本能を消すということが女を一番苦しめ、重苦しく圧迫し、せめるにちがいない。

一層女を、灰色にするだろう。——

——しかし、灰色になっているということに虚栄的な満足をうる女や「自己ギセイ」をなしたという満足を味う女や（救世軍の女のように）。

そのくせ、或るときは自分のそのくらい生活を、あたかも、他人が自分をそうしたのだと信じこむようにして、世の中をうらむ。そして、そのうらみの中に快を見出す女。

女の本能。

理性で自分を支配していると思っているといつのまにか満足という本能におかされてしまうのが女だ。

いつのまにか本能全体に蔽われているのが女だ。

志津子が自殺する気にならないことがない筈はない。きっと自殺を決心したりしたにちがいない。


進介への愛がそれを止めていたのかもしれない。そして、もう自殺しようというようなひどい長年のうちに又年をとって急激な悲哀はおとずれなくなったのかも知れない。

母親へのブベツ。

しかし、進介には、はっきりわからない。


——————


女は、あんな店にいるのだから、人ずれがするということはあるだろう。しかし、あの賢さは（冷たいものをもった）人ずれだけでは説明できないだろう。あんな店にいては、「指」のことが一層思いだされるだろう。気がまぎれていいと思っているかもしれないが。しかし、気がまぎれることもあるだろう。

俺の考えている通りでないかもしれない。笑っている、愉快にしているかもしれない。

しかし、今、志津子から受ける感じからはそうとは思えない。もっと、異った根本的な深いちがい、源があるのだ。

志津子にも傲慢な点があることを忘れるな。

女には誰でも傲慢があるものだ。


鉄郎の弟。

兄に対して、志津子はあんな批判めいたことをどうしていうようになったか。一寸した時の気分かもしれない。

兄に対して、もっと、おどおどしていなかったか。「指と私生子」で。

しかし、兄に親しみをもっていたことはたしかだ。

兄はゴウマンだから、時々、志津子のゴウマンとフレアイショウトツしたにちがいない。

物を一日中も言わぬ志津子。

彼のは勿論、学校の作文のときに、「天皇はどうとかこうとか」書いて、校長から説諭を加えられる、すると級のものが寄ってきて、どうだ、どうだったときいたりする。それを、ほこりに思って、一層目立つようにする。そんなセンチメンタルなたちのものではなかった。鉄郎は勿論、そんなマルキシスムを承認してはいなかったけれど。

センチメンタルな「言表」は、四年生の夏から秋にかけて、チブスをやり、そのとき、センチメンタルからぬけ出てきた。

そして、進介との二人の友情とか対立とかが、一層それに役立った。

二人は、センチメンタルを嘲笑した。そして間もなく嘲笑うことさえやめて、何の感動もうけず（それに対して）平然としてしまった。（センチメンタルを嘲笑うというのも一種のセンチメンタルかもしれない。）

「あいつの体を君のものにしてしまってくれ。おい。あいつをブジョクするのはやめろ。あいつの体を自分のものにして、あいつを捨てろ。その方があいつに取って、なぐさめになるのだ。いつまでも自分の不幸がほしいあいつだ。あいつの不幸を取ってしまうな。あいつは、あいつを同情するものに圧迫を感じるのだ。あいつを愛するものにも、その愛の中に同情を見出すのだ。

あいつは、愛してほしい。それは女だもの。しかし肉体的に愛する以外、あいつを承知させない。あいつは傲慢だ。あいつは同情に、たえられないのだ。あいつを、同情するのは、あいつを苦しめることだ。あいつは苦しみを愛する。しかし、こんな苦しみではない。人から侮辱される苦しみだ。こんな運命を負って生れたと、あいつが予定しているそのヒサンなヨ定的運命をつぶすな。

あいつは、自分の観念を愛している。」

「しかし、それを打ちくだけば、新しいちがったものが出てくるかもしれない。」

「しかし、その時は、あいつの死ぬときだ。それまであいつは、この上なくヒサンだ。あいつはあいつの予定した不幸にいれば幸福なのだ。あいつは、君に肉体を奪われ、すてられるのを予定に入れている。」

「いいや、彼女は、もっとピュリタンだ。」

「しかし、女だ。女にピュリタンなどない。」

「うん。しかし俺は、俺の思うようにする。」

二人の怒り。

進介も、鉄郎の言ったことを、かつて考えてみなかったこともなかったのだった。


鉄郎の弟、……女のような性慾。

神経は男の太さ。しかも女がすき。

「それで女になりたい」中性的な男。

余り仲がよくない。

鉄郎と同じ腹の兄弟だのに。

かえって、鉄郎と志津子の方が親しい。親しいといっても鉄も志も独立的な人間。対立。

弟は、その間にはさまり、ひとり、にやにや笑う、また別な人間。外見は肥えている。

しかも神経質なり。

自分の母をはずかしいものに思い、そう思うことをもはじる。


鉄郎の女。××夫人。好人物の夫。

××未亡人。子供あり。女の子、十六歳位。


鉄郎ノ弟の女。
○○夫人にすてられる。
女郎屋に行く。バイ毒。

後、○○夫人はまた弟にかえってくる。ソレハ或る青年にすてられて。弟は仲々性交の交りをしようとしない。遂に、交り続け、一週間後、死ぬ。


令嬢とのエンダンを持ってくる。


ヒョウキンな伯父一人。

酒のみ、好人物泣きみそ、女に［妻に］すてられる。

老年に入りかけている。青春をくやむ。快楽はもうこない。

「弟さんは」と言った。

彼はその人の名をよぶことがなかった。いつも弟さんといっていた。

志津子の兄だった。が鉄郎の弟なので「弟さんは」と言ったのだった。

「義二さん？」と志津子がきいた。

文学青年に対するアザケリを持つ一般の青年たち、そして、文学というものに対する熱情をはずかしいもののようにかくしている。そして文学を本当に理解することが出来ぬ青年達に対する反抗。

髪はなでつけ、後で無造作にたばね、黒い円形のくしが一つ横にさしてあった。瞼は一寸ふっくりふくれ、一皮目の眼がじっと、遠くをみていた。（とおくにかすむように、二人の左後の方に、もう二時間ほどもしたら沈むであろう太陽のよわい光りをうけて、かすむように、紫色になっている山山、とくにその頂上の松の列びをみているのだろう。彼女は、それがすきだと、よく言ったものだ。）

鼻は、骨立たず、しかし、すーっと筋がとおり、見ていると春のスロープのように快かった。唇は厚くなかった。紅もあまりぬらず、赤くもなかったが、それと言っても、ペラペラシャベルようにうすくもなかった。わらうと、かすかにえくぼが右頰にはいった。

そして、顎は、円く、くびにつづいていた。（この顎を、いくら彼は愛撫したことだろう。この、やわらかいまるいもの、それこそ、つつましやかなやさしさ、というこの女をよく表しているものだった。）

それだのに、今は何とつめたい目だろう。

時々、きらきらと光る眼のおくに情慾のきつい光りを見るが、これは、この自分のはげしい内部にかくした情熱の故だろうか。

しかし、その女が情慾を起したときに感じる、一種特別なはり（空気のはり、それは或は肉の匂いかも知れない。この女にしても、女であるからには、肉の匂いがないはずはない。この女は肉ばかりだからな。）を感じるのは、俺の心のあやまりだろうか。

つつましく、しゃがんでいる女、まるい腰、腰の内部をみたい。すれば、すべてが解決できるのだ。しかし、俺には、この位のことが、この女の心の動き位のことが、わからないのだろうか。何ということだ。何ということだ。俺はどうしたというのだ。この女を圧し倒したいというのか。しかし、又、倒してはいけないとささやくものがあるではないか。どうしたというのだ。

この女も圧し倒してもらいたいと望んでいるそれのみをのぞんでいる。そら、あの股の中にすべてがもえている。あの乳房をみよ。あの女の心臓の音がきこえないというのか。

女は肉だけだ。女の性慾をお前はようみないのか。

彼の目はもえてきた、心臓が鳴り、足がふるえた。さーっと冷たいものとあついものが急激に交りあった。彼は立ち上った。

そして冷たくいった。

「帰りましょう。日がくれてきた。」

「ええ。」女は、足をおこし、ぐったり前へ倒れかかったが、ぐっとこらえた。女の目には、しょんぼりした影がみられた。

彼は、しまった、と思った。今までの女の気持がはっきりとわかる気がした。しかし、もうだめだと思った。

女は、もう自分で自分の心を「きたない」ものとののしっているにちがいない。二度とあんな心をしりぞけるにちがいない。

女はもう静かになっていた。

二人はだまってあるきだした。日は赤く、街は向うにしずかに灯をともし、二人の足音、くつと、フェルトの草りの、かるい音があたりにひびいた。

風はやんでいた。百姓が向うを牛を引いてとおった。

「彼は、そのとき始めて、相手を女として見、不具としてみなかった。後でそれを思うと気持がよかった。」

指のことはすっかり忘れていた。

志津子と会っているときは、これまで、いつも指という言葉が俺にかぶさっていたのだなと思った。そうだ、志津子にもかぶさっていたのだ。しかし、今日は、志津子にもきっと、たとえ一寸の間にしたところで「指」という言葉はなかったにちがいない。

志津子は「この一寸の間」をきたならしいものとして責めながらも無限の幸福として、いつも腹の中に、「自分の理性の対象として」は、かくしてしまい（理性のとどかぬところに）玉のようにいだいているにちがいない。

志津子の進介への愛。↑—後のこと。—↓

第一回の「性交」も、この「たのしさ」が、志津子をそれへおいやった。

しかし、志津子は、其処で「ゲンメツ」を見た。

性交も、指をわすれさせなかった。それは進介が「指」のことを頭からのけることが出来なかったからでもあった。

鉄郎は、

「俺がこないときは、こいつを、だいてねるんだな。」と犬をたたいた。

「へへっ。こいつ。」

「いや、又、へっへっへっ、なんて。」

「へっへっへっ。あなたの方が上手ですよ。」

「いや、そんなことばっかり。」未亡人は若い人のようにいった。

「へっへっへっ。犬をやいているんですよ。接吻もするんでしょう。犬の長い舌を、口にくるんで、だきしめながら××

×……。」

女は顔を真赤にしていたが、「バカネ」と幸福そうに言った。

実際、鉄郎が或る友にこの家へ紹介されたとき、女が犬を（しかも大きな奴を）飼っているのを見て（彼は遠くから声もきいた。）ピーンと、「へへへ」と笑ったのだ。

女とアイサツした後、この女の美しい裸体が犬の上へのしかかっているのを想像した。

女の顔のキンニクの動揺、向うから女がくる。すましている、近づいたとき急にキンチョウがとれて頬の目の下のキンニクがぐらぐらとゆるむ。目がぼーっとなる。即ち、頭は、じーんと意しき的でない恥しさを感じる。

身も世もあられぬという気がする。とおりすごし、「何じゃい」と思い、気をとり直しゆきすぎる。

一寸して、ふりかえる。向うも「ふりかえる」。「何だ」と二人がおもう。二人とも、「一寸いける」と思う。

―――

「キョム」思想。

起重機――男根。

二人相対しているとすべてが忘れられ、ぼーっとして来るように思えた。しかし、すぐそのあとから、兄や弟や母や、伯父や、自分の父や母や、妹やの姿が浮んできた。

―――

進介は、志津子の耳をみながらひょいと自分の妹のことを思出した。妹はまだ十六だったが、もう発動しかけていた。

―――

内気なはずかしがりの傲慢な女だった。

―――

ハイカラな軽々とした洋館が海辺にあった。其処に起るインサンな事件。夫人がその家を慾し、男は、もっとねちねちしたものをもった男だった。男はあそびにくる夫人の男の友や女の友すべての心を、一つの、苦痛を以て犯して行く。

―――

中学の時始めて志津子の不具を知ったとき、「そんなもの何だい」といいながらも、それに圧されて、博物通論の本を開いて、変異の処をしらべたのだった。

突然変異とかいてあったことがうかんできた。

それを、しらべたということが、女の陰部をのぞいたようにマルデ卑劣なことのように、思えてきた。しかも、性的なコウフンを交えて。

志津子の生活が常にヒサンであったりしてはならない。ヒサンなことは稀にしかない。しかしその「稀」のときがきたら、強調、誇張さえやらねばならぬ。

「手をにぎりしめる」と指が六本であることに気づく、その六本目の指には余り神経が通っていないので、手の平などにふれると、すぐ頭に来るちがった感じが来て、その指のことをきつく思いだし片輪の自分をつよく意識するのだった。(わざわざそんなことをする。女の意識の中を知って)

進介は、なるだけ、志津子の手をにぎらないことにしていた。志津子もそれに気づいた。進介はそれが一層志津子につらいだろうと思ったが、手を握るということは、くせにもなってだんだんできなくなった。

進介は、女の桃色のマルイ手をにぎった。

志津子とちがふ。

一本、二本、三本……五本だ。

志津子は六本、こんなことを思うこともある。

――――

或る夜、進介は酒をのみに行った。うすぐらい寒い夜だった。酒をのんでその女のところへ行くと、ソレにフレラレルのがいやなくせに、わざと弱虫といいながら、フレラレニ行く。

(つまりフレルヨウニスル。)

そして、女の指を、一本、二本……五本と、しゃぶる。と青い顔の志津子の姿が自分にうかぶ。

――――

俺は、もっともっと、緊張して行くかもしれない。心は、はりきってきた、ということが頭をかすめ通った。

――――

あるきながら、眼がねむく、頭が時々いたみ、熱があるように思えた。

――――

今日、志津子にひる三時半頃「××」へ来てくれと手紙を出し、来てみると、もう志津子がまっており、ほほえみ、二人は、こっちの方へ歩いてきたこと、を思いだした。

――――

風がきつい。

――――

自分でおしはかる志津子の意識をどうだろう、俺は俺の考え方で志津子の意識を推量している。――一体、志津子に対してもそうだ。志津子をみるのもそうだ。しかし、人は皆そうだ。志津子の考え方をそのとおり自分で考えるということはできない。

それは仕方ないとしても、志津子はどう考えているのだろう、と思う。私の推量は皆ちがっているのかもしれない。こう思うと女というものが、益々わからなくなってきた。

――――

教養ということを、進介と鉄郎との話題にすること。（チェーフォフ、ドストエフスキー）

羽山の兄のこと。（一度話してみよう）

自分で自分の頸をしめ、くくりたいように思った。

「若者達の性慾をどうするか。」

姦通した女が、夫と情夫と自分と三人が寄って話し合うとき、泣く気持。

1、或る女は、自分が罪をおかしたとせめる。

2、罪をおかしたとも思わず、女の本能で、ぼーっと泣いている。

3、「罪をおかした」なんて、そんな考え方になれず、それでも、泣きたい気持になる女。

4、「罪をおかした」と思うが、そう、大して気にもかからない。しかも、二人の男の中にはさまって、どっちにも、いいように返答することなど出来ぬから、涙でごまかす。（しかも、女は、それを意識しながらも、本能的になく。）

その他。

道をあるきながら、二人にひどい沈黙がやってきた。その沈黙と、はずかしいもののように感じるらしい女の気持。

それが自分の心に感じられて、たまらなくなり、又いやになり、平気になる。

〔以下、小活字部分は、ノートにはさまれていたものである〕

「桑原が、熱がでたからきみのことを思いだした、勝手なものだ。」と言ってきた。そいでも、あいつ、こんなことを自分が言うということに、自己満足的な喜びを感じているのだぜ。それは、僕も、桑原が……で、それに自己満足的な喜びを感じているのだぜと言ったりすることに喜びを感じているのと同じことだがね。」

子供をひどくたたき、しかり、しかも、「可愛いければこそしかるのだ」という常套的な親の言葉ほど、いやなものはないだろう。

青い昼の月↓。

彼は、物をいうのもいやになっていた。

不具という言葉は上ってくるが、私生子という言葉は上ってこない。しかし、ちらっと、「私生子」という言葉を彼女が

浮べて、はじているのではないかと思うような意識がやって来た。

――――――

彼女の意識の中に「不具、私生子」これがごたごたと起っているのを想像する。

――――――

二人は、ぼーっと歩きだした。

話は、今度は単調につづいた。使いすぎた意識のあとのつかれ、しかも今まで話し合ってきたそのダセイとして話がつづく。

――――――

信仰、神についての二人の対話。

――――――

彼の家族は、私生子とか、不具とかを許さないだろうと彼も考え、そう彼女も考えるだろう、とおもう。

咽喉に、ハレモノが出来て、いつも、口の中にへんな匂いがしている。舌にブツブツが出来、口中バイ毒でないかと、心配したりした。

雨がフルト、頭がいたむ。

ふと目を上げると、半月以上の昼の月が丁度中空に白く、ぼんやり出ている。

――――――

くもった日、赤い太陽が、輝きもなく、くっきりと黒いリンカクをもって、西の空に有る。

――――――

「どんなことでも平気でやれるようにならないと駄目だ、心を動かさずに。」

女に、こびるとしてもだ。君のように女にこびることをいやがってはだめだ。そこを越さねば。

わざわざ、こびなくてもいいが。調子までいやがっては、だめだ。こびなくとも、こびているように思うのが女なのだ。

そして、うれしがって、いるのが女なのだ。

今の日本の女には教養がない。

――――――

しかし進介は、女にこびるのがやはりいやだった。そんな越え方などしたくないとおもっていた。

――――――

よめをもらい息子が、ドウラクをしなくなったと思うと兵隊に二カ年もとられ、いくら働いても働いても、おいつかず、――弟の姉のキョエイのために(又それに対して、小言を言うのをはじる母である故に、ただ自分がギセイになってという、ただ自分さえだまって、何でも自分の腹一つにおさめてという母なる故に)。

やせて、病気(タン石、ルイレキ、ガン)で死んで行く。

と、その家はつぶれ、嫁は、国の家へかえり働くと、アソンデいる間はえらそうに言っていた弟は再び肺病になって死んで行く。

金という言葉の食い入っている子供たちのいる家。或る子供は金をケイベツし、あるものは求める。
皆子供たちに金が痛切に関係するからだ。
そんな家をかいてみたい。
金の重味でぐったりしている母、子供までが、男子までが、金の針でさされるのだ。

「一度ルンペンでもしてこなければ、大きな人間になれへん」と言いながら、ルンペンで、人の手伝いなどして死んで行く、ずるい男。

党の中にいて、又、地下にもぐって、肺病にむせび、だるい体、熱の体を横たえ、血を口にくくみながら、医者にも見てもらえず、一人の女を純に愛し、女の事情で失恋する。男はその女を心の中で肉の対称として空想の中にオリ込ムが、やがて、すべての肉にあきてついに又清い愛の対称として永遠に愛するぞという気持になる。

何物にも平然としている男、誰とでも話をしても、自分を低くしたとおもったり腹を立てたりしない。

周囲の頑丈な人人から圧しつぶされ、社会の動かす機械に圧しつぶされて死んで行く男。

「浅岡謙三なんか、三十二で、代議士なった。親父の威光も遺産もなしに」といいながら、人の手つだいをし、金をピン引くこともしない廉潔の人の死。
それは、志津子の家の変化に起る。

二つの傲慢な家。志津子の家、進介の家。
父親がちがうが志津子と鉄郎は仲がよい。
しかし、志津子は、兄を批評したりするたちではないのに、今日はどうも、頭の働きが変化したようだ。

あらゆる点に於て、賢い。しかし、悪くいえば、臆病であり、狡猾な男。(伊吹を見よ。)

進介の姉、出もどり。
他人のすべての「男女の関係」について、シットをしている。

姉さんは、「手淫ばかりしてるから、そうなるんだ。」無意識的に軽蔑しているのだろうかと思う。

――――

「こうして筆や紙や、しかも、活字などが発明されないとしたらどうだろう。」

「恐しいことだ、文学など、栄えないにちがいない。人間は、きっと生命を、生活を失ってしまったにちがいない。へっへっへっ、俺も、今頃は、干上がってうえ死にしてるだろうよ。

あのガード下ででも、へっへっへっ。」

自分がもはや気持の上で歌さえうたえなくなってしまうのではなかろうか、いやもうすでにそうなっているのではなかろうか、と思い、試みようとするが、歌の調子がうまく出ないようなことがあって、歌さえうたえなくなっているとわかったらどうしよう、とそれがこわく、試みることさえようしない。

――――

灰色ののしかかる古いくさい壁紙。

皆が話してさわいでいる。彼も心ならず、冗談を云って坐っている。気がくさくさする。

不意に、自分の股を開けて陰部をつかみだした、という気がする。どうしたのだろうと思う。皆が話している。気がつく。そして、更めて、陰部をつかみだしたら、皆はどうするだろうと思う。自分が今にもそれをしそうで（抑えれば抑える程）恐しくなり又、こっけいになる。俺はこれほど人間を……。

へっへっへっ、と鉄郎の真似しながら、ムリに意地わるく、すべての自分の意識を、にぶい銅のようにしながら、つぶやいてやることがある。

「まあ、ひどい……なんで、進介、お前は……」と一寸顔をそむけ、あかくなりなきだす。

母も、父も、それに対して、どうも言えない。姉は、すてられた良人を思いだしたり、下女と下男の話を、ぴりっと、さえぎったりする。

進介と志津子の間に口を入れる。自分で恥しい思いをしながらも、口を入れずにはいられない。

「志津子と姉との対立。」

進介は一人男だし、家からはなれられない。こんなところに幸福などある筈がない。志津子の現実的な考え方。

脈ハクを数えて見る習慣の男。酒のみ。

「へっへっへっ」子供はもうのまないで下さい、と泣いていうのです。うちの初子なんか、のんでかえってくるとだまってみているが、目にはそれが表われてる。私にはそれが一番つらい。それに、初子が戸を開けてくれるのだし、他のものは、兄も弟も妻も、知っていて知らぬふりして、初子に開けさす。妻なんか、そんなだし、つらいけれど、その心がけが、知ってて知らぬふり——そのうち、自分達の態度に私が後悔を感じるとでも思ってるのだろう。私が、いつも後悔で重い重い心をひきずってるのを知らない。私は、ムリにあいつらの知らぬふりを利用してやる。

しかし、初子だけは、あの目は、どうも、「へっへっへっ、かわいそうで。」

へっへっへっ、もう、百二十も打ってますぜ、どうも、又四、五回打ちどおしで、とまらない。死ぬかも知れんてな心配も起す、俺が死んだらやはり葬式出さんけりゃならん。息子なんか、それが一番、恐しいんやろ、へっへっへっ。

百二十五、三十もっと、打ってるぞ、こらいかん、もう一ぱいでおつもりと、へっへっへっ、ぐっとのむ。

泣く。

———

「お母さん」と母に言うことさえはずかしくて出来ぬ男。「おかあちゃん。」——の習慣で。

———

「俺の母は肺病だった。

俺は、母に、兄貴よりも多くかわいがってもらったのだ。それで、俺は、肺病になり、兄貴は丈夫になったのだ。過不足なしというやつだ。」

———

「人生は何という退屈なのだろう。灰色の退屈な話以上のものは、何処にもみられないし、退屈な話以下も何処にも見られないのだ。」

「へっへっへっ、人生が灰色だなんて。へっへっへっ。おかわいそうに。」

「俺を、侮辱しているのか。」

「侮辱を退屈だと感じる君とちがうのか。へっへっへっ。」

「……」

———

「あなたは、出来ないんですって、皆がいったりしているんですの。どうしても結婚しないのだって。ほんとに、失礼ですが、あなたが不能者だったりしませんわね。」

女はなまめかしく、しかし嘲るように男をみた。

「へっへっへっ、一つ、奥さん、あなたに試験していただきたいと思っています。していただけたら、光栄です。へっへっへっ、一つ、奥さん、不能者かどうか、あなたのその体で、その膚で、その腰で……その手で、その唇で……しらべて下さい。へっへっへっ……奥さん、どうです、一処に寝て見ましょう。」
夫人は、どぎまぎし、立上り、すわり、あかくなり、性慾を感じ、恐しく、ふるえ出す。

――

兄と妹
姉と弟 との性愛
姉と妹 されど兄と弟はない。

――

こうして、丁度今、俺と同じように、女と会いながら、何の交渉もなく、女と心を打ちくだいてしまうこともなく、かえって行く男が、あるかもしれない。丁度こんな河の夕陽の中で、こんなことをちらっと浮べた。
しかし、それは、自分自身のことを、自分の心の中で、他人に見直してうかべたのと同じことだ。
進介は、ゆるい足を引きずって、女とはなれてしまいたいと思いながら、急に、はなれるようなこと、二、三間はなれて歩いて行くようなことをするのを、かえって、恥しいように感じ(女もそう感じているだろう、という考えが頭を走った。)た。

――

「インテリ女給」という名をかかげた、高女出のさも自分は「インテリ」だという具合に見せる女、英語をはさんだり、発音のなっていないフランス語を話したりする女が、一番馬鹿に思えた。(そんなのでも、進介の性慾を動かすことは動かすのだが。)
淳子は、そんなのではなかった。女学校を中途で引いたといっていたが、肥えた、中がらの女だった。違った肉の香がするのだ。

――

中学出のルンペン。
「しかし、君はなぜ、軽蔑している連中と、軽蔑している社会運動なんかするのだ。」
「俺にもわからない。へっへっへっ、わかっているのだ。君は、俺は圧されている。ひとりでに圧されてしまうのだ。この中へ、そして、俺の軽蔑、俺の嫌悪も、俺がこの中にいるからかもしれない。人は皆、自分の仕事を、一寸した軽蔑でみないか。いやそれにしては余りに俺のブベツは大きすぎるし、この中から出てもやはりつづくだろう。」
「おれ達はみんなおとなしい連中だ。おまえもおれも、他のやつも、みんな人間は。」
志津子は確かに俺の一面がある。羞恥心から、暗い方面はもっともそうだ。意識の動き方にしろ。

「東京がきらいだと言うのも？　天皇がいるからだろう？」

「へっへっへっ、そればかりでもないよ。京都はすきだぜ。気候がわるいくに。」

進介は女に厭いてきて、社会実践へだんだんはいって行き、鉄郎は、社会実践から女へ。しかし、運動に加っていると女だけは、不自由しないが、しかし、幻想的な肥えた女はいない。

――――

俺は、実践的な女なのかもしれない。俺には、しかし、表面的なもののみが実践的行為だと考える考え方がくっついているのだろうか。

「まだ、当分こういう人の時代だなあ。しかし、人口の中にその光りが動いているのがみえるのだ。」

ドビュッシイの音楽。牧神の午後

――――

自分の夫が道楽をするのを、自慢にする女。大坪。神戸のお婆ちゃん。

――――

男の裸を見るのは、こっけいだ。

裸の人間というと、こっけいに見える。

女を見ても、性慾がなければそう見えるかも知れない。芸術品と、本物とをくらべたりするのが、間違っているのかも知れぬが。いくら、自然どおりに作ったって駄目だ。

ロダンのバルザック像を見よ。ブールデールのアングルの像を見よ。

――――

軍人がきらいなわけ。

彼の恋人を取ったのは、軍人だった。彼は、しかし、それ以前から軍人が嫌だった。

――――

女の同性愛の問題を、取扱うことも、やってみよう。

――――

そう考えていると進介は、急に自分が、鉄郎の弟になったような気がした。――しかし、それは、やはり進介を土台としての鉄郎の弟なのだ。進介がなった鉄郎の弟なのだ。

――――

進介は荒々しく、志津子の手袋を引いた。女はぐっと口をとじて、目をすえた。進介は、何も感じまいとしていた。手袋をぬいで第六番目の指にはげしく接吻しはじめた。女は、ぐったり、気を失うようになった。

――――

他人の心裡にくびをつっこむことが進介を冷たい、苦しいものとしていた。

小説家。

――――

進介の虚栄を忘れてはならない。

こんな奴と、話すだけでも俺の価値が下がるわ。こんな奴、話しかけてやるねうちさえあるものか。――しかも、後で、そうした心理の動きをもった自分自身をあざける。

一体に、女には、体を与えた男からはなれられない本能がある。

しかし、それは、春婦の場合にも、表われているだろうか、どうか。もし表われるとしたらどのような心の状態をもつか。春婦が男の体を求める求め方は、瞬間的であり、それが想起となって、もどって来ることはないのだろうか。又、多夫の女が、すべてのその夫に引きつけられている、その引きつけられる引きつけられ方はどうだろうか、肉的、心的、内的、外的。又肉的にしても、その男との性交に用うる技巧、習慣、接吻、又、男の髪、目、金銭その他。

又、一人の男、しかも、始めて、処女をあたえた男しか愛せない女、しかもその女は他の夫をもっている。

又、一人の男しか愛せない。そして、肉体的な関係は一度もない。接吻のみ。

又、一人の男にしか肉体を与えず、今は独身、又、一人の男にすてられ、しかもその男を愛している。

その他。

――――

理論のみを言うプチブルの息子。たやすい興奮。

「そんな奴、ほっといたらええのんや」と鉄郎が言った。

「飯を食われへんような男」のことなど。

「その代り、俺自身も、そう言う身分になっても、ほっておいてもらいたいのだ。」

――――

ドストエフスキーの心理解剖にしっとをいだいている男があり、常にドストエフスキーを頭において、ドストエフスキーの心理解剖に反したことをしようとする。例えば、平凡を好むとか、衒いを好むとか、感傷に入ろうとか。

しかも、それこそドストエフスキーの心理解剖のとおりそのものであることを知らぬ男。

――――

しっと、人が物を言ったということでしっとし、はなをすすったということでしっとし、しっとと憎悪。

ドストエフスキー中の人物はすべて、淫蕩という考じ〔ママ〕を出さない。――その中にさえ、何か真率なものがある。

スヴィドリーガイロフでさえも、私には、私よりずっと淫蕩でないように見える。


洋装の女が（白粉と口紅）下りてくる。私がみている。女は神社の前で私の方を見、一寸、もじもじする。私には女の心がわかる。横の方をむいている。女は急に神社に礼をして、一寸私の横顔を見る。私が女の方へ顔をむけると女はもうすまして、すたすたあるきだしている。

洋装の女と神社、少し、へんだ。


「へっへっへっ、俺は俗物なんだ。」

「へっへっへっ。」

鉄郎の弟は、余りにも生命を愛していた。

それ故にこそ、自分の病気の体を、もえる炎の中で、やきつくしたのだ。生命の発するところ、虚栄は常に活動し、虚栄は、はてもなく、生命を、くらいつくす。


進介は、自分自身の「心の動き方」に従ってのみ、人の心の動き方を推理した。

そして、女の心の動き方というものは、全く、自分などとちがったものをもち、ちがった、もっと肉体的なものをもっているのを知った。

それは、自分自身にもっとも近いと思える。

志津子でさえにも、そう感じられる時があったのだ。


女の肉体を軽蔑する。欲しながら。

思い出。

突然、「今日こそ、会わねばならない、会わねば死にそうに思われたりした。」昨日の朝のこと、そして、夕方会ったときの、失望、その夜の考え、今朝がたの、会おうか会うまいかのためらいが、思いだされた。進介。


俺と女とが共にもつ過去。しかし、女のもった過去と私がもったものとは同一な筈がない。俺は接吻し、女もそれに応じた。しかし、女の心は、そのとき、どうだったのか。

俺は、空の青さを、眼に入れたりしたが、日がてっていたが。


しかし、俺と全く同じもの（過去）をもったことがないだろうか。俺の心をとおして、（俺が、志津子の匂いをとおして、物を感じるようになったように、志津子は俺をとおして物を見なかったろうか。）

「次郎兄さんは、『戦争と平和』が一番すきだとか言ってましたわ。ドストエフスキーの『罪と罰』もすきだって、いつも何か書いてますわ。」

「ふん、『戦争と平和』か、次郎さんは、あなたの兄弟の中で一番おとなしいし、明るいですね。」

「そうでしょうかしら。でも潔ペキよ。こまる位ですの。」

「女と寝ることが出来ないかしら。」

進介は、むりじいに、言い切った。

志津子は顔を真直にして答えなかった。

俺が志津子の体を求めていることをこの言葉で言おうとしたのだと志津子は、取ったかもしれぬ。

夢を見た。するとあらゆる人の心の動きがはっきりわかった。

しかし、つまり、夢の中のすべての人は、俺という人間の他の一面なのかもしれぬ。

しかし、人間は、共通点をもっている故、本当の人物かもしれぬ。

「恋愛には、夫婦の間の愛よりも、もっと、どんよくな、動物的なものがある」という横光利一の言葉を、進介は思いだした。「しかし、それがどうしたというのだ。俺は、もっと獣的になってやるのだ。」と心に言った。しかし、やはりそれは、心の内だけに言った言葉であり、外へ動作となって出なかった。他の押しつまった感情、強い圧迫や、はりや恥羞〔ママ〕が、その言葉をおしつぶしにかかっていた。

しかし、その言葉のような感情もやはり、一つの感情として、死なずに動いていることは動いていた。

——

翌日、新聞を見た。心中や強姦の記事が目に入った。また、春だなと進介は言った。

——

××党、全滅、こんなのも見た。転向をちかうというのも見た。

バカな人達だ。転向か、と思った。

そして、これは鉄郎の影響かもしれない、と思い、自尊心がつぶされたように、一寸しゃくにさわったが、自分ながら、それを打ちけすように、くすくすわらいだした。

鉄郎の強い唇が「へっへっへっ」と言っているように思えた。

——

こうした体に生れて来たことを恥じ、世をうらみ、悲しみながらも、大きい自尊心をもっているということが、この近代の人の特色として志津子にも見られた。しかも、それは、早くから、父を失った家庭（又は、父が余り権威のない家庭）にそだった特長でもあった。

恥じながらも、自分が不具であることを恥じていることを明らさまに人に示すことは、一層いやなことなのだ。

保しゃくされて、牢を出たときは、何もかも、ふらふらになること、を忘れるな。

しかし、鉄郎は、二、三日ねたきりで、岩丈な体を、すぐ回復させた。酒が、この世間を明るくし、彼のもっている楽観とも悲観ともわからぬ、流動性のある思想が、すべてを、はっきり明にした。


「しかし、俺は、マルクシズムを嘲笑したりしている。そして、そうするのも、俺の生れつきなのだ。俺は、そんな一つの主義で、仮定のある一つの主義で、しばられるようになど、生れていない。マルクシズムが世界を統一しようとするなら、まだまだ無数にいる俺のような人間を全部殺してしまうか、人間をつくり直すかせねばだめだ。へっへっへっ。

しかし、俺は、あの、相互扶助なんて奴は、一層のことい や だ。うすっぺらいしろものだ。他の人間がどうなったってしるものか。しかし、俺もこう言う以上、どんな他人にでも、かまってくれ、とはいわない。政府はどうしろ、とか、貧民を救えとか、いわぬかわりに、又、社会の人が俺に職を与えなくともよいのだ。俺は、俺だけでやって行ってやるのだ。」

こう言いながら、鉄郎はマルキスト連中のソボクさを愛している。そして、マルキスト連中に寄って、飯を食っている。


指が多いということ、このことによって、女としての外形をかえることはいけない。志津子の外形はできるだけ、フツウの女とすること。

しかも、その、心の働きも、そうだ。

しかも、心と心の働きの間へ、常に「指」という言葉との関聯がひらめくこと。


手袋とか、手長猿とか、指環とか、こんなものに対するビンカンさ。

最後に説明、かいぼう、分析し、全体的に見ること。

されど進介の心をとおして。

「ちいと、麦打ちに行けよ。」

「えい、よしやがれ。」

すると、突然、真赤にもえ上った火の粉の中に、麦粉のこげる、香しい匂いを感じた。


「サアニンではないのか。」

「へっへっへ……。」彼は、笑っただけだった。又、こんなときがきたと思った。俺は、やはり、下手になっている。すると、怒りが上ってきた。

その後の会話。

「サアニンではないのか、か、へっへっへっ、俺は、サアニンなんか、きらいだ。あいつは、自分をにぶくしようしようとしているのだ。てらい、努力、へんな努力だ。」

「自然にがすきだ、というのか。」

「まあ、そうだ。ドストエフスキーにでも、つかれたなあ。」

「俺が生れない先から、ドストエフスキーが、俺についているのだ。」

「まちがった取り方だぞ。」

「俺には、俺の取り方があるのだ。」鉄郎
「……」


鉄郎の弟（名前は一字の名の方がよい。）が、梅毒だと、自分でわかった時の苦しみ、強い苦悩と圧迫。

俺の前には、俺のもっているあらゆる希望、世界をふみにじってやる、のみこんでやろうとする希望も意志も計算もなにもなくなったのだという圧しつけ、又、梅毒がどうしたのだという、反抗、など、又、自尊心の傷害、又、梅毒かもしれないと心配する長い間の苦痛と、その中に、時々わき上る、梅毒ではないのだという希望、など。

次に死のうときめながら死ねない道程、火を見て、むせかえり、恍然とこつぜんと、とび込む処など。

一々、上へ上へと、つんで行くことを忘れないように。

医者に見てもらう時など、わざわざ神戸の場末の未知の医者にみてもらう、しかも、その医者の診断をうたがい、もう、医者なども信じない。

そして、遂には、この男がばいどくで死んだのだとは云えない状態。

すべてをうたがうという、自分自身をもうたがうという状態（俺は生きているのだろうか。俺は、指を切るといたい、又俺は、こうも苦しんでいる。しかし、そんなことで俺が生きていると云えるのか。すべてはまぼろしではないのか。俺が俺の命［生命といえない命］をたっても、俺の前に何のかわりがあろうか。

俺は、湧きかえるような力など感じない。それでいて、一体生きているなどといえようか。何かにすがりたい気持、それをののしる自尊心。

世界独歩と自任していた自分、世界をふみにじってやるのだ、と計算［画］し空想していた自分。

こんなはげしい争乱の中にも、一つの秩序を見出そう。（書く方法の秩序）見出さねばならない。

「進介の鉄郎の弟に対する考察として」書くこと。

ソリダリテ運動に対する軽蔑。

「社会主義と国家主義との中間などというものなんかない。」

「それでも考えられるではないか。」

「理論的にはあるかもしれんが、そんなものは、絶対にない。

国家社会主義なんてものは、ばかばかしいものだ。天皇陛下万歳なんて。それは国家主義の一つだ。」

かかる外面的なものに何を求めるのだ。


進介は、かくも多くの事件が、自分と、その周囲にのみ生ずるのを、これまで少しも不思議に思っていなかったのに気がついた。俺ばかりだろうか、こんなことに関係するのは、と考えた。

自尊心や、大きな自惚が、俺にばかり起るのだということをきめてかかった。

しかし、こんな問題は、今の日本の乱れた、けいもう的な、青年達のどれもが、未解決の問題につきあたり、或いは、そのまま退き、或いは、それをつきやぶろうと狂いだし、或いは、しつようにその苦しみにたえ、或いは、その苦しみさえも愛するようになり、苦しみにひたっているということが、まるで、自分が偉大であることを証明している如くに人間に思えて来る。そして遂には、この状態をぬけだすことがいやになったりしている。

今の状態［とき］には、どこにも、ここにも、行われていることにちがいないことを腹の中でみとめねばならなかった。

それをみとめることは、みとめたことを思いだすことは、はなはだしく進介を腹立たせ、そして、こんな小さいことを問題にしたことさえが自分をきずつけたように思えてきた。そして、打ちけし、打ちけしたことを打ちけし、したのだが。

進介は、自分と志津子と向い会うときと、鉄郎と向い会うときと大部ちがったものになる自分に前から気がついていた。

そして、理性をもって、こうした相手によっての変化をふせごうとしたりしたが、それは結局、むだであり、理性によらねば、そんなことが出来ないと考えると一層はらがたち、又理性によっても、出来そうもなかった。

そして、「こんなのが自分なのだ」と思ったりしていた。

スタンダールが『赤と黒』を書いて、こんな理性の恋を示してからは、すべてが、恋がそうなって行くのだ。どんな、教養のないものさえが、そうした淵にはまって行くのだ。それは、美しい淵であり、又、冷い淵なのだ。


自分は、ドストエフスキーが書いた人物の中に卑猥を見出せない。自分の方が、どれだけ卑猥であるかしれぬ、とはじ又、それを、いばるのだ。心に反してではあるがひそかにとくいにおもうのだ。

「私のために（指が）そうなったとおいいかえ。ええ、じっと黙ったりして、こっちをみている。だまったってええ、お前の顔にかいてあるよ。私がいけないことをしたから、だって、私がいけないことをしたばちがあたったのだって、むくい、だって、どうせ、こんな因果が私だもの、ばちだって、あてようさ。仏様も。」仏をののしりながら、腹で恐れている。それを志津子に知られたように思い、はずかしく、狂乱する。


指はいくら切っても、生えてきた、こと。

足の指は切ったら、生命にかかわること。


進介は突然きょう暴な感情におそわれた。ざんぎゃくが支配した。体がふるえた。

志津子におどりかかった。手をにぎって、手袋をはずした。

（志津子は、ぐったりとなっていた。）

突然、これが俺と志津子との関係の最後だという考えがうかんだ。しかし、彼は何も見すてて、体のままに突進した。小指は、ほうたいがしてあった。といた。

小指の横に、しなびた、骨のすきとおった、小さい突起が出ているのだ。

そして、自分の理性などつぶしてしまいたいように思った。

進介は、唇をもって行き、めちゃめちゃにその指に接吻した。塩の味がした。

そして、どうにでもなれ、どうにでもなれ、と思った。志津子は何もしなかった。じっと、目を進介の頭にそそいで、動かなかった。はげしい羞恥が起ったのにちがいない、真赤な顔が、ふるえだし、ぐっと、歯がなった。しかし、じっと、抵抗することをこらえていた。（こらえていてやるのだ、どんなぶじょくをもこらえていてやるのだ、これが、私のぶじょくだ。）と、云うように。


進介は、鉄郎に向ったときいつも圧迫を感じた。そして、「自分はこんな人間だ」と自分に云いきかせて、ブジョクした。そして、平然となろうとしたが、なろうとしていると意識しだすと、もう駄目だった。鉄郎は、何ものにも、心を動かさないように思えた。

志津子に対しては、自分の利己が、ぐっと、ひどく現れるのを感じた。そして、いやに思い、卑劣に思い、することもあったが、そして、そんな考え方の態度で接することもあったが、志津子が進介をかきたてるとき（別に、かきたてるのではないが）の進介の狂暴は、どうもできなかった。

残ぎゃく。「指」が、進介のあわれみをかりたて、あわれみはその裏の残ぎゃくを、引き出した。（あわれみはきえてしまい。）

次郎に対しては、彼は、自分が鉄郎に対していだいたようなものを次郎が自分にもっているのではないかと思う。

鉄郎がまた刑務所へ入れられる、進介は会いに行く。

家へかえると父が、「××の家のものと余りちかよらぬようにしては」と言った。むりに、だまって返事をしない。

家では気まずかった。

母がとりなした。

「でも、この子の気もちもみてやらねば。」

こんなことをいう母の方が一層しゃくにさわった。（私をわかった気でいるのだ。）進介はおもった。

父も志津子の父は友達であるではないか。それに父が——。

二人の感情が、入りあわず、宙ではげしく衝突しぶちあった。

第一日の会合後、進介は、淳子のことを思いだし、志津子と少しくらべること。しかし、志津子との会合が、こうして、不満足に不充分に終った今となっては、ずっと、志津子の方が進介を引いていた。（圧迫的な力で。）淳子をあわれと思う。一寸その肉体を恋うが、いけない、志津子に対しいけないと思う。

俺はもはや、志津子の匂いをとおして、すべてをみるのだとおもう。

失恋したときは危いときだ。身体も心も弱ってしまっている。

そして、進介は、道をとおるどんな女にも、魅力を感じ、女が欲しい、（まるいものがほしい）と思うのだ。

所有物を失った思い。

火事に会ったときの思い。

そして、或る日、淳子のことを思い、自分が淳子をすてたとき、「女の」淳子は、男の自分さえこんなであるのに、どんなになき、苦しんだことだろうと思い、淳子のところへ行く。

自分の心がやはり志津子のものだと決したとき淳子とわかれる。

淳子とのなれそめ、接吻を思いだす。志津子が自分からはなれだし、苦痛を感じていたとき、性慾と感傷が淳子を見出したのだ。

淳子に対するときは、理性を用いること少く、本能的、変態的となる。はずかしさ少し。しかし、後で、淳子の純情（私のあくらつを何も知らぬ）につけこむ自分を自分にはじる。

進介が後で気がついて不思議に思ったのは、淳子がそれらの夢の中にはいってこなかったことだ。淳子のみが、俺に安心をあたえているのか、俺の深みへまで、入りこんでこないのか。

そうではない、淳子は、あの夢の中へはいる種ではないのだ。こういう結論は余り満足なものでもなかったが、気をおちつかせた。


進介の名ヨ心。

弟は「世界をふみにじってやるのだ。」こういうことを、いつも、いったが、それは、にやにや笑うとか、じょうだんのようにして言うのであった。それが、日記には、真面目に、「俺は今に、世界中の人間をふみにじってやる、待っていろ、とある。そして、到る処に「待っていろ」とあるのは皆その意味である。」

それをよむと、にやにや笑いながら、言う「――」の言葉が恐しい、ブキミなものに思えた。

しかし、進介は、その言葉に反抗した。そして、その言葉にしっとを感じた。彼は、この言葉を自分で考えついたのなら、どんなに幸福だったろう、たとえ、火の中で自殺しようとも［するような結果になろうとも］。

それは進介の中にある一つの方面であった。


志津子は、姦通の子ではないかとうたがわれていること［いたこと］。

「妹のことなど俺の知ったことではないぞ。」しかし彼［鉄郎］は妹と進介のことに興味をもっているらしい。

志津子のキリスト教
神、されど教会へなど行かぬ。せんれいは小さい時したまま。

「神よ、私のわるきをゆるしたまえ」といのる。

聖書の文句を思い浮べること。

次郎の相手の女は誰だろう、娼婦だろう。次郎が恋愛など軽くみているのを知っていた。……しかし、相手が××の奥さんであることがわかった。

私は、××の奥さんに落ちて行った。


進介には性交の場面よりも、接吻の場面をよく思いだした。

「争議はどうなった？」

「俺は知らんぜ。鉄郎がやっているのやろ、しかし、最後に言っといてやるが、鉄郎は、きっと俺を利用するだろう。俺には、わかっている。けど、俺はかまへん……。」

――――

一昨日兼子との関係後、片江や、文七や次郎に会うのをおそれていたが、進介は、もう割に図太くなっていた。

「今夜や、今夜や、まっててくれ。」

「君が殺したのです。」片江が言った。

進介はだまっていた。「俺が殺した。俺が」冷たいものが彼の中を走った。

――――

その冷たいさけるような眼で、進介は、志津子が知っているにちがいないと思った。進介は、「どうしようどうしよう」と自分の居場所がどこにもないような気がした。

そして、志津子と兼子との対話を想像した。

「進介さんが……なんだけど。」

「お前、進介さん、男って、ゆだんでけへんぜ、あの進介さんかて、お前、わたしを……。」

志津子をも、文七をも俺が殺したのだ。しかし、これは、うぬぼれではないだろうか。志津子も、俺に、そういう風に、うぬぼれられたくないために、自分のままに死ぬのだとかいているのではないか。又、次郎のために、影響されて死んだと思われたくないために、文七と一緒に死んだのではないだろうか。（次郎は一人で死に、志津子は、二人で死んだ。しかし、志津子は、死ぬとしたら、一人で死にたかったにちがいない。次郎が一人で死んでいなかったなら。）

――――

文七は「わしが、あんな子を生ませたと思うと、それに、あの子の心をおもうてみると、わるかったわるかったおもて。」と泣く。

「罰があたったんや、自分の主人の妻君と通じたり。」そういいながら、まだ兼子に通じているのだ。

吉川さん。（――洋三――補充）

「こいつ、芝居か、安っぽい三文小説のまねをしているのだ。こういう風に言ったり、したりするのが、高尚だとか上品だと思っていて、それがくせになってしまっているのだ。それとも、いつもは、こんな調子でなかったから、今日は、ひとりでに、こんな処へおちこんで行って、自分の言葉や動作に感じてかなしくなっているのかもしれない。センチメンタルが詩だと思っていやがるのだ。俳優の気どりが、こいつの心を圧しつけ、快いものをこいつにわたすのだ。こいつは、それを考えていないかもしれない。しかし、こいつにおしかかる甘いかなしみ、女のかなしみが、こいつを、いつまでもこの処にとどまらせるのだ。それともこいつは、俺が、こんな調子に引かれる、引きずられるとでも思っているのだろうか。
この蒼白い顔は、ふるえる手、体はどうだ。」

ボードレールを悪魔だとは、誰が言いだしたのだろう。悪魔は悩みを知らない、悪魔はすべてを否定しようとするのだ。それにボードレールには、悩みのみが存したと言ってもいい。ボードレールこそこの世にそびえた人間なのだ。又、カトリックの信者だとは誰が言おう。生活のない宗教を誰がみとめるのだ。ボードレールの作品は、ボードレールの生活の発展だとしてこそ、カトリックが有るだろうか。

（一九三四年三月二十五日）

ノート４
「旧約聖書を買いし日」

一九三四（昭和九）年十二月
～三五年

「土は汝のために詛わる。汝は、一生のあいだ、くるしみて、それより食を得ん。」創世記

くるしみて食を得ん。くるしみて食を得ない奴がいる。神は、どうしているのだ。

「比喩とみてはならぬ。あくまでも事実だ。」

女がきた。彼はふるえてきた。女が、自分に向ってくるように思えるのだ。文具をよっている女、そして、一寸、ノートを買うためにはいってきた女、それが、なぜか、自分のためにきた、今に、目でしらせるにちがいないと思える。体がふるえる、そして、体がふるえてるぞという、しかも、それが、うれしいのだ。女の「あと」をついて行った。（十二月七日）

俺が如何に生れても、俺は、紀元をつくることができない。彼は、「紀元二十三年」と書物にかいた。彼は、二十三才だった。

「今年は、紀元二十三年だね。」友が言った。

彼は静に笑った。しかし、その笑の中には、冷たい微妙な冷たさがあった。そして、その向うにははげしい傲慢が輝いていた。即ち、

「殺してやる。」

昔は、神につかれ、今、自己につかれ、又、又、世界に憑れる。

人間の始めと、終りとは、何という、わずらわしさだろう。

「俺は昨日よいことをした。」

「どんなこと。」

「あいつを殺してやるつもりだったが、なぐるだけにしてやった。」

「この聖体の秘蹟は一つの遊ぎではないのか。」

「子供が丁度、何か、リンゴなどをたべて、これをたべると天へ上れるのだ、空をとべるのだよ」と仲間のものと、きめあうような、一つのゆうぎではないのか。

キリストのゆうき、稚気。

天才の稚気。

キリスト教を信じられないものがある。

仏教を信じられないものがある。

キリスト教は、仏教を、神のぼうどく、人間のごうまん、だというだろうし、仏教は、人格などない、キリストなどないというだろう。

俺は女をけがす。

女を、卑しんでいた人間がある。

その男の胸の中にある、一人の女の清さ。

「あなたは、ひとの、あたしの幸福のこと一つも考えて下さらないのね、ごじぶんのことばかり言われて、考えてらっしゃるのですもの。」

「俺の幸福の外、誰の幸福を考えるのだ。

誰の幸福が考えられるのだ。」

「すべての人間が天才なのだ。」——或る天才を求め、しかも、自己が天才なりと、人々に向って、言えぬ男。

進介は、歴史を心理により組みたてようとすることが、如何に矛盾しているかわからなかった。

こうしたとき、それは、芸術へ、小説へ行くより、しかも、あいまいな、余り、それ自身として価値の少い歴史小説へ、行くより仕方ないことが、ばくぜんとわかっていたが。

歴史と心理とは矛盾するだろうか。

「私にこれ以外、何を信じよというのだ。合理的なもの、矛盾なきものなど、どうして信ずることなどできるのだ。信ずる必要などないのだ。私は人間だ。人間は矛盾なきものは、何一つとして、信じえぬしろものなのだ。」

新しいブドー酒は新しいフクロに。

真の矛盾こそ、もっとも深いものだ。

とにかく私は、今、今、この今、日本に生きているのだ、そして、日本を構成しているのだ。そして、又、日本の文化を構成しているのだ。

――――

世界の文化を構成しているのだ。

ロシヤが混乱しだした。しかし、それが何になるのだ。

又、新しい共産主義、もっと正しい共産主義が出るだけだ。

プロテスタントの人がいう。

「聖書はやはり、自分勝手に、新しく解釈してはいけないと。」

……何故に、ではプロテスタントは、カトリックを離れたのか。

免罪符のみのルーターではないだろう。

また地獄におつる業にてやはんべるらん、総じてもて存知せざるなり。

――これがわからぬ。どうしても、どうしても、地獄へ落ちる、落ちてどうするのだ。

皆地獄へ落ちる。

念仏をとなえて、地獄へ落ちる、そして、地獄を、「一定すみか」と住えるか。

地獄へ、落ちては、又、しまったことをしたと、となえるのが人間ではなかろうか。

地獄、地獄とは、何だ。

「なむあみだぶつ」をとなえるとは、心身、共にただ、「なむあみだぶつ」になるのである。

如来より、たまわりたる真心。

俺は、自分自身が悪であり、凡夫であることさえ、信じえない。

しかも、俺は、親らんにしっとし、仏にしっとし、あらゆる過去の偉人にしっとしている。しかも、それを、誇っている。

「何とわるい人間だろう。」と自分にいうのも、一つの口ぐせにしかすぎないのだ。

如何に宗教的にそだった人間〔子供〕が、それからのがれ出ようと苦しむか。始めは、のがれるという言葉さえもたぬ。次におそれ、ごうまん。↓ごうまん、おそれ、平然の中の、おそれ、ごうまん、おそれ、↓生命、――闇、非情、

イデオロギーの「人形」
グロテスクな形をした磁石。

ロンブローゾフ〔ロンブローゾ〕を読んだ人間。

天才を読んだ人間。

すべて、もはや、人間は皆、天才たろうとする人間になってしまった。

天才のカリカチュールに、つかれた人間だ。

常に、

「俺は天才だ。」

「そうだ、ただ、灰になるのだ。死んだなら、灰になってきえてしまうのだ。魂も、何もあったものじゃない。ただ、生きるだけだ。今、今、この世界が、今、生きるだけだ。」

ノエシス、対象などない。対象以前。

「死後の世界」がある。神の世界がある。人々は、私が死んでものこっている。

ノエマ的に知的対象の方向に知的対象をこえる。


「死」

虚無。


自分、以外のあらゆる愛を、しっとする。

女は、「影さえもたぬ存在だ。」


私は、ボルセヴィキのあらゆる、力を究明せねばならぬ。

ボルセヴィキのあらゆる人間を。

ボルセヴィキも、構成員も人間なる以上、一つの型であってはならぬ。

島木健作の「癩」が、ボルセヴィキでないなどというのはいけない。

ボルセヴィキなどと、一定してしまったものがあるのではないのだ。

人間は、すべて、ボルセヴィキでなくてはならぬ。つまり、このボルセヴィキという名は、やがて、不必要になり、廃止されるときがくる。共産社会というより、社会とは、共産を意味し、共産社会などという名も不必要になる。

意識していること。

日本に於ては、軍隊の強固なこと、

国民の多くが天皇へまだ向っていることを知らねば［忘れては］ならぬ。

彼は本をよんでいた。

俺もこうして、やがて、共産主義者になって行くのだろう、みんな、今、ろうやにいる人たちは［も］、こうしてなって行ったのではないのだろうか。

かわいそうな母親、俺を、ここまでそだてて、人から、共産主義者の母親とよばれるだろう。

しかし、それも仕方がない。

俺には、これしか、仕方がない。どうしようもない。

ボルセヴィキ、それは、あくまで、野心であってはならない。

それは、すきとおった純粋さをもっていなければならない。

「真の革命家は、この、反動時代にそだつのだ。この反動時代をくぐってこないものは、強い仕事をしないだろう。」

日本の共産主義者の遭遇した壁は、余りにも弱かった。そして、又、余りにも、一般より好意をもって、迎えられすぎた。

こうして、胃の薬をのみ、肺病の注射をしているこの俺が、どうして、そんなことを、考えるのか、こんなことは、俺の体と共に、灰になってしまうのだ。灰に。

ゴーリキーがドストエフスキーを駄目だという。それは、作家と作家との対立意識、しっとではないだろうか。——

人間のみが自殺しうるのだ。

人間のみが自殺することを禁止される［うる］のだ。

ロシヤは、個人を解放する。

階級的本能。

我々は、本能をそだてることもできるし、生む、うえつけることもできる。

「キリストを殺した人間はきっと天国へ行けるだろうな。」

「うん、しらない。神のおぼしめしのままだ。」

「しかし、キリストが十字架にかからねば、キリスト教が成立しないとすれば、事実そうだ、神は、キリストの十字架を要求したのだ。

神は、キリストが十字架にかからねばならぬように仕組んだのだ。計画したのだ。

成立しないとすれば、キリストを殺した男は、まさに、キリスト教を、確実に成立せしめたものとして、天国へ行ける筈だ。確実に。……」

「いや、天国とか地獄とかは、神のおぼしめしのままであり、人間は、知ること、きめることはできない。」

「しかし、神は［人間は］、神の御手のままであるとすれば、神は、その男をして、キリストを殺させ、しかも、その男を地獄へやることをするのか。」

「しりません。神のままです。」

「その男は、天国へ行かねばならない。天国へ行けねばならない。……しかし、俺の望みはもうたえたのだ。俺の望みは、もうたえたのだ。もうキリストは、天へ上ってしまった。殺されてしまった。もう、すんでしまった。俺は、神をどうして信じうるのだ。俺はどうして、天国などへ行けるのだ。俺が、天国へ行けるとしたら、それは、ただ一つ、俺が人を殺すことによってだ。人を殺すことによってだ。キリストを殺すことによってだ。しかし、もうだめだ。キリストはもう殺されている。」

「キリストを殺したのは、一人の人ではない。人類全体が、人類が、ありとあらゆる人間が、キリスト以前の人間も、キリスト以後の人間も、すべてが、これから後に生れてくる人間もが、あのとき、キリストを殺したのだ。キリストを殺したのだ。

人間は、人間を殺すことによりすくわれる。それより、人間は、人間に殺されることにより、人をすくいうる、いや、それより、キリストという人間を殺すことにより、すべての人間は死んでしまったのだ。すべての悪の人間はもう死んでしまったのだ。すべてはつぐなわれたのだ。」

「では、もう、すべての人がたすかるのだね。そうだろう。どんなことをしたって、もう、すべての人は、たすかっているのだね。」

「知りません。神のままです。」

神があるかぎり、すべての人はたすかっている。（神は博愛だ。）あわれみぶかいから、地獄へおとすことなどようしない。又、神がないかぎり、すべての人はたすかっている。神を、絶対のぎせいを求めるものというのか。

又、神がないかぎり、地獄などない、人は地獄へおちない。

たすかっている。

天国など、あるものか。今、だけだ。今だけだ。


「一子は、うちしんだら、ごくらくへ行くのよ、といい。なえちゃんは、うちしんだら、天国へ行くのよという。」


神がすくわれる［救うのは］、ただ、神を信ずるものなり。しかし、神は、やはり、神を信ぜぬものをつくるのだ。神を信ぜぬものをも、神がつくるのだ。神が。

キリストを十字架にかける人々を神は用意しておいたのだ。

それらの人間は神を信じない。それ故、いかに、キリスト教を成立させたとて、地獄へ行くかも知れぬ。


「念仏は我が心もて、信ずるにあらず。」

「すべてが神の御手にある。」


この聖書が、一つのつくりごとであり、誰かのいたずらであったとすればどうだ。

いたずらでないとはいえないのだ。

それは、丁度、偽画をつかまされ、しかもそれを大事にしているものと同じだ。


或は、又、子供の間に行われる。何かあるめずらしいものを、お互のもくやくによって、一つの世界第一の宝だと、しているようなものだ。

「知りません。」

「奇蹟は信仰の〔一字不明〕子だ。」（ファウスト）
キリスト教に於ては、すべてが奇蹟なのだ。
この人間がすくわれるということを始めとして。

キリストは十字架にかけられると言った。

人間として、十字架にかけられると言った。

キリストは、自分が、十字架にかけられるとき、苦しむだろう、苦しい死にかたをするだろうと予知していたのではなかろうか。

キリストは、何もかも知っていて、自分は、十字架にかけられるとき苦しむと言ったのではないか。（しかし、ガラリヤのカナのブドー酒はどうだ。）

神はなぜ、すべての人間を殺してしまわないのだ。石をパンにするのなら、なぜ、すべてのパンを石にしてしまわぬのだ。

神は、悪いものを罰するという。しかも、神は、一人でも悪いものが、ふえるのを、地獄へおちるのを悲しむという、何ということだ。

神は、すべての人間を、救うか。あらゆる人間、どんな人間をもすくう神か。

それとも、又、人間を、二つに、天国と地獄に分つ、地獄だ。地獄があるという以上、そして、又、地獄へも、天国へもどちらかへ行けるという以上、何故、地獄へ行ってならぬことがあろう。

択ぶ権利は、人間にある。神はただ、人間がえらぶ［んだ］ものへ、人間をつれて行く、乗物、きかいだ。


「汝等が我を尋ぬるは、徴をみし故ならで、パンを食いてあきたる故なり。」


キリスト教の神は、無をも、仏をも、掌にもつ。――

仏教の無は、キリストをも、人格的な神をも、否定する。――

神は、絶対に、地獄や、天国を有しない、つくらない。（神はすべてを有するが故に。）


「女の生殖器崇拝。」と現代人。

「現代人にしても、すべて、人間には、女の生殖器崇拝があるということ。［あるのだ。］」

すべて、神のおぼしめしのままだと、いう。しかも、我が神を信ぜよとは、何ということだ。
親らんは、
仏を、我が信ずるにあらず、すべて我が信ずるにあらず、仏が信じさせて下さるのだ。我などない。我がまかせるのではない。だきとって下さるのだ。我は、その懐の中で、楽しんでいたらよいのだ。

すべては、一から生れる。キリスト教も、仏教も、生れるのではない。


すべての人間が、キリストを十字架にかけたのだ。

すべての人間［の罪］が救われねばならない。

神は悪魔と対立していないとすれば、尚更のことだ。

「我は何処より来り何処へ行くを知る。」ヨハネ
キリストのみが、こう言えるのだ。

キリストの人間的性質は、すべての人間の表われである。

或は言うかも知れない。

それらの人々が、キリストを殺したという処をみるのではない。キリストがすべての人に代って、罪せられたと見るべきなりと。

俺は君をからかおうと思うて、これをきいてるのとちがうのやぜ、俺がどうなるか、これがとけないとしたら俺はどうなるのか。

こういう問題なのだ。俺の問題、そして、俺がとかなければ誰がとくのだ。

「しりません。」ではすまないのだ。

大部、しゅうれんして、おぼえた言葉「しりません。」


神は犠牲を要求する。

キリストが生れなかったらどうだ。

神は他の方法をとりうることができたかもしれぬなどと考うるのは、キリストに対するぼうとくなのか。

「ユダが裏切りをする」などとなぜ言いうるのか。そして、又、予言者などがなぜありうるのか。

「神のまま。」――

キリストを十字架にかけた人々が、地獄で高くわらいながら言う。

「キリストの百や二百、殺すくらい何でもないさ。」

或は、又、キリストを十字架にかけて、天国へ行ったものが言う。


「もう、キリストなんていやしない。」

俺だけが殺しえたのだ。

なんて、みんな、キリストを殺したがってることだろう。世の中では。


こういう考え方は、みな、あとから、頭で考えたことだというだろう。しかし、それが、どうしたというのだ。

これが俺の頭以外の、どこからでるというのだ。頭以外に何があるのだ。

俺は頭でくい、頭であるくのだ。――俺が、これを解決しえないとしたら、俺はどうして生きて行けるのだ。

みな、飯を食って生きている。

しかし、生命のパンはどこにもない。


命ずることの出来ぬ。人間。

命ずる人間。

結婚後、一ケ月も、交らなかった恋人同士の心の内。

万葉に浦島の話がある。それの批評に、「浦島は、愚かである」とある。しかし、この心は、単に、一次的に、浦島が快楽を求めなかった、積極性のけつ亡を言ったものか、それとも、浦島が、快楽を求めなかったことは、愚かなり　ということなど愚かなり、ということ、それは、愚かなり、と考えて、浦島が快楽を求めなかったことの愚を言うのか。

個人性か、社会に対しての、反動か。(当時の社会に対しての)。

それとも、又、空想の残ぱいを言うたものか。空想に生きよというたものか。

個人を書き表わすには必ず、小説的形態をとらねばならない。

しかし、そんな処のみに小説がある筈は、ない。——この間の、なやみ。

何もしないこと。ただ、心理解剖、

すべて自己の楽しみ。

理性を［科学を］いやしめることに酔う男。

かかる人間は、真の信仰をもつ筈はない。

「悪人は常に孤独であった。」シェストフ。か。

「俺は思想はきらいだ。俺は思想など信じない。」

これも、又、一つの思想のカケラにすぎない。

思想が、人間［個人］をはなれて、あるとおもうのがいけないのだ。何も、一個の哲学体系が、作品が思想であるなどと思う故に、いけないのだ。(しかし、人間は、自由なる故そうも考えうるのだ。ここに人間の自由の苦しさ、たのしさがある。)

(人間は思想に支配されることも、思想につかれることも、又、思想を駆使することもできるのだ。)

あらゆることが人間にできるのだ。

神は、人間を自由につくったのだ。

神は、人間が自由なる故、禁止法を用いた。

「あの果を食ってはならぬ。」と。

そして、又、人間は、ゆうわくされうるし、神にそむきうるのだ。

しかし、一方、人間は神の腕の中から、どうして、のがれうるのか。

人間が、自己の体を見えなかったということは、そのときの人間のちえが、それだけ純粋であったとみるべきなのか。

そして、人間が裸体に気づき、羞恥をかんじたのは、人間のちえが混ったとみるべきなのか。

それとも、全然その反対なのか。

「羞恥こそ、人間の徳だ」とは、誰が言ったのか。ちえのこの実を食ってから、ちえが出来たのか。自由になったのか。

自分で、善悪を判断しうるようになったのか。何という苦しさ。しかし、希望。

「俺は、何も、ちえの果など食わへんぞ、それは、俺のしったことではないぞ、おじいさんのしたことだ、などと言っていたってどうしようもないのだ。

人間はもう、自分で善悪を判断しなければならぬように罰せられているのだ。」

「あの人は、ただ、あんなことをして、いるだけなのだ。楽んでいる。」いじわるい信者が言った。

「信仰の中へはいらなければわからない。台の上へ上らなければわからない。——しかし、台の上へ上ったとき、神はもう、いることになるのだ。」

「人人は、悪魔だけをみとめたいのだ。」

「驚怖をもっていないのか、君は。」

「雲がでることを信じないのか。」

「私達日本人は、十字架を信ずる必要はない。信じられないとしても、決して、地獄へ落ちるなどと思いはしないのだ。私達には、他にえらぶ道がある。（仏という。）しかし、私達は、どちらへも、真剣になることができないのだ。」

彼は、これをきいて、苦くわらった。彼の心の中で、秘密は、益々深くしずみ、口をとじた。彼は、それをもっていることが、うれしくさえなっていた。信仰以外のうれしさ。彼はもう、信仰というより秘密のために［を喜ぶ］それをもっていた。道をあるくときなど、時々、ちらっと、そのことが、頭をついた。そして、彼をせめた。しかし、彼は、それが何であるかは、はっきりととらえ得なかったのだ。

レーニンに対する信仰。

悪魔、

「またその中にまことなき故に真（まこと）にたたず、彼は虚偽（いつわり）をかたる毎に己より語る。」

悪魔はただ語るだけだ。ただ、行うだけだ。

人は、奇蹟なければ信じえないのだ。代償がなければ。

しかし、自分がすくわれるということこそ真の奇蹟でなければならない。このまるごとの代償。

「かれらを信ぜしめんとてなり。」

キリストの宣伝か。

なぜイエスは、ラザロを生きかえらせたりするのか。この苦しい世の中へ。なぜ天国へやらないのか。

俺が、こうして考える一つ一つは、みな悪魔のしわざなりと皆はいうのだろう。


イエスが、この世へ下りてくるなどと、どうしておもえるのだ、世は安たいだし、活動しゃしん、はあるし、女はあるし、鉄びんに湯は、わいているし……（何ということだ。イエスがどうして、こんな、のんびりしたときに下りてこよう。下りてこられたらたまらんなあ。）

しかし、人々はイエス［キリスト］を信じている。


「僕はその主よりも大ならず、つかわされたるものは之を遣す者よりも大ならず。」これを承諾するのがいやなのだ。

「ユダになりたい。」

「ユダ一つまみの食物をうくるや、悪魔かれに入りたり。」

しかし、ユダになることは結局は神に従うことなのだ。

神を否定することが、神を肯定していることなのだ。

神とは抗せんとする人をも神はつつむ。

神を知らぬ人をも神はつつむ。

ヨハネ――は十二人のすべてのうちでもっとも神秘主義者だ。

キリストは、すべての人間をえらぶのだ。しかし聖書に於て、何と少数の人。聖書を信じさせるための何というぎせい。


或る男。

小乗教↓大乗教（死んだら灰になるのだ。）↓キリストへ。

この男は悪魔を好むのだ。ただただ悪魔を好むが故に。

しかし、逆に、悪魔がこの男に来たのかも知れぬ。


他の男。

「唯物辯証法など不必要だ。」

女、神秘主義者、
女、実際主義者、（じべた）

女、淫蕩。

しかし、すべての女は淫蕩なりということ。

我がために人、なんじらを罵りまた責め、詐りて各様の悪しきことをいうときは、汝ら幸福なり。（マタイ。）

何ということだ。人をして、ののしらしめ、罪におとすのだ。

何という個人的な神の幸福。

一厘（りん）も残りなく償わずは、そこをいずること能わじ。

供物を祭壇のまえにのこしおき、まずゆきて、その兄弟と和睦し、しかるのちきたりて、供物をささげよ。

「天の父は、その日を悪しき者のうえにも、よきもののうえにも昇らせ、雨を正しき者にも、正しからぬ者にもふらせ給うなり。」雨も風も日も月も、すべて神の業なり。

空の鳥を見よ、汝ら天の父はこれをやしないたまう。

明日のことを思い煩うな、明日は明日みずから思い煩わん。
一日の苦労は一日にて足れり。

求めよ、さらば与えられん、たたけよ、さらば開かれん。

悪しき樹は悪しき果（み）をむすぶ。善き樹はあしき果をむすぶあたわず。（マタイ）

権威あるもののごと語れり。

われ憐憫をこのみて、犠牲を好まず
「われは正しき者を招かんとにあらで、罪人を招かんとてきたれり。」（マタイ）

「どうせ灰になって死んで行くのだ。……生きている。善も悪もない。……善と悪だけだ。邪も正もない。正と邪のみだ。あらゆるものが、本能にすぎない。「合体」にすぎない。——
感覚も、思惟も、信仰も、同じものだ。
糞をすることも、仏をおがむことも同じことだ。」

「キリスト」はイエス↓人間を殺した人間をもたすけるのだ。
キリストが十字架に上ったことにより、すべての人間がすくわれたのだ。
すべての人間がイエスを殺した。（即ち自分を殺した。神によって自分を殺したのだ。）

すべての人間はたすかっているのだ。ただそれを信じようとしないし、知らないだけなのだ。

しかし、イエスは、「我をうったえしものは、罰せられん。」といっているが、これは、人間としてのイエスの言葉と解するのか。

———

理性、意志、感情。

これら別々の働きがあるのではない。ただ働きだ。働きだ。働きは、「在る」とも「ない」ともいえない。それは、一つであり多である。

これは自己であり他だ。
ただ、闇の如く、しかも光明の如し。働きのみ。

けんちくとは計画と冒険をふくむものだ、計画なき建ちくはなく、冒険なき建ちくはない。
一個の人間は、「二個のさい」だ。しかも、そのさいの力。

キリスト教の愛を未来に置くことはいけない。

――――

ジイドをやること［する］。
ジイドはもっとも新しい方法をもった芸術家だ。
背徳者は、未来の理念をめざして、永遠の現在を知らないのだ。

背徳者はディオニソス的であり、アポロをわすれたものだ。
時間的であり、空間をわすれたものだ。
背徳者の終りから、新しい生活が始まる。「背徳者」のさんびではない。

人間は、神にそむきうる。
　禁止。

次郎。
「行動と心理とをどうして区別するのだ。どうして区別しうるのだ。ただ、内と外とのちがいだけではないか。
何にもないのだ、何にもないのだ。」

「神がすべてや、というけど、神かて俺みたいな悪人（気取ってんねんやないで）、いやへんだら、救うにも救うもんがないやないか。
神だけあったかて、あかへんやないか。悪人がなかったら、神かて、いばられへんやないか。」

俺はかんつうもできる。できるから、したくなる。
人間は、神にそむきうる。そむきうるのやさかい、そむきとうやるやないか。

悪魔主義は必然的に神を予想する。しかし、それがただちに、カトリシズムの神だとはいえない。

プロレタリアートが、権力をにぎった。ブルジョワは、逐放され、逃走する。このとき、プロレタリアートは、ブルジョワに対し、一つの階級であり一の支配者ではないか。

不平満々のものがいる。

プロレタリアートは一つの過渡にすぎない。

ロシヤのプロレタリアート
日本のプロレタリアート　）の競争
フランス

小説家。

「俺はどんな悪いことをしてもよい。作品さえよいのを書いたら、よいのだ。」――カリカチュール。


キリストが出たということ、これこそ、人間のもっとも独我的な行為［こと］だ。

「自己が神だ。」といった。そして、それは、人間の神だ。

神などないのだ。

それとも又、神は、「俺はキリストなど知らない。」というだろう。

それに、幾億という人が、これまで、信じてきた。


女の生殖器を崇拝している男。


「下卑」たことを決して言わぬ男。

しかも、次にその男の秘密をつかんでいる男。

男には、すべて生殖器崇拝があるものだ。


あらゆる人間が、自己を天才だと思っている。


家出した兄。

途中、列車の中で、箱乗りの男に出会うこと。共産主義者のむれ。


便所のぞきのむれ。

鉄郎は、わん曲せる、福本イズムだと批判されたこと。

女、もっと、封建的な気持をもった女。
封建的でありしかも尖端的、
両方向の女。

恋愛の破めつ。

性交の場面の、ridicule なこと。

男と女。


国家。

工場。

物質と精神の問題。
神の問題。
世界。
国家と国家の問題。

個人と社会との問題。

俺は一体何をしているのだろう。そして、すべての奴は。何をしているのだろう。
接吻、歩く、勉強、金もうけ、すべては、わらうべきことではないのか。ridiculeなことではないのか。俺がこうして歩いているのも、そして、又、ridiculeなことではないのかと思ったことも、そして、思ったこともridicule ではないのかと今思ったことも……。

(革命の前夜)
彼は夜、さむい街を、ひとりあるきながら、むしょうにこんなことがわいてくるのを頭をふってけして行った。むしょうにうれしく冷静であった。時が、外と内とでうなっているようであった。

近頃の人間は「ずるい」といわれることの方をこのむのだ。牛を馬よりこのむと同じように。

「俺は、小説を書くが故に、何をしてもよいのだ。」

他愛とは何か。憎悪をのけて、愛などない。他愛などという(愛などという)言葉は、適当でない。

「生命」の問題。
個と全

「俺のような人間が、だ、世の中にみとめられずにいるということがどんなことだか、わかるか。」或る男。

性慾詩。
女を知らぬ前の詩。

歴史に於て、未だ誰もがしたことのない行為、なにものもなしえない行為。

俺は常にユダでなければならない。
ユダに生れなければならない。

「俺は、賭けるのだ。革命とは、一つの賭にすぎない。賭金（しろもの）は、俺の命だ。――ロマンチックすぎるかな。ふふふ……。」

人よりもよき詩をつくらんために、女にさえ接し得ぬ男。

ジイドと、ピエール、ルイスとの関係。
　天才狂。フローベール。ばい毒。

これが、表象型という奴だな。俺の表象型、時間とは、ジイドの籐椅子ではないか。

彼は、こうしようと思った。これこそ、伝記作家のために、よい行為だと思う心が奥にあるのだ。――ばかとののしる心。
しかも、伝記にかかれたい気持、
行為――すべてをたち切る行為。

ただただ、下女として卑下していた女。そして、その男のいうなりになっていた女。
その女に、「圧政」を望んだ男。
或る日、女は、こつ然と変身した。圧政者に変じた。感覚が生じ、いきいきと男をしぼる。暴君となる。

或る日――海の青い淵をみていた。淵の中に自己の心を、女の心をみたのだ。

主体の悪魔なる
「結社。」
子供をあつめ小さいときから、悪をすることのみを教える。
これは、わるいことだ、しなさい。これはわるかった。菓子をあげよう。
神を信じるなら悪魔を信じてなぜわるいのだ。

――――

それと迷信的、偶像的信仰との対立。

彼は、その女と交るときを考えた。
俺は、女の体に手をふれることも、女の下半身にかがむこともできないのだ。
女は帯をといているだろう。冷たく目をつむって、そして、それは何という美しさだろう。しかも、俺は、どうすることもできないのだ。いや。その女が美しい故に、一層そうなのだ。
自分自身の動作が、この女の美しさにくらべて、何というこっけいなものに見えるだろう。

「二つの背をもった獣」そんなものになりうることは、とうていできないのだ。

二つの背をもった獣、こう、シェクスピアが言うときの眼、その眼を、進介は、自分の眼としてもつのだ。(しかも、自分をみるときのみ。)それよりも、常に、全く別の眼をうちらにもっているのだ。ちょうしょうの眼を。そして、その眼を、志津子の眼と思いこんだりするのだ。

二人共通の眼。

志津子の上へ乗りかがむ。乳房へ、股へ、腹へ、生器〔ママ〕へ手をかける。(きっと、俺は、性交前の愛撫さえ、志津子には投げえぬだろう。)しかも、何という、ぶきようなやり方なのだ。

何というみにくさ。余り、丈夫でもない、うすぎたない俺の肉体。小さい俺の男らしくない胸。しかもらたいだ。こっけいな志津子、らくだのこっけいさ。自意識。

こっけいな動作。こっけいな動作。ばかばか、二つの背のある動物。

ふふ……、一つの背のときもあるではないかと思ってみる。

しかし、それは、あのシェクスピアの眼を打ちけそうとするがためにすぎぬ。しかし、その眼はそんな嘲笑よりも底にあるものなのだ。

志津子が、あざけりながら、このこっけいな様子をみていたらどうなのだ。それが、女なのではないのか。

男をあざけるために生れてきたのが女ではないのか。このときの、こっけいな男のさまをあざけるために。

それとも、

急に志津子の心が冷え、この、みじめな俺の姿を、あの目がつきぬいたら。[くかも知れぬ。]

いや、これらすべて、これと全く、同じことを、志津子も考えるのではないのか。

しかし、志津子には指がある。俺はどうしても志津子をわかることは、できない。指のない俺。

「五本しかない。恥しい、恥しい。五本、どうしたのだ、一つたりない。」

六本国。なむあみだぶつ。

この世界には、彼ののぞんでいるようなきたない処もなければ、又、美しいところもなかった。なぜだろう。彼は、ただ、きたないものも、美しいものも、共に志津子にのみ見出していたから。

しかも、自分が、志津子を、かくも愛している、(真剣に)ことが、いやであり、恥しいのだ。

一歩しりぞいてその自分を考えてみるとき。


学生時代より、西洋のおじいさんと言われていた男。

カッパ。ビッコ。女にしつよう。

すてられる。

落書き。


国定忠治のいんうつさ。

日本人は、人生はいんうつだと、知るのが、よいのだと思っているのではないのか。日本人は、いんうつになどなれぬ人種なのだ。日本人は、気候上、どうしても、表面的、一時的、うきのようなものになりやすいのだ。それ故、いんうつを一の目的として定めるのだ。外国のえいきょう。


私は、パンを買っていた。家庭食用パン。

「すると、先からいた男が、こいつ、ほんとに、牛のおそそみたいや、人間のにしては、なんぼなんでも大けすぎる。」

パンヤのおかみさんは笑った。私も。男は、私をわらわせようとしていたのだ。（母が後にいたので、私は少ししかわらわなく、一寸、男に、えがおを見せてやった。）

日本にも、こうして、ひとをわらわせたい人間がいるのだ。

こんな時勢なのか、それとも、こんなところに時勢を見ようとするなど、大げさすぎるのか。

私は少しわらい、男はまんぞくしてでかけた。

おかみさんが、「この人、けったいにおもわはるやないか。」と。

男を知っているらしく、私をちらっとみながら、男に言った。


「車輪」

小説へ挿入の部

①鉄橋。
その頃、海岸で、何かわからないさびしさが、上から彼をおそった。
②つぶれた塊。
次郎は、ふふんとみにくくわらった。

のぞいてみた。くさった貝がらの横で。

犬になめさせる。兄に知られるのを恐れる。

心理描写を少くする。

自分の病気の相手の死をねがっている。

兄・兄・兄を恐れる。
③志津子。
友達、バアテン、
便所、夢。
母親との対話、日記、孤独。

④鉄郎、片江鉄工所の争議の件。
印刷の仕事の相談。

一人は、たえず鉄郎のむとんじゃくにいらいらしていた。


「何でもよい、利用するのだ。」

「そうだ、俺は、かけているのだ。革命に、俺の体を。」とばく狂。

「君ら、ばいどくになったらどうする。」

「どうもするものか。」

俺は母を愛している故に、やるのだ。

これを、新しくはいってきた若い人がこうふんしていた。くにには母がいるのだ。

ルンペンの人生観。不定。どうでもよい。
④志津子のもみじと、きっさ店内にて。

志津子の唯一の趣味。
過重視の傾向。
キリスト教、教会との牧師との破裂。
この日のこと。
牧師の息子の話
　　との話、息子の行き方。息子の不意の接吻。
男に対するぶべつ。

教会内でのこと。

心理性、進介との共通点。

ユダの話。


京都の或大学の神学部へ行っていた。内気で、青い顔をし、胃を病んでいると言って、コーヒーはのまなかった。紅茶をのんでかえった。


志津子は、何故か、指にうずきを感じた。自分の唇が自分の六本目の指の傷口のように思え、それを、なでられたような悪寒が走った。

つと立って、中へはいった。


次郎が、わたしをまどわそうとして、言ってるのにちがいないの。

わたしは、私を、とらえたキリスト教に、ただ反抗するだけなのです。人は、反抗することもできるのです。わたしは、反抗しながら死ぬとすれば、何の恐怖も感じない。(神は、私を六本国に生むべきだったのです。〔死ぬと〕すれば、私は神に従っていたでしょうに。指の反抗)→進介の考え。

「きっと、接吻するのだ、きっとだぞ」。

昨夜の決心。

　進介さん。

「指のうそだ。」

　さいごまで、指がうそをつかせるのだ。

日本のわかい女とは、大てい、こんな弱いたよりない、女ばかりではないのか。淳子。

俺は、あらゆる人間を淳子とか、矢竹さえもつかみえないのではなかろうか。

　心理の限界、

創作とは、発見にすぎない。

背徳者を中心として。

『背徳者（インモラリスト）』は、勿論ジイドの背徳漢讃美ではない、「インモラリスト」を、フロイドにより解釈することは出来るであろう。併し、ジイドは決して、かかるもののみを目ざしているのではないことは明かだ。

『背徳者』は、一つの問題は、一つの問題への入口にすぎないことを示しているのだ。人間を、時間的に、即ち、悲劇的に見た小説だ。たしかに、これは悲劇だ。ここには、ニイチェが、もっとも、大きく影を投げかけている。時間を超克しようとして、超克したと自分では信じていながら、どうしても、超克しえなかったニイチェ。時間の上にある人間が、時間の底へ向うことによって時間をこえることをせず、即ち時間に徹することによって、時をこえることをせず、永劫回帰の時の円い流れから、そのままとびだす如き超人的なこえ方を求めては、決して求めえられぬにちがいない。

此処に、自覚なき所謂ディオニソス的な人間の、永遠の現在の悲劇がある。

背徳者、ミシェルも、自己の中にある問題を、主体的に、自己の中に求めず、分析的に対象的に、えき出して、自己をそれに向わせた。自己の目的とした。

即ち、自己の肉体を、外に求め、肉体と心とを切りはなしてしまった。肉体を得てしまったとき、背徳者は、再び、新な問題に直面していた。「心と肉体」の問題、即ち人間の問題、真の生活［存在］の問題、「心」——自己としての」が、置かれていた。

俺を、引きだしてくれ。

背徳者の底には、「時の流れ」がひそんでいる。

今、時間的、空間的な現実を、時間的な方向より見たとき、即ち、「努力」より又、「自由」より見たとき、その作品は、悲劇であり、空間的な方向より見たとき、即ち、「位置」より、「偶然」より見たとき、それは喜劇であると見よう。

背徳者は、正しく、「悲劇」である。

背徳者の、新しい問題は、永遠の現在を求めることにちがいない。そして、正に、ジイドは、「nunc」に思想に於て、「永遠の現在」の思想［自覚］にたっしている。（それは、マルセル・シュオブが、既に、ずっと以前に、モネルの書で達していたところのものである。


パリュウド、これは、あらゆる人間への諷しだ。

（何のためにかいたか。）

バルザックより以上にドストエフスキーの人物に興味をもった所以だ。ジイドは、人間の変化に、興味をもつのだ。ジイド自身が「変化」だと言ってよい。

『背徳者』、『せまき門』。


ジイドの小説が「一人称」的な小説である故に、それが私小説であり、『贋金づくり』が三人称なるが故に客観的な小説だなどというのは、当らない。それは、よみ方がわるいのだ。

ピエールカン、鋭利さをもつ。


「久保」さんの、ニイチェの時間の構造に対する分析は、当っていない。ニイチェは時間を知らない。

背徳者の問題とする神、かかるものは、神ではない。神の影にすぎない。

神を言葉でとらえることなどできない。

とらえれば、もう神ではない。


客観的なとか、主観的なとか、など問題ではない。問題にするにしても、それは、小説をかくときの作者の態度によってきまるのであり。結果としての作品の上の単なる私とか彼とかの言葉によりきまるのではない。

勿論私は、小説としてジイドの『背徳者』の方法を、もっともすぐれたものと思う。問題を提出するだけだ。

問題を提出するだけだ。「答は問の中にある」。答は、各自、読者の中にある。

ジイドは読者の「努力」を要求する作家だ。

私も、又、読者の努力を要求する作家になりたい。

小林秀雄は、ジイドを、ドストエフスキーよりも、ずっとずっと小さいように言う。しかし、それは当っていない。

新しい小説は、ジイドを、くぐって出るのだ。

モリテイルのはさみは肉体の発見だ。「動物」の発見だ。自己の肉体の発見、自己の動物の発見だ。

ぬすみに快を感じることに於て、「自己」をはさみの中に見出すのだ。

教養なきものが、かかることを感じたとて、それは少しもおそろしいことではない。背徳者たるのは常に道徳性をもてるもののみだ。


ジイドは、『背徳者』の序文で言うている。

「私は何物をも証明しようとしなかった。私の意はよく描くこと、己の描いたものをはっきりさせることにある。」

これこそ、ジイド自身のもっとも確かな特色だ。すべての小説は、こうでなければならぬが、ジイドは問題を提出する。はっきりとした形で読者の前に。それ故にこそ、作の真の興味と其日かぎりの読者のこれに寄する興味とは両者の間に甚しい差異がある。

〜明日をも知れぬ〜と言えるのだ。

ジイドは読者に積極的な勉強を、のぞむ。

「かばかりの知能と治力との使い途はないものか。」

理性あるものが、かかることをしたという点が怖しいのだ。

それとも、これに対して市民権を拒みうるのか。


彼には為事が必要なのです。

身をささげている。彼自身のためばかりのものとなりましょう。

内閣議長の文は終結をむすぶ。


河上徹太郎への駁。

メナルクの見方。オスカー・ワイルド。

メナルクとミシェルの差異。

ミシェルとメナルクとは同じ道を行くように見えるだけだ。

ミシェルはメナルクに腹をたてている。気取りに。

正に、ミシェルとメナルクとは一つの対しょ点にある。

背徳者の否定せんとする神は、ラ・ペルウズ老人のみる如き神である。悪魔は人間の分身であるのみだ。善も悪も、ともに、行わしめる神であり、個をみとめない神である。


両極という考え。

一極から一極への発展。——人間の。

これが、一つの問題であることは勿論のことだ。

そして、あらゆる極は、破裂をふくむ。


次郎と淫売婦。

獣の女。皮膚触覚だけの女。しかし明るい女。

（三三子）

売りに行く。しかし、何処にいても、何のくるしみもかんじない。それは、外から光をうけとるのではなく、つねに外へ光を投げる女なのだから。

次郎はこれを、

売りに行く。

〔以下は、ノートの第三頁にはさまれていたものである〕

「天才づらをする奴が一番いやや。」

声がふるえていた。

「君、この頃、一寸、天才主義やね。」

「ふん、きちがいになったら喜ぶやろうな。」

ひん笑する奴が一番きらいだ。

俺は仲間でも異端者とみられている。

誰も俺を信じている。

しかし、誰もが俺を、かんししている。裏切者。

俺を利用しようとしているのだ。

「真の夢の世界をほりさげること。」意識的でないという。

しかし、意識的でない人間などどこにあるのだ。

誰もが俺を極左だという。しかし極左とは何だ、誰が言いだした言葉だ。俺の欲望は俺の意識より確かなのだ。

誰にもわからない。誰にもわからない。理論などいらない。

唯物論など、辯証法など。

ノート５

一九三五（昭和十）年
〜三六年以後

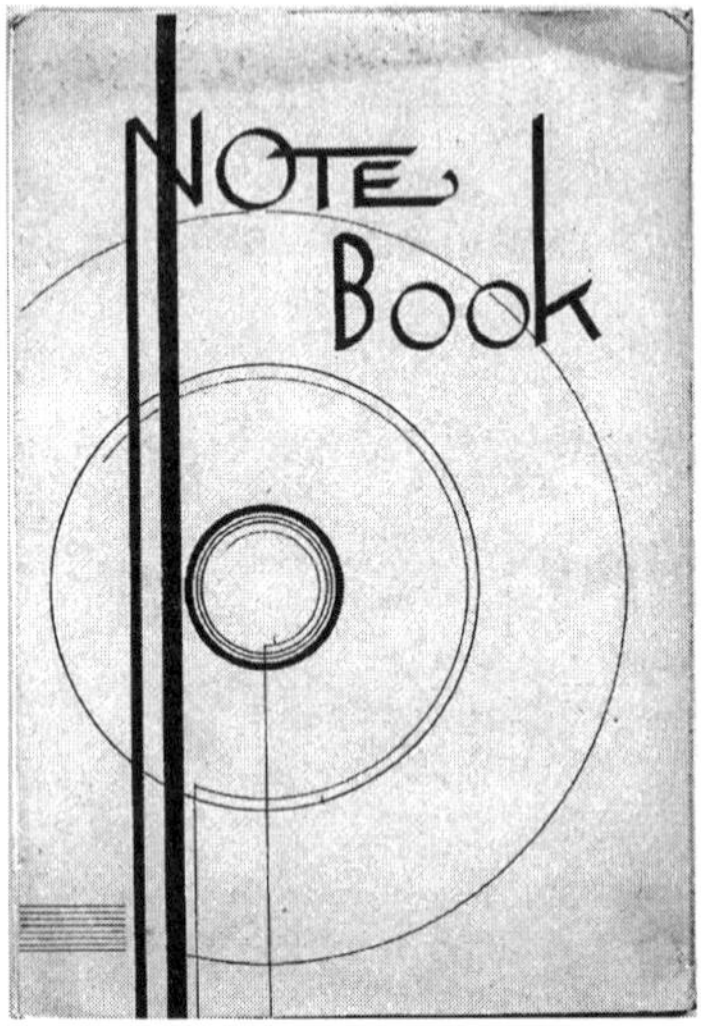

生きるということ。
「社会」の動き。
「家」の動き。
「生命」。
　　生命。
　悪魔と神
ニイチェ。
浮浪者の群を中心として。
金と生命。

世の中で、ルーズな考え方をするものは、割合に少いものだ。
それより、全くないといってもよい。

神と悪魔とは正当の対立ではない。
「僕、知りません。」という男。
議論となると。（幾多の議論をしているうちに、この言葉が、押しのつよい、都合のよいものであることを、彼は、知ったのだ。）

——

「おい、君は、こうしていて、悪魔の形を、体を、呼吸を、血を感じることが出来るのか。」

「うん。俺は悪魔になるのだ。」

ボードレール、ゴーゴリの問題。

醜い女にのみほれる男。

醜い女こそ「性交」を知っているのだ。

「ルンペン」と社会。生きること。

あらゆる問題を、「生きるという一点」、それから、他の一点、「孤独」、という点に集めてくること。

「おとなしくない人間などはいない。」

「おとなしい」といわれるのがいやな子供がいる。つまり神けい質だということを言われるのを好むのと同じような子供がいるのと同じだ。

「新しい」ということ。

「常に新しい」ということ。

常に何かをつきやぶり突きすすんでいるということ。

「人間は何が故に悪魔になろうとしないのだ。」

「そんなことをいうよりなりたければ、なってみたらどうだ。」


強姦により生れた「男の子」が、強姦により、多くの私生子を造ろうとする話。

しかも、「自分の子供」[を忘れられないで。」との関係になやむ。

構成ということの極限まで。

「偶然」を利用することの腹立ちについて。

自分自身が金持の家に生れているということが、恥しくさえ思える。「口惜」しくさえ思える。

「男の人いうたら、みんなうぬぼれてるのやわ。」

自己と神との関係。

多くの男に接している女は、割に淡泊な性格をもっている。

多くの男によって、性交によって、特別の感情を失って行く。

「サディスム」、「マゾヒスムス」。

手淫の心理解剖。

一人が、男女二役を行うもの。

女の意識を、自分に話しながら手淫を行う。

「自殺」。——自己と自己との関係をみるための手段として。

自分の子供を「縛っ」ておくことに魅力を感じる父がいる。

自分は老いて行く。
子供は成長して行く。） 此処に争いのあることは当然のことだ。

「気取り」の公的な性質。

生命を愛している団体。

「ルンペン」達は生命を愛していると思っている。自分がもっともすぐれていると思っている。

自分はすべての他のものを利用しているのだと思っている。

「日常性」→生命。

「その否定」→生命の否定。

生命にだまされるのではない。

生命の背後にいる悪魔にだまされるのだ。

あらゆる中心の人物の「意識」を書いて行くこと。→しかも、一つ一つ全く別な形式によって。

日常を否定してどうして生きて行くか。

生活とは何か。

結婚について。

「女の心」。

転向の問題。

進み方の問題。

「個と社会」。

「新」を求めることについて

「虚栄心」について。

「お婆さん。」と信仰のこと。

恐怖のこと。

死のこと。

「偽悪者の群」
⇔
「偽善者の群」

飛下り自殺
落下に四〇秒かかるとする。
俺が落ちる。俺の体が誰か［女］の体の上に落ちてそいつをも殺してしまうのだ、どうだ。（肺病の男。）

彼は夕方歩いていた。

何かしら、執拗な迷信的な冷たい眼は、心を嘲笑い、しかも又、嘲笑いながらも、どうしてもはなすことの出来［ない］力が彼をおそっていた。電灯のくらい光りがそれを一層かきたて、自分自身の体をみにくいものにみせているようにさえ思えた。

俺の頭は、今、ハイドのように全く変ってしまっているのではないのか。

彼は、鏡を欲した。

彼は、或る角まできた。


そして、「次の角まで行きつくまでに誰にも会わなかったら、俺のこの病気は、きっと直ってゆくのだ」と心にきめた。

しかも、又、「いけないいけない」「俺は神をためそうとしているのだ」とか、「ふん、そんな子供みたいなことを」とかいう考えがくる。

「いや、やはり、やめよう、俺は、いや、やはりやろう。」

「俺は、こうして迷っているようなかっこうをしながらも、人が誰も来そうもないということを、うかがっているのだ。角までのきよりを、まようということを口実に、短くしようとしているのだ……。」

「やはりやろう、角まで、人が来なかったら、これは直るのだ。」

とうとう迷信が勝っていた。

人がきた。彼は、小刀でその人をつき殺す。

人が黙って、自分の前を横切ったというので、かーっとなり殺してしまう。

1、悪魔
2、神
3、悪魔と神
4、神も、悪魔もない。
広い広野の中に、ただ一人傲然と大空の下に、いる自分を感じた。自分は、大空を切って行く。自分は大地に乗って、傲然と大空を切って行く、これが生命だ。神だ。

共産主義者の神。

神をすてきれない共産主義者。

神なきボルセヴィスト。

悪マの体。


「君は、悪魔の感覚を知っているか。悪魔の、悪魔には、悪が善なのだ。」

悪魔には、神はおそろしくない、人間がおそろしいのだ。

人間が悪魔をすてて神に向うのが。悪魔が人間の心からきえてしまうのが、悪魔は、悪しか行い得ない。

又、神は、善しか行い得ない。一面的なものだ。

人間は、神と悪魔の性交だ。

君は、悪魔を知っているか、
悪魔の感覚を、悪魔は熱だ。神は冷〔ママ〕だ。
神は冷たいのだ。

泥棒の祈り。

「今日も無事に、仕事ができまして、有難うございました。」

神と悪魔は「対立」といっても、正面的な対等の対立ではない。


カンニングをした。有難うございました。

「禅」「真宗」「小乗」


「君の中には、キリスト教が入りこんでいる。」

「そいつは、小乗仏教だぜ。」

「……」彼はだまっていた。そして、しばらく後きっぱり言った。

「知っている。以前は、こわかったのだ。小乗仏教だということがこわかったのだ。しかし、もう俺は、こわがるような宗教［信仰］は、しない、したくない。」しかも、彼は地獄の恐しさをうかべた。


彼は、自分の心をいつわっていた。しかも、彼は、自分の宗教を、今、人に言ったりしたことにさえ、恐れを感じていた。(それは、地獄行きのねうちがあるのだ。)地獄が、身動きも出来ぬ程。彼を圧えていた。

「マルキシストたちの中には、もっともっと、あっさりした人間がいること。」

転向者の、不転向者に対するしっっと。

起重機の下での圧殺。
石炭層の中への埋殺。

自分の計画を人に話すのを、いやがる、しかも、人にそれを知っていてもらいたい。

想像の対話。
進介自身、はっきりしているのではないが、進介の心を対話に話せば［すれば］、→明るい色。

生産の文化。

宗教は、如何に現実に即しているとは言っても、現実をこえたものである。

(le monde actuel)

キリストが死ぬ時の「心理描写」

俺が死ぬと同時にこの世界が崩壊してしまうのだ。
俺はすべてを破壊する。俺自身を、世界を、と信じている男。
俺は死ぬのではない。この世界がはかいするのだ。俺は、他のちがった処へ生きるのだ。

或る女を恋している。その女が父の命の下に他の男と結婚しようとする。
男は、その女との最後の会合を、強姦に用いようと決心する。しかし、結局、ようしない。
男は、以後、他の女を或る夜、強姦してみる。（その女を、元の女と想像するのだ。）

今度からかぞえて、三人目の女を、きっと、やっつけるのだ。きっと。この間の気持。

意志の男、軽やかな理性、感情の動き。

「胃よ、ゆるしてくれ、俺は、又、食いすぎた。」

彼は、どうしても服装上の流行に乗れぬ男だった。彼は、思想上の流行に乗って行った。
俺は、プロレタリヤの政治をも信用しない。俺は、俺自身に信用がおけないのだ。他人などに信用がおけるものか。
俺は、いつも、下敷にされ、しきころされる人間なのだ。
ブルジョワの世界でも下敷にされ、プロレタリヤの世界でも下敷にされる人間なのだ。

いや、プロレタリヤの世界に於ても、下敷にされてやるのだ。

もう、プロレタリヤの世界が来る、俺は、それを知っている。

俺は、プロレタリヤに反抗してやるのだ。


「すべての人間がプロレタリヤなのだ。同朋はみな。」


ジイドは、唯物論を信じてはいない。

それ故、此処に、ヒロイズムの維持が起って来るのだ。


空間と時間との結びつき、が、行為である。これが最初のもの最後のもの即ち、始めなく、終りなきものである。

唯物論を信じなくとも、現実を見ることによって、コムミュニスム、ボルセヴィキイスムに進むことができる筈である。

唯物論をどう、「人物」に表わすか。

人間として表わす。


都会はあいつを成長させる。

しかし、この俺は、都会に圧されてしまうのだ。

あいつは、都会を餌食とする。

しかし、俺は都会の餌食とされるのだ。


肉体さえが「己」を求めるのだ。


進介は性慾以外に生きられない。

性慾へしりぞき性慾へ慰安を見出しに行くのを自分でも知らぬ。


彼には女はいない。世界中女はいない。どの女も女ではない。

しかも、彼は女と性交する。


多くの女。


「あなたは世界中の人があなたの前へひざまずきてあなたのいうとおりになるのを望んでいるだけなのです。」

「俺は天才だという考え方。」

俺は知っている。あらゆる人間が争うものだということを。
あらゆる人間は、他を殺すのだということを、他をおしのけるのだということを。
しかも、俺は、共産社会をこの世界に打ちたてたいのだ。
これが、すべて、今の人間の、望みなのだ。新しい人間の。
それは、己れが休養を欲しているからであるかも知れない。
そして又、単に女を手に入れんとするためであるかも知れない。
いやいや、
しかし、どうでもよいのだ。

俺は、たてるのだ。


共産主義者を軍隊を以て、どうこうするということは、今まで表面に表われなかった。

しかし、今、それがやってくるのだ。

軍隊が、そして、それが、最後の動きだ。

共産軍の出現が次にくるのだ。

志賀直哉が
「自分は、肺病の組織を親からうけつがなかった。それを喜ぶ。」ということだけではなく、
「……」というているのは腹がたつ。この上なくいやだ。

「マルキシズム」には唯物論など不要だ。

ただ、資本論と実践。


「キリスト教の壊滅の問題。」


女は動物である。

「色ガラス」の差違。


「お前は、ボードレールがいやだという。しかし、お前は、ボードレールのような人間が今までにいなかったとしたら、お前は、ボードレールになっていたのだ。

あの気取りやに。

お前がボードレールを嫌うのも一つの気取りにすぎない。」


すべての人間が死に、ただ、「一人の男」が世界にのこっていた。

この男の意識の状態をかくこと。

俺は、「人間だ」「人間だ」。しかも俺は、ただの一人だ。

ただの一人のものが、言葉をもっている。何ということだ。


「俺は、新しい時代をつくるのだ」と言っている男。——時代に支配されている。

生産の文化、それこそ、俺等の現実なのだ。

しかし、権力は、過程は、過程を軽く見てはいけない。

「現代の青年は、なぜこんなに弱いのだろう。」

「俺はさいがすきだ。しかし、俺はさいをふらぬ。俺は、俺というさいを振るのだ。」

さいからみればひげき
台机からみればきげき。


あいつは、キリスト教以外、すべてを軽蔑しているのだ。

「俺だけがすくわれ、何という、きたないやつらだろう。如何に文化をつくりだしても、救われぬのだ。神の姿にはせっし得ないのだ。」と思っているのだ。

俺は、一体何処へ行きつこうとするのか。
俺の思想、俺の生命、俺の力、俺の女、俺の世界。
この大きい空、夜のやみがのしかかって来るではないか。

国家の価値、種の論理、

ロシヤは　ロシヤ共産党を、
日本は　日本共産党を、
人間は、結局、こうしたことしかできぬのだ。

すべてが、「イエス」なのだ。すべてが磔刑にされるのだ。イエスは人間の象徴にすぎない。人間存在の両面。「神とあくま。」

天国と地獄との出発点には、昼と夜と、（生と死と、砂漠と牧場）がある。

神が永遠の生命とすれば悪魔は永遠の死だ。とこしえだ。
どうして、人間は、悪魔になりたくないのだ。

すべての女と結婚したくない。ただ、たのしみたい。
今日と昨日。

神、宗教への反抗。

個人には「類型性」があること。
神に対するしっと
天才主義、十九世紀末の思想
悪魔と神の撲滅。
悪魔との対話、
神との対話。
俺は、悪魔になったのだ。俺がすることはすべて悪なのだ。
俺にとっては何もないがお前たちからみると、

神は善に関係しない。

もと、女闘士、指導者が、
「つつぬけさぎをするようになったと、新聞にある。」この発展を考えること。

藤井の前で、女の話を、寝室の話をすると、すぐ、脇へにげ、さけてしまう。カトリックの公要をみると、「淫乱を考うるは罪なり」とある。

四ツ橋ホテル。
志津子と進介。
きっと、今日こそ、あいつを、やってしまうのだ。きっと、きっと、如何なることが起っても、きっと、きっと、同情心、羞恥心、その他あらゆる心が、自己嫌悪心がおこっても、必ず、やってしまうのだ。情慾がなくとも、——この情慾、情慾なき情慾ともいうべきものの下へ、あいつをおさえつけるのだ。

「お前を、お前を今日まで、自由にしてやっていたのだ。」あとで手紙。お前に自由をあたえてやったのだ。

指が六本というのは単に細胞の分裂、不正分裂にして、突然変異ではないのではなかろうか。それにしても、又、生えてくるとはどうしたことか。

唐木順三の歴史文学参照。
「[二字不明]には英雄がない。」

俺は、今、もう、その状態にあるのではなかろうか、そのこっけいな笑うべきいやしい状態に、俺がこう考える、このことがすでにこっけいなのではなかろうか。もう志津子をこう状態がきているのではないか。

性交、何というこっけいな形だ。
脱糞、何という形だ。では、学問、読書、歩行、——何というこっけいな形だろう。——、

それは、人間の動かす車輪であり、しかも、人間そのものを、かみくだくのだ。どんじゅうな骨のおれる音、を、地球がまわる音だ、やみの底で、火山の噴火の熔岩だ。

ヴァレリーを資本主義末期の男とみること。
金、相場、など。
女の顔。技巧をもった、しかも、強いいんとう[いんわい]さをもった顔、そいつと離れてさえも、しばらく、その顔が目の前に、のこっていた。

キリスト教が如何に牧場的日本を支配して行くか。

鉄郎の顔は、歴史の顔であり、社会の顔であり、存在の顔でなければならぬ。進介が圧迫をかんじるのも、鉄郎の後の在

存にぶちあたるからである。

この世のものと思えぬ顔とは、進介にとってこの世のものと思えぬのであり、新しい人間なのだ。これからの人間なのだ。

ホモ、ファーベル。

進介が鉄郎の中へはいりこめない、はいりこもうとしても、又、はいりこんでも、何かにつきあたり、貫けないのは、存在であり、歴史である。心理にとっては、歴史は壁だ。

行為に於てのみ、歴史は、舞台だ。


進介は、志津子の心がわからないと考えている。しかし、わからないと考えうるのだ。何かしらわかっているのだ。わからないと考え、わかっているのだ。

しかし、「鉄郎」に対しては、わからないとさえ言えないのだ。ゆらぎさえできないのだ。

鉄郎とは、社会だ。

次郎をも、とくことができる。進介には。

彼の心の中では、次のような話が何回も何回も、とり交されていた。彼女と。（進介、鉄橋。）しかも、彼女の現実の圧迫を身にわすれかねていた。

「どうしたのや、やせたなあ。」

「ええ、……。」

「店がひどいのとちがうのかなあ。」

「そんなこと……なんともないわ。……あたし、別に、やせたとも思ってないの、それより、あなたこそ、おやせになったわ。何か、書いてらっしゃるんでしょう。」

「……」ここで進介は、黙ってほほえむのだ。

しかし、志津子は、じっと黙ってあるいていた。


俺がお前のところまで行くのは、ほんの一とびなのだ。（お前から見て）しかも、俺にとって、それは、何万尺という一とびなのだ。（進介と鉄郎）

「次郎」にユダ論をやらせること。


進介は、まだ十九世紀を出ていないことをしりはじめた。その領土に於ては如何にすすめても、一つの逆転もない。壁が四方にあるだけだった。

彼は歴史を求めて存在にぶつかった。

心理→存在。

六字の名号と志津子の指。

彼女は、自分の指と六字の名号との関係により、人から、キリスト教にはいったのだといわれたくないと思ったが、むりに、それをうちきって、人人に反抗的にキリスト教へはいった。彼女には、ただ、たよることより他になかった。信ずること、信じるものがほしかったのだ。
しかも、彼女は、自分の信じるものは、ただ指以外にないこと、キリストと指とがすりかえられ「指」が、偶像になっていることを知らなかった。

心理は、いま、歴史と共に、きしんで行く、歴史の坂をころげて行く。新しいものが、新しい力が、
心理の重圧をおしのけている、はげしいなだれの下の生命ともいうべきもの。その生命こそは、なだれを生ぜしめるものだ。

鉄郎は、すべてを愛している。すべてのものにさえも、こん気よく現実、左よくをおしえこんで行く。こうとする。うまない、けいべつしない。こつこつと。すべては平凡なのだ。
貴美子の思想、
その友の思想。
淳子と家庭のほうけん的な思想、しっくいかせ、がもはや、女にくい入り、女の本能とまで化していること。

性交のときに表われる、ほうけん制、せっぷんのときに表われるほうけん制。
しいたげられんとする女。

矢竹の楽天、
苦しくみせようとするのが娼婦の本能、
又、快かつにみせんとするのも娼婦の本能なり。

志津子は、自分のあんだ、ブックカバーをまだ進介が、ていねいにもっていることを知っていた。そして、それを意識の裏に知っていながら、顔にはっきりと浮ばないようにしようとしていた。

日記。――キリスト（指）
キリストとの日記の問答。
次郎とばい毒と海辺。
「おまえ、次郎は、げん罪を信じながら、しかも、その上プラトンのリンネ転生をも、都合により信ぜんとするのだろう。」
十九世紀の男は壁にブチあたるとドストエフスキーが書いた

が、これほどよく、十九世紀の男をいい表わしたことばはない。それに、いま生きているわかいものたちといえば、少しも十九世紀を出ていないのだ。壁にさえぶつからないのだ。

安西素一のこと。


教会でのことを日記にかいている志津子。

小さいとき日曜学校へ行って、もらったカードをいまでも大事にもっている。それがはずかしい、しかも、それ故、一層すてられぬ。

「私は、決して死んだりしない。」


俺は、ボードレールにしっとする。

ユダの生れ代りなのだ。

すると、彼には自分が今から一九〇〇年程も前に、生きていたことのあるような気もするのだ。そして、それを自分が信じこみ、それこそ、本当で、あり、それが、あたりまえになるように努力する。


―――――


彼は、あらゆる、一寸した同人雑誌さえも一々熱心に読んだ。

彼にはあらゆるものが自分の敵のように思えていた。

それは歴史の底にあるものでなければならない。歴史と社会の底にある動力波でなければならない。

ドストエフスキーが十九世紀の人間が現実を壁とみるというとき、彼は歴史と社会の底に立っているのだ。

彼は、あらゆるものをつつむ点に立っているのだ。あらゆるものに先立つ点にあっているのだ。体験とか、世界の存在の自覚の点に。


生きるとは、創作とは、この砂漠の真中をゆくようなものだ、心の羅針［磁針］が、北、西、東、南をきめるのだ。心の方がきめるのだ。沙漠に東西南北があるのではない。――或る詩人。

しかしそれは沙漠でのことだ。この社会、この歴史の上にほうりだされたとき、彼には、過去のことは、厳然とした動かしえない事実なのだ。

内的なものをかくには心理を手がかりとせねばならぬ。しかも、それの地盤をかかねばならぬ。ここに構成の必要がおこってくるのだ。

鉄郎と獄の思い出。

世界の宇宙の
真昼の青空の神経のすさまじさ。
それを感じてゐる、建物の重さ、尖(とが)り
このうずが
底の底から吐き出す情慾。
民族の方向
夜の現実の慾望
方向は正午へ向ひ。

此処には青空の影がものうく、黒い黄色い雲の衣をきて、
　ねそべつてゐた。
うずあわの外には表はれず海の底の方に〔から〕、うご
　きをつたへてゐるものうい波のにほひ、じうのにほひ
　がする

河が流れ
ビルディングがひびきをつたへてゐる。
夜の、ひるの、
夜には、黒が、この渦からおしよせる。
人を殺し、生かすこの車輪の
こうてつの車輪がまはつてゐる。肯定と否定の二つの歯
　車

一般と個との。
都会。
野じうの。山の、川の
空のとりかこむ都会
田園のとりかこむ都会。

歴史の動き。
過去と未来
二つの歯車の
かみあふ今。
前へすすみ、
後へすすみ。
右へ、左へ。

自由、必然の
或は砂ばくに
或は山に、今
大きなとどろきと共に都会に人間存在の
何かくろ〴〵と底の
はてしなき動き
人間存在の
動きがある。

動き、いとなみ
人間のいとなみ
夜のしづかさ。
川にうつる建物［夜とひるのしづかさ］
建物のつたへるひびき。［夜のひるの動き］

車輪のとばす
火花。
創作
生成。
たん生。
生命。死

俺は都会だ。
俺の体にくひ込む
車輪、
俺のまはす歯車
お前を求めて、
海の上に
きりがおしよせ
下り、むし〱
くるしいあつさ。

お前、都会の動力、
女。俺と共に
生きてゐる。
強靭さ
何万年を
無に。
女。ものうさのはふこの、しなやかなひる、の海、
渦、
「人間の動かす、この車輪、人間の、存在の動かす、こ
の車輪。」

お前、女。民衆。
俺は、お前を必要とするのだ。
この夏のあつさの中で、
都会（俺）は、お前、その
なみの動きをみつめるのだ。
この波の動かす、この都会。
しらず〱
（暖流、魚、などけいざい的にも、気候的にも）
都会と渦の真下で、

同時に　動く　この車輪。
部厚い鉄のにほふ潮の泡のにぶいひるの日の下に、かが
やき。
時間空間の辯証法
（底に動く車輪
　二つをつつむ、渦
　全体としての、外へ表れぬ。
eglogue〔牧歌、田園詩〕型。

〔以下は、ノートにはさまれていたものである〕

　虚無の真底よりわき上るこの渦
どろどろのくすぼつたあらゆるきたないものをはきだし存
在せしめる
絶対の無の力。
この私の「身体」を今、河のふちにはきだし、
あらゆるものを、引きこみ、のみこんでしまふ。

空にとびちる虹の美しさ。
機械と。淫売婦の匂ふこの都会、
河のふちに立つて、都会の音に耳をすます。
都会のかげにその向ふの渦の
この渦　都会の奥底にひそむ　何といふ輝き。
この鋼鉄の車輪、

絶対の無のはきだす力、歯車と吸引力の合一。
ひそ〱と河の淀み。
我と汝。
歴史だ。歴史の流れだ、
どう〱と「社会」の流れ、社会全体の
渦巻きつつ流れる歴史、
その上の文化、底の神。
きかい文明。
やみをとほして、月がのぞきこんでゐるこの舞台。
何のしるところもなく
この無数の渦、周辺なく到るところが中心であり
のろ〱と、底なき底の声なき声の限定

流れこむ未来
空の明るさ、過去も未来もすべてが
流れこむ　永遠の現在。

この谷々山平野の上に国家が生れ
神が生れ祭がある。

しかし、世界全体の光明

一瞬一瞬

すべてがきえさり　すべてがあらはれ
一つの流れ　存在の存在、この光明。
生と死の互に食ひ込み渦巻く「時」。生死＝時
生は死に、死は生に、互に食ひ入る、「全体」。生死

山の底に一個の氷の湖がある。

氷の白い雲をあつめ、風のすみ切る空。

松を温める日の色。春が動いてゐる。

くひ入る冬。動物。

けものたちの暖いはだの呼吸［けはひ。］［手ざわり。］

自らが自らの身体をかむこの世界。

人間と、自然との闘争、生産。

この一日何十万何億万といふ重い「生産」の力。

夢を語る時は、如何にして、行おうとも、
夢そのままを語ることはできぬ。
必ず、さめて後の或る一つの解釈、又は用意が加わるものだ。
夢の中に行われた心裡を描くなど殊にそうだ。

「描写の場面と物語の場面との適当さを、常にしらべて見ねばならない。」

どこに描写を用うべきか、ここには物語を用うべきか。


「民衆を愛し得る人間もえらいと言わねばならぬ。」

「俺は、自己から、はきっと、民衆に行きつくのだ。と思う。

勿論　センチメンタルな、実践せぬ民衆愛ではない。」

「お前は実践しているのか。」

「するのだ。」

「俺は、自己はどこまでも自己へしか、行かないと思うのだ。」


「小さな自己だ。」

「いいや、でも、たとい小さいとしても、実践してきたのだ。」

「民衆というのがいやなら、社会と言ってもよい。」

小さく肩がふるえる。
ふるえている、と私は思う。ふるえるのさえわかっている、
私はしずかだ、しずかにしていられるのだ。
私は畳の目をかぞえる。

人間が見た神は、絶対の必然である。しかし、神は、絶対の自由なのだ。神が人間にまで下りてくるとき、人間が神にまで、上げられしめられるとき――人間が神に接するとき、人間は神の絶対の自由に一致する。

必然とか、自由があると言っても、それが、別に対象［立］的にあるのではない。

「自覚」以外に、自由、必然がある筈がない。

神は、自由である。人間が人間に、とらわれているとき、神は必然に見える。

人が神に一致するとき、人は神の自由に一致する。人は神となる。神の一部となる。神は絶対の自由だ。

人間の方から如何に自由を求めんとしても、求めることはできぬ。

一たん、一人間に死すことにより、神の自由を得るのだ。

「神より」見ざれば、自由など、出てこない。


ニイチェは、時間［自己］を主体的にみていない。自己をノエマ的にみているにすぎない。

時間とは自己にすぎない。即ちニイチェは、人間は超克せられるべき或る者だという。しかし時間を超克するには時間の外へ出ることではない。かかることは決してできない。時間になりきること、時間に徹しきることだ。時間に徹するという言葉があいまいだとするなら、時間と空間との結びつき、いや、時間空間を成立せしめる行為そのものの姿となることだ。

「私が有限と無限とが結び付いた思想を抱くことが出来たら、その時こそ、私は慰めを得るのである。」

これは、キルケゴールの言葉である。しかし、有限且つ無限ならざるものが有るだろうか。私が生きて行くとき、私は何処までも自由だ。しかも、又、私は、何処までも社会より限定される。私は、社会にそむくことができる。しかし、そむくことが出来るということは、単に、私が自由であり、私が社会より限定されることを示しているにすぎない。（社会を代表する汝より限定されることを示しているにすぎない。）

自由は過去、未来にとるべきではない。永遠の現在にして始めて必然であり自由なのだ。私と汝に於てのみ必然であり自由なのだ。テスト氏　ロッグ、ブッ［一字不明］、他

神と人間とは絶対に結びつかぬものでなければならぬ。人間は追放されたものにすぎない。併し、人間をつくったものは神であり、神は、あらゆる人間を包むのだ。神はキリストを
［以下不明］

仏教に反して、お前は、俺が、こうしていることが地獄だというだろう。しかし、人の真似をする位なら、こうして地獄にいる方がよいのだ。

そんなやり方で地獄へおちた奴もいくらでもあるのだ。

これが正しいという、しかし、それが正しいと信じないことも人間にはできるのだ、それが人間だ。

「あいつは、油断のならぬ奴や、ひきょうな奴や、そうなら、俺もこうしてやるのだ。」彼は友の、自分を侮蔑していると見せると、すぐに、自分を尊敬しているように見せる男に、かんを、たてていた。

「俺があいつに、こんなに愛情をもっているのに、しかし、愛情を人から、むりに引き出す権利はないという奴か。」と〔一字不明〕は考えた。――すると、友に圧迫され、いらだたされる自分が〔に〕腹が立ち

しかし、自分と友の間を反省したところに静かな状態が生じた。

あの夢は、一体俺が作りだしたのだろうか。しかし、夢を作りだすなどということが、できるのだろうか。

俺は、どうした、というのだろう。

私は　神の意志をむさぼり食うことができる。

自分が表われるということは、「他」を否定するということでなければならぬ。

行為は「神」に合するが故に、自由なのだ。行為は神の自由に合するが故に自由なのだ。行為は神の自由をうばって自由なのだ。

何によって行為は神に合するのか、自覚により。自覚とは神の自覚だ。しかし、自己が自己に於て自己を見る以外、どんな神の自覚があろう。自己とは、対象的なものではない。自己とは、自覚の意だ。

「個」が神により〔をとおし〕、個を限定する、これが自覚だ。それは、どこまでも、神のはたらきだ。すべて、「有るものは、」自覚するものだ。

人格をもつものだ。自覚によって、「人」は、神に合するのだ。

変在自在、
堅い空気をもつた空の柔軟さ。
一閃、海をなめつくす、
空の稲妻、
〔一字不明〕は空の中心を貫く。

「無数の過去の人間を、かみ〔うち〕、くだき、つらぬき、
濃霧を破する。」

「太陽をつつむ　欲望。」
嵐〔行為〕は真逆さまに、とぐ、人間の歯、
空はぎっしり真上から海をつかむ
ぎりぎり空を貫く、なにものも残さうとしない人間の歯
がり〱「時」の稲妻をかみ、
底の底から限定する〔ゆする〕、黒々と拡がる過去、

空から流れこみあつまる未来、
がう〳〵と空のすみ〴〵までを焼く〔かうとする〕、人間の
心、炎、
底の底からもり上り、〔以下不明〕

ノート6

一九三五（昭和十）年

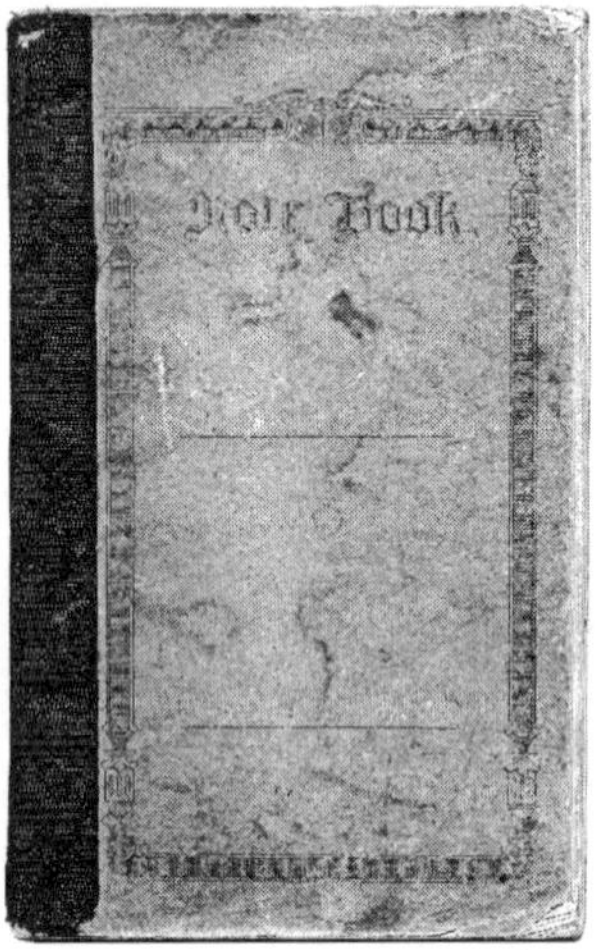

一つの感情がやはり残っているようだ。それは、どうしても、そこへ流れ通じて行く。どうして、そうも愛しているのかわからない。何か、俺のそこに機械があって、その方向しか向かないように、俺を、しいているかのようだ。

俺に、「そうかんじる」ときの感情の光りを、もたらしてくるかのようだ。

まるで、俺の中に、俺の自由にならない小さい動物が住んでいるかのようだ。

それを、再び生かす、そこへ行くと、再びそれを、生かすことになる。私はそのけものの頭をなでて、がんぜない子供をあやすようにしているのだ。

私は、それをかんじる。


「現代人はすべて神をもっているのだ。」


「色の変る神をね。」

「色だけ？」


どこかへ動かなければならないとしきりに思う。都会が動くような動き方をしなければならないと思うのだ。

歴史の動き方。

一時代の傾斜面と次の時代の傾斜面とのちがい。そして、その必然性。（飛躍があるにしても。）

中心のつながり。

（定着性。

感光性。

認識の反映性。


どの女をみても、打たれなくなってきた。それは、一人の女に打たれる、打たれる用意をしているということだろうか。

デフォルマションは、世界の動きに、思想が或る程度まけるということだ。或は、思想が残ること、あとへのころうとする性質をもっていることを示すことだ。


断えざる中心の動き。

中心からの動き。

自由になることの肉体性。物質性。

デフォルマションと世界との関係。

認識に於ける、デフォルマションの位置。

（世界が下で動く。）世界が動くこと。


この頃の世界の美しさ。

この美しさが、言葉にとらえられないということは………。


「富士君にいうてもよいか。」

「………」

「やめとこか。」

「何を。」


「余り気つかうな。」

「神経質すぎるんだ。」

○考え方をかえる。
女に対する考え方。

女の本能性と瞬間性について。

常にこのことを忘れないようにすること。

女の手紙は、どれもうそだ。つまり、これは、女は、今日と昨日は、全く関係がないということだ。


歴史とは何かの、輪かくづけ。


ひとを愛することが、まだたりない。

光子を愛することが、まだたりない。


Fの愛は、美しい。しかし、私は、自分の体が、美しいのをかんじる。じつに美しい。
Fがひとを愛する愛し方の大いさ。
私の愛が、Fにどうしてもおとることを感じる。
言葉とは、俺自身のことだ。
言葉は如何に発生したか。
言葉は如何に詩になるか。
現実の波は、如何に、言葉の形となるか。内容と言葉。
現実と言葉。

美しいとは、何をいうのか。
じつに明るい。
どこにも、光りを吐く唇がある。
虹をはく唇がある。

記憶とは人間の体のことだ。
記憶の沈降、蓄積、体験の沖積。
(歴史と、社会)
歴史とは、全人類を、ゆるゆるゆする壷のようなものだ。
常に、かくはん作用をそこにおいている。
歴史の肌。
歴史がものにふれるはだ。
歴史の感覚。

蜘蛛のかんじる色。

言葉の機能と現実。
いまの機能。
下から、いま動いてくる。
それが、言葉なのだ。
いま、体の中で動いている。
肉体の中の熱の光りをあびて、
体の裏をつけて、
現実の裏をつけて。
言葉は現実の眼である。

ひとに見えないが、自分のみに見えるというのは駄目だ。
ブレイクの弱さはここにある。

ひとに見える面。
そこへ物をおけば、ひとに見えるという面。
俺は一人では、生きていない。
一に於て、既に危く、一に於て既に危い。この激流。この根
底のぶちきる流れ。すべては、ここで、粉微じんにされる。
静かな深み。

俺の体そのままがふきとばされる。

俺は、その上で、安らかにしている。


「あたし何にも、言えへんよ。」

「前、――さんが、いたとこのひと、――されたいうてたでしょう、あれ。」

「ううん、言えへんよ。」

「そうかなあ。」


「二人の勇敢なる兵士。」

「悲劇やろ。あれは。」

七月十二日
「野間さん、風呂い、いったら、どう。」

「はあ、ありがとう。」

「中風さん、〔数文字抹消〕」

「うそばっかし。」

「人形、こら。」

「ふふふ……。」

「おかあちゃん、あげよう、ちちのましたげて……。」

「のまさんにあげなさいな、のまさんに。」

「むちゃ、いいよる、むちゃ。」


「はいらなんだら、ええのに。」

「やっぱり、頭がちがう。」


「風は東から吹きまっしゃろ、そいで、どうしても、ちがいまっさ。東の方が、ずっとようおまっせ。西は、すすが、あつまりまんねんなあ。」

「おもしろいでしょう、あんなこと。」

何か「しっと」の感情の起るときの状態と、或いは、vanitéの感情の起るときの状態との近似について。
或る一派の観点と
他の一派の観点と。
交叉するときの感情のくらさについて、

〝自分の力。〟

〝自分の生。〟

（あらゆるものを許してくれる神。）

（あらゆる「焼けるもの」を許す。）


（花の焼ける形浮かせて）

「野間さんとお母さんとは、おじいさんとおばあさんみたいねえ。」
「話題がかあ。」

この作者の力のうすさ。
美の源泉の求め方のまちがい。
言葉のとぎれ。散文と詩との検討。の必要。
この詩には、ただよいがあるのみだ。
「ねばり」がないということ。
世界的な詩とするために必要な、
結局、詩を支えている、
体験により、感覚化され、
感覚を動かす、思想の低さ、
思想の、
その熱の小ささ。言葉の凝結、
結晶軸がたりない。

社会を実体とみる見方をどうしてももち勝ちである。社会は
社会過程として、対立物の統一としての物質にすぎない。

ゆっくり、ゆっくり、これが何よりの、力なのだ。

正午の雌蕊の中の
雄蕊のように、くちを開く。

ここに、私は、光りの袋をかぶる。私は、肌の中に、すきと
おる。
火が肌をたたく、
音の鍵を以て。
そちらを通る。
私はこの肌をかむ。
すきとおる。
世界がすきとおるということは、私が肌をぬぎ、
その女の肌をきるということであり、
肌と歴史との接触
肌とは、動点である。
氷河の原動点である。

(透明)と自我。
(透明)と歴史。

「子供いうもんは、むじゃきなもんやなあ。」
「一寸も罪ないねんものなあ。」

「亡国の民いうやつは、あわれなもんやな。」

「紅茶三人前。
それから、ホットケーキ一人前、
一人前でええわ、
それで、チョークいうもん、
チョーク、フォークか、
フォーク、二人前くれ。」
母親。
かわいそうに皆、ひなんしていきはるよなあ。

空にゐて星の坐る如くに。

瀧のやうに幸福。
幸福の瀧。

(花は幸福を物言ふ。)
女を手に引きのばす。
女の音を引きのばす。
花のなかから澄む音。
花とさく音。
花の穴をとほりぬけて、
花をあむ音。
花をとほる毎に美しくなる音。
花。
「音を温める。」
音を葉（或は花びら）の後にかくす。含める。流す。

春の明るさに匂のあたためる音、
花はお前の息に生きる［春と共にかける］［春を生きる］。
花びらの口［くち］［の方向］をむけてゐる。
花びらの、
花の内部の光りをあてる。
俺の愛は、花をそだてて、
胸に。［庭に（空に）。］

俺の明るさこそ本当の明るさで、これこそ花なのだ。
俺は、花にのる。俺は、花の中心だ。花撒く。
俺の中に花あり、俺の後に花あり。
俺は花をにぎりつぶす。
花つぶれ、街つぶれ。
つぶれるところに花あり。
花の重さ。宇宙系花。
銀河花。

大空の揺する花。
大空の光り。

「空と唇。」
虹。
虹を唇にくく〔ママ〕んでいる。
ただよはせてゐる。
春のすみきつた空。
うすがすみにすんでゐる空。
(空の顔。)
空の顔に、俺の顔をあはせる。
俺は、さうした顔をもちうる人間だ。
愛によつてあはしうる。
空の顔に化粧する
悪の花。

「生かす力。」＝愛。（Fの言葉）
太陽系のやうに、
明るい光りの中の
　星と星のやうに、
この　一つの星に　つねに
明りの面をなげかけ、
暖かさをなげかけ、

かうして、明りの中に、
冷えて行つたやうに
凝結して行つたやうに。
明りがこれらの星の名のやうに、
明りを、その小星にそそぐやうに
つくられてゐるかのやうに。

巨大な花、空が廻転する。
廻転する重量。
そこに花がある。
(花さく。)——生きる。
　ほのめく、ほの明るい。
　うるむ。
お前の眼の裏にある花びらだ。
　花廻せ、花廻せ、
　何かが覗く。眼、瞳がのぞく。
(花の後。)
「大都会のすみが明るく、光りをもらしてゐる。

光りがもだえてゐる。
足を引きづり、でてくる。
都会の動きにつれてでてくる。
巣食うてゐるものの形してでてくる。
大都会の円板をはぎとる。
苦しみの層をはぎとる。
地獄は、苦しみをつきぬける火だ。
地獄は愛の火だ。
愛のみが地獄をもつ。」

手帳1

一九三五（昭和十）年
〜三六年

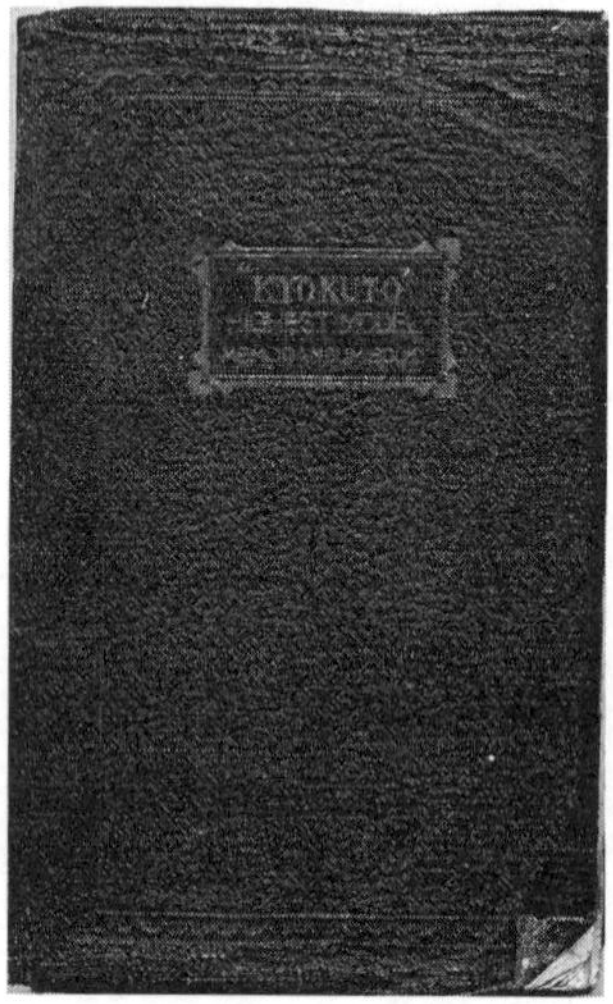

日にうたれる　ほしいままの心、［日の光にほしいまま
　にうたせる、］
自らの体をなげだし、だるげに、［つつましいみだら］
女の心の冷たさ、人の裸。
日の光にほしいままにうたせる、
裸の心、
日の光のうつ、
大空のかよふ［のとじこもる］玉［結晶］、大空にひっ
かかる、
誰がときはなてるか。
光のむすぶ玉、つなぐ、
人の眼のみる、大空の玉。
日にうたれ　むらがる　しづもり、
光のむすぶ玉。
このはだへの色をうばひとる、［熱をたのしむ、］
いづれの裸であらうとしらぬ。

ここに世界の冷気をあつめ、
〔以下十三文字不明〕
冷たい、空のはだざはり［冬空のはだざはり］。

私は掌にのせてゐる。

私のはだで、
私はじつと玉の重みをはかつてゐる。
私は玉を知つてゐる。
私は大空をつつんだ玉の
おもみをはかつてゐる。
日も私の掌の中にある。
私は、女をもつてゐる。
私は、玉をくだき［作る］。

私は空だ。すみきつた空だ。
空の中の玉。
青空の玉、青空の結晶
露のやうに青空をふくみ、［日をふくみ、］
白く粉をふいてゐる、白くつや［光の］の粉をふいてゐる。日の粉。
無数の玉、無数の日よ。つらなり、むすび、
人間は玉をもつてゐる。
人間は玉なのだ。
空を呼吸する、空の中に身をまかせ、
女のやうに、長々と空に身をまかせ、
私のまはりにつもつて行く空、
水晶のやうに空をこごらし、
空の青をつける。私は、しかも
法則をもつてゐる、決して、その
法則をやぶらない正確さ、
光りのくさり。

空の中に、はじらひもなく、
自らのはだをひやす、
のびのびと石の冷たいものうさ、
石をくだき、形づくる、空のいとなみ。
光が結晶する。
光が石の形に、つもり、
この氷と女の裸のはだざはり、
まるく、明るく、
この玉の中にともる私の、二つの目、
すべてをなげだして、おしげなく、
つめたく、ともる眼、みかへすまなざしの冷たいいとし
さ、
空に、

「羽山君は 割合にせつな、せつなの人間ですよ。明日、僕とあう約束してても、君がかえってきたら、その方へ行ってしまうのや。」

「あんた失恋したのね。」

「どうして?」(はっと、低い身体のていこう)弱身〔ママ〕。だまっている。

「たいてい失恋した人がくるのよ、あんた頃の年頃では。」

「ふん、そんなんあるのやったらええのやけど。」

彼は、世間の常連どおりに失恋してこんなところへきたことに対してはらだっていた。

(のちのちも、矢竹に対してふとうかぶ、はらだち。)

彼は、鉄郎の手紙を思いだしていた。

アジラレてるのだ?

この考えがうかんだ。

ニイチェ、ツアラツストラ

永恆〔ママ〕回帰。

彼はあの時の街の百様をおもいうかべた。思ってみた。

　光ちゃん。富士の家で。

一月三日。二日。(光子に就て。)

俺は、馬鹿なことをしている。そして、俺は、これをかくのを人に意識されたいらしい。ここにいる一人、誰か一人に。

俺はそいつをにくんでいるのか、そいつを恐れているのか。

そいつの奥を知りうるのが、ぐらぐらとするのか。

私は言った。

「ゆうわくされそうやぞ。」と。

「たのむわ、きみがいてくれんとさびしいのや。」(井口)が言った。

俺は、これをかいている。又、それ［光子］が下から上ってきたのか。

俺は、あいつを愛しているのか。それとも単に性慾だけなのか。

〃そいつと競争してやるぞ〃と思った。どこまでも、することになるのか。それでもよい。

俺は何かしたい。井口が言っていた。

「俺は君が恐いのや、ほんとや。」

何というくだらぬ話なのだ。

俺は、帰らなかったということを、又、くいている。何を悔いるのだ。

俺は、あいつが、俺をみるのをまっている。あいつが、この部屋のすみで、俺がこれをかいているのを、みつけるのをまっている。

〃とりかえしをせんといかん〃とここの〃お父さん〃が言っている。

俺は、これをあいつの鉛筆でかいている。俺は、ばかなことしかできないのだ。ばかなことしか。

あいつが、俺をみてとおった。

俺は、それで、うれしいのだ。

俺は、それだけ。それだけだ。

俺は、何にもしらない。おれは、そいつの声を、顔をあいしている。そいつの理智をあいしている。

俺は、しかし、それが、この愛が打算でこわれはしまいかとおそれている。

俺は、これを、だれにもにうちあけえない。これが、新しい俺の恋だ。

俺は、そいつがかつて、あいつを愛していたのを知っている。これが少し、いやだ。大にいやだ。おれは、そいつにみられたいのだ。

「顔、青いか。」

「ううん。」横にふる。

私は下から上ってきて、なんとなくそれをみると、顔を二、三回横にふっていた。ごまかし方。

バスの中で
「君の家へあそびに行ってもよい？　ＯＫ、はずかしい、年二、四で何がはずかしいのや。」

何か？

生理的なもの？

あついものが走った
嘲笑しきってやりたい
汚ない汚ないこの上なくきたないもので、
そして、そのけがれをこのけがれで千万倍して恥かしさで倒してしまいたい［やりたい］。

こちらが恥しさで倒れる位なら。

彼は老婆にせわになっていた。ある日、彼は腹立ち、こごとを言っていた。が、とつぜん、あんなに着物をくれたりしているのに、とおもった。

いけないと思った。

いちずに腹をたてたあとで、これでいいのだこれでいいのだとおもった。

お前のほほをそめているくれ方
私は裸で母の胎を出た、又、裸で彼処に帰ろう。

火。と愛。

いたるところに火があるようにいたるところに愛がある。

「われはいのちなり、われはよみがえりなり、ですか。」

彼は言った。

「わかりませんわ、なんにも、なんにも。わからないの。」


彼はしゃべって行くうちに、自分のうちらのあの一部（いじわるさ、弱者に対する）が、ふくれ動いてくるのをかんじた。しかも、又、自分がそのふくれをたのしみているのをかんじた。

「指が知っているというのだろう。」

「あなたには指の世界がない。といいたいのだろう。」


〃昨夜かえってからの、こいつの世界と、俺の世界はたちきられていた。いや、いまでも、たちきられているのだ、こいつは、わからない、わからないでごまかすのだ。〃

久しぶりの竹籔、そして大きい空の下のほがらかなすんだ山々。

山々だ、山ではない。そして竹林の上のくものかげ。その中の石の鳥居。

「ジイドよんだんやろ。」

「だれ？」


「うん……（光ちゃん）……きみ。」

「あたし？」

「うん。」

「…………………。」

「…………………。」

手だけがきれいだ。

えび茶に大きいうす白のかしの葉のはおり。赤白黒黄のほそあみのショール。前がみ、ふくれたうしろたわわ。左手の人さし指でほほをおさえる。

歴史からながれる音
この底の階級からぶち上ってくる音。
「ジョルジュ・サンドみたいにして。」これが、もっとも美しい。

「わしら、わりにやくうまいなあ。」

「こんどひやかしたろおもて。」

「どんなやくしてるか、一寸みてみたろおもて。」

「きねんになるでしょう。かっておいても。」

この奥底の人間の骨々を
かみながらただよう

生むやわらかさ。

「歴史。

日は歴史の影をみている。歴史の影　青空。

歴史の影をうつす。」


彼は自動車［バス］にのった。

雨水とりのかちかちがへんに気にかかった。

まだいけないなとかれは思った。

「俺たちがくらいのは俺達が太陽を空にもっているからなのだ。太陽は、この地上にもつものなのだ。

そして、あの人達のみが　太陽を　自分の体の中にもっているのだ。

俺達はやはり青春をもっていないのか。」

ジイドの転向問題、
ジイド、ジイド、ジイド、ジイドが
私の道をかえてくれたのだ。

女と家庭。

日本に焦点が合う。

母と自分との問題、母、自分なき後の母。

志津子、古の志津子との思い出よりの苦痛。ぶじょく。


平日——失恋後の破童貞。

志津子の再批判。

私は又、やっていた。

ふじがかえってきた。私がMにしっぺをやられるのだ。


私は真赤になってきた。富士の気持。Mは気づいたのか、もう、やめ始めた。

次には、歴史というものを、「個人」と、「宇宙」との関係より見直して行くこと。

歴史主義にのみおちてはならないということ。

「詩と歴史」に就て。

青空と歴史に就て。

「命に代える命なし。」（次郎）

私は、この標語を、ぼーっとしてよんでいた。ふんふんふん、しだいに頭に、これが定着してくる。　何？

「動物園。」——進介と鉄郎。


小さいおじぎを一つ。ほんの小さいおじぎを一つ。ただの一つ。私は、それで、まんぞくしている。


私は、あの便所を思いだす。

ヴァレリイの暗。頭蓋骨の中の暗闇だ。

向うは、小さい、改まったような、そして、しかも、それから、破りでるものを、こちらへ意識させておこうとするようなおじぎを一つ。

私は、椅子にかけて、小さいこえでこんにちわと言った。

「バイエスて、何や、一体。」

「バイエスや。」


(個、宇宙、歴史)。こうして、余りにも、現実を図式的に使うのはいけない。

(個、宇宙、歴史)の、滲透率が、各に同じだということもある。

私の横で光子は、数学をやっている。

私の横で。

この陶酔のような火の河の流れを、工場の底深く、身体に、肌にかんじはしないか。廻る車輪。ここには、限りない無数の太陽がむれている、黒々ととけている、
地表のかたまり　凝固をとかして行くもの。
笑いと、悲劇がかたまっている。

あいつが淳子を知るということは、あいつが俺のやり方をしるということ、あの眼でみつけあざわらうことだ。

彼は淳子をだいた。そして、自分の体と合わないものがあった。「あいつだ」と彼は言った。

彼はその「あいつ」、そのすきまとしてそこに残っているあいつをみてやろうとして、その女とねた。


〃ダモクレスばかりの世の中〃。

「どんでんがえし的なものほど弱い美しさをもったものはない、それ故、人は、往々このまちがいをおかすのだ。」

富士は、云う。

「君のいうこと、わかるわ、わかる。」

そして私は云う。

「君のいうことわからへん、なあ。」

しかし、実際は反対なのだ。

貧乏と百丈。


「岩崎は、言葉の時代いうもんがわからへんのや、それに、岩崎には、俺がうちらで、あんなことしてるなんて、しらへんしなあ、あんなこと、を、なあ。」

「しらん。」

「俺は、他［外］のやつをうつすのや。」

「うん、………そら、もう、いうた。」
「うん、昨日きみがいうとった、しかし、きみ、きみかて、やはり、他［外］のものをうつすのや。」
「うん、そらそうや。」

次郎　俺は夜中におきて、あの医者を殺してしまうかもしれない、俺のあれを知っている医者を。

何というシェクスピアの、眼だ
背中の二つある獣、
俺にどうしろというのだ。
他の方法をとれというのか、
しかし、他の方法さえも、
あいつがみているぞ、
それは指の踊りともいいうるものなのだ。
シンフォニーの、
あらゆる眼で、シェクスピアが見ている。
ハムレットの眼で、オセロの眼で、イヤゴーの眼で、ばかやろ――。
あらゆる方法が到達しえないのだ。あらゆる方法が到りえないのだ。

ゲーテのように
全人類が一致して
つかむのだ。
芸術のみでもだめだ、
詩のみでもだめだ。
詩はとにかく
向うものをわすれがちだ。
小説は又、根をわすれがちだ。
「革命家は善悪の彼岸に一時たつ」（プレハーノフ）ことを考えよ。

彼がいう俺のことを、「あいつは俺の女だ」と
俺がいう彼のことを、「あいつは俺の女だ。」と。
大戦のつくりだしたかす。
この大戦のしみを体中につけ、におわせている男たち。
あいつらはたて直って転向しているというではないか、
どうなとしろだ。

それは、彼女のもっているふんいきだ。
その空のほの明るさは。
私とは何だ、
これらの家、瓦、空、……私、

私など、どこにあるのだ。
彼は次郎の逆説にはらだった。
次郎はしんぴ家である自分を喜んでいるのだ。それだけだ。
「志津子は知ってますよ、と言っているのではないのか。」
〃わたししってますわ〃。
驚をもっているとでもおもってるとおもってらっしゃるんでしょう。
都合のよいものしか知ろうとしないし、又すぐと忘れてしまう。
記おくというつぼ。

東京四谷区大番町五十六
　糟谷方　星座編輯所
1. 佐々木君の住所。
2. 芝居へ祖母が行けないということ。
3. 一重のまぶた。

地層　地殻、
熔岩。
やぶる

線。
地かくを破りわる、マルキシスト、
すると、熔岩がもう、じゅくしたように、流れでてくる。
どこでわれるというのだ、
どこでわろうというのだ、
どこででもだ、
あらゆる人間の中に、マルキシストがいる、
あらゆる人間はマルキシストになりうる、
ならねばならぬ。
　明るさ。
ほのかな風をまいて、おしよせる。

ノート7「Exercice」

一九三六（昭和十一）年〜三七年

山は山、海は海、雲は雲、
ものみな色をかへ、新しい緑をつける、
かこみ、せめこみ、ふくらむ海の音
きらめく雲、ほそいくものちらばりがかがやく
海と山の混合する一帯
山は海に突入してゐるきりと海の
しぶきとに　山と海はとけ合ふ。
山は山、海は海
山と海とのとけあふ一帯。

山は海をせめ、海はじつとしてゐる
山はじつとし、海は動く
山は山の歩調をもち
海は海の歩てうをもつ、
水平線を以て。
とりかこんでくるくろいかたまりのくも、
真上にのびる、うすいくもの
光り、広い布。
この黒々とおしよせる雲の力、
プロレタリアートをおしつぶす
階級の重圧のごとく。

この人間の二つの意志。
この地盤から、各自、自己のものを、むさぼり、つくさ
うとする
二つの嵐、力。二つの野じう。
無限に自己のまはりに、
ちりを、すひよせようと
する、主権、
じせいの穴と
二つの時代が重なり渦まきあふ
一時代。

これら、二つの闘争をながめて、
すみ切る地盤、神の眼。
悲劇をながめる喜劇。

ここにはあらゆる人間の
にほひがする。
ここには二つの別な匂ひがする。
にほひ、力、いのち、あらゆるものが形をかへる。

このはりきつた力とそのかげ、
かげと物の如くみつせつに
しかも、たたかひ、
はなれることなく。

この都会の底に
しづかにまはる渦の音
この海の渦は、
あの階級の渦を
さし示してゐるのだ。

世界のあらゆるものを、つくり、
区別し、動かす。
この労働者のきん肉がにほふ、
人間の人間。
批判の批判。

あらゆる理性、ひはんのこん底。
眼の眼。
すべてのきりをうちはらふ。
とりまくきりのにほふ、
きり、もや、破る光
かいきう。

かいきうは
きりであり
光である。

人々、時代、歴史、車輪
きかいのひびく階級

こうてつ
ようこうろ
火のにほふ階級。
二つの階級をとかすこの熔岩、
とかし、はきだす。
二つの渦をふきだし、すひ入れる
海の底、海の底が空の奥と
通じてゐる。
空のおくへ、流れた海の底の水が、
すみきつた気流となつて流れ下り、
空の奥から海へ行き［向ふ］気流が海水となり潮流となりすべてを動かす。

いんばいふ、病気、ばいどく、
らい病、あらゆるくらい匂ひそのままに、生々と、明るい底の動き、

夜空をひくく垂らし、よびよせ。
あらゆる底に音もなく渦巻く、
汽車、電気、あらゆるものがひびき、まはる、
いんばいふ
耳をすませ、夜の街の底に。

ここは二つの方向の合一点。
しかも、それ自体が方向［そのもの］［の底］

個人はこの流れをのがれやうとすることができる。
しかも、さうすることが、もはや、この流れのままの流れにすぎぬ、
この渦の源に乗り、渦の源に影響され、はたらきかけられることにすぎぬ。

かく汽車がまはり、
私は夜空さむく秋に変る夏の風の中にながめてゐる。

昼のむしあつさ、ものうさ、
ハンマーの、

アセチレンガスの動くこの街々。
街の層の、世界のあらゆる隅々までのしわたり、しみ込
み、動かしてゐる、階級、
その底の人間。

私は汽車に乗り
私はものぐさいざこ場の二階で、女の股を開けながめて
ゐる。この後にみえる階級のうごき、
とびちる波、とりまくきりのやうなプチブル、インテリ。
すひ込まれ、まきこまれ。
夜と昼、昼と夜。

光のかこむ
このまひるの下に
永遠の海の底のやみをひるがへす青空。
鮫の腹の如く。
日の光
海の潮匂ふ。
鋼の色［をきる］。

この面のしづけさ。
明るくすむ空の下に、

海をかこむ、白いきらめき
きら〳〵と烈しくもえる
面のしづもり

永遠の海を底からゆり動かす私の一つ一つの動き。
空があり、海があり
空がなく、海がなく、
ここに映しとる海の姿、空のありさま。

明るむ歴史の地平線。
空が落ち
海は底をつたへる。
きらり、とりまく水平線［水平のくぎり］［水平の線］
おどるプシケのしづけさ。ちしき、いしき。プシケ。
波のプシケ
しづもりのプシケ。

ありとあらゆるものをのみつくす空と海。
人間。

空が落ちる、

海の底へたつする。
海の底がそらへつたへる。
そのとき、水平線が［を］
光りが一廻転する

はとのむれ、
なみのちりゆく姿。

物の生れてくる地平線の明るさ。
地平線の向ふから表はれる意識、或は表はれない。

①存在論的に。
廻転する。世界のはしからはしを廻転する。

②心理的に、
水平線の向ふ、未知のものが
水平線のこちらへ、やつてくる、
記憶、意識、むいしき。
又、こちらへ、来かけたものが、
こちらへとどかずにかへつて行く。
丁度、夢の下のほのかな姿のやうに。

存在論的に。
個、波の個、海の全、空の全、
海空の全、その間の個、
個の根は　海と空にある。
全く逆なものの一、個。
海面、空面。

心理的に、
周辺のけむり、くもり、
海のとどろき、音の引きだす記憶、
匂ひ［潮］の引きだす過去、
すべての歴史がここにつもつてゐる、ほこりのやうに。
そして、それが生きてくる。
この水平線の光りをあびて。

〔以下の小活字部分は、ノートにはさまれていたものである〕
一方からみればすきとほり他からみれば、映え、針をたてることもできぬほどの反映、鉄板、てりかがやく眼。
お前、注視するもの、海の面（おもて）
お前の底から、注意［視］するもの。
目はすみ輝く、到るところ美しく青くほの赤く、お前の眼のやうに、見るもの、みられるもの、空が落ち、空の機能を動かす［うつしだす］。
空深く空をきよめる［すみ切らすものがある］。

空は常に落ち、空をきよめてゐる
［つづけてゐる］
次々とくだけ落ち
くだけ落ち、けがすものがない、

空の瀧　この明るくすみきつた空、
苦の向ふの明るさ、この歴史の営み。
お前　一つの眼、
海は大きく日の輪をはめてゐる。
空にのこる［すむ］日のかけら。

一枚一枚、皮をぬぎ
ながら、着々と土台
をきづいて行くジイ
ド

ラ・ペルウズ
とエドワール。
ワイルドとジイド。
スタンダールの
心理への発展を
コルネイユの中に
みる。

水平線のところに、
ひとかげが見えてゐる雲のやうに表はれてくる。
白くかがやく、記憶の匂ひ。
空が海の底までつらぬき、落ちる。海はきよめられ、す
きとほる、明るさ。

海はあふれてゐる。
海からわきでる黒い記憶のあかるさ。
このさへぎるものもない海の中［上］に日がかがやき舟
が動く。
日のかがやく海の面。

生れやうとして生れなかつた
夢のやうに
水平線の向ふにほのかにけむる雲のうす明り。
空が落ち、まわる日［火］のわ。

どこまでもかがやく海の面がある。

この面をみがいてゐる空の大いさ、
頭のひだ深く埋もれた過去の日の像の如く、
水平線に低くひつかかる［迷ふ］。

この海の面の感光力。鏡。
くも、波、くも波。一つしかない。
二つに割れはしない。

この光る意識の 外輪 ［そとわ］

まぶしさ。

眼の光りのやうにすむ。

空のもろさをかぞへてゐる水平線
そらのいとなみをうつしだす。
日の外の輪、日の外の輪を
この海のまはりに［ここに］置く
すみきつたもや〔四字不明〕をはる正午の空

日の輪、日の輪、
すきとほる日の輪、青空と同じくすきとほる、
向ふに青空をみせてゐる。

日の落ちてこの海にはまりこんだのだ。この海の外のわ。

第二の日、空にすむ第二の日

ひるがへる光りの波、意識の環。
上と下とが交代する如くに、
きら〳〵とかがやく水平線、
ぴつたりあふ空と海の面。

おしよせこごらせようとする水平線の強さ、

世界と人間の物語り。

外と内との――。

人間全体の行為。内外。――世界

水平線の向ふに、ぼーつと［ぼける］虹が自己をぼかしてゐる。

各個が、この意識の面にかさなり、各個がこの意識の面をもち、しかも、この意識の面をうちきる。

地盤と同じ広さを意識の面も、もつ。――そして、それは、又、個々人の意識の面の広さでもある。

無限の重なりがあるのだ。

即ち、空と海とは無限に交換するのだ。性交するのだ。

一人の人が意識する如く［毎］に、
又、一つの物がおちる如く［毎］に、空と海は、交換するのだ。

空と海だ。

空と海のみだ。そして、面だ。この全体だ。

何といふ美しい正午の全体。

波の個。空と海のふれあふ波。

光る今。――全体、
あつみとはばの今。

光りの今、

あらゆるものの今。

日のわがはまつてゐる。
あらゆるものに姿をかへくぐり入る。
ここに、今
空と海の合体［総量］。
かがやく周辺（まわり）にかこまれてすべてを区切り、あらはし映
す鏡。
空と海との否定の肯定
統一。面。
自己が自己を見る。
自己に於て。

空は無限におちる、それを日の輪が計算してゐるのだ。
海の面が海と空の論理をきいてゐるのだ。
やみと光のしみこむろんり。

大らかにすむ未来。
こごる過去。
未来が過去の底をぬぐふ、なでる。
海は一回ひつくりかへる。
波の一つ一つのきらめきが空を貫き空を落す、
そして、意識の輪をはる
海をひるがへす。
重なる空
君の空、私の空にすむ［向ふ］彼の空

〔以下の小活字部分は、ノートにはさまれていたものである〕

現代は未来へ身を傾けている時代であり、そのようにジイドも未来へ己が身を投げ入れている、変革の時代に於て、常にこうした種類の偉大な人間が生れて来、常に、そうして来たと同じように。

ジイドの作品の到る処に、未来へ身を投げ入れているこの時代の著しい姿を見出すことが出来る、そして、特に、あの美しい「新しい糧」の中に。それは、未来というよりも将来であり、どこまでも、この未来と言うべきものだ。ジイドは、この未来、大地の未来の光に、己が身を浄めている。この光の下では、あらゆる慾望が、慾望のまま浄められるのだ、慾望そのものが光となるのだ。

私は、このジイドの浄い体から、神（こう言えるとすれば。）の体の匂を嗅ぐような気がする。「この小鳥の声、それは、この大地の慾望の歌だ。」と彼がいう、その大地の慾望の大きい律動を感じることが出来る。ジイドは、宇宙の体を、己が体に把んでいる。

併し、此処に、私は、ジイドの限界を見出さずにはいられ

ない。それは、ジイドには、歴史の体が欠けているということなのだ。私の体というものがある、歴史の体というものがある。そして、宇宙の体というものがある。私の体を歴史の体が貫いている、そして、その歴史の体を宇宙の体がさらに貫いている。この歴史の体とも言うべきものがジイドには不足しているのだ。ジイドは、個人の体から、一足飛びに宇宙の体へと行ってしまう。私は、ここに、デカルトをその祖先にもつフランス精神の伝統を見ることが出来ると思う。このことは、ジイド自身も気づいていることであって、彼は、その日記の中で言っている。「フランス文学、それは人間を個別的に描こうとするよりも、人間を一般的に識り描こうと一層努めている。ああ！　若しデカルトの代りにベーコンが居たとしたら！」と。併し、ベーコンが居たにしても、まだ足りないのだ。まだ、そこからは歴史の体は出てこないのだから。

　コンゴーに新なものを見、ソヴェートへジイドは接近して行った。そして、このことによって、彼は、自分に欠けていた歴史の体を取り返して行くかのように見えていた。併し、彼の生れ、その教養、その環境、その生き方が、やはり、再び、その限度を示し始めている。ジイドは言っている。「私はもうコミュニスムより先を歩いている。私は、私の知っている多くのコミュニストの中に、単なる理論家（テオリシアン）しか見出さぬ場合が多い。」と。まるで、単なるコミュニスムの理論家をコミュニストと呼び得るかのように。そして、ジイドは、新しい神を、新しい大地を説くのだ。歴史の欠けた神を、歴史の大地ではなく、ただの大地を称えるのだ。以前、彼が脱れようとした、あの現実（さらに言うなら、現象的なもの）を不問にしてよいとしている象徴派の人々の方へ、ジイドも、又、帰って行くのではないだろうか。（象徴派の人々は、ジイドの言う大地をもかえりみようとはしなかったと言えるにしても。）私は、こう断言しきるのを恐れる。それは、ジイドの常に示して行く飛躍の大きさ、そして、又、文化の擁護に就て誰よりも烈しく世界全体に溢れさせたその熱情を知っているから。そして、ソヴェートに対するあの彼の豊かな、光にみちた希望を知っているから。そして、又、彼の後にいる私達は、彼よりもさらに弱々しい私達は、彼の残して行く線、彼が登りつめる頂点まで、彼を追うて行かなければならないだろうと言うことを、信じているから。

マルキシスト達へ

君達は掘る人だ、熱し日にてる鉄の鍬を、もつ一鍬一鍬ほりおこして行く。
この土のような「歴史」。
この空間へ、この空間をもやしとびちる鉄のくわの磁性がみちる朝やけ。
君達は常に朝に生きる、朝にはたらく。
君たちをつつむやみもあかるさの中にある。

すべてをゆする階級。それを、こえんとする個。こえうる個。
個はそれをかみ、つぶす。
この階級の地層に一鍬一鍬、鍬を入れる、
地球を地層を、めぐるその音、そのさけめ〔割目〕。
プロレタリアートの一動一動は世界的であり、もっとも個的である。
その前には常に自由があり、すべては、そのあとからついてくる。
芸術家はプロレタリアートでなければならない。

地層をわり、掘りおこす、大地
一くわ、一くわ、鍬を入れる。
空をわる　いなづま、世界へつたへるひびき、磁性。
一打一打、うちやぶる、幻想の地層、
はがして行く、新しい地惑、
未知の広野の朝〔あかつき〕の広い光り。

ありとあらゆる人間をみつくす眼〔みつめる眼〕。

人間の眼。
羽音の如く、遠く、海の向う〔に〕うなるものがある、
すみきつたうなり
空は、みじんに自己をくだけおち、
海〔海の中〕に光る
光る海、
海をうつ空、
海をうち海をうち。

自らをくだく
この廻る水平線のきらめく日の輪、
海の面のきらめき、
海の面のきらめくうなり
海は、ここに無限の日をはめてゐる
灯台の火の如く、人間の眼。
廻る水平線、
きらめき、

汝、見つめるもの。
神の眼　人間の眼。
水平線にそふて、
すきとほつた無限のここにきらめく日のわをはめてゐる。
はめる、海の水平線

生々と　過去をみがく［よみがへらせる］未来。
空が落ち、……
白々と真昼をおこしてゐる大空。

よみがへりの日、
一日一日がよみがへりの日なのだ。
黒々と底にたまる［つて行く］過去の日、　　　（観念的）
海の底から過去を生かす、
死せる過去の生、
日の明り。
生。生。生きて行く。

この海をとらへてゐる大空、
海を生かす大空。
夢の如く、底深くわき上る。

空は落ちること以外にはねがはぬ。
空は落ちるのみだ。
空には落ちることがあるのみだ。
（神は意志のみだ。）
空は落下だ。慾望だ。神の慾望だ。落下だ。
神の慾望とは落ちることだ。

遠いかすかな遠い光りの響きがする。
光のいとなみの空の音、
海の上の限りない空、遠いはるかな音がしてゐる
秋深く、大空の熟して行く暖かさ、
小波もなく、一つの海が静にゆする。
海はここに［とほく］無限の日の輪をはめてゐる。
水平線のきらめく円さ。

空が落ちる、
水平線、円々と海をきる、
海はここに無限の日の輪をはめてゐる。
日の光ゆたかに、あらゆるもののいこふ、けだるさ。
海よ、あらゆるものをみとほす、人間の眼［まなこ］［神の眼］。
水平線の円いはてからはてを走る［のつくりえがく円を走る］光り。
如何なる空のかけらをも、のがさず、つかむ、

計算する日の輪。

みちて行く
遠いはるかな響きがする、秋深く
大空の熟して行く暖かさ、
小波もなく、一つの海が静にゆすり
光りの、いとなみの、けむる空の音。

海はここに無限の日の輪をはめてゐる、
あらゆるいこひと、静けさと、海の上に、
白々と白昼を熾(おこ)してゐるこの大空。

空は落ちる、音もなくこなみじんに己が体をうちくだく
［き］、
波の宝石の輝く動き、［静なきらめき］［動き］［明めつ］
波の上に、光りの［空のかけらの］つくる幾多の花びら、
光りの花びら、
空が落ち、廻る日の輪、日の輪、

水平線を走るきらめき
空が落ちる毎に、一廻転する水平線の日の輪
海よ、その過去が、そのまま上つてくるのだ。それが一
瞬だ。
海の底に過去は常にある。
そこ［底］には［其処には］地獄の黒さ［くらさ］があ
る。
よひどれのやうに、西洋よ、東洋よ、西もなく東もなく
ゆれよどむ過去が上つてくる。
海の自転、——海は歴史をのせてまはる。

すみきつた空が落ち、海がまはり［自転し］［自転する
海］、日の輪が廻転する［まはる］［きらめく］人間の眼。
行為だ。
空は落ちる、こなみじんに己が体をうちくだき、
日の宝石、光(ひ)の花びら、無数の宝石、日光(ひ)の散乱
日の宝石、つつむ海のやすらかさ、
空が落ち空が落ち、廻る日の輪、日の輪、水平線を走る
［り去る］きらめき、
ちかちかと、海にしきつめる日の花びら、白いたがね
［もえとけた白金］、

黒々と光る［り］、向ふの海には地獄のくろさ［くらさ］
がある、きらめく波の宝石、
歴史をのせて、海はゆるやかに自転してゐる、

重い過去が一つ一つの花に生きる。
海はまはり、空の落ちる毎に一廻転する日のわ。空は無限に落ちる。

宝石はくだけちり
日はみがかれる、
宝石のかけら。

空がおち海が底からまはり、
海の底と空との日の大宝石［小宝石］。
やみを養命として、
やみの上に自らをみがく［すてる］［自らをすりへらす］
日の宝石。

空が落ちる、こなみじんに己が体をうちくだき、
波の上に空のかけらのつくる無数の宝石
空が落ち、空が落ち、廻る日の輪、
水平線を走るきらめき、日光の花、
自らにみち飽き、とほく水平線を［に］廻してゐる［廻す］［動かす］。
空は限りなく日の光りを走らす。

けものの海、女の海、自ら［身ら（みづか）］の重の中に
くらい過去の背がただ厚くゆれてゐる。
海には地獄のくろさがあり、
歴史をのせて、海はゆるやかに自転してゐる、遠い海の底の何といふ重い、人々の唸き。

歴史……海の底と空の奥、
けものの海、女の海、
海には地獄のくろさがあり、歴史をのせて
空をまき込み、ふみしだき、海はゆるやかに自転してゐる。
歴史をのせて、重い過去が上つてくる。
海よ、あらゆるものをみとほす人間の眼、
自らにみちあき、あふれる光の中に未来を降らす、明るく。
空は自ら、みち、空は自ら未来にはらむ。

消え散る日の花、空をおとし、
地球の海の表面に鋲を打ち、
かへて行き、えぐり……。
波は、全体の色をかへて行く、全体の中へ光の花火をうちあげる、いとなみ。

この歴史の海の上にうぶつける日のかけら［花］、やみ
をとほして空は、奥深く、落ち、
海の底からわき上る個、
海の下へおちる両方。

海をつらぬき空をつらぬき
真ひるをつらぬく空の明らかな輝き。

空は落ちる、こなみじんに己が体をうちくだき、
光（ひ）の宝石（いし）、光（ひ）の花、無数の空のかけらが新しく海の色を
かへる
空が落ち空が落ち、廻る日の輪
海よ、あらゆるものを見透す人間の眼（まなこ）。
この眼、或は内に或は外に開き、或はとざす。
とほくかげり、輝く海の潮流。
海よ、光を以て空の切る海よ、
幾重もの空の刃が切る海、水平線、
光りの焼き切る、海の黒さ、水平線、

或は内に或は外に

空の計量器、光を以て空の焼き切る海よ、
空の、金、空を引き下すもの［ぶち下すもの］。
そして、又、あらゆる数とあらゆる図形と
沈んで行く［ゐる］海の底、波のふるへ。
空は海の上に己が姿をやきつけて行く、
黒々と海は、底から空をゆすり落す［して行く］。
層流を、海の日の輪　空の日の輪。
どろ〳〵と熔爐の如く、海は宝石をとかして行く［廻る］。
見える光とみえぬ光り、
うごきうごいてゐる空、
海のかためる空。

とほくかげり［すみ］、とほくすみきるひるの海の面（も）、
或は内に或は外に開きとざすひるの海の面、
或は内に或は外に、ひらきとざす、ひるの海の面、
この空の計量器、光を以て空のやききる海よ、
あらゆる数とあらゆる図形とがあはだつようろの如く、
どろ〳〵と海は宝石をとかして行く。
すみきつた歴史の笑ひ、
廻る無限の海の日の輪

わたしの心の打つリトム、くも。

光の花（の）束。

空がとりまく、そらを染める一つの花、
一つ一つの花が一つ一つの色に空を染める。
人間は、一つ一つ花をもつてゐる。
この花によつて　花束をつくらう。
歴史の手が花束をつくる。
それに力を合せよう。
やさしく柔かく合せよう。
光が口をつける花びら。
（小さな細かい空を吐く花。）

花のもつふんゐき、（光子の体を考へよ。）
光子を感じるときにかんじる青空を考へよ。ここから、
花が出るのだ、花びらがちるのだ。
愛のふんゐき、抱くという言葉を用ひよ。
光子の唇を考へよ。
花のふんゐき、まきちらす。

空の色。

コスモス、
さざんか。
グラジオラス。
（グラジオラス接吻）が
空の色をグラジオラスにかへる。
空をちぎつてきて花とする。
花屋さん。
自分のひとみで［唇で］花をつくる。

それは
リンゴ、
ブドオ。
ザボンその他。

うけとめる大地。
（重みのかかる）
お前の空にとどく唇（くち）。
空を境として［空を間にして］接吻する美しさ。

接吻してゐる男女は宝石のやうにすみきつた体をもつて
ゐるのだ。
日に於て、二つの水晶［宝石］重なる。

日の舌
二つの口のものの魂る日。
ふれる
自らの体を宝石として行く。
二つが日に於て果実として行く。

ああ、仲ば果実となれる女の体。
半ば果実となり半ば、空として、ただよふてゐる。
女。
眼がふさいだ瞼の下で、空となつてゐる。
空に、下から通じてゐる。

空をうばひ瞼によつて、ここに、おさへてゐるのだ。

「くち」「朽る」
歯
舌
このみ。
陶酔の光り［内部］。
ローランサンの絵。

これは宇宙の根の表れだ、
人間の意志の尖端だ
根は中心にたつする、
この、青の中をかむ空の浪、
歯、青をかむ歯烈び。
青をのみ、青を出し、かむ歯。
空の岩。

青空深く根を入れる［うちよせる］白い雲。

身をつたふ車輪の地ひびき
骨をこする［けづりとる］、
この朝、汽車の中に。

この必然、大地の投げる自由の火よ
溶岩よ。のしかかるこの地かくをわたる火、
裸の体に世界をつかみ、世界をもち
一枚一枚、はぎとつて行く
過去のあつい地層をあらゆる人間の苦しみを、己が身に
かんじる［がこの鍬の先に生きる］。
ほの乱れ静にゆする体のものうさ、

二つの渦の地球底深く、張る網の眼。
自てんするもののおもさをはかる。

この汽車の地ひびきをきかないか
都会の中から、〔二字不明〕日のように広がり世界をゆるがす、
この地ひびきをきかないか、
進み行くマルキシストの群れる体を。

体のもつ　リトムを、
時代の足並みを、
都会のもつれた呼吸を、
此の夕ぐれの風にきかないか。

都市はやめるけものの如く横たはつている。
神の意志をくらひ、神の意志を糞してゐる。
この人間の大きな呼吸。
汝、地殻を割るもの
汝、地殻の抵抗を知るもの
汝地殻の底のどろ〲の動きをしるもの

この正しい本能の美しさ。
この無数のあみの眼の底に、
すべての底に光る二つの眼、
プロレタリアートの眼、
ブルジョワジーの眼。
お前、時代の足並みにそろへる足並み。
時代はお前の足並みから始まる［のリトムをもつ］。

人間の磁気
うちらと外との磁気。
男と女の磁気。
猫の眼の如く。

空のみがく、人の心の結晶［たま］。
うちらから空に近づき、
外からみがく。
空に近づけば近づく程、
すきとほつて、きえてしまふ。

空にはえわたる日の光り。

人間を匂はし空にはえる花の曇り。


空のはえわたるこもり空。

一面のこもり空。


かつ色にあへぎ死が呼吸してゐる。

この沼の面の上に。


沼の上の鳥は目をもち、叫ばうとしてゐる。「叫び」をも、すひ込む沼、沼の気。叫びは、沼の気なのだ。

死が気をもつこと。世界は、死だ。

死の如くくらい。くらい音もない穴だ。

俺は　神をつかみだし、俺の前にするゐる。
神が、俺の女だ。俺の女、俺の自由になる、俺の体にふれる女。

〔以下は、ノートにはさまれていたものである〕

けいれん（皮膚）。

びっこ、いためつけられ、ちぢかんでいる女。女を、すみずみまで求めている男。

生殖器崇拝。

朝鮮小屋の女。

その男と、女を売りに行く兄との対話。

その、友達。

その友の兄。芸者。苦痛を求めている男。「沙の川原」

社会問題を後にしりぞけて社会問題なんてどこにもないように思えてくる。積極的な気持がなくなった結婚〔一字不明〕、どこに社会問題などあろう。

家庭。母、病人。

女。便所。娼婦。

〔以下は、ノートにはさまれていたものである〕
時代がゆすぶる、
この私の肉体、感情。
時代にふるふ
時代の共鳴体。

投げすてるといふよりも、
そちらから湧き上る青い水がぶちやぶり、
おし流してしまふのだ。
ここにちゐが始まり真の構成が始まる。

その後にはじめてあらはれる、真の智恵。

　このちゑをつかまねばならない。

詩とは如何なるものであるのか、あの、ヨーロッパの最高の
はげしさともいいうる、ランボオのかいている
「舵も、錨も投げすて［とびちり］、てこそ［たとき］、そのとき、私は詩にひたるのだ。」
この、烈しさのおしあげてくる論理、感情そのもののもつ形。

「俺には、プロレタリアートがかんじられない。」

「人々は個性をほしがるように手袋を求めている。」

小林秀雄の何というたよりないシニスム。

　玉のはじらひ、
　女の二つの眼のはじらひ、
　幾多のはじらふまなこの
　うるみ

「シュルレアリストは、手袋の詩を上へ出ようとしたのだ。

下へ、ぬけようとはしなかったのだ。」


ラ・ロシューフーコーは、格言以外に生きられない。

これには人生は格言の形しかとらぬ。

この先生を批判せよ。ということをしっている彼をひはんせよ。


とらも、ししも、犬も、みなが、指を五本ももっている。

まるで自分が、指が一本もないかのようにいうのだ。

〔一字不明〕かった。まぶしかった。

犬も、ねこも、飼わない。

次郎は母がかおうとしたが、だまって、ものもたべぬ。


〔以下は、ノートにはさまれていたものであるが、大阪市社会部庶務課調査係原稿用紙に書かれており、執筆時期は一九三八年四月以降と推定される〕

「あたし、この頃、死んでしまうような［ぬのかもわからへん］気がしてくるわ。」

「どうして……。」

「……」

「どうしてそんなこと思うの？」

「どうしてって、そういう気がするだけよ！」

「気がする？　そんな気なんかせんでよいい〔ママ〕よ！」

「……」

「僕が思わんようにしてやるよ！」

「できないわ、そんなこと！」

夕の花に［は］神々の優しき眼の数に美し［開く］

「もう、おかえりなさい！　九時よ！」

「はい、ではかえらしていただきますよ！」

「してやるよ！」


「あたしはいつまででもいいのよ、いつも、おかえりになるでしょ、ちゃんと。」

「もう、一本たばこ、すわして、下さいね……。」


「ねつはかってごらんなさい。」

「いやよ！」

「――あんたの手の方があついわ。」

何時におきたの、昨日は何度？

ノート8「抜書」

執筆時期不明

『日本プロレタリヤ文化運動史』（秋田、山田著） 参考。
一八六八　　明治ブルジョア変革。
一九二一（大正一〇年） 階級対立激化ニ入ル。
一八九四　　（明治二七・八年 日清戦争。）
一九〇四　　（日露戦争。）
一九一四—一八　（世界大戦）

維新革命は、徳川末期に於ける商業資本主義の発達及び、農民一揆や、「世襲的士分制」ニ対する、下級士族の不平によって醸しだされたものといわれているが、革命成功後の社会的指導精神は、お互に対立する諸勢力のかみ合いの間にも、次第に、ブルジョア的生産関係の発達につれて、近代ブルジョア国家の体制を一通り、具備するまでに進んできた。〈地主階級の革命。〉

フランスの自由思想——自由民権運動（新興インテリゲンチャ）
イギリスの功利主義哲学——商、産業資本主義の理論づけ。
ドイツの国権主義的国家観及キリスト教的精神。——官僚的ブルジョア強権主義・封建イデオロギーへの闘争。
一八八七年（明治二〇年） 言文一致運動。硯友社 山田美妙斎。
一八九七年 片山潜『労働世界』。
一九〇一年 片山、幸徳、木下、西川、安部、社会民主党。

自然主義――（一九〇三―一九一三）
その反動――漱石派。菊池寛など。
白樺派――一九一一↓　新しい村

一九一八年八月　米騒動
一九一九年八月　東京全市ノ各新聞社印刷職工の総罷業。
　九月　川崎造船所　サボタージュ
二〇年二月　八幡製鉄所の総罷業。
　四月　東京市電総罷業。

一九一四―一七（大正三―六）

一九一四年　プロレタリアートの勝利。

一九一〇年　支配階級の死をもって来襲せる弾圧。

一九一二年（大正元年）　大杉、荒畑『近代思想』――アナ。

一四年『平民新聞』。

一五年『新社会』堺、高畠。

一九一七―二〇（大正六年―九年）　民衆芸術運動、アナキスト、マルクシスト、人道主義者、既成文壇よりの転向者、労働階級出身の文学者。

（第四階級の文学、労働文学）

一九二一年『種蒔く人』。↑クラルテ運動。

「種蒔く人」


「芸術の歴史性、階級性」　階級の武器としての芸術。

×　芸術の本体、永遠性。

一九二三年九月　大震災　反動政治の強行。

一九二四年六月『文芸戦線』（八月つづき　休刊）旧「種蒔く人」同人。

一九二五年六月　再刊　（休刊　五カ月目）

一九二六年九月『目的意識論』青野季吉。

（創作活動に於ける目的意識性の必要の強調）

一九二五年一二月　日本プロレタリヤ文芸聯盟（一九二四年七月　コミンテルン第五回大会の「文戦」への檄。国内的、国際的聯盟、結合の必要。）

綱領
「無産階級闘争文化の樹立」。

「文化戦線に於ける支配階級文化及びその支持者との闘争。」
1．トランク劇場（共同印刷、一九二七年二月）
漫画市場
2．無産者の夕『無産者新聞』一週年
3．『無産者新聞』への参加、寄稿。
一九二九年『無産者新聞』発刊。

この頃。

一九二二年　検挙サレタ、日本共産党再建運動も著しく具体
　化させられた。
一九二六年一二月　日本プ・文芸レンメイ、第二回年次大会
「レンメイソシキ」ノ共同戦線の清算　マルクス主義的方
向の確立。
　政治運動への結合。
　日本プロレタリア芸術レンメイト改名。
　文学、演ゲキ、美術、音楽の四部。（後のナップ各団体
　のキソ。）
文戦ニ於テモ、コノ一二月ソノ総会ニテ、アナーキストとの
分離。
プロレタリア運動（芸術の）ハ「マルクス主義の旗の下に」
完全ニヘゲモニーヲニギル。
コレラノ指導リロンハ　目的イシキ論ト「マルクス主義芸術
研究会」ナリ。――新人会系ノ東大学生ヲ中心ニスル。
　コレラト同時期ニ「前衛座。」デキル。後ノキソ。
日本プロレタリア芸術聯盟の分裂（一九二八年末ニ再建組織
セル日本共産党ガ福本主義ニ指向サレテイルコトニ影響サレ
テイル。）
　労農芸術家――の結成。
A．芸術運動ヲ狭い意味での政治闘争の中へ解消させる危険
あると解〔ママ〕「左翼的政治主義」
B．芸術――の特殊性を強調することにより、前者に反撥
　する。「右翼的日和見主義」
日本プロレタリア芸術レンメイ――『プロレタリア芸術』創
刊。
一九二七年六月労農芸術家レンメイ。（脱退派）――『文戦』。
　↳（藤森、青野、林、蔵原、前田河、村山、山田）
福本主義ノ清算、民主主義ノサク動、前衛ゲイ術家同盟成立。
A．日本プロレタリア――レンメイ。プロレタリア芸術、
　プロレタリア劇場。
分裂 B．前衛芸術家同盟、『前衛』前衛劇場（後ニ、前エイ座）
　　 C．労働芸術家レンメイ『文戦』。〔劇場〕ナシ。
一九二八・三・一五　三・一五事件ノ弾圧。
一九二八・三・二五日　日本プロレタリア――レンメイ、前
　衛――同盟ノ合同。
全日本無産者芸術レンメイ。（「ナップ」）
（資本ノ反動的攻撃ニ対抗シテ、ソノ階級的ナラビニ、政治的
戦線統一展開ヲハジメタ。ソシテ、プロレタリア芸術戦線ノ
統一ヲ必然的ニ要求シタ。）
『戦旗』（プロレタリア芸術＋前衛）

左翼劇場（前衛座＋プロレタリア劇場）
ココニ日本ニ於ケル真ニ階級的ナ文化、芸術運動ノ主体ガキソヅケラレル。

国際文化研究所　一九二八・一〇月。『国際文化』
ナップノ指導者ヲ中心ニ

（一九二八―三二）
一九二九・一〇月　プロレタリア科学研究所、『プロレタリア科学』（国際文化研究所、解散）
「ナップ」ト歩調ヲアワス。

ナップ再組織。――芸術各団体ノ独立。
一九二九・一月―二月
各専門部門別的ノ全国的組織ヘノ独立化、ト独立セル各団体ヲ統一スルトコロノ全日本無産者芸術団体協議会（「ナップ」襲用）ノ結成

全日本無産者芸術協議会。
日本プロレタリア作家同盟　日本プロレタリア劇場同盟、
日本プロレタリア美術家同盟　日本プロレタリア音楽家同盟
日本プロレタリア映画同盟。

『戦旗』ノ発展ハ大ナリ。『少年戦旗』ノ独立発刊　一九二九・一〇月。
芸術運動ノ「ボルシェヴィーキ化」ノスローガン。
芸術ト政治ニ於ケル差別ト統一
文学芸術ハ党ノモノトナラネバナラヌ。（一九〇五、レーニン）
社会民主主義→共産主義ヘノ完全ナヒヤク。

戦旗社の「ナップ」からの独立

雑誌『戦旗』の前述の如き大きな発展が、プロレタリアートの文化、教育活動の階級的必要の具体的なる映に他ならないことは、既に繰り返し見たところである。

文化教育活動に対する理解と認識の欠如から導かれた左翼的偏向及び反局活動に於ケルセクト主義、右翼日和見主義的傾向。

ここに於いて、一九三〇年夏頃、「ナップ」内に、戦旗に対する自己批判と再認識の問題が提起され、それは、「ナップ」中央協議会によって、次の如く結論された。

1. 芸術中心ノ大衆的芸術雑誌デナケレバナラヌ、他ノ文化部門ノ運動ガ未発達ナル故、ソレラノ自立化ノタメノ産婆役ナル、カド的ナ任務ヲモカネル。
2. 戦旗ガ、プロレタリアートノ、政治新聞ノ如キ傾向ニ走ッテ、他ノ××的組織の大衆カクトクノタメノ補助組織タ

ルニンムヲハタサヌ事実ハ、芸術ヲ中心トスル、文化的大衆雑誌トイウ原則ヲワスレテイルニモトヅク。
この批判ハ、シカシナガラ、戦旗社側ノ再批判トナッテ現レタ。

1.『戦旗』ハ過去ノ歴史ノ如何ニカカワラズ、今日ニ於テハ、マルクス・レーニン主義ノ理論ノ平易ナ解説的、啓蒙的大衆雑誌デアル。カカルモノトシテ発展セシメネバナラヌ。

2. ソノタメニハ『戦旗』ハ、ヒトリ「ナップ」ノミナラズ各文化団体――特ニプロレタリア科学研究所、産業労働調査所、農民闘争社ナドノ協力ヲ必要トスル。従ッテ戦旗ハ、芸術運動ノ中央部ニ他ナラヌ、「ナップ」カラ独立シタモノト理解サルベキダ。ケダシ「戦旗」ハナップ芸術雑誌カラハ全クハナレタモノダカラデアル。

コノ問題ノ解決ハシカシナガラナンラ本質的ノ解決ヲイミスルモノデハナカッタ。何故なら、「戦旗」及ビ戦旗社の活動の批判ヲ中心として起された両者の見解の中には、日本のプロレタリアートが急速にその解決の必要にせまられていたところの　文化・教育の活動にかんする実に重要にして　且つ　豊富な示唆と教訓　とがあたえられていたのである。

当時、我々ハコレヲ十分見エズ、コレラノ見解ヲ決定的対立ノ如ク考エ戦旗社ノ独立ニヨッテ解決セントシタコトノアヤマリハ「戦旗」及ビ戦旗〔社〕ノ活動ヲヨワメ、開拓サレツツアッタ芸術運動ノ大衆的基礎ヘノ移行ヲ一時中断サセタ。

即チ、コノ問題ノ正シイ解決点ハ戦旗社ノ「ナップ」ヨリノ分離デハナク、戦旗社、「ナップ」及ビ「戦旗」ニ協力シツツアッタ文化各団体ノ運動ノ統一――ソノ上ニ立ッテノ夫々ノ任務ノ分担、特殊化ノ上ニ求メラレネバナラヌ。

一九三〇年九月　雑誌『ナップ』ヲ当初ソノ目的トシテイタトコロノ芸術的理論雑誌カラ大衆的芸術雑誌ニ発展サセテユクコトニナッタ。

文化運動ノ成長ト文化各団体ノ同時的結成。「プロレタリア教育ノ確立。」

一九三一―三二

文化運動中央部結成ノ運動。

一九三〇　プロフィンテルン（国際労働組合）

階級対階級ノ闘争ノ国際的ナ規模ニ於イテノ激化。

古川壮一郎（蔵原惟人）

プロレタリア芸術運動ノ組織問題。（一九三一年六月及ビ八月「ナップ」)

日本プロレタリア文化連盟、「コップ」ノ創立トソノ意義。

一九三一・一一月

1. ブル、ファシスト、及社会ファシストニヨル文化反動トノ闘争。
2. 労働者、農民、ソノ他勤労大衆ノ政治的経済的任務ノ系統的啓蒙。
3. 労働者、農民、ソノ他勤労大衆ノ文化的生活的欲求ノ充足。
4. マルクスレーニン主義上ニ立ツプロレタリア文化ノ確立。

(「日本プロレタリア文化聯盟ノ任務」)

「日本ニオケルプロレタリア文化戦線ヲ統一シ、文化全線ニワタル闘争ヲオシススメルベキ」(キ本的ニンム)コップ。

唯一ノ中央部コップノ旗ノ下ニ、従来ノ分散的ニ戦ワレテキタ日本プロレタリア文化運動ガ集中サレタ。

一九三一年九月「満蒙事変」ナルモノヲケイキトシ火蓋ヲキラレタ、満洲戦争トソレトケツ合セルファシズムノ波ノ中ニトゲラレタトイウコトハソノ歴史的階級的意義ヲ真ニハカリガタイモノニシテイル。

○ナップ解散

芸術団体ノミノ特殊ノ協議機関トシテ、「芸術協議会」設立。

コップ『プロレタリア文化』

一九三二年一月『働く婦人』二月、『大衆の友』

「コップ」確立。

1. 「サークル」組織ニヨル成功。
(街頭的セクト的組織カラ企業、農村内ノ広汎ナ大衆ニソノキソヲオクタメノ)
2. 党派性ノユルギナキ確立。質的テンカンニ於ケルヒヤク
3. 諸文化活動ニオケル、企業、農村ノ中ニ於ケル新ナル働キ手——文化幹部ノ養成。
4. 「コップ」、「コップ加盟各団体」ノ定期刊行物ノ夥シキ増大。

全文化運動ノ国際的統一聯繫へ。

コップ加盟団体ノウチ

一九三一年、日本プロレタリア演劇同盟ハ国際労働者エンゲキ同盟、(I、A、T、B)ノ作家同盟、モルプ(国際革命作家同盟)ノ日本支部タルコトヲ正式ニ確認サレルコトトナッタ。

プロレタリアートノヘゲモニー。

一九三一年　日本プロレタリア劇場同盟ハ、コップノ加盟体トナリ、プロットト略称サル。

2　大阪市役所時代

（1938 年 4 月～ 41 年 10 月）

一九三八（昭和十三）年四月、野間は大学卒業後、大阪市役所に就職した。これから一九四一（昭和十六）年十月に教育召集を受けるまでの約三年半が、野間の大阪市役所時代となる。配属は社会部福利課。融和事業担当で、市内の被差別部落に出入りするようになった。そこで野間は水平社以来の部落解放運動の指導者松田喜一らと交流をもつことになる。三八年は国家総動員法が公布された年であり、以後、批判勢力はすっかり封殺され、『青年の環』にも描かれるように大政翼賛会のもと総力戦体制が完成していく。ここに収められたものは、あくまでも検閲や検挙に備えて書かれたと考えられるが、それにしてもこの時期の不透明なベールにおおわれた野間たちの歩みをうかがい知るうえできわめて貴重な資料である。（紅野）

ノート9「Croquis」

一九三八（昭和十三）年二月
〜十二月

岩崎一正の或る夜の記念として。

「どこの家庭へ行っても、一寸、あの入り口をはいると、もう、そこに、あの、くらい、脂と汗のような、いやな、それでいて、動かすことのできない、あの、まるい、けもののような塊りが、背をちぢめて、頭もみせず、うずくまっているような気がする、

日本の家庭、家族というのかなあ、それが、僕等が、それについて、考えていようと、いまいと、（又、日本の偉大について、如何に論じようとも）、その、塊りのような奴が、僕等を、又、その日本の偉大さというものを、背負うて動いているのだからな……。

一寸、玄関をはいると、黒く光って、それが、横眼の眼をすえてじっと、こっちをうかがうているけはいがする、ああ、いるなあと、僕は思う……。

しかし、すぐ、僕の感覚は、弱らされてしまう、国民感覚……弱らされるというより、弱りたいと思うのだ……。みたくないのだ。」——家族制度について。

「又、わからなくなる、一寸、わかってきたと思うてると、もう、……又、わからなくなる、わかったと思うと、すぐ……。」

「……」

「君は、すぐ、怒ってしまうのだ……すぐ……。」

（怒ることは、精神の活動だと、いった人がいたが）、

「あたしの修養がまだ足りないから……よ、あたしがわるいの。」（光子）

一九三八年二月

「日本人は、なぜ、すぐ、日本はすぐれている、日本の物理学界は、世界の雄だなどと、すぐ、事実をむしして、言うことができるのやろう。」

「うん、そうやな……。」

「すぐ、そうだ……。」

「うん……俺は、この頃、日本人を信じることができなくなってきた……ロシア人は、みんな、ロシアの作家は、みな、どんな小さな作家でも、ほんとうに考えていた、ロシアのことを、ロシアは、いまに、偉大なことをするにちがいない、ロシア人は、偉大な国民だと……。」

「うん……。」

「日本人は、そうではないのだ、日本には、そんなものは、一人もいない……俺は、日本が、どうなって行くのかも思う……日本を信じることができなくなった。」

一九三八年三月→

国家総動員統制法案。〔この行は抹消されている〕

一九三八年三月→

「俺が一番そんやな、ほんまに、朝はようにおきて、皆をおこしまわって、それで、又、こうしてまたされて……。」

「ほんまに……。」

「ほんまにいうことがあるかい……ひとのことやおもてからに……。」

「そやな……、これで、朝〔早〕おきがどんなものであるかがわかったやろ……早おきが、どんな目にあうかが。」

「よう、わかったよ……あしたから、もっと、はよう、おきたろか……。」

「ふふふ……。」

「だんだん、はようにして行って……。」

「しまいに……夜の三時頃おきてきて……。」

「リンでももって、皆を、おこし廻ったろか……。」

「……ふふふ……そしたら、皆……起きて、ふとんの中で……。」

「あれのまやぞ、イモヤとちがうぞ……いうて……。」

「……。」

「……。」

「社会の法制をやぶると罰せられるねんなあ、こうして……。」

「そや……多数決やさかいな……。」

「くそ。」

一九三八年七月二十九日

「君、どこでたん。」

「国文学。」

「ふん、似合わへんなあ。君には……。」

「どうして、そしたら、あたし、何が似合う？」

「アメリカ文学。」


トルストイのアンナ・カレーニナのもっている豊かな重さをようやく発見してきた。そのままということの美しさ。

その言葉の下に、トルストイの絶望の大きさが、巨大な岩のような絶望の大きさが、生活となり、思想を動かせているのを感じた。


車輪。

「車輪の軸として　自分の肉体をきたえる。」

「資本家が資本を自由にするような意味ではなしに、資本を自分のものとする力、資本のくぐる［り］出る道をとおって↓顔を出す。」


顔。――この顔。

F子の左側の肩から胸へかけての肌の荒さ、女に対する欲望（女を美しいとみるために、決定的に必要なもの）が、退くのをかんじた。


偽り――芝居。

うそ泣き。

乱打。


意志の高い烈しさを、求めて行く道は、どうした風景をとおって行く道によってあらわされるであろうか。


自分が、Mと繰りかえす闘いの度びごとに、私は、一歩一歩すすんで行くのを感じる。しかし、そうした闘いが、二人の間のもの、ただ、男と女のもつ決定的な闘いとみることはあやまりだ。

個人の中へ流れ入る、社会のさかしまの流れが……。

「私は、金をためるのだ。」
homme, maître
こう言って彼は皮肉にわらう。
mais, ma femme veux

「もし、私だけなら、こんなものはきないのだが。」
妻がいうのだ、好むのだ、仕方がない。
女は、浪費する、ばかものだ、
chère, chère : trop chère.

そうした高いものが、自分の背すじのあたりに、ないなれば、すべてのことは、大空へ達するようなはげしさをもたない。

極点の移動。

憂鬱のもつ苦さ。　知性の憂鬱。

「人生」の烈しい否定。否定そのものとしてのあの動き。否定、根こそぎの否定。

その娘は、肌で、俺を侮蔑した。女は侮蔑である。肉体は。

ヴァレリイと自分（その男）との区別は、政治と詩との合一への努力による、自己の分裂が私（その男）であるとすれば、自己の統一による詩の政治よりの分裂がヴァレリイであるとも言える。

人間のダイヤモンド。

女は俺の愛情を受取る資格をもたない。

完了主義＝官僚主義。
陶器、遠き昔より、――騰貴している。

一九三八年十二月一日
「俺という人間が居て、昭和十三年十一月二十八日から、二十一日目に死ぬ。」
「そうしたことは、何でもないことなんだ。」

「下村と、富士とでは、自己の取扱いがちがうんだ……。」
「ふん……自己の取扱……どうちがうんだろう……。」
「さあ、どういうかな……富士は……そうやな、自己に執着してる……あんなに自己に執着してる男を俺はしらんなあ……。」
「しかし、下村に似てるところがあるな、富士は……何でも、ちゃんちゃん［どしどし］と実行して行くところなど……。」
「……」私は不満。
　下村――金銭自由↓実行
　富士――退却による実行

「さっき、おこったんは、あんたを怒ったんとはちがうんだよ。」（部長）
「……」（微笑）（私）
「増田君、あんなの、……こっちが、これから出かけようとしてるときに、もってくるなんて……あれなんの件だったかな……え？」（部
「……講習会です……中堅人物養成の講習会の件……です。」
（moi）
「そうそう、中堅人物の講習会だ……あんなの、あんなとき、もってくるの、まちがってるよ。一度、前に、俺の、耳に入れといてくれなきゃ……。」（部）
「何んでも、通牒がとどいたら、すぐ廻すようにしといたら、そうしないと。」（課長）
「……」（増田）
「いいえ、あれは、私が回覧するのわすれていたのです……。」
「いや、回覧じゃない……一度、僕の耳に、前もって入れておいてくれなきゃ……。」
「はっ……ええ。」（係長）
「いや……僕はどうも、文句が多い［すぎるな］……自分でも、そう思う……。」
「いえ、言っていただいた方がよくわかり、よろしいです。」

「もう、余り言うので、耳がたこになってるだろうけど……。」

「いえいえ……。」

「どうぞ、どうぞ。」→手で、先へかえってくれという、振。

「失礼します。」

moi――微笑。


「のまくん、おこられたら――。」

「うん。」

「ふん……、部長にしてみたら、判くれいうの、決裁つきつけて決裁とりに行って「判」くれと、命令されてるみたいなもんやからな……ゆっくりみたいにちがいない……。」

「そうですね、いつも、持ち廻りばっかりで……。」

「のまくん……余り、いそいで、つきつけたさかい……。」

「ええ……。」

係長――沈黙。


「下村は、ほんとうに、いい［えらい］人間やな……俺はいつでも、あいつの前で……はずかしいという気がする、はじる、自分にはじる気持がある……。」

「自分に？」

「うん……。」

「どうして……。」

「どうしてか……あいつは、ほんとうに、きれいな、（清い……）そんな感じだ……。」
「そう、清潔な感じがする……ほんとうに清潔だ……君は生れつき、その反対とちがうのか。」
「そんなこと、……清潔でなかったら芸術なんかできるもんか。」
「いいや、……芸術とかそんなことでなくて……。」
「人間的にか……。」
「うん……。」
「そうでもない……。」

恋愛の中に思想形成的な感じ、（その男たるものは、何事に於ても、思想形成的な生活以外には堪えられなかった）を見ることのできるひとと、できないひととがいる。

脳襞に於ける穴。（月の表面の穴、性病による局部の穴。） etc.

「しんぼう［辛抱］、たまりやん。」これも、――一つの世界。

生命とか論理とか、歴史とかいうような高貴な話題。

「源――起源。」に置く作用。

「性慾」と［による］思想の鍛練。

人生の整理。（戦争――革命）による解放。

モチーフ

「建設的アトモスフェールの創造」――尖端

創造的環境の形成とそれに取り捲かれつつそれに参加して行く青年の群のモラルの樹立。

順序

宮城遥拝

黙祷

国歌斉唱

開会之辞　神戸消費組合　野中虎男氏

講演　賀川豊彦氏

昼食

報告

農建設立報告

協議

1 生活協同体建設同盟ト消費組合

2 規約ノ審議

――閉会

消費組合ト統制経済

統制経済ノ三ツノ型

1. オーストリア型

商業組合ノ中ヘ消費組合ガ包含サレ、商組ノ下ヘ消組ガ
ツカザルヲ得ヌ。（土産商人。）（商業組合×↓×消費組合）

農村消費組合

都市消費組合（小売業者ノ内ヘ入レラレテシマッタ）

（ウィーン。三五〇万）

BandesRat：所得税　一二%（商業組合　六%）

マルクス主義ニ対スル圧迫。

2. ドイツ型

↓商組ト消組ノ並行。

労働者消費組合（ハンブルヒ）

ケルン消費組合（カトリック　農村）

ベルリン消費組合（三〇〇戸　工場二一）組合員二五万
家族。

一九三四年五月　ヒットラー：ベルリンニ攻入。

→預金部（英国ニハジマル。）四億マーク。

生命保険組合

↓組合長官選。

組合ハ広告ヲ許サヌ。

シカシ意識的ニ加入セントスルモノハ、歓迎スル。

今後ノ経済ハ物資（空間）経済→時間経済。

保険組合
- 1. 国民保険組合　5. 船舶
- 2. 労働保険組合　6. 職業
- 3. 農村　7. 失業保険組合
- 4. 家畜　8. 土木保険

生産事業ヘノ注目。

3．イタリー型

消組ヲ商組ノ上ニ置ク。組合長ハ代議士ニナリウル。

日本——三二〇万戸（商人）

統制経済ノ今後ノ方向

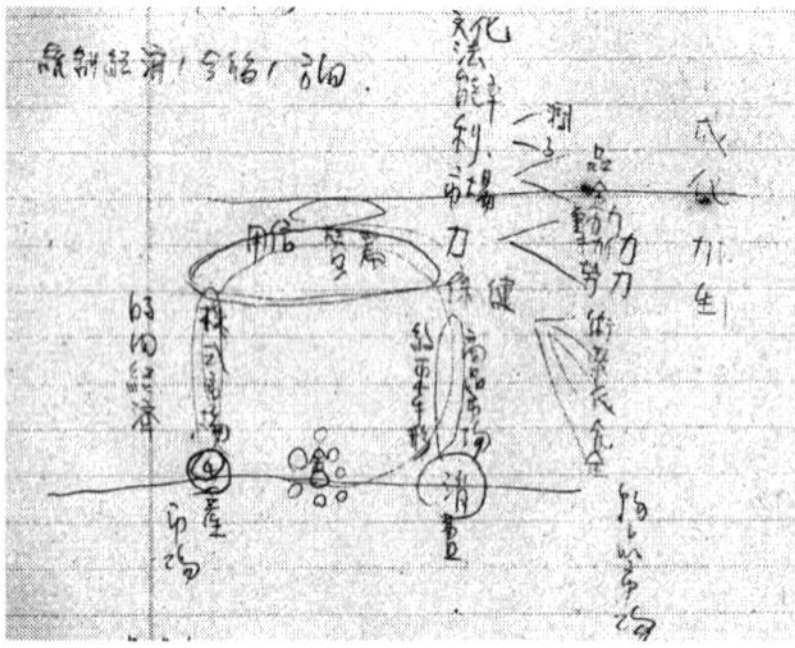

肥料　一一社（生保ノ金ヲ借リウケテ）生産。

一キロ〔一字不明〕四厘(富山県)　（イデオロギー）ニ

六銭、一五銭(神戸)　ノミハシリスギタ。

[紡績]

→生保　三一社　一八〇億

資金——一年。七億五〇〇〇万円

↓心理性ヲオビタ経済ハ、マルクス主義ニハワカラヌ。

心理経済学。

生命保険、小作保険。

時間的スウジクノ上ニ、

工場ヲモチ、組合ヲモツ。

経済理論ノ中軸ニノッテイナイ。

ソレ故、日本ノ消組ハ盲腸エン、ミタイダ。盲腸エン消費組合。ト云ウ。

組合、互助的ナ、意識的結合↓意識経済学。

↓生産活動。

商組：販売協定組合〔協同体〕

売価協定団体、カーテル。

隣組ガ地域的ニスギズ、ホントノ互助組織ニナッテイナイ。

[弁償]制度。

オーストリア的　悩ミ。　犠牲的精神。組合道義。

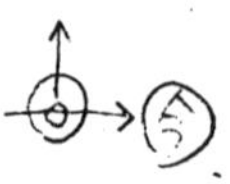

保険組合――生産（自己生産）――配給――国家ニ奉公。

（全消協、農村建、家庭購　（東京）
家庭購、西陣（京都）
（協〔二字不明〕社）（大阪）
中央産業組合（兵庫県）

下からもり上ってくるんだ、
やはり新聞記者は面白いことをいうね。

←（消費組合青年聯盟）――東京府聯。

（全国連合）↓　（都市｜農村）


消費者ガ配給者ニ隷属スル。（配給〔統制〕業者ガ配給統制ヲヤル）権能化。

（商業者ト消費組合トノ聯ケイ。）

産業報国隊。

商組（商権ノ擁護。同業組合化。）（配給業務ト配給統制者トノ分離ガ重要ナノデハナイカ。）

↓消費者組織

報告
高橋氏（農建）
木下氏（東京消費組合）
湧井勇三郎氏（神戸消費組合）（趣旨、経過報告）
関西消費組合青年聯盟（準備会）。ソノ収穫。関西消費組合聯合会。（物資ノカクトク。）
（府県ブロック。）

国家意識ノ上ニ立ッテノ配給（機構ノ乱脈）。

市民ノ不安。単ナル政治ヲ以テシテハ解決デキヌ問題。

国内ガ全部打ッテ一丸トナル如キ、新シイ組織、産報聯ノ新体制ニヨリ農村ト都市トガ一応分離シナケレバナラヌトキ、都会地ノ消費生活ニツイテ、消組ガ打〔ゲ〕キウケタ、トイウゴトク、出発デキルタメニハ、旧来ノ組織ハ全的ニブチコワシテ、新シイモノヲタテネバナラヌ。コレハ、客体トシテトラエラレルモノデハナク、肇国ノ歴史ニカンガミ、主体的ニ、……。

商業者ト消組トガ、結合シテ新シイ形ガデキネバナラヌ。物資ヲ配給ヲ、国民ノ生活ヲドウシテユコウ、トイウ風ニ考エナケレバナラヌ。

ドウシテモ、オ互イニ研究シアッテ、協力ネガイ、新シイソシキヲ、ウチタテタイ。
東京トノレンラク。

(国民ノ総力ニヨリ克服シナケレバナラヌ。)

消費組合ノコンナンノ打解策トスルヨリモ、ムシロ、生活協同体ノ本義ヲマズ考エテ、ソレヲ、中心ニツカンデソコカラ消費組合組織ノコトヲ考エヨ。

高知

国民協同体（農村協同体／都市協同体）——一翼。生産ヲ最高度ニタカメル。
(農会ト産業組合トノ合体。)——生産ヲ最高度ニタカメルタメニ。
(鎖国的、ブロック的食糧ノ打破。)
(適正農家)　国土計画。(生産ト真ノ消費トノ媒介)
全体的ナ出発ヲシナケレバ、ダメデアル。
現在ノ消組ガ完全ナ消費者組織デハナイ。
生産者ト消費者(生活)トヲ結ビツケルモノ。
組合員ノ間デナラ、スムーズニ行ワレルダロウ。
↓見透シ。(必要性。)(隣組)
共同性

(利益社会デアッタ)(新生活体制)
隣組ノ経済機構。
↓四ツノ目的。↓町会活動。生活、配給／住宅
↓政治性　(ゼヒ、ヤラナケレバナラヌ)
（国家的要請。／下部構造。）新体制
下カラノ盛リ上リ。急速ニ、ツクリ上ゲテ行カナケレバナラナイ。
国民生活懇話会。←→(商業者トイウ形。)
隣保組織ニヨビカケル。(ドウシテヤッテユクカ。)
↓指導者ノ養成。(明治ト森永。)
指導者ノ養成機関。(経済委員。)(一町村ニ商売人ヲ一人ズツニシテシマウ。)
下部組織。(転失業問題ノ座談会。)(四人アツカイヲサレテイル。)
(商業者組織。)(商業者ト一体トナッテ。)
（(商業者ト消費者)トノ一体化。／経済委員トノ一体化。）共同化
農村ノ方面カラ見タ意見。

（時局懇談会。）（転失業トノ問題ノ聯繋。）

本願寺ノ坊主ノ話　（経済知識。十俵イウトイテモヘラサレルカラ、二十俵位トイットコウ。）

組合ト組合トノ関係。

　実行委員。（組合員ガ実行委員ノトコロデ意識的ニムスビツイテユク。）

（全消協）（商業者ノ側）

（協同組合運動ノ新原理ノ確立）

全面的消費者組織。（消費生活自身ノ能率高度化。）（意識化。）

ドウシテモ、ヤラナケレバナラナイコトデアリ、又、ヤリウルコトナノダト思ウ。

（生活問題建設ノ中核組織。）（ハイリヤスイ仕組ヲモツ。）

　企業合同（商組）

　―隣組ニヨル配給。

（十一月二十八日）

Hozumi 氏（外的）

　支那戦争ノ本質。

　（外的ナレド　外的ナラズ、

　（世界歴史的キボ。旧秩序（世界新秩序）

（ヴェルサイユ体制）↓
　問題ハ国内ニカエッテクル。
1　日本ノ政治ノ指導性ノケツ如。（闘イノ過程ヲトオシテ、ツクリアゲネバナラヌ。）
2　生産力ノ低下。
3　文化タイハイ、体育ノ低下。
時局ハ旧態ヲ以テハ解決シエナイ。
（既成政党ハ街頭的ナソシキニスギヌ。封建性ニ対スル資本主義ノ高度）
統一的ナモノデハナイ。分裂的ナ個々ノモノノ代ベンニスギヌ。
指導力
国民的地盤 ）ヲ失ウ。
↓五・一五事件。↓官僚。
国家的ナ指導性ガナケレバナラヌ。
　指導力ナキモノデハイケナイ。
部分的ナ利益ヲ代表スルモノデハナラヌ。国民的反省。
地盤ナキモノデハイカヌ。　①協力会ギ。
［経済］　昨年ノ下半期以後停滞
　Battle ノ上デカツカ、カテヌカハ問題デハナイ。

敗戦――ゲリラ戦――長期抗戦――

[議会]

[経済戦士]

日本ノ経済力ガ支那経済ヲ消化シウルカシエヌカ

本能的ナ要求トシテ出テキタ、高度国防国家

生産力＝
- 企業形態
- 物資動員計画
- 労務動員計画

（国民組織）。職分組織。　②経済会議、

文化。
- 自由主義イデオロギー、
- 国民主義的イデオロギーヘノキリカエ。
- 文化組織網ノ必要。　③文化会ギ

協力会ギ
経済会ギ
文化会ギ
→ 国民生活自体ニヨル統一ヘ。

職分制
地域別
→ ノ統一。

上、執政府

理想。↓他ヲカニヨッテ倒シテ、ウチタテル分派組織デハナイ。外国党組織。

下、

体　① 中核体組織
万民、翼賛ノ国民組織。

一　国民生活自体ノ再編成。自然発生的ナ国民運動ハ、危険デアル。

裏　② 三権分立ノ思想ノ批判。政府トギカイソシキ。

表　③ 国民組織

職分
- 農村
- 工場
- 商業
- 文化
- 青年並婦人。

地域
- 町会

反抗ハシナイガ Savotage ヲシテキタ国民。コレガ新体制ヲ要求スル状況ナリ。

① 国民ノ土台ニ根ヲ下ス。自発的ニ――。

② 具体的ナ一ツ一ツノ政治問題ヲカタヅケテユク。――皿盛リノ見本。

新体制ハ国民全部ノモノデアル　一元化。

↓自ラ、身ヅクロイスル。先ズ国民ガ。

——国民全部ノ自覚ノ責任。能力アリ、力アリ

（——勇気ガナイノガ、ダメダ。）

人格の分裂　（知性ト行動トノ分裂）

（知者と勇者。）

balance of power. コンナイイ方ハドウカシレナイガ

（国民ノ自主化。）｛（一本立チトナル。）
（男トナル。）一人前ニナル

一個ノ経済ノ戦士トナッタノデアル。

日本工聯　皇道経済　陛下ノ経済。

賃銀問題

｛常傭化。現在ノモノノママデハダレル。
請負。

（大経営
中小）ノ違イ。気持、時間、賃銀高

（部合。）：大経営ハヨシ。

賃銀ノ平均化。川崎　月（二円）　一〇〇円

聯合請負ガ少クナッテキタ。

（高度国防国家ノ建設。）

三〇〇〇年来

断章1

一九三八（昭和十三）年四月
〜四一年十月

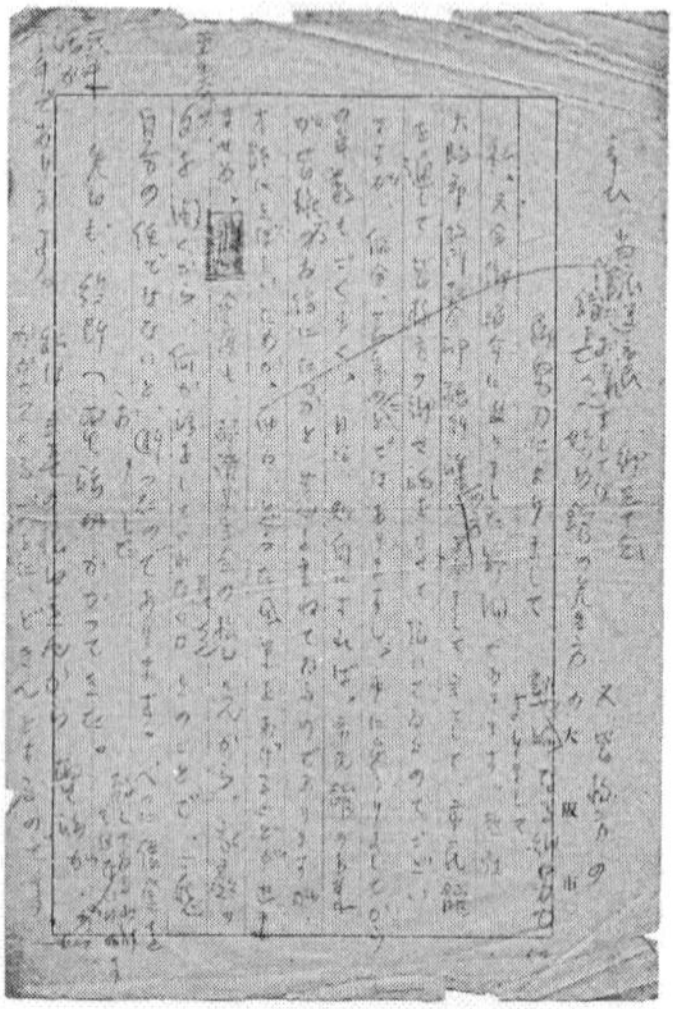

講演草稿

私、只今御紹介に与りました野間であります。現在、大阪市役所社会部福利課の方におりまして、主として、市民館を通して皆様方の御世話をさせて頂いているのでございますが、何分、若年のことではありますし、市に参りましてからの年数もごく少く、日頃、如何にすれば、市民館の事業が皆様方のお役にたつかと、苦心を重ねているのでありますが、才能にとぼしいためか、仲々、思った成果をあげることが出来ませぬ。今夜も、経済更生会長の松田さんから、家庭の更生会の夕を開くから、何か話をしてくれないかとのことで、一応自分の任ではないと、断った［お断りした］のであります。べつに借金を致しているわけではないのですが元来話が下手であります。先日も、役所へ電話がかかってきた。私は、会長の松田さんから電話がかかってくるごとに、どきんとするのです。

講演というものは元来余り面白いものではない、そこへもってきて、私が話下手ときておりますので、きっと、退くつなさりはしまいかと、考えておるのでありますが、私がこれから話そうと致しますことは、じつに皆様方の生活、くらしむき、くらしむきをどうするか、どうしなければならないか、のことであるのでありまして、我々がこの経済更生会を浪速区の大阪の全国一番の会とするためにはぜひとも、皆様方の御努力にまたねばならないと考えますので、是非ともおしまいまできいて頂きたいと考えるのであります。おしまいまで聞いて下されば、今日の家庭の夕は、皆様方の会であり大に楽んでいただくのでありますが、先ず経済更生会とは何であるか。そこのお婆さんにもお宮をやってもらいます。その、おじいさんに貫一をやってもらいます。〔ここで切れている〕

紀元二千六百年記念事業　大阪府協和会館建設費補助事業計画

一、事業概要

大阪府ニ於テ時局下協和事業ノ重要性ニ鑑ミ紀元二千六百年ヲ記念シテ半島人ノ訓錬道場タル協和会館ヲ建設スルニ当リ之ガ建設費補助金交付方申請アリ、同館建設事業ノ時宜ニ適セルモノナルニ依リ、同事業奨励ノタメ補助金交付スルモノナリ

二、会館建設ノ趣旨

時局多事多難ノ折国民一体力ヲ合セ新秩序建設ニ邁進スベキ秋内地在住朝鮮人ヲシテ速カニ堅実ナル国家観念ノ涵養——皇国臣民トシテノ信念ヲ把握セシメ有為ノ人的資源トシテ国策遂行ニ協力セシムル要切ナルモノアルモ、府下在住ノ半島人ハ概ネ無学、時局認識ヲ欠キ東亜建設ノ大業ヲ理解スルトコロ少シ、先ズ在住半島人ノ指導的地位ニアル中堅人物ノ錬成ニ努メ漸次全体ニ及ボスベシ。茲ニ常設的訓練道場ヲ

〔ここで切れている〕

今般厚生省ニ於テ時局ニ鑑ミ融和事業団体ノ機構改革ヲ企画シ財団法人中央融和事業協会ヲ財団法人同和奉公会ニ改組シ府県融和団体ヲ同会支部トセラルルコトト相成、大阪府ニ於テモ右方針ニ則リ大阪府公道会ヲ改組ノ上、同和奉公会大阪府本部ヲ結成シ郡市ニ之ガ支会ヲ設置スル旨通牒有之、本市ニ於テモ同本部支会ヲ結成ノ上関係区ニ之ガ分会ヲ設置致スコトト相成支会会則承認方府本部ニ申請中ノトコロ、九月十三日附ヲ以テ府本部長ヨリ同支会会則ノ承認ヲ得タルヲ以テ、貴区ニ存置ノ大阪府公道会支部ヲ改組ノ上別紙同和奉公会大阪府本部大阪市支会分会規程ニ依リ至急分会設置相成度此段及通牒候也

（一）分会ハ別紙同和奉公会大阪府本部大阪市支会分会規程ニ依リ〔ここで切れている〕

今般厚生省ニ於テ時局ニ鑑ミ融和事業団体ノ機構改革ヲ企図シ財団法人中央融和事業協会ヲ財団法人同和奉公会ニ改組シ

府県融和団体ヲ同会ノ支部トセラルルコトト相成、右方針ニ則リ大阪府ニ於テモ大阪府公道会ヲ改組ノ上同和奉公会大阪府本部ヲ結成シ郡市ニ之ガ支会ヲ設置スル旨通牒有之、本市ニ於テモ同本部支会ヲ結成ノ上関係区ニ之ガ分会ヲ設置致スコトト相成候ニ付キテハ、九月十三日附支会会則規定ノ承認ヲ得タルヲ以テ貴区ニ存置ノ大阪府公道会支部ヲ改組ノ上別紙――分会規程ニ依リ至急分会設置相成度此段及通牒候也

左記ニ依リ

（一）　分会ハ別紙規程ニ依リ準則ニ基キ設置スベキコト

（二）　分会長ハ分会成立ト同時ニ委嘱スルヲ以テ至急会則承

（三）　分会会則ハ各区ノ事情ヲ考察ノ上夫々準則ニ基キ作成相成度コト〔ここで切れている〕

手帳2「愛市手帖」

一九四一（昭和十六）年六月
〜十月

六月
（北野氏）（胎教）
（融和事業　一君万民ノ思想）
一三〇人　大村氏
〔二字不明〕
（家庭生活新体制運動）
（三吉先生）
（金江町）（田中喜右衛門）
四・五円（運搬費）
〃（甲の甲）もらおかいなおもて――〃
（町民ノ負担）

(1) 群集心理、―家庭心理。不良ハワカラヌ。ヒトガ言ッテクレヌ。
「オ宅ノ子供ハ手クセガワルイソウデスネ」

「イヤ、私モ、ジツハワルインデ」テナ、コトハ云エヌ。

(2) 先天的―〔花柳病、頭ワルシ、判断ガ出来ヌ。
後天的―〔家庭ノ関係。金ノ始末〕

〃一度ハ有効、二度ハ無効、三度ハ有害〃
大正一四年　一〇〇〇人ニは　三六人　現在一三〇人
〃たのしさは春のさくらに秋の月家内仲よく三度めしくふ。〃

（任務必遂）→
（軍規）→（服従）（至上命令）
（率先垂範。）
（七時四〇分）造幣局前
（六里行軍。）

七月
転業―生活切換→（生活刷新）
家族綜合収入計画。→内職。授産施設。勤労隊
（講習）―（職業講習）（ミシン）（婦人、年寄、子供）
（消費生活合理化運動。）

七月二十二日（火）
（公道会理事会）

八月二十日（水）
京都市役所

（1）同和奉公会（系統図）予算書
（他部、区　府、警察署トノ関係。）

（理事、及地区ノ勢力トノ均衡。）
（2）厚生報国運動（パンフレット　第一輯―第五輯）
（3）奉公会ト厚生報国会ノ関係。
（4）府ト奉公会支部トノ関係
（5）区分会トノ関係。

（分会）↙↘（区）（参与）

協議会　　（区聯合会長）。

（区長）。（協議員）（府、市）

（区ニ分会ハオカヌ。）

理事：（特高課長）

警察署長―協議員。

（国民学校）→長、協議員。

（親和会）　（支部）ナシ　　市長、副会長
（助役、社会部長）理事
（厚生報国会）

（郡）（市）ニ協同組織体ヲツクル。

（参与）―翼賛会参与→（総動員課長）→（市長）―（支会長）→（補助金）→（厚生報国会長）社会部長。

十月七日（火）

六人〔土地家屋（本住ヒ）一人、鮮人　バラック、三
人〕↓（三間三分）街道改良事業。

（九人）

五戸↔用地（五人）。

（近畿都市融和聯盟）打合会。

十月九日（木）

（revolution）〔（ローマの国内）、民族崩壊の原因は民族内
にある。〕

（die Wehrmacht.）

起床（五時）――六・二〇（日朝　黙〔ママ〕呼）

（一時間後朝食）――（八時三〇分―九時三〇分）診断
――一二時　昼食、一五時―〔一字不明〕報

一八時―夕食、二〇時三〇分―日夕点呼。二一時三〇分
―消灯。

三着（外出用、略衣）

〔応召前の補充兵教育時の訓話メモか？〕

（宣伝、諜報、謀略）

六・五㎜　七・七㎜

とても眼の力がいる。

それで諸君たちもたまには市場へ行って
フロシキを下げてあるいてかえってくる。

一番は一番である。それで力だけもっ
たらよろしい。

（一分間に、五〇〇パツ位デヨイダロウ、二〇〇〇パッ
モ）ウテタラ、弾丸ハコブノニナンギスル。又、君タチ、
賞ヨデモット国債ヲカワナケレバナラナクナルダロウ。
機関銃ハ歩兵ノ花形デアル。

（戦車一台――一〇万円）

（子供のを銃といえば君たちのもってるのを砲といえるごとし。）

（物資節約）

（名誉心、自己ノ栄達ガ少シツイテクル。）

（戦場ニアリ）

（突撃ヲスル一瞬間）

（〔一字不明〕源）――（英徳）

「〇〇で〇〇で〇〇で。丸でわからん。」

「地球の半分、地球の半身を処理〔一字不明〕ん。」

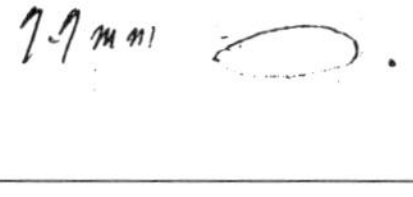

「〔一字不明〕激な〕ノミデハナイ。」
「ヒットラーは偉いのはたしかである。確にえらい。わしよりえらい。」
「応召届」「在郷軍人徽章」
ハラ巻　フンドシ六個　シャツ、（冬、及秋）カミソリ一刃ハサミ、（糸）、ハリ、時計側、金入、ハガキ、シガレット・ケース、仁丹　鉛筆ノシン。手拭
（方面事業）
「ノッピキ」ナラズ飛ビ込ンデイル人。自力ヲ以テ更正デキヌ人々ノ更正ニ。
初期家族ノ整理。：casework.
←
時勢ノ変化ニトモナイ
（1）思想問題——ナゴヤカサガナイ。（情）
（商店員）、（店主ノ愛ガカケテイル。）思想ノ動揺。

八紘一宇、徳ニツイテユク。隣愛。
（2）生活問題（救護法及母子保護法——太政官時代ノ遺物。〃ゾノ日ノミヲクラサセテヤレバヨイ〃トイウ方針。〈万年貧乏〉ヲスクワネバナラヌ。

〈〔二字不明〕ヲスクハネバナラヌ。〉

委員ハ今マデ、ホトンド本能的ニ case work ヲヤッテキタ。意識的ニヤル！

横ノスジヲ意識的ニタドッテ行ッテ、一ツノ目標ノ下ニ団体的ニトリアツカッテ行ク。モライタイ。現在マデノ仕事ノ上ニサラニ。予防、——ガ大切。

三〇人　優秀児（六方面）六〇方面。

レール
（1）団体ヲ組ム。
（2）目的ヲ定メル。
（3）施設ヲ中心ニスル。
（4）成績ヲ発表スル。
（住吉、二一二六　住吉区苅田八丁目　依羅組合。
榎本聯合町会。婦人部（国民学校）旭市民館、エツ団式。
（軍服）でお願いする。午後一時、一〇日前後
「謝礼金［品］」の件。
（防衛ニ関スル話。）
映画
丸井氏。（総動員部）　機械、ニュース。

3　軍隊時代

（1941 年 10 月～ 44 月 10 月）

一九四一（昭和十六）年十月、野間は教育召集を受け、補充兵として歩兵第三十七聯隊に入隊した。折りから日米開戦を迎え、翌年一月、そのまま戦時召集された。中国江蘇省をへてフィリピンに向かい、バターン、コレヒドール戦に参加。五月にはマラリヤにかかり野戦病院に入院。十月に帰国して原隊に復帰した。翌四三（昭和十八）年七月まで、原隊の事務室書記をつとめていたが、治安維持法違反容疑に問われて大阪石切の陸軍刑務所に収監された。結局、軍法会議で懲役四年執行猶予五年を宣告される。年末出所し、監視付きで原隊に復帰。その後もたびたび軍法会議と予審判事の呼び出しを受けた。以後も特高の保護観察下にあったが、一九四四（昭和十九）年二月、富士光子と結婚。十月末、部隊が移動するにあたり、召集解除となった。のち『真空地帯』や『第三十六号』『南十字星下の戦い』などの戦争小説の素材となった時期であり、また戦時下の日本の軍隊内部の資料としても注目される。

（紅野）

手帳3「補充兵手牒、軍隊手牒」

一九四一（昭和十六）年十月〜四四年十月

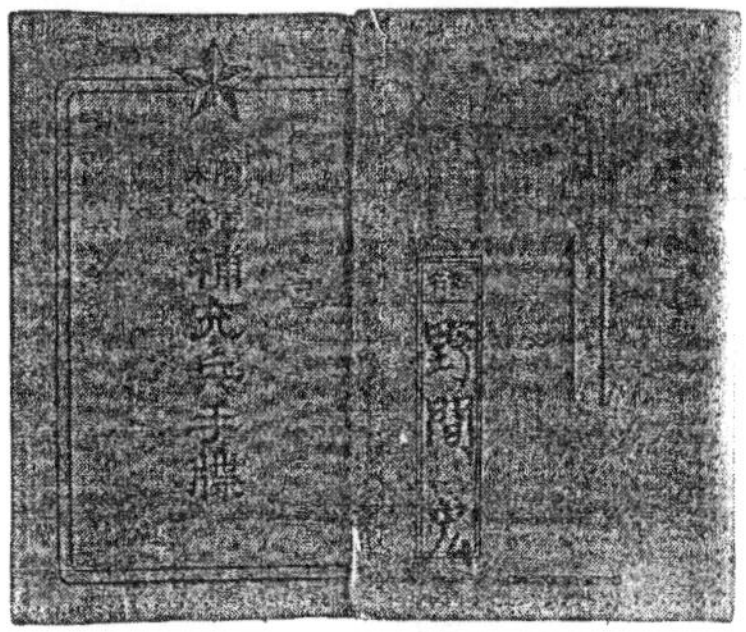

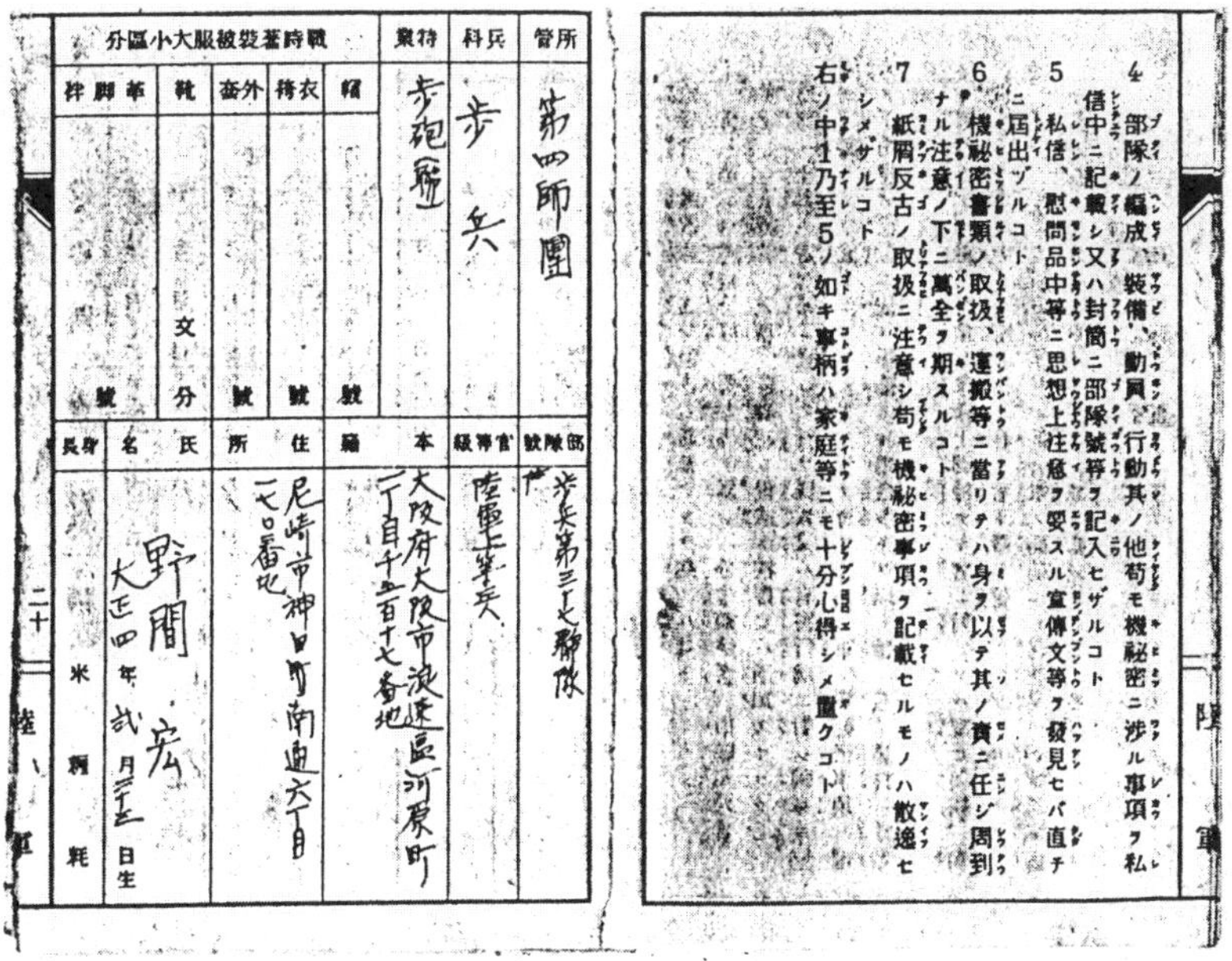

所管 第四師團

兵科 歩兵

特業 歩砲（[illegible]）

戰時著裝被服大小區分

帽	衣袴	外套	靴	革脚袢
號	號	號	文 分	號

部隊號 歩兵第三十七聯隊

官等級 陸軍上等兵

本籍 大阪府大阪市浪速區河原町一丁目千五百十七番地

住所 尼崎市神田町南通六丁目一七〇番地

氏名 野間宏 大正四年弐月二十三日生

身長 米 糎

4 部隊ノ編成、裝備、動員、行動其ノ他苟モ機秘密ニ渉ル事項ヲ私信中ニ記載シ又ハ封筒ニ部隊號等ヲ記入セザルコト

5 私信、慰問品中等ニ思想上注意ヲ要スル宣傳文等ヲ發見セバ直チニ届出ヅルコト

6 機秘密書類ノ取扱、運搬等ニ當リテハ身ヲ以テ其ノ責ニ任ジ周到ナル注意ノ下ニ萬全ヲ期スルコト

7 紙屑反古ノ取扱ニ注意シ苟モ機秘密事項ヲ記載セルモノハ散逸セシメザルコト

右ノ中1乃至5ノ如キ事柄ハ家庭等ニモ十分心得シメ置クコト

兵役					
服役年期	年 自 年 月 日 至 年 月 日	年 自 年 月 日 至 年 月 日	年 自 年 月 日 至 年 月 日	年 自 年 月 日 至 年 月 日	年 自 年 月 日 至 年 月 日
實役	自 16年10月15日 至 年 月 日	自 年 月 日 至 年 月 日	自 年 月 日 至 年 月 日	自 年 月 日 至 年 月 日	自 年 月 日 至 年 月 日
摘要					

卒業列紋	出身前履歴	精勤章
		昭和十八年三月一日陸軍兵精勤章附與

褒賞	善行證書	適任證書
	昭和十九年十月二十五日善行證書附與	

履歴

昭和十六年十二月一日陸軍補充兵役ニ編入
昭和十六年十月十五日教育召集ニ依リ歩兵第三十七聯隊補充
隊ニ應召 同月同日歩兵砲中隊ニ編入 昭和十七年一月七日教育
召集解除 同月同日歩兵第三十七聯隊要員トシテ引續キ臨時
召集ニ依リ歩兵第三十七聯隊補充隊ニ入隊 一月二十日大阪驛
出發 同月二十二日宇品港出帆 同月二十五日揚子江口通過
同日中支江蘇省呉淞上陸 同日江蘇省寶山縣江灣鎮着
同地警備 同日聯隊砲中隊ニ編入 同月九日江蘇省宝山縣
江灣出發 同日呉淞出帆 同月十五日呂宋島リンガエン湾[illegible]
ラオ上陸 同月十七日[illegible]北方ニ[illegible]地点ニ到着 五月三日入
院 五月廿日陸軍一等兵 六月十三日[illegible] 七月二十五日
[illegible] 五月五日マニラ第九十六兵站病院ニ轉送
八月十八日比島呂宋島マニラ港出帆 八月三十日台南陸軍病
院高雄第二分院ニ轉送 九月二日屏東陸軍病院ニ轉送
九月九日台灣退院 同月同日台北發 九月十九日宇品港着
同日廣島驛發 九月二十日歩兵第三十七聯隊歸着

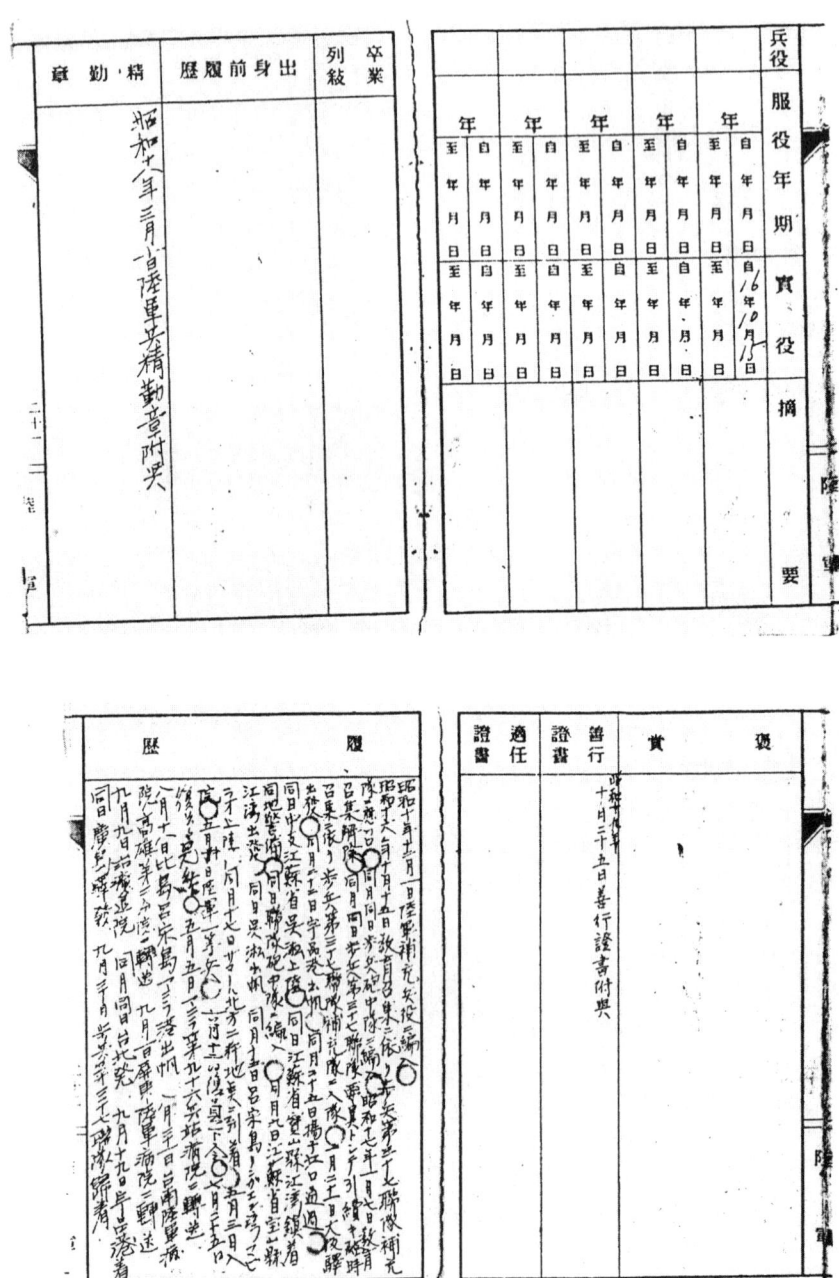

履歴

出戦務

一、昭和十七年一月二十五日ヨリ昭和十八年三月八日迄（昭和十八年六月一日陸支普第一二二七号ヲ以テ中支ニ在リテ事変地勤務加算決定）

二、昭和十八年三月九日ヨリ昭和十九年十月十日迄（昭和十九年三月二十日内閣告示第三号ヲ以テ比律賓ニ在リテ戦地勤務加算一年三月決定）

履歴

昭和十八年三月二十一日陸軍兵精勤章附与○

昭和十九年四月十日陸軍上等兵ヲ命ス○

七月十日軍令陸甲第七十七號下令○同日編成着手○同日

橋一四一五四部隊歩兵砲小隊ニ編入○同日編成完結○

十月二十五日陸軍兵長ヲ命ス○十月二十五日召集解除○

手帳4

一九四一（昭和十六）年十月～四二年一月

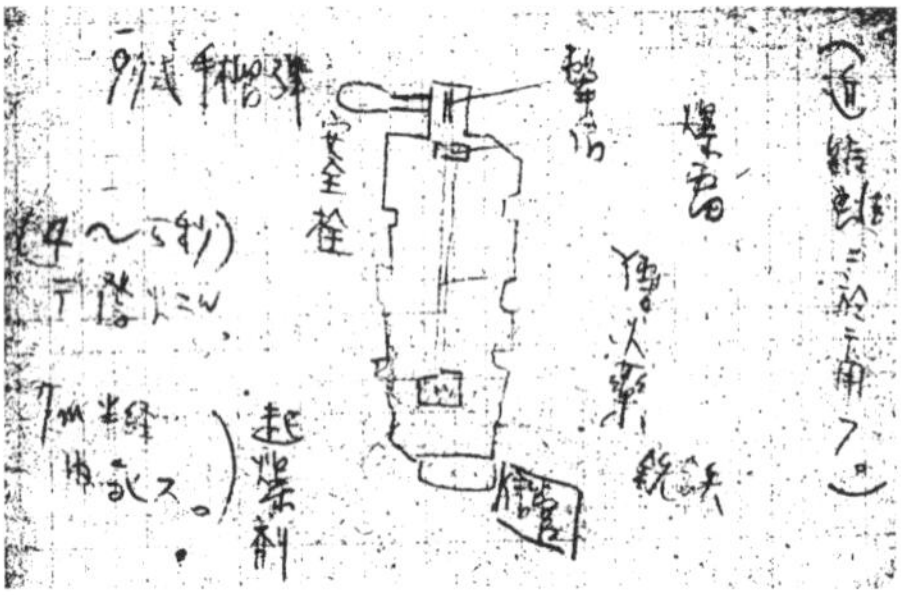

（七生報国）七たび生れて朝敵を滅さん。

（菊水聯隊）

（十一月一日）

（陸軍礼式）

（陸軍礼式令）〔礼儀ノ根本ハ心ヲ正シ身ヲ修ムルニアリ。

（軍人ノ礼儀ハ肇國ノ皇〔一字不明〕ニエンゲンスル。）

（軍規ハ軍隊ノチスヂナリ〔命脈ナリ〕。敬礼正シイ軍隊ハ強イ。）

陸軍ノ制服ヲ着用シタル将校、準士官、下士官、兵、及諸生徒ヲ軍人トイフ。

部隊トハ指揮者アル軍人ノ隊伍ヲ云フ。（二人以上）

礼儀ノ存スル処軍規自ラ振作シ、軍規ノ存スルトコロ礼式ハ服行必ズ厳正ナリ。

（重火器精神）→（5）ガウ毅、協同一致、ギセイ的精神。愛馬心、正確。

（敬礼）

戦闘場裡ニ在リテハ礼儀確立シ団結鞏固ナル軍ニシテ始メテ確乎タル戦捷ヲカクトクシ皇軍ノ武威ヲ発揚シウルモノトス。

瓦斯ノ種類

性質		効力	
イ、窒息性ガス	青筒	一時性	塩素、ホスゲン
ロ、催涙性ガス	緑筒	一時性	特殊煙
ハ、クシャミ性	赤筒	一時性	ヒ素
ニ、糜爛性	黄筒	持久性	イペリット　ルイサイト
ホ、中毒性	茶筒	一時性	一酸化炭素
ヘ、発煙筒	白		青酸

（青空や緑涙に赤くしゃみ　黄はただれて白煙ならん）

ガスノ特性（火兵ニ比シテ長ゼル点）

1. 効力ノ持久時間ノ大ナルトコロ。
2. 射撃威力ノ及バザル地域ニ効力ヲ及ボス。
3. 一度ニ一ケ所ニ多ク用ヒザレバ効力ナシ、サレド防護ノ準備ナキトキハ少量ニテモ効力ヲアラハス。
4. 検知困難ナル故知ラズ知ラズノウチニ危険地域ニ入ル。
5. 志気ニ与エル影響大。
6. 効力ハスグアラハレズ一定時間ヲオイテアラハレル。
7. 行動ノ自由ヲ阻害スルガ不自由ニナリ指揮ガ困難ニナル。
8. 気節、気象、地形ニ依リウケル影響ガ非常ニ大ナリ。

瓦斯ハ　侮ルナカレ　恐ルナカレ。

重火器精神

1. 剛毅
2. 共同
3. 犠牲
4. 正確
5. 愛馬

射撃用語

[原点]　トハ射向操縦ノキソトナスベキ任意ノ一点ヲ云フ。

[標定点]トハ射向付与ヲ終リタル各砲ガソノ射向ヲ保留シ且爾後ノ射向サウジウノキソトナスタメ各砲毎ニ選定シタル任意ノ一点ヲ云フ。

（間接照準）

不寝番守則

1. 火気、漏電等ニ注意シ、若シ怪(アヤ)シキ場合、又ハ営内及兵営附近ニ火事アルコトヲ知ラバ、大声ニテ叫ビ直ニ週番下士官ニ報告ス。
2. 盗難ニ注意シ出入ノ者ヲ監視シ、挙動怪シキ者アラバ、之ヲ捕ヘ直ニ週番下士官ニ報告ス。
3. 寝様ノ悪シキ者アラバ親切ニ直シ、又、天候及室内ノ温度ニ応ジ窓ヲ開閉ス。

4. 暖炉使用期間ハ焚イテアル場所ヲ承知シ、使用者不在ノ
時ハ時々巡視シ又傍ノ馬穴ニ水ガアルカヲ注意ス。

5. 拡声放送装置ニ依リ警報伝達　但〔二字不明〕伝〔フ〕ル
電話ヲキキシ時ハ直ニ週番下士官若クハ週番士官ニ報告ス。

〈動哨中・異常アリマセン　立哨中・異常アリマセン〉

(衛生法救急法)

戦地ニ於テ戦死スルトモ病死スルナカレ

①伝染病

②結核性シッカン

◎(腸チブス、赤痢、コレラ、ペスト、
ヂフテリア、猩紅熱、パラチブス、
流行性脳脊膜炎、発疹チブス、痘瘡)

← 口中感染ガ主ナリ

腸チブス、赤痢、コレラ、パラチブス— 食物ヨリ原因スル

(1) 生水ヲノマヌコト

(2) 汚物ヲクハヌコト

ペスト——鼠ノ蚤

ヂフテリア——飛沫伝染、空気

猩紅熱——空気伝染

流行性脳脊髄膜炎　空気伝染（ノドヨリウツル）

発疹チブス　ネズミノシラミ

天然痘　空気伝染

戦地ニテ傷ヲウケタルトキハ、(自ラ処置ヲシテ) 小隊長ノ
命アリテ始メテ小銃、帯剣、防毒面ヲモツテ後退スル

繃帯法

包布　三角巾　昇汞ガーゼ二枚　帽状帯

①前額　②片眼　③顎　④〔二字不明〕ノ尖　⑤胸部　⑥手

(肩)

(止血法)

動脈、静脈、毛細管

血　二升五合　1／3（八合）出血スルト生命ニ危険
ナリ。

(傷部ヲ心臓部ヨリ高クスルコト。)

1. 心臓ノ位置

2. 心臓ヨリ近イ部分ヲオサヘル。

3. 骨ニ向ツテオサヘル。

指ノ尖、手、足。

(人工呼吸法)

(補助照準点法)。

「キョリ高サ」ヲハカリ、眼鏡ニ入レル。

補助照準点ノ取リ方。

「59ミリ」（一分画高シ
(96)　　　　低シ。）

（国際情勢ノ接迫）（警備演習）→国内警備ニ行

① 警備——注意スベキコト

① （秘密戦ハ外カラハ見エニクイモノデアル。）
② （常ニ志気ヲ旺盛ニシテ任務ニ邁進スル。）
③ 服務ヲ厳正ニスル。勤務ニアキヌコト。
④ 地方民衆ニ対シ皇軍ノ威容ヲ顕現スベシ。
⑤ 歩哨、巡察、衛兵ノ敬礼態度、服装ハ民衆ノ範トナル。

2 風規

① 皇軍ノ威信ヲ保ツ。
② 自粛自戒シテ言動ヲツツ［慎］シム。（デマヲ言ハヌ）
③ 起居容儀ヲ厳粛端正ナラシムルコト。
④ 皇軍非難ヲ受ケヌコト。

3 対地方関係

① 温和ヲ旨トス。
② 濫リニ家宅ニ入ラヌコト。
③ 婦女子ニ戯レルナ。
④ 無断ニテ私有物ヲ使ハヌコト。
⑤ 小事タリト雖モ上司ノ指示ヲ受ク。
⑥ 独断ニテ物品［資］ヲ要求セザルコト。
⑦ 地方民衆ノ非難ノ的トナラヌコト。

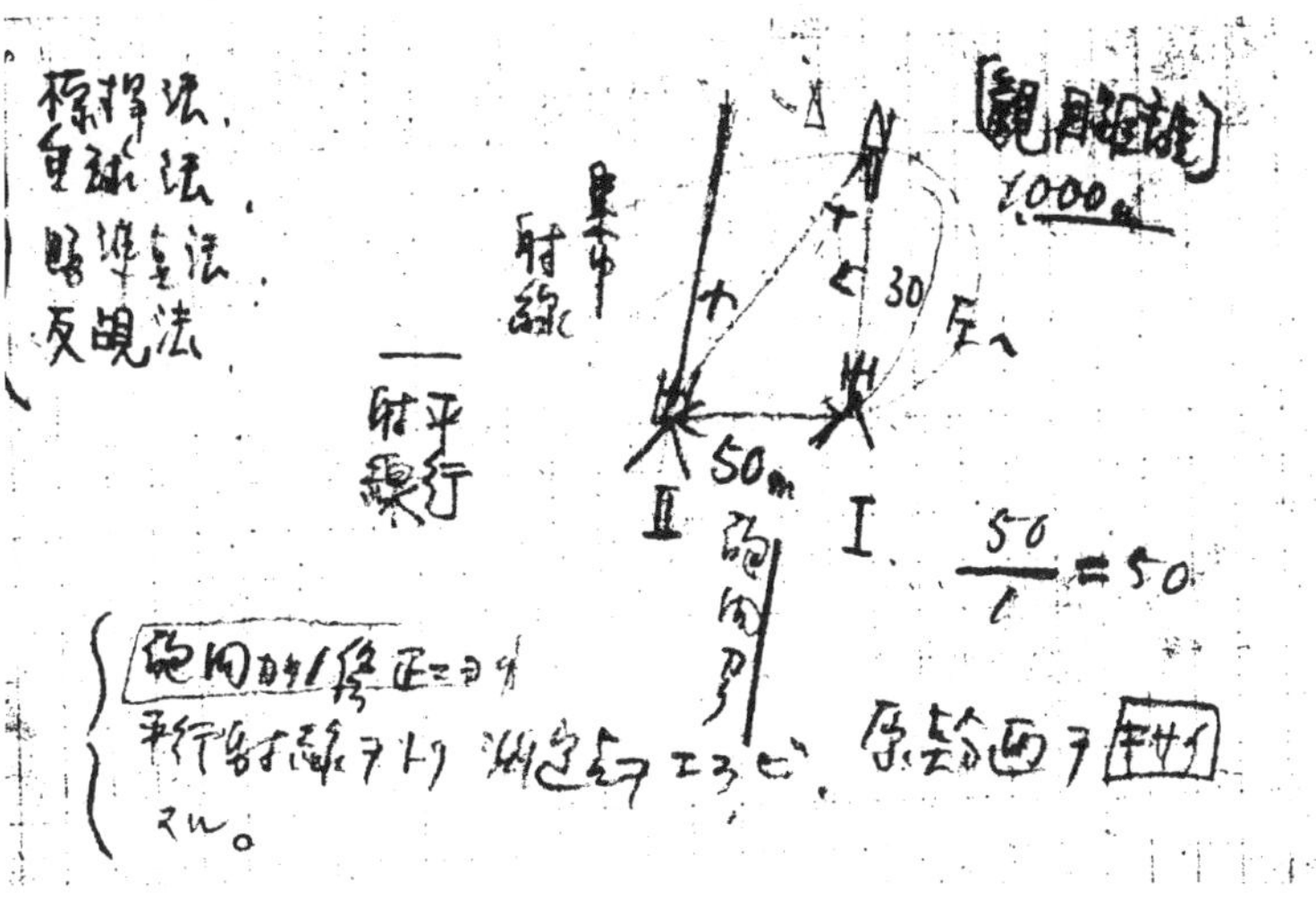

〔以下19頁にわたり、射撃方法の詳細な図解入り演習メモあり〕

厩当番（守則七ツ）
甲　一名　一八時←→翌日一八時　二四時間
乙　一名　一八時←→翌日六時（十二月一日ヨリ六時半迄）
交替ハ通常、一八時（甲、乙トモ）
甲ノ仮眠時間、二四時ヨリ朝六時迄（起床時限）
　服務時間　一八時ニ上番シテ二四時迄
乙ノ服務時間　一八時ニ上番シテ二〇時迄
乙ノ仮眠時間ハ二〇時ニネテ二四時迄
　二四時ヨリ六時迄　乙服務
乙　注意①（セイトン　清潔）（横井〔一字不明〕鉄　岩ザワ）
②　馬ノ動静状態　蹄、センオケニヌカヲ入レテ水ヲヤル。
甲ノ申送リヲキク、　馬数　馬ノ事故
甲ト共ニ服務ス。
水アタヘニ行クマデ、馬糞ヲトリ、又、ハク。
水アタヘシテヰル間ニ乾草ヲヤル。
ウマヤノサウジシテ二四時迄ネル。
甲ガオコス　スグオキル。
二四時ニ水ヲヤル。

キリワラヲ切ル　馬糞ヲトル
五時頃ヨリ寝ワラヲ出ス。（六時頃マデ）馬場ヲハク。

甲　夕方三時四時頃、ネワラヲ入レル。

　二四時ニ乙ト共ニ水アタヘヲヤル。

報告スベキモノ　週番司令、週番副官、週番士官（各中隊ノ）、週番下士官（各中隊ノ）、週番上等兵、下士官以上全部（幹部）全部。

乾草ハ一日ニ一本（十頭ニ半分、水ガイ的ニ）

釜谷隊　ウマヤ　サウ馬十頭異常アリマセン。週番司令殿
ウマヤ当番服務中異常アリマセン。

班長殿、（一班）野間宏、ウマヤ当番異常ナク服務シテヲリマス。

（ウマヤ当番ニ限ラヌ。）

ウマヤ当番、乙上番シテマイリマス。

一班野間宏、中隊厩当番只今乙上番シマス。

　異常ナク下番シマシタ。

厩当番守則
1．常ニ馬ノ動静状態ニ注意ス。
2．絶ヘズ厩内外ヲ清潔ニシ馬ノ繋ギ方、水与ヘ、飼付ケ、寝藁。
状態及火災盗難ノ予防ニ注意ス。

3. 乾シアル寝藁ハ時々カキ廻シ、常ニ乾燥ニ注意ス。
4. 許可ナク厩ヲ離レルベカラズ。
5. 所定ノ場所以外ニ於テ、喫煙スベカラズ。
6. 妄リニ馬ヲ引キ出シ又無用者ヲ立入ラシムベカラズ。
7. 火災ノ際馬ヲ引出ス遑ナキトキハ寝張トウラクヲ解キ若シクハ之ヲ切リ馬ヲ安全ナル場所ニ移ス。

①ハ揺架ヲ持ツ②ヨリ吊帯ヲ受取リ、④ニワタス。
自己ノ引綱ヲ砲身揺架ニカケ、ワタシ、⑨、⑩ノ揺架搬送ヲ補助ス。③、④ノ補助ニヨリ②ト共ニ揺架ヲ担フ。
②ハ揺架、右エンジン及駐退管ナットヲ脱シ、（転輪ノ上ニトメル）砲身揺架ノ分解ヲ補助ス。①ト共ニ揺架ヲ搬送ス。
③ハ防楯。左シンカン及砲身蔽ヲ脱シ、閉鎖機ヲ開ク。④ト共同シテ、揺架ヲ①、②ニ担ハシタル後、大架ヲ⑥ニニナハシ、防楯ヲ搬送ス。
④ハ車輪、車軸、小架。
⑤ト共同シテ、防楯ヲ脱シ、砲ノ右ニオキタル後、砲身ヲ脱シテ、⑪、⑫ニ負ハシム。
「軸チウケツ」ヲ脱ノ字ニ廻シ、揺架ヲ脱シ、③ト共同シテ①、②ニ負ハシム。車輪、小架ヲ前砲架ヨリダッシ、⑤ト共ニハンサウス。
⑤ハ④ト同ジ。

〔陸軍二等兵野間宏は、聯隊砲中隊に編入された。左記の一節は、山砲を分解して数頭の馬に駄載する訓練の要領を記したもの〕

情況（サウ定）
（大阪練兵場東西ノ線、陣地ヲ構築セル敵）ヲ攻撃中ナル。
南軍右大隊タル当大隊ハ目下攻撃準備中
（鋭意突撃）
〔大隊命令〕
大隊ハ重点ヲ右ニ保持シ、RiA ハ右中隊ノ戦闘ニ協力。
当地ノテキヲ克服シ、側傍火器制圧後ハ右中隊ニ続行シ戦闘ニ協力ス。

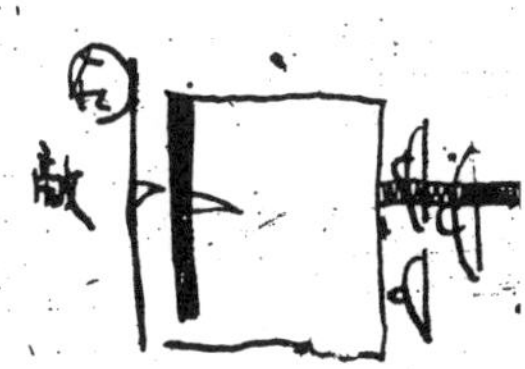

（突撃後側傍火器ヲ殲滅スル。）
第一線中隊突撃発揮後転出予想ノ側傍火器ヲ RiA ハセンメツスル任務ヲ有ス。

「身分といふものはあるやろか、ないやろか」と考えてるものは誰やろか。
(cogito ergo sum.)「考へてるものは自分」

身体：自分のもの

一挙手一投足。　五尺の身体
—
自分のもの
—
自分のものにあらず

1、guel ノコト　二重封筒ニスルコト。
2、眼鏡、マスク（十個）、インキ、鉛筆。
3、ハガキ、封筒、便箋、切手。
5、〔ママ〕手袋、靴下。
6、シャツ。
7、千人針、腹巻。
9、〔ママ〕フンドシ、猿叉、ハミガキ（粉）、（歯ブラシ。）石鹼、
手拭。
10、メンソレ、クレオソート、仁丹、風邪ノ薬。
11、ナイフ。
12、時計ノサック。
13、梅干精。
14、慰問袋　甘イモノ。
15、歩兵全書。一冊。第三部。
16、クレオソート。

死はかくもはやく来て、われより、かへり来ぬ矢の如く
汝を放てり。
世界は動けり。
一粒の死を価せしめよ、この花に、
（しばし花の中央に位せしめよ。）
（すべてを裏がへせり。）
死は汝を定位せり。
汝のともせし光りに
汝の死の中に
星は動けり。

死は汝を置けり。
死は我をはなてり。
星空に求むる手はなく、日はなし。
生命の花かざらん、星々は（死の上に）
（かほらせる）（空の色）その瞳の中に。

火ともして、わが内部の何処を明るくせし、
いつの日も、
この身体（肉体の）　汝の生命を捲きつくし、
わが生命は、もやしつくし、なほも、
もえんとする、世界を明るくせんために。

一つの点、死はいづこにありや、
もはや肉体はなし。

来年陸軍始メ（一月八日）観兵式ニ一層用ヲ向上サスタメノ
聯隊長殿ノ検査ナリ。
四日：二層用ノ軍衣コ、（エリフハトツテモヨイ）軍帽。
五日：敷布、マクラオホヒ、雑ノウ。（個人修理）。
六日：毛布。
十七日：冬ノ略衣コ（個人修理）。　巻キヤハン　二層用。
十八日：編上靴、二層用、三層用。
十九日　被甲面、鉄帽。

（印鑑、）　十九日、雨後晴　（前）学科　間接照準
エンピツ、　（後）補助照準〔一字不明〕法
紙。　標桿法
（パン）十八日　脱〔一字不明〕行軍
分解ハンソウ、試ケン、
（パン）二十日　曇　標桿法　午後仝
娯楽会。

釜谷隊
一班
野間　宏

〔この手帳に記された最後の日付の翌日（昭和十七年一月二十一日）、部隊は前線派遣のため、広島市宇品港へ出発。〕

断章2

一九四二（昭和十七）年八月

（下村〔正夫〕への手紙の一節）

今日は久しぶりで、今後、自分が生きて行こうとする道を考えた。そして君の顔にぶつかった。じつに懐しいあの顔だと僕は思った。僕はどうかして何か声に立ててこの顔のことを言いたくなった。（こんなことを君への手紙に直接にかくことは君を恥しい思いにさせるだろうが、今日は辛抱してほしい。）ほんとうに今日、僕の生きる生き方を考え始めたとき、やはり、又、君のこの顔の形が浮んで来る。浮んでくるというよりも、僕の心や身体の奥底から、一つの思想が出てくるように（それよりも、もっと、ヂカな、君と僕との地脈的なつながりがそこにあって、その層を通って、僕の生命の動きが君を呼びよせるのだ。）

僕の胸の上に載って来るということが僕をうれしくさせた。僕は、又、君がやってきて、僕を正しい方へ向けてくれると感じた。それから、僕は京都のあのおばあさんの下宿（君のいた）の集りや、苦楽園の楽しかった集りなどを思い出した。そして君へ手紙を書いておかねばならない、そして、この手紙を僕の一歩前進の鋲にしなければならないと考えた。

僕はいま自分が全く子供のように何ももたず、世の中に生れてきたと考えねばならないように思う。自分は、いま生れたばかりのものであり、今こそほんとうの新な自分の道をさぐりあてねばならないところに自分が放り出されているように思う。

長い間制限された場にあって、全く反省というものを持てなかった僕も、ようやく余裕をもつことができる身となった。これは、兵隊としては誠に残念な身であるが、できる限りこの余裕は生かされねばならないと考える。そして僕はようやく大東亜戦争について考え、又考えをまとめるきっかけをもつことができた。僕は、大東亜戦争を考え、支那事変が大東亜戦争に発展する筋道を考え、支那事変の段階に於て生きていた自分の規模が余りにも狭く、又余りにも偏ったものであったことを知った。僕は対米戦勃発当時の自分の戦争理解の低さを感じた。そして自分の深部で一つの抵抗を感じた。(あの激流での抵抗感である。) そして自分がそこから一歩でうるという感じを持つまでには、二、三日かかった。それは戦争の形態、キボ、質、量(地域)などを考え、この戦争の巨大な底部にまで降りることができたとき、やっと感じることができたのである。戦争の底部を考え、大東亜戦争の大東亜を考え、自分がこれまで生きてきた生活、生き方が、この大東亜に根をとどかせていないということを考えたとき、ようやく、自分は新しい生き方を考える緒を得たのである。

(Taft Avenu) (マニラ、平岡病院)

自然の歩みをわが裏側に、(裏側にもつ古代民族)

自然へ出なければならない、そして庶民へ。

〔以下は、宛先がなく、ノートに記載されていた書簡草稿である〕

御葉書、御手紙有難うございました。ほんとうに御手紙など頂けると予想もしていなかった上に、あのような心の籠った御便りを頂き、心にしみとおるものを感じます。その上、僕自身、新な出発を考え直しているとき、先生のこの御手紙が、僕の体内の動きを一揺り前へつきだして、どうしてもあともどりできぬようにして下さったように感じます。先生が確乎として、体全体を乗り出して行かれる有様が、如何にも明るく、どうかして、その姿に触れなければならないと思い始めます。何か大道の明りが僕にもさしてくるようです。

戦闘はじつに烈しいものであり、自分の身の底まで、それがきましたが、いまはそれも去り、雨期に入った比島は、雨の中で涼しくそれがすぎると、むし暑さがつづき、少しぼんやりした頭のままにすごしています。夜は虫、蛙、とかげが鳴きつづけます。真直ぐ立つ椰子の葉の真上に南十字星が静かに大きな動作をもつかのように動いています。既に新聞で御承知のことと思いますが、物資問題、作物転換問題、等の経済上の二つの大きな問題、人心の平安のための慰楽工作、言語を中心とする教育問題等の文化上の二つの大きな問題解決に、すべての力が集中されて、それぞれの部署に異常な努力を要求しています。

（於　マニラ平岡病院、八月）

八月二十一日

高雄着午後六時二十分。台湾ジャンク。日照りの中に明るくきつく（驟雨）来り、すずしい。

数知れぬ小さい帆船が尚そこのみ暮れ切らぬ海に面した西の浅緑の空の下に、空に浮くもののようにみえ、遠くじっとして動かない。入り込んだ港の街の灯が、きらきらし始め、夜は涼しい。

八月二十二日

六時半起床。さわやかな、身体のしんのしっかり立て直るような感じ。

日本人はやはりこうした気候の下でないと、日本人にかえれぬ。風土が人間の中に生きていることを強く感じる。

メキシコ山中で『虹』を書いたロウレンスのことを考え、「俺は、ロウレンスではない。」と繰返し思った。

俺はロウレンスではない、そして芙美子のことを思う。如何なる言葉でこの亡き魂に物言えばいいのか、自分の全身を一つの祈りの言葉とし、宇宙の眼へその言葉を収めねばならぬ。

言葉と肉体。

言葉を塗れる肉体。美しき言葉を塗れる肉体。

美しき魂。銀の（緑のピカソ）空の塊。

体温なし、脈76。血沈12

結核反応
1×1

高雄市台南陸軍病院高雄第二分院内科第二病棟五号室

八月二十三日

自分は魂という考え方を全然知らなかったように思う。それ故、自分の肉体の考え方も抽象的（悪い意味での）である。

魂とは、肉体と精神の一致の上に於ける一つの高度な人間的全体とでも言わなければならないのではないかと思う。

ロウレンスも中途であり、トルストイ又中途である。芙美子の心の輝きが、――それは肉体から直接放射されるのではなく、一度肉体の光を消されて媒介的に放たれる、しかも、その場所は、心の奥底の哀しめるような微笑めるような、かすかに動くところに、深い深度をもった動きがあるように思える、そこであるが――いま、ようやくそれを自分に知らせてくれる。この女の哀切な心の限りなさが、自分を打ち、いまでは、自分の心をつつむようにする。

この心の漂（ただよひ）が、朝の天をふるわす［まねく。そめる。哀しくする。］

それは「わび」でもなく、「もののあわれ」でもなく、哀切なふるえる心である。にじみとおる心と肉体である。世界が哀切であり、人間が哀切であるというふるえである。

小さくなることを用心せよ。

自然に載る心。載り行く自然。

夜虫が一面に泣く。

朝、検便。

血圧：124　70

八月二十四日

万葉以前の裸の歌。自分等が青年時代この裸を持たなかったことを考えなければならない。日本武尊の歌心。

自分の生活観が変ってきているのを感じ、しかもその変化がまだ確然とした形をもってきていないと考えると、それがどう変って行くか、しばらく放って置かなければならないと思う。それと共に自分の詩の心も、又、変ってきているようである。その方向

　肉体的宇宙。

⟷　ゲーテ、リルケ、ゲオルゲ、グンドルフ。

哀切、魂の内容の追求。　魂の年代。

しかし、自分はまだ、ゲーテ的宇宙観を通りつくしたとは言えず、今後、やはり、ゲーテ的拡大を通りつつ、ゲーテ族の非モラル的モラルを自分のものとしながら、この魂の追求をたどらねばならない。

談山神社からの帰り山坂より降りて見渡した大和の連山の籠りの美しさを思い出している。春の楊柳のもつような、もっと遥けき姿。

（原詞、或いは三つの情熱の曲）

台湾の暑さ、｛風景をみていては、そう暑そうではない。暑さがこもっていてぐるりからとりまいている感じ。

フィリッピンの暑さ、｛おおいかぶさるような暑さというより、もっと直射的である。日が、日当りが、褐色のようにさえ思える、眼がまぶしくやけるためである。

藤後鶴治

運送店、組合書記、将来、婦人雑誌にかかれるような人間になりたいと考え始めている。好人物。

「君、かっけとちがうか。」

「いえ……どうも、前から自分、狭心症の方でありまして、心ぞうをいためております……。」

「いや、君みたいな若い年で狭心症なんてないよ……そりゃ脚気だよ、ヴィタミンB、あげるから、かかさずのむんだよ……。」

「山東さん、足のこことうとう、しゃーとすべってな……わし、びっくりしたがな。」

かえって行く僕を藤後さんが、見送ってくれる、手をにぎりあう、そして、何回ふりかえってみても、小さいおじぎをくりかえす、自分はふりむかなくなったが、その人が、自分の姿が階段の下へきえるまで、少しさびしそうな、したしみの眼を自分にむけている気持をかんじとる。

昼、スコール来る。夕涼しい。

月は日本の月である。

自分がマテリアリスムのもとにあったとき、政治と文学の一致に苦しめられたことを思い出す。

月は雲にかかり、白く透き輝く梳き雲を夜空に流している。

これは、自分の頭の機能をととのえてくれる日本のものだ。

午後、人々は話して台湾の気候がフィリピンと変りないと話し合っていたが。

「あんたら、どうどす。台湾へきて内地へきたというような気がしますか？　自分ら全然せえへんどすな、まるで、フィリピンの山裏［奥］へおしこめられたような気しかせえへん。」

「俺も。」

「高雄のまち、車でとおったときは、なるほどと思うたけど。」

「そら、街も、まるで支那のなんや街みたいなところがある。」

自分はマテリアリスムから解き放たれている。それを感じ、自分が暗さを次第にとり去って行くことが快く思える。しかし、それと共に一方客観化の精神、闘争の精神を落して行くのではないかという気もする。

自分の昔の苦しみが自分の思想の中から去らないようにとも祈る。

自分は既に以前、半ば、無理じいのように好んだ夏よりも、いまは秋の方に傾いてきたように感じる。

しかし尚、自分は、又一方では裸の歌に生きかえろうともしている。

ル・バイヤッド［杜甫］などよりも［にある］、生命の苦いぎょう視よりも、生命の生育の快さとか、生命の若い苦さ、根源的苦さにかえろうともしている。生命的心情のつらさ、つらい愛の無私などにかえろうとしている。

二十五日、二十六日　朝食後、腹痛、寝台の上でねころぶと背にこたえ胃が痛むので床へじかにねころぶ。モルヒネ注射

二回。看護婦さんが親切にしてくれる。体温　八度三分　七度七分

二十七日

胃痛少しとまる。「君はよく肥えているから、二、三日絶食したって大したこたあないよ」と衛生兵が言う。

二十八日

二十九日

トンボ、鳥、小草の露。　サマット、
朝顔、ヘチマ。虫の声の美しさ。　オリオン、
虫の声がわが身を焼く、魂を焼く。
歌う源。

三十日

朝顔と朝露の美しさ。心情の高貴を見る心。

「バラの纏っている十字架」

「蝶がさなぎ[蛹]になる。」）［ゲーテ］生成：炎。

ゲーテの詩認識の方式。を明にする必要がある。


赤木健介の及ばない点。(在りし日の東洋詩人達)。詩を知らぬ人也。

いま自分の感じは戦争に行ってきたという感じであり、「さっぱりした」とひとに言う感じである。

ものが始源的要素に分解されて踊る炎。それは魂の認識である。

魂の炎に於ける認識。これらに於て詩はあらわれる。

日本の象徴、をつくり育てねばならない。

芙美子との出会が自分を大道へ出したのである。目の輝きのなかにさらに輝く心を見出さしめたのである。炎に酔う心。

竹内勝太郎の言語感覚からの離脱。

「炎に酔える踊り」としての詩の言葉。

「炎に酔える踊り」の状態に於て世界を切る。

世界は詩としてある。

三十一日

ようやく、ものの形が判然としてきたように思える。

ヴァレリーの地点とリルケの地点とを考えて見なければならない。

芙美子の顔と心がそこにある。けぶりの中に、炎にけぶる中にひらめくものがみえる。

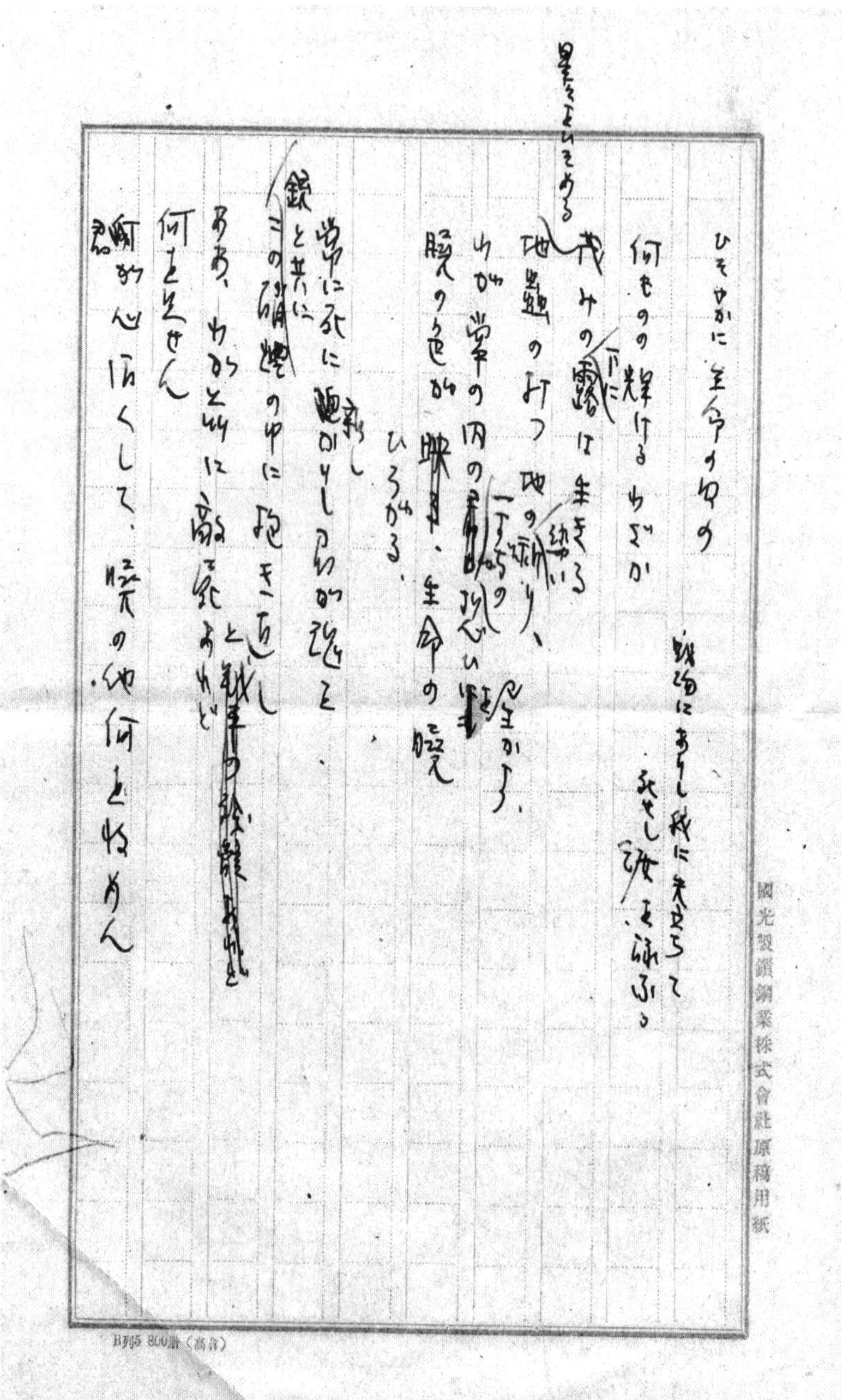

〔このあと十ページにわたって推敲を重ねた詩の草稿がある。左の写真はその一ページである〕

手帳5

一九四二（昭和十七）年九月
～四三年七月

交代　　「歩哨交代」
自分ノ代理　　→「歩哨交代シマス。」
敬礼廻レ右

直属上官
皇族
軍旗
英霊
軍装シタルル部隊
　歩哨交代中異常アリマセン。
（日暮）前後

（ヒカヘ、二人）
司令
分屯隊長出入ノトキ。
「服務中異常アリマセン」
引ツヅキ、服務シマス。
下士官ノトキ
敬礼（自分ノミ）

上番　ツケ剣後、敬礼
下番　ツケ剣シタママ諾者敬礼

特守

1. 衛兵ハ通行人ヲ監視砲陣地及ビ屯営附近ヲ巡視シ警戒ス。
2. 衛門ノ通行ヲ許スハ軍人及ビ同宿人トシ爾余ノ者ニ関シテハ衛兵所ニ立寄ラシム。
3. 警報、或ヒハ異状アリタル場合ハ小隊長ニ急報スルト共ニ応急ノ処置ヲ講ズ。
4. 其他ニ関シテハ風紀衛兵ニ準ズ。

×

1. 指揮所ヲ定位トシ砲陣地及上空ヲ監視ス。
2. 無用ノ者ヲ陣地内ニ立寄ラシメズ。
3. 異状アリタル場合ハ警笛ヲ以テ報告ス。

×

最近の自分の身の幸福を思うとき、じつに豊かな、湧き出す、温い流れを感じとる。つきぬ、流れに、自分の肉体が、洗われているのを感じとる。洗われる美しさ。

他の生命に洗われる美しさ。

山、谷、空、川、に洗われる、生命の美しさ。

又、山、谷、川を洗う、わが身。

かくして、一つの流れが、あるところにわが身を持する。

自在の感。暖かき感。

それは、絶対の信を媒介として生れる。

他を洗い、又、他により洗われるのである。

この中に、美を見出すとき、
美は生命の規制というべきである。しかし、何時の時に於て、
それが行われるか。


(スパイ戦、無口でとほす、殊勲者。)

(出すな残飯、出せ勇気。)

木枯やわが罪すべてちりつくせ
われはただ黙してありぬ冬の山

氷雨るや葉牡丹ぬれて明るけし
日暮なるや黄水仙のみ明るけし
葉牡丹の赤はぬれて落日哉
石のせて氷れる池の人もなし
黄水仙部屋のうちいづこか明るし［明るけし］
一筋のつららとなりて不動滝［氷割る］
大晦日の街しづもりて友らとゐる
寒行や土嚢の影の黒々と
比叡こえし古き都の氷雨哉［冴え返る］——氷雨ガヒエ
ヲコエタルカ本人ガヒエヲコエタノカワカラヌ

緑まじりてや軒氷こごる氷室

明日実施ノ兵器検査ノ際
各中隊ハ小銃（九九式）手入材料手入具各一〇、洗浄台、机、
擲弾筒、各一ヲ携行スルモノトス。
参加者ハ兵器掛将校、同下士官、初年兵係教官（モシクハ代
理者）、初年兵技ト助教一、擲弾筒助教一、兵十名トシ、服
装ハ単独ノ軍装トス。
中西、北口、安川、松山、岡、大川、横井清、東沢、西野丑、
利光　外四名。

いささかの緑草［も草］交えて池氷
寒天の氷室開きや春近し
爆音のはるけき里や水温む（「ハルケキ」ガ、バク然トシ
　テイル。）バク音 の真下カドウカ。
空晴れて氷室とづるなり春近し
いささかのものがなしきものあり春近し
悲しめる鹿の瞳や春近し

　ユルミアリ
（藁抱きて氷張り居る田面の朝）

立春　梅、春寒し
（春立つ）
（火災呼集、→単独ノ軍装
（非常呼集
（演習：白１
（本物：赤６
防空、二人同行シ
　単独ノ軍装ノ他鉄帽、被甲、小銃
（非常呼集：小銃携行。）
（登営状ヲモッテ出ヅレバ、営門ヲ出ラレル

（ときめける心もちたり梅の蕾）

白さぎの城の白さや春立てり［春寒し］
春立つや平安京の街の色
雪のせて「貨車」放れてあり駅しづか
南に梅が便りを、先づ書かん［先づかかん］
息切りて仁王門くぐれば春寒し

雪ト春寒シハ二重ニナル。
雪ノアトハ明ルシ。
　「春寒し」（駅静か。）

←
↓単調ニシテ深ミナシ――仁王門。
「先づ」かかん。
「先ヅ」ニユルミガアル。
白さ　説明句ニナル。
ヲ説明トセズニ
雲カ、何カヲモチクルベキデアル。
最上句ナシ。
仲々ヨキ句ヲツクラヌ。
ヨイ句ノ見方、ヨキ眼ヲツクルコト
自分ノ選ハ非常ニアイマイデアル。
↓説明句。――
説明ヲコソモットモ、サケネバナラヌ。
句調↓ヲ考ヘネバナラヌ。
「落付きぬ」――抽象的、デアルノハ、イカヌ。
梅ト氷。
(見タママヲソノママヨムコト。) 日常語
(形容詞、副詞、助動詞ノオキ方。) (スケッチ。) 風景。
早春の渓は吾が句を洗ふらん
(古里の春のせ行かん輸送船) 句全般、漠トシ、ユルミアリ。

渡舟(ワタシブネ)静か岸二筋の残り雪
(この雪の滴す深き竹の色)
渡舟静か両岸の雪残りをり
杦(スギ)立木はだらの雪につらなれり
御料田ははだらの雪につづきけり
一句、三句ノ語句ノ使イ方、深ミナキ句。
余リ公然、余リ漠。共ニ深ミナシ。
「抒情ノ句」、感動、感情ノ句ハ、ムツカシイ景色ヲミタママヲ句ニスル方ガ、上達ガハヤイ。
女ヲ好ムノモ、「キリョウ」、又ハ情、心ヲヨム〔好ム。〕
春雨に二人の色は、白かりき
春雨に着たりし様は深々と。
春雨に去り行く肩のほのさびし〔消ゆる如し〕

春埃／春うらら
一すぢの清流、身内貫けり〔あらはれん〕〔あらはさん〕
〔清まらん〕〔清からん〕
花びらのぬれつつゆるる春の雨
別れ行きし、背の色暖かし〔ぬらせり〕春の雨↓〔冬豊か〕〔雨〕〔あたたか〕〔雨の夜〕
新なる家あたたかし春の雨
花びら、行くてにちりまはん、わが肉体の行くて。

交流。

一人の女が、妻となるという意味は、一人の女が、わが半身となるということを感じとる。


　それ以外に於て、人間は生きない。

　そういう、一つの流れ、流れという交流。

　交流である以上、二人であるが、それが、一である流れである。


心の流。清き心の流。清き、人間の根源。

清流をわれに流せる深き空の温かみ。

　乙女あり人間の心の深さ。

今日此の頃、はじめて、音楽をきいたが、じつに豊かな気持がした。


心の交流に、わが、生命は、生きかえるようである。そして、新な、色わけをされるようである。この心の交流の原点を、みつけなければならないと考える。

これ以外に生きる方式はないのではないか。

〃日本武尊〃の死。

　平忠度。

（親らんと熊谷。）

（芸術と生命の根源について。）


花びら、散り行く。

松映。川村靴店
　編上靴
　1．建軍の本旨
　　1．兵制ノ沿革
　　2．天皇ト軍人とのミッ切ナル関係
　2．五ヶ条
　3．一誠以テ貫ク

　①実行
　②信念化
　③工夫、修養ニヨリ実行シテユク

激したるわが心のせてはしる列車あり
満天の星ある中を列車されり
二人してコスモス見しはいつの日か
戦友は皆われにとひけりひとひ〔二字不明〕せしかと
ひとにくむ心はさらず、われは生きたり
わが妻をおろかしと思ふ心湧けりわれなほおろか

とも征きて兵隊生活に滋味を見出せりと便りくれしが、
かわらず、わが行ける車のみちに青きシグナル続きをれり。
われらいねるなり生命ぬらして春雨のこむる天地

自分には誰をも怒る資格なし
途中にて　あやまれるもの。

誰をも責むることならず、
妻を容るる心あり。

ひとにくむ心の熱きたぎりあり、わが生けるしるしのごとし。

交りてわれら尚恋人のごとくあれりふしぎなるさましやだんきのごとき心の別れ哉　（素朴）本居宣長。

新なる家に来れる彼岸哉。

　母、深い人生の深み。

独立勤務ニ服スル軍ノ長
「大君のために真心持テ心ノ限リ身ノ限リオササゲスルコトナリ」。
又ハ

「天皇ヲ中心トシテ絶対ニ随順スルノデアル」。

「臣民ノ道ヲ忠節トイフ」。

「君国ニムクユル大義ヲ義ト云フ」。

「忠節ハ日本道徳ノ根本デアルト云ハレウルノデアル」。

（孝子　慈父）

「慈父モシ王敵トナラバ父ヲステ王ニ参ルコレ孝ノ至リナリ。」

（忠孝一本。）

「忠ガ土台トナッタ孝デナケレバ孝ハ成立セヌ」。

1. 全勝ハ名ヨコノ上ナシ。
2. 勝ツタ原因ハ全体ノ一致、協同ニアリ、労ヲネギラフ。
3. 四師ハ昔ヨリ成績ヲアゲテヰナイ。
歴史上面白クナイ、成果ヲアゲテヰナイノダ。実力ハアリナガラ、ズ、自己ニトラハレテ、欠陥ヲ矯正シヤウトシナカツタカラデアル。互ニ反省セ
4. コノ四師ノ不名ヨヲ是正シテユクタメニハ
①オ互ニ相戒メ合フ。（戦友同志ガ）
陛下ノ股肱デアル。兵器ハ陛下カラ賜ツタモノデアル。
②ソノタメニハ、己ヲステヨ、ソシテ内務ソノ他ニ向上セヨ。
「内務厳正ニシテ責任観念オウセイナルモノハ、真ニ戦場ノ勇者ナリ」

③嘘ヲ云フナ。
④（誠心）生キル［ヨ］―。

1. 精神薫化ノ源泉ヲ開発スベシ。
2. 郷土熱愛ノ精神ヲ昂揚スベシ。
3. 信義ニ徹シ質朴ニカヘレ。

（軍司令官ノ訓示）

1. トウテツセル決戦的服務ニ服スベシ。［ヲ実行スベシ。］
2. 戦局ノ重大ナルヲキモニ銘ジ、新局突破ニ邁［モウ］進スベシ。
3. 防衛ノ充実、強化。

菜の花は野を切れり、きそく正しく
暁はまるかり菜の花眼をさます
めざめたる眼の如き菜の花あり

保存命数

軍帽四年、略帽一・六、冬衣二年六ケ月、冬袴二年、夏衣一年四ケ月、夏袴一年　冬ジバン八ケ月、袴下一年、夏ジバン四ケ月、夏袴下六ケ月、編上靴八ケ月、営内カ二年、巻脚絆一・六ケ月、ハイノウ六年六ケ月、飯盒二〇年、水トウ二三年、ヒモ二〇年、天マク一二年、毛布二〇年、ホウ布八年、〔一字不明〕布四年、枕九年、枕　オホイ四年

三七銭＋六〇銭（正月三日）
三大節＋三〇銭
祭日・祝日）＋一五銭

（七〇八グラム）
八七〇グラム　肉一六〇グラム、野サイ四〇〇グラム
　六〇九米、二六一麦。
乾パン一食二三〇グラム、肉罐一食五〇グラム

軍旗ハ永久ニ聯隊ノ歴史ヲカザルベキ神霊ナリ。
明治七年　太政官布告
　歩、キ、砲
一八年　砲ハイシサル。

1. 軍旗ノゆ来
2. 軍旗ノ修理
3. 軍旗ニ記載セラルル聯隊番号ハ陛下ノ御親筆ナリ。

天皇　現ツ神

勅諭　精神方面ニオケル陛下ノ御意図。

軍旗　陛下自ラアラハレタマフ。指揮シタマフ。

軍旗アルトコロニ陛下ハ陣頭指揮シタマフ。

勅語

歩兵第九十三聯隊ノ為軍旗一旒ヲ授ク汝軍人等協力同心シテ益々威武ヲ宣揚シテ我ガ帝国ヲ保護セヨ。

奉答文

敬ミテ明勅ヲ奉ズ臣等死力ヲ尽シ誓ツテ国家ヲ保護セン。

垣内貞一ガ第一報ヲ発セラレタカラ、隊長殿ニ連絡シマシタ。

大西、札場、黒川、ヲスデニヤツテキル。

大手前分隊、二番病棟

1. 駆足ノ励行
2. 物干当番ノ指導、カン督
3. 窓ノ開閉
4. 軍歌演習（営外ニ出ル）
5. 詩吟会。六日、七日

徹トウテツセル

（決戦的服務）ヲナスタメニ、

（1）志気ノ昂揚ニ務メル
（2）（周到ナル服務）
　研究心ノ旺盛
　｛駆足ノ励行
　　軍歌演習
　　号令調整

勤務ノ〔二字不明〕（諸規定ノ研究）

患者ノ撲滅

敬礼

防衛——防火資材ノ点検、発令時ノ用意

士気ノ昂揚

営倉歩哨守則

一、営倉入ノ者ヲ監視シ異常アル時ハ直チニ衛兵司令ニ報告ス

二、営倉ノ開扉及物品ノ出シ入レハ衛兵司令ノ立会ナケレバ之ヲ許サズ

三、入倉者ニ面会ヲ許スハ准士官以上及司令ノ立会アルモノトス

1. 常ニ愛馬心ヲ以テ馬ノ動静状態ニ注意ス。
2. 絶エズ厩内外ヲ清潔ニシ、火災盗難ノ予防及灯火管制ニ注意シ、変ツタコトアラバ中隊ニ報告ス。

③厩及其ノ周囲ニ於テハ裸火ノ使用及喫煙ヲ禁ズ。
④火災ニ際シ馬ヲ引出ス暇ナキトキ寝張頭絡ヲ切リ馬ヲ安全ナル場所ニ移ス。

三月公用時。
インキ、黒・赤・ビン。
松岡少尉の敷布。
通信紙、三五
分屯日誌の用紙。ザラ紙。
筆。
油紙。
ゴム、敷革。
手帳。
岩波
調味品（砂糖、醤油。）ツケ物一日分モラツテクル。
「防空部隊ノ証」敵国ノ飛行機ノセイ能ヲカイタ紙、山村教官殿ニモラツテクル。
茶ノ葉、電球、切手、葉書、タバコ（光）。
明日
（1）（紅茶）――スミ少尉　モチカヘルコト。
（2）バリカン、一、　モチ来ルコト。
（3）陣営具、員数表　アルカナキカ。
マツチ　二、三個（松田）。
若イ人　ヰタ・セクスアリス。
「光」――三五個。
歯磨　一。
ハブラシ　一。
大学ノート。
今日、兵器検査ニクルカ、来ヌカ、来ヌトキハ、イツクルカ。
①藤井　カイコウ社ノ証明書、デキテヰルカドウカ、デキテイヌトキハ、ソレヲセカス。
②短歌研究。
③袴借用。
④〔一字不明〕服修理。
――
「ハミガキ」一。
（修理）。
蚊取線香。
革具　一ソロヒ。
（砲口蔽）交換。

ボタン。
蚊取線香。
米。
「測遠器ノ嚢。」「修理品。」
（十名分）余分ニ。
　アサ
　大根〔抹消〕

南京 ナスビ　五キロ 角アゲ	——ヒル
肉 玉ネギ コンニャク	スキ

スモカ

弧弓の男、盲ける。
春雨やこきうの男盲ける
白衣たたずむ停留所
春雨や爆音とほくきこえけり
白馬ぬれゐる庭広し

水温む。びわこの湖の
青(あお)みゆる
季。
（裏面の抒情。）

「ヒキヅナ」。

「印カン」。

（袴）「二枚支給ニ付」

（班別ニ人名ボ作成ノコト）。
①「保革油」
②「フランス鋲」
③小阪班長殿↓
略帽ノカワ。正章
①「長堀（清水町）
　東へ
②→（久宝寺町デオリ
　日〔一字不明〕館南側通りヲ東へ半丁北側」
　未〔二字不明〕東へ半町。）
　宏人〔一字不明〕
　〔一字不明〕スヂノ方。へ
（戦争について考える。
戦争について考える。
季—Sommerzeit
　　Jahreszeit
分身。野戦補充隊要員。
ここの分身なんだ。
入営。

ここにおったら、入営だけだからな。

魂の滲透——
　　——魂の風景
魂の代謝——
魂の出会——魂ふるえん——
天はふる
　　顔あらたなり。
『星の坐〔ママ〕』

魂は出会はんとして出会わず
魂の大地あり
夕来れば
君が眼の中にも
われは、涼しくくるる、
子供のくるぶしほどに、涼しさ、もれん。
二つの負へる世界を鳴らせて。
わが心二つの鈴打ちふらん。
高き天に置かん［とどめおかん］。
われわが身をおそはんがために、
しううと共に、おそわしめん。

人格　（或ル人ニ言ハセルト腰カラ下ガ人格デアルト云フ。
一生、猫ヲカブレ、
（性。）トナル、善ニ近ヅカントスル行為ヲ猫ヲカブルトイフ。——要領
数学（＝時々猫ヲカブルトイフ。）

ノート10

推定一九四三（昭和十八）年
〜四四年

兵隊の生活を、把えることが、私の任務である。

「Y、お前なんじゃ、そんなこと言やがって、Y、一寸、ここへこい、……。」

「……」

「お前、兵長やいうたって、兵長がそんなにえらいのんか、兵長位えらいおもてたら間違いやぞ……。」

「……」

「一体お前、飯、なんぼくうてきたとおもてんねん……栄太郎さんが、飯準備してて、お前ら、そこにどてっと坐っていやがって……。」

「……」

「飯田なんかと一寸ちがうぞ、……あいつら、まだ、飯の数二年位しかたってえへんのや……。」

「そんなこと、よくわかってます……しかしね……自分は、何も、あんたの気を悪うするようなことをした覚えはないですけど……。」

「そんなこと言うてるかい……お前、ゆうべ、何というた……お前ら、松田兵長が、おとなしいおもてなめてんのか、いうたやないか……お前がそういうのやったら……お前も、下りてきて飯の準備せんか……。」

「……」

「お前がじっと、そこにいて、ゆうべのことをどう思うてんねん。」

「あんたは、一体、自分にどうしろいわれるんですか。」

「どうしろて、もっと、指揮せんかい。」

「指揮する？」

「そやないか、班内の指揮をするのだ、自分がすわってててできるかい……。」


兵隊達は向上心をもつ。これが何より心強いところである。如何に退屈な、又、ひくい生活におちようと（外部よりの作用によって）この向上心をもつということに於て、日本の生長が感じられる。

兵隊達の生活にぶちあたって、この向上心につき当るときは、何か、根強いつよさをかんじる。庶民の生活力に似た、しかも、又、それよりも、もっと純なものを感じる。


忍耐力の養成。

岩本嘉三郎——自己的な人間。進級に心を砕く。

兵隊達の生活を如何にして、よく導くかを、考えている将校の姿。


「これから、飯の数の多いもんが、なんでもしてて、それをみて、しらん顔してやがったら、どづくぞ……いうとくけどな、みんなきいとけよ、どづきたおしたるさかい。」

Yは、便所で私に会ったとき、こういう。

「今日はよっぽど一つやったろかおもたけど、じっとしていたってん、栄太郎なんか、何もせえへんでもええのに、勝手にしてるんやろ、そうとちがうか。」

「うん。」私。

西野は私に云う。

「Nも、あんなこという資格ないよ、自分で何もしやがらんと、言うのなら、ちゃんと自分がしとけよ。勿論、Yも、言われてもむりないけどな。」

西野は入浴で、山からかえってきた友に言う。

「今日、Y、バッチ入れられよってなあ、Nに。」

兵隊達の生活はこうして、じつに〝ba-foud〟的な「流れ」の生活である。行い、忘れ、行い忘れ、生活である。

Yはいう、「おい、のま、これから、西野のことを、こういうことにしたんやぜ、第二代目、半鐘。」

「なってるなってる、半鐘、が。」

「しょうもないのは兵隊や、将校がきつうあたりよって、そいで、下士官は兵隊のところへもってきよる、兵隊は、なんのこんなことまでせんならん。」

西野、心に良きものをもつ男、俳句をやる。春光の号をもつ。一方に、せんさいな心をもちながら、他方、荒々しい本能をのこしている。「へつらい」の言表を嫌う男。農民半ば都会人。

東沢ー顔は農民。百姓がいやで、家をとび出す。「百科辞典」というあだ名をもつ。芸術的向上心をもつ。

横井浩平ー都会人。心から都会人。かなり、洗練された生活様式をもつ。但し、外人部隊的な心ももつ。

「そう、くちを歪めんなよ、大河内、のま、でん公、河内山。」

「曲ってきて頂だい。」

服部兵長　家庭的に不幸、いんうつの影あり。戦争の影あり。

この男のじょう談は、かいぎゃくではなく少し強烈な、下からの〔反逆の〕笑いがある。

「見習士官殿、お茶をとってくださりませんでしょうか。」

「よう、おこしなはった〔きやはりました〕、——よう、きておくんなはった。はいってくだされませい……しといとくんなはれ。」

笑い声に嘲笑的な高いひびきあり。

手帳6―1

一九四四（昭和十九）年四月
～十月

四月五日

（菜の花の黄を、久しぶりの如くにして見る。花をみた感じあり。

（（a）広やかな野のみどりをくぎりて花の黄なる色ありていまださむきあさなり。

（大いなる花は、わが内部を見せしむ。花は内部である。自然の花をつくる理由は深し。

（この頃の生活に、うるおいをつくろうとする。

（（男）らしき男。

されど、吉田松陰の如き、男。

一度、自分の全自己をあらわにすることを必要とする。

すでに水筒の水のみほして、わが眼の底にうかびしfemme哀れ。

（1）かぼそけき、手首ぞ、甦へれるわがくるしきともと、美しき心

（2）かぼそけき、手首ぞ、おもひわが行くは、あつき、くるしき、心の底

（3）長病みて、ほそき身体を恥らひてわが求むるに抗ひし女哀れ

（4）われ忘れんやわが心のもとむるはてになほとほき、限りなき心の如きなれのその心

（5）一夜しもすぎしいくさのきびしきをかたりてわれら床に

つきけり

(6) 床につくも、いねむられず、いくさのくるしきそのさまざまの姿

(7) いかにしてわれはかくしたりとうたがふ人間性のくしき姿よ作戦の間

(8) 〔四字不明〕根ふくらみぬ桃の花

(9) 花は打たれたり板壁につづける花はくもりきてかぶりし雨に

(10) しづかに雨は［春は］しみぬきにけり（とりのこえ）やみてひとゝき浮べる舟の動けるごとしくもたれて

(11) しづかに春はみちゆきにけりみどりなるこの芽は透きて花うけたり

(12) 木の根は水を十分ふくみ、谷合に心ひそめたりとれり深山のひびき、くれくるごとし

(13) 深山木の白き花びら冷す［深き谷の白き花の根しめす］水のごとしみ入りにけり 思ひつつめるものの形あらなん［つつむ心あらなくに］わが心

(14) このわれにこえのこさず小鳥は河原に（日をうけてしばしかがやき［かがやきて］）野にきえ行けり

(15) 川原辺は芒の上に月景開きたり長き鉄橋の果のひかりてかすめり

(16) 鉄のはし、わたりてきしはわがまてるひとにはあらず心はづめり

(17) 爆音はひばりと共にしばしあり

(18) 〔この項不明〕

きみは愛しみてわれまたん葉桜のうつらふかがみつくりおへてはや、わが心みだれきぬ、鏡に澄める葉桜の色

葉桜のうつらふ、美しきひとをうつせる鏡にして

流れ澄ます声も残さず河砂に、鳥の身輝き消え行きにけり

うす緑の光の粉(ひ)を噴けりえんどうの、蕾の花はあが息受けて

友征きて兵隊生活に滋味を見出すと便りくれしが

弾丸こめて林かすめり、谷あひに敵退き行く敵の姿かあ

らん

兵等みな、すべなき心かこちをり、演習外出、兵の心のよせどころなくて

月いづるをまちて追げきにうつらんと、われらいぬるなり重なりあひて

月いでて、谷間広かりこの道は、バタアンの果つる港に行くか

兵らのみな埃の顔に月明し、いまはきよてる月みるものもなし

はらばひて、しばしいぬるなり、大便の臭ひもきらふ心もなくて

総攻撃はあさげの心さやけきにくだされ、つゆの光りますごと

とげもてる竹の林のさへぎれる、こもれるみちぞわれら行くみち

大いなる洋は眼にうつりしめり、大いなる洋をわたりてせめ行く

兵の身になの花は、むれ重なりて色重し、兵そなかに砲うたんとす

夕陽しづむと（ゆふべの空のしづかに垂れて）夕映の色、ほのかに動く

芽ぶきたる柳の並木けぶらせて、春の夕陽のすがしき歩み

春の陽は湯上がりの肌にすがしくて、つやある若葉あかず眺むる

雪もてる山あひの川ながむれば、神々の行きしふるさとなつかし

湯上がりて風したはしく［き］柳の芽ぶき、春の陽はくれんとす［おほいなる道あらはれんとす、わが心のなかに］

春の陽のかげれる日ざし、林にあり、われら心中たけし
芽ぶきたる雑木林のほの冷えぬ、春の陽ざしのかくれたるらし
カンナうえたりみちたれる、心もつならん、芽ぶきたる柳の並木つきるあたり［つきんとす］
建物のけむるしづかなる駅前のとほり、山の手の街はしづかにけぶる
行く春をさびしみよべるさをじかの、しばとどまるごと、いに行けり
大き街の柳の並木芽吹きして、ひととよみつつくれかすみけり［しづ［ほの］かにくれんとす］
小鹿の角のあせばみをれり、わがいものきものの色をうつせるか
うるみたるひとみまばたくさまいじらしき、小鹿の角はあせばみをれり
二筋の雪の岸辺。
こかげいづればわぎも［君］の、こぬれ日にわぎもの［君が］姿しばし明るし
小鹿のひとみのひとこふさまよ［ごとく］
芽ぶきたる柳の並木なつかしみ、かへり来れば、↓
月ぬれ〔一字不明〕は君がうなじに目おけり、わが前にしばしとどまり
こもれ日の肌につけゐるさをじかの、こもれ日映しあしびにかくれぬ
木もれ日はさをじかの肌あらはしぬ
やわらかき角いただけり小牡角〔鹿〕の［は］、（われをみつめてものいはんとす、つぶらのひといいづこに）

軽き足もつ姿のよさ

くれ行けりまさをき空にひとみみはりつつ、木もれ日ゆるるこかげのおくに

わが心ほぐして去りぬ友［ほどきて笑ふ友］とほく

草辺ゆく、足洗ふがごとく豊なり［草のつゆあらたなり］

いかにしてわれらはともにくらすらん、ふしぎなる世のさだめ見つめん

大いなるあかつきわれをかこみをり［きて］、やま冷したる風かよはさん

大いなるあした［あさ］の空をかけりこし、野の露冷えてかやほそみ行く

ともに動ける心もつものの楽しさ。

鞍傷の馬。

猿蟹の話に通ふ童話ある、このフイリピンの猿をながむる

わがいのちはつることなし大君の、みことのままにいでたつるとき

地平は心まろかな強さなり。

［一字欠］の手紙入れたる物入れの、ふくらみあたたかき→

わが渡りきし大洋の動き。

わがいのちはて行け、この思ひのなかに立つとき、鞍傷の馬は、まばたかずあり

眼まぶしく君が心まぶしもうつりくる、青葉のゆれに身の内まぶしも

わが思ひこめていねがての囚はれのへや、われを忘れざらなん

地平の光りはげしかり、わがうちにたづぬ昔の魂。

魂のぬれきたるごとわが立ちどまる、おほどかにかすめ
る中に
み戦を思ひてひとの魂よびぬ、松蔭——、——。
わが心しばしづまりぬ、夕ぐれの光り集むる港の中に
君をつれてわがしたしき山にさまよはんとせしに——。
　わが心たたける雨の↓
「神話の文学の発想法。」（日本文学の源流といふか、つよい、
ねぶとの如き生活法。）
生活、漂い、ゆらめき、泥地の動きの如き変化少き、除〔ママ〕々の
動き。
「この生活の変化をまつことの忍待〔ママ〕をもたなければならぬ。」
　「くにぢから、ただに恃みて　船つくるこの轟きに身を
ば沈めん。」

（偕行社）（コンパス　行李）

　かみをさりころもぬぎかへはらわたのすすぎすがしくい
　でたつわれは（桑原静雄）

「もう。どこへでもやってくれ。」

「もう、使い道ないもんかなあ、他に。」

「まわっていらっしゃい。」

何か複雑な気持が俺を取捲く。

（しかあらんとする気持。しかあらんとする気持。

部隊長訓示
1．剛健質実凡ユル艱苦欠乏ニ耐フベシ
2．鉄石ノ団結ヲ結成スベシ
3．断ジテ虚言ヲ吐ク勿レ。
終リニ在隊ノ将兵ニ告グ。先任者ハ新来ノ弟分ニ対シ慈愛ノ精神ヲ以テ親愛教導シ速カニ和親団結スベシ、又幹部ハ曩ニ訓示セル本職ノ意図方針ヲ速カニ教育徹底シ形而上下ニ亘リ在隊将兵ニ劣ラザル必勝ノ信念ヲ堅持セシメ、特ニ其ノ個性ヲ確認シ骨肉ノ至情ヲ以テ掌握ヲ確実ニシテ軍旗ノ下一意任

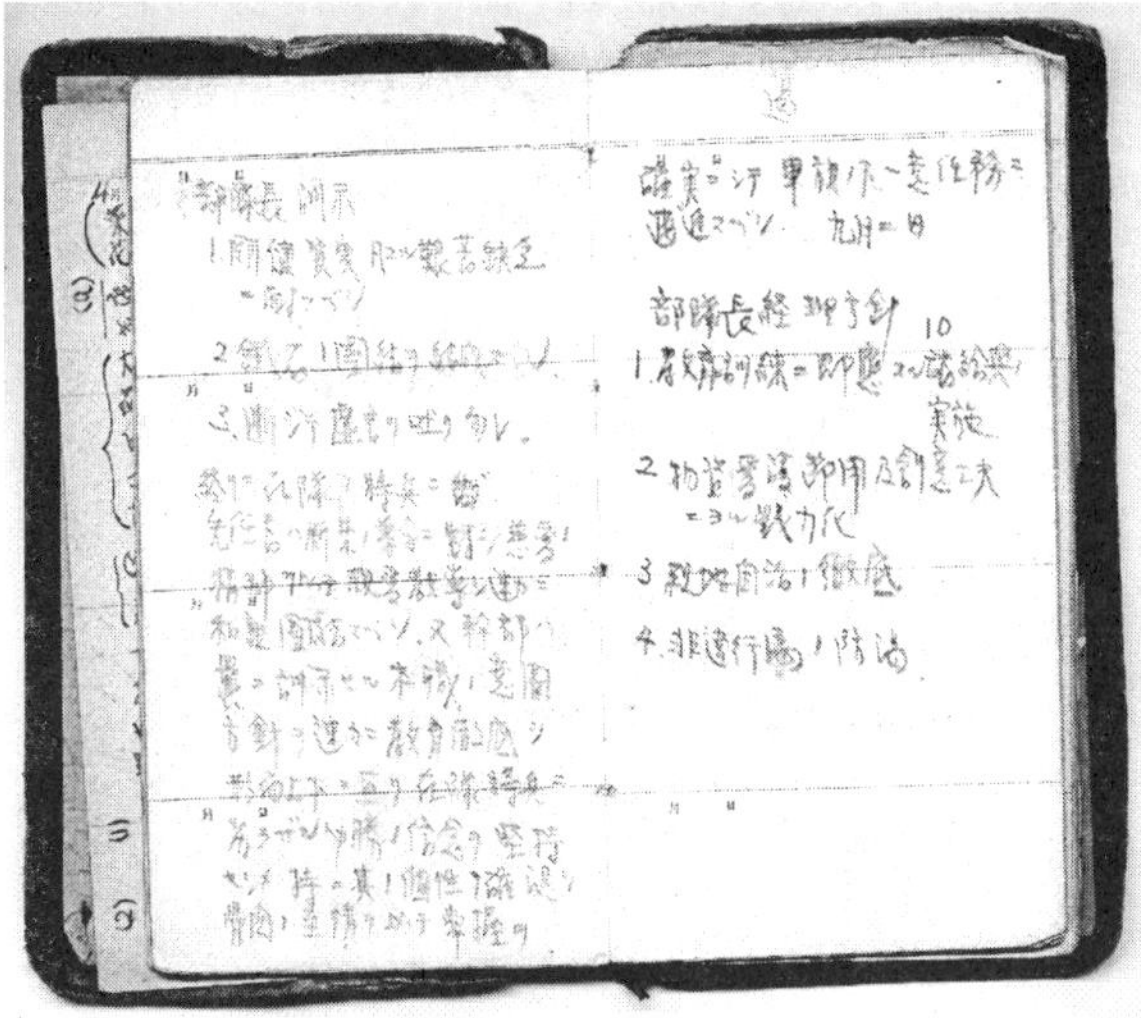

務ニ邁進スベシ。（九月二日）

部隊長経理方針

1. 教育訓練ニ即応スル諸給与ノ実施
2. 物資愛護節用及創意工夫ニヨル戦力化
3. 現地自活ノ徹底
4. 非違行為ノ防〔一字不明〕

1. 近畿軍需カンリ部長
2. 大阪海軍監督長
3. 所管労務カンリ官
4. 大阪府動員課長
5. 阿部野国民勤労動員署長
6. 住吉、西成、ケイサツ署長
7. 堺ケン兵分隊長
8. 産報住吉支部長
9. 住吉区長
10. 泉検事

〔左の「在郷軍人の心得」は除隊（昭和十九年十月二十五日）の前の訓示と推定される〕

I 在郷軍人の心得

1. 常在戦場
   「在郷軍人に賜りたる勅語」ヲ深ク肝ニ銘ジ精励スベシ。
2. 現在ノ戦局ヲ克ク認識セヨ。
3. 戦時下ノ官吏及産業戦士トシテ軍人精神ヲ活カセ。
4. 常ニ家庭及身辺ヲ整理シ応召準備ヲ完全ニナシ置クベシ。

5. 保健ニ特ニ留意シ応召時ハ直ニ立ッテ戦地ニ赴ケル体躯
タルベク鍛錬ヲ怠ルベカラズ。

Ⅱ在郷軍人ノ系統

在郷軍人会長　支部長（聯隊区司令官）　聯合分会長

分会長

防衛軍ヲ形成スル。

Ⅲ召集

点呼

動員召集　教育召集

Ⅳ兵役ノ概要

常備役　現役、二年。予備役、十五年四ヶ月。

補充兵役　第一、十七年四ヶ月。第二、十七年四ヶ月。

国民兵役　満四十六歳ノ三月三一日　第一、〔六字抹消〕

第二、十七年四ヶ月

満十七歳――適齢マデ国民兵ナリ。十七年四ヶ月兵役
ニフクシ、ソレ以后満四六歳ノ三月三一日マデヲ第一国
民兵役トイフ。

Ⅴ奉公袋ノ内容品

1. 軍人ニ関スル書類一切

イ. 軍隊手牒

ロ. 証書類。

ハ. 其ノ他書類

2. 梱包材料　包装紙、紐、木札

3. 遺髪（爪）

Ⅵ功績ニ関スル連絡

海外ニ出ル場合ハ（府県知事、聯隊区司令官ニトドケ出
ル。）

他府県ニ行ク場合モ市町村長ニ届ケ出ルコト。

スベテ本籍地ノ役場ト連絡スベシ。

中部23部隊

Ⅶ防諜ニ注意

子を欲るはあがためならず子をもちて強くなるてふこの
妻のため

ははそはの母はいぶかりとひ給はん、わが顔のいづこに
つみの跡はあるかと

眼とぢ罪の有様眺むる今宵、心明るきは月美しきならん

国こぞる大みいくさの伝はりてわが囚はれの罪は深かり

悲しみも消え行かんとす、暁の蛙の声のすがすがしきに

マニラなるカルマタの車輪（わだち）ひびき来るかへりし故郷（くに）にわれ目覚めゐつ

わが罪の有様みんと眼とづるひとひ静に秋立ちにけり

冷々と秋立ちにけり静かに眼とづれば罪浮びくも

激したる心抱きて出でたれど菜の花ぬれて日は輝けり

激したる歩みの前に遮断機は下り心しづむる車輪の前に

激したる心好めるわれなりき春雨の河はまぶしくありぬ

［見らくしづけき大河の春］

人憎む心は去らず老いけりと、ともは語れり半ば笑みつつ

こその人のいつくしみたる大和の美しくして、二人してすごさんと思ふ

手帳7―1

一九四四（昭和十九）年五月～七月

（日誌）ホの四　　野間　宏

一日一善
常在戦場
有時深々海底行
有時高々峰張立
諸悪莫作

五月一日
この日記を、友の「死から生へ」の自覚仕方に於て生を把握しようとするところから始めようと思う。あくまで、国家的な視点に於て中心がなければならぬ。

十時十分　訓練警戒警報発令。十一時三十分、解除。

午後、草花の種をまく。鳳仙花、其の他、十種。トマト、ナス、野菜其他もまく。舎後の空地を花で、うめてしまうという計画。

小阪班長、赤松班長、藤井、森元、林、四ツ井、より手紙を貰ふ。

今日は、久しぶりで、なぐられる。

一年半ぶりでなぐられて、愉快な気持がする。

五月二日
天気続き。心地よい夕が来る。

兵器検査。

日本の国土の底から、俺の身体に流入して来るものとして、歌の心を考える。

草花をそだてる心。草花に向っているときの心。

自分の最近の反省。

独房に於ける心情をとりもどす必要あり、あの純粋な、一途に母を思い、自己を思い、戦友を思うた心。

思うことの純粋。

強い思いの底に国土がある。

父、母、兄、友、それらの心――それらの心に附着している風土、柳、紅葉、花、これらが、わが心を形成している。

心を形成する国土。

五月三日
被服検査。兵器検査。
入浴後の皮膚の美しい感触、甦みがえり。記憶の深さをむき出しにする。

五月四日
スマトラ派遣部隊より葉書来る。戦友健在なり、なつかしき心、しきりなり。戦友の暖い、心を感じる。小阪班長殿、四ツ井、木村、藤井、森元、林、これらの人々の心を思うとき、ふしぎな感情がわいて来る。

五月五日
此の頃、少し怠けぐせがついてきた。それが、いつも心の底で気にかかっているが、決然として整理ができないでいる。

五月六日
日々をよくすることができない。
日本の歴史が、まだ自分の中に、十分滲透しきっていないのか。

五月七日
天空開かつ、の心を欲する。
随時検閲の準備。
自己を美しくしようと思いながら、決然として立てぬ。

五月八日
野戦へ行きたい気持あり、新しい生活を立てかえなければならぬ、又新しい体験を、つくらねば生きて行けない。新しい体験によって、再び自己が形成される日をまつのみである。

五月九日
野戦に行くことによって、自分の道も、少しはひらけるかも知れない。自分の道が、新にひらけるのは、この他にないかもしれない。

五月十日
インド、支那、南方の戦闘を思う。戦闘によって鍛えられる自己を改めて思ってみる。再度の戦闘の経験によって、自分が、どの辺りまで伸長しうるかどうかを考えてみる。

五月十一日
日々の戦闘の激烈を思い、自分がその戦闘の中心にいないことを、苦しく思うことはないか。
自分が、新な体験をもたぬことを苦しく思うことはないか。

五月十二日
自己がひらけることは、このときである。このひらこうとする内部の努力と外部の困苦との一致。野戦にいる自分を考えるとき、自分はもっと自由に手足をのばし得たであろうという気がする。
もっと自由の立場に於て、体験を期し得たであろう。

五月十三日
日々の戦闘が、ここにある。

五月十四日
検査準備。

五月十五日
軍装検査準備。

五月十六日
聯隊ノ軍装検査。

五月十七日
映画の話が出る。
「ベンガルの槍騎兵」のコブラの話、「月光の曲」、「商船テナシチー」。
「ペペルモコ」
中川が言う、「『ペペル モコ』なんて、どこがええねん、俺、あんな映画、大きらいや、フランス語なんて、大きらいや、あんなことば、きくと、気持わるうてかなわん、がらのわるい。」

「イタリー語も、又かわってるな。」

「フランス語、きらいやて、お前わかるのかい。」

「俺ら、英語、ききなれてるさかい。」

「英語ききなれてるて、大きいでやがったねえ。」

「そらそうや、あいつ、アメリカの領事館に魚入れとってん、そやさかい、魚のことやったら、英語で、なんでもしっとる、それだけや、タイー、トトー言うてね……。トトや……。今日も演習やいうたら、アブツキやがって、あわてだしやがら、皆、カドマへ行きよったら、十時頃、水口少尉の弁当カドマへもってきよるぜ……。」

タイ、トトオー
ワタシ、ウツツアル、小便シタイ、
エチオピヤで英語はなしてたんやろ。

五月十八日
「そう、びっくりしたみたいな顔すなよ。」

「びっくりしたみたいな顔て、どんな顔やねん。」

トマト、少し大きくなる。

二十日大根、トウガラシ、唐もろこしをうえる。

随時検閲。

五月十九日
日本の道義の在り方としての、自然。道義は、心情的であり、本能的であり、人工をはさむところ少い、源泉的とでも言えばよいであろう。

五月二十日
反省癖。
本居宣長の如き、山の根つづきの人間。花の茎と交りのある人間。日本史から腰をはやしている人間。

五月二十一日
日本人の自然観として、古事記を見る。葦芽（アシカビ）のごともえいずる。
生命（人間、動・植物の）と、物質との混融としての混沌（まるかれ）〔ママ〕の考え方。

五月二十二日
生命が谷、川、海と通じ、星の光りに流れ入るごとき、伝統、歴史をもつ、日本人の生命。

五月二十三日
わが身を忘れる勿れ、昭十八・十二・十六日を忘れる勿れ。
この日を忘れることは、お前が、自己の全身を忘れることであり、自己の中の、隠された力を、忘れ去ることである。

五月二十四日
大いなる力がわが身をつつむ、わが身の上に雨ふれば。悠々たる足どりをもって、星々の足どりをもっと、草々の樹海としたしみ。

五月二十五日
自分の古代への反省は、非常に、観念的なところをもっているようだ。無理があり、中断があり、日本歴史の流れを、流していない。
近代よりの連続、と、
古代への復帰、との一致。

五月二十六日
夢をみる。夢の楽しみ。如何なる苦しみも、最近、自分を、打倒しえないのを感じはしないか。しかし、自分は、自己の底のあの最後的の、自己防禦を、感じる。あの最後の祈り、最後のひ鳴、あの神だのみ。

五月二十七日
自己のたるみ、自己の無能を感じるとき、じつに、つらい。

軍隊に於ける自分の無能が、始終自分を、圧倒する。苒ぜん、日を送ることの、つらい反省。

五月二十八日
あの時より、既に半年を経、ようやくあの苦痛を忘れ去ろうとする。
あの弱き、己の根性、性根を、再び見据えよ。この己の眼を以て、あのやせたる己の体の中の、あの魂をみつめよ。

五月二十九日
苦しみが、俺の、思考を中断するように、そして、又、快楽が、俺の思考を中断してくれるように。

五月三十日
兵隊達は、何を考えているのか。再び、自己にとじこもる。何か、他の個にぶつかる。他の個の、あの、自己防禦にぶつかる。すると、己の個は、いそぎんちゃくか、やどかりの如く、己の中にかえろうとする。そして、又、他の深い言葉にふれて、己からひき出される。

五月三十一日
あの客観的批判派から、いよいよ、とおい自分を感じる。が、歴史の中より、生れようとする自分は、未だ、生れてはいないようだ。
歴史と自分とのつながりは。

六月一日
吉田松陰の苦しみの心情。この「二十一回猛士」の伝統。自発的な、限界打破。二十一回猛士の猛に就て、参学すべし。猛はすでに維新の根である。

六月二日
〃風雲急〃という幕末の情勢は、なお、日本の現状以上のものをもつ。日本の現状は、世界史的ではあるが、風雲急ではない。現状を言い直す言葉。

六月三日
自分の言葉。生活からわき上ってくる言葉。風土、生活の統一としての言葉。

六月四日
吉田松陰の生き方に学ぶべし。吉田松陰と弟子達との〃心のふれ合い〃は、ふれ合いそのものとして、歴史に生きる。ひとは、この〃ふれあい〃の偉大な力をさぐり、そこに、偉大な感動力の源をみつけねばならぬ。

六月五日
客観的批判派ではなく、日本的維新派の生き方。
独房に於ける自分のあの、破れ口の多かった生活を反省せよ。そして、いつも、己を持すること、己の、もっとも弱きところの境に於てせよ。

六月六日。
迷いに入り、まよいより出で、尚、又、迷いに入る。明にして清なる、大いなる打開が、己の上に来るとき、どんな美しい心情に、自分はとらわれるだろうか。

六月七日。
土井先生に欠けるところは、志士的意志である。そして、又、私にかけるところは、志士的決断である。自己の残骸は、勿論自分でひろいとらねばならぬが、そこに、敗亡感をともなってはならぬ。

六月六日。
自分の生活を建て直すことは、いまのところ非常にむつかしいのを感じる。自分のみ、ひとり前へすすむとき、他が、自分を、重くひくのを感じねばならぬ。他は、さらに、私を引きもどし、私は、他の中におちてしまう。しばらく、そのまま、そこに交ってしまう。

六月七日

中川一誠、

思考なく、流動的に動く、〝しらみの源泉を開発すべし〟

「二寸二階でねてたら、しらみ二匹もついたなんて、いうとるけど、こいつ、しらみ、わかしよるんや、こいつの体から、わいてでるんや。」

「えらい、においしよる。」

「こいつの体、何やしらん、くさい。」

「温体や。」

「情熱家やな。」

「そんな意味とちがうて、温体なんや。」

六月八日

兵隊達の心の迷い。生き方の停滞。古代、古事記の歌に直接通ずる、わが心。古事記の歌の源に、わが心が接する。

六月九日

放蕩、無頼の徒としてのわが日本文学史の熱い涙を色づけようとする方法あり、わが心をいずこにそそぐのがよいか。

六月十日

無頼の思想、不逞の思想、不逞の歌と誰か、よばん。

わが生と、心と、力を知るは、われのみなり。歴史に於けるわが位置を、私は信じるのであるが。

六月十一日

吉田松陰の底にもながれる、この止むにやまれぬ、一筋の力をかんじる。深く、生命の尖端にあって、生命を歴史のその伝承にむける力。

六月十二日

わが底を貫く一筋のこの力、このやむにやまれぬ心、吉田松陰のこの生き方、吉田松陰が発掘した、この、偉大な一貫の生命。

刑場に於ける彼の心を思うとき、涙が流れる。

六月十三日

この、社会的の、この一般外の、一般を破るこの生命の道。

六月十四日
わが心をすてんとする、は、いずこなりや、われは、いずこに行かんとするか。
一躍にして、古代のあの、人々の身体の中へ。

六月十五日
如何にして、このわが心をあらわさんとするか。蓮田善明の方法に貫くものは、近代論理であり、彼は、それによって、国文学史を、近代の層を通過せしめる。善明の役目は、ここに求められる。国文学史に於ける近代の道標であり、国文学史ではない。

六月十六日
昨夜来の警戒警報発令で、多忙。しかし、緊張のうちにある自己を楽しく思う。自己緊張は、必要である。自己緊張なきとき、自己は死ぬ以外にないから。中部、東部、全地区。

六月十七日
警報下の生活は、なおなお楽しい。
私は歴史の連続を知らない。
歴史の直接的、原始的、材料的連続にひたる必要がある。

六月十八日
北九州、空襲さる。大決意が必要である。

あらゆる仕事を平然となすための心。あらゆる仕事を、その仕事のままに、たっとばねばならぬ。

「都雅」「みやみ、みやび」の心。の問題。「戦争と風雅」の問題。〃日本歴史の問題。〃

わが心に根をはる、上代へ上り行かんとする心をつきとめよ。

「のま、茶、のまんか。」と言って、茶をすすめてくれる中川、「しんせつにしてくれよ、一ぺん、のま、ええ。」

「のま、ちょっとも、しんせつにしてくれへんなあ。」

「廻ってきてちょうだい。」

「きびしいぜ。」

六月十九日
「創造的になること。」
この必要を痛感する。できうる限り、創造的になり、神意に参画する。
歴史の清流としてのあの麗しい神意。
他方、又、自己を規律に従えねばならぬ。不逞と遊蕩に流れ行く自己を規制すること。
大胆、衝動、震憾。

六月二十日
大切なことは、維持することである。もちつづけることであり、生命の方向に、軌道を与えることである。

自分のわがまま、対面、その他、によって、理由なき羞恥を感じることがある。

「養生は、よく死なんがためのものなり」——道三。

万葉→古今→新古今　の系列に生命をしみこませること。

自分はすでに、再出発するには、おそすぎるのかもしれぬ。

しかし、自分は、道をさがし出さねばならぬ。

生命のよろこび、は、どうして、あらわれるのであろうか。

六月二十一日
憂鬱症
生命の過剰と
意識の過剰との、差異は、大きい。
生命の流露、
生命の奔いつ。
此の間の外出の、くらい心。
主題
魂。
次いで生活。
魂のうけつぎ。
及　魂の互の開発、誘発。
及　肉体の開発、魂の生成。

魂の上に露置く。
露を噴く、魂は美しき内容（なかみ）を
ほんの少し、ふき出す、
この露おける魂こそ真の魂である。他の魂の露おく、
草々に、すり行かん、
魂ひやして、心ひやして、
麗しい暁の光も、このつゆを
におわすごとし

〔六月〕二十二日
「サイパン」の戦闘。
敵の攻撃はげし。

〔六月〕二十三日
サイパンに於ける友軍の力闘を思う。力闘。
死に場所を求める心　切なり。

〔六月〕二十四日

迷いの心　湧く。

ついに迷い、ついに覚むることなき、わが愚かなる心なり。

〔六月〕二十五日

〃母老ゆ〃

母のことを思うとき、自分は、限界を破ろうとする自分をひきとどめる。

猛士、二十一回猛士の列からひき下ろうとする。

吉田松陰の列から、引き下ろうとする。

〔六月〕二十六日

希望なき生活がつづくのを危険と思う。戦闘の中に自分の身を立てるとき、はじめて、自分は、生きるであろう。自分の身を、もう一度、戦火の中に立たす必要がある。

ドイツ、シェルブウルを放棄する。

サイパン、敵の機動部隊にかこまれている。

この、西と東よりの敵の圧力を感じる。敵の圧力が、わが身をつらぬく。

〔六月〕二十七日

桑原（竹之内）、水兵として入営する報あり、友は一人ひとり、戦列に加わり行く。わが心の迷い、なお、日本文学史の上にとどまる。

迷いを、重ね続ける、自分に、戦局の重圧が、おちてくる。

二十四日に、横井兵長は、馬の装蹄の使役に行き、途中、厩にて休憩中、芦田班長殿に、見附けられ、准尉殿に報告され、隊長殿にも呼ばれて、説諭を受けた。

横井兵長は、優秀な人間であり、又、優秀な兵隊である。彼の、作戦間に於ける行動は、じつに、その持続力と、忍耐力、志気に於て、自分は、彼に劣ること数段、もはんとすべきものと考える。

横井兵長の、人間性、又、高く、邪気なく、いささか、稚気あり、いたずら気あり、可成り魅力ある人格をもつ、ただ、彼が農民的な質実性をもたぬを欠点とする。

彼は、幹部より、種々の、方法により、説諭されたが、幹部は、彼の人間性を理解しえていないのではないかと私は思う、むしろ悲しむ。

横井兵長の自尊心は酷（ママ）る強く、この自尊心をたくみに誘導せぬ限りいかなる説諭も、彼に対しては、無であろう。

むしろ、横井兵長の生長を、とどむるごとき結果を、惹起せざらんかと恐れるのみ。

横井兵長は可成り疲労を感じている、それは、彼が、刺戟を求めることにより生甲斐を感じる人間であるからである。

彼は、戦闘を求める、彼は、戦闘につよい、よく生命を投げ出しうる人間である。

しかし、ただ、彼には、国家的意識がない、その欠点は重大なものではあるが、指導することができる。

戦友愛に於ても、闘争心に於ても、全くすぐれたものをもつ。

ただ、彼の心を乱すのは、ひとが、彼の価値をみとめないということのみである。

〔六月〕二十八日
三宅班長殿、胃病にて、臥床さる。
私のなまけ勝ちの身体と心。
心のやり場を失う。
点呼後、事務室の清掃をする。東沢茂と中川一誠との人間的優劣は、さだまらない。
第二戦線。
土井先生、高安から造兵廠の監督官として、働いている由言ってくる。
高安の歌、
〃国力ただに恃みて船造る此の轟りに身を沈めなむ〃
二人の生産人としての声は強く私を打った。この二人は、少しの迷いももたず、ひたすら、頭をたれ、神の道を、ひたばしりに行く。

私は尚も迷いにかられ、左右をふりかえる。

〃どざくら〃

頭を垂れた姿勢。

中川一誠が毛虱をわかせて、それを寝台の上で取っている。

「おい、みてくれよ、一寸、一寸たのむ。」

「どれ、どれ。」

「いるいる、完全に毛虱やないか、しらみ、南京、家だに、シーさん、お前、何でも、もってやがるなあ。」

「風呂でうつったんやな。」

「水風呂やさかい、そら、うつるぜ。」

「あした、月例身体検査やさかい、毛、そられるぜ。」

「もう、そってもらうよ。」


初年兵が、教育係助手をなぐりかえした事件。

結末、仮営倉　五日。

「ゆるして下さい。」

「営倉に入れて下さい。」

六月二十九日
対空射撃競技会。

最近の入浴、挨拶、
「いいお水ですか。」
身がひきしまらなければならない。

みんなみの海にはらめるしづけさは戦のひびきただにつたふる

機動部隊海をおほい、わが心ふるふは、幾千のエンヂンのひびきか

「首打落させてより、一働きはしかとするものと覚えたり。」『葉隠』。

竹之内は水兵として出発し、Fは中支にいる。Aはスマトラに、Iは満洲に。

六月三十日
床こすり、内務班の清掃、毛布、藁ブトンをほし、班内の消毒、食器の煮沸消毒。非常に気持がよい。
結核患者、班内より出る。

七月一日
暑さきびし、体のだらける時候。気もゆるみ勝ち。午後内務検査、昨日班内の大清掃をやった結果、班内の空気、非常に気持よし。

七月二日
外出日。自分は非常要員として残る。酒をのみ、気持よくなって、睡る。元気回復せり。兄に葉書を出す。
西井准尉殿。

七月三日
梅雨期であるのに、雨、少しも降らず。農村の心痛を思いやる。
准尉殿、御病気にて休まれる。
赤ちゃんも熱を出して、一晩中、ねなかったとのことなり。

七月四日
警戒警報。
横浜より東方、三八〇海浬東方にて、〔二字不明〕交戦中なり。

七月五日
警報解除。

可成り疲労すれど、志気揚る。兵隊は、戦争を喜ぶ！

七月六日

銃剣術。

「俺は、絶対に水にはいらへんぞ、あんな、女と一緒にはいるなんてことは絶対にせんぞ。」

「では、空気はどうなるんですか。」

「空気？　それは、又別や。」

「いまのは、完全に班長殿の敗けですね。」

「俺は女のそばへいくと、ふるうんだ、ぶるぶる。」

「武者ぶるいでしょう。」

「六ツのとき二見ヶ浦で右腕をここまでつけただけ、絶対に水泳はせん。」

「サブロク。」

「ほてから。」

「血、かよてんのか。」

「お前ら、ちっとは、血かよてんのか、え？」

七月七日

食事分配の不公平。

兵器手入検査。

七月八日

大詔奉戴日。

サイパンの激闘。

七月九日

愈々出陣する。心、決する。

出陣を求めし心。

朝顔や庭一坪に夕立す
青田涼しくととのへり
わが上に驟雨はいづこに去らんとす
驟雨すぎたる［行く］山の街
古都を涼し蔽うて青田哉
涼しさに
わが宿を
古都涼し驟雨は既に去らんとす［あららぎこえんとす］
われら又行軍（あゆみ）つづけん去りし方
わがやどは青田の波にあらはれん
夕立は虫のこえばかりのこしたり
青田ゆすりて去りし方［の波のきゆるはて］
もの思ふ頭。
（夕ぐれの［夕映は］色ちりし行く青田哉）

〈附〉詩草稿

戦友よ！

戦友よ！　憤りが焼き、熱地の日が硝煙の匂ひを染ませた身体よ！
ああ、この幾多の胸の如何なる深みを暁色に濡らすのか。
砲火の下で不可思議な感情が生れ
生命の結ぶ風景を展げよ　砲の谷間に
身体の中で　死はすでに意味をかへて、
生命の結ぶ谷間の風景の中に美しく火は点る。
幾億光年の星々の光がいま始めてとどき　ともる如くに。

傍の死が光りよりもはやく浄めた
これらの美しい精神を入れた身体を守る木々の根よ。
その鉄帽の横から（生命の光りのつまつた）頭を守れ。
生命は聞き、見、静まり、新しい意味をもつ。
しらみ、汚汗、油とほこりをつけた友よ、美しき友のなかみよ！
しばらく、覗かせよ！
眼鏡に〔二字不明〕を定めている眼をのぞかせよ！
向うの〔二字不明〕予備陣地に退いた敵の砲口をさぐつて

ゐる。
ああ砲火は美しく生命に沿うて落ちる。
憤りの暁焼けの讃歌の
その憤りが触れるには　何の花がいるのか。
ああ､砲火の下で砲煙を破つて一つの感情が光を発する。
幾億光年の星の光が｢それらの胸に｣始めてとどく如くに。

頭だけは守れと古兵達の注意のとほり
太い木に頭をあてて
俯せてゐる俺をこえてさける砲弾。
その憤りは世界を「さばく」深さ。
俺を生かすは、憤りの美しさのみ。
ああ、静かにそこに花咲いてゐる憤り［咲かせん］。
その花びらに硝煙の匂ひを吸うて。

何のための､誰に向つての憤り　（生命の心のみがみはる
ようにもえて）。
如何なるためにでもない、如何なる風にもちらぬ怒り、
深いすべての経験がそこでしづかにしてゐる。
その怒りの向うで世界は新しい、世界は浄くなる。
新しいもののための、清いもののための、創造のための
憤りが。

硝煙とその憤りのすべてをばらばらにし、天のとどろき
を始源にかへす。
原始元素にかへし、元素は光を放つ世界。
肉体と魂の讃歌。
われに残れる美しき春の生命よ！　人間の生活［生長、
生成］の根の讃歌。

戦友よ！　火の裂く谷間に傾斜は死と木の根をつなぐと
も、
憤りが焼き､熱地の日が硝煙の匂ひを　染ませた身体よ！
これら敵を前に「俯せ」して身体が生命の結ぶ風景を私
にみせる。
これらの身体の中で［の下の］、神々のまく火の塩のや
うに死はすでに意味をかへて
幾多の胸の如何なる深みをとどく暁色に濡らすのか。

死は明に自らあらはれて燃えつくさうとする
黒い額の内に新しくかかげて、
すべての経験をその死が生命の周囲に沈めるとき。

戦友よ！　死を怖れざるこれらの身体よ！
われらは　運ばうとする火の塩。

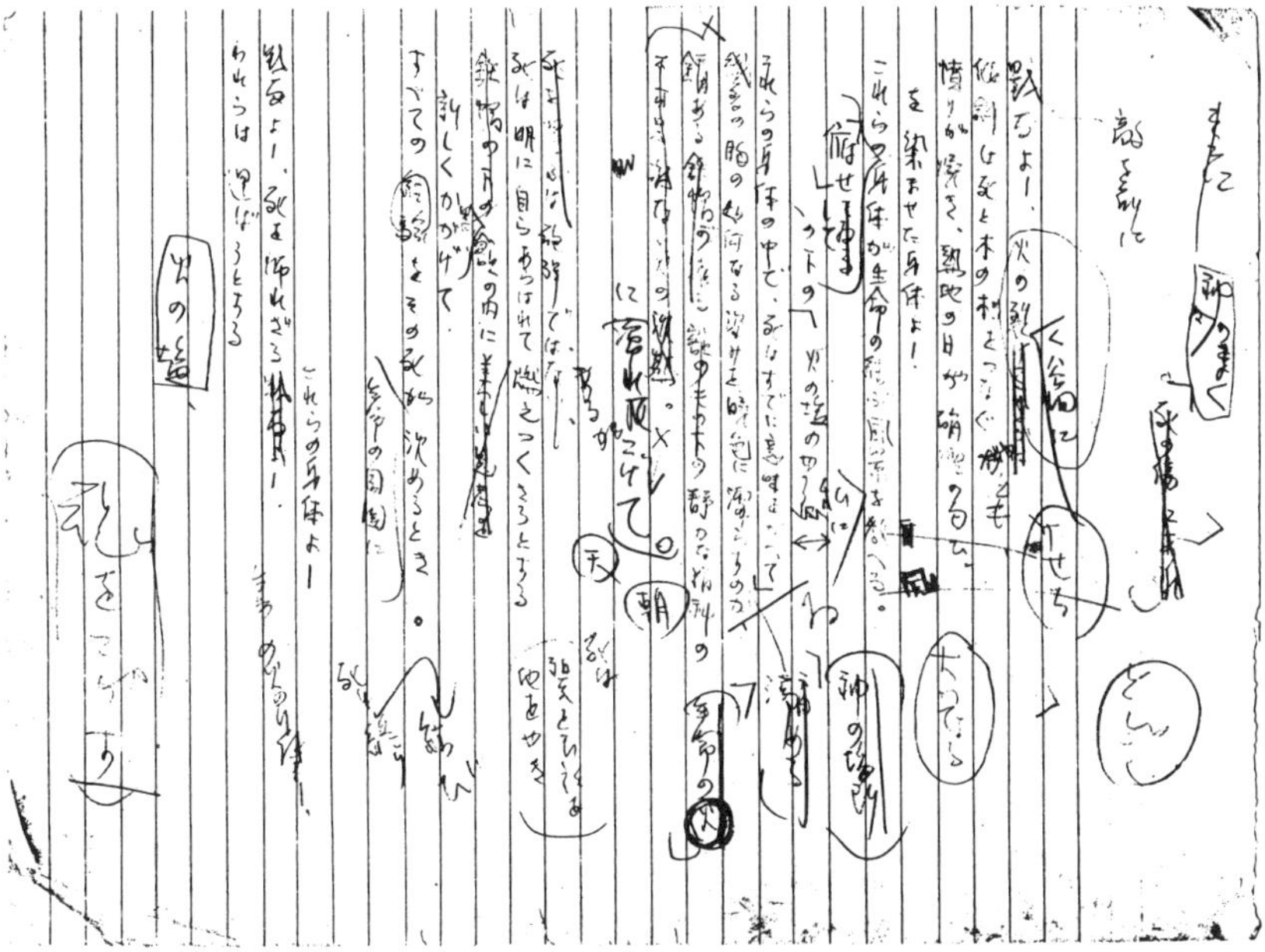

戦場にありし我に先立ちて死せし乙女を詠う

この朝は君がおとづれの足音［のひび］のごとし。
美しく、いづこにきえんとして
きえずのこる。
大いなるもの瀧の形して落ち来るごとく
このわが微笑の顔の周りに、花のごとし。魂をかこむ素
朴の景色。
魂二つそへば［優しき魂かたへそへば］
わが未だ知らざりし魂の実の音。
君が魂の重みが心にありて、
君が魂はひとりはおかず、
銃とればひらけ行く密林のあかりなり

ひそやかに生命の内の
何ものの輝けるわざか。
星々をひそめる茂みの下に露は生きる
地虫の打つ地の熱い祈り。
わが掌の内の一すぢの想ひを生かす
暁の色が　ひろがる、生命の暁。

常に死に親しかりし君が魂を
銃と共にこの硝煙の中に抱き直し
ああ、わが前に敵屍あれど
何を見せん
君が心清くして、暁の他何を収めん。

ああ、何ものの輝ける［優しき］わざか、
わが掌にも暁の色が映る
やがて星々の間に収めんため
君が掌の上のはだの思ひに
星々よりも美しく　瞬き求めし
大いなるもの瀧の形しておち入るごとし。
君が魂おくられて。魂の実りの音。

日に透ける花びらの如き、君が死の輝きに輝ける、
ああ、君が魂の重みのやさしさが身の内にふれる。
この魂ひとり残さず、わが心の厚き涙に重ねて、
われと共に　この戦ひにはこびきて、
身は飢えつかれたれど。

［「戦友よ！」の草稿は、数カ月間の推敲が重ねられている。数種の原稿用紙に記されている草稿では、ここで掲載の分の約二倍の分量があったが、判読不能の箇所は割愛せざるを得なかった。校訂の基準は、リフレインと推定される句は残すこと、前の一連の書きなおしと想定される箇所は、新しく書き直されたと推定される連を採用することの二点に重点が置かれた。］

4　国光製鎖時代、戦後へ

（1944 年 11 月～ 46 年 6 月）

一九四四（昭和十九）年十月、召集解除となった野間は、刑余者のため市役所に復職できず、軍需会社国光製鎖鋼業株式会社の勤労課に勤めた。会社の第四寮に泊まり込み舎監のような仕事をしながら、徴用工を管理した。工員たちは徴用を受けた微軽罪の罪人たちが多かったという。翌四五（昭和二十）年三月、大阪大空襲。母が経営していた千日前の洋裁店が被災した。翌日、母をさがして焼け跡をさまよった。まつゑはこのとき偶然、日赤病院に入院して被災を免れた。八月、ようやく敗戦を迎える。もはや工場どころではなく、疎開先から戻った母を助けて大衆食堂の開店を手伝っていた。十二月、妻子を残して単身上京。東京月末に長男広道が誕生した。十二月、妻子を残して単身上京。東京の瓜生忠夫宅で「暗い絵」を書き上げることになる。

（紅野）

手帳6—2

一九四四（昭和十九）年十一月〜
四五年二月

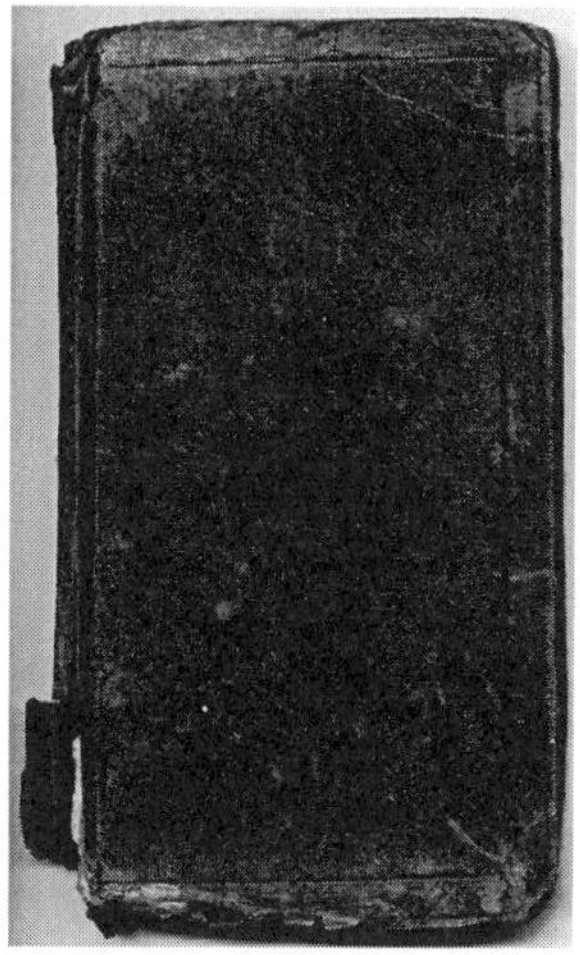

十一月十日
龍安寺内（ミノヲ）下車　十五分
十一月十五日
国光製鎖鋼業株式会社　住吉区浜口町　小林労務部長

（出勤報告）毎朝。　出勤ノ〔二字不明〕（公休出勤・宿直。）
舎務日誌
食堂日誌——コン立備考——食数
出勤簿
身上調査表
金銭出納簿
事務関係　労務関係　工賃

（出勤奉告祭）
1. 一同着席
2. 斎主以下着席
3. 修祓
4. 献饌
5. 祝詞
6. 斎主玉串奉奠

7. 玉串奉奠
8. 神饌ノ授与
9. 撤饌
10. 斎主以下退場

1. 開式
2. 国民儀礼
3. 道場長式辞
4. 検事長激励ノ辞
5. 社長挨拶
6. 来賓祝辞
7. 皇国民ノ信念朗唱
8. 誓ヒノ言葉
9. 海ゆかば斉唱
10. 聖壽万才
11. 閉式

熊谷誠検事正　案内　乗用車二台　一時半
后（三時）二六日
トラック　自動車←→十時　阪急前

（防衛力ノ弱体。）

鍛接―本社ノ方法。
鋳造―

事故

1.（重イトイフコトニ対スル注意）
2.（プレス）
3. 炉

午後　事故回数多シ。三ヶ月目頃。夏

朝ノ出発ノ一歩　「ほがらかに」「快く」　夫婦ゲンカ。

夜勤
理事　労務部長
　部長―「独立会計」
40人、50人「畳敷講堂」
伝票　現金保管ヲスル。
成績表
明細書
健康保健―工員或ヒハ学徒ニ準ズ

ソレガ、デキネバ工員トシテノアツカヒヲシテホシイ。
堺刑務所↓バタバタ、アヒル、
作業主任　国光寮——野沢又ハ　ワラヒ、サコ
節電日ノ一回　野田律太
（被害始末書）
第二土曜（金曜ノ夜）ヨリ来ル。

修養費　錬成行事　備品
保護団体　二五日

報告書
　何日、何名入ツタ。
1．出業工場ノ概況
　1．所在地、本工場、分工場其他
　2．資本金
　3．製品種目
　4．社長名
　5．工員数
　6．管理工場ナルコト
2．寮ノ状況
　1．所在地
　2．室数
　3．畳数
　4．事務室　ゴラク室ソノ他
3．作業状況
配置場所
　集団配置カ　配性配置カ　ソレトモソレ以前ノモノカ
作業態度
　欠勤　チコク　早退（工場側ヨリノ報告書。コノ点ニ
　　就テハ会社ヨリノ報告ニ依ル。）
怠惰ノ月アルカドウカ。
　仕事ニナレタカドウカ。
特ニ仕事ヲヨクヤッテキルノハドウイフ連中カ。
ナマケテヰルノハ誰カ。
　能率デハツキリサセラレルトコロハ、ハツキリサセル。
プレス——一日イクラ、イクラ
反則行為ハナカツタカ
4．会社ノ指導状況
5．寮内及工場外ノ状況
逃亡　反則　規則ノ発表。
帰省セシメタルコト　ソノ他。
大喜多↓其他　便所ソウジ。
献身ノ実ヲ示スコト。

献身隊トイフ名ヲ実地セシメル。
清掃。　会社ニタメニナル。
自発的ニヤル。

週間
突カン戦。
感想録　二十円　野田律太

保護団体
　寮長　所長　　大沢さん
　理事―小林さん
　　理事―
　　寮主事

社会、国家、人間、創造。
新シイ社会ノ分娩ノ途中ニアル。
歴史的必然ニヨツテデキル新シイ教養。
新シイ酒ヲ新シイ革ブクロニ入レル。
新シイ教養ノ創造。
道場ハ人ノ自然ニサカラツタ極端ナ愛国主義。
世界性ヲ失ヘルトコロモアル。
社会ト個人トノ創造行為。

判決　説明　現状
世界ノ現状
「道場ノ位置」
道場ノ運営
高イ歴史的必然性　世界性ニ立チ将来性ヲモテル高貴ナルモ
ノヲモツ。
世界性
新シイ教養ノ探求
政治経済ハワカラヌガ教養ハワカル。
高イ意義　展開スル。
民族・国家
道場ノ新シイ取扱ヒ。
判決
現状。世界崩壊ノ開始。
ソレン　ドイツ　イタリー
二・二六　五・一五　国内革命ニヨリカイケツセントスルモ、
解決ノ陣ツウノナヤミ
現在ノニンム。
　新シキ世界ヲ生ク。
「試験室」

世界処理

リヴァーリッチ法案
バーキンス法案 ） 貧困ヲ一ソウスル

共体的合理的ナル精神　物質ト精神トノ一致

世界性、ソウゾウ性　進歩性

善――道徳

信――宗教ノジウリンハ世界ヲフハイス。

意志　近代ノケツカン

肉体ノソンチョウト、ソノ教養化

政治・経済ヲノゾイタ教養。

ムイシキ的ニ行ヒツツアル道場ヲ意識的ニヤラネバナラヌ。

新シイ原理ノ新シイ世界ニススムベキ人ハカクアラネバナラヌ、トイフ点。

近代的・東洋的欠点

　時間及空間ノ欠点

宗教心、意志、肉体ノサウ失

コロウ、ユウウツ、エイタイノ欠点ノ除去

積極的教養ノ提示

安岡正篤　巌太郎

軍ニ禁欲苦行ノ限度

東洋主義ノワルイ点

人類、社会ノ創造行為

1. 新世界性ノ探求確立
2. 原理ノ普及
3. 之ガ為ノ指導・養成心
4. 実施、訓練

世ノ不幸悩ミハココカラ一ソウサレル。

フランス→アメリカ

　中島重→キリスト教社会主義

神ニ近ヅカントスル個人

人類ノナヤミハ解決サレテイヌ。

新シキ宗教

涙ノタネ。血ノ河ヲツクル。

スナホニカクアルベキ宗教心

イマノ道場ノ一オウノ破産

美モ善ト真ナクシテハアリエヌ。

人、及社会ノ再建――ハヤリモノノ形式デヤツテヲルガ。

書物

　道場、錬成

　書物ヲ買フコト。書物ヲ読ムコトノ許可。

（一冊ノホンニマトメル。）

道場ヲ運営スルニ就テノ新方針。

三十日　夜勤 三十一日　公休 二日　昼夜勤

公休出勤。

奥行二尺五寸　長サ打数ノハバ

（十六日）正午　食事

表彰式

（工場視察　寮視察）

警報ノ場合ハ、自動車

二月七日

挨拶　　（事務局長　社長）

来賓祝辞　　（検事正　少年審判所長）

聖寿万才　　（検事正　少年審判所長）ノイヅレカ。

予定通リ。

（自動車、一件）

関西青少年特別錬成部長

九時過ギ→（観察所）

十名

表彰状 氏名 右者国光献身隊員トシテ工場ニ出動以来 其成績優秀他ノ模範トスルニ足ル仍テ 茲ニ記念品［料］ヲ贈呈シ之ヲ表彰ス 昭和二十年一月十六日 大阪司法保護委員事務局長 従四位勲四等 勝巖

〔右は手帳に記された表彰状の文案〕

手帳7―2

国光製鎖時代、あるいはそれ以後

「徴配はふんだりけったりやな。」

「社長や重役やだって配給の区別はしとらん筈やが。」

「そりゃ軍隊だってもってかえるものもあるし、少くもってかえるものもあるし。」

「そりゃ軍隊とは、又、別や、我々のは、又、ちゃんと一員として加わってるのや。」

「そら、そうだろうがなあ。」

「配給委員やいうて、あとへのこって今から、みかんや何や山とつんでわけてる――。」

「あんなところみせつけんと、こっそりやりやええに。」

「勝手なもんや。」

「今日よびだしいうんで、いってみたら、退職金でもくれるんかと思ったら。」

air door のところで、手をはさまれる。

地下鉄の事故
血だらけの女
靴や、はきものをもたぬ人たちの群。

愛情の問題
「考えさされましたよ。
おや猫が、子猫を穴の中へかくして、穴の上へでてきたよう

に、きょとんとしてしまって、きょだつした、猫の眼の光り
の意味がわかりましたよ。」
contemplative な眼、を感じる。
眼がでてくるんだと思うな。
眼が
途をあるいているときの

生産的消費。
思想という僕の考え方は疑問だと思うんだ。
ファウスト的人間、を生かしてやるためには、こうしてやり
たい。
クラシックナものの［と］して出すんではなしに評論の形と
して出して行きたい。
エンチクロペジーのような形で
発展させたな。

「お達者で何より結構です。」

「しなびた、だけ。へへへ……。」

「王子で焼かれた。」

「やあ」

「やあ」


「君の家、電話あるの。」

「いやない。」

「電話ないのか、そりゃー。」

「焼かれない人はないね、誰もかれも、どっか、焼かれている
わね……。」

王子で
「今日は何か用あるの。」

「いいえ」

「用事じゃない、そう。」

戦時中
「パルプは樺太から、北海道から、どっから。」

「いいえ、樺太の貯蔵品。」

「つくって、もっていっちゃうの。」

「そりゃ、かなわんな、わっはっは……。」

明治二十年

「樺太のは、それじゃ、だめか。」

「真岡はかなり、ひがいがあって。」

「空砲を打ったのを知らずに、こちらは空砲うったんです。」

『子供と花』（中野重治）（昭十、十二、十二）

（浪速区）
（松田喜一）
兵頭　靴直し屋
梅田
北川
皇道翼賛青年聯盟
経済更生会
職業転換
生活改善（代用食）米　うどん玉
経更会の事務所
組合
憲兵軍曹との話し。

「何故、あれあんなに趣味が悪いんだろうね、しまのものばかり。」

「ないんのよ。」

「いうだけいうて、何にもしてくれへん、してくれへんのやったら、いわんといてくれたらええ。」

「誰かお嫁にもらってくれへんかしら。」

「誰？」

「――ちゃん。」

「自分じゃなくて安心したでしょう。」


「ううん、あたしなんか、誰一人もらってくれへん。」

「板村さん、いつも自分のことというと、よくいうひとですから、あの一番下の子どうなりましたっていうと、とてもよい子になりましたっていうの。」

「どんなによくなったかつれてきてみなさいというたんですよ。」

「きりょうはよくないけど、あいきょうよ。」

「きりょうはよくないけどあいきょうがあるっていうのは、あいきょうがあるんじゃなくて、きりょうがないから、あいきょうがあるっていうんで、きりょうがなくて仕方ないから、あいきょうでいうんだよ。」


「うちの房子のアイキョウが〔ママ〕いますよ。」


〝生命を賭ける〟

互に依存したり、だかれたり、もたれたりさ、することのない、集団の倫理。


瓜生〔忠夫〕には悲劇性がないよ、絶対にいつも面しているところがない……。

言葉にとらわれるようやけど、理想主義といわれるとやはりしゃくにさわるね、ちっとも理想主義じゃないよ、Organiser

でもない。
すべて、が、こうした政治性をもってほしいね、君だって、
内田〔義彦〕だって。
内田　〃すべてが、この思想から発する〃
僕は君にあの前大阪で会ったとき、君の人間という言葉にうたれたがね、人間として出発する、という点で。
しかし、今日、又はじめて、明になったよ。

〃どららら〃

テーブル掛、赤、黄、紫、白のごばんじま、紫が赤黄にはいる。

ひじつき椅子のある（鼠黒茶、まがたま模様）しっかりした一人椅子。
置物　〔二字不明〕にのれるぼさつ
　〔二字不明〕神、くもにのれる

花びん
　ららら　らららーらーらーー

もういっぺん
規定された肉体→humanité 一般ではなしに→
うんと Crécent のところで上って、ここソプラノが非常にむつかしい。
段ちがいの天井
人形
おきな
遊び人、遊女。

断断
ズボン→
白色のバンドのあるセビロ
金太郎
君の眉がいよいよ上へ
あがるねー

どどららー
おろろらー

おしつぶされたらだめ
ここで流れて行くから
せきとめるような気持で。

ららら、ららっらん

一期一会
（一語。いちごいちえ）
いちご、いちえ、とよんじゃあー

「君は無害だよ、のまくん、余りひがいを及ぼさんね。」

「そうです、blight。」

「あれ、ぱちっぱちっときるときれいだね。」

「あすこ、チンパニーがはいるとらくなんだよ。」

「やると、とってもいいわ。」

「いそがしい、とてもきりないわ。」

「でもね、うたわなかったら、完全、ソプラノ見透しきくよ。」

「そうを」——少し鼻にかかった美しいこえ。


荷風は小説の機能を仮構し得た唯一の人である。

肉体の夕暮。

芸術が、びんかんなる社会批判である。文化の基本形態である。

ゆがめる肉体。

物質化せる、モラル。

ゆがめる人生〔二字不明〕。

抒情。

光をはなつモラル。

美しい持続。

自信。

ノート11

一九四五（昭和二十）年五月～四六年六月

越えることの、出来ない地点に迄、我々が、来ているのを感じた。
〃日本男子〃と生れては、の歌が、市役所の大きな建物の外にきこえて、しずかに、私一人が、四階の建物の上に残っている。
（私は決して、滅びはせぬと言う、自信が来る。）

五月四日
偽の心と、偽の制度、
何か生きることのいとわしさ、血縁の醜さ、血縁を、蔽おうとする本能的ないとわしさ。
あの学生時代の強烈さを、俺はどこに蔵していると言えるのか。
死を求める心、真実にふれんとする心、
家庭の醜さ。

魂の瞬き、
勉強しなければならぬ。
自然主義の作家に迄立ちもどることの必要、
もはや、死は恐れぬ。死は何ものとも思えぬ。
他にまかせきる、という心でもない。
自己をもてなすに、底をすくい切れぬという感があるのではないか。
この火の海、焼夷弾の焼き切れる死体。
幹部
　自分の生活が、なお、浮き上りつつある。
　人生のあの犯れ〔ママ〕、祖母達の姿、
　　　　　母、
　　　　父。

十三日
母と姉を秋田へ送る。

母が草餅をつくってくれる、母と共にする生活の美しさ。

母が来て、私の寮経営がみだされるとの不満があるが、母に対する愛によって消される。

母は、手を振り、もう、待っていることはいらぬと合図をする、その母の手。

日日の生活の感謝。

『マルテの手記』を読み、この〃愛する〃ひとを求める心の強い姿を、自分の中に創り出そうと決心する。

深い愛が、草々の上にともり出る、露のふき上げ、天がこの草々の上にふき上げられる。

この愛の中心から、つゆを含んだ、人間の清い、さわやかな、快い呼気が出される。

自分は、このほぼ一五〇人の収容力を有する寮の中の生命の支えとして、自己を埋める、自己の生命をこの寮の内に埋める。

如何にしても、自己の美がさらに高く高く昇るために。


自分の生命に、かかずらう心はない。

一個の生命を投げうつとき、はじめて一個の生命が、救いうるのであるということをさとる、心からさとる。

あの深い底、自己の深みの底で、自己をくつがえして、一の別の場所に出でる、——自己の魂をつつむ、炎のある場所に出でる。

六月二十七日
母から、荷物を送ってくれと言って来ているが、母のために、何もできない。
母のために何もできない心と、何か、母の頼みが、いらいらさせる心がある。
痛み、烈しい自己の痛み、自己の汚れの中からの痛み、汚れの中から、汚れざる自己が噴き出すごとき感じ、あの、泣きいさちる〔ママ〕、泣きこらえる烈しい感じ、底からの涙が身体をよじる。許してくれよ、許してくれよ、この俺を、許してくれよ。

俺は汚れきるよ、俺は汚れてしまうよ、どうかして、流れまいよ。

どうか、とどまらしてほしいよ。

いかならん、ひとの心の硬くして収めんものとてなき日頃なり
ひとひして心の深きをもとむるごと、深き渓間をもとめあゆめり
うはつらに心かくして物いへるすべおぼえたり幾年をへて

〔以下、半頁分破損〕

日本文明史→現在の日本の眼。太古より今日に到る迄のあの眼がひらく。伝統がひとみをひらく。大きな瞳をひらく。

日本文学の伝統の追究よりして、現在の日本人の意識力の若々しい強さに、ぶち当ったというような気がしています。

案外に、日本に於ける他力信仰の力の大いさを感じ取っています。たとえ、神仏の存在を肯定するにせよ、否定するにせよ、天というか、自然というか、〃何事もあなたまかせの年の暮〃というか、そうした宇宙の動きに自分をまかせきって行く、日本人の大いなる強さに、歴史的にもぶち当っています。「自然法爾」という言葉のもつ感覚、感情が、この大戦争をのりきる底のものだということを信じます。この自然法爾という言葉は、親鸞聖人の言葉ですが、今日では、もっと、

〔以下、半頁分破損〕

今のお言葉についでに欠勤願やそんなもん、しょうもないなんて、いうひとをよくききますのですが、届がでてませんと、どうしても、無届欠勤として処理致します。

どうぞまあ。


みなさん、みな職長でもない、伍長でもないことにはなっていますが、現実には、牛耳っておられるのですから、手本として。

池口課長の通達があったので一寸。

なぜ、伍長職長の役をとったかというと、いま、伍長や職長があつまって、仕事をしてる、すると、みな同じ役附で、誰が命ずる、誰がということに気をとられて、はかどらない、職員も社員もみんなが同じところで一つになってやろう。

ひととおり仕事が片附いて、何か生産をはじめるということ

になれば、更めて……。

一年程なれば、かなり大きい鎖の注文もまいっております。既に、計画がなければ、つくりだしてでもやってもらいたい、ということもあります。

48m、30m、30mも……。

造船方面が可成り、動いておりますし、聯合軍としては、どうなるか、その点、わからんのですが、可成り仕事さしてもらえると考えるのです。その節には、しっかりやってもらわねばならんと考えるので。

十月二十一日
此の間はじつにうれしい日を過した。

あの二日二晩が、僕の今後の大きい行動を決定するように僕には思えます。君の家庭の内の楽しさが、僕には、心の隅までひびきました。奥さんの位置や、暖い心遣いや、その暖い心遣いや、その智恵やが、僕の家庭を思い出させ、幾分、暗うつな気を起させましたが、君の家庭の存在が、このいまの日本に貴いという考えが出てきます。

僕は小説に取りかかり、五十枚程かきました。が、予定枚数は、約二百枚です。その他に百枚程の短篇一つをつくり上げ、それらを持って、上京することにしています。

今度の作品には、自信がもてます。

描写力に於て、いままでの日本の作品のどれよりも、すぐれたものにしたい考えです。

日々の書きすすむ苦しみと、日々の醜悪な人間関係の苦しみに圧されますが、新な鏡の鍛造師としての自分を自覚して、新な生活をきずき上げる歩みが、自分の内部で、すでに手応えのある階段をつくってきたことを、感じとります。詩に於ては、魂と魂との関係という問題を展開し度いと考えています。

リルケのサルタンバンクを読みながら、〝魂〟という言葉では把え難い、人間の最奥の場所に於て、人生（の意味）が、解け、ほどけ、ほぐされるというような、そして、そこから、色も形も、新な姿として、見え、あらわれる、というものを感じとっています。

そして、いまは、もう一度、ゲーテの三部曲へ出て行き、しかし、遂には、リルケの、そのあたりに至るという自分の道を考えます。

しかし、自分の考えるのは、その「魂」を、もっと若く、もっと青春に於て把えるということです。人生をもっと青春に於て、把えるということです。

言わば、チェーホフやトルストイやドストイエフスキーを青春に於て生むということです。この青春ということが実に大切だと思います。

青春のあの生々としたつやと色と内容のふくらみ、物を産む力、こうしたものが、真の人生であるということを知り度いのです。又人々に知らせ度いのです。

何ものもとどめ難い、伸び伸びした、生命のような魂を生むことが、私共の仕事です。

それは、リルケのあの愛、マルテの中の愛の向う側にすすむとき、生れるものです。

ルソーの『エミール』送りにくいので、次の機会に持って行きます。

最近の心境が以上です。

　母上殿、奥様によろしくお伝え下さい。

〔ノートに記載された書簡体のこの文章は、高安国世に宛てて書かれたものと想定される〕

十月二十七日

内田〔義彦〕君

此の間は、ほんとうに有難う。君等に会い、そして又、高安の家での二日間のあの貴い時間を持ち、僕は、あの時間の内容が、僕の今後の生活内容の中で新に芽をふき、生きて行くのを感じます。君の生産的消費の概念は、じつに明確な、生々とした、そして又、快いものとして、承認できます。僕は、高安への手紙の中で一部展開したのですが、君のあの概念から、新な美しい一の人生観を導き出そうと、考えるに到りました。あの、上昇する、そして断えず、胎みつづける自然力と社会力の綜合としての物質力を、僕は、いま青春という言葉で呼び、新に人生を、この増大し、そして転化し、ふせぎきり得ない豊かな相に於て把えるというところに、ふみ出ようと考えています。

勿論、それは、資本主義的な、精神の領域で言えば、プロテスタント的な上昇力ではない。それは、愛の部面で言えば、リルケの〝マルテ〟の求めた愛を通って、その向うにひらけているものであり、リルケの愛が、さらに、一歩ふみ込めば、物を生み生みする、プロダクチヴなもののところに開けるような、(僕は未だホメロスは知らないが大体、見当をつけて)ホメロス的なものとして、人生を把えたいというのです。(此のホメロスは、いま一度読み直し、考え直す必要がある)。

幅の広い洋々とした、そして、物、すべてが、芽を出して行くこの人生の中核を、ほんとうの人生として、如何にしてでも把え度いと考えます。

僕は小説をかき始め、八十枚程、書きましたが、此の中で、一部、愛の問題を取扱う予定であり、君が先日、エロス的愛について、論じていたのを思い出し、(此の間途々きいたので、よく思い出せず、分析に欠けるところもあるので）もう一度、よくきき度いと思っています。

君は確に、一つの確信に到達し、そして君の思想が、実在に達していることを僕は感じとり、君の弾力性を回復した論理に信頼を置きます。いずれにしても、君は実在感をもち、もっといい方をかえれば、実在にとどいています。

僕には、それがわかります。

僕はさらに、いま、心情の問題を考えています。それは、僕の好きな、吉田松陰によって、出されているものですが、彼の行為の美しさは、この心情の美しさです。そして、僕は、心情の点に於て、じつに、ヨーロッパよりも、日本を信じます。

ヨーロッパの最高の心情である、リルケやチェホフよりも、松陰を信じます。心情の鍛練の度に於て、又、それが、実践につながるつながり方に於て、又、それが自己をとりまく小社会（家族や、友人や師弟）とつながるつながり方に於て、松陰を信じます。松陰の涙は、世界のもっとも美しい涙です。彼の詩は、この涙でうるんで輝いており、僕は、この松陰の涙を、自分の行為の媒介にし度いと考えています。この実在をうるませ、輝かせる涙。魂の周辺にしずくする涙。この涙の媒介なしに、絶対実践の輝きはないのです。決定的に一回きりの、にせものならざる、自らの、そして又、世界の、（世界にとどく）純粋の行為はないのです。

トルストイの苦悩を君は知っていますね（愛の絶対性、絶対他愛）、ドストイエフスキイの苦悩も、君は知っていますね。それらの苦悩は決して無駄ではない、光っていますよ。

『未成年』（ドストイエフスキー）の「端麗」というモラル概念（モラルという言葉では把え得ないのですが、しばし、これをモラル概念としておきましょう。）は、『罪と罰』の、ソーニャ—ラスコリニコフの人間関係に於て鍛錬された絶対愛の心情が、さらに高度に、肯定的に、価値創造的に磨かれ、（いま途中の分析はぬかします、文献が手元にないので、つまり『悪霊』も『白痴』もないので）ヴェルシーロフ—マカール・イワーノヴッチ・ドルゴルーキィ—私の人間関係に上昇し、そこで鍛錬され、さらに、『カラマーゾフ』のアリョーシャ—イヴァン—イヴァンの兄（名前は忘れた）の人間関係に上昇し、鍛錬されて行きます。こうした人間の心情の無限の階層をみとめて、松陰の涙は、ぶっつり、ヨーロッパの涙の層を、ぶち抜く程のものだと、私は言い度いのです。

一寸、筆がすすんで書きとばしたので、判読をお願いしますが、東京へ行けば、こうした話も、仕度いと考えています。それから、再生産過程表式の説明もお願いします。

今日は、これでよします。

十二月七日

五日、二十三時十五分　東京へ出発。

出発に際し、M子に、広道をたのむよと、一言いわなかったことが、繰返し後悔される。俺を信ぜよと、言わねばならぬ。

今日より、僕の生活に青春が立ち返ってくるのである。この東京に出てきた意義が、俺の全生涯を決定するごとき程のものたらしめねばならない。

鍛錬、修行、坐禅の時代が始まる。

あの、二十歳より二十四歳迄の自分の苦しい時代が、今度は、もっと正しい方法と、正しい規律をもって、(支えられて)始められるのである。

1. ノートを始めること。

　①　小説ノート

　②　詩ノート

2. 苦行に堪えること、但し、自然なる苦行たること。

　そして、美しい涙と美しい血と美しい相互関係をつくり上げること。

3.

野間がおらんと……。

　僕ちょっと、言葉が出ちゃったもんだから、へんなことになってね、前、大和をとめなかったんで君がとまってるといかんと、変にこだわったりしたもんだから。

　瓜生〔忠夫〕は、下村〔正夫〕の文章の弱点が、生活のどろぬまに当っていない点に、問題があるという。

あたし

「ビールあるが、のむかね、一本しきゃないが、それやったあとであげるからね。」

「内診してきましたねえって、いうんですよ。」せきこむ。

「おばさんは、きついっていうけどね。」

「あたしら、あっさりしたものよ、はあ、いってらっしゃい、失敬、って送りだす。」

先生

「うちは、自由主義者でずっと、とおってきてるんですから、余り心配してやしませんよ。」

「下村はひとにない〔俺なんかにない〕寛大なところをもってるんだから、今度、親父が、収容されて、一家の責任をもつようになると、ちがってくると思うな。」

「生活からくるんかなあ、俺には、まだ、はっきりわからんけどな。」

僕は充実した、体力をつかいはたす、あの、伝来の、修業を求める。

あの｛精神の高度な微笑
　　　無限への追究、憧憬

そして、苦悩の形づけ。

クローチェの〝感情の軽視〟には反対である。

〝感情、衝動〟が現実の深みにくぐり入る深みを信じる。

「わしゃ心配だよ」なんていってるの、子供みたいになって、あんなえらい人が自分の子供に言ってるみたいだって、わらってるの。」

「お父さん、いつも、わたしがきいたら、そんなめんどくさいこときくな、いったみたいにだまって、何もいわんくせして、自分じゃ、子供みたいなこと、ありゃあどうしたこうしたときいているくせに。」

「やかましい、だなんて。」

「こっちは、それだから、しかられたって、じっと考えてて、わるいと思ったら、あやまるけど、そう思わなけりゃ、だまっているの、つくすだけのことはつくして、わるけりゃ改めますけど、でなきゃあ、女だって人間だから、みとめてやりゃあなきあ。」

「大変だね、わが家の民主革命の本拠だね――。」

「瓜生さんだって、いつも身体のどっか、ひっかいてるの、止める止めるっていって、やっぱりのこるんでしょう、よっぽどいってやろうと思ったけど、又、内田さんじゃあないけど、しんらつだと言われると思って、そこまで口に出したりしちゃあ。」

「正夫さん、あんたあ、こがしちゃあだめだよ。」

「大丈夫だよ。」

「民主何とか、しらないけど、わたしゃ前から思ってるんだよ、吉田さんじゃあないけど、あんな、何もせずに、くえないくえないなんていわずに、百姓でも何でもして働けばいいじゃないの。」

「手があるんだから、勉強がたりないなんていって心配していずに、手がたりなきゃ、足で。」

「あんな、いじいじしたの、わたしゃ、きらい。」

「どうも、失礼いたしました。」房子さんじゃあないけど。

「正夫さん、あんた席はないの。」

「うん、そりゃどうも、おきのどくさま。」

また改まって、

「何にもわからん、わかっていないということ、ジツに、ミゼラブルだなあ、ミゼラブルな感じがするねえ。」

外資を輸入するか、せんかのちがいか。

僕は、外資を輸入しなくちゃあ、しばらく……。

帝国主義——キャピタル　総資本。

ヴェーバーの社会主義か自由主義というような考えではないと、生産の形態という点で、生産の形態が如何なる労働力をもとめるかという点、そして、それを放出するかという点で、どうですか。

物的再生産が成立つか成立たぬかという点がこんぽんで、制度から行くんではない。

労働組合法案。

世界の平和の維持という点。

封建性、日本の国内の問題があると思うねえ、世界の平和の維持という点から考えていないんだな。


歴史というのは、おそろしいと思うんだな。

マーシャルが支那に行って、かつやくする。

復員者が全部かえってくる。

安定が一応くる、ギカイの総センキョがある。

中ソの協定が効力を出す。

じつに、ぐうぜんかもしれんけれど、かさなってくるんだな、いしきしているといまいと、すべてがおちあってくるんだな。

彼は、頸を、ぐっと上へ上げて、かみの毛をすくい上げるようにする、眼がするどくすわり、何かをにらむ、
観念と現実の一致。

〃ほごしない〃
おんしつはなくなるよ。

〃話はとぶけどね。〃はっきりした語調、これは、僕の試論になるけどね、歌ブキは、徳川時代の、あの武士旗本と町人、当時のゆうかん階級のものなんだがね。
久保栄とこへ行ったとき、カブキなんか、つまらんと言ってたがね。
永井荷風のものは、余りよんでないので、わからんが、下町情話というのをかいて上演したがね、インテリも見に行きましたよ、しかし、うけんのだね、僕も、うけんだろうと思ってたけど、はたしてうけんのだよ。
プリマドンナが河井洋子でやったがね。
演げき
作者が、座付であり、
演出し、
自分の劇場をもってるということが必要だと思うね。
現代的かいしゃくが必ずないと、古典は、やはりだめだと思うね。

演ゲキの観客の重要性。

インチキ芝居、清水金吾。

富士はすきだったけど、ぼくもすきですよ。

大学二年のときは、よく、毎日のようにかよったね。

南瓜虫にかまれた足、ひどい生活をやってるね、いんばいもいるし、それでも、ブタイのうえへでれば、忘れるんだね、やっぱり、ブタイがはなれられんのだね。

岩上順一には魅力がないね、
魅力があるように、せんといかんのよ、我々が、中野なら、どう、ちがうね、中野なら。

へたへたになる迄やるよ、ひそうなる決意だね。
ロートね、船川未かん、フタフタ、
てつやして、やった翌日は気持のいいもんだよ、
理想に近づけるね、えらい、わらう。

光子に、父、母の前で、言おうと思うことば。

「おれはどうも、余りきれいもんはにあわんのだよ、一寸きれいもんでないと、お前の顔かてそうだよ、一寸きれいもんでないか。」


あたしゃ、この頃、むやみに腹が立って、仕方がないんだよ、急にむしゃくしゃして。

お父さんが、あんなになってから、起訴される、されないという間が一番いやですねえ。

そうですねえ、たまりませんね、きまらんうちがね、
同人書院という名、一寸おとなしすぎるね。
のまさんならいいけど、瓜生さんなら、あの、げんこふりあげてる絵でもつけて、やんなさい――こんなことききこえたら、おこられちまうけど。

耳がくもん
よくしってるですよ、彼は本格的な勉強はやってないですよ、きいてるですよ。
こんなことといえば、ジャーナリストの自己ベンゴを強べんするといわれるけど、もちろん、そうでもあるけどね。
耳がくもん

えんげき、

「火山灰地」というのは、〝百遍よむより一見する〟のですべてはっきりしたね、えんげきの特色。

あの泉次郎が、メンコオヤジに灰を全部とり上げられて、一

度、いきり立つけど、やがて、しゃくり上げながら、原木をもって、黙って、カマの中にはいって行って、又出てきて、はいって行くんだがね。

あのとき、生産というのが、はっきりわかったね。

あれあ、やはり芝居ですよ、小説じゃ、ぜったいにあらわせないよ。

インチキ芝居、うけるですよ。
かんきゃくとの交流、
主役が、エロチックな場面をやって、
振付をはずして、もう一度やりましょか、
なんていいだして、やれというと、又やる。
インチキ芝居だって、かれらは、演出家がいないと、やはり、ひとりじゃあ絶対にやれんです、演出家がいてね、おい君だなんてやってるがね。

下村の、一人でことがやれないという点はね、
どうなんだろうな、
ほれこんでしまう、ほれっぽいんだね、
ほれこんだらだめですよ、何もみえんからね。
自分のすきなものだけ批評する、というのでは、じゃあ、いい劇だんがなくなって、つまらねえものばかりになったらどうするか、
かかねえっていうのか。
（扇〔一字不明〕、かれは扇〔一字不明〕がすきなんだねえ、
素質がいいってだけでね。

「てめえの書いたもので何だけど——。」

「あいつ、ばかだよ。」


彼は、ジャーナリストとして、鋭いとこはあるけど、自分で自分の感情をせいりしきれんというところなど、うちだはちがうね。

やはりいままでの学者にみられん、新しいもんなんだね。


「下村さんの友達はどっか変ってらっしゃるんですね。」

「内田さんて、秀才だときいてなかったら、なんだわ、うちをでて、右へいくか左へいくか、わからんのですからね、やっかいね。」

「下村さんのしんぞくなんですね。」

「内田さん、一番やりにくいよ。」

「一日中、みていなけりゃならんのだから、いつかわるかわからない、カメレオンみたいだね。」

内田のヤブニラミ。

上と下なんだ、ひとを上げたり下げたりするさかい、
三八六五種のわらい、をされるよ。

この間も、××さんがきてわらってると、
彼女がわらうのは病気だよ。

病気？

今日、〔四字不明〕さんからおでんわで、おきのどくですって、
おくさん、御心配でしょう。

そのおくさん、平気なんだからね。

じっさいは平気なんじゃあない、はらのよこへやってるんですよ、心配してみたって日本がかわるわけでもなし。

あたしなんか、しんだっていきてたって、その必要ないんだから、どっちだっていい。

〝そんな〟えらいむちゃなこといってさ。


「ヒーターつけるのいそいでるらしいですよ。」

「そしたら、うちだってはいっていってる。」

「ざいさん、はやく正夫のものにゆずってしまわなくちゃあ。」

「ざいさん、ぼっしゅうされるんですか。」

「みんな、正夫のものにかきかえちゃったよ。」

「この子、あの地租だって、かけてないので、あたしが、こっそりかけてやってるよ。」

「瓜生のおくさん一番しやすいよ。」

「ふつうのだんなさんだね。」

「瓜生、うしろかみのかみがのびかけると、ゆううつだそうだよ、生物学的段かいなんだな。かみがのびかけたら、にげろよ。」

「はやいめにさんぱつしろ、いうんだね。」

「二階からおりんとこか。」


フジコがアメリカ人にとられても仕方ない。

けど、宏彦がアメリカの女と、けっこんすればコマルよと、いまから心配してるんだ。

そんな心配せんと、二階からおとさんように心配してくれ、といってるんだよ。

「だって、こまりますわ。」

「フジコがね、僕が子供をちっともかわいがらないから、かわいがってるじゃあないか、だきもするし、あいてにもなるというと、儀れい的だっていうよ。」

「だって、さんぽにいこういっても、ちっともいかない、もう〔二字不明〕もさいごだからっていっても……。」

声、調子上がる。

「のまさん、背中こそばゆいんですね、ずんずんせのびしちゃ

う。」

「わらがはいってるんだよ。」

「わらがでるよ。」

「わらのおまんじゅう、またもってきてもらうよ。」

「わらだからいらないっていえば、失礼だから。」

「おさけ、もってきてもらおう、八〔一字不明〕さん、正夫のへんじ、と肩こらしはかわらない。あの頃は一番かわるんだね。」十九歳の青年。

自覚。

その時代の、科がくの総和に於けるがいかつ、宇宙的じかく。自然辯証法をみとめるか、みとめないかにあるんだよ、つまり、自然史的過ていに於ける特殊性としての生産、自然の物質代謝のはんちゅうの一の形式としての生産。

はんちゅうがフクレルといういみで、ロンリガクとベンショウホウとにんしきロンの一致という、レーニン的段階が、わからないんだ。

にんしきろんとしてのべんしょうほうがわからん、ということは、唯けんのあやまりだね。

ズノウが地かくから出てきたという考えには、やはり、パンテイユムス的な、段階論的な、目的論的なものとしてのあやまりがある。

小宇宙のぐうぜんから生命が生れるのではなく、大宇宙のいくつものぐうぜんの重なりと考えれば、必然性が出てくる、自然史的過程としての人間社会ということを先ずみとめて、その上で、主観客観ということになれば、明に存在が意識を決定するんだからね。

社会の物質代謝、物質の自己運動、というところに論理自体の個々の意識から独立した客観性というものがあり、そこで、もしやということも、いわれるということでなくちゃあならん。

宇宙的自覚ということは、いまの社会的へん向のある、歴史的自然に対立してすすめていくべきものとして、いえるんだね。

君が、明に、詩的な表現としてとらえたんだがね、その時代時代のあらゆる知識の総和というがいかつの上に立っての宇宙的自然、そういうものとして、のうずいは、地かくののうずいだというのでなければ、目的論的になる。

西田哲学のスコラ性。

田辺や西田哲学の信奉者よりも、はるかに、観念論者であるマルキスト。

近衛はさいごまで、ひきょうだね。

しかし、けっきょく、死んだ方がいいんだ、やつは。

しかし、資料が、彼のみがしっている歴史のしりょうがきえるということは、こまるよ。

放送協会長としてあったということは、責任だと彼はいったんだ。

ところが、人の前でそんなこといわなくてもいいと、おこった。

が、彼はそこはおしきるんだ。

今日は、まだ、だいてない、といってだかされるよ。

まだ、だいていない、いみないな。

うちなんか、お父さんにはだかせなかったね、あブナッカしくて。

のま、宇宙的自覚の方がいそがしくて、みないんだろう。

そうでもないよ。

ヒットラーと、リッペントロップ、その他幕りょう、飛行機でとび、

「ここから食糧切符をまいてやると、民衆はよろこぶだろうね。」

「そらよろこぶよ。」

「操縦席の窓があき、一番よろこぶのは、この飛行機がついらくして、あなた達が死なれることですよ。」

ロンドン、バクゲキの効果を見に行くV1号。

彼はつかれて、ねむってしまう。他のもの、つかれてねむるヒットラーを起さず、そのままにしておく。

やがて、ベルリンの上空にかえってくる。

彼、おきて、下を見ながら、

「この位やられてりゃあ大丈夫だ。」

一番、おかしいこと。

ドイツが勝ったと言うと、民衆はもっとも大きくわらった。

これが一番つよいふうしだった。

(新婚夫婦)

白と赤があって、それが桃色になるのではなく、白はあくまで白、赤はあくまで赤にいくという。

外力革命ですからね……あくまで、革命があったわけではないしね……。

僕等なんて、社会主義ですがね……。

それを、はっきり、出してみたらいいんだ……。

「毎日」は、国体護持、資本主義を否定しない、重役連はそうだ、ところが社員は、態度は、はっきりしない……。

一番あざやかにずるいのは、「朝日」だね。

勤労大衆の立場に立つといったって、いま、うえているという勤労大衆もあれば、のんきに、してるのもある——。

ドイツの社会的政策派のような立場だね、——外からみて、

「朝日」はいて、仲にはいらない。


日映自体の立場からすれば、協同組合主義、日本全体の立場だと思うがね。

それはけっきょく、経営を、従業員がにぎるかどうか、そこできまってくると思うね。


闘争すること自身がこわいという人。

ようやく封建的なとこを破ろうとするのがでてきたというとこだと思うね。それをある線までもってくる。

指導者が独善的なといわれるほどさえ、ある点までもってくる、そして、それから、下から動かせる。

それは、日本

二元的なものを、一元的なものにまでもってくる、それでないと、日本全体が、へちゃばってしまう。

しかし、
二・二六事件が最後の自由主義のあがきだった。
軍閥×自由主義
勤労大衆×
日本の自由主義者の限界

これからの日本のインテリの役割は労働組合を如何にいかして行くか。

勤労大衆の中にあり、というのは、この線でなければならない。


日本には、リベラリストはいなかった、とアメリカがいうのは、もっともだよ。

リベラリストは、共産党だけだった、というとこに問題がある。

天皇制の問題。(科学的に解決し、対決する)——手段
天皇制の態度。
天皇制の徹底的究明というスローガンをかかげないというところで、人民戦線ができるんだよ……。
投票をねらうということは、投票によって、党是を左右するのは、いかんな。

社会党左派があっていいんだ。
共産党自身が今度の選きょによって勉強するんだからね……。
文化と政治。
天皇制の徹底的究明——社会党
共産党。
天皇制ノ護持ハ社会党の分裂をおこさせた。

また、話し［あたり］にいらっしゃい。

「野間君、君、ここへくるのは、正夫に話しにくるのか、あてられるのをさけにくるのか。」

「いや、さむいから。」

〈西に、〈　〉あり、東にまっさおの正夫あり〉


どうも仕方ないね。

アメリカのやり方は、あのままじゃあ、何にもならん。

　賠償問題からさきに片附けて、どうこうする、産業構造を。


〝国内問題、国内構造を何とかしてもらわんと。〟

ちょっぴりの間、

(じじ伝)

　まゆ　はしがねじれ、トガツテイル。


白髪。眼ツブル。

眼、ひっこんでいる。大きいが。

鼻隆、タカイ。鼻の穴、大きい。

鼻、横から見て、とがっている。

　大きい福耳。


プスプスプス、トイフ音。

この辺が、マグネシウムたいたやうに、ぴかつとする。

シヤー、シヤー、シヤー。

馬ノ上ヘオチテ、馬ガトビ上ル。

尻ガ切レル。背中ニツキササル。

右手ニ腕時計。タテジマノタンゼン。ウス茶　黒エリ。

孫ノ写真。

ヒットラー一人ニヤラレタンデ　日本
ein fals　トイフカ、アレホドノ影響ヲ及ボシタモノハナイネ。
〝オカゲデ東京カラ江戸ガナクナツタネ。〟
〝江戸ジヨウチヨハ、ナクナツタネ。〟大阪も。

いつまでたっても、お前はお金づかいがあらい。

お金のかん定が、できないといわれる。

最后まで、死ぬまで、いわれるんだろうなあ。

あたしは、つくすだけつくしてるんだけど、
そういわれると、やはりはらがたつ。
小説にでてくる女に、にたなんていわれたことないけど、
そう石の、ぼっちゃんのあによめに、にてるって。

「自分で、自分が、どんなだか、ちっとも、わかんないのよ。」

「正夫さん、おこるのは、そう思うのは、まだ眼界がせまいからだ、といわれるんだけど。」

「もう、〝けっこう〟けっこういうとなんだけど。」

「正夫さんよくおこるのよ、この頃。何かいうとおこってる。」


わたしなんか、いきてたってじゃまになるばかり、

「はたらかんけりゃならん。」

「おくさまなんか、お働きになることないですよ。」

「つまんないわ。」

「あっちでも、こっちでも、筆でたのしんでるけど。」

「もう、いいですよ。いうなとはいいませんが、一日に一度でいいですよ。」

「おばあちゃんが言ったら、お母さんだって、気をわるくするでしょう、同じですよ。」

「だって、おばあさんの言い方はあっさりしない。」


「林長二郎、えらい人気ね。」

「ふん……。」

「林長二郎？　わからんなあ。」

「そうかねえ。」

「どこで？」

「この間、和一ちゃん、大阪でみてきて、言ってるんですか、大さわぎだって。」

「ほう」

「あれ、現代劇のときはまだいいが、かつら、かぶって出てきたときは、ほんとに白ぶたって、かんじだね……。」

「ふふふ、……そうね、つまらんつまらんと思いながら、どっか、いいのねえ……。」

「そうかねえ……又、病気もらうよ、おばさんとこの前、みに行ったときも、君、体の調子がわるかったんだね……、具合わるい、わるいいってたけど。」

「そうー、のどんとこがへんで、へんだへんだと、そっちに気とられて見てたんだけど。」

「あのときは、誰だったけ……おばさんと、大内の広ちゃんと……。」

「そう、それから　高輪の、――さん……。」

「そうですかねえ……。」

「あなたが、山田五十鈴がいいとおっしゃるのと同じよ……。」
「行きましょうよ、みんなそろって、一度、行きたいわ、あなただって、山田五十鈴がでるからいいでしょう……。」

内田、右肩上り、
右肩の上を、ぴくぴく上へ引き、
真面目なかおをして言う。

Ich. 肉体、
肉体をとおって、でてくる——文学は
(肉体は能動要素ではない。)
自然⟷Ich ＋肉体、学問
自然⟷Ich⟷肉体、文学

詩精神をもたなくちゃあ。

子供の健康さ、あのむじゃ気な、天真さで、ものを言う。あの天真さが制約されてる。
(あの天真さ) そんな肉体が、全体をながめている。
肉体の問題。

「みんなまちがっとったんだね、全体。」
「君はそう思わんかい、ひっくりかえってたと。」

「さあ、根底的には思わんねえ——。」

眼を細くし、上の開いた大きい耳。
眼をつむるト、眼じりノ下る眼。長い眼。
金歯

〃何よりの結構なものを〃

陛下の民情視察の記事を見て
君と民とまこと一つになれるさまに心打たれてたゝ涙なり

つつましくうなしを垂れて黙しゐる姿に似たり白百合の花

さりけなく口をすくして他を語る実の一つたになき山吹の花

白々しく手のうらかへし口光らすさまにたとへん日まはり菜の花

究終者　　三節
罪さるべきいはれあらしと我は思へと

もしこのままにゆるされて
世の中は我を何と見ん
罪あれとも軽き為
罪すべきも年老いし故に
御目こぼしになつたのだと
濡衣は干されずに
くもりは遂に晴れやらず
白き眼もてながめはせぬか
それを思へは出るところへ出て
白日の下に身のあかしを
明るく清く立て語らねば
このままではどうも納まらぬと
腹の虫がつふやきはしないか

罪さるべきいはれあらしと我は思へと
罪せんとせばいかやうにも道はあるへし
満洲事変以来　戦線の拡大に
眉をひそめ心を痛めしも
一度戦となれば詔のまに〳〵
どこまでも只勝ちぬくべく
我又言論人として筆に舌に
鼓舞し、激励をつつけたり

若し力を致ささる故をもて
咎なしと許されんよりは
よし力は足らさりしも
力をつくしたる故をもて
罪せらるへきのみと我胸はささやく

罪さるへきいはれならしと我は思へと
人口論者なり民族発展論者なりとて
もし我を責むるならは
国際人口会議と国際移民会ギにより
人口と土地の分布を合理化すべく
実に半世紀に〔一字不明〕たり説きつけたり
此度こそは永久に
平和の基礎を固むへく
国際聯合へ世界の大衆へ
訴ふへき千載一遇の
晴れの法廷に召されしを
終戦に我生き長らへし恵（こ）の身の
死して悔なき〔一字不明〕らひもて
歓喜にみちて行かんのみ

四月二十四日
会話の勉強をすること。
土井さんに会う。
いまの私には、もはや絶縁された一個のひとであるとかんじる。
生命のない、頭という感じである。

私の苦しみ、私の力。

ひとの、苦しみの重さが、それのみが、そのひとの価値を決定する。そのひとのとおってきた苦しみが、そのひとの心から、体から、もれでている。（しかし、苦しみとしてではなく）

お父さんが、子供って、やっぱりこわいのね。

この間も、朝やが、お父ちゃまっていうと、ちゃんと、なきやむんですものね。


「大きな声できゃあきゃあ言って気持がわるい。こまっちゃうわ、田園調布の駅に行って見ようかしら。」

「やめようや、えー。」

「どうして、行っときましょう、ちっとも目的はたさずにかえったっていわれるわ。」

「おるす……勝山さんとこだって、近いうちに行きますって、手紙だしてあるのよ。」

絶望のみが自我を柔軟にする。
人間性↓心理、やわらかい心。
こうしたやわらかい魂の芽生によってのみ、ひとはひとにつらなるのである。
プロレタリアートに於ける人間（肉体）。
こうした魂、心の発生、生長、
これこそ、自然の高みである。
宇宙の心の高みである。
対抗――チェーホフ↓ゴリキー。
（しゅんげんな心。）↓
他をはいじょするもの
パスカル↓

〝商人資本〟 ルネサンスの終りニ於て、
肉体のマヒトイウ方向ニ肉体ヲ解放セシメル
ソウイウ方向ニ於テノミ、肉体ガ解放サレタ。
ソウイウ形デ肉体ガ解放サレレバ、肉体ガ思想ヲ失ウ。
ルーベンス
貨幣ノ蓄積面ト農民トガワカレテ、チクセキ面ノミデ肉体ガ解放サレル。
所有権ノ確立
肉体ト生産手段トノ関係
社会に concret な意味をあたえて行くために
実在——単なる階級ではなく、
生産手段 (fétichiste caractère)
社会をつくり上げて行く。

価値が価値としてみとめられて行く(資本主義)だけでなく、
価値の創造、及、価値の社会化。

(人間的自然)

六月十三日
瓜生の家を出る、ほんとうにほっとする。
瓜生は利己主義者である。
瓜生の家が圧迫を加えていた。
瓜生の細君。

「俺はいったよ。」

「はいるのなら、紹介するよ。」

「はいったら、しらせてくれよ。」

「よくやってるよ。」

「米なんか買ったことない、いってるよ。」

「経験だね。」

「そうだよ。」

君とこでごちそうになったよ、
それで君につたえといてくれいってたよ、君がかえったあくる日、おばあさんが死んだんだそうだよ、そういってくれって。
そう、——君んで〔ママ〕よかったんだよ。

大学というところは、
ごうまんの反対。
「あいつなんて、と相手におもわせてしまえば、それで、とおりやすいんですよ。」
『資本論』の五巻から、十巻がかけているんですからねえ。

代数でといたらなんでもない問題なんだ。

それをわざわざつるかめざんでやっている故に、仲々べつのところへ出られない。

代数の眼がでてきさえすればじつに容易なんだ。

学問というものはこんなものでなければならないんだ。

手工業じゃあいかんのだ。

日本の学問の手工業
人間の自覚形態

歴史は、 situation
自覚の situation を示すものでなくてはならない。

自覚形成、自己形成といくらやってみたところで、動かないのだよ。

そこでかたまるか、死ぬほかないのだよ。

歴史：客観的、必然論じゃあない、勿論目的論でもない……。

絶対性：やはり、超歴史的なものはあるよ。

それは、そんな形態とか、そんなものではどうしてもとらえられないもんだよ。

絶対性は、そのものが、まさに必然だったというそこのところにあるのだ……。

支点……視点が動いてくる。

そういういみで、ぼくらだって、じつに小さい動きからいえば、ちっぽけで、動きがないんだよ。

しかし、そのぎりぎりのところで、まさに自我が、解決点をもたぬというところで問題を提示するが故に、トルストイの古典、古典が生れるんだよ。

土曜日はいきなさいよ……。

うそをいわないから……いいえ……。


よく……やるねえ……。

本能は、みがかなければいけないし、
本能は、かくとくしなければいけない……。

社会的本能……動物とのちがいではないかしら。

概念と形象、のちがいは、そういう二元のものではなしに、ささえあうものだと思うね……。

それが、認識だよ。

ヘーゲル〝概念が感覚〟とはなれている。

概念だけではたしかさがない。ふたしかとたしかさのあるのは、感覚だけだからねえ、本能をつねに新にせしめるものとしての、芸術。

〝価値の再生産〟という規定をうける。

動物の反応は一方向へのみ
→

道具が、肉体の内にある
人間　各方向に反応できる。
（自然主義から出発する。）↓

技術家は、法律を研究するのに法律で、人生、社会を、拠り
して行こうとする。
法律を知らない。
法律なんてそんなもんじゃない。
一番さいごに、でてくるべきもんですよ。

〝愛ちゃん〟: logiqueではない。すこぶるルーズな、だらしな
い考え方ですが、あれが本当ですね。

人間の個人の生活
満足せるブタ、——専門学校
さまよえるソクラテス
　こうした生活は、どっちがよいかということは、いえませ
んがね。
　そうでございますよ。

　　たこ部屋
　＝土木請負師
　＝土木会社
　＝金融資本

詩は、瞬間の姿勢を対象化する作業であり、それにより、読
者をその姿勢の中にぶち込み、そして、人生へ放ちます。
読者はそれによって、生命をよみがえらせ、慾望を新にし、
よろいをぬぎ、宇宙の動きに連接させられます。
小説はむしろ瞬間のつながり、経過を対象化することによっ
て、読者に瞬間と瞬間との関係、その意味などを知らせ、こ
うして、人生の中に道をつけます。しかし、この道へ、人々
をおし出す力は、詩以外にはないようです。

新しい生活を始めよう
　新しい色にそまろう
靴直し　〝はらわた〟をきよめよう
　　〝はらわた〟をきよらかにしよう……
　　腹の底までのきよらかさ
〝体のねじれたもの達よ〟

〃にくしみの火で〃

火事、ひとは行為しない
　自分の思い通りには
　又、思想通りには
　　自分で自分を禦し得ない。

こんな情熱をどうすればいいのか。
こんな情熱を俺は決して　求めもしないし、ほっしてもいないのだ、それにそいつは俺の中にやってくるのだ。

　掌の線の向ふに
　息はかかり
　何処にださう
　この魂のただやう
　わが魂をわたさう

　歓びにつつまれるために
　しづめるために
　苦しみをしづめるために
　雪をうけた

『婦人公論』

『文学』　10
『人間』　10
『暁』〔一字不明〕
『世界文学』　25
『婦人』

　闘ひのなかで、
　この汚れた手を、
　雪のこえがするよ。
　雪のにほひがするよ。
　魂を切る、光りがとほるよ。

（フラク）ニテ
①闇の女を買いに行くところ。
（涙）
　不信。女に対する
②会合
③不信
　闘争
（つとめ先）　信じないよ
④結合
（戦争）

⑤(同志)

⑥如何にしてのりこえるか。

あなたの肉が信じられない。

でも、あなたは信じてね。

あたしの両方ともを。

けんきょな気持がなくなったのよ。


「これからお宅へ行きましょう、いくでしょう。」

「妹さんの話があるんです。」

「妹に？」（ごび下げる）

「じゃしめましょう。」

「うん。」

「ええ、じゃあ。」

男、便所へ行く。

「行こう……ね、すぐ。」

「はなしがあるの。」

「いくでしょう？ ね。」

「話があるの。」

「話なんて、向うへ云って……。」

「でも中村さんと二人で……。どうしても二人でしたいの。」

このとき、いつもの芦さんのあの公平さ。中村さんを証人に

というより……。

中村氏を何かの、つまり単なる女としての后もどりをおそれる。

心から、中村氏を立会わせると思った。


男、便所に立つ。

「のまさんあきらめてほしいの。あたし、おわかれするわ。」

「え、そうですか、それで……。」

「あたし、弁解したくないの。したくないの、自分を考えるようになったの、あのときのあたしもほんとうだし、いまのあたしもほんとうよ。あたしたち……あたしのいうことわかるでしょう。」

「ええ、わかりますよ。」


「あたし変ったのよ。」

「こんな方法でやるのは、へんですよ、へんじゃないですか。」

「みんな死ぬでしょう、そのときああしなくてよかった、とおもうようにならないでしょうか。」

「どうです、僕は中村氏に言ってるんですよ。」

「どうです」

「それは、芥さんにきいて下さい。」


「あたし変ったのよ。」

「信じませんよ。」

「でも変ったのよ。」

「あなたが変ったら、地球がなくなりますよ。」

彼女の顔に、少しく満足げな微笑がうかぶ。

彼はそのび笑によって、彼女の心を動かしたのをかんじる。


「こんな三人でやるのは、いわないのと同じですよ……。」

「どうして、そうじゃない。あたし、中村さんといるのがいいのよ。」

彼は、一寸、考え、

「そう言おうと、気がかわったのだな。」と言おうとする。


が、それは大人げないと考え、やめる。

でも、そんなことない。

「いきましょう。」

「あたし行かないわ、ぜったいに行かないわ。」

「あたしの中村さんへの愛は純粋よ。」

「二人は、ほんとに、むすばれてるの。」


「中村さんは、心も、体も、解放されてるのよ……。」


「そうでしたか？」

「うん、それじゃ問題は別ですよ。」

「それはしらなかった。」

「そうですか？」

「それが気づかれなかったとすれば、よほど、どんかんだと思いますよ。」


「あなたはえらいよ。」

「いいえ。」


「あたし、二人、必要なのよ、あなたの他に、もう一人。」

ダンサー
(家) ——Anti communism
コムニスム
戦争中の問題。
↓家がぼつらくして行く。
如何にして
絶対の愛なんて信じられない。

火事

〈透明な、愛の存在〉をかこんで。
二十代、精神をきざむ、pousserする、ゲレマカッセンスル

ドイツ文化の問題。
文化構造トシテ。
独占資本ノ世界的典型
オスト・エルベ、ウエスト・エルベ、二ツノ型ノ対抗。
（南ドイツノ小農ヨリナチスガ出ル。
ウェストファーレン、重工業ノ台頭→金融資本。
東部　西部　文学ノ型
金融資本的ナモノトシテ統一シタモノ――中間的ナモノ
（教養小説
演劇　　肉体と離脱せる魂（ゼーレ）
詩
音楽　ジャン・クリストフ
ハウプトマン
マン兄弟

リルケ
ジャン・クリストフ
神話ナクシテ救イノアルモノ＝憧憬的ナモノ。
農村部門ノ基礎過程――金融、企業集中
→ドイツ社会民主党。
オーストリー　大ドイツ主義→プロイセン（小ドイツ）
→大ドイツ
19S初メ
封建諸侯　大ドイツ聯邦
国王ガ最高ノ地主
（商業資本）地主
（産業資本）直接生産者
日本ハ商業資本サエ確立シエヌ。諸侯ガ直接
（商業資本ガ転換シテ、近代的ナ*absolutism*
物納ノママ商品経済ニハイッテ、集約的封建性。
封建性ノ三段階ナシ。
日本ハ藩主ガ相当表ニデテイル。商人ニヤラセルノデハナク、
藩主ノ物的キソノ最強化。
純粋封建性ニ対スル日本封建性　関税同盟。（東ドイツ）
（ドイツノ産業革命）繊維工業ノ問題
（社会民主党）――英国ノ教訓。ベルンシュタイン、組合運

動デハ社会主義ハ実現デキヌ。

プソイド、ボナパルチズム ——

経済構造ノ不成熟、金融資本

——中間層、——南ドイツノ小農

トレルチノ苦悩——歴史科学ヲ如何ニシテ成立セシムルカ。

Geistes Geschichte

ヴェーバー

第三部　書簡篇（一九三六年〜四七年）

凡例

一　この部に収録されている書簡は、一九三六年二・二六事件前後から一九四七年『暗い絵』発刊確定の時期までのものである。

　一九三六（昭和十一）年　11通
　一九三七（昭和十二）年　21通
　一九三八（昭和十三）年　11通
　一九三九（昭和十四）年　11通
　一九四〇～四五（昭和十五～二十）年　30通
　一九四六～四七（昭和二十一～二十二）年　23通

一　一九四五年（敗戦の年）までの書簡は、すべて富士正晴記念館所蔵のもの、一九四六年以降は、野間光子氏所蔵のものから選定させて戴いた。

一　宛名無記名の書簡は、すべて富士正晴宛のものである。

一　封筒のないもの、年月日不明のものは、可能な限り推定を試み、相当する位置に配列した。

一　各書簡の冒頭には、富士正晴氏によって記入された書簡到着の日付（したがってこの冒頭の日付は、書簡末尾の野間宏によって書かれた日付とずれている場合もある）、及び発信地を示した。

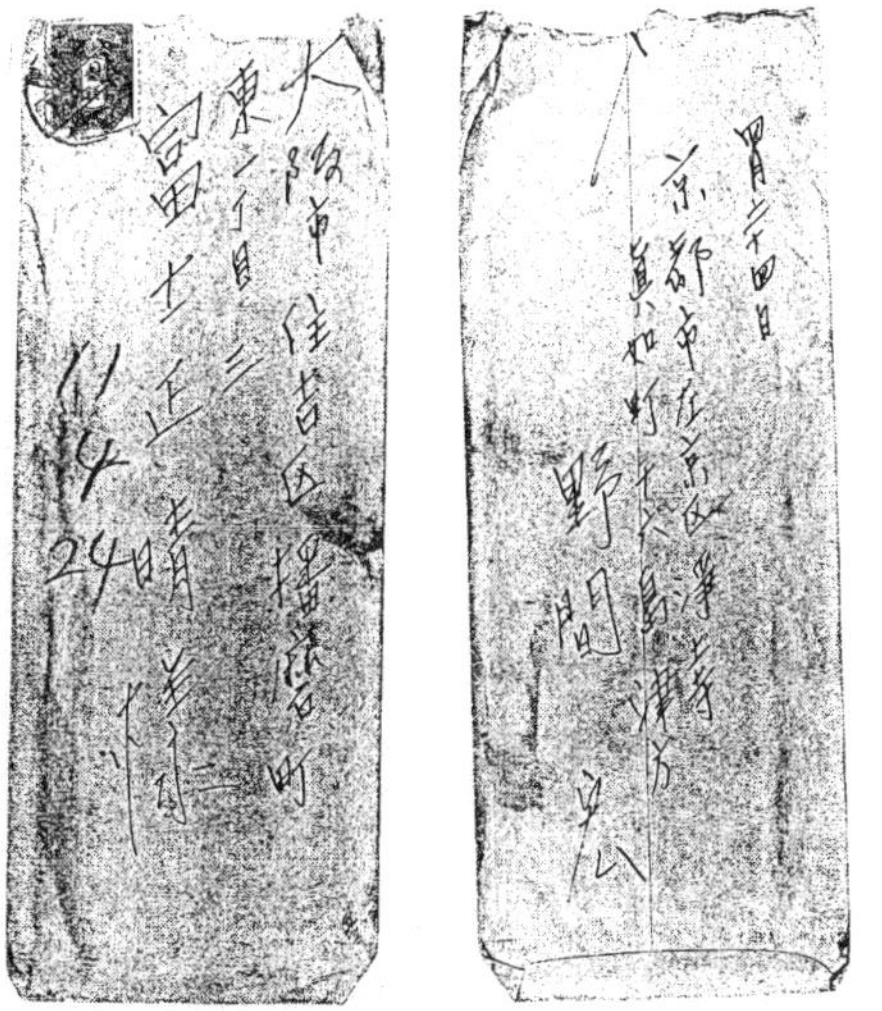

一九三六（昭和十一）年

一月十一日付（富士正晴宛）
一月十四日付（富士正晴宛）
二月二十二日付（富士正晴宛）
二月二十七日付（富士正晴宛）
二月二十八日付（富士正晴宛）
四月二十四日付（富士正晴宛）
四月二十七日付（富士正晴宛）
五月四日付（富士正晴宛）
六月十六日付（富士正晴宛）
七月三十一日付（富士正晴宛）
九月一日付（富士正晴宛）

■一月十一日付（京都市左京区浄土寺真如町一六　島津方）

京都へきても、落ちついた生活がえられず、学校のことも手につかず、冷たい中をうろついているように思っていました。ジイドが言っている。「自分が社会問題を口にしだしたのは、創作力の衰退にもとづいている」と。私には、ジイドの考えがわからない。社会問題が、そう、特別に、人間をはなれてある筈がない。そして、又、社会問題こそ、創作力を激発させるものなのだ。芸術と言っても、何も、他と変ったものではない。同じことなのだ。芸術を特別なもののように考える貴族性が、ジイドには残っている。ジイドは、もう、死ぬのかも知れない。そして、ジイドがなし得なかったことを、私は、しなければならない。私が、社会問題を口にしだしたのは、創作力の勃興にもとづいているのだから。

小林秀雄の私小説論を送ります。「新人Xへ」と「私小説論」と、「紋章と風雨強かるべしとを読む」というのは、是非、読んでほしい。私には、小林秀雄の立っている狭い地盤がわかるようです。狭い、狭い。哀れなほど狭い。しかし、とにかく、理論との、そう云うものが常にもっているあの、もやのようなあいまいさを、斥け、リアルに、面とぶちあたろうとしている生活態度は、学ぶべきです。(君にも、もう、ある。)

私には、いまの世の中のすべての小説が、かんをはずしているように思える。『三人』の十二号で、私の小説が、いよいよ、それをしようとしているのです。これが、ほうふにすぎなかったということにならないようにしようと思っています。

何と言っても、君の家は明るいように思えます。君の家は、いまの世の中で、もっともよい家庭です。しかし、もっともっとよいものに出来ない筈もありません。

君の家で、気にかかるのは、やはり、君のお父さんです。それだけです。光っちゃんが好きです。これも、いまの世の中では少い、ひとだと思います。これから、どう変って行くかわかりませんが。しかし、君の家にいては、悪く変るなどはないと思えます。豊な気持。

自分の就職のことなど考えるのが面倒になってきました。

「三人通信」できるなら非常によいと思います。京都では、皆、割に元気ですし、井口も元気にしていたと岩崎からきいていますから、うまく行くと思います。紙は、どんな紙に刷るのですか。普通の試験半紙でよいのですか。高槻にヤスリがあるのですか。それから、印刷の体裁はどうしたらよいか、など、知らせてほしいと思います。

『三人』は、きっとうまく行きます。もう、十年で、完全に、勝利です。

京都へきても、お金の無駄です。

太田は、小説を大体書き終っています。桑原もかくでしょう。

四月に君の家へ行くのが、たのしみです。

一九三六・一・一一　宏

正晴様

■一月十四日付（発信地・同）

『三人』がただ出て行くのみでは決して、勝利ではないこと。

『三人』が、単に、ほろび行く階級の最後のあだ花として、さきほこっても、それはつまらぬものであること。君が言うように、もっと、凶暴に、地につき、地にくぐること。何千万、何億という人々の勢いが、『三人』をとおして、ぶち溢れるようにしなければならないと思います。

西田哲学、田辺哲学、……これら、すべてが、くずれて行くのです。ただ、一個の人間が現実をつかめる筈がない。人々と、はなれては、だめです。人々こそ、地です。しかも、地は、常に、いま（現在）に於ては、プロレタリアートの色を帯びるのです。いままでの、芸術・芸術家という意味を全く変えてしまわねばならぬのです。そして、又、それが出来る筈です。（みな、君にわかっていることかも知れない。しかし、詩人には、往々、所謂現実がわからない。そして、所謂現実がわからずしては、真の現実はわからない。一般に、芸術家にしてもそうです。）西田幾多郎なども、現実という意味を、変えてきたことはきたのです。しかし、今度は、逆に、この変えてきたものを、逆に、もう一度、もとへもどして行かなければならないのだと思います。

ひとは、くものように網を張る、そして、又、網を張られている。この張る網と張られる網とが、ぴったり一致し、その中心に、私がいるようにしなければならない。そのときこそ、真の自由な生活が、出来、自由に網の糸をわたりうる。くもの詩が書きたい。光りの網を、昼の大空一ぱいに張るくも。太陽とは、くもだ。大空の糸を自由につたう太陽。夜とは、くもの尻の中にたまっている液体だ。しかし、こいつも、抽象のような気がする。何故、詩は、いつも、抽象的にすぎないのか。

しかし、又、一方、小説のみでも抽象にすぎない。小説と詩、この全体が、言葉の芸術に於けるリアルだという気がする。どちらを忘れても、いけない。この綜合など、決して出来ないことだと思う。そして、詩と小説の綜合など、めざしては、きっと、気狂いになるだろう。それは、人間の生活のもつ内・外の法則（オルドル）からはみでるものにちがいない。しかし、詩も抽象であり、小説も抽象であるというさびしさ、たよりなさは、どうすればよいのか。

学校の勉強が出来なくなってきた。何故かできない。精力がもう、向けようとしても、向かなくなってきた。これは、私の、主張にあわないことだが。母のことを思え、母のことを思え、こう心に云いきかしても、だめだ。（現在の制度に、頭も骨も、粉みじんにされようとしている母。しかも、子供に、全世界を賭けうるが故に、楽しい母。）

君の妹に感じる気持を、余程注意していないといけないと思う。（先に言っておこうと思います。）

溶鉱炉の壁を破るものは、何だ。夕立の雲をみながら、やぶらねばならぬ、やぶらねばならぬと思った。

桑原の家へ行き、太田と話した。太田は、何か恋愛を始めているらしい。女のことについて三人で話した。私は、私の生活を豊富にしてくれる女でないと、もう、いやに思うと言った。性慾的に如何に引かれるにしても、そんなものは、抑制できる。私の理性は、もう、大部ねれてきたと思える。たとい、いまは、できないにしても、そうできるようになりたいと始終思っている。一人の女を不幸にする程、あわれなものはないと思える。女には、それが、決定的なものになるらしいから。そこからはい出て来ることが出来ないらしい。（女は、子供を生むことによって、始めて、そこから出うるらしい。）

どんなに多くの男と女とが、いつわりの汚い乱れた恋愛を、していることだろうと思えます。そして、いまの世の中では、恋愛は、必ず、そうしたきたないものにならねばならないと言ってもよい程、のっぴきならぬ程、いまの世の中のきたなさが人々にしみこんでいるようです。

美しい確かな恋愛がしたいと思うのです。しっかりした足どりの。しかも、又、現代に於ては、結婚そのものまでも、みじめなものになってしまうのです。そして、私も、結婚の重荷を考え、恋愛の美しさをにごすことになるのを恐れなければなりません。

きたない、みにくい、こんな世の中は、かつて、なかったようです。しかし、こう考えるだけの人間が私達です。なぜ、美しくしようとしないのか。これまで、幾多のペシミストを歴史が生んできたのも無理はないと、思えますが、小さいペシミスト達のはびこっているいまの世の中。

明日から学校のことにとりかかることにします。

一九三六・一・一四・夜　宏

正晴様

■二月二十二日付（発信地・同）

君が民族について言っていることは、正しい。プロレタリアートが、民族性を世界性へまで高める役割をするのだから。現に、着々とそれが進んでいる。それ故、プロレタリアートこそ、民族を、正しく、大きく、すくすくと発展させ得る。こんな広い、土台のある生々した役割をする集団は、かつてなかったことです。じりじりと動きながら、すべての古いものをとかし込み、新しい光りとして吐きだして行く歴史そのままの動き。生産を、真の正しい位置にかえす。（そして、すべてのものを、正す。）この強大な物質力、精神力が、個々の人々の中に、ふつふつとにえ上って来る。君が、運河として、起重機として、つかもうとしているこの生産の歴史の姿。プロレタリアートの一人一人の額に、この姿がうつり、輝いている。それは、プロレタリアートの動かす車輪だ。

この車輪の廻転と同じ速度をもって、私の愛も動かなければならない。私達の恋愛が（残念ながら、まだ、私達とは言えないのだが）、歯車の鉤の眼を押すのでなければならない。歴史そのものが、強大な巨大な力をもって、もれ上り、私達の恋愛に転化するのでなければならない。どこまでも、社会に、歴史にくっついた生活。（男と女との結合なら動物でもやることだ。）なかみのある生活。（なかみがあるということは、歴史的であり批判的であるということだ。）―正しい意味での物質的ということ。）

現代は、歴史の構造がもっとも露わに、立体的に、又、ディナミックにあらわれる時期です。ゴリキーなどは、世界の新しい神話の時代だと、言っています。すべてが、生々とした美しい色をもつ時代がもう日本にも来るにちがいない。第一、私でさえ、こうした、恋愛を始め、社会を美しくしようとしているのだから。――これが単に、ただの楽天主義の軽業のような考えでないように！

私達の生活が、そのように歴史的になり、真に客観的になったとき、そのときこそ、私達は、もっとも豊な自由に湧出する直観を得るのだ。私の体の底は、直接に歴史の体につづいているのだから。歴史そのものが、私の体になっているのだから。このなかみのある神話。プロレタリアートの体の匂う神話。

光ちゃんに手紙を出したいがいけないだろうか。わかってくれると思うのだが。他のひとの眼についてはいけないと思うかどうか。

光ちゃんに、私の愛情が受け容れてもらえなくとも、私は、光ちゃんを愛して行くことが出来る。そして、どこまでも、光ちゃんを、正して行こうと思う。この方の心配は、いらない。

君から言ってもらうよりも、この方が、私としても、ずっとよいように思う。返事して下さい。（なるべく、私の考えに賛成してほしいのです。）

無産党が、どれもこれも、最高点を得てきているということは、とにかく、うれしいことです。こんなことでは、何にもならないとは言っても、何か変ってきているものがあるということは確かです。

一九三六・二・二二　　宏

正晴様

夜、風邪を引くのは、大抵、肩のところからと思います。毛布を肩へまいてねるようにしたらよいと思います。

■二月二十七日付（発信地・同）

君の手紙が来るまで、うろうろし続けでした。どんなに努力しても、決らないものが残っているのです。毎日、毎日、今日こそと思いながら学校から帰ってきて、手紙が来ていないのを知り、がっかりさせられ、どうしてよいかわからなくなるのです。悪い方へばかり、取って行き、君にすまないようなことを考えたりしました。（怒らないでほしい。）どこまでも君を信じて行こうと思います。君の手紙をよみ、自分の中に、どんなに悪い要素が多く残っているかを感じなければならなかった。

私には、光ちゃんがわかっていないのだろうか。空想だけでしかみていないのだろうか。しかし、正しい、現実に根をもっている空想もある筈です。

二、三年見合わす方がいいという処をよんで、私にそれが、できるかどうかを危ぶみ、君がようも、そんなに落ちついているることができるなあと思った。しかし、君の意見に従う方がよさそうです。併し、私にも、落ちつきはある筈なのです。落ち着きがなかったら、どうも、いままでのことが、おしまいになるかもしれない。そして、それは、光ちゃんに対しても、すまないことなのだ。

「詩のパンフレット」の延期は賛成です。まだ、その機が熟していないように思われます。

「私」という、私を否定する（否定するというより、なくなって行く）こと。これができなければ、と私も思う。間違った独自性を正して行くことも、これに関ってくる。併し、私を否定して行く行き方に於て、いままで、多くの人は、個人的な他と切り離れたやり方しかできていなかった。（宗教的にすぎなかった。）いまから思えば、どうして、昔の人はそうなったのかと、おかしいほどです。（又、以前の私の考え方なども。）併し、私をなくすることは、どうしても、一生の問題として、私達に、常に向ってくることらしい。私をなくするということが、常に、変化して行く。

「破壊と建設が一つの肉体となっている未青年（未青年を階級と離さないのは勿論のこと）。」という言葉は、よいと思いました。美しい、大きい言葉です。詩人は、常にこうした未青年でなければならないし、詩人は、このために生きている。光ちゃんが私を未青年にしてくれる、詩が私を未青年にしてくれると同じように。

光ちゃんが、詩をずんずん書くようにしたいのだけれど（素質はあると思います。）、出来ると思うのだが、『三人』の詩人にしたいのだが、君も、こういう考えをもっているかも知れないと思います。この方の書物のことも、心がけて下さい。

東京のひどい有様については、少しも新聞ではっきりしないが、そして、あれで、事情がせっぱくしてきたしるしだとも思えないし、どう考えてよいか、羽山さんにでもきいてみたらと思います。どうも、あの人達は、たまのむけ方がちがっていたようです。

一九三六・二・二七　　宏

正晴様

■二月二十八日付（発信地・同）

今日の手紙は非常に面白かった。

光ちゃんが、「千鳥」や「桑の実」の後で、ジイドの価値をだんだんみつけて行ってくれたらと思う。光ちゃんには、はやくから批判があるらしい。現実的だ。「桑の実」の方が面白く、しかも終りの方があきたりないというのも、全くこれだと思える。批判のないただのロマンチックが、真にロマンチックなものと言えないこと。そして、そんなものを次第にうけつけぬようになること（始めから、頭からうけつけないというのなら、女として殊に少女としては、狭いとおもう。）が、よいと思う。光ちゃんのような日本の女が、読んで、自分のことを書いてくれてあると思うような小説が、非常に必要だ。

いままで、女の人の書いた小説は、大抵批判などのないものにすぎなかった。もし、光ちゃんが、それをやってくれたら、（できるのなら）と思う。ジイドの「女の学校」にしても、どうしても、家庭的であり、それが最後のものとなっている。これ家庭とのつながりに於てしか女がとらえられていない。そして、真に新しい女も、ここからでてくる筈もない。家庭がくずれて行くところを書くだけではもう、たりない。家庭は、何故くずれて行くのか。家庭の外の、底のものから、女をとらえる。家庭が牢獄であるというだけでは足りない。家庭と家庭とが、何故、敵の如く対立させられるのか。しかも、まだ、人々は家庭にしがみつこうとしている。こんなものの、分析が必要だ。イプセンを越えなければならない。女としての新しい恋愛を世の中に示す必要がある。コロンタイの恋愛では、非常にさくい感じで、ねばりがない。現実性がない。女を間違った道へつれて行くだろう。

童話にしても、始めからやり直さねばならない。子供のリアルが摑み直される必要がある。児童問題も論じ直され、何もかも、やり直しだ。光ちゃんは、益々よく思われてくる。価値がいよいよ増してくる。

右翼的な革命は絶対に成功しない。民衆はどうしても、そんなものに結びつく筈がない。全く、土台ときりはなれたものしか、私は、感じられない。東京のあの人達は、歴史の流れに、はねとばされたのだ。歴史の流れのはげしさにとばされた堤防にすぎない。今後、益々流れにさからっていたせきは、どしどしくずされて行くのだ。この人達は、如何に後へとりのこされてしまったかということを、全く別な形で知らしめられたのにすぎない。事実、これらの人々の頭に映っていた日本が、どんなに片輪なものであるかが、漸次、報導されると思う。ただ、ナチスのような全く予期の出来ない民衆との結びつきが恐しい。自由主義の無力がいよいよ明らかになって来たと思える。

社会の動きからみて、芸術はどうしても二次的ということは、一先ずみとめねばならないが、そのみとめ方が違って来なければならないと思います。人間はすべて、芸術的であり（経済的であり、政治的であるとひとしく）芸術的に、全体を、摑むということを要求しています。芸術的に批判されることを要求しているのです。芸術的に物を摑むということも、行動をするための契機として必要です。

芸術的な契機が熟し、（これは経済的な契機の熟すのと共に熟してくるでしょうが）すべてが共に熟して来たとき、もっとも正しい革命が行われ、順調に行く筈です。しかし、現実は複雑であり、芸術的なものなど全く欠いていても、革命の力はすすんで行くのが普通です。トロッキーなどは、プロレタリア独裁、プロレタリアが権力を握る以前に於けるプロレタリア文化、芸術を否定している。しかし、これは、人間を具体的にみていないのです。

革命は、単に自然発生的にきたのでは成功しません。自然発生的に下から湧き上って来る力に、正しい方向を与えなければなりません。その方向の与え方、正しい方向の摑み方、即ち正しい歩き方が大切です。こういう方面で、全く人に知られないような仕事を芸術はしていると思います。自然発生的なにごりものを、正し、浄めて行くのです。経済的に来るものか、如何にモラルに関係して来るか、又、その逆が、芸術家として、いま、課せられているものであり、芸術家が、社会の構成力の一員として、政治家とならばねばならぬものだと思います。しかし、これはいままでの歴史の継続の上で、もっとも、むつかしい問題であり、芸術家は、政治とどういう風に結びつくかを、さらに余分の問題として課せられているので、苦しいことです。しかし、この苦しみに堪えられないものには、新しい芸術を生む力は、与えられないことは勿論です。時代の中心に生きて行くこと、これ程、むつかしい複雑なことはない。

経済機構が、下から私達をゆり動かして、新しい思想に結びつけて行く、思想をとおして、経済機構を動かして行こうとするのです。しかし、どう言っても、経済が大きく下部を動かしている。

体をよくして下さい。

瓜生が『三人』に入れてほしいと言っているそうです。そして、私は、入れたいと思っています。（桑原、などは、余り賛成でないらしい。）どうでしょうか。瓜生と一度、くわしく話してみて、確かだと思ったら入れて、やり直したらよいと思うのです。詩をやるかどうかも話してみたい。もっともっとひとを入れて、それをつくり直すのがよいと思います。瓜生は、東京へ行ったら『三人』を出してしまうだろうと桑原は言っていましたが。

中西章三郎という人が、『三人』にはいりそうです。まだ作品をみないのでわかりませんが、自分は諷刺小説しか書けない男だと言っていました。しかし、やり直せると思います。二十歳位の人。とにかく、『三人』をやって行けるだけの準備をしておいてくれるように言うてあります。そして、この間の葉書では、『三人』に以前から非常に好意をもっていたこと、金はないが、やり出したらどこまでもやりとげると言っているのです。

もう一人、伏見（深草）の方に、吉川純という人をみつけています。これは、まだ余り、手紙も出していませんが、『三人』をみとめている人です。

『三人』がいままで、非常に、小さく、プチ・ブル的であったこと、小心であったことは確かです。紫峰さんの絵も、どうしても、神経質的で、しばられるような気持がする。

君が生活費を出せるようになることは、非常にうれしい。そして、君が、一ぺんに家をとびだしてしまわないことも、よいことだと思う。（私のことだけからではなく。）

君のお母さんが私の詩をすいてくれているのがうれしい。光ちゃんのこととも関係してくるから。

この頃の手紙は、大抵、夜中にかいているらしいが、きちんと眠るようにしてほしい。体がどんなに大切かをよく知っているとおもうのですが。

エスペラントのもの送ります。文法が一とおりすんだら、カルロオを読むのがよいと思います。カルロオは、エスペラントのもはん文とされていますから。

エスペラントのものをさがす序に光ちゃんの本をみつけた。千家元麿とシラー。シラーには余りよいものはないが、小さいものに、少しよいのがある。川端康成の紅団は、光ちゃんが気ばらしによめばよい。どれも、以前私がよんだものです。本を読むことがすきになってくれたらよいと思います。

宏

正晴様

■四月二十四日付（発信地・同）

葉書有難う。

君の家から来るものは、どんなものでも、君の家のあの、ふんい気をもっているようで、非常にうれしい気がします。君に、手紙を書こう書こうと思いながら、余裕がなく（時間の方ではない）こまっていました。

『三人』は進んでいるらしいが、君の苦労に対して、すまないと思います。太田・桑原には、今夜、言うつもりです。

この間から、自分の作品の価値とか、自分の生きている価値など考え、自分が、ほんとに、生きていても生きていなくとも同じだとしか思えず、弱っていました。光ちゃんの方へ、新しい恋愛などと書いても、新しい恋愛などやることのできないように、そういう限界内に、自分が生れさされ［ママ］ているとしか、感じられず、光ちゃんの不幸ということに、又、立ち帰り、併しやはり、光ちゃんは失いたくなく、ぐらぐらと、一つ一つの自分の行為が、何のはっきりした形も残して行かないのを苦しく思っていました。

物事の形が解り、自分の姿が解れば解るほど、自分が狭い限界内に立たされていることが見えてきます。自分の限界は、もう、すぐ、眼の前に見えるほど、はっきりと、小さく線に引かれるのです。併し、昨夜、「マルチンの罪」というソヴィエットの小説を、一寸、立ち読みして、私の立場もあることが、少し、見えてきました。

私は、光ちゃんを愛しながら、愛することを責めていたのです。愛とか恋愛とかいうことを、歴史の場面にもってくると、非常に個人的なことに考えられ、いまごろ、こんなことをしていてよいのかと思えるのです。しかし、事実は、やはり、光ちゃんが、私を救っていてくれたのだとしか考えられません。光ちゃんがいなかったら、私は、どうなっていたか、こんなことさえ思えます。私は、やはり、自分が、プチ・ブルジョワのインテリゲンチャの一人であるという事実に常に立ちかえり、立ちかえりし、この事実を忘れることなく進んで行かなければならないと思います。頭の上で、飛び越えていたもの、飛びこえ得たと思っていたものが、常に、下から、ひび割られて行くということを忘れないようにして。

私は、コムミニストではない、それ故、正しい意味での、芸術家でもなければ、正しい意味での知識をもったものでもない。大きな芸術など、こんなところからどうして生れてくることが出来るだろうか。何故、労働者の子として生れてこなかったのか、幾度も、こうしたことを考えるが、仕方のないことです。

いまの私の立場として、こうした世の中では、どういう風に進むべきか、私には、いま、何一つ解らない。そして、この、私の苦しみさえが、いまの世の中にとっては、何の価値もなく、何の必要もないものではないのかと思えます。私は、自分の心に、俺は、一歩退いたのだ、確かに、何と言ったって退いたのだと言いきかす。そして、私は泣くのだ。(君に、わざわざ知らせようとしているのだなどと思わないで下さい。)自殺しなければいけないのだ。解決が出来なければ、そうしなければいけないのだ。自殺と言っても、とにかく、解決なのだ。もっとも、低いものではあるにしても、やはり、少くとも、正面からの、真面目な解決なのだ。自殺さえ、しない奴が、ごまかしている奴が多いのだ。そして、私も、その一人なのだ。

併も、私は、すぐ、この場面から離れてしまう。離れずとも、この場面に於てさえ、性慾を感じ、煙草をのみ、『資本論』を読みたいと思い、自分を浄めたいと考え、体のことに気をつけ……。

私達の愛を、いくら浄め、いくら美しくしても、それは、宗教と同じように、単なる個人的なものとして、小さい小さいことであり、大きな流の中にあっては、やはり、一つの反動とさえなってしまうのではないのか。そして、私が退いたが故に、退いたということによってのみ、私は、光ちゃんと結び得るようになるということは、確かなことなのだ。退いたが故に、成立する恋愛。併し、退かないなどということが、どうして、私に、出来るだろうか。

こんな考え方は、小さい、狭い、どういうたって、センチメンタルなものだ、と、言えるひとは、言えばよいのだ。私は、それも、おとなしく、聞いている。(心から、真面目に、おとなしく、聞いている。)私のことを、笑い得るものは、プロレタリアートだけなのだから。

光ちゃんに希望をつなぎ、そして、自分の子供にこそ、自分のような、弱さを、もたしたくない、そして、歴史の中心で、生かしたい、かすかに、こう思ったりする。

しかし、やはり光ちゃんに、無理強いしたくない。どうも、私は、光ちゃんに、無理強いするような態度を示しているように思えて仕方がない。そして、私は、光ちゃんをさえ、汚し、弱くし、私の中の、乱れを、光ちゃんの中へさえ、もちこみ、光ちゃんを、つぶしてしまうような気がする。

もう、書けません。

一九三六・四・二四　　宏

正晴様

■**四月二十七日付**(発信地・同)

手紙有難う。

表紙は、今月中に出来る筈です。紫峰さんには、前号のように、校正は、おくれたりしないと言っておきましたが、やはり、おくれるらしいが、仕方がないと思います。君の手紙は、どうも、やはり、いつもと同じで、私には何もなりません。

君の一本調子というのを、私は、かえって欲しているのです。(公式主義ではなく。)私には、原則的なところでさえ、正当に、自分の生活となっていると言えないのに、そんな人間には、もっとも、公式が必要だと思うのです。(ここにのみ、公式が生きる。)

君の言う、「自己充溢」という気持。これも、或る意味では、いまではかえって、弁護したい気がする。「俺が指導者だとか、俺等がやる。」などと言うのは、マルキシストではない。こんな個人的な英雄主義は、私のような、インテリにのみ、(古い英雄)残っている考え方だと思います。「俺達」という全体がすぐ、感じられる、自分の後に巨大なものが、動いていること、これと共に行うことが、ごく、自然に出来る人達が、労働者出の人らしい。

しかし、ここでも、やはり、何かやるのだ、とか、きっとやるとかいう、態度、決心のようなものは、どうしても必要です。これがないと、どうしても、動くことがないから、私は、一つのポジション、ジェスト、姿態さえ、必要と思うようになりました。一本調子のところがなかったら、大きさなども勿論なくなってしまう。動くということなどない。君は、動くことを軽く見るかも知れないが、ドストエフスキーが動いているということを言ったら、解ってくれると思います。姿態がなければ動くことなどない。(理想がなかったら動くことなどない。)ひとは、先ず、自分の周囲をみる、そして、理解する、しかし、それは、やはり、次へ進む、ために理解するということ、ただ、見廻しているだけでは、動かない、という、ふつうのことが私には大切に思える。そして、そして、理解して、何かを目ざす、そして、行う。その行っているとき、ひとは、一つの姿態を取る。取らずには行うことなどできない。その姿態をみて、君は、自己充溢の気持だとして、苦々しく思うのだと思います。一つの姿勢をとると、それは、必ず、偏しているように見えるものだと思う。(ジレッタントが詩人をみるとき、偏しているように、余りにも熱中しているように見えるのと同じ理由。)しかし、姿勢をとらないものは、何一つ創り出さない。(君が、きらう、ただ、理解するだけのもの。)悲劇ということの必要。

実際、私には、ジェスチアが多すぎる。しかし、これも、自分が、以前、ジェスチアがいやでいやでたまらなかったからだと思う。

君のいうように、一歩一歩、理想が、地に植わって行ったらと思う。理想が、空からではなく、地から湧いてきたらと思う。地を掘り掘り青空をつかみだしたいと思う。

ここにかいたことなど、みな、君が知っていることかも知れない。

私は、とにかく、どうしても、地からはなれがちだ。しかし、或る意味で、地から、はなれるように見えても、はばたいてみることがやはり必要なのだとは、心から思うことです。

しかし、私は、いま、幸福です。とにかく、この上なく幸福です。こんな幸福が、私のようなものに、再び来ようなどとは、思いも、出来なかったことです。これを責めなくともよい、責める必要など、少しもない。

一九三六・四・二七　　　　　　宏

正晴様

■五月四日付（発信地・同）

詩「M〔一字不明〕Hに愛と愛とを以て」喜びを以て、受取りました。

言葉使いのあらさも、この種の詩としてはよいと思います。

ただ一つ、「機械の奥深く、かがやかしいあの光の吸収」の「吸収」は、どうも、音が、ひっかかります。しかし、直しにくければこのままでもよいと思います。

題は、よく用いられる形式を用いて、「新しい愛に」としてほしいと思います。

この詩については、言うことはありません。ただ、君の私達への愛を喜んでいます。私達は、君の詩の歌っているものに、さらに、それ以上のものになって行こうと思います。

別のことですが、表紙が着かなかったら、一度、そちらから、うんそう堂の方へ、さいそくして下さい。御願いします。

井口、太田、吉田、桑原、みなに、合評会のことを知らせました。二十三日には、詩人クラブの会があり、それに『三人』がその当番にあたっているので、合評会は、どうしても、十七日に開くように、つとめて下さい。このことも、御願いします。

昨日、瓜生と桑原と私と三人で話し、瓜生が『三人』にはいることをきめました。合評会のとき、皆に、承認を求めるつもりです。

瓜生は、食えなくなったときは、何か、『三人』の皆が会議を開いて、原稿を売ってもよいかどうかをきめるとか、その、食えないひとを補助するとか、することを、求めていました。

私は、それを承認しました。

君も、合評会のとき意見を出して下さい。

桑原は、瓜生が東京へ行ってしまってから『三人』を出るかもしれないと少し、気づかっていますが、そういうことは、瓜生はしないと、私は思います。

瓜生は、いまでは、やはり、程度は、みなのうちで一番ひくいと言えますが、熱情をもっているのが、すきです。古い姿、げ作者的なところを時々、ひらめかし、それが、他のひとの気にさわるときがあるかも知れない、しかし、それは、やはり吉田にもあることです。

吉田が東の古い姿とすれば、瓜生は、西の古い姿という気がします。しかし、どちらも、よいひとだと思います。瓜生もよくなると思えます。

はやく、合評会がきてくれたらと思っています。非常に、君にあいたいという気がする。

一九三六・五・四　宏

正晴様

■**六月十六日付**（発信地・同）

御手紙有難う。

私は、とにかく、はやく帰りたいと思ってばかりいます。光ちゃんのことばかり考えます。そして、それが、この上なく、自分に、気持がよいのです。併し、やはり、光ちゃんを不幸にしたくないと思い、非常につらくなってきます。自分の愛しているものを、正しいと信じる方へ導くのこそ、自分の役目だと考えるのですが、そう、はっきりとは、行かない。いま、私に、もっとも、大切なことは、体を丈夫にするということです。これ一つで、これから先の行き方が、ほとんどきまるでしょう。体がよくならなければ、新しい文学なども、ただ、言葉だけのものになってしまうのだと思えます。

君が羽山や佐々木の考えから、詩に於ては、はなれて行くだろうと言っていることは、いまの君としては、当然のことではないのかと思いますが、可そ性というものを摑んでいる生活というものは、羽山や佐々木などの生き方と、どこかで、一致し、重なって行くのだと、君も考えているのでしょう。

その点では、私も、君を信じています。

この日曜日、桑原と話し、非常に、身近に、桑原をかんじました。瓜生も、ぐっと、近づいてきた。（瓜生は、君の手紙が非常にうれしかったらしい。いま、変って行く最中のように思えます。）こんなことで、私は、大部、気持の方は、直ってきました。天候のせいもあるでしょうが。

君や光ちゃんの言うように、私も、もっとのん気に生きたいと思っています。（確信がつけばつく程、のん気になれる筈です。）光ちゃんと、この夏、たのしく、すごすということも、私には、許されるのだと思います。これだけ愛していて、光ちゃんが、私を信じてくれなかったら、もう、仕方がない。

現実が、益々自分（人間）のもの（こっちの言葉で言えば、我々のもの）となり、すきとおって（すきとおるということは、自分のものとなるということであり、実践がこれを受持つ。）来なければ、うそだと思います。そして、光ちゃんは、その一部を引きうけてくれたのです。このことは、いつでも、光ちゃんのことを思うたびに感じることです。光のようなものという感じ（感じでは言いたりない、光のようなものの、私の体への滲透だ。）から切り離しては、光ちゃんを考えることはできない。これを失うことは、ほんとうに、たまらないことだろう。

君の可そ性と言うことは、カントのように、物自体と経験的なもの（現象）、とを区別してしまわないということであり、Engelsが言っているように、物自体が、実践によって我々のものとなるということだと思います。ただ、君が、行為という言葉を言うとき、その行為という言葉が、比較的、具体的でないように思えるのはどうしてでしょうか。私は、これを、禅宗の人々のいう行為の中にも感じるのです。そして、ここに、禅宗の限界があるに違いないと思います。行為というものは、禅宗の言うものの上に、さらに、歴史的なものの加わったものだと考え、ヴァレリイの行為が、厚みをもたないように思えるのも、やはり、この「歴史」の欠如ではないのかと思います。（ヴァレリイの行為は現実よりも、はるかに、可能の方に傾いている。）

行為、行為と言いながら、私達のいう行為には、どうも、内容（なかみ）がなくなりがちになるように思えます。君の可そ性ということも、私には、歴史をはなれては考えられない。イデーがフィクションであるということも、単にイデーがそのままフィクションであるという考え方、イデーとは、一つの手段にすぎないという考え方には、私は反対です。イデーがフィクションとなるということは、現実的物が歴史的であるからにすぎない、実践によって、物自体が我々の物となり、我々のものが増え、現実に変化がたえずもたらせられる、それ故、以前は、正しく、物を指していたイデーは、そのままでは、正しく、指ささなくなり、次には、変化する物に応じて、変化しなければならない、この意味に於て、イデーはフィクションなのだと思います。フィクションでありながら、やはり、物を、人間に、我々に、掴ませる役割をしていると思うのです。

ヴァレリイのフィクションの考え方には、或る意味で、歴史がかけていると、やはり言えるのではないでしょうか。（勿論、君も、イデーが物を離れて、現実の対象をはなれて、あるなどということは、考える筈がないと思っています。）元来、芸術には、歴史というものが欠けやすい。その歴史を、芸術に於ても取り返そうとするのが、リアリズムだと思います。私は、詩に於ても、歴史を取り返したい。そして、私が象徴派、や、その上、竹内勝太郎から、判然と離れるのは、この点です。私の詩論が、新しく生れるのは、それ故、やはり、羽山、佐々木の向っている動きからです。これを、しなければ、どうしても、やりとげなければならないと思っています。ヴァレリイの「詩の本質」、これに厚み（空間的な厚み、物を奪いとる肉体的な厚み、石のような厚み。）を加えた竹内勝太郎の「詩の建築的意義」、この中へ、私は、歴史の厚みを入れたいのです。しかし、こんなことも、ただ、自分の希望に終ることかも知れません。いまのところ、光ちゃんの方が、私には、大切です。

　一九三六年六月十六日　　宏

正晴様

■七月三十一日付（大阪府下泉北郡浜寺町諏訪ノ森八〇八ノ二　富士方）

御手紙有難う。

富士の富は、紙がすべって、あんなことになったのです。元気でやっているらしく、喜んでいます。昨日、光ちゃんへの手紙を読みましたが、具体的なことが、わかり、安心しました。私は、皆と一緒に、浜寺の近くにいます。これで私の望みが実現したわけです。これからは、ただ、仕事ができればよいと思います。

昨日は、京都へ行ってきました。下宿を移ったのです。京都市吉田神楽岡町二三、永井信三方です。一寸、古い家ですが、下宿代は、五円でした。そこへ行く前に、南田町で、借りることになり、いまにも荷物を運ぼうとしていると、そこの主人がでてきて、

「うちは、何も、金をもうけようとしてやってるんじゃないんだし、わしは、川端署へでてるから、まあ、よろしく。」と言いだしたので、とび出してきました。玄関に、長靴があり、身体を、一寸、後へそらせる身振りや、頭のうなずき具合など、すぐ、わかる筈であるのに、ぼんやりしていたと思いました。京都へは、九月の二十日頃、行くつもりです。

この夏は、史的唯物論を、徹底的にやってしまおうと思っています。『資本論』は、非常に面白く、しかも、マルクスの感覚が、如何に現実的で統一があるかがわかります。もし、読めたら、君もよむべきだと思いました。

漸次、ゴリキイに、近づいて行こうと思っています。ゴリキイの生き方、そして、トルストイの物の把み方。これらが、ドストエフスキーの漠とした欠点を救うにちがいないと思うのです。

ゴリキイが、人間を見る眼は、実に美しいと思います。こうした、美しさが、私の中に生れてこなければ、うそだと思うのです。それ以外に、私の実践が、現実に、何かを打ち込み、現実へ滲み込んで行ったかどうかの、測定法はないと思います。人間を美しく見るということ、これは、革命的には、新しい

ものをつくり出して行こうとする、ところから以外には生れないことだと思います。ここにのみ光りがあるのです。青空の中に、拡っていく、朝の光の流れです。この面を、私は、造って行くのです。光ちゃんを見る眼が、その媒介となることは、勿論のこと。

光ちゃんが、私の中へ滲み入るように、私の実践は、自然の中へ、滲み入って行くだろう。私は、自分の体が、到る処で、到る方向から、何物かに、貫かれるのをかんじる。私は、私の体の中に、歴史の跡形を、もっている。その跡形が、正しく私をみちびくのだ。その跡形に、私は、そのときの現実の姿と、その進む方向をかんじる。そして、又、その跡形に、踏み台を見出す。

ヴァレリイや、君の考え方が、非常に、自然弁証法に近いことを知りました。ヴァレリイの限界は、はっきりわかるように思えます。

人民戦線は、着々と進んでいます。大体、社大党を支持することに決まって行きそうです。これは、社大党の幹部を（ダラ幹）を支持するのではなく、人民が支持する社大党を、自分達も支持すべきだと言うのです。

私も、このことが、やっとわかってきました。

いま、戸坂潤の「思想としての文学」を読んでいます。読み終ったら送ります。非常にわかりやすく、しかも、新しいところがあると思います。

では、又

一九三六年七月三十一日　宏

正晴様

■九月一日付（大阪市住吉区播磨町東一丁目三　富士方）

君のことを色々ききますが、仕事（つとめ）の方はどうなのですか。君のお母さんは、余り、君のことで、おばさんの方から、手紙がくるので、こまっていられるようです。今日は、おばあさんに頼まれて、この手紙をかくことになったのです。

四国でのつとめを、きり上げる意志はあるでしょうか。こちらの方に、新聞社鉄道省など、職め口〔ママ〕を、さがしているようです。どうでしょうか。君のお父さんは、もう、しばらく、そちらにいて、つづけて行く方がよいと考えていられるらしいですが。（しかし、それも、こちらに、職がありさえすれば、すぐ、君を、こちらへよぶようになると思います。）併し、君の評判（君に対する皆の期待、心）は、非常によいので、喜んでいます。白川さんの方からきた、君に対する悪い手紙も、また、うるさく言ってきたという位に考えられていて、君に対する信用には、何の関るところもないようです。併し、うるさくてしょうがない故、もう、しばらくの間だけでも、普通の行き方をやってほしいというのです。どうでしょうか。

これからの考えを書けるなら、書いてきて下さい。（おばあさんにあてても。）

昨日、瓜生君の家へ行き、ビールをよばれました。瓜生のひととしての感じは、ずっと、益々よくなってきているので、うれしいでした。その、お母さんも、よいお母さんだと感じました。正夫君と二人で行ったのです。三人で心斎橋をあるきました。別れぎわの感じも、特別なひとのうちの一人に瓜生がはいってきたとも言い得る感情でした。それも、よいと思いました。

詩の方は、進んでいますか。あらゆる時に、詩が滲み込んで行くと言ってもやはり、何か集め、中心へ向け、まとめ上げて行く時間がないと、苦しいだろうと思います。俳句の伝統ということと、思想ということとが、如何にむすびついて行くかが、問題だと思います。新しい詩（やはり、俳句的なものが、一度、西洋の詩に、破壊されてしまった後のものと考えるべきだと思う。）と、芭蕉と、どれだけ、どこに、ちがいがあるか、そんなことの解決は、仲々、のことだと思います。

「物質」という言葉が、少し新しく変ってきたようです。物質の流動というものの摑み方です。物質が、詩に於て、如何に物質自身を表現して行くかということです。物質は、詩に於て自分自身をあらわにして行く。ということ。（こういう考え方は、君にとっては、普通の考え方だと思いますが。）

青空の層を光が、貫き、貫きして行く、青空が、穿たれて、ほりとられて行く、すきとおっていく。こうした過程そのものが、動きが、物質だと考えるのです。すきとおって行くのが詩（ポエジイ）であり、その反映としてあるものが、ポエムだと思います。物質そのものが詩に於て、自分（物質自身）をつかむ。しかも、それは、どこまでも、現実の社会に於て、主体として動くプロレタリアートをとおしてであるということ。

自分の詩が、決して、誤った方向にそうてはいないと思えるようになってきました。プロレタリア派の方から、言ってこられても、自分の動き（主張）は、かえないと思えるようになってきたのです。併し、これは、これから一層むつかしいことです。

光ちゃんとの間は、よく行っています。

明日、今津の方へかえります。体に気をつけて下さい。

一九三六年八月三十一日　宏

正晴様

一九三七（昭和十二）年

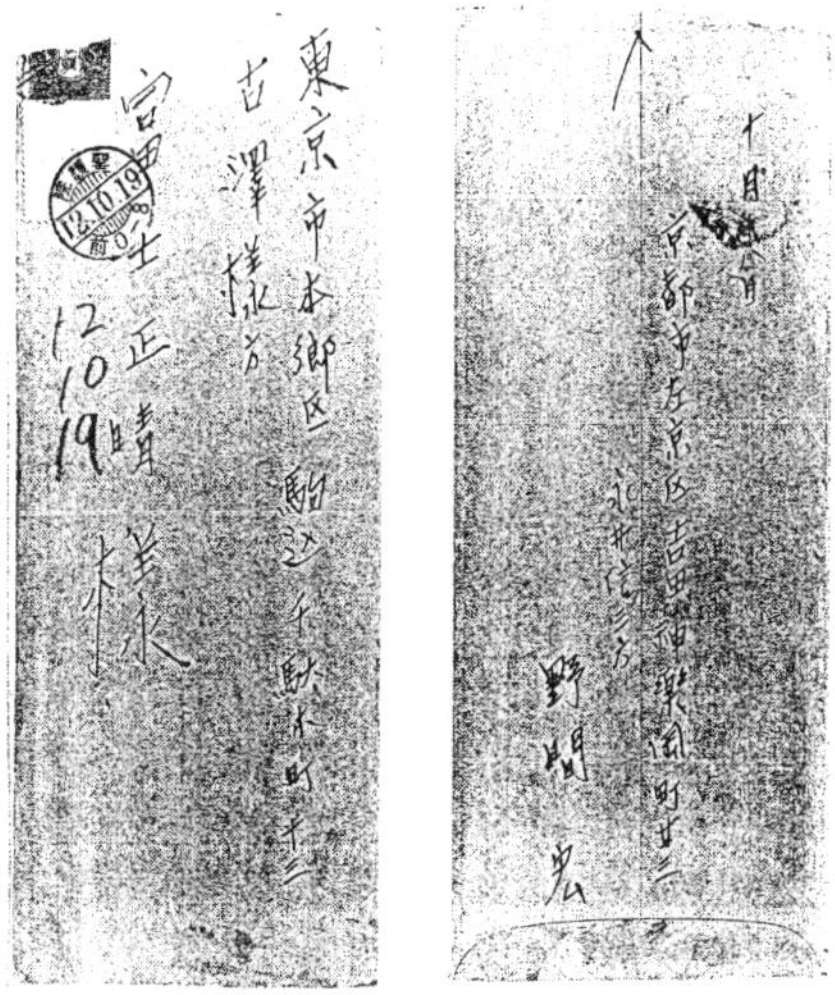

一月二十日付（富士正晴宛）
一月二十一日付（富士正晴宛）
二月四日付（富士正晴宛）
二月十六日付（富士正晴宛）
二月十七日付（富士正晴宛）
三月一日付（富士正晴宛）
三月二十四日付（ハガキ）（富士正晴宛）
三月二十九日付（富士正晴宛）
四月十七日付（ハガキ）（富士正晴宛）
四月二十四日付（富士正晴宛）
五月九日付（富士正晴宛）
五月十二日付（富士正晴宛）
五月十八日付（富士正晴宛第一信）
五月十八日付（富士正晴宛第二信）
九月十五日付（富士正晴宛）
九月二十二日付（富士正晴宛）
十月九日付（富士正晴宛）
十月十九日付（富士正晴宛第一信）
十月十九日付（富士正晴宛第二信）
十月二十八日付（富士正晴宛）
十月三十日付（富士正晴宛）
十一月十二日付（富士正晴宛）

■一月二十日付（京都市左京区吉田神楽岡町二三　永井信三方）

京都へきました。体の方は少しずつよくなってきています。時々、絶望にとりつかれ、自殺のことなどを考えますが、それがけい続するということはないので、まだよいのです。私も、いよいよ、人生とか、世界とかに直面しているのだという気持がしてきました。これから、すべてが始まり、すべてが、ここへ、吸い込まれてくるのだと思えます。

闇にしても、本当の色がでてきたようです。形容をはねのける闇。生活の底を割るものがあります。どうしても、新しい生活が必要です。そして、それが、私には可能なようです。自由になってきました。以前のように、小さい動きがなくなってきたことは事実です。しかし、現実を如何にすればとらえることが出来るかがまだわかりません。言葉と生活というものを考えます。言葉の下にくっついている鉄の板のような生活です。或は、女の体のような生活です。私は、それを、つかもうと思っています。言葉の中の岩石。塊としての言葉。群としての言葉。流れとしての言葉。

小説は、スタンダールから離れます。現実を指差すのではなく、現実をねじり取る、もぎ取るという方へ進みます。太い言葉をさがしています。いままでのようなこまかい刻み方をも同時にふくんでいるような太い刻み方を求めているのです。

私には、私と共に民衆を救うこと以外に仕事はないようです。それ以外、「民衆と共に」以外には、私は決してすくわれないでしょう。「政治」所謂「政治」をおそれなくなりました。それ故、ジュルナル（日日）を恐れなくなりました。前はひらけかかっています。私は、文学以外に生きることのできない人間だということがわかってきたのです。つまり、文学がわかってきたのでしょう。人間の底にある文学というもの、その力がわかってきたらしいのです。

人間が落ちこむ、陥し穴、も少しはわかってきました。そして、その陥し穴の色も。

光ちゃんとは、余りうまく行っていません。それは、私のわがままと、私の下劣さの故ですが、しかし、これからは漸次よくなって行くと思います。光子さんは、君が結婚するまでは、自分も結婚は絶対にしない考えらしいです。私も、光ちゃんの言うとおりにしようと思っていますが、いまのところ、結婚してくれるかどうかさえ、わかりません。私は、以前以上に愛しているのですが。

君の方はどうですか。不幸をつくらないで下さい。別れたら、二人とも不幸になるにちがいないと思えます。君は、もっと、努力すべきではないのでしょうか。

詩の下にある生活の量。それが、ぼつぼつ見えてきました。それのある詩は非常に少いということです。又、ばらばらの詩が多いということ、言葉と言葉の間に、へんなすき間があいているということ。しかし、そのすき間をあけないように気を向けていると、量の方が、なくなること。（ヴァレリイ、ラシイヌ、は、この量のない方へ属させてよい。）竹内さんは、量があるが、言葉はすき間だらけ。私の詩は、どちらも、駄目です。

この七日に光ちゃんと婚約のようなことをしておこうと、母も君のお母さんも考えているらしいのですが、光ちゃんは、反対しています。こんなことのある友達は級に一人もいないし、皆、他の人は、ほがらかにしているのに、自分ひとり、そうでないと言っています。併し、このことは、君の方から、余り何も、言わないで下さい。私がやりますから。私のような人間に愛されて、光子さんも、不幸なのではないかと、思うことがありますが、私には、別れることは、できないでしょう。

出来るだけのことをやってみて、それでも、いけないというのなら、それまでです。どうも、いままで、私が、わがままをやったと思います。

しかし、すべて、これからよくなるでしょう。きっと、よくなると思います。大きい世界の転換と共に、私も、私の体を、まげて行くようです。体に気をつけて下さい。

一九三七・一・二〇　宏

正晴様

追伸——

光ちゃんとのこと心配しないで下さい。そのうちに、またしらせますが、光ちゃんは、恋愛などより、試験の方が気にかかるらしい。

詩は、いよいよ、とりかかった。すべてをここに傾ける。

■一月二十一日付（発信地・同）

昨日、君に手紙をかいていて、以前、君に、毎日のように書いていた頃の状態と同じ状態に身体がかえっていったらしく、非常に、美しい気持にしばらくとりつかれ、これは、何なのかと思ったりしました。この頃は、君のことが、きにかかります。君の何かにふれて、火花のようなものが、飛ばしてみたいのだと思います。勿論、君の方へばかり、手紙をかくのではなく、光ちゃんの方へは、もっと、多く書いているのですが。詩の下の生活が、空間であるということ。絵の空間も、単に、絵としての空間ではなく、生活としての空間であるということ。君は、この頃、こうした、やり方で詩を考えなくなっているのでしょうか。

「物質」という考え方にしても、生活が物質だというように考えなければ、どうしても、考えつくせない。つまり、私の、生活という言葉の意味が変ってきたということです。

ドストエフスキーの生活を考えています。ドストエフスキーが、何処で、リアリズムを摑み上げてきたか、つまり、どういう風に現実に身をかたむけ、身体を、ねじ入れ、どういう具合に、その跡形がついているのか。ドストエフスキーが、歴史とか宇宙の中に開けた穴は非常に深く大きく、その穴の構造の機構にしても、到るところに、自我の小破裂があって、それが、はたして、何にもとづいているのかが、私には、まだわからないところが多い。しかし、自分の生き方が、ドストエフスキーが道を見失ったところから、始らなければならないということを、また考えてきています。ジイドは、機構をさぐる道具になりそうです。一般に、フランスのものは、そうだと思えます。言葉が、非常に、物質的でない。そう思います。日本語は、まだ、どれともきまっていない。これから、私達の生活如何によってきまってくるのでしょう。フランスから離れて行くと思います。シェクスピアとドストエフスキーと竹内勝太郎との三人です。シェクスピアは、よい翻訳が少しもないので非常にこまっています。テーヌの作家論のシェクスピアも、一度、よんでみようと思っています。モリエールが、ロシアに生れていなかったということは、残念なことです。

『三人』が、民衆のもっている、鉱脈のようなものにつきあたるのを待っています。これ以外に、もう、やり方が、私にはないようです。そして、又、これが、本当のやり方なのでしょう。

禅宗の人たちが掘って行った穴も、大体わかったような気がしている。歌の方、俳句の方を、さぐってみたけれど、もう、奪い取るべきものが何一つのこっていないので、自分の方がびっくりしました。これからの人間で、歌を求めるひとが少くなる理由も、わかってきました。一つの根だけで、生活しているひとなど、なくなって行くでしょうから。

京都の『三人』とは、余り、話をしていません。

昨日、苦しい気持で、手紙を入れに行く途中、切れ端の美しい虹を見ました。

一九三七年一月二十一日　　宏

正晴様

追伸

——詩、できたのがあれば、送って下さい。

■二月四日付（発信地・同）

本は、しばらくまって下さい。未成年、悪霊など、皆、大阪の君の家にあるのではないでしょうか。私は、もっていません。ニイチェは、私のを送ります。しかし、とにかく、もう少しまって下さい。

この頃、君の手紙をよんで、どうも、何か縁どおくなったという感じをうけます。そして、私が考えていることを何も、君に話すことはないというような気持になって行きます。どうしてかしれないが、デジイルという言葉も、はっきりした位置をもっているように思えなくなります。自分のことを、君に言うのを、ひかえなければならないというような気持です。特に、詩や、小説や、芸術に関したことを、君にかいておくったあとで、何か、後悔めいたものを感じるのです。どういうことなのかと、考え直しているのですが、君の詩でも読めば、それがわかるのではないのかと思います。

光ちゃんとは、別れてしまわなければならなくなるかも知れません。私は、光ちゃんを、自分の中にある分裂によって傷けることしかできないようです。私の住んでいる世界の亀裂が、私をも裂きつくすらしい。私には、まだ、統一ができない。そして、光ちゃんが、光ちゃんに頼って、小さく安心する。そのたびごとに、光ちゃんが、悪くなって行くように思えてなりません。私が愛することが、光ちゃんをそこなうとすれば、何にもならないのだと思います。私は、こんな時代にすみ、体がねじれてしまっている。私の愛するものは、暗くなってしまう。自分が何か、醜い汚いけだものだけのように思えることがあります。私には、とても、光ちゃんを愛する資格がないと思います。私には、愛ということが、わからなくなっています。女も、何もわからない。

こんなに愛したことなど決してなかった。そして、又、以前より、はるかに立派に愛しつくした、こう思うこともありますが、しかし、光ちゃんを私の方へ来るようにし、結び合うことができないなどは、どうしても、自分の中にある、消すことのできないような醜悪なものに原因するのだとも思います。

この休みには、余り、君の家へは行かないつもりです。人間というものが、この上なく厭になる。そして、憐になる。しかし、私以上に苦んでいる人が、どれだけいるかわからないほどなのだと、又、思います。私は、もっともっと、ねじれて、つぶれた姿になって行くのではないのかとも思います。それ以外に、救われる道がない。

一九三七年二月四日　　宏

正晴様

皆が、余りにも統一をもっているのが不思議だ。世界が亀裂しているのに。愛すれば愛するほど、亀裂はふかく、ねじれはひどくなるだろうと思うのに。

■二月十六日付（発信地・同）

手紙ほんとうにうれしく読みました。昨日も、君へ手紙をだしたのち、桑原と、街の方へでて、活動をみ、万才をみて、かえってきました。桑原にもすまないと思います。今朝、おきたときは、もう、大丈夫だという気がしていました。それから、君の手紙で元気がでました。併し、光ちゃんを、悪く思わないで下さい。御願いです。それは、堪えられないことです。

「問題の子供」を読みふけりました。そして、自分が、問題の子供の一人であることを発見しました。この本はよい本です。私に役にたつでしょう。こうしたところを通ってでてきた温和でなければ、いけないということを感じます。

ひとに対する関係も、これによって、よくなって行くだろうと思います。汚辱の感じを、なくすることのできるのが、この本です。そして、自分が、心理的方法というものを、この、一、二年、無視し、忘れていた、或は、忘れようとしていたということにも気づきました。

光ちゃんがほっとしているということ。何かへんな気持です。私がどれほど圧迫していたのか、恐しいことです。私は、又、光ちゃんに嘲笑されているような気持でもいました。君と会ったときは、君をも疑いましたが、恥しいことです。

私が本当に純粋なのだったらどんなによいことだろうと思います。君は、何でも、私のことをよいように考えてくれるのです。

今日から、苦しみの性質が変ってきたようです。塊りのようでなく、ずっと、底へおちついてきました。私もだんだんよくなって行きます。そして、再び、光ちゃんの愛を得られるならば、しあわせです。どうしても、必要なのだと思います。決して、以前のようには、あきらめようとしないのです。(心が。)もう、他にないと思ってしまうのです。どうしても、あの顔が必要です。

いまの日本の教育のことについても、少しずつ、勉強して行きたいと思っています。やはり、ルソオとか、ペスタロッチから始めようと思います。

今日から試験勉強をはじめました。安心して下さい。体も、もっともっと、丈夫にして行きたいと思っています。

君も体に気をつけて下さい。

一九三七年二月十六日　　　　宏

正晴様

追――

何を読んでも駄目なので、やはり、自分に頼ります。

光ちゃんは、音楽をやるそうですが、絵の才能を失ってしまいはしませんか。

■**二月十七日付**（発信地・同）

私の光ちゃんに対する愛は、いよいよ、本当のものになって行きます。しかし、それまでに、二人は、余りにも、離れすぎてしまうかも知れません。もし、そうなったとしても、仕方のないことです。師範の教育では、やはり、そうなってしまうでしょう。そういう気がします。

しかし、確かな愛というものはよいものです。力をあたえてくれます。報酬を求めません。こんなよい感情は、始めてです。愛し続けます。私が、愛していて、愛してくれなかっても、これも仕方のないことです。そう思います。愛が、私を運び、私を強くし、私を動く人間、生活する人間にしてくれるとすれば、もう、それで十分です。呻き、泣いているのこそ、宙に浮いた人形にすぎません。

生活しているということは、愛が、触れているということ、宇宙が、そのひとの内に顔をのぞかせているということです。

こうしたことがわかってきました。


すべてが、今後の私の発展にかかっているような気がする。

どうしても、又、次の展開をやらなければならないと思います。身体をきたえたいと思います。次へ次へ、さらに向うへという感じがしきりにします。もっと、生活力がほしいと思います。もっと、本当にぶち上って行くような感情の地点をほりあてたいという気持です。しかし、それは、自分が動かない以上、でてくる筈がない。しかし、動くには体が必要です。何よりも体です。体のことであきらめることなどしないつもりです。きっと、誰よりも強くなれると思い始めました。

そして、はっきりと、やります。やはり、やることが必要です。何もかもが、古く、私を打ちません。もう、新しい文学がでてこなければ、ならないと思います。そして、新しい文学になれるか、それとも、その途中で、粉々にとびちるか、そのいずれかです。

私は、光ちゃんが、考えているような意味で、光ちゃんを幸福にすることは、とてもできません。それを考えると、私が、こうなるのも当然だと思います。

しかし、よい少女が、おかしい教育によって、悪くされて行くことは残念なことです。どれだけ、男が苦しむことでしょう。ほんとうに、人間は、進歩のさまたげばかりしているような気さえします。

勉強を始めます。生活が、みちて行くようです。この状態を、どこまでも続けたいと思っています。

一九三七年二月十七日　　　　宏

正晴様

追。

――君の方、お互によく、やって下さい。

■三月一日付（大阪市浪速区河原町一丁目一五一七ノ六）

二十七日に大阪へ帰ってきました。光ちゃんに会いました。そして、君が、錯覚をやっていたのを感じました。やはり、君の家へ行ってよかったと思いました。君の家のことにしても、君が考えていることを、一度に実行に移すことなど、不必要なのではないかとも考えました。どうでしょうか。もし、光ちゃんに会っていなかったとすれば、私達は、もっと、お互に、誤解し合い、苦しまなければならなかったのだと思います。光ちゃんは、私を、気の毒に思っていてくれるらしいと思いました。そして、以前、私が、よく似合って美しいと言っていた髪の形をして、一寸、でてきてくれたりしました。また、だんだんよくなって行くと思います。君のお母さんに対する子供達の感情にしても、その中に、いたわりの感情があるのをみつけました。感情の高低と、感情のヒステリックな本性が、ときには、たかまってくるのだと思います。

詩「眩暈しき悲しみ」を、書き上げました。これは、二十六日の昼までに仕上げたもので、少し悲しいものです。二十七日に、会ってから、気持、悲しさの色が変ってしまいました。しかし、愛着のある作品です。そして、今後、もっと、こうして、詩の領野を拡げたいと思っています。

土曜日毎、位に、光ちゃんに会いに行くつもりです。試験がすめば、向うからも、遊びに来てくれるでしょう。ターキーのことにしても、何でもないことです。私は、この方が、すきな位です。

そのうちに、ゆっくり話のできる機会をとらえます。

編輯会議は、三月十八日に京都でやることにしました。君に心配かけてすみません。私は、もっと、元気になる必要があります。

千九三七年三月一日　　　　宏

正晴様

正夫君とも、よく話しました。君は、一方のみをみていたのではないのですか。

どこの家でも、冬は、余り、よく行かないでしょう。

■三月二十四日付（発信地・同）

今日、ピエール・デルベの『科学と実在』を読み始め、自分の考えが、ここに向いているのを知りました。

私の思想が貧困の中で死んだというラマルクの系統にあることを確めました。

自分の宇宙形成が、又、動き始めたのをかんじる。ラマルクと、ダーウィンを勉強したいと思っています。教育の方の勉強は、緒がまだみつからないので内部でこまっているのだと、知り始めました。

社会と自然との間に、結節が確にでき、私は、確立して行くでしょう。（二十六日頃、遊びに行きます。）

■三月二十九日付（発信地・同）

昨日と今日との二日間で、私の中のものが、上のものが下へ行き、下のものが上へ行ったというような感じがし、非常にうれしい気持です。その上、その日まで混沌としていた塊りの中へ、静にのみが入れられ、余分なものが、けずりとられて、判然とした姿をとり始めてきた気がします。

私には、君がどれだけ必要であるか、わからない位です。君がいないと、私は、進むことができないのではないかとさえ思います。この間は、少し恥しくて手紙に書けなく、日記にかいておいたのですが、君はどうしても、私の兄だというような気持です。（これは、以前からもあったのでしょう、確に。）君は、私にとって、大切な人間です。私に欠けているすべてです。そして、私は、君に会って、どんなに、自分が欠けているかを知らされ、ます。君は、とにかく、源です。

私は、源を引きずって、位置を前へうつしたいと望んでいますが、結局、自分が源を、もち上げようとするところに、いつもとどまっているだけなのだと感じなければなりません。（これからです。）

光ちゃんと、少しずつでも、話ができるようになってきたのはうれしいことです。私より、ずっと、おちつきのあるところをかんじます。そして、だんだん、こうして、お互に信じ合えるような人間になれたらと思います。

光ちゃんは、底の方が光っているような人間です。それがすきです。そして、以前とは、別の気持で、愛することができます。

今日も、友達と、どこかへ行くのに、友達は、よい着物をきて来るだろうから、行かんとこかしらというようなことを言っていました。もし、光ちゃんがいなかったなら、今頃、私は、きっと、醜悪な男になって、何の仕事もせずに死んで行ったかもしれないという気がします。又、君の家がそうです。君の家がなかったら、きっと私はそうなっていたでしょう。長い間、汚いものを、君の家へもち込み、乱しましたが、これからは、そんなことはないと信じることができます。

私は、光ちゃんを、一生、愛するでしょう。しかし、愛し方が全く変ってきました。これは、私にとってもうれしいことです。光ちゃんを、恋愛のようにして愛すれば、私は、苦しむばかりですから。もっと、自由に話し合えるときがくればと思っています。女の人を、こういう風に愛せるということは、私には、始めてのことですが、よいことに思えます。

塊りが転ぶときにのみ、真のデフォルマシヨンが生ずる。言葉の塊りにしても、同じこと。塊りが転び始めること。デフォルマシヨンは、二重の力、或は、内容をもつ。こうしたことが、少しはっきりしてきました。しかし、詩にはどう表われるかが、問題です。（デフォルマションから、どこへ進むべきかは、まだ、わかりません。）

思想を、湯ぶねに入れて、浮したり沈めたりして、洗っているような詩の言葉が必要です。つまり、四方から、又、上下から、内容を、その内部で、ころころころがしているのです。

『窓』（日野雄吉）を、おばさんに渡して、もってきてもらって下さい。忘れてかえりましたから。これから湯へ行って、ブトオ酒をのんでぐっすり眠ろうと思っています。

一九三七年三月二十九日　夜　宏

正晴様

■四月十七日付（京都市左京区吉田神楽岡町二三　永井信三方）

投稿欄は、どこへつくるつもりですか。最後に廻すのは、どうも変な気がします。「蝸牛」の前に置くか、「詩」の後へつけるか。どうでしょうか。それとも、やはり最後に廻すか。知らせて下さい。独立展を見ました。少しも打たれない。うわっかわのものばかり。須田国太郎と田中佐一郎（？）が少しよいだけ。里見勝蔵は、もう駄目。シュルレアリスムが心理的になって行って、非常に観念的です。日本に芸術団体は、『三人』だけになるらしい。

■四月二十四日付（発信地・同）

昨日、一日かかって進君の「窓」を直し、批評をかきました。進君が、もっと、一つのことに熱する思考の力を得たなら、きぼのある詩人になれるのにと思いました。「窓」はよい詩です。

正夫君には、もっと、大胆さがほしいと思いました。言葉の使い方が、余りに神経的に思えました。技巧は確に自分のものとしていますが。いまが、大切な時だと思います。ブレークなどにも、言葉の下に紙がないと思えるような、定着面のないと思えるような詩がありますが、思考力の方向のあやまりから来るのだと思います。言葉に実体性が少く、又、言葉が、対象へとどく以前に、思考が集められるのです。（思考力の方向のあやまり、或は、思考力の方向をわざと、少しそらせる。）正夫君に、俳句を読むように言って下さい。

坂本の絵のことは、余り悲観もしていません。君が少し悪く見過ぎているという気がしています。「夜景」などとくらべると、非常に進歩していると思っていたのですから。物を動かしたまま摑もうとするやり方が坂本にあるのがすきです。「夜景」などはそのために、かえって、中核がなくなってしまい、ふんいきだけになってしまったという気がしますが。構成のことは、私には、まだ見とおす力がないようです。君の言っていたことが、本当なのだと思えます。君と話しているうちに、坂本もよくなって行くと思います。色も、もっと、豊富になって行くでしょう。レンブラントをやっているので、坂本は、色が不足してくるのではないでしょうか。色が不満です。

昨夜、岩崎と話しました。そして、岩崎が、もう、ずっと、おくれてしまったのを感じると共に、自分の中に、新しいモラルが、確かさ、をもって、動いているのを、逆にかんじました。私達は、すべてのひとより、ぐんと進み出てしまったようです。苦しいのがあたり前でしょう。苦しくなかったら変です。

井口からは、手紙が来ません。私も、又、出さない方がよいと思い出しません。しかし、心配はいらないと思います。

ブラウニングを読んでいますが、非常によく打ってきます。人事に関した言葉なども、自由に使っているので、いまの自分には、これが非常に必要だと思え、又、女に対する考え方が、特にすきです。私とよく似ています。自分の考え方を、こうした詩によって、せん練して行くことができると言うのは、楽しみです。理想をもっていること、そして、その理想が生き生きとして、大きいこと、現実的な理想であること。ひとに会い、この頃、理想をつかみもっている人の少いのに驚きます。理想がその人の力となって、打って来るということなど全くありません。理想を、確乎と形成し、大きくし、その形を動かして組みたてて行くことが、ひとびとにとっては、むつかしいことなのだと、始めてしりました。

ブラウニングは、この世の中には、失敗ということがないと考えています。積極的な考え方で、(これはブラウニングの来世の考えとも結びつくのですが、) ブラウニングの天国を、自分の足下にもってくると、そこに、自分がいるという気がします。

いま、詩を一つ考えています。恋人の胸の上に生える植物の詩です。花の詩。ベートオベンのカルテット(晩年の)を思いだし、それの、音が明るい花の奥から、厚く光りでてくるように思われ、それと、胸と、或は、唇とを結びつけようとしているのです。非常に美しいものにしたいと考えて、苦心していますが、まだできそうにありません。

もう、一つは、「幸福は滝の形をなす。」というような詩です。まだ、これも、できていません。

最近は、ブラックの絵が成立している、その根元にまで下りてきました。そして、激流の形で思想をつかみました。レーニンのいう「螺旋状に」という考えや、「倒立せよ」という考えが、ここではっきりしてきました。そして、これに専念しています。もっとはっきりすれば、手紙にかきます。君のお母さんには、手紙をかいている暇がないのです。よろしく言っておいて下さい。

一九三七年四月二十四日　　宏

正晴様

■**五月九日付**〔発信地・同〕

――いま、太田のところにいます。「レムブラント」の映画をみて、かえりです。――

風邪で少し弱ったりしていましたが、もう、すっかりよくなりました。そのためにおくれていた印刷も、また、始めています。

もう一週間位のうちには、『三人』もでき上るでしょう。頁数が思っていた以上にふえて、少し金がかかるので、定価はやはり四拾銭にするつもりです。

「三人通信」は当分出せないでしょう。出すのならやはり活字でだしたいと思います。

『三人』のことを君以上に評価することは、誰もできないでしょう。同人の一人一人が、漸次、何か一つの型のようなものに固定して行き始めたのではないかと感じるとき、私は、どうしても、『三人』を後にして進んで行かなければならないのではないかという考えにうたれたりします。

私はもっと勉強しなければ、どうしても駄目です。宇宙を手に摑みそこないます。宇宙の裏に附着している法則をひきはがして行きたいと思っています。

宇宙の歴史像が私には、まだはっきりしていないようです。そして、毎日、勉強に追われ始めます。自分自身の位置が徐々にでも移って行くのが、たのしみです。そして、それによって、生きるのです。

この緊張を内部から支えているものが、少しでも狂うとき、自分は、どんなところへ落ちねばならぬかが、はっきりとしています。いまは、この一年は、私にとって、大切なときのような気がするのです。

大きな小説がかきたいと思っています。そして、その可能性が、自分にあることを感じているのです。小説も、誰かがやらなければ、ジイドの次の代に位置して、小説を新しくすることができない。新しい全く別な小説をかかなければ小説の歴史は次へすすまない。その小説をよめば、全く、そのひとの人間が変ってしまうような小説。日本人には、いま、これも、必要です。

どうしても、勉強しなければ駄目です。

政治のことも、私の宇宙像の中へ、はいって、とけてきています。これまでのプロレタリア運動の誤謬もはっきりしてきました。すべて、やり直さなければならないのです。

日本のもっている奇妙な姿が、はっきりと、定着してき始めました。このことも、だんだん、君にも解ってもらえるようにして行きます。いままでのプロレタリア運動は、日本のもっている矛盾をつかみそこなっていたようです。すべてが、失敗するのは当然だったのです。一寸でも見違いがあれば、それを押しつぶしてしまう現実（宇宙）の力の大きさをかんじます。しかも、その宇宙が、私に幸福をもって来ようとしているように、近頃の私には思えます。余りにも人が少く、又、さらに、頭脳が少いので、私も、こうした方に、力をつくさなければならないと思います。

日本はきっと、よくなります。私は、それを信ずることができます。ファッシズム的なものが、着々と進んでいることを苦しみとして感じますが、敗北の気持は少しもありません。

皆、元気ですか。私は、いよいよ、闘争の心を強くして行けそうです。もっと、体を丈夫にします。

一九三七年五月八日　　宏

正晴様

■**五月十二日付**（発信地・同）

井口がどうしているのか心配していました。じりじりした気持になっていなければよいがと思っていたのです。そして、手紙で私にははっきりわからないから、一度、光子さんと話してみるように進めてみました。井口もやはり、以前の私と同じように、やはり、性慾的なものが或程度まで原動力となる人間なのだと思います。

私も、数学と物理学の勉強を、まだ、ごく初歩ですが、始めています。物理的宇宙像と、その自然弁証法をしっかりさせておきたいのです。しかし、どうしても、この方面は、いまのところ、後まわしにされるのですすみません。しかし、し終えようと思っています。自然の中にある機構が、人間の意識の動き方、その動く道をも定めて行くようです。

君のいまのやり方は、ヴァレリイ、プルウスト、マラルメなどの属している世紀からぬけだそうとしているジイドを思わせます。

私には、学校をでて、どういうやり方をすべきかがまだはっきりきまっていません。政治と芸術との関係が、まだ、どうしても解決しません。そして、こうした中に、今年一年、或はもっと長く、すごしてしまいそうです。私は、民衆に対して、何一つできない人間だという気がします。私には、もっと暗いものがでてくるのがあたり前のような気がします。暗さが、私を動かしてくれるようです。自分が進んで行けるということ、これが大切です。そう感じています。

太田と、二、三日、心から話しました。ベートオベン、ブラック、ドストエフスキーなどのことを話したのです。しかし、やはり芸術です。又、「芸術」です。どうしてよいかわからないときがあります。以前のような、ヒステリックなあせりは少くなりましたが、宇宙力（物質）を、芸術からのみとらえようとする誤り、或は、それ以外の道に於ても、同時に、自分には、それをする素質があるのかということを考えたりします。

太田はよくなっていると思います。桑原はいまのところわからない。「そういう見方もできるだろうが……」「そうばかりとは言えないだろう。」が、時々、しゃくにさわるが、ひとのことばかりは言えないようです。


よい天気がつづくので、気持もらくです。君の詩に於ける「時間論」のことについて言いたいのですが、またこの次にします。その時間論が、固定して行きそうだということです。しかし、ヴァレリイなども、時間論は、大体、一生涯同じで、余り変化がないので、よほどむつかしいにはちがいないとは思っていますが。

一九三七年五月十二日　　宏

正晴様

便箋がないので、裏へ少しかきます。

瓜生の住所知らせて下さい。

進君に、もっと、どんどん詩をかくように言って下さい。

■五月十八日付第一信〔発信地・同〕

おばあさんが十三日に亡くなられたことを今日、知りました。いろいろのことをしなければならず、心が乱されることと思います。私が、先にかいた手紙は、きっと、ごたごたしている状態のときの君の手にはいっていることと思いますが、私は、何も知らなかったので、手紙を出す時機を誤ったのだという気もします。

ああいうような言い方をすべきではなかったとも思われます。しかし、仕方がなかったとも思います。

突然井口のことを心に思いだし、気がゆれていました。それとも、自分の気持を揺り動かしていてみたいような、状態だったのかも知れない。一ヵ月も、動かないような状態にいるということは、堪えられないことです。発展しているということを、気持の上でも、しっかりと、確めたいと思ったりするのです。とにかく、誰かをつかまえて、その肩を両手でもって、前後に、揺っていたいような気持でした。少し、いらいらしていたのかも知れません。わがままを、やりとおしたい気持もありました。そして、この気持は、やはり、残っているようです。

何か動いているものを感じないということで、さびしい、いら立たしい気持にさせられるのです。もっと動いているものを、もっと向うへ行くものを、そう思うのです。桑原は、私が変化をしすぎると考えるらしいが、私は、変化ではないのだと思っています。進化だと思うのです。そして、そういう風に進化し、新しいものにたえず接しているという、生命の新鮮さ、感動の烈しさがないならば、生きて行けないようにさびしく思えるだけだと考えています。ひとには、そんな、ぼくはつが余りにも少なすぎるように思えます。どうも、人生に、直接に接していないのではないかというようなかんじさえします。

この間、竹内さんの奥さんから、あの性交の写真をもらってきましたが、自分は、こうした力のない性交には堪えられないような気さえします。もっと、充実し充実するものが、なければと思います。

卒業論文は、ジイド論ではいけないらしいので、フロオベルにでもしなければならないと思っています。フロオベルの眼の形が問題になり、あらゆるものを石ころのように見ながら、ものに堪えていた思想。無気力の形をとる感動。そんなことを論じてみるしか仕方がないようです。とにかく、はやく形づけて、学校など、でてしまわなければ、ならないと思います。

今日も、まだ、少し、体の底の方が、かき乱されるような気がします。君の詩のことは、また、この次に、続けて言うことにします。

一九三七年五月十七日　　宏

正晴様

一伸　ドイツ国宝展というので、デューラーをみました。強い線でした。

色が美しく、あの時代にあんな色があったのかとさえ思える程でした。つまらないと思ったのも、多いようでした。

二伸――悲しい、ことが多いようです。みちたりない気ばかりして、――

宇宙の悲しみというような、大きい層をなした、悲しみがあるように思えます。あらゆる人間が、一心に働きながら、掘りあてるものが、その悲しみであるというような気がすることがあります。

報いを、求めずに、愛するということが、また、できないようになってきました。そして、それが、苦しく思えます。

民衆はつくりだされなければならないということ、これは、大きい言葉ですが、私は、この前で、いらだたしい気持におそわれます。過去の芸術家には、誰一人たよることのできる人はいないようです。私も、やっと、いまになって、ここへやってきたのだという気がします。宇宙の悲しみを顔につけていないひとの多いことが、いつも、私の心を満ちたりなくさせるように思えます。しかし、大きな内容を、どうして表現したらよいのか、言葉がみつからないということ、言葉の不足、感覚の形式の常に同じなことが辛いと思えます。

■五月十八日付〔発信地・同〕

御手紙有難う。

時間論と言っても、別に詩に於て時間をとりあつかうわけではないのです。その人が生きて行く根底に自覚されているものだと思います。しかし、もう、こんなことは、言わないでいる方がよいと思いますから言わないことにします。

絵のことも、古代の絵と現代の絵とは、時間飛躍というようなものがちがう、又、現代の絵の方が、時間の複雑性をもっているということ、即ち、それだけ、現在の人々は、古代の人々よりも、時間の量を多くもち、自分のものとしているのだというようなことを言っているのだと、して下さい。対象の時間、こちらの時間などと、わけるのではありません。しかし、絵のことについても、私はやはり、言わない方がよいと考えました。

思い切って、君の詩の批評を、一ヵ月程つづけてやってみようと思っていたのですが、やめにします。もっと、物の側を重んじたいのだということだけにしておきます。(君には、あいう風に、分析して行くと、具体的ではないというようになるようです。しかし、絵自身が宇宙がカーヴを描いて進もうとしているのと同じように、何か大きい新しいものに向っているとき、絵自身の組織を絵が知るということは大切なことではないでしょうか。いまは、単に、描くということが問題であるよりは、ずっと、その描くことの構造を知ることが大切な時代なのではないでしょうか。そうでないと、より、深いところまで下りることが出来ないような気がします。皆、こうした、変革の時代には、そうしたやり方をやってきていると思いますが。)

私の井口に言ってやったときの気持は、理解できないかも知れません。私にもはっきりとはわかりません。しかし、私は、光ちゃんの気持をどちらかにきめてしまってほしいと考えたりしたのです。或は、井口にすまないことをしていたというような気持もありました。何か、悲しい気持にとりつかれていました。光ちゃんによって井口が救われるのであるならばというような気持もあったのです。もっと、すっかり言ってしまいます。

私は、学校を出ても、やはり勉強の時間がほしいので、はっきりしたところへはつとめることができないと思い、光ちゃんが、私と共にいることは、光ちゃんの不幸になると思い、そんなことも考えていたのです。

君には、私があせっているようにみえるかも知れません。しかし、私には、何か、悲しい気がします。誰にも通じないのだという気持は、苦しい気持です。こうしたことを、いまの君にはいうべきではないと思いますが。

愛子さんは、ほうとうによい人だったように思えます。ああいう人さえが、こうした世の中で苦しめられ、君と離れて行くということが、一層、人間の悲しみというようなものを深くするような気がします。一人一人が、次第に別々の道へと行ってしまい、何一つ通じるものがなくなって行くということが、悲しいように思えます。誰か一人がよければ、そのために、もはや、他のひとが、傷けられているということ。そんなことの一つ一つが胸を打ってきたりします。

しかも、誰も、こうしたことに気づいてくれないように思えます。

体を充しきる悲しみがあります。そうした悲しみに襲われどおしです。そうした悲しみの動きの中で、自分の身を使いつくすような気がするのです。

またよくなって行くでしょう。

一九三七年五月十八日　　　　宏

正晴様

君が君の詩について言うことは、ヴァレリイがヴァレリイの詩について言う言葉を思い起させます。そして、それは、私がヴァレリイのその考え方に不満を持つのと全く同じように、不満を起させます。

■九月十五日付（発信地・同）

葉書受けとり、すぐ、薬送りました。一箱しか送れません。これだけしか、いま、家にないのです。とにかく、君が家を移ると言ってきてから、何も言ってこないので、心配していましたが、それが、なくなりました。

学校はまだ、始まっていません。そして、桑原などもきていません。尼崎は、ろく膜を悪くして、岡山へ帰っていると言ってきました。この夏からの、いろんなことの結果だと言っていました。

私は、詩の方は、中絶してしまいました。もっと、吟味をやらなければならないと思っているのです。芸術の香りというようなものが、ほしくなっているのです。例えば、人生にしても、この人生の中にある或る限界、或いは、ある境へ入りこみ、そこを突きぬけなければ、どうしても得ることのできない、香りのようなものがあると思え、そうしたものが、芸術にもあると思えてきたのです。それを、はっきり言い現すことが出来ないのが、苦しいようにも思えます。

つまり、自分の眼が、物に、光輝や、匂うような輝き、貫きとおすようなきらめきを、与えることができないということに気づいてきたのです。自分の生活に、なぞ（古い言葉で、役に立たないが、他にない。）が、ないように思えてきたのが、恐しいのです。

ほんとうの肌にふれたい、そうした感じなのです。広い水平線のきらめきのようなものを自分の眼につけて、人の姿を、ものをみたいと思うことがあります。しかし、こうした輝きを、自分の眼が支持するためには、どれだけ烈しい生活が必要なのか、それが、はっきりしてきます。そして、自分の身の内で、焼きつくされてきた部分が、如何に少いかをかんじてくるのです。

ジイドの『贋金つくり』を読みかえし、その、つまらなさに驚きました。そして、ジイドが、芸術家としては、やはり、もう、倒れてしまっているのを感じました。ジイドは、現実のもつあの、炎を幾つも重ね合せたような、其のところが重くとろけているような処から、立ち上ってくる人間の光りをとらえることができていないようです。人間の光りと言っても、わかりにくいかも知れないが、悪とか美とか、善とか、そうしたモラルが、常に新に形成されて行く部分のところのことです。言葉が出てくるところのことです。この言葉です。この熔鉱炉の中で、眩暈している言葉を、引きずりだすということが、私には、まだできないようです。

『地の糧』も、あの、ほんとうの光りを光らせているとは思えません。『新しき糧』になると、ほのめきだけです。しかし、多くの芸術家が、このあたりで倒れてしまっているようにも思えます。人生の光りに打たれて、その光りを放つ言葉をもっている人は少い。そんな気がします。その光りが、どこかで、ひょいと眼に見えそうで、自分でも、ばかなことだとおかしくなることがあります。

光ちゃんとの間が、また、もどってきました。もう、以前のように、光ちゃんから、逃げだそうという考えは、ありません。しかし、何も言わずに、ほおってあります。

一九三七年九月十五日　宏

正晴様

■九月二十二日付（発信地・同）

御手紙を読み、心配しています。身体の方はどうなのですか。当分、何もせず、放っておいた方がよいのではないでしょうか。詩など、何時でも出来るのですから。勿論、こうしたことを言い切ることなど、出来ないのですが、しかし、やはり、そう思います。十二月の講習が終るまで、詩や小説には、とりかからない方がよいと思います。

『三人』も、今年中には、とても、出せそうにありません。しかし、ゆっくりでも、ぼつぼつ、やって行こうと思っています。私の詩集も出せなくなりました。家のこと、お金のこと、それから、戦争のこと、からです。序文も、ゆっくりかいて下さい。

これから、私達は、もっともっと、悪い条件の中へおちこんで行くにちがいないと思います。しかし、現在では、悪い条件にあるものほど、あの人間のもつ正しい大いさ、広さに触れているしるしなのだとさえ、言えると思えます。

私は、フロオベルを読むことにかかりきっています。三月頃までは、これ以外に、何もできないように思えます。しかし、あせるようなことはなくなりました。私の場合、あせりは、ものを生む陣痛のようなものであり、創造的なものであり、これがないのは、自分の力に充実がないからではないかと思ったりしましたが、いまの場合、あせりは、内容の不足ということだと、いまは、思うようにしています。

桑原、伊東と話しました。そして、人間が、自分の身体のまわりにもっている生き生きと伸びる皮膚を、次第に、かたまらせて行くのを感じました。そして、これは、紫峰さんの話をきいていて、特に、かんじたことです。

十月頃（或いは十一月頃）、講談社の入社試験を受けに行くかもわかりません。もし、行くことにきまれば、一日位、話し合えるでしょう。何でもよいから、二、三年働いて、皆を、安心させたいと思っているのです。

紫峰さんが、君のことをきいていましたが、私は、余り、言いませんでした。君から、手紙を出すといいでしょう。君の葉書の絵を、ほめていたようです。

進君は、浪速中学へはいってしまったのです。私は、別に、なにも、できませんでした。余り、よい学校ではないようですが、もう、仕方ありません。来年の四月に、考え直す、他ないと思います。

洋裁の方が、うまく行っていないというのは、どういうのでしょうか。

秋になってからでしょうか。それとも、毛糸のことなどもあるのですか。私の母が、頑固で、仕方がありません。私が働くようになれば、どうにかなるでしょう。しかし、就職のことも、むつかしいようです。

一九三七・九・二二　宏

正晴様

■**十月九日付**（発信地・同）

自分自身を底から動かしてくれるような事件もなく、自分からも、そうしたところに、行きつこうとする気持も、いまはなく、静かに、くらしています。

何か、もとめていたものに、追い着いたというような気もします。しかし、自分が、やって行こうとして、以前は、もがきつづけていたことが、いまは、やすらかに、やって行けるようにも思えることから、こうした日日が、つづいているのかも知れません。自分を頼みとすることが出来るようになってきたと言えると思います。つまり、自分自身を問題としていることが、一つの罪のように思えるようなところから抜けて、自分自身を問題として行くことが、社会を問題としていることであるというような自分自身を、つくり上げて行くことに、やっと、行きついたと思えてきているのです。自分と世界とが通じ合っている、あの火の壺のような部分、（動く部分）が、正しく、自分の前に置かれてきたのだと思います。こういう風に、社会を問題にしようとしたひとは、いままで、いなかったように思います。私が、その中へ、私の体を、あの独楽廻しの道具のように、廻転させながら、入れて行くと、社会が、（いままで、明かに、各々、多くの単色に彩られていた独楽の表面が、色を合せて、変って行くように、）構成を変えて行くということ、このときの動きが、常に、私には、問題となって行くように思えます。

私も、もう、何か、一つの思想、（世界のどんな、はしからでも、その中心へ自由に出入できるような）を、確立した作品に、とりかかってもよい時期であるように思えます。少くとも、そうした生活にはいって行きたいと思っています。（人間の側にある）思想が、現実を分析し、切開して行くとき、現実との接触に於て、放つ磁性のような匂い、そうしたものを、自由に、把えたいと思います。そして、そうしたものを、（この磁性を放つものは、勿論、あの独楽のように廻る社会です。）自由に、自分の体に吸い収める生活をしなければならないと思っています。

それ故、私の考えてきた立体（塊）の考えは、立体派のものから、ぬけでてきました。しかし、このことは、まだ、十分、展開させることができていません。だんだん、書けるようになるでしょう。

坂本は、素晴らしい絵をかいたそうです。文展へ入選すると思います。佐々木は、赤十字の事務員と結婚するとのことです。桑原、尼崎、吉田、伊東、など、皆、丈夫でいます。

ジイドが、『ソヴェト旅行』の修正を書いています。そして、その考えが、前の旅行記のように、ただ単に、自分の内部の一点から、ソヴェトの各部分へ眼を投げつけたというようなものではなく、もっと、その眼の根底を見せている、或いはその理由づけをしようとしているだけに、熱があり、烈しさがあるのですが、非常に、頭の具合のおかしさを見せていて、残念でした。ジイドとは、いよいよ、離れて行く他ありません。

一九三七・一〇・九　宏

正晴様

講談社は、ただ受けてみるだけです。他に、なかったら、はいろうと思っているのです。しかし、多分、ここも、はいれないでしょう。私は、もっと、他のことを考えています。

■十月十九日付、第一信（発信地・同）

昨日、紫峰さんの家へ、就職のことを頼みに行き、君の絵を見ました。猫の絵がよいと思います。これは、これまでの君の絵になかった気分をもっています。白梅などが、この手法によって、かけるのではないかという気がしました。坊主の方よりも、すきでした。

就職の方は、どこも、駄目になりそうです。そして、紫峰さんに、頼むことにしたのです。しかし、このことについては、岩崎が、東京へ、明日あたり行くでしょうから、聞いて下さい。市役所の、社会教育課へはいりたいと思っているのです。できれば、もう、少し、日本の構成体の分析の勉強ができるならよいと思います。それに、社会教育課は、一応、社会施設と関係があり、西陣の調査なども、あるということです。はいることができれば、少しは、落ちつくでしょう。

宏

正晴様

書きかけて、用事ができ、かけません。

又、かきます。

■十月十九日付、第二信（発信地・同）

毎日、どうしているのですか。この頃は、急に寒くなり、夜など、眠るのに、しばらく、身をしめつけられているというような、冬に感じる感じをうけて、こまることがあります。この感じは、自分自身が、どうしても、自由になりきれないという感じ（意志的な感じ。）と共通しているので、この感じによって、いまの自分の身の不自由を表現しようと考えてみたりしますが、自分の身の不自由の方が、はるかに深く、こうした感じではとらえきれないと思えるのです。

自由な意識を、どうしてつくりあげて行くかが、私のいまの問題です。あのテスト氏が突き抜けた方向（個人的。そして、個人的である限り、やはり、機械的である。個人主義も一つの機械主義に他ならない。私の求めている個人は、こうした個人ではない。）とは、全く逆の方向へ、突きぬけて、そこで、意識が、新にされるという気がしています。自分の意識に映って来るものを、疑わなければならないというのは、当然な酬いだとさえ、まだ私には思えます。自分の意識は、自分の前にある存在（社会）を、切ることが出来ないのですから。不自由という気持、自分の現在の意識から出て来る言葉が完全に対象を形づくらないという気持、これが、毎日、私に、むりにも課せられてきています。テスト氏は、そこから意識が放出される方向、即ち、渦の中心の方へ向おうとし、いつでも、そういう、傾き（心の）を習慣としてもっている人間の頭を示してくれます。或いは、その渦の中心から、波形に出てくるものの様子を知らせてくれます。しかし、実際には、そうしたものはないといってもよいのだと思います。（道元などが、心などないといっているような意味で。）私は、自分の頭蓋の底まで下りて行くと、そこが、社会であった。或いは、社会の中へ働きかけて行くうちに、いつのまにか、この社会が頭蓋の裏にへばりついているといったような、頭蓋を、求めているのです。しかし、それは、いつの日に、持つことができるでしょうか。私は、もっと、貧困で苦しめられ、この資本主義社会から、しめ出されるのでなければ、そうした頭蓋を得ることはできないように思えます。自分の言葉の光度（これは、人間の光度です。）の貧弱さが、私を苦しめます。どうして、そこまで、行きつくことが出来るのか、わかりません。私は、傲慢でもなく、美しくもなく、とにかく、底というものを見たことがないのです。裏をひっくりかえして見たことがないようです。（裏をひっくりかえして行く度に、光が放ちでるのに。）

君と、一度、話したい気がします。とにかく、君の心からでるものに、長い間ふれなかったので、それに、誰の口からも、美しい言葉を一言もきくことができなかったので、一層、そう思います。私は、自分が、いま、もっている言葉、又、そのたくわえを、全く、何か新しい磁気にあてなければ、もう、何の役にもたたなくなってしまうような気がします。

こうしたことが、手紙として書けるということが、私が、まだ、深い底まで下されていない証拠だと思えもします。

一九三七年十月十九日　　宏

正晴様

瓜生に会ったら、詩の原稿をまとめておいてくれるように言って下さい。

■十月二十八日付（発信地・同）

自分を苦しめてくれるというよりも、自分をわずらわしくすることばかりが多く、日々、芸術を取り返すということに努力が必要だというような状態にいます。——人間のもつ悲しみに、常に触れていないものは芸術家ではないと思うようになりました。しかし、誰一人、この最後の悲しみとでも言うような、人間が動けば必ず、その下から出てくるような悲しみに打たれようとするものはないのです。ジイドも、それを、日々、感じてきているのかも知れないとも思います。

道を歩きながら、就職のことや、光ちゃんのことや、その他のくだらないことを考えているとき、或いは、何ものをも感じることのできない友達と共にいるとき、突然、人間全体が、ものを創り出してきたということの中に、大きい悲しみを感じるのです。それは、人間という限り、どうしても、のがれることのできないものだという気がします。ものを創り出して行くということ(これは、常に芸術的だ。)が、そのまま悲しみであり、悲しみを、何ものかに返すことだというような気がします。空の底へ悲しみをはり附けて行くことだという気がします。芸術は、常に、この悲しみをもつべきです。最後の微笑をもつべきです。

しかし、この悲しみを、私の中から、奪いとろうとするものだけしか、私のまわりには見当らないようです。日日、小さな悲しみに心を動かされることは、動かされても、あの芸術の悲しみのような大きなものから、離されているということを、堪えられないようにも思います。そして、又、こうして、自分が、そのことに就いて書いて行くと、もう、その悲しみが、すでに、悲しみでなくなり、ただの言葉になってしまい、自分は、その悲しみをとらえることができていないのだと知らされるだけです。どうして、自分は、言葉を見つけることができないのだろうと、こうしたことを、くりかえし、考え直し、結局、何一つ、新しい言葉を見つけることが、ないのです。

自分には、人生について、人生の高さについて、貴さについて、何一つ書く資格がないという気がします。それも、この間、光ちゃんに会って、いよいよ、強く、こう感じてきたのですが、自分の中には、光ちゃんに接するための美しい場所が一つもないということです。どんなところからでも、人間は、掘れば掘る程、何か振動に似た美しさをそこから放ってくるように思えますが、自分は、掘ることをやったことがない、或いは、中途までしか掘ったことがないのです。(私が、言葉にかいてしまうと、どうして、美しさが、こうも、小さく、なってしまうのだろうか。)私のもっている美しさは、継続性のない、真実さのない、又、範囲の小さいものにすぎません。

光ちゃんは、どうして、ああした優しさを、私などに持ってくれるのだろうかなどと考えます。私には、あんな心の優しさが全くないのです。誠実さもない。徹底する力もない。私の言葉は、まだ、微笑することができない。(微笑、空が星を容れているように微笑する、という形容詞を、考えていたのですが、美しい重重のある、世界全体の微笑、あの迦葉の微笑を示すことができない。)

光ちゃんと話し合って、非常にうれしいと思いました。そして、別れてかえってきてから、どうして、自分の考えていることを、もっと、話してみなかったのかと思ったりしました。もう、光ちゃんを愛していないのだと思って、行ったのですが、自分は、やはり、深く愛していたのだと思います。ひとりの女を歪めてしまったのではないのかという考えが、ひとりの女を歪めてしまうのではないかという考えに変ってきました。自分自身を、もっと、信じることのできる人間になるまでは、光ちゃんに、まともに接することもできないのではないかと思います。しかも、自分を信じることのできる時が、死ぬまでにやってくるかどうかさえ、わからない、こんなことも考えます。

黄金色（こんじき）の体になりたい、そんな光りを放ちたいと思います。

一九三七・一〇・二八　宏

正晴様

■十月三十日付（発信地・同）

詩「火鶏」を送ります。

詩と人生の間に通路を開くことが出来はじめたという気がしています。つまり、フランスのサンボリスムから、ぬけ出ることにも成功したのです。「ドラマ」を、いよいよ、自分のものとして行かなければなりません。詩は、「ドラマ」以外にはないと思います。そして、このドラマが、科学の世界に於ける原子であり、社会に於ける商品であることを感じます。ドラマの構造分析、そして、その再構成が、すべてです。ドラマは、アランのいう、あの微笑です。（もっとも、アランの微笑は、少し、個人的ですが、ゲーテの薔薇（ばら）のもつ微笑）私は、ブラックから出て行こうと思っています。そして、ドオミエや、ミレーや、に、少し帰ろうと思っているのです。

光ちゃんのことを悪く言ったりしたこと、許して下さい。

一九三七・一〇・三〇　宏

正晴様

■十一月十二日付（発信地・同）

どうしていますか。

今日は、晴れきっていたので、歩きました。ドガのデッサンを見て、動物園へ行きました。ドガが、今日は、やさしくみえました。一つだけ、たくましいような女の背中がありました。殊に、女の化粧の絵は、よいと思えました。女が、金だらいの前にうつむいて、頸すじへ手を廻し、水でふいているのです。そんなのをみていると、私が、女に対して求める知的要求が、幾分方向がはずれているという気もしました。やさしい匂いのようなものがあるのです。

朝日新聞社の試験（筆記）が合格しました。次は、口頭試問と体格検査です。

この頃、光ちゃんが、非常に、積極的になってきました。いまのところ、私よりも、積極的です。

京都に少し事件がありました。

私は、元気でいます。勉強もよくできます。微笑ということを考えつづけています。「鏡の微笑」というようなことです。

何かしら、美しいものがみえるようです。

瓜生も元気でしょうか。

私に、何か起れば、後のことは、たのみます。心配はいらないのですが。体に気をつけて下さい。

一九三七・一一・一二　宏

正晴様

一九三八（昭和十三）年

■一月十五日付（京都市左京区神楽岡町二三　永井信三方）

大阪で何の話も出来なかったことを、又、思い出して、何故だろうと考えています。どこへ行っても、誰と話しても、ただ、不満が爆発してくるだけになってしまうようです。これは、ただ、自分が、ものを処理するに必要な生き方をしてこなかったということを、いま、示しているのだとしか考えられません。自分の生き方が、不十分であったことを感じています。そして、どうすれば、すべてを、放てきしたことになるのか、すべてを放てきしてしまわなければ、やはり、また、もとのところに、まいもどるだろうと考えるのです。それを、やる日を、求めています。準備したいと思います。その日を、持ちたいと思い、その日を、どうしても、創りだしたいと思います。かつて、この日を、世界が生きたことのなかったという日を。それをまっていて下さい。

小説のおくれをとりもどそうと思っています。小説と散文との区別を岩崎に分析してもらいました。

詩は、鹿のと、もう一つ別のをやっています。盲目になるときの詩です。しかし、こうしたものに、私の生命をよみがえらせる刺激を求めることができないという気がしています。巨大な詩や、小説を、何年もかかって、準備し、沈黙していたい気持でいます。

君の詩は、詩ではありません。君は、私よりはるかにすぐれていますが、君は、批評家（主張者としての、）でありすぎます。しかし、批評家でなくなれと言っているのではないのです。君が、批評家たることを止めるとき、偉大な人間になれたでもあろうような余りにも大切な人間が、死んでしまうにちがいないのですから。私も、君なくしては、生きられない一人かも、知れません。

「火の問題」にでてくる、由木は、君なのです。君がわからないほどにも、君なのです。（あの小説が、小説ではなかったことが、（この頃）はっきりしてきましたが。）

もっと、詩の勉強をして下さい。

一九三七〔ママ〕・一・一五　宏

正晴様

■一月二十日付（発信地・同）

偉大な詩人は、同時にすぐれた批評家でなければならないということを、ボオドレエルが言っており、私も、この生き方を求めているのです。しかし、（私は）この批評家のことを、さしているのではなく、主張するのみで、分析しない批評家のことを言っているのです。主張するということは、決して、そのものの表皮が裂かれることではなく、それを露わにし、裂くひとがやって来るのを求めるにすぎません——これは、むしろ、批評家ではありません。詩が創作であるかぎり、詩は批評であるわけです。つまり、詩は、批評の前提であるわけです。詩が、ものの新な部面へ、さらに奥へ食い入るとき、批評は、必然的に、この割れ目にそうて、動き出す。或いは、むしろ、批評とは、この割れ目の方向とか、形とかが、自らを詩人に知らせる言葉かも知れません。

こう考えています。

光子さんのことについては、（結婚）、君は、少し、誤解をしているように感じましたが、それも、仕方のないことと思います。由木のことは、余り、たいしたことではないかも知れません。(君にとって。)

岩崎が言っていること、(散文と小説の区別、)は、正しいことなのですが、それを、はっきり、言いあらわすことが、私にはできません。書けば、何か、つまらぬことになってしまうように思われます。(対話に関係してくることですが。)

先生の詩は、「滝」をやめて、「黒豹」にすることにしました。

一九三八・一・二〇　宏

正晴様

■二月十日付（発信地・同）

元気でいるのですか。京都へ来るのに余り気乗りがしないような便り(桑原への)であったので、心配していましたが、毎日、歩き廻らなければならず、手紙かけませんでした。この間、桑原、岩崎と、牧谿の柿と栗を見てきました。前にみた虎と竜の精力的なのと違って、柿は深いひそまりをみせていました。ブラックを思い出しましたが、しかし、ブラックとは、反対の感じをうけました。ブラックには、建築の動物、建築をつきぬけて行こうとする、建築を動かそうとする思考があるのですが、牧谿にはそんなものはなく、水を感じます。光りでも、水の中をとおって行くように感じるのです。この水をどういう風に整理してよいか、いまのところ、わかりません。しかし、水の感覚というものを長い間、私が、忘れていたことを、知らされ、いま、考えている、肌(女の肌と自我の肌の連りから、自我のもつ肌のような働きを考える。)の問題とむすび合わせようとしています。壺のことも、また考えているのです。そのとき、博物館には、法隆寺の壁画もあり、それをみて、芸術についての自分の考えが、変ってきていることをさらに知りました。

女に対する考え方も、これによって、深められたという気が、します。第三の壁の、立っている菩薩の絵から、このことを感じました。女と芸術とをはなすことの出来ないことを感じたのです。そして、芸術が女だということを感じてきました。或いは、自分は、そうした女を、さがし求めて行かなければならないという気持です。ロレンスやプルウストの女をとおしても、決して、芸術のつらぬくような光りはでてこないということ、ゲーテや、ダンテの女というところまで、自分が、ようやくのことでたどりつけたということです。

自分自身が余りにも我儘で、この頃、このことについても考え始めました。しかし、いまのような世の中で、どうすれば、ジャイロスコープのような自我をもつことができるのか、このことを考えると、哀しい気持になります。

これから、紫峰さんのところへ行きます。

元気でいて下さい。

一九三八・二・一〇　宏

正晴様

■三月二日付（浪速区河原町）

少し困っていた勉強の解決の緒を、ようやく、見つけました。しばらく、これに打ち込むつもりです。「明治維新」についても、いま、材料が、大体、集まったところです。（いよ、いよ、元気になってきたようです。）君に会えず、残念ですが、大体、書物もそろったので、明日京都へ帰ります。

甲子園（今津）へ、家を移すかも知れません。

君の詩「芭蕉葉」については、今度、又、話しましょう。しかし、あれは、非常によい詩だと思います。私は、まだ、自分の身を裂くことは、できませんが。では、又。

『三人』は、もう、すぐ、できます。

三月一日

■五月十七日付（西宮市今津町浦風六二）

昨日手紙を書きましたがうまくかけず出せませんでした。光ちゃんから手紙が来て、別れることにしました。私もこの正しさをみとめます。自分にはまだまだ光子さんに対することの出来るだけの精神の健康がなく、光子さんは鋭くそれを覚知するのでしょう。これだけ愛しながら、憎悪をもってこたえられるというのも、このことに原因するのに他ならないと思います。自分自身、光子さんの感情の正しさと、充ちた健康をみとめ、うらやまずにはいられません。私にのこっていることはただ健康になるということです。（勿論、健康などという意味では、私はすでに、それを得ており、しかも、いま、この言葉に代るものをさがすことができていません。）

今度のことは、私の予期にあったことであり、私は、それ以前に兵隊に入営し、或る意味で、変って帰ろうと思うようになってきていたのですが、その前にこうなってしまったわけです。しかし、この考えを放棄するということは、光子さんに対してもすまないことですし、どうかして、入営することができ、別の生活ができればそれにこしたことはないと思っています。私には、何事も可能だという気もするのです。

しばらくの間、光子さんに気をつけて上げて下さい。そして、大切にしてあげて下さい。私は家庭生活を求めるということは、これで全く打ちきりにします。光子さんと結婚する考えはもうありません。光子さんを愛することは愛していますが。よい折をみて、この旨光子さんにつたえ、私のことは少しも心配しないように申して下さい。私はただ、よりよい人間にしかなれない、そうなろうと努力する以外にはできないのですから。しばらく沈黙をまもります。おばさんには、あとで、おわびの手紙を出します。当分、君の家へは行きません。

五月十七日

宏

正晴様

■六月二十七日付（発信地・同）

この間、京都では失礼しました。君が私の詩について誤解をしている或いは少くとも、過程的に理解しようとしてはいないと直感したので、自分をまもる必要を感じたわけです。君は君の詩の分析を行うついでという形で私の詩にぶつかっていたと思えたし、私が自分の詩について非常にうぬぼれているのだというように君が思っていると考えたからです。

私は、自分の道が先生のとおった地点から離れているというように、ロマンチスムという言葉であのとき、わざと、説明したのですが、それは、芸術家のもつ、変な意地悪い心からしたことであり、（決して、）心の内では、自分でも、自分の説明に反対していたのです。このような心の瞬間があるということは、非常に、無能力な、責任をもつことの出来ない瞬間を許す生活にあるということですが、芸術家の抵抗としては、許されることではないでしょうか。

私の詩に影がないと君は言ったのです。重なり——影と実体、思想（詩）と現実、象徴と世界——としての象徴がないと言ったようです。しかし、象徴とは、どういうものだというのでしょうか。

先生の詩の手法は、常に、「行」又は「聯」を中心軸とするものです。想像と現実との重なりが行によってなされていると思われ、正しい用い方での「意味」——意味によって象徴がはたされて行くとも言えると思います。これは、ヴァレリイの「海辺の墓」、「セルパン」などのような長詩に見られるものと同じものだと言えるでしょう。このとき、詩は、言葉の函数関係というよりも、各句の函数関係というべきものとなります。君のいう影は、実に明瞭に、外へあらわされるでしょう。

しかし、私は、むしろ、君のいう影をあらわに出すことなく、一つ一つの言葉毎に、影をもたせて、思想と世界との重なり合うことを求めていたのです。ヴァレリイの「蜜蜂」「偽りの死」「足音」などの短詩のもつ手法が、とり入れられなければならなかった理由です。しかも、この方法は、フランス語よりもはるかに日本語に適しているものであると言えるようです。「て、に、を、は、」「動詞の変化」が、非常に日本語を、円い曲線的なものにし、函数的なものにしているからです。

自分の詩が、この方法を、完全なものにしているとは言えません。しかし、一つの領域を開いたということはたしかであり、しかも、それは、先生の詩の道の上に於てであったということも、言えることだと思います。

自分の詩が狭いものであるということは、決定的なことであり、そして、君が、詩の音楽性と音楽とを区別しなければならないということも正しいことだと思いますが、しかも、このことに於ても、その詩が、各行を中心としたものであるか、それとも、各言葉（語）を中心としたものであるかによって、区別の仕方もことなってくることと思います。

一九三八・六・二六　　宏

■**七月一日付**（発信地・同）

君の手紙で君の言っていることの正しいことを認める気持になっています。勿論、この気持は前前からあり、自分の感覚はすでに、「火鶏」を離れてしまっているのだということも、自分で「火鶏」を読もうとする毎に、何か軽い抵抗のような恐怖——自分の弱さに対する——を感じさされるので、知覚していたのです。

とにかく、生命をしぼり尽してしまおうとするような芸術は或る欠陥を、まる出しにしてしまうようです。思想的にも病んでいて、片輪なのだと言えるしょう。

かげらふや塚より外に住むばかり（丈草）

このように、生命に火をとぼそうとするやり方、考え方は、さけなければならないと思えます。しかし、自分自身の身が、自由に流動せず、歴史がまるで固いものであるかのように思わされるとき、必然的に、丈草の類がでてくるものであるということも考えられるのです。ドストエフスキイの地下室も同じことでしょう。この頃のドストエフスキイは、まるで、自分の脊髄を自分で焼いていたような生き方だと思えます。頭蓋の尖が光り出すというようなことは、ミスチシズムと同じようにとりあつかうべきことです。そして、自分がいま感じることは、大きな作家といわれるひとびとのもつ内容を自分がもっていないということです。

言葉単位のリトムというのは、俳句など言えるのではないでしょうか。（フランス語はこの意味に於て、はるかに真直で、まわりくどいといえる。）

芸術——思想としての——は、象徴以外にないということは、私も、最近、到達しました。ひとを、ひき上げるという力でしょう。

最近、仕事をする時間を少しももたず、少し、詩のことも、手元から放しすぎた感じですが、まだ、当分、仕方のないことと思います。ベートオベンとか、ベルリオーズに、非常にひかれてきています。

一九三八・六・三〇　　宏

正晴様

■**九月二十七日付**（発信地・同）

五円お送りします。

『三人』の会費の送金は中止します。

いよいよいそがしく、暇が少くなってきました。しかし、負けることはない。
詩はまだ完成しない。
勉強は続行している。主として経済学を中心にして、ポリティクに及んでいる。詩も何もかも、すべて、これからです。
全集の仕事はすすんでいますか。
桑原に会いたいが、僕の方からはとても行けません。
宏
九月二十六日
正晴兄
体に気をつけて下さい。

■十一月三日付（封筒なし、発信地・同）
御便り拝見しました。是非出席したいが不可能です。役所の仕事（国民精神作興週間（七日―十三日間）で、講演会を毎日開かなければならないのです。）で、毎晩十一時頃になる筈です。

詩「星座に位置する」を送ります。もう一つ出したいのですが、それはまだ、アトモスフェールにつつまれているだけで、それがときどき、思い出したようにして、感覚を要求してくるのですが、感覚の方がまだ、強靭でなく、従てリアルにもなりません。

しかし、無限に美しいものとすることの出来るものによって動かされる。

この手紙を書いていると、涙がでてきた。

ヴァレリイのパスカル論に刺されるが、パスカルのもつ強烈な光輝（全生命を一点に集中することによってのみ放たれる。）にひかれ勝ちです。

宏
一九三八・一一・三
正晴様

■十一月二十二日付（西宮市今津町浦風六二）
おそくなってすみませんでした。感想の散文はまだ手もついていないので、少しおくれます。

手紙有難う。意見や考えがお互に違ってきて理解し合えないということはないと考えている。僕はやはりあらゆるものを理解し、見つくしたい思いです。ここに執着が生じ、知性の生命化――人間の動物化、反歴史などが生れて来るように思えるが、執着を断つには、これ以外にはないようです。ムッシュウ・テストが二十日間も徹夜を続けなければならず、又、その脳髄の一点を見つめて発火させるに到るらしいのを思うと、知性そのものがすでに執着的であり、生的であることを感じさされ、性のもつ暗い匂いと同じようでいやなことがある。

しかし、こうした考えは、最後のところでは、決定的に、無用だと思える。しかし、又、行為へ達し、生活へ達し、実践へ達するには（世界と歴史の尖端に於ての）その入口さえわからない状態に僕はいるらしい。そして、又、それ故に、いやな執着も生れてくるのだ。

十一月二十一日　宏

正晴様

■十二月七日付（発信地・同）

電報受取った。

原稿おくれてすみません。

おろそかにしていたわけではない。

思想もやはり存在と同じく落着くのに時間が必要で、しかも、僕にはそれがない。

一九三八・一二・七　野間

正晴兄

一九三九（昭和十四）年

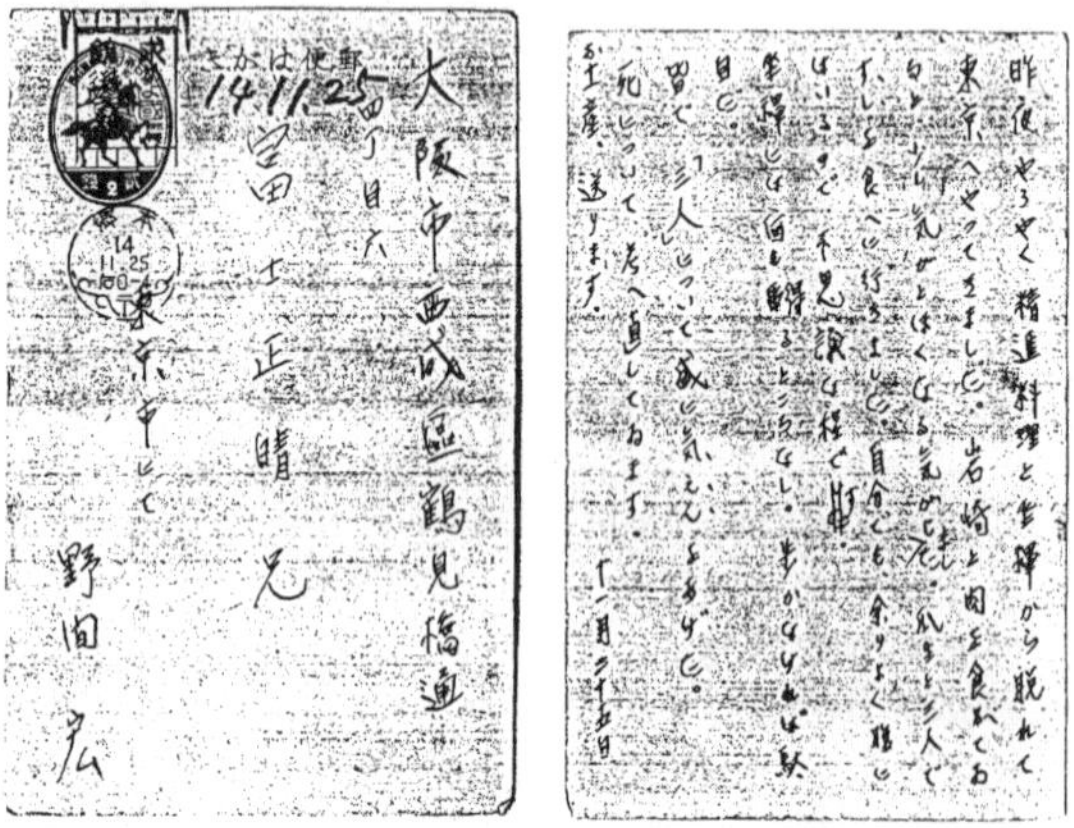

三月五日付（富士正晴宛）
三月十四日付（ハガキ）（富士正晴宛）
六月二十七日付（富士正晴宛）
九月十日付（富士正晴宛）
十月十六日付（富士正晴宛）
十月二十七日付（富士正晴宛）
十一月二十五日付（ハガキ）（富士正晴宛）
十一月三十日付（富士正晴宛）
十二月一日付（富士正晴宛）
十二月三日付（富士正晴宛）
十二月二十八日付（富士正晴宛）

■三月五日付（西宮市今津町浦風六二）

御手紙並原稿（私のもの）受取りました。

詩は確に一聯の詩です。感想は、感想というより、私の感覚が、素材のままに、厳密な思想のリズムを受けげず、感覚のままで、心をとおりすぎて行く、そのリズムに乗ってかいたもの。――（普通、ひとは、これを詩だとしているにすぎぬ。）こうしたものは、決して散文の形式にのっとらなくともよいと考えています。

詩については、君は私の詩を理解していません。このことは、ずっと以前から、私の心に感じていたことであり、今日まで、君には明にしなかったのですが、私は君の批評（或る領域に於ける）を、信じることが出来ないのです。私は君を、反知性であり、分析・抽象にさいして、範疇（カテゴリイ）を正しく定置する能力を欠くと見なします。

君は、私の詩、私の言葉に十分な意味で共感しない。それというのも、君の詩そのものは、言葉の詩であるよりも意味の詩であるからです。君は、「火刑と磔刑」でさえ、推理力の強さを求めずして、読まれたのでしょう、君の批評は半ば欠けたものでした。君は、きっと、ヴァレリイの詩「アンテリアール」さえ、この君の批評感覚によって、非難するにちがいありません。

私の態度は、すでに決定しています。『三人』が君のこの批評にのみ支配される限り、危険があらわれるにちがいないと言い切ります。

私の考えの中に確に存在する混乱は、現在の私にとって必要なものと言うべく、それ故、私は君の臆測外にいるわけなのです。詩「鏡造り」についての説明はここではしません。しかし、もし、この詩をこのままの形で、『三人』にのせられないとすれば、このことは、私にとって、実に大きな問題であり、即ち、今後の私のあらゆる詩が『三人』にのせられないということを意味します。

感想の方は、私は、もっと自由を求めたい。私は小説、論文、エセー以外のものは、どんな形式であろうと、たいした違いをもたないと考えます。そして「蝸牛と蜘蛛」はそうした欄ではないのですか。つまり、一つの破片にすぎないのですから。ヴァレリイの感想「自我の歌」を読まれましたか。禅宗の語録。しかし、これが、現在に適しない認識形態であると解れば、やめます。

三月四日夜　野間

富士正晴様

散文、詩、散文詩、小説、論文、エセー、その他に対する君の態度を決定してから、言って下さるべきでしょう。

（昨夜の手紙は私によい心がなかったので不十分でした。）「鏡造り」は、意識の生産を唱おうとして、単に意識の屈折におわってしまったものです。それ故、意識のイデーに関する部分の構造は、明にされていません。しかし、「神」とは、意識に於ける鏡の朱であり、この神の光のもれ出る部分は、鏡の唇とも言うべき、日の輪ともいうべき、動く端の部分であるという、ライト・モチフ、は出ている筈です。もっと、大きい詩になる筈のものですが、一応、このまま、『三人』にのせて下さい。お願いします。君が非難するものでないでしょう。（芸術と生活とは、厳密な意味で、峻別すべきですが、いま、僕は、君と衝突したくないのです。）僕にとって非常に重大なことですし、いま、君と衝突して、一時僕等が別れてしまうことがあると、――僕等は、結局のところは、離れることはないと確信していますが、――僕は、光子さんのことで整理しきれないものがあることを予感するのです。僕は、現在、自分の芸術を重んじるが故に、生活の方を重くみて、一つの作品位は無視して、君の申し出に従おうとも思いましたが。

最近、詩と散文との媒介による新しい認識ということについて考えています。

できれば、ときどき、手紙くれませんか。

■三月十四日付（発信地・同）

御手紙受取りました。

「鏡造り」は、「蝸牛と蜘蛛」欄にはのせないでほしい。そのうちに、素晴しい詩を示すべき義務を課せられたような気がする。

明日から四日間、模擬召集で、訓練をうけます。（手紙かけません。）

三月十四日

■六月二十七日付（尼崎市神田南通六丁目一七〇）

御手紙昨夜拝見しました。私は二十四日から二十六日まで生駒山の青年道場へ行っていて、原稿の整理もおくれてしまっています。友情論の続きを少し書き、少し新なところへ出てきたという気もしますが、自分のいまの生活に対しては全然否定的なものしかもてません。

君の京都の生活が経済的に破綻を来したことについての責任は、僕等が負わなければならないものと考え、心を痛めていますが、しばらくの期間、現在の君の考えによってやる以外方法がないと思えます。（君の家に対してはすまないことですが。）

光子さんと私との最近のことに就てはもう聞かれたことと思います。私はいつものように黙って一歩しりぞいていなければならないのでしょう。しかし、まだ、私は自分の考えをまとめることが出来ない。書けば、偽りをかくのではないかと思えます。

原稿書きおえれば、一度、話したい。

為替、同封します。会費参円、残りは君が使ってほしい。

ロオレンスを読んでいます。そして、自分の道と交叉する点を見出すと、しばらく、あたりに灯がともっているような楽しい状態に自分がいることを発見します。

野間　宏

富士正晴　兄

■九月十日付（発信地・同）

咽喉の方は殆ど直りました。

忘却は確に必要です。私もこのことを考え始めています。併し、私のことはそう心配はないのではないでしょうか。愉しい生活が来るように努めましょう。

私の生活は最近（京都の批評会の頃もふくめて）少し、大きさ、規模ができているように感じられていたのですが、まだ、意識のようなものが肌に出て来るのでしょう。国際情勢も亦、私の気持をらくにしてくれます。

詩に就ては、もう少し経ってから、マラルメに就て考えてみなければならないと思っています。そして、ボードレエルからのつながっているものについて、あらためて解き直し、自分でもち直したいと思っています。私にとっては、いくら考え直しても、こうしたものの取扱い方が必要です。こうしなければ、ものが落着かないし、自分との関係という点で、こまってくるように思えます。（ヴァリエテⅡと関連して。）

自分が発展しつつあるという確かさがときどき、涸れてしまうとき、自分が、みじめな息切れを肉体の奥に感じなければならぬのが、辛い義務のように思えている。泉のような感じが肉体の源にないのです。しかし、これも、とれて行くでしょう。

尼崎のノートはまだ出てこない。

皆によろしく。

九月十日　　宏

富士正晴様

君は身体に注意され度。

■十月十六日付（発信地・同）

御便り戴きながら失敬していました。詩を一つつくり、もう一篇できるように思っていたのですが、出来なくなりました。先ず詩だけ送ります。

批評してほしい。しかし、偏らない批評を！

僕は喜劇へ行こうとしながら、僕自身の存在にとりついている鎖のようなものの意識で、宇宙の奴隷という感じがとれないでいる。ミケランジェロ。

十月十五日　朝　　野間

富士君

■十月二十七日付（発信地・同）

「星座の痛み」に対する批評有難う。補充兵の教練が再び始まり、返事書けなかった。不悪。

詩に就ては文語の点を不しんとしていられるようですが、自分では全く文語というような意識はなく、誘惑を受けたというような感じはありません。僕としても口語文体で詩をつくるという考えでいるのですが、この口語文体というのは勿論、現在言っている口語文のことではないでしょう。詩としての口語でしょう。僕はむしろ、明治大正期に於ける言語の整理仕方に不満（？）むしろ、根底に於ける不満を感じるものです。この時代は本当に根のない、幼稚な、生命をもたない文学しか生んでいず、この文学によって行われた言葉の整理は、僕等によって、本当の位置にかえされるでしょう。僕には、そういう意味で、小さい復古的な気持はありません。僕の詩にくちずさみのような所が見えたとすれば、そこにこの詩の、脆弱さがあることとなるでしょう。僕としては、高さ（文学の高さ）がでてほしいと思っていたし、詩が動くことを求めていたのでした。

別のことですが、批評はやはり普遍を求めるのが至当でしょう。僕には批評と普遍の動きとをきりはなすことはできないように思えます。

僕は最近、自分の生き方の変化の前ぶれをうけているような気がしている。端的に言えば、自分の思想がもっと、のびやかな、深い生命の笑いに満ちたところにまでかえって行くであろうというような感じです。それは、僕にとってたしかに遠い道であり、しかも、努力の道であるのですが、それ以外に現代に於て永く生きる道はありえず、大きく成ることは不可能でしょう。（永く、持続して。）僕は、まだはっきりこれを述べることは出来ないが、僕の前が開かれて行くのを感じるが故に、希望が生かされ始めているのだと考えています。根底からの喜劇が現代に於て生きる道だと。

十月二十五日　　野間　宏

富士正晴　兄

シェクスピア
ロオレンス――ミケランジェロ
――
（或いはロダン）

こう言う線を裏返しにしたような思想が新に生れてくる。

■**十一月二十五日付**（東京市）

昨夜ようやく精進料理と坐禅から脱れて東京へやってきました。岩崎と肉を食べていると、少し気がとおくなる気がしました。瓜生と三人ですしを食べに行きました。自分でも、余りよく腹にはいるので、不思議な程です。

坐禅には何も得るところなし。歩かなければ駄目だ。

皆で「三人」について盛に気えんをあげた。

死について、考え直しています。

お土産、送ります。

十一月二十五日

■十一月三十日付（尼崎市）

御手紙有難う。君は抗弁するなと言われていますが、長くは書けませんが、私の考えを述べます。

あなたの言葉は正しいと思われます。そして、それだけ私を打つようです。しかし、私には少しくそれが小さすぎるのではないかと思えています。私には既に恋愛の失敗にかかわる気持はないのです。Anti-Châtiment 族としてのあなたが、罰を口にされたことを見直しています。あなたの忠言は正しいです。そして、最近あなたと私とが、真正面から話し合った唯一の言葉でもあるので、私はそれを大切にしようとしています。

しかし、あなたが、チャタレイ夫人を使って私の行為を汚そうとするとき、私は戦慄を感じます。そして、又、私の光子さんに対する気持を一つの要求だとして、君が私に示そうとするとき、私は憤りを感じます。そして、こうした感情を無視することの出来るひとがあなたです。

しかし、君は安心できていい。一切の問題から逃亡してくればいい。そして、もっともいいときに顔を出してくればいい。

畏敬、感心させる、そうしたことは生きる上にとって、どんな関係があるというのです。私の光子さんに対する気持は、最近の高村光太郎にでもきかなければわからないでしょう。隠亡さんの気持がわかるでしょうか。

しかし、こうしたことは一切述べますまい。要求がそこに表われますから。

私は自分で罰として課している道をさらに罰をもってひらくでしょう。

十一月三十日　夜　　野間　宏

富士正晴様

この私の手紙は私の罰の不足によって書かれたことをいま感じますが、これでよします。

■十二月一日付（発信地・同）

昨夜の手紙は失敬。

君の御手紙が余りにもひどく自分の気持に堪えることが出来なく遂に幾分心を歪めてかいてしまいました。しかし、僕自身としては、いくら君から責め（？）られようと、それを正しいとして受けなければならないと思っていました。そして、又、あのとき自分がすでに、その方向に歩を向けていると感じていたので、いつものように腹をたててしまい、いけないことになったのでした。

もう僕の気持の理解を求めはしません。いまも、君のあの手紙の言葉が僕の前に浮び出て僕を怒りに苦しめていますが、僕を罰するものはいつもただ、あの何ものにもかえ難い一つの顔だけです。僕が創造して行くすべてのものの下に、その形が打ち込まれるのを感じます。僕にとっては、罰の原理たるものが余りにも少なく、僕はこの顔なくしては、自分がSans morale族の一員として死んで行かなければならなかったにちがいないのです。そして、この感情こそ、又、僕が誇り得る唯一のものであるのです。不尽。

しかし、とにかく、僕のムカッ腹を立てる弱点については許して下さい。今日は君と話したかったのですが、きっと自分のこの弱点を出してしまいそうに思えて、よしました。今日の気持を述べ、これが余り苦しいものではないと感じるので、お伝えします。

十二月一日　野間　宏

富士正晴様

返事は書かないで下さい。お願いします。

光子さん、及びおばさんに、私の気持に誤解だけでもないように、もう一度だけ、お手紙かきます。

僕については全然心配いりません。

■十二月三日付（発信地・同）

君の再度のお手紙有難う。

しかし、もうこれ以上僕を責めないで下さい。君は責めるということなどはしないのですが。又こうしたことをお願いするのは、僕がまだ駄目なしるしなのですが。

自我の問題は日本の問題ですが、今後は、ただ僕一人の問題として自分に課して行きます。しかし、まだ僕には言えない問題です。

ただ、光子さんに対する僕の愛に就てだけは疑わないで下さい。僕にはすべてが失われ、ただ小さな人間が残っているだけですが、この残っているのは、愛に関する部分です。これが今後生きて行くただ一つの手がかりらしい。

十二月三日　野間　宏

富士正晴様

光子さんをよくみていてあげて下さい。

おばさんにも、どう言ってよいか、ただすまないという気持ばかりです。

（僕は元気です。）

■十二月二十八日付（尼崎市神田南通六丁目一七〇）

御手紙有難う。

翻訳の件については、下村とも相談し、やることにしています。アポリネエルなのですが、これがすめば、弘文堂の方のも（これは（岩波）選択自由らしい。）してほしいというのです。しかし、テキストを見てみなければ、確答はしかねます。翻訳は可成り忍耐の要る仕事ですし、時局は愈〻すすんで行くし、見透しが必要でしょう。落合先生が僕のことを非常に心配されているとのことで、やることにきまれば、力を集中することに決めていますが。

桑原さんとは巴里の話、アランの太い腕の話、ジオノーの話、マルロオ、その他、非常に面白かった。

役所の仕事はまだ当分、つづけることにきめています。東京で下村が仕事をみつけてくれる筈になっているのですが、翻訳だけとか、書くだけの生活は、堪えられないでしょう。

原稿は、いま、詩が一つ。今度のは、自分の詩の新なカーヴです。自信をもっている。散文は少しおくれるかもしれないが、待ってくれませんか。小説は今度は間にあわない。日本に於ける新な主題をとらえだすことができるであろうと思っている。

批評会は僕についていえば、五日迄にやれれば都合がよいのですが、それ以後でしたら、土曜か日曜にしてほしい。時間も、少し、はやくしては、如何か。

今度の批評会では、『三人』について――主に、その思想と方法について――積極的に、言えるかもしれません。詩が非常に危険な気がします。（感覚の欠除。）

僕は元気です。『ジャン・クリストフ』や（アランがこれを賞讃しているので、僕は少し安心している。）ユゴオなどをよんでいる。

いま、時間中なのでこれ位にします。会えば、もっと、率直にお話できるでしょう。

君に色々心配かけてすみませんでした。

十二月二十七日　　　　野間　宏

富士　兄

『三人』十部お送り下さい。（五部でもよいのです。）

一九四〇（昭和十五）年～四五年

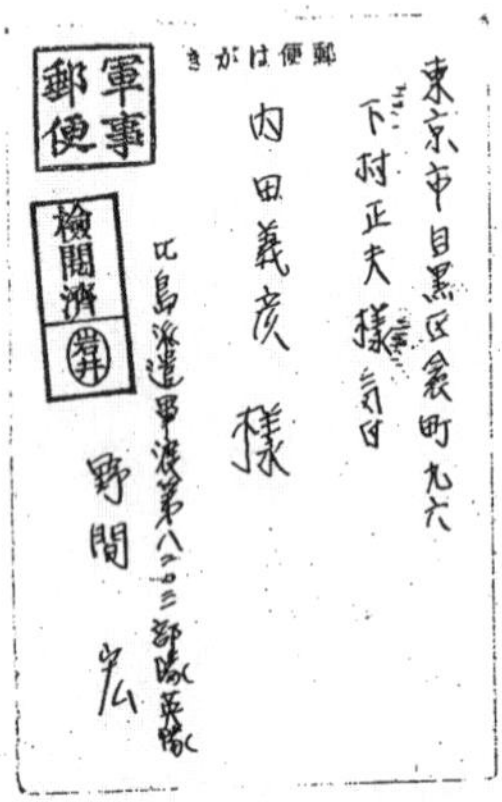

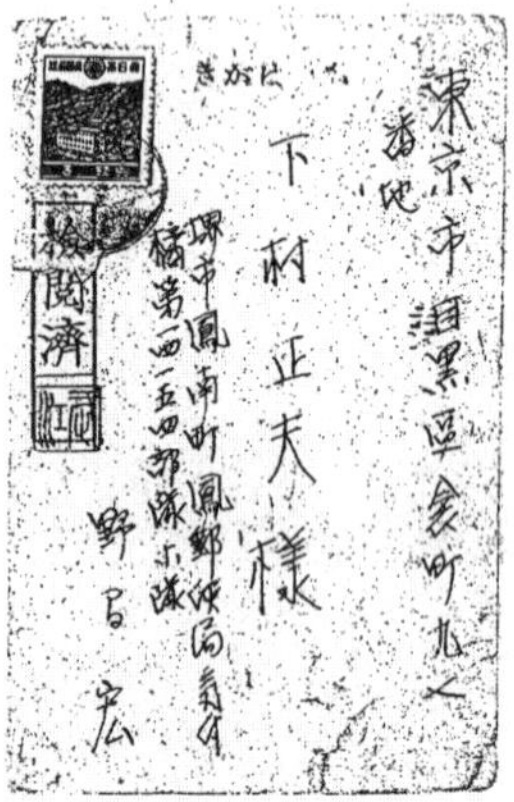

一九四〇年三月十八日付（富士正晴宛）
三月三十日付（ハガキ）（富士正晴宛）
八月二十七日付（ハガキ）（富士正晴宛）
十月十三日付（富士正晴宛）

一九四一年一月二日付（ハガキ）（富士正晴宛）
一月二十六日付（富士正晴宛）
二月六日付（ハガキ）（内田義彦宛）
二月二十六日付（内田義彦宛）
五月一日付（富士正晴宛）
五月二十三日付（ハガキ）（富士正晴宛）
七月十四日付（富士正晴宛）
七月二十四日付（ハガキ）（富士正晴宛）
九月二十九日付（富士正晴宛）
十月十五日付（富士正晴宛）

一九四二年一月四日付（富士正晴宛）
二月七日（ハガキ）（富士正晴宛）
五月十六日（ハガキ）（富士正晴宛）
五～六月頃（推定、ハガキ）（内田義彦宛）
十月十日付（ハガキ）（富士正晴宛）
十月十四日付（ハガキ）（内田義彦宛）
十一月二十九日付（ハガキ）（内田義彦宛）

一九四三年二月八日付（ハガキ）（富士正晴宛）
五月二十一日付（ハガキ）（富士正晴宛）
七月十日付（ハガキ）（富士正晴宛）

一九四四年二月六日付（ハガキ）（野間宏・光子から富士正晴宛）
三月十九日付（ハガキ）（富士正晴宛）
三月二十一日付（富士正晴宛）

（日付不明）（ハガキ）（下村正夫宛）
一九四五年十一月十七日付（内田義彦宛）
十二月二十八日付（富士憲夫・晴子宛）

■一九四〇年三月十八日付（尼崎市神田南通六丁目一七〇）

御手紙有難う。

批評会の御通知ですが、今度の会には出席できないと思います。或いは無理をして行けたら行きますが。

桑原には、今週二回あいました。大変よろこんで東京へ行きました。桑原の就職は僕もうれしかった。

僕は元気で色々なことを始めています。じつにのん気になったつもりが、あてがはずれて、ときどき、腹を立てて、こまったりします。詩は一つです。歓びが私を、とらえ、前へ前へ拡がって行くという感じをうたいました。前の詩に欠けていた詩の高さを求めました。

一度会いたいと思います。或いは四月になってひまがみつかれば、話し合いませんか。僕は君の詩や、伊東静雄の方向について率直に言うつもりです。

布さんには、僕の全然時間に余裕のない生活のため、御迷惑かけました。よろしくお伝え下さい。

小説は、構成的に、長篇になってきました。別の材料で短篇をつくるつもりです。アポリネールは、La femme assise を訳そうと思っています。

一九四〇・三・一七　　野間　宏

富士　兄

月末に、下村が帰京、就職する筈で、僕も少しさびしくなる。

■一九四〇年三月三十日付（発信地・同）

此の間、批評会では失敬しました。まるで批評になっていません。不悪。

小説「青年の環」一部、お送りします。蝸牛欄に入れて下さい。おそくなってすみませんでした。ずっと、つづけて行くつもりにしています。布さんが、御用事があるそうですが、僕は、又、出張でお会いできません。よろしくお伝え下さい。

三月二十八日

おばさんによろしく。

■一九四〇年八月二十七日付（発信地・同）

前略
八月二十八日の批評会出席します。併し、当日、午前より皇民運動の会合がありますので、多少おくれるかもわかりません。

この旨諸君によろしくお伝え下さい。

八月二十七日

■一九四〇年十月十三日付（発信地・同）

「祝声」

詩一篇送ります。

「日満つ」に就てのものは、二十日迄に送るつもりです。しかし、締切をこえて、編輯の都合がわるければ、次号にまわして下さい。

小説「青年の環」は今後のせないことにしました。検閲の方針が非常にきびしくなり、とても、つづけられないでしょう。適当な時機をまちます。

非常に時間に余裕がなく、井口君にも御無沙汰していますが、よろしく伝えて下さい。

十月十三日　野間

富士正晴様

■一九四一年一月二日付（発信地・同）

御手紙有難う。

一度、お会いして、『三人』のことについて話し合いたいと思います。五日の会には、京都で朝から青年団指導者懇談会が開かれ、その方に出席しなければならぬようになってしまったので、行けないと思います。それで、それまでに、一度、お訪ねしたいと考えています。

一月一日　夜

■一九四一年一月二十六日付（発信地・同）

『春の犠牲』がとどきました。じつにいい本ですね。ほんとにうれしい気持です。君のこれまでの苦労もこれで幾分でもむくわれるということが、巻末の高村さんの言葉ににじみでているようにかんじられます。お祝します。

全巻を読み直し、すべてが、僕のなかに、確然と入れられているということを感じ直しています。最近、世の中のすべてのことが、非常に苦しく思え、その打開の努力、をつんでいたのですが、やはり、道は一つしかないことが、再び、はっきりしてくるようです。

青年団、翼賛会青年部行きの件は、僕等進歩派の敗北に終り、（新聞紙上に出ていた通りです、栗原氏の後退。）駄目になりました。いま、下村、及瓜生の世話で、産業報国会本部或いは翼賛会文化部の方の話を進めてもらっています。しかしこの方は余り確かなことではないので当分はいまのままでいる外ありません。時間の余裕が全くないので、務めをかえなければならず、しかも、それもうまく行かず、できれば、ジャーナリズムにでも出て、その方からでも、生活がたてられればよいがとも考えたりし、この方は桑原に頼んでいます。

桑原の結婚にも色々事情があるのだと言って来ていますが、それは会って話し合ってみなければくわしいことがわかりません。『三人』の改組はしばらく待って下さい。感情の行きちがいや理論や考え方の一致点の整理をやる方がいいのではないかと僕は考えているのです。

『知性』の時評は編輯者が変ったので、僕の方は書かなくともよいことになりました。少し活動してみようと思っていただけに、期待はずれです。

一月二十六日　　　　　　　野間

富士正晴　兄

君のお母さんによろしくお伝え下さい。

■一九四一年二月六日、内田義彦宛　（発信地・同）

長い間御無沙汰していますが、お元気ですか。先日高安君と君のことを話し合いましたが、勉強はすすみますか。僕はいままた反省期にはいりました。魂（人間のひとつの全体というほどの意味）を洗うものは魂以外にはない。というようなことを考えています。大きな人間として生きつづけることです。その道が日本に於て、僕等の前におかれつつあることをかんじます。日々の生活を大切にふりかえって行きたいと考えるわけです。竹内勝太郎詩集（弘文堂）はいいほんです。

二月六日

■一九四一年二月二十六日付、内田義彦宛　（発信地・同）

御手紙御葉書有難う。

もう一度始めからゆっくりやり直しをやって行くという君の言葉が僕の心にも深くはいります。実践とか行為ということを非常に、限りなく広い意味にとらえるということが必要だと考えています。むしろ、生活という風にとらえて行くことが必要だと。それはあれこれの、一つ一つの行為をさすというよりも、その蓄積、集合をさすのであり、生活のうねりを意味するのであると考えます。

そして、君のいう素直にやって行くという態度を僕等がのびのびと守るということに、僕等の意義があるということは信じられます。（そして、この意義は積極的です。）

トルストイの小説がもつような広い人生の足がいつも必要です。そうした上での高い調子が必要です。僕は光芒はすきですが、そしていつも自分の身体から光芒が放たれているようにしたいのですが、そして、その光芒が歴史の底をくぐってきたものであるようにしたいのですが、それはどうしてもトルストイのように生きなければ望めないことだと考えます。

僕には、いま君の生活が親しく、懐しいです。君の歩調に僕の歩調が重なって行くように感じます。君の深さを感じます。そしてそれは、人生はやはり深いなというような感じとしてやってくる感じなので、一層うれしく思えます。

最近、夏目そう石の『明暗』を初めてよみました。そして少し考えさせられるところがありました。

体に気をつけて下さい。生きにくい中に、さらに生きにくいようにすることは、注意して下さい。

ほんとうに、御手紙有難う。

二月二十六日　　野間

内田　兄

■一九四一年五月一日付（発信地・同）

先日は御はがき有難う。

原稿おそくなってすみません。風邪をひき、つかれがでて、散文がまとまりません。もう少し余裕期間はないものでしょうか。先生についてぜひとも一つまとめたいと考えているのですが。

詩の原稿だけお送りします。

四月三十日　　野間

富士　兄

この間、関西詩人聯盟の会に出席しました。君がくるかとまちましたが。じつに、くだらない会。日本の詩人の低劣さ。

■一九四一年五月二十三日付（発信地・同）

御通知ありがとう。

是非出席したいと思っていましたが、役所の方で錬成講習会が土、日と二日に亘ってあり、どうしてもぬけられそうにありません。できるだけ努力してみますが。

奥さん、紫峰さん、遺族の方々によろしくお伝え下さい。

五月二十二日　夜

■一九四一年七月十四日付（発信地・同）

御端書有難う。

竹内勝太郎論整理したいのですが、先日兄が応召し、この十六日に入隊するので、後の打合せや、買物などに歩かなければならず落ちつけません。少し余裕ができるまで待ってほしいと思います。

独ソ戦では大きな衝撃をうけました。この頃ようやく見透しをつけたところ。落ちついて勉強する以外にはありません。

最近、ドイツの詩を中心にほんを読んでいます。ゲーテ、リルケ、ゲオルゲ、グンドルフなどです。殊にグンドルフをみつけたことは新しい道を見出したように思えます。今後しばらくこのひとを中心にしてドイツ文学を自分の中へとり入れて行きたいと考えています。

日本文学の勉強は仲々すすみません。ただ、保田与重郎やその他の人々が日本文学の中へ、没落して行くというような感じをうけています。

では、又、

『三人』もゆっくりやらなければ駄目でしょう。

僕もあと二、三十年偶然にも生きのびられたら、いい詩人になっているでしょう。

野間
富士正晴様
皆さんによろしく、お伝え下さい。

■一九四一年七月二十四日付（発信地・同）
先刻速達にて、批評会の日取りを二十九日に希望しましたが、二十九日も、是非出席しなければならない会合があることになり駄目になりました。できるのでしたら、三十日にして頂きたいと思います。

何度も、変更を願い、すみませんが、右、再びお願迄。

七月二十三日

■一九四一年九月二十九日付（発信地・同）
先日は色々有難う。

詩「結び」ようやく出来ました。同封してお送りします。これは、『帝大新聞』の求めにより、送ったのですが、『三人』にものせたいと思います。

『春の犠牲』評、『帝大新聞』にかきました。次週位にのる筈です。少しおくれています。

いま、小説に力を集中しています。

君の勤めの方はどうするのですか、きまりましたか、竹内勝太郎頌のことなど、葉書でも、お知らせ下さい。お元気で。

僕は相変らずいそがしい。そのうち、おばさんにお会いしたいと思っています。

チェーホフを読み直している。詩は、ユゴーをよんでいる。

九月二十八日
野間
富士　兄

■一九四一年十月十五日付（発信地・同）
教育召集で、三ヵ月間、二三部隊（もとの三七）へはいることになりました。行く日は、十五日、ですので、多分お会いできないでしょう。一月十五日頃かえる予定ですが、或いは、そのまま、でて行くかもわかりません。

僕としては、戦争にであい、できれば仏印に行きたいと考えています。

先日は、色々御馳走になり、ありがとうございました。おばさんによろしくお伝え下さい。一度お会いしたいと思いますが、どうも、時間がつくれず、むりのようです。では、又、向うから。

十月十三日

野間

富士　兄

では、お元気で、体に気をつけて下さい。

■一九四二年一月四日付（発信地・同）

先日は久しぶりでお会いできてうれしかった。

余りはっきり言えないのですが、愈々きまりました。多分、八日か九日と思います。五日、正午頃迄、尼崎の家の方にいるつもりですが、お会いできないかもわかりません。自分の帰りがおそくなりましたら、詩集の方お願いします。しかし、なるべく、僕がかえってきてから出したいと思っています。君のお母さんには、色々御世話になり、感謝しています。どうぞ、よろしくお伝え下さい。君のお父さん、正夫君、光子さん、安子さん、お家の方々によろしく。

『三人』の皆にもよろしく。では、元気で、又。

一月四日

野間　宏

富士正晴様

■一九四二年二月七日付（平支派遣淀第四〇七三部隊奥隊）

長らく御無沙汰しました。こちらへきました。至って元気でいます。御安心下さい。おばさんには色々お世話になりました。感謝しています。よろしく申上げて下さい。光子さんにも、御世話をかけました。どうかよろしく、「三人」の人々にもよろしく。おじさんにもよろしくお伝え下さい。こちらも、梅がさき始めました。では、又。

■一九四二年五月十六日付（比島派遣軍渡第八二〇三部隊英隊）

御無沙汰致しました。作戦のため、書簡が停止となり、『三人』記念号、御手紙其他頂きながら、全く御返事ができませんでした。記念号は、うれしいでした。くりかえしよみました。が、フィリッピン作戦のとき、残念ながら背のうが重く、すててしまいました。他日「残り」があれば、お送り下さいませんか。

フィリッピンは全島すでに治安を回復しています。住民は続々と旧家へかえって来、商売は成立しています。すべて、言葉は、英語。自分もしらぬ間に、しゃべるようになった。時間に余裕はなく、文学からはとおざかっていますが、岩波文庫の小説でも何か送ってくれませんか。短歌など少しつくった。では、又、お元気で。

通信は、比島派遣軍淀第四〇七三部隊奥隊　野間　宏宛です。

■一九四二年五月～六月頃（軍事郵便、推定）、内田義彦宛　（発信地・同）

長い間御無沙汰しました。お元気でいられることと思っています。出発のときはほんとうに有難う。いつまでも胸にこたえました。中支からフィリッピンへきました。住民は竹の家に住んでいます。（床が高く梯子をかけて外から出入する。）砂糖の豊富なことは驚く程です。最近は雨期に入り（五月以降）毎日、スコールがやってきて、夜は涼しく、生々とすべてが生きかえります。

治安は全く回復され、商工業は復活しましたが、物価の問題は困難な問題です。

内地は愈々緊張のときと、ききますが、どうでしょうか。ときどき様子知らせて下さい。内地からの手紙が一番うれしいです。お元気で、では、又。

通信は、比島派遣軍淀第四〇七三部隊奥隊宛願います。

■一九四二年十月十日付（大阪市東区中部第二十三部隊奥隊）

お元気ですか。（京都の）住所がわからず、御無沙汰していました。自分は全く元気で、体育に専念しています。そちらの仕事はどうですか。高安から、君のことを少しかいてきてくれましたが、はっきりしたことは、わかりません。自分には、日本がいま、思想的に、重大な時機に面していることが感ぜられ、自分等の役目というようなものを感じます。（自分は、ただ、悠々と歩いて行きたいと考えたりしていますが、どういう風な足並みが、生れてくるか、まだ、何の予知もありません。）色々のこと、きかせて下さい。いい論理や、体験が、方々にありますか。

十月十日

■一九四二年十月十四日付、内田義彦宛　（発信地・同）

先日、こちらへ帰って来、いま、ようやく落着きを取返してきています。十一月に結婚されるとのこと、心からお喜びします。ほんとうに君のいう通りです。

僕はいまようやく、自分の道がひらけて行くのではないかという気持でいます。勿論、相変らず、すべての問題は未解決のまま、もっているのですが。

経済表（表式）の問題なども（先頃、相川春喜がかいていたが）君にたずねたいと思っていました。しかし、問題がかえるべきところにかえってきたことは、うれしいことです。

帰りに台湾にしばらくいましたが、君のことなど思い、色々考えていました。近く筑摩書房からでる、土井さんのほん（世界の自己同一の前進性）、生成の論理を見出し、実に偉大な光りを前ぶれするもののようです。出征中色々有難う。ときどき便り下さい。

■一九四二年十一月二十九日付、内田義彦宛（発信地・同）

いい御手紙を有難う。ほんとにうれしかった。便りが皆から来るのをいつも待っている状態です。僕が勉強から遠ざかっていて、不安を感じたりしましたが、いまは、自分に広い心をつくること、やさしい人間になることを、日々つみ重ねることに心を用いています。マルテが自意識動作によって裏返しながら、（苦しく、）そしてそれを捨てることにより達した、最後の泉の生きた星々や宇宙の融合の様が自分のなかに流れこむあのゲーテの「再解」などを、追うています。君の結婚はほんとによかったと思います。君の作品を期待します。

十一月二十九日

■一九四三年二月八日付（発信地・同）

御手紙受取りました。色々有難うございました。しかし、家の件は、すでに、こちらでは解決ずみですから、その旨、お伝え下さい。

富士君の徴用のこと、ただ、健康のことを心配します。結果がわかれば、至急、知らせて下さい。

御返事がおくれるように思えますが、あしからず。いまは、演習中で、外出もありません。おばさんによろしく申して下さい。

二月六日

■一九四三年五月二十一日付（発信地・同）

小包、有難う。リルケで元気をとりもどした。頭がぬぐわれた。其他の雑誌も、それぞれ、読書慾を満し、静めてくれます。またしばらく開き始めた朝の眼で、ものを見ることができます。

高安にも手紙出したが、まだ、返事がこない。

リルケは世界の極めて激しい逆転、無限からの逆戻りと芸術を言っていますが、この言葉で、自分が立ち上るのを感じ、苦悩の中に立ち入り深みへ自分を押し入れることについての忍耐を感じてきました。再び、そうした、極点へものを追いつめる作業が自分の身の上にくる日を考えています。そのときほんとうの愛が……。逆戻りしてフイと上に浮び上ってきたリルケの顔の色など考えてみます。皆さんによろしく。

では、又

■一九四三年七月十日付（発信地・同）

毎日裸で涼しくすごしている。美しい蛙の声が、自分達の生活の裏にある。ゲオルゲを少し読み始めた。雨がやめば銃剣術をやる。甘き飯、甘き眠り甘き目覚め蛙の声、蛙の声が、心をひらいてくれる。

雨晴れて美しき魂覚めん蛙の声附近の田も、すっかり田植を終り裏の百姓も、もう雨はいらんと言っている。鶏や牛とも親しく、夜は、ラジオで音楽がきかれる。

自分は、十分、体を鍛えるつもり。

七月五日

■一九四四年二月六日付（兵庫県城ノ崎郡城ノ崎町大谷屋旅館）

雪の残った山々にとりかこまれて、暖い日ざしのなかで、豊かな心を感じとっています。じつに、数年の労苦が、快くはじけ去る心持です。君にはただただ感謝の他ありません。君の細かい心づかいを、今更のように思います。君の中で生きつづけてきた自分が、これを機として、再び全的に生きかえって来るのを感じます。そして、それは、たしかに、私の生長です。おおらかな生が、私共の今後にひらけますように。

奥さんに御礼お伝え下さい。

野間　宏
光子

■一九四四年三月十九日付（大阪市中部第二十三部隊ホ隊）

お元気で入隊された由、喜んでいます。きっと、肉体にも精神にも、いい結果があらわれることと喜びます。高安は十一日にこちらへきましたが、即帰でかえったと手紙、受取りました。気候もよくなるし、愉しい演習が、つづくと思います。暇ができれば、便り下さい。

こちらも、いよいよ、緊張を加え、外出は、月に一回と決定しました。高安も、また、勉強を始めたようです。僕も、愈〻、余裕をとりもどし、すべてにたえうる、力を見出しています。お互に、存在を感じ合える時期がきていると思います。

■一九四四年三月二十一日付（発信地・同）

お元気ですか。

今日は外出日で、ようやく、こちらへ来ました。お便り色々読み、余裕ある生活に安心致しました。上等兵殿、上官の方々皆様、優しい方ばかりの様で、その点も何よりよいことと思っています。軍隊生活に滋味を見出されている点、感じ入ります。風光の美しさは、羨しい限りです。

入籍手続もようやく済み、今後は、家の内を折を見てととのえるのみとなりました。自分も全く落ち着きました。一個の人間となった感じがもてます。人間の生活の価値の見方が少しずつ移って行くのを感じます。又、晩成を求めて遅々と行く歩みそのものを楽しむ心を慈しみます。字や花やそうしたものも身につけたい心もわきます。人間の心情と心情とが結び合う、深いひびきに高い意味を附し、友との交りを深めることを考えています。友の心に自分の心の深みを加え、又、加えられて、そうした交りに唯一の生きる意義を見ようとも思います。このことについては高安とも語ったのですが、二度と生きぬ生に於て、自己を、友につたえて死ぬことに、意味をみます。孤独の生が、明るく開かれたものとなるでしょう。では、又。

三月二十一日　野間　宏

富士　兄

■一九四四年（日付不明）、下村正夫宛　（堺市鳳南町鳳郵便局気付橘第一四一五四部隊ホ隊）

長い間、言葉を断ちましたが、君の元気なことをきいて、安心していました。じつに長い時間が経過したような気がします。しかも、その間、君に一度も会えずにいるということは、貴重なものを、失っているという感じです。（手紙、是非、ほしい。内田の住所知らせてほしい。）

君のことを思うこと、切なるものがあった。繰返し繰返し考えていた。松蔭の手紙、日記、などよみ、彼の優しさに自分の基をおこうと考えていた。（優しい彼の顔を見よ。）「心情の高さ」、日本に於ける一つの極点を見るように思う。松蔭の弟子達へ向けている心の熱さにふれるとき一切の愚劣はきえ去る。奥さんによろしく。

〔刑務所出所後のものであろう〕

■一九四五年十一月十七日付、内田義彦宛　（大阪市西成区姫松通一丁目一番地第二国光寮）

此の間はお世話をかけました。母上殿、奥様によろしく申し伝え下さい。あの期間に、僕の意志も固まりました。東京へ出て行けば、僕の生活は、君等の精神の拡げる風景の中で、じつに、大きな羽をもつという感じです。君の不断に、ものをつくり出す悩みを表わす、あの手ぶりや、ときに言葉をとめて、君の内部に降りて行きながら、いまだ君の創作の熱の附着しているような言葉を握って、君が再び、現実に帰って来る、あのときの君の体つきに接していると、僕は、君を信じる気持をもちます。君は詩を解する精神に属します。

昨日、高安の家を訪ね、君の例の問題（経済学者か文明評論家か）を出しましたが、高安もそれは、やってみなければ判らないと言いながら、君の文明評論家としての生き方に於ても君が生き得ることを言っていました。僕は、君の姿や君の歩きぶりから、君の本質を、文明評論家として把えているように思います。君の苦悩や痛みから来るものが、その方向に於て、解かれ、又、解かれたものが結ばれると思えます。ただそうした方向に生きる場合、君の言葉が、もっと、豊富なメタフオを持つ必要があります。芸術のあの苦悩（君にはこれがあります。）の場で鍛えられたメタフオです。例えばフロオベエルの場合のように。そして、それは、確に君には出来ます。それには、又、一度、フランスの精神を通過する必要があります。（形の精神です。）君がいまヴァレリイを通っていることをきき、喜びますが、小説ではバルザック、評論ではアランを通る必要があるでしょう。さらに、又、あのデカダンの真の精神を通る必要もあるでしょう。

僕は東京へ出ると、君から与えられるものがじつに多い気がして、それを高安にも話し、期待しています。文明評論の新な、じつに輝しい精神を創り出して行く君を待ちます。

僕は、君達の批評のあとで、あの小説をしばらく発酵するにまかせ、短篇を書き始めています。一つは暗い話、一つは、すみきった男女の風景です。あの長篇はきっと、いいものになります。基礎的な構成の操作が解り始めていますから。高安とは詩の話をしました。主としてリルケとゲーテの詩について。又憧憬の精神について。僕は、憧憬の精神のない、フランスの詩から、脱出して来た自分について話しました。そして、リルケの『ドイノ』が、やはり、今后の詩の中軸であるということも話しました。ドイツ語を何とかして、読めるように仕度いと考えるのも、このためです。

「認識としての芸術」という問題で一度、君と話し合い度いと思っています。君は文明評論家として、芸術認識と科学認識の流通の場を、何時か明にしてくれるでしょう。それも、君に期待します。

今日は、これでとどめます。

母上殿、奥様によろしくお伝え下さい。

十一月十七日

野間　宏

内田　兄

■一九四五年十二月二十八日付、富士憲夫・晴子宛（東京都大森区田園調布三丁目四四　瓜生忠夫方）

御無沙汰致しました。愈々、こちらで正月を迎えることにしました。出版の件、下村の御親父の件、切符入手の困難等により、しばらくそちらへは帰れないかも知れません。いま、第一回出版企画の準備の最中です。それから、小説を一つ仕上げ、これは近いうちに、雑誌に発表することになるでしょう。自分でも少し自信のあるもので、大きな反響があるだろうと思っています。とにかく、全力を打ち込み度いと考えています。

物価など、大坂より安いですが、愈々、インフレーションが、救い難いところ迄行くのではないかと迄思えるので、人々の生活は極度に困難となり、追いつめられるでしょう。強盗の頻発、さぎ、せっとう、すり、など、ほんとうに、あわれな事件が、心を傷めさせます。しかし、何とかして、自分達も、餓死をくいとめなければならないと考えています。

壕舎生活の人々の生活は、又悲惨をきわめ、既に、女達は貞操観念をもっておりません。そして、性病が、急速度で、まんえんしているそうです。中に、東大の医学生の一人が、注射の一本でもして、死なせてやりたいと、活躍しているそうですが、とても、おっつきません。それに対して政府は、何一つなすところなく、あきれはてます。

とにかく、この敗戦の日本を、よくするということが、私共の仕事になるでしょうが、全く、私共も無力です。どうしていいのか、わかりません。

私は、戦争中、おくれていた、自分の勉強を取りかえすことを、まずやらねばならず、自分の文学で、一日をすごしがちです。とにかく、一日を、こうして、健康にすごせるということが、いまの日本に於ては、ほんとうに、有難いことだと思います。

瓜生君、一家、よく世話して下さるので、余り不自由はありませんし、兵隊生活のことを考えれば、いまの下宿生活は、ほんとうに、のんびりしたものです。

御手紙差上げる時期がおくれ、御心配おかけして、御許し願上ます。元気でおります故、御安心下さい。光子、広道が、御世話おかけしますが、何卒、よろしくお願いします。

昨日、新劇の「桜の園」という芝居を見ましたが、新劇も、まだまだ、これからだと思いました。僕等の前途も、洋々ですが、それまでの労苦は、仲々のものだろうと考えています。

広道のお祝い有難うございました。

これが、お正月の御挨拶になるだろうと思いますが、いいお年をお迎え下さいますよう。

御体大切に。

十二月二十八日　　　　野間　宏

富士憲夫
晴子　様

父上殿、乾杯、僕の分も、お願いします。

母上殿、こちらでは、おやつが出ないのがさびしいですね。

一九四六（昭和二十一）年〜四七年

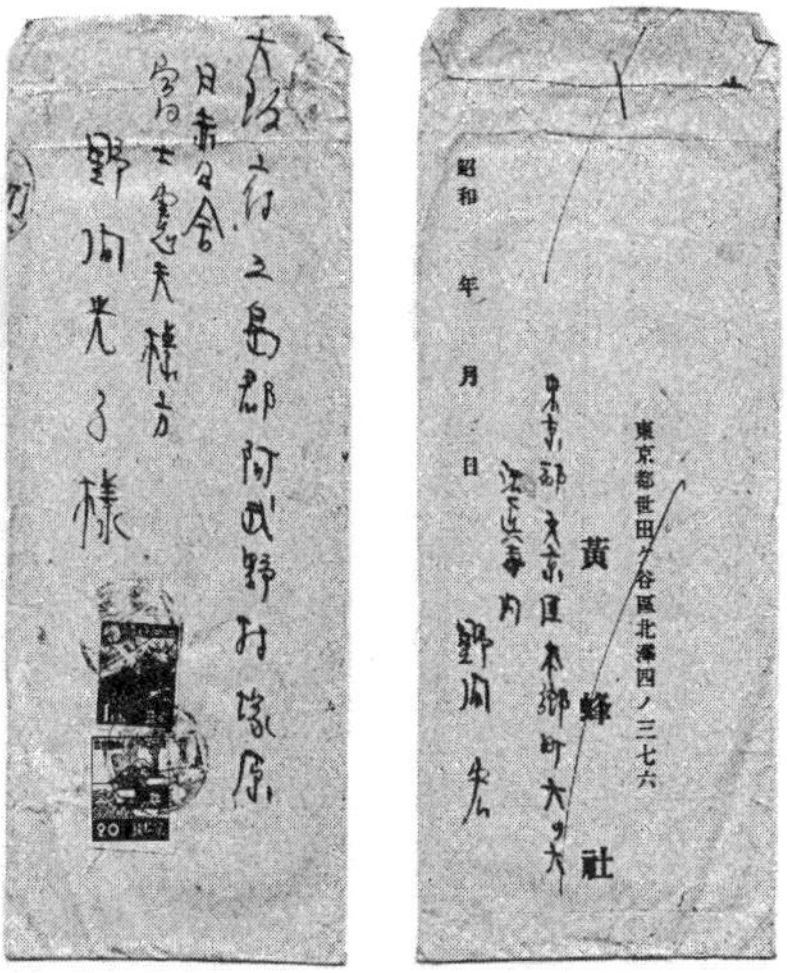

一九四六年一月十一日付（野間光子宛第一信）
一月十一日付（野間光子宛第二信）
四月八日付（野間光子宛）
五月二十六日付（富士正晴宛）
六月二十一日付（ハガキ）（富士正晴宛）
八月五日付（ハガキ）（富士正晴宛）
八月二十六日付（富士憲夫・晴子宛）
九月二十七日付（野間光子宛）
（日付不明）（野間光子宛）
（日付不明）（野間光子宛）
十一月？日（野間光子宛）
十一月十二日付（野間光子宛）
十二月一日付（野間光子宛）

一九四七年二月十七日付（野間光子宛）
二月二十三日付（野間光子宛）
三月十三日付（ハガキ）（富士正晴宛第一信）
三月十三日付（ハガキ）（富士正晴宛第二信）
三月十九日付（野間光子宛）
三月三十一日付（ハガキ）（野間光子宛）
四月十日付（ハガキ）（富士正晴宛）
五月七日付（野間光子宛）
五月十九日付（野間光子宛）
七月七日頃（野間光子宛）

■一九四六年一月十一日付、野間光子宛第一信　（東京都大森区田園調布三丁目四四　瓜生忠夫方）

正月に帰ろうかと考えていたのですが、切符入手できず、かえれませんでした。二月頃には可能になると思います。この十四日より、出版関係の方へ出勤することになります。可成り時間があるので、勉強もつづけられます。小説を二篇かき上げました。いいものですよ。日本で新しい小説を考えています。

広道は元気ですか。手紙、なるべく、たくさん下さい。僕は離れて、君の存在を求めています。もうしばらく、僕の生長のためがまんして下さい。そのうち、いいときが来ますよ。僕は、僕と君との結びつきが、やはり、本質的なものであったと考えています。多くの廻り道をしながら、やはり、結びつくべきものが結びついたのだと考えています。僕はそれ故、いつも、君に対し、若々しい気持を持しています。平凡な夫婦という以上のものを持しています。この僕の考えを、君も心にとめておいてほしいと思います。

おじいさん、おばあさんはお元気ですね。ごぶさたしていますが、よろしくお伝え下さい。小説を書き始めると、どうしても、手紙を書くことが出来なくなります。その点、よくお伝え下さい。

昨夜やっと、別の小説を仕上げ、今日は、休養日で、これをかいているわけです。高安君の方へ、正月の挨拶出しましたか。出しておいて下さい。変ったこと、ありませんか。そちらの、食糧状態はどうですか。物価はどうですか。大変でしょう。

正月前に出した手紙つきましたか。十二月に、店の母の方へ、同じ手紙が二通行ったのは、一通は、電車の中で手紙を落したのを、書き直したのです。誰かが、拾って、投かんしてくれたのでしょう。広道の写真、どれか、二枚、送って下さい。机の上に置き度いと思います。

寒い故、よく、体に気をつけて、無事ですごして下さい。手紙待ちます。

一月十一日　　宏

光子様

■一九四六年一月十一日付、野間光子宛第二信　（発信地・同）

くわしい、御手紙有難う。出そうと思いながら、小説に力を集中していたので、用件以外の手紙は書けませんでした。とにかく、ひとりでいるのは、さびしいものです。僕達の家庭生活というものは、全く、なかったも同然ですからね。いろんな行き違いや、生活上の顧慮やそうしたものが、二人の融合を、さまたげていたように考えられます。はやく、一緒に生活したいものだと思います。

月々の入費、母の方へ請求して下さい。或いは、もう、もらってくれましたか。これからの生活は大変ですが、とにかく、餓死をきりぬけて、生きのこり、日本の再建事業に参加しなければならないと思います。

ガラスで切った手の傷はすっかり癒りました。下村の奥さんに、毎日治療をしてもらい、おかげで、うみませんでした。

此の間は、竹之内君のところで、御馳走になり、正晴兄のことなど話し合い、昔のことを、いろいろ思い出しました。

広道のオーオーと言う口元が眼に見えます。きっと、大きくなっているでしょう。いい人間、大きい人間にしたいと思います。

僕の原稿も、ぼつぼつ、売れるようになりそうですから、愈々、全力を集中して勉強します。しばらく、不自由でしょうが、じんぼうして下さい。しかし広道がいるので、一日のたつのがはやいでしょう。たのみます。

今日は、さっきから、洗濯をすませて、部屋の掃除も終り、机のまわりに、本をならべて、一つ別の作品をやろうと考えています。とにかく、下村、瓜生、内田、竹之内、君が、気をくばって、僕を、育て上げようとしてくれる心が、よくわかり、ありがたいです。

下村の家では、例の、マンジュウ、大に評判です。藁とちがうか、などと、笑っています。お母さんが、今度くるとき、ぜひお願いし度いと言っています。

小説、あと、二つ程仕上げたら、そちらへ一度、休養にかえり度いものだと思っています。そちらから送った、荷物のうち、一個はとどき、あと一個は、まだとどかず、そのうちには、いい原稿用紙がはいっているので、おしいと思います。駅では、絶対紛失などしない、きっとでてくると言っていますが。

正夫君、安子さんによろしく。

体に注意して下さい。

宏

光子様

■一九四六年四月八日付、野間光子宛（発信地・同）

此の間農村へ行って、杏のジャムをもらってきたが、皆にあげたので、あと、一びんしかなくなった。くさらなかったら、こんど、かえりに、もってかえろう。

広道の写真とどきました。随分大きくなりましたね。僕は、全く何もできませんが、いまは仕方ありません。とにかく〔数字不明〕重大なときに、力を一つのものに集中しなければならぬということは仕方ないことです。

殺風景な、貧弱な独居生活の自分を支えるものは、文学、及〔数字不明〕に対する愛です。これのみが私を支えてくれています。そして、〔数字不明〕は、ただ、このためにのみ、世の中に生れてきたのであると感じています。現在の日本に、必要な人間にならなければならないと、それのみ考えています。君も体に注意して病気にかからぬようにして下さい。広道のことは、すまないがたのみますよ。余裕があれば、ジイドや羽仁説子など読んでほしいですね。話ができないよ。だんだん、僕との話題がなくなって話ができなくなる心配があ〔数字不明〕僕は、家族の世話ができないが、それは、許してほしい。しばらく〔数字不明〕にしてほしい。わるいとは思うが。ほし芋は、まだぼつぼつたべている。しかし、もう、残り少い。しかし、おいしかったよ。

正晴兄生存のこと、安心しました。六月頃には、会えることになるわけですね。いまから、就職のことなど考えておき度いと思いますが、休養も必要でしょう。父上、母上も安心されたことでしょう。広道も大きくなったことでしょう。しかし、これから愈〻大変ですね。

この間農村を廻って来ましたが、仲々、青年は元気なので、希望がもてます。読書慾の盛なことには驚きます。

君も、いろいろ勉強が必要でしょう。でないと、ほんとうに、おくれてしまいますよ。

日本の実状は、食糧の点が、やはり心配です。農村はかなりあるようですが、この六月の麦のための肥料を用いると秋の米の肥料がなくなるし、と言って、麦に肥料を使わなければ、七、八月の食糧危機を如何に打開するか、その方途がつかない状態なのです。

東京の主食の配給は、おくれ勝ちで、しかし、人々はよく辛抱しています。ただ野菜の量の増加で、たすかっている状態です。

僕への送金は、以后不要です。但し、今月は送金たのみますよ。そちらで引き出して、自由貯金にしておいて下さい。月に一回、千日前の母の方へ行ってくれていますか。もし行けなければ、手紙か何か出してくれていますか。月々、二百円ずつ、仕送りをうけていますか。必ず、一定日に千日前へ行って、お金をもらって下さい。こういう点、きちんとして下さい。(毎月、二百円ずつです。)兄の方へも時々、行っておいて下さい。四月中には、多分帰れないでしょう。雑誌の発行がおくれ、今月末になるので、それを片附けて、からかえり度いと考えています。

皆さんによろしく。

四月八日　宏

光子様

■一九四六年五月二十六日付〔封筒なし、発信地・同?〕

ほんとうに喜び、お祝いします。

僕も待ちました。そして、最近、兄を求める心、切でした。帰って色々、ゆっくり話し合い度いと思っていますが、とにかく、ゆっくり休息して下さい。仲々、時代というものは、変るものではないようです。如何に、全国が焼け破壊しても、人間は仲々かわりません。

僕の東京の生活は、困難なものがあります。最近、小説を、二、三仕上げ、今年中に、一つ、自分のこれまでの決算をなすような長篇小説を一つ仕上げるつもりで、やっているのですが、食糧事情が非常にわるく、くらしにくくなってきました。それに、友人の家で世話になるのも、大変なことです。しかし、全力を傾注して、今年中には、自分の小説に於ける仕事を、詩に於ける水準にまで高めるということをやりとげたいと考えているのですが、僕の小説は、まだそこまで行かないようです。しかし、今年中には、きっとやりとげます。

富士一家は、きっと、以前の明るさにつつまれていることでしょう。いままで、君の不在ということで、やはり、ほぐれないことがありましたが、今度は乾杯も、大きな乾杯ができるわけですね。

広道も大きくなったらしく、気にかかりながら、自分の生涯の決定点にでくわしているので、余り、ふりかえることも出来ず、しかし、いかんともしがたいです。光子にも、心配をかけますが、これも仕方なく、今年は、私の修業のために許してもらわねばならないと考えています。

大阪、帰省は、六月初旬になる予定です。初旬にはきっとかえります。繰り上げて、かえり度いのですが、僕の手がないと、どうしても、できぬ仕事があるので、手をぬくことができません。

最近の、支那のことなども、ききたく思います。ずい分、色々なことにであったでしょう。しかし、いい体験でした。体験が唯一つの支えですから、何よりもよかったと思います。

高安も非常に君を待っていたようです。

高林君もきっとそうでしょう。

大阪へ、なるべくはやくかえることにします。

五月二十六日　宏

正晴兄

■一九四六年六月二十一日付（東京都麹町区代官町一番地
禁衛府跡学生会館内）

先日、土井（岩崎）、竹之内らと相談し、旧『三人』同人及新メンバーを加えて、同人雑誌発行の決定をしました。

誌名はまだきまっていません。東京から出し、編輯は、土井、竹之内、及私でやります。

毎号　一二〇ー一〇〇頁位

会費　毎月五十円（但シ、負担シエヌモノハ、適宜ノ額ニスル）
来年一月ニ発行ノ予定
原稿締切は十月十日です。新しい文学運動を起そうと考えています。詳細は、次におしらせします。

■一九四六年八月五日付（発信地・同）

長く、お便りがないので、どうしていられるのかと、心配しています。元気ですか。知らせて下さい。

僕はいま、『中央公論』に小説たのまれて書いています。これが、発表されれば、僕の文学生活も、一応安定するので、力を集中しているのですが、仲々思うように行きません。しかし、是非いいものにして、新しい文学への出発をしたいと考えています。力を消耗します。つかれて、体がくたくたになります。

父上、母上殿に、御無沙汰して非常に気にかかっているのですが、そういう次第ですので、あしからず、お伝え下さい。光子にもそう言っておいて下さい。同人雑誌、少しずつ、話をすすめています。（光子にも手紙かけずすまんとお伝え下さい。）ほんとうに時間がないのです。炊事、原稿書き、炊事炊事です。君からよろしく頼みます。

■一九四六年八月二十六日付、富士憲夫・晴子宛（封筒なし）

只今、御手紙、小包受取りました。ほんとうに有難うございました。早速、焼いて賞味致しました。仲々、おいしいです。粉の方は、信州からかえってから頂こうと思っています。大変だったことと思います。

今夜、夜行で発つことにしていますが、原稿の方が手間どり、仲々うまく行かなかったので、講演の草稿これから一渡りつくろうと考えています。どうも時間がないので、あとは、その場まかせで行く他ありません。何回も、電報がきているので、やはり行くことにきめました。

帰りに大阪へ行き度いですが、今度は、信州で一週間五、六ヵ所行きますので、その間に、留守中の仕事、及、原稿がのこっていますのでとても、廻れないと思います。

はやく、どこか家をみつけたいものです。しかし、広道のことを考えると、どうしても、仕方ないとも思います。

東京は、じつにみじめなものですから。

山羊、ほしいものですね。信州の講演料が千円近くはいるので、もう少しなんとかして、つくって見ようとも思います。

日本銀行の方、ほんとうにおくれて申訳ありませんが、もう少しまって下さい。

僕も、なんとかして、生活の安定をはかり度いと考えています。戦争中、僕は一度とにかく、軍部に降服しているので、それから脱却する意味でも、そういうものを主題とした長篇小説を書いて残したいと考えているのですが、そのためには、生活のわずらわしさを、ぬけださぬと、とてもかけないことがわかり、その点であせります。しかし、自分の道は信じています。

正晴兄さんのことも、決して御心配いらないと思います。結局、私達の行き方が、最后には、結果をみせるでしょう。

広道のこと、ほんとうにお世話になります。もうしばらく、御願いたします。

おじい様に、お体に気をつけるよう申上て下さい。

井上様が今日東京へこられて、是非会いたいとのことですが(東京毎日に紹介下さるとのことで)、丁度、信州行とぶつかり、行けませんので、お会いの節、よろしく申して下さい。

お体にくれぐれも御注意下さいませ。

八月二十六日　　　　　　　　　　宏

晴子様
憲夫様

■一九四六年九月二十七日付、野間光子宛〔封筒なし〕

芋などが出だすようになり、食糧も少しは、らくになってきました。

僕はずっと非常に元気です。勉強をつづけています。一度、かえり度いのですが、どうも時間の都合がつかず、のびのびになっています。

今年中には、とにかく、一つ、完成品をつくり上げる必要があるので、それが、でき上ってから、かえることにします。

千日前の方には、よろしくつたえて下さい。(そのうちに、一度、便りをかきたいと思っているのですが)

『三人』の第二十二号至急、速達便で送って下さい。(この号に書きかけた小説をもう一度かき直して、長篇小説にするつもりです。)

それから、永井荷風の『来訪者』、まだ店頭に出ませんが、広告では、非常にたかいようなので、しばらく待って下さい。

高安君からは、便りありません。どうも、最近の通信は、おかしいようです。

これから冷える時節です故、広道に気をつけて下さい。

ずっと前修理に出していた時計がようやく、直ってきたので、時間的にはっきりした生活ができるようになった。

朝はやく起きて、夜はやくねるようにしている。戦争中に、全然中絶していた、歴史の勉強や、経済学の勉強なども、はじめている。

語学を、もう一度、やり直し度いと考えているのですが、時間がないためそのままにしています。

皆さんによろしくお伝え下さい。

九月二十七日　宏

光子様

では、『三人』二三号たのみますよ。

此の頃、方々に通信をしなければならぬことがふえたので、君の方への通信、思うようにならず、がまんして下さい。

僕もようやく、世間的にも、小説家という風にみとめられてきました。新人の一人です。三二歳の新人というのですから、一寸へんです。東京毎日の文化展望で、僕を少しとりあげました。

しかし、すべて、ジャーナリズムは、あてになりません。

ただ、自分の勉強に全力をぶち込む以外に道はありません。

税金の関係があるので、僕の生命保険の保険金の納入、受領書二枚、一万円の方、二千円の方、お送り下さい。

■一九四六年（日付不明）、野間光子宛〔封筒なし〕

御手紙拝受。

広道元気で結構です。

こちらも元気です。いま、新しい小説にとりかかっています。

『中央公論』の方は、編輯者の一人が、僕の作品を、みとめなくて発表できなくなりました。皆に期待をかけていて、こうなってしまってすみません。そのひとの言葉では、僕の小説、表現は、幼稚で、たどたどしく、意味がわからない、というわけです。

「解放の文学評」（大阪の人。）よみました。このひとの言っていることは、当っているところもありますが、へんなところもあります。可成りの年輩のひとだと思いますが、どうでしょう。

僕は、十月の中頃、かえることになるでしょう。或いは、十一月頃になるかもしれません。まだ、日本銀行へも行っていないので、とても、かえれそうもありません。

信州では、リンゴをたくさんたべました。リンゴがきれいでした。青々とした緑をみていると、非常に都会とはちがった感じがわいてきました。温泉に三日程つかって、いましたが、蚤がでてくるのに、閉口しました。

家は、仲々みつかりません。近いうちに、この学生会館の中にも食堂がひらかれます。それで少しはらくになるでしょう。

竹之内君の宅では、赤ちゃん（礼子さんと名づける）が生れました。（所は、横浜市保土ケ谷区桜ケ丘一三七　竹之内静雄です）いつも、非常にお世話になっています。

今日は、一寸、いそがしいので、これで、おきます。

農村では、農事恐慌の話でもちきりです。

皆さんによろしく

宏

光子様

高安君の方へは、ずっと前に送ったのですが、

■一九四六年（日付不明）、野間光子宛〔封筒なし〕

御手紙拝読。

ご意見もっともと思います。しかしいまは非常に僕自身にとっても重要な時期ですので、しばらく辛抱して下さい。いま東京へ出てきて、生活できるかどうか考えてみて下さい。決して出来ないでしょう。それに一ヵ月に一回などとても帰れるものではありません。そんな普通人のようなことを僕に言っても、だめです。現在のような状態は、僕の生涯のうちに一度は必ず、くるべきであったので、そうしたことが理解できぬようでは、最初から、僕から離れるべきだったでしょう。僕はいま、生涯けんかをしていた、トルストイと彼の奥さんのことを考えています。トルストイはしまいに家出しますよ。

『黄蜂』の僕の小説は、非常に好評です。僕の小説を、二つの雑誌でとりあげ、二つの新聞で問題にしています。君が盛りたくさんすぎる、露骨すぎるという表現を、それらの雑誌では、新しい表現力として認めています。

中央公論のばかな編輯者など、問題ではありません。（中央公論では、もう一つ、別のをかいてくれと言ってきているのですが、しばらく見合せます。）勿論、僕自身、僕のあの小説を、完成したものだとは思っていません。しかし、自分の力に対する確信がなければ、東京へでてくることなどしなかったでしょう。ただ、世間が認める認めないなどは、論外のことです。しかし、僕がいま、世評をこうして気にしているのは、ただ、妻・子の生活を、どうかして、よくたてて行きたいがためです。それ以外の考えはありません。（『中央公論』のために書いた小説は、他の雑誌にのせます。）

ところが、君の手紙は、全く、僕の力をおとさせました。僕はもう、君に何も言うことはないと思いました。僕の生活は、あと二、三年はまだ苦しいでしょう。こうして、一応、各雑誌の評論で、僕の将来が嘱目されているとは言え、僕が今后、どれだけのびるかは、僕の努力だけにかかっており、その努力の集中をするためには、一応、家庭のことは、おるすになるのも仕方ないのではないでしょうか。

友達にも、同じように妻子を疎開させている人がいますが、同じような問題で、こまっているようです。

お金は、こんど帰るとき、もってかえるつもりで、用意しています。送ると、紛失するおそれがあるので、そうしようかと思っていますが、是非必要なれば、送ります。ただし、原稿料は、半分は、封鎖なので、いそげば、封鎖になります。

大阪の母親との関係は、どうして、スムーズに行かないので

すか。余り、えんりょ、しすぎる、間がありすぎるのではないかと思います。

僕は、一応はやく、一家をかまえたいと思うので、非常に、世評を気にして、そのため、少し気が弱くなって、世間にうけ入れられるような文学を考えたりしたのですが、最近は、また、それは間違いだと思いかえして、とにかく、自分を貫き通そうと考えています。そのために、少々損をしても、僕の一生をかんがえて、後で後悔するのは、たまらないです。

しかし、とにかく、一応、いま世評が、僕に集ってきているので、ここで、つづけざまに、いい作品を、三つ四つ、出す必要はあり、そのためには、大阪へかえっていてはできないのです。

僕自身、いまの不自由を辛抱してやっているのです。その点、なんとか、考えてみてほしい。

しかし、こんな説明を、かくのも、めんどうくさいという気もおこる。

宏

光子様

■一九四六年十一月？日、野間光子宛〔封筒なし〕

今日、井上さんから、十一月九日附『毎日新聞』送って頂きました。富士正晴版画展、井上さんの言葉はほんとにいい言葉で、うれしく思いました。『新大阪』の方、も、近日中に送って下さるとのことでまっています。就職口の方も、高桐書院、玉〔一字不明〕堂などあるとかいていられ、安心しました。とにかく、おちついて仕事できるようになり、これが何よりだと思います。気もはれることでしょう。井上さんの人柄に、ほんとうに打たれます。『毎日新聞』のカット、いいものを、かいて、みせてほしいものだと思っています。

版画展の成功で、僕の方まで、ゆったりした気持です。

お父さん、お母さんもお喜びでしょう。

シャツ、其他は、ひょっとすると、瓜生君の家の押入れにあるのかも知れません。一度さがしに行ってみます。

僕は勉強をつづけています。いま、書いているものは、大作になる予定です。完成すれば、日本で最初の小説になる筈です。

■一九四六年十一月十二日付、野間光子宛〔封筒なし〕

手紙受取りました。

ありがとう。君の信頼によりそいたいと思います。

いま考えている点をかきましょう。

僕が以前君から別れてからの生活は、君の肉体との闘争に一つの中心があったといえます。このことは、今日の僕にとって重要です。僕はつい最近まで、僕の肉体の機能や構造が君の肉体に一致しないのではないかと考え、いつも、その点で、不安でした。いまは、はっきりかくべきだと考えるので、かきます。いまの君なれば、少しは、わかってくれると考えます。

僕は、非常に、君の肉体にひかれていて、別れてから、それに代るべきものを、多くの女の人達に求める生活をすごしました。しかし、結局それは、みつからず、たえず、君を求め、しかも、求める君に近づくと、僕は罰せられるので、君を恐怖していたわけです。しかし、いまは、君の肉体なしでも生きて行ける意志力をつくり上げました。君の肉体がなぜ僕に対して、特別な、他の女の人のもたぬ魅力をもつのか、僕には、いまもわからないようです。しかし、そうしたものがあることは事実です。しかし、僕等が結婚してからも、僕はいつも不安で、君の肉体と闘い、君の肉体に敗ぼくしないように努力してきました。というのは、君の愛情は、決して絶対的なものではないと考えていたからです。君の前では、僕は、自分のすべてをさらけ出すことができません。というのは、君の眼が僕をいつも批判的にみていると思えるから。(というのは、)僕等の恋愛が、うまく行かなかった頃、君は僕に対して、いつも批判的であった。ところが、他の女の人達は、僕に対しては、絶対的の愛情をよせていたので、僕は、その女の人の前では、ふざけちらしたり、わるいこともしたり、詩を朗読したりもしていました。僕がどんなことをしようと僕をうけ入れてくれました。そして、僕も、そのひと達に対して、そのような深い心情をかえしました。しかし、そのひとたちは、肉体の点で、僕の理想からはずれていました。君は、逆に、心情の点で、僕の理想からはずれていました。

それから、僕のくらさの原因は、政治の問題ですが、これは、又、次にします。

この間、(ひとから、きいたのですが)新日本文学会で、宮本百合子が、本年の小説の一つの収穫として、僕の小説をあげていられたそうです。宮本百合子さんの言うところでは、社会と個人の間のギャップを、肉体によって一歩ずつたしかめようとしている小説だと言っておられたとのことでした。いま、あの小説をよみ直してみて、非常に下手な言葉使いが多く、宮本さんにほめられるのは恥しいかんじです。次の長篇小説でいいものをつくり上げたいと考えています。

僕の小説の中心は、肉体と思想のぶつかり合いにあります。僕は、この人間の肉体をどうかして、えがき出したいと思っています。イギリスに、ローレンスというえらい小説家があり、その人は、ほんとうのセックスを求めて、苦しんでいます。しかし、僕は、セックスだけではがまんができません。貧困者の制度の問題があります。

僕はとにかく、自分のこの問題を、追求する他ありません。尚、僕の将来は遠いかも知れませんが、これをやりとげる迄は、死ねません。

僕は小説家として、まだ、女に関する知識が不足しているので、それを知りたいと思って、いつも、君に女についてきこうと考えながら、やめてきました。女の心や、女のセックスについて、僕にはまだわからぬ点が多いのですが、いまの君なれば、言えそうな気がします。

僕は広道に対して、いい父親ではありません。自信がありません。しかし、僕の文学が次第にいいものになって行くにつれて、僕の気持もなごやかになって行くだろうと考えています。この手紙で、僕を考えてみて下さい。

母上殿によろしくおつたえ下さい。

十一月十二日　　　宏

光子様

■一九四六年十二月一日付、野間光子宛〔封筒なし〕

面ちょうでひどいめにあったようですが、どうですか。広道をつれて、大変だったでしょう。僕は、君の介ほうもできず、許して下さい。こうしたことを考えると、僕のいまの考えが、ほんとに、エゴイスティックに思えてきて、苦しみますが、いまの仕事が完成し終る迄、どうか辛抱して下さい。この仕事が完成すれば、僕はじつに大きい仕事をはたすことになる筈です。いま、書き上げたところでは、この長篇小説は、大きな価値をもつものと信じられます。それ故、たとい、僕が死んだとしても、君や広道の生活にこまるというようなことはない筈です。僕は、全力を投じ、万難を排して、完成しようと考えています。このようなことに熱中して、家庭をかえりみることの少い僕を、夫にもった君のことを考えると、じっさい、すまないと思います。不幸だと考えます。しかし、この仕事の完成に僕のすべてがかかっていると、僕には思えます。

瓜生君のところから、シャツ、ズボン下出てきました。心から、あやまります。東京は急に寒くなり、しかし、僕はいま、元気にみちて仕事をつづけています。もし、これが完成すれば、少くとも、二十世紀最高の文学の一つになるなと考えています。（笑わないように。）

『黄蜂』の発行がおくれ、（紙が少したりず）ましたが、年内にはでるでしょう。『近代文学』の方も、正月にはでるでしょう。（これは、君との恋愛のことを書いたもので、短いものです。しかし、いま書いているものにくらべると、はるかに程度がおちます。）

正月には、少しは、原稿料がはいるので、何か君に送り物ができるかもしれないと思っています。広道にも、何かと思っています。何がいいでしょうか。君の足は、何文ですか。

内田君に、赤ん坊が生れました。が、丁度、おばあさんが、結核にかかり、隔離しなければならず、家がなく、生活費がかさむので弱っているようで、気の毒です。

この会館にいる学生も、いよいよ生活に困り、学校をやめて、くにへかえるものが、増えてきたようです。

こういう時代に文学をやりとげることのむつかしさを感じます。が、母親に願って、できれば、いまの務めをやめて、小説に専念できるようにしたいとも考えています。

いま、帝大の前のアパートを友達が世話してくれそうなので、来年にはそちらへ移れるでしょう。六畳一間ですが、そのうち、広いところがみつかるかも知れません。むりせぬよう、はやく元気になって下さい。

十二月一日　　宏

光子様

この間、風呂屋にて、ズボン、腹巻をぬすまれ、弱りました。

■一九四七年二月十七日付、野間光子宛（麴町区代官町一学生会館内）

為替二枚、千五百円受取りました。御世話かけました。

御手紙度々有難う。原稿、色々、たのまれ、かく時間がなくて、今日になりました。小包はまだ到着しませんが、たのしみにしています。此の前の手紙、すぐ返事かくべきだったのですが、わるかったですね。仕事に熱中して君を放置している僕を、許して頂き度いです。とにかく、いまを置いて、自分の生長をみることはむつかしいと考えます。僕は君を以前通り愛しています。しかし、愛の問題は仲々むつかしいものだと思えます。

広道は元気らしく、安心しています。

東京は、再び、十日以上遅配がつづき、又買出しが始まりました。この間、二、三回、ダンスを見てきました。とても練習する時間がないので、見るだけです。しかし、皆たのしそうに踊っています。

事務所や会社のかえりに、三十分程おどってかえるというひともふえてきたようです。共産党でダンスを奨励してから、こういう現象が、方々でみられます。

局は、次から、九段局にして下さい。麴町では非常に遠いのです。勿論、多分、三月末には、下宿の方へ移る予定ですから、あと一回のことでしょうが。

一昨日、つもった雪がとけて、道がじくじくしています。

此の頃は、夜は二時に床につきます。朝は九時に起きます。

仕事をして、自分のエネルギーを極度に使用して生きていると全く自分の一日一日が、みちあふれているようにかんじます。
仕事がうまく完成するかどうかの不安はありますが、しかし、苦しい月々が、一番、生生しているように思われます。
皆さんによろしく。

二月十七日　　宏

光子様

■一九四七年二月二十三日付、野間光子宛（発信地・同）

小包到着しました。内容全部安全でした。ほんとに、面倒なことですのに、有難う。さっそく焼いてたべています。芋粉大変おいしいです。母上殿によろしく御礼申上げて下さい。

寒さが、又、かえってきて、夜は非常にひえます。選挙がはじまるので、僕の仕事もいそがしくなります。今度の選挙では、なんとかして、もう少し、数をふやしたいものです。このために、僕の大阪帰りは、少しおそくなるかも知れません。

此の間、新橋駅前の大きなマーケット（昨年末建ったばかり）が全部焼け、人々はもち出したふとんの上で泣いていました。バラックで全く消すひまもなく、丁度通り合わせて、みていましたが、悲惨な感じでした。

絵本そのうちに送りましょう。余りいいものはありませんが、えらんでみましょう。

最近、尾崎秀実（戦争中、スパイ事件で、死刑に処せられた、マルクス主義者）の手紙、『愛情はふる星のごとく』というのを、よみ、感動しました。これは、その人が奥さん、英子さん、娘さん楊子さんに、死刑になる迄に獄中から送った手紙です。僕は、この人の妻子を思う情の深いのに、しかも、その覚悟のしっかりしているのに、胸をうたれました。

〃一徹な理想家というものと、たまたま地上で縁を結んだ不幸だとあきらめてもらう他ありません。〃これが、その人の気持です。

この本は、いつか君もよむとよい本だと思います。

少し暇ができたので、短篇の方に取りかかりました。今度は、うまく行くようです。

徐々ではあるが、日本にも、希望ができてきました。本当の仕事をしなければなりません。何時死んでも、死ねるという生き方につきすすむ必要を痛感します。

二月二十三日　夜　　宏

光子様

正晴兄によろしく、いま、非常に多忙で通信できませんが。

■一九四七年三月十三日付、第一信（発信地・同）

御便り度々有難う。御元気のこと、安心しています。僕はいま、短篇一つを仕上げ、あと、短篇三つを、五月迄にかかなければならないことになり、書きながら、材料をあつめるというやり方をとっています。

健康は非常によく、毎夜おそくまでやりつづけてつかれません。僕の小説集を、真善美社で出してくれることになり、題名は『暗い絵』、ブリュウゲルの絵を一枚はさみます。装幀の点で、重厚なものがほしいと思っています。心あたりあれば知らせて下さい。短篇四つを入れ、二百五六十頁のものになる筈です。本屋の方はいそいでいるのですが、

■一九四七年三月十三日付、第二信（発信地・同）

僕は、五、六月頃から印刷にかかってほしいと考えています。

（先日、ダンスを一回やりました。いいものだと思います。）

小説できれば、送って下さい。井上さんの小説も待っています。（僕の小説「二つの肉体」について、『群像』三月号に伊藤整が、『日本評論』二月号に小田切秀雄がかきました。）

もうしばらく、ひとりで勉強させて下さい。

東京もようやく暖かくなってきました。勉強もしやすくなりました。長篇の方はいま二百枚のところでとまっています。

経済学（殊に農業）の勉強もしなければならないので、大変ですが、中心には、毎夜、五時間以上、かきつづけるということを、置いています。この方法以外にいい方法はないようです。


皆様によろしく。広道にはすまないと考えています。

■一九四七年三月十九日付、野間光子宛〔封筒なし、法真寺？〕

御手紙度々有難う。

御元気で安心しています。僕の方は忙しい時を送っています。お金、お送り下さい。この月末に、下宿の方へ移る予定にしているのですが、お金が到着してからにしようと考えていますので、はやく送って下さい。

尚、お金を送った場合は、書留便、或いは、電報便とは別個に、手紙で送った旨、通知下さい。

もし、事故で到着しなかった場合に、はたして送ったかどうか、全然こちらではわからないわけですから。

絵本送りましたが、いいのがありません。そのうち、いいのをさがして送りましょう。

今度、僕の創作集が単行本で出ることになりました。少し厚い紙をつかい、装幀もよくし、いい本にしたいと出版社の方は言っています。いまそれで、小説を訂正したりしています。

雑誌の小説も次々とかく必要があり、可成りエネルギーを必要とします。

外は春です。いまから、新橋まで行きます。

お元気で。

お金すぐ送って下さい。

ひとりで、さびしくはありませんか、僕には熱中する仕事がありますが、君の方は、そういう訳ではないのだから、気の毒です。しかし広道がいるのでいいでしょう。

住所

区名が千代田区に変りました。

三月十九日　　宏

光子様

■一九四七年三月三十一日付、野間光子宛（東京都文京区本郷六ノ六　法真寺内）

四月六日から、居住を変えます。（帝大の赤門の前です。）ようやく見つけることができましたが、これもしばらくの間です。友人に無理を言って、一室を借りうけました。食事は外食になります。その点非常に不自由ですが、今度は畳敷なので、おちつくことはおちつきます。

送金まだつきませんが、どうしたのでしょうか。

非常に元気で仕事をしています。軍隊でつくった体が、いま、役に立っているのでしょう。

そちらは、皆さん旅行中でしょうか。よろしく申上げて下さい。

〔発信地は、まだ実際は学生会館〕

■一九四七年四月十日付（発信地・同）

先日御願いしておいた「暗い絵」の装幀を、至急やって頂きたいのですが、如何ですか。

B6版、三〇〇頁位、文字ハ暗い絵、野間宏著、真善美社、背文字　暗い絵　野間宏著（真善美社）

僕としては、例の竹内さんの詩論の装幀（但し、緑をつかったもの）の方向で、洋画風のものがほしいのですが、如何でしょうか。

緑白黒は美しいのではありませんか。

表紙の紙質は後便にて送ります。

■一九四七年五月七日付、野間光子宛（発信地・同）

其后、お元気のことと思います。

帰りがおくれて申訳ありませんが、やむをえないことと御了承下さい。二十日頃に、こちらを出発する予定で、切符など手配したいと考えていますが、それまでに、出版の方の準備が全部完了するかどうか、いまのところ解らず、或いは、少しのびるかも知れません。しばらく、体をやすめ、栄養価のあるものをたべて、こえなければならないと思いながら、毎夜、おそくまで、やるので、大部やせてきました。しかし、元気です。

広道に、こちらの新しい、田原さんという方が、丈夫なヂープを買ってくれています。

尚、お金の方は、今月は二十日迄に千円お送り下さい。(電報為替が、一番安全で確実です。) いま、帰るための旅費を心配しなければならぬ状態ですから、この件、まちがいなくお願いします。

尚、装幀の件、正晴兄さんの方に、よろしく、たのんでおいて下さい。

五月七日　　　　　　　　　　宏

光子様

尚、千日前の母に、僕の出版のこと、話して喜ばせてやって下さい。

■一九四七年五月十九日付、野間光子宛〔発信地・同〕

電信為替、受取りました。御手数かけました。有難うございました。帰りが、又、少しのびます。来月始めまでに、単行本の原稿を取りそろえ、検閲に出す必要があり、どうしても残っていなければならないことになりました。それで、そちらへかえるのは、六月中旬になるでしょう。ワイシャツがないので、こまるのですが。

できるだけ、はやく、かえることにします。

東京も全く暑くなりました。物価引下げ運動によって、いくらか物価はやすくなりました。もっとも、東京は、全国で一番くらしいいところだそうですが、確かに、物価はやすいようです。

五月十九日　　　　　　　　　宏

光子様

■一九四七年七月七日頃、野間光子宛（東京都文京区本郷町六ノ六　法真寺内）

小包、五個有難う。お世話かけました。

粉はさっそく頂いています。よろしくお伝え下さい。

御手紙読み、色々考えています。が、僕自身にも、いま、はっきりしない点があるので、はっきりは答えられないように思います。しかし、もし間違いだったとわかったら、君の言われるように、新しく出直すべきだと考えています。やはり、新しい生活をきずかなければ、絶対に新しい文学も新しい人間も生れてこないことは確実です。いまの僕の気持は、君には、じっさいすまないことだと思いますが、全く、はなれてしまいました。

僕はいま勉強に全力を集中しています。僕の体力が僕を支え、僕の持続力が、僕の文学を支えています。日本に世界文学をうちたてることが、もしできるならば、僕ははじめて生きたわけです。そのために、いろんなことを許して頂きたいと思います。

今月は、僕の方は、送金は不要ですから、そちらで母からもらう二千円つかって下さい。尚、主食が値上げになるようですから、今后、毎月どの程度入用か、知らせて頂き度いと思います。ほんが出れば少しはらくになるでしょう。尚、まだ当分は、母親の方から援助をうけるのがいいと考えています。

これも、決して、僕は無駄にはしないつもりですから。

僕のほんは八月中旬に出る予定です。

広道によろしく。

皆さんによろしく。在阪中は色々お世話になりましたと御礼申上げて下さい。

追伸

東京も全くあつくなりました。

開襟シャツをあすから着ようと思っています。

では、元気で。

宏

光子様

僕は最近、ようやく生きるということがわかってきたようです。各自がみつける以外に方法はありません。

母によろしくつたえて下さい。

母にもらったパンは仲々、おいしく、隣の方にもわけました。

こちらは、狭い一部屋で、全然一緒にすむことなどできませんし、一人でないと仕事はできないと思います。

野間宏の周囲のひとびと

紅野謙介

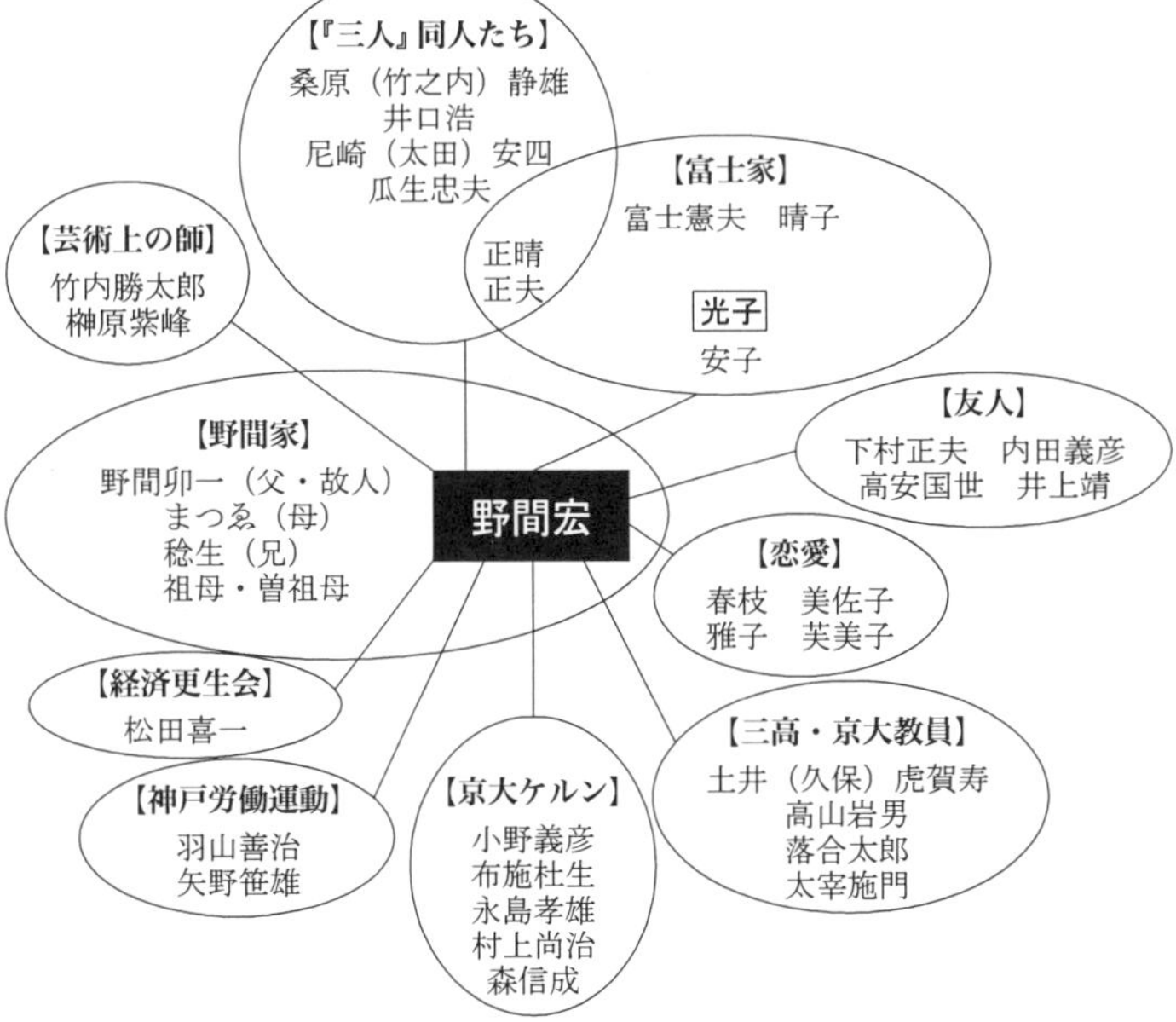

○野間宏の家族

野間宏は、父卯一、母まつゑの次男として一九一五（大正四）年二月二十三日、神戸市長田区東尻池の火力発電所の社宅で生まれた。母まつゑは、淡路島福良の出身。神戸市中央区楠町の商家に育ったが、家が没落して女中奉公するなど、苦労を重ねた。兵庫県揖保郡御津村の農家の次男であった野間卯一は神戸で苦学したのち、工業学校を出て電気技師になった。この二人が結ばれて生まれたのが、稔生と宏の兄弟であった。兄稔生とは一歳ちがいだった。卯一の転勤が多かったため、一家は神戸、横浜、津山、西宮と移り住んだ。西宮ではじめ鳴尾村中津に、ついで今津網引の社宅に居をかまえた。卯一が神戸で在家仏教信者となったため、父の在世中、自宅は周辺の信者たちに布教するための信仰の拠点となったという。その父卯一は一九二六（大正十五）年十月、肺炎をこじらせて死去した。宏、十一歳のことである。一家の担い手を失い、まつゑは借家業をはじめるなど、家計をやりくりした。その後、大阪千日前でプレイガイドや洋裁店など、小規模な自営業を行うが、つねに厳しい経済状況を綱渡りすることになる。日記の書かれた当時は、祖母、曽祖母が同居するなか、兄稔生が結婚、小波乱が起きる様が書かれている。

〈芸術上の師〉

○竹内勝太郎（一八九四～一九三五）

詩人。一八九四（明治二十七）年十月二十日、京都市生まれ。清和中学中退。中学時代から文芸に関心を抱き、中退後は多くの職業を転々とする。一九一三（大正二）年上京し、一八年には京都の日出新聞記者となる。詩作をつづけ、一九二四（大正十三）年、詩集『光の献詞』『讃歌』を刊行。京都市の私立基督教青年会夜学校でフランス語を学び、ボードレールの翻訳を試みる。二八（昭和三）年、詩集『室内』で詩人としての地位を確立。その年から翌年にかけて渡仏し、ヴァレリーに傾倒する。フランス象徴主義をはじめ、ヨーロッパの現代芸術を直接体験した。帰国後、京都市立美術館嘱託となり、三一年『明日』を刊行。以後も『春の犠牲』などの詩集を発表。詩壇とは終生無縁であったが、富士正晴、野間宏、桑原静雄ら『三人』のメンバーを愛情もって指導しつづけた。一九三四（昭和九）年には『芸術民俗学研究』『芸術論』を刊行。野間たちが受けた教育の内容をそこにうかがうことができる。先妻を病気で失ったが、もと芸妓でもあった万千子と再婚。夫婦で若い詩人たちの面倒をみた。一九三五（昭和十）年六月二十五日、黒部渓谷で転落、遭難死した。まだ四十代はじめであった。没後、竹内勝太郎著作刊行会を自力で組織した富士の尽力により、『黒豹』を初めとする代表的な著作が刊行された。たとえば『春の犠牲』（一九四一年一月）は、高村光太郎・富士正晴共編で、装画は榊原紫峰、出版社は弘文堂書房だった。戦後、野間や富士の活躍が知られるにつれて、竹内勝太郎評価も高まり、『竹内勝太郎全集』全三巻（思潮社）が出た。

○榊原紫峰（一八八七～一九七一）

日本画家。一八八七（明治二十）年、京都市中京区に京友禅の染織家の次男として生まれる。一九〇三（明治三十六）年、京都市立美術工芸学校に入学し、竹内栖鳳、山元春挙から伝統的な円山四条派の写生画を学ぶ。一九〇九年には新設の京都市立絵画専門学校に編入学し、卒業制作は文展で受賞となる。大正に入ってからは、日本画の革新に情熱を燃やしたが、文展では受け入れられず、土田麦僊らと国画創作協会を結成。その頃、形式よりも内面を追求しはじめ、国展解散以降は自然に深い愛情を表し、清澄にして崇高な画風を創り上げた。晩年は色彩を離れ、水墨画に独自の画境を築いた。竹内勝太郎の数少ない支援者のひとりで、「三人」創刊号の表紙の原画を描いた。竹内没後も「三人」グループとの関係は深く、美術・芸術に対する影響を及ぼした。一九七一年に没した。当時、竹内勝太郎が親交を結んだ画家としては、ほかに洋画家船川未乾などがいる。

〈『三人』同人たち〉

○富士正晴（一九一三〜一九八七）

詩人・作家。一九一三（大正二）年十月三十日、徳島県三好郡の生まれ。両親はともに小学校訓導だった。弟・正夫、妹・光子、安子がいた。中学校のときの同級生岩崎（土井）一正に刺激されて詩作をはじめる。一九三一（昭和六）年、第三高等学校理科甲類に入学。十一月、詩の原稿をもって奈良に住んでいた志賀直哉を訪ねたが、詩は分からないからと詩人の竹内勝太郎への紹介状をもらう。その後、京都市左京区浄土寺の竹内勝太郎を訪問、以後、師事することになった。化膿菌に弱く、いったん休学するが、翌年四月に復学。そのとき新入生の野間や桑原静雄と出会った。野間、桑原を竹内勝太郎に引きあわせたことがきっかけとなって、竹内のもとで古今東西の文学、哲学、芸術全般の薫陶を受けた。三二年一〇月一日、富士正晴、野間宏、桑原静雄による同人雑誌『三人』を創刊。ヴァレリーの純粋詩を理念として「純粋詩雑誌」を企図した。以後、竹内の指導と富士のイニシアチブのもとで、一九四一（昭和十六）年六月に同人雑誌の統廃合により廃刊するまで二十八冊を継続刊行した。富士自身は、結局、一九三三（昭和八）年二月に三高理科甲類を退学。同年の四月には文科丙類に再入学したが、それもつづかず三五（昭和十）年二月に退学した。この年に竹内勝太郎が亡くなった。竹内没後、いろいろな職業を転々としながら『三人』を支え、竹内勝太郎の遺稿をまとめる仕事に精を出した。戦中は住吉中学の教師をしていた伊東静雄らと交流。三島由紀夫の最初の単行本『花ざかりの森』を刊行したのも富士のきもいりによるものだった。戦後は一時、『三人』を復刊する計画もあったが、頓挫し、庄野潤三、島尾敏雄らと『VIKING』を創刊。すぐれた同人がつぎつぎに東京の文壇に去るなかで、同人雑誌一筋に生き、大阪茨木に居をかまえて頑固な姿勢をくずさなかった。榊原紫峰に絵を描かないかと言われるぐらい、絵筆でも技量を発揮し、墨彩画展も何度か開いた。その鋭い観察力と自由闊達な文体において群を抜いた文人であり、同時にまた酒仙であり、毒舌と諷刺の人でもあった。詩集以外にも小説集『帝国軍隊に於ける学習・序』『贋・久坂葉子伝』、評伝『竹内勝太郎の形成』『大河内伝次郎』などがある。一九八七（昭和六十二）年七月十五日、急性心不全のため死去。享年七十四歳。没後、『富士正晴作品集』全五巻（岩波書店）が刊行された。妹の光子はのち野間と結婚する。安子は分子生物学者の大沢文夫と結婚。大沢は後年、野間が分子生物学等を勉強する際の導き手となる。

○桑原（竹之内）静雄（一九一三～一九九七）

編集者・作家。一九一三（大正二）年十一月二十五日、静岡県生まれ。三高文科で富士正晴、野間宏に出会い、竹内勝太郎に師事することになる。『三人』創刊時の同人のなかでは、最初から散文志向で、小説やエッセイを書いた。京都帝国大学哲学科に進み、大学時代は吉川幸次郎に傾倒した。卒業後は、河出書房に入社したが、ついで筑摩書房に入った。戦時下は海軍に応召。戦後の一九四九（昭和二十四）年十月に小説「ロッダム号の船長」（雑誌『作品』）で芥川賞候補となる。一九六六年から六年間、筑摩書房の社長をつとめる。この間、一九五七年に定価一万二千円の「鉄斎」を編集、豪華本ブームの口火を切った。また在任中に『野間宏全集』全二十三巻を刊行した。創作集に『大司馬大将軍霍光』（中央公論社、一九七五年）、エッセイ集『先師先人』（新潮社、一九八二年）『先知先哲』（新潮社、一九九二年）がある。

○富士正夫（一九二一～）

医師・詩人。一九二一（大正十）年生まれ。兄の富士正晴とは十歳違い。大阪府住吉中学で教師をしていた詩人の伊東静雄に出会い、兄との交流のきっかけを作った。旧制高知高校から大阪帝大医学部に進み、医師となったが、そのかたわら、一九三七年六月、『三人』十四号に詩を発表。四三年の『三人』十八号からは同人にも参加した。戦後の四七年一〇月、兄とともに『ＶＩＫＩＮＧ』を創刊。十年ほど活躍するが、五七年、医業に専念。国立白浜温泉病院などに勤務した。定年後、ふたたび『ＶＩＫＩＮＧ』に参加。一九九七年三月には、初期の詩や散文を集めた『富士正夫詩文集』（編集工房ノア）を刊行した。

○井口　浩

医師・詩人。神戸三中で富士正晴の一年上にいた関係から『三人』創刊号を読んで熱烈な共感の手紙を送った。これがきっかけで、富士が高槻の井口家を訪問。意気投合し、富士はそのまま食堂兼下宿をしていた井口家に下宿してしまうことになる。そのまま『三人』の四人目の同人として参加。井口は第六高等学校在学中に左翼活動により退学処分を受けていた。その運動体験からくる謄写版技術が『三人』の製作に貢献した。竹内勝太郎の紹介で榊原紫峰家の家庭教師をつとめたが、榊原家の女中をしていた鶴という女性と恋愛。隠れて同棲し、富士や野間を心配させた。のち医師となったが、富士正晴とは長く交流がつづいた。野間宏、富士正晴と三人の共著となった詩集『山繭』(明窗書房、一九四八年)のほか、単独の詩集『雷雨』(六月社、一九五五年)がある。

○尼崎(太田)安四(一九一三〜一九五二)

詩人。一九一三(大正二)年七月二十六日、大阪市に生まれた。尼ケ崎姓だったが、幼年時に太田家の養子となった。尼崎はペンネーム。仏教哲学を学ぶつもりで龍谷大学予科に入学したが、すぐに中退し、三高文科甲類に入り直した。一九三四(昭和九)年、『三人』同人となり、七号に詩を発表。竹内勝太郎に師事した。三五年、太田姓から尼ケ崎姓に戻る。京都帝国大学文学部英文科に進んだが、一科目だけを残して中退。学生時代に結婚。夫人も尼崎涼香という詩人。四一年より召集を受け、二等兵として野戦高射砲隊に編入。満州からフィリピン、ジャワ、チモールなど太平洋上を転戦させられた。敗戦後、同人誌『地の塩』を創刊し、高校教師のかたわら詩作をつづけた。五二(昭和二十七)年、骨髄性白血病で死去。三十八歳だった。『三人　物故詩人四人集』(Viking Club、一九六〇年)のほか、『定本尼崎安四詩集』(弥生書房、一九七九年)がある。レトリック論で知られる尼ケ崎彬は長男。

○瓜生忠夫(一九一五〜一九八三)

映画評論家。一九一五(大正四)年五月六日、台湾生まれ。大阪の北野中学で野間の一年後輩であった。三高をへて、東京帝国大学独逸文学科に進学。東京と京都に離れたが、野間とは深い交流で結ばれた。大学では新聞部で『帝国大学新聞』の編集を担当。野間に「宇宙的自覚に向かって――久保栄氏著『新劇の書』評」などの書評や詩などの原稿を書かせた。一九三七(昭和十二)年一月、『三人』十三号より同人に参加。卒業後は日本映画社に入り、日本ニュースを編集。戦後は映画、演劇、放送評論家として活躍し、法政大学、明治大学、中央大学、専修大学などで講師もつとめた。講演などで地方に出かけるたびに集めた駅弁の包装紙が千八百種、『駅弁マニア』(報知新聞社、一九六九年)などの著書もあり〝駅弁博士〟としても知られた。『映画的精神の系譜』(月曜書房、一九四七年)、『映画のみかた』(岩波新書、一九五一年)、『日本の映画』(岩波新書、一九五六年)、『戦後日本映画小史』(法政大学出版局、一九八一年)など。一九八三(昭和五十八)年二月二十六日没。

その後、『三人』同人に加わったメンバーでは、吉田行範(中国学)、吉田正次、堀内進、高林武彦(物理学)、中村晃、房本弘之らがいる。

〈三高・京大教員〉

○**土井**（久保）**虎賀寿**（一九〇二〜一九七一）

哲学者。一九〇二（明治三十五）年二月十九日、香川県生まれ。一九二九（昭和四）年より三高の講師、四一年より四八年までは教授をつとめた。西田哲学門下の異才で、ニーチェ、斎藤茂吉を畏敬、ディオニソス的世界像に心酔した文学的哲学者だった。一九三六年に刊行した『羞恥・同情・運命「ツァラトーストラ」』（岩波書店）では、序文で教え子の学生であった桑原静雄と野間宏への謝辞が述べられている。ほかに戦中の仕事としては『触覚的世界像の成立　ニイチェ』『生成の形而上学序論』などがある。戦後は、三高教授の地位を投げ打って上京。文壇・論壇に打って出ようとしたが、必ずしもはかばかしくなかった。奇行で知られ、青山光二のモデル小説『われらが風狂の師』（新潮社、一九八一年）がその横顔を伝えている。のち相模女子大教授、獨協大教授を歴任。一九七一年三月に亡くなったが、没後、遺稿集『時間と永遠』（筑摩書房、一九七四年）が出た。

○**落合太郎**（一八八六〜一九六六）

フランス文学者。一八八六（明治十九）年八月十三日、東京神田生まれ。第一高等学校をへて京都帝国大学法学部卒。一九一八（大正七）年から二二（大正十一）年までフランス留学。帰国後、京大文学部仏文科につとめた。フランス文学だけでなく、言語学を専門とした。一九三六（昭和十一）年には文学博士。野間宏はこの落合の指導のもとで、卒業論文のフローベール論を書いた。デカルト『方法叙説』の翻訳は有名。一九六九（昭和四四）年没。桑原武夫・生島遼一編『落合太郎著作集』全一巻（筑摩書房、一九七一年）がある。

○**大宰施門**（一八八九〜一九七四）

フランス文学者。一八八九（明治二二）年四月一日、岡山県生まれ。東京帝国大学仏文科を卒業。バルザック研究を専門とし、一九一七（大正六）年には『仏蘭西文学史』（玄黄社）を刊行。日本におけるフランス文学研究の最初のまとまった著作であった。二〇（大正九）年からフランスに留学。京都帝国大学文学部につとめ、仏文科創設に尽力した。主著バルザック』上下巻（甲文社、一九四九年）など。一九七四（昭和四九）年没。

〈友人〉

○下村正夫（一九一三〜一九七七）

演出家・評論家。一九一三（大正二）年八月二十三日、東京生まれ。父は、ジャーナリスト・政治家の下村海南。京都帝大哲学科を卒業（美学専攻）。中井正一の美学に強く影響された。岩崎一正の紹介で野間と知り合う。学生時代に新協劇団が上演した久保栄『火山灰地』に心酔。この戯曲にはブリューゲルへの言及があるが、それをきっかけに入手したフランス版のブリューゲル画集を野間に貸与したのも下村である。戦後、東京芸術劇場に参加、一九四七（昭和二十二）年、第一次劇団民芸文芸部員となった。ＮＨＫ論説委員を経て、五二年、瓜生忠夫らと新演劇研究所を創立、リアリズム演劇の実践研究者として活躍した。野間宏『真空地帯』を脚色・演出し、新劇の演目のひとつとした。この演出で一九五三年度毎日演劇賞を受賞。五九年には八田元夫と東京演劇ゼミナールを設立、穂高稔の『飯場』、木下順二の『風浪』などを演出して、好評を博した。著書に『新劇』（岩波新書、一九五六年）、『転形のドラマトゥルギー　下村正夫演劇論集』（未来社、一九七七年）など。一九七七（昭和五十二）年没。

○内田義彦（一九一三〜一九八九）

経済学者。一九一三（大正二）年二月二十五日、愛知県生まれ。東京帝大経済学科を卒業後、そのまま大学院に進んだ。戦中は東亜研究所員を経て、東京帝国大学世界経済研究室に勤務。野間とは、下村正夫、高安国世とともに深い友情で終生結ばれていた。戦後の一九四八（昭和二十三）年、専修大学に勤務。アダム・スミス、マルクス、近代日本思想史研究を通して、市民社会の内実を問い続け、思想界に大きな影響を与えた。『日本資本主義の思想像』で一九六七年度の毎日出版文化賞を受賞。ほかの著書に『経済学の生誕』『資本論の世界』など。『作品としての社会科学』では、一九八一年の大仏次郎賞（第八回）を受賞した。専修大学名誉教授。ほかに集大成の『内田義彦著作集』全十巻（岩波書店）がある。一九八九年（平成元）年没。

○高安国世（一九一三〜一九八四）

歌人・ドイツ文学者。一九一三（大正二）年八月十一日、大阪市生まれ。三高をへて京都帝国大学独文科を卒業。一九三四（昭和九）年に『アララギ』に参加し、土屋文明に師事。戦後「新歌人集団」に参加、「関西アララギ」選者を経て、一九五四年に短歌同人誌『塔』を創刊、主宰。七〇年、現代歌人集会を結成し、理事長に就任。毎日新聞の歌壇選者を長くつとめた。また、母校の教授となり、ドイツ文学、とくにゲーテ、カロッサ、マン、リルケの研究者としても知られ、リルケ「ロダン」の訳書は名高い。歌集に『真実』『砂の上の卓』『高安国世短歌作品集』『光の春』など、その他の著作に『抒情と現実』『カスタニエンの木陰』など。『街上』により、一九六三年、日本歌人クラブ推薦歌集に選ばれる。八三年には京都府文化賞（功労賞）、八四年には現代短歌大賞（第七回）を受賞。京都大学名誉教授となったのちも、関西学院大教授、梅花女子大学教授を歴任。一九八四（昭和五十九）年七月三十日没。

○井上　靖（一九〇七〜一九九一）

作家・詩人。一九〇七（明治四十）年五月六日、北海道生まれ。父は軍医。伊豆湯ケ島でそだつ。高校時代から詩作をはじめる。九州帝大英文科にいったん入るが、退学。京都帝大哲学科美学美術史専攻に入り直す。同人雑誌を出したり、大衆文学や映画脚本の公募に応じたりしながら、一九三六（昭和十一）年に大学を卒業。卒論は「ヴァレリーの『純粋詩論』」だった。卒業後、大阪毎日新聞社員となり、学芸部の専属となる。この頃、大阪市役所に勤務していた野間宏をはじめ、小野十三郎、竹中郁、伊東静雄、富士正晴らの詩人たちと交流が深まった。四四（昭和十九）年二月、特高の保護監察下にあった野間が富士正晴の妹光子と結婚することになり、親族だけの式が行われたが、このとき野間側の友人代表として参列したのが井上靖だった。戦後、野間は作家デビューを飾ったのち、井上に小説を書くようさかんに促した。その成果が芥川賞受賞作『闘牛』（一九四九年）につながった。その後の活躍はよく知られているとおりである。代表作に『あすなろ物語』（一九五四年）『氷壁』（五七年）『蒼き狼』（六〇年）『本覚坊遺文』（八一年）など。一九九一（平成三）年一月二十九日没。『井上靖全集』全二十八巻・別巻一（新潮社）がある。

〈神戸労働運動〉

○羽山善治

兄稔生の小学校時代の友人。神戸の労働運動・左翼運動の活動家。文学への理解をもった活動家で、野間は実の兄以上に親しく交流する。羽山は日本労働組合全国評議会（全評）、また神戸の労働運動の拠点となったスター書房・奥田惣太郎とつながりを持っており、この羽山―野間のパイプを通して、小野義彦ら「京大ケルン」グループと神戸の労働運動家グループが接触を持つことになる。神戸の活動家は多く海員組合や無電技師組合などを通して海外の情報を入手していた。

羽山とともに阪神間の労働運動・左翼運動を組織した活動家には、矢野笹雄がいる。矢野は当時、川崎造船所の臨時工などを勤めていた。Yというイニシャルで表記されることもある。

〈京大ケルン〉

○小野義彦（一九一四〜一九九一）

経済学者。一九一四年生まれ。野間の小学校時代の級友。父は陸軍の教賀の旅団長をつとめた軍人だった。第一高等学校に進んだが、伊藤律らと知り合い、左翼運動に参加。警察に逮捕拘留されたため、一高から退学処分を受ける。電機会社で働いていたが、その後、ふたたび文部省検定を受けて合格。一九三五（昭和十）年四月、京都大学文学部史学科に入学した。検定合格をして京都大学に入学。野間と再会をはたす。当時の京都大学文学部は、高校時代の学生運動体験者が多く、長尾孫夫（高知高校）、真壁貞雄（一高）、野田正之ら、滝川事件以来の学生運動再建を目指すグループと小野は連絡をとりあうことになる。さらに小野は一年上に哲学科に入学していた永島孝雄（広島高校）、同年で哲学科の村上尚治（高知高校）や森信成（高知高校）、布施杜生（松本高校）と組んで、柔軟な組織による学内民主化・反戦運動を展開していった。これが「京大ケルン」の母体である。このグループは学友会組織の主導権を握る一方、一九三六（昭和十一）年五月に反ファッショの一翼を担う全国的な学生雑誌を目指して『学生評論』（三七年五月まで）を創刊。関西の知識人、大学生のネットワークを作っていった。戦後は、大阪市立大学教授、岐阜経済大学教授を歴任。『戦後日本資本主義論』（青木書店、一九六三年）や『現代日本資本主義の危機』（新泉社、一九七六年）などを刊行。日本学術会議会員になるなど、アカデミズムにあった。一九九一（平成三）年没。当時の証言集として『「昭和史」を生きて――人民戦線から安保まで』（三一書房、一九八五年）がある。

○布施杜生（一九一四〜一九四四）

一九一四（大正三）年五月二十五日、東京生まれ。父は弁護士の布施辰治。杜生の「杜」はトルストイに心酔した父辰治による。旧制松本高校のときに学生運動で検挙される。浪人時代に中野重治を知る。一九三六（昭和十一）年、京都帝大哲学科（数理哲学）に入学。大学では田辺元に師事。野間宏と知り合う。また梯明秀らの「哲学研究会」等を通じて、哲学科の永島孝雄らと深く交流する。三七年には、永島とともに『学生評論』のほか、「京都エラン・ヴィタール小劇場」に文芸部員として参加。この年の七月、演劇雑誌『テアトロ』で「北東の風」の劇評をめぐって作家の久坂栄二郎と論争、注目を集めた。また寺村大治朗、松本歳枝を介して、春日庄次郎を知る。「日本共産主義者団」と学生グループとの連絡役にあたった。一九三八（昭和十三）年秋、「日本共産主義者団」につづいて「京大ケルン」グループとともに逮捕された。山科未決監に収監され、このとき野間が差し入れに通ったという。執行猶予となり、復学したが、「団」同志の松本歳枝との結婚問題で、両親と対立。大学も中退し、中野重治らの立会いのもと結婚した。業界紙の記者などをしていたが、一九四二（昭和十七）年、治安維持法違反容疑で再逮捕。まだ予審中であったが、四四年二月、京都拘置所内の独房で病死。二十九歳だった。戦後の一九四八（昭和二十三）年、獄中詩「鼓動短歌抄」が『人民短歌』第二回啄木賞選外佳作として入選した。『遺稿集　獄中詩　鼓動』（永田書房、一九七八年）がある。

〈経済更生会〉

○松田喜一（一八九九〜一九六五）

部落解放運動家。一八九九（明治三十二）年二月二十日、奈良県生まれ。学歴は小学校中退。煙草専売局などで働きながら独学して、社会主義思想を学び、日本社会主義同盟に加盟した。一九二二（大正十一）年、全国水平社創立大会に参加し、翌年には水平社を結成。さらに同年には全国水平社青年同盟を結成した。二五年、全水中央委員・常任理事となって活動。二六年に日本共産党に入党。一九二八（昭和三）年の三・一五事件で検挙され懲役四年に処せられた。戦時中は大阪経済更生会の運動につくし、戦後部落解放全国委員会の結成に参加。部落解放同盟大阪府連合会委員長などを歴任した。一九六五（昭和四十）年二月八日没。

解題

紅野謙介

第一部　学生時代の日記

第一部は、一九三三（昭和八）年一月から三七（昭和十二）年九月まで、第三高等学校から京都大学卒業の前年までの日記十冊を収めた。日記は大学ノートに主として書かれていたが、ここではノートごとに通し番号をふって、「日記1」「日記2」というように分類した。

日記1

横155mm×縦200mm×厚さ15mmのヨシノヤ製大学ノートを縦に使用。万年筆でときおり鉛筆書きが混じる。表紙に「日記　野間宏」とある。ここには一九三三（昭和八）年一月一日から始まり、十二月二十八日までの日記が収められている。終わりの方の頁に住所録があったが、これは割愛した。また安西素之の野間宏宛ハガキ（昭和八年九月三日の消印）が挟まれていた。

野間宏は、一九三二（昭和七）年四月、京都の第三高等学校文科丙類に入学した。この三高の寮生活で富士正晴、桑原静雄らと知り合う。そしてその富士の誘いにより、詩人竹内勝太郎を訪問。その才能と人柄に魅かれた彼らは、竹内の指導のもと、同人雑誌『三人』を創刊することになる。日記はその翌年、一九三三年一月の記録から始まっている。このとき野間は工藤春枝という女性との恋愛に苦しんでいた。父卯一を失っていた野間家は、母まつゑが借家・下宿を営んで家計を支えていたが、その間借人であった医学生野崎の妹美佐子とまず知り合いになり、ついでその紹介で春枝と出会ったのである。野間は春休みに美佐子と春枝の住んでいた大分県の別府まで訪ねていったりした。

この日記1には、そうした春枝に対する恋愛感情やはけ口のない性的な彷徨のほかに、肺尖カタルを病んで京都を一時引きあげたこと、初期『三人』のやりとり、竹内勝太郎との交流などが書かれている。また高校時代に左翼体験のある井口浩が特高に検束され、竹内らの尽力で釈放された。佐野学・鍋山貞親の転向声明が新聞発表されるなか、「政治運動的という実践」について「決して間違ったものではない」（六月十三日）と書き込まれている。

この時期の著作としては、二月、詩「朝」「乳をのむ」「池」「光」「山」「元旦に」「屋根」「雪」を『三人』二号に発表。四月、詩「夏」「橋」「手紙のなか」「暁」「海」「とんび」「銀の船」「白梅」「接吻」「青空（四月）」を『三人』三号に発表。七月、詩「熔鉱炉」「北国」「燕」「幼な子」「海」「牧場」「暁」、散文「感想」を『三人』四号に発表。十一月、詩「湖」「黄櫨」「激流」を『三人』五号に、詩「燕」を北野中学六稜同窓会『創立五十周年』に発表。十二月、詩「馴鹿」、短歌「静原」「静原といふ処に着く」を三高文芸部の雑誌『嶽水会雑誌』に発表している。

また社会的な出来事では、一月にヒットラーがドイツで政権掌握し、共産党、社民党を合計すれば議席数を上回るにもかかわらず戦線統一が組めず敗北した。日本では共産党への弾圧がつづき、二月、小林多喜二が東京築地警察署で虐殺された。三月、日本は国際連盟を脱退。四月、京大滝川事件が起こり、教授復職運動が全国の大学に波及した。そして六月、共産党幹部佐野・鍋山の転向声明が発表されるなどの事件があった。この年、治安維持法による検挙者数は一万八千人を越えた。

日記2

160mm×200mm×7mm の大学ノートを縦に使用。万年筆でときおり鉛筆書きが混じる。表紙に「日記　1934（S9）1- H. N.」とある。ここには一九三四（昭和九）年一月の記述から始まり、四月十九日までの日記が収められている。なお、ノートには富士正晴の野間宏宛書簡（昭和九年二月二十八日の消印）が挟まれていた。

日記2では、ひきつづき性的な彷徨をつづけているほかに、横光利一やヴァレリー、ボードレール、ニーチェ、ドストエフスキーなどについての言及をはじめとして、詩や小説についての思索がくりひろげられている。三高では、高山岩男の哲学の講義や久保（土井）虎賀寿のニーチェについての授業を受けていることがうかがえる。『三人』同人では、富士、桑原、井口に加え、七号から太田（のち尼崎）安四が参加し、日記にも登場してくる。

この時期の著作としては、二月、詩「馴鹿」「独楽」「沼」を『三人』六号に発表。三月、詩「独楽」、短歌「車輪」を『嶽水会雑誌』に発表している。

社会的な出来事では、一月十五日、共産党内のスパイ・リンチ事件が警視庁によって摘発され、フレームアップが行われる。同月二十三日、荒木貞夫陸相が病気で辞任し、林銑十郎が後任に任命された。三月、満州国が帝政を実施。同月二十一日、函館市で大火。罹災二万二千戸、死者六百五十を越える。

日記3

165mm×205mm×7 mm の縦書きノートを使用。上に 30mm ほど書き込み用の余白がある。万年筆でときおり鉛筆書きが混じる。表紙に「日記（1934.4→ H. N.）」とある。ここには一九三四（昭和九）年四月二十日から十二月十九日までの日記が収められている。

日記3では、横光利一や志賀直哉、ボードレールなど文学や、高山岩男の論文、安井曽太郎、熊谷守一らの美術への言及のあと、いよいよジイドについての言及があらわれる。「ジイド程、積極的な人間をまだ見ない」（六月二十一日）というように強い傾倒が始まり、「「プロレタリアートの世界」というものは、必ず実現せらるるにちがいない。しかも、人間は其処にとどまるものではない」（十月十九日）と書かれている。他方、両親からうえつけられた仏教的な発想や概念が随所にあらわれている。

この時期の著作としては、五月、詩「水牛」「河」、散文「感想」を『三人』七号に発表。七月、詩「羊群」「一角獣」を『三人』八号に発表。十二月、詩「向日葵」「蜜蜂」を、散文「感想」を『三人』九号に発表した。

社会的な出来事では、この年は、東北冷害、西日本が旱害、関西が風水害で大凶作。借金の累積から身売りや自殺、行き倒れなど各地で惨状を極めた。十一月には、日本労働組合全国評議会（全評）が結成され、合法左派系組合の戦線が統一された。

日記4

155mm×197mm×5 mm の大学ノートを縦に使用。万年筆でときおり鉛筆書きが混じる。表紙に「日記　1935.1.12- H. N.」とある。ここには一九三五（昭和十）年一月十一日から四月十日までの日記が収められている。一月十四日の頁にメモの紙片と領収書が挟まれていた。また二月二十六日の頁には三高文芸部原稿用紙二枚（散文詩の草稿「落日の老婆」）が挟まれていた。

日記4の内容は、三高卒業直前の時期にあたる。横光利一とジイドを意識し、既存の文学への批判がしばしば書かれている。進介、志津子、次郎といった小説『車輪』の登場人物名が登場し、後編の構想がメモされるなど、小説への意欲が強くなっている。「全く新しい小説をつくらねばならない」（四月十日）という宣言は竹内勝太郎への親愛の一方で、そこからの離脱が用意されていることがうかがえる。女性関係では、春枝についての記述がへり、雅子、美佐子への言及があらわれている。

社会的な出来事では、二月、美濃部辰吉の天皇機関説が国会で攻撃される。京都では中井正一らが『世界文化』を創刊している。また神戸で奥田惣太郎を中心とした「友愛クラブ」が発足し、党派を超えた反ファシズム運動の組合運動家が集まった。しかし、三月には袴田里見が検挙され、日本共産党中央委員会は実質的な壊滅状態になった。

日記5

155mm×197mm×5mm の大学ノートを縦に使用。万年筆でときおり鉛筆書きが混じる。表紙は一部破損しているが、「日記 1935.4.11-8.29 H. N.」と判読できた。一九三五（昭和十）年四月十一日から八月二十九日までの日記が収められている。メモの便箋が一枚、巻頭に挟まれていた。またノートの裏表紙にまで最後の日記がびっしり書き込まれている。

日記5は、京都帝国大学文学部仏文科に入学して最初の半年間のものである。内容的には、「中野重治。私は、こんな好きな人をいままでに知らない」（四月二十九日）といった記述が見えはじめ、五月十四日に小学校時代の同級生小野義彦に再会したことが記されている。小野は左翼活動により一高を中退、検定入学で京都大学に来ていた。のち左翼学生グループ、「京大ケルン」を構成するメンバーのひとりである。六月には、文学だけでなく人生上の師でもあった竹内勝太郎が黒部峡谷で遭難死した。その死がもたらした混乱が書き込まれているが、同時にその制約からの解放も実感され、「私が変る――世界が変る。世界が変る――私が変る」という一節が書かれていく。また左翼活動家であった兄の友人で旋盤工の羽山善治との交流が深まり、羽山に「マルキシスト」宣言をする一方、母との関係のなかで「赤」になることへのひるみや躊躇が語られている。

のちの回想のなかでは、大学の授業については「私が仏文科にはいったのは昭和十年のことで、ちょうど文学部の新しい教室が建った年だった。私はその新しい建物で太宰施門先生のラシーヌの『ベレニス』、落合太郎先生のデカルトの『方法序説』の講読を受け、伊吹武彦先生のラシーヌとヴァレリーについての研究をきいたのである。……若いベルトラン先生は私をノマッドと呼んだ。ノマッドとは遊牧の民のことであるが、私がよくおくれて行ってのろのろとして教室に入って行ったからである。」（〝ノマッド学生〟一九五六年）と書いている。

この時期の著作としては、四月、詩「葡萄のやうに」、散文「ジイド」を『三人』十号に発表。

社会的な出来事では、七月、モスクワで第七回コミンテルン大会が開かれ、それまでの社会民主主義勢力を攻撃してきたセクト主義的闘争方針を撤回し、反ファシズムによる人民戦線のテーゼを採択している。

日記6

153mm×197mm×7 mm の大学ノートを縦に使用。万年筆でときおり鉛筆書きが混じる。表紙に「日記　(1935.8.29-12.31) H. N.」とある。ここには一九三五（昭和十）年八月二十九日から十二月三十日までの日記が収められている。ノートのはじめに、金星堂版『ジイド全集』月報「ラ・フォルミ」5号（小松清「私の立場から」掲載）、また第十八巻（？）の月報の一部（『狭き門』論の一部）が挟まれていた。また吉田行範の野間宏宛ハガキ（昭和十年十二月二十七日の消印）も挟まれていた。

日記6では、マルクス主義についての思索や学習のあとがうかがえるとともに、家族関係への言及が多い。レーニンへの関心が語られる一方、共産党内のリンチ事件への恐怖が書き込まれている（十一月十七日）。小林秀雄や中野重治についての書き込みがふえる一方、進介、志津子、次郎など、書きかけの小説の作中人物名が頻出し、日記と創作ノートが入り交じるようになっている。

この時期の著作としては、十二月、詩「菜の花」、小説「車輪」、評論「批評（詩・小説）」、「追悼文」を『三人』十一号（竹内勝太郎追悼号）に発表している。

社会的には、八月、政府が「国体明徴」の声明を発表し、天皇機関説論議に終止符を打った。十一月には、六月にパリで開催された文化擁護国際作家会議の報告集の翻訳、小松清編『文化の擁護』（第一書房）が刊行された。同月、映画の国家統制機関である大日本映画協会、ついで国際ペンクラブの日本支部として日本ペンクラブが設立されている。

日記7

155mm×197mm×6 mm の大学ノートを縦に使用。万年筆でときおり鉛筆書きが混じる。表紙に「日記　(1936→1.4-7.15) H. N.」とある。ここには一九三六（昭和十一）年一月四日から七月二十日までの日記が収められている。ノートの切れ端のメモが二枚、「野間用箋」という二百字詰原稿用紙に詩の草稿を書いたものが十一枚、リルケの「掌」の訳稿が書かれたふつうの四百字詰原稿用紙が三枚、国光製鎖鋼業株式会社の原稿用紙のメモが二枚、挟まれていた。最後の国光製鎖名義の原稿用紙などは、時期からみてあとで挟まれたものと推定される。

日記7では、富士正晴の妹光子に対する恋愛感情が芽生え、次第に大きくなっていく経緯がうかがえる。また東京で起きた軍事クーデター、二・二六事件への反応も注目される。マルクスを学ぶなかで西田哲学の乗り越えが模索され、太宰施門や落合太郎らフランス文学の教授たちとのやりとりが記述されている。「羽山、富士、私と、三人で喜志邦三の家へ行く」(二月七日)とあるように、新聞記者から神戸女学院の教師となった詩人の喜志邦三を訪問したりしている。引き続き小林秀雄、中野重治のほか島木健作や川端康成への言及がある。

この時期の著作としては、一月十六日、『京都帝国大学新聞』のブックレビューに投稿。「小林秀雄の私小説論」が載る。五月、詩「空の眼」「海の笑ひ」、小説「車輪」第二回、評論「批評(詩・小説)」、随筆「盛夏の言葉」を『三人』十二号に発表。この号から吉田正次が同人参加。

神戸では、一月に奥田惣太郎らが「金星社」を結成。堀川一知、増田正雄、矢野笹雄、羽山善治らがここに連絡を取り合い、「全評」と交流のあった海上通信士組合の永山正昭の手を通して海外との通信をはかった。コミンテルン関係の報告、在外の野坂参三らによる「日本の共産主義者への手紙」はここからもたらされた。二月には、日記にもあるように二・二六事件が勃発。五月、永島孝雄、村上尚治、藤谷俊雄らが『学生評論』を創刊した(翌年六月停刊)。六月、フランスで人民戦線内閣成立。七月、スペイン内乱始まる。同月、能勢克男らが京都で『土曜日』を創刊している。

日記8

157mm×200mm×5mmの大学ノートを縦に使用。万年筆でときおり鉛筆書きが混じる。表紙に「日記 (1936-7.26-9.30) H. N.」とある。ここには一九三六(昭和十一)年七月二十一日から九月三十日までの日記が収められている。また便箋に書かれたメモが一枚挟まれていた。

光子への感情はますます強くなり、富士の家に訪ねていくことがしばしばとなる。光子と井口の関係を想像し、揺れる姿が出てくる。小説の草稿、瓜生忠夫らとのやりとりなどが書かれている。

社会的な出来事としては、七月、平野義太郎、山田盛太郎ら講座派の学者が一斉検挙された(コム・アカデミー事件)。八月、ベルリン・オリンピック開催。同月、政府、大陸・南方への進出と軍備充実という「国策の基準」が定まる。

日記9

155mm×198mm×6mmの大学ノートを縦に使用。万年筆でときおり鉛筆書きが混じる。表紙に「日記 (1936.10.1-1937.1.15) H. N.」とある。ここには一九三六(昭和十一)年十月一日から三七（昭和十二）年一月十五日までの日記が収められている。また四百字詰原稿用紙に書かれたメモが一枚挟まれていた。ノートは後半の三十三枚分は白紙のまま。

光子との恋愛のゆくえに悩みながら、「私」が「ねじくぎ」となって「歴史」にくい入り、逆にまた「歴史」が「ねじくぎ」となって「私」にくい入ることを夢想するようになる（十月一日）。また「日本という言葉をさけすぎ」（十一月三十日）たという認識が生まれている。十二月十六日の日記には「金の方みな、やられたらしいんだ」と、神戸の左翼労働者グループの検挙についての言及がある。これは、奥田ら人民戦線グループが一斉検挙されたことを指している。神戸では逮捕者は七十六名に及んだ。羽山善治、堀川一知は京都にいて免れたが、堀川は一カ月後、逮捕された。日記の記述では、中野重治『斎藤茂吉ノオト』や詩人の天野忠へのコメントも注目される。

社会的には、九月、『中央公論』が「日本人民戦線への胎動」を特集（大森義太郎、木下半治ら）。十一月には、日独防共協定が締結。

日記10

155mm×198mm×6mm の大学ノートを縦に使用。万年筆でときおり鉛筆書きが混じる。表紙に「日記（1937.1.18⟶H. N.)」とある。ここには一九三七（昭和十二）年一月十八日から九月十六日までの日記が収められている。また便箋一枚のメモ、一九三七年七月十日の日付の入った詩の草稿が書かれた四百字詰原稿用紙二枚、白い紙に書かれたメモ一枚が挟まれていた。ノートの後半十一枚分は白紙のまま。

内容的には光子との恋愛をめぐって執着と離別の間を揺れつづけている。富士正晴に対しても友情と敬愛の念を抱く一方、その芸術に不満を抱き、『三人』同人からの脱退も空想されるなど、富士との友情にも変化が生じている。野間の『資本論』読解は「物質」をとらえるという観点からなされ、「主体とは、物質のらせん状の動きである。人間の後から、人間を尖端としてあらわれる宇宙の動きである。歴史の動きである」（四月十五日）と書き込むにいたる。美学科にいた下村正夫との交友が深まり、中井正一などの再評価がなされるのもこの時期である（四月二十七、八日）。

この時期の著作としては、一月、詩「花瞳」、小説「車輪」第三回（未完）、随筆「黒い猫を眺めながら（車輪・刻み込んで行くといふこと）」を『三人』十三号に発表。この号から瓜生忠夫が同人に参加した。三月、「詩に於ける知性の展開」を『日本詩壇』に発表。六月、詩「光りの顔」「鉱炉の河」「眩暈しき悲しみ」「冬のコップ」「歴史の蜘蛛」を、評論「詩に於けるドラマツルジイ」、「批評」、随筆「死」を『三人』十四号に発表。同号には、野間宏第一詩集『歴史の蜘蛛』(富士正晴序、坂本正久装幀、三人発行所刊)の近刊予告が出たが、実際には刊行されなかった。坂本正久は「黎明会」に所属していた画家。九月、「キユーヴ・レエルとサンボル」を『日本詩壇』に発表。

この年、一月に春日庄次郎が出獄している。六月、近衛内閣が成立する一方、七月一日、蘆溝橋事件が起きて、日中両軍が衝突。日中戦争が始まった。秋頃、「京大ケルン」メンバーである布施杜生がのち「日本共産主義者団」関係者となる松本歳枝、寺村大治朗と知り合う。布施の関係からか、永島孝雄が「日本共産主義者団」結成計画を説得され、準備のための文書を「京大ケルン」にもたらし、参加の決意を示す。人民戦線戦術の転換、党再建を目指すという「団」の方針をめぐって「京大ケルン」内部で議論が起こるのが、この年の秋から冬にかけての時期と推定される。

十一月には、『世界文化』『土曜日』『学生評論』関係者の検挙が相次いだ。十二月、日本無産党、全評、労農派に対して第一次人民戦線事件の弾圧がなされる。同月末、「日本共産主義者団」が結成され、「京大ケルン」は解体、絶望的な闘争の前線に踏みだしていくことになる。野間はこの翌年三月に卒業。そのまま大阪市役所社会部に勤務した。

第二部　資料篇(詩、創作ノート、手帳、断章)

1　学生時代

第二部は、今回発見された資料のなかで、日記以外のノート、手帳、断章類から構成される。その形態によって「ノート1」「ノート2」「手帳1」「手帳2」などの通し番号をつけた。また野間の生活の変化にともなって、学生時代、大阪市役所時代、軍隊時代、国光製鎖時代以後と分け、各時代ごとにその時期の野間の年譜的事項や著作、社会事象を紹介してあるが、学生時代は第一部と重複するので省略した。

ノート1

158mm×200mm×5 mm の大学ノートを縦に使用。万年筆でときおり鉛筆書きが混じる。表紙には「緑集—緑—(昭和七年十一月) 野間宏」とある。

ノートの最初の頁に一九三二(昭和七)年十一月五日の日付がある。その終わりに十月三日の日付がある。断片的なメモがノートに挟み込まれており、その内容は末尾に掲げた。

ノート2

160 mm×200 mm×15 mm の大学ノートを縦に使用。万年筆でときおり鉛筆書きが混じる。表紙に「緑集（7.10.29-）」とある。

内容は詩の草稿。最初の「雨後の秋」が「十月三十日」、「燕」が「六月七〜十日」と付記されている（あとの二編には脱稿日の記載がない）。したがって、一九三二（昭和七）年十月から翌三三年六月頃までに使われたノートと推測される。

ノート3

160mm×200mm×7mm の罫線ナシの大学ノートを縦に使用。万年筆でときおり鉛筆書きが混じる。表紙に「L' exercice H. N.」とある。

本文冒頭に「一九三四年二月二十三日」の日付があり、末尾は「一九三四年三月二十五日」と書き込まれており、一九三四（昭和九）年二月から三月にかけての執筆と判断される。また罫線入りのノートの切れ端に書きつけたメモが二枚と、新聞の切り抜きが挟まれていた。切り抜かれていた新聞は三面記事で、線を引いている記事は次のようなものであった。

「三重県志摩郡磯部村大字穴川曾我こすえ（五四）は十年前夫と息子に死別、逆上のはて家を焼き払ひ四人の娘と長女の私生子をつれて山中の洞窟に籠り年中裸で通して全く原始生活を続け村人と言葉さへ交さなかつたが約一ヶ月前次女きく（二九）が感冒で死亡、死体を附近の畑へ埋めさらに数日前三女はま（二一）が病没したのを洞窟内を掘つて死体を入れそれに藁をかぶせて鬼気満つる窟内に平気で起居してゐた」（波線は切り抜きをしたものが入れたらしい）

ノートの内容は主に、進介、志津子の登場する初期習作『車輪』（「三人」十一〜十三号、一九三五年十二月、三六年五月、三七年一月未完、岩波書店版『野間宏作品集』第九巻所収）の草稿で、本文中にやはり「私生子」という言葉が見られ、野間の関心のありかを示している。

ノート4

153mm×190mm×9 mm の右開きの罫線ナシのノートを縦に使用。万年筆でときおり鉛筆書きが混じる。余白部分がだいぶあるほか、判読不能な途中の二十頁ほどを割愛。ノートの見返しにここだけ横書きで「1934.12.7　旧約聖書を買いし日」という書き込みがある。

このノート2には初期習作『車輪』（前掲）の草稿、詩「歴史の蜘蛛」（「三人」十四号、一九三七年六月）の草稿がかなりある。また第三頁にメモが挟み込まれており、その内容は末尾に掲げた。

ノート5

143mm×200mm×6 mm の右開き罫線ナシのノートを縦に使用。鉛筆でときおり万年筆書きが混じる。なかに河原町の上田洋服店の「昭和九年」のカレンダー付きカードが挟まれており、一九三四年以後の執筆によるものと推定される。

初期習作『車輪』(前掲)の草稿、詩「歴史の蜘蛛」(前掲)の草稿がかなりある。また伊勢神宮行きの参宮電鉄の紙にメモしたものが一枚、ノートの切れ端が十六枚、三高文芸部の原稿用紙が一枚、便箋が一枚、挟み込まれていた。それらのメモのうち、判読できた主要なものは末尾に掲げた。

ノート6

96mm×153mm×5 mm の手帳サイズの横書きノートを使用。万年筆でときおり鉛筆書きが混じる。本文には「七月十二日」の記述があるが、年は確定できていない。草稿の内容から、一九三五(昭和十)年かと推測される。

手帳1

103mm×162mm×10 mm の手帳を横書きで使用。万年筆でときおり鉛筆書きが混じる。手帳は、"KYOKUTO" HIGHEST MODEL / MEMORANDUM BOOK。最初の十七枚ほどは、野間とは異なる書体で、数学の数式や証明問題が書かれているが、これらは割愛した。

一九三五(昭和十)年から三六(昭和十一)年のものと推測。本文には「一月三日」(三六年?)の記述がある。

ノート7

150mm×195mm×11 mm の左開き罫線ナシのノートを縦に使用。表紙に「Exercice H. N.」とある。万年筆でときおり鉛筆書きが混じる。

一九三六(昭和十一)年から三七(昭和十二)年にかけてのノートと推測される。本文は詩作品の草稿が多くを占める。ノートの切れ端三枚、四百字詰原稿用紙八枚、大阪市社会部の二百字詰原稿用紙二枚、大阪市の二百字詰原稿用紙七枚、大阪市の罫線用紙七枚、大阪市社会部庶務課調査係原稿用紙四枚、便箋二枚、原稿用紙の切れ端二枚、赤い便箋三枚のメモ。

これらの挟み込みのメモは大半が大阪市役所時代のものと推定されるが、部分的に判別できないものもあるので、挟まれていたノートとともにここに掲げた。

ノート8

155mm×198mm×3 mm の大学ノートを使用。表紙に「抜書 H. N.」とある。内容は、秋田雨雀・山田清三郎著『日本資

本主義発達史講座　第2部　資本主義発達史』（岩波書店、一九三二年八月）を読んでの抜書きであるが、いつの時点で書かれたものかを判断する材料がない。
対象となった本書はいわゆる講座派と呼ばれた、戦前のマルクス主義による「資本主義発達史」の古典中の古典。なかでも、この巻は、「プロレタリア前史時代の文学――附・演劇運動概観」（秋田雨雀）と「プロレタリア文化運動史」（山田清三郎）から成る。

2　大阪市役所時代

一九三八（昭和十三）年三月、野間は京都大学文学部仏文科を卒業した。卒論は「マダム・ボヴァリー論」（指導教授落合太郎）だった。労働組合に職を求めたが得られず、四月、大阪市役所に就職、社会部福利課に配属された。仕事内容は融和事業担当で、市内の被差別部落に出入りするようになり、水平社以来の部落解放運動の指導者松田喜一、朝田善之助らと交流をもつことになる。以後、一九四一（昭和十六）年十月に教育召集を受けるまでの約三年半が、野間の大阪市役所時代となる。

一九三八年の文学活動としては、五月に詩「壺を渡す」「氷花」「鋪道に」「傘」「蕾に住む」「幸福は滝の形をなして」「落日仮面」「火鶏」「頭蓋」、評論「批評」、随筆「笑ひの透明」を『三人』十五号に発表。この頃、岩崎一正の紹介により大阪毎日新聞社に勤めていた井上靖を知り、詩人としての交友を結ぶようになる。

この年の二月、第二次人民戦線事件が起き、社会大衆党・全総・全農左派、大内兵衛・美濃部辰吉・宇野弘蔵ら学者グループが検挙された。四月には国家総動員法が公布。同月に「日本共産主義者団」の機関紙『民衆の声』が創刊されている。六月、『世界文化』『学生評論』関係者の第二次検挙が行われ、「京大ケルン」の中核的存在だった永島孝雄らも逮捕された。八月から九月にかけては、「日本共産主義者団」関係者の検挙が行われ、布施杜生らも逮捕。

一九三九（昭和十四）年になると、一月、詩「火刑と磔刑――ムツシユウ・テストの頭蓋に」、随筆「ヴアレリーの引き出し」を『三人』十六号に発表。四月、「瞬きの外の眼」を『三人』十七号に発表。九月、詩「眼果」、随筆「モラル代謝」を『三人』十八号に発表。十一月、当時、東京帝大新聞部にいた瓜生忠夫の縁で、『帝国大学新聞』に「宇宙的自覚に向かつて――久保栄氏著『新劇の書』評」を発表。十二月、詩「星座の痛み」を『三人』十九号に発表。この号から正晴の弟の富士正夫が同人参加。

同年三月、スペイン内乱、フランコ軍の勝利に終わる。五月にはノモンハン事件が勃発した。六月、遊興営業の時間が短縮され、ネオン全廃、学生の長髪禁止、パーマネント禁止など、身近なところに戦時統制が進行する。七月、野間が書評した久保栄『新劇の書』(芳文社) が刊行。八月、独ソ不可侵条約が締結された。そして十一月、フランス人民戦線政府が崩壊した。この年、野間は山科未決監に収容されていた布施杜生のもとに度々差し入れに通ったという。

一九四〇 (昭和十五) 年では、二月、詩「火の縛め」、随筆「ゲーテの蝶について」を『三人』二十号に発表。三月、『建設の明暗』に就いて」を武智鉄二の雑誌『劇評』十一集に発表。武智とは下村正夫の紹介で以前から交流があった。五月、詩「雲雀」、小説「青年の環」を『三人』二十一号に発表。この号から堀内進が同人参加。詩「憂いの魅惑」を『帝国大学新聞』に発表。六月、詩「空の眼」を『知性』に発表。九月、詩「紫陽花」、小説「青年の環」(第二回、未完) を『三人』二十二号に発表。この号から高林武彦が同人参加。十一月、詩「祝声」、評論「『日満つ』の位置」を『三人』二十三号に発表。『日満つ』は井口浩の第一詩集だった。

この年の七月、政府は大東亜新秩序、国防国家の建設方針を閣議決定。武力行使を含む南進政策を決定している。九月、日独伊三国同盟が締結。十月、大政翼賛会がいよいよ発会式をもった。十一月、紀元二六〇〇年式典が開催される。野間もこうした動きをうけ、経済更生会の松田喜一とともに部落厚生皇民運動に関与。山本鶴男ら転向左翼グループによって結成された日本建設協会に参加している。このときの野間たちの言動およびその思想的内実を推し量るうえで貴重な資料となっている。

一九四一 (昭和十六) 年二月には、「詩について」を『帝国大学新聞』に発表。三月、詩「陶酔の歌」を『三人』二十四号に発表。末尾に「紀元二六〇一年元旦」と記している。六月、詩「別離」を『三人』二十五号に発表。この号から中村晃、房本弘之が同人参加。また伊東静雄が「文章」を寄稿した。九月、詩「結び―青年の結婚を祝す」を『帝国大学新聞』に発表。この頃までに、検挙を免れて潜行していた羽山善治を浪速区経済更生会の書記に入れる。十月、『春の犠牲』の文学史的位置」を『帝国大学新聞』に発表。

日米開戦直前にあたるこの年は、三月に治安維持法が改正され、予防拘禁を追加。四月には、日ソ中立条約が締結された。七月、御前会議で対ソ、対英米戦争を辞さないことを決定し、戦争への趨勢は必至となっていた。

ノート9

160mm×205mm×7mm の丸善の横書き用ノートを縦に使用。万年筆でときおり鉛筆書きが混じる。表紙には「Croquis H. N.」とある。

冒頭に「一九三八年二月」の書き込みがあり、途中で「一九三八年十二月一日」の記述があるため、一九三八（昭和十三）年の執筆と推定。後半は、大阪市役所吏員として関わった「生活協同体」運動のメモがつづくが、三分の二は白紙のままで残された。

断章1

178mm×260mm の「大阪市」の名前の入った縦罫用紙箋十枚に書かれている。万年筆でときおり鉛筆書きが混じる。

経済更正会に関与していた野間が松田喜一の依頼を受けて、更正会会員とその家族を聴き手にしておこなった講演の「草稿」と、市役所吏員として関与させられた「融和事業団体の機構改革」をめぐるメモから成る。したがって、一九三八（昭和十三）年四月以降、四一（昭和十六）年十月の召集までのあいだのものと推定。いずれも内容の途中で切れている。

手帳2

72 mm×120 mm×8 mm の大阪市発行の「愛市手帖　昭和16年」を使用。万年筆でときおり鉛筆書きが混じる。

一九四一（昭和一六）年の「六月」から「十月九日」までの日付が記載されている。補充兵として召集されるのが、十月十五日であるから、その直前までに書かれたものと推測される。

3　軍隊時代

一九四一（昭和十六）年十月、野間は教育召集を受け、補充兵として入隊。入隊前には下村正夫、内田義彦、高安国世が、また松田喜一、羽山善治、矢野笹雄がそれぞれ送別会を開いてくれた。ひと月ほどの教育期間のあいだに、真珠湾攻撃による日米開戦を迎えた。一九四二（昭和十七）年一月、そのまま戦時召集となり、中国江蘇省に出征。二月中旬、フィリピンに向かう。三月、バターン、コレヒドール戦に参加。五月、マラリヤにかかりマニラ野戦病院に入院。十月、帰国して原隊に復帰した。

この年二月、召集前に書き上げた詩「魂の天体」「結び―青年の結婚を祝ふ」、評論「虎の斑」を『三人』二十六号（竹内勝太郎記念号）に発表。六月、同人雑誌の統廃合により『三人』がついに二十八号で廃刊。九月、布施杜生が治安維持法違反容疑で再逮捕。十月、永島孝雄は非転向のまま重症の結核患者となって堺刑務所を仮釈放されたが、直後に病死した。

野間は、翌四三（昭和十八）年七月まで、原隊の事務室書記をつとめていたが、治安維持法違反容疑に問われて逮捕。大阪石切の陸軍刑務所に入所。十二月に軍法会議で懲役四年執行猶予五年を宣告される。のちに「私は調書のなかで兵隊として忠実に自分のつとめをはたすことをちかった。私は転向手記というものを書かなかったが、転向を表明したのである。」(「軍法会議とその後」一九五六年)と回想しているが、このとき隊に復帰。その後もたびたび軍法会議と予審判事の呼び出しと推定される。年末出所し、監視付きで内地に戻っていた原を受ける。

同年二月、ガダルカナル島から日本軍撤退。この年、戦時統制経済が頂点に達した。

一九四四(昭和十九)年二月、野間はいまだ監視下に置かれていたが、富士光子と結婚。高安国世夫妻が媒酌人で、家族以外にはわずかに井上靖が列席した。十月末、部隊が再度南方へ移動するにあたり、監視上の理由で召集解除となる。

この四四年には二月、布施杜生、予審中に京都拘置所独房内で衰弱死。七月、陸軍衛生部の見習士官となっていた村上尚治は乗船していた船がフィリピン沖で被爆、行方不明となった。以上が、野間の軍隊時代にあたる。

手帳3

大日本帝国陸軍の「補充兵手牒」ならびに「軍隊手牒」の残されたコピーによる。現物は未確認。

一九四一(昭和十六)年十月十五日、野間は教育召集を受け、歩兵第四師団第三十七聯隊に配属された。以後、この「履歴」欄に記載された事項は以下のとおり。

「昭和十年十二月一日陸軍補充兵役ニ編入○昭和十六年十月十五日教育召集ニ依リ歩兵第三十七聯隊補充隊ニ応召○同月同日歩兵砲中隊ニ編入○昭和十七年一月七日教育召集解除○同月同日歩兵第三十七聯隊要員トシテ引続キ戦時召集ニ依リ歩兵第三十七聯隊補充隊ニ入隊○一月二十一日大阪駅出発○同月二十二日宇品港出帆○同月二十五日揚子江口通過○同日中支江蘇省呉淞上陸○同日江蘇省宝山県江湾鎮着同地警備○同日聯隊砲中隊ニ編入○同月九日江蘇省宝山県江湾出発○同日呉淞出帆　同月十五日呂宋島リンガエン湾マビラオ上陸○同月十七日サマール北方二粁地点ニ到着○五月三日入院○五月十日陸軍一等兵○六月十二日復員下命○七月二十五日復員完結○五月五日マニラ第九十六兵站病院ニ転送　八月十八日比島呂宋島マニラ港出帆○八月二十一日台南陸軍病院高雄第二分院ニ転送　九月一日屏東陸軍病院ニ転送　九月九日治療退院　同月同日台北発　九月十九日宇品港着

同日広島駅発　九月二十日歩兵第三十七聯隊帰着。」

また一九四三(昭和十八)年三月十日には陸軍兵精勤章が付与され、四四(昭和十九)年四月十日には陸軍上等兵に昇級している。最後の記録は、四四年十月二十五日、陸軍兵長に昇級するとともに召集解除となった。このとき「善行証書」の付与も受けている。

手帳4

115 mm×76 mm×10 mm の方眼罫の手帳を使用。万年筆でときおり鉛筆書きが混じる。一九四一（昭和十六）年十月、教育召集を受けて訓練を受けたときのメモと推定される。

断章2

220 mm×288 mm の張合せの厚紙を表紙にした二穴のファイルに挟み込まれていたメモ。

一九四二（昭和十七）年八月の日付を持ち、マニラの病院で治療中に書かれた下村正夫宛書簡の草稿、マニラから台湾・高雄へ移送されたときの日記とメモから成る。

ほかにも国光製鎖鋼業株式会社の第四寮の寮生に書かせた「感想文」十七通、便箋五枚、国光製鎖鋼業株式会社原稿用紙九枚、ノートの切れ端七枚、大阪市の二百字詰原稿用紙一枚、大阪市の罫線用紙二枚、三高文芸部の原稿用紙一枚のメモが挟み込まれていたが、これは割愛した。なお、そのなかで「戦友よ！」と「戦場にありし我に先立ちて死せし乙女を詠う」と題された詩二編は、「〈附〉詩草稿」として「軍隊時代」の末尾に掲げてある。これらは、まだ草稿段階にあり、確定していないテキストであるが、その内容の価値を活かすべく、今回、編集部の判断であらためてひとまとまりの詩として整理したものである。

手帳5

80 mm×130 mm×5 mm の「麒麟麦酒株式会社京城支店」の記載のある「キリンビール／キリンレモン」手帳を縦に使用。方眼の罫が入っている。万年筆でときおり鉛筆書きが混じる。一九四二（昭和十七）年九月二十日に原隊復帰してから、四三（昭和十八）年七月に陸軍刑務所に収監されるまでのあいだに書かれたものと推定。

ノート10

130 mm×187 mm×7 mm のハードカバーのノートを使用。万年筆でときおり鉛筆書きが混じる。ノートへの書き込みはわずかで、あとは白紙。ノートの切れ端三枚分が挟まれており、そちらを活字におこした。一九四二（昭和十七）年九月二十日に原隊復帰してから、四四（昭和十九）年十月に召集解除されるまでのあいだに書かれたものと推定。兵隊の観察が中心に記述されている。

手帳6−1

67 mm×122 mm×6 mm のスケジュール・ノートを使用。万年筆でときおり鉛筆書きが混じる。

一九四四（昭和十九）年の「四月五日」の記載がある。また書き写された「在郷軍人の心得」は除隊（十月二十五日）前に示されたものと推定される。この手帳6は、国光製鎖鋼業株式会社に勤務して以後の記載もあるので、6－1、6－2と二つに分けた。

手帳7－1

88 mm×150 mm×10 mm の罫線入りのノート型手帳を使用。万年筆でときおり鉛筆書きが混じる。はじめに「(日誌) ホノ四　野間宏」という署名がある。

一九四四（昭和十九）年の五月一日に始まり、七月九日までの記載がある。そのあと余白があり、ふたたび書き込みが続くが、そこは手帳7－2としてべつに収めた。

4　国光製鎖時代、戦後へ

一九四四（昭和十九）年十月、召集解除となった野間は、刑余者のため市役所に復職できず、軍需会社国光製鎖鋼業株式会社（大阪市西成区）の勤労課に勤めた。工場に徴用された微軽罪の罪人たちの労働を管理する仕事で、のち会社の第四寮に泊まり込むことになった。

翌四五（昭和二十）年三月、大阪大空襲で母まつゑの経営していた千日前の洋裁店が被災。翌日、母をさがして焼け跡をさまよった。まつゑはこのときは偶然、日赤病院に入院して被災を免れた。八月、敗戦を迎える。疎開先から戻った母を助けて大衆食堂の開店を手伝っていたが、月末に長男広道が誕生した。十二月、妻子を残して上京。東京の瓜生忠夫宅で「暗い絵」を書き上げることになる。

手帳6－2

手帳6－1と同じ 67 mm×122 mm×6 mm のスケジュール・ノートを使用。万年筆でときおり鉛筆書きが混じる。

軍需会社の国光製鎖鋼業株式会社の勤労課に勤務した一九四四（昭和十九）年十一月から翌年二月までの記載が見られる。この会社の勤務がいつまでだったかは不明。

手帳7－2

手帳7－1と同じ。ただし、手帳後半の書き込みは書体も大きく異なり、執筆時期が異なると推定される。「経済更生会」や「憲兵軍曹」への言及などから考えて、軍隊時代のものとは考えがたく、国光製鎖時代か、あるいはさらにそれ以後とも推測される。

ノート11

183 mm×258 mm×12 mm の手作りのカバーをつけた横書きハードカバーのノートを使用。万年筆で書かれている。表紙カバーには「昭 19 4/5-20.12.7」とある。しかし、「五月四日」の記載はあるが、空襲の「焼夷弾」の記述、「母と姉を秋田へ送る」といった疎開の記述などから、実際は一九四五（昭和二十）年五月四日と推定。したがって、敗戦をはさんで前後の記録をメモしたノートということになる。また、ノートの一部に破ったあとがある。

八月末に光子とのあいだに長男広道が誕生したが、野間は十二月、妻子を残して東京に向かった。新婚家庭であった瓜生忠夫の家に泊まり、『暗い絵』を執筆することになる。

第3部　書簡篇（一九三六年－四七年）

ここには野間宏から富士正晴に宛てた書簡（富士正晴記念館所蔵）、野間光子夫人宛の書簡、内田義彦宛の書簡（内田家所蔵）、下村正夫宛の書簡などを編年式に収めた。日記、ノート・手帳類と照合していくと、一九三六（昭和十一）年以降の野間の動向をうかがうことができる。日記も自己欺瞞や検閲を意識した自己規制から決して自由ではない。同様に書簡も、宛先の人物との関係において書かれる内容にバイアスがかかる危険性が大きいため、全面的に信頼することはむずかしい。しかし、野間個人についても、またそれ以外の社会的な事象をとらえる上でも戦中・戦後の動きを伝える数少ない資料として貴重である。なお、一通ごとの解題は量が多いため、省略させていただいた。

あとがきにかえて

四百字詰原稿用紙約三千枚に達する本書の原稿と校正刷を、編集委員の一人として読み進めるうちに、私のうちで徐々にその強さを増していった幾つかの想いがある。以下にその何点かを略記して、あとがきにかえさせていただきたい。

文学の世界的同時性ということ

「第一部　学生時代の日記」は、一九三三（昭和八）年一月から書きおこされ、一九三七（昭和十二）年九月に終る。三高一年生から京大三年生にあたるこの時期に、野間はフランス象徴派系の詩人、竹内勝太郎に師事し、同人誌『三人』を媒体として、明確な作家的自立の自覚のもとに、旺盛な創作活動を営んでいた。同時にこの時期は、コミュニズムへの関心の内外の昂まりに促されて、神戸人民戦線との絆を徐々に深めていった歳月でもあった。

日記を通してなによりも読む者の眼を惹くのは、ポー、ボードレール、マラルメ、ヴァレリー、プルースト、ジイドへの野間の一貫して変らない関心の強さである。二十世紀初頭から中葉にかけてヨーロッパの文芸思潮を彩った「芸術の革命」の理念を、情報の閉ざされた戦時期日本の文学青年は、ほとんど世界同時的と言ってもいいほどの早さと深さをもって共有していたのである。思想の日本的特質という迷妄から解きはなたれて、芸術の革命さらに革命の芸術というテーマを、自らの作家的課題の中枢となした精神の強靭さは、どこから生み出されたのだろうか。二十世紀中葉のヨーロッパ最尖端のシュールレアリスム、サンボリスム、心理主義そしてコミュニズムへの知的冒険が、どうして野間自らの課題になっていたのだろうか。たとえば、

「プルースト、ヴァレリー、ジッド。何という違いであろう。しかしながら、何という同時代者の類似であろう。お互に理解し合うのだ。三面の一体だ。お互に、糸をひき合うエレマンにみちている。その限界のあいひとしさ。」（「日記」一九三六（昭和十一）年十月二十五日）

また、

「「新しい」ということ。常に何かをつきやぶり、先をすすんでいるということ。」（第二部「学生時代」のノート）

当時、野間と交遊のあった久野収が『野間宏の会会報』のインタビューにこたえ、このことと関連させて、次のように

語っていたことが想い出される。

「野間君のマラルメからヴァレリーにいたる道筋、ドイツのゲオルゲやグンドルフのサンボリスムに対してフランスのマラルメやヴァレリーを対置させていった選択の問題は、たいへん興味深い。野間君はおそらくゲオルゲやグンドルフも知っていた。辰野隆や渡辺一夫の系統の非政治的サンボリスムとは違う方向を野間君は『三人』の中でとっていたのではないか。それは政治的なものの関心の強いドイツのゲオルゲグループからの精神的インパクトを受けていたということではないか。しかし同時にドイツのファシズム的サンボリスムにならない自戒の基礎となっていたのではないか。日本浪漫派に流れこんだドイツの象徴主義でないものに賭けようとしたところが、野間君の眼力のある偉大なところだと思っています。

客観的事実、真偽の世界から脱出して、意味のための意味の中にのめりこむのではなしに、その両者の架橋を思想の中で追求した作家、思想家が近代では一流なんだとぼくは思うのです。野間君は明らかにその一人に入っています。彼は作品を書きながら文学的真実とは何か、それが科学的真偽とどう関係するか、どう交錯するかという問題に最後までこだわっています。その点ではスタイルは違うけれども、ヴァレリーと似ている。ヴァレリーも意味の世界において合理主義を貫こうとしますね。ヴァレリーのサンボリスムは、全然ミスティシズムではないでしょう。」(『野間宏の会会報』No.3　一九九五年十二月)

野間の作家としての出発期から生涯を通しての創作の精神的基盤を、世界の精神史の視点から、これほど明晰に語られた言葉はないだろう。

本書が戦後日本に聳立した作家の研究にとって、汲みつくし得ない貴重な素材を提供するにとどまらず、日本の思想史や精神史のきわめて重要な局面を解明する類をみない宝庫たるゆえんがここにあると思われる。

権力悪告発の原点

「第二部　資料篇」の多彩なジャンルのなかでも、戦闘中に倒れ死んでいく戦友への鎮魂歌である詩草稿「戦友よ!」を眼にする時、国家権力のつくり出した極限的状況の中で、一片の物質と化して滅びていく肉体と精神の意味を問いつめようとする野間の悲痛な心情が、惻々と迫ってくる。それまでの野間の想像をはるかに超えるこの戦場体験、無数の青年を死へと追いやる権力装置への満身からの怒り、そして瀕死の戦友を救い得なかった己れへの、生涯はなれることのない罪業感が、戦後の野間文学の根底にあったことを、あらためて思い知らされるのである。

国民に対する国家の犯罪行為への自覚は、半世紀余の間、濃淡の差こそあれ、国民各層に、権力への強い懐疑の念を構造化させた。国家悪の実像は、深い思索に裏うちされた野間の鋭い感受性にあっては、生涯その鮮烈さを失うことはなかったが、それでもなお、戦中、戦後の歴史的状況の限界から、野間をも含む大多数の市民がいっそう大きな組織悪への認識を欠落させたこともまた否定することができないのではないか。

たとえば、一九七五年に、アンドレ・グリュックスマンが『料理女と人間食い』(邦訳書名『現代ヨーロッパの崩壊』)の中で、哄笑する民衆と二重写しにして穿ち、剔抉した旧ソ連の「反革命者」強制収容所と、ナチスによるユダヤ人絶滅強制収容所における悲劇の全貌は、戦前には知られなかったものである。

今日ではすでに明らかなように国家権力と一体化したテクノクラートによる千万人単位の市民の虐殺は、人類に対する二十世紀最大の犯罪行為であり、蛮行であろう。

自らの戦争体験を再度の出発点として、現代国家の巨悪の告発を志した野間が、ヨーロッパ文明そのものが生み出したこの「合理的」システム犯罪への認識に到達するには、戦後、曲折に富んだ困難な道程が必要であったにちがいない。やがて権力による市民生活の広汎な破壊の世界的ひろがりに対する憤怒は、野間をして地球規模の環境問題への世界史的自覚の上に立っての闘いを決意させたことは疑い得ぬところである。そして未完の大作『生々死々』は、その道標として私たちの前に立っている。

第二部の資料蒐集から収録まで

ここで「第二部　資料篇」の諸資料が本書に収録されるにいたるまでの経緯を明らかにしておきたい。本書刊行を遡る一年前後、本資料の中途半端な部分読みから功名心に駆られた速成の論説が、新聞、雑誌に相ついで掲載されたこともその動機の一つである。本来、社会現象の全体像把握こそ、ジャーナリズムの使命と考えるからである。

戦時期、敗戦直後にわたる資料は、野間光子さんから神奈川近代文学館に寄贈された厖大な書籍、ノート、手帳、書類等の一部として同文学館に保管されていた。

日記の編集委員会で、日記以外の諸資料の探索の必要が議論され、一九九九年九月九日、同文学館の藤野正さんに趣旨をご説明し、検討をお願いした。数日後、藤野さんから「数十冊のノート、手帳をはじめ様々な書類がありそうだ。未整理状態なので、編集に必要なものは、来館の上、選び出して下されば、その部分は野間光子さんにお返しするという形で用立てることができる」とのお返事を頂戴した。

その連絡を受けて、同年九月二十八日、編集委員会から二名が同文学館を訪れ、のちに本書に収録することになった資料の数倍の関係書類から選択作業を行なうことになる。選び出された資料は同文学館のおとりはからいにより、野間光子さんを経て、同年十月下旬、藤原書店「日記」編集委員会に管理がゆだねられた。「日記」編集委員会は、何度かの協議の積み重ねの上、それらからさらに厳選し、本書第二部に収められた内容を見ることになるのである。同資料の整理・校訂の作業が、この種のものの中で最も困難をきわめたことも付記しておきたい。

むすび

このように本書に当該資料を収録するに際しては、神奈川近代文学館の、藤野正さんをはじめ「野間宏文庫」の関係者の方々の一方ならぬご厚情を頂戴した。これらの方々の適確かつ迅速なご判断がなければ、本編の収録は困難であったにちがいない。あらためて厚く御礼を申しあげたい。

またオリジナル資料のワープロ入力、活字化の過程で粘り強い努力を重ねられた西宮紘さん、校正段階で人知れぬ努力を惜しまれなかった高橋正治さん、高村美佐さん、編集作業の統括に粘り強く意を注がれた藤原書店の山﨑優子さんのご協力を得てはじめて、本書のこのような形での完成を見たと言って過言ではない。記して心からの敬意と感謝の意を表わすものである。

二〇〇一年五月十六日

加藤亮三
（『作家の戦中日記』編集委員）

解説

尾末奎司

野間宏『戦中日記』初読の衝撃

私は、『機』二〇〇一年六月号に寄せた本書『作家の戦中日記』の予告紹介文を、次のように、原本を初読した時の衝撃そのものから書き始めずにはおれなかった。（本書に収録される）最も早い時期「昭和七年十一月」記の「緑集」の冒頭、

――この中では、美しく書くことを求めてはならない。
本日から私の進歩は、大きくならねばならない。
この一年半程の間は、実に懐疑にみちみちた暗の世界だったのだ。

すでに肉体への不穏な傾斜（決意）は暗示されているものの、全体がアフォリズム調のこのノートは、一定の文体意識の統御のきいた十七歳の文学少年のそれで、まだ驚くことはない。だが、続く昭和八年（一九三三年）元旦から始まる文字通りの〈日記〉は如何。

一月一日　春枝へ手紙を書いている中に除夜の鐘がきこえてきた。
一月二日　性慾起る。春枝さんにすまない。
―夜、女を見に大阪へ行く。
一月三日　私の性慾は、ふつうの人のとは、ちがっているのだろうか。
一月四日　夜、夜はいつもつらい。

前年十月創刊の同人誌『三人』の購読者というだけで、まだ顔合わせもせぬうちに陥った九州の女性との恋（たちまちの破綻）から始まるこの四年半の日記の半ばは、恋愛と異常性欲の自意識に悶々とし、反面それを自負さえする青年の赤裸々な「ヰタ・セクスアリス」で充満している。青年は公衆便所を盗視し、行きずりの女たちにしばしば強姦を夢みさえする。その絶え間なく逸脱し奔騰する性の記述を、文字通りの事実と信じて追うてゆけば、読者は現実と夢想の交錯する

この〈日記〉の世界で、現代の日常を騒がすストーカー少年や、（野間に友人の一人が名づけた）「野獣派」的なキレる若者と出くわすであろう。それは、まぎれもなくあの『暗い絵』や『青年の環』の著者その人なのだ。かつてこのような〈日記〉を遺した作家がいたであろうか、この日本に。――過去に反復された「政治と文学」論争の時期にも、終始肉体に力点をおく野間宏像を思い描いてきた私にさえ、この遺稿はまさに衝撃だった。

　いま一つ、予想をこえて私をたじろがせたのは、残り半面を埋めるおびただしい読書の記録。というより、壮大な文学的野心に燃えるナーバスな青年の、世界的詩人、作家、哲学者、思想家を相手どった、時に天才の妄想にたかぶり、よりしばしばコンプレックスに打ちひしがれる格闘の姿である。しかも一日の記述の中に、その性の氾濫と読書・思想的格闘の両面が、ほとんど常に並存して在ること。自らの前途を、たとえば学者や評論家の方向に、端正に、あるいは単線的に収斂するのを拒む、度しがたい過剰をはらむ資質――中学時代に谷崎潤一郎を愛読した自称耽美派少年は、一歩を進めて、ここではデカダンスの破滅の道とも無縁とはいえぬ、一種の狂気の相も垣間見せる。その現実の自己からの超脱、のりこえの道が、「からだで書く」「性慾をそそいで」書く詩作の純粋経験、純粋感情への昇華の志向であったことが、この〈日記〉を読んだ今にして、思い知られる。象徴詩への扉を最初に開いてくれた師竹内勝太郎が、その不慮の死の後も、また野間がマルクスの思想へ「移行」した後も、変らず彼の内に生きつづけたのも、その故であろう。いや、詩作とともに、この〈日記〉を（ある年は一日も欠かさずに）書きつづけること自体が、野間の生そのもの、自己救済であったに違いない。

　衝撃は、〈日記〉の編集に入った過程で新たに発見された、軍隊時代の手帳やメモ・創作ノートの束を眼にした時、さらに頂点に達した。

　その印象を「衝撃」という語で一口に言い換えることは、とてもできない。野間宏が身体賭けて刻み残した「戦中」の軌跡（それ自体が奇蹟でもある）の意味するものを、どれだけの言葉を尽くしたら語り得ようか。語るべきこと、語る衝動は無限に湧くのを感じながら、反面、私は立ちすくむ思いである。

本書の構成

拙い「解説」のペンをとる今も、初読の時のそれは変らずに持続している。

　本書『作家の戦中日記』は、解題でその詳細が述べられているように、次の三部から構成されている。

第一部は、野間光子氏から提供された一九三三年（昭和八年）元旦から一九三七年九月までの学生時代の日記のすべて。

第二部は、神奈川近代文学館野間文庫から発見、選定した一九三二年から四五年に至る、（1）学生時代、（2）市役所時代、（3）軍隊時代の四期にわたる、創作ノート、手帳、軍隊手牒、その他のメモ類。

第三部は、一九三六年（昭和十一年）二・二六事件前夜から一九四七年最初の小説集『暗い絵』刊行前夜までの、富士正晴宛書簡（富士正晴記念館所蔵）を中心に、内田義彦、下村正夫、野間光子宛を含む約百通の書簡類。

野間には学生時代の読書、思想、性、交友体験について語った「読書遍歴」「不可解なものの訪れ」「鏡に挟まれて」「小さな熔炉」「象徴詩と革命運動の間」「ジイドのラフカディオ」など少なからぬエッセイがあるが、ここでは、あえてそれらをカッコに入れ、発表の意図も予想もなしにそれ自身を生きることとして記された日記そのものに即して、青春の時空における野間宏の肉体と意識の歩み、新鮮なままの生の記録の特色、その存在意義を読みとってみよう。

思想的「移行」の重層性

冒頭に引用した最初期のノート「緑集」が書かれた一九三二年十一月は、野間が旧制三高に入学してまもなく、富士正晴を通して、師竹内勝太郎との出会いをもち、富士正晴、桑原（後の竹之内）静雄と『三人』を創刊した直後の頃である。時代背景に眼を移せば、同年「大日本帝国」は、満州事変に端を発する関東軍の策謀を国策に転化して、「満州国」建国宣言を行い、それに対する共産党はコミンテルンの指示の下に「天皇制に対する闘争の強化」を唱う「三二年テーゼ」を打ち出す。翌一九三三年、野間が日記を書き始めた年、ヒトラーはドイツ首相の座につき、「帝国」は史上最多の「左翼」検挙に猛威をふるって、小林多喜二の獄死、共産党幹部佐野、鍋山の転向声明が革命勢力の基盤をゆるがす。また京大では、全学を激震させる滝川事件が起こった年でもあった。

その「声明」を読んだ日の記に「佐野は、馬鹿なことをしたもの」だ、私には芸術があるから「この実践はできない」と、事件を関心の外に突き放そうとした野間は、この〈日記〉擱筆の年一九三七年の十一月には、「京都に事件あり、私に何か起れば後のことはたのむ」と富士に書き送るような思想的「実践」的立場に移行している。この「事件」とは、京都人民戦線運動に関わる中井正一、久野収ら『世界文化』グループの検挙をさすが、事件の具体的記述を避けているのは、むろん当時の「時局」の然らしむるところであろう。同誌が創刊された一九三五年の九月の日記には、〝ジイドの「文化の擁護」〟を読んでの共鳴と確信が記されている。国際連盟を脱退し、第二の鎖国の進行する中で、世界へわずかに開かれた思想的文化的な窓であった『世界文化』八号の反ファシズム「文化擁護国際作家大会」特報、その中の〃コミュニスト社会に於て各個人の個性が至上の花を開く〃という一節を含むジイドの演説記録を、野間は確実に読んでいたわけだ。(そのジイドの期待は一年後のソヴィエトへの旅で、たちまち破られるのだが。)

ここで「移行」というのは、いうまでもなくマルキシズムへのそれをさすが、しかし、この〈日記〉に刻まれた肉体と意識の行程は、その一語に集約できるような、決して単線的なものではない。次にそのジイドの一九三二年二月に書かれた興味深い日記の一節をあげよう。

「もしコンミュニズムが成功するものだとしたら、僕には生きる楽しみがなくなるだろう。」とVが私にいった。だが反対にもしそれが失敗するものなら、私には生きる甲斐がないのだ。

これはジイドの「左翼転向」の端緒を示すものとして著名であり、また文中の「V」はヴァレリーだと推定されているが、ともに批評精神を文学の核に認めながら、コミュニズムに対しては明らかに相反、対峙するこの二人の作家と詩人、しかもいずれも、文学的出発期にマラルメの門をくぐったジイドとヴァレリーが、実はこの〈日記〉の成立(動機)にまで深くかかわり、且つ起伏に富む四年半の手記の世界において、野間を内面の波乱葛藤でゆすぶりつつも、ある移行の軌道へ、(というよりも、重層的な主体の形成へ)導いていくのである。その時、野間の傍にはもう一人、ドストエフスキーが、そして、その周辺の裾野には、一々数えあげられぬほどの作家たちの群がひしめきながら、彼の文学的歩行を支えた。

第一部　日記をめぐって

十七歳の終り、昭和八年の元日を期して、書き出された日記は、その年の十二月二十八日までは、ほとんど日を欠かすことなく、量的には、全期間の中間点である一九三五年を頂点にして、大学最終学年の九月まで、延々と大学ノート十冊に書きつがれる。(同時に創作ノート類八冊程も傍に伴い)年次の中途で擱筆されたのは、おそらく卒業論文に着手するためであろうが、はたしてそれだけだったか。

思想的移行にかかわる社会的事件や、実践活動の記録が意外に少ないことと合わせて、彼をとりまく「時局」の影響が、内面の私的な記述にまで及んできたとも考えられる。それはひとまず置くとして、ここには、通常の日記に見られる時代の風俗や外部の情景の記述が、全くといってよいほどない。中心に、性と恋、読書による内面の格闘。『三人』の同人(及び、「アカ」の労働運動家羽山さん）を主とする交友の場での批評と感情の烈しい起伏。それに夢の記述や創作メモが突然挿入され、また家族や友との大阪弁の会話の写しが入りまじる。そういう破格の調子で終始おし通された日記。しかも異様さは、一日の記述のスタイルにも顕著にあらわれる。たとえば（どの一日でもよいのだが）一九三四年三月二十七日の記。

『ユリシーズ』を例にあげての「意識の流れ」の表現法の小説論的批判から「自由と必然」「意志と神、絶対の無」へと、問題を哲学的領域へ拡大していく思惟は、さらに西洋的神と「万有仏性」との対比へと飛躍し、ある論理の糸のつながりは保ちつつ、ヴァレリーのテスト氏の言葉に行きついて、一時の軟着陸地点を示す。〝「主よ、我は虚無の中に存在していた、この上なく、無為に静かに」と祈る祈りの中にすべてがある。〟――そこには「純粋の創作」への「純粋の時」も、一瞬予感される。ところが、一行の休止符を挟むや、たちまち場面は一転し、今津の海辺での、昨日の、また冬のある日の、全神経が嗜虐的な刺激に翻弄され尽くす性的自画像が描き出されるのである。「成熟した女の香り」を放つ行きずりの犬をつれた奥さん、声をかけようとするだけで体をふるえさせる自意識、犬と女との性交の夢想、昔「私と松本がした同性愛の数々」（これは幼年期の遊びに類するものだろうか）。さらにつづけて、過去の女便所の盗視の場面が、現在形で綴られていく。

「あつい気持。反天皇。落書……女、陰部、月経。又、ウラへ廻り……」ついに「空想」は遊んでいる女の子たちとの「××」（ママ）にまで及ぶ――。「女、すべてと、性交を空想す。〔四字不明〕。性慾がひどい。反天、反天、反天……」。――しかもこの日の前後には、ドストエフスキー『永遠の夫』、トルストイ『戦争と平和』、チエホフ『退屈な男』の読了が告げられ、シルレルを「哀れな男」と評し、「シェイクスピアとかゲーテ」「親らん上人と道元禅師……こんなのを、すべて学んでいかねばならない」という覚悟を、昂ぶる感情で書きつけている。

野間宏は、何故この日記を思い立ち、この赤裸々な、且つ真摯きわまる、そしてまた見ようによっては四分五裂の、異形の日記を四年半にもわたって書き通し得たのか。その動機には通常の自発的なそれをこえた、意識的文学的な、ある強烈な欲求が作用していなければ、不可能であろう。

「日記」に先行する前記の「緑集」で、野間は『狭き門』のアリサにふれ、自己犠牲という頭ごしらえ（既成観念）の生の型に自己をはめこんで自足する彼女の生き方を否定して、ある決意を表明する。

「全裸の私を見なければならない。」「私は、私の肉体がわかっているのか。」しかも、恋愛についても「性慾」を当然の因子とする立場から「肉の上に、加えられた魂の結合」と認めて、まず「性慾というものをつきとめて行きたい」と、決意の目標を具体化するのだ。

私は知性を打ちくだこうとする。／官能に、のびればのびる程、又野獣性にのびればのびる程、私は、私の知性が、それについてくるのを、みとめねばならないのだ。

すでに野間的文体の兆さえ含む、このような、追及への決断を、何が十七歳の少年に示唆したのか。だれが、その決断に確信を与えたのか。鍵は、やはり『狭き門』の作者にあるというほかはない。いや、正確には、『狭き門』の対極にいわば陰画として在る作品の作者——常夏のアルジェリアを舞台に、異常官能主義者の誕生を描く『背徳者』(ジイド文学の立場からすれば、『狭き門』の方が「陰画」と見られるべきだが)、そして、あの幼年期の食堂のテーブルの下や教室での「悪い習慣」(自慰)の告白から始まる自伝『一粒の麦もし死なずば』の作家、と言い直すべきだ。後者の第一部の後記に、「僕の意志は然し、たえず、すべてを言ひ尽くすことであった」と記し、また作品のほかに、きびしい自己省察や、心情の起伏の烈しい交友の記録、広範囲に及ぶ読書メモで成り立つ、日本語訳にして五冊の日記を遺したジイド。後に、性道徳紊乱の罪で、禁固の刑に処せられたオスカー・ワイルドとの交友の『思い出』を書き、『コリドン』で自らペデラスト(男色者・少年愛者)であることを宣言したジイド。そのジイドが、背後からこの日記への決断の動機とその持続を強力に支えた存在であることは、おそらく間違いない。本文に最もしばしばあらわれるジイドに関する記述自体がその証でもあるが、ここでその背景に証を探ってみよう。

両者の境遇にはある共通項がある。ジイドの生育史には、父を少年期に喪い、古いプロテスタントの家系を持つ母の、(社会的には学校の)厳格な「清教徒風の教育」の圧迫の下で「肉の要求を悪魔の一種だ」と感じる、異様な罪の意識を育てた。野間の場合も、同じ年頃に教祖の父を喪い、その在家仏門を継ぐ境遇で、肉の要求の内に、たえず女犯と邪淫の地獄に落ちる恐怖を感じねばならぬ、異常性慾の意識を生んだ。ジイドが、現実にホモセクシャルの道を行き、野間が、通常の道にとどまったのは、おそらく典型的なフランス・ブルジョアと日本の下町庶民層という、両者の出自の階層の差異と、「母」の位相の相異によるものであろう。

『ジッドの秘められた愛と性』(ちくま新書)の著者山内昶は、家庭を憎悪し「社会的独房」と名づける、『地の糧』『贋金づくり』の人物の背景に、ジイドの母に象徴されるような、自然本能を極度に圧迫する当時のブルジョア社会規範を墨守する、家庭環境の弊害を見出し、さらに、その反動として育ったジイドの性的傾向＝「性的非順応主義」が、コミュニズムへの転向と、ソヴィエト旅行後のスターリン批判における再転向との両面の根底に、ともに作用していることを、その間の同性愛に関するソヴィエトの法律の改変の事実に基づいて、指摘している。

ジイドの「文化の擁護」を読んだ同じ一九三五年七月の記。ニイチェは、神を破るのに一生かかった。ジイドは、ニイチェから出発した。しかも共産主義への到達に一生かかった。私は、ジイドから出発する。私は共産主義から出発する。

しかも野間は同じ月に別の箇所で、前記の『背徳者』、『コリドン』とともに、フランス植民地の実態に社会的批判のメスを入れた『コンゴ紀行』を書いたジイドの資質に、おそらくは自身をだぶらせて、次の一行を記すのだ。

変態性慾者と、社会制度との関係。天才ということ。

肉体の究明の決意の問題とともに、ジイドに導かれた「思想」上の移行もまた、決して単に抽象的なそれとしてではなく、〈肉体〉と不可分の形で、意識されめざされていたことが認められる。

世紀のベストセラーとなった『狭き門』（日本語訳一九二三年）以来、日本の作家、批評家たちに与えたジイドの影響は、横光利一、小林秀雄を挙げるまでもなく広く且つ深いが、ここでは戦後派作家大岡昇平の場合と対比してみよう。「文学的青春伝」によると、彼は、ジイドの「象徴派の影響から脱出した」経歴とともに、「パリの街頭でワイルドを棄てた態度」に新鮮な魅力を感じ、その「ジイドに倣って全然理由を告げずに」中原中也に、すなわちデカダンスの生活に訣別したという。野間が〈純粋詩〉から社会思想へ歩み出す媒体としてその存在をくぐりぬけた時、大岡は混迷の過去を断ち切る契機に、その存在を借りたのである。

昭和十年（一九三五年）は、前記のように、創作ノート類も含めて、執筆の量が最も多く、また自伝的色彩濃厚な作品『わが塔はそこに立つ』の舞台に設定された年だが、この中間時点から後半は、作品のリアリティを証し立てながら、ある面では作品をこえるプログレマティークの多様性と現代性を見せて、一段と興味をそそられる。「光子」とのいわば本命の恋愛も、この年の終り頃に始まり、奈落の底と歓喜の絶頂を往還して、後半の読みどころの主要な一つを占める。三部収録の書簡もそれを補完するだろう。

〈思想〉の眼は、レーニンの「唯物論と経験批判論」を読み進みながら、〈肉体〉はある夜「羽山さんとその同志にリンチされる」夢を見る。それから、プルーストの凝視の文学。蛇の生殖器をすう夢。二・二六事件直後の太宰施門先生の、常識レベルの話の、皮肉をこめた写し。日々、時々刻々、自我に生動するもの、前後左右にゆれ動くもののすべてをとらえ尽くそうとする欲求に突き動かされて、無秩序に書きとめる。だが、所々に、「移行」の進行と生成する自我の里程を刻印することは忘れない。それは何よりも彼を導く二人の巨人との対決の形で示される。

自分が社会問題を口にしだしたのは、創作力の衰退にもとづいている――

あれほど、傾倒するジイドに対しても、この発言に対しては、真向から批判し、次のように文意を反転させる。「私が社会問題を口にしだしたのは、創作力の勃興にもとづいている。」（書簡一九三六・一・十二）

またヴァレリーに対する批判は、相手の資質に即して、やや慎重な口調を選ぶことを忘れない。

ヴァレリー　時をとめるはげしい抽象力をもつ。しかし、……歴史はごうごうとヴァレリーの足下を掘る。

そしてここに「歴史」という言葉を用いた時、並行して野間は、詩人としての主体の自立を示す長詩「歴史の蜘蛛」にすでに着手していた。この詩と同時に『三人』一四号に併載された「詩に於けるドラマツルギー」には、次の一節がある。

詩は歴史の眼である。人間の動きを、人間の働きを、水晶体として持つ眼である。……そして、これは、また宇宙の源のさかせる花だ。（一九三七・六）

野間のめざす「移行」の進路では、歴史（その認識主体）は、自己という身体的存在の源に発するポエジーの世界と、どうしても結合しなければならないものだった。

肝心のそのポエジーに関して、日記の終りに近く、詩人野間宏が到達した、詩への通路をここに再現させてみよう。一九三七年四月のある日、すでに終りを告げられていたはずの光子との愛が、というより、直接的に〈接吻〉が復活する。八日の記――「接吻、接吻だ。光子の全く別な姿。」十四日――「優しさがでてきた。眼のすみか、ほんとうにやさしい光りを流している。」その二日後、「光子の唇を、私のくちにくわえながら、私は言った。〈また、変るんか〉。」――愛は絶えざる流動の中に在ることを、すでに「私」は経験している。その流動する現実の愛が喚起する「激流――物の中刻が、渦をなして」奔流する、その刹那の体内感覚は、たちまち彼の意識の通路で、ポエジーの生成へ向かう根源的（ラジカル）な問いに転位する。

「詩の通路。」――噴火口。物質過程が、如何なる通路をとおるとき詩となるのか」（また、散文となり、音楽、絵画となるのか）。

ここで一見唐突に「物質過程」という語があらわれるのは、その時期の野間が、マルクスとレーニンに媒介された、西田哲学の批判的継承者梯明秀の、物質と意識との弁証法的統一を志向する『物質の哲学的概念』に読み耽っていたからだ。

個と歴史、主体性と物質性——梯のタームを採用し、その問題領域に自己のそれを重ねながら、しかし野間はあくまで自身の肉体感覚を手ばなすことなく、肝心のテーマ、すなわちポエジー生成の物質過程を生き、発見し、書きとめる。

　今日歩きながら、春の暑い日の下で何故か、手の尖に、女の生殖器の触感をとりもどした。そして、自分が、本当に生き生きとしているのをかんじた。太陽を手でなでているように思った。

　或は、宇宙の核が、そこから引き出せるように思った。

　宇宙が、その穴から、もり上ってくるという気持だ。

〝女の生殖器の触感―あふれる生気―太陽の手ざわり―宇宙の核の手ごたえ〟——それは、「大地の、原始的な……物質的な、歴史」のよみがえりの感覚の内に詩人の存在をひたす。ポエジーの生成を、このような言葉、語彙の配列で表現する詩人が、日本にいたであろうか。これは、すでに師竹内勝太郎の界域のものでもない。春のある日におとずれた純粋時間に、野間の詩に至る物質過程は、こうして独自の〈象徴〉の世界を垣間見る。しかも、詩の生成を「物質過程」と表現したとき、それは、野間の内部に吸収されたあのマラルメ、ヴァレリーのサンボリスム——ロマン派の頼る「霊感」や情緒を峻拒して、詩をあくまで言葉という不完全な材質による究極の構成体とする詩論とも、テーマの次元は異なるにせよ、決して矛盾するものではなかった。ここに、平野謙によって、表徴を与えられた、野間文学のあの「サンボリスムとマルキシズムの結合」の試みの具体的な証しを見ることもできるだろう。

〈日記〉に記されたこの「詩の通路」の先には、詩誌『三人』に展開される詩篇の世界がある。学生時代に、野間は、その『三人』における詩（後に詩集『星座の痛み』に大半を収録）と、この〈日記〉と、富士正晴宛の書簡と、三つの異なったレベルのエクリチュールを、たゆむことのない同時進行の形で、ひたすら書きつづけた。詩は言うまでもなく、結晶作用の次元のものだ。では、この異様な相貌の〈日記〉は相対的にいかなる存在理由をもつのか。ためらうことなくヴァレリーの言葉を借りて締めくくることにしよう。

　しかし、ここに実に意外な事情があります。すなわち、この常にさし迫った自己分裂状態が、作品の生産に当っては、自己集中そのものにほとんど匹敵するような重要性を帯び、生産に協力しているということです。働いている精神、すなわち自分自身の浮動性、生来の不安定性やそれ固有の多様性、特殊化されたあらゆる態度につきものの放心や意力低下と闘っている精神は、他面において、今のべたような条件そのもののうちに、比類のない資源を見出すのです。前述しました不安定性、不統一性、矛盾は、精神が首尾一貫した構造とか構成を意図している場合、たしかに束縛となり、制限となるものですが、それとまったく同様に、可能性の宝庫ともなるので、精神は自己に沈潜し塾考しようとする瞬間、すでにもう、この宝庫の富を予感するのです。

精神にとっては、「無秩序こそ、その豊饒さの条件」になる、ともヴァレリーは言う。

より「大きな小説」（詩）の表現者をめざす野間にとって、その可能性の条件である、より無秩序なままの生、希求し、たたかう「精神」にとって不可欠の相関体である、日々刻々に奔放に躍動し、逸脱し分裂し氾濫する生そのもの、その意識に即時的に（したがって比喩的にいえば「即自的」に）刻印されるものが、稀にみる自由さで、大胆に言葉の世界に写し出されている。それが、この日記である。

それにしても〈歴史の眼〉を得た野間にはすでに予感があったのか、日記を終える直前の九月八日には、未来をかなり正確に予想する言葉が記されている。

私は、やはり、戦争に行くか、獄にはいるか、いずれかするのが、よいのかも知れない。この、両方ともよいのであろう。

反天皇。

右の文の予言性を想う時、盗視した便所の壁の落書から抜粋し、紙面の所々にリフレーンされる結びの一句、「反天皇」は眼に突き刺さる。『暗い絵』の主人公が、それを正すことを自らの使命として独白した〝日本人の肉体のねじれ〟は、天皇の絶対的精神主義の国家の下で二乗倍化されたのだから。

やがて野間は、予感したその道の方角へ歩み出す。第二部の、手垢にまみれ解体寸前でふみとどまっていた手帳類が、その足跡だ。

第二部　資料篇を読む

「帝国」の統制する社会へ

一九三八年野間は就職問題上二、三の曲折を経、「日本の構成体の分析」を学ぶという目的意識をもって、大阪市役所社会部福利課員となった。その年、大内兵衛、美濃部亮吉ら労農派、第二次人民戦線事件の後、野間の身近からも、後に『暗い絵』の登場人物のモデルとなる永島孝雄（六月、『学生評論』関係）、布施杜生（九月）ら京大ケルンの検挙があいつぎ、反ファシズム勢力をほぼ完全に制圧した「帝国」は、国家総動員法を公布、「大東亜新秩序建設」へ向けて〝国民全体の思想の国策的転向〟を推進していく。この年ヨーロッパ、フランスにおいても人民戦線は崩壊した。

学生時代に、第二部の冒頭に収録された創作ノート類も含め、大量のエクリチュールの世界に没頭した野間が、この時期からは一挙にその世界からひき離される。ノート類は今後になお発見の可能性が残されているとしても、富士正晴宛書簡数の変化によってそれはすでに証明されている。富士記念館所蔵のその書簡数は、一九三七年の五七通（内封書三九通）を頂点に翌三八年は十七通（同十四通）に激減し、以後それを越えることはない。市役所で担当した、「融和事業」経済更生会の実態についても、わずかに「家庭の更生会の夕」の講演草稿や「協和会館建設事業計画」の草案にその片鱗をうかがえるだけだ。しかし『大阪市役所社会部報告』の「大阪市社会事業要覧」中の、野間が担当した年度である「融和施設」の項を見ると、昭和十四年度から昭和十五年度にかけて、区の経済更生会の数は二倍に増え、また託児所の〝出席者〟数も確実に増えている。執筆者の署名はないが、活動の一端を推測はできるであろう。

手帳には次第に「産業報国会」「隣保組織」「高度国防国家」などの、歴史年譜に照応する語句が並び、富士宛のハガキにも、「国民精神作興週間」の準備や「模擬召集訓練」、さらに「皇民運動の会出席」のため『三人』の合評会延期の要望が、再三記されるようになる。この時期を経て国家が戦争へと向う際限のない暴走の道をひた走ることになった、その理念的契機を、丸山真男は一九三五年の「天皇機関説」のタブー化に見出しているが、以後、在るべき法的理念・機構の限界性を破って無限に膨張する天皇制国家は、個人の精神領域にまで無制限の侵入を企てる。しかも、当初「下から」の民間運動に期待した「国民精神総動員」は成果上らず、運動推進の役割を、結局官僚組織、特にその末端の役所吏員に有無を言わさず強いることになった。

（厚生報国会）

（郡）（市）ニ協同組織体ヲツクル。

（参与）－翼賛会参与→（総動員課長）→（市長）→（支会長）→（補助金）→（厚生報国会長）社会部長。

手帳のあるページのこの表からは、野間が社会部（福利課）員としておそらく担当したに違いない「厚生報国会」の組織実態（あるいは組織づくり）が、翼賛会参与、総動員課長という異様な職制を中心に、なまなましく浮びあがってくるが、これを、最初のノートの会話の中の、「あの、まるい、けもののような塊りが、背をちぢめて、頭もみせず、うずくまっているような／日本の家庭」、「国民感覚」という言葉に「弱らされてしまう／僕の感覚」、「うん……俺は、この頃、日本人を信じることができなくなってきた……ロシア人は、／ロシアの作家は」という言葉と結び合わせると、家庭と職場、生活圏のすべてを息苦しく蔽う時代の空気と機構、それに、詩人でありマルキストである一吏員の、日本人の中にあってのまさに異邦人的な孤独の相が見えてくる。

そしてこの市役所時代のノートから、私はローマ字とアルファベットで記された二つの言葉を、特にとり出してみたい。それは、(十一月二十九日)の日付の後の「Hozumi 氏」(八二一ページ)と十月九日の日付の後の「revolution」、後者には後に「(ローマの国内)、民族崩壊の原因は民族内にある。」という一文がつづく。前者はおそらく昭和十五年、後者は間違いなく昭和十六年の応召入隊の直前の日付だ。前者が漢字に直して「穂積」氏ならば、それは、『特高月報昭和十七年三月分』にある〝「日本建設協会」内左翼集団事件の取調状況〟に登場する「日建の中心人物尾崎陞、川崎堅雄が革新陣営(筆者注、これは革新右翼である)の三上卓、穂穂五一等との聯絡に奔走し」、とあるその穂積であろう。

同文中には、「日建」内指導的左翼分子について、彼らは、社会大衆党や総同盟など政党や「一切の無産者的運動」が禁止解体された後、「日本主義的革新団体中に多数の前歴者を参加せしめ且つ進歩的部面を多量に有する「日建」へ参加し、大衆の啓蒙と「協会内に左翼的勢力を増大」することを意図した、と述べられ、さらに産業報国運動ともかかわって、「八時間労働制」「公休日の日給支給」その他最大限の「勤労者利益擁護」の労働政策をかかげ、運動を推進しようとした、その活動が指摘されている。そして翌年六月分の「月報」は、野間と阪神人民戦線運動をともにした「羽山善治、矢野笹雄の取調状況」の中で、野間の名前を四回もあげ、その左翼文化活動にふれて、野間が羽山を「日建」に紹介加盟させた、としている。

この日建の活動については種々の立場からの批判もあり、野間自身も「一九四〇年に私が思想的に動揺していた」ことを、自ら語っている。しかし、すでに一九三六年五月思想犯保護観察法が成立した時点で、当時の司法省保護課長による同法の『解説』は、転向の基準を、運動を離れ、「マルクス主義を批判する程度に至りたる者」から、「完全に日本精神を理解せりと認めらるるに至りたる者」の段階にすすめ、「大日本帝国」の国策が指示する「真の日本人に還元せしむる」ことを目標にしたという(荻野富士夫『思想検事』)。さらに、大東亜新秩序、国防国家建設、大政翼賛会、大日本産業報国会、官民連合の一連の国策の一挙に成立した一九四〇年の時局に至って、いわば「帝国」の直属下にある一吏員が、何らかの行動を選ぶとして、右翼と左翼の二重性の沼に身をひたす以外にどのような道があり得ただろうか。前掲の告白の後に野間はつづけて記す。「一九四一年には私はその動揺からぬけ出てきていた。」ノートの中のわざわざ英語で記された「revolution」以下の一行は、それを証す言葉とみてよいであろう。

次にあげるのは、京大ケルン以来の同志布施杜生と同時に検挙起訴された越川正啓（大阪市役所勤務）に関する、「一九四三年一二月分」の『特高月報』の記述の一節である。

(3)　昭和十六年三月召集解除となるや同志野間、羽山と互いに啓蒙し合ひ、更に翌年三月将来の運動方針、検挙対策に付き協議する等の活動をなす。

一九四三年十二月は、野間が半年間の陸軍刑務所での取調べを経て、懲役四年執行猶予五年の判決を受けて出所した年だった。

野間を作家としても認めず『青年の環』を売文の書とする批判者は、この四〇年前後の野間を、右翼化し、自己合理化し、完全転向したものとして、あらゆる資料を探し集めて、「実証」しようとしている。なるほど、集められた資料の字面の上で、たしかに転向の一面は実証されたかもしれない。だがそれが、野間の変節、自己合理化、『青年の環』の（したがって作家の）全面否定に及ぶとき、その「実証」には、その字面の資料（ほとんどが新聞記事、大会や会合での発言や祝辞、挨拶の類）が一定の状況の制約の中で生じる、その素（もと）の、生きた人間の肉体が、肉体において生きる人間が見落され、あるいは見捨てられ、論証の過程に欠落している。のみならず、そこには、文学を批評する場合のいわば常識にすぎない素養が欠落していると言わざるを得ない。

陸軍刑務所に送られてからも、私は割合平気でいた。私は検察官がしらべているとき口にした少数の人間の名前しか、口に出さなかった。しかし二、三ヶ月後には私は陸軍刑務所のきびしい未決の房内規定のためにたちまちやせほそって行った。私はフィリッピンの戦闘では十一貫以下になってひょろひょろ歩いていたが、それよりもまだずっと細くなっていた。そして私はたたかう力を失ったのだ。

私は前記の字面の上の実証主義者よりも、フィリッピンの戦場を生きのびて、刑務所の中の自分をふり返り、こういう口調で、自らをこう確認し、語った、野間宏という人間の方を信ずる。

軍隊時代の記録の内と外

次にその軍隊、戦場の時代に入っていこう。

この『戦中日記』第二部の圧巻は、戦後派作家の中でも初めてそのなまの実態が公表される、軍隊時代の臨場記録である。野間が入隊した大阪の第四師団歩兵第三十七連隊は、日清戦争直後に創設され、日露戦争時には奉天城入場の先鋒の役を果たした伝統ある「栄光」の連隊であり、しかもインテリ二等兵野間宏は、軍歌に謳われている「軍の骨幹誇りも高き」砲兵として、連隊砲中隊に配属された。この点で、同じく軍歴のある暗号兵大岡昇平、梅崎春生、輜重兵武田泰淳とも異なる兵営、野戦の生活が待っていた。最初の教育召集三ヶ月間の不寝番や厩当番、特に数頭の馬と十数人の兵の協同操作で行われる、駄載式山砲の分解組立て運搬と射撃訓練の苛酷な日課、そして厳しい検閲を意識した末期の短歌、心情記録。眼をこらすと、どのページからも、現人神天皇を国民精神の中枢に祭り上げた国家が、その権力の無限の拡大膨張の果てに、個人(人間)の存在をどのような極小値に追い込んでいったかが、見えてくる。

「厩当番」野間二等兵は「守則七ツ」を守り、馬に「水アタエ」し、「キリワラ」を切り、「馬糞」をとり、「寝ワラ」を出し、「馬場」を掃き、「報告すべき」週番司令以下週番上等兵以上の幹部全部に報告、復唱するのだ。

班長殿、(一班)野間宏、ウマヤ当番異常ナク服務シテヲリマス。

一班野間宏、中隊厩当番只今異常ナク下番シマシタ。

ここで二等兵の彼は明らかに「人工人間」、ロボットを演じさせられている。(エッセイ「兵隊について」「日本の軍隊について」で、後に詳しく分析されているように)。しかしまた耳をすましてページを繰ると、その極小値の存在からつぶやきのように発せられた人間の声を聞きとめることができる。

「身分というものはあるやろか、ないやろか」と考えてるものは誰やろか。

(cogito ergo sum.)「考えてるものは自分」

身体:自分のもの　一挙手一投足。五尺の身体

兵営という抑圧機構の内側から発した、この「五尺の身体」の巧妙な、しぶとい存在表示。学生時代のあの日記の著者の意志は、ここでは社会的に試練を経、したたかさを増して持続している。そうして、やがて野間二等兵は、臨場記録も不可能な極限の場所へ投入されるのである。

野間の所属する部隊が派遣投入されたバターン・コレヒドール攻略戦については、防衛庁防衛研修所戦史室公刊の『比島攻略戦』、「歩三七会編『大阪歩兵第三十七聯隊史』上

下二巻、同連隊所属の一通信兵徳津準一の『私の戦記』等に、それぞれの視点からその経過の詳細が記され、また総司令官（第十四軍）本間雅晴（文人型といわれた将官、戦犯刑死）については、悲劇の将軍として書かれた伝記『いっさい夢にござ候』（角田房子著）がある。それらによると、一九四二年初頭からの第一次バターン攻略戦は、大本営本部の作戦上の失敗から、第二次大戦初戦の勝利に酔っていた「大日本帝国軍隊」としては初の「壊滅的打撃」を受け、野間所属の第四師団は、三月から第二次攻略戦に新たな補強部隊として加わった。前記三冊の戦記の中では、一兵士の位置から、しかも日記体で四月三日総攻撃開始から九日の米比軍降伏までの戦闘を記録した「私の戦記」が、軍人特有の誇張や詠嘆調から比較的免れ、激戦の模様を具体的に伝えている。その頂点となったカポット台の戦闘では、米軍の砲撃が第一線をこえて連隊本部を直撃し、親友を含め五名の戦死者の出たことが記される。その近くには野間所属の連隊砲中隊の山砲が配置されていた可能性も強い。

バターン半島攻略戦は、米軍司令官の、日本軍にとっては意外な戦意放棄で、予想より早く終結を迎えた。作戦は五月にコレヒドール攻略戦にひきつがれることになるが、その間に発生したマラリヤ大流行に野間二等兵も発病し、コレヒドール渡峡攻略直前に前線を離脱、マニラ兵站病院に後送される。幸いに危機を生きのびて、マニラ、台湾の陸軍病院での療養のひととき、野間は兵士から詩人によみがえり、友人下村正夫への心情吐露の手紙と日記、それに、戦場体験について、記録の代りに、〈象徴〉の言葉を書き残した。原本では縦横に走り書きされた「戦友よ！」「戦場にありし我に先立ちて死せし乙女を詠う」の二篇の詩の草稿がそれである。

さきにすでに帰還していた原隊に復帰後、翌年にかけて、しばらくの間は、訓練や兵営の日課の合い間に発句を記すわずかな余裕を生じたようだ。だが、たちまち野間は、戦場の生命の危機をむしろこえる心身の危機に直面させられる。——陸軍刑務所。——収監された日はノートにも補充兵手牒にも記されていない。二つのエッセイ「軍法会議とその後」「陸軍刑務所と死」によれば、〃一九四三年の初夏〃もしくは同年〃七月はじめ〃とされる。ただ富士正晴宛書簡を見るとこの年最後のハガキが七月五日の記（消印は七月十日）になっている。内容からも一応後者が妥当と推定される。十二月末までの収監期間、ここにもまた臨場記録はない。ただ「（日誌）ホの四　野間宏」とわざわざ所属師団と署名入りの、五月一日から七月九日までの「日誌」が遺された。出所後に書かれたこの日誌こそ、空白の半年間の体験の深層にあるものを、最もよく表現しているであろう。

前線からの帰還後、「外出」許可の日に、野間は学生時代の友人に会い、自分に逮捕の「危険が及ぶ」可能性をすでに予想していたという。

『特高月報』によれば、すでに経済更生会関係の松田喜一が一九四二年四月、人民戦線関連の羽山善治が同年九月、京大ケルン（日本共産主義団）系の布施杜生、越川正啓が同九月にそれぞれ検挙され、後の三人は起訴に至っていた。

『思想検事』（前掲）によれば、彼らが逮捕される前後の同年七月、東条内閣は「思想犯前歴者の措置に関する件」を閣議決定し、非転向者で再犯のおそれある者を予防拘禁所に収容（布施が該当）し、過去に起訴猶予、留保処分の前歴ある者まで、監視を強化、「再犯のおそれ」の範囲を拡大していったのだ。『月報』の記述の過程からすると、野間の逮捕は羽山の線から生じたものであろう。

くり返すが、半年間の陸軍刑務所における臨場記録はなく（あり得ず）、その体験の深層は、出所後の厳しい動静監視下の保護観察期間に書かれた、署名入りの「日誌」の言葉の中に埋めこまれた。その埋めこもうとする意識をついに完全にはまもりきれず、身体の深層から噴き出たもの。それが、次の言葉であろう。

> わが身を忘れる勿れ、昭十八・十二・十六日を忘れる勿れ。この日を忘れることは、お前が、自己の全身を忘れることであり、自己の中の、隠された力を、忘れ去ることである。

ここに記された日付を、ひとまず転向が口頭で（文書でなく）表明された傷痕の日、と仮定しよう。だが、日誌の中の他の呼応する章節にふれてふたたび読み直すと、この一節は、その日をめぐって実に多響的な響きを反響させ、最後に傷痕のその下から噴く「隠された力」、「転向」表明の後にも（あるいは瞬間にも？）「自己の中」に感取されたその「力」に収斂していくのである。「放蕩無頼の徒としての――」「無頼の思想、不逞の思想／わが生と、心と、力を知るは、われのみなり。歴史に於けるわが位置を、私は信じるのであるが。」――これらの呼応する言葉は、「検査準備」「軍装検査準備」「随時検閲」の語がつらなる兵営の日常描写とは明らかに不穏な不協和音をひびかせる。ここには、肉体の限界としての敗北はあるが、転向は無い。

一方でこの刑余の兵士は、南方の戦闘やサイパンの戦友たちの力闘を思い、時局にふさわしい形をえらんで古典の伝統への関心を表示しながら、またひるがえっては、上官に説諭された「横井兵長」に対する弁護の言葉に、僚友である兵士の人間性への共感を大胆に示す。そしてさらにこの日誌には、一見意表をつく人物の名があらわれて「自己の中の隠された力」に、鋭い人物的形象を与えるのだ。

「吉田松陰の苦しみの感情。この「二十一回猛士」の伝統。自発的な、限界打破。」
「吉田松陰の生き方に学ぶべし。」
「わが底を貫く一筋のこの力、このやむにやまれぬ心、吉田松陰のこの生き方。」

日誌上で唐突にこの人物名に行き当る時、思わず野間は国学に、皇道立国派に転じたのかと誤解を生じるが、野間が共感を示しているのは、松陰が、その時代と環境、それに幼少期からの利発さ故に、いわば与件として身につけた観念上の「思想」にではない。敗戦後に、敬愛する内田義彦宛の書簡にも記しているそれは、閉塞した状況の中で、その状況内の「一般を破る生命の道」すなわち、国禁を犯して国家のために日本脱出を企てた、その二十一回猛士松陰の「刑場に於ける」心情の美しさに対する共感なのだ。ただし、この心情の美は、単に日本的な美、武士道の美学に短絡すべきものではない。「江戸獄に於て刑死の前日の黄昏に成れる」その絶筆『留魂録』に記し遺されたものは、心情そのものよりも、心情の純粋さにおいて松陰が伝えようとした、革命の意志と方途、特に脱藩流浪の身で、出会いをもった各藩の同志たちの糾合を、後輩に託す実践的な志であった。

よしだみどりは『宝島』の作家スティーヴンスンが、日本人よりも早く世界最初の英文「ヨシダトラジロー」伝を著わしたことに関心を抱き、『烈々たる日本人』で、過去の「尊皇攘夷」一辺倒のイメージから自由な、世界へひらかれた松陰像を探りあてた。その観念上の思想とは別に、松陰の行動する身体と感性がいかに自由であったかは、「下田踏海」事件の後、江戸へ護送される道中の宿でのエピソードを記した「回想録」の、次の一節に明らかである。

宿にて番人寝ずの番をなす故、亦為めに大道を説き聞かすこと下田の獄に在る時の如くにして更に快なり、余生来の愉快、此の時に過るはなし。因みに言ふ、三島にて××三四人出づ、皆年少気力ある者、余が語るを聞いて大いに憤励の色あり、去るに臨んで甚だ恋々たり。惣じて東国の××は撃剣を学び、剣客等と交る。又数々(しばしば)大盗と取結ぶものあり、其の気観るべし。」

引用文中の「××」は「原本に依れば、当時、賤視せられていた下層階級」をあらわす語であると、玖村敏雄は『吉田松陰の思想と教育』で注釈している。武士の身分意識からは全く自由に被差別の若い番人たちと交流し、闊達に彼らの気力を評価する国事犯松陰は、この点でも深く野間の共感を呼んだであろう。

野間が逮捕された一九四三年の「左翼」分子の検挙数は、『内務省史』第二巻の、「治安維持法違反事件年度別処理人員表」に依れば、八七人、起訴一八人、起訴猶予三九人となっている。（軍隊関係がこの統計に含まれているか否かは不明）。これを三三年の検挙数最高の一四、六二二人（起訴一、二八五人）に比べると、もはや思想犯は底をついた状況であったわけだ。彼が翌年除隊した年、戦争も終末期に入って、政府当局は「労務統制に伴う取締機構の整備強化」方針を打ち出し、検察は一般国民への労務統制を強めるため「司法練成」係検事を増員した。勤労動員などの怠業や欠勤者、あるいは軽犯罪者を、起訴処分にするよりも、検察の笞（と飴）で身心錬成を課し、勤労戦線へ復帰させる「良策」を選んだのである。

除隊後の思想犯前歴者野間が、戦時の終局に、他に選択のあり得ない形で就職した「国光製鎖」株式会社は、そういう「良策」を強いられる軍需工場（海軍管理下の工場）の労務係だったようだ。「道場、錬成」「錬成行事」「関西青少年特別錬成部長」の語の羅列や、欠勤、早退、遅刻の取り締りなどの煩雑な業務、それに「堺刑務所→バタバタ、アヒル」という表現などが、そのやるせない勤務実態を反映している。

堀田善衞は、戦後の作家たちの戦時中の境遇を、極度に多忙で危険な状況と、暇をもてあます状況との二種に分け、戦後文学を担った者の多くが、自身や中村真一郎を含め後者に属する者だったのではないかと語っている。（「何から話をしましょうか」）。その点でも、野間は、戦後文学者の中にあっても多数派とは別に、敗戦に至る終局まで、前者の典型的なコースを歩み通したわけだ。

敗戦を迎えた時の自分の位相を、荒正人は、実感をこめて〝第二の青春〟と名づけた。だが野間にとっては、この『戦中日記』の全体が示すように、「帝国」が崩壊した時にはじめて全的な青春の到来と、同時に開花の時に遭遇したのではないか。少なくとも実感としてはそういう思いにひたったに違いない。戦後の書簡が示すように、敗戦の年の暮れ、『暗い絵』の草稿を手に焼跡の東京に向った野間は、学生時代の肉体と思想の探求の堆積と、軍隊時代の一度の「屈服」の瞬間にもなお「自己の中に」自覚した、その「隠された力」をもって、一挙に作家としての青春の開花を果たすのである。

もはや余白は尽きているが、最後に、この『日記』の全過程から浮かびあがる興味深い問題点を指摘しておきたい。丸山真男は、初期作品群をまとめた最初の『野間宏作品集』第三巻の月報で、野間像を、「日本文学者の中でその生活を一個の思想史として書きうる、また書くに値するような人」「彼の人格史（パーソナル・ヒストリー）が同時にその思想的発展の歴史であるような人」として、日本に「例外的な存在だ」と敬意をこめて表現した。これは言い換えれば、野間における知識人作家としての自己形成の独自性をさし示した言葉であろう。思想史と人格史が一致するためには、「思想」が帽子のように頭に載っかっているのではなく、「いわば性欲のように」肉体そのものを内側から衝き動かす力をもっていなければならない、とも彼は記す。

　丸山は、名著『現代政治の思想と行動』の中で、その知識人形成の問題を、この『日記』と重なる日本ファシズム進行の時代を背景にえらんで、的確に分析している。ファシズムはどこにおいても、中間層を地盤にしているが、日本の場合、その中間層は二種に分類され、第一類は小工場主、土建請負業者、小売商店主、小地主、小学校などの教員、一般の下級官吏、僧侶など。第二類は都市サラリーマン階級、文化人ジャーナリスト、教授、弁護士などの知的職業者。わが国で〝国民の声〟(世論)を作り、ファシズムの地盤になるのは、第一類の亜インテリ層であり、第二類のインテリ層は、その「ヨーロッパ育ち」の教養のために、ファシズムに対して多くは消極的であり、批判者もこの層から出た。しかし、その教養が肉化され生活感情化されていないために、反ファシズムの立場に立った者も、結局は「敢然として内面的個性を守り抜く」知性の勇気には欠けていた。一方、第一類の中間層は、国家と大衆を常に媒介する位相にあり、一切の進歩的動向に対して頑強に抵抗する役割をしばしば果たす。――この分析に立てば、丸山を含め戦前の知識青年のほとんどは、第二類(中間上層)の出自であり、野間は、在家仏門の小教祖の父、小店主の母をもつ第一類の出自に属する。すなわち、野間の場合、本来の知識人形成を遂げるためには、文化的、生活意識的、その他の社会的条件を含めて、厚い壁もしくは断層を突き抜ける、より大きなエネルギーを必要とした。同時に、一方を切り捨てることなく、二つの階層にまたがる困難な課題をその身体に抱えこんだのだ。

　この点で私は第一部の『日記』中に、性や読書の記述の間に、突如挿入され、時に延々とつづく祖母ら家族の大阪弁の会話の写しに注目する。野間は、第二類の青年たちが所有していたような壁で仕切られた個室を持っていなかったに違いない。会話が野間に、あるいは会話の中に野間自身が入りこんでいく場合、彼はしばしばいらだっている。知識人的個の形成のためには、家族との分離が、意識上のひとたびの断絶が必要なのだ。

　また、関連してそこには「母」の問題が大きく浮かびあがる。父なき後の家計を全身で支える一方、「アカにだけはならぬように」と息子の知性の領域に侵入してくる、第一類の層の頑強なモラルの強制。しかも、この母は父の信者たち、比較的下層の庶民の層につらなっている。習作「車輪」(これは論の対象にする必要のある作品だ)やその創作ノートにもくり返しあらわれる、母を捨てる〈母殺し〉と母への信愛の葛藤。この〈母〉からは、また二つのテーマが引き出されてくる。一つは、文学とともに野間にとって生涯の課題となった「民衆」（あえていえばその救済）、今一つは、江藤淳が問題にした〝父の喪失〟の後に、現実に社会的問題としても生じている〈母と子〉の関係そのもの。小此木啓吾は、フロイトのエディプス・コンプレックスに対し、日本的な親子関係の特徴として、母と子の関係の「甘えの構造」に主体を置く阿奢世コンプレックスなるものを提唱しているが、阿奢世とその母の愛憎の物語が仏典を出所としている点からも、野間論の視点の一つになり得るだろう。

これも、在るべき知識人の問題にかかわることだが、野間は『日記』の中で、日本の文学者としては、小林秀雄を最も多くとりあげ、しかも一貫して批判しつづけた。

小林秀雄ハ害毒を流す者。何故にということを決して問おうとしない。それが故にこそ、人々に主体的、行為的と思われている。しかし真の主体的というのはこんなところにあるのではない。」（一九三五・一二・九）。

日中戦争勃発以来の戦局の推移の中で小林に生じた変化を、丸山の指摘に依拠して言い直せば、戦時という「時局」を例外的状況として、思考の対象から論理の前提に転位させることによって、小林は政治批判を核にもつ文学の立場から、国策への自己同一化に転じる「決断主義」をえらんでしまった。野間の過激な言葉は、小林のそういう方向性を彼の文体の中に、すでに感じとっていた証かもしれない。小林的決断主義とは、時局に対する「何故に」という「問い」を「判断中止」することだから。

野間は小林の対極を生きた。彼の身体は、現実が容赦なく強制し注ぎこんでくるものを常に反問し、矛盾は矛盾のままに体内に溜め、反芻し、一方を他方のために容易に切り捨てたりはしなかった。

その身体が、生存の臨界点に追いつめられた時に、敗北を表示し、その「時」をこえたとき、生命に備わった「隠された力」が在るのを自覚する。それは、病後の穏和な治癒力というよりは、不当な暴力を加えられた時の肉体に必然的に生じる、あの反発力、激情、憤怒を伴った「自己保存と我執の臭いのする」潜在的な力である。『暗い絵』の主人公のマニフェストに生かされた、その生命にとって普遍的な力の自覚にもとづいて、戦後の野間は自らに課した文学創造、社会的実践、文明批判の、（物理的には三つ巴（どもえ）の）困難な行程を歩み通して、力尽きた。丸山真男の評価をくり返すまでもなく、日本にあっては「例外的」なこの知識人作家の存在の形を、内田義彦は「一語・一語の巨塔」（『内田義彦セレクション2』藤原書店）で、深い共感をこめてみごとに描出している。その寡黙そのものの野間像の背後に、現在の自己像を刻々に追い求め、表現しつくそうとする、この部厚い日記の堆積があり、また、沈黙を強いる壁の中でも人間の一語を刻みつける兵士が生きていたのだ、いつひらけゆくとも知れぬ、はるかな未来へ向けて。

第三部　書簡に見る内面史

書簡については、ふれる余地がなくなったが、ここに第三部として収録した理由の一つは、第二部の「資料篇」が、一部の文章、「日誌」を除いて、当時の「時局」の制約下にある野間の日常・勤務実態の断片的メモが多いため、それを補完するものとして入れた。しかしより大きな理由は、よきライバルであり、生活上の「兄」的相談相手でもある、『三人』の同人富士正晴という格好の相手を得て、野間の生活の中心分野としての詩作や恋愛、思索、生活上の悩み、読書感想など内面の問題が率直につづられ、煩瑣な外面の日常を刻印する第二部のメモの対(つい)の位置に、欠かせない存在意味をもつからである。一部は『野間宏の会　会報』に紹介されたが、信愛する異分野の友、内田義彦、下村正夫宛のそれを含め、編年体に編まれた各書簡を通して、制約を強めていく時代の流れに抗し、やがて呑みこまれながらも、詩人・作家への夢を一貫して保持する、戦時下の青年の内面史が読みとれるであろう。

特に、本書のために、野間光子夫人から新たに提供された二〇余通の書簡は、敗戦直後から『暗い絵』刊行までの、「戦後派の旗手」登場の舞台裏を物語って、きわめて興味深いドラマをくりひろげて見せてくれる。

戦争の時代から現代に至るまで、形を変えて復活する「精神主義」、かつて加藤周一が指摘した、その基盤に通底する、分析し得ない曖昧模糊とした「日本的なるもの」の持続。ともすれば歴史を回避し、過去にあったと同様の〈人間〉の衰退の危機を予感させなくはない今日の日本人の〈私〉たちに、野間宏の『戦中日記』は何か必要なものを気づかせてくれるに違いない。

関連年表（一九三二年〜四五年）

年	野間宏におこった出来事	日本の出来事	世界の出来事
一九三二年（昭和７）	四月、京都の第三高等学校文科丙類に入学。富士正晴、桑原（のち竹之内）静雄らと出会い、同人雑誌『三人』を創刊。富士の誘いで詩人竹内勝太郎を訪ねる。	一月、第一次上海事変。二月、血盟団事件。三月、満州国建国。	二月、ジュネーヴ軍縮会議開幕。十二月、ソ連と中国国民党政府が復交。
一九三三年（昭和８）	肺尖カタルにかかり、休学する。三高文芸部の織田作之助、青山光二らと『三人』グループが対立。野崎美佐子と知り合う。ついで野崎の紹介で工藤春枝と出会う。	二月、小林多喜二が東京築地警察署で虐殺。三月、日本は国際連盟を脱退。四月、京大滝川事件。六月、共産党幹部佐野・鍋山の転向声明が発表される。	一月、ヒトラーがドイツで政権掌握。三月、ローズヴェルト大統領がアメリカでニューディール政策を開始。
一九三四年（昭和９）	ジッドの『コンゴ紀行』『ソビエト旅行記』などからマルクス主義に関心を抱くようになる。高山岩男の哲学、久保（土井）虎賀寿のニーチェについての講義を受ける。『三人』同人では、富士、桑原、井口に加え、七号から太田（のち尼崎）安四が参加。	一月十五日、共産党内のスパイ・リンチ事件摘発。三月、満州国が帝政実施。十一月、日本労働組合全国評議会（全評）結成、合法左派系組合の戦線統一。この年、東北冷害、西日本が旱害、関西が風水害で大凶作。	三月、南京で対日戦線同盟大会開催。八月、ドイツではヒトラーが総統になる。
一九三五年（昭和10）	三月に三高を卒業、四月に京都帝国大学文学部仏文科に入学。小学校時代の同級生小野義彦の紹介で、非合法組織の学生グループ「京大ケルン」と接触し、その中心で	二月、美濃部達吉の天皇機関説攻撃される。反ファシズム運動の組合運動家が集まる。三月、	三月、ドイツの再軍備宣言がある。七月、モスクワで第七回コミンテルン大会。反ファシズム

	あった永島孝雄、布施杜生らと交流があった。六月、竹内勝太郎が黒部峡谷で遭難死。羽山善治との交流を通して、全評青年部の人民戦線と連絡をもつ。太宰施門、落合太郎、伊吹武彦らの講義を聴く。十二月、『三人』一一号（竹内勝太郎追悼号）に小説「車輪」を発表、一三号まで連載したが未完。日記には、中野重治への言及があらわれる。	袴田里見が検挙、日本共産党中央委員会は実質的壊滅状態に。十一月、大日本映画協会、ついで日本ペンクラブが設立。	による人民戦線のテーゼ採択。
一九三六年（昭和11）	富士正晴の妹光子に対する恋愛感情が芽生える。また、マルクスを学ぶなかで西田哲学の乗り越えが模索される。十二月、『京都帝国大学新聞』に「小林秀雄の私小説論」を発表。	二月、二・二六事件。七月、平野義太郎、山田盛太郎ら講座派の学者が一斉検挙（コム・アカデミー事件）。奥田ら人民戦線グループが一斉検挙。	六月、フランスで人民戦線内閣成立。七月、スペイン内乱始まる。八月、ベルリン・オリンピック開催。十一月、日独防共協定が締結。
一九三七年（昭和12）	光子との間は執着と離別の間を揺れ動く。富士正晴に対しても友情と敬愛の念を抱く一方、その芸術観に不満を抱く。美学科にいた下村正夫との交友が深まる。	七月一日蘆溝橋事件、日中戦争始まる。八月、第二次上海事変。十二月、日本無産党、全評、労農派に対する第一次人民戦線事件の弾圧。同月末「日本共産主義者団」が結成、「京大ケルン」解体。	四月、ドイツ空軍、スペインのゲルニカを爆撃。八月、中ソ不可侵条約調印される。
一九三八年（昭和13）	三月、京都帝国大学を卒業。卒業論文は「マダム・ボヴァリー論」（指導教授落合太郎）。労働組合に職を求めたが得られず、四月、大阪市役所に就職、社会部福利課に配属された。融和事業を担当、市内の被差別部落に出入りす	二月、第二次人民戦線事件。美濃部達吉・宇野弘蔵ら学者グループが検挙さる。四月、国家総動員法公布。六月、「京大ケ	三月、ドイツがオーストリアを併合。またユダヤ人迫害が激化する。スペイン内乱、フランコ軍の勝利に終わる。十一月、フ

	るようになる。水平社以来の部落解放運動の指導者松田喜一、朝田善之助らと交流をもつ。毎日新聞社にいた井上靖とも交友を結ぶ。	ルン」の中核的存在だった永島孝雄ら逮捕。八月～九月、「日本共産主義者団」関係者の検挙により、布施杜生ら逮捕。	ランス人民戦線政府が崩壊。
一九三九年（昭和14）	山科未決監に収容されていた布施杜生のもとに度々差し入れに通う。	二月、国民精神総動員強化方策が決定される。六月、ネオン全廃、学生の長髪禁止、パーマネント禁止など、戦時統制進行。	五月、ノモンハン事件。八月、独ソ不可侵条約締結。九月、英仏が対独宣戦、第二次世界大戦が勃発する。
一九四〇年（昭和15）	五月、『三人』二二号に小説「青年の環」を発表、二三号にも続稿が掲載されたが、未完。この年、部落厚生皇民運動に関わり、山本鶴男らの日本建設協会に参加。近衛新体制と大政翼賛運動の流れのなかで模索がつづいた。	七月、大東亜新秩序、国防国家の建設方針が閣議決定さる。武力行使を含む南進政策を決定。十月、大政翼賛会発会式。十一月、紀元二六〇〇年式典開催。	一月、日米通商条約が失効。六月、フランスがドイツに降伏。九月、日独伊三国同盟が締結。ロンドン大空襲はじまる。
一九四一年（昭和16）	十月、教育召集を受け、補充兵として入隊。歩兵第四師団第三十七聯隊に配属される。	三月、治安維持法が改正、予防拘禁を追加。七月、御前会議で対ソ、対英米戦争を辞さないことを決定。九月、布施杜生が治安維持法違反容疑で再逮捕。十二月八日、日本軍がハワイ島真珠湾を空襲、対米英に宣戦布告。	四月、日ソ中立条約が締結。六月、独ソ戦開始。十二月、独軍のモスクワ攻撃が失敗。十二月、米英の対日宣戦布告があり、重慶の国民政府も日独伊に対して宣戦。大韓民国臨時政府も対日宣戦布告。独伊も対米宣戦。
一九四二年（昭和17）	一月、戦時召集となり、中国江蘇省に出征。二月中旬、フィリピンに向かう。三月、バターン、コレヒドール戦	四月、バターン半島を占領。五月、マニラのコレヒドール島の	二月、英米合同参謀本部結成。インド国民会議派が反英決議。

	に参加。五月、マラリヤにかかりマニラ野戦病院に入院。十月、帰国して原隊に復帰した。	米軍降伏。六月、ミッドウェー海戦。	ガンディーが日本人に対して対華侵略を非難。
一九四三年（昭和18）	七月まで原隊の事務室書記をつとめるが、治安維持法違反容疑に問われて逮捕。大阪石切の陸軍刑務所に入所。軍法会議で懲役四年執行猶予五年を宣告される。年末出所し、監視付きで内地に戻っていた原隊に復帰。	二月、ガダルカナル島から日本軍撤退。五月、アッツ島の日本軍全滅。この年、戦時統制経済が頂点に達した。	七月、イタリアのムッソリーニが失脚するが、九月独軍に救出される。
一九四四年（昭和19）	二月、いまだ監視下に置かれていたが、富士光子と結婚。四月十日には陸軍上等兵に昇級。十月二十五日、部隊が再度南方へ移動するにあたり、陸軍兵長に昇級するとともに、監視上の理由で召集解除。刑余者のため市役所に復職できず、軍需会社国光製鎖鋼業株式会社の勤労課に勤める。	二月、布施杜生、予審中に京都拘置所独房内で衰弱死。六月、米軍のサイパン上陸。十月、米軍がレイテ島上陸。沖縄戦始まる。神風特攻隊が米艦攻撃。十一月二十四日、東京初空襲。	六月、ローマ解放。米英軍のノルマンディー上陸。九月、パリにド・ゴールの臨時政府成立。
一九四五年（昭和20）	三月、大阪大空襲で母まつゑの経営していた千日前の洋裁店が被災。翌日、母をさがして焼け跡をさまよった。疎開先から戻った母を助けて大衆食堂の開店を手伝う。八月、長男広道が誕生。十二月、妻子を残して上京。東京の瓜生忠夫宅で「暗い絵」を書き上げる。その後、民主主義文化連盟機関紙『文化タイムズ』の編集者、食堂経営などにたずさわった。	三月、東京大空襲。四月、米軍が沖縄本島に上陸。八月、広島・長崎に原子爆弾投下される。十四日にポツダム宣言受諾を決定、十五日、「終戦」の詔書放送、三十日、連合国最高司令官マッカーサー元帥が厚木に到着。	五月、独軍が無条件降伏。七月、米英ソがポツダム会談。八月九日、ソ連が対日参戦。九月八日、米軍が朝鮮半島の38度線以南を占領、米ソによる南北分割。
一九四六年（昭和21）	三月、青年文化会議会員となり、中村哲、丸山真男、武田泰淳らを知る。四月、「暗い絵」を『黄蜂』誌に連載。年末に日本共産党に入党、新日本文学会に入会。	一月、『世界』『展望』等が創刊、『中央公論』『改造』が復刊。二月、日本農民組合結成。	三月、英チャーチルが「鉄のカーテン」演説。七月、パリ講和会議。

著者紹介

野間　宏（のま・ひろし）

1915年2月23日、神戸市生まれ。在家門徒たる父卯一の影響下、幼少時より親鸞の思想に触れる。北野中学時代より創作に励む。三高在学中に詩人竹内勝太郎と出会い、フランス象徴主義をはじめ20世紀ヨーロッパの前衛文学を学ぶ。富士正晴、桑原静雄と同人誌『三人』を創刊。1935年京都帝国大学文学部仏文科に入学。西田幾多郎、田辺元の哲学に傾倒する一方、マルクス主義運動に参加。1938年大学卒業後、大阪市役所に就職。社会部福利課で融和事業を担当。水平社以来の被差別部落の活動家たちと深い交流を結ぶ。1942年1月、応召してフィリピン戦線に従軍。帰国して原隊に復帰後、治安維持法違反容疑で陸軍刑務所に収監される。1944年2月、富士光子と結婚。

戦後すぐ文学活動を再開し上京。46年「暗い絵」で注目を集め、「顔の中の赤い月」「崩解感覚」など、荒廃した人間の身体と感覚を象徴派的文体で描き出し、第一次戦後派と命名された。人間をトータルにとらえる全体小説の理念を提唱。52年、『真空地帯』で毎日出版文化賞を受賞。64年10月、日本共産党除名。71年には最大の長篇『青年の環』を完成し、谷崎賞受賞および、73年にはアジアのノーベル賞といわれるロータス賞を日本人としてはじめて受賞した。75年2月より、雑誌『世界』に「狭山裁判」の連載を開始する（～91年4月。没後、『完本 狭山裁判』として藤原書店より1997年刊行）。晩年は、差別問題、環境問題に深くかかわり、新たな自然観・人間観の構築をめざした。87年11月より『野間宏作品集』（全14巻）を刊行（～88年12月、岩波書店）。89年朝日賞受賞。1991年1月2日死去。

作家の戦中日記　1932-45　下

2001年6月30日　初版第1刷発行©　　限定千部

著者　野間　宏

発行者　藤原良雄

発行所　株式会社 藤原書店

〒162-0041　東京都新宿区早稲田鶴巻町523

TEL　03（5272）0301

FAX　03（5272）0450

振替　00160-4-17013

印刷 平河工業社／製本 河上製本

落丁本・乱丁本はお取り替えします

定価はケースに表示してあります

Printed in Japan

ISBN4-89434-237-5